精編活用

成語辭典

漢語拼音・筆畫・注音符號索引

張壽康／主編

笛藤出版

總目錄

前言

成語就如語彙裏的精靈，能瞬時點亮話語重點。不論是文字或對話溝通，成語若運用得當，便能更加簡潔生動。

近來由於網路社群、自媒體、直播、講座、展演……等活動的興起，讓越來越多人有撰稿寫作、演說發言的機會。發表的文章或演說，若具有個人風格與魅力，便能吸引人關注聆聽。而「成語」正是讓語彙鮮活增色所不可或缺的重要角色之一。

本社有鑑於此，特蒐羅眾多常用成語精選編輯成書，全書採注音、拼音雙並列方式舉例，精心挑選了４３００餘條常用、必備的成語，經系統、條例的整理排列，讓讀者在正確的引導下，快速、有效的習得注音拼音的用法、成語的知識。書中亦附有詳細的筆畫、注音索引，能視需求靈活查閱，快速檢索所需的知識與詞條。

希望讀者藉由本書，提升寫作實力、豐富語彙力，在各種溝通交流的場合表現更加得心應手，也期望讀者不吝指正，並多多利用本書。衷心祈願本書能對讀者有所助益。

笛藤出版

使用說明

一、本辭典為一般讀者提供認讀成語和提示成語用法的語文工具書。

二、本辭典收錄常用成語（包括初中、小學語文教材出現的成語和部分熟語）四三〇〇餘條。具有成語條目，注音，釋義，例句，構成，成語本源，同義、反義成語，辯誤等項；具有多種活用功能。

三、成語條目按首字音序排列，首字相同的，按第二音節字的音序排列。

四、成語條目的漢語拼音，基本按照一九八八年八月中國國家語言文字工作委員會頒佈的《漢語拼音正詞法基本規則》中規定的「成語」拼寫法拼寫。

五、釋義：先釋成語的意義，後分釋成語中的詞義。不同義項用①、②序次。每條成語均有例句顯示用法。例句不只一個時，用①、②序次。

六、成語的構成方式用〔構〕標記。分成聯合、偏正、動賓、補充、主謂、連動、兼語等。有的成語如「咫尺天涯」、「杯弓蛇影」等，其隱含形式為主謂式，作為特例，以〔特．主謂〕表示。緊縮復句（如「未雨綢繆」）和復句（如「己所不欲，勿施於人」）均用〔復〕表示。認識成語的結構，有助於理解成語語義。如知道「杯弓蛇影」是〔特．主謂〕結構，就可以主謂結構的形式去理解內容，不會誤認為它是聯合結構。又如「守株待兔」是連動結構，理解語意之後，就不會誤認是聯合結構。

七、從已有材料能確定的成語出處，用〔源〕標記，註明成語本自何書，有些條目的〔源〕還援引了出處的原文。

八、〔同〕標記同義、近義成語，〔反〕標記反之（接近反義）成語。

九、辯誤用〔辯〕標記。指出容易讀錯的字音，容易寫錯的字形等。

十、為便於讀者查閱，辭典前面有成語首字的漢語拼音《音節索引》和《筆畫檢索目錄》及《注音符號檢索目錄》。

十一、成語的構成，容或有不同的分析法。本辭典在編寫過程中，參考了多種「成語辭典」和研究成語的專著。限於體例，未能註明參考出處，謹向參考書的編寫者致謝。

漢語拼音音節索引

1. 每一音節（按四聲前後）包括所取成語的首字。
2. 每個首字右邊的數字爲本詞典正文頁碼。

筆畫索引

一劃

二劃

三劃

四劃

五劃

六劃

七劃

八劃

九劃

十劃

十一劃

十二劃

十三劃

十五劃

十六劃

十七劃

十八劃

二十一劃

二十二劃

二十三劃

二十四劃

二十五劃

二十六劃

二十八劃

二十九劃

三十劃

注音符號索引

ㄅ

ㄇ

ㄒ

ㄓ

ㄨ

A

哀哀欲絕 ㄞ ㄞ ㄩˋ ㄐㄩㄝˊ āi āi yù jué
悲痛得將要氣絕，指異常悲痛。[例]在向遺體告別的時候，她在靈前哀哀欲絕。[構]補充。[同]哀痛欲絕 哀天叫地

哀兵必勝 ㄞ ㄅㄧㄥ ㄅㄧˋ ㄕㄥˋ āi bīng bì shèng
悲憤激昂奮起反抗的軍隊，必能取勝。哀：悲憤。[例]哀兵必勝！中國人民終於贏得了抗日戰爭的最後勝利。[構]主謂。[源]《老子》六十九章。[反]驕兵必敗

哀鴻遍野 ㄞ ㄏㄨㄥˊ ㄅㄧㄢˋ ㄧㄝˇ āi hóng biàn yě
流離失所的災民遍地都是。哀鴻：哀鳴的大雁，比喻呻吟呼號的災民。[例]災難深重的舊中國，民不聊生，哀鴻遍野。[構]主謂。[源]《詩經・小雅》。

哀莫大於心死 ㄞ ㄇㄛˋ ㄉㄚˋ ㄩˊ ㄒㄧㄣ ㄙˇ āi mò dà yú xīn sǐ
最可悲的莫過於意志消沉和喪失進取心了。[例]我們要振作精神，努力奮鬥，要知道哀莫大於心死。[構]主謂。[源]《莊子・田子方》。[同]心灰意冷 [反]發憤圖强

哀痛欲絕 ㄞ ㄊㄨㄥˋ ㄩˋ ㄐㄩㄝˊ āi tòng yù jué
悲哀得將要氣絕了。也作『哀哀欲絕』。[例]周總理逝世的噩耗傳來，同學們無不慟哭失聲，哀痛欲絕。[構]補充。[同]悲不自勝 [反]歡欣若狂

唉聲嘆氣 ㄞ ㄕㄥ ㄊㄢˋ ㄑㄧˋ āi shēng tàn qì
因煩惱、苦悶、憂愁、傷感或痛苦而發出嘆息聲。也作『噯聲嘆氣』。[例]他一邊無精打采地踱步，一邊唉聲嘆氣。[構]聯合。[同]長吁短嘆

矮人看戲 ㄞˇ ㄖㄣˊ ㄎㄢˋ ㄒㄧˋ ǎi rén kàn xì
矮子擠在站著的人群裏看場上演戲，看不真切，只好隨聲附和。比喻自己見識不廣，卻跟著別人說長道短。[例]他見人家說好，也緊跟著說好，簡直是矮人看戲。[構]主謂。[同]隨聲附和[反]獨立思考

愛不忍釋 ㄞˋ ㄅㄨˋ ㄖㄣˇ ㄕˋ ài bù rěn shì
喜歡極了，捨不得放手。也作『愛不釋手』。[例]他讀起《紅樓夢》來，愛不忍釋。[構]補充。[反]棄若敝屣

愛財如命 ㄞˋ ㄘㄞˊ ㄖㄨˊ ㄇㄧㄥˋ ài cái rú mìng
愛錢財就像愛惜自己的生命。形容人的貪婪和吝嗇。也作『愛錢如命』。[例]守財奴個個愛財如命。[構]主謂。[同]視財如命[反]揮金如土

愛莫能助 ㄞˋ ㄇㄛˋ ㄋㄥˊ ㄓㄨˋ ài mò néng zhù
心裏願意幫助，卻沒有辦法或條件辦到。[例]他的婚姻問題，別人愛莫能助。[構]連動。[源]《詩經・大雅・烝民》。[同]心有餘而力不足

愛屋及烏 ㄞˋ ㄨ ㄐㄧˊ ㄨ ài wū jí wū
比喻喜愛某一個人連帶喜愛與他有關的人或物。也作『屋烏之愛』。及：到。烏：烏鴉。[例]他一直珍藏著學生製作的紀念品，愛屋及烏，這正是教師的愛心。[構]連動。[源]《尚書大傳・牧誓・大戰》。

愛惜羽毛 ㄞˋ ㄒㄧ ㄩˇ ㄇㄠˊ ài xī yǔ máo 比喻處事謹慎，愛惜自己的名聲。羽毛：鳥的羽，獸的毛，借喻人的名譽。［例］他是一位嚴肅的作家，十分愛惜羽毛，在他的作品裏，找不到低級趣味的東西。［構］動賓。［源］漢．劉向《說苑．雜言》。［同］潔身自好

愛憎分明 ㄞˋ ㄗㄥ ㄈㄣ ㄇㄧㄥˊ ài zēng fēn míng 愛和恨的界限十分清楚。［例］要做到愛憎分明，首先應該劃清是非的界限、敵友的界限。［構］主謂。［反］曖昧不明　愛憎無常

愛之欲其生，惡之欲其死 ㄞˋ ㄓ ㄩˋ ㄑㄧˊ ㄕㄥ，ㄨˋ ㄓ ㄩˋ ㄑㄧˊ ㄙˇ ài zhī yù qí shēng wù zhī yù qí sǐ 喜歡他時，總想讓他活著；討厭他時，就想要他死掉。［例］全憑個人愛憎決定對人的態度，愛之欲其生，惡之欲其死，是極端錯誤的。［構］覆。［源］《論語．顏淵》。［辨］『惡』不能念成ㄜˋ(è)。

礙手礙腳 ㄞˋ ㄕㄡˇ ㄞˋ ㄐㄧㄠˇ ài shǒu ài jiǎo 指妨礙別人做事，使人家感到不方便。［例］我在這裏幹不了什麼，反而礙手礙腳，還是讓我幹別的去吧！［構］聯合。

安邦定國 ㄢ ㄅㄤ ㄉㄧㄥˋ ㄍㄨㄛˊ ān bāng dìng guó 使國家安定、國防鞏固、社會安寧。也作『安邦治國』。［例］清朝末年，內憂外患，國無寧日，人民渴望有安邦定國的志士出現，挽救民族的危亡。［構］聯合。［同］濟國安邦　［反］禍國殃民

安不忘危 ㄢ ㄅㄨˋ ㄨㄤˋ ㄨㄟˊ ān bù wàng wēi 在安定的環境中，不忘記有危難發生的可能。［例］國際形勢雖然趨於

緩和，但我們還要安不忘危，加強國防教育。［構］主謂。［源］《周易・繫辭下》。［同］居安思危

安步當車 ㄢ ㄅㄨˋ ㄉㄤˋ ㄔㄜ ān bù dàng chē

不慌不忙地步行，當作乘車。也作『緩步代車』。［例］我家離工廠不遠，上下班我都是安步當車。［構］偏正。［源］《戰國策・齊策四》。［辨］『當』不能念成ㄉㄤ(dāng)。

安分守己 ㄢ ㄈㄣˋ ㄕㄡˇ ㄐㄧˇ ān fèn shǒu jǐ

安守自己的本分，規矩老實。［例］他一向安分守己，從不違法亂紀。［構］聯合。［同］安分守常 ［反］爲非作歹 惹是生非 ［辨］『分』不能念成ㄈㄣ(fēn)。

安家立業 ㄢ ㄐㄧㄚ ㄌㄧˋ ㄧㄝˋ ān jiā lì yè

指長期在一個地方生活勞動，建立家業、創立事業。［例］他二十歲便在北大荒安家立業了。［構］聯合。［同］成家立業 ［反］無家無業 浪跡江湖

安家落戶 ㄢ ㄐㄧㄚ ㄌㄨㄛˋ ㄏㄨˋ ān jiā luò hù

指到一個地方長期居住下去；也比喻某種生物或細菌被引到別處生長繁殖。［例］細菌一旦在食物裏『安家落戶』，食物就開始腐爛了。［構］聯合。［同］落地生根 ［反］萍蹤浪跡 飄泊無定

安居樂業 ㄢ ㄐㄩ ㄌㄜˋ ㄧㄝˋ ān jū lè yè

生活安定，愉快地從事自己的職業。［例］解放區的人民都能夠安居樂業。［構］聯合。［源］《漢書・貨殖傳》：『各安其居而樂其業』。［同］安

家樂業　［反］顛沛流離　民不聊生

安民告示 ㄢ ㄇㄧㄣˊ ㄍㄠˋ ㄕˋ ān mín gào shì　安定民心的布告，現借指把要辦的事或問題預先通知下來，讓大家有所準備。［例］開討論會要事前出安民告示，明確議題，讓大家充分醞釀。［構］偏正。

安貧樂道 ㄢ ㄆㄧㄣˊ ㄌㄜˋ ㄉㄠˋ ān pín lè dào　安心於清貧的生活，以堅持信仰、自我完善爲樂。［例］他在山區教書，安貧樂道，從不羨慕那些暴發戶。［源］《後漢書・韋彪傳》。［構］聯合。［同］安貧守道

安然無恙 ㄢ ㄖㄢˊ ㄨˊ ㄧㄤˋ ān rán wú yàng　很平安，沒有遭受損害。［例］某處地震，房屋倒塌無數，唯有一座古塔安然無恙。［構］偏正。［同］平安

無事

安如磐石 ㄢ ㄖㄨˊ ㄆㄢˊ ㄕˊ ān rú pán shí　安穩牢固像磐石一樣。磐石：大石頭。［例］我們的共和國安如磐石。［構］主謂。［源］《荀子・富國》：『則國安於磐石』。［同］安如泰山［反］危如累卵

安如泰山 ㄢ ㄖㄨˊ ㄊㄞˋ ㄕㄢ ān rú tài shān　安穩得像泰山一樣，不可動搖。［例］我軍陣地安如泰山。［構］主謂。［源］漢、焦延壽《易林》卷一。［同］巋然不動［反］危如累卵

安身立命 ㄢ ㄕㄣ ㄌㄧˋ ㄇㄧㄥˋ ān shēn lì mìng　生活有著落，精神有寄託。安身：有容身之所。立命：精神上安定。［例］他對教育事業總是這樣專注，因爲這是他安身立命之處。［構］聯合。

安土重遷 ㄢ ㄊㄨˇ ㄓㄨㄥˋ ㄑㄧㄢ ān tǔ zhòng qiān
安心在故土，不願意輕易遷居異地。重：重視，不輕易。［例］中國農民安土重遷，但有生路，誰願背井離鄉。［構］聯合。［源］《漢書・元帝紀》。［同］安土重居　［反］四海爲家。［辨］『重』不能念成ㄔㄨㄥˊ(chóng)。

安閒自在 ㄢ ㄒㄧㄢˊ ㄗˋ ㄗㄞˋ ān xián zì zài
安靜清閒，自由自在。［例］他過慣了安閒自在的生活，哪裏受得了風霜之苦。［構］聯合。［反］奔波勞碌

安營紮寨 ㄢ ㄧㄥˊ ㄓㄚ ㄓㄞˋ ān yíng zhā zhài
安設營房，紮下寨柵，指隊伍駐紮下來。［例］登山隊就在這裏安營紮寨，開始休整。［構］聯合。［同］安營下寨　［反］拔寨起營

安於現狀 ㄢ ㄩˊ ㄒㄧㄢˋ ㄓㄨㄤˋ ān yú xiàn zhuàng
習慣或滿足於目前的狀況或現有的成績，不求進取。［例］安於現狀是改革的思想障礙。［構］動賓。［同］安常處順　［反］更上一層樓

安之若素 ㄢ ㄓ ㄖㄨㄛˋ ㄙㄨˋ ān zhī ruò sù
面對困境或異常情況毫不介意，心情平靜得像素常一樣。［例］這位老科學家雖然身處逆境，但他卻安之若素。［構］補充。［同］泰然自若　［反］寢食不安

按兵不動 ㄢˋ ㄅㄧㄥ ㄅㄨˋ ㄉㄨㄥˋ àn bīng bù dòng
控制自己的軍隊，暫不出動。現借指遇事觀望不迅速行動。［例］全市生產競賽已經展開，尚有個別單位按兵不動。［構］兼語。［源］《呂氏春秋・恃君覽》。［反］聞風而動

按部就班 ㄢˋ ㄅㄨˋ ㄐㄧㄡˋ ㄅㄢ àn bù jiù bān
指辦事有條理，遵循一定的程序。現在有時指按老規矩辦事，不講效率。〔例〕①教育和科研一定要按部就班，不能搞突擊運動。②革新要有闖勁，這樣按部就班地幹，效率太低了。〔構〕連動。〔同〕循序漸進〔反〕改弦更張

按捺不住 ㄢˋ ㄋㄚˋ ㄅㄨˋ ㄓㄨˋ àn nà bú zhù
指抑制不住自己的激動情緒。〔例〕他再也按捺不住滿腔怒火，猛地向敵堡上的槍眼撲過去。〔構〕補充。〔反〕不動聲色

按圖索驥 ㄢˋ ㄊㄨˊ ㄙㄨㄛˇ ㄐㄧˋ àn tú suǒ jì
原意是按照圖像尋求好馬，比喻拘泥於教條。現指按照線索去尋找事物。〔例〕刑警根據現場的蛛絲馬跡，按圖索驥，迅速抓到了罪犯。〔構〕偏正。〔反〕大海撈針

暗渡陳倉 ㄢˋ ㄉㄨˋ ㄔㄣˊ ㄘㄤ àn dù chéncāng
指作戰時繞道偷襲敵人，也比喻暗中進行活動。陳倉：古地名，在今陝西寶雞市東。〔例〕八路軍主力轉移時，游擊隊暗渡陳倉，奇襲敵後，攻下日寇據點多處。〔構〕動賓。〔源〕《史記・高祖本紀》。

暗箭難防 ㄢˋ ㄐㄧㄢˋ ㄋㄢˊ ㄈㄤˊ àn jiàn nán fáng
比喻陰謀手段令人難以防備。〔例〕魯迅深知暗箭難防，所以時刻警惕來自背後的襲擊。〔構〕主謂。〔同〕暗箭傷人

暗送秋波 ㄢˋ ㄙㄨㄥˋ ㄑㄧㄡ ㄅㄛ àn sòng qiū bō
原是形容男女之間眉目傳情。後來比喻獻媚取寵，暗中勾搭。秋波：秋水似的眼波。〔例〕北洋軍閥一邊鎮壓學生愛國運動，一邊向帝國主義暗送秋波。〔構〕動賓。

暗無天日 ㄢˋ ㄨˊ ㄊㄧㄢ ㄖˋ àn wú tiān rì

形容極端黑暗。［例］舊中國官場腐敗，暗無天日。［構］補充。［同］不見天日 漆黑一團 ［反］重見天日 大放光明

暗中摸索 ㄢˋ ㄓㄨㄥ ㄇㄛ ㄙㄨㄛˇ àn zhōng mō suǒ

本指在黑暗中尋求；後來多指獨自探索和鑽研。［例］老師沒有講解題的方法，學生只好暗中摸索。［構］偏正。［反］豁然開朗

黯然神傷 ㄢˋ ㄖㄢˊ ㄕㄣˊ ㄕㄤ àn rán shénshāng

心情沮喪，心神憂傷。［例］他望著遭劫後的家園，黯然神傷。［構］偏正。［反］悠然自得

黯然失色 ㄢˋ ㄖㄢˊ ㄕ ㄙㄜˋ àn rán shī sè

原指心神沮喪得變了臉色。後多用來形容相形之下黯淡無光，失掉了原有的光彩。［例］這些詩的氣派，比起今天奉節縣的民歌，都會黯然失色。［構］偏正。［反］光彩奪目

黯然銷魂 ㄢˋ ㄖㄢˊ ㄒㄧㄠ ㄏㄨㄣˊ àn rán xiāo hún

心情悲苦像失了靈魂。也作『黯然魂銷』。［例］那對老夫婦站在兒子的墓碑前，黯然銷魂。［構］偏正。［源］梁、江淹《別賦》：『黯然銷魂者，惟別而已矣！』

昂首闊步 ㄤˊ ㄕㄡˇ ㄎㄨㄛˋ ㄅㄨˋ áng shǒu kuò bù

高仰著頭，大步前進。形容無所畏懼的樣子，有時也形容態度高傲。［例］①他昂首闊步走上敵人的法庭。②洋狀元從外國回來，走路總是昂首闊步，裝出一副與衆不同的樣子。［構］聯合。［同］高視闊步

昂首挺胸 ㄤˊ ㄕㄡˇ ㄊㄧㄥˇ ㄒㄩㄥ áng shǒu tǐng xiōng
仰著頭，挺起胸膛。形容鬥志昂揚、無所畏懼的豪邁氣概。[例]戰士們也昂首挺胸，相繼從懸崖往下跳。[構]聯合。[反]低眉順眼

嗷嗷待哺 ㄠˊ ㄠˊ ㄉㄞˋ ㄅㄨˇ áo áo dài bǔ
本是形容雛鳥嗷嗷哀鳴，等待母鳥餵食的樣子。後來比喻災民求食，也借指處於困境待援的情況。[例]非洲的災民嗷嗷待哺，急需糧食度過荒年。[構]偏正。

傲然屹立 ㄠˋ ㄖㄢˊ ㄧˋ ㄌㄧˋ ào rán yì lì
堅強不屈像山峰聳立，不可動搖。[例]我們的祖國傲然屹立於世界文明之林。[構]偏正。[同]巍然屹立

B

八拜之交 ㄅㄚ ㄅㄞˋ ㄓ ㄐㄧㄠ bā bài zhī jiāo
舊稱異姓結拜的兄弟姊妹。[例]『有一故人姓杜，名確，字君實，與小生同郡同學，當初為八拜之交。』(《西廂記》)[構]偏正。[同]金蘭之好

八斗之才 ㄅㄚ ㄉㄡˇ ㄓ ㄘㄞˊ bā dǒu zhī cái
形容人富有才華。八斗：指量多。[例]李白雖有八斗之才，在唐王朝也很難一展抱負。[構]偏正。[同]才高八斗[反]胸無點墨

八方呼應 ㄅㄚ ㄈㄤ ㄏㄨ ㄧㄥˋ bā fāng hū yìng
形容各方面互相響應，互相配合。[例]廉政建設必須八方呼應，雷

厲風行。［構］偏正。

八方支援 ㄅㄚ ㄈㄤ ㄓ ㄩㄢˊ bā fāng zhī yuán

形容各方面都來支持、援助。［例］水利工程進展很快，主要得力於八方支援，人力、物力充足。［構］偏正。

八面玲瓏 ㄅㄚ ㄇㄧㄢˋ ㄌㄧㄥˊ ㄌㄨㄥˊ bā miàn líng lóng

形容爲人處事手腕圓滑，面面俱到。多含貶義。［例］《紅樓夢》裏的王熙鳳，可算是一個八面玲瓏的人物。［構］主謂。［同］八面見光　四面討好

八面威風 ㄅㄚ ㄇㄧㄢˋ ㄨㄟ ㄈㄥ bā miàn wēi fēng

無論從哪一面看都很威風。形容威風十足的樣子。［例］『誰敢橫刀立馬，唯我彭大將軍』。這詩句，寫出了彭德懷將軍的八面威風。［構］偏正。［同］威風凜凜

八仙過海，各顯神通 ㄅㄚ ㄒㄧㄢ ㄍㄨㄛˋ ㄏㄞˇ，ㄍㄜˋ ㄒㄧㄢˇ ㄕㄣˊ ㄊㄨㄥ bā xiān guò hǎi, gè xiǎn shén tōng

比喻人們在從事某種活動中，各自大顯身手。八仙：民間傳說中的八個仙人，即漢鍾離、張果老、呂洞賓、李鐵拐、韓湘子、曹國舅、藍采和、何仙姑。［例］競賽開始了，生產能手們八仙過海，各顯神通。［構］覆。

拔刀相助 ㄅㄚˊ ㄉㄠ ㄒㄧㄤ ㄓㄨˋ bá dāo xiāng zhù

打抱不平，幫助被欺侮的人。也作『路見不平，拔刀相助』。［例］『若不是大恩人拔刀相助，怎能夠好夫妻似水如魚。』（《西廂記》）［構］連動。［反］袖手旁觀

拔山蓋世 ㄅㄚˊ ㄕㄢ ㄍㄞˋ ㄕˋ bá shān gài shì

力能拔山，勇氣舉世無雙。形容勇猛無比。［例］楚霸王項羽雖有拔山蓋世之勇，由於剛愎自用，只落得個兵

敗自刎的下場。[構]聯合。[源]《史記・項羽本紀》：『力拔山兮氣蓋世。』[同]拔山扛鼎

跋山涉水 ㄅㄚˊ ㄕㄢ ㄕㄜˋ ㄕㄨㄟˇ bá shān shè shuǐ
爬山越嶺，淌水過河，形容長途行走的辛苦。[例]從全國各地跋山涉水前來訪問的人們絡繹不絕。[構]聯合。[源]《詩經・鄘風》。[辨]『跋』不能寫成『拔』。

把玩不厭 ㄅㄚˇ ㄨㄢˊ ㄅㄨˊ ㄧㄢˋ bǎ wán bú yàn
拿著玩賞，不知厭倦，形容喜愛已極。[例]他拿著一個鼻煙壺把玩不厭，愛不釋手。[構]補充。

白璧微瑕 ㄅㄞˊ ㄅㄧˋ ㄨㄟ ㄒㄧㄚˊ bái bì wēi xiá
白的玉（璧）上有小小的斑點。比喻極好的人或事物有小缺點。也作『白玉有瑕』。[例]他作風正派，為人很好，只是脾氣有些急躁，算是白璧微瑕吧。[構]主謂。[同]美中不足

白璧無瑕 ㄅㄞˊ ㄅㄧˋ ㄨˊ ㄒㄧㄚˊ bái bì wú xiá
比喻美好的人或事物毫無缺點。[例]天真的兒童心靈純潔，可謂白璧無瑕。[構]主謂。[同]完美無缺[反]一無是處

白髮蒼蒼 ㄅㄞˊ ㄈㄚˇ ㄘㄤ ㄘㄤ bái fà cāngcāng
形容老年人的頭髮全是灰白色。[例]我這位兒時的夥伴兒，如今也已是白髮蒼蒼了。[構]主謂。[源]唐、韓愈《祭十二郎文》。[同]鬢髮皆白[反]朱顏綠鬢

白圭之玷 ㄅㄞˊ ㄍㄨㄟ ㄓ ㄉㄧㄢˋ bái guī zhī diàn
比喻好人的缺點。圭：古代行禮時用的玉器。玷：污斑。[例]『但這也不過白圭之玷，並非晚節不終。』（

魯迅《關於太炎先生二三事》）〔構〕偏正。〔源〕《詩經・大雅・抑》。〔同〕金無足赤 人無完人。

白虹貫日 ㄅㄞˊ ㄏㄨㄥˊ ㄍㄨㄢˋ ㄖˋ bái hóng guàn rì

像虹一樣的白暈（日暈）貫穿於太陽。古人認爲這種異常的天象，是大變將發的徵兆，將有不平常的事件發生。〔例〕『白虹貫日英雄死，如此河山失霸才。』（柳亞子《哭威丹烈士》）〔構〕主謂。〔源〕《戰國策・魏策》：『聶政之刺韓傀也，白虹貫日。』

白駒過隙 ㄅㄞˊ ㄐㄩ ㄍㄨㄛˋ ㄒㄧˋ bái jū guò xì

比喻時光過得飛快，像駿馬在縫隙前一閃而過。〔例〕時間如白駒過隙，必須分秒必爭。〔構〕主謂。〔源〕《莊子・知北遊》。〔同〕光陰似箭〔反〕度日如年

白面書生 ㄅㄞˊ ㄇㄧㄢˋ ㄕㄨ ㄕㄥ bái miàn shū shēng

舊指閱歷不深的年輕的讀書人。〔例〕新時代的大學生不是白面書生，都自願下基層鍛鍊。〔構〕偏正。〔同〕文弱書生

白色恐怖 ㄅㄞˊ ㄙㄜˋ ㄎㄨㄥˇ ㄅㄨˋ bái sè kǒng bù

指反動派殘酷鎮壓人民的恐怖氣氛。白：慘白。形容恐怖的氣氛。〔例〕魯迅先生對白色恐怖毫不畏懼，一直把密信和文稿珍藏著。〔構〕偏正。〔同〕腥風血雨〔反〕紅色風暴

白手起家 ㄅㄞˊ ㄕㄡˇ ㄑㄧˇ ㄐㄧㄚ bái shǒu qǐ jiā

指在缺乏物質條件的困境中創立事業。白手：空手。〔例〕鄉鎮企業大都是白手起家。〔構〕偏正。〔同〕自力更生 赤手空拳

白頭到老 ㄅㄞˊ ㄊㄡˊ ㄉㄠˋ ㄌㄠˇ bái tóu dào lǎo

指夫妻恩愛到老年。也作『白頭偕老』。〔例〕祝新婚夫婦白頭到老。〔構〕偏正。〔同〕白頭相守

白雲蒼狗 ㄅㄞˊ ㄩㄣˊ ㄘㄤ ㄍㄡˇ bái yún cāng gǒu

天上的白雲變作黑狗的形狀。比喻世事變幻無常。〔例〕近來國際形勢如白雲蒼狗，變幻莫測。〔構〕特・主謂。〔同〕變化無常 瞬息萬變

百般刁難 ㄅㄞˇ ㄅㄢ ㄉㄧㄠ ㄋㄢˊ bǎi bān diāo nán

用各種手段使對方為難。〔例〕在談判過程中，對方百般刁難，所以未能達成協議。〔構〕偏正。〔同〕故意刁難。〔辨〕『難』不能念成ㄋㄢˋ(nàn)。

百弊叢生 ㄅㄞˇ ㄅㄧˋ ㄘㄨㄥˊ ㄕㄥ bǎi bì cóngshēng

各種弊病一起發生。〔例〕沒有嚴格的規章制度，必定百弊叢生。〔構〕主謂。

百川歸海 ㄅㄞˇ ㄔㄨㄢ ㄍㄨㄟ ㄏㄞˇ bǎi chuān guī hǎi

所有的江河都流入大海。川：江河。比喻許多分散的事物都匯集到一處；也喻大勢所趨，人心所向。〔例〕全國許多青年學生，如百川歸海，投奔延安來了。〔構〕主謂。〔源〕晉、左思《吳都賦》：『有川派別，歸海而會。』

百尺竿頭，更進一步 ㄅㄞˇ ㄔˇ ㄍㄢ ㄊㄡˊ ㄍㄥˋ ㄐㄧㄣˋ ㄧˊ ㄅㄨˋ bǎi chǐ gān tóu, gèng jìn yí bù

比喻已取得較高的成就，還要繼續努力，更求上進。百尺竿頭：佛教用以比喻修行到極高的境界。〔例〕你考上了大學，還要百尺竿頭，更進一步。〔構〕覆。

百讀不厭 ㄅㄞˇ ㄉㄨˊ ㄅㄨˋ ㄧㄢˋ bǎi dú bù yàn

多次讀也不厭煩。形容好的詩文令人非常愛讀。〔例〕魯迅的作品令人百讀不厭。〔構〕補充。〔反〕不忍卒讀 味同嚼蠟

百發百中 ㄅㄞˇ ㄈㄚ ㄅㄞˇ ㄓㄨㄥˋ bǎi fā bǎi zhòng

射箭、射擊或投擲，每次都命中目標。〔例〕他是個百發百中的神槍手。〔構〕聯合。〔源〕《戰國策・西周策》。〔同〕百步穿楊 〔辨〕『中』不能念成ㄓㄨㄥ(zhōng)。

百廢待舉 ㄅㄞˇ ㄈㄟˋ ㄉㄞˋ ㄐㄩˇ bǎi fèi dài jǔ

許多被廢置的事，都等著興辦。也作『百廢待興』。〔例〕粉碎『四人幫』以後，百廢待舉。〔構〕主謂。〔辨〕對新創辦的事物，不能用百廢待舉。

百廢俱興 ㄅㄞˇ ㄈㄟˋ ㄐㄩˋ ㄒㄧㄥ bǎi fèi jù xīng

一切被廢置的事，都重新興辦起來了。〔例〕唐山大地震十年之後，百廢俱興。〔構〕主謂。〔源〕宋、范仲淹《岳陽樓記》。

百感交集 ㄅㄞˇ ㄍㄢˇ ㄐㄧㄠ ㄐㄧˊ bǎi gǎn jiāo jí

種種感想一齊湧上心頭。集：聚集。〔例〕他從台灣回到久別的故鄉，真是百感交集。〔構〕主謂。〔同〕感慨萬端 〔反〕無動於衷 〔辨〕不同於『悲喜交集』。

百花齊放 ㄅㄞˇ ㄏㄨㄚ ㄑㄧˊ ㄈㄤˋ bǎi huā qí fàng

各式各樣的花一齊開放，比喻藝術上不同形式和風格的自由發展。〔例〕這次文藝匯演是多劇種、多流派百花齊放，各顯身手。〔構〕主謂。〔反〕一花獨放

百家爭鳴 ㄅㄞˇ ㄐㄧㄚ ㄓㄥ ㄇㄧㄥˊ bǎi jiā zhēng míng
比喻學術上不同學派、不同觀點的自由爭論。百家：各種學術流派。［例］爲了促進學術進步，評論界必須百家爭鳴，不能强求統一。［構］主謂。［源］《漢書·藝文志》。［反］萬馬齊喑

百孔千瘡 ㄅㄞˇ ㄎㄨㄥˇ ㄑㄧㄢ ㄔㄨㄤ bǎi kǒng qiān chuāng
形容破壞得非常嚴重的樣子或弊病很多。［例］①他把那張寫滿了謊言的信紙用針戳得百孔千瘡。②這個工廠由於管理不善，百孔千瘡，不堪收拾。［構］聯合。［源］唐、韓愈《與孟尙書書》。［反］完美無缺

百裏挑一 ㄅㄞˇ ㄌㄧˇ ㄊㄧㄠ ㄧ bǎi lǐ tiāo yī
在上百個裏才挑出一個。形容相貌或才能特別突出。百：言其多。［例］小玉是村裏的女秀才，又是百裏挑一的俊姑娘。［構］偏正。［同］鳳毛麟角 鶴立雞群 ［反］伯仲之間 不分軒輊

百煉成鋼 ㄅㄞˇ ㄌㄧㄢˋ ㄔㄥˊ ㄍㄤ bǎi liàn chéng gāng
比喻經過多次磨練，才能成爲優秀人才。煉：冶煉。［例］青年人要吃大苦耐大勞，百煉成鋼，才能成爲國家有用人才。［構］連動。

百年不遇 ㄅㄞˇ ㄋㄧㄢˊ ㄅㄨˋ ㄩˋ bǎi nián bù yù
形容很少遇到或少有的機會。［例］①這是百年不遇的大風災。②我百年不遇地看一回戲，還碰上下大雨，全身濕透。［構］偏正。［同］千載難逢 ［反］司空見慣

百年大計 ㄅㄞˇ ㄋㄧㄢˊ ㄉㄚˋ ㄐㄧˋ bǎi nián dà jì
指關係到長遠利益的計劃或措施。［例］水利工程是百年大計，不容半點馬虎。［構］偏正。［同］百年大業 ［反］權宜之計

百年樹人 ㄅㄞˇ ㄋㄧㄢˊ ㄕㄨˋ ㄖㄣˊ bǎi nián shù rén
指培養人才是長久之計，也指培養人才不容易。又作『十年樹木，百年樹人』。「例」辦教育是百年樹人的大業，要有長遠的規劃。「構」偏正。「源」《管子・權修》。

百世之師 ㄅㄞˇ ㄕˋ ㄓ ㄕ bǎi shì zhī shī
品德才學可以做後世百代人的師表。「例」『五四』運動使孔夫子百世之師的地位動搖了。「構」偏正。「源」《孟子・盡心下》。

百思不解 ㄅㄞˇ ㄙ ㄅㄨˋ ㄐㄧㄝˇ bǎi sī bù jiě
經過反覆思索也不理解。「例」他自殺的原因何在，令人百思不解。「構」偏正。「同」百思不得其解 「反」不言而喻 恍然大悟

百萬雄師 ㄅㄞˇ ㄨㄢˋ ㄒㄩㄥˊ ㄕ bǎi wàn xióng shī
成百萬的威武雄壯的軍隊。「例」百萬雄師過大江。「構」偏正。「同」百萬雄兵 「反」兵微將寡 殘兵敗將

百聞不如一見 ㄅㄞˇ ㄨㄣˊ ㄅㄨˋ ㄖㄨˊ ㄧˊ ㄐㄧㄢˋ bǎi wén bù rú yí jiàn
聽說過一百次，不如親眼看一次。「例」我生平第一次過三峽，那瑰奇的景象令我激動不已，真是百聞不如一見。「構」主謂。「源」《漢書・趙充國傳》。

百無禁忌 ㄅㄞˇ ㄨˊ ㄐㄧㄣˋ ㄐㄧˋ bǎi wú jìn jì
什麼都不忌諱。「例」我們不搞封建迷信，所以百無禁忌。「構」動賓。

百無聊賴 ㄅㄞˇ ㄨˊ ㄌㄧㄠˊ ㄌㄞˋ bǎi wú liáo lài

思想感情沒有依託，精神空虛。無聊賴：沒有寄託。［例］①『百無聊賴的時候，才有消遣。』（冰心）②現在我百無聊賴，寂寞難當。［構］動賓。［源］漢、焦延壽《易林》。

百業凋敝 ㄅㄞˇ ㄧㄝˋ ㄉㄧㄠ ㄅㄧˋ bǎi yè diāo bì

各行各業都衰敗、蕭條、不景氣。［例］如今的繁榮和過去百業凋敝的慘景，形成鮮明對比。［構］主謂。［同］百業蕭條［反］百業興旺

百依百順 ㄅㄞˇ ㄧ ㄅㄞˇ ㄕㄨㄣˋ bǎi yī bǎi shùn

一切順從對方。［例］他們對獨生嬌女百依百順。［構］聯合。［反］毫不遷就

百戰百勝 ㄅㄞˇ ㄓㄢˋ ㄅㄞˇ ㄕㄥˋ bǎi zhàn bǎi shèng

每戰必勝，所向無敵。［例］知己知彼才能百戰百勝。［構］聯合。［源］《孫子．謀攻》。［同］戰無不勝　屢戰屢勝［反］每戰必殆　屢戰屢敗

百折不撓 ㄅㄞˇ ㄓㄜˊ ㄅㄨˋ ㄋㄠˊ bǎi zhé bù náo

無論遭受多少挫折，也不退縮屈服。撓：彎曲，屈服。［例］幹革命就要有百折不撓的精神。［構］偏正。［同］百折不回　不屈不撓［反］一蹶不振　知難而退［辨］『撓』不能念成ㄖㄠˊ(ráo)。

百足之蟲，死而不僵 ㄅㄞˇ ㄗㄨˊ ㄓ ㄔㄨㄥˊ ㄙˇ ㄦˊ ㄅㄨˋ ㄐㄧㄤ bǎi zú zhī chóng sǐ ér bù jiāng

百足蟲切斷後不馬上僵硬，仍能蠕動。僵：僵硬、倒。比喻人、事雖然衰亡，但其殘餘勢力和影響仍然存在。［例］『古人有言：「百足之蟲，

死而不僵」。如今雖說不似先年那樣興盛，較之平常仕宦人家，到底氣象不同。』（《紅樓夢》第二回）［構］覆。［源］《文選・六代論注》引《魯連子》。

敗子回頭 ㄅㄞˋ ㄗˇ ㄏㄨㄟˊ ㄊㄡˊ bài zǐ huí tóu

敗家子改邪歸正。回頭：悔悟。［例］奉勸失足青年要敗子回頭，重新做人。［構］主謂。［同］浪子回頭［反］死不悔改

稗官野史 ㄅㄞˋ ㄍㄨㄢ ㄧㄝˇ ㄕˇ bài guān yě shǐ

指街談巷議、道聽塗說的無稽之談或記載軼聞瑣事的作品。稗官：古代爲帝王講民俗故事的小官，後稱小說爲稗官野史，與『正史』相對。［例］報載某地曾有外星球來客光臨，其實都是稗官野史。［構］聯合。

班門弄斧 ㄅㄢ ㄇㄣˊ ㄋㄨㄥˋ ㄈㄨˇ bān mén nòng fǔ

在魯班門前舞弄斧頭，比喻在行家面前賣弄本領。［例］在你這大書法家面前提筆，豈不是班門弄斧。［構］偏正。［源］唐、柳宗元《王氏伯仲唱和詩序》。

斑駁陸離 ㄅㄢ ㄅㄛˊ ㄌㄨˋ ㄌㄧˊ bān bó lù lí

形容色彩雜亂的樣子。斑駁：色彩錯雜。陸離：參差不一。［例］這個出土陶俑斑駁陸離，姿態生動。［構］聯合。［源］《離騷》。［同］色彩斑斕

搬弄是非 ㄅㄢ ㄋㄨㄥˋ ㄕˋ ㄈㄟ bān nòng shì fēi

在別人背後傳閒話，亂加議論，引起糾紛。搬弄：挑撥。［例］『惱的是那狐朋狗友，搬弄是非。』（《紅樓夢》第十回）［構］動賓。［同］搬口弄舌　挑撥是非

半斤八兩 ㄅㄢˋ ㄐㄧㄣ ㄅㄚ ㄌㄧㄤˇ bàn jīn bā liǎng
比喻彼此不分上下。舊制十六兩爲一斤，半斤等於八兩。多用於貶義。[例]這兩個球隊半斤八兩，沒有賽出什麼精采場面。[構]聯合。

半路出家 ㄅㄢˋ ㄌㄨˋ ㄔㄨ ㄐㄧㄚ bàn lù chū jiā
比喻不是本行出身，是半路上才學的。出家：指當和尚或尼姑。所以又作『半路修行』。[例]我學世界語是半路出家。[構]偏正。[反]科班出身

半途而廢 ㄅㄢˋ ㄊㄨˊ ㄦˊ ㄈㄟˋ bàn tú ér fèi
中途停止，讓工作沒有完成。廢：停止。[例]他沒有恆心，致使工作半途而廢。[構]偏正。[源]《禮記·中庸》。[同]前功盡棄 功虧一簣 [反]堅持不懈 堅持到底

半推半就 ㄅㄢˋ ㄊㄨㄟ ㄅㄢˋ ㄐㄧㄡˋ bàn tuī bàn jiù
一邊推託一邊接受。形容假意推辭。[例]譚科長對這些茅台酒半推半就地接受了。[構]聯合。[同]半真半假 故作姿態

半吞半吐 ㄅㄢˋ ㄊㄨㄣ ㄅㄢˋ ㄊㄨˇ bàn tūn bàn tǔ
形容說話有顧忌，含混不明確。[例]巫科長對自己的受賄行爲半吞半吐，不肯徹底交待。[構]聯合。[同]吞吞吐吐 含混其辭 支支吾吾 [反]侃侃而談

半信半疑 ㄅㄢˋ ㄒㄧㄣˋ ㄅㄢˋ ㄧˊ bàn xìn bàn yí
一半相信，一半懷疑。[例]有些廣告自吹自擂，令人半信半疑。[構]聯合。[同]將信將疑 [反]深信不疑 確信無疑

半夜三更 ㄅㄢˋ ㄧㄝˋ ㄙㄢ ㄍㄥ bàn yè sān gēng
指深夜。過去將一夜分為五更，三更是半夜的時間。又作『三更半夜』。［例］半夜三更，你上哪去？［構］聯合。［同］深更半夜　［反］青天白日

半真半假 ㄅㄢˋ ㄓㄣ ㄅㄢˋ ㄐㄧㄚˇ bàn zhēn bàn jiǎ
一半真，一半假，不是完全真實的。［例］①我看這毛毯不是純毛的，半真半假。②她半真半假地說：『他要考上博士生，我就嫁給他！』［構］聯合。

傍人門戶 ㄅㄤˋ ㄖㄣˊ ㄇㄣˊ ㄏㄨˋ bàng rén mén hù
比喻依賴別人，不能自立或自主。［例］學術研究要有獨到之處，不能傍人門戶。［構］動賓。［同］傍人籬壁　［反］自立門戶　獨樹一幟　［辨］『傍』不能念成ㄆㄤˊ(páng)。

包辦代替 ㄅㄠ ㄅㄢˋ ㄉㄞˋ ㄊㄧˋ bāo bàn dài tì
本應別人辦的事或和別人商量一起動手做的事，卻獨自辦理，不讓別人參與。［例］農村調查要發動群眾，不能由少數幹部包辦代替。［構］聯合。［同］越俎代庖　［反］包而不辦

包藏禍心 ㄅㄠ ㄘㄤˊ ㄏㄨㄛˋ ㄒㄧㄣ bāo cáng huò xīn
懷著害人的念頭。禍心：害人的心。［例］魯迅評章太炎說：『臨總統府之門，大詬袁世凱的包藏禍心者，並世無第二人。』［構］動賓。［源］《左傳・昭公元年》。［同］居心叵測　［反］襟懷坦白。

包打天下 ㄅㄠ ㄉㄚˇ ㄊㄧㄢ ㄒㄧㄚˋ bāo dǎ tiān xià
把打天下的重擔包攬下來。比喻少數人包辦全部任務，也常指人逞強好勝。［例］這件事要群策群力，不要少數人包打天下。［構］動賓。［同］包辦

代替

包羅萬象 ㄅㄠ ㄌㄨㄛˊ ㄨㄢˋ ㄒㄧㄤˋ bāo luó wàn xiàng
形容內容豐富，無所不有。萬象：形形色色的事物。［例］百貨大樓的商品種類繁多，包羅萬象，應有盡有。［構］動賓。［源］《黃帝宅經》卷上。［同］無所不包

褒善貶惡 ㄅㄠ ㄕㄢˋ ㄅㄧㄢˇ ㄜˋ bāo shàn biǎn è
讚揚好的，貶斥壞的。［例］有關市民生活的社會新聞要做到褒善貶惡，發揮教育作用。［構］聯合。

寶山空回 ㄅㄠˇ ㄕㄢ ㄎㄨㄥ ㄏㄨㄟˊ bǎo shān kōng huí
進入寶山卻從寶山空手回來。比喻進入某種內容豐富的領域，卻毫無所獲。［例］我參加專業培訓班，絕不寶山空回。［構］偏正。［反］滿載而歸

飽經滄桑 ㄅㄠˇ ㄐㄧㄥ ㄘㄤ ㄙㄤ bǎo jīng cāng sāng
形容經歷許多世事變化。飽：充分地。滄桑：滄海變桑田，比喻世事變化很大。［例］他是一位飽經滄桑的革命老人。［構］動賓。［同］飽經風霜 歷盡滄桑

飽經風霜 ㄅㄠˇ ㄐㄧㄥ ㄈㄥ ㄕㄨㄤ bǎo jīng fēng shuāng
形容經歷過許多艱難困苦。風霜：比喻艱難。［例］劉連仁在日本的深山裏飽經風霜，度過了十三年。［構］動賓。［辨］强調經歷長期困苦磨練時，用飽經風霜；强調經歷許多世事變化時，用『飽經滄桑』。

飽經憂患 ㄅㄠˇ ㄐㄧㄥ ㄧㄡ ㄏㄨㄢˋ bǎo jīng yōu huàn
指經歷長期的憂愁患難的生活。［例］飽經憂患的中國人民終於站起來了。［構］動賓。

飽食暖衣 ㄅㄠˇ ㄕˊ ㄋㄨㄢˇ ㄧ bǎo shí nuǎn yī
吃得飽，穿得暖，生活富足。〔例〕解決十一億人口的飽食暖衣問題，是一件了不起的大事。〔構〕聯合。〔源〕《孟子・滕文公上》。〔同〕豐衣足食 〔反〕飢寒交迫

飽食終日 ㄅㄠˇ ㄕˊ ㄓㄨㄥ ㄖˋ bǎo shí zhōng rì
整天吃飽了飯而不做什麼事。〔例〕飽食終日，無所用心的人豈不成了廢物。〔構〕補充。〔源〕《論語・陽貨》。〔同〕無所事事 〔反〕廢寢忘食

飽學之士 ㄅㄠˇ ㄒㄩㄝˊ ㄓ ㄕˋ bǎo xué zhī shì
學識淵博的人。〔例〕出席這次討論會的專家，都是飽學之士。〔構〕偏正。〔同〕鴻儒碩學 〔反〕酒囊飯袋

飽以老拳 ㄅㄠˇ ㄧˇ ㄌㄠˇ ㄑㄩㄢˊ bǎo yǐ lǎo quán
讓他吃飽拳頭。用拳頭狠打他一頓。〔例〕那個竄到學校裏來搗亂的臭流氓，今天被球隊的同學們飽以老拳。〔構〕補充。

保國安民 ㄅㄠˇ ㄍㄨㄛˊ ㄢ ㄇㄧㄣˊ bǎo guó ān mín
保衛國家領土，安定人民生活。〔例〕人民軍隊有保國安民之責。〔構〕聯合。〔同〕保家衛國 〔反〕禍國殃民

報仇雪恨 ㄅㄠˋ ㄔㄡˊ ㄒㄩㄝˇ ㄏㄣˋ bào chóu xuě hèn
報冤仇，解仇恨。雪：洗除。〔例〕剿匪反霸，爲人民報仇雪恨。〔構〕聯合。〔同〕洗雪冤仇 以血還血 〔反〕以德報怨 盡釋前嫌 化敵爲友

報喜不報憂 ㄅㄠˋ ㄒㄧˇ ㄅㄨˋ ㄅㄠˋ ㄧㄡ bào xǐ bù bào yōu

只報告讓人高興的事，不報告令人憂愁的事。[例]浮誇風最大的特點是報喜不報憂。[構]聯合。

抱殘守缺 ㄅㄠˋ ㄘㄢˊ ㄕㄡˇ ㄑㄩㄝ bào cán shǒu quē

守住陳舊的事物不放。比喻思想保守，不肯接受新事物。殘、缺：不完整，殘舊。[例]這種抱殘守缺的舊觀念不清除，體制改革無法推行。[構]聯合。[同]故步自封 [反]推陳出新

抱恨終天 ㄅㄠˋ ㄏㄣˋ ㄓㄨㄥ ㄊㄧㄢ bào hèn zhōng tiān

含恨一輩子。恨：遺憾。終天：終身。[例]中國的農民革命一次又一次地失敗了，那些揭竿而起的英雄們無不抱恨終天。[構]補充。[同]死不瞑目 飲恨而逝 含恨而死

抱薪救火 ㄅㄠˋ ㄒㄧㄣ ㄐㄧㄡˋ ㄏㄨㄛˇ bào xīn jiù huǒ

抱柴去救火，只能助火，不能滅火。比喻想消除災禍，因方法不對而擴大了災禍。也作『負薪救火』。[例]上月他因曠課考試沒有及格，你不幫他補課，還約他跳舞，這不是抱薪救火嗎？[構]連動。[源]《史記・魏世家》：『譬猶抱薪救火，薪不盡，火不滅也。』[同]火上加油

暴虎馮河 ㄅㄠˋ ㄏㄨˇ ㄆㄧㄥˊ ㄏㄜˊ bào hǔ píng hé

空手打虎，淌水過大河。指有勇無謀。[例]敵眾我寡還要硬拚，簡直是暴虎馮河。[構]聯合。[源]《詩經・小雅・小旻》。[辨]『馮』即『憑』，不能念成ㄈㄥˊ(féng)。

暴露無遺 ㄅㄠˋ ㄌㄨˋ ㄨˊ ㄧˊ bào lù wú yí

完全顯露出來，沒有遺漏。多含貶義。[例]林彪出逃，他叛黨叛國

的面目便暴露無遺了。［構］補充。［同］原形畢露　圖窮匕見　［反］滴水不漏

暴殄天物 ㄅㄠˋ ㄊㄧㄢˇ ㄊㄧㄢ ㄨˋ bào tiǎn tiān wù

原指殘害天生之物，後泛指任意糟蹋東西。暴：糟蹋。殄：滅。［例］吃饅頭還要剝皮兒，這不是暴殄天物嗎！［構］動賓。［源］《尚書・武成》。［辨］『殄』不能念成ㄓㄣ(zhēn)。

暴跳如雷 ㄅㄠˋ ㄊㄧㄠˋ ㄖㄨˊ ㄌㄟˊ bào tiào rú léi

形容大怒時暴躁、蹦跳、吼叫的樣子，像打雷一樣猛烈。［例］這個孩子寵慣得不得了，稍不如意就暴跳如雷。［構］補充。［同］大發雷霆　［反］怒不變容

杯弓蛇影 ㄅㄟ ㄍㄨㄥ ㄕㄜˊ ㄧㄥˇ bēi gōng shé yǐng

晉朝的樂廣請客吃飯，掛在牆上的弓映在酒杯裏，客人見弓影在杯中晃動，疑心酒中有蛇，因而得病。後來比喻疑神疑鬼，自相驚擾。［例］他曾經被魚刺鯁住，住了幾天醫院，以後便再也不敢吃魚了，簡直是杯弓蛇影。［構］特・主謂。［同］疑心生暗鬼

杯盤狼藉 ㄅㄟ ㄆㄢˊ ㄌㄤˊ ㄐㄧˊ bēi pán láng jí

杯盤等飲食器物放得亂七八糟。狼藉：像狼窩裏的草那樣散亂。［例］宴會已散，杯盤狼藉。［構］主謂。［源］《史記・滑稽列傳》。［辨］『藉』不能念成ㄐㄧㄝˋ(jiè)。

杯水車薪 ㄅㄟ ㄕㄨㄟˇ ㄔㄜ ㄒㄧㄣ bēi shuǐ chē xīn

用一杯水去滅一車柴草所燒起的火。比喻力量太小，對於解決困難起不了多大作用。［例］這場小雨也不過是杯水車薪，起不到緩解旱情的作用。［構］特・偏正。［源］《孟子・告子上》。［同］無濟於事

卑鄙齷齪 ㄅㄟ ㄅㄧˇ ㄨㄛˋ ㄔㄨㄛˋ bēi bǐ wò chuò 品行惡劣、下流。齷齪：骯髒。［例］那些傳播淫穢錄相者的心靈，是卑鄙齷齪的。［構］聯合。

卑鄙無恥 ㄅㄟ ㄅㄧˇ ㄨˊ ㄔˇ bēi bǐ wú chǐ 品行惡劣，不顧羞恥。［例］汪精衛賣國求榮甘當兒皇帝，是個卑鄙無恥的大漢奸。［構］聯合。［反］德高望重 正氣凜然

卑躬屈膝 ㄅㄟ ㄍㄨㄥ ㄑㄩ ㄒㄧ bēi gōng qū xī 形容沒有骨氣，諂媚討好的無恥形象。卑躬：低頭彎腰。屈膝：下跪。［例］看到狗腿子在鬼子面前那副卑躬屈膝的奴才相，群衆無不恨之入骨。［構］聯合。［反］昂首挺胸

卑之，無甚高論 ㄅㄟ ㄓ ㄨˊ ㄕㄣˋ ㄍㄠ ㄌㄨㄣˋ bēi zhī wú shèn gāo lùn 原意是使言辭淺近，切合實際，不要發表過於高深的議論。後來轉用來表示見解一般，沒有什麼高明的議論。［例］以上我的看法談完了，卑之，無甚高論，請大家批評指正。［構］覆。

悲不自勝 ㄅㄟ ㄅㄨˋ ㄗˋ ㄕㄥˋ bēi bù zì shèng 悲傷得使自己經受不住。形容悲痛已極。［例］老戰友病逝的噩耗使他悲不自勝。［構］補充。［同］悲痛欲絕

悲憤塡膺 ㄅㄟ ㄈㄣˋ ㄊㄧㄢˊ ㄧㄥ bēi fèn tián yīng 悲痛氣憤充滿胸膛。［例］『九・一八』日寇占我瀋陽的消息傳來，愛國同胞無不悲憤塡膺，誓死抗日。［構］主謂。［同］義憤塡膺

悲觀厭世 ㄅㄟ ㄍㄨㄢ ㄧㄢˋ ㄕˋ bēi guān yàn shì

對生活失掉信心，厭棄人世。［例］生活的艱辛，愛情的苦惱，使她產生了悲觀厭世的情緒。［構］聯合。

悲歡離合 ㄅㄟ ㄏㄨㄢ ㄌㄧˊ ㄏㄜˊ bēi huān lí hé

悲傷，喜悅，分離，團聚，表示人生不可避免的心情和遭遇。［例］『人有悲歡離合，月有陰晴圓缺，此事古難全。』（宋、蘇軾《水調歌頭・丙辰中秋兼懷子由》）［構］聯合。

悲天憫人 ㄅㄟ ㄊㄧㄢ ㄇㄧㄣˇ ㄖㄣˊ bēi tiān mǐn rén

哀嘆世事的艱辛，憐憫百姓疾苦。天：天命，借指世事。現在多含諷刺意味。［例］魯迅在《肥皀》中，戳穿了道學家那副悲天憫人的虛僞面孔。［構］聯合。［源］唐、韓愈《爭臣論》。

悲喜交集 ㄅㄟ ㄒㄧˇ ㄐㄧㄠ ㄐㄧˊ bēi xǐ jiāo jí

悲哀和喜悅聚集在一起。［例］陳君自台灣來，回到故鄉見到親人，悲喜交集，老淚滂沱。［構］主謂。

背道而馳 ㄅㄟˋ ㄉㄠˋ ㄦˊ ㄔˊ bèi dào ér chí

雙方朝著相反的方向跑。比喻彼此的目的方向完全相反。［例］她出國繼承遺產，我進山探礦，我倆背道而馳，各走各的路了。［構］偏正。［同］南轅北轍　［反］並駕齊驅

背井離鄉 ㄅㄟˋ ㄐㄧㄥˇ ㄌㄧˊ ㄒㄧㄤ bèi jǐng lí xiāng

離開家鄉，到異地去。井：指家鄉。也作『離鄉背井』。［例］爲了謀生，朱老忠背井離鄉下了關東。［構］聯合。［同］遠走他鄉　［反］衣錦還鄉　葉落歸根

背水一戰 ㄅㄟˋ ㄕㄨㄟˇ ㄧ ㄓㄢˋ bèi shuǐ yì zhàn
比喻決戰到底。背水：背向水，無退路。［例］在競爭激烈的今天，消極等待毫無指望，背水一戰，大幹一場，或許還能求得企業的生存和發展。［構］偏正。［源］《史記・淮陰侯列傳》。

背信棄義 ㄅㄟˋ ㄒㄧㄣˋ ㄑㄧˋ ㄧˋ bèi xìn qì yì
不守信用，不講道義。［例］某外商背信棄義，不信守合同，我廠已向法院起訴。［構］聯合。［同］言而無信 ［反］言而有信 信守不渝

悖入悖出 ㄅㄟˋ ㄖㄨˋ ㄅㄟˋ ㄔㄨ bèi rù bèi chū
錢財的來路不正，去路也不正。胡亂弄來的錢，又胡亂花掉。悖：不合理，不正當。［例］投機商人悖入悖出，錢來得容易去得快。［構］聯合。［源］《禮記・大學》。

倍道兼行 ㄅㄟˋ ㄉㄠˋ ㄐㄧㄢ ㄒㄧㄥˊ bèi dào jiān xíng
一天的時間趕兩天的路程，形容快速行進。兼：加倍。［例］我軍倍道兼行，一夜之間走了一百多里。［構］聯合。［源］《孫子・軍爭篇》。

奔走呼號 ㄅㄣ ㄗㄡˇ ㄏㄨ ㄏㄠˊ bēn zǒu hū háo
到處奔走、呼喊。形容尋求援助而到處活動。［例］爲弱智兒童教育問題，他奔走呼號，終於建立了這座啓智學校。［構］聯合。

奔走相告 ㄅㄣ ㄗㄡˇ ㄒㄧㄤ ㄍㄠˋ bēn zǒu xiāng gào
人們奔跑著互相轉告。［例］日本無條件投降的消息傳來，人們奔走相告，歡欣若狂。［構］連動。

本來面目 ㄅㄣˇ ㄌㄞˊ ㄇㄧㄢˋ ㄇㄨˋ běn lái miàn mù
佛家語，指人固有的心性。後用以指事物的原來模樣。［例］這首詩

改來改去已不是本來面目了。［構］偏正。［反］面目全非

本末倒置 ㄅㄣˇ ㄇㄛˋ ㄉㄠˋ ㄓˋ běn mò dào zhì

把本質的和非本質的、主要的和次要的弄顛倒了。［例］理科大學生不鑽研本科專業知識，熱中於『公關學』的研究，豈不是本末倒置。［構］主謂。［同］輕重倒置　捨本逐末

本性難移 ㄅㄣˇ ㄒㄧㄥˋ ㄋㄢˊ ㄧˊ běn xìng nán yí

人的習性不容易改變。［例］『馬大哈』因為粗心大意不知出過多少事故，受過多少批評了，真是本性難移呀！［構］主謂。［同］積習難改　［反］脫胎換骨

笨鳥先飛 ㄅㄣˋ ㄋㄧㄠˇ ㄒㄧㄢ ㄈㄟ bèn niǎo xiān fēi

比喻能力差的人做事時，恐怕落後，比別人先走一步。多用作謙辭。［例］笨鳥先飛，我必須早做準備。［構］主謂。

笨嘴拙舌 ㄅㄣˋ ㄗㄨㄟˇ ㄓㄨㄛ ㄕㄜˊ bèn zuǐ zhuō shé

不善言詞，沒有口才。［例］我笨嘴拙舌的，怎能參加辯論會呢？［構］聯合。［同］拙嘴笨腮　［反］伶牙俐齒　能言善辯　能說會道

逼上梁山 ㄅㄧ ㄕㄤˋ ㄌㄧㄤˊ ㄕㄢ bī shàng liáng shān

比喻被迫反抗或迫不得已而採取行動。梁山：《水滸傳》裏許多英雄被逼聚集造反的地方。［例］那時我學修理自行車是逼上梁山，自己不動手沒別的辦法。［構］動賓。［反］自覺自願

鼻息如雷 ㄅㄧˊ ㄒㄧ ㄖㄨˊ ㄌㄟˊ bí xī rú léi

睡熟時打鼾的聲音像雷鳴。［例］他旅途勞累，一躺下便鼻息如雷，睡熟了。［構］主謂。［同］鼾聲如雷

比比皆是 ㄅㄧˇ ㄅㄧˇ ㄐㄧㄝ ㄕˋ bǐ bǐ jiē shì　到處都是。比比：到處。[例]你找彩色貝殼嗎？海灘上比比皆是。[構]偏正。[同]俯拾即是　比比皆然　[反]寥寥無幾　屈指可數

比肩繼踵 ㄅㄧˇ ㄐㄧㄢ ㄐㄧˋ ㄓㄨㄥˇ bǐ jiān jì zhǒng　肩膀靠肩膀，腳尖碰腳跟。形容人多，擁擠。[例]節日觀看煙火的人真是比肩繼踵，人山人海。[構]聯合。[源]《晏子春秋．雜下》。[同]摩肩接踵

比上不足，比下有餘 ㄅㄧˇ ㄕㄤˋ ㄅㄨˋ ㄗㄨˊ ㄅㄧˇ ㄒㄧㄚˋ ㄧㄡˇ ㄩˊ bǐ shàng bù zú bǐ xià yǒu yú　指滿足現狀，不求進取的思想狀態。[例]生產上要趕超先進，不能存在比上不足，比下有餘的中游思想。[構]覆。

比翼雙飛 ㄅㄧˇ ㄧˋ ㄕㄨㄤ ㄈㄟ bǐ yì shuāng fēi　借比翼鳥的雙宿雙飛，比喻夫婦形影不離。比翼：翅膀緊靠翅膀。[例]我們祝願新婚夫婦在事業上也是比翼雙飛，並肩前進！[構]連動。

彼竭我盈 ㄅㄧˇ ㄐㄧㄝˊ ㄨㄛˇ ㄧㄥˊ bǐ jié wǒ yíng　對方的士氣已衰竭，我方的鬥志正旺盛。[例]球賽進行到最後幾秒鐘的時候，我隊抓緊彼竭我盈的戰機攻進一球。[構]聯合。

彼一時，此一時 ㄅㄧˇ ㄧ ㄕˊ ㄘˇ ㄧ ㄕˊ bǐ yī shí cǐ yī shí　指那時候和現在時間不同，情況也不同了。[例]某資本家破產了，昔日高朋滿座，如今門可羅雀，真是彼一時，此一時啊！[構]覆。[源]《孟子．公孫丑下》。[同]此一時，彼一時　事過境遷

筆大如椽 ㄅㄧˇ ㄉㄚˋ ㄖㄨˊ ㄔㄨㄢˊ bǐ dà rú chuán
筆大得像椽子。比喻大作家、大書法家、大畫家的大手筆。椽：房椽。也作『如椽大筆』，『大筆如椽』。〔例〕巴金筆大如椽，一生寫作數百萬字。〔構〕主謂。〔源〕《晉書・王珣傳》。

筆墨官司 ㄅㄧˇ ㄇㄛˋ ㄍㄨㄢ ㄙ bǐ mò guān sī
比喻用文字進行爭論。〔例〕這哪裏是學術爭鳴，簡直是無聊的筆墨官司。〔構〕偏正。〔同〕筆槍紙彈 筆誅墨伐

必不得已 ㄅㄧˋ ㄅㄨˋ ㄉㄜˊ ㄧˇ bì bù dé yǐ
形勢迫使非如此不可，表示無可奈何的意思。也作『迫不得已』。〔例〕父母硬要她嫁給老頭，必不得已，她只好離家外逃了。〔構〕動賓。〔源〕《論語》：『必不得已而去。』

必操勝券 ㄅㄧˋ ㄘㄠ ㄕㄥˋ ㄑㄩㄢˋ bì cāo shèngquàn
一定能取得勝利。操：持，拿。券：憑證。勝券：指勝利的把握。〔例〕此次友誼賽，中國女排必操勝券。〔構〕動賓。〔同〕穩操勝算 穩操左券。〔辨〕『券』不能寫成『卷』，也不能念成ㄐㄩㄢˋ(juàn)。

必恭必敬 ㄅㄧˋ ㄍㄨㄥ ㄅㄧˋ ㄐㄧㄥˋ bì gōng bì jìng
十分恭敬。也作『畢恭畢敬』。〔例〕雖然畢業了，但是大家在教師的面前還是必恭必敬。〔構〕聯合。〔源〕《詩經・小雅・小弁》。〔同〕恭而敬之 〔反〕傲慢無禮

必由之路 ㄅㄧˋ ㄧㄡˊ ㄓ ㄌㄨˋ bì yóu zhī lù
一定要經過的道路。〔例〕解放生產力是推動社會向前發展的必由之路。〔構〕偏正。〔同〕不二法門 〔反〕殊途同歸

閉關鎖國 ㄅㄧˋ ㄍㄨㄢ ㄙㄨㄛˇ ㄍㄨㄛˊ bì guān suǒ guó
封閉關口，封鎖國境，不與外國交往。［例］我們要開放搞活，不搞閉關鎖國。［構］聯合。［同］閉關自守 ［反］門戶開放 面向世界

閉關自守 ㄅㄧˋ ㄍㄨㄢ ㄗˋ ㄕㄡˇ bì guān zì shǒu
封閉關口，守住自己的領土，指與外界隔絕。［例］學術上不能搞閉關自守，要廣泛交流才能互相促進。［構］連動。［同］閉關鎖國 ［反］廣泛交流

閉口無言 ㄅㄧˋ ㄎㄡˇ ㄨˊ ㄧㄢˊ bì kǒu wú yán
閉住嘴巴不說話或是理虧無話可說。［例］①我對那些無聊的爭論，我是閉口無言，概不參與。②大家你一言我一語，直說得他閉口無言。［構］連動。［同］啞口無言 閉口不談 ［反］振振有詞 侃侃而談

閉門思過 ㄅㄧˋ ㄇㄣˊ ㄙ ㄍㄨㄛˋ bì mén sī guò
關起門來反省自己的過錯。［例］犯了錯誤應當爭取大家的幫助，閉門思過恐怕不是好辦法。［構］連動。［同］反躬自省 ［反］不思悔改

閉門謝客 ㄅㄧˋ ㄇㄣˊ ㄒㄧㄝˋ ㄎㄜˋ bì mén xiè kè
關閉家門，謝絕來客。表示不與外界往來。［例］老畫家近來身體不適，已經閉門謝客了。［構］連動。［同］閉關卻掃 ［反］賓客盈門 賓朋滿座

閉門造車 ㄅㄧˋ ㄇㄣˊ ㄗㄠˋ ㄔㄜ bì mén zào chē
原意是由於規格相同，關起門來造的車子，用起來也合轍。現在比喻不了解實際情況，只憑主觀想像辦事。［例］作家應當深入生活，文藝創作不要閉門造車。［構］連動。

閉目塞聽 ㄅㄧˋ ㄇㄨˋ ㄙㄜˋ ㄊㄧㄥ bì mù sè tīng

閉著眼睛不看，堵住耳朵不聽。形容脫離實際。［例］你閉目塞聽，不了解下情，不要瞎指揮。［構］聯合。［辨］『塞』不能念成ㄙㄞ(sāi)。

閉月羞花 ㄅㄧˋ ㄩㄝˋ ㄒㄧㄡ ㄏㄨㄚ bì yuè xiū huā

使月亮躲藏，使花兒羞愧。形容女子貌美驚人。［例］『他（她）二人長得一個是沉魚落雁之容，一個是閉月羞花之貌。』（《官場現形記》）［構］聯合。［同］沉魚落雁　花容月貌　傾國傾城

畢其功於一役 ㄅㄧˋ ㄑㄧˊ ㄍㄨㄥ ㄩˊ ㄧ ㄧˋ bì qí gōng yú yī yì

一次戰役就完全成功或一下子把幾件事都做完。畢：完成。［例］『他們似乎並無惡意，也迷惑於「一次革命論」，迷惑於所謂「舉政治革命與社會革命畢其功於一役」的純主觀的想頭。』（《新民主主義論》）［構］補充。

敝帚千金 ㄅㄧˋ ㄓㄡˇ ㄑㄧㄢ ㄐㄧㄣ bì zhǒu qiān jīn

把破掃帚看作價值千金的寶貝，多作謙辭。也比喻保存毫無價值的東西不肯丟棄。［例］『不競賽，就容易抱殘守缺，敝帚千金，而忘記創造。』（老舍）［構］主謂。［源］《東觀漢記・光武帝紀》。［同］敝帚自珍　［反］棄若敝屣

敝帚自珍 ㄅㄧˋ ㄓㄡˇ ㄗˋ ㄓㄣ bì zhǒu zì zhēn

比喻自己的東西即使毫無價值，也十分珍愛。常作謙詞。［例］『以前編集的時候，那篇東西漏了網，未免有點敝帚自珍的心情，覺得可惜。』（葉聖陶）［構］主謂。

篳路藍縷 ㄅㄧˋ ㄌㄨˋ ㄌㄢˊ ㄌㄩˇ bì lù lán lǚ
形容創業的艱苦。原意是駕著柴車，穿著破衣服，去開發山林。篳路：荊條編的車。藍縷：破衣。［例］大慶創業者篳路藍縷地開拓了我國石油工業，其業績人們是不會忘記的。［構］聯合。［源］《左傳・宣公十二年》。［同］艱苦創業

睥睨一切 ㄅㄧˋ ㄋㄧˋ ㄧ ㄑㄧㄝˋ bì nì yī qiè
傲視一切。睥睨：斜著眼睛看。［例］楊修恃才傲物，睥睨一切，終於招致殺身之禍。［構］動賓。［同］目空一切 ［反］謙虛謹慎 不驕不躁

碧落黃泉 ㄅㄧˋ ㄌㄨㄛˋ ㄏㄨㄤˊ ㄑㄩㄢˊ bì luò huángquán
從天空到地下，範圍極廣。碧落：高空。黃泉：地下。［例］『學問是「上窮碧落下黃泉，兩處茫茫皆不見」了。所餘的還只有一條路：到外國去。』（魯迅）［構］聯合。［源］唐、白居易《長恨歌》。

碧血丹心 ㄅㄧˋ ㄒㄩㄝˋ ㄉㄢ ㄒㄧㄣ bì xuè dān xīn
稱頌正義的犧牲者：流了珍貴的血，獻出赤誠的心。碧血：如碧玉般青綠色的血。丹心：赤心。［例］某地抗日烈士紀念塔上的題辭是：碧血丹心，光照千秋。［構］聯合。［源］《莊子・外物》。［同］赤膽忠心。

避而不談 ㄅㄧˋ ㄦˊ ㄅㄨˋ ㄊㄢˊ bì ér bù tán
有意迴避而不肯說。［例］他只交代了一些多吃多占的小事兒，對貪污受賄的問題，卻避而不談。［構］偏正。［反］無所不談

避繁就簡 ㄅㄧˋ ㄈㄢˊ ㄐㄧㄡˋ ㄐㄧㄢˇ bì fán jiù jiǎn
躲開繁雜的，去做簡要的。就：靠近，赴。［例］不論做事還是作文

章，都要避繁就簡，抓住重點。〔構〕連動。〔同〕要言不煩　〔反〕不得要領

避難就易 ㄅㄧˋ ㄋㄢˊ ㄐㄧㄡˋ ㄧˋ bì nán jiù yì

躲開難做的，去做容易的。〔例〕小學初年級的教學要避難就易，不能加重孩子們的負擔。〔構〕連動。〔反〕避易就難

避重就輕 ㄅㄧˋ ㄓㄨㄥˋ ㄐㄧㄡˋ ㄑㄧㄥ bì zhòng jiù qīng

躲避重要的、繁重的，只選擇責任輕的。也指迴避重要問題。就：靠近。含貶義。〔例〕這個司機對肇事的原因，只做了避重就輕的交代。〔構〕連動。〔同〕拈輕怕重

壁壘森嚴 ㄅㄧˋ ㄌㄟˇ ㄙㄣ ㄧㄢˊ bì lěi sēn yán

形容防守嚴密或比喻界限分明。壁壘：古軍營圍牆。森嚴：整齊嚴肅。〔例〕①井岡山上壁壘森嚴，白軍休想前進一步。②他們兄弟爲遺產鬧糾紛，同院分居，壁壘森嚴，已互不來往了。〔構〕主謂。〔同〕嚴陣以待

鞭長莫及 ㄅㄧㄢ ㄔㄤˊ ㄇㄛˋ ㄐㄧˊ biān cháng mò jí

原指鞭子長也不要打至馬腹。後比喻力量達不到。〔例〕後來，我到外地讀書，父親的嚴教也就鞭長莫及了。〔構〕主謂。〔源〕《左傳·宣公十五年》。〔同〕鞭不及腹　力所不及　〔反〕觸手可及

鞭辟入裏 ㄅㄧㄢ ㄆㄧˋ ㄖㄨˋ ㄌㄧˇ biān pì rù lǐ

形容說理透徹，切中要害。原作『鞭辟近裏』，形容學問文章深入精當。鞭：鞭策。辟：透徹。〔例〕這篇雜文鞭辟入裏，發人深省。〔構〕補充。〔源〕《二程全書·遺書十一》。〔同〕入木三分　〔反〕隔靴搔癢

變本加厲 ㄅㄧㄢˋ ㄅㄣˇ ㄐㄧㄚ ㄌㄧˋ biàn běn jiā lì
形容情況變得比原來更加嚴重，含貶義。[例]『然而我們這些蠢才，卻還在變本加厲的愚弄孩子。』（魯迅）[構]連動。[源]南朝（梁）、蕭統《文選・序》。[同]有加無已 無以復加 [辨]『厲』不能寫成『利』。

變化無常 ㄅㄧㄢˋ ㄏㄨㄚˋ ㄨˊ ㄔㄤˊ biàn huà wú cháng
變化不定。[例]天氣變化無常，要注意加減衣服。[構]補充。[同]變幻莫測 變化多端 千變萬化 [反]一成不變

變幻莫測 ㄅㄧㄢˋ ㄏㄨㄢˋ ㄇㄛˋ ㄘㄜˋ biàn huàn mò cè
變化難以捉摸。莫：不能。測：預測。[例]國際形勢如白雲蒼狗，變幻莫測。[構]補充。[同]風雲變幻 變化無常 [反]一成不變

便宜行事 ㄅㄧㄢˋ ㄧˊ ㄒㄧㄥˊ ㄕˋ biàn yí xíng shì
根據實際情況，自行處理，不必請示。便宜：方便，適宜。[例]消滅文山會海的辦法之一，是基層可以便宜行事。[構]偏正。[同]便宜施行 [辨]『便』不能念成ㄆㄧㄢˊ(pián)。

遍體鱗傷 ㄅㄧㄢˋ ㄊㄧˇ ㄌㄧㄣˊ ㄕㄤ biàn tǐ lín shāng
渾身的傷痕像魚鱗一樣密。形容傷勢很重。[例]他已被打得遍體鱗傷。[構]主謂。[同]傷痕累累 皮開肉綻

標新立異 ㄅㄧㄠ ㄒㄧㄣ ㄌㄧˋ ㄧˋ biāo xīn lì yì
原指獨創新意，立論與眾不同。後多指敢於提出新奇主張，打破常規，或故意顯示自己。[例]①在學術上應該標新立異，不可沿襲舊套。②這座商店建成廟宇的樣式，不過是標新立異罷了。[構]聯合。[源]南朝（宋）、劉義慶

《世說新語・文學》。［同］獨樹一幟　［反］因循守舊

表裏如一 ㄅㄧㄠˇ ㄌㄧˇ ㄖㄨˊ ㄧ biǎo lǐ rú yī　指人的外表言行與內心思想完全一致。［例］他爲人坦率，表裏如一。［構］主謂。［同］心口如一　言行一致　［反］口是心非　言行不一

別出心裁 ㄅㄧㄝˊ ㄔㄨ ㄒㄧㄣ ㄘㄞˊ bié chū xīn cái　形容獨創一格，與衆不同。別：另外。心裁：心中的設計、籌劃。也作『別出新裁』或『獨出心裁』。［例］這套郵票的設計別出心裁，不同凡響。［構］動賓。［同］別具匠心　［反］千篇一律　依樣畫葫蘆

別風淮雨 ㄅㄧㄝˊ ㄈㄥ ㄏㄨㄞˊ ㄩˇ bié fēng huái yǔ　原是『列風淫雨』的誤寫，後來把古書文字訛誤或寫錯別字稱『別風淮雨』。［例］現在一些青年作者基本功太差，文章不長，別風淮雨著實不少。［構］聯合。［同］魯魚帝虎　魯魚亥豕

別具匠心 ㄅㄧㄝˊ ㄐㄩˋ ㄐㄧㄤˋ ㄒㄧㄣ bié jù jiàng xīn　巧妙的構思與衆不同。匠心：巧妙的心思。［例］這齣戲的導演別具匠心，演出效果極佳。［構］動賓。［同］別出心裁　獨具匠心　匠心獨運　［反］照貓畫虎

別具一格 ㄅㄧㄝˊ ㄐㄩˋ ㄧ ㄍㄜˊ bié jù yī gé　另有一種獨特的風格。［例］亞運會武術館的建築別具一格。［構］動賓。［同］獨具一格　別開生面　［反］千篇一律

別開生面 ㄅㄧㄝˊ ㄎㄞ ㄕㄥ ㄇㄧㄢˋ bié kāi shēngmiàn　另外開創新的局面、風格或形式。［例］無場次話劇，真是別開生面

。[構]動賓。[同]面目一新　別具一格　[反]千篇一律

別來無恙 ㄅㄧㄝˊ ㄌㄞˊ ㄨˊ ㄧㄤˋ bié lái wú yàng
分別以來身體好吧！（問候用語）恙：病。[例]××老兄：別來無恙。[構]偏正。

別無長物 ㄅㄧㄝˊ ㄨˊ ㄔㄤˊ ㄨˋ bié wú cháng wù
再也沒有別的東西。長（舊讀ㄓㄤˋ zhàng）物：多餘的東西。[例]『他們除雙手外，別無長物，其經濟地位和產業工人相似。』（毛澤東）[構]動賓。[源]南朝（宋）、劉義慶《世說新語・德行》。[同]空空如也

別有風味 ㄅㄧㄝˊ ㄧㄡˇ ㄈㄥ ㄨㄟˋ bié yǒu fēng wèi
另有一種特色。[例]北京的涮羊肉吃起來別有風味。[構]動賓。[同]地方風味　家鄉風味

別有天地 ㄅㄧㄝˊ ㄧㄡˇ ㄊㄧㄢ ㄉㄧˋ bié yǒu tiān dì
另有一種境界。常用來形容藝術作品或風景引人入勝。[例]敦煌石窟藝術珍品如林，在西北荒漠中真是別有天地。[構]動賓。[同]別有洞天

別有用心 ㄅㄧㄝˊ ㄧㄡˇ ㄩㄥˋ ㄒㄧㄣ bié yǒu yòng xīn
另有不可告人的打算。用心：居心。[例]『批林批孔』是別有用心的政治陰謀。[構]動賓。[同]居心叵測　[反]襟懷坦白　光明磊落

賓客盈門 ㄅㄧㄣ ㄎㄜˋ ㄧㄥˊ ㄇㄣˊ bīn kè yíng mén
來的客人很多。盈：充滿。[例]老畫師家裏總是賓客盈門。[構]主謂。[同]門庭若市　高朋滿座　[反]門可羅雀　門庭冷落

賓至如歸 bīn zhì rú guī 客人來到這裏，就像回到家裏一樣。［例］這個旅館服務周到，讓人有賓至如歸的感覺。［構］主謂。［源］《左傳・襄公二十一年》。［同］親如家人

彬彬有禮 bīn bīn yǒu lǐ 文雅而有禮貌。［例］這個青年人受過良好的教育，待人彬彬有禮。［構］偏正。［同］文質彬彬　溫文爾雅

冰凍三尺，非一日之寒 bīng dòng sān chǐ, fēi yí rì zhī hán 比喻事態形成的原因，由來已久。［例］他們夫妻鬧到離婚的地步，已經是冰凍三尺，非一日之寒了。［構］覆。

冰肌玉骨 bīng jī yù gǔ 形容梅的高潔。也形容美女的肌膚。［例］①飛雪中的梅花，更顯得冰肌玉骨，晶瑩可愛。②『冰肌玉骨照人來』（柳亞子）。［構］聯合。［同］冰姿玉骨

冰冷徹骨 bīng lěng chè gǔ 像冰一樣冷得透入骨髓。［例］爲救落水的朝鮮兒童，羅盛教縱身跳入冰冷徹骨的江水中。［構］補充。［同］寒風刺骨

冰清玉潔 bīng qīng yù jié 像冰和玉一樣清白潔淨。形容人的品質高尚純潔。也作『玉潔冰清』。［例］評梅女士的一生雖然短促，但是冰清玉潔，纖塵不染。［構］聯合。［源］漢、司馬遷《與摯伯陵書》。［同］冰清玉潤

冰天雪地 ㄅㄧㄥ ㄊㄧㄢ ㄒㄩㄝˇ ㄉㄧˋ bīng tiān xuě dì
冰雪漫天蓋地，形容氣候十分寒冷。［例］南極大陸，冰天雪地，終年無雨。［構］聯合。［同］天寒地凍　千里冰封［反］冰雪消融　大地回春　風和日暖

冰消瓦解 ㄅㄧㄥ ㄒㄧㄠ ㄨㄚˇ ㄐㄧㄝˇ bīng xiāo wǎ jiě
比喻消失或崩潰。瓦解：瓦坯爲圓筒狀，分解而成瓦塊。比喻離散。也作『瓦解冰消』。［例］在我軍强大攻勢下，守城部隊很快就冰消瓦解了。［構］聯合。

兵敗如山倒 ㄅㄧㄥ ㄅㄞˋ ㄖㄨˊ ㄕㄢ ㄉㄠˇ bīng bài rú shān dǎo
軍隊潰敗就像山倒塌一樣，誰也擋不住。［例］三大戰役後，國民黨軍兵敗如山倒，已潰不成軍了。［構］主謂。［同］潰不成軍　如鳥獸散［反］安如磐石

兵不血刃 ㄅㄧㄥ ㄅㄨˋ ㄒㄩㄝˋ ㄖㄣˋ bīng bù xuè rèn
兵器上沒有沾血。形容沒有交鋒便取得勝利。［例］北平的解放是兵不血刃的和平方式。［構］主謂。［源］《荀子・議兵》。［同］不戰而勝［反］血流成河　血流漂杵

兵不厭詐 ㄅㄧㄥ ㄅㄨˋ ㄧㄢˋ ㄓㄚˋ bīng bù yàn zhà
用兵不厭棄詐術。指打仗應盡力迷惑敵人。［例］我們要造成假象，讓敵人上當，兵不厭詐嘛！［構］主謂。［源］《韓非子・難一》。

兵多將廣 ㄅㄧㄥ ㄉㄨㄛ ㄐㄧㄤˋ ㄍㄨㄤˇ bīng duō jiàng guǎng
形容兵力强大。［例］失道寡助，任憑蔣介石兵多將廣，也難逃全軍覆沒的命運。［構］聯合。

兵貴神速 ㄅㄧㄥ ㄍㄨㄟˋ ㄕㄣˊ ㄙㄨˋ bīng guì shén sù

用兵最可貴的是行動異常迅速。［例］乘勝追擊，兵貴神速，不給敵人喘息之機。［構］主謂。［源］《孫子・九地》。

兵荒馬亂 ㄅㄧㄥ ㄏㄨㄤ ㄇㄚˇ ㄌㄨㄢˋ bīng huāng mǎ luàn

指戰爭造成的社會動盪的局面。［例］北洋軍閥統治時期，兵荒馬亂，民不聊生。［構］聯合。［同］兵戈擾攘　［反］天下太平　安居樂業　國泰民安

兵來將擋，水來土掩 ㄅㄧㄥ ㄌㄞˊ ㄐㄧㄤˋ ㄉㄤˇ ㄕㄨㄟˇ ㄌㄞˊ ㄊㄨˇ ㄧㄢˇ bīng lái jiàngdǎng shuǐ lái tǔ yǎn

比喻根據具體情況採取對策。［例］依我看，這事用不著發愁，兵來將擋，水來土掩，到時候自有對付的辦法。［構］覆。［同］既來之，則安之　車到山前必有路　［反］束手無策

兵臨城下 ㄅㄧㄥ ㄌㄧㄣˊ ㄔㄥˊ ㄒㄧㄚˋ bīng lín chéng xià

敵軍已到城下。臨：到。形容情況緊急。［例］《空城計》中的諸葛亮，多麼沉著，雖然兵臨城下，仍是鎮定如常。［構］主謂。［同］十萬火急　燃眉之急

兵連禍結 ㄅㄧㄥ ㄌㄧㄢˊ ㄏㄨㄛˋ ㄐㄧㄝˊ bīng lián huò jié

戰爭接連不斷，災禍一再發生。兵：指戰爭。也作『禍結兵連』。［例］他們弟兄分別以後，兵連禍結，多年不見，直到全國解放後才團聚。［構］聯合。［源］《漢書・匈奴傳》：『兵連禍結三十餘年。』

兵馬未動，糧草先行 ㄅㄧㄥ ㄇㄚˇ ㄨㄟˋ ㄉㄨㄥˋ ㄌㄧㄤˊ ㄘㄠˇ ㄒㄧㄢ ㄒㄧㄥˊ bīng mǎ wèi dòng liáng cǎo xiān xíng

軍隊未出發，先準備好了軍用物資。糧草：糧食馬料。比喻提前做好準備。［例］開工前要先備料，兵

馬未動，糧草先行嘛！［構］覆。［同］未雨綢繆　［反］臨渴掘井

兵强馬壯 ㄅㄧㄥ ㄑㄧㄤˊ ㄇㄚˇ ㄓㄨㄤˋ bīng qiáng mǎ zhuàng　比喻實力雄厚。［例］這支球隊兵强馬壯，保證輸不了。［構］聯合。［同］兵强將勇　［反］殘兵敗將

秉筆直書 ㄅㄧㄥˇ ㄅㄧˇ ㄓˊ ㄕㄨ bǐng bǐ zhí shū　指寫史書的人正直、不隱諱史實。秉：握。［例］明燕王朱棣發兵政變，即帝位。方孝孺秉筆直書『燕賊篡位』，被殺，滅十族。［構］連動。［同］有聞必錄。

秉燭夜遊 ㄅㄧㄥˇ ㄓㄨˊ ㄧㄝˋ ㄧㄡˊ bǐng zhú yè yóu　舊指及時行樂，又指珍惜光陰。［例］遊覽北海公園的燈會，與古人的秉燭夜遊有天壤之別。［構］連動。［源］《古詩十九首》。［同］及時行樂

屏氣凝神 ㄅㄧㄥˇ ㄑㄧˋ ㄋㄧㄥˊ ㄕㄣˊ bǐng qì níng shén　形容注意力高度集中。屏氣：抑制呼吸。凝神：凝聚精神。［例］實彈打靶時，我屏氣凝神地注視著靶心。［構］聯合。［同］聚精會神　［反］心不在焉　［辨］『屏』不能念成ㄆㄧㄥˊ(píng)。

並駕齊驅 ㄅㄧㄥˋ ㄐㄧㄚˋ ㄑㄧˊ ㄑㄩ bìng jià qí qū　比喻一齊前進，不相上下。並駕：幾匹馬並排駕車。齊驅：一齊跑。［例］這幾位研究生並駕齊驅，都取得了好成績。［構］連動。［同］並肩前進　齊頭並進　［反］背道而馳

並行不悖 ㄅㄧㄥˋ ㄒㄧㄥˊ ㄅㄨˋ ㄅㄟˋ bìng xíng bù bèi　同時進行，不相牴觸。悖：違反。［例］既抓生產，也抓生活，並行不悖。［構］聯合。［源］《禮記·中庸

》。[同]雙管齊下

病入膏肓 ㄅㄧㄥˋ ㄖㄨˋ ㄍㄠ ㄏㄨㄤ bìng rù gāo huāng

指病情嚴重，無法醫治。也比喻事態嚴重到無法挽救的地步。膏肓：心臟區藥力達不到的部位。[例]這個賭徒已經傾家蕩產，仍然狂賭不已，真是病入膏肓，不可救藥了。[構]主謂。[源]《左傳・成公十年》。[同]不可救藥 [反]妙手回春 [辨]『肓』不要寫成『盲』，也不要念成ㄇㄤˊ(máng)。

波瀾起伏 ㄅㄛ ㄌㄢˊ ㄑㄧˇ ㄈㄨˊ bō lán qǐ fú

比喻文章的氣勢起伏不平。[例]這篇文章寫得波瀾起伏，引人入勝。[構]主謂。[同]波瀾老成 [反]平鋪直敘

波瀾壯闊 ㄅㄛ ㄌㄢˊ ㄓㄨㄤˋ ㄎㄨㄛˋ bō lán zhuàng kuò

比喻聲勢浩大。壯闊：雄壯宏大。也作『波路壯闊』。[例]社會主義前景波瀾壯闊，無限美好。[構]主謂。[同]氣勢宏偉

撥亂反正 ㄅㄛ ㄌㄨㄢˋ ㄈㄢˇ ㄓㄥˋ bō luàn fǎn zhèng

平定混亂局面，回復正常秩序。撥：治理。反正：回復。[例]由於撥亂反正才創造了安定團結的局面。[構]聯合。[源]《公羊傳・哀公十四年》。[同]撥亂興治

撥雲見日 ㄅㄛ ㄩㄣˊ ㄐㄧㄢˋ ㄖˋ bō yún jiàn rì

比喻衝破黑暗見到光明；或是受到啓發，恍然大悟。撥雲：撥開雲霧。[例]①解放了的勞苦大眾如撥雲見日，生活有了希望。②經你這麼一說，我就像撥雲見日，豁然開朗了。[構]連動。[同]撥開雲霧見青天 [反]暗無天日

伯樂相馬 ㄅㄛˊ ㄌㄜˋ ㄒㄧㄤˋ ㄇㄚˇ bó lè xiàng mǎ　伯樂善於觀察馬的優劣，比喻善於發現人才。［例］你們廠長真有伯樂相馬的本領，發現了你這位千里馬。［構］主謂。［源］《戰國策・燕二》。

伯仲之間 ㄅㄛˊ ㄓㄨㄥˋ ㄓ ㄐㄧㄢ bó zhòng zhī jiān　比喻兩者才力相當。伯仲：兄弟排行，長兄爲『伯』，二弟爲『仲』。［例］這兩位的球技伯仲之間，難分高低。［構］偏正。［同］不相上下［反］天淵之別

勃然大怒 ㄅㄛˊ ㄖㄢˊ ㄉㄚˋ ㄋㄨˋ bó rán dà nù　突然變臉大發脾氣。［例］他聽了這些傳言，勃然大怒，要去和人家拚命。［構］偏正。［同］勃然變色　怒氣衝天

博採衆長 ㄅㄛˊ ㄘㄞˇ ㄓㄨㄥˋ ㄔㄤˊ bó cǎi zhòng cháng　廣泛吸取衆人多方面的優點。［例］只有博採衆長，才能充實自己，豐富自己。［構］動賓。

博大精深 ㄅㄛˊ ㄉㄚˋ ㄐㄧㄥ ㄕㄣ bó dà jīng shēn　形容思想和學識廣博高深。［例］爲了研究魯迅博大精深的學問，『魯迅學』應運而生了。［構］聯合。

博而寡要 ㄅㄛˊ ㄦˊ ㄍㄨㄚˇ ㄧㄠˋ bó ér guǎ yào　學識豐富，但不得要領。寡：少。［例］今天的大課博而寡要，內容雖豐富，但沒抓住重點。［構］偏正。［源］《史記・太史公自序》。［同］博而不精

博古通今 ㄅㄛˊ ㄍㄨˇ ㄊㄨㄥ ㄐㄧㄣ bó gǔ tōng jīn　形容學識淵博，通曉古今的事情。也作『博古知今』，『通今博古』

。[例]諸葛亮稱得上是博古通今的政治家和軍事家。[構]聯合。[源]《孔子家語・觀周》。

博士買驢 ㄅㄛˊ ㄕˋ ㄇㄞˇ ㄌㄩˊ bó shì mǎi lǘ

博士（古代學官）寫買驢文書，寫完三張紙還沒寫到驢字。也作『三紙無驢』。用來譏諷文辭煩瑣冗長，不得要領。[例]這篇文章也是博士買驢，廢話連篇，不著邊際。[構]主謂。[源]《顏氏家訓・勉學》。

博聞强識 ㄅㄛˊ ㄨㄣˊ ㄑㄧㄤˊ ㄓˋ bó wén qiáng zhì

見聞學識廣博，記憶力强。識：記。也作『博聞强志』。[例]清代顏元，是一位博聞强識的學者。[構]聯合。[源]《禮記・曲禮上》。[辨]『識』不能念成ㄕˊ(shí)。

博學多聞 ㄅㄛˊ ㄒㄩㄝˊ ㄉㄨㄛ ㄨㄣˊ bó xué duō wén

學識廣，見聞多。[例]作新聞記者的條件之一，是博學多聞。[構]聯合。[源]《淮南子・本經訓》：『故博學多聞，而不免於惑。』[同]博學多才

博學審問 ㄅㄛˊ ㄒㄩㄝˊ ㄕㄣˇ ㄨㄣˋ bó xué shěn wèn

指學習要有廣度和深度。審：周詳。[例]他博學審問，治學嚴謹。[構]聯合。[源]《禮記・中庸》。[反]不求甚解

薄暮冥冥 ㄅㄛˊ ㄇㄨˋ ㄇㄧㄥˊ ㄇㄧㄥˊ bó mù míngmíng

形容傍晚天色昏暗的景象。薄暮：近暮，傍晚。[例]薄暮冥冥，江上只見漁火點點。[構]主謂。[源]宋范仲淹《岳陽樓記》。[反]晨光熹微

補苴罅漏 ㄅㄨˇ ㄐㄩ ㄒㄧㄚˋ ㄌㄡˋ bǔ jū xià lòu

喻彌補事物的缺漏。補苴：補綴。罅漏：縫子和漏洞。[例]編輯就要做一些補苴罅漏的工作。[構]動賓。[源]唐、韓愈《進學解》。

捕風捉影 ㄅㄨˇ ㄈㄥ ㄓㄨㄛ ㄧㄥˇ bǔ fēng zhuō yǐng

風、影是無法捉摸的，比喻毫無根據地說話或做事。[例]『四人幫』專門捕風捉影，製造冤假錯案。[構]聯合。[源]宋、朱熹《朱子語類》卷八。[同]望風捕影 無中生有 [反]實事求是

不安本分 ㄅㄨˋ ㄢ ㄅㄣˇ ㄈㄣˋ bù ān běn fèn

不安心於應守的準則和處境。[例]不安本分的人早晚是要吃虧的。[構]動賓。[反]安分守己 [辨]『分』不能讀成ㄈㄣ(fēn)。

不白之冤 ㄅㄨˋ ㄅㄞˊ ㄓ ㄩㄢ bù bái zhī yuān

無法洗雪的冤枉。白：弄清。[例]『四人幫』橫行時，許多人蒙受了不白之冤，被打爲黑幫。[構]偏正。

不敗之地 ㄅㄨˋ ㄅㄞˋ ㄓ ㄉㄧˋ bù bài zhī dì

據有有利的條件，處於不會失敗的境地。[例]只要萬衆一心，我們就可以立於不敗之地。[構]偏正。

不辨菽麥 ㄅㄨˋ ㄅㄧㄢˋ ㄕㄨ ㄇㄞˋ bù biàn shū mài

分不出豆子和麥子。形容愚昧無知。菽：豆類。[例]這個書呆子竟然不辨菽麥。[構]動賓。[源]《左傳・成公十八年》：『周子有兄而無慧，不能辨菽麥。』

不辨真僞 ㄅㄨˋ ㄅㄧㄢˋ ㄓㄣ ㄨㄟˋ bù biàn zhēn wěi

分辨不出真假。僞：假的。[例]珠寶玉器，有許多是贗品，如果不

辨真僞，就會受騙的。［構］動賓。

不測風雲 ㄅㄨˋ ㄘㄜˋ ㄈㄥ ㄩㄣˊ bù cè fēng yún　難以預料的氣象變化。比喻難以推測的局勢變化。［例］人的一生，總難免會碰上不測風雲的。［構］偏正。［同］旦夕禍福

不成體統 ㄅㄨˋ ㄔㄥˊ ㄊㄧˇ ㄊㄨㄥˇ bù chéng tǐ tǒng　言語舉止不成樣子。體統：規矩。［例］好好的一件事，讓你給攪得不成體統了。［構］動賓。

不恥下問 ㄅㄨˋ ㄔˇ ㄒㄧㄚˋ ㄨㄣˋ bù chǐ xià wèn　不以爲向比自己低下的人請教是可恥的，說明虛心。［例］老張勤奮好學，不恥下問。［構］特・偏正。［源］《論語・公冶長》：『敏而好學，不恥下問』。［同］虛懷若谷

不出所料 ㄅㄨˋ ㄔㄨ ㄙㄨㄛˇ ㄌㄧㄠˋ bù chū suǒ liào　沒有超出預料，指早已料到了的。［例］我在會上批評了他，他事後對我進行打擊，這是不出所料的事。［構］動賓。［反］出人意料

不揣冒昧 ㄅㄨˋ ㄔㄨㄞˇ ㄇㄠˋ ㄇㄟˋ bù chuǎi mào mèi　沒有考慮行動的冒失，用於自謙的話。揣：揣度。冒昧：行動輕率。［例］我們素不相識，今天不揣冒昧，前來相求。［構］動賓。

不辭而別 ㄅㄨˋ ㄘˊ ㄦˊ ㄅㄧㄝˊ bù cí ér bié　不告辭就離開了。［例］他有些不高興，竟不辭而別了。［構］連動。

不辭勞苦 ㄅㄨˋ ㄘˊ ㄌㄠˊ ㄎㄨˇ bù cí láo kǔ　不躲避勞累辛苦。［例］張排長不辭勞苦，什麼事都帶頭去幹。［構

」動賓。［反］拈輕怕重

不存芥蒂 ㄅㄨˋ ㄘㄨㄣˊ ㄐㄧㄝˋ ㄉㄧˋ bù cún jiè dì 心裏沒有嫌恨。比喻心地開闊，襟懷坦蕩。芥蒂：細小的東西，比喻細小的怨怒。［例］老王是一個不存芥蒂的人，他絕不會爲這點小事而恨你的。［構］動賓。［辨］『蒂』不能讀成ㄊㄧˋ(tì)。

不打自招 ㄅㄨˋ ㄉㄚˇ ㄗˋ ㄓㄠ bù dǎ zì zhāo 沒打他他就自己招認了。招：說出自己的罪過。［例］你的這些辯護，實際上反成了不打自招。［構］連動。

不得而知 ㄅㄨˋ ㄉㄜˊ ㄦˊ ㄓ bù dé ér zhī 無從知道，即不得知。［例］關於這個人的來歷，我是不得而知的。［構］動賓。［源］唐、韓愈《爭臣論》。

不得其門而入 ㄅㄨˋ ㄉㄜˊ ㄑㄧˊ ㄇㄣˊ ㄦˊ ㄖㄨˋ bù dé qí mén ér rù 想進去找不到大門。比喻想學習但摸不著門路。［例］我想學彈鋼琴，但沒有人教，不得其門而入。［構］連動。［源］《論語・子張》：『夫子之牆數仞，不得其門而入。』

不得人心 ㄅㄨˋ ㄉㄜˊ ㄖㄣˊ ㄒㄧㄣ bù dé rén xīn 得不到群衆的擁護，指所做所爲違反群衆的利益。［例］做事不得人心，必然會遭到群衆的反對。［構］動賓。

不得要領 ㄅㄨˋ ㄉㄜˊ ㄧㄠˋ ㄌㄧㄥˇ bù dé yào lǐng 抓不住事物的關鍵。要領：主要之處。［例］他講的不明不白，我還是不得要領。［構］動賓。［源］《史記・大宛列傳》：『（張）騫從月氏至大夏，竟不能得月氏要領。』

不得已而求其次 ㄅㄨˋ ㄉㄜˊ ㄧˇ ㄦˊ ㄑㄧㄡˊ ㄑㄧˊ ㄘˋ bù dé yǐ ér qiú qí cì

實在沒有辦法只好尋求次一等的。次：差一些的。［例］這次招工我們晚了一步，好些的被別人招走了。不得已而求其次，只好降低標準了。［構］覆。

不登大雅之堂 ㄅㄨˋ ㄉㄥ ㄉㄚˋ ㄧㄚˇ ㄓ ㄊㄤˊ bù dēng dà yǎ zhī táng

不能登上高雅的廳堂。多指文藝作品的低劣、庸俗。［例］這些不登大雅之堂的作品，怎麼也擺到大廳裏去了？［構］動賓。［同］難登大雅之堂

不動聲色 ㄅㄨˋ ㄉㄨㄥˋ ㄕㄥ ㄙㄜˋ bù dòngshēng sè

聲音、臉色都沒有露出特殊的表情。形容鎮定從容。動：表露。［例］儘管敵機在上空盤旋，他還是不動聲色地籌劃著作戰方案。［構］動賓。［同］鎮定自如　若無其事

不乏其人 ㄅㄨˋ ㄈㄚˊ ㄑㄧˊ ㄖㄣˊ bù fá qí rén

不缺少那種人。［例］這樣的工程師，在我們那裏是不乏其人的。［構］動賓。［同］比比皆是　俯拾即是　車載斗量

不法常可 ㄅㄨˋ ㄈㄚˇ ㄔㄤˊ ㄎㄜˇ bù fǎ cháng kě

不取法老一套的成規。法：取法。常可：慣例。［例］在新的形勢下，要有不法常可、大膽創新的精神。［構］動賓。［源］《韓非子・五蠹》。［同］勇於創新

不悱不發 ㄅㄨˋ ㄈㄟˇ ㄅㄨˋ ㄈㄚ bù fěi bù fā

求知的人不到想說而又說不出時不去誘導他。悱：想說又說不出。發：啓發。［例］老師教學要不悱不發，培養學生表達能力。［構］覆。［源］《論語・述而》。

不費吹灰之力 ㄅㄨˋ ㄈㄟˋ ㄔㄨㄟ ㄏㄨㄟ ㄓ ㄌㄧˋ bù fèi chuī huī zhī lì 形容一點都不費力。吹灰之力：比喻極輕微之力。[例]這點活交給我們，可以不費吹灰之力就提前完成任務。[構]動賓。[同]易於反掌　輕而易舉

不分彼此 ㄅㄨˋ ㄈㄣ ㄅㄧˇ ㄘˇ bù fēn bǐ cǐ 不分你我，形容關係親密。彼：對方。此：己方。[例]我們兩人情同手足，不分彼此。[構]動賓。

不分軒輊 ㄅㄨˋ ㄈㄣ ㄒㄩㄢ ㄓˋ bù fēn xuān zhì 分不出優劣高下。軒：車前高後低。輊：車後高前低。[例]這兩部作品，可以說是不分軒輊。[構]動賓。[源]《詩經・六月》：『我車既安，如輊如軒。』

不分皂白 ㄅㄨˋ ㄈㄣ ㄗㄠˋ ㄅㄞˊ bù fēn zào bái 不管是黑是白。比喻不分是非曲直。皂：黑。[例]衙役把他拖到大堂之上，不分皂白，先痛打了一頓。[構]動賓。[同]不問青紅皂白　[反]是非分明

不分畛域 ㄅㄨˋ ㄈㄣ ㄓㄣˇ ㄩˋ bù fēn zhěn yù 不分界限。畛域：地的界限。[例]洪水所到之處，不分畛域，一片汪洋。[構]動賓。[源]《莊子・秋水》。

不憤不啓 ㄅㄨˋ ㄈㄣˋ ㄅㄨˋ ㄑㄧˇ bù fèn bù qǐ 不到經過憤發鑽研仍然不明白時，不去啓發。憤：憤發。[例]老師教學要不憤不啓，培養學生刻苦鑽研精神。[構]覆。[源]《論語・述而》：『不憤不啓，不悱不發。』

不孚眾望 ㄅㄨˋ ㄈㄨˊ ㄓㄨㄥˋ ㄨㄤˋ bù fú zhòng wàng
不合於眾人的期望。孚：信服。［例］新上任的廠長，因不孚眾望，不久就下台了。［構］動賓。［反］不負眾望

不服水土 ㄅㄨˋ ㄈㄨˊ ㄕㄨㄟˇ ㄊㄨˇ bù fú shuǐ tǔ
不適應某地的自然條件。水土：指氣候、環境等。［例］他到邊疆，開始不服水土，後來就適應了。［構］動賓。

不負眾望 ㄅㄨˋ ㄈㄨˋ ㄓㄨㄥˋ ㄨㄤˋ bù fù zhòng wàng
沒有辜負大家的期望。負：辜負。［例］王校長不負眾望，任職三年，學校面貌煥然一新了。［構］動賓。［反］不孚眾望 ［辨］『負』不能寫成『孚』。

不改初衷 ㄅㄨˋ ㄍㄞˇ ㄔㄨ ㄓㄨㄥ bù gǎi chū zhōng
不改變本來的心意。初：本來的。衷：心意。［例］工作上雖然受了挫折，但他不改初衷，仍然熱愛這一行。［構］動賓。［反］見異思遷

不甘後人 ㄅㄨˋ ㄍㄢ ㄏㄡˋ ㄖㄣˊ bù gān hòu rén
不甘心落於他人之後。褒義。［例］他由於不甘後人，長期堅持刻苦訓練，最後終於取得了冠軍。［構］補充。［反］甘居下游

不甘寂寞 ㄅㄨˋ ㄍㄢ ㄐㄧˋ ㄇㄛˋ bù gān jì mò
不甘心冷落。表示願意參與。［例］許多女伴都進工廠了，她不甘寂寞，終於也走上了社會。［構］補充。

不甘示弱 ㄅㄨˋ ㄍㄢ ㄕˋ ㄖㄨㄛˋ bù gān shì ruò
不甘心表示軟弱。［例］他從來是不甘示弱的，別人敢幹，他一定也

敢幹。[構]補充。

不冠不襪 ㄅㄨˋ ㄍㄨㄢˋ ㄅㄨˋ ㄨㄚˋ bù guàn bù wà　不戴帽子，不穿襪子。[例]他不怕冷，即使是冬天，也是不冠不襪。[構]聯合。[辨]『冠』不能讀成ㄍㄨㄢ(guān)。

不敢苟同 ㄅㄨˋ ㄍㄢˇ ㄍㄡˇ ㄊㄨㄥˊ bù gǎn gǒu tóng　不敢勉强地同意。苟：苟且。[例]他雖然是個權威學者，但這一點意見，我是不敢苟同的。[構]偏正。

不敢掠美 ㄅㄨˋ ㄍㄢˇ ㄌㄩㄝˋ ㄇㄟˇ bù gǎn lüè měi　不敢奪取別人優點、成績。掠：奪。[例]這篇文章不是我寫的，作者和我同名同姓，我不敢掠美。[構]偏正。

不敢越雷池一步 ㄅㄨˋ ㄍㄢˇ ㄩㄝˋ ㄌㄟˊ ㄔˊ ㄧˊ ㄅㄨˋ bù gǎn yuè léi chí yí bù　行動不敢有一點超越規定範圍。雷池：古雷水流到安徽匯成的池。原意是不要越過雷池這個地方。[例]他爲人小心謹慎，從不敢越雷池一步。[構]偏正。[源]晉、庾亮《報溫嶠書》：『吾憂西陲，過於歷陽，足下無過雷池一步也。』

不敢自專 ㄅㄨˋ ㄍㄢˇ ㄗˋ ㄓㄨㄢ bù gǎn zì zhuān　行動不敢自作主張。自專：自己專斷獨行。[例]她上有婆母，諸事不敢自專。[構]偏正。[反]獨斷獨行

不攻自破 ㄅㄨˋ ㄍㄨㄥ ㄗˋ ㄆㄛˋ bù gōng zì pò　不用攻打自己就破敗了。也用來形容論點或謊言站不住腳，經不起批駁。[例]我軍圍城時，敵軍內部譁變，不攻自破了。[構]連動。[反]久攻不下

不共戴天 ㄅㄨˋ ㄍㄨㄥˋ ㄉㄞˋ ㄊㄧㄢ bù gòng dài tiān
不能共同在一個天底下生活。比喻有你沒我。戴：頂戴。［例］亡國之仇，不共戴天。［構］偏正。［源］《禮記．曲禮上》。［同］深仇大恨　勢不兩立

不苟言笑 ㄅㄨˋ ㄍㄡˇ ㄧㄢˊ ㄒㄧㄠˋ bù gǒu yán xiào
不隨隨便便說笑。形容態度莊重、嚴肅。［例］那位先生態度嚴肅，不苟言笑。［構］偏正。［源］《禮記．曲禮上》：『不苟訾，不苟笑。』［反］嘻皮笑臉

不過爾爾 ㄅㄨˋ ㄍㄨㄛˋ ㄦˇ ㄦˇ bù guò ěr ěr
不過這樣就是了。爾爾：這樣。［例］他的本事，不過爾爾。［構］偏正。

不合時宜 ㄅㄨˋ ㄏㄜˊ ㄕˊ ㄧˊ bù hé shí yí
與當時的形勢不合。宜：適合。［例］在大力反封建的形勢下，你還死抱著家長制作風不放，未免太不合時宜了。［構］動賓。［源］《漢書．哀帝紀》：『皆違經背古，不合時宜。』

不歡而散 ㄅㄨˋ ㄏㄨㄢ ㄦˊ ㄙㄢˋ bù huān ér sàn
大家都不高興地散了。［例］酒席桌上為了一點小事兩人打了起來，弄得大家不歡而散。［構］偏正。［辨］『散』不能讀成ㄙㄢˇ(sǎn)。

不惑之年 ㄅㄨˋ ㄏㄨㄛˋ ㄓ ㄋㄧㄢˊ bù huò zhī nián
指到了四十歲。惑：迷惑。［例］一轉眼我已到了不惑之年了。［構］偏正。［源］《論語．為政》：『四十而不惑。』

不即不離 ㄅㄨˋ ㄐㄧˊ ㄅㄨˋ ㄌㄧˊ bù jí bù lí

既不接近，也不遠離，指關係上的不親不疏。即：接近。離：疏遠。[例]我和他始終保持著不即不離的關係。[構]聯合。[同]若即若離

不急之務 ㄅㄨˋ ㄐㄧˊ ㄓ ㄨˋ bù jí zhī wù

不緊迫的事務。務：事情。[例]現在工作這樣緊張，那些不急之務可以暫時不去管它。[構]偏正。[源]《三國志・孫和傳》：『棄不急之務，以修功業之基。』[反]當務之急　燃眉之急

不計得失 ㄅㄨˋ ㄐㄧˋ ㄉㄜˊ ㄕ bù jì dé shī

不計較利害。得：指有利的事。失：指有損的事。[例]他一心爲公，個人的事，從來不計得失。[構]動賓。[反]患得患失

不計其數 ㄅㄨˋ ㄐㄧˋ ㄑㄧˊ ㄕㄨˋ bù jì qí shù

無法計算它的數目。形容多得無法數。[例]這裏的山茶花，不計其數。[構]動賓。[同]不可勝數　[辨]『數』不能讀成ㄕㄨˇ(shǔ)。

不假思索 ㄅㄨˋ ㄐㄧㄚˇ ㄙ ㄙㄨㄛˇ bù jiǎ sī suǒ

不通過思索。形容說話做事敏捷。假：借助。[例]在知識競賽會上，他不假思索，對答如流。[構]動賓。[反]枯腸搜索　冥思苦想　[辨]『假』不能讀成ㄐㄧㄚˋ(jià)。

不稼不穡 ㄅㄨˋ ㄐㄧㄚˋ ㄅㄨˋ ㄙㄜˋ bù jià bù sè

不從事農業勞動。稼：耕種。穡：收割。[例]地主不稼不穡，過著剝削農民的生活。[構]聯合。[源]《詩・魏風・伐檀》：『不稼不穡，胡取禾三百廛兮？』[辨]『穡』不能讀成ㄑㄧㄤˊ(qiáng)。

不見經傳 ㄅㄨˋ ㄐㄧㄢˋ ㄐㄧㄥ ㄓㄨㄢˋ bù jiàn jīng zhuàn 經書史傳著述中沒提到過。指人或事物沒有多大名氣。經傳：指典範著作。〔例〕這位世界冠軍竟然敗在一位名不見經傳的小將手中。〔構〕動賓。〔辨〕『傳』不能讀成ㄔㄨㄢˊ(chuán)。

不見天日 ㄅㄨˋ ㄐㄧㄢˋ ㄊㄧㄢ ㄖˋ bù jiàn tiān rì 看不到青天和太陽。比喻社會黑暗。〔例〕在那不見天日的舊社會裏，窮人哪有活路！〔構〕動賓。〔同〕暗無天日

不驕不躁 ㄅㄨˋ ㄐㄧㄠ ㄅㄨˋ ㄗㄠˋ bù jiāo bù zào 不驕傲，不急躁。〔例〕我們要虛心學習，不驕不躁，繼續前進。〔構〕聯合。〔同〕戒驕戒躁

不教而誅 ㄅㄨˋ ㄐㄧㄠˋ ㄦˊ ㄓㄨ bù jiào ér zhū 不先教導，有了錯就懲罰。誅：殺或懲罰。〔例〕要大力進行法制教育，不能不教而誅。〔構〕連動。〔源〕《論語・堯曰》：『不教而殺謂之虐。』〔辨〕『教』不能讀成ㄐㄧㄠ(jiāo)。

不解之緣 ㄅㄨˋ ㄐㄧㄝˇ ㄓ ㄩㄢˊ bù jiě zhī yuán 難以分解的緣分。〔例〕他從小就和足球結下了不解之緣。〔構〕偏正。

不矜細行 ㄅㄨˋ ㄐㄧㄣ ㄒㄧˋ ㄒㄧㄥˊ bù jīn xì xíng 不注重小節。矜：注重。細行：小節。〔例〕他幹什麼都大大咧咧，不矜細行。〔構〕動賓。〔源〕《尚書・旅獒》：『不矜細行，終累大德。』〔同〕不拘小節 〔反〕謹小慎微

不進則退 ㄅㄨˋ ㄐㄧㄣˋ ㄗㄜˊ ㄊㄨㄟˋ bù jìn zé tuì
不前進就要後退。[例]學習如逆水行舟，不進則退。[構]覆。

不近人情 ㄅㄨˋ ㄐㄧㄣˋ ㄖㄣˊ ㄑㄧㄥˊ bù jìn rén qíng
不合於人情。近：合於。[例]朋友間有點言差語錯，就一刀兩斷，未免太不近人情了。[構]動賓。[源]《莊子．逍遙遊》：『大有逕庭，不近人情焉。』[反]通情達理

不經一事，不長一智 ㄅㄨˋ ㄐㄧㄥ ㄧ ㄕˋ，ㄅㄨˋ ㄓㄤˇ ㄧ ㄓˋ bù jīng yī shì，bù zhǎng yī zhì
不經過一件事情，就不能增進一分智慧。[例]不經一事，不長一智，現在我才懂得，要了解一個人必須聽其言而觀其行。[構]覆。[同]吃一塹，長一智

不脛而走 ㄅㄨˋ ㄐㄧㄥˋ ㄦˊ ㄗㄡˇ bù jìng ér zǒu
沒有腿就跑了。比喻消息傳播得很快。脛：小腿。[例]勝利的消息不脛而走，不到半天，全縣都知道了。[構]連動。[源]北齊、劉晝《劉子．薦賢》：『玉無翼而飛，珠無脛而行。』[同]不翼而飛

不咎既往 ㄅㄨˋ ㄐㄧㄡˋ ㄐㄧˋ ㄨㄤˇ bù jiù jì wǎng
不去責怪已經過去的錯事。咎：責備。既：已經。[例]過去的事，我們可以不咎既往，但今後絕不許再犯。[構]動賓。[同]不究既往

不拘小節 ㄅㄨˋ ㄐㄩ ㄒㄧㄠˇ ㄐㄧㄝˊ bù jū xiǎo jié
不拘於細小的行為。節：行為。[例]這個人性情灑脫，不拘小節。[構]動賓。[源]《後漢書．虞延傳》：『性敦樸，不拘小節。』[同]不矜細行

不拘形跡 ㄅㄨˋ ㄐㄩ ㄒㄧㄥˊ ㄐㄧ bù jū xíng jī

不拘守於容貌舉止。形跡：儀表禮節。［例］形在交往中，不拘形跡的人會惹人討厭的。［構］動賓。

不拘一格 ㄅㄨˋ ㄐㄩ ㄧ ㄍㄜˊ bù jū yī gé

不拘守一種規格。格：規格、種類。［例］聯歡會上請你出個節目，不拘一格，什麼都行。［構］動賓。［源］清、龔自珍《己亥雜詩》：『我勸天公重抖擻，不拘一格降人材。』

不絕如縷 ㄅㄨˋ ㄐㄩㄝˊ ㄖㄨˊ ㄌㄩˇ bù jué rú lǚ

像細絲那樣連續不斷。縷：細絲。［例］簫聲裊裊，不絕如縷。［構］主謂。［源］《公羊傳‧僖公四年》：『中國不絕若線。』［同］不絕若線［辨］『縷』不能讀成ㄌㄡˇ(lǒu)。

不刊之論 ㄅㄨˋ ㄎㄢ ㄓ ㄌㄨㄣˋ bù kān zhī lùn

不可修改的言論。形容言論的精確。刊：修改。［例］這些經典著作，都是不刊之論，應該好好地閱讀。［構］偏正。［同］不易之論

不堪回首 ㄅㄨˋ ㄎㄢ ㄏㄨㄟˊ ㄕㄡˇ bù kān huí shǒu

不忍心去回憶往事。指往事太痛苦，不敢回憶。堪：忍受。［例］傷心的往事，不堪回首。［構］動賓。［源］唐、戴叔倫《哭朱放》：『最是不堪回首處。』

不堪入耳 ㄅㄨˋ ㄎㄢ ㄖㄨˋ ㄦˇ bù kān rù ěr

難以聽下去。指粗野、下流的話無法聽。堪：忍受。入耳：聽進耳裏。［例］那些不堪入耳的流氓話，你聽它幹什麼。［構］動賓。

不堪入目 ㄅㄨˋ ㄎㄢ ㄖㄨˋ ㄇㄨˋ bù kān rù mù 難以看下去。指低級下流的事物無法看。堪：忍受。［例］這些不堪入目的淫穢書籍，早就應該取締了。［構］動賓。［反］賞心悅目

不堪設想 ㄅㄨˋ ㄎㄢ ㄕㄜˋ ㄒㄧㄤˇ bù kān shè xiǎng 無法想像。不堪：不能夠。［例］假如發生了核戰爭，後果如何，簡直是不堪設想。［構］動賓。

不堪一擊 ㄅㄨˋ ㄎㄢ ㄧ ㄐㄧ bù kān yī jī 禁不起一打。不堪：經受不住。［例］拳擊場上，對手不堪一擊，競賽幾分鐘就敗下陣來。［構］偏正。

不堪造就 ㄅㄨˋ ㄎㄢ ㄗㄠˋ ㄐㄧㄡˋ bù kān zào jiù 不可培養。指資質太低，難以成材。不堪：不能。［例］他不僅遲鈍，而且品質很壞，簡直是不堪造就。［構］動賓。

不看僧面看佛面 ㄅㄨˋ ㄎㄢˋ ㄙㄥ ㄇㄧㄢˋ ㄎㄢˋ ㄈㄛˊ ㄇㄧㄢˋ bù kàn sēng miàn kàn fó miàn 比喻看在第三者的情面而給予幫助或寬恕。［例］不看僧面看佛面，要不因爲你爸爸是我的好朋友，我才不幫你呢！［構］覆。［辨］『僧』不能讀成ㄗㄥ(zēng)。

不亢不卑 ㄅㄨˋ ㄎㄤˋ ㄅㄨˋ ㄅㄟ bù kàng bù bēi 既不顯得高傲，又不顯得低賤。亢：高。卑：低。［例］他在任何人面前都是不亢不卑，平等相待。［構］聯合。［反］卑躬屈膝　奴顏婢膝［辨］『亢』不能讀成ㄏㄤˊ(háng)。

不可動搖 ㄅㄨˋ ㄎㄜˇ ㄉㄨㄥˋ ㄧㄠˊ bù kě dòng yáo 形容堅定不移。［例］他一心爲公的思想是不可動搖的。［構］偏正。［同］始終不渝［反］見異思遷

不可多得 ㄅㄨˋ ㄎㄜˇ ㄉㄨㄛ ㄉㄜˊ bù kě duō dé　少有，難以得到。［例］大熊貓是不可多得的稀有動物。［構］偏正。［源］漢、孔融《薦禰衡表》：『若衡等輩，不可多得。』［反］車載斗量　比比皆是　俯拾即是

不可遏止 ㄅㄨˋ ㄎㄜˇ ㄜˋ ㄓˇ bù kě è zhǐ　不可阻止。遏：阻。［例］洪水排山倒海而來，不可遏止。［構］偏正。［辨］『遏』不能讀成ㄏㄜˊ(hé)。

不可告人 ㄅㄨˋ ㄎㄜˇ ㄍㄠˋ ㄖㄣˊ bù kě gào rén　不能告訴別人。多指居心叵測的不敢告人之事。［例］在大會上他把過去所做的不可告人之事都交代了。［構］動賓。

不可估量 ㄅㄨˋ ㄎㄜˇ ㄍㄨ ㄌㄧㄤˊ bù kě gū liáng　指太多太大，無法估量。［例］海底資源多得不可估量。［構］偏正。［辨］『量』不能讀成ㄌㄧㄤˋ(liàng)。

不可救藥 ㄅㄨˋ ㄎㄜˇ ㄐㄧㄡˋ ㄧㄠˋ bù kě jiù yào　不能用藥救治了。多指品德敗壞，無法挽救。［例］這些屢教不改的罪犯，簡直是不可救藥了。［構］偏正。［源］《詩・大雅・板》：『多將熇熇，不可救藥。』

不可開交 ㄅㄨˋ ㄎㄜˇ ㄎㄞ ㄐㄧㄠ bù kě kāi jiāo　無法解脫。交：糾纏在一起。［例］他倆爲一點小事卻打得不可開交。［構］動賓。

不可抗拒 ㄅㄨˋ ㄎㄜˇ ㄎㄤˋ ㄐㄩˋ bù kě kàng jù　無法抵擋。［例］歷史的潮流是不可抗拒的。［構］偏正。［同］一

往無前

不可理喻 ㄅㄨˋ ㄎㄜˇ ㄌㄧˇ ㄩˋ bù kě lǐ yù 無法用道理使之明白。喻：明白。［例］這個人蠻不講理，簡直是不可理喻。［構］偏正。［反］通情達理

不可泯滅 ㄅㄨˋ ㄎㄜˇ ㄇㄧㄣˇ ㄇㄧㄝˋ bù kě mǐn miè 不能消滅。泯滅：徹底消滅。［例］英雄們創立了不可泯滅的業績。［構］偏正。［同］不可磨滅

不可名狀 ㄅㄨˋ ㄎㄜˇ ㄇㄧㄥˊ ㄓㄨㄤˋ bù kě míng zhuàng 難以形容描繪。名狀：說出、描繪。［例］桂林山水之美，真是不可名狀。［構］偏正。

不可磨滅 ㄅㄨˋ ㄎㄜˇ ㄇㄛˊ ㄇㄧㄝˋ bù kě mó miè 不能消失的。磨滅：日久而消失了。［例］這次前線之行，給我留下了不可磨滅的印象。［構］偏正。［同］不可泯滅

不可偏廢 ㄅㄨˋ ㄎㄜˇ ㄆㄧㄢ ㄈㄟˋ bù kě piān fèi 不能側重一方而廢棄另一方。［例］德、智、體三者同樣重要，不可偏廢。［構］偏正。

不可企及 ㄅㄨˋ ㄎㄜˇ ㄑㄧˇ ㄐㄧˊ bù kě qǐ jí 不能趕得上。企及：趕上，跟上。［例］他的知識太淵博了，令人有不可企及之感。［構］偏正。

不可勝數 ㄅㄨˋ ㄎㄜˇ ㄕㄥ ㄕㄨˇ bù kě shēng shǔ 數不過來，形容太多。勝：盡。［例］北京大街上的自行車，不可勝數。［構］偏正。［同］數不勝數 難以數計

不可收拾 ㄅㄨˋ ㄎㄜˇ ㄕㄡ ㄕˊ bù kě shōu shí
難以重新整理。指破壞的嚴重。收拾：整理。［例］這一家子鬧到不可收拾的地步了。［構］偏正。

不可思議 ㄅㄨˋ ㄎㄜˇ ㄙ ㄧˋ bù kě sī yì
原爲佛教語。指無法想像。思：思想。議：言語品評。［例］氣功竟有這麼多的功效，簡直是不可思議。［構］偏正。［同］不可想像

不可同日而語 ㄅㄨˋ ㄎㄜˇ ㄊㄨㄥˊ ㄖˋ ㄦˊ ㄩˇ bù kě tóng rì ér yǔ
不能在同一時間內相提並論。指差距非常之大。［例］今天我們的工業水平比解放前高得多，是不可同日而語的。［構］偏正。

不可限量 ㄅㄨˋ ㄎㄜˇ ㄒㄧㄢˋ ㄌㄧㄤˋ bù kě xiàn liàng
不可限定數量。形容發展遠景無邊。限量：限定，估算。［例］這孩子如此聰明，前程是不可限量的。［構］偏正。［辨］『量』不能讀成ㄌㄧㄤˊ(liáng)。

不可一世 ㄅㄨˋ ㄎㄜˇ ㄧ ㄕˋ bù kě yī shì
自認爲在當代世上沒人能趕上自己。一世：同一時代。［例］自高自大、不可一世的人，將是一事無成的。［構］動賓。［同］自命不凡　目中無人　妄自尊大　［反］虛懷若谷

不可逾越 ㄅㄨˋ ㄎㄜˇ ㄩˊ ㄩㄝˋ bù kě yú yuè
不能越過。逾：超過。［例］在科學的道路上，沒有不可逾越的鴻溝。［構］偏正。［源］《左傳·襄公三十一年》：『門不容車，而不可逾越。』

不可終日 ㄅㄨˋ ㄎㄜˇ ㄓㄨㄥ ㄖˋ bù kě zhōng rì
心裏惶惑不安，一天都過不下去了。終日：到一整天。［例］他因爲

犯了法而惶惶不可終日。［構］偏正。［源］《禮記・表記》：『如不終日。』

不可捉摸 ㄅㄨˋ ㄎㄜˇ ㄓㄨㄛ ㄇㄛ bù kě zhuō mō　難以揣測。捉摸：猜想。［例］這個人整天不言不語，令人不可捉摸。［構］偏正。

不勞而獲 ㄅㄨˋ ㄌㄠˊ ㄦˊ ㄏㄨㄛˋ bù láo ér huò　自己不勞動而獲得別人的勞動成果。［例］農民們辛辛苦苦地幹著，地主卻不勞而獲，坐享其成。［構］連動。［源］《孔子家語・入官》：『所求於邇，故不勞而得也。』［同］坐享其成 ［反］自食其力 ［辨］『獲』不能讀成ㄏㄨˋ(hù)。

不吝指教 ㄅㄨˋ ㄌㄧㄣˋ ㄓˇ ㄐㄧㄠˋ bù lìn zhǐ jiào　不要吝惜教導，意思是不要不肯教導，用於客氣語。吝：吝惜。［例］我想拜您爲老師，向您學習，請不吝指教。［構］連動。

不留餘地 ㄅㄨˋ ㄌㄧㄡˊ ㄩˊ ㄉㄧˋ bù liú yú dì　言語行動不留下迴旋之地。［例］這個人做事太絕，一點也不留餘地。［構］動賓。［反］留有餘地

不露鋒芒 ㄅㄨˋ ㄌㄨˋ ㄈㄥ ㄇㄤˊ bù lù fēng máng　比喻不顯示出才能或機智來。鋒：兵刃。芒：植物的尖刺。［例］他雖滿腹經綸，但所到之處不露鋒芒。［構］動賓。［反］鋒芒畢露 ［辨］『露』不能讀成ㄌㄡˋ(lòu)。

不露聲色 ㄅㄨˋ ㄌㄨˋ ㄕㄥ ㄙㄜˋ bù lù shēng sè　思想活動不在聲音和臉色上流露出來。色：臉色。［例］他雖然很生氣，但卻不露聲色。［構］動賓。［源］《資治通鑑・唐紀》：『好以甘言啖人，

而陰中傷之，不露辭色。』［辨］『露』不能讀成ㄌㄡˋ(lòu)。

不倫不類 ㄅㄨˋ ㄌㄨㄣˊ ㄅㄨˋ ㄌㄟˋ bù lún bù lèi　既不是這一類，又不是那一類。倫、類是同義詞。［例］這種打扮，男不男，女不女，不倫不類，像什麼樣子。［構］聯合。［同］非牛非馬　不三不四

不落窠臼 ㄅㄨˋ ㄌㄨㄛˋ ㄎㄜ ㄐㄧㄡˋ bù luò kē jiù　不落俗套，有創見。窠臼：老套子。［例］這篇文章立意新穎，不落窠臼。［構］動賓。［同］別出心裁

不落人後 ㄅㄨˋ ㄌㄨㄛˋ ㄖㄣˊ ㄏㄡˋ bù luò rén hòu　不落在別人的後面。［例］他好勝心强，遇事不落人後。［構］動賓。［同］不甘後人

不蔓不枝 ㄅㄨˋ ㄇㄢˋ ㄅㄨˋ ㄓ bù màn bù zhī　不生蔓，不出旁枝。比喻文章、說話簡潔。［例］這篇文章一氣呵成，不蔓不枝，合乎條件，可以入選。［構］聯合。［源］宋、周敦頤《愛蓮說》。［辨］『蔓』不能讀成ㄨㄢˋ(wàn)。

不毛之地 ㄅㄨˋ ㄇㄠˊ ㄓ ㄉㄧˋ bù máo zhī dì　荒涼瘠薄不長糧草的地方。毛：泛指植物。［例］這塊不毛之地，如今也成了綠洲。［構］偏正。［源］《公羊傳・宣公十二年》：『君如矜此喪人，錫（賜）之不毛之地。』

不眠之夜 ㄅㄨˋ ㄇㄧㄢˊ ㄓ ㄧㄝˋ bù mián zhī yè　不睡覺的夜晚。或指興奮、忙碌不睡，或指傷悲、相思不睡。［例］在緊張的戰爭歲月裏，戰士們度過了多少個不眠之夜啊！［構］偏正。

不名一錢 ㄅㄨˋ ㄇㄧㄥˊ ㄧ ㄑㄧㄢˊ bù míng yī qián
沒有一文錢。名：占有。［例］他不名一錢，只有乞討了。［構］動賓。［同］一文不名 ［反］家藏萬貫 ［辨］『名』不能寫成『鳴』。

不明事理 ㄅㄨˋ ㄇㄧㄥˊ ㄕˋ ㄌㄧˇ bù míng shì lǐ
不懂得事物的道理。［例］小孩子不明事理，要慢慢地教導他。［構］動賓。

不明真相 ㄅㄨˋ ㄇㄧㄥˊ ㄓㄣ ㄒㄧㄤˋ bù míngzhēnxiàng
不知道事情的真實情況。真相：也作『真象』，真實情況。［例］不明真相，如何能斷定是非？［構］動賓。［反］真相大白

不謀而合 ㄅㄨˋ ㄇㄡˊ ㄦˊ ㄏㄜˊ bù móu ér hé
未經商量，行動、意見就一致。謀：商量。合：一致。［例］這個問題咱們的意見是不謀而合的。［構］連動。［同］不約而同 ［反］人人各異

不能贊一辭 ㄅㄨˋ ㄋㄥˊ ㄗㄢˋ ㄧ ㄘˊ bù néng zàn yī cí
不能多說一句話。指文章好，完美無缺，無法修改。贊一辭：多說一句。［例］這篇文章十分精闢，不能贊一辭。［構］動賓。［源］《史記・孔子世家》：『子夏之徒，不能贊一辭。』

不能自拔 ㄅㄨˋ ㄋㄥˊ ㄗˋ ㄅㄚˊ bù néng zì bá
陷入某種事物之中，自己拔不出來。［例］他陷於情網之中，不能自拔。［構］偏正。［源］《宋書・武三王傳》：『世祖前鋒至新亭，劭挾義恭出戰，恆錄在左右，故不能自拔。』

不能自已 ㄅㄨˋ ㄋㄥˊ ㄗˋ ㄧˇ bù néng zì yǐ

自己控制不住自己。已：止。［例］思鄉之情，不能自已。［構］偏正。［辨］『已』不能寫成『己』。

不念舊惡 ㄅㄨˋ ㄋㄧㄢˋ ㄐㄧㄡˋ ㄜˋ bù niàn jiù è

不去計較舊有的仇怨。惡：仇恨。［例］他爲人寬宏大量，不念舊惡。［構］動賓。［源］《論語・公冶長》：『伯夷、叔齊，不念舊惡，怨是用希。』［辨］『惡』不能讀成ㄨˋ(wù)。

不偏不倚 ㄅㄨˋ ㄆㄧㄢ ㄅㄨˋ ㄧˇ bù piān bù yǐ

不向這邊偏，也不向那邊偏。原指中庸之道，後指不偏向任何一方。倚：偏向。［例］他辦事主持公道，不偏不倚。［構］聯合。［源］宋、朱熹《中庸集注》：『中者，不偏不倚，無過不及之名。』［反］畸輕畸重

不平則鳴 ㄅㄨˋ ㄆㄧㄥˊ ㄗㄜˊ ㄇㄧㄥˊ bù píng zé míng

物體不平就會發出聲音。借指人思想不平，就會發出呼聲。［例］不平則鳴，工廠領導分房如此不公，難免大家有意見。［構］覆。［源］唐、韓愈《送孟東野序》：『大凡物不得其平則鳴。』

不破不立 ㄅㄨˋ ㄆㄛˋ ㄅㄨˋ ㄌㄧˋ bù pò bù lì

不先破除舊的，就不能樹立新的。［例］不破不立，要樹立新規，必先廢除舊習。［構］覆。

不期而遇 ㄅㄨˋ ㄑㄧ ㄦˊ ㄩˋ bù qī ér yù

沒有約好而碰上了。期：約會。［例］我到處找他，昨天卻在路上不期而遇了。［構］連動。［源］《穀梁傳・隱公八年》：『不期而會曰遇。』

不情之請 ㄅㄨˋ ㄑㄧㄥˊ ㄓ ㄑㄧㄥˇ bù qíng zhī qǐng　不合於情理的要求。常用於客氣語。[例]我實在沒有辦法才提出這些不情之請，希望不要見怪。[構]偏正。

不求甚解 ㄅㄨˋ ㄑㄧㄡˊ ㄕㄣˋ ㄐㄧㄝˇ bù qiú shèn jiě　讀書只了解大概，不求徹底理解。甚：很，極。[例]要學就要弄懂，不能不求甚解。[構]動賓。[源]晉、陶淵明《五柳先生傳》：『好讀書，不求甚解。』[同]生呑活剝　囫圇呑棗　[辨]『甚』不能寫成『深』。

不求聞達 ㄅㄨˋ ㄑㄧㄡˊ ㄨㄣˊ ㄉㄚˊ bù qiú wén dá　不希求官高名聲顯赫。聞達：有地位，有名聲。[例]幹工作是爲了奉獻，不求聞達。[構]動賓。[源]三國(蜀)、諸葛亮《前出師表》：『不求聞達於諸侯。』

不求有功，但求無過 ㄅㄨˋ ㄑㄧㄡˊ ㄧㄡˇ ㄍㄨㄥ ㄉㄢˋ ㄑㄧㄡˊ ㄨˊ ㄍㄨㄛˋ bù qiú yǒu gōng dàn qiú wú guò　不要求有功績，只希望無過錯。但：只。[例]不求有功，但求無過的思想是消極的，要努力工作，力爭上游，爲人民多做貢獻。[構]覆。

不屈不撓 ㄅㄨˋ ㄑㄩ ㄅㄨˋ ㄋㄠˊ bù qū bù náo　堅毅而不屈服。屈、撓：屈服。[例]幹工作要不屈不撓，勇於前進。[構]聯合。[源]《漢書・敍傳下》：『樂昌篤實，不橈(撓)不詘(屈)。』[同]百折不撓　堅貞不屈　[辨]『撓』不能讀成ㄖㄠˊ(ráo)。

不容分說 ㄅㄨˋ ㄖㄨㄥˊ ㄈㄣ ㄕㄨㄛ bù róng fēn shuō　不允許分辯解釋。容：容許。[例]漢奸把他抓去後，不容分說，先打了一頓。[構]動賓。[同]不容爭辯　不問青紅皂白

不容置喙 ㄅㄨˋ ㄖㄨㄥˊ ㄓˋ ㄏㄨㄟˋ bù róng zhì huì

不允許插嘴。容：容許。喙：本指鳥的嘴。［例］在會上他滔滔不絕地講著，別人則不容置喙。［構］動賓。

不容置疑 ㄅㄨˋ ㄖㄨㄥˊ ㄓˋ ㄧˊ bù róng zhì yí

不允許有懷疑。意思是沒有什麼可懷疑的。容：允許。［例］我們一定能成功，這是不容置疑的事。［構］動賓。［同］堅信不疑　千真萬確

不辱使命 ㄅㄨˋ ㄖㄨˇ ㄕˇ ㄇㄧㄥˋ bù rǔ shǐ mìng

沒有玷辱使命。意思是使命完成得很好。辱：使受玷辱。［例］我這次出差，不辱使命，該辦的事都順利地辦完了。［構］動賓。［源］《論語・子路》：『行己有恥，使於四方，不辱君命，可謂士矣。』

不入虎穴，焉得虎子 ㄅㄨˋ ㄖㄨˋ ㄏㄨˇ ㄒㄩㄝˊ，ㄧㄢ ㄉㄜˊ ㄏㄨˇ ㄗˇ bù rù hǔ xué, yān dé hǔ zǐ

不進老虎洞，怎能捉到小老虎。比喻不親歷艱險，不能取得成功。［例］不入虎穴，焉得虎子，我們不打入敵人陣營內，就很難取得敵人的情報。［構］覆。［源］《後漢書，班超傳》。

不塞不流，不止不行 ㄅㄨˋ ㄙㄜˋ ㄅㄨˋ ㄌㄧㄡˊ，ㄅㄨˋ ㄓˇ ㄅㄨˋ ㄒㄧㄥˊ bù sè bù liú, bù zhǐ bù xíng

沒有堵塞就不會有流動，沒有停止就不會有行動。說明事情都是對立的統一。［例］不塞不流，不止不行，沒有壓迫也就不會有反抗。［構］覆。［源］唐、韓愈《原道》：『不塞不流，不止不行。』［辨］『塞』不能讀成ㄙㄞ(sài)、ㄙㄞ(sāi)。

不尚空談 ㄅㄨˋ ㄕㄤˋ ㄎㄨㄥ ㄊㄢˊ bù shàng kōng tán 不注重空談。尚：崇尚。[例]我們不尚空談，只重實幹。[構]動賓。

不甚了了 ㄅㄨˋ ㄕㄣˋ ㄌㄧㄠˇ ㄌㄧㄠˇ bù shèn liǎo liǎo 不很明白。了了：懂得。[例]這個問題我也不甚了了，怎麼能去教人？[構]偏正。[反]融會貫通。[辨]『了』不能讀成輕聲•ㄌㄜ(le)。

不聲不響 ㄅㄨˋ ㄕㄥ ㄅㄨˋ ㄒㄧㄤˇ bù shēng bù xiǎng 不作聲。[例]討論會上，他總是不聲不響地坐在一旁。[構]聯合。

不勝枚舉 ㄅㄨˋ ㄕㄥ ㄇㄟˊ ㄐㄩˇ bù shēng méi jǔ 不能一個一個地列舉。形容極多。勝：盡。枚舉：一個個列舉。[例]這裏的好人好事不勝枚舉。[構]偏正。[同]不可勝數 難以計數 [辨]『勝』俗讀ㄕㄥˋ(shèng)。

不勝其煩 ㄅㄨˋ ㄕㄥ ㄑㄧˊ ㄈㄢˊ bù shēng qí fán 忍受不了那種煩瑣，勝：禁(ㄐㄧㄣ jīn)得住。[例]這種層層蓋章的手續，真是不勝其煩。[構]動賓。[辨]『勝』俗讀ㄕㄥˋ(shèng)。

不失時機 ㄅㄨˋ ㄕ ㄕˊ ㄐㄧ bù shī shí jī 不錯過機會。[例]作戰要掌握軍情，不失時機地或攻或守。[構]動賓。

不識大體 ㄅㄨˋ ㄕˊ ㄉㄚˋ ㄊㄧˇ bù shí dà tǐ 不懂事物的主要道理。大體：大的道理。[例]他做事不識大體，專在枝節問題上糾纏不休。[構]動賓。[反]顧全大局

不識好歹 ㄅㄨˋ ㄕˊ ㄏㄠˇ ㄉㄞˇ bù shí hǎo dǎi

不知道好壞。歹：壞的。［例］這個人真不識好歹，你越謙讓他，他越得寸進尺。［構］動賓。

不識廬山真面目 ㄅㄨˋ ㄕˊ ㄌㄨˊ ㄕㄢ ㄓㄣ ㄇㄧㄢˋ ㄇㄨˋ bù shí lú shān zhēn miàn mù

不知道廬山真正是個什麼樣子。比喻不知道事物的真相。［例］這個人我剛認識不久，不識廬山真面目，不知他到底是個什麼樣的人。［構］動賓。［源］宋、蘇軾《題西林壁》詩：『不識廬山真面目，只緣身在此山中。』

不識時務 ㄅㄨˋ ㄕˊ ㄕˊ ㄨˋ bù shí shí wù

不懂得當時社會的形勢。時務：當時的形勢、潮流。［例］要認清形勢，不識時務的人是要碰壁的。［構］動賓。［源］《後漢書・張霸傳》：『衆人笑其不識時務。』［同］不識時變

不識抬舉 ㄅㄨˋ ㄕˊ ㄊㄞˊ ㄐㄩˇ bù shí tái jǔ

比喻不懂得別人對他的善意照顧。識：知道。抬舉：提拔。［例］我們小組推薦老張到大會發言，而他卻擺架子，借故推托，真是不識抬舉。［構］動賓。［同］不知好歹

不識泰山 ㄅㄨˋ ㄕˊ ㄊㄞˋ ㄕㄢ bù shí tài shān

比喻不認識那大有名氣的人。用於客氣語。泰山：五嶽之首，在山東省。［例］恕我有眼不識泰山。［構］動賓。［同］有眼無珠

不識一丁 ㄅㄨˋ ㄕˊ ㄧ ㄉㄧㄥ bù shí yī dīng

一字不識。丁：原是『個』字之誤。也作『目不識丁』。［例］別看他衣冠楚楚，實際上是個不識一丁的人。［構］動賓。［源］宋、歐陽修《新唐書・張弘靖傳》：『天下無事，而（爾）輩挽兩石弓，不如識一丁（個）字。』

不時之需 ㄅㄨˋ ㄕˊ ㄓ ㄒㄩ bù shí zhī xū

說不定什麼時候就需要的。不時：隨時可能。［例］夏天出門最好帶把雨傘，以備不時之需。［構］偏正。［源］宋、蘇軾《後赤壁賦》：『我有斗酒，藏之久矣，以待子不時之需。』

不速之客 ㄅㄨˋ ㄙㄨˋ ㄓ ㄎㄜˋ bù sù zhī kè

意想不到的來客。不速：未經邀請、召喚。［例］多年不見的老朋友，突然出現在我的眼前，真是不速之客。［構］偏正。［源］《周易．需》：『有不速之客三人來。』

不貪爲寶 ㄅㄨˋ ㄊㄢ ㄨㄟˊ ㄅㄠˇ bù tān wéi bǎo

宋國一個人將一塊美玉獻給子罕，子罕不要。那個人說這是塊寶玉。子罕說：『我以不貪爲寶。』貪：貪財。［例］如果人人都以不貪爲寶，就不會有貪污受賄的事了。［構］主謂。［源］《左傳．襄公十五年》。

不通世故 ㄅㄨˋ ㄊㄨㄥ ㄕˋ ㄍㄨˋ bù tōng shì gù

不懂得人情世故。［例］他雖然已是幾十歲的人了，但卻不通世故。［構］動賓。［反］諳於世故

不同凡響 ㄅㄨˋ ㄊㄨㄥˊ ㄈㄢˊ ㄒㄧㄤˇ bù tóng fán xiǎng

不同於一般的聲音。比喻出衆的人或事物。凡響：平常。［例］這個人的才能很高，不同凡響。［構］動賓。［同］與衆不同　出類拔萃

不痛不癢 ㄅㄨˋ ㄊㄨㄥˋ ㄅㄨˋ ㄧㄤˇ bù tòng bù yǎng

比喻打不中要害，無濟於事。［例］這篇議論文，面面俱到，但不痛不癢，不能解決問題。［構］聯合。［反］切中要害　一針見血

不爲已甚 ㄅㄨˋ ㄨㄟˊ ㄧˇ ㄕㄣˋ bù wéi yǐ shèn

不做太過分的事，適可而止。爲：做。已甚：太過分。［例］對人對事要合情理，不爲已甚。［構］動賓。［源］《孟子·離婁下》：『仲尼不爲已甚者。』［反］無乃太過

不爲五斗米折腰 ㄅㄨˋ ㄨㄟˋ ㄨˇ ㄉㄡˇ ㄇㄧˇ ㄓㄜˊ ㄧㄠ bù wèi wǔ dǒu mǐ zhé yāo

晉陶淵明爲彭澤縣令，督郵（官名）來了，應該下拜。他說：『吾不能爲五斗米折腰。』五斗米：縣令的官俸。折腰：指卑躬屈膝。後用來表示有骨氣。［例］朱自清寧肯餓死，也不吃美國救濟糧，這比不爲五斗米折腰顯示出更高的思想境界。［構］連動。［源］《晉書·陶潛傳》。

不畏艱險 ㄅㄨˋ ㄨㄟˋ ㄐㄧㄢ ㄒㄧㄢˇ bù wèi jiān xiǎn

不怕艱難險阻。［例］登山運動員們不畏艱險，終於登上了珠穆朗瑪峰。［構］動賓。

不聞不問 ㄅㄨˋ ㄨㄣˊ ㄅㄨˋ ㄨㄣˋ bù wén bù wèn

不聽、也不問。對有關的事不關心。［例］要關心群衆生活，群衆的事，不能不聞不問。［構］聯合。

不無小補 ㄅㄨˋ ㄨˊ ㄒㄧㄠˇ ㄅㄨˇ bù wú xiǎo bǔ

不是沒有一點點作用。補：補益。［例］這點錢雖然解決不了大問題，但也不無小補。［構］動賓。［同］聊勝於無 ［反］無濟於事

不舞之鶴 ㄅㄨˋ ㄨˇ ㄓ ㄏㄜˋ bù wǔ zhī hè

從前羊祜有一隻善舞的仙鶴，他曾在朋友前誇獎過。朋友要看一看，結果，鶴就是不肯舞。比喻名不副實的人，也作自謙語。［例］這孩子雖有點小聰明，實際上不過是不舞之鶴而已。［構］偏正。［源］南朝（宋）、劉義慶《世說

新語・排調》。

不務正業 ㄅㄨˋ ㄨˋ ㄓㄥˋ ㄧㄝˋ bù wù zhèng yè 不幹正事。務：從事。［例］他遊手好閒，不務正業，終於走上了犯罪的道路。［構］動賓。［同］遊手好閒

不相上下 ㄅㄨˋ ㄒㄧㄤ ㄕㄤˋ ㄒㄧㄚˋ bù xiāngshàng xià 分不出誰高誰低。［例］這兩個人的棋藝不相上下。［構］動賓。［同］不分高低 伯仲之間 ［辨］『相』不能讀成ㄒㄧㄤˋ(xiàng)。

不相爲謀 ㄅㄨˋ ㄒㄧㄤ ㄨㄟˊ ㄇㄡˊ bù xiāng wéi móu 不在一起共同商量。指不能在一起辦大事。謀：商討。［例］因爲我們的觀點大不相同，所以不相爲謀。［構］偏正。［源］《論語・衛靈公》：『道不同，不相爲謀。』［辨］『相』不能讀成ㄒㄧㄤˋ(xiàng)。

不相聞問 ㄅㄨˋ ㄒㄧㄤ ㄨㄣˊ ㄨㄣˋ bù xiāng wén wèn 彼此間的事既不聽，又不問。形容互不往來。［例］他們雖是兄弟，但分居後，不相聞問已久。［構］偏正。［源］《漢書・嚴助傳》：『於是拜爲會稽太守，數年，不聞問。』［同］老死不相往來

不祥之兆 ㄅㄨˋ ㄒㄧㄤˊ ㄓ ㄓㄠˋ bù xiáng zhī zhào 不吉利的兆頭。一種迷信的說法。［例］過去人們說貓頭鷹叫是不祥之兆，這真是荒謬。［構］偏正。

不肖子孫 ㄅㄨˋ ㄒㄧㄠˋ ㄗˇ ㄙㄨㄣ bù xiào zǐ sūn 不好的子孫，指不能承繼祖先事業或違背先輩遺志的子孫。不肖：不像祖先。［例］他的一點家業全被那些不肖子孫賣光了。［構］偏正。［反］孝子賢孫

不屑一顧 ㄅㄨˋ ㄒㄧㄝˋ ㄧ ㄍㄨˋ bù xiè yī gù 不值得看一眼。表示瞧不起。屑：值得。〔例〕這些低級趣味的作品，不屑一顧。〔構〕偏正。〔反〕百看不厭 〔辨〕『屑』不能讀成ㄒㄧㄠ(xiāo)。

不屑置辯 ㄅㄨˋ ㄒㄧㄝˋ ㄓˋ ㄅㄧㄢˋ bù xiè zhì biàn 不值得去辯解。〔例〕對於這些流言蜚語，我是不屑置辯的。〔構〕偏正。〔辨〕『屑』不能讀成ㄒㄧㄠ(xiāo)。

不省人事 ㄅㄨˋ ㄒㄧㄥˇ ㄖㄣˊ ㄕˋ bù xǐng rén shì 失去了知覺，什麼都不知道了。省：明白。〔例〕他病得不省人事了。〔構〕動賓。〔同〕昏迷不醒 〔辨〕『省』不能讀成ㄕㄥˇ(shěng)。

不修邊幅 ㄅㄨˋ ㄒㄧㄡ ㄅㄧㄢ ㄈㄨˊ bù xiū biān fú 不注意穿著、儀容。也指不拘小節。修：修整。邊幅：布的毛邊，借指衣著。〔例〕有的人不修邊幅，卻以風流名士自居。〔構〕動賓。〔源〕北齊、顏之推《顏氏家訓・序致》：『肆欲輕言，不修邊幅。』

不學無術 ㄅㄨˋ ㄒㄩㄝˊ ㄨˊ ㄕㄨˋ bù xué wú shù 沒有學識和技能。術：技能。〔例〕不學無術的人，如何能幹大事？〔構〕聯合。〔源〕《漢書・霍光傳》：『然光不學亡（無）術，暗於大理。』〔反〕多才多藝

不徇私情 ㄅㄨˋ ㄒㄩㄣˋ ㄙ ㄑㄧㄥˊ bù xùn sī qíng 不從私情。指秉公辦事。徇：曲從。〔例〕他為官正直，辦事不徇私情。〔構〕動賓。〔同〕鐵面無私 秉公而行 〔反〕徇私枉法

不言不語 ㄅㄨˋ ㄧㄢˊ ㄅㄨˋ ㄩˇ bù yán bù yǔ 不說話。［例］他整天悶悶不樂，不言不語。［構］聯合。

不言而喻 ㄅㄨˋ ㄧㄢˊ ㄦˊ ㄩˋ bù yán ér yù 不用說就明白了。［例］他的兒子犯了罪，他給法官送去了一份厚禮，其目的是不言而喻的。［構］覆。［源］《孟子·盡心上》：『四體不言而喻。』［同］不問可知

不厭其煩 ㄅㄨˋ ㄧㄢˋ ㄑㄧˊ ㄈㄢˊ bù yàn qí fán 不嫌它麻煩。表示耐心。［例］同學們提出的問題，老師總是不厭其煩地詳細講解。［構］動賓。［同］百問不煩 不厭其詳

不厭其詳 ㄅㄨˋ ㄧㄢˋ ㄑㄧˊ ㄒㄧㄤˊ bù yàn qí xiáng 不嫌棄它的詳盡。意思是盡量做到詳盡。［例］老師傅手把手不厭其詳地向徒弟傳授技藝。［構］動賓。［同］不厭其煩

不一而足 ㄅㄨˋ ㄧˋ ㄦˊ ㄗㄨˊ bù yì ér zú 不是一事就能使之滿足。後指事物很多，不止一樣。［例］這類動人事蹟很多，不一而足。［構］主謂。［源］《公羊傳·文公九年》：『許夷狄者，不壹(一)而足也。』［同］不勝枚舉

不依不饒 ㄅㄨˋ ㄧ ㄅㄨˋ ㄖㄠˊ bù yī bù ráo 不依從，不寬恕。［例］對方罵了他一句，他就不依不饒，鬧得不可開交。［構］聯合。

不遺餘力 ㄅㄨˋ ㄧˊ ㄩˊ ㄌㄧˋ bù yí yú lì 不留下一點餘力。意思是竭盡全力。遺：留。［例］救災隊員不遺餘力地搶救受傷的人。［構］動賓。［源］《戰國策·趙策三》：『秦之攻我也，不

遺餘力矣。』〔同〕全力以赴　盡力而爲

不以規矩，不能成方圓 ㄅㄨˋ ㄧˇ ㄍㄨㄟ ㄐㄩˇ，ㄅㄨˋ ㄋㄥˊ ㄔㄥˊ ㄈㄤ ㄩㄢˊ bù yǐ guī jǔ, bù néngchéng fāng yuán

不用規和矩，就畫不成方和圓。比喻沒有準則，辦不好事情。矩：畫方的工具。規：畫圓的工具。〔例〕不以規矩，不能成方圓，沒有革命的理論，也就不會有革命的勝利。〔構〕覆。〔源〕《孟子・離婁上》：『離婁之明，公輸子之巧，不以規矩，不能成方圓。』

不以爲恥 ㄅㄨˋ ㄧˇ ㄨㄟˊ ㄔˇ bù yǐ wéi chǐ

不認爲是可恥。指不知羞恥。〔例〕這個貪污分子不但不以爲恥，反而滔滔不絕地强調了種種客觀原因。〔構〕動賓。〔源〕《鄧析子・轉辭》：『今墨劓不以爲恥，斯民所以亂多治少也。』

不以爲奇 ㄅㄨˋ ㄧˇ ㄨㄟˊ ㄑㄧˊ bù yǐ wéi qí

不認爲是奇怪的。〔例〕新奇的事見得多了，也就不以爲奇了。〔構〕動賓。〔同〕司空見慣

不以爲然 ㄅㄨˋ ㄧˇ ㄨㄟˊ ㄖㄢˊ bù yǐ wéi rán

不認爲是對的。然：對。〔例〕你的分析我不以爲然，難以同意。〔構〕動賓。

不義之財 ㄅㄨˋ ㄧˋ ㄓ ㄘㄞˊ bù yì zhī cái

不是用正當手段得來的財物。不義：不合於正義。〔例〕這些貪污受賄的不義之財，應該全部追回。〔構〕偏正。

不亦樂乎 ㄅㄨˋ ㄧˋ ㄌㄜˋ ㄏㄨ bù yì lè hū

豈不是一件樂事嗎。不亦：不也是。後轉義爲『過甚』、『非常』的意思。〔例〕這一陣子把我忙得不亦樂乎。〔構

」偏正。[源]《論語・學而》：『子曰：「有朋自遠方來，不亦樂乎。」』

不翼而飛 ㄅㄨˋ ㄧˋ ㄦˊ ㄈㄟ bù yì ér fēi
沒有翅膀就飛了。比喻消息傳播之快。後指東西無緣無故地丟失了。[例]放在床頭上的錢包，竟不翼而飛了。[構]連動。[源]《管子・戒篇》：『無翼而飛者，聲也。』[同]不脛而走

不由分說 ㄅㄨˋ ㄧㄡˊ ㄈㄣ ㄕㄨㄛ bù yóu fēn shuō
不允許分辯解說。[例]特務們破門而入，不由分說，將他抓走了。[構]動賓。[同]不容分說 不容置辯 不問青紅皂白

不由自主 ㄅㄨˋ ㄧㄡˊ ㄗˋ ㄓㄨˇ bù yóu zì zhǔ
不由得自己作主。[例]我一點權都沒有，什麼事都不由自主。[構]動賓。[同]身不由己

不遠千里 ㄅㄨˋ ㄩㄢˇ ㄑㄧㄢ ㄌㄧˇ bù yuǎn qiān lǐ
不以千里爲遠。形容不辭辛苦，千里跋涉。[例]他不遠千里，到邊疆考察去了。[構]動賓。[源]《孟子・梁惠王上》：『叟，不遠千里而來，亦將有以利吾國乎？』

不約而同 ㄅㄨˋ ㄩㄝ ㄦˊ ㄊㄨㄥˊ bù yuē ér tóng
事先未商量而彼此想法相同。[例]看完演出，我們竟不約而同地鼓掌叫好。[構]連動。[同]不謀而合

不在其位，不謀其政 ㄅㄨˋ ㄗㄞˋ ㄑㄧˊ ㄨㄟˋ ㄅㄨˋ ㄇㄡˊ ㄑㄧˊ ㄓㄥˋ bù zài qí wèi, bù móu qí zhèng
不處在那個地位上，不考慮那些事情。政：事情。[例]你問的有關學校的事，我一概不知。我不是校長，不在其位，不謀其政。[構]覆。[源]《論語・泰伯》：『子曰：「不在其位，不謀其政。」』

不擇手段 ㄅㄨˋ ㄗㄜˊ ㄕㄡˇ ㄉㄨㄢˋ bù zé shǒu duàn　爲了達到目的，什麼手段都使得出來。［例］爲了爭權奪利，他不擇手段地將對方誣陷爲『黑幫』。［構］動賓。

不折不扣 ㄅㄨˋ ㄓㄜˊ ㄅㄨˋ ㄎㄡˋ bù zhé bù kòu　不打折扣。指事實就是那樣。［例］這些事實就證明了他是一個不折不扣的僞君子。［構］聯合。［反］七折八扣

不正之風 ㄅㄨˋ ㄓㄥˋ ㄓ ㄈㄥ bù zhèng zhī fēng　不正當的作風、風氣。［例］奢侈、浪費是一種不正之風。［構］偏正。

不知不覺 ㄅㄨˋ ㄓ ㄅㄨˋ ㄐㄩㄝˊ bù zhī bù jué　沒有感覺到。［例］一路上說說笑笑，不知不覺地走了三十多里。［構］聯合。

不知甘苦 ㄅㄨˋ ㄓ ㄍㄢ ㄎㄨˇ bù zhī gān kǔ　不知道什麼是甜，什麼是苦。指不知艱難。［例］他從小過著優裕生活，花錢如流水，是個不知甘苦的人。［構］動賓。［反］歷盡艱辛　飽經風霜

不知高低 ㄅㄨˋ ㄓ ㄍㄠ ㄉㄧ bù zhī gāo dī　不知輕重，不知分寸。［例］小孩子家懂個什麼，說起話來不知高低，請別見怪。［構］動賓。

不知好歹 ㄅㄨˋ ㄓ ㄏㄠˇ ㄉㄞˇ bù zhī hǎo dǎi　不懂別人對你是好還是壞。歹：不好。［例］人家對你這樣關懷，你還責怪人家，太不知好歹了。［構］動賓。［同］不識好歹

不知老之將至 ㄅㄨˋ ㄓ ㄌㄠˇ ㄓ ㄐㄧㄤ ㄓˋ bù zhī lǎo zhī jiāng zhì

不知道老就要到來了。意思是因發憤、快樂而忘老。[例]他已年過半百，仍整天埋頭在實驗室裏，廢寢忘食地苦幹，簡直是不知老之將至了。[構]動賓。[源]《論語・述而》：『發憤忘食，樂以忘憂，不知老之將至。』

不知輕重 ㄅㄨˋ ㄓ ㄑㄧㄥ ㄓㄨㄥˋ bù zhī qīngzhòng

不知道事情的分寸、深淺、得失、主次。[例]他說話不知輕重，一開口就得罪人。[構]動賓。[同]不知分寸 不知深淺

不知去向 ㄅㄨˋ ㄓ ㄑㄩˋ ㄒㄧㄤˋ bù zhī qù xiàng

不知到哪裏去了。向：方向。[例]他離開家後，不知去向，多年未通信了。[構]動賓。[同]不知下落

不知深淺 ㄅㄨˋ ㄓ ㄕㄣ ㄑㄧㄢˇ bù zhī shēn qiǎn

不知事情的分寸。[例]開玩笑也要有個分寸，不能不知深淺，滿嘴胡說。[構]動賓。[同]不知分寸 不知輕重

不知世務 ㄅㄨˋ ㄓ ㄕˋ ㄨˋ bù zhī shì wù

不知道社會情況、事物。世：社會。[例]他不聽新聞、不讀報，難怪不知世務。[構]動賓。[源]漢・桓寬《鹽鐵論・論儒》：『孟子守舊術，不知世務。』[同]不識時務

不知所措 ㄅㄨˋ ㄓ ㄙㄨㄛˇ ㄘㄨㄛˋ bù zhī suǒ cuò

不知怎麼辦才是。形容著急時的慌亂。措：安置。[例]地震把她嚇呆了，一時不知所措。[構]動賓。[同]手足無措 [反]從容自若

不知所云 ㄅㄨˋ ㄓ ㄙㄨㄛˇ ㄩㄣˊ bù zhī suǒ yún
不知道自己都說了些什麼。形容心情不安，語言錯亂。［例］她被逼供，心慌意亂，連自己也不知所云。［構］動賓。［源］三國（蜀）、諸葛亮《前出師表》：『臨表涕泣，不知所云。』［同］語無倫次

不知所終 ㄅㄨˋ ㄓ ㄙㄨㄛˇ ㄓㄨㄥ bù zhī suǒ zhōng
不知道最後的下落、結局。終：結局。［例］他到深山修道去了，最後不知所終。［構］動賓。［源］《國語・越語下》：『遂乘扁舟，以浮於五湖，莫知其所終極。』

不知自愛 ㄅㄨˋ ㄓ ㄗˋ ㄞˋ bù zhī zì ài
不知道自己愛惜自己。指不重視品德修養。［例］這個人不學好，一點也不知自愛。［構］動賓。［反］守身如玉　修身潔行

不治之症 ㄅㄨˋ ㄓˋ ㄓ ㄓㄥˋ bù zhì zhī zhèng
無法救治的病。也比喻事態嚴重，無法挽救。症：病。［例］愛滋病在目前來說，是不治之症。［構］偏正。

不置可否 ㄅㄨˋ ㄓˋ ㄎㄜˇ ㄈㄡˇ bù zhì kě fǒu
不表示是可以還是不可以。置：安放，這裏有『說出』的意思。否：不可以。［例］他不肯表態，大家的意見，他從來不置可否。［構］動賓。［同］不置一詞

不置一詞 ㄅㄨˋ ㄓˋ ㄧˊ ㄘˊ bù zhì yí cí
不發表意見。置：安放，這裏是表示的意思。［例］他怕得罪人，誰是誰非，他不置一詞。［構］動賓。［同］不置可否

不著邊際 ㄅㄨˋ ㄓㄨㄛˊ ㄅㄧㄢ ㄐㄧˋ bù zhuó biān jì 不沾邊。指與實際相差太遠。著：挨近。［例］這些信口開合、不著邊際的話，不要去聽他的。［構］動賓。［辨］『著』不能讀成ㄓㄠˊ(zháo)。

不自量力 ㄅㄨˋ ㄗˋ ㄌㄧㄤˋ ㄌㄧˋ bù zì liàng lì 自己不估量自己的力量。指力所不及而硬幹。［例］他什麼都不懂卻想當廠長，未免太不自量力了。［構］動賓。［源］《左傳・隱公十一年》：『不度(ㄉㄨㄛˊduó)德，不量力。』

不自由，毋寧死 ㄅㄨˋ ㄗˋ ㄧㄡˊ ㄨˊ ㄋㄧㄥˊ ㄙˇ bù zì yóu wú níng sǐ 如果沒有自由，就不如死去。毋寧：不如。也作『無寧』。［例］不自由，毋寧死，正因如此，所以才有成千上萬的仁人志士爲爭取民族自由而抛頭顱，灑熱血。［構］覆。［辨］『寧』不能讀成ㄋㄧㄥˋ(nìng)。

不足掛齒 ㄅㄨˋ ㄗㄨˊ ㄍㄨㄚˋ ㄔˇ bù zú guà chǐ 不值得一提。多用於謙虛語。足：值得。掛齒：掛在嘴邊。［例］區區薄禮，不足掛齒。［構］動賓。［源］《史記・劉敬叔孫通傳》：『此特群盜竊鼠狗盜耳，何足置之齒牙間。』［同］何足掛齒 微不足道

不足介意 ㄅㄨˋ ㄗㄨˊ ㄐㄧㄝˋ ㄧˋ bù zú jiè yì 不值得放在心上。足：值得。介意：存在心裏。［例］這是一件小事，不足介意。［構］動賓。［反］耿耿於懷 念念不忘

不足爲憑 ㄅㄨˋ ㄗㄨˊ ㄨㄟˊ ㄆㄧㄥˊ bù zú wéi píng 不足以作爲憑證。［例］他說你有罪你就有罪？幾句空話，不足爲憑。［構］動賓。［反］證據確鑿 鐵證如

山

不足爲奇 ㄅㄨˋ ㄗㄨˊ ㄨㄟˊ ㄑㄧˊ bù zú wéi qí
不值得認爲奇怪。足：值得。〔例〕現代火車，一小時行幾百公里，是不足爲奇的。〔構〕動賓。

不足爲訓 ㄅㄨˋ ㄗㄨˊ ㄨㄟˊ ㄒㄩㄣˋ bù zú wéi xùn
不足以作爲準則。訓：準則。〔例〕這種只要個人自由的思想，不足爲訓。〔構〕動賓。〔同〕不足爲法

不足爲外人道 ㄅㄨˋ ㄗㄨˊ ㄨㄟˊ ㄨㄞˋ ㄖㄣˊ ㄉㄠˋ bù zú wéi wài rén dào
不值得對外人講。爲：對。〔例〕這些事我們了解就可以了，不足爲外人道。〔構〕動賓。〔源〕晉、陶淵明《桃花源記》：『此中人語云：「不足爲外人道也」。』〔辨〕『爲』俗讀ㄨㄟˋ(wèi)。

不足與謀 ㄅㄨˋ ㄗㄨˊ ㄩˇ ㄇㄡˊ bù zú yǔ móu
不值得和他圖謀大事。謀：圖謀。〔例〕這些人不可靠，不足與謀。〔構〕動賓。〔源〕《史記・項羽本紀》：『豎子不足與謀。』

布衣蔬食 ㄅㄨˋ ㄧ ㄕㄨ ㄕˊ bù yī shū shí
穿粗布衣服，吃素食。形容儉樸或清貧。〔例〕他生活儉樸，布衣蔬食，倒也自得其樂。〔構〕聯合。

布衣之交 ㄅㄨˋ ㄧ ㄓ ㄐㄧㄠ bù yī zhī jiāo
平民之間交往的友誼。布衣：古時平民的衣著。〔例〕我們原是布衣之交，現在他當了大官，也就互不往來了。〔構〕偏正。〔源〕《戰國策・齊策三》：『衛君與文(孟嘗君田文)布衣交。』

步步登高 ㄅㄨˋ ㄅㄨˋ ㄉㄥ ㄍㄠ bù bù dēng gāo

一步一步地向高處登。比喻地位步步高升。[例]他中了進士後，步步登高，不久，就當了巡撫。[構]動賓。

步步爲營 ㄅㄨˋ ㄅㄨˋ ㄨㄟˊ ㄧㄥˊ bù bù wéi yíng

每前進一步就修築一道營壘。比喻慎重前進。[例]我們每解放一個地方，就鞏固好一個地方，步步爲營地擴大戰果。[構]動賓。[辨]『爲』不能讀成ㄨㄟˋ(wèi)。

步調一致 ㄅㄨˋ ㄉㄧㄠˋ ㄧˊ ㄓˋ bù diào yí zhì

走路的步法一致。比喻行動一致。[例]咱們要步調一致，互相配合，才能取得勝利。[構]主謂。[同]齊心協力 [反]各自爲政 各行其是

步履維艱 ㄅㄨˋ ㄌㄩˇ ㄨㄟˊ ㄐㄧㄢ bù lǚ wéi jiān

走路很困難。步履：行動。維：語助詞。[例]老人扶著手杖，步履維艱地走回家去。[構]主謂。

步人後塵 ㄅㄨˋ ㄖㄣˊ ㄏㄡˋ ㄔㄣˊ bù rén hòu chén

跟在別人身後走。比喻照別人的辦法辦事。步：跟著。後塵：身後揚起的塵土，指身後。[例]別人的優點應該學習，但不能一味地步人後塵。[構]動賓。[反]獨闢蹊徑

C

才高意廣 ㄘㄞˊ ㄍㄠ ㄧˋ ㄍㄨㄤˇ cái gāo yì guǎng

才能很高，理想遠大。意：意願，理想。廣：廣闊，遠大。[例]作爲一個才高意廣的科學家，他受到了人們的尊敬。[構]聯合。[源]明、胡震亨

《唐音癸籤》卷二十五。〔同〕德才兼備　〔反〕才疏意廣　志大才疏

才華蓋世 ㄘㄞˊ ㄏㄨㄚˊ ㄍㄞˋ ㄕˋ cái huá gài shì

才能很高，遠遠超出當代的人。蓋：覆蓋。〔例〕他二十多歲時就寫出了震驚文壇的小說，可稱得上是才華蓋世。〔構〕主謂。〔同〕才華出衆　〔反〕才疏學淺

才貌雙全 ㄘㄞˊ ㄇㄠˋ ㄕㄨㄤ ㄑㄩㄢˊ cái mào shuāng quán

形容人的才學高，外貌美。〔例〕他人長得不錯，文章也極妙，真可謂才貌雙全。〔構〕主謂。〔源〕《清平山堂話本·風月瑞仙亭》。〔同〕才貌超群　才貌出衆　才貌雙絕

才疏學淺 ㄘㄞˊ ㄕㄨ ㄒㄩㄝˊ ㄑㄧㄢˇ cái shū xué qiǎn

才能不多，學問也很膚淺。疏：空虛，稀少。常用作謙詞。〔例〕學生才疏學淺，望老師多指教。〔構〕聯合。〔源〕《漢書·谷永傳》。〔反〕滿腹經綸　學富五車

才子佳人 ㄘㄞˊ ㄗˇ ㄐㄧㄚ ㄖㄣˊ cái zǐ jiā rén

指有才學的男子和容貌美麗的女子。文學作品中常用來指封建社會中上層男女青年。〔例〕對於才子佳人戲，也不要一概加以否定。〔構〕聯合。〔源〕宋、柳永《玉女搖仙佩·佳人》。

餐風宿露 ㄘㄢ ㄈㄥ ㄙㄨˋ ㄌㄨˋ cān fēng sù lù

迎風吃飯，露天睡覺。形容旅途或野外生活的艱苦。〔例〕地質隊員們經常餐風宿露，可他們以苦爲樂。〔構〕聯合。〔同〕餐風飲露　櫛風沐雨

殘杯冷炙 ㄘㄢˊ ㄅㄟ ㄌㄥˇ ㄓˋ cán bēi lěng zhì

喝殘了的酒，放冷了的烤肉。指剩菜殘飯。〔例〕解放前，他窮途末

路，只好討些殘杯冷炙充飢。［構］聯合。［源］《顏氏家訓・雜藝》。［同］殘茶剩飯 殘羹冷炙 ［辨］『炙』不要寫成『灸』。

殘兵敗將 ㄘㄢˊ ㄅㄧㄥ ㄅㄞˋ ㄐㄧㄤˋ cán bīng bài jiàng
戰敗後殘存的軍隊。戲稱失敗過的對方。［例］①敵人又在召集他們的殘兵敗將，作垂死掙扎。②你們這些殘兵敗將們，還敢跟我再賽一場嗎？［構］聯合。［源］《明成化說唱詞話・花關索貶雲南傳》。［同］散兵游勇

殘破不堪 ㄘㄢˊ ㄆㄛˋ ㄅㄨˋ ㄎㄢ cán pò bù kān
殘缺破損到了極點。［例］這本書被大家翻得已經殘破不堪了。［構］補充。［反］完好如初

殘茶剩飯 ㄘㄢˊ ㄔㄚˊ ㄕㄥˋ ㄈㄢˋ cán chá shèng fàn
吃剩下的茶飯。［例］老人解放前在地主家當長工，每日以殘茶剩飯充飢。［構］聯合。［源］元、馬致遠《黃粱夢》。［同］殘湯剩飯 殘羹冷飯 ［反］美味佳餚

殘冬臘月 ㄘㄢˊ ㄉㄨㄥ ㄌㄚˋ ㄩㄝˋ cán dōng là yuè
指嚴冬季節、農曆十二月。殘冬：冬季的末尾。［例］那年殘冬臘月，大雪紛飛，地主把他趕出了家門。［構］聯合。

殘缺不全 ㄘㄢˊ ㄑㄩㄝ ㄅㄨˋ ㄑㄩㄢˊ cán quē bù quán
殘餘短缺不完整。［例］舊社會戰亂頻繁，我家的許多古籍弄得殘缺不全。［構］聯合。

殘山剩水 ㄘㄢˊ ㄕㄢ ㄕㄥˋ ㄕㄨㄟˇ cán shān shèng shuǐ

殘破的河山。形容亡國後或經歷過變動的土地景物。[例]南宋小朝廷仍舊向殘山剩水間的黎民施威，在殘山剩水間行樂。[構]聯合。[源]唐、杜甫《陪鄭廣文遊何將軍山林》詩：『剩水滄江破，殘山碣石開。』

殘渣餘孽 ㄘㄢˊ ㄓㄚ ㄩˊ ㄋㄧㄝˋ cán zhā yú niè

比喻殘存下來的壞人。渣：渣滓，廢物。孽：邪惡的東西。[例]我解放軍一舉消滅了逃竄在林海雪原中的國民黨殘渣餘孽。[構]聯合。[同]污泥濁水

蠶食鯨吞 ㄘㄢˊ ㄕˊ ㄐㄧㄥ ㄊㄨㄣ cán shí jīng tūn

像蠶吃桑葉樣逐漸吃掉，像鯨魚吞食樣一口吃掉。比喻用種種方法侵占、吞併。[例]第二次世界大戰時，納粹德國曾蠶食鯨吞了大片別國領土。[構]聯合。[源]《韓非子・存韓》：『諸侯可蠶食而盡。』《晉書・慕容暐載記》：『縱其鯨吞之勢。』

慘不忍睹 ㄘㄢˇ ㄅㄨˋ ㄖㄣˇ ㄉㄨˇ cǎn bù rěn dǔ

淒慘得令人不忍看下去。睹：看。[例]敵人的暴行使人慘不忍睹。[構]補充。[源]唐、李華《弔古戰場文》。[同]慘不忍聞 [反]喜聞樂見

慘不忍聞 ㄘㄢˇ ㄅㄨˋ ㄖㄣˇ ㄨㄣˊ cǎn bù rěn wén

悲慘得使人不忍聽下去。[例]在敵人的鐵蹄下，許多人血濺街頭，哀痛之聲慘不忍聞。[構]補充。[同]慘不忍睹 [反]喜聞樂見。

慘澹經營 ㄘㄢˇ ㄉㄢˋ ㄐㄧㄥ ㄧㄥˊ cǎn dàn jīng yíng

下筆之前極力勞神構思或對事業苦心規劃、經營。[例]①哪一部優秀作品不是作者慘澹經營的結果？②經過幾年的慘澹經營，我們廠的產品才打開了

銷路。［構］偏正。［源］唐、杜甫《丹青引》。［同］苦心經營　［反］無所用心

慘絕人寰 ㄘㄢˇ ㄐㄩㄝˊ ㄖㄣˊ ㄏㄨㄢˊ cǎn jué rén huán　人世間再也沒有比這更淒慘、更殘酷的了。形容慘到了極點。人寰：人世。［例］這一慘絕人寰的浩劫，實在是我國內戰史上前所未有的。［構］動賓。［同］慘無人道　［辨］『慘』、『絕』不要寫成『殘』、『決』。

慘無人道 ㄘㄢˇ ㄨˊ ㄖㄣˊ ㄉㄠˋ cǎn wú rén dào　凶狠殘暴到滅絕人性的程度。［例］侵略者到處燒、殺、搶、姦，連孩子也不放過，真是慘無人道。［構］動賓。［同］慘絕人寰　滅絕人性　［反］仁至義盡

燦若繁星 ㄘㄢˋ ㄖㄨㄛˋ ㄈㄢˊ ㄒㄧㄥ càn ruò fán xīng　燦爛得像天上眾多的星星一樣。比喻才能出眾的人很多。［例］現在我國文壇人才輩出，燦若繁星。［構］補充。［反］黯淡無光

倉皇失措 ㄘㄤ ㄏㄨㄤˊ ㄕ ㄘㄨㄛˋ cānghuáng shī cuò　急迫慌張，不知如何是好。倉皇：匆忙而慌張。措：措置。［例］敵人嚇得倉皇失措，四處逃竄。［構］聯合。［同］驚慌失措　張皇失措　［反］鎮定自若　從容不迫　［辨］『措』不要寫成『錯』。

滄海橫流 ㄘㄤ ㄏㄞˇ ㄏㄥˊ ㄌㄧㄡˊ cāng hǎi héng liú　海水氾濫，四處奔流。比喻政局動盪，社會不安。［例］滄海橫流，方顯出英雄本色。［構］主謂。［源］漢、郭泰《答友勸仕進者》：『猶恐滄海橫流，吾其魚也。』［反］歌舞昇平

滄海桑田 ㄘㄤ ㄏㄞˇ ㄙㄤ ㄊㄧㄢˊ cāng hǎi sāng tián

大海變成桑田，桑田變成大海。比喻世事變化很大。［例］四十年過去了，家鄉現在綠樹成蔭，新房櫛比鱗次，眞是滄海桑田。［構］特・主謂。［源］晉、葛洪《神仙傳・王遠》：『東海三爲桑田。』［同］東海揚塵　白雲蒼狗　［反］一成不變

滄海一粟 ㄘㄤ ㄏㄞˇ ㄧ ㄙㄨˋ cāng hǎi yī sù

大海中的一粒穀子。比喻非常渺小。［例］我們的這一點貢獻，比起四化大業來，只不過是滄海一粟。［構］偏正。［源］宋、蘇軾《前赤壁賦》。［同］九牛一毛　太倉稊米　［反］恆河沙數　［辨］『粟』不要寫成『栗』。

蒼翠欲滴 ㄘㄤ ㄘㄨㄟˋ ㄩˋ ㄉㄧ cāng cuì yù dī

形容草木生得茁壯，枝葉深青碧綠，水靈靈地像要滴下來似的。［例］村外的樹木蒼翠欲滴。［構］補充。［源］宋、郭熙《山川訓》。［同］葱翠欲滴

蒼蠅碰壁 ㄘㄤ ㄧㄥˊ ㄆㄥˋ ㄅㄧˋ cāng yíng pèng bì

比喻壞人走投無路，也比喻沒頭腦的人幹蠢事。［例］①小小寰球，有幾個蒼蠅碰壁（毛澤東）②你這樣做，簡直是蒼蠅碰壁。［構］主謂。

藏垢納污 ㄘㄤˊ ㄍㄡˋ ㄋㄚˋ ㄨ cáng gòu nà wū

包容骯髒的東西。比喻包容壞人壞事。納：容納。［例］①黨八股是藏垢納污的東西。（毛澤東）②解放前的租界是個藏垢納污的地方，什麼樣的人都有。［構］聯合。［源］《左傳・宣公十五年》。［同］含垢納污　［反］滌瑕蕩垢　［辨］『垢』不要讀成ㄏㄡˋ(hòu)。

藏龍臥虎 ㄘㄤˊ ㄌㄨㄥˊ ㄨㄛˋ ㄏㄨˇ cáng lóng wò hǔ 比喻潛藏不露的人才或英雄。［例］我們家鄉出了不少名人，那可是個藏龍臥虎的地方。［構］聯合。［源］北周、庾信《同會河陽公新造山池聊得寓目》。

藏頭露尾 ㄘㄤˊ ㄊㄡˊ ㄌㄨˋ ㄨㄟˇ cáng tóu lù wěi 形容躲躲閃閃，怕露出眞相。［例］他辦了壞事，見了人總是藏頭露尾，怕被領導察覺後受處分。［構］聯合。

操必勝之券 ㄘㄠ ㄅㄧˋ ㄕㄥˋ ㄓ ㄑㄩㄢˋ cāo bì shèng zhī quàn 比喻有必定勝利的把握。券：憑證。［例］只要我們按照客觀規律辦事，就能操必勝之券。［構］動賓。［源］《史記・田敬仲世家》。［同］穩操勝算　穩操左券　［辨］『券』不要寫成『卷』，下面是『刀』不是『力』，也不要讀成ㄐㄩㄢˋ(juàn)。

操之過急 ㄘㄠ ㄓ ㄍㄨㄛˋ ㄐㄧˊ cāo zhī guò jí 辦事或處理問題過於急躁。［例］這件事切不可操之過急，欲速則不達。［構］主謂。［源］《漢書・五行志中之下》。［同］急於求成　［反］穩紮穩打　［辨］多用於規勸提醒或批評的場合。

草草了事 ㄘㄠˇ ㄘㄠˇ ㄌㄧㄠˇ ㄕˋ cǎo cǎo liǎo shì 草率地把事情了結。用於貶義。［例］幹什麼事都應該認眞負責，切不可草草了事。［構］偏正。［同］草草收兵　敷衍了事　［反］一絲不苟

草菅人命 ㄘㄠˇ ㄐㄧㄢ ㄖㄣˊ ㄇㄧㄥˋ cǎo jiān rén mìng 把人命當作野草。指統治階級輕視人命，任意殺戮。菅：一種多年生野草。［例］舊社會的貪官往往草菅人命

。〔構〕動賓。〔源〕《漢書・賈誼傳》。〔同〕視若草芥　生殺予奪　〔反〕人命關天　〔辨〕『菅』不讀ㄍㄨㄢˇ(guǎn)，不要寫成『管』。

草木皆兵 ㄘㄠˇ ㄇㄨˋ ㄐㄧㄝ ㄅㄧㄥ cǎo mù jiē bīng
把草和樹都當成了敵人的伏兵。形容內心恐懼，疑神疑鬼。〔例〕敵人嚇得驚恐萬狀，草木皆兵。〔構〕主謂。〔源〕《晉書・苻堅載記下》。〔同〕風聲鶴唳　杯弓蛇影　〔反〕若無其事

草木知威 ㄘㄠˇ ㄇㄨˋ ㄓ ㄨㄟ cǎo mù zhī wēi
連野草樹木都知道其威名。〔例〕我們游擊隊當時名望很大，草木知威。〔構〕主謂。〔源〕《舊唐書・張萬福傳》。〔同〕名揚四海　〔反〕默默無聞

草率從事 ㄘㄠˇ ㄕㄨㄞˋ ㄘㄨㄥˊ ㄕˋ cǎo shuài cóng shì
對工作不認眞、不仔細、不嚴肅。〔例〕處理這樣重大的問題，你怎能草率從事？〔構〕偏正。〔同〕草草了事　〔辨〕『率』不要讀成ㄌㄩˋ(lǜ)。

草率收兵 ㄘㄠˇ ㄕㄨㄞˋ ㄕㄡ ㄅㄧㄥ cǎo shuài shōu bīng
事情未做好就急急忙忙、馬馬虎虎地收場。〔例〕這件事你要是草率收兵，那將前功盡棄。〔構〕偏正。〔同〕草草了事　〔辨〕『率』不讀ㄌㄩˋ(lǜ)。

草長鶯飛 ㄘㄠˇ ㄓㄤˇ ㄧㄥ ㄈㄟ cǎo zhǎng yīng fēi
花草生長，黃鶯飛舞。形容春回大地、萬物復蘇的景象。〔例〕春天的時候，我們來到了草長鶯飛的春城。〔構〕聯合。〔源〕南朝（梁）、丘遲《與陳伯之書》：『暮春三月，江南草長，雜花生樹，群鶯亂飛。』〔辨〕『長』不讀ㄔㄤˊ(cháng)。

廁足其間 ㄘㄜˋ ㄗㄨˊ ㄑㄧˊ ㄐㄧㄢ cè zú qí jiān 插足到那裏邊。指參與某一活動。『廁足』也作『側足』。[例]這是他們班上的事，你不必廁足其間。[構]補充。

側目而視 ㄘㄜˋ ㄇㄨˋ ㄦˊ ㄕˋ cè mù ér shì 斜著眼睛看人，以表示憤怒不滿或不敢正視。[例]對那些不正之風，我們不能只是側目而視。[構]偏正。[源]《戰國策・秦策一》:『側目而視，傾耳而聽。』[同]怒目而視

惻隱之心 ㄘㄜˋ ㄧㄣˇ ㄓ ㄒㄧㄣ cè yǐn zhī xīn 對不幸的人所產生的同情之心。惻隱：不忍，同情。[例]他把悲傷埋在心裏，以免引起別人的惻隱之心。[構]偏正。[源]《孟子・公孫丑上》。[反]鐵石心腸 [辨]『惻』不讀ㄗㄜˊ(zé)。

參差不齊 ㄘㄣ ㄘ ㄅㄨˋ ㄑㄧˊ cēn cī bù qí 長短高低大小不齊，也形容水平不一。[例]我班五十人，水平參差不齊。[構]聯合。[源]漢、揚雄《法言・序目》:『卿士名臣，參差不齊。』[同]犬牙交錯 良莠不齊 [反]整齊劃一 [辨]『參差』不讀ㄘㄢ ㄔㄚ(cān chā)。

參差錯落 ㄘㄣ ㄘ ㄘㄨㄛˋ ㄌㄨㄛˋ cēn cī cuò luò 長短高低大小不一地交錯在一起。錯落：交錯紛亂的樣子。[例]許多章回小說雖然參差錯落地串聯著眾多小故事，但情節清晰。[構]聯合。[辨]『參差』不讀ㄘㄢ ㄔㄚ(cān chā)。

層出不窮 ㄘㄥˊ ㄔㄨ ㄅㄨˋ ㄑㄩㄥˊ céng chū bù qióng 接連不斷地出現，沒有窮盡。[例]我班好人好事層出不窮。[構]補充。[同]層見疊出 [反]寥寥無幾

寥若晨星　屈指可數

層次分明 ㄘㄥˊ ㄘˋ ㄈㄣ ㄇㄧㄥˊ céng cì fēn míng

形容事物次序清楚，條理分明。［例］你這篇作文內容充實，層次分明。［構］主謂。

層巒疊嶂 ㄘㄥˊ ㄌㄨㄢˊ ㄉㄧㄝˊ ㄓㄤˋ céng luán dié zhàng

形容山嶺重疊，峰巒相接，連綿不斷。巒：山峰。嶂：直立像屏障的山。［例］沿途我們欣賞著層巒疊嶂的遠山。［構］聯合。［源］《水經注・江水》。［同］千山萬壑　［反］一馬平川　［辨］『嶂』不讀ㄓㄤ(zhāng)。

曾幾何時 ㄘㄥˊ ㄐㄧˇ ㄏㄜˊ ㄕˊ céng jǐ hé shí

指過去沒有多久。曾：曾經。幾何：多少。［例］相聚時的情景歷歷在目，曾幾何時，你卻遠走他鄉。［構］偏正。［源］宋、趙德莊《新荷葉》詞。［辨］『曾』不讀ㄗㄥ(zēng)。

曾經滄海 ㄘㄥˊ ㄐㄧㄥ ㄘㄤ ㄏㄞˇ céng jīng cāng hǎi

曾經歷過大場面。比喻見多識廣，經驗豐富。［例］他這個三十年代的老紅軍，可是個曾經滄海的老革命啊！［構］動賓。［源］唐、元稹《離思》詩：『曾經滄海難爲水，除卻巫山不是雲。』［辨］『曾』不讀ㄗㄥ(zēng)。

差強人意 ㄔㄚ ㄑㄧㄤˊ ㄖㄣˊ ㄧˋ chā qiáng rén yì

大體上能令人滿意。差：稍微地。強：振奮。［例］這篇作文雖然不夠成熟，但在結構安排上尚能差強人意。［構］動賓。［源］《後漢書・吳漢傳》。［反］盡如人意　［辨］『差』不讀ㄔㄚˋ(chà)或ㄔㄞ(chāi)。

差之毫釐，謬以千里 ㄔㄚ ㄓ ㄏㄠˊ ㄌㄧˊ，ㄇㄧㄡˋ ㄧˇ ㄑㄧㄢ ㄌㄧˇ chā zhī háo lí miù yǐ qiān lǐ

開頭只有細微差錯，結果會造成很嚴重的錯誤。差、謬：差錯。毫釐：形容細小。千里：很遠的距離。[例]尖端科學要求準確無誤，否則差之毫釐，謬以千里，後果不堪設想。[構]覆。[源]《禮記・經解》。[同]毫釐千里 [辨]『謬』不讀ㄇㄧㄠˋ(miào)或ㄋㄧㄡˋ(niù)。

插翅難飛 ㄔㄚ ㄔˋ ㄋㄢˊ ㄈㄟ chā chì nán fēi

即使插上翅膀，也難以飛出去。[例]我軍已設下重重包圍圈，敵人插翅難飛。[構]覆。[同]插翅難逃

茶餘飯後 ㄔㄚˊ ㄩˊ ㄈㄢˋ ㄏㄡˋ chá yú fàn hòu

泛指閒暇休息的時間。[例]讀這種書只能做茶餘飯後的消遣。[構]聯合。[同]茶餘酒後

查無實據 ㄔㄚˊ ㄨˊ ㄕˊ ㄐㄩˋ chá wú shí jù

經過調查，沒有發現確鑿的證據。[例]過去官場上常以『事出有因，查無實據』來掩飾他們對人民的迫害。[構]補充。[反]真憑實據

察言觀色 ㄔㄚˊ ㄧㄢˊ ㄍㄨㄢ ㄙㄜˋ chá yán guān sè

觀察別人的言語表情，揣度對方的心意。[例]阿慶嫂善於察言觀色。[構]聯合。[源]《論語・顏淵》。[同]鑑貌辨色 察顏觀色 [辨]『察』不要寫成『查』。

姹紫嫣紅 ㄔㄚˋ ㄗˇ ㄧㄢ ㄏㄨㄥˊ chà zǐ yān hóng

形容各種花嬌艷美好。姹：美麗。嫣：美好，嬌艷。[例]花展中各種花姹紫嫣紅，爭奇鬥妍。[構]聯合。[源]《牡丹亭・驚夢》。[同]萬紫千紅 花團錦簇 五彩繽紛 [辨]『姹』不讀ㄓㄞˊ(zhái)。

豺狼成性 ㄔㄞˊ ㄌㄤˊ ㄔㄥˊ ㄒㄧㄥˋ chái láng chéng xìng

比喻壞人像豺狼樣凶殘成性。［例］這些劊子手們連孩子也不放過，眞是豺狼成性。［構］主謂。［同］虺蜴爲心

饞涎欲滴 ㄔㄢˊ ㄒㄧㄢˊ ㄩˋ ㄉㄧ chán xián yù dī

貪饞的口水都要滴下來了。［例］在這許多美味佳餚面前，我們幾個人饞涎欲滴。［構］主謂。［源］唐、柳宗元《招海賈文》。［同］垂涎三尺 ［反］淡泊寡欲 ［辨］『涎』不讀ㄧㄢˊ(yán)。

纏綿悱惻 ㄔㄢˊ ㄇㄧㄢˊ ㄈㄟˇ ㄘㄜˋ chán mián fěi cè

形容悲苦之情在心中縈繞鬱結，無法解脫。［例］一部《紅樓夢》把寶黛之情描寫得纏綿悱惻。［構］動賓。［源］晉、潘岳《寡婦賦》。［反］超然物外 ［辨］『惻』不讀ㄗㄜˋ(zè)，不要寫成『側』、『則』。

諂上欺下 ㄔㄢˇ ㄕㄤˋ ㄑㄧ ㄒㄧㄚˋ chǎn shàng qī xià

奉承地位高的人，欺壓地位低下的人。［例］對於那些慣會諂上欺下的人，你得留心。［構］聯合。［源］漢、揚雄《法言・修身》：『上交不諂，下交不驕。』［辨］『諂』不讀ㄒㄧㄢˋ(xiàn)。

長安居大不易 ㄔㄤˊ ㄢ ㄐㄩ ㄉㄚˋ ㄅㄨˋ ㄧˋ cháng ān jū dà bù yì

喻大城市物價高，生活不易。［例］解放前夕，物價飛漲，人們深感長安居大不易。［構］覆。［源］《全唐詩話・白居易》。

長此以往 ㄔㄤˊ ㄘˇ ㄧˇ ㄨㄤˇ cháng cǐ yǐ wǎng

長期這樣下去。［例］你老熬夜，長此以往身體會搞壞的。［構］偏正。［同］久而久之

長歌當哭 ㄔㄤˊ ㄍㄜ ㄉㄤ ㄎㄨ cháng gē dāng kū

以歌唱代替痛哭。引申為寫詩文來抒發胸中的悲憤。〔例〕接你來信，才知老師去世，寄去一篇紀念散文，聊表長歌當哭之意。〔構〕主謂。

長江後浪催前浪 ㄔㄤˊ ㄐㄧㄤ ㄏㄡˋ ㄌㄤˋ ㄘㄨㄟ ㄑㄧㄢˊ ㄌㄤˋ chángjiāng hòu làng cuī qián làng

比喻事物不斷地推陳出新，人類社會在不斷地前進。〔例〕現在產品更新換代極快，大有長江後浪催前浪之勢。〔構〕主謂。〔同〕一輩新人換舊人

長久之計 ㄔㄤˊ ㄐㄧㄡˇ ㄓ ㄐㄧˋ cháng jiǔ zhī jì

長遠的策略打算。〔例〕平時不努力，考前搞突擊，這可不是長久之計。〔構〕偏正。〔源〕《戰國策・趙策》。〔反〕權宜之計

長命百歲 ㄔㄤˊ ㄇㄧㄥˋ ㄅㄞˇ ㄙㄨㄟˋ chángmìng bǎi suì

壽命長達一百歲。常用作祝詞。〔例〕我們都祝願奶奶長命百歲。〔構〕補充。〔源〕《元曲選外編・藍采和》。〔同〕長生不老 壽比南山 〔反〕短命夭折

長命富貴 ㄔㄤˊ ㄇㄧㄥˋ ㄈㄨˋ ㄍㄨㄟˋ chángmìng fù guì

壽命長，有錢有勢。舊時的祝福話。〔例〕舊社會的老人都希望子孫長命富貴。〔構〕聯合。〔源〕《舊唐書・姚崇傳》。

長年累月 ㄔㄤˊ ㄋㄧㄢˊ ㄌㄟˇ ㄩㄝˋ chángnián lěi yuè

形容經歷的時間很久。長年：整年。累月：一月又一月。也作『成年累月』。〔例〕地質隊員們長年累月地生活在野外，十分辛苦。〔構〕聯合。〔同〕天長日久 〔反〕一朝一夕 一時半刻

長篇大論 ㄔㄤˊ ㄆㄧㄢ ㄉㄚˋ ㄌㄨㄣˋ cháng piān dà lùn

冗長的文章，滔滔不絕的言論。［例］我可沒耐心看你這長篇大論的文章。［構］聯合。［同］連篇累牘［反］短小精悍 三言兩語 簡明扼要

長驅直入 ㄔㄤˊ ㄑㄩ ㄓˊ ㄖㄨˋ cháng qū zhí rù

一路上不停地快跑，形容進軍順利。直入：一直往前。［例］當年我解放軍就是從此路長驅直入，直搗敵巢的。［構］連動。［源］《戰國策・燕策二》。［同］直搗黃龍 ［反］退避三舍步步爲營

長生不老 ㄔㄤˊ ㄕㄥ ㄅㄨˋ ㄌㄠˇ chángshēng bù lǎo

永遠活著，永不衰老。［例］世上哪有長生不老之藥？［構］聯合。［同］長生久視 長命百歲

長袖善舞 ㄔㄤˊ ㄒㄧㄡˋ ㄕㄢˋ ㄨˇ cháng xiù shàn wǔ

袖子長舞起來方便。比喻有所依靠，做事容易成功。後多形容有財勢、有手腕的人善於投機鑽營。［例］老李青雲直上，是因爲他長袖善舞，不是靠眞本事。［構］主謂。［源］《韓非子・五蠹》。［同］財多善賈

長吁短嘆 ㄔㄤˊ ㄒㄩ ㄉㄨㄢˇ ㄊㄢˋ cháng xū duǎn tàn

長聲短聲不住地嘆氣。［例］母親爲什麼這兩天老長吁短嘆的？［構］聯合。［同］唉聲嘆氣

長夜難明 ㄔㄤˊ ㄧㄝˋ ㄋㄢˊ ㄇㄧㄥˊ cháng yè nán míng

比喻漫長的黑暗歲月。［例］在那長夜難明的歲月裏，人們多麼盼望解放軍的早日到來。［構］主謂。［同］長夜漫漫

長治久安 ㄔㄤˊ ㄓˋ ㄐㄧㄡˇ ㄢ cháng zhì jiǔ ān

國家社會長期太平安寧。治：太平。［例］在舊社會，人們盼望著長治久安，但這只是一種美好的願望而已。［構］聯合。［源］聯合。［源］《漢書・賈誼傳》。

嘗鼎一臠 ㄔㄤˊ ㄉㄧㄥˇ ㄧ ㄌㄨㄢˊ cháng dǐng yī luán

嘗嘗鼎中的一塊肉，就能知道全鼎肉的味道。比喻根據部分可以了解全體。鼎：古代烹煮器物。臠：切成片或塊的肉。［例］這部古籍失散了不少，今天我們只能從殘存的部分中嘗鼎一臠。［構］動賓。［源］《呂氏春秋・察今》。

常備不懈 ㄔㄤˊ ㄅㄟˋ ㄅㄨˋ ㄒㄧㄝˋ cháng bèi bù xiè

經常準備著，毫不鬆懈。［例］我邊防戰士常備不懈，隨時準備消滅入侵之敵。［構］覆。［同］嚴陣以待 ［反］刀槍入庫 臨陣磨槍 ［辨］『懈』不讀解ㄐㄧㄝˇ(jiě)。

悵然若失 ㄔㄤˋ ㄖㄢˊ ㄖㄨㄛˋ ㄕ chàng rán ruò shī

形容心情愁苦，好像丟了什麼。悵然：失意，懊惱。［例］看著他那悵然若失的樣子，大家都不知如何是好。［構］偏正。［源］《世說新語・雅量》。［反］怡然自得 ［辨］『悵』不讀ㄔㄤ(chāng)或ㄔㄤˊ(cháng)。

暢所欲言 ㄔㄤˋ ㄙㄨㄛˇ ㄩˋ ㄧㄢˊ chàng suǒ yù yán

痛痛快快地把心裏想說的話說盡。暢：盡情，無阻礙。［例］會上大家都能暢所欲言。［構］偏正。［同］直抒己見 ［反］欲言又止 吞吞吐吐 噤若寒蟬

暢通無阻 ㄔㄤˋ ㄊㄨㄥ ㄨˊ ㄗㄨˇ chàng tōng wú zǔ

毫無阻礙地通行或通過。暢：不停滯。［例］青藏公路修成以後，內

地與西藏的交通運輸已暢通無阻。［構］補充。［反］寸步難行

超然物外 ㄔㄠ ㄖㄢˊ ㄨˋ ㄨㄞˋ chāo rán wù wài

超脫於世事之外。［例］在舊社會，有些知識分子不滿於現實而又找不到出路，只有採取超然物外的態度。［構］補充。［同］與人無爭　置身事外［反］投身其中

車水馬龍 ㄔㄜ ㄕㄨㄟˇ ㄇㄚˇ ㄌㄨㄥˊ chē shuǐ mǎ lóng

車如流水，馬像遊龍。形容車馬來往不絕的繁華熱鬧景象。［例］我望著車水馬龍的長安街，不由得浮想聯翩。［構］聯合。［源］《後漢書·馬皇后紀》。［同］門庭若市　熙熙攘攘［反］門庭冷落　門可羅雀

車載斗量 ㄔㄜ ㄗㄞˋ ㄉㄡˇ ㄌㄧㄤˊ chē zài dǒu liáng

用車裝，用斗量。形容數量很多，不足爲奇。［例］我單位這方面人才很多，簡直可以車載斗量。［構］聯合。［源］《三國志·吳志·孫權傳》。［同］不計其數　汗牛充棟　恆河沙數［反］屈指可數　鳳毛麟角［辨］『載』不讀ㄗㄞˇ(zǎi)。『量』不讀ㄌㄧㄤˋ(liàng)。

徹頭徹尾 ㄔㄜˋ ㄊㄡˊ ㄔㄜˋ ㄨㄟˇ chè tóu chè wěi

自始至終，完完全全。徹：通，透。［例］『但是「化」者徹頭徹尾，徹裏徹外之謂也，有些人則連「少許」還沒有實行，卻在那裏提倡「化」呢！』（毛澤東《反對黨八股》）［構］聯合。［源］宋、程顥、程頤《二程語錄》。［同］不折不扣

沉默寡言 ㄔㄣˊ ㄇㄛˋ ㄍㄨㄚˇ ㄧㄢˊ chén mò guǎ yán

形容性情沉靜，很少說話。默：不言語。［例］童年不幸的遭遇使他養成了沉默寡言的習慣。［構］聯合。［源］《大戴禮記・文王官人》。［同］默不作聲 ［反］口若懸河 夸夸其談 ［辨］『沉』不要寫成『沈』。

沉魚落雁 ㄔㄣˊ ㄩˊ ㄌㄨㄛˋ ㄧㄢˋ chén yú luò yàn

形容女子美得魚見了沉入水底，雁見了飛落平沙，不敢與之比美。［例］戲曲中的許多女子都被形容得有沉魚落雁之美，閉月羞花之貌。［構］聯合。［源］《莊子・齊物論》。［同］花容月貌 如花似玉 ［辨］『沉』不要寫成『沈』。

沉渣泛起 ㄔㄣˊ ㄓㄚ ㄈㄢˋ ㄑㄧˇ chén zhā fàn qǐ

沉在水底的渣滓漂浮了起來。比喻陳舊的東西在一定的條件下又冒出來了。［例］每當社會動亂的時候，一些別有用心的人便沉渣泛起，以求一逞。［構］主謂。［同］捲土重來

陳陳相因 ㄔㄣˊ ㄔㄣˊ ㄒㄧㄤ ㄧㄣ chénchénxiāng yīn

原指皇家糧倉裏年年陳糧上加陳糧，後比喻因襲守舊，毫無創新。因：因循。［例］多年來的教學方法陳陳相因，現在非改不可了。［構］偏正。［源］《史記・平準書》。［同］蕭規曹隨 墨守成規 ［反］推陳出新

陳詞濫調 ㄔㄣˊ ㄘˊ ㄌㄢˋ ㄉㄧㄠˋ chén cí làn diào

陳腐的言詞，空泛的論調。濫：浮泛平庸。［例］這篇作文生動活潑的語言不多，陳詞濫調不少。［構］聯合。［同］老生常談 拾人牙慧 ［辨］『濫』不要寫成『爛』。

陳規陋習 ㄔㄣˊ ㄍㄨㄟ ㄌㄡˋ ㄒㄧˊ chén guī lòu xí

陳舊過時的規章制度，不合理的慣例。陋：不好，不合理。［例］一切陳規陋習都在必須廢除之列。［構］聯合。［同］清規戒律

陳言務去 ㄔㄣˊ ㄧㄢˊ ㄨˋ ㄑㄩˋ chén yán wù qù

陳舊的言詞必須去掉。［例］作文時除了要注意有新意以外，還要陳言務去。［構］主謂。［源］唐、韓愈《答李翊書》：『惟陳言之務去，戛戛乎其難哉！』

晨昏定省 ㄔㄣˊ ㄏㄨㄣ ㄉㄧㄥˋ ㄒㄧㄥˇ chén hūn dìng xǐng

早晨探視，晚間請安。定：請安。省：探視。指舊時子女對父母的禮節。［例］從《紅樓夢》裏我們可以看到，舊時子女對父母必須晨昏定省。［構］偏正。［源］《禮記・曲禮上》。［辨］『省』不讀ㄕㄥˇ(shěng)。

稱心如意 ㄔㄣˋ ㄒㄧㄣ ㄖㄨˊ ㄧˋ chèn xīn rú yì

完全合乎心意。稱：符合。如：適合。［例］昨天我跑了半天才買到了一雙稱心如意的鞋子。［構］聯合。［源］《晉書・蔡謨傳》。［同］心滿意足　如願以償　正中下懷　［反］大失所望　事與願違　［辨］『稱』不讀ㄔㄥ(chēng)或ㄔㄥˋ(chèng)。

趁火打劫 ㄔㄣˋ ㄏㄨㄛˇ ㄉㄚˇ ㄐㄧㄝˊ chèn huǒ dǎ jié

趁人家失火時去搶劫。比喻在別人遇到困難危險時去乘機撈一把。［例］這幫匪徒常常趁火打劫。［構］連動。［同］混水摸魚　乘人之危　［反］雪中送炭　濟困扶危　見義勇爲

趁熱打鐵 ㄔㄣˋ ㄖㄜˋ ㄉㄚˇ ㄊㄧㄝˇ chèn rè dǎ tiě

趁著鐵燒紅時立刻錘打，比喻抓緊時機立刻行動。［例］游擊隊又趁熱打鐵，一連拔掉敵僞軍的幾個據點。［

構］連動。［反］拖泥帶水　坐失良機

稱王稱霸 ㄔㄥ ㄨㄤˊ ㄔㄥ ㄅㄚˋ chēng wáng chēng bà　比喻以首領自居或狂妄自大，獨斷專行。王：帝王。霸：霸主，諸侯聯盟的首領。［例］一夥稱王稱霸的流氓已經被公安機關逮捕了。［構］聯合。［源］三國、曹操《讓縣自明本志令》。［同］稱孤道寡　［反］謙謙君子

瞠乎其後 ㄔㄥ ㄏㄨ ㄑㄧˊ ㄏㄡˋ chēng hū qí hòu　在別人的後面乾瞪著眼睛，追趕不上。［例］馬拉松賽時，剛跑了一半，我就落下了好大一截，只能瞠乎其後了。［構］補充。［源］《莊子・田子方》。［同］望塵莫及　［辨］『瞠』不讀ㄊㄤˊ(táng)。

瞠目結舌 ㄔㄥ ㄇㄨˋ ㄐㄧㄝˊ ㄕㄜˊ chēng mù jié shé　瞪著眼睛說不出話來，形容受窘或驚呆的樣子。結舌：動不了舌頭。［例］大家的一番話弄得他面紅耳赤，瞠目結舌。［構］聯合。［同］目瞪口呆　張口結舌　［反］對答如流　［辨］『瞠』不讀ㄊㄤˊ(táng)。

成敗利鈍 ㄔㄥˊ ㄅㄞˋ ㄌㄧˋ ㄉㄨㄣˋ chéng bài lì dùn　成功和失敗，順利與挫折，泛指事情的各種情況與結果。［例］萬事都有個成敗利鈍，關鍵在於我們要努力進取。［構］聯合。［源］三國、諸葛亮《後出師表》。［同］成敗得失

成敗論人 ㄔㄥˊ ㄅㄞˋ ㄌㄨㄣˋ ㄖㄣˊ chéng bài lùn rén　以事業上的成功或失敗作爲標準來評論人。［例］對待一個同志，不能以成敗論人，而應歷史地、全面地做出公正的評價。［構］偏正。［源］宋、蘇

軾《孔北海贊序》。

成家立業 chéng jiā lì yè

組織了家庭，建立了事業。指能獨立生活，興建自己的家業。［例］孩子們都成家立業了，母親也老了。［構］聯合。［同］安家立業　［反］傾家蕩產

成龍配套 chéng lóng pèi tào

組合起來形成完整的系統。成龍：組成完整的形體。配套：把相關部分組合成一整體。［例］這條流水線建成以後，我廠的生產就成龍配套了。［構］聯合。

成群結隊 chéng qún jié duì

結成一群群，一隊隊。［例］一到放學的時候，學生們成群結隊地走出校門。［構］聯合。［同］三五成群［反］孑然一身　三三兩兩　單槍匹馬

成人之美 chéng rén zhī měi

幫助別人成全好事或實現其願望。成：成全。［例］你既然不想出差上海，何不成人之美，推薦小王去，他家在上海。［構］動賓。［源］《論語・顏淵》：『君子成人之美，不成人之惡。』

成仁取義 chéng rén qǔ yì

指爲了崇高的事業而捨生。仁：仁愛。義：道義，正義。［例］先烈們在關鍵時刻都選擇了成仁取義的道路，爲革命獻出了生命。［構］聯合。［源］《論語・衛靈公》。［同］殺身成仁　［反］苟且偷生

成事不足，敗事有餘 chéng shì bù zú, bài shì yǒu yú

不能把事情辦好，反

而把事情弄壞。也指辦事不懷好意的人。［例］你呀，成事不足，敗事有餘，別跟我們搗亂了。［構］覆。

成事在人 ㄔㄥˊ ㄕˋ ㄗㄞˋ ㄖㄣˊ chéng shì zài rén 事情能否成功，關鍵在於人的努力如何。［例］我就不相信我考不出好成績，成事在人，只要努力就成。［構］主謂。［同］事在人爲　［反］聽天由命

成一家言 ㄔㄥˊ ㄧ ㄐㄧㄚ ㄧㄢˊ chéng yī jiā yán 指某個人或某一些人的著述有自己的觀點，自成一個體系。也作『成一家之言』。［例］他多年來研究《易經》，有了著述，已成一家言了。［構］動賓。［源］《文選・司馬遷〈報任少卿書〉》：『亦欲以究無人之際，通古今之變，成一家之言。』［同］自成一家　［反］百家爭鳴　衆說紛紜

誠惶誠恐 ㄔㄥˊ ㄏㄨㄤˊ ㄔㄥˊ ㄎㄨㄥˇ chéng huáng chéng kǒng 非常驚惶、恐懼。誠：確實。惶、恐：驚慌害怕。原爲封建時期朝臣奏章上的套語。現在一般諷刺臣服恐懼到極點的樣子。［例］瞧他見了領導那副誠惶誠恐的樣子，眞讓人噁心。［構］聯合。［源］漢《說文解字五下》。［同］戰戰兢兢　［反］處之泰然

誠心誠意 ㄔㄥˊ ㄒㄧㄣ ㄔㄥˊ ㄧˋ chéng xīn chéng yì 非常眞摯誠懇，沒有半點虛僞。［例］人家誠心誠意地找上門請你幫忙，你怎能見死不救？［構］聯合。［同］洞見肺腑　［反］虛情假意　［辨］『誠』不要寫成『成』。

承上啓下 ㄔㄥˊ ㄕㄤˋ ㄑㄧˇ ㄒㄧㄚˋ chéngshàng qǐ xià 承接上面的，引出下面的。啓：開始，引起。［例］這個自然段在文章中起著承上啓下的作用。［構］聯合。

[同]承前啓後

承前啓後 ㄔㄥˊ ㄑㄧㄢˊ ㄑㄧˇ ㄏㄡˋ chéng qián qǐ hòu
承接以前的，開創未來的。多指事業、學問等方面。[例]他是位承前啓後的科學家，在學術界有著重要的地位。[構]聯合。[同]承上啓下 [反]空前絕後

城北徐公 ㄔㄥˊ ㄅㄟˇ ㄒㄩˊ ㄍㄨㄥ chéng běi xú gōng
舊時用作美男子的代稱。[例]你弟弟長得眞好看，簡直是個城北徐公。[構]偏正。[源]《戰國策·齊策一》：『城北徐公，齊國之美麗者也。』

城府甚深 ㄔㄥˊ ㄈㄨˇ ㄕㄣˋ ㄕㄣ chéng fǔ shènshēn
待人處事的心機深沉不外露，使人難以琢磨。城府：城市與官府，比喻待人接物的心機。[例]舊社會的官場之中有那麼一些城府甚深的人。[構]主謂。[源]《晉書·帝紀五·孝愍帝》。[反]豁達開朗

城狐社鼠 ㄔㄥˊ ㄏㄨˊ ㄕㄜˋ ㄕㄨˇ chéng hú shè shǔ
以城牆爲依仗的狐狸，藏在土地廟裏的老鼠。比喻依仗他人勢力做壞事的人。[例]有的人仗著自己有後台，爲非作歹，簡直是些城狐社鼠。[構]聯合。[源]《晏子春秋·內篇問上》。[同]狗仗人勢 狐假虎威

城門失火，殃及池魚 ㄔㄥˊ ㄇㄣˊ ㄕ ㄏㄨㄛˇ ㄧㄤ ㄐㄧˊ ㄔˊ ㄩˊ chéng mén shī huǒ yāng jí chí yú
城門著火了，人們用護城河的水救火，水乾了，魚也死了。殃：禍。池：護城河。比喻因不相干的事受牽連。[例]小俞因爲看一本紅封面的書而被國民黨特務抓起來了，這眞是城門失火，殃及池魚。[構]覆。[源]漢、應劭《風俗通義·佚文》。[辨]舊說『池

魚』爲人名，被燒死。

乘風破浪
ㄔㄥˊ ㄈㄥ ㄆㄛˋ ㄌㄤˋ chéng fēng pò làng

駕著順風的船破浪前進。比喻志向遠大，不畏艱險地前進。［例］①小船乘風破浪奮勇前進。②願你在今後的征途上乘風破浪，奮勇前進。［構］聯合。［源］《宋書・宗慤ㄑㄩㄝˋ(què)傳》：「願乘長風破萬里浪。」［同］高歌猛進、披荆斬棘［辨］『乘』不要寫成『趁』。

乘機而入
ㄔㄥˊ ㄐㄧ ㄦˊ ㄖㄨˋ chéng jī ér rù

利用機會進入。乘：趁，利用。［例］如果我們放鬆警惕，敵人就會乘機而入。［構］偏正。［同］乘虛而入、有機可乘

乘人之危
ㄔㄥˊ ㄖㄣˊ ㄓ ㄨㄟ chéng rén zhī wēi

趁著別人遭到危難的時候去要挾、侵害別人。［例］過去地主老財常乘人之危，低價強買農民的土地。［構］動賓。［源］《後漢書・蓋勳傳》：「謀事殺良，非忠也；乘人之危，非仁也。」［同］落井下石［反］雪中送炭、捨己救人［辨］『乘』不讀ㄔㄥˋ(chèng)。

乘虛而入
ㄔㄥˊ ㄒㄩ ㄦˊ ㄖㄨˋ chéng xū ér rù

從設防薄弱的地方進攻，也泛指鑽空子。［例］後山是敵軍力量薄弱之處，我們可以乘虛而入。［構］偏正。［同］乘機而入

程門立雪
ㄔㄥˊ ㄇㄣˊ ㄌㄧˋ ㄒㄩㄝˇ chéng mén lì xuě

比喻求學心切及尊敬師長，恭敬求教。程：指宋代理學家程頤。立雪：在雪中侍立。［例］現在許多學生虛心學習，誠摯求教，頗有程門立雪的精神。

［構］偏正。［源］宋《二程全書・遺書十二》。

懲惡勸善 ㄔㄥˊ ㄜˋ ㄑㄩㄢˋ ㄕㄢˋ chéng è quànshàn

懲罰壞人，勸勉人心向善。［例］舊社會雖然也經常採用各種方式懲惡勸善，但收效甚微。［構］聯合。［源］《左傳・成公十四年》。［同］罰一勸百 ［辨］『惡』不讀ㄜˇ(ě)或ㄨˋ(wù)。

懲前毖後 ㄔㄥˊ ㄑㄧㄢˊ ㄅㄧˋ ㄏㄡˋ chéngqián bìhòu

把以前的錯誤作爲教訓，使以後謹慎些，不致重犯。懲：警戒。毖：慎。［例］對於犯錯誤的同志應該採取懲前毖後、治病救人的方針。［構］聯合。［源］《詩經・周頌・小毖》。［同］小懲大誡 ［反］重蹈覆轍

懲一儆百 ㄔㄥˊ ㄧ ㄐㄧㄥˇ ㄅㄞˇ chéng yī jǐng bǎi

懲罰一個人來警戒更多的人。儆：警戒。［例］敵人經常採用懲一儆百的手段來恐嚇人民，但往往適得其反。［構］覆。［源］《漢書・尹翁歸傳》。［同］殺雞嚇猴 ［辨］『儆』不讀ㄐㄧㄥˋ(jìng)。『儆』也作『警』。

逞性妄爲 ㄔㄥˇ ㄒㄧㄥˋ ㄨㄤˋ ㄨㄟˊ chěng xìng wàng wéi

任著性子胡作非爲。逞性：任性。妄：胡亂。也指壞人肆意作惡。［例］一些小流氓經常在我們這兒逞性妄爲，最近被勞教了。［構］偏正。［同］膽大妄爲 ［反］謹言慎行

吃糠嚥菜 ㄔ ㄎㄤ ㄧㄢˋ ㄘㄞˋ chī kāng yàn cài

吃穀糠，吞野菜。形容生活極端貧苦。［例］舊社會多少人終年過著吃糠嚥菜的日子啊！［構］聯合。［反］酒足飯飽

吃苦耐勞 ㄔ ㄎㄨˇ ㄋㄞˋ ㄌㄠˊ chī kǔ nài láo 經受艱苦和勞累，形容堅韌不拔的精神。[例]中國的勞動人民是最能吃苦耐勞的。[構]聯合。

吃裏爬外 ㄔ ㄌㄧˇ ㄆㄚˊ ㄨㄞˋ chī lǐ pá wài 享受著這一方(裏)的好處，暗地裏卻爲另一方(外)盡力。[例]咱們球隊的部署，你怎麼告訴他們了，你眞是個吃裏爬外的傢伙。[構]聯合。

吃一塹，長一智 ㄔ ㄧ ㄑㄧㄢˋ ㄓㄤˇ ㄧ ㄓˋ chī yī qiàn zhǎng yī zhì 受一次挫折，增長一分才智。塹：壕塹，引申爲挫折。[例]失敗了沒關係，吃一塹，長一智，總結經驗教訓，繼續前進。[構]覆。[同]上當學乖

癡人說夢 ㄔ ㄖㄣˊ ㄕㄨㄛ ㄇㄥˋ chī rén shuōmèng 指一些天眞幼稚的說法或指荒唐怪誕的言語。癡人：傻人。[例]我們校辦工廠怎能生產精密儀器，這簡直是癡人說夢。[構]主謂。[源]宋、惠洪《冷齋夜話》。[同]白日做夢

癡心妄想 ㄔ ㄒㄧㄣ ㄨㄤˋ ㄒㄧㄤˇ chī xīn wàngxiǎng 一心想著不可能實現的事情，荒唐的想法。癡：沉迷。妄：荒唐。[例]懶惰的人還想發家，這眞是癡心妄想。[構]聯合。[同]胡思亂想

嗤之以鼻 ㄔ ㄓ ㄧˇ ㄅㄧˊ chī zhī yǐ bí 用鼻子發出笑聲來譏笑對方。嗤：譏笑。[例]對於那些粗製濫造、荒唐透頂的節目，群衆總是嗤之以鼻，不屑一顧。[構]補充。[同]付之一笑 [反]五體投地 [辨]『嗤』不要寫成『蚩』。

魑魅魍（罔）魎（兩） ㄔ ㄇㄟˋ ㄨㄤˇ ㄨㄤˇ ㄌㄧㄤˇ ㄌㄧㄤˇ chī mèi wǎng wǎng liǎng liǎng

古代傳說中山林水澤裏的神怪，現指形形色色的壞人。魑：山神獸。魅：怪。魍魎：水神。［例］那些魑魅魍魎，在光天化日之下終於現出了原形。［構］聯合。［源］《左傳・宣公三年》。［同］牛鬼蛇神　妖魔鬼怪［反］志士仁人　［辨］『魑』不讀ㄌㄧˊ(lí)。『魅』不讀ㄨㄟˋ(wèi)。

馳魂奪魄 ㄔˊ ㄏㄨㄣˊ ㄉㄨㄛˊ ㄆㄛˋ chí hún duó pò

形容景致或事物非常美好，特別吸引人。馳：散。奪：取。［例］秋天的香山，景色宜人，那紅葉眞使人馳魂奪魄。［構］聯合。［同］心馳神往　［反］索然乏味

馳馬思墜 ㄔˊ ㄇㄚˇ ㄙ ㄓㄨㄟˋ chí mǎ sī zhuì

騎著馬奔跑時要想到摔下來的可能。比喻安不忘危。［例］雖然你每次都考得很好，但也要有馳馬思墜的思想準備。［構］偏正。［同］居安思危　［辨］『墜』不要寫成『墮』。

馳名中外 ㄔˊ ㄇㄧㄥˊ ㄓㄨㄥ ㄨㄞˋ chí míngzhōng wài

名聲遠揚，國內外皆知。［例］茅台酒是馳名中外的名酒。［構］動賓。［同］舉世聞名　遐邇聞名　揚名四海　［反］臭名昭彰　默默無聞

持平之論 ㄔˊ ㄆㄧㄥˊ ㄓ ㄌㄨㄣˋ chí píng zhī lùn

公平公正的言論，也指調和折中的言論。［例］這篇論文既指出了作品的優點，也實事求是地指出了缺點，是篇持平之論的文章。［構］偏正。［源］《漢書・杜延年傳》。

持之以恆 ㄔˊ ㄓ ㄧˇ ㄏㄥˊ chí zhī yǐ héng
有恆心地堅持下去。[例]鍛鍊身體必須持之以恆，不然收效甚微。[構]補充。[同]堅持不懈 鍥而不捨 [反]半途而廢 一暴十寒

持之有故，言之成理 ㄔˊ ㄓ ㄧㄡˇ ㄍㄨˋ ㄧㄢˊ ㄓ ㄔㄥˊ ㄌㄧˇ chí zhī yǒu gù yán zhī chéng lǐ
指言論、主張有理有據。故：根據。[例]這篇文章的理論觀點持之有故，言之成理。[構]覆。[源]《荀子·非十二子》。[反]無稽之談 不經之談

踟躕不前 ㄔˊ ㄔㄨˊ ㄅㄨˋ ㄑㄧㄢˊ chí chú bù qián
猶豫不決，不敢向前。踟躕：猶豫徘徊的樣子。[例]他這人優柔寡斷，遇事總踟躕不前，往往坐失良機。[構]連動。[同]猶豫不決 舉棋不定 瞻前顧後 [反]聞風而動 勇往直前

齒若編貝 ㄔˇ ㄖㄨㄛˋ ㄅㄧㄢ ㄅㄟˋ chǐ ruò biān bèi
牙齒整齊潔白得像編成串的貝殼一樣。貝：古代貨幣。編貝：把同樣大小的貝殼穿成串。[例]舊時形容美女總是用口如櫻桃、齒若編貝等詞語。[構]主謂。[同]星眸皓齒

叱咤風雲 ㄔˋ ㄓㄚˋ ㄈㄥ ㄩㄣˊ chì zhà fēng yún
一聲怒喝使風雲都變色了。形容聲威極大，可以左右形勢。叱咤：怒喝。多含褒義。[例]我們敬愛的陳老總，那可是個叱咤風雲的人物啊！[構]動賓。[源]《梁書·元帝紀》。

赤膊上陣 ㄔˋ ㄅㄛˊ ㄕㄤˋ ㄓㄣˋ chì bó shàng zhèn
不穿盔甲上陣打仗，比喻不顧一切猛打猛衝，以示其剽悍勇猛。也比喻撕下偽裝跳出來幹壞事。[例]①朱老鞏赤膊上陣，拿起鍘刀和敵人拚命。②反革命暴徒以為時機已到，公然赤膊上陣，

大打出手。［構］連動。［同］輕裝上陣　［反］披掛上陣

赤誠相見 ㄔˋ ㄔㄥˊ ㄒㄧㄤ ㄐㄧㄢˋ chì chéng xiāng jiàn　彼此之間都眞心實意地對待對方。［例］有話請直說，我倆既然是好朋友，就應赤誠相見。［構］偏正。［同］肝膽相照　推誠相見　［反］虛情假意

赤膽忠心 ㄔˋ ㄉㄢˇ ㄓㄨㄥ ㄒㄧㄣ chì dǎn zhōng xīn　形容非常忠誠。［例］戰士們的英勇頑強表現出了他們對祖國人民的赤膽忠心。［構］聯合。［同］忠心耿耿　［反］陽奉陰違

赤貧如洗 ㄔˋ ㄆㄧㄣˊ ㄖㄨˊ ㄒㄧˇ chì pín rú xǐ　貧窮得一無所有，像被沖洗過一樣。［例］爺爺給地主當了一輩子長工，到頭來，我們家仍然赤貧如洗。［構］主謂。［同］不名一文　家道壁立　［反］堆金疊玉　富有四海　金玉滿堂

赤手空拳 ㄔˋ ㄕㄡˇ ㄎㄨㄥ ㄑㄩㄢˊ chì shǒu kōng quán　比喻沒拿武器或手中一無所有，沒有憑藉。［例］炊事班長赤手空拳，英勇拚搏，終於捉住了一個敵人。［構］聯合。［同］手無寸鐵　［反］荷槍實彈

赤縣神州 ㄔˋ ㄒㄧㄢˋ ㄕㄣˊ ㄓㄡ chì xiàn shén zhōu　中國的別稱，也簡稱爲赤縣或神州。［例］僑居海外的炎黃子孫，無不思念有著燦爛文化的赤縣神州。［構］聯合。［源］《史記・孟子荀卿列傳》引騶衍語：『中國名曰赤縣神州。』

赤子之心 ㄔˋ ㄗˇ ㄓ ㄒㄧㄣ chì zǐ zhī xīn　心地像初生的嬰兒一樣純潔善良。［例］他眞有一顆赤子之心。［構］偏正。［源］《孟子・離婁下》：『大

人者，不失其赤子之心者也。』［反］蛇蠍心腸

衝鋒陷陣
ㄔㄨㄥ ㄈㄥ ㄒㄧㄢˋ ㄓㄣˋ chōng fēng xiàn zhèn

形容勇敢作戰或勇往直前的鬥爭精神。陷陣：深入陣地。［例］魯迅是在文化戰線上，代表全民族大多數，向著敵人衝鋒陷陣的民族英雄。［構］聯合。［源］漢、應劭《風俗通義．佚文》。［同］出生入死 赴湯蹈火 ［反］望風而逃 畏縮不前

充耳不聞
ㄔㄨㄥ ㄦˇ ㄅㄨˋ ㄨㄣˊ chōng ěr bù wén

塞住耳朵不聽。形容存心不聽別人的話。充：堵塞。［例］群眾的呼聲，我們豈能充耳不聞？［構］連動。［源］《詩經．邶風．旄丘》。［同］熟視無睹 視而不見 ［反］洗耳恭聽

重蹈覆轍
ㄔㄨㄥˊ ㄉㄠˇ ㄈㄨˋ ㄓㄜˊ chóng dǎo fù zhé

又一次走上翻車的老路。比喻不吸取失敗的教訓。蹈：踏上。覆：翻，倒。［例］你應該認真地總結一下，吸取教訓，免得重蹈覆轍。［構］動賓。［源］《後漢書．竇武傳》。［反］前車可鑑 ［辨］『覆』不要寫成『復』。

重見天日
ㄔㄨㄥˊ ㄐㄧㄢˋ ㄊㄧㄢ ㄖˋ chóng jiàn tiān rì

比喻脫離黑暗環境，重新看到了光明。［例］解放軍使被關在地主水牢裏的農民重見天日。［構］動賓。［反］身陷囹圄

重彈老調
ㄔㄨㄥˊ ㄊㄢˊ ㄌㄠˇ ㄉㄧㄠˋ chóng tán lǎo diào

重新彈起老曲調。比喻把陳舊的觀點理論又搬出來了。［例］這篇論文沒有什麼新觀點，只是重彈老調罷了。［構］動賓。［同］老生常談

重溫舊夢 ㄔㄨㄥˊ ㄨㄣ ㄐㄧㄡˋ ㄇㄥˋ chóng wēn jiù mèng

比喻回憶過去所經歷的情景，希望重新再來。舊夢：過去的夢。［例］老張與他妻子離婚後，舊情難捨，總想重溫舊夢，最近又提出復婚要求。［構］動賓。

重整旗鼓 ㄔㄨㄥˊ ㄓㄥˇ ㄑㄧˊ ㄍㄨˇ chóngzhěng qí gǔ

重新整頓起戰旗和戰鼓。比喻失敗之後，重新集合力量再幹。［例］我隊總結上次比賽的經驗教訓之後，重整旗鼓，決心打敗對手。［構］動賓。［同］東山再起 ［反］偃旗息鼓

崇山峻嶺 ㄔㄨㄥˊ ㄕㄢ ㄐㄩㄣˋ ㄌㄧㄥˇ chóngshān jùn lǐng

高大陡險的山嶺。崇、峻：山高而陡。［例］我英雄的鐵道兵，在崇山峻嶺之中打通了一條通往大西北的運輸線。［構］聯合。［源］晉、王羲之《蘭亭集序》。［同］千山萬壑 ［反］一馬平川 ［辨］『崇』不要寫成『重』。

崇洋媚外 ㄔㄨㄥˊ ㄧㄤˊ ㄇㄟˋ ㄨㄞˋ chóngyáng mèi wài

崇拜洋人的一切，向外國人諂媚。［例］我們要借鑑外國的科技成果，但要防止崇洋媚外思想苗頭的出現。［構］聯合。［同］卑躬屈膝

寵辱不驚 ㄔㄨㄥˇ ㄖㄨˇ ㄅㄨˋ ㄐㄧㄥ chǒng rǔ bù jīng

對受寵或受辱都不驚詫，表示不介意個人的榮辱得失。［例］許多科技工作者默默無聞地工作著，從不考慮個人得失，可謂寵辱不驚。［構］主謂。［源］晉、潘岳《在懷縣》詩。［同］置之度外 ［反］患得患失

抽薪止沸 ㄔㄡ ㄒㄧㄣ ㄓˇ ㄈㄟˋ chōu xīn zhǐ fèi

抽去鍋下的柴草以停止鍋裏水的沸騰。比喻從根本上解決問題。［例］要提高教學質量，必須抽薪止沸，從教

學改革入手。[構]連動。

愁眉不展 ㄔㄡˊ ㄇㄟˊ ㄅㄨˋ ㄓㄢˇ chóu méi bù zhǎn 愁鎖雙眉而不舒展。形容心事重重的樣子。[例]瞧他最近那愁眉不展的樣子，一定是又沒考好。[構]主謂。[同]愁眉苦臉 [反]喜笑顏開 笑逐顏開

愁眉苦臉 ㄔㄡˊ ㄇㄟˊ ㄎㄨˇ ㄌㄧㄢˇ chóu méi kǔ liǎn 緊皺眉頭，一臉苦相。形容愁苦的樣子。[例]瞧你那愁眉苦臉的樣子，又出什麼事啦？[構]聯合。[同]愁眉鎖眼 [反]笑逐顏開 喜笑顏開

躊躇不前 ㄔㄡˊ ㄔㄨˊ ㄅㄨˋ ㄑㄧㄢˊ chóu chú bù qián 猶豫不決，不敢前進。躊躇：猶豫。[例]關鍵時刻，戰士們爭先恐後，沒有一個躊躇不前的。[構]連動。[同]踟躕不前 舉棋不定 瞻前顧後 [反]勇往直前 聞風而動 [辨]『躇』不讀ㄓㄨˋ(zhù)。

躊躇滿志 ㄔㄡˊ ㄔㄨˊ ㄇㄢˇ ㄓˋ chóu chú mǎn zhì 形容心滿意足，十分得意的樣子。躊躇：從容自得的樣子。[例]事業上獲得一點成績以後，他更加躊躇滿志了。[構]偏正。[源]《莊子・養生主》。[同]自鳴得意 得意洋洋 [反]灰心喪氣 [辨]『躇』不讀ㄓㄨˋ(zhù)。

醜態百出 ㄔㄡˇ ㄊㄞˋ ㄅㄞˇ ㄔㄨ chǒu tài bǎi chū 做出各種各樣醜惡的樣子。形容醜惡的表演或醜惡的行為。[例]敵人被俘後，馬上跪在地上叩首求饒，真是醜態百出。[構]主謂。[同]搖頭擺尾 擠眉弄眼 嬉皮笑臉 [反]威風凜凜

臭名遠揚 ㄔㄡˋ ㄇㄧㄥˊ ㄩㄢˇ ㄧㄤˊ chòumíngyuǎnyáng

壞名聲傳播得很遠。[例]臭名遠揚的二十一條，是個賣國條約。[構]主謂。[同]臭名昭著　穢聞四播 [反]馳名中外　名揚四海

臭名昭著 ㄔㄡˋ ㄇㄧㄥˊ ㄓㄠ ㄓㄨˋ chòumíngzhāo zhù

壞名聲人人都知道。昭著：明顯，顯著。[例]汪精衛是個臭名昭著的大漢奸。[構]主謂。[同]臭名遠揚　聲名狼藉 [反]赫赫有名　大名鼎鼎

臭味相投 ㄔㄡˋ ㄨㄟˋ ㄒㄧㄤ ㄊㄡˊ chòu wèi xiāng tóu

比喻有同樣壞毛病、惡嗜好的人投合在一起。用於貶義。[例]這一幫臭味相投的狐朋狗友們，整天在一起不是酗酒，就是賭博。[構]主謂。[同]沆瀣一氣 [反]格格不入

出爾反爾 ㄔㄨ ㄦˇ ㄈㄢˇ ㄦˇ chū ěr fǎn ěr

原指你怎樣待人，人就怎樣待你。後指言行前後矛盾，反覆無常。出也是你，反也是你。爾：你。[例]他說過的話從來不算數，這種出爾反爾的態度實在讓人惱火。[構]覆。[源]《孟子・梁惠王下》。[同]反覆無常 [反]言行一致　言而有信

出乎意料 ㄔㄨ ㄏㄨ ㄧˋ ㄌㄧㄠˋ chū hū yì liào

超出於想像，指沒有想像到。[例]校長今天參加了我們的團日活動，真是出乎意料。[構]補充。[同]出人意外 [反]意料之中

出口成章 ㄔㄨ ㄎㄡˇ ㄔㄥˊ ㄓㄤ chū kǒu chéngzhāng

話說出口就成爲文章。形容文思敏捷，口才好。[例]他是我們班的才子，常常能出口成章。[構]覆。[源]《詩經・小雅・都人士》：『出言有章

。』［同］倚馬千言

出類拔萃 ㄔㄨ ㄌㄟˋ ㄅㄚˊ ㄘㄨㄟˋ chū lèi bá cuì 形容德才出衆。拔：高出。萃：草叢生，比喻聚集在一起的人或物。［例］這件玉雕真是一件出類拔萃的精品。［構］聯合。［源］《孟子・公孫丑上》。［同］鶴立雞群　超群絕倫　［反］碌碌無能　濫竽充數　［辨］『萃』不要寫成『翠』。

出沒無常 ㄔㄨ ㄇㄛˋ ㄨˊ ㄔㄤˊ chū mò wú cháng 出現和隱沒都沒有常規。形容變化多端。［例］我游擊隊出沒無常，搞得敵人焦頭爛額。［構］主謂。［同］變化多端　變化無常　變幻莫測

出謀劃策 ㄔㄨ ㄇㄡˊ ㄏㄨㄚˋ ㄘㄜˋ chū móu huà cè 制定計謀策略。指爲人出主意。劃：籌劃，也作『畫』。［例］今年的新年聯歡會，我們請老師爲我們出謀劃策。［構］聯合。［同］運籌帷幄

出其不意 ㄔㄨ ㄑㄧˊ ㄅㄨˋ ㄧˋ chū qí bù yì 在人們沒有預料到的地方或時間出現或出擊。不意：沒有意料到。［例］游擊隊常常採取祕密而神速的行動，出其不意地打擊敵人。［構］動賓。［源］《孫子・計篇》。［同］攻其不備　出人意外　［反］預料之中　不出所料

出奇制勝 ㄔㄨ ㄑㄧˊ ㄓˋ ㄕㄥˋ chū qí zhì shèng 用奇兵、奇計制服對方，取得勝利。［例］在敵強我弱的情況下，我軍善於用兵，故常常取得出奇制勝的戰果。［構］連動。［源］《孫子・勢篇》。

出人頭地 ㄔㄨ ㄖㄣˊ ㄊㄡˊ ㄉㄧˋ chū rén tóu dì 形容超過一般人。［例］國外有的球隊連訓練都不讓人看，生怕祕密洩漏，不能出人頭地。［構］動賓。［源

」宋、歐陽修《與梅聖俞書》。［同］高人一等　頭角崢嶸　［反］相形見絀　庸庸碌碌

出神入化 ㄔㄨ ㄕㄣˊ ㄖㄨˋ ㄏㄨㄚˋ chū shén rù huà

出於神妙，進入化境。形容技藝極高，達到了絕妙的境地。［例］白石老人畫的蝦出神入化，令人嘆爲觀止。［構］聯合。［同］爐火純青　［反］平淡無奇　［辨］『化』不要寫成『畫』。

出生入死 ㄔㄨ ㄕㄥ ㄖㄨˋ ㄙˇ chū shēng rù sǐ

原指從出生到死去，後指爲事業敢於冒著生命的危險進行鬥爭。［例］許多革命老前輩都曾出生入死地爲人民的解放事業日夜征戰。［構］聯合。［源］《老子》。［同］赴湯蹈火　捨生忘死　［反］貪生怕死

出師不利 ㄔㄨ ㄕ ㄅㄨˋ ㄌㄧˋ chū shī bù lì

出戰不順利，形容事情一開始進行就不順利。師：軍隊。［例］這次期末考試，一開始我就沒考好，真是出師不利。［構］主謂。［反］旗開得勝

出水芙蓉 ㄔㄨ ㄕㄨㄟˇ ㄈㄨˊ ㄖㄨㄥˊ chū shuǐ fú róng

剛露出水面的荷花。芙蓉：荷花。比喻詩寫得清新或比喻女性的美麗。［例］①他的詩恰如出水芙蓉，讀來沁人心脾。②這部電影裏的女主角像朵出水芙蓉一樣楚楚動人。［構］偏正。［源］南朝（梁）、鍾嶸《詩品》。［同］花容月貌

出頭露面 ㄔㄨ ㄊㄡˊ ㄌㄨˋ ㄇㄧㄢˋ chū tóu lù miàn

在一定的場合出現，也指在人群中顯露自己。［例］①這件事只有你出頭露面才能解決。②小王最愛在全校活動中出頭露面，以顯示自己。［構］聯合

。［同］抛頭露面　［反］隱姓埋名

出言不遜 ㄔㄨ ㄧㄢˊ ㄅㄨˋ ㄒㄩㄣˋ chū yán bù xùn　說話不禮貌。遜：謙讓，恭順。［例］你把我的書弄髒了，不但不道歉，反而出言不遜，對嗎？［構］主謂。［源］《三國志・魏書・張郃傳》。［同］出言無狀　惡語傷人　［反］謙厚有禮　彬彬有禮　［辨］『遜』不讀ㄙㄨㄣ(sūn)。

出淤泥而不染 ㄔㄨ ㄩ ㄋㄧˊ ㄦˊ ㄅㄨˋ ㄖㄢˇ chū yū ní ér bù rǎn　從污泥中生長出來而沒染上淤泥。比喻人處在污濁的環境裏而不受影響，保持純潔。［例］她最值得人敬佩的是有出淤泥而不染的品格。［構］覆。［源］宋、周敦頤《愛蓮說》。［同］潔身自好　［反］同流合污

初出茅廬 ㄔㄨ ㄔㄨ ㄇㄠˊ ㄌㄨˊ chū chū máo lú　原意指諸葛亮離開南陽茅廬就打了勝仗，後比喻剛進入社會，缺乏經驗。［例］他第一次參加國際比賽，可以說還是個初出茅廬的小伙子。［構］動賓。［源］《三國演義》。［同］初露頭角　［反］老馬識途　老謀深算

初度之辰 ㄔㄨ ㄉㄨˋ ㄓ ㄔㄣˊ chū dù zhī chén　初生之時，後指生日。［例］這首詩是他九十初度之辰的傑作。［構］偏正。［源］戰國、屈原《離騷》。

初露鋒芒 ㄔㄨ ㄌㄨˋ ㄈㄥ ㄇㄤˊ chū lù fēng máng　比喻剛顯露出某種才能和力量。鋒芒：刀劍等的刃口和尖端。［例］我國一些運動員在參加國際比賽中，初露鋒芒就取得了好成績。［構］動賓。［同］初露頭角　［反］大器晚成

初生牛犢不怕虎 ㄔㄨ ㄕㄥ ㄋㄧㄡˊ ㄉㄨˊ ㄅㄨˋ ㄆㄚˋ ㄏㄨˇ chū shēng niú dú bù pà hǔ

剛生下來的小牛犢不怕老虎。比喻年輕人沒有顧慮，敢想敢幹。［例］廠長說：『這幫年輕人敢於創新，真有股初生牛犢不怕虎的勁頭。』［構］主謂。［同］無所畏懼

芻蕘之議 ㄔㄨˊ ㄖㄠˊ ㄓ ㄧˋ chú ráo zhī yì

砍柴人的話。比喻淺薄、粗陋的意見和建議。芻蕘：割草打柴，也指割草打柴的人。多用於表示自謙。［例］我的這些建議只不過是芻蕘之議，僅供參考。［構］偏正。［源］《詩經・大雅・板》。

除暴安良 ㄔㄨˊ ㄅㄠˋ ㄢ ㄌㄧㄤˊ chú bào ān liáng

除去强暴，安撫善良的人民。『除』也作『鋤』。［例］李自成的義軍每到一處，都除暴安良，深受勞苦大衆的歡迎。［構］連動。

除惡務盡 ㄔㄨˊ ㄜˋ ㄨˋ ㄐㄧㄣˋ chú è wù jìn

清除壞人壞事、惡勢力必須乾淨、徹底。［例］要以除惡務盡的精神狠狠打擊那些盜賣國家文物的走私販子。［構］主謂。［源］《尚書・泰誓下》。［同］斬草除根 ［反］養虎遺患 養癰遺患

除舊布新 ㄔㄨˊ ㄐㄧㄡˋ ㄅㄨˋ ㄒㄧㄣ chú jiù bù xīn

除掉舊的，建立新的。布：展開。［例］這幾年來，我們村出現了許多除舊布新的好氣象。［構］連動。［源］《左傳・昭公十七年》。［同］革故鼎新 ［反］因循守舊 蹈常襲故。

處心積慮 ㄔㄨˇ ㄒㄧㄣ ㄐㄧ ㄌㄩˋ chǔ xīn jī lǜ

千方百計地考慮、謀劃。處心：存心。積慮：蓄謀已久。多含貶義。

[例]這些壞人處心積慮地製造假藥，坑害人民。[構]聯合。[源]《穀梁傳·隱公元年》。[同]挖空心思 費盡心機 [辨]『處』不讀ㄔㄨˋ(chù)。

處之泰然 ㄔㄨˇ ㄓ ㄊㄞˋ ㄖㄢˊ chǔ zhī tài rán

對待困難、危險，鎮定沉著或無動於衷。泰然：安然。也作『泰然處之』。[例]他早把生死置之度外了，所以臨危時能處之泰然。[構]補充。[同]泰然自若 從容不迫 [反]驚慌失措 [辨]『處』不讀ㄔㄨˋ(chù)。

礎潤而雨 ㄔㄨˇ ㄖㄨㄣˋ ㄦˊ ㄩˇ chǔ rùn ér yǔ

柱子下的石墩泛潮，預示著要下雨。比喻事前的徵兆。[例]最近學生中攀比之風有所抬頭，礎潤而雨，不抓政治思想工作要出問題的。[構]覆。[源]《淮南子·說林訓》。[同]月暈而風

楚楚動人 ㄔㄨˇ ㄔㄨˇ ㄉㄨㄥˋ ㄖㄣˊ chǔ chǔ dòng rén

形容美好的樣子引人喜愛。楚楚：鮮明，整潔。[例]樹上的花兒婀娜嫵媚，楚楚動人。[構]偏正。[源]《詩經·曹風·蜉蝣》。[同]楚楚可憐 綽約多姿

楚弓楚得 ㄔㄨˇ ㄍㄨㄥ ㄔㄨˇ ㄉㄜˊ chǔ gōng chǔ dé

楚國人丟掉的弓，仍然被楚國人拾到了。比喻利未外溢。[例]楚弓楚得，我們兩廠可以競爭，但不能讓外人得漁人之利。[構]特·主謂。[源]《公孫龍子·跡府》。[反]楚材晉用

怵目驚心 ㄔㄨˋ ㄇㄨˋ ㄐㄧㄥ ㄒㄧㄣ chù mù jīng xīn

一見到就心裏吃驚，形容事態嚴重，使人震驚。『怵』也作『觸』。[例]影片中一個個怵目驚心的鏡頭充分揭露了敵人的法西斯暴行。[構]連動。[同]驚心動魄 [反]賞心悅目 司空見慣

觸景生情 ㄔㄨˋ ㄐㄧㄥˇ ㄕㄥ ㄑㄧㄥˊ chù jǐng shēng qíng

看到某種景象，觸發了某種情思。[例]一到這兒，他就觸景生情地想到了故鄉的山山水水。[構]連動。[源]『甌北詩話』，[同]撫景傷情　觸景傷情

觸類旁通 ㄔㄨˋ ㄌㄟˋ ㄆㄤˊ ㄊㄨㄥ chù lèi páng tōng

掌握了某方面的知識，就可以以此類推其他事物。觸：接觸。旁通：相互貫通。[例]只有掌握了基本原理，才能觸類旁通。[構]連動。[源]《周易．繫辭上》：『引而伸之，觸類而長之，天下之能事畢矣。』[同]舉一反三　聞一知十　[反]一竅不通

觸目皆是 ㄔㄨˋ ㄇㄨˋ ㄐㄧㄝ ㄕˋ chù mù jiē shì

眼睛所看到的都是。形容極多。[例]今年蔬菜大豐收，新鮮蔬菜觸目皆是。[構]主謂。[源]《世說新語．容止》。[同]堆積如山　[反]寥寥無幾　屈指可數　寥若晨星

觸目傷懷 ㄔㄨˋ ㄇㄨˋ ㄕㄤ ㄏㄨㄞˊ chù mù shāng huái

看到眼前的景物，引起內心的悲傷。也作『觸目傷心』。[例]異國他鄉漂泊了幾十年，他每每觸目傷懷，想起了故鄉家園。[構]連動。[同]觸景生情　觸物傷情　[反]無動於衷

觸手可及 ㄔㄨˋ ㄕㄡˇ ㄎㄜˇ ㄐㄧˊ chù shǒu kě jí

近在手邊，伸手就可以接觸到，形容很容易。[例]那本書就在你旁邊桌上，你觸手可及，還用我拿？[構]連動。[同]唾手可及　舉手之勞　[反]來之不易

川流不息 ㄔㄨㄢ ㄌㄧㄡˊ ㄅㄨˋ ㄒㄧ chuān liú bù xī

像河水一樣流個不停。比喻人、車輛、船隻連續不斷。[例]長安街

上人來車往，川流不息。[構]主謂。[源]《論語·子罕》。[同]絡繹不絕 [反]水泄不通 [辨]『川』不要寫成『穿』。

穿針引線 ㄔㄨㄢ ㄓㄣ ㄧㄣˇ ㄒㄧㄢˋ chuānzhēn yǐn xiàn 比喻從中聯繫，拉攏。[例]這次我們兩校的協作，你起了穿針引線的作用。[構]聯合。[源]漢、劉向《說苑·善說》。[同]牽線搭橋 [反]挑撥離間

穿鑿附會 ㄔㄨㄢ ㄗㄠˊ ㄈㄨˋ ㄏㄨㄟˋ chuān zaó fù huì 指生拉硬扯，胡亂聯繫。穿鑿：把講不通的硬講通。附會：把沒有聯繫的硬說成有聯繫。[例]分析課文，不可穿鑿附會。[構]聯合。[同]牽强附會

傳經送寶 ㄔㄨㄢˊ ㄐㄧㄥ ㄙㄨㄥˋ ㄅㄠˇ chuán jīng sòng bǎo 把成功的經驗和辦法傳送給別人。經：經典。多用於尊稱別人的好經驗、好辦法。[例]歡迎兄弟院校來我校傳經送寶。[構]聯合。

舛訛百出 ㄔㄨㄢˇ ㄜˊ ㄅㄞˇ ㄔㄨ chuǎn é bǎi chū 錯亂的地方很多。舛：錯亂。訛：錯誤。多用於指書籍的寫作或印刷不精。[例]這本書舛訛百出，質量太差了。[構]主謂。

喘息未定 ㄔㄨㄢˇ ㄒㄧ ㄨㄟˋ ㄉㄧㄥˋ chuǎn xī wèi dìng 急促的呼吸還未平息下來。表示時間短促，情緒緊張，還未喘過氣來。[例]前沿陣地戰鬥激烈，後援部隊剛剛趕到，喘息未定就衝了上去。[構]主謂。

串通一氣 ㄔㄨㄢˋ ㄊㄨㄥ ㄧ ㄑㄧˋ chuàn tōng yī qì

暗中勾結，使彼此言論行動互相配合。一氣：聲氣相通，同一夥。用於貶義。［例］我校的小流氓常與社會上的流氓串通一氣幹壞事。［構］補充。［同］互相勾結　狼狽爲奸　［反］互助友愛

瘡痍滿目 ㄔㄨㄤ ㄧˊ ㄇㄢˇ ㄇㄨˋ chuāng yí mǎn mù

眼睛所看到的到處都是戰後或災後的荒涼破敗景象。瘡痍：創傷。［例］一場颶風颳過，那個海邊小鎭瘡痍滿目。［構］主謂。［同］百孔千瘡　［反］琳琅滿目　錦繡河山

窗明几淨 ㄔㄨㄤ ㄇㄧㄥˊ ㄐㄧ ㄐㄧㄥˋ chuāng míng jī jìng

形容房間收拾得乾淨整潔。也作『明窗淨几』。［例］我們班的値日生制度執行得好，教室總是窗明几淨的。［構］聯合。［源］宋、洪邁《夷堅志》。［同］安室利處　［反］滿屋塵灰

吹毛求疵 ㄔㄨㄟ ㄇㄠˊ ㄑㄧㄡˊ ㄘ chuī máo qiú cī

吹開皮毛，尋找疵點。比喻有意挑剔。［例］我看他這篇作文寫得挺不錯的，你爲什麼老吹毛求疵？［構］連動。［源］《韓非子・大體》。［同］求全責備　［辨］『疵』不要寫成『庇』。

垂簾聽政 ㄔㄨㄟˊ ㄌㄧㄢˊ ㄊㄧㄥ ㄓㄥˋ chuí lián tīng zhèng

封建時代太后或皇后臨朝聽政時，殿上用簾子隔開。指女后臨朝管理國家大事。［例］從電影中我們看到了西太后垂簾聽政的情景。［構］偏正。［源］《舊唐書・高宗紀下》。

垂死掙扎 ㄔㄨㄟˊ ㄙˇ ㄓㄥ ㄓㄚˊ chuí sǐ zhēng zhá

接近死亡時的最後掙扎。［例］敵人已經看到末日來臨，但還在作垂死掙扎。［構］偏正。［同］負隅頑抗

困獸猶鬥

垂頭喪氣 ㄔㄨㄟˊ ㄊㄡˊ ㄙㄤˋ ㄑㄧˋ chuí tóu sàng qì 形容失意懊喪，萎靡不振的樣子。[例]這次沒考好，下次再來，用不著垂頭喪氣的。[構]聯合。[源]唐、韓愈《送窮文》。[同]灰心喪氣 [反]趾高氣揚 [辨]『喪』不讀ㄙㄤ(sāng)，不要寫成『傷』。

垂涎三尺 ㄔㄨㄟˊ ㄒㄧㄢˊ ㄙㄢ ㄔˇ chuí xián sān chǐ 流出的口水有三尺長。形容嘴饞或貪婪的樣子。[例]①看著那些美味佳餚，我垂涎三尺。②他早已對你那幅佳作垂涎三尺了，你還不知道？[構]補充。[同]垂涎欲滴 [反]淡泊寡欲 [辨]『涎』不讀ㄧㄢˊ(yán)。

捶胸頓足 ㄔㄨㄟˊ ㄒㄩㄥ ㄉㄨㄣˋ ㄗㄨˊ chuí xiōng dùn zú 用拳頭捶打胸部，跺著雙腳。形容悲痛或懊喪到極點。[例]過去，誰說他，他也不聽，直到犯了法，進了監獄，他才捶胸頓足地嚎哭，但悔之晚矣。[同]呼天搶地 椎心泣血 [反]眉開眼笑

春風得意 ㄔㄨㄣ ㄈㄥ ㄉㄜˊ ㄧˋ chūn fēng dé yì 和暖的春風很適合人的心意。原指進士及第，現形容得意洋洋，心情舒暢。[例]他評上了三好生，又考上了中學，算是春風得意。[構]主謂。[源]唐、孟郊《登科後》：『春風得意馬蹄疾。』[同]春風滿面 得意洋洋 躊躇滿志 [反]灰心喪氣

春風化雨 ㄔㄨㄣ ㄈㄥ ㄏㄨㄚˋ ㄩˇ chūn fēng huà yǔ 使萬物復甦的風和滋長萬物的細雨。比喻良好的教育或稱頌師長的教

誨。［例］老師的一番話語重心長，如春風化雨般滲入我心頭。［構］聯合。［源］《孟子・盡心上》。［同］春風風人

春風滿面 ㄔㄨㄣ ㄈㄥ ㄇㄢˇ ㄇㄧㄢˋ chūn fēng mǎn miàn

形容滿臉高興的樣子。春風：指笑容。［例］這次運動會，我班總分第一，大家特別高興，個個春風滿面。［構］主謂。［源］元、王實甫《西廂記》。［同］笑容滿面　春風得意　［反］愁眉苦臉　愁眉不展

春光明媚 ㄔㄨㄣ ㄍㄨㄤ ㄇㄧㄥˊ ㄇㄟˋ chūn guāng míng mèi

春天的景色絢麗多彩，鮮艷悅目。明媚：鮮明可愛。［例］在一個春光明媚的星期日，我班去百花山春遊。［構］主謂。［同］春暖花開　花紅柳綠

春寒料峭 ㄔㄨㄣ ㄏㄢˊ ㄌㄧㄠˋ ㄑㄧㄠˋ chūn hán liào qiào

形容微帶寒意的春風。料峭：微寒。［例］北京的春天，春寒料峭，最容易引起感冒了。［構］主謂。［源］宋、釋普濟《五燈會元》。

春華秋實 ㄔㄨㄣ ㄏㄨㄚˊ ㄑㄧㄡ ㄕˊ chūn huá qiū shí

春天開花，秋天結果。華：花。比喻文采或德行很好，也比喻學問與成就的關係。［例］他這篇散文寫得確實很好，春華秋實，美不勝舉。［構］覆。［源］《三國志・魏書・邢顒傳》。［同］開花結果　［反］華而不實

春暖花開 ㄔㄨㄣ ㄋㄨㄢˇ ㄏㄨㄚ ㄎㄞ chūn nuǎn huā kāi

春天氣候溫暖，百花盛開。形容景色優美或大好時機。［例］江南三月是春暖花開時節。［構］覆。［同］春光明媚　春色滿園　［反］天寒地凍

春色滿園 ㄔㄨㄣ ㄙㄜˋ ㄇㄢˇ ㄩㄢˊ chūn sè mǎn yuán

整個園子都是一片春天的景色。比喻欣欣向榮的景象。［例］一走進頤和園，只見春色滿園，令人喜不自勝。［構］主謂。［源］宋、葉紹翁《遊園不值》詩：『春色滿園關不住，一枝紅杏出牆來。』［同］萬紫千紅

春意盎然 ㄔㄨㄣ ㄧˋ ㄤˋ ㄖㄢˊ chūn yì àng rán

春天的意味正濃。盎然：形容氣氛洋溢的樣子。［例］北國的春天仍然冰雪覆蓋，南方卻已春意盎然了。［構］主謂。［同］春色滿園 ［反］春寒料峭 春意闌珊 ［辨］『盎』不讀ㄧㄤ(yāng)。

春雨如油 ㄔㄨㄣ ㄩˇ ㄖㄨˊ ㄧㄡˊ chūn yǔ rú yóu

形容春雨的可貴。也作『春雨貴如油』。［例］開春以後下了一場喜雨，春雨如油，這對小麥生長大有好處。［構］主謂。［源］宋、釋道原《景德傳燈錄》：『春雨一滴滑如油。』

脣齒相依 ㄔㄨㄣˊ ㄔˇ ㄒㄧㄤ ㄧ chún chǐ xiāng yī

像嘴脣和牙齒一樣互相依存。比喻關係極為密切，互相依存。［例］中日兩國一衣帶水，脣齒相依。［構］主謂。［源］《三國志・魏書・鮑勛傳》。［同］脣亡齒寒 巢毀卵破 ［反］風馬牛不相及

脣槍舌劍 ㄔㄨㄣˊ ㄑㄧㄤ ㄕㄜˊ ㄐㄧㄢˋ chún qiāng shé jiàn

嘴脣像槍，舌頭似劍，形容言辭鋒利。也作『舌劍脣槍』。［例］他倆脣槍舌劍地爭論了半天，誰也沒說服誰。［構］聯合。［同］針鋒相對 ［反］促膝談心

唇亡齒寒 ㄔㄨㄣˊ ㄨㄤˊ ㄔˇ ㄏㄢˊ chúnwáng chǐ hán
嘴唇沒了，牙齒就會感到寒冷。比喻利害相關，互相依存。［例］我們兩廠關係密切，唇亡齒寒，我們哪能不幫你們度過難關？［構］覆。［源］《左傳・僖公五年》。［同］唇齒相依　巢毀卵破

鶉衣百結 ㄔㄨㄣˊ ㄧ ㄅㄞˇ ㄐㄧㄝˊ chún yī bǎi jié
比喻衣服破爛，生活困苦。鶉衣：鶉鳥尾禿，比喻破衣服。結：連綴。［例］舊社會勞動人民終年鶉衣百結。［構］主謂。［源］《荀子・大略》。［同］衣衫襤褸　［反］衣冠楚楚

蠢蠢欲動 ㄔㄨㄣˇ ㄔㄨㄣˇ ㄩˋ ㄉㄨㄥˋ chǔn chǔn yù dòng
比喻敵人準備進攻或壞人將要搞破壞。蠢蠢：爬蟲蠕動的樣子。［例］炮樓裏的敵人蠢蠢欲動。［構］偏正。［源］南朝（宋）、劉敬叔《異苑》。［同］躍躍欲試

綽綽有餘 ㄔㄨㄛˋ ㄔㄨㄛˋ ㄧㄡˇ ㄩˊ chuò chuò yǒu yú
形容很富裕，用不完。綽綽：寬寬裕裕地。［例］九點開車，時間綽綽有餘，你不必著急。［構］偏正。［源］《詩經・小雅・角弓》：『綽綽有裕。』［同］恢恢有餘　綽有餘力　［反］捉襟見肘　［辨］『綽』不讀ㄓㄨㄛˊ(zhuó)。

綽約多姿 ㄔㄨㄛˋ ㄩㄝ ㄉㄨㄛ ㄗ chuò yuē duō zī
形容女子體態優美，容顏秀麗。綽約：體態柔美的樣子。［例］她不但扮相好，而且舞技純熟，綽約多姿，受到了廣大觀衆的好評。［構］聯合。［源］《莊子・逍遙遊》。［同］婀娜嫵媚

詞不達意 ㄘˊ ㄅㄨˋ ㄉㄚˊ ㄧˋ cí bù dá yì
文章或語言不能準確地表達所要說明的意思。『詞』也作『辭』。［

例」我寫作有困難，常常感到詞不達意。[構]主謂。[源]《論語・衛靈公》。[反]言必有中

慈眉善目 ㄘˊ ㄇㄟˊ ㄕㄢˋ ㄇㄨˋ cí méi shàn mù 慈祥的面孔，和善的眼神。形容面容和藹可親。[例]老爺爺皓首龐眉，慈眉善目，可親可敬。[構]聯合。[同]和顏悅色 [反]橫眉怒目 橫眉豎眼

辭鄙義拙 ㄘˊ ㄅㄧˇ ㄧˋ ㄓㄨㄛˊ cí bǐ yì zhuó 文辭庸俗，立意拙劣。[例]有些書刊辭鄙義拙，不值一讀。[構]聯合。[源]唐、韓愈《上兵部李侍郎書》。[反]辭嚴義正

此地無銀三百兩 ㄘˇ ㄉㄧˋ ㄨˊ ㄧㄣˊ ㄙㄢ ㄅㄞˇ ㄌㄧㄤˇ cǐ dì wú yín sān bǎi liǎng 傳說古時有人把銀子埋入地裏，上面卻插塊牌子，上寫『此地無銀三百兩』。比喻想要隱瞞、掩蓋真相，但因手段拙劣，反而暴露了真相。[例]小王盡幹此地無銀三百兩的傻事，明明是他惹的事，還找機會硬說不是他幹的。[構]主謂。[同]欲蓋彌彰

此起彼伏 ㄘˇ ㄑㄧˇ ㄅㄧˇ ㄈㄨˊ cǐ qǐ bǐ fú 這裏起來了，那裏伏下去。形容接連不斷地起來。[例]歡樂的歌聲此起彼伏，大家唱了又唱，唱得很盡興。[構]聯合

刺股懸梁 ㄘˋ ㄍㄨˇ ㄒㄩㄢˊ ㄌㄧㄤˊ cì gǔ xuánliáng 以錐刺大腿，把頭髮拴在房梁上。形容勤奮苦讀。刺股：戰國蘇秦的故事。懸梁：漢孫敬的故事。[例]我們要學習古人刺股懸梁的精神，努力學習。[構]聯合。[源]《戰國策・秦策一》，並晉、張方《楚國先賢傳》。[同]穿

壁引光　燃荻夜讀　燃糠自照

聰明才智 ㄘㄨㄥ ㄇㄧㄥˊ ㄘㄞˊ ㄓˋ cōng míng cái zhì

泛指人的智慧和才能。聰明：耳聰目明，形容智力發達。「例」一個人的聰明才智不完全是天生的，主要是後天逐漸培養出來的。「構」聯合。「源」《顏氏家訓‧治家》。「同」聰明智慧

聰明反被聰明誤 ㄘㄨㄥ ㄇㄧㄥˊ ㄈㄢˇ ㄅㄟˋ ㄘㄨㄥ ㄇㄧㄥˊ ㄨˋ cōng míng fǎn bèi cōng míng wù

自以為聰明，結果反被聰明坑害了。「例」他自以為自己聰明，平時不好好學習，結果考砸了。這才是聰明反被聰明誤。「構」覆。「源」宋、蘇軾《洗兒戲作》詩：『人皆養子望聰明，我被聰明誤一生。』「同」聰明自誤

聰明伶俐 ㄘㄨㄥ ㄇㄧㄥˊ ㄌㄧㄥˊ ㄌㄧˋ cōng míng líng lì

形容小孩子頭腦機靈，記憶力和理解力強。伶俐：靈活。「例」她從小就聰明伶俐，深得家人的寵愛。「構」聯合。「反」蠢如鹿豕　冥頑不靈　「辨」『伶俐』不要寫成『玲琍』。

聰明一世，懵懂一時 ㄘㄨㄥ ㄇㄧㄥˊ ㄧ ㄕˋ ㄇㄥˇ ㄉㄨㄥˇ ㄧ ㄕˊ cōng míng yī shì měng dǒng yī shí

聰明了一輩子，臨時卻糊塗了，即再聰明的人也有糊塗的時候。『懵懂一時』也作『糊塗一時』。「例」你這麼聰明的人怎能幹出這種傻事？這真是聰明一世，懵懂一時。「構」覆。

從容不迫 ㄘㄨㄥ ㄖㄨㄥˊ ㄅㄨˋ ㄆㄛˋ cōng róng bù pò

不慌不忙，非常鎮定。從容：鎮定，沉著。不迫：不急促。「例」許雲峰從容不迫地走向刑場。「構」聯合。「源」《莊子‧秋水》。「同」泰然自若

[反]驚慌失措 [辨]『從』不讀ㄘㄨㄥˊ(cóng)。

從容就義 ㄘㄨㄥ ㄖㄨㄥˊ ㄐㄧㄡˋ ㄧˋ cōng róng jiù yì 毫不畏懼地爲正義事業而犧牲。從容：自然，沉著。[例]許多革命先烈，在敵人的刑場上都是面不改色從容就義的。[構]偏正。[源]宋、程顥《河南程氏遺書》。[反]貪生怕死 [辨]『從』不讀ㄘㄨㄥˊ(cóng)。

從容自若 ㄘㄨㄥ ㄖㄨㄥˊ ㄗˋ ㄖㄨㄛˋ cōng róng zì ruò 沉著鎮定，不動聲色。從容：沉著，不慌不忙。自若：不變常態。[例]口試時，在衆多的教師面前，他從容自若地回答著問題。[構]聯合。[源]《舊唐書・劉世龍傳》。[同]泰然自若 [反]驚慌失措 [辨]『從』不讀ㄘㄨㄥˊ(cóng)。

從長計議 ㄘㄨㄥˊ ㄔㄤˊ ㄐㄧˋ ㄧˋ cóng cháng jì yì 長時間的考慮商量，即不急於做出決定。[例]這事涉及的面太廣，搞得不好，影響很大，需要從長計議。[構]偏正。[反]倉促從事

從諫如流 ㄘㄨㄥˊ ㄐㄧㄢˋ ㄖㄨˊ ㄌㄧㄡˊ cóng jiàn rú liú 接受他人的意見和建議像流水一樣快。從：聽從。諫：規勸。[例]我校領導民主作風好，能從諫如流，所以群衆有什麼意見、建議，都能及時反映。[構]主謂。[源]漢、班彪《王命論》。[同]從善如流 [反]獨斷專行 一意孤行 剛愎自用

從善如流 ㄘㄨㄥˊ ㄕㄢˋ ㄖㄨˊ ㄌㄧㄡˊ cóng shàn rú liú 樂意聽取別人的好意見。從：聽從。如流：像流水一樣快。[例]老張爲人正派，從善如流，你們會相處得很好的。[構]主謂。[源]《左傳・成公

八年》：『君子曰：「從善如流，宜哉！」』〔同〕從諫如流　從善若流

從善如登 ㄘㄨㄥˊ ㄕㄢˋ ㄖㄨˊ ㄉㄥ cóng shàn rú dēng

學好或做好事像登高那樣難。〔例〕要浪子回頭不是一件容易的事，從善如登啊！〔構〕主謂。〔源〕《國語・周語下》。〔反〕從惡如崩

從頭到尾 ㄘㄨㄥˊ ㄊㄡˊ ㄉㄠˋ ㄨㄟˇ cóng tóu dào wěi

從開始到末尾，指事情發展的全過程。〔例〕這項試驗從頭到尾他都參加了。〔構〕偏正。〔源〕《朱子語類・卷二十・論語》。〔同〕自始至終　〔反〕半途而廢

從心所欲 ㄘㄨㄥˊ ㄒㄧㄣ ㄙㄨㄛˇ ㄩˋ cóng xīn suǒ yù

隨著自己的心意，想怎麼做就怎麼做。也作『隨心所欲』。〔例〕他從小就擰，長大了更是從心所欲，結果走上了犯罪道路。〔構〕偏正。〔源〕《論語・爲政》：『七十而從心所欲，不逾矩。』〔同〕爲所欲爲　〔反〕身不由己　事與願違

從中斡旋 ㄘㄨㄥˊ ㄓㄨㄥ ㄨㄛˋ ㄒㄩㄢˊ cóng zhōng wò xuán

在矛盾的雙方中進行調解周旋。斡旋：扭轉，調解。〔例〕他倆之間的矛盾越來越尖銳，幸虧小李從中斡旋，才得以緩和。〔構〕偏正。〔反〕從中作梗　〔辨〕『斡』不要寫成『幹』，也不讀ㄍㄢˋ(gàn)。

從中漁利 ㄘㄨㄥˊ ㄓㄨㄥ ㄩˊ ㄌㄧˋ cóng zhōng yú lì

從中撈取不該得到的好處。漁：捕魚。引申爲謀取。〔例〕我們要嚴防壞人挑撥離間，製造事端，從中漁利。〔構〕偏正。〔同〕鷸蚌相爭，漁人得利

從中作梗 ㄘㄨㄥˊ ㄓㄨㄥ ㄗㄨㄛˋ ㄍㄥˇ cóng zhōng zuò gěng

在中間阻礙或從中破壞。梗：阻塞，妨礙。［例］這事眼看就成了，不料有人從中作梗，結果吹了。［構］偏正。［反］從中斡旋

粗茶淡飯 ㄘㄨ ㄔㄚˊ ㄉㄢˋ ㄈㄢˋ cū chá dàn fàn

粗糙簡單的飯食，形容生活儉樸清苦。淡飯：沒有厚味的飯。［例］我家生活雖然比較困難，但粗茶淡飯還能管你飽。［構］聯合。［同］家常便飯 粗衣糲食 ［反］山珍海味

粗通文墨 ㄘㄨ ㄊㄨㄥ ㄨㄣˊ ㄇㄛˋ cū tōng wén mò

形容文化水平不高，只能讀、寫一點淺近的東西。粗：略微。通：通曉。文墨：語文。［例］解放前我只是粗通文墨，解放後才上了大學。［構］動賓。［反］造詣頗深

粗枝大葉 ㄘㄨ ㄓ ㄉㄚˋ ㄧㄝˋ cū zhī dà yè

原指枝壯葉大。後指作風草率，不精細。［例］你老是這麼粗枝大葉、不求甚解的，這可不行。［構］聯合。［源］宋、朱熹《朱子語類》。［同］粗心大意 ［反］小心謹慎 精雕細刻 一絲不苟

粗製濫造 ㄘㄨ ㄓˋ ㄌㄢˋ ㄗㄠˋ cū zhì làn zào

指產品造得粗糙，只追求產量，不注意質量，也指工作草率，不負責任。［例］嚴禁粗製濫造的偽劣商品充塞市場。［構］聯合。［反］精雕細刻

粗中有細 ㄘㄨ ㄓㄨㄥ ㄧㄡˇ ㄒㄧˋ cū zhōng yǒu xì

指表面上看是個粗人，實際上，是個很細心的人。一般說做事粗疏，有時卻也細緻。［例］①別看他整天大大咧咧的，論辦事，他可是個粗中有細的人。②文中關於心理活動的描寫，雖然比較

粗略，卻也有粗中有細之處。〔構〕主謂。

促膝談心 ㄘㄨˋ ㄒㄧ ㄊㄢˊ ㄒㄧㄣ cù xī tán xīn
親切地談著心裏話。促膝：膝與膝相挨近，表示親切。〔例〕那兩位好朋友在那兒促膝談心呢。〔構〕偏正。〔同〕夜雨對床　〔反〕脣槍舌劍　〔辨〕『膝』不讀ㄑㄧ(qī)。

猝不及防 ㄘㄨˋ ㄅㄨˋ ㄐㄧˊ ㄈㄤˊ cù bù jí fáng
形容事情發生得突然，使人來不及防備。猝：突然。〔例〕小明得意洋洋地離開了賽場，猝不及防地被迎面飛來的鉛球碰傷了。〔構〕偏正。〔同〕迅雷不及掩耳　〔辨〕『猝』不要寫成『粹』，不讀ㄗㄨˊ(zú)。

摧枯拉朽 ㄘㄨㄟ ㄎㄨ ㄌㄚ ㄒㄧㄡˇ cuī kū lā xiǔ
比喻很容易地就能摧毀敵人或事物。枯：枯草。拉：折斷。朽：腐木。〔例〕我軍以摧枯拉朽之勢攻下了敵人陣地。〔構〕聯合。〔源〕《晉書・甘卓傳》。〔同〕勢如破竹

摧眉折腰 ㄘㄨㄟ ㄇㄟˊ ㄓㄜˊ ㄧㄠ cuī méi zhé yāo
形容低垂著眼眉、彎著腰那種卑躬屈膝的樣子。『摧眉』也作『低眉』。〔例〕一心想往上爬的人，在上級面前總是摧眉折腰的樣子。〔構〕聯合。〔源〕唐、李白《夢遊天姥吟留別》。〔同〕卑諂足恭　奴顏婢膝　〔反〕剛直不阿　〔辨〕『摧』不要寫成『催』。

脆而不堅 ㄘㄨㄟˋ ㄦˊ ㄅㄨˋ ㄐㄧㄢ cuì ér bù jiān
比喻表面堅實，實際上脆弱。脆：易碎易折。〔例〕這種杯子，華而不實，脆而不堅。〔構〕覆。〔同〕華而

不實 ［反］鋼筋鐵骨

寸步不離 ㄘㄨㄣˋ ㄅㄨˋ ㄅㄨˋ ㄌㄧˊ cùn bù bù lí 一步也不離開。寸步：很短的距離。［例］妹妹從幼兒園回來總跟在媽媽後面，寸步不離。［構］覆。［源］南朝（梁）、任昉《述異記》。［同］形影不離 ［反］若即若離

寸步難行 ㄘㄨㄣˋ ㄅㄨˋ ㄋㄢˊ ㄒㄧㄥˊ cùn bù nán xíng 形容走路困難。也比喻處境困難。［例］①我腳上長了個雞眼，一著地就疼，簡直寸步難行。②我們的工作如果得不到群眾的支持，將寸步難行。［構］覆。［源］唐、杜甫《九日寄岑參》。［同］步履維艱 ［反］健步如飛 一帆風順 左右逢源

寸草春暉 ㄘㄨㄣˋ ㄘㄠˇ ㄔㄨㄣ ㄏㄨㄟ cùn cǎo chūn huī 比喻父母的恩情深重，兒女竭盡全力難以報答萬一。寸草：小草。春暉：春天的陽光。［例］我是黨培養的大學生，我對黨總有股寸草春暉之情。［構］覆。［源］唐、孟郊《遊子吟》：『誰言寸草心，報得三春暉。』［同］反哺之私

寸土必爭 ㄘㄨㄣˋ ㄊㄨˇ ㄅㄧˋ ㄓㄥ cùn tǔ bì zhēng 每寸土地都要爭奪，形容針鋒相對。［例］我們的對敵方針是針鋒相對，寸土必爭。［構］主謂。［同］寸土不讓 ［反］拱手讓人

蹉跎歲月 ㄘㄨㄛ ㄊㄨㄛˊ ㄙㄨㄟˋ ㄩㄝˋ cuō tuó suì yuè 形容虛度光陰。蹉跎：指時間白白過去。［例］那幾年我一事無成，真是蹉跎歲月。［構］偏正。［源］三國、阮籍《詠懷》詩：『白日忽蹉跎。』［

同」馬齒徒增　虛度年華　［反］分秒必爭　［辨］『蹉跎』不讀ㄔㄚˋㄊㄚ(chà tā)。

措手不及 ㄘㄨㄛˋ ㄕㄡˇ ㄅㄨˋ ㄐㄧˊ cuò shǒu bù jí
形容事情發生得突然而來不及應付。措：動。［例］這場比賽，我們採用了新戰術，打得他們措手不及。［構］主謂。［同］猝不及防　迅雷不及掩耳　［反］措置裕如　［辨］『措』不要寫成『錯』。

錯彩鏤金 ㄘㄨㄛˋ ㄘㄞˇ ㄌㄡˋ ㄐㄧㄣ cuò cǎi lòu jīn
塗繪五色，雕刻金銀。原指雕塑繪畫的精美，後用以比喻詩文詞藻絢爛。錯：交錯塗飾。［例］最近詩壇上出現了不少錯彩鏤金之作。［構］聯合。［源］南朝（梁）、鍾嶸《詩品》。［同］爛若披錦

錯落不齊 ㄘㄨㄛˋ ㄌㄨㄛˋ ㄅㄨˋ ㄑㄧˊ cuò luò bù qí
形容極不整齊。錯落：交錯紛雜。［例］我們村新建的農舍，有一排排的樓房，有一座座小院，雖錯落不齊，卻使山鄉變得格外美麗。［構］補充。［源］漢、班固《西都賦》。［同］錯落有致　［反］整齊劃一

錯落有致 ㄘㄨㄛˋ ㄌㄨㄛˋ ㄧㄡˇ ㄓˋ cuò luò yǒu zhì
交錯紛雜，極有情趣。形容事物安排布置得巧，令人喜愛。致：情趣。［例］頤和園的山水長廊、亭台樓閣，錯落有致。［構］覆。［同］錯落不齊　［反］整齊劃一

錯綜複雜 ㄘㄨㄛˋ ㄗㄨㄥˋ ㄈㄨˋ ㄗㄚˊ cuò zōng fù zá
形容頭緒繁多，相互交錯，情況複雜。綜：合。［例］這件案子涉及的面廣，關係錯綜複雜，必須深入調查研究。［構］聯合。［源］《周易・繫辭上

》。[同]千絲萬縷　千頭萬緒　縱橫交錯　[反]井然有序

D

達官貴人 ㄉㄚˊ ㄍㄨㄢ ㄍㄨㄟˋ ㄖㄣˊ dá guān guì rén　舊指官大位高、有權有勢的人。[例]在達官貴人眼中，老百姓不過是『蟻民』而已，一錢不值。[構]聯合。[同]高官顯宦　達官顯貴　[反]平頭百姓

答非所問 ㄉㄚˊ ㄈㄟ ㄙㄨㄛˇ ㄨㄣˋ dá fēi suǒ wèn　回答的不是要問的。也作『所答非所問』。[例]考試時對問答題首先要弄清題意，否則會犯答非所問的錯誤。[構]主謂。[同]文不對題　[反]對答如流

打抱不平 ㄉㄚˇ ㄅㄠˋ ㄅㄨˋ ㄆㄧㄥˊ dǎ bào bù píng　對受欺壓的人，胸懷不平，採取行動給予幫助。打：採取行動。抱：懷抱。[例]他遭受迫害，身陷囹圄，許多人爲他打抱不平，終於得到申雪。[構]動賓。[同]仗義執言　見義勇爲　[反]見死不救

打草驚蛇 ㄉㄚˇ ㄘㄠˇ ㄐㄧㄥ ㄕㄜˊ dǎ cǎo jīng shé　打草使潛伏的蛇受驚。原比喻控告甲而使乙受到警告。後比喻做事不密使對方早有防備。[例]這是敵人的先頭部隊，放他們過去，以免打草驚蛇，影響全殲敵人主力的計劃。[構]連動。[反]引蛇出洞

打成一片 ㄉㄚˇ ㄔㄥˊ ㄧ ㄆㄧㄢˋ dǎ chéng yí piàn　與人團結成一個整體。[例]能否和群衆打成一片，是衡量一個幹部素質高低的標準之一。[構]動賓。[反

」格格不入

打得火熱 ㄉㄚˇ ˙ㄉㄜ ㄏㄨㄛˇ ㄖㄜˋ dǎ de huǒ rè　形容關係非常親熱。［例］這兩個傢伙認識不久就打得火熱，經常在一起嘀嘀咕咕，不知要幹什麼。［構］補充。［同］親密無間　［反］水火不容

打擊報復 ㄉㄚˇ ㄐㄧˊ ㄅㄠˋ ㄈㄨˋ dǎ jī bào fù　用敵對的態度回擊對方。［例］對揭發檢舉的群衆打擊報復，是黨紀國法所不容的。［構］聯合。

打雞罵狗 ㄉㄚˇ ㄐㄧ ㄇㄚˋ ㄍㄡˇ dǎ jī mà gǒu　比喻存心找岔兒，借故發作。［例］這個人心眼兒窄，脾氣暴，常常打雞罵狗，讓人難於接近。［構］聯合。

打落水狗 ㄉㄚˇ ㄌㄨㄛˋ ㄕㄨㄟˇ ㄍㄡˇ dǎ luò shuǐ gǒu　打落在水裏的狗。比喻對暫時失勢的惡人絕不寬容。［例］什麼是魯迅精神？『打落水狗』就是其中之一。［構］動賓。

打破常規 ㄉㄚˇ ㄆㄛˋ ㄔㄤˊ ㄍㄨㄟ dǎ pò cháng guī　打破一向實行的規章制度。［例］事物是在不斷變化的，有時需要打破常規，根據新情況，擬訂新辦法。［構］動賓。［反］率由舊章　蕭規曹隨

打情罵俏 ㄉㄚˇ ㄑㄧㄥˊ ㄇㄚˋ ㄑㄧㄠˋ dǎ qíng mà qiào　指男女之間用假打假罵來賣弄風情、姿容的輕薄行爲。俏：俊俏。［例］舊小說中常有一些打情罵俏的描寫，閱讀時應該取分析的態度。［構］聯合。［同］搔首弄姿

打退堂鼓 ㄉㄚˇ ㄊㄨㄟˋ ㄊㄤˊ ㄍㄨˇ dǎ tuì táng gǔ

古代官吏在堂上處理公務，用擊鼓表示停止辦公。比喻因遇到困難從共同從事的工作中退縮。[例]工程正進行到最艱苦的階段，你可不能打退堂鼓。[構]動賓。

大筆一揮 ㄉㄚˋ ㄅㄧˇ ㄧ ㄏㄨㄟ dà bǐ yì huī

讚美別人功底深厚，思路敏捷，筆一揮動就能寫（畫）出優美的文章（畫）。[例]只見他拈筆濡墨，凝神片刻，大筆一揮，一幅奔馬圖躍然紙上。[構]主謂。[同]一揮而就

大步流星 ㄉㄚˋ ㄅㄨˋ ㄌㄧㄡˊ ㄒㄧㄥ dà bù liú xīng

邁開大步，迅急得像流星。[例]幾個掉隊的戰士大步流星地趕進村裏，終於追上了部隊。[構]特・主謂。

大材小用 ㄉㄚˋ ㄘㄞˊ ㄒㄧㄠˇ ㄩㄥˋ dà cái xiǎo yòng

大材料用在小地方。原比喻用人不當，使才能不能施展。後亦指物質材料使用不當，造成浪費。材：木料。[例]如果用人唯親，則大材小用的事必定難免。[構]主謂。[辨]『材』不要寫成『才』。

大澈大悟 ㄉㄚˋ ㄔㄜˋ ㄉㄚˋ ㄨˋ dà chè dà wù

本佛家語，指修行成功。後指對事理透徹了解，全部領悟。澈：水清澄。[例]學成一門專業是艱苦的，不可能一朝醒來就宣稱自己大澈大悟，已經掌握了這門學問。[構]聯合。

大處著眼，小處著手 ㄉㄚˋ ㄔㄨˋ ㄓㄨㄛˊ ㄧㄢˇ ㄒㄧㄠˇ ㄔㄨˋ ㄓㄨㄛˊ ㄕㄡˇ dà chù zhuó yǎn xiǎo chù zhuó shǒu

眼光放在長遠目標上，行動則從小地方開始。[例]我們應有遠大理想，而要實現它又須一點一滴地工

作，這就叫『大處著眼，小處著手』。［構］覆。

大吹大擂 ㄉㄚˋ ㄔㄨㄟ ㄉㄚˋ ㄌㄟˊ dà chuī dà léi

又吹喇叭又敲鼓。原指鼓樂齊鳴。後多比喻過分鼓吹、張揚以顯示於人。［例］一部作品並不怎麼出色，有人卻在報刊上大吹大擂，爲之捧場。［構］聯合。

大醇小疵 ㄉㄚˋ ㄔㄨㄣˊ ㄒㄧㄠˇ ㄘ dà chún xiǎo cī

大體完美，小地方稍有毛病。醇：酒味純厚。疵：毛病。［例］一個人如果大節昭然，偶有小失，不過是大醇小疵，絕不可以偏概全，全然否定。［構］聯合。［源］唐、韓愈《讀〈荀子〉》：『荀與揚（雄），大醇而小疵。』［同］白璧之瑕　瑕不掩瑜

大錯特錯 ㄉㄚˋ ㄘㄨㄛˋ ㄊㄜˋ ㄘㄨㄛˋ dà cuò tè cuò

錯誤非常嚴重。［例］混淆愛護與溺愛的區別，那就大錯特錯了。［構］聯合。［同］大謬不然

大打出手 ㄉㄚˋ ㄉㄚˇ ㄔㄨ ㄕㄡˇ dà dǎ chū shǒu

凶狠地動手打人或互相鬥毆。出手：本領。打出手：原指戲曲中演員投擲武器的技藝，引申爲動武。［例］只有素質低劣的人才會一言不合就大打出手。［構］動賓。

大刀闊斧 ㄉㄚˋ ㄉㄠ ㄎㄨㄛˋ ㄈㄨˇ dà dāo kuò fǔ

比喻辦事有魄力，能從大處下手，採取斷然措施，像揮動大刀大斧砍伐一樣。［例］對黃色書刊的氾濫，不採取大刀闊斧的手段是很難禁絕的。［構］聯合。

大敵當前 ㄉㄚˋ ㄉㄧˊ ㄉㄤ ㄑㄧㄢˊ dà dí dāngqián 强大的敵人就在眼前。當：對著。［例］帝國主義亡我之心不死，大敵當前，絲毫鬆懈不得。［構］主謂。

大地回春 ㄉㄚˋ ㄉㄧˋ ㄏㄨㄟˊ ㄔㄨㄣ dà dì huí chūn 廣袤的土地又回到了春天。比喻萬物甦醒，充滿生機。亦作『大地春回』。［例］『四人幫』粉碎了，殘冬過去，大地回春，人民心裏樂開了花。［構］主謂。

大而無當 ㄉㄚˋ ㄦˊ ㄨˊ ㄉㄤˋ dà ér wú dàng 雖然大，但不合用。當：底，邊際。［例］思想工作要做到細處，只是大而無當地引經據典，難於解決實際問題。［構］特・覆。［源］《莊子・逍遙遊》：『吾聞言於接輿，大而無當。』

大發慈悲 ㄉㄚˋ ㄈㄚ ㄘˊ ㄅㄟ dà fā cí bēi 深深地表現出慈愛和憐憫。［例］有些地方迷信又死灰復燃，祈求神佛大發慈悲的人不少，必須禁止。［構］動賓。

大發橫財 ㄉㄚˋ ㄈㄚ ㄏㄥˋ ㄘㄞˊ dà fā hèng cái 大量地得到意外的錢財。多含貶義。［例］不法商人投機倒把，大發橫財，引起廣大群衆的憤慨。［構］動賓。［辨］『橫』不讀ㄏㄥˊ(héng)。

大發雷霆 ㄉㄚˋ ㄈㄚ ㄌㄟˊ ㄊㄧㄥˊ dà fā léi tíng 比喻大發脾氣，怒斥別人。霆：突然爆發的響雷。［例］家長對子女要耐心教育，動不動就大發雷霆，反而會事與願違。［構］動賓。［源］《詩經・小雅・采芑》。［同］怒不可遏［反］和風細雨

大放厥詞 ㄉㄚˋ ㄈㄤˋ ㄐㄩㄝˊ ㄘˊ dà fàng jué cí
不著邊際地大發議論。含貶義。厥：其。［例］資產階級的辯護士對我國社會主義制度大放厥詞，極盡歪曲污蔑之能事。［構］動賓。［源］唐、韓愈《祭柳子厚文》：『大放厥辭（詞），富貴無能。』

大風大浪 ㄉㄚˋ ㄈㄥ ㄉㄚˋ ㄌㄤˋ dà fēng dà làng
比喻前進道路上的巨大困難。［例］大風大浪都過來了，還怕小河溝裏翻了船！［構］聯合。

大腹便便 ㄉㄚˋ ㄈㄨˋ ㄆㄧㄢˊ ㄆㄧㄢˊ dà fù pián pián
形容肚子肥大。有諷刺意味。便便：肥大。［例］她年輕時體態輕盈，如今剛過中年，已是大腹便便，步履維艱了。［構］主謂。［源］《後漢書・邊韶傳》。［反］骨瘦如柴 ［辨］『便便』不念ㄅㄧㄢˋ ㄅㄧㄢˋ (biàn biàn)。

大幹快上 ㄉㄚˋ ㄍㄢˋ ㄎㄨㄞˋ ㄕㄤˋ dà gàn kuài shàng
出大力幹，趕快上新項目。［例］『四化』建設不等人，必須分秒必爭，大幹快上。［構］連動。

大公無私 ㄉㄚˋ ㄍㄨㄥ ㄨˊ ㄙ dà gōng wú sī
一切爲公衆，沒有私心。［例］真正的革命者應該是襟懷坦白，大公無私，畢生爲人民的利益著想。［構］聯合。［源］《管子・形勢解》。［反］自私自利 假公濟私

大功告成 ㄉㄚˋ ㄍㄨㄥ ㄍㄠˋ ㄔㄥˊ dà gōng gào chéng
重大任務宣告完成。功：功業。［例］只有共產主義實現之時，革命才算真正大功告成。［構］主謂。［反］功敗垂成

大海撈針 ㄉㄚˋ ㄏㄞˇ ㄌㄠ ㄓㄣ dà hǎi lāo zhēn

大海裏撈針。比喻很難找到。[例]編者爲查一條成語出處，有時翻遍典籍，真如大海撈針。[構]主謂。[同]海底撈針 [反]信手拈來

大旱望雲霓 ㄉㄚˋ ㄏㄢˋ ㄨㄤˋ ㄩㄣˊ ㄋㄧˊ dà hàn wàng yún ní

大旱時渴望下雨。比喻處於困境時亟盼解救。霓：淡色的虹，下雨的兆頭。[例]如『大旱望雲霓』，確切地表達了人民渴求解放的心情。[構]偏正。[源]《孟子·梁惠王》：『民望之，若大旱之望雲霓也。』

大轟大嗡 ㄉㄚˋ ㄏㄨㄥ ㄉㄚˋ ㄨㄥ dà hōng dà wēng

形容表面熱鬧、浮誇不實在的作風。轟、嗡：聲勢。[例]光憑主觀願望，大轟大嗡，是不能把工作做好的。[構]聯合。[同]一哄而起

大獲全勝 ㄉㄚˋ ㄏㄨㄛˋ ㄑㄩㄢˊ ㄕㄥˋ dà huò quán shèng

取得全面勝利。[例]這次戰役，敵軍全部被殲，我軍大獲全勝。[構]動賓。

大惑不解 ㄉㄚˋ ㄏㄨㄛˋ ㄅㄨˋ ㄐㄧㄝˇ dà huò bù jiě

非常迷惑，不能理解。多指對某種現象或議論表示詰問。[例]今天說這個對，明天又說這個錯，實在讓人大惑不解。[構]主謂。[源]《莊子·天地》：『大惑者，終身不解。』[同]不可思議

大家閨秀 ㄉㄚˋ ㄐㄧㄚ ㄍㄨㄟ ㄒㄧㄡˋ dà jiā guī xiù

舊指出身名門的有教養的女子。大家：世代官宦人家。閨秀：閨閣中優秀女子。[例]封建社會重等級，大家閨秀必須配豪門公子，不知釀成多少悲劇。[構]偏正。[同]名媛淑女 [反]小家碧玉

大驚失色 ㄉㄚˋ ㄐㄧㄥ ㄕ ㄙㄜˋ dà jīng shī sè

驚慌得臉色都變了。失色：失去正常的臉色。〔例〕幾個竊賊一聽警車急鳴，大驚失色，丟下贓物，四散奔逃。〔構〕補充。〔源〕《漢書・霍光傳》。〔同〕驚惶失措 〔反〕處變不驚

大驚小怪 ㄉㄚˋ ㄐㄧㄥ ㄒㄧㄠˇ ㄍㄨㄞˋ dà jīng xiǎo guài

對於並不可怪的事過於驚異。〔例〕一個人說一兩句過頭話是難免的，用不著大驚小怪。〔構〕聯合。〔同〕少見多怪 蜀犬吠日 〔反〕見怪不怪

大開眼界 ㄉㄚˋ ㄎㄞ ㄧㄢˇ ㄐㄧㄝˋ dà kāi yǎn jiè

大大地增長了見識。開：擴展。眼界：眼睛看到的範圍。〔例〕一本好書可以使讀者大開眼界，學到許多有用的知識。〔構〕動賓。

大快人心 ㄉㄚˋ ㄎㄨㄞˋ ㄖㄣˊ ㄒㄧㄣ dà kuài rén xīn

使人們心裏很痛快。常指壞人壞事受到懲處。也作『人心大快』。〔例〕古人說：『天視自我民視，天聽自我民聽』，大快人心的事總是不嫌多的。〔構〕動賓。〔反〕民怨沸騰

大塊文章 ㄉㄚˋ ㄎㄨㄞˋ ㄨㄣˊ ㄓㄤ dà kuài wén zhāng

篇幅長的文章。大塊：大地，大自然。〔例〕內容充實的大塊文章，讀者未嘗不歡迎；最討厭的是那些空話連篇、語言雜蕪的長文。〔構〕偏正。〔源〕唐、李白《春夜宴從弟桃李園序》：『大塊假我以文章。』

大夢初醒 ㄉㄚˋ ㄇㄥˋ ㄔㄨ ㄒㄧㄥˇ dà mèng chū xǐng

從深沉的夢中剛剛醒來。指人從迷惑中覺醒。〔例〕多年解不開的難題，經過名家指點，如大夢初醒，心裏頓時明亮起來。〔構〕主謂。〔同〕茅塞頓

開

大名鼎鼎 ㄉㄚˋ ㄇㄧㄥˊ ㄉㄧㄥˇ ㄉㄧㄥˇ dà míng dǐng dǐng

名聲很大。亦作『鼎鼎大名』。鼎鼎：盛大。［例］他是我國大名鼎鼎的專家，海內外仰慕而來求教的人絡繹不絕。［構］主謂。［同］遐邇聞名 ［反］默默無聞

大命將泛 ㄉㄚˋ ㄇㄧㄥˋ ㄐㄧㄤ ㄈㄥˇ dà mìng jiāng fěng

國家將要覆滅。大命：國家的命運。泛：通『覂』（ㄈㄥˇ[fěng]），傾覆。［例］奸佞當道，吏治腐敗，民不聊生，哀鴻遍野，常是一個王朝大命將泛的前兆。［構］主謂。［源］漢、賈誼《論積貯疏》：『大命將泛，莫之振救。』［辨］『泛』不念ㄈㄢˋ(fàn)。

大謬不然 ㄉㄚˋ ㄇㄧㄡˋ ㄅㄨˋ ㄖㄢˊ dà miù bù rán

非常錯誤，實情並不是這樣。然：這樣。［例］創作源於自我意識的論點一時甚囂塵上，有識之士認爲大謬不然，重申創作源於生活的正確認識。［構］覆。［源］漢、司馬遷《報任少卿書》。［同］荒謬絕倫　大錯特錯

大模大樣 ㄉㄚˋ ㄇㄛˊ ㄉㄚˋ ㄧㄤˋ dà mó dà yàng

形容大擺架子，目中無人的姿態。［例］瞧他那大模大樣的神氣，真讓人噁心。［構］聯合。［同］大搖大擺　趾高氣揚　［反］自慚形穢　躡手躡腳

大難不死 ㄉㄚˋ ㄋㄢˋ ㄅㄨˋ ㄙˇ dà nàn bù sǐ

遭受大災難而沒有死去。［例］那次飛機墜毀，只有一個人大難不死，僥倖脫險。［構］特・覆。［同］遇難成祥

大難臨頭 ㄉㄚˋ ㄋㄢˊ ㄌㄧㄣˊ ㄊㄡˊ dà nán lín tóu

大災難降臨到頭上。亦作『大禍臨頭』。〔例〕『文革』風暴席捲而來，廣大知識分子大難臨頭，惶惶不可終日。〔構〕主謂。〔反〕吉星高照

大逆不道 ㄉㄚˋ ㄋㄧˋ ㄅㄨˋ ㄉㄠˋ dà nì bù dào

舊指背叛朝廷，不遵守封建秩序。亦泛指背棄常理，不循正道。逆：叛逆。道：道德，規範。〔例〕一種新理論剛剛提出的時候，總有人認爲是異端邪說，大逆不道，群起而攻之。〔構〕聯合。〔源〕《漢書·楊惲傳》。〔同〕離經叛道

大氣磅礴 ㄉㄚˋ ㄑㄧˋ ㄆㄤˊ ㄅㄛˊ dà qì páng bó

形容氣勢盛大、充沛。大氣：盛大的氣勢。磅礴：廣大，充沛。〔例〕文天祥的《正氣歌》，引古爲證，坦陳忠貞，大氣磅礴，令人仰止，堪爲千古風範。〔構〕主謂。〔辨〕『磅』不念ㄅㄤˋ(bàng)。

大器晚成 ㄉㄚˋ ㄑㄧˋ ㄨㄢˇ ㄔㄥˊ dà qì wǎn chéng

比喻有大才的人成就事業較晚。大器：貴重的器物。又作『大器免成』。〔例〕蘇洵快三十歲才開始發憤讀書，大器晚成，終於名列唐宋八大家。〔構〕主謂。〔源〕《老子》第四十一章：『大器晚成，大音希聲。』〔反〕秀而不實

大千世界 ㄉㄚˋ ㄑㄧㄢ ㄕˋ ㄐㄧㄝˋ dà qiān shì jiè

原爲佛家語。指廣闊的世界。大千：佛經上說，一千個小世界合成一個小千世界；一千個小千世界合成一個中千世界；一千個中千世界合成一個大千世界。〔例〕大千世界，光怪陸離，無奇不有，我們觀察事物，腦子也得複雜一點。〔構〕偏正。〔源〕《華嚴經》四。

大權獨攬 ㄉㄚˋ ㄑㄩㄢˊ ㄉㄨˊ ㄌㄢˇ dà quán dú lǎn 大權被獨自一人所把持。攬：把持。［例］大權獨攬是專制政治的體現，我國的民主集中制與之毫無共同之處。［構］主謂。

大權旁落 ㄉㄚˋ ㄑㄩㄢˊ ㄆㄤˊ ㄌㄨㄛˋ dà quán páng luò 自己應掌握的權力落在別人手裏。［例］有些官僚主義嚴重的人，尸位素餐，致使大權旁落，被壞人所利用。［構］主謂。［反］大權在握

大殺（煞）風景 ㄉㄚˋ ㄕㄚ ㄕㄚ ㄈㄥ ㄐㄧㄥˇ dà shā shā fēng jǐng 大大損傷了自然的風景。比喻破壞氣氛，令人掃興。殺：損傷。［例］在古典園林中建起一座鋼筋混凝土的亭子，真是大殺風景。［構］動賓。［源］唐、李商隱《雜纂》。

大廈將傾 ㄉㄚˋ ㄕㄚˋ ㄐㄧㄤ ㄑㄧㄥ dà shà jiāng qīng 高大的房屋將要倒塌。比喻國家或政權面臨緊急關頭，行將覆滅。［例］南明弘光帝在清軍逼近，大廈將傾的時刻仍然歌舞昇平，紙醉金迷。［構］主謂。［源］《文中子・事君》。［辨］『廈』不念ㄒㄧㄚˋ(xià)。［同］國事蜩螗

大聲疾呼 ㄉㄚˋ ㄕㄥ ㄐㄧˊ ㄏㄨ dà shēng jí hū 大聲地急迫地呼籲（以引起人們的重視）。［例］人口爆炸已成爲嚴重的社會問題，我們大聲疾呼：必須堅決按計劃生育辦事。［構］偏正。［源］唐、韓愈《後十九日覆上宰相書》：『其既危且亟矣，大其聲而疾呼矣。』

大失所望 ㄉㄚˋ ㄕ ㄙㄨㄛˇ ㄨㄤˋ dà shī suǒ wàng 完全失望。［例］望子成龍是人之常情，但如果要求過高、過急，結果會適得其反，大失所望。［構］動賓。

［源］《史記・高祖本紀》。［反］如願以償　大喜過望

大勢所趨 ㄉㄚˋ ㄕˋ ㄙㄨㄛˇ ㄑㄩ dà shì suǒ qū
整個局勢的趨向。勢：局勢。［例］國家要獨立，民族要解放，大勢所趨，誰也阻擋不住。［構］主謂。

大勢已去 ㄉㄚˋ ㄕˋ ㄧˇ ㄑㄩˋ dà shì yǐ qù
整個局勢已經失去控制（無可挽救）。［例］日本軍國主義者眼看大勢已去，只得宣布無條件投降。［構］主謂。

大是大非 ㄉㄚˋ ㄕˋ ㄉㄚˋ ㄈㄟ dà shì dà fēi
有關重要原則的是非問題。［例］反對資產階級自由化是有關社會主義前途的大是大非問題，絕不能含糊。［構］聯合。［反］小是小非

大肆揮霍 ㄉㄚˋ ㄙˋ ㄏㄨㄟ ㄏㄨㄛˋ dà sì huī huò
毫無顧忌地大量花錢。大肆：任意，放縱。［例］大肆揮霍，一擲千金，是剝削階級的生活作風，必須堅決抵制。［構］偏正。［同］揮金如土

大肆渲染 ㄉㄚˋ ㄙˋ ㄒㄩㄢˋ ㄖㄢˇ dà sì xuàn rǎn
比喻任意地誇大形容。渲染：原指國畫著色的一種畫法。［例］報刊上有的文章曾一度大肆渲染『超前消費』，後來群衆已認識到這是不現實的。［構］偏正。［反］輕描淡寫

大題小作 ㄉㄚˋ ㄊㄧˊ ㄒㄧㄠˇ ㄗㄨㄛˋ dà tí xiǎo zuò
比喻把大事當作小事來處理。［例］我們絕不能大題小作，把至關重要的政治思想工作置於可有可無的地位。［構］主謂。［反］小題大作

大庭廣衆 ㄉㄚˋ ㄊㄧㄥˊ ㄍㄨㄤˇ ㄓㄨㄥˋ dà tíng guǎng zhòng

寬闊的庭院和衆多的人。指人多的公開的場合。廣：多。［例］在大庭廣衆之中竟罵出如此髒話，實在是不文明。［構］聯合。［源］《公孫龍子・跡府》。［同］衆目睽睽

大同小異 ㄉㄚˋ ㄊㄨㄥˊ ㄒㄧㄠˇ ㄧˋ dà tóng xiǎo yì

大部分相同，小部分不同。異：不同。［例］第三世界國家對世界局勢的看法大同小異，應該緊密團結起來，反對霸權主義。［構］聯合。［源］《莊子・天下》。［反］截然不同　迥乎不同

大喜過望 ㄉㄚˋ ㄒㄧˇ ㄍㄨㄛˋ ㄨㄤˋ dà xǐ guò wàng

超過了原來的希望，因而非常高興。過：超過。［例］原來他估計能取上名次就不錯，沒想到得了冠軍，真是大喜過望。［構］主謂。［源］《史記・黥布列傳》。［同］喜出望外　［反］大失所望

大顯身手 ㄉㄚˋ ㄒㄧㄢˇ ㄕㄣ ㄕㄡˇ dà xiǎn shēn shǒu

充分表現本領。身手：本領。［例］工作上的干擾都已排除，現在你可以大顯身手了。［構］動賓。［反］小試牛刀

大顯神通 ㄉㄚˋ ㄒㄧㄢˇ ㄕㄣˊ ㄊㄨㄥ dà xiǎn shén tōng

充分表現高妙難測的手段、本領。神通：原佛家語，指通行無阻、變化莫測的能力。［例］『倒爺』們無孔不入，大顯神通，能弄到別人買不到的緊俏商品。［構］動賓。［同］神通廣大

大相徑庭 ㄉㄚˋ ㄒㄧㄤˇ ㄐㄧㄥˋ ㄊㄧㄥˊ dà xiǎng jìng tíng

形容彼此差距太大，很不相同。徑庭：徑是門外的小路；庭是門內的庭院。徑、庭所指不是一個地方，表示不同。［例］我與你的看法大相徑庭，還是

各走各的路吧！［構］偏正。［源］《莊子・逍遙遊》：『大有徑庭，不近人情焉。』［同］截然不同　迥乎不同

大興土木 ㄉㄚˋ ㄒㄧㄥ ㄊㄨˇ ㄇㄨˋ dà xīng tǔ mù

大規模興建房屋。土木：土木工程。［例］慈禧太后挪用建設海軍的巨款，大興土木，修建了供其遊樂的頤和園。［構］動賓。

大言不慚 ㄉㄚˋ ㄧㄢˊ ㄅㄨˋ ㄘㄢˊ dà yán bù cán

說大話不害羞。［例］對付大言不慚的人，最好的辦法是揭穿他『大言』的老底兒。［構］主謂。［源］《論語・憲問》朱熹注。［同］夸夸其談

大搖大擺 ㄉㄚˋ ㄧㄠˊ ㄉㄚˋ ㄅㄞˇ dà yáo dà bǎi

形容走路神氣十足、旁若無人的姿態。［例］大家等了半天，他才大搖大擺地走進會場，連一句抱歉的話也不說。［構］聯合。［同］大模大樣　［反］躡手躡腳

大義凜然 ㄉㄚˋ ㄧˋ ㄌㄧㄣˇ ㄖㄢˊ dà yì lǐn rán

胸懷正義，顯出冷峻不可侵犯的神態。凜然：嚴肅冷峻的樣子。［例］聞一多拍案而起，大義凜然，痛斥國民黨反動派的罪惡行徑。［構］主謂。

大義滅親 ㄉㄚˋ ㄧˋ ㄇㄧㄝˋ ㄑㄧㄣ dà yì miè qīn

爲了正義而不顧親屬之情。親：親屬。［例］大義滅親，古有明訓，不能包庇親屬的犯罪行爲。［構］覆。［源］《左傳・隱公四年》：『大義滅親，其是之謂乎！』

大有可爲 ㄉㄚˋ ㄧㄡˇ ㄎㄜˇ ㄨㄟˊ dà yǒu kě wéi

很有發展餘地，值得去做。［例］中國是一個有十一億人口的大市場，外資在這裏是大有可爲的。［構］動賓。

大有人在 ㄉㄚˋ ㄧㄡˇ ㄖㄣˊ ㄗㄞˋ dà yǒu rén zài

形容某種人有很多。[例]想參加這項工作的大有人在，不要以爲缺你不可。[構]兼語。[反]無人問津

大有文章 ㄉㄚˋ ㄧㄡˇ ㄨㄣˊ ㄓㄤ dà yǒu wén zhāng

很有文章可做。指某事有許多深意尚待揭示。[例]教學是一種藝術，會教的事半功倍，不會教的事倍功半，這裏面是大有文章可做的。[構]動賓。

大有作爲 ㄉㄚˋ ㄧㄡˇ ㄗㄨㄛˋ ㄨㄟˊ dà yǒu zuò wéi

能做出很大的成績、貢獻。作爲：成績，貢獻。[例]一個人要想大有作爲，就必須有理想，有本領，埋頭苦幹。[構]動賓。[反]無所作爲 [辨]『作』不要寫成『做』。

大雨傾盆 ㄉㄚˋ ㄩˇ ㄑㄧㄥ ㄆㄣˊ dà yǔ qīng pén

大雨像傾倒盆裏的水一樣。亦作『傾盆大雨』。[例]忽然狂風呼嘯，大雨傾盆，河水陡漲，漫過堤岸。[構]主謂。[同]大雨滂沱　大雨如注 [反]細雨霏霏

大展宏圖 ㄉㄚˋ ㄓㄢˇ ㄏㄨㄥˊ ㄊㄨˊ dà zhǎn hóng tú

大力施行宏偉的計劃。圖：計劃。[例]只有在推翻三座大山之後，中國人民才得以大展宏圖，從事社會主義建設。[構]動賓。[反]一籌莫展

大張旗鼓 ㄉㄚˋ ㄓㄤ ㄑㄧˊ ㄍㄨˇ dà zhāng qí gǔ

大規模地擺開戰旗戰鼓。比喻聲勢、規模浩大。[例]大張旗鼓地打擊經濟犯罪分子，是當前司法機關的首要任務。[構]動賓。

大智若（如）愚
ㄉㄚˋ ㄓˋ ㄖㄨㄛˋ ㄖㄨˊ ㄩˊ
dà zhì ruò rú yú

很有智慧的人表面看來像是愚笨。［例］魯迅在《出關》中描寫老聃『好像一段呆木頭』，其實老子是一個哲學家，這個形象，大概就是大智若（如）愚吧。［構］主謂。

大做文章
ㄉㄚˋ ㄗㄨㄛˋ ㄨㄣˊ ㄓㄤ
dà zuò wén zhāng

比喻借某事作由頭，盡力發揮，以爲難對方。常含貶義。［例］這本來是一件小事，有人卻大做文章，於是小事變成了大事。［構］動賓。

呆若木雞
ㄉㄞ ㄖㄨㄛˋ ㄇㄨˋ ㄐㄧ
dāi ruò mù jī

癡呆得像木製的雞。也形容受驚而發愣的樣子。［例］汽車從他身邊一掠而過，他嚇得呆若木雞，半天說不出一句話來。［構］補充。［源］《莊子·達生》。

呆頭呆腦
ㄉㄞ ㄊㄡˊ ㄉㄞ ㄋㄠˇ
dāi tóu dāi nǎo

形容癡呆遲鈍的樣子。［例］別看阿Q在趙太爺面前呆頭呆腦，大氣都不敢出，在小D面前，他可頭腦靈活了。［構］聯合。

代代相傳
ㄉㄞˋ ㄉㄞˋ ㄒㄧㄤ ㄔㄨㄢˊ
dài dài xiāngchuán

一代一代遞相傳授。亦作『世代相傳』。［例］中華文化源遠流長，雖經坎坷，仍代代相傳，任何力量也不能使它泯滅。［構］主謂。

代人受過
ㄉㄞˋ ㄖㄣˊ ㄕㄡˋ ㄍㄨㄛˋ
dài rén shòu guò

替代別人承擔過錯。［例］誰犯錯誤誰負責，代人受過雖有君子之風，但缺乏實事求是的精神。［構］動賓。

待價而沽
ㄉㄞˋ ㄐㄧㄚˋ ㄦˊ ㄍㄨ
dài jià ér gū

等待好價錢才賣出去。比喻要有好條件才去做某事。沽：賣。［例］

諸葛亮終於出山輔佐劉備，也是一種待價而沽。不過這個『價』不是金錢，而是劉備的知遇之恩。［構］連動。［源］《論語・子罕》：『求善賈而沽諸？』

待人接物 ㄉㄞˋ ㄖㄣˊ ㄐㄧㄝ ㄨˋ dài rén jiē wù

接待交往各種人物。指平時與人相處。物：人。［例］有的人性格孤僻，不善於待人接物。［構］聯合。［源］漢、司馬遷《報任少卿書》。

戴月披星 ㄉㄞˋ ㄩㄝˋ ㄆㄧ ㄒㄧㄥ dài yuè pī xīng

頭頂月亮，身披星光。形容夜以繼日地在野外奔忙。亦作『披星戴月』。［例］他幾十年戴月披星，含辛茹苦，才創下這份家業。［構］聯合。

單刀赴會 ㄉㄢ ㄉㄠ ㄈㄨˋ ㄏㄨㄟˋ dān dāo fù huì

獨自一人帶刀去參加敵方的約會。比喻胸有成竹、無所畏懼的氣概。單刀：獨自帶刀。［例］唐朝郭子儀單騎見回紇，大有蜀漢關羽應魯肅之約單刀赴會的遺風。［構］偏正。［源］《三國演義》第六十六回。

單槍匹馬 ㄉㄢ ㄑㄧㄤ ㄆㄧˇ ㄇㄚˇ dān qiāng pǐ mǎ

獨自提槍上馬與敵搏鬥。比喻無人幫助，一個人幹。亦作『匹馬單槍』。槍：古代的一種兵器。［例］有些事一時找不到合作者，先單槍匹馬幹起來也未嘗不可。［構］聯合。

單文孤證 ㄉㄢ ㄨㄣˊ ㄍㄨ ㄓㄥˋ dān wén gū zhèng

單獨的文字，孤立的證據。指證據不充分。［例］在學術上不能只憑單文孤證就推翻前人的結論。［構］聯合。

擔驚受怕 ㄉㄢ ㄐㄧㄥ ㄕㄡˋ ㄆㄚˋ dān jīng shòu pà

生怕出事，內心不安。［例］老百姓再也不願過那成天擔驚受怕的戰亂年月了。〔構〕聯合。

殫精竭慮 ㄉㄢ ㄐㄧㄥ ㄐㄧㄝˊ ㄌㄩˋ dān jīng jié lǜ
用盡心思。殫：盡。〔例〕據說西晉左思寫《三都賦》，殫精竭慮，十年乃成。〔構〕聯合。〔同〕煞費苦心

簞食瓢飲 ㄉㄢ ㄙˋ ㄆㄧㄠˊ ㄧㄣˇ dān sì piáo yǐn
一簞飯食，一瓢飲水。形容清貧的生活。簞：古代盛飯的竹器。食：飯食。〔例〕物質欲望是無窮的，爲了保持清廉，必要時過一過簞食瓢飲的生活很有好處。〔構〕聯合。〔源〕《論語・雍也》：『一簞食，一瓢飲，在陋巷，人不堪其憂，回也不改其樂。』

膽大心細 ㄉㄢˇ ㄉㄚˋ ㄒㄧㄣ ㄒㄧˋ dǎn dà xīn xì
膽量大，心思細。形容做事既有膽量又考慮周到。〔例〕楊子榮膽大心細，有勇有謀，獨闖威虎山，智擒坐山雕。〔構〕聯合。〔源〕《舊唐書・孫思邈傳》：『膽欲大而心欲小，智欲圓而行欲方。』〔反〕有勇無謀

膽小如鼠 ㄉㄢˇ ㄒㄧㄠˇ ㄖㄨˊ ㄕㄨˇ dǎn xiǎo rú shǔ
膽小得像老鼠。形容膽子很小。〔例〕在家裏氣壯如牛，在外面膽小如鼠，這種人俗話叫『窩裏狠』。〔構〕主謂。〔反〕膽大包天

膽戰（顫）心驚 ㄉㄢˇ ㄓㄢˋ（ㄔㄢˋ）ㄒㄧㄣ ㄐㄧㄥ dǎn zhàn (chàn) xīn jīng
膽發抖，心發慌。形容十分害怕。戰：發抖。亦作『心驚膽戰（顫）』。〔例〕十年動亂那種膽戰心驚的日子，但願永久成爲歷史。〔構〕聯合。

淡泊明志 ㄉㄢˋ ㄅㄛˊ ㄇㄧㄥˊ ㄓˋ dàn bó míng zhì
儉樸，不追求名利，以此表示自己的志趣。淡泊：生活儉樸，不追求

名利。［例］對立志成才的人，送給他一句格言：淡泊明志。［構］偏正。［源］三國（蜀）、諸葛亮《誡子書》。

淡然處之 ㄉㄢˋ ㄖㄢˊ ㄔㄨˇ ㄓ dàn rán chǔ zhī

不熱心地處置某事。淡然：冷淡，不熱心。［例］對於文學中表現重大題材的問題，我們不能淡然處之，必須給予高度的重視。［構］偏正。［辨］『處』不念ㄔㄨˋ(chù)。

淡妝濃抹 ㄉㄢˋ ㄓㄨㄤ ㄋㄨㄥˊ ㄇㄛˇ dàn zhuāng nóng mǒ

婦女淡雅的妝飾或濃艷的打扮。妝：妝飾。抹：塗抹（脂粉等）。［例］有的女演員既演樸實無華的村姑，也演珠光寶氣的貴婦，淡妝濃抹，都能恰如其分。［構］聯合。［源］宋、蘇軾《飲湖上初晴後雨》：『淡妝濃抹總相宜。』

彈盡糧絕 ㄉㄢˋ ㄐㄧㄣˋ ㄌㄧㄤˊ ㄐㄩㄝˊ dàn jìn liáng jué

彈藥用盡，糧食吃光。形容處境危殆。也作『彈盡援絕』。［例］東北抗聯八位女戰士掩護主力，狙擊日寇，最後彈盡糧絕，投江壯烈犧牲。［構］聯合。

彈丸之地 ㄉㄢˋ ㄨㄢˊ ㄓ ㄉㄧˋ dàn wán zhī dì

像彈弓發射用的球形物那樣小的地方。形容土地面積很小。［例］不論是縱橫千里的大國，還是彈丸之地的小國，國際地位都是平等的。［構］偏正。［源］《戰國策・趙策三》。

當場出醜 ㄉㄤ ㄔㄤˇ ㄔㄨ ㄔㄡˇ dāngchǎng chū chǒu

在公開場合露出醜態。［例］他正大講寫論文的經過，忽然會上有人指出論文是照抄別人的，弄得他當場出醜，下不了台。［構］偏正。［同］當衆出醜

當機立斷 ㄉㄤ ㄐㄧ ㄌㄧˋ ㄉㄨㄢˋ dāng jī lì duàn

面對緊要時機，立即做出決斷。［例］戰場形勢千變萬化，指揮員必須當機立斷，任何猶豫不決都會帶來不良後果。［構］偏正。［反］當斷不斷　優柔寡斷

當局者迷，旁觀者清 ㄉㄤ ㄐㄩˊ ㄓㄜˇ ㄇㄧˊ ㄆㄤˊ ㄍㄨㄢ ㄓㄜˇ ㄑㄧㄥ dāng jú zhě mí, pángguān zhě qīng

下棋的人迷糊，看棋的人清醒。比喻當事人因利害關係往往看不清問題，而無利害關係的人倒看得清楚。局：棋局。［例］彼此爭執不下的時候，最好聽聽第三者的意見，因爲當局者迷，旁觀者清。［構］覆。［源］漢、桓寬《鹽鐵論・救匱》。

當仁不讓 ㄉㄤ ㄖㄣˊ ㄅㄨˋ ㄖㄤˋ dāng rén bù ràng

遇到有益於人的事主動去做，絕不退縮推讓。仁：原是儒家的道德觀念，此處泛指一切有益於人的事。［例］既然大家推舉我做代表，我就當仁不讓了。［構］偏正。［源］《論語・衛靈公》：『當仁不讓於師。』

當世無雙 ㄉㄤ ㄕˋ ㄨˊ ㄕㄨㄤ dāng shì wú shuāng

當前世上沒有能相比的。無雙：沒有兩個，意即只有一個。［例］我國的微雕藝術可謂當世無雙。［構］偏正。［同］獨一無二

當頭棒喝 ㄉㄤ ㄊㄡˊ ㄅㄤˋ ㄏㄜˋ dāng tóu bàng hè

用棒打頭，大聲喝斥。比喻促使人覺悟的嚴重告誡。棒：用棒打。喝：大聲呼喊。［例］勞改隊管教的一席話，真如當頭棒喝，使這個少年犯涕淚縱橫，決心痛改前非。［構］偏正。

當務之急 ㄉㄤ ㄨˋ ㄓ ㄐㄧˊ dāng wù zhī jí 當前任務中最急切的任務。［例］抑制通貨膨脹、控制物價上漲是經濟工作的當務之急。［構］偏正。［源］《孟子・盡心上》。

當之無愧 ㄉㄤ ㄓ ㄨˊ ㄎㄨㄟˋ dāng zhī wú kuì 承受某種榮譽沒有愧色。之：代詞，此處指某種榮譽。［例］老舍被授予『人民藝術家』的稱號是當之無愧的。［構］偏正。［反］受之有愧

黨同伐異 ㄉㄤˇ ㄊㄨㄥˊ ㄈㄚˊ ㄧˋ dǎng tóng fá yì 意見相同的結成一派攻擊不同派的。黨：結成一派。伐：攻擊，排斥。［例］封建時代官場中拉幫結派成風，黨同伐異的事史不絕書。［構］連動。［源］《後漢書・黨錮傳序》。

蕩然無存 ㄉㄤˋ ㄖㄢˊ ㄨˊ ㄘㄨㄣˊ dàng rán wú cún 空蕩蕩的什麼東西也不存在了。［例］從前這裏是花果滿山，一場大火過後，如今已蕩然無存，只剩下一片焦土。［構］偏正。

刀光劍影 ㄉㄠ ㄍㄨㄤ ㄐㄧㄢˋ ㄧㄥˇ dāo guāng jiàn yǐng 形容激烈搏鬥就要開始或正在進行的緊張場面。［例］鴻門宴上，刀光劍影，形勢緊張，急得張良趕快叫樊噲進帳護衛劉邦。［構］聯合。

倒行逆施 ㄉㄠˋ ㄒㄧㄥˊ ㄋㄧˋ ㄕ dào xíng nì shī 做事違背常理，不合時代潮流。倒、逆：向著相反方向。行、施：行動。［例］一切違反人民意願的倒行逆施，都會遭到人民的唾棄。［構］聯合。［源］《史記・伍子胥列傳》：『吾故倒行而逆施之。』

道不拾遺 ㄉㄠˋ ㄅㄨˋ ㄕˊ ㄧˊ dào bù shí yí

路上有失物，沒有人拾取。形容社會風氣很好。遺：失物。［例］人們都嚮往能出現夜不閉戶、道不拾遺那麼一種良好的社會風氣。［構］主謂。［源］《韓非子・外儲說左上》：『國無盜賊，道不拾遺。』［同］路不拾遺

道高一尺，魔高一丈 ㄉㄠˋ ㄍㄠ ㄧˋ ㄔˇ ㄇㄛˊ ㄍㄠ ㄧˊ ㄓㄤˋ dào gāo yì chǐ mó gāo yí zhàng

比喻邪氣容易高過正氣，要保持正氣，需要不斷戰勝邪惡。道：正道，正氣。魔：魔障，邪惡。［例］古人說：『由儉入奢易，由奢返儉難』，物質引誘往往敗壞人的情操，『道高一尺，魔高一丈』正說明這個道理。［構］覆。

道路以目 ㄉㄠˋ ㄌㄨˋ ㄧˇ ㄇㄨˋ dào lù yǐ mù

在道路上相遇只能用眼睛互相看看。形容在暴政下人們不敢講話。［例］在反動統治下，人們道路以目，緘口不言，形成萬馬齊喑的局面。［構］偏正。［源］《國語・周語上》：『國人莫敢言，道路以目。』［同］三緘其口

道貌岸然 ㄉㄠˋ ㄇㄠˋ ㄢˋ ㄖㄢˊ dào mào àn rán

原形容神態莊嚴、高傲。現多含諷刺意味。也作『岸然道貌』。道貌：莊嚴的外貌。岸然：高傲的樣子。［例］別看他平時總是一副道貌岸然的樣子，接觸多了，也感到他有和藹可親的一面。［構］主謂。［反］嬉皮笑臉

道聽塗說 ㄉㄠˋ ㄊㄧㄥ ㄊㄨˊ ㄕㄨㄛ dào tīng tú shuō

路上聽到什麼又在路上傳播。指沒有根據的傳聞。［例］根據道聽塗說而下結論是極不負責的態度。［構］連動。［源］《論語・陽貨》：『道聽而塗說，德之棄也。』

道義之交 ㄉㄠˋ ㄧˋ ㄓ ㄐㄧㄠ dào yì zhī jiāo

合乎道德、正義的交往。交：結成朋友。[例]我國傳統道德很重視交友之道，提倡道義之交，反對見利忘義的酒肉朋友。[構]偏正。

得不償失 ㄉㄜˊ ㄅㄨˋ ㄔㄤˊ ㄕ dé bù cháng shī

得到的抵不上損失的。償：抵補。[例]單純追求升學率，忽視對學生的全面教育，結果必然是得不償失。[構]主謂。[源]《三國志・陸遜傳》。

得寸進尺 ㄉㄜˊ ㄘㄨㄣˋ ㄐㄧㄣˋ ㄔˇ dé cùn jìn chǐ

得到一寸，又想進一尺。比喻貪心越來越大。[例]殖民者掠奪殖民地人民的財富，總是得寸進尺，恨不得全部搜刮乾淨。[構]連動。[同]得隴望蜀

得道多助，失道寡助 ㄉㄜˊ ㄉㄠˋ ㄉㄨㄛ ㄓㄨˋ ㄕ ㄉㄠˋ ㄍㄨㄚˇ ㄓㄨˋ dé dào duō zhù shī dào guǎ zhù

合乎道義的得到多方面的幫助，違背道義的很少得到幫助。寡：少。[例]得道多助，失道寡助，古今中外的歷史都證明了這是一條顛撲不破的真理。[構]覆。[源]《孟子・公孫丑下》。[同]得人者昌，失人者亡

得而復失 ㄉㄜˊ ㄦˊ ㄈㄨˋ ㄕ dé ér fù shī

得到了又失掉了。[例]在戰場上陣地得而復失、失而復得的情況是經常遇到的。[構]連動。

得過且過 ㄉㄜˊ ㄍㄨㄛˋ ㄑㄧㄝˇ ㄍㄨㄛˋ dé guò qiě guò

能過下去就暫且過下去。也指工作上混日子的消極態度。得：能。且：暫且。[例]生活上得過且過，僅止於自己；工作上得過且過，卻有害於社會。[構]連動。

得隴望蜀 dé lǒng wàng shǔ　奪得了隴地，眼睛又望著蜀地。比喻貪心太大，永不知足。隴：古地名，今甘肅省東部。蜀：古地名，今四川省中部。［例］有人占地蓋住宅，得隴望蜀，又想占地修祖墳，這種不正之風必須堅決制止。［構］連動。［源］《後漢書・岑彭傳》：『既平隴，復望蜀。』［同］得寸進尺　貪得無厭

得其所哉 dé qí suǒ zāi　指得到適當的位置，妥善的安排，使人滿意。所：地方，位置。哉：助詞。［例］畢業生都分配了能發揮各自專長的工作，真是得其所哉。［構］動賓。［源］《孟子・萬章上》：『子產曰：「得其所哉；得其所哉。」』［同］各得其所

得人者昌，失人者亡 dé rén zhě chāng shī rén zhě wáng　得到人心的一定昌盛，失去人心的必然滅亡。［例］賈誼在《過秦論》中論述了秦朝從興盛到衰亡的過程，可以說是得人者昌，失人者亡這一思想的具體寫照。［構］覆。［同］得道多助，失道寡助

得勝回朝 dé shèng huí cháo　原指取得勝利回到朝廷。現泛指勝利而歸。多含諷刺意味。［例］報上反映，有的檢查團按時出動，下去一轉就得勝回朝了。［構］偏正。

得失參半 dé shī cān bàn　得到的和失掉的各占一半。參：分。［例］這項工程延長了完成時間，但質量大大超過標準，上級的評價是：得失參半。［構］主謂。

得天獨厚 ㄉㄜˊ ㄊㄧㄢ ㄉㄨˊ ㄏㄡˋ dé tiān dú hòu

獨自具有天然的優厚條件。天：天賦，自然具有的。［例］我國地處溫帶，海疆遼闊，沃野千里，資源豐富，可謂得天獨厚。［構］主謂。

得新厭舊 ㄉㄜˊ ㄒㄧㄣ ㄧㄢˋ ㄐㄧㄡˋ dé xīn yàn jiù

得到新的就厭棄舊的。含貶義。［例］交上了新朋友就忘了老朋友，過上了今天的好日子就忘了過去的苦日子，這種得新厭舊的思想作風是不可取的。［構］連動。［同］喜新厭舊

得心應手 ㄉㄜˊ ㄒㄧㄣ ㄧㄥˋ ㄕㄡˇ dé xīn yìng shǒu

心裏有體會，動手做起來就順當。［例］這位老作家運用語言的功夫已達到得心應手的地步。［構］連動。［源］《莊子·天道》。

得意忘形 ㄉㄜˊ ㄧˋ ㄨㄤˋ ㄒㄧㄥˊ dé yì wàng xíng

實現了心願就高興得忘了自己是個什麼人。現多含貶義。形：形體，指自身。［例］有這樣一種人：稍有成績就得意忘形，稍遇挫折就灰心喪氣。［構］補充。［源］《晉書·阮籍傳》：『當其得意，忽忘形骸。』［同］忘乎所以　忘乎其形　［反］灰心喪氣

得意洋洋 ㄉㄜˊ ㄧˋ ㄧㄤˊ ㄧㄤˊ dé yì yángyáng

形容非常得意的樣子。也作『洋洋（揚揚）得意』。［例］他講了一次課，卻得意洋洋地說成是『講學』，這不是對『講學』的濫用嗎？［構］補充。［同］洋洋自得　自鳴得意

得魚忘筌 ㄉㄜˊ ㄩˊ ㄨㄤˋ ㄑㄩㄢˊ dé yú wàngquán

捕得了魚就忘掉了筌。比喻取得成功後就忘了成功的憑藉。筌：捕魚用的竹器。［例］事業的成功靠多方面的

條件，不能得魚忘筌，把一切功勞全歸自己。〔構〕連動。〔源〕《莊子・外物》。〔同〕過河拆橋　〔反〕飲水思源

德才兼備 ㄉㄜˊ ㄘㄞˊ ㄐㄧㄢ ㄅㄟˋ dé cái jiān bèi

品德和才能都具備。〔例〕選拔幹部的標準應該是德才兼備，不可偏廢。〔構〕主謂。

德高望重 ㄉㄜˊ ㄍㄠ ㄨㄤˋ ㄓㄨㄥˋ dé gāo wàng zhòng

品德高，聲望高。望：聲望，名望。〔例〕不少單位聘請學有專長、德高望重的離退休老人當顧問。〔構〕聯合。〔同〕德隆望尊

燈紅酒綠 ㄉㄥ ㄏㄨㄥˊ ㄐㄧㄡˇ ㄌㄩˋ dēng hóng jiǔ lǜ

燈光紅閃閃，酒色綠茵茵。形容華燈夜宴的腐化生活。也作『紅燈綠酒』。〔例〕不管主題、情節是否需要，總塞進一些燈紅酒綠、釵光鬢影的舞會場面，這是很多電視劇的通病。〔構〕聯合。

燈火輝煌 ㄉㄥ ㄏㄨㄛˇ ㄏㄨㄟ ㄏㄨㄤˊ dēng huǒ huī huáng

燈光明亮，光輝燦爛。〔例〕國慶之夜，天安門廣場燈火輝煌，歌聲迴盪。〔構〕主謂。

燈盡油乾 ㄉㄥ ㄐㄧㄣˋ ㄧㄡˊ ㄍㄢ dēng jìn yóu gān

燈燃盡，油耗光。比喻人生命垂危。也作『油乾燈盡』。〔例〕他病已垂危，已到燈盡油乾的時候。〔構〕聯合。

登峰造極 ㄉㄥ ㄈㄥ ㄗㄠˋ ㄐㄧˊ dēng fēng zào jí

登上山峰，達到頂點。比喻達到最高境地。造：到達。極：頂點。〔例〕魯迅的雜文，思想性、藝術性渾然一體，可以說是登峰造極，無與倫比。〔構〕連動。

登高望遠 ㄉㄥ ㄍㄠ ㄨㄤˋ ㄩㄢˇ dēng gāo wàngyuǎn
登上高處，望得更遠。比喻立足點高，眼光才遠。［例］求學的境界猶如登高望遠，積累越厚，越有見地。［構］連動。［源］《荀子・勸學》。

登高一呼 ㄉㄥ ㄍㄠ ㄧ ㄏㄨ dēng gāo yì hū
登上高處，一聲呼喊。比喻帶頭發出號召。［例］『五四』時代，國勢日危，不少仁人志士登高一呼，四方響應，革命思想迅速傳播。［構］偏正。

等而下之 ㄉㄥˇ ㄦˊ ㄒㄧㄚˋ ㄓ děng ér xià zhī
從某一等級再下降，比原來更差。等：等級。之：代詞，指原來的等級。［例］這刊物本來格調就不高，現在更等而下之，充滿淫穢文字，應依法查處。［構］偏正。

等量齊觀 ㄉㄥˇ ㄌㄧㄤˋ ㄑㄧˊ ㄍㄨㄢ děng liàng qí guān
同等衡量，一樣看待。指把有差別的事物等同起來一樣看待。［例］人體藝術與色情圖畫有本質區別，不能等量齊觀。［構］聯合。［同］一視同仁

等閒視之 ㄉㄥˇ ㄒㄧㄢˊ ㄕˋ ㄓ děng xián shì zhī
當作平常事物看待，不加重視。等閒：平常。之：代詞，指某事物。［例］節儉的習慣要從小養成，對小孩子亂花錢的現象不能等閒視之。［構］偏正。

等因奉此 ㄉㄥˇ ㄧㄣ ㄈㄥˋ ㄘˇ děng yīn fèng cǐ
舊時公文套語，用在引完上級來文和陳述己意之間以承上啓下。現借以諷刺脫離實際的文牘主義作風。［例］上級發來文件，應結合實際深入體會，考慮執行辦法，絕不能照本宣科，等因奉此一番就完事大吉。［構］聯合。

低級趣味 ㄉㄧ ㄐㄧˊ ㄑㄩˋ ㄨㄟˋ dī jí qù wèi
庸俗的趣味。［例］有些相聲段子用父母妻女來開玩笑，以迎合某些聽眾的低級趣味。［構］偏正。

堤潰蟻穴 ㄉㄧ ㄎㄨㄟˋ ㄧˇ ㄒㄩㄝˊ dī kuì yǐ xué
堤岸因螞蟻窩而被大水沖開。比喻小失誤可以招致大災難。潰：水沖破。［例］小事不注意可釀成大事，所謂堤潰蟻穴，不可不防。［構］主謂。

滴水不漏 ㄉㄧ ㄕㄨㄟˇ ㄅㄨˋ ㄌㄡˋ dī shuǐ bù lòu
一滴水也不漏掉。比喻考慮周密，言行沒有一點漏洞。［例］你的發言可說是滴水不漏，找不出一點毛病。［構］主謂。

滴水成冰 ㄉㄧ ㄕㄨㄟˇ ㄔㄥˊ ㄅㄧㄥ dī shuǐ chéng bīng
滴下去的水立刻結成冰。形容天氣極其寒冷。［例］我國赴南極的英雄們，在滴水成冰的嚴寒情況下按時建成了『長城』站。［構］主謂。

滴水穿石 ㄉㄧ ㄕㄨㄟˇ ㄔㄨㄢ ㄕˊ dī shuǐ chuān shí
下滴的水能滴穿石頭。比喻只要持續不斷地努力，小力量也能辦成大事情。也作『水滴石穿』。［例］有滴水穿石的功夫，何愁攻不下這一科學難關。［源］宋、羅大經《鶴林玉露》：『繩鋸木斷，水滴石穿。』［構］主謂。［同］鐵杵磨針

砥柱中流 ㄉㄧˇ ㄓㄨˇ ㄓㄨㄥ ㄌㄧㄡˊ dǐ zhù zhōng liú
砥柱山（在河南省）屹立於黃河急流之中。比喻人堅定勇敢，在艱險環境中毫不動搖，起支柱作用。也作『中流砥柱』。［例］炎黃子孫中的優秀分子，每當國家處於危難時，總是挺身而出，砥柱中流，力挽狂瀾。［構］特・主謂。［源］《晏子春秋・內篇諫下》。

地大物博 ㄉㄧˋ ㄉㄚˋ ㄨˋ ㄅㄛˊ dì dà wù bó
國土遼闊，資源豐富。[例]地大物博是我國的自然優勢，如果不好好利用，就有愧於後代子孫。[構]聯合。

地動山搖 ㄉㄧˋ ㄉㄨㄥˋ ㄕㄢ ㄧㄠˊ dì dòng shān yáo
大地震動，山嶽搖晃。形容聲勢極大。[例]我國原子彈引爆成功，只見銀光一閃，霎時地動山搖，聲震寰宇。[構]聯合。

地廣人稀 ㄉㄧˋ ㄍㄨㄤˇ ㄖㄣˊ ㄒㄧ dì guǎng rén xī
土地廣闊，人煙稀少。也作『地廣民稀』。[例]我國大西北地廣人稀，正希望有志青年前去開發。[構]聯合。[源]《史記·貨殖列傳》：『楚越之地，地廣人稀……。』[反]人煙稠密

地利人和 ㄉㄧˋ ㄌㄧˋ ㄖㄣˊ ㄏㄜˊ dì lì rén hé
地理條件有利，人們關係和諧。[例]要搞好生產，必須注意地利人和，而『人和』常常比『地利』更重要。[構]聯合。[源]《孟子·公孫丑下》。

地裂山崩 ㄉㄧˋ ㄌㄧㄝˋ ㄕㄢ ㄅㄥ dì liè shānbēng
地裂開，山倒塌。形容巨變突然發生。[例]在傾盆大雨中，泥石流突然奔瀉而來，沿途地裂山崩，房舍全被捲走。[構]聯合。

地主之誼 ㄉㄧˋ ㄓㄨˇ ㄓ ㄧˋ dì zhǔ zhī yì
本地人對外地客人的情誼。地主：住在本地的人。[例]朋友從遠方來，招待一頓便飯，略盡地主之誼，也是人之常情。[構]偏正。[源]《左傳·哀公十二年》。[同]東道之誼

顛倒黑白 ㄉㄧㄢ ㄉㄠˇ ㄏㄟ ㄅㄞˊ diān dǎo hēi bái
把白說成黑，把黑說成白。形容存心歪曲事情真相。［例］明明是他騎車撞人，卻說別人撞了他，如此顛倒黑白，實屬無賴。［構］動賓。［源］戰國、屈原《九章・懷沙》：『變白而爲黑兮，倒上以爲下。』［同］混淆黑白

顛倒是非 ㄉㄧㄢ ㄉㄠˇ ㄕˋ ㄈㄟ diān dǎo shì fēi
把對說成錯，把錯說成對。［例］把不正之風看成是不可避免的正常現象，完全是顛倒是非。［構］動賓。［源］唐、韓愈《唐太學博士施先生墓志銘》。［同］混淆是非

顛沛流離 ㄉㄧㄢ ㄆㄟˋ ㄌㄧㄡˊ ㄌㄧˊ diān pèi liú lí
四處流浪。也作『流離顛沛』。顛沛：跌倒。流離：流浪，離散。［例］舊中國天災人禍不斷，窮苦百姓飽受顛沛流離之苦。［構］聯合。［同］流離失所

顛撲不破 ㄉㄧㄢ ㄆㄨ ㄅㄨˋ ㄆㄛˋ diān pū bù pò
怎麼摔怎麼敲也不破碎。比喻正確的理論能經住考驗，不會被推翻。顛：摔。撲：敲。［例］新生力量是不可戰勝的，這一認識的真理性反覆得到證實，是顛撲不破的。［構］補充。［源］宋、朱熹《朱子全書・性理三・心》。［反］一戳即穿

顛三倒四 ㄉㄧㄢ ㄙㄢ ㄉㄠˇ ㄙˋ diān sān dǎo sì
形容次序錯亂，沒有條理。［例］做事最怕雜亂無章，說話最忌顛三倒四。［構］聯合。［反］有條不紊

點鐵成金 ㄉㄧㄢˇ ㄊㄧㄝˇ ㄔㄥˊ ㄐㄧㄣ diǎn tiě chéng jīn
把鐵點一下就變成了金子。也作『點石成金』。比喻把別人不好的文章改好。也比喻把廢物變成有用的東西。

［例］文字編輯要能有點鐵成金的功夫，許多來稿就不會扔到字紙簍裏了。［構］連動。［反］點金成鐵

點頭哈腰 ㄉㄧㄢˇ ㄊㄡˊ ㄏㄚ ㄧㄠ diǎn tóu hā yāo

又是點頭，又是彎腰。形容過分客氣顯得虛僞的樣子。［例］對外賓的態度應該是不卑不亢，一見外國人就點頭哈腰，實在有傷民族尊嚴。［構］聯合。

刁鑽古怪 ㄉㄧㄠ ㄗㄨㄢ ㄍㄨˇ ㄍㄨㄞˋ diāo zuān gǔ guài

形容性格奸詐，表現奇特。刁鑽：奸詐。古怪：違反常情，讓人奇怪。［例］平時不言不語，關鍵時刻一句話就能把水攪渾，要提防這類刁鑽古怪的人。［構］聯合。

雕蟲小技 ㄉㄧㄠ ㄔㄨㄥˊ ㄒㄧㄠˇ ㄐㄧˋ diāo chóng xiǎo jì

雕刻蟲書的小技能。比喻不值一提的技能（常指運用文字的技能）。蟲：蟲書，古代篆書的一種。［例］大學者也寫小文章，並自謙爲雕蟲小技。如語言學家王力的《龍蟲並雕齋文集》便是。［構］偏正。［源］漢、揚雄《法言・吾子》：『童子雕蟲篆刻』。

雕章琢句 ㄉㄧㄠ ㄓㄤ ㄓㄨㄛˊ ㄐㄩˋ diāo zhāng zhuó jù

像雕刻一樣對文章的篇章詞句仔細斟酌修飾。琢：雕刻玉石。［例］文章貴有氣勢，出自天然，過分雕章琢句，反而失真。［構］聯合。

調兵遣將 ㄉㄧㄠˋ ㄅㄧㄥ ㄑㄧㄢˇ ㄐㄧㄤˋ diào bīng qiǎn jiàng

調動軍隊，派遣將領。也可引申爲對工作進行人事安排。［例］曹操大軍沿江而下，東吳急忙調兵遣將，嚴密布防，大敗曹軍於赤壁。［構］聯合。

調虎離山 ㄉㄧㄠˋ ㄏㄨˇ ㄌㄧˊ ㄕㄢ diào hǔ lí shān

想法使老虎離開山林。比喻用計使對方離開原來有利的地方。[例]我軍使用調虎離山計，把敵人主力引出，半路伏擊，全殲敵軍。[構]兼語。

掉以輕心 ㄉㄧㄠˋ ㄧˇ ㄑㄧㄥ ㄒㄧㄣ diào yǐ qīng xīn

以輕率的態度隨隨便便地對待事情。掉：搖搖擺擺，隨便。輕心：輕率，不在意。[例]衣食住行是有關人民生活的大事，不能掉以輕心。[構]補充。[源]唐、柳宗元《答韋中立論師道書》。

喋喋不休 ㄉㄧㄝˊ ㄉㄧㄝˊ ㄅㄨˋ ㄒㄧㄡ dié dié bù xiū

說話沒完沒了。喋喋：話多的樣子。[例]事情已經弄明白了，他還喋喋不休地解釋半天，令人心煩。[構]偏正。[反]三言兩語

疊床架屋 ㄉㄧㄝˊ ㄔㄨㄤˊ ㄐㄧㄚˋ ㄨ dié chuáng jià wū

床上疊床，屋上架屋。比喻重複、累贅。[例]如果機構龐雜，疊床架屋，職責不明，就很難提高工作效率。[構]聯合。[源]北朝（北齊）、顏之推《顏氏家訓・序致》。

丁是丁，卯是卯 ㄉㄧㄥ ㄕˋ ㄉㄧㄥ ㄇㄠˇ ㄕˋ ㄇㄠˇ dīng shì dīng mǎo shì mǎo

丁是十天干之一，卯是十二地支之一，干支依次相配以記年月，不能錯亂。『丁卯』又與『釘鉚』諧音，釘是榫頭，鉚是鉚眼，兩者必須完全相合才能安上。比喻辦事認真，毫不含糊。[例]這位會計完全按規定辦事，丁是丁，卯是卯，誰想多報銷一分錢也不行。[構]覆。

頂禮膜拜 ㄉㄧㄥˇ ㄌㄧˇ ㄇㄛˊ ㄅㄞˋ dǐng lǐ mó bài

趴在地上叩頭。形容崇拜到極點。頂禮：頭叩在神佛腳下。膜拜：舉

手加額，跪下叩頭。〔例〕崇敬權威到了頂禮膜拜的程度，未免過了頭。〔構〕聯合。

頂天立地 ㄉㄧㄥˇ ㄊㄧㄢ ㄌㄧˋ ㄉㄧˋ dǐng tiān lì dì 頭頂天，腳踏地。形容形象高大、敢做敢爲的氣概。〔例〕中華男兒，頂天立地，豈能被暫時困難所嚇倒。〔構〕聯合。

鼎力扶持 ㄉㄧㄥˇ ㄌㄧˋ ㄈㄨˊ ㄔˊ dǐng lì fú chí 大力扶助、支持。也作『鼎力相助』。鼎：大。〔例〕多虧國營大廠的鼎力扶持，鄉辦小廠才得以發展。〔構〕偏正。

鼎足之勢 ㄉㄧㄥˇ ㄗㄨˊ ㄓ ㄕˋ dǐng zú zhī shì 比喻三方並立、互相對峙的局勢。鼎：古代炊器，多爲三足。〔例〕抗戰時期，有些地區既有日僞軍、國民黨軍，又有人民軍隊，形成鼎足之勢，鬥爭極其複雜尖銳。〔構〕偏正。〔源〕《史記·淮陰侯列傳》：『鼎足而居。』

定時炸彈 ㄉㄧㄥˋ ㄕˊ ㄓㄚˋ ㄉㄢˋ dìng shí zhà dàn 在預定時間起爆的炸彈。比喻潛藏的敵人或隱患。〔例〕公安機關經過嚴密偵察，逮捕了埋藏多年的派遣特務，終於挖掉了這顆定時炸彈。〔構〕偏正。

定於一尊 ㄉㄧㄥˋ ㄩˊ ㄧ ㄗㄨㄣ dìng yú yī zūn 在政治、學術、思想、理論等方面把唯一具有最高權威的人定爲標準。尊：最尊貴最有權威的人。〔例〕漢武帝罷黜百家、獨尊儒術以後，孔子定於一尊，儒學便暢行無阻地發展起來。〔構〕補充。〔源〕《史記·秦始皇本紀》：『別黑白而定一尊。』〔同〕唯我獨尊

丟盔棄甲 ㄉㄧㄡ ㄎㄨㄟ ㄑㄧˋ ㄐㄧㄚˇ diū kuī qì jiǎ

丟下頭盔，扔掉鎧甲。形容軍隊潰逃時狼狽不堪的樣子。也作『丟盔卸甲』。［例］三元里的武裝村民打得英國侵略軍丟盔棄甲，抱頭鼠竄。［構］聯合。

丟三落四 ㄉㄧㄡ ㄙㄢ ㄌㄚˋ ㄙˋ diū sān là sì

丟掉這些，又遺漏那些。形容健忘。［例］老年人記憶力衰退，做事常常丟三落四，年輕人應該體諒。［構］聯合。［辨］『落』不念ㄌㄨㄛˋ(luò)。

丟卒保車 ㄉㄧㄡ ㄗㄨˊ ㄅㄠˇ ㄐㄩ diū zú bǎo jū

丟棄卒，保住車。比喻爲了保住主要的，只好犧牲次要的。卒、車：象棋中的棋子。［例］情況緊急時，犯罪團夥常常採取丟卒保車的策略，讓爪牙承擔全部罪責以保住頭頭。［構］連動。［辨］『車』不念ㄔㄜ(chē)。

東風壓倒西風 ㄉㄨㄥ ㄈㄥ ㄧㄚ ㄉㄠˇ ㄒㄧ ㄈㄥ dōng fēng yā dǎo xī fēng

比喻新生的力量壓倒衰朽的力量。［例］不管歷史的進程多麼曲折，從總的趨勢來看，總是東風壓倒西風。［構］主謂。［源］《紅樓夢》第八十二回。

東挪西借 ㄉㄨㄥ ㄋㄨㄛˊ ㄒㄧ ㄐㄧㄝˋ dōng nuó xī jiè

到處借錢。［例］靠東挪西借過日子總不是長久之計。［構］聯合。

東山再起 ㄉㄨㄥ ㄕㄢ ㄗㄞˋ ㄑㄧˇ dōng shān zài qǐ

東晉謝安辭官後隱居東山，後又出山做官。比喻去職後重新任職，失去權勢後再度獲得權勢。東山：地名，在今浙江省上虞縣。［例］在軍閥混戰時期，有的軍閥打了敗仗便通電下野，沒過多久又東山再起，重新掌權。［構］主謂。［源］《晉書・謝安傳》。［同］重整旗鼓 ［反］一蹶不振

東施效顰 ㄉㄨㄥ ㄕ ㄒㄧㄠˋ ㄆㄧㄣˊ dōng shī xiào pín

美女西施因心口疼常皺著眉頭、捂著胸部。有個醜女也學西施的樣子，反而更醜，人們便叫她東施。比喻不問條件盲目地、生硬地模仿別人的長處，必然陷入可笑的境地。效：仿效。顰：皺眉頭。[例]外國行之有效的辦法用在中國不一定奏效，如果生搬硬套，就會鬧東施效顰的笑話。[構]主謂。[源]《莊子·天運》。

東食西宿 ㄉㄨㄥ ㄕˊ ㄒㄧ ㄙㄨˋ dōng shí xī sù

到東家吃飯，到西家住宿。比喻貪婪無恥，見便宜就占。[例]此人臉皮厚，貪心大，東食西宿，可得提防著點。[構]聯合。[源]漢、應劭《風俗通義·兩祖》。

東逃西散 ㄉㄨㄥ ㄊㄠˊ ㄒㄧ ㄙㄢˋ dōng táo xī sàn

向東逃走，向西跑散。形容逃走時的紛亂。[例]解放軍攻進匪巢，匪徒們驚慌萬狀，東逃西散。[構]聯合。[同]四離五散

動人心弦 ㄉㄨㄥˋ ㄖㄣˊ ㄒㄧㄣ ㄒㄧㄢˊ dòng rén xīn xián

撥動人心中的琴弦。比喻使人內心十分感動。也作『扣人心弦』。心弦：比喻人內心深處的感情。[例]這首詩感情真摯，意境深遠，真是一詠三嘆，動人心弦！[構]動賓。[同]動人心魄

動如脫兔 ㄉㄨㄥˋ ㄖㄨˊ ㄊㄨㄛ ㄊㄨˋ dòng rú tuō tù

行動像逃跑的兔子。比喻行動快速敏捷。[例]發令槍一聲響，運動員們動如脫兔，向著終點飛奔。[構]主謂。[源]《孫子·九地》。[反]靜如處女

動輒得咎
ㄉㄨㄥˋ ㄓㄜˊ ㄉㄜˊ ㄐㄧㄡˋ
dòng zhé dé jiù

動不動就受到責備。輒：就。咎：責備。〔例〕父母亂發脾氣，兒女動輒得咎，這樣的家庭還有什麼溫暖可言？〔構〕偏正。〔源〕唐、韓愈《進學解》：『跋前躓後，動輒得咎。』

洞察一切
ㄉㄨㄥˋ ㄔㄚˊ ㄧ ㄑㄧㄝˋ
dòng chá yī qiè

透徹地察明一切。洞：透徹，深入。〔例〕迷信的人相信神佛能知過去未來，洞察一切。〔構〕動賓。

洞房花燭
ㄉㄨㄥˋ ㄈㄤˊ ㄏㄨㄚ ㄓㄨˊ
dòng fáng huā zhú

在洞房裏點燃花燭。指新婚之夜。洞房：新婚夫婦的居室。花燭：飾有圖案的蠟燭。〔例〕封建時代，人們把『洞房花燭夜，金榜題名時』當作人生最得意的事。〔構〕偏正。〔同〕花燭之夜

洞若觀火
ㄉㄨㄥˋ ㄖㄨㄛˋ ㄍㄨㄢ ㄏㄨㄛˇ
dòng ruò guān huǒ

了解事物透徹得像看火一樣明白清楚。〔例〕經過深入調查，多方取證，案情已洞若觀火，毋庸置疑。〔構〕補充。〔源〕《尚書・盤庚上》。〔同〕瞭如指掌　〔反〕漆黑一團　如坐雲霧

洞燭其奸
ㄉㄨㄥˋ ㄓㄨˊ ㄑㄧˊ ㄐㄧㄢ
dòng zhú qí jiān

徹底看清對方的奸計。燭：照明。〔例〕敵軍使用緩兵之計，我軍洞燭其奸，加緊進攻，使其陰謀破產。〔構〕動賓。

棟梁之材
ㄉㄨㄥˋ ㄌㄧㄤˊ ㄓ ㄘㄞˊ
dòng liáng zhī cái

作棟爲梁的材料。比喻能擔負重任的人。棟：正中的房梁。〔例〕國家需要棟梁之材，不能任其外流。〔構〕偏正。〔同〕擎天之柱

斗換星移 ㄉㄡˇ ㄏㄨㄢˋ ㄒㄧㄥ ㄧˊ dǒu huàn xīng yí

北斗轉換方向，星座移動位置。指時間逐漸流逝。也作『斗轉星移』。斗：北斗。星：星座。［例］光陰荏苒，斗換星移，不覺又一個春節來到。［構］聯合。

斗酒百篇 ㄉㄡˇ ㄐㄧㄡˇ ㄅㄞˇ ㄆㄧㄢ dǒu jiǔ bǎi piān

喝一斗酒能寫一百篇詩。形容善飲能詩，才情豪放。斗：古代酒器。［例］由於時代局限，古代許多文人常常以詩酒自娛，斗酒百篇的詩人李白就是其中的典型。［構］特•連動。［源］唐•杜甫《飲中八仙歌》：『李白一斗詩百篇』。

斗筲之人 ㄉㄡˇ ㄕㄠ ㄓ ㄖㄣˊ dǒu shāo zhī rén

像斗筲那樣容量的人。比喻才智淺、氣量小的人。也作『斗筲之徒』。斗、筲：較小的容器。［例］自己不能幹，又不願別人幹，這種斗筲之人是很難與之共事的。［構］偏正。［源］《論語•子路》：『斗筲之人，何足算也。』

抖擻精神 ㄉㄡˇ ㄙㄡˇ ㄐㄧㄥ ㄕㄣˊ dǒu sǒu jīng shén

振作精神。抖擻：振作。也作『精神抖擻』。［例］接近終點，我長跑健兒抖擻精神衝刺，終於超過對手，取得冠軍。［構］動賓。

鬥志昂揚 ㄉㄡˋ ㄓˋ ㄤˊ ㄧㄤˊ dòu zhì áng yáng

鬥志旺盛。昂揚：情緒高漲、旺盛。［例］志願軍戰士鬥志昂揚地高唱戰歌跨過鴨綠江。［構］主謂。

豆蔻年華 ㄉㄡˋ ㄎㄡˋ ㄋㄧㄢˊ ㄏㄨㄚˊ dòu kòu nián huá

像豆蔻那樣美艷的時光。比喻十三四歲的美麗少女。豆蔻：草本植物，產於南方，其花鮮艷。常用以比喻處女。［例］這姑娘豆蔻年華，學舞蹈正是好時光。［構］偏正。［源］唐、杜牧《贈別》。

獨出心裁 ㄉㄨˊ ㄔㄨ ㄒㄧㄣ ㄘㄞˊ dú chū xīn cái 獨自想出與衆不同的辦法。原指藝術作品的構想奇特，後泛指一切獨到的想法。心裁：心中的籌劃、安排。也作『別出心裁』。［例］明亡後，八大山人獨出心裁，畫蘭往往露根，以寄託他亡國無依的哀思。［構］動賓。

獨當一面 ㄉㄨˊ ㄉㄤ ㄧ ㄇㄧㄢˋ dú dāng yī miàn 獨自擔當一個方面的重任。［例］諸葛亮錯把馬謖看成獨當一面的將才，結果導致街亭的失敗。［構］動賓。［源］《史記・留侯世家》：『獨韓信可屬大事，當一面。』

獨到之處 ㄉㄨˊ ㄉㄠˋ ㄓ ㄔㄨˋ dú dào zhī chù 獨自達到的地方。指別人所無唯獨自己才有的見識。也作『獨到之見』。［例］這篇小說的獨到之處，在於賦於常見題材以新意，發人深思。［構］偏正。

獨斷專行 ㄉㄨˊ ㄉㄨㄢˋ ㄓㄨㄢ ㄒㄧㄥˊ dú duàn zhuān xíng 獨自做決斷，只憑個人意見行事。也作『獨斷獨行』。［例］獨斷專行是與群衆路線背道而馳的。［構］聯合。［同］一意孤行　［反］集思廣益

獨夫民賊 ㄉㄨˊ ㄈㄨ ㄇㄧㄣˊ ㄗㄟˊ dú fū mín zéi 指衆叛親離、殘害人民的反動統治者。獨：孤立無援。賊：危害人民的人。［例］我國儒家經典把封建暴君稱爲獨夫民賊。［構］聯合。［源］《孟子・告子下》［反］聖君賢相

獨具匠心 ㄉㄨˊ ㄐㄩˋ ㄐㄧㄤˋ ㄒㄧㄣ dú jù jiàng xīn 獨自具有的巧妙構思。指技術、藝術上具有創造性。也作『別具匠心』。匠心：能工巧匠的構思。［例］趙州橋是我國古代著名石拱橋，其設計可說是獨具匠心。［構］動賓。

獨具一格 ㄉㄨˊ ㄐㄩˋ ㄧ ㄍㄜˊ dú jù yì gé 獨自具有的一種風格。也作『別具一格』。［例］四川成都小吃，風味獨特，獨具一格，旅遊者切莫錯過品嘗的機會。［構］動賓。

獨具隻眼 ㄉㄨˊ ㄐㄩˋ ㄓ ㄧㄢˇ dú jù zhī yǎn 獨自具有的另一種眼光。隻眼：本佛家語，常指眼光比一般人銳敏。也作『別具隻眼』。［例］這篇賞析文章，獨具隻眼，提出了別人從未提出的新見解。［構］動賓。

獨立王國 ㄉㄨˊ ㄌㄧˋ ㄨㄤˊ ㄍㄨㄛˊ dú lì wáng guó 比喻不接受上級領導的獨自行事的地區、部門或單位。［例］有些領導人大搞獨立王國，對上級進行封鎖。［構］偏正。

獨木不成林 ㄉㄨˊ ㄇㄨˋ ㄅㄨˋ ㄔㄥˊ ㄌㄧㄣˊ dú mù bù chéng lín 一棵樹不能成爲森林。比喻單獨的力量成就不了大事。木：樹。［例］獨木不成林，就算你本領大，你一個人能蓋起一座大樓嗎？［構］主謂。［同］單絲不成線

獨闢蹊徑 ㄉㄨˊ ㄆㄧˋ ㄒㄧ ㄐㄧㄥˋ dú pì xī jìng 獨自開闢一條路。比喻獨創一種新形式、新方法。蹊徑：小路。［例］我國民族音樂家劉天華獨闢蹊徑，改造樂器，創作新曲，訂定指法，使二胡、琵琶等民族樂器大放異彩。［構］動賓。

獨樹一幟 ㄉㄨˊ ㄕㄨˋ ㄧ ㄓˋ dú shù yī zhì

獨自豎起一面旗幟。比喻獨創局面，自成一家。也作『別樹一幟』。樹：豎立。[例]程硯秋在京劇旦角中獨樹一幟，以『程腔』聞名於世。[構]動賓。

獨往獨來 ㄉㄨˊ ㄨㄤˇ ㄉㄨˊ ㄌㄞˊ dú wǎng dú lái

獨自去，獨自來。形容個性孤傲，不愛與別人在一起。[例]有些人喜歡獨往獨來，平時不大與人交往。[構]聯合。[源]《莊子·在宥》

獨一無二 ㄉㄨˊ ㄧ ㄨˊ ㄦˋ dú yī wú èr

只有這一個，沒有第二個。[例]中國的『文房四寶』——紙、筆、墨、硯，在世界上是獨一無二的。[構]聯合。[同]無與倫比 [反]無獨有偶

讀書千遍，其義自見 ㄉㄨˊ ㄕㄨ ㄑㄧㄢ ㄅㄧㄢˋ，ㄑㄧˊ ㄧˋ ㄗˋ ㄒㄧㄢˋ dú shū qiān biàn, qí yì zì xiàn

讀書上千遍，書中的意義自然顯現。指書要熟讀才能真正領會。[例]『讀書千遍，其義自見』，强調了閱讀的反覆性，對閱讀艱深的書來說確是如此。[構]覆。[源]《三國志·魏書·董遇傳·注》。[辨]『見』不念ㄐㄧㄢˋ(jiàn)。

讀書三到 ㄉㄨˊ ㄕㄨ ㄙㄢ ㄉㄠˋ dú shū sān dào

南宋朱熹提出讀書要有三個『到』：心到、眼到、口到。指讀書應掌握的訣要。[例]朱熹提出『讀書三到』之中『心到』最重要，不專心什麼也學不到。[構]特·主謂。[源]宋、朱熹《訓學齋規》。

讀書三餘 ㄉㄨˊ ㄕㄨ ㄙㄢ ㄩˊ dú shū sān yú

三國時董遇提出讀書應充分利用三種剩餘時間——冬季、夜晚、陰雨時。指讀書要抓緊一切業餘時間。也作『三餘讀書』。［例］再忙也應該擠出時間來讀書，古人『讀書三餘』的精神很值得我們學習。［構］特・主謂。［源］《三國志・魏・董遇傳・注》：『冬者歲之餘，夜者日之餘，陰雨者，晴之餘也。』

睹物思人 ㄉㄨˇ ㄨˋ ㄙ ㄖㄣˊ dǔ wù sī rén

看見留下來的東西就想起那個人。［例］抽屜裏還放著亡女的作業本，睹物思人，不禁悲從中來。［構］連動。

杜門不出 ㄉㄨˋ ㄇㄣˊ ㄅㄨˋ ㄔㄨ dù mén bù chū

關上大門，不外出。杜：堵塞。［例］有些名家潛心學術，爲避免干擾，常常數月杜門不出。［構］連動。［源］《國語・晉語一》。［同］杜門謝客

杜門謝客 ㄉㄨˋ ㄇㄣˊ ㄒㄧㄝˋ ㄎㄜˋ dù mén xiè kè

關上大門，拒絕來客。杜：堵。也作『閉門謝客』。［例］這位老人退休後就杜門謝客，一個人在屋裏練字習畫。［構］連動。［同］杜門不出 杜門卻掃

妒賢嫉能 ㄉㄨˋ ㄒㄧㄢˊ ㄐㄧˊ ㄋㄥˊ dù xián jí néng

嫉妒有品德有才能的人。也作『嫉賢妒能』、『忌賢妒能』。［例］社會上妒賢嫉能的人不少，人們稱這種人害了『紅眼病』。［構］聯合。［源］《史記・高祖本紀》。

度日如年 ㄉㄨˋ ㄖˋ ㄖㄨˊ ㄋㄧㄢˊ dù rì rú nián

過一天像過一年那樣。形容日子難過。［例］十年浩劫中，有些知名學者累遭批判，真是度日如年。［構］主謂。［同］一日三秋

端茶送客 ㄉㄨㄢ ㄔㄚˊ ㄙㄨㄥˋ ㄎㄜˋ duān chá sòng kè

端起茶碗，表示送客。封建時代官場中不願繼續接待客人的一種表示。［例］趙縣長與錢經理話不投機，於是端茶送客，錢經理只好悻悻而退。［構］連動。

端倪可察 ㄉㄨㄢ ㄋㄧˊ ㄎㄜˇ ㄔㄚˊ duān ní kě chá

可以看出一些苗頭。端倪：頭緒。察：看出。［例］他從小就愛讀科普雜誌，一個未來的科學家已有端倪可察。［構］主謂。［源］《莊子・大宗師》：『反覆終始，不知端倪。』

短兵相接 ㄉㄨㄢˇ ㄅㄧㄥ ㄒㄧㄤ ㄐㄧㄝ duǎn bīng xiāng jiē

用短兵器交手廝殺。也指面對面地進行激烈的鬥爭。［例］在陣上真刀真槍，與敵人短兵相接；在談判桌上唇槍舌劍，與敵人短兵相接。這就是文武兩戰場。［構］主謂。［源］戰國、屈原《九歌・國殤》。

短小精悍 ㄉㄨㄢˇ ㄒㄧㄠˇ ㄐㄧㄥ ㄏㄢˋ duǎn xiǎo jīng hàn

原形容人個子矮小卻精明勇猛。現形容文章篇幅雖短卻精粹有力。［例］讀者對短小精悍的雜文非常歡迎。［構］聯合。［源］《史記・遊俠列傳》：『（郭）解為人短小精悍，不飲酒。』

斷壁殘垣 ㄉㄨㄢˋ ㄅㄧˋ ㄘㄢˊ ㄩㄢˊ duàn bì cán yuán

倒塌毀壞了的牆壁。形容殘破淒涼的景象。垣：牆。［例］這座只剩下斷壁殘垣、枯木荒草的古庭園，如今已修葺一新。［構］聯合。［同］斷井頹垣

斷鶴續鳧 ㄉㄨㄢˋ ㄏㄜˋ ㄒㄩˋ ㄈㄨˊ duàn hè xù fú

截短仙鶴的長腿，接長野鴨的短腿。比喻做事違反規律。續：接續。［例］文章長短由內容決定，斷鶴續鳧，是不可取的。［構］連動。［源］《莊子

・駢拇》：『是故鳧脛雖短，續之則憂；鶴脛雖長，斷之則悲。』

斷齏畫粥 ㄉㄨㄢˋ ㄐㄧ ㄏㄨㄚˋ ㄓㄡ duàn jī huà zhōu 分開搗碎的菜和凝結的粥，按定量來吃。形容生活清苦。斷、畫：斷開，劃分。齏：搗碎的薑、蒜、辣椒等醃菜。[例]即使過著斷齏畫粥的日子，也不能失去民族氣節。[構]聯合。

斷井頹垣 ㄉㄨㄢˋ ㄐㄧㄥˇ ㄊㄨㄟˊ ㄩㄢˊ duàn jǐng tuí yuán 斷裂的井欄，塌毀的院牆。形容田宅毀棄的破敗景象。[例]劫後回到故鄉，但見斷井頹垣，滿目荒涼。[構]聯合。[同]斷垣殘壁

斷簡殘編 ㄉㄨㄢˋ ㄐㄧㄢˇ ㄘㄢˊ ㄅㄧㄢ duàn jiǎn cán biān 殘缺不全的書籍。斷、殘：不完整。簡、編：指書籍。[例]經過一場大火，一間藏書豐富的書房，只剩下些斷簡殘編了。[構]聯合。[同]殘編斷簡　殘章斷簡

斷章取義 ㄉㄨㄢˋ ㄓㄤ ㄑㄩˇ ㄧˋ duàn zhāng qǔ yì 截取文章中一兩句符合自己需要的話來加以利用，而不顧全文的中心思想。章：章句。[例]斷章取義，無限上綱，是一種惡劣的文風！[構]連動。[源]《左傳・襄公二十八年》。

堆積如山 ㄉㄨㄟ ㄐㄧ ㄖㄨˊ ㄕㄢ duī jī rú shān 堆積的事物就像一座山。[例]廠裏需要解決的事堆積如山，全靠大家同心同德日夜不懈地去幹。[構]主謂。

對答如流 ㄉㄨㄟˋ ㄉㄚˊ ㄖㄨˊ ㄌㄧㄡˊ duì dá rú liú 回答的話像流水一樣暢達。形容人知識多、頭腦靈、口才好。也作『應答如流』。[例]在論文答辯會上，這位研究生對答如流，博得全體評委的一致

稱讚。［構］主謂。［反］答非所問

對景傷情 ㄉㄨㄟˋ ㄐㄧㄥˇ ㄕㄤ ㄑㄧㄥˊ duì jǐng shāng qíng

面對眼前的景象，引起哀傷的感情。［例］久別歸來，人去樓空，詩人對景傷情，寫下哀怨的詩篇。［構］偏正。

對酒當歌 ㄉㄨㄟˋ ㄐㄧㄡˇ ㄉㄤ ㄍㄜ duì jiǔ dāng gē

面對著美酒應當高歌。也可解作面對著美酒和歌舞。指宴請賓客的歡樂。後也指人生應及時行樂。［例］今天大家聚會很不容易，對酒當歌，請你爲我們唱一段京劇。［構］偏正。［源］三國（魏）、曹操《短歌行》。

對牛彈琴 ㄉㄨㄟˋ ㄋㄧㄡˊ ㄊㄢˊ ㄑㄧㄣˊ duì niú tán qín

對著牛彈琴。比喻說話不看對象，白費唇舌。［例］對一字不識的文盲講文章的作法，豈不是對牛彈琴？［構］偏正。［源］《莊子・齊物論》晉、郭象注。［同］問道於盲

對症下藥 ㄉㄨㄟˋ ㄓㄥˋ ㄒㄧㄚˋ ㄧㄠˋ duì zhèng xià yào

針對病情用藥，後也比喻針對實際情況採取辦法。［例］解決思想問題就像醫治病人一樣，必須對症下藥才能奏效，用一個單方包治百病是不可能的。［構］偏正。

頓開茅塞 ㄉㄨㄣˋ ㄎㄞ ㄇㄠˊ ㄙㄜˋ dùn kāi máo sè

立刻打開了茅草堵塞的路。比喻受到啓發，一下子打開了思路，明白了一直不懂的道理。也作『茅塞頓開』。頓：立刻，一下子。［例］先生三言兩語的指點，使我頓開茅塞，找到了研究工作難於突破的關鍵所在。［構］動賓。［源］明、羅貫中《三國演義》：『先生之言，頓開茅塞。』［同］恍然大悟　［辨］『塞』不念ㄙㄞ(sāi)或ㄙㄞˋ(sài)。

多才多藝 ㄉㄨㄛ ㄘㄞˊ ㄉㄨㄛ ㄧˋ duō cái duō yì

具有多種才能和技藝。[例]一個人有一技之長固然好，但多才多藝不是更好嗎？[構]聯合。[源]《尚書・金縢》。

多財善賈 ㄉㄨㄛ ㄘㄞˊ ㄕㄢˋ ㄍㄨˇ duō cái shàn gǔ

本錢多就好做生意。比喻條件好，事情就好辦。善：好。賈：做生意。[例]俗話說：『多財善賈』，你沒有那個條件，就別異想天開了。[構]主謂。[源]《韓非子・五蠹》。[同]長袖善舞 [辨]『賈』不念ㄐㄧㄚˇ(jiǎ)。

多愁善感 ㄉㄨㄛ ㄔㄡˊ ㄕㄢˋ ㄍㄢˇ duō chóu shàn gǎn

常憂愁，愛傷感。形容感情脆弱。善：愛好(ㄏㄠˋ[hào])。[例]封建社會的才女，大都多愁善感，這是時代使然。[構]聯合。

多此一舉 ㄉㄨㄛ ㄘˇ ㄧ ㄐㄩˇ duō cǐ yī jǔ

多了這一個行動。指行動多餘，不必要。舉：行動，舉動。[例]事已至此，你再申辯也沒用，何必多此一舉？[構]動賓。

多多益善 ㄉㄨㄛ ㄉㄨㄛ ㄧˋ ㄕㄢˋ duō duō yì shàn

越多越好。多多：已經多了還要多。益：更加。[例]人活到老學到老，知識永遠不嫌多，多多益善。[構]主謂。[源]《史記・淮陰侯列傳》。

多費唇舌 ㄉㄨㄛ ㄈㄟˋ ㄔㄨㄣˊ ㄕㄜˊ duō fèi chún shé

指說話不起作用。[例]對這種蠻不講理的人，你再怎麼說也沒有用，不必多費唇舌。[構]動賓。[反]不憚辭費

多快好省 ㄉㄨㄛ ㄎㄨㄞˋ ㄏㄠˇ ㄕㄥˇ duō kuài hǎo shěng
成果多，速度快，質量好，費用省。［例］不管是生產單位還是事業單位，都應該本著多快好省的原則辦事。［構］聯合。

多謀善斷 ㄉㄨㄛ ㄇㄡˊ ㄕㄢˋ ㄉㄨㄢˋ duō móu shàn duàn
很有謀略，善於決斷。［例］我國歷史上出現過很多多謀善斷的政治家、軍事家。［構］聯合。

多難興邦 ㄉㄨㄛ ㄋㄢˋ ㄒㄧㄥ ㄅㄤ duō nàn xīng bāng
災難多反而使國家振興。邦：國家。［例］一個國家處於內憂外患的緊急關頭，它的人民總會起來謀自救之道，『多難興邦』說的就是這個道理。［構］主謂。［源］《左傳・昭公四年》。［辨］『難』不念ㄋㄢˊ(nán)。

多情多義 ㄉㄨㄛ ㄑㄧㄥˊ ㄉㄨㄛ ㄧˋ duō qíng duō yì
很重感情，很重義氣。［例］寧可人負我，不可我負人，這可算是多情多義的人了。［構］聯合。［反］絕情寡義

多如牛毛 ㄉㄨㄛ ㄖㄨˊ ㄋㄧㄡˊ ㄇㄠˊ duō rú niú máo
多得像牛身上的毛一樣。［例］有的書攤，格調低下的書刊一度多如牛毛，經過教育整頓，情況大有好轉。［構］補充。［反］寥若晨星

多事之秋 ㄉㄨㄛ ㄕˋ ㄓ ㄑㄧㄡ duō shì zhī qiū
事變多的時期。秋：時期。［例］愛國主義精神在國家多事之秋常常以比平時更加明顯的形式表現出來。［構］偏正。

多行不義必自斃 ㄉㄨㄛ ㄒㄧㄥˊ ㄅㄨˋ ㄧˋ ㄅㄧˋ ㄗˋ ㄅㄧˋ duō xíng bù yì bì zì bì

大量幹壞事必定自取滅亡。行：做。不義：違背正義。［例］『多行不義必自斃』，做惡多端的人必然沒有好下場。［構］主謂。［源］《左傳・隱公元年》。

多災多難 ㄉㄨㄛ ㄗㄞ ㄉㄨㄛ ㄋㄢˋ duō zāi duō nàn

災難太多。［例］忘掉那多災多難的過去吧，以百倍信心創造美好的未來。［構］聯合。

咄咄逼人 ㄉㄨㄛ ㄉㄨㄛ ㄅㄧ ㄖㄣˊ duō duō bī rén

氣勢逼人，使人驚懼。咄咄：驚懼聲。［例］這篇文章辭氣咄咄逼人，讓人讀後喘不過氣來。［構］偏正。［源］南朝（宋）、劉義慶《世說新語・排調》。［辨］『咄』不念ㄔㄨ(chū)或ㄓㄨㄛ(zhuō)。

咄咄怪事 ㄉㄨㄛ ㄉㄨㄛ ㄍㄨㄞˋ ㄕˋ duō duō guài shì

對奇怪的事表示驚詫。咄咄：驚詫聲。［例］一個女大學生居然被一個農村婦女拐賣，真是咄咄怪事！［構］偏正。［源］南朝（宋）、劉義慶《世說新語・黜免》。［反］司空見慣

奪胎換骨 ㄉㄨㄛˊ ㄊㄞ ㄏㄨㄢˋ ㄍㄨˇ duó tāi huàn gǔ

奪別人之胎以轉生，換己之凡骨爲仙骨。本道家語。後比喻學習前人文學藝術的立意和技巧以創新。［例］大畫家齊白石說過：『學我者生，似我者死』，這個『學』就包含奪胎換骨的意思。［構］聯合。［源］宋、釋惠洪《冷齋夜話》。

度德量力 ㄉㄨㄛˊ ㄉㄜˊ ㄌㄧㄤˊ ㄌㄧˋ dúo dé liàng lì

衡量自己的品德，估計自己的力量。［例］野心家總是不能度德量力，所以總是以失敗而告終。［構］聯合。

［源］《左傳・隱公十一年》。

E

阿諛奉承 ㄜ ㄩˊ ㄈㄥˋ ㄔㄥˊ ē yú fèng chéng

曲意吹捧，討好別人。阿：曲從。［例］對上級阿諛奉承，對下級頤指氣使，是舊社會官場中常見的事。［構］聯合。［同］阿諛逢迎　苟合取容［反］守正不阿　剛正不阿［辨］『阿』不念ㄚ(ā)。

額手稱慶 ㄜˊ ㄕㄡˇ ㄔㄥ ㄑㄧㄥˋ é shǒu chēng qìng

以手加額，表示歡欣、慶幸。稱：說。［例］學校被評爲先進集體，師生們無不額手稱慶。［構］連動。［同］歡欣鼓舞　拍手稱快

惡貫滿盈 ㄜˋ ㄍㄨㄢˋ ㄇㄢˇ ㄧㄥˊ è guàn mǎn yíng

罪惡多得像用繩穿錢一樣，穿滿了一千還沒穿完。形容罪惡極多，已到誅滅的時候。貫：古時穿錢的繩子，穿滿一千稱爲一貫。盈：有多餘。［例］發動侵略戰爭的頭子，惡貫滿盈，理當受到人民的嚴懲。［構］主謂。［源］《尚書・泰誓》。［同］罪大惡極　罪惡滔天［反］功德無量

惡口傷人 ㄜˋ ㄎㄡˇ ㄕㄤ ㄖㄣˊ è kǒu shāng rén

用惡毒的話傷害人。［例］售貨員與顧客要互相體諒，不要稍不順心就發脾氣，惡口傷人。［構］主謂。［同］惡語傷人　惡語中傷

惡事傳千里 ㄜˋ ㄕˋ ㄔㄨㄢˊ ㄑㄧㄢ ㄌㄧˇ è shì chuán qiān lǐ

醜事傳得快，傳得遠。惡：醜。［例］人們對於醜事總是極爲敏感的，一旦發現，很快傳開，正所謂『

惡事傳千里』。[構]主謂。[反]好事不出門

惡語中傷 ㄜˋ ㄩˇ ㄓㄨㄥˋ ㄕㄤ è yǔ zhòng shāng 惡毒的話使別人受到打擊、傷害。中：(使)受到。含貶義。[例]我們要分清義正辭嚴的揭露與惡語中傷的界限。[構]主謂。[同]惡口傷人 造謠中傷 [反]善言規勸 [辨]『中』不念ㄓㄨㄥ(zhōng)。

餓虎撲食 ㄜˋ ㄏㄨˇ ㄆㄨ ㄕˊ è hǔ pū shí 比喻像飢餓的老虎抓食一樣，凶猛地撲向對方。[例]我軍偵察員像餓虎撲食，一下子就把那個特務按在地上。[構]主謂。[同]猛虎撲羊 餓虎撲羊

餓殍遍野 ㄜˋ ㄆㄧㄠˇ ㄅㄧㄢˋ ㄧㄝˇ è piǎo biàn yě 餓死的人到處都是。野：田野。[例]舊社會每遇荒年，大批農民流離失所，餓殍遍野，慘不忍睹。[構]主謂。[源]《孟子・梁惠王上》：『民有飢色，野有餓莩(殍)』。

恩斷義絕 ㄣ ㄉㄨㄢˋ ㄧˋ ㄐㄩㄝˊ ēn duàn yì jué 恩愛情義都斷絕了。[例]夫妻間不到恩斷義絕的地步，絕不可輕易離婚。[構]聯合。[源]漢、班婕妤《怨歌行》：『恩情中道絕。』

恩將仇報 ㄣ ㄐㄧㄤ ㄔㄡˊ ㄅㄠˋ ēn jiāngchóu bào 受別人的恩惠，反而用仇恨來回報。將：用，拿。[例]東郭先生救了中山狼的命，中山狼卻恩將仇報，要把東郭先生吃掉。[構]特・主謂。[同]以怨報德 [反]以德報怨

恩深義重 ㄣ ㄕㄣ ㄧˋ ㄓㄨㄥˋ ēn shēn yì zhòng

恩惠、情義極其深厚。[例]他過去對我恩深義重，現在他處於困境，我豈能坐視不救？[構]聯合。[同]恩重如山　[反]絕情寡義

兒女情長 ㄦˊ ㄋㄩˇ ㄑㄧㄥˊ ㄔㄤˊ ér nǚ qíng cháng

指青年男女情意綿綿，也指父母對子女的深情。[例]英雄人物也有夫妻之愛，親子之愛，有時甚至顯得那樣兒女情長，與一般人沒有兩樣。[構]主謂。[源]南朝（梁）、鍾嶸《詩品》卷中：『猶恨其兒女情多，風雲氣少。』[同]舐犢情深

而立之年 ㄦˊ ㄌㄧˋ ㄓ ㄋㄧㄢˊ ér lì zhī nián

指人到三十歲有所成就的年齡。而立：代稱三十歲。[例]他剛到而立之年，就有許多發明創造，真是個人才。[構]偏正。[源]《論語・爲政》：『三十而立。』

爾虞我詐 ㄦˇ ㄩˊ ㄨㄛˇ ㄓㄚˋ ěr yú wǒ zhà

你欺騙我，我欺騙你，互相欺騙。也作『爾詐我虞』。爾：你。虞：欺詐。[例]人與人相處應該真誠，彼此體諒，絕不應爾虞我詐，互相猜忌。[構]聯合。[源]《左傳・宣公十五年》：『我無爾詐，爾無我虞。』[反]推心置腹　坦誠相見

耳鬢廝磨 ㄦˇ ㄅㄧㄣˋ ㄙ ㄇㄛˊ ěr bìn sī mó

頭靠得很近，耳邊的頭髮互相挨在一起。形容小兒女朝夕相處，親密無間的情態。耳鬢：面頰上方耳前的頭髮。廝：互相。磨：擦。[例]看見孩子們一起學習，一起遊戲，耳鬢廝磨，兩小無猜，更感到童心的可貴。[構]主謂。

耳聰目明 ㄦˇ ㄘㄨㄥ ㄇㄨˋ ㄇㄧㄥˊ ěr cōng mù míng
耳朵眼睛反應靈敏，能迅速感知事物。形容人聰明穎悟。［例］這個人耳聰目明，什麼事也難瞞住他。［構］聯合。［源］《周易・鼎》：『巽而耳目聰明，柔進而上行。』［同］心明眼亮［反］昏瞶糊塗

耳根清淨 ㄦˇ ㄍㄣ ㄑㄧㄥ ㄐㄧㄥˋ ěr gēn qīng jìng
耳朵聽不到閒言，指心境平靜。耳根：佛家所謂六根（眼、耳、鼻、舌、身、意）之一，指從聽覺而產生的感受。［例］你成天東家長李家短地嘮叨個沒完，讓我們耳根清淨一點好不好？［構］主謂。

耳目一新 ㄦˇ ㄇㄨˋ ㄧˋ ㄒㄧㄣ ěr mù yì xīn
聽到的和看到的與原來大不相同，使人一下子產生新鮮感覺。［例］茅屋換瓦房，水坑成魚塘，如今農村面貌大變，處處令人耳目一新。［構］主謂。［同］一新耳目

耳濡目染 ㄦˇ ㄖㄨˊ ㄇㄨˋ ㄖㄢˇ ěr rú mù rǎn
經常聽到，經常看到，不自覺地受到影響。濡：沾濕。染：浸潤著色。［例］不會外語的人，如果長時間生活在說外語的環境中，耳濡目染，漸漸地也會外語了。［構］聯合。［源］唐、韓愈《清河郡公房公墓碣銘》：『生長食息，不離典訓之內，目擩（濡）耳染，不學以能。』［同］潛移默化［辨］『染』右上角是『九』，不是『丸』。

耳軟心活 ㄦˇ ㄖㄨㄢˇ ㄒㄧㄣ ㄏㄨㄛˊ ěr ruǎn xīn huó
耳朵軟，別人說什麼信什麼，內心拿不定主意。［例］那些耳軟心活的人聽見謠言就相信，結果上了當。［構］聯合。

耳食之學 ㄦˇ ㄕˊ ㄓ ㄒㄩㄝˊ ěr shí zhī xué

從別人那裏聽來的學問。也作『口耳之學』。耳食：用耳朵吃。比喻不動腦子，輕信傳聞。〔例〕只是把老師講的背熟，即使答卷得滿分，也不過是耳食之學而已。〔構〕偏正。〔源〕《荀子・勸學》。〔同〕耳食不化

耳提面命 ㄦˇ ㄊㄧˊ ㄇㄧㄢˋ ㄇㄧㄥˋ ěr tí miàn mìng

提著耳朵，當面教導。形象地表現對晚輩教導的殷切。命：教導。〔例〕我永遠不能忘記老師爲我而廢寢忘食、耳提面命的情景。〔構〕連動。〔源〕《詩經・大雅・抑》：『匪面命之，言提其耳。』〔同〕諄諄教導

耳聞不如目見 ㄦˇ ㄨㄣˊ ㄅㄨˋ ㄖㄨˊ ㄇㄨˋ ㄐㄧㄢˋ ěr wén bù rú mù jiàn

聽來的不如看到的（可靠）。〔例〕光聽匯報是不夠的，耳聞不如目見，最好下去親自看看。〔構〕主謂。〔源〕漢、劉向《說苑・政理》：『耳聞之，不如目見之；目見之，不如足踐之。』〔同〕百聞不如一見

耳聞目睹 ㄦˇ ㄨㄣˊ ㄇㄨˋ ㄉㄨˇ ěr wén mù dǔ

親耳聽到，親眼看見。〔例〕經常把耳聞目睹的事寫下來，是提高寫作能力的必由之路。〔構〕聯合。〔同〕目見耳聞 〔反〕閉目塞聽

二人同心，其利斷金 ㄦˋ ㄖㄣˊ ㄊㄨㄥˊ ㄒㄧㄣ ㄑㄧˊ ㄌㄧˋ ㄉㄨㄢˋ ㄐㄧㄣ èr rén tóng xīn qí lì duàn jīn

兩個人一條心，它的力量就像鋒利的刀可以砍斷金屬。指團結起來力量大。〔例〕古人說：『二人同心，其利斷金』，只要大家同心同德，有什麼艱難險阻不能戰勝？〔構〕複。〔源〕《周易・繫辭上》。

二豎爲虐 ㄦˋ ㄕㄨˋ ㄨㄟˊ ㄋㄩㄝˋ èr shù wéi nüè

春秋時晉景公患病，夢見病變成兩個小孩在商量怎樣對付醫生。先是想逃走，後來決定躲在藥力達不到的地方（膏肓）。結果醫生真沒辦法。後用來形容病魔纏身。豎：童僕。虐：殘暴的行爲。[例]趁年輕多做一些事吧，一旦年老體衰，二豎爲虐，想幹也力不從心了。[構]主謂。[源]《左傳・成公十年》。[同]病入膏肓

二者必居其一 ㄦˋ ㄓㄜˇ ㄅㄧˋ ㄐㄩ ㄑㄧˊ ㄧ èr zhě bì jū qí yī

在兩種情況中必定處於其中的一種。居：處於。[例]當今世界各國，不是走資本主義道路，就是走社會主義道路，二者必居其一。[構]主謂。[源]《孟子・公孫丑下》。

F

發凡起例 ㄈㄚ ㄈㄢˊ ㄑㄧˇ ㄌㄧˋ fā fán qǐ lì

闡明要旨，擬定通例。發：說明。凡：概要，主旨。起：規定。例：通則，體例。也作『發凡舉例』。[例]作者在緒論中發凡起例，要言不煩。[構]聯合。[源]晉、杜預《春秋左氏傳序》。

發憤圖強 ㄈㄚ ㄈㄣˋ ㄊㄨˊ ㄑㄧㄤˊ fā fèn tú qiáng

下定決心，努力謀求富強。發憤：下定決心努力。圖強：謀求強盛。也作『發奮圖強』。[例]只要萬衆一心，發憤圖強，就會取得最後的勝利。[構]連動。[同]勵精圖治 [反]苟且偷安

發憤忘食 ㄈㄚ ㄈㄣˋ ㄨㄤˋ ㄕˊ fā fèn wàng shí

下決心努力學習、工作，連吃飯都忘了。發憤：下決心努力。［例］面臨畢業和升學的同學們，發憤忘食，在緊張地復習功課。［構］連動。［源］《論語・述而》：『發憤忘食，樂以忘憂。』

發號施令 ㄈㄚ ㄏㄠˋ ㄕ ㄌㄧㄥˋ fā hào shī lìng

發布命令。發：發表。施：施行。號、令：上級對下級的指示。［例］要深入實際，調查研究；不要脫離實際，發號施令。［構］聯合。［源］《尚書・冏命》：『發號施令，罔有不臧。』

發聾振聵 ㄈㄚ ㄌㄨㄥˊ ㄓㄣˋ ㄎㄨㄟˋ fā lóng zhèn kuì

發出很大的聲音，使耳聾的人也能聽見。比喻用語言文字喚醒糊塗麻木的人。聵：耳聾。也作『振聾發聵』。［例］『老教育家斬絕地對我這樣說，聲音是這麼剛健，……而又那麼的發聾振聵。』（郭沫若）［構］連動。［同］發蒙振聵

發人深省 ㄈㄚ ㄖㄣˊ ㄕㄣ ㄒㄧㄥˇ fā rén shēn xǐng

啓發人深刻思考而有所醒悟。發：啓發。省：思考，醒悟。也作『發人深醒』。［例］老師的教導語重心長，發人深省。［構］兼語。［源］杜甫《遊龍門奉先寺》詩：『令人發深省。』［同］發人深思 ［辨］『省』不能讀作ㄕㄥˇ(shěng)。

發揚蹈厲 ㄈㄚ ㄧㄤˊ ㄉㄠˇ ㄌㄧˋ fā yáng dǎo lì

原指舞蹈動作猛烈威武，後用以比喻精神奮發，意氣昂揚。發揚：奮發昂揚。蹈厲：振奮。也作『發揚踔厲』。［例］在鼓樂聲中，受檢閱的解放軍發揚蹈厲，通過了天安門廣場。［構］連動。［源］《禮記・樂記》『發揚蹈厲，太公之志也。』

發揚光大 ㄈㄚ ㄧㄤˊ ㄍㄨㄤ ㄉㄚˋ fā yáng guāng dà

使美好的作風、傳統等不斷發展和提高。發揚：使之發展。光大：使之光輝、盛大。[例]平息暴亂以後，軍民一家的革命傳統更加發揚光大了。[構]聯合。

法不徇情 ㄈㄚˇ ㄅㄨˋ ㄒㄩㄣˋ ㄑㄧㄥˊ fǎ bù xùn qíng

在法律面前，絕不允許屈從於情面。徇情：為了私情而做違法的事。[例]包龍圖是中國人民心目中法不徇情的化身。[構]主謂。[反]貪贓枉法

翻江倒海 ㄈㄢ ㄐㄧㄤ ㄉㄠˇ ㄏㄞˇ fān jiāng dǎo hǎi

形容水勢浩大，後多用以比喻力量、聲勢的強大。也作『倒海翻江』。[例]泄洪道提起了水閘，頓時，水流如翻江倒海，傾瀉下來。[構]聯合。[源]宋、陸游詩：『五更顛風吹急雨，倒海翻江洗殘暑。』

翻來覆去 ㄈㄢ ㄌㄞˊ ㄈㄨˋ ㄑㄩˋ fān lái fù qù

來回轉動身體。或指一次次地重複，拿不定主意，不斷改變辦法。[例]①她想得很多，躺在床上翻來覆去，直到天明也沒合眼。②他一遍又一遍地解釋；但是，他越翻來覆去地講，學生越不愛聽。③又改主意了，像他這樣翻來覆去地沒個準譜兒，誰也沒法兒幹！[構]聯合。[辨]『覆』不能寫作『復』。

翻然悔悟 ㄈㄢ ㄖㄢˊ ㄏㄨㄟˇ ㄨˋ fān rán huǐ wù

迅速而徹底地悔改、醒悟。也作『翻然悔改』。『翻然』也作『幡然』，本義是回飛的樣子，引申為迅速而徹底地改變。[例]廉頗翻然悔悟，負荊請罪。[構]偏正。[反]死不悔改

翻山越嶺 ㄈㄢ ㄕㄢ ㄩㄝˋ ㄌㄧㄥˇ fān shān yuè lǐng

翻越過一座座山嶺。形容行進途中的辛苦，或比喻對困難的克服。[

［例］玄奘取經，翻山越嶺，艱苦備嘗。［構］聯合。

翻天覆地 ㄈㄢ ㄊㄧㄢ ㄈㄨˋ ㄉㄧˋ fān tiān fù dì　天地都翻覆過來。形容變化巨大而徹底。也作『覆地翻天』、『天翻地覆』、『地覆天翻』。［例］建國四十年來，祖國各地起了翻天覆地的變化。［構］聯合。［辨］『覆』不能寫作『復』。

翻箱倒櫃 ㄈㄢ ㄒㄧㄤ ㄉㄠˋ ㄍㄨㄟˋ fān xiāng dào guì　形容徹底翻檢。也作『翻箱倒篋』、『翻箱倒籠』。［例］儘管敵人翻箱倒櫃地搜查，可是什麼把柄也沒找到。［構］聯合。

翻雲覆雨 ㄈㄢ ㄩㄣˊ ㄈㄨˋ ㄩˇ fān yún fù yǔ　比喻反覆無常或玩弄手段。也作『覆雨翻雲』。［例］資產階級政客翻雲覆雨，無恥之尤。［構］聯合。［源］唐、杜甫《貧交行》：『翻手作雲覆手雨，紛紛輕薄何須數。』［同］反覆無常［反］始終如一［辨］『覆』不能寫作『復』。

凡夫俗子 ㄈㄢˊ ㄈㄨ ㄙㄨˊ ㄗˇ fán fū sú zǐ　迷信說法，指人世間的人（對『仙人』而言）。也泛指平庸的人。［例］有人認爲高級知識分子的孩子，一定不是凡夫俗子，其實大謬不然。［構］聯合。

凡事預則立，不預則廢 ㄈㄢˊ ㄕˋ ㄩˋ ㄗㄜˊ ㄌㄧˋ ㄅㄨˋ ㄩˋ ㄗㄜˊ ㄈㄟˋ fán shì yù zé lì, bù yù zé fèi　一切事情，有準備就能成功，沒準備就會失敗。預：事先準備。立：成功。廢：失敗。［例］去年秋遊準備得充分，效果就好；今年秋遊準備得不夠，效果就差。真是凡事預則立，不預則廢啊！［構］複。［源］《禮記

・中庸》。

繁榮昌盛 ㄈㄢˊ ㄖㄨㄥˊ ㄔㄤ ㄕㄥˋ fán róng chāngshèng 指國家或事業興旺發達，欣欣向榮。昌盛：興旺，興盛。[例]全國各族人民團結起來，把祖國建設得更加繁榮昌盛。[構]聯合。[同]繁榮富强

繁文縟節 ㄈㄢˊ ㄨㄣˊ ㄖㄨˋ ㄐㄧㄝˊ fán wén rù jié 過分繁瑣的儀式或禮節。文：儀式。縟：繁瑣。節：禮節。也比喻瑣碎多餘的事情。亦作『繁文末節』。[例]高三爺非常注意浮面上的繁文縟節，以爲這是封建大家庭的必不可少的家教。[構]聯合。[源]宋、蘇軾《上圓丘合祭六議》。

反客爲主 ㄈㄢˇ ㄎㄜˋ ㄨㄟˊ ㄓㄨˇ fǎn kè wéi zhǔ 客人反過來成爲主人，多用來比喻變被動爲主動。也作『反客作主』。[例]她初次到這位同事家裏赴宴，毫不客氣，談笑風生，還不時地讓人吃這喝哪，真是反客爲主了。[構]兼語。

反目成仇 ㄈㄢˇ ㄇㄨˋ ㄔㄥˊ ㄔㄡˊ fǎn mù chéngchóu 由於不和睦結下仇恨，成了仇人（多指夫妻）。反目：白眼。[例]他倆既然已經反目成仇，那倒不如早些分手爲好。[構]連動。[源]《周易・小畜》：『夫妻反目。』

反其道而行之 ㄈㄢˇ ㄑㄧˊ ㄉㄠˋ ㄦˊ ㄒㄧㄥˊ ㄓ fǎn qí dào ér xíng zhī 採取同對方相反的辦法行事。其道：他的辦法。[例]他走的是一條死路，我們必須反其道而行之。[構]覆。

反求諸己 ㄈㄢˇ ㄑㄧㄡˊ ㄓㄨ ㄐㄧˇ fǎn qiú zhū jǐ 反過來從自己身上去尋求。諸：之、於的合音。[例]作爲教師，不

應該過多地責備學生，而應該反求諸己。[構]動賓。[源]《孟子・公孫丑上》。[反]怨天尤人

返哺之恩 ㄈㄢˇ ㄅㄨˇ ㄓ ㄣ fǎn bǔ zhī ēn

比喻子女報答父母的恩情。哺：餵食。返哺：古人認爲，雛鳥長成，應銜食返哺母鳥。『返』也作反。[構]偏正。[源]成公綏《鳥賦》：『雛既壯而能飛兮，乃銜食而反哺。』

返老還童 ㄈㄢˇ ㄌㄠˇ ㄏㄨㄢˊ ㄊㄨㄥˊ fǎn lǎo huán tóng

由衰老恢復青春。今多用作向老年人讚頌之詞。也作『反老還童』。[例]他老人家這兩年越活越硬朗，真要返老還童了。[構]連動。[源]《雲笈七籤》卷六十。

犯上作亂 ㄈㄢˋ ㄕㄤˋ ㄗㄨㄛˋ ㄌㄨㄢˋ fàn shàng zuò luàn

冒犯長上，反抗朝廷。犯上：觸犯尊長。作亂：造反。[例]遺老們把青年學生辦報、演劇等等，一律看作是犯上作亂，大逆不道。[構]聯合。[源]《論語・學而》。

氾濫成災 ㄈㄢˋ ㄌㄢˋ ㄔㄥˊ ㄗㄞ fàn làn chéng zāi

江河湖泊的水漲溢出來，造成災害。比喻事物出現過多，形成危害。也比喻壞的思想言行擴散傳播，成了禍害。[例]①永定河原名無定河，過去每年氾濫成災，爲害匪淺。②抗戰勝利了，美國貨物充斥中國市場，氾濫成災。③極端民主化與無政府主義思潮氾濫成災，我們要高度警惕和堅決抵制。[構]主謂。

方寸已亂 ㄈㄤ ㄘㄨㄣˋ ㄧˇ ㄌㄨㄢˋ fāng cùn yǐ luàn

心緒已經紛亂。方寸：指心和心緒。[例]現在我方寸已亂，無法再

考慮這些問題了。［構］主謂。［源］《三國志・蜀書・諸葛亮傳》。

方枘圓鑿 ㄈㄤ ㄖㄨㄟˋ ㄩㄢˊ ㄗㄠˊ fāng ruì yuán záo 比喻兩者格格不入。方枘：方榫頭。圓鑿：圓榫眼。也作『圓鑿方枘』。［例］這次會談，方枘圓鑿，無法達成協議。［構］聯合。［源］《楚辭・九辯》：『圓鑿而方枘兮。』［辨］『枘』不能讀作ㄋㄚˋ(nà)。『鑿』舊讀作ㄗㄨㄛˋ(zuò)。

方興未艾 ㄈㄤ ㄒㄧㄥ ㄨㄟˋ ㄞˋ fāng xīng wèi ài 事物正在蓬勃向前發展，一時到不了止境。方：正在。興：興起。艾：終止。也作『方興未已』。［例］社會主義建設事業方興未艾，展望未來，英雄大有用武之地。［構］覆。［同］蒸蒸日上 ［反］日暮途窮

芳華虛度 ㄈㄤ ㄏㄨㄚˊ ㄒㄩ ㄉㄨˋ fāng huá xū dù 白白地度過了美好的年華。芳華：美好的年華，指青年時期。［例］她的生活如此無聊，可真是芳華虛度。［構］主謂。［同］蹉跎歲月 ［辨］『度』不能寫作『渡』。

防不勝防 ㄈㄤˊ ㄅㄨˋ ㄕㄥˋ ㄈㄤˊ fáng bù shèng fáng 謂防備不過來。防：防備。不勝：表示做不到或做不完。［例］主攻手扣球又快、又準、又狠，使對方防不勝防。［構］主謂。

防患未然 ㄈㄤˊ ㄏㄨㄢˋ ㄨㄟˋ ㄖㄢˊ fáng huàn wèi rán 防止禍患在發生以前。未然：還沒這樣，即未成事實。也作『防患於未然』。［例］參加保險是一種防患未然的有效措施。［構］補充。［源］《漢書・外戚傳下》。［同］防微杜漸 ［反］賊走關門

防民之口，甚於防川 ㄈㄤˊ ㄇㄧㄣˊ ㄓ ㄎㄡˇ ㄕㄣˋ ㄩˊ ㄈㄤˊ ㄔㄨㄢ fáng mín zhī kǒu, shèn yú fáng chuān

堵住百姓的嘴，不讓他們說話而造成的危害，比堵塞河流而造成的水災危害還要嚴重。［例］歷史上反動統治者就是理解不了防民之口，甚於防川的深刻意義。［構］主謂。［源］《國語・周語上》。

防微杜漸 ㄈㄤˊ ㄨㄟ ㄉㄨˋ ㄐㄧㄢˋ fáng wēi dù jiàn

防止錯誤或壞事的萌芽，不讓它蔓延發展。微：微小，指事物的苗頭。杜：堵塞。漸：指事物的開端。也作『杜漸防微』、『杜漸防萌』。［例］對資產階級自由化思潮要進行批判，加强對學生的思想教育，注意防微杜漸。［構］聯合。［源］《後漢書・丁鴻傳》。［反］積重難返

放蕩不羈 ㄈㄤˋ ㄉㄤˋ ㄅㄨˋ ㄐㄧ fàng dàng bù jī

言行隨便，不受約束。放蕩：放縱，不檢點。羈：約束。也作『放浪不羈』。［例］他有學識，有才華，但放蕩不羈的性格也很突出。［構］補充。［同］放浪形骸 ［反］循規蹈矩

放虎歸山 ㄈㄤˋ ㄏㄨˇ ㄍㄨㄟ ㄕㄢ fàng hǔ guī shān

把老虎放回深山，比喻放走敵手，自留後患。也作『縱虎歸山』。［例］鴻門宴上，項羽放走劉邦，真是放虎歸山。［構］兼語。［同］養虎遺患 ［反］除惡務盡

放浪形骸 ㄈㄤˋ ㄌㄤˋ ㄒㄧㄥˊ ㄏㄞˊ fàng làng xíng hái

言行不受世俗禮法約束。放浪：無拘無束。形骸：人的形體。［例］嵇康、阮籍優遊竹林，放浪形骸，是有他們的特定的政治原因的。［構］動賓。［源］晉、王羲之《蘭亭集序》：『放浪形

骸之外。』［同］放蕩不羈 ［反］循規蹈矩

放任自流 ㄈㄤˋ ㄖㄣˋ ㄗˋ ㄌㄧㄡˊ fàng rèn zì liú 不加過問，聽其自然發展。放任：不過問。自流：喻自然發展。［例］對個體攤販，要加强管理，不能放任自流。［構］補充。

放下屠刀，立地成佛 ㄈㄤˋ ㄒㄧㄚˋ ㄊㄨˊ ㄉㄠ ㄌㄧˋ ㄉㄧˋ ㄔㄥˊ ㄈㄛˊ fàng xià tú dāo lì dì chéng fó 本佛教語。後用以比喻壞人決心悔改，不再作惡，就能成爲好人。屠刀：屠殺的刀。立地：立即。［例］希望帝國主義放下屠刀，立地成佛，那是天真無知的幻想。［構］覆。［源］宋、釋普濟《五燈會元・東山覺禪師》。

放之四海而皆準 ㄈㄤˋ ㄓ ㄙˋ ㄏㄞˇ ㄦˊ ㄐㄧㄝ ㄓㄨㄣˇ fàng zhī sì hǎi ér jiē zhǔn 用到任何地方都是正確的。放：用到。四海：全國各地或世界各地。準：準確。［例］要認真學習放之四海而皆準的馬克思主義。［構］覆。［源］《禮記・祭義》。

飛蛾投火 ㄈㄟ ㄜˊ ㄊㄡˊ ㄏㄨㄛˇ fēi é tóu huǒ 比喻自取滅亡。也作『飛蛾赴火』。［例］一小撮殘匪到處流竄，居然混入城內，真是飛蛾投火，自取滅亡。［構］主謂。［源］《梁書・到溉傳》。［同］以卵擊石

飛閣流丹 ㄈㄟ ㄍㄜˊ ㄌㄧㄡˊ ㄉㄢ fēi gé liú dān 高聳的樓閣像在騰飛，朱紅的彩飾像在流動。形容中國古代建築的氣勢和色彩的生動、壯麗。閣：高樓。丹：朱紅色。［例］在蒼翠的群山環抱中，露出來一角飛閣流丹的梵王宮殿。［構］主

謂。［源］唐、王勃《滕王閣序》。

飛黃騰達 ㄈㄟ ㄏㄨㄤˊ ㄊㄥˊ ㄉㄚˊ fēi huáng téng dá
比喻官職提升得很快。飛黃：傳說中的神馬。騰達：也作騰踏，形容馬的飛馳。現多用於貶義。［例］靠吹牛拍馬而飛黃騰達的人，終究是要失敗的。［構］主謂。［源］唐、韓愈《符讀書城南》詩。［同］平步青雲

飛來橫禍 ㄈㄟ ㄌㄞˊ ㄏㄥˋ ㄏㄨㄛˋ fēi lái hèng huò
突然而來的意料不到的災禍。飛：突然。橫：意外。也作『飛災橫禍』。［例］一位老人橫過馬路時，被卡車撞倒，當場死亡，這真是飛來橫禍。［構］動賓。［辨］『橫』不能讀作ㄏㄥˊ(héng)。

飛禽走獸 ㄈㄟ ㄑㄧㄣˊ ㄗㄡˇ ㄕㄡˋ fēi qín zǒu shòu
泛指鳥類和獸類。飛禽：會飛的鳥。走獸：會跑的獸。［例］在深山老林中，有許多珍貴的飛禽走獸。［構］聯合。［源］漢、王延壽《魯靈光殿賦》：『飛禽走獸，因木生姿。』

飛砂走石 ㄈㄟ ㄕㄚ ㄗㄡˇ ㄕˊ fēi shā zǒu shí
砂子飛揚，石子滾動。形容風力迅猛。也作『飛沙走石』。［例］傍晚，風起來了，飛砂走石，迅猛異常。［構］聯合。［源］晉、干寶《搜神記》卷三。

飛檐走壁 ㄈㄟ ㄧㄢˊ ㄗㄡˇ ㄅㄧˋ fēi yán zǒu bì
在屋檐、牆壁上行走如飛。形容輕功高超。［例］燕子李三擅長飛檐走壁。［構］聯合。

飛揚跋扈 ㄈㄟ ㄧㄤˊ ㄅㄚˊ ㄏㄨˋ fēi yáng bá hù
形容驕橫放肆，目中無人。飛揚：放縱。跋扈：蠻橫。［例］他這個人，工作一順利，就得意忘形，飛揚跋扈

起來。[構]聯合。[源]《北史・齊高祖紀》。[同]專橫跋扈 [辨]『跋』不能寫作『拔』。

非此即彼 ㄈㄟ ㄘˇ ㄐㄧˊ ㄅㄧˇ fēi cǐ jí bǐ 不是這，就是那。[例]犯罪分子的路有兩條：一條是投案自首，一條是越陷越深，非此即彼。[構]覆。

非分之想 ㄈㄟ ㄈㄣˋ ㄓ ㄒㄧㄤˇ fēi fèn zhī xiǎng 不守本分的打算。分：本分。想：打算。[例]他這種非分之想，拿俗話說，就是癩蛤蟆想吃天鵝肉。[構]偏正。[辨]『分』不能讀作ㄈㄣ(fēn)。

非君莫屬 ㄈㄟ ㄐㄩㄣ ㄇㄛˋ ㄕㄨˇ fēi jūn mò shǔ 除了您，就沒有更屬意的人了。屬：歸屬。[例]代表團一行，將遠渡重洋，折衝尊俎，團長一席，非君莫屬。[構]覆。

非驢非馬 ㄈㄟ ㄌㄩˊ ㄈㄟ ㄇㄚˇ fēi lǘ fēi mǎ 不是驢也不是馬。比喻不倫不類，不成樣子的事物。[例]藝術是必須推陳出新的，但絕不能把非驢非馬的東西也說成是有創造性。[構]聯合。[源]《漢書・西域傳下》。

非親非故 ㄈㄟ ㄑㄧㄣ ㄈㄟ ㄍㄨˋ fēi qīn fēi gù 不是親戚，也不是老朋友。表示彼此毫無關係。親故：親戚和舊交。[例]我和他非親非故，怎麼能知道他的事情。[構]聯合。[源]唐、馬戴《寄賈島》詩。

非同小可 ㄈㄟ ㄊㄨㄥˊ ㄒㄧㄠˇ ㄎㄜˇ fēi tóng xiǎo kě 不同於一般小事。小可：尋常的。形容事情重要或事態嚴重。[例]離婚是大事，非同小可，要慎重考慮。[構]動賓。

斐然成章 ㄈㄟˇ ㄖㄢˊ ㄔㄥˊ ㄓㄤ fěi rán chéngzhāng

形容著作文采可觀，也形容才華或聲譽顯著。斐然：有文采的樣子。章：篇章。［例］白君近治敦煌之學，斐然成章，先讀爲快。［構］偏正。［源］《論語・公冶長》。

吠形吠聲 ㄈㄟˋ ㄒㄧㄥˊ ㄈㄟˋ ㄕㄥ fèi xíng fèi shēng

狗見到生人就叫，其他狗聽到聲音也跟着叫。比喻不察真僞，隨聲附和。吠：狗叫。也作『吠影吠聲』。［例］魯迅先生對吠形吠聲的『叭兒們』是深惡痛絕的。［構］聯合。［源］漢、王符《潛夫論・賢難》：『一犬吠形，百犬吠聲。』

廢寢忘食 ㄈㄟˋ ㄑㄧㄣˇ ㄨㄤˋ ㄕˊ fèi qǐn wàng shí

顧不得睡覺，忘記了吃飯。形容專心致志地幹某一件事。廢：停止。寢：睡眠。也作『廢寢忘餐』。［例］她廢寢忘食地學習外語，所以進步很快。［構］聯合。［源］南朝（齊）、王融《曲水詩序》。

沸沸揚揚 ㄈㄟˋ ㄈㄟˋ ㄧㄤˊ ㄧㄤˊ fèi fèi yángyáng

像沸騰的水面上汽泡翻滾般的不平靜。形容議論紛紛，也形容熱氣騰騰。［例］她把出國深造的機會讓給了小譚，校園裏沸沸揚揚地議論起來。［構］聯合。

肺腑之言 ㄈㄟˋ ㄈㄨˇ ㄓ ㄧㄢˊ fèi fǔ zhī yán

發自內心的真情實話。肺腑：內心。［例］黨的關懷使她深受感動，她毫無保留地談出了她的肺腑之言。［構］偏正。［同］由衷之言　［反］違心之論　［辨］『肺』的右半邊不能寫作『市』。

分崩離析 ㄈㄣ ㄅㄥ ㄌㄧˊ ㄒㄧ fēn bēng lí xī

形容國家、集團的分裂瓦解。分崩：分裂。離析：思想行動不一致。[例]一九四八年冬，國民黨南京政府已經是分崩離析，不可收拾。[構]聯合。[源]《論語・季氏》。[同]土崩瓦解[反]同心協力

分道揚鑣 ㄈㄣ ㄉㄠˋ ㄧㄤˊ ㄅㄧㄠ fēn dào yáng biāo

本指分路而行，後多用以比喻因目標不同而各走各的路。鑣：馬嚼子。揚鑣：驅馬前進。也作『分路揚鑣』。[例]由於觀點不同，談不到一塊兒，最後也就只能分道揚鑣了。[構]連動。[源]《魏書・元志傳》。[同]各奔前程[反]志同道合

分化瓦解 ㄈㄣ ㄏㄨㄚˋ ㄨㄚˇ ㄐㄧㄝˇ fēn huà wǎ jiě

使對方的團結分裂，力量崩潰。[例]只要我們利用矛盾，做好政策攻心，不難分化瓦解敵人。[構]聯合。

分門別類 ㄈㄣ ㄇㄣˊ ㄅㄧㄝˊ ㄌㄟˋ fēn mén bié lèi

根據事物的特徵進行分類。[例]大家把凌亂的圖書分門別類地整理清楚了。[構]聯合。

分秒必爭 ㄈㄣ ㄇㄧㄠˇ ㄅㄧˋ ㄓㄥ fēn miǎo bì zhēng

一分一秒也不放鬆。形容時間抓得很緊。[例]爲了實現四化，我們要做到分秒必爭。[構]主謂。[反]蹉跎歲月

分庭抗禮 ㄈㄣ ㄊㄧㄥˊ ㄎㄤˋ ㄌㄧˇ fēn tíng kàng lǐ

原指賓主雙方分別站在庭院兩邊，相對行禮，以示平等相待；後比喻雙方平起平坐或互相對立。庭：庭院。抗：也作伉，對等。[例]這場足球賽，主客雙方勢均力敵，分庭抗禮，以一比一踢成平局。[構]連動。[源]《莊子・漁

父》。［同］平起平坐

分文不值 ㄈㄣ ㄨㄣˊ ㄅㄨˋ ㄓˊ fēn wén bù zhí

一個錢都不值。形容事物質量太差。［例］他的貨沒好的，都是些分文不值的破爛兒。［構］主謂。

紛亂如麻 ㄈㄣ ㄌㄨㄢˋ ㄖㄨˊ ㄇㄚˊ fēn luàn rú má

亂得像麻一樣。形容事物非常亂。［例］紛亂如麻的舊毛線可捯出個頭兒來了。［構］主謂。

紛至沓來 ㄈㄣ ㄓˋ ㄊㄚˋ ㄌㄞˊ fēn zhì tà lái

接連不斷地到來。紛：多而雜亂。沓：多而重複。［例］他浮想聯翩，心潮澎湃，童年舊事，紛至沓來，一齊湧上心頭。［構］聯合。［源］宋、朱熹《答何叔京・之六》。［同］接踵而至

焚膏繼晷 ㄈㄣˊ ㄍㄠ ㄐㄧˋ ㄍㄨㄟˇ fén gāo jì guǐ

點上燈接替陽光照明。形容夜以繼日地努力學習或工作。焚：燒。膏：油。晷：日影。［例］他成年累月地焚膏繼晷，勤奮學習。［構］連動。［源］唐、韓愈《進學解》。［同］夜以繼日

焚琴煮鶴 ㄈㄣˊ ㄑㄧㄣˊ ㄓㄨˇ ㄏㄜˋ fén qín zhǔ hè

把琴當柴燒，把鶴煮了吃。比喻糟蹋美好的事物，敗壞意興。也作『煮鶴焚琴』。［例］名園古柏，恬靜幽雅，卻弄得遍地垃圾，污水橫流，大煞風景。這真是焚琴煮鶴，令人掃興。［構］聯合。［源］宋、胡仔《苕溪漁隱叢話前集》卷二十二引《西清詩話》。［同］大煞風景

焚書坑儒 ㄈㄣˊ ㄕㄨ ㄎㄥ ㄖㄨˊ fén shū kēng rú

焚燒書籍，坑殺儒生。坑：活埋。儒：知識分子。也作『燔書坑儒』

。［例］歷史已經對秦始皇焚書坑儒做出了公正的評價。［構］聯合。［源］《史記・秦始皇本紀》。

粉墨登場 ㄈㄣˇ ㄇㄛˋ ㄉㄥ ㄔㄤˇ fěn mò dēngchǎng

化妝上台演戲。粉墨：擦臉、畫眉的用品，引申為化妝。登場：登上舞台，也可引申為登上政治舞台，用於譏諷。［例］名票孟廣亨只能清唱，不能粉墨登場。［構］偏正。

粉身碎骨 ㄈㄣˇ ㄕㄣ ㄙㄨㄟˋ ㄍㄨˇ fěn shēn suì gǔ

身體被粉碎。多指為某種目的而喪生。［例］為了抗日救亡，粉身碎骨，在所不辭。［構］聯合。

粉飾太平 ㄈㄣˇ ㄕˋ ㄊㄞˋ ㄆㄧㄥˊ fěn shì tài píng

掩蓋社會混亂的現實，妝點出安定繁榮的景象。粉飾：塗飾表面以圖掩蓋。［例］當時，東北戰役、淮海戰役都結束了，平、津、張已經是『死地』一塊，南京政府卻仍在想方設法，粉飾太平。［構］動賓。［源］宋、周密《武林舊事・酒樓》。

分內之事 ㄈㄣˋ ㄋㄟˋ ㄓ ㄕˋ fèn nèi zhī shì

本分以內的事。［例］對病人關心是醫務人員分內之事。［構］偏正。［辨］『分』不能讀作ㄈㄣ(fēn)。

奮不顧身 ㄈㄣˋ ㄅㄨˋ ㄍㄨˋ ㄕㄣ fèn bù gù shēn

不顧個人安危，奮勇向前。身：自己。［例］他奮不顧身地跳下水去，搶救落水的婦女和嬰兒。［構］偏正。［源］漢、司馬遷《報任少卿書》。［同］捨生忘死［反］貪生怕死

奮發圖強 ㄈㄣˋ ㄈㄚ ㄊㄨˊ ㄑㄧㄤˊ fèn fā tú qiáng

振作精神，謀求自強。［例］祝願中年一代教師們奮發圖強！［構］

連動。〔同〕勵精圖治　〔反〕苟且偷安

憤憤不平 ㄈㄣˋ ㄈㄣˋ ㄅㄨˋ ㄆㄧㄥˊ fèn fèn bù píng

非常氣憤，心裏不服。憤憤：也作忿忿，非常生氣的樣子。〔例〕大家明白小白是代人受過，心中都替他憤憤不平。〔構〕偏正。

憤世嫉俗 ㄈㄣˋ ㄕˋ ㄐㄧˊ ㄙㄨˊ fèn shì jí sú

對不合理的社會和習俗表示憤恨憎惡。憤：憤恨。嫉：憎惡。世：社會。俗：習俗。也作『憤世嫉邪』。〔例〕憤世嫉俗的屈原投江而死，留下了千秋不朽的偉大詩篇。〔構〕聯合。〔源〕唐、韓愈《雜說三》。〔反〕隨俗浮沉

豐富多彩 ㄈㄥ ㄈㄨˋ ㄉㄨㄛ ㄘㄞˇ fēng fù duō cǎi

內容豐富，花色繁多。彩：神態，花色。〔例〕展覽廳裏，展品琳琅滿目，豐富多彩。〔構〕聯合。

豐功偉績 ㄈㄥ ㄍㄨㄥ ㄨㄟˇ ㄐㄧ fēng gōng wěi jī

偉大的功績。豐：豐盛。偉：偉大。也作『豐功偉業』。〔例〕對孫中山先生領導人民推翻帝制、建立共和的豐功偉績，我們是永遠也不會忘記的。〔構〕聯合。

豐衣足食 ㄈㄥ ㄧ ㄗㄨˊ ㄕˊ fēng yī zú shí

穿的、吃的都很豐富、充足。也作『足衣足食』。〔例〕自己動手，豐衣足食。〔構〕聯合。〔源〕唐、齊己詩《病中勉送小師往清涼山》。〔反〕缺吃少穿

風塵僕僕 ㄈㄥ ㄔㄣˊ ㄆㄨˊ ㄆㄨˊ fēng chén pú pú

形容旅途勞苦的神色。僕僕：行路勞累的樣子。也作『僕僕風塵』。〔例〕他們風塵僕僕地來到重慶，第二天便又買舟東下了。〔構〕主謂。

風馳電掣 ㄈㄥ ㄔˊ ㄉㄧㄢˋ ㄔㄜˋ fēng chí diàn chè 形容像颳風、打閃那樣迅速。馳：奔馳。掣：一閃而過。[例]火車風馳電掣般地行駛在原野。[構]聯合。[源]《六韜・龍韜》。[同]追風逐電[反]蝸行牛步 [辨]『掣』不能讀作ㄓ(zhì)。

風吹草動 ㄈㄥ ㄔㄨㄟ ㄘㄠˇ ㄉㄨㄥˋ fēng chuī cǎo dòng 微風一吹，草就搖動。比喻輕微的動蕩或變故。[例]一旦有個風吹草動，大家也不要驚慌失措。[構]連動。

風吹浪打 ㄈㄥ ㄔㄨㄟ ㄌㄤˋ ㄉㄚˇ fēng chuī làng dǎ 遭到風浪的吹打。也比喻遭到磨難與波折。[例]人應該追求真理，堅持真理，經得起風吹浪打。[構]聯合。[同]風吹雨打

風和日麗 ㄈㄥ ㄏㄜˊ ㄖˋ ㄌㄧˋ fēng hé rì lì 微風和煦，陽光明麗。形容天氣晴朗。也作『日麗風和』。[例]風和日麗，正是春遊的好時光。[構]聯合。[同]風和日暖

風花雪月 ㄈㄥ ㄏㄨㄚ ㄒㄩㄝˇ ㄩㄝˋ fēng huā xuě yuè 本來泛指四時景色，也指男女情愛或花天酒地的放浪行爲，後來轉指詞藻華麗而內容空泛的詩文。[例]描寫風花雪月的文學作品同革命的文學作品是毫無共同之處的。[構]聯合。[源]宋、邵雍《伊川擊壤集序》。

風華正茂 ㄈㄥ ㄏㄨㄚˊ ㄓㄥˋ ㄇㄠˋ fēng huá zhèng mào 正是風度翩翩、才華橫溢的青年時代。風華：風采和才華。正茂：正在旺盛。[例]同學們，一定要珍惜你們自己的風華正茂的大好時光啊！[構]主謂。

風捲殘雲 ㄈㄥ ㄐㄩㄢˇ ㄘㄢˊ ㄩㄣˊ fēng juǎn cán yún
大風吹走了殘留的雲彩。比喻一下子消滅乾淨。[例]我軍以風捲殘雲之勢掃蕩潰退的敵軍。[構]主謂。[源]唐、戎昱《霽雪》詩。

風口浪尖 ㄈㄥ ㄎㄡˇ ㄌㄤˋ ㄐㄧㄢ fēng kǒu làng jiān
比喻激烈尖銳的社會鬥爭前哨。[例]有爲的青年，應該到風口浪尖上去經受鍛鍊和考驗。[構]聯合。

風流人物 ㄈㄥ ㄌㄧㄡˊ ㄖㄣˊ ㄨˋ fēng liú rén wù
指對時代有影響的人物。風流：英俊傑出。[例]出席會議的都是全國各條戰線上的風流人物。[構]偏正。[源]宋、蘇軾《念奴嬌·赤壁懷古》。[反]芸芸衆生

風流倜儻 ㄈㄥ ㄌㄧㄡˊ ㄊㄧˋ ㄊㄤˇ fēng liú tì tǎng
英俊灑脫，不拘禮法。風流：有才學而不拘禮法。倜儻：超然傑出而灑脫。[例]我總覺得在他身上風流倜儻的才子氣很突出。[構]聯合。

風流雲散 ㄈㄥ ㄌㄧㄡˊ ㄩㄣˊ ㄙㄢˋ fēng liú yún sàn
比喻原來在一起的人如今離散到各地了。風流：像風一樣地流失。雲散：像雲一樣地飄散。[例]過去朝夕相處的同學，今天都風流雲散了。[構]聯合。[源]後漢、王粲《贈蔡子篤》詩。[同]煙消雲散

風馬牛不相及 ㄈㄥ ㄇㄚˇ ㄋㄧㄡˊ ㄅㄨˋ ㄒㄧㄤ ㄐㄧˊ fēng mǎ niú bù xiāng jí
比喻事物之間毫不相干。風：牲畜雌雄相誘。馬牛不同類，不致相誘。[例]把讀文言文和寫白話文看成是風馬牛不相及的兩件事，那當然是十分荒謬的。[

構」主謂。［源］《左傳・僖公四年》。［反］息息相關

風靡一時 ㄈㄥ ㄇㄧˇ ㄧ ㄕˊ fēng mǐ yì shí 形容一件事物在一個時期內極爲流行。風靡：風吹草木向一邊倒下。［例］張恨水《啼笑因緣》是風靡一時的小說。［構］主謂。［同］風行一時［辨］『靡』不能讀作ㄇㄧˊ(mí)。

風平浪靜 ㄈㄥ ㄆㄧㄥˊ ㄌㄤˋ ㄐㄧㄥˋ fēng píng làng jìng 本指無風無浪，後多比喻平靜無事。［例］由於前三天風平浪靜，第四天值班人員就有點兒懈怠。［構］聯合。［源］宋、陸九淵《語錄》。［反］驚濤駭浪

風起雲湧 ㄈㄥ ㄑㄧˇ ㄩㄣˊ ㄩㄥˇ fēng qǐ yún yǒng 本指大風颳起，烏雲湧現的自然現象。後多比喻事物的迅速相繼興起，聲勢浩大。［例］明末，農民起義風起雲湧，給統治者以致命的打擊。［構］聯合。

風聲鶴唳 ㄈㄥ ㄕㄥ ㄏㄜˋ ㄌㄧˋ fēng shēng hè lì 秦主苻堅進攻東晉，淝水之戰，被謝玄打得大敗而逃；潰兵聽到風聲和鶴叫，都以爲追兵已到。後用以形容極度疑懼或自相驚擾。［例］要沉著應戰，萬不可風聲鶴唳，草木皆兵。［構］聯合。［源］《晉書・謝玄傳》。［同］草木皆兵［辨］『唳』不讀作ㄌㄟˋ(lèi)。

風調雨順 ㄈㄥ ㄊㄧㄠˊ ㄩˇ ㄕㄨㄣˋ fēng tiáo yǔ shùn 風雨及時適度。調：調和均勻。順：適合需要。［例］即使風調雨順，也要講究科學種田，否則，是不可能達到穩產高產要求的。［構］聯合。［源］《舊唐書・禮儀志一》引《六韜》。

風土人情 ㄈㄥ ㄊㄨˇ ㄖㄣˊ ㄑㄧㄥˊ fēng tǔ rén qíng
指一個地區的鄉土風俗。風土：指土地、山川、氣候、物產等。人情：指風俗、習慣等。［例］我愛北京的風土人情。［構］聯合。

風言風語 ㄈㄥ ㄧㄢˊ ㄈㄥ ㄩˇ fēng yán fēng yǔ
沒根據的或惡意中傷的話，私下議論的或暗地傳播的話。［例］對待風言風語，要有正確態度，不要過於認真。［構］聯合。

風雨交加 ㄈㄥ ㄩˇ ㄐㄧㄠ ㄐㄧㄚ fēng yǔ jiāo jiā
風和雨同時來臨，也比喻幾種災難同時來臨。［例］既是天災，又是人禍，這樣風雨交加，實在令人承受不了。［構］主謂。

風雨飄搖 ㄈㄥ ㄩˇ ㄆㄧㄠ ㄧㄠˊ fēng yǔ piāo yáo
原指鳥巢在風雨中搖撼，後比喻動盪不安。［例］『風雨飄搖日，余懷范愛農。』（魯迅）［構］主謂。［源］《詩經・豳風・鴟鴞》。［同］搖搖欲墜 ［反］穩如泰山

風雨同舟 ㄈㄥ ㄩˇ ㄊㄨㄥˊ ㄓㄡ fēng yǔ tóngzhōu
在疾風暴雨中同乘一船。比喻共同經歷艱險。［例］茶話會上，戰友們回憶著當年風雨同舟的艱難歷程。［構］偏正。［源］《孫子・九地》。［同］同舟共濟

風雲變幻 ㄈㄥ ㄩㄣˊ ㄅㄧㄢˋ ㄏㄨㄢˋ fēng yún biànhuàn
比喻形勢發展迅速，情況複雜。風雲：比喻動盪的局勢。變幻：變化莫測。［例］在風雲變幻的年代裏，要有敏銳的政治嗅覺和冷靜的頭腦。［構］主謂。

風雲莫測 ㄈㄥ ㄩㄣˊ ㄇㄛˋ ㄘㄜˋ fēng yún mò cè
比喻形勢像風雲那樣無法推測。也作『風雲不測』。[例]煊赫一時的司令，一夜之間當了俘虜，真是風雲莫測啊！[構]主謂。

風雲人物 ㄈㄥ ㄩㄣˊ ㄖㄣˊ ㄨˋ fēng yún rén wù
指言行能影響大局的人。[例]司徒雷登是四〇年代的風雲人物之一。[構]偏正。

風雲突變 ㄈㄥ ㄩㄣˊ ㄊㄨ ㄅㄧㄢˋ fēng yún tū biàn
局勢發生突然變化。風雲：變幻的局勢。[例]風雲突變，日本軍國主義偷襲珍珠港，太平洋戰爭爆發了。[構]主謂。

風燭殘年 ㄈㄥ ㄓㄨˊ ㄘㄢˊ ㄋㄧㄢˊ fēng zhú cán nián
比喻臨近死亡的晚年。風燭：風中之燭（易滅）。殘年：殘餘的年華。也作『風燭之年』。[例]這位老人雖已是風燭殘年，但仍堅持每日寫字作畫。[構]偏正。[源]晉、王羲之《題衛夫人筆陳圖後》。[同]風中秉燭 [反]年富力强

封官許願 ㄈㄥ ㄍㄨㄢ ㄒㄩˇ ㄩㄢˋ fēng guān xǔ yuàn
爲了使他人替自己出力。答應給以名利地位。封官：君主給臣民職位。許願：向神靈請求而許下的報答。[例]封官許願，是一種嚴重的不正之風，必須堅決糾正。[構]聯合。

峰迴路轉 ㄈㄥ ㄏㄨㄟˊ ㄌㄨˋ ㄓㄨㄢˇ fēng huí lù zhuǎn
隨著山巒的迂迴，山路也轉了個彎兒。形容山勢的曲折環繞。[例]進了山，連續地峰迴路轉；不是山裏人，只怕就要迷路了。[構]聯合。[源]宋、歐陽修《醉翁亭記》。

烽火連天 ㄈㄥ ㄏㄨㄛˇ ㄌㄧㄢˊ ㄊㄧㄢ fēng huǒ lián tiān

戰火燒遍各地。烽火：古時邊防報警點燃的煙火。後用以代指戰爭。也作『連天烽火』。〔例〕在朝鮮，五〇年代初期是一個烽火連天的戰爭歲月。〔構〕主謂。

鋒芒畢露 ㄈㄥ ㄇㄤˊ ㄅㄧˋ ㄌㄨˋ fēng máng bì lù

比喻銳氣、才華完全顯露出來，多指人好表現自己。鋒：刀刃。芒：指刀尖。畢：全。〔例〕我總覺得這個年輕人鋒芒畢露，修養很差。〔構〕主謂。〔源〕《後漢書・袁紹傳》。〔反〕不露鋒芒

蜂擁而上 ㄈㄥ ㄩㄥ ㄦˊ ㄕㄤˋ fēng yōng ér shàng

形容許多人一齊擁上來。蜂擁：像蜂群般地擁擠。〔例〕一散場，觀衆們蜂擁而上，到台前等候著演員謝幕。〔例〕偏正。

逢場作戲 ㄈㄥˊ ㄔㄤˇ ㄗㄨㄛˋ ㄒㄧˋ féng chǎng zuò xì

遇到機會，偶爾湊湊熱鬧，應酬一下。場：適當的場合。〔例〕他也喝酒，但不是嗜好，只是逢場作戲而已。〔構〕連動。〔源〕宋、陳師道《再和寇十一》詩。〔辨〕『場』不能讀作ㄔㄤˊ(cháng)。

逢人說項 ㄈㄥˊ ㄖㄣˊ ㄕㄨㄛ ㄒㄧㄤˋ féng rén shuō xiàng

到處說項斯的好話，後泛指到處說某人或某事的好處。項：指唐詩人項斯。〔例〕他待人隱惡揚善，那真可說是逢人說項。〔構〕連動。〔源〕唐、楊敬之《贈項斯》詩：『平生不解藏人善，到處逢人說項斯。』

逢凶化吉 ㄈㄥˊ ㄒㄩㄥ ㄏㄨㄚˋ ㄐㄧˊ féng xiōng huà jí

遇到凶險也能轉化爲吉利。〔例〕這次飛機失事，他竟能生還，真是逢凶化吉，值得慶幸。〔構〕連動。〔同

」遇難成祥

諷一勸百 ㄈㄥˇ ㄧ ㄑㄩㄢˋ ㄅㄞˇ fěng yī quàn bǎi
用委婉的語言勸說一個人，就能警戒許多人。［例］諷一勸百的作用是不容忽視的。［構］連動。［源］《文心雕龍・雜文》。

鳳毛麟角 ㄈㄥˋ ㄇㄠˊ ㄌㄧㄣˊ ㄐㄧㄠˇ fèng máo lín jiǎo
比喻可貴而不可多得的人才或事物。鳳毛：鳳凰的羽毛。麟角：麒麟的犄角。［例］曹雪芹和他的《紅樓夢》，在中國和世界的文學史上都稱得起是鳳毛麟角。［構］聯合。［源］《南史・謝超宗傳》和《北史・文苑傳序》。［同］吉光片羽 ［反］車載斗量

奉公守法 ㄈㄥˋ ㄍㄨㄥ ㄕㄡˇ ㄈㄚˇ fèng gōng shǒu fǎ
奉行公務，遵守法紀。指不徇私情。［例］幹部中，奉公守法的總是絕大多數。［構］聯合。［源］《史記・趙奢傳》。［反］違法亂紀

奉若神明 ㄈㄥˋ ㄖㄨㄛˋ ㄕㄣˊ ㄇㄧㄥˊ fèng ruò shén míng
尊敬得像迷信的人敬神一樣。形容對某些人或事物極其尊崇。奉：信奉。神明：神。也作『奉如神明』，『敬若神明』。多用於貶義。［例］『由是觀之，彼之謳歌衆數，奉若神明者，蓋僅見光明一端，他未遍知。』（魯迅）［構］動賓。［源］《左傳・襄公十四年》：『敬之如神明』。

奉爲圭臬 ㄈㄥˋ ㄨㄟˊ ㄍㄨㄟ ㄋㄧㄝˋ fèng wéi guī niè
把某些人、言論、事物信奉爲必須遵照執行的準則。奉：信奉。圭臬：圭是觀察日影的儀器，臬是箭靶子。引申爲事物的準則。也作『奉如圭臬』。［例］馮玉祥治軍。把『揚善於公廳，規過於私室』的格言奉爲圭臬。［構］動賓。

〔同〕奉爲楷模

奉爲楷模 ㄈㄥˋ ㄨㄟˊ ㄎㄞˇ ㄇㄛˊ fèng wéi kǎi mó 把某些人或事信奉爲榜樣。奉：信奉。楷模：榜樣。〔例〕『聽說剛勇的拳師，絕不再打那已經倒地的敵手，這實足使我們奉爲楷模。』（魯迅）〔構〕動賓。〔同〕奉爲圭臬

夫倡婦隨 ㄈㄨ ㄔㄤˋ ㄈㄨˋ ㄙㄨㄟˊ fū chàng fù suí 丈夫說什麼，妻子就必須附和。倡：首先提出。隨：順從。本義是夫權思想的表現，但後來常用以形容夫妻和睦。也作『夫唱婦隨』。〔例〕他倆婚後生活很美滿，一直是夫倡婦隨。〔構〕聯合。〔源〕《關尹子・三極》：『天下之理，夫者倡，婦者隨。』

敷衍了事 ㄈㄨ ㄧㄢˇ ㄌㄧㄠˇ ㄕˋ fū yǎn liǎo shì 隨便應付一下，就算完事。了事：把事辦完。〔例〕落實政策必須認真負責，可不能敷衍了事。〔構〕偏正。〔同〕敷衍塞責　〔反〕盡心竭力　〔辨〕『了』不能讀作・ㄌㄜ(le)。

敷衍塞責 ㄈㄨ ㄧㄢˇ ㄙㄜˋ ㄗㄜˊ fū yǎn sè zé 表面上應付一下，過去就得。塞責：搪塞責任。〔例〕必須改變安於現狀、敷衍塞責的精神狀態。〔構〕偏正。〔同〕敷衍了事　〔反〕盡心竭力　〔辨〕『塞』不能讀作ㄙㄞˋ(sài)。

扶老攜幼 ㄈㄨˊ ㄌㄠˇ ㄒㄧㄝˊ ㄧㄡˋ fú lǎo xié yòu 攙著老人，領著小孩。〔例〕公共汽車的售票員，應該盡量給扶老攜幼的乘客提供方便。〔構〕聯合。〔源〕《戰國策・齊策四》：『民扶老攜幼，迎君道中。』

扶危濟困 ㄈㄨˊ ㄨㄟ ㄐㄧˋ ㄎㄨㄣˋ fú wēi jì kùn
扶助和救濟處境危急、生活困苦的人。也作『濟困扶危』。［例］李自成的起義軍，所到之處，扶危濟困，除暴安良，深得民心。［構］聯合。［同］扶危拯溺　［反］落井下石

扶搖直上 ㄈㄨˊ ㄧㄠˊ ㄓˊ ㄕㄤˋ fú yáo zhí shàng
急劇盤旋直往上升。扶搖：急劇盤旋而上的暴風。比喻事物快速上升或仕途得意。［例］放氣球了，孩子們一撒手，氣球騰空而起，扶搖直上。［構］連動。［源］《莊子·逍遙遊》。［反］急轉直下

佛然作色 ㄈㄨˊ ㄖㄢˊ ㄗㄨㄛˋ ㄙㄜˋ fú rán zuò sè
因生氣臉上現出怒色。佛然：生氣的樣子。作色：臉上變色。［例］如果有人說他給上級拍馬屁，那他必然會佛然作色。［構］偏正。［源］《莊子·天地》：『謂己諛人，則佛然作色。』［同］勃然作色

拂衣而去 ㄈㄨˊ ㄧ ㄦˊ ㄑㄩˋ fú yī ér qù
一甩袖子就走了。拂衣：甩動衣袖。去：離開。也作『拂袖而去』。［例］『我是願意人對我反抗，不合則拂衣而去的。』（魯迅）［構］連動。［源］《後漢書·楊彪傳》：『孔融魯國男子，明日便當拂衣而去。』［同］揚長而去

浮光掠影 ㄈㄨˊ ㄍㄨㄤ ㄌㄩㄝˋ ㄧㄥˇ fú guāng lüè yǐng
像水面上的光和掠過的影子一樣，一閃就消失。比喻印象不深。［例］這個劇種的匯報演出，我曾看過，但浮光掠影，印象不深。［構］聯合。［源］唐、褚亮《臨高台》詩。［同］走馬觀花

浮想聯翩 ㄈㄨˊ ㄒㄧㄤˇ ㄌㄧㄢˊ ㄆㄧㄢ fú xiǎng lián piān

許許多多的想像連續湧上心頭。浮想：湧現在腦際的想像。聯翩：鳥飛的樣子，形容連續不斷。［例］浮想聯翩，夜不能寐。［構］主謂。

浮雲蔽日 ㄈㄨˊ ㄩㄣˊ ㄅㄧˋ ㄖˋ fú yún bì rì

舊時比喻奸佞蒙蔽君主。浮雲：喻奸佞。日：喻君主。後來也比喻壞人當權，社會黑暗。［例］浮雲蔽日終究是暫時的，寒冬過去不就是溫暖的春天嗎？［構］主謂。［源］漢、陸賈《新語・愼微》。

福如東海 ㄈㄨˊ ㄖㄨˊ ㄉㄨㄥ ㄏㄞˇ fú rú dōng hǎi

福氣像東海的水那樣浩瀚無邊。常與『壽比南山』連用，祝人多福多壽。［例］老奶奶八十壽辰，來賓們共同祝願她福如東海，壽比南山！［構］主謂。［同］福如海淵　［反］福無十全

福壽康寧 ㄈㄨˊ ㄕㄡˋ ㄎㄤ ㄋㄧㄥˊ fú shòu kāng níng

幸福、長壽、健康、安寧。對人祝願用語。［例］她真是一位賢媳，她衷心祝願她的老婆婆福壽康寧。［構］聯合。［源］《尙書・洪範》。

福至心靈 ㄈㄨˊ ㄓˋ ㄒㄧㄣ ㄌㄧㄥˊ fú zhì xīn líng

福氣一來，心也靈巧起來了。舊諺，多用以奉承人得意或順利時思想靈活，言行適宜，往往含有詼諧意味。［例］『抱素在支吾半晌之後，突然福至心靈，發現了這一警句！』（茅盾）［構］覆。

撫今追昔 ㄈㄨˇ ㄐㄧㄣ ㄓㄨㄟ ㄒㄧ fǔ jīn zhuī xī

面對眼前景物而追思往事。撫今：接觸現在。追昔：回想當年。也作『撫今思昔』。［例］校慶返校，看到了母校的巨大發展，但當年的老師、教室、大樹都不見了，撫今追昔，能不惘然！［

構]連動。

撫掌大笑 ㄈㄨˇ ㄓㄤˇ ㄉㄚˋ ㄒㄧㄠˋ fǔ zhǎng dà xiào 拍手大笑。撫掌：拍手。『撫』也作『拊』。形容非常歡欣或得意。[例]他高興得了不得，不由得撫掌大笑。[構]連動。[源]南朝(宋)、劉義慶《世說新語》。

俯拾即是 ㄈㄨˇ ㄕˊ ㄐㄧˊ ㄕˋ fǔ shí jí shì 只要低下頭來撿，到處都是。形容多而易得。[例]颳了一夜大風，樹上的銀杏落了一地，俯拾即是。[構]覆。[源]唐、司空圖《詩品・自然》：『俯拾即是，不取諸鄰。』[同]俯拾地芥 [反]寥寥無幾

俯首帖耳 ㄈㄨˇ ㄕㄡˇ ㄊㄧㄝ ㄦˇ fǔ shǒu tiē ěr 低著頭耷拉著耳朵，形容非常馴順。[例]這個人俯首帖耳，唯唯諾諾，奴才相十足。[構]聯合。[源]唐、韓愈《應科目時與人書》：『若俯首帖耳，搖尾而乞憐者，非我之志也。』[同]俯首聽命 [反]桀驁不馴

俯仰生姿 ㄈㄨˇ ㄧㄤˇ ㄕㄥ ㄗ fǔ yǎngshēng zī 一舉一動都呈現出優美的姿態。俯仰：低頭抬頭，泛指一舉一動。[例]梅蘭芳先生的舞台表演，稱得起雍容閒雅，俯仰生姿。[構]主謂。

釜底抽薪 ㄈㄨˇ ㄉㄧˇ ㄔㄡ ㄒㄧㄣ fǔ dǐ chōu xīn 抽掉鍋底下的柴，比喻從根本上解決。釜：鍋。薪：柴。[例]這個方案不可取，它不是釜底抽薪，難免養癰成患。[構]偏正。[源]《呂氏春秋・數盡》。[反]揚湯止沸

輔車相依 ㄈㄨˇ ㄔㄜ ㄒㄧㄤ ㄧ fǔ chē xiāng yī

頰骨和牙床互相依靠。輔：頰骨。車：牙床。比喻二者互相依存。〔例〕赤壁之戰，孫劉兩家成功地利用了輔車相依的關係，從而取得了勝利。〔構〕主謂。〔源〕《左傳・僖公五年》。〔同〕唇齒相依

付之東流 ㄈㄨˋ ㄓ ㄉㄨㄥ ㄌㄧㄡˊ fù zhī dōng liú

把它交給了江河流水。比喻希望落空或前功盡棄。付：交。之：它。東流：泛指江河。也作『付諸東流』。〔例〕一場大火燒了書稿，他半生心血付之東流。這一打擊對他來說實在太大了。〔構〕動賓。〔源〕李白《夢遊天姥吟留別》：『古來萬事東流水。』

付之一炬 ㄈㄨˋ ㄓ ㄧ ㄐㄩˋ fù zhī yī jù

把它交給了一把火，意即一把火燒光。付：交。之：它。一炬：一把火。〔例〕英法聯軍入侵我國，作惡多端，把圓明園付之一炬。〔構〕補充。〔源〕唐、杜牧《阿房宮賦》。〔同〕付之丙丁

付之一笑 ㄈㄨˋ ㄓ ㄧ ㄒㄧㄠˋ fù zhī yī xiào

用一笑來回答。表示不值得理會。也作『付之一哂』。〔例〕『但倘遇此輩，第一切戒憤怒，不必與之針鋒相對，只須付之一笑，徐徐撲之。』（魯迅）〔構〕補充。〔源〕宋、陸游《老學庵筆記》卷四。〔同〕一笑置之

負荊請罪 ㄈㄨˋ ㄐㄧㄥ ㄑㄧㄥˇ ㄗㄨㄟˋ fù jīng qǐng zuì

背著荊條（古時用作打人的刑具）請求責罰。戰國時，趙國大將廉頗對上卿藺相如不服，想羞辱他一番。藺相如為了國家利益處處退讓。廉頗聽說以後，深感慚愧，就脫去上衣，背著荊條，親到藺相如家門前請罪。後來就用負荊請罪

表示認錯賠禮。[例]廉頗的負荊請罪精神，是值得稱讚的。[構]連動。[源]《史記·廉藺列傳》。[反]興師問罪

負屈銜冤
ㄈㄨˋ ㄑㄩ ㄒㄧㄢˊ ㄩㄢ fù qū xián yuān

遭受冤屈。負屈：受委屈。銜冤：有冤無處訴。也作『銜冤負屈』。[例]吉鴻昌將軍雖負屈銜冤而死，但名標青史，為後人所敬仰。[構]聯合。[源]關漢卿《竇娥冤》。

負隅頑抗
ㄈㄨˋ ㄩˊ ㄨㄢˊ ㄎㄤˋ fù yú wán kàng

憑藉險阻，頑固抵抗。負：依靠。隅：本作嵎，山彎，險要之地。[例]敵人雖想負隅頑抗，但因彈盡糧絕，終於投降了。[構]偏正。[源]《孟子·盡心下》。[反]束手就擒 [辨]『隅』不能讀作ㄡˇ(ǒu)，不能寫作『偶』。

婦孺皆知
ㄈㄨˋ ㄖㄨˊ ㄐㄧㄝ ㄓ fù rú jiē zhī

婦女和兒童都知道。孺：幼兒。皆：全、都。[例]婚姻法的宣傳，要做到家喻戶曉，婦孺皆知。[構]主謂。[同]眾所周知

附庸風雅
ㄈㄨˋ ㄩㄥ ㄈㄥ ㄧㄚˇ fù yōng fēng yǎ

指缺乏文化修養的人裝腔做勢依附追隨於文化界。附庸：依附、假托。風雅：風流儒雅。[例]靠投機倒把發家的暴發戶居然也附庸風雅，買起字畫來了。[構]動賓。[反]溫文爾雅

赴湯蹈火
ㄈㄨˋ ㄊㄤ ㄉㄠˇ ㄏㄨㄛˇ fù tāng dǎo huǒ

投入沸水，踏上烈火。比喻奮不顧身。湯：沸水。[例]為了抗日，赴湯蹈火，在所不辭。[構]聯合。[源]《漢書·晁錯傳》。

富貴浮雲 ㄈㄨˋ ㄍㄨㄟˋ ㄈㄨˊ ㄩㄣˊ fù guì fú yún

把富貴看得像飄浮的白雲一樣（輕而無定）。［例］孔子說的富貴浮雲，同道家的虛無是有原則區別的。［構］特・主謂。［源］《論語・述而》：『不義而富且貴，於我如浮雲。』

富國安民 ㄈㄨˋ ㄍㄨㄛˊ ㄢ ㄇㄧㄣˊ fù guó ān mín

國家富有，人民安定。［例］《舊唐書》對裴耀卿、劉晏、李巽等人的評價很高，認爲他們能『便時利物，富國安民』，足以作爲當時的典範。［構］聯合。［源］《漢書・溝洫志》。

富國强兵 ㄈㄨˋ ㄍㄨㄛˊ ㄑㄧㄤˊ ㄅㄧㄥ fù guó qiáng bīng

國家富有，軍力强大。［例］古代法家認爲：治理國家的人要專一使用力量在富國强兵方面。［構］聯合。［源］《商君書・壹言》。

富麗堂皇 ㄈㄨˋ ㄌㄧˋ ㄊㄤˊ ㄏㄨㄤˊ fù lì táng huáng

形容建築物宏麗雄偉、場面豪華盛大或文章華麗而有氣派。［例］①人大會堂建築得富麗堂皇。②婚禮會場布置得富麗堂皇。③漢賦這一體裁的特點是富麗堂皇。［構］聯合。

腹誹心謗 ㄈㄨˋ ㄈㄟˇ ㄒㄧㄣ ㄅㄤˋ fù fěi xīn bàng

嘴裏不說，心懷不滿。誹、謗：誣蔑。［例］曹操認爲崔琰對他腹誹心謗，於是就把崔琰逮捕、下獄、賜死。［構］聯合。［源］《史記・魏其武安侯列傳》。

縛雞之力 ㄈㄨˋ ㄐㄧ ㄓ ㄌㄧˋ fù jī zhī lì

捆雞的力氣，不大的力氣。形容人文弱無力。［例］他是個手無縛雞之力的文弱書生，怎麼會殺人呢？［構］偏正。

覆巢無完卵 ㄈㄨˋ ㄔㄠˊ ㄨˊ ㄨㄢˊ ㄌㄨㄢˇ fù cháo wú wán luǎn 傾覆的鳥巢裏沒有完整的鳥卵。比喻滅門之禍，無一倖免。［例］殘酷的敵人在殺害烈士時把他的全家也抓起來了，真是覆巢無完卵啊！［構］主謂。［源］南朝（宋）、劉義慶《世說新語・言語》。

覆水難收 ㄈㄨˋ ㄕㄨㄟˇ ㄋㄢˊ ㄕㄡ fù shuǐ nán shōu 潑出的水難以收回。比喻事成定局，無法挽回。也指夫妻已經離異，不能復婚。也作『覆水不收』。［例］當時一念之差，鑄成大錯；如今覆水難收，言之痛心！［構］主謂。［源］源於姜太公與其妻馬氏離異的故事，見清、王仁俊輯《類林》；又傳說爲漢代朱買臣的故事，見《古今小說》。［反］破鏡重圓

G

改朝換代 ㄍㄞˇ ㄔㄠˊ ㄏㄨㄢˋ ㄉㄞˋ gǎi cháo huàn dài 舊的王朝滅亡，改換了新的朝代。也引申指時代變化很大，與舊時代的情況大不相同。［例］①在過去的歷史上，農民革命的領袖總是在革命中和革命後被地主和貴族利用去當作他們改朝換代的工具。②『梅女士嘮嘮叨叨地說：「真是改朝換代了。學生也來管閒事！他們要到蘇貨鋪裏檢查東洋貨。」』（茅盾《虹》二）［構］聯合。

改惡從善 ㄍㄞˇ ㄜˋ ㄘㄨㄥˊ ㄕㄢˋ gǎi è cóng shàn 改掉壞的錯的，從事好的對的。也作『改惡向善』。［例］他既肯改惡從善，就要給他出路。［構］連動。［同］改過遷善

改過自新 ㄍㄞˇ ㄍㄨㄛˋ ㄗˋ ㄒㄧㄣ gǎi guò zì xīn 改正過錯，自覺地重新做人。［例］改過自新是犯人的唯一出路。［構］連動。［源］《史記・孝文本紀》：『雖復欲改過自新，其道無由也。』［同］改邪歸正 ［反］死不改悔

改名換姓 ㄍㄞˇ ㄇㄧㄥˊ ㄏㄨㄢˋ ㄒㄧㄥˋ gǎi míng huàn xìng 改換本來的姓名。也作『變名易姓』、『更名改姓』。［例］范睢改名換姓，在秦國做了大官。［構］聯合。［源］《史記・貨殖列傳》。

改天換地 ㄍㄞˇ ㄊㄧㄢ ㄏㄨㄢˋ ㄉㄧˋ gǎi tiān huàn dì 比喻徹底改造社會和自然。［例］中國人民正在進行著改天換地的偉大事業。［構］聯合。

改頭換面 ㄍㄞˇ ㄊㄡˊ ㄏㄨㄢˋ ㄇㄧㄢˋ gǎi tóu huàn miàn 比喻只從形式上改變。［例］『這絕不是改頭換面地抄襲舊書本所能完成的工作。』（鄧小平）［構］聯合。［源］唐、寒山《詩三百三首》：『改頭換面孔，不離舊時人。』［同］面目全非

改弦更張 ㄍㄞˇ ㄒㄧㄢˊ ㄍㄥ ㄓㄤ gǎi xián gēng zhāng 改換、調整樂器上的弦，使聲音和諧。比喻改革、變更方針、制度、計劃或方法。張：給樂器上弦。［例］『今者革命政府不恤改弦更張，以求與人民合作。』（孫文）［構］連動。［源］《樂府詩集・宋鼓吹鐃歌・上邪篇》。［同］改弦易轍 ［反］舊調重彈

改邪歸正 ㄍㄞˇ ㄒㄧㄝˊ ㄍㄨㄟ ㄓㄥˋ gǎi xié guī zhèng 離開邪路，回到正路上來。［例］『她跑了，咱們還要她，只要她肯改邪歸正。』（老舍）［構］連動。［同

」改過自新 〔反〕死不改悔

蓋棺論定 ㄍㄞˋ ㄍㄨㄢ ㄌㄨㄣˋ ㄉㄧㄥˋ gài guān lùn dìng 人死以後，他的是非功過才能斷定。也作『蓋棺事定』。〔例〕蓋棺論定，也不盡然；不是有的歷史人物，到今天還沒有定論嗎？〔構〕覆。〔源〕《晉書・劉毅傳》：『丈夫蓋棺事方定。』

蓋世無雙 ㄍㄞˋ ㄕˋ ㄨˊ ㄕㄨㄤ gài shì wú shuāng 當代第一，獨一無二。蓋：壓倒。也作『舉世無雙』。〔例〕伊麗莎白女皇的那顆鑽石，稱得起蓋世無雙。〔構〕動賓。〔同〕絕無僅有 〔反〕無獨有偶

蓋世之才 ㄍㄞˋ ㄕˋ ㄓ ㄘㄞˊ gài shì zhī cái 壓倒世人的才能。〔例〕聶衛平身懷絕技，是圍棋界的蓋世之才。〔構〕偏正。

甘拜下風 ㄍㄢ ㄅㄞˋ ㄒㄧㄚˋ ㄈㄥ gān bài xià fēng 甘心拜於下風。表示真心佩服，自認不如。下風：風向的下方，喻指下位。〔例〕您的羽毛球打得真好，我甘拜下風。〔構〕補充。〔源〕《左傳・僖公十五年》。〔同〕心悅誠服 〔反〕不甘雌伏

甘苦與共 ㄍㄢ ㄎㄨˇ ㄩˇ ㄍㄨㄥˋ gān kǔ yǔ gòng 即共甘苦的意思。甘：比喻美好的處境。苦：比喻艱苦的處境。〔例〕他們老夫婦倆，一九三九年結婚，五十年來，甘苦與共。〔構〕主謂。〔同〕同甘共苦

甘心情願 ㄍㄢ ㄒㄧㄣ ㄑㄧㄥˊ ㄩㄢˋ gān xīn qíngyuàn 完全願意，絲毫也不勉强。也作『心甘情願』。〔例〕爲了革命勝利，就是粉身碎骨，他也是甘心情願的。〔構〕聯合。〔同〕甘心樂意 〔反〕迫不

得已

甘之如飴 ㄍㄢ ㄓ ㄖㄨˊ ㄧˊ gān zhī rú yí
把承受艱難、困苦或犧牲看得像糖一樣甜。甘：甜，引申爲樂意，情願。飴：麥芽糖。也作『甘之若飴』。［例］烈士們捨生取義，甘之如飴。［構］補充。［源］《吳越春秋》：『嘗膽不苦甘如飴。』［反］苦不堪言

肝腸寸斷 ㄍㄢ ㄔㄤˊ ㄘㄨㄣˋ ㄉㄨㄢˋ gān cháng cùn duàn
形容極度悲傷。［例］晴雯之死，使寶玉肝腸寸斷。［構］主謂。［源］晉、干寶《搜神記・猿母猿子》。［同］心如刀割　［反］心花怒放

肝膽相照 ㄍㄢ ㄉㄢˇ ㄒㄧㄤ ㄓㄠˋ gān dǎn xiāng zhào
比喻真誠相見。肝膽：肝膽相連，喻共有真心。相照：相見。也作『肝膽照人』。［例］中國共產黨與民主黨派肝膽相照，榮辱與共。［構］主謂。［源］宋、文天祥《與陳察院文龍書》。［同］披肝瀝膽　［反］鈎心鬥角

肝腦塗地 ㄍㄢ ㄋㄠˇ ㄊㄨˊ ㄉㄧˋ gān nǎo tú dì
原指戰亂中慘死，後用以表示竭盡忠誠，不惜犧牲。肝腦：肝膽腦漿。也作『肝膽塗地』。［例］軍人守土有責，即使肝腦塗地，也要擊退來犯之敵。［構］主謂。［源］《漢書・蘇武傳》。［同］粉身碎骨

敢怒而不敢言 ㄍㄢˇ ㄋㄨˋ ㄦˊ ㄅㄨˋ ㄍㄢˇ ㄧㄢˊ gǎn nù ér bù gǎn yán
心裏憤怒而嘴上不敢說。［例］舊社會敵特橫行，老百姓敢怒而不敢言。［構］覆。［源］唐、杜牧《阿房宮賦》。

敢作敢當 ㄍㄢˇ ㄗㄨㄛˋ ㄍㄢˇ ㄉㄤ gǎn zuò gǎn dāng 敢於放手做事，也敢於承擔責任。[例]『敢作敢當，也是不可不有的精神。』（魯迅）[構]聯合。[同]敢作敢爲　[反]膽小怕事

感戴莫名 ㄍㄢˇ ㄉㄞˋ ㄇㄛˋ ㄇㄧㄥˊ gǎn dài mò míng 感激人家的恩德到了無法形容的程度。感戴：感恩戴德。莫名：沒法說明。[例]他對別人給他的幫助，總是念念不忘，感戴莫名。[構]補充。[同]感激不盡　[反]忘恩負義

感恩戴德 ㄍㄢˇ ㄣ ㄉㄞˋ ㄉㄜˊ gǎn ēn dài dé 感激別人的恩德。戴：推崇，尊敬。也作『感恩戴義』。有時用於諷刺。[例]他爲老百姓做了一輩子好事，老百姓怎麼能不感恩戴德呢！[構]聯合。[源]《三國志・吳書・駱統傳》。[同]感激涕零　[反]忘恩負義

感恩圖報 ㄍㄢˇ ㄣ ㄊㄨˊ ㄅㄠˋ gǎn ēn tú bào 感激別人的恩惠，謀求報答。[例]別人幫助了自己，應感恩圖報；自己幫助了別人，卻不應施恩望報。[構]連動。[反]恩將仇報

感激涕零 ㄍㄢˇ ㄐㄧ ㄊㄧˋ ㄌㄧㄥˊ gǎn jī tì líng 感激得落下眼淚。涕：淚。零：落。有時用於諷刺。[例]當拾金不昧的姑娘把錢交還老媽媽的時候，這位老人感激涕零地說：你算是救了我這條老命啦！[構]補充。[源]唐、劉禹錫《平蔡行》詩。[同]感恩戴德

感慨繫之 ㄍㄢˇ ㄎㄞˇ ㄒㄧˋ ㄓ gǎn kǎi xì zhī 由於有所感觸與發生的慨嘆聯繫起來。[例]經過戰亂，名園遺跡蕩然無存，不禁感慨繫之。[構]主謂。[源]晉、王羲之《蘭亭集序》。

感情用事 ㄍㄢˇ ㄑㄧㄥˊ ㄩㄥˋ ㄕˋ gǎn qíngyòng shì
憑一時的感情衝動處理事情。［例］處理問題要冷靜考慮，不能感情用事。［構］偏正。

感人肺腑 ㄍㄢˇ ㄖㄣˊ ㄈㄟˋ ㄈㄨˇ gǎn rén fèi fǔ
使人內心深受感動。肺腑：內心深處。［例］《十五的月亮》這支歌，動人心弦，感人肺腑。［構］動賓。［同］動人心弦

感同身受 ㄍㄢˇ ㄊㄨㄥˊ ㄕㄣ ㄕㄡˋ gǎn tóng shēn shòu
感激的心情如同親身受到恩惠一樣。用於代人懇求時致謝。［例］維康學習書法，請您務必給予指導，感同身受！［構］主謂。

剛愎自用 ㄍㄤ ㄅㄧˋ ㄗˋ ㄩㄥˋ gāng bì zì yòng
固執任性，一切自以爲是。［例］項羽的悲劇，與他剛愎自用的性格不無關係。［構］聯合。［源］《呂氏春秋・孟夏紀・誣徒》。［同］師心自用 ［反］從善如流 ［辨］『愎』不能讀作ㄈㄨˋ(fù)。

剛柔相濟 ㄍㄤ ㄖㄡˊ ㄒㄧㄤ ㄐㄧˋ gāng róu xiāng jì
剛強同柔和互相補救。濟：補救。［例］爲人處事須剛柔相濟，兩者不可偏廢。［構］主謂。［辨］『濟』不可寫作『劑』。

剛正不阿 ㄍㄤ ㄓㄥˋ ㄅㄨˋ ㄜ gāngzhèng bù ē
剛強正直，不阿諛逢迎。阿：偏袒，迎合。也作『剛直不阿』。［例］陳毅元帥剛正不阿，一身正氣。［構］補充。［同］剛正無私 ［反］阿諛逢迎 ［辨］『阿』不能讀作ㄚ(ā)。

綱舉目張 ㄍㄤ ㄐㄩˇ ㄇㄨˋ ㄓㄤ gāng jǔ mù zhāng 提起魚網的總繩一撒，所有的網眼就都張開了。綱：網的總繩。目：網眼。比喻抓住事物的主要環節，就可以帶動一切。也比喻條理分明。〔例〕所謂綱舉目張，也就是說：抓住主要矛盾，其他矛盾也就迎刃而解了。〔構〕聯合。〔源〕《呂氏春秋．用民》。

高不成，低不就 ㄍㄠ ㄅㄨˋ ㄔㄥˊ ㄉㄧ ㄅㄨˋ ㄐㄧㄡˋ gāo bù chéng dī bù jiù 高的得不到或做不了，低的不肯要或不肯做。多用於選擇配偶或工作。〔例〕他大事做不來，小事不肯做，這樣高不成，低不就，必然會蹉跎一生。〔構〕覆。

高風亮節 ㄍㄠ ㄈㄥ ㄌㄧㄤˋ ㄐㄧㄝˊ gāo fēng liàng jié 高尚的風格和堅貞的節操。形容品格和行為的完美。亮：正直，坦蕩。也作『高風峻節』。〔例〕青年們應該認真學習先烈們的高風亮節。〔構〕聯合。〔源〕宋、胡仔《苕溪漁隱叢話後集》卷一。

高歌猛進 ㄍㄠ ㄍㄜ ㄇㄥˇ ㄐㄧㄣˋ gāo gē měng jìn 放聲歌唱，勇猛前進。形容情緒高漲，勇往直前。〔例〕他一到工廠，群衆那種高歌猛進的精神深深教育了他。〔構〕連動。

高官厚祿 ㄍㄠ ㄍㄨㄢ ㄏㄡˋ ㄌㄨˋ gāo guān hòu lù 高級的官職（地位），優厚的俸祿（待遇）。祿：俸祿：舊時官吏的薪水。〔例〕清末，封建貴族一個個高官厚祿，腦滿腸肥。〔構〕聯合。〔源〕《荀子．議兵》。

高朋滿座 ㄍㄠ ㄆㄥˊ ㄇㄢˇ ㄗㄨㄛˋ gāo péng mǎn zuò 高貴的朋友坐滿了席位。〔例〕校慶這天，學校裏到處都是人，真是

勝友如雲，高朋滿座。［構］主謂。［源］唐、王勃《滕王閣序》。［同］門庭若市 ［反］門可羅雀

高山流水 ㄍㄠ ㄕㄢ ㄌㄧㄡˊ ㄕㄨㄟˇ gāo shān liú shuǐ

比喻知音難得或樂曲高妙。也作『流水高山』。［例］電影《知音》，寫蔡松坡、小鳳仙這一對風塵知己，高山流水，佳人難再！［構］聯合。［源］《列子・湯問》。

高山仰止 ㄍㄠ ㄕㄢ ㄧㄤˇ ㄓˇ gāo shān yǎng zhǐ

比喻對崇高品德的仰慕。高山：比喻高尚的道德。仰：仰望。止：表示確定的語氣助詞。也作『高山仰之』。［例］謁中山陵，高山仰止的思想感情油然而生。［構］主謂。［源］《詩經・小雅・車舝（轄）》。［同］高山景行

高深莫測 ㄍㄠ ㄕㄣ ㄇㄛˋ ㄘㄜˋ gāo shēn mò cè

究竟高深到什麼程度無法推測，形容對方的意圖使人很難猜透。也作『莫測高深』。［例］下一步他究竟要幹什麼，大家都有高深莫測之感。［構］主謂。［源］《漢書・嚴延年傳》：『吏民莫能測其意深淺。』

高抬貴手 ㄍㄠ ㄊㄞˊ ㄍㄨㄟˋ ㄕㄡˇ gāo tái guì shǒu

懇求對方寬容或饒恕。高、貴：敬語。［例］無論如何，還得請您高抬貴手，原諒這一次吧！［構］動賓。

高談闊論 ㄍㄠ ㄊㄢˊ ㄎㄨㄛˋ ㄌㄨㄣˋ gāo tán kuò lùn

指滔滔不絕地大發議論。也作『闊論高談』。闊：宏闊。有時含有貶義。［例］他興致一來，高談闊論，旁若無人。［構］聯合。［同］高談宏論

高屋建瓴 ㄍㄠ ㄨ ㄐㄧㄢˋ ㄌㄧㄥˊ gāo wū jiàn líng

從高高的屋頂上用水瓶往下倒水。比喻「居高臨下」的形勢。建：通『瀽』，傾倒、倒水。瓴：水瓶。［例］遼瀋、淮海、平津三大戰役結束後，我軍渡江南下，高屋建瓴，勢如破竹。［構］偏正。［源］《史記・高祖本紀》：『猶居高屋之上建瓴水也。』［同］居高臨下

高義薄雲 ㄍㄠ ㄧˋ ㄅㄛˊ ㄩㄣˊ gāo yì bó yún

原指詩文有崇高的思想境界，後來多指道義深重。薄雲：靠近雲天。［例］多承援救，又蒙資助，高義薄雲，感激之至！［構］主謂。［源］《宋書・謝靈運傳論》。

高瞻遠矚 ㄍㄠ ㄓㄢ ㄩㄢˇ ㄓㄨˇ gāo zhān yuǎn zhǔ

站得高，看得遠。比喻眼光遠大。瞻：向前看。矚：注視。［例］黨中央高瞻遠矚，一舉粉碎了『四人幫』妄圖篡黨奪權的陰謀。［構］聯合。［反］鼠目寸光

高枕無憂 ㄍㄠ ㄓㄣˇ ㄨˊ ㄧㄡ gāo zhěn wú yōu

墊高了枕頭安心睡覺。比喻認爲太平無事而無所顧慮。［例］誰認爲從此可以高枕無憂，因而喪失警惕，誰就會被敵人打倒。［構］偏正。［源］《戰國策・魏策一》。［同］高枕而臥［反］枕戈待旦

膏粱子弟 ㄍㄠ ㄌㄧㄤˊ ㄗˇ ㄉㄧˋ gāo liáng zǐ dì

指富貴人家的子弟。膏粱：精美的食物。用於貶義。［例］這些膏粱子弟，飽食終日，無所用心。［構］偏正。［源］《新唐書・高儉傳》。［同］紈袴子弟

膏澤斯民 ㄍㄠ ㄗㄜˊ ㄙ ㄇㄧㄣˊ gāo zé sī mín

恩澤給予這些老百姓。膏澤：油脂和雨露，引申爲恩惠。斯：這，這些。[例]『迎闖王，不納糧』這一口號，說明李自成是膏澤斯民的。[構]動賓。[源]漢、班固《西都賦》。[反]魚肉百姓

槁木死灰 ㄍㄠˇ ㄇㄨˋ ㄙˇ ㄏㄨㄟ gǎo mù sǐ huī

枯槁的樹木，熄滅的冷灰。比喻毫無生氣，極端消沉，寂寞無情。也作『死灰槁木』。[例]『李紈雖青春喪偶，居家處膏粱錦繡之中，竟如槁木死灰一般，一概無見無聞。』(《紅樓夢》)[構]聯合。[源]《莊子·齊物論》。

告老還鄉 ㄍㄠˋ ㄌㄠˇ ㄏㄨㄢˊ ㄒㄧㄤ gào lǎo huán xiāng

原指封建王朝的官員年老請求退休回家。現也泛指一般年老退休。告：古代官吏休假的名稱。[例]我已經年滿六十五周歲了，應該告老還鄉了。[構]連動。[源]《左傳·襄公七年》。

割雞焉用牛刀 ㄍㄜ ㄐㄧ ㄧㄢ ㄩㄥˋ ㄋㄧㄡˊ ㄉㄠ gē jī yān yòng niú dāo

殺雞何必用宰牛的刀。比喻做小事不必用大的力量。[例]他們不過是個校隊，割雞焉用牛刀，何必國家隊出場呢！[構]主謂。[源]《論語·陽貨》。

割席分坐 ㄍㄜ ㄒㄧˊ ㄈㄣ ㄗㄨㄛˋ gē xí fēn zuò

三國時管寧和華歆同學，合坐一張席讀書，後來管寧鄙視華歆的爲人，把席割開分坐。因以割席分坐喻朋友絕交。[例]他倆本來是好朋友，爲了一點小事，竟鬧到割席分坐的地步。[構]連動。[源]南朝(宋)、劉義慶《世說新語·德行》。

歌功頌德 ㄍㄜ ㄍㄨㄥ ㄙㄨㄥˋ ㄉㄜˊ gē gōng sòng dé
歌頌功績和恩德。現多用於貶義。［例］『保持艱苦奮鬥作風，制止歌功頌德現象。』（毛澤東）［構］聯合。［源］《史記·周本紀》。

革故鼎新 ㄍㄜˊ ㄍㄨˋ ㄉㄧㄥˇ ㄒㄧㄣ gé gù dǐng xīn
革除舊的，建立新的。革：除。鼎：更。［例］人們歡迎的是革故鼎新，而不是換湯不換藥。［構］連動。［源］《易經·雜卦》：『革，去故也；鼎，取新也。』［同］破舊立新 ［反］改頭換面

格格不入 ㄍㄜˊ ㄍㄜˊ ㄅㄨˋ ㄖㄨˋ gé gé bù rù
有牴觸，不投合。格格：扞格，牴觸。入：投合。［例］『沒有這個變化，沒有這個改造，什麼事情都是做不好的，都是格格不入的。』（毛澤東）［同］方枘圓鑿 ［反］水乳交融［構］偏正。［源］《禮記·學記》

格殺勿論 ㄍㄜˊ ㄕㄚ ㄨˋ ㄌㄨㄣˋ gé shā wù lùn
打死人不論罪。格殺：打死。論：論罪。指把行凶、拒捕或違反禁令的人當場打死，不以殺人論罪。［例］兇手如當場拒捕，可以格殺勿論。［構］主謂。

格物致知 ㄍㄜˊ ㄨˋ ㄓˋ ㄓ gé wù zhì zhī
推究事物的原理而總結為理性知識。格：推究。致：得到，總結出。［例］清末，把物理、化學等學科統名之為『格致』，就是格物致知的簡稱。［構］聯合。［源］《禮記·大學》。

隔岸觀火 ㄍㄜˊ ㄢˋ ㄍㄨㄢ ㄏㄨㄛˇ gé àn guān huǒ
隔著河岸看人家著火。比喻見人有難不救，而在一旁看熱鬧。［例］原來真有隔岸觀火的人哪，而且你就是啊

！〔構〕偏正。〔同〕袖手旁觀　〔反〕見義勇爲。

隔牆有耳 ㄍㄜˊ ㄑㄧㄤˊ ㄧㄡˇ ㄦˇ gé qiáng yǒu ěr

意謂牆外有人竊聽，使密謀洩漏。也作『隔窗有耳』。〔例〕隔牆有耳，你無心說，他可有心聽。〔構〕偏正。〔源〕《管子・君臣下》。

隔靴搔癢 ㄍㄜˊ ㄒㄩㄝ ㄙㄠ ㄧㄤˇ gé xuē sāo yǎng

比喻說話、做事等不中肯，沒有抓住關鍵。〔例〕他的話，隔靴搔癢，解決不了問題。〔構〕偏正。〔源〕宋、嚴羽《滄浪詩話・詩法》。〔同〕膝癢搔背　〔反〕一針見血

各不相謀 ㄍㄜˋ ㄅㄨˋ ㄒㄧㄤ ㄇㄡˊ gè bù xiāng móu

謂各自行事，互不商量。謀：商議。〔例〕我們一定要加强團結，加强聯繫，絕不允許各不相謀的現象存在。

〔構〕主謂。〔同〕各行其是　〔反〕和衷共濟

各得其所 ㄍㄜˋ ㄉㄜˊ ㄑㄧˊ ㄙㄨㄛˇ gè dé qí suǒ

原謂各如其所願。後也表示每個人或每件事物得到適當安排。〔例〕我們應該盡一切可能使專業人材各得其所。〔構〕主謂。〔源〕《易經・繫辭下》：『交易而退，各得其所。』

各盡所能 ㄍㄜˋ ㄐㄧㄣˋ ㄙㄨㄛˇ ㄋㄥˊ gè jìn suǒ néng

每人把自己的能力都使出來。盡：用。〔例〕形勢要求我們各盡所能，加快『四化』建設速度。〔構〕主謂。〔源〕《後漢書・曹褒傳》。

各取所長 ㄍㄜˋ ㄑㄩˇ ㄙㄨㄛˇ ㄔㄤˊ gè qǔ suǒ chang

對每個人都取用他的專長。〔例〕如果用人能做到各取所長，工作效率必然會有很大的提高。〔構〕主謂。

各抒己見 ㄍㄜˋ ㄕㄨ ㄐㄧˇ ㄐㄧㄢˋ gè shū jǐ jiàn
各人充分發表自己的見解。抒：抒發，表達。［例］會上，充分發揚民主，各抒己見，暢所欲言。［構］主謂。

各行其是 ㄍㄜˋ ㄒㄧㄥˊ ㄑㄧˊ ㄕˋ gè xíng qí shì
各自按照他自己認爲對的去做。指思想、行動不一致。是：對。［例］勝利的保證是團結一致，而不是各行其是。［構］主謂。［同］各自爲政 ［反］同心協力

各有千秋 ㄍㄜˋ ㄧㄡˇ ㄑㄧㄢ ㄑㄧㄡ gè yǒu qiān qiū
各自都有可以流傳久遠的特長。千秋：千年，指流傳久遠。［例］梅蘭芳和程硯秋這兩位藝術大師，唱法不同，各有千秋。［構］主謂。［同］各有所長

各自爲政 ㄍㄜˋ ㄗˋ ㄨㄟˊ ㄓㄥˋ gè zì wéi zhèng
各自按照自己的主張辦事，不與配合，不顧整體。爲政：行事。［例］民國初年，軍閥割據，各自爲政。［構］主謂。［源］《左傳・宣公二年》。［同］各行其是 ［反］顧全大局

根深蒂固 ㄍㄣ ㄕㄣ ㄉㄧˋ ㄍㄨˋ gēn shēn dì gù
比喻根基深固，不易動搖。蒂：花果與枝莖相連的部分。蒂也作柢（ㄉㄧˇ(dǐ)）。［例］魯迅對於根深蒂固的封建禮教，總是給予深刻揭露和無情鞭撻的。［構］聯合。［源］《老子・五十九章》［辨］『蒂』不能讀作ㄊㄧˋ(tì)。

根深葉茂 ㄍㄣ ㄕㄣ ㄧㄝˋ ㄇㄠˋ gēn shēn yè mào
根紮得深，葉就長得茂盛。比喻事物根基雄厚，就有廣闊的發展前途。［例］『一些好人、好事、好話都能浸潤在她的心靈裏邊，血液裏邊，使她根深

葉茂。』（丁玲）〔構〕聯合。〔源〕漢、劉安《屏風賦》。

亙古未有 ㄍㄣˋ ㄍㄨˇ ㄨㄟˋ ㄧㄡˇ gèn gǔ wèi yǒu

從古到今所沒有。亙古：自古以來。〔例〕亙古未有的奇聞頓時傳遍了大街小巷。〔構〕偏正。〔辨〕『亙』不能讀作ㄏㄥˊ(héng)。

更僕難數 ㄍㄥ ㄆㄨˊ ㄋㄢˊ ㄕㄨˇ gēng pú nán shǔ

更換了侍者，賓主的話也沒說完。形容要說的話多。更：換。僕：儐相，侍者。數：說。後用以形容事物繁多，數不勝數。〔例〕我國典籍，浩如煙海，汗牛充棟，更僕難數。〔構〕覆。〔源〕《禮記・儒行》。〔同〕數不勝數〔辨〕『數』不能讀作ㄕㄨˋ(shù)。

更深人靜 ㄍㄥ ㄕㄣ ㄖㄣˊ ㄐㄧㄥˋ gēng shēn rén jìng

夜深了，沒有人聲，一片寂靜。更：古代夜間計時單位。〔例〕冬天的夜裏，更深人靜，聽到的只是那嗚嗚的風聲。〔構〕聯合。〔源〕宋、蔡條《西清詩話》引楊鸞詩：『白日蒼蠅滿飯盤，夜間蚊子又成團；每到更深人靜後，定來頭上咬楊鸞。』

耿耿於懷 ㄍㄥˇ ㄍㄥˇ ㄩˊ ㄏㄨㄞˊ gěnggěng yú huái

形容有心事，不能忘懷。耿耿：不安貌。〔例〕上星期的事，她耿耿於懷，怎麼也忘不掉。〔構〕補充。〔源〕《詩經・邶風・柏舟》。〔同〕念念不忘

更上一層樓 ㄍㄥˋ ㄕㄤˋ ㄧ ㄘㄥˊ ㄌㄡˊ gèngshàng yī céng lóu

現用以比喻在原有基礎上再提高一步。〔例〕我們必須加倍努力，更上一層樓，才能適應形勢發展的要

求。[構]動賓。[源]唐、王之渙《登鸛雀樓》詩。[同]百尺竿頭，更進一步

工欲善其事，必先利其器 ㄍㄨㄥ ㄩˋ ㄕㄢˋ ㄑㄧˊ ㄕˋ ㄅㄧˋ ㄒㄧㄢ ㄌㄧˋ ㄑㄧˊ ㄑㄧˋ gōng yù shàn qí shì bì xiān lì qí qì
工匠想要幹好活兒，一定先要使工具鋭利。善：好。利：鋭利。[例]俗話說，『磨刀不誤砍柴工』，也就是工欲善其事，必先利其器的意思。[構]覆。[源]《論語・衛靈公》。

公報私仇 ㄍㄨㄥ ㄅㄠˋ ㄙ ㄔㄡˊ gōng bào sī chóu
借公事來報復自己的仇恨。[例]公報私仇是一種勢利小人的行徑。[構]動賓。[同]假公濟私 [反]大公無私

公事公辦 ㄍㄨㄥ ㄕˋ ㄍㄨㄥ ㄅㄢˋ gōng shì gōng bàn
照章辦事，不講情面。但有時則有辦事不靈活，甚至刁難的意味。[例]近來，領導對他有點兒公事公辦的勁頭兒，他懷疑有人給他使了壞。[構]特・主謂。

公私兼顧 ㄍㄨㄥ ㄙ ㄐㄧㄢ ㄍㄨˋ gōng sī jiān gù
同時照顧到公家和私人的利益。[例]公私兼顧是當年解放區解決財經問題的適當方針之一。[構]主謂。

公之於衆 ㄍㄨㄥ ㄓ ㄩˊ ㄓㄨㄥˋ gōng zhī yú zhòng
向廣大群衆公布。[例]特務們害怕楊將軍把他們的罪行公之於衆，便非置楊將軍於死地不可了。[構]補充。[同]公諸世人 [反]祕而不宣

功敗垂成 ㄍㄨㄥ ㄅㄞˋ ㄔㄨㄟˊ ㄔㄥˊ gōng bài chuí chéng
事情失敗在就要成功的時候。垂：接近。［例］我們一定要繼續研究下去，絕不允許功敗垂成。［構］主謂。［源］《晉書・謝玄傳論》。［同］功虧一簣［反］大功告成

功成不居 ㄍㄨㄥ ㄔㄥˊ ㄅㄨˋ ㄐㄩ gōng chéng bù jū
原意是任其自然存在，不占為己有。後來指立了功，不把功勞歸於自己。居：占有。［例］功成不居是多麼崇高的品德呀！［構］主謂。［源］《老子》二章：『功成而弗居。』［同］功成身退［反］居功自傲

功成名就 ㄍㄨㄥ ㄔㄥˊ ㄇㄧㄥˊ ㄐㄧㄡˋ gōng chéng míng jiù
功業、名譽都樹立起來了。［例］回想當年的同學，有的功成名就，有的碌碌無為，有的身敗名裂，能不感慨繫之？［構］聯合。［同］功成名遂［反］身敗名裂

功到自然成 ㄍㄨㄥ ㄉㄠˋ ㄗˋ ㄖㄢˊ ㄔㄥˊ gōng dào zì rán chéng
功夫用到了，事情自然就會成功。『功』也作『工』。［例］學習英語口語不要性急，主要是多聽多說，功到自然成嘛！［構］覆。［反］急於求成

功德無量 ㄍㄨㄥ ㄉㄜˊ ㄨˊ ㄌㄧㄤˋ gōng dé wú liàng
原本指一個人的功勞和德行非常大。後來佛教、道教用以指念佛誦經等善行做得多。現在指一個人做了有益於社會的好事。［例］你要是把他勸得不吸煙了，那可功德無量！［構］主謂。［源］《漢書・丙吉傳》。

功夫不負苦心人 ㄍㄨㄥ ㄈㄨ ㄅㄨˋ ㄈㄨˋ ㄎㄨˇ ㄒㄧㄣ ㄖㄣˊ gōng fū bù fù kǔ xīn rén
時間不辜負費盡心思的人。［例］他從小

喜歡圍棋，經過幾十年的學習和實踐，終於成為當代九段高手。這真是功夫不負苦心人哪！［構］主謂。［同］磨杵成針

功虧一簣 ㄍㄨㄥ ㄎㄨㄟ ㄧ ㄎㄨㄟˋ gōng kuī yī kuì 比喻一件大事只差最後一點而沒有完成。功：事業。虧：差。簣：筐。［例］新的教學方法的試驗，現已接近完成，萬不可停頓下來，功虧一簣。［構］主謂。［源］《尚書·旅獒》。［同］功敗垂成 ［反］善始善終 ［辨］『簣』不能讀作ㄍㄨㄟˋ(guì)，不能寫作『簣』。

攻其無備 ㄍㄨㄥ ㄑㄧˊ ㄨˊ ㄅㄟˋ gōng qí wú bèi 趁敵人沒有防備時進攻。也作『攻其不備』。［例］我軍必須迅速行動，在敵人布防沒有完成的時候，攻其無備，奪回陣地。［構］兼語。［源］《孫子·計篇》。

攻其一點，不及其餘 ㄍㄨㄥ ㄑㄧˊ ㄧ ㄉㄧㄢˇ ㄅㄨˋ ㄐㄧˊ ㄑㄧˊ ㄩˊ gōng qí yī diǎn bù jí qí yú 把矛頭對準對方某一弱點進行攻擊，不管他的其他方面如何。［例］我們要全面地考查一個人，不應該攻其一點，不及其餘。［構］覆。

攻守同盟 ㄍㄨㄥ ㄕㄡˇ ㄊㄨㄥˊ ㄇㄥˊ gōng shǒu tóng méng 原指國與國訂立的在戰時聯合進攻或防禦的盟約。現在多指壞人與壞人事先約定共同隱瞞、互不揭發的行為。［例］貪污分子訂立了攻守同盟，但他們不是鐵板一塊，最後是會分化瓦解的。［構］偏正。

攻無不克 ㄍㄨㄥ ㄨˊ ㄅㄨˋ ㄎㄜˋ gōng wú bù kè 不論攻取哪一個地方，沒有不占領的。克：占領。也作『攻無不取』。［例］曹操說他的軍隊戰無不勝、攻無不克，實際不全是如此。［構］主謂。［

源」《戰國策・秦策一》。［同］戰無不勝 ［反］望風披靡

供不應求 ㄍㄨㄥ ㄅㄨˋ ㄧㄥˋ ㄑㄧㄡˊ gōng bù yìng qiú

供給不能滿足需求。［例］由於人民生活水平普遍提高，家用電器一度出現供不應求現象，現在已經緩解。［構］主謂。［同］粥少僧多 ［反］供過於求 ［辨］『供』、『應』不能讀作ㄍㄨㄥˋ、ㄧㄥ(gòng、yīng)。

恭敬不如從命 ㄍㄨㄥ ㄐㄧㄥˋ ㄅㄨˋ ㄖㄨˊ ㄘㄨㄥˊ ㄇㄧㄥˋ gōng jìng bù rú cóng mìng

對人謙恭尊敬不如聽從他的意願。［例］既然您這麼說，那麼我恭敬不如從命，明天就不到機場送行了。［構］主謂。［源］宋、釋贊寧《筍譜》。

觥籌交錯 ㄍㄨㄥ ㄔㄡˊ ㄐㄧㄠ ㄘㄨㄛˋ gōngchóu jiāo cuò

酒器和酒籌錯雜相交，形容宴飲盡歡。觥：古酒器。籌：行令用的酒籌。［例］除夕的家宴很熱鬧，觥籌交錯，老幼盡歡而散。［構］主謂。［源］宋、歐陽修《醉翁亭記》。［辨］『觥』不能讀作ㄍㄨㄤˇ(guǎng)。

共君一席話，勝讀十年書 ㄍㄨㄥˋ ㄐㄩㄣ ㄧˋ ㄒㄧˊ ㄏㄨㄚˋ ㄕㄥˋ ㄉㄨˊ ㄕˊ ㄋㄧㄢˊ ㄕㄨ gòng jūn yì xí huà, shèng dú shí nián shū

跟您在一起談一次話，勝過讀書十年。共：在一起。君：您。［例］老趙精闢地分析了當前的國內外形勢，小李聽了，感嘆地說：『真是共君一席話，勝讀十年書啊！』［構］覆。

勾畫了了 ㄍㄡ ㄏㄨㄚˋ ㄌㄧㄠˇ ㄌㄧㄠˇ gōu huà liǎo liǎo

用簡短的文字把事態輪廓描述得清清楚楚。了了：清楚。［例］報紙

的短訊，勾畫了了，文筆流暢。［構］主謂。［辨］『了』不讀輕聲。

鉤心鬥角 gōu xīn dòu jiǎo

原謂宮室建築結構錯綜精密。心：宮室中心。角：檐角。後來比喻各自用盡心機，互相排擠。［例］『但他人誰會想到他爲了爭一點無聊的名聲，竟肯如此鉤心鬥角，無所不至呢！』（魯迅）［構］聯合。［源］唐、杜牧《阿房宮賦》。［同］明爭暗鬥 ［反］披肝瀝膽

鉤玄提要 gōu xuán tí yào

謂著作能探索精微，舉出要義。鉤：探索。玄：精微的道理。提：舉出。要：內容的綱要。［例］《書目答問》鉤玄提要，是一部重要的參考書。［構］聯合。［源］唐、韓愈《進學解》。

苟且偷安 gǒu qiě tōu ān

只圖眼前安逸，得過且過。苟且：暫且。偷：只顧眼前。［例］南宋偏安江左，當權者醉生夢死，苟且偷安。［構］偏正。［源］《後漢書・戴憑傳》［同］苟且偷生 ［反］發憤圖强 ［辨］『偷』不能解作『偷竊』。

苟全性命 gǒu quán xìng mìng

苟且偷生以保全生命。［例］苟全性命是一種消極的對現實無可奈何的生活態度。［構］動賓。［源］三國（蜀）、諸葛亮《出師表》：『苟全性命於亂世。』

苟延殘喘 gǒu yán cán chuǎn

勉强延續臨死前殘存的喘息。意謂勉强維持生存或勉强維持殘局。苟：姑且。［例］清廷重新起用袁世凱，是妄圖苟延殘喘。［構］動賓。［同］苟且

偷生

狗膽包天 ㄍㄡˇ ㄉㄢˇ ㄅㄠ ㄊㄧㄢ gǒu dǎn bāo tiān 斥責別人膽量太大，敢於胡作非為。〔例〕他狗膽包天，竟敢持刀行凶，連傷二命。〔構〕主謂。

狗急跳牆 ㄍㄡˇ ㄐㄧˊ ㄊㄧㄠˋ ㄑㄧㄤˊ gǒu jí tiào qiáng 比喻走投無路時不顧一切的冒險。〔例〕我們一定要提高警惕，防止敵人狗急跳牆。〔構〕連動。〔源〕《敦煌變文集・燕子賦》。〔同〕困獸猶鬥

狗拿耗子 ㄍㄡˇ ㄋㄚˊ ㄏㄠˋ ˙ㄗ gǒu ná hào zi 比喻多管閒事。〔例〕你這人管不著的事也管，真是狗拿耗子，多管閒事。〔構〕主謂。

狗皮膏藥 ㄍㄡˇ ㄆㄧˊ ㄍㄠ ㄧㄠˋ gǒu pí gāo yào 比喻騙人的貨色。〔例〕他的藥淨是些狗皮膏藥，治不了病。〔構〕偏正。

狗頭軍師 ㄍㄡˇ ㄊㄡˊ ㄐㄩㄣ ㄕ gǒu tóu jūn shī 專在背後給人出壞主意而主意又並不高明的人。〔例〕『政治流氓、文痞，狗頭軍師張。』（郭沫若）〔構〕偏正。

狗尾續貂 ㄍㄡˇ ㄨㄟˇ ㄒㄩˋ ㄉㄧㄠ gǒu wěi xù diāo 貂尾不足用狗尾續。原意是諷刺封官賜爵太濫，後來用以比喻用不好的東西續在好的東西後面。貂：毛皮珍貴的動物。〔例〕《紅樓夢》的續書多種，均有狗尾續貂之嫌。〔構〕偏正。〔源〕《晉書・趙王倫傳》。〔反〕珠聯璧合

狗血噴頭 ㄍㄡˇ ㄒㄩㄝˋ ㄆㄣ ㄊㄡˊ gǒu xuè pēn tóu 形容被罵得非常厲害。［例］車夫累得渾身是汗，伸手要錢，卻被罵了個狗血噴頭。［構］主謂。

狗仗人勢 ㄍㄡˇ ㄓㄤˋ ㄖㄣˊ ㄕˋ gǒu zhàng rén shì 比喻走狗仗著主人的勢力欺壓人。［例］『你就狗仗人勢，天天作耗，在我們跟前逞臉。』(《紅樓夢》)［構］主謂。［同］狐假虎威

沽名釣譽 ㄍㄨ ㄇㄧㄥˊ ㄉㄧㄠˋ ㄩˋ gū míng diào yù 指故意做作或用某種手段騙取名譽。沽：買。釣：比喻騙取。［例］這個人矯揉造作，沽名釣譽，是爲了實現他的不可告人的目的。［構］聯合。［同］盜名竊譽 ［反］實至名歸

孤兒寡婦 ㄍㄨ ㄦˊ ㄍㄨㄚˇ ㄈㄨˋ gū ér guǎ fù 指沒有依靠、無人保護的人。孤：死了父親的孩子。寡：死了丈夫的女人。［例］在我們的國家裏，孤兒寡婦，都會得到很好的照顧。［構］聯合。［源］戰國(楚)、宋玉《高唐賦》：『孤子寡婦，寒心酸鼻。』

孤芳自賞 ㄍㄨ ㄈㄤ ㄗˋ ㄕㄤˇ gū fāng zì shǎng 把自己看作是唯一的一枝香花而自我欣賞。比喻自命不凡，自我陶醉。［例］舊文人孤芳自賞，正是他們嚴重脫離群眾的根源。［構］主謂。［同］孤高自許

孤軍奮戰 ㄍㄨ ㄐㄩㄣ ㄈㄣˋ ㄓㄢˋ gū jūn fèn zhàn 原指孤立無援的軍隊奮勇作戰，後也用以比喻一個人孤立地工作。［例］①『我們已經脫離了過去那種慢慢發展的孤軍奮戰的景況。』(毛澤東)②要

密切聯繫群衆，孤軍奮戰地進行工作是很難收效的。［構］主謂。［源］《隋書·虞慶則傳》。［同］孤軍無援

孤苦伶仃 ㄍㄨ ㄎㄨˇ ㄌㄧㄥˊ ㄉㄧㄥ gū kǔ líng dīng

孤獨困苦，無依無靠。伶仃：沒有依靠。也作『零丁孤苦』。［例］這個孤苦伶仃的孩子很聰明，也很知道向上。［構］聯合。［源］晉、李密《陳情表》。［同］鰥寡孤獨

孤陋寡聞 ㄍㄨ ㄌㄡˋ ㄍㄨㄚˇ ㄨㄣˊ gū lòu guǎ wén

學識淺薄，見聞不廣。陋：淺陋。寡：少。［例］越是孤陋寡聞的人，越是自以爲是。［構］聯合。［源］《禮記·學記》。［同］淺見薄識　［反］見多識廣

孤掌難鳴 ㄍㄨ ㄓㄤˇ ㄋㄢˊ ㄇㄧㄥˊ gū zhǎng nán míng

一個巴掌拍不響。鳴：發聲。比喻力量單薄，難以成事。［例］一定要取得群衆的支持；否則，你在會上孤掌難鳴，是難以通過的。［構］主謂。［源］《韓非子·功名》。［同］一木難支　［反］衆擎易舉

孤注一擲 ㄍㄨ ㄓㄨˋ ㄧ ㄓˋ gū zhù yì zhì

把所有的錢一下投做賭注，企圖最後得勝。比喻在危急時把全部力量拿出來冒最後一次險。孤注：把所有的錢並作一注。一擲：喻把勝負存亡交給冒險行動。［例］敵人全部出動，想孤注一擲奪回陣地，但爲時已晚了。［構］主謂。

姑妄言之 ㄍㄨ ㄨㄤˋ ㄧㄢˊ ㄓ gū wàng yán zhī

姑且隨便說說。姑：暫且。妄：胡亂。［例］對於他，我也並不很了解，只不過姑妄言之而已。［構］偏正。

[源]《莊子・齊物論》。

姑息養奸 ㄍㄨ ㄒㄧ ㄧㄤˇ ㄐㄧㄢ gū xī yǎng jiān
過分寬容，就會助長壞人壞事。姑息：無原則的寬恕。養：助長。奸：壞人壞事。[例]『如果我們優柔寡斷，姑息養奸，則將遺禍人民，脫離群衆。』(毛澤東)[構]主謂。[同]養癰遺患[反]嚴懲不貸

古道熱腸 ㄍㄨˇ ㄉㄠˋ ㄖㄜˋ ㄔㄤˊ gǔ dào rè cháng
待人真摯熱情。古道：古代淳厚的習俗。熱腸：熱心腸。[例]他這個人古道熱腸，急公好義，很受鄉親們愛戴。[構]聯合。[同]古道可風[反]人心不古

古今中外 ㄍㄨˇ ㄐㄧㄣ ㄓㄨㄥ ㄨㄞˋ gǔ jīn zhōng wài
概括時間久遠和空間廣闊。[例]古今中外的偉大人物的成功，絕對不是偶然的。[構]聯合。

古色古香 ㄍㄨˇ ㄙㄜˋ ㄍㄨˇ ㄒㄧㄤ gǔ sè gǔ xiāng
形容富於古雅的色彩和情調。古色：指古器物土花斑駁的色彩。古香：指古書畫紙絹散發的氣味。[例]『他也忽然「雅」起來了，買了一個鼎，據說是周鼎，真是土花斑駁，古色古香。』(魯迅)[構]聯合。

古往今來 ㄍㄨˇ ㄨㄤˇ ㄐㄧㄣ ㄌㄞˊ gǔ wǎng jīn lái
從古到今。[例]古往今來，凡是在某一領域中有所成就的人，都是一生沉浸在他的專業中的。[構]聯合。[源]晉、潘岳《西征賦》：『古往今來，邈矣悠哉！』

古爲今用 ㄍㄨˇ ㄨㄟˊ ㄐㄧㄣ ㄩㄥˋ gǔ wéi jīn yòng
批判地繼承古代文化遺產，使之爲現代化建設服務。[例]古爲今用

，是我們學習古代文化的目的。〔構〕主謂。

穀賤傷農 ㄍㄨˇ ㄐㄧㄢˋ ㄕㄤ ㄋㄨㄥˊ gǔ jiàn shāngnóng 指糧價過低傷害農民的利益。穀：泛指糧食。〔例〕穀賤傷農是個很嚴重的問題，我國古代的封建統治者對這一點也很重視。〔構〕主謂。〔源〕《漢書・昭帝紀》。

骨鯁在喉 ㄍㄨˇ ㄍㄥˇ ㄗㄞˋ ㄏㄡˊ gǔ gěng zài hóu 骨頭、魚刺卡在嗓子裏。鯁：魚刺。比喻心裏有話，不說出來不痛快。〔例〕『但近來作文，避忌已甚，有時如骨鯁在喉，不得不吐，遂亦不免爲人所憎。』（魯迅）〔構〕主謂。

骨肉分離 ㄍㄨˇ ㄖㄡˋ ㄈㄣ ㄌㄧˊ gǔ ròu fēn lí 比喻親屬分離，不能團聚。也作『骨肉離散』。〔例〕台灣海峽兩岸的中國人民，四十年來，骨肉分離。〔構〕主謂。〔源〕《詩經・唐風・杕杜》小序：『骨肉離散。』

骨肉至親 ㄍㄨˇ ㄖㄡˋ ㄓˋ ㄑㄧㄣ gǔ ròu zhì qīn 指有血緣關係的親屬。〔例〕姑表兄妹因是骨肉至親，所以婚姻法規定不能結成婚姻。〔構〕偏正。〔源〕《漢書・楚元王傳》：『骨肉之親。』

蠱惑人心 ㄍㄨˇ ㄏㄨㄛˋ ㄖㄣˊ ㄒㄧㄣ gǔ huò rén xīn 用詭辯或謠言來製造輿論用以欺騙、迷惑、煽動群衆。蠱：古代傳說中的毒蟲，人吃了就會昏狂。〔例〕反動暴徒製造輿論和謠言，蠱惑人心，妄圖實現其罪惡陰謀。〔構〕動賓。〔源〕《元史・刑法志》。〔同〕造謠惑衆

固執己見 ㄍㄨˋ ㄓˊ ㄐㄧˇ ㄐㄧㄢˋ gù zhí jǐ jiàn 頑固地堅持自己的意見。［例］原則問題，應該堅持；非原則問題，就不應固執己見。［構］動賓。［源］《宋史．陳宓傳》。［同］自以為是［反］虛懷若谷

故步自封 ㄍㄨˋ ㄅㄨˋ ㄗˋ ㄈㄥ gù bù zì fēng 比喻安於現狀，不求進步。故步：舊的步子，引申為陳規陋習。自封：自己把自己局限住。也作『固步自封』。［例］我們要敢於改革，敢於創造；不要因循守舊，故步自封。［構］偏正。［同］墨守成規 ［反］推陳出新

故伎重演 ㄍㄨˋ ㄐㄧˋ ㄔㄨㄥˊ ㄧㄢˇ gù jì chóng yǎn 老花招再要一次。伎：伎倆。用於貶義。［例］他出獄後故伎重演，又去騙人，結果重新入獄。［構］主謂。

故弄玄虛 ㄍㄨˋ ㄋㄨㄥˋ ㄒㄩㄢˊ ㄒㄩ gù nòng xuán xū 故意玩弄花招，使人莫測高深，不可捉摸。玄虛：不可捉摸的東西。用於貶義。［例］他這個人就愛故弄玄虛，話說到節骨眼兒上就不往下說了。［構］動賓。［反］實事求是

故態復萌 ㄍㄨˋ ㄊㄞˋ ㄈㄨˋ ㄇㄥˊ gù tài fù méng 老毛病又出現了。故態：老樣子。復萌：又發生。用於貶義。［例］有的勞改釋放犯人並沒有真正悔改，所以一遇機會，就會故態復萌。［構］主謂。

故土難離 ㄍㄨˋ ㄊㄨˇ ㄋㄢˊ ㄌㄧˊ gù tǔ nán lí 故鄉是難以離開的。［例］電視劇《月是故鄉明》，寫出了故土難離這種淳樸的思想感情。［構］主謂。

顧此失彼 gù cǐ shī bǐ

顧了這個，丟了那個。形容無法全面照顧。［例］這個方案的擬定，頗費苦心，重點既很突出，又沒有顧此失彼。［構］聯合。［同］捉襟見肘 ［反］面面俱到

顧慮重重 gù lǜ chóngchóng

一層又一層的顧忌和疑慮。形容顧慮和疑忌很多。［例］他患得患失，顧慮重重，不可能把課講好。［構］主謂。

顧名思義 gù míng sī yì

看到名稱就聯想到涵義。［例］『腐脇疾，顧名思義，當是慢性膿胸穿孔。』（郭沫若）［構］連動。［源］《三國志・魏志・王昶傳》。

顧全大局 gù quán dà jú

照顧到整體利益，使之不受損害。［例］我們講話必須顧全大局，不能只圖說著痛快。［構］動賓。

顧影自憐 gù yǐng zì lián

原是形容孤獨失意的樣子。後來用作自我欣賞的意思。顧影：回頭看看自己的形影。自憐：自己憐愛自己。［例］『有的就是銜煙斗，穿洋服，唉聲嘆氣，顧影自憐，老是記著自己的韶年玉貌的少年哥兒。』（魯迅）［構］連動。［源］晉、陸機《赴洛道中作二首》：『佇立望故鄉，顧影淒自憐。』

顧左右而言他 gù zuǒ yòu ér yán tā

看看兩旁的人而談起別的事情。形容支吾、打岔、不正面回答問題的神情。左右：左右的人。他：其他的事。［例］『我怎敢有所

表示呢？我只笑了一笑，便顧左右而言他。』(茅盾)［構］連動。［源］《孟子·梁惠王下》。

瓜熟蒂落 ㄍㄨㄚ ㄕㄨˊ ㄉㄧˋ ㄌㄨㄛˋ guā shú dì luò　瓜熟了，瓜蒂自然脫落。比喻條件成熟，事情自然成功。蒂：瓜果與枝莖相連的部分。［例］『這樣產生的作品，就是所謂瓜熟蒂落，因而也不會是公式主義的。』(茅盾)［構］連動。［同］水到渠成［反］欲速不達［辨］『蒂』不能讀作ㄊㄧˋ(tì)。

瓜田李下 ㄍㄨㄚ ㄊㄧㄢˊ ㄌㄧˇ ㄒㄧㄚˋ guā tián lǐ xià　『瓜田不納履，李下不整冠』的簡括。比喻容易引起嫌疑之地。［例］他謹小慎微，瓜田李下，必然是加倍當心。［構］覆。［源］《樂府詩集·君子行》。

刮目相待 ㄍㄨㄚ ㄇㄨˋ ㄒㄧㄤ ㄉㄞˋ guā mù xiāng dài　用新的眼光來看待。刮目：擦眼，指去掉舊眼光。也作『刮目相看』。［例］他最近進步很大，真得刮目相待。［構］偏正。［源］《三國志·吳志·呂蒙傳》注引《江表傳》。

寡不敵眾 ㄍㄨㄚˇ ㄅㄨˋ ㄉㄧˊ ㄓㄨㄥˋ guǎ bù dí zhòng　人少的抵擋不住人多的。敵：抵擋。［例］歷史上多少次農民起義被鎮壓了下去，原因之一是寡不敵眾。［構］主謂。［源］《孟子·梁惠王上》。［同］眾寡懸殊［反］勢均力敵　以少勝多

寡廉鮮恥 ㄍㄨㄚˇ ㄌㄧㄢˊ ㄒㄧㄢˇ ㄔˇ guǎ lián xiǎn chǐ　不廉潔，不知恥。寡、鮮：缺少。［例］這個人寡廉鮮恥，無惡不作。［構］聯合。［源］漢、司馬相如《喻巴蜀檄》。［同］恬不知恥［辨］『鮮

』不能讀作ㄒㄧㄢ(xiān)。

掛羊頭，賣狗肉 ㄍㄨㄚˋ ㄧㄤˊ ㄊㄡˊ ㄇㄞˋ ㄍㄡˇ ㄖㄡˋ guà yáng tóu mài gǒu ròu 比喻用好的名目作幌子，實際上兜售劣質貨物或做壞事。本作『懸牛頭，賣馬肉』。也作『羊頭狗肉』。［例］『中國現在的頑固派，正是這樣。他們口裏的憲政，不過是「掛羊頭，賣狗肉」。』（毛澤東）［構］覆。

掛一漏萬 ㄍㄨㄚˋ ㄧ ㄌㄡˋ ㄨㄢˋ guà yī lòu wàn 說到一個，漏掉一萬。形容列舉得很不完備。［例］我說的只是根據印象，掛一漏萬，知所不免，請大家補充訂正。［構］聯合。［源］唐、韓愈《南山》詩。［反］涓滴不漏

怪力亂神 ㄍㄨㄞˋ ㄌㄧˋ ㄌㄨㄢˋ ㄕㄣˊ guài lì luàn shén 指怪異、暴力、悖亂、鬼神等違背情理的事物。［例］孔子談話不涉及怪力亂神的內容。［構］聯合。［源］《論語・述而》：『子不語怪力亂神。』

怪模怪樣 ㄍㄨㄞˋ ㄇㄨˊ ㄍㄨㄞˋ ㄧㄤˋ guài mú guài yàng 模樣古怪。［例］魚缸裏，怪模怪樣的熱帶魚游來游去。［構］聯合。［辨］『模』俗讀ㄇㄛˊ(mó)。

觀望不前 ㄍㄨㄢ ㄨㄤˋ ㄅㄨˋ ㄑㄧㄢˊ guān wàng bù qián 看看風頭，暫不向前。觀望：懷著猶豫的心情觀察形勢的發展變化。［例］孩子掉到河裏，有人奮力搶救，有的人觀望不前。［構］補充。［同］意存觀望

官逼民反 ㄍㄨㄢ ㄅㄧ ㄇㄧㄣˊ ㄈㄢˇ guān bī mín fǎn
反動統治階級殘酷壓迫人民，迫使人民起來反抗。［例］《水滸傳》的主題是官逼民反。［構］主謂。

官官相護 ㄍㄨㄢ ㄍㄨㄢ ㄒㄧㄤ ㄏㄨˋ guān guānxiāng hù
指官吏互相包庇。［例］解放前，官官相護，貧苦的農民有苦也沒處訴，有冤也沒處申哪！［構］主謂。

官樣文章 ㄍㄨㄢ ㄧㄤˋ ㄨㄣˊ ㄓㄤ guān yàng wén zhāng
原指堂皇典雅的進呈皇帝的文章；後轉指官場中有固定格式和套語的公文；現比喻徒具形式、照例敷衍的虛文，或雖有條文並不實行的法規。［例］『我卻以為他們也許是聰明的，至少，是已經憑著經驗知道了煌煌的官樣文章之不可信。』（魯迅）［構］偏正。［源］宋、吳處厚《青箱雜記・文章官樣》。

官運亨通 ㄍㄨㄢ ㄩㄣˋ ㄏㄥ ㄊㄨㄥ guān yùn hēng tōng
舊指仕途很順利，升得快。亨通：順利。［例］張作霖官運亨通，短短十年來的時間，不僅成為『關外王』，而且操縱著北洋政府。［構］主謂。［辨］『亨』不能讀作ㄒㄧㄤˇ (xiǎng)，也不要寫作『享』。

冠蓋如雲 ㄍㄨㄢ ㄍㄞˋ ㄖㄨˊ ㄩㄣˊ guān gài rú yún
形容有很多官員、士紳集會。冠：帽子，這裏代指官紳。蓋：車篷，這裏代指官紳的車。如雲：很多的樣子。［例］抗戰時，重慶的夜總會門前冠蓋如雲，一派歌舞昇平景象。［構］主謂。［源］漢、班固《西都賦》。

冠冕堂皇 ㄍㄨㄢ ㄇㄧㄢˇ ㄊㄤˊ ㄏㄨㄤˊ guān miǎn táng huáng
形容表面上莊嚴正大的樣子。冠冕：古代帝王將相的帽子。堂皇：很有氣派。［例］資產階級政客，在公開的

場合講些冠冕堂皇的話，暗地裏卻幹著罪惡的勾當。［構］主謂。［反］鬼鬼祟祟

鰥寡孤獨 ㄍㄨㄢ ㄍㄨㄚˇ ㄍㄨ ㄉㄨˊ guān guǎ gū dú 本來老而無妻曰鰥，老而無夫曰寡，老而無子曰獨，幼而無父曰孤。後來泛指沒有勞動力而又無人贍養的人。［例］互助組也要幫助鰥寡孤獨。［構］聯合。［源］《孟子・梁惠王下》。

管鮑之交 ㄍㄨㄢˇ ㄅㄠˋ ㄓ ㄐㄧㄠ guǎn bào zhī jiāo 指朋友交誼深厚。管鮑：管仲和鮑叔牙，春秋時齊國人，二人相知最深。［例］管鮑之交，從古到今都是難得的，他們的故事至今仍被人們所傳頌。［構］偏正。［源］《列子・力命篇》。

管見所及 ㄍㄨㄢˇ ㄐㄧㄢˋ ㄙㄨㄛˇ ㄐㄧˊ guǎn jiàn suǒ jí 比喻見解的狹隘、淺陋。一般用作謙辭。管見：從竹管中看事物。及：達到。［例］據管見所及，談以下幾點，請指正！［構］主謂。［源］《漢書・東方朔傳》。

管窺蠡測 ㄍㄨㄢˇ ㄎㄨㄟ ㄌㄧˊ ㄘㄜˋ guǎn kuī lí cè 比喻對事物的觀察和了解很不夠。管窺：從竹管孔裏看（天）。蠡測：用瓢測量（海水）。［例］『他們不曾說明，這是我的管窺蠡測。』（魯迅）［構］聯合。［源］《漢書・東方朔傳》。

管中窺豹 ㄍㄨㄢˇ ㄓㄨㄥ ㄎㄨㄟ ㄅㄠˋ guǎn zhōng kuī bào 從竹管裏看豹。比喻只看到事物的一部分。或從看到的部分可以推測全貌。［例］①來北京只遊北海，未免管中窺豹，該遊的地方多得很呢！②『……所以我們竟還能「管中窺豹」似的略見這一部新書的大概。』（魯迅）［構］偏正。［源］《世說新語・方正》。［反］洞察一切

光彩奪目 ㄍㄨㄤ ㄘㄞˇ ㄉㄨㄛˊ ㄇㄨˋ guāng cǎi duó mù

光澤和色彩鮮艷耀眼。奪目：耀眼。［例］國慶之夜，天安門廣場燃放禮花，五彩繽紛，光彩奪目。［構］主謂。［源］晉、崔豹《古今注》：『荆葵……華似木槿，而光色奪目。』［同］鮮艷奪目［反］黯然失色

光怪陸離 ㄍㄨㄤ ㄍㄨㄞˋ ㄌㄨˋ ㄌㄧˊ guāng guài lù lí

形容物體的形象奇異（光怪），色彩繁雜（陸離），也形容事物的離奇多變。［例］①展覽會裏，擺滿了輕工業新產品，光怪陸離，目不暇給。②『中國雖然似乎日見其光怪陸離了，然而，嗚呼哀哉！我們連「苦笑」也得不到。』（魯迅）［構］聯合。

光輝燦爛 ㄍㄨㄤ ㄏㄨㄟ ㄘㄢˋ ㄌㄢˋ guāng huī càn làn

光芒耀眼，色彩鮮明。［例］『……也絕不是英雄們的八寶箱，一朝打開，便見光輝燦爛。』（魯迅）［構］主謂。［反］漆黑一團

光芒萬丈 ㄍㄨㄤ ㄇㄤˊ ㄨㄢˋ ㄓㄤˋ guāngmáng wàn zhàng

光輝燦爛，照耀遠方。光芒：四射的光輝。也作『萬丈光芒』。［例］李白、杜甫的詩篇，光芒萬丈，永照青史。［構］主謂。［源］唐、韓愈《調張籍》詩。

光明磊落 ㄍㄨㄤ ㄇㄧㄥˊ ㄌㄟˇ ㄌㄨㄛˋ guāngmíng lěi luò

心地光明，胸懷坦白。磊落：坦白無私。［例］『……但這次重看了一遍，覺得這位鶴西先生，真也太不光明磊落。』（魯迅）［構］聯合。［源］宋、朱熹《朱子語類》。［同］光明正大［反］心懷叵測

光明正大 ㄍㄨㄤ ㄇㄧㄥˊ ㄓㄥˋ ㄉㄚˋ guāngmíngzhèng dà

心地光明，言行正派。正大：公正無私。也作『正大光明』。〔例〕『戰爭的名義就不光明正大。』（茅盾）〔構〕聯合。〔源〕宋、朱熹《朱子語類》。〔同〕光明磊落 〔反〕鬼鬼祟祟

光天化日 ㄍㄨㄤ ㄊㄧㄢ ㄏㄨㄚˋ ㄖˋ guāng tiān huà rì

原指太平盛世，後比喻衆目昭彰、是非分明的場合，也指晴朗的天空和太陽。〔例〕①『如今把事實指出，愈使魑魅魍魎無所遁形於光天化日之下了。』（鄒韜奮）②『如今呢？過的是花的生活，生長於光天化日之下，微風細雨之中。』（冰心）〔構〕聯合。〔同〕青天白日 〔反〕暗無天日

光陰荏苒 ㄍㄨㄤ ㄧㄣ ㄖㄣˇ ㄖㄢˇ guāng yīn rěn rǎn

時間漸漸過去。荏苒：即漸冉，漸漸過去。〔例〕光陰荏苒，一轉眼又要過新年了。〔構〕主謂。

光陰如箭 ㄍㄨㄤ ㄧㄣ ㄖㄨˊ ㄐㄧㄢˋ guāng yīn rú jiàn

比喻時間流逝迅速。也作『光陰似箭』。〔例〕光陰如箭，一轉眼孩子們都長大了。〔構〕主謂。〔源〕宋、蘇軾《行香子・秋興》。

光宗耀祖 ㄍㄨㄤ ㄗㄨㄥ ㄧㄠˋ ㄗㄨˇ guāngzōng yào zǔ

舊指子孫做了高官，爲家族增光，使祖先顯耀。〔例〕『（賈政說）兒子管他（指賈寶玉），也爲的是光宗耀祖。』（《紅樓夢》）〔構〕聯合。

廣開言路 ㄍㄨㄤˇ ㄎㄞ ㄧㄢˊ ㄌㄨˋ guǎng kāi yán lù

盡量創造人們發表意見的條件。廣開：廣泛開展。言路：進言的道路。〔例〕爲了發揚民主，必須廣開言路，在人民內部實行『言者無罪，聞者足戒』。〔構〕動賓。〔源〕《後漢書・來歷傳》

》。[反]閉目塞聽

廣種薄收 ㄍㄨㄤˇ ㄓㄨㄥˇ ㄅㄛˊ ㄕㄡ guǎngzhǒng bó shōu
原指擴大耕種面積，不精耕細作，產量收多少是多少。後來也比喻辦事以多取勝，多辦總比少辦收益多。[例]他到處兼課，報酬從不計較，廣種薄收嘛！[構]連動。

歸根結蒂 ㄍㄨㄟ ㄍㄣ ㄐㄧㄝˊ ㄉㄧˋ guī gēn jié dì
歸結到根本上。蒂：花、果與枝莖相連的部分。也作『歸根結柢』、『歸根結底』。[例]『天才們無論怎樣說大話，歸根結蒂，還是不能憑空創造。』（魯迅）[構]聯合。

歸心似箭 ㄍㄨㄟ ㄒㄧㄣ ㄙˋ ㄐㄧㄢˋ guī xīn sì jiàn
想回去的念頭像射出的箭那麼急。也作『歸心如箭』。[例]放寒假了，外地的同學們歸心似箭，恨不得一眨眼就到家。[構]主謂。

規矩準繩 ㄍㄨㄟ ㄐㄩˇ ㄓㄨㄣˇ ㄕㄥˊ guī jǔ zhǔn shéng
比喻標準或法度。規、矩：校正圓形、方形的工具。準、繩：測定平、直的工具。也作『規矩繩墨』。[例]有了『法』，也就是有了規矩準繩，對和錯，好和壞，善和惡才有共同的客觀標準。[構]聯合。[源]《孟子·離婁上》。

規行矩步 ㄍㄨㄟ ㄒㄧㄥˊ ㄐㄩˇ ㄅㄨˋ guī xíng jǔ bù
比喻舉動合乎規矩，毫不苟且。也比喻墨守成規，不知變通。[例]他老了，已經變得規行矩步，青年時代的書生意氣消磨淨盡了。[構]聯合。[源]晉、潘岳《釋奠頌》。[同]循規蹈矩[反]無法無天

詭計多端 ㄍㄨㄟˇ ㄐㄧˋ ㄉㄨㄛ ㄉㄨㄢ guǐ jì duō duān
狡詐的主意很多。端：頭緒。[例]『爲自己的享受與自由，沒法兒不詭計多端。』(老舍)[構]主謂。[辨]『詭』不能寫作『鬼』。

鬼斧神工 ㄍㄨㄟˇ ㄈㄨˇ ㄕㄣˊ ㄍㄨㄥ guǐ fǔ shén gōng
好像是鬼神製作的。形容製作的技術高超。[例]『其工程之大，成立之速，真所謂鬼斧神工，不可思議者也。』(孫中山)[構]聯合。[源]《莊子・達生》。[同]巧奪天工。

鬼鬼祟祟 ㄍㄨㄟˇ ㄍㄨㄟˇ ㄙㄨㄟˋ ㄙㄨㄟˋ guǐ guǐ suì suì
偷偷摸摸，不光明正大。[例]『其餘的一些鬼鬼祟祟。躲躲閃閃的攻擊，離上舉的兩位還差得很遠，這裏都不轉載了。』(魯迅)[構]聯合(重疊)。[同]偷偷摸摸 [反]堂堂正正 [辨]『祟』不能讀作ㄔㄨㄥˊ(chóng)，也不能寫作『崇』。

鬼迷心竅 ㄍㄨㄟˇ ㄇㄧˊ ㄒㄧㄣ ㄑㄧㄠˋ guǐ mí xīn qiào
比喻一時糊塗。[例]她簡直是鬼迷心竅，盲目地離鄉背井，妄想發財，如今舉目無親，陷入困境。[構]主謂。

鬼使神差 ㄍㄨㄟˇ ㄕˇ ㄕㄣˊ ㄔㄞ guǐ shǐ shén chāi
比喻事出意外，不由自主。使、差：支使、差遣。也作『神差鬼使』。[例]黑燈瞎火的，迷了方向，誰知鬼使神差的，找到了一個客店。[構]聯合。[辨]『差』不能讀作ㄔㄚ、ㄔㄚˋ、ㄘ(chā、chà、cī)。

鬼頭鬼腦 ㄍㄨㄟˇ ㄊㄡˊ ㄍㄨㄟˇ ㄋㄠˇ guǐ tóu guǐ nǎo
形容行爲狡詐，不光明正大。[例]他那種鬼頭鬼腦的樣子，真叫人討厭。[構]聯合。[同]鬼鬼祟祟 [

反」堂堂正正

鬼蜮伎倆 ㄍㄨㄟˇ ㄩˋ ㄐㄧˋ ㄌㄧㄤˇ guǐ yù jì liǎng 比喻暗中傷人的卑劣手段。蜮：傳說中能含沙射影在水裏暗中害人的怪物。伎倆：卑劣的手段。［例］『「社會新聞」已看過，大可笑。但此物不可不看，因爲由此可窺見狐鼠鬼蜮伎倆也。』（魯迅）［構］偏正。［源］《詩經・小雅・何人斯》。［同］陰謀詭計 ［辨］『蜮』、『伎』不能寫作『域』、『技』。

貴人多忘事 ㄍㄨㄟˋ ㄖㄣˊ ㄉㄨㄛ ㄨㄤˋ ㄕˋ guì rén duō wàng shì 原形容顯貴者對人倨傲，不念舊交。後用以嘲諷人善忘。［例］『你老是「貴人多忘事」了，哪裏還記得我們？』（《紅樓夢》）［構］主謂。［源］五代、王定保《唐摭言・二・恚恨》。

滾瓜爛熟 ㄍㄨㄣˇ ㄍㄨㄚ ㄌㄢˋ ㄕㄨˊ gǔn guā làn shú 形容讀書、背書非常流利、純熟。［例］同學們把要求背誦的篇章讀得滾瓜爛熟。［構］偏正。

國富民安 ㄍㄨㄛˊ ㄈㄨˋ ㄇㄧㄣˊ ㄢ guó fù mín ān 國家富足，人民安樂。［例］今日的中國，國富民安，連敵人也不能否認這一點。［構］聯合。［同］國泰民安 ［反］國困民窮

國計民生 ㄍㄨㄛˊ ㄐㄧˋ ㄇㄧㄣˊ ㄕㄥ guó jì mín shēng 指國家經濟和人民生活。也作『民生國計』。［例］應該著重辦好對國計民生有實際意義的大事，而不應只是粉飾昇平。［構］聯合。［源］宋、鄭興裔《忠肅集》。

國家興亡，匹夫有責 ㄍㄨㄛˊ ㄐㄧㄚ ㄒㄧㄥ ㄨㄤˊ，ㄆㄧˇ ㄈㄨ ㄧㄡˇ ㄗㄜˊ guó jiā xīng wáng, pǐ fū yǒu zé

國家興盛或衰亡，每個人都有責任。匹夫：泛指一般人。也作『天下興亡，匹夫有責』。［例］國家興亡，匹夫有責這一古訓，在他幼小心靈中深深紮下了根。［構］主謂。［源］清、顧炎武《日知錄》。

國破家亡 ㄍㄨㄛˊ ㄆㄛˋ ㄐㄧㄚ ㄨㄤˊ guó pò jiā wáng

國家殘破了，家也沒有了。［例］明末，在國破家亡的前夜，秦淮畫舫依然酒綠燈紅，笙歌不斷。［構］聯合。［源］晉、劉琨《答盧諶書》。

國色天香 ㄍㄨㄛˊ ㄙㄜˋ ㄊㄧㄢ ㄒㄧㄤ guó sè tiān xiāng

原是形容色香俱美的牡丹花。後來也形容女性的美麗。也作『天香國色』。［例］過去，北京崇效寺的牡丹冠絕一時，國色天香，引得人們來寺賞花，流連忘返。［構］聯合。［源］唐、李正封《賞牡丹》詩。

國泰民安 ㄍㄨㄛˊ ㄊㄞˋ ㄇㄧㄣˊ ㄢ guó tài mín ān

國家太平，人民安樂。泰：安寧。［例］風調雨順，國泰民安，這八個字是我國古代人民的衷心願望。［構］聯合。［源］宋、吳自牧《夢粱錄・十四・山川神》。［同］國富民安［反］國破家亡

果不其然 ㄍㄨㄛˇ ㄅㄨˋ ㄑㄧˊ ㄖㄢˊ guǒ bù qí rán

果然如此。强調不出所料。也作『果不然』。［例］我早就說他有出息，果不其然，這個專業，全國只取一名研究生，他被錄取了。［構］偏正。

裹足不前 ㄍㄨㄛˇ ㄗㄨˊ ㄅㄨˋ ㄑㄧㄢˊ guǒ zú bù qián

腳像被裹住了似的停步不進。［例］在困難面前，我們不應疑慮重重

，裹足不前。［構］偏正。［源］秦、李斯《諫逐客書》。［同］停滯不前 ［反］勇往直前

過河拆橋 ㄍㄨㄛˋ ㄏㄜˊ ㄔㄞ ㄑㄧㄠˊ guò hé chāi qiáo 比喻達到目的以後，就把曾經幫助過自己的人一腳踢開。［例］過河拆橋，已經夠卑鄙了，他是只要能踹過去就拆，可謂卑鄙之尤。［構］連動。［源］《元史・徹裏帖木兒傳》。［同］過橋抽板 ［反］沒齒不忘

過河卒子 ㄍㄨㄛˋ ㄏㄜˊ ㄗㄨˊ ˙ㄗ guò hé zú zi 象棋的卒，過河後只能前進或橫走，不能後退。用以比喻身不由己、聽命於人的人。［例］當了人家的過河卒子，也就只有這麼辦了。［構］偏正。

過江之鯽 ㄍㄨㄛˋ ㄐㄧㄤ ㄓ ㄐㄧˋ guò jiāng zhī jì 東晉王朝在江南建立，北方很多知名之士紛紛來到江南，當時有人諷刺說：『過江名士多於鯽。』後來就用以形容趕時髦的人多。也泛指衆多。［例］近年來，旅遊之風高漲，名山勝境，頓成鬧市，遊人多於過江之鯽。［構］偏正。

過路財神 ㄍㄨㄛˋ ㄌㄨˋ ㄘㄞˊ ㄕㄣˊ guò lù cái shén 比喻經手大量錢財而自己無所得的人。［例］他經手的錢成千上萬，可一塊錢也不屬於他，只不過是個過路財神而已。［構］偏正。

過目成誦 ㄍㄨㄛˋ ㄇㄨˋ ㄔㄥˊ ㄙㄨㄥˋ guò mù chéng sòng 看一下就能背出來。成誦：背誦。［例］『黛玉笑道：「你說你會過目成誦，難道我就不能一目十行了！」』（《紅樓夢》）［構］覆。［源］宋、黃庭堅《豫章文集・劉道原墓志銘》：『文

無美惡，過目成誦。』〔同〕過目不忘

過甚其詞 ㄍㄨㄛˋ ㄕㄣˋ ㄑㄧˊ ㄘˊ guò shèn qí cí 即其詞過甚，指說的話太過分，不切合實際。〔例〕『趙伯韜藐然搖一下頭，再坐在沙發裏架起了腿，只淡淡地說了四個字：「過甚其詞」。』（《子夜》）〔構〕動賓。〔同〕誇大其詞〔反〕恰如其分

過五關，斬六將 ㄍㄨㄛˋ ㄨˇ ㄍㄨㄢ ㄓㄢˇ ㄌㄧㄡˋ ㄐㄧㄤˋ guò wǔ guān zhǎn liù jiàng 本《三國演義》敍述的關羽千里尋兄的故事。現用來比喻克服不易克服的重重困難或吹噓自己的歷史業績。〔例〕他總是說他那些過五關，斬六將的事，一句『走麥城』也不提。〔構〕覆。〔源〕《三國演義》第二十七回。

過眼雲煙 ㄍㄨㄛˋ ㄧㄢˇ ㄩㄣˊ ㄧㄢ guò yǎn yún yān 從眼前掠過的雲氣和煙霧。原來比喻可以不加重視的身外之物。後來也比喻轉瞬即逝的不留痕跡的事物。〔例〕『論起榮華富貴，原不過是「過眼雲煙」。』（《紅樓夢》）〔構〕偏正。〔源〕宋、蘇軾《寶繪堂記》。〔同〕曇花一現

過猶不及 ㄍㄨㄛˋ ㄧㄡˊ ㄅㄨˋ ㄐㄧˊ guò yóu bù jí 凡事做過了頭，就像做得不夠一樣，都達不到目的。猶：如同。〔例〕過猶不及，是至理名言，是辯證法，它適用於一切領域。〔構〕主謂。〔源〕《論語・先進》。〔反〕恰到好處

H

海底撈月 ㄏㄞˇ ㄉㄧˇ ㄌㄠ ㄩㄝˋ hǎi dǐ lāo yuè 比喻白費力氣，根本做不到。也作『水中撈月』。〔例〕他想了很多辦法，花了不少時間，但終於是海底撈月，沒有成功。〔構〕偏正。〔同〕枉費心機

海底撈針 ㄏㄞˇ ㄉㄧˇ ㄌㄠ ㄓㄣ hǎi dǐ lāo zhēn 比喻尋找極為困難或目的不可能達到。也作『大海撈針』。〔例〕你沒有他的地址，要想在上海找到他，那簡直是海底撈針。〔構〕偏正。〔反〕甕中捉鱉

海角天涯 ㄏㄞˇ ㄐㄧㄠˇ ㄊㄧㄢ ㄧㄚˊ hǎi jiǎo tiān yá 指非常遙遠的地方或相距遙遠。角：盡頭。涯：邊際。也作『天涯海角』。〔例〕在世界的海角天涯——南極，已經建起中國『長城』、『中山』兩個科學考察站。〔構〕聯合。〔源〕唐、白居易《春生》詩。〔反〕近在咫尺

海枯石爛 ㄏㄞˇ ㄎㄨ ㄕˊ ㄌㄢˋ hǎi kū shí làn 海水乾涸，石頭朽爛。形容經歷極長的時間或不可能實現。多用作誓言，表示意志堅定，永不改變。〔例〕就是海枯石爛，你也休想讓我投降。〔構〕聯合。

海闊憑魚躍，天高任鳥飛 ㄏㄞˇ ㄎㄨㄛˋ ㄆㄧㄥˊ ㄩˊ ㄩㄝˋ ㄊㄧㄢ ㄍㄠ ㄖㄣˋ ㄋㄧㄠˇ ㄈㄟ hǎi kuò píng yú yuè, tiān gāo rèn niǎo fēi 大海遼闊，隨魚跳躍；天空高曠，任鳥飛翔。比喻能夠充分施展抱負。〔例〕海闊憑魚躍，天高任鳥飛，讓我們甩開膀子投入四化建設事業去中吧！〔構〕覆。〔源〕《詩話總龜》前集卷三十。〔同〕大顯身手

海闊天空
ㄏㄞˇ ㄎㄨㄛˋ ㄊㄧㄢ ㄎㄨㄥ
hǎi kuò tiān kōng

海域遼闊，天空高曠，形容大自然廣闊無比。也比喻說話、議論不著邊際。［例］①美麗的南沙海域，海闊天空，無邊無際。②幾個朋友聚在一起海闊天空地聊了起來。［構］聯合。［源］《詩話總龜》前集卷三十。［同］漫無邊際

海內存知己，天涯若比鄰
ㄏㄞˇ ㄋㄟˋ ㄘㄨㄣˊ ㄓ ㄐㄧˇ，ㄊㄧㄢ ㄧㄚˊ ㄖㄨㄛˋ ㄅㄧˇ ㄌㄧㄣˊ
hǎi nèi cún zhī jǐ, tiān yá ruò bǐ lín

四海之內有知心朋友，雖然遠在天邊，也像近鄰一樣親近。海內：古指中國，現也指世界。比鄰：近鄰。［例］海內存知己，天涯若比鄰，雖然你遠在大西洋彼岸，可我們的心是連在一起的。［構］覆。［源］唐、王勃《杜少府之任蜀州》詩。

海市蜃樓
ㄏㄞˇ ㄕˋ ㄕㄣˋ ㄌㄡˊ
hǎi shì shèn lóu

指在海邊、沙漠中，大氣由於光線折射而出現的一種幻景。古人認爲是蜃吐氣形成的景象。比喻虛幻的事物。蜃：蛤蜊。［例］①七月間，蓬萊一帶常出現海市蜃樓，景象十分壯觀。②離開了農業，工業發展就沒有基礎，只能是海市蜃樓。［構］聯合。［源］《史記・天官書》。［同］空中樓閣　［辨］『蜃』不要讀成ㄔㄣˊ (chén)或ㄔㄥˊ (chéng)。

海水不可斗量
ㄏㄞˇ ㄕㄨㄟˇ ㄅㄨˋ ㄎㄜˇ ㄉㄡˇ ㄌㄧㄤˊ
hǎi shuǐ bù kě dǒu liáng

海水不能用斗測量。常與『人不可貌相』連用，比喻不能憑相貌來評價人。［例］別看他貌不出衆，棋藝卻超群，真是人不可貌相，海水不可斗量。［構］主謂。［源］《淮南子・泰族訓》。

海外奇談 ㄏㄞˇ ㄨㄞˋ ㄑㄧˊ ㄊㄢˊ hǎi wài qí tán 指荒唐的、沒有根據的說法或外國的奇異傳說。海外：遠洋之外。［例］人類登月球探險已經不是什麼海外奇談了。［構］偏正。［源］明、沈德符《萬曆野獲編補遺》。

駭人聽聞 ㄏㄞˋ ㄖㄣˊ ㄊㄧㄥ ㄨㄣˊ hài rén tīng wén 使人聽了非常吃驚。駭：驚懼。含有貶義。［例］報紙登了一條駭人聽聞的消息，某地不法商販用工業酒精製酒而致多人中毒。［構］兼語。［辨］『駭』不要寫成『害』，也不要讀成ㄏㄜˋ(hè)。

害群之馬 ㄏㄞˋ ㄑㄩㄣˊ ㄓ ㄇㄚˇ hài qún zhī mǎ 危害馬群的壞馬。比喻危害集體的人。［例］對危害社會的害群之馬，我們絕不能姑息。［構］偏正。［源］《莊子．徐無鬼》。

酣然入夢 ㄏㄢ ㄖㄢˊ ㄖㄨˋ ㄇㄥˋ hān rán rù mèng 很舒適地進入夢鄉。酣然：暢快的樣子，引申爲舒適。［例］同學們勞動了一天，天一黑就都酣然入夢了。［構］偏正。

邯鄲學步 ㄏㄢˊ ㄉㄢ ㄒㄩㄝˊ ㄅㄨˋ hán dān xué bù 指到邯鄲硬學趙國人走路，而忘掉自己原來怎樣走路。比喻沒把別人的本領學到手，反而把自己的技能也丟掉了。邯鄲：戰國時趙國的都城。步：走路。也作『學步邯鄲』。［例］不管學什麼，都不能邯鄲學步，生搬硬套。［構］偏正。［源］《莊子．秋水》。［同］壽陵失步

含苞欲放 ㄏㄢˊ ㄅㄠ ㄩˋ ㄈㄤˋ hán bāo yù fàng 花朵將開而未開。比喻少女的青春。苞：花苞。［例］①三月，北京街頭的玉蘭花已經含苞欲放了。②一群女

孩子，像含苞欲放的花朵，笑盈盈地跑過來。［構］連動。［反］落英繽紛

含糊其詞 ㄏㄢˊ ㄏㄨˊ ㄑㄧˊ ㄘˊ hán hú qí cí

故意把話說得不清楚，不明確。詞：言詞。［例］中美聯合公報沒有對台灣問題含糊其詞。［構］偏正。［源］《新唐書・顏杲卿傳》。［同］閃爍其辭

含情脈脈 ㄏㄢˊ ㄑㄧㄥˊ ㄇㄛˋ ㄇㄛˋ hán qíng mò mò

飽含溫情，兩眼凝神地望著。脈脈：兩眼凝神注視的樣子。也作『脈脈溫情』。［例］她只是含情脈脈地看著他，一句話也不說。［構］主謂。［源］宋、辛棄疾《摸魚兒》。［辨］『脈』不要讀成ㄇㄞˋ(mài)。

含沙射影 ㄏㄢˊ ㄕㄚ ㄕㄜˋ ㄧㄥˇ hán shā shè yǐng

傳說有一種叫蜮的動物，在水中噴沙射人的影子，使人得病。比喻暗中攻擊或陷害人。也作『含沙射人』。含有貶義。［例］他又含沙射影地把鄉鎮企業攻擊了一番。［構］連動。［源］《搜神記》卷十二。［同］暗箭傷人

含笑九泉 ㄏㄢˊ ㄒㄧㄠˋ ㄐㄧㄡˇ ㄑㄩㄢˊ hán xiào jiǔ quán

含著笑容在九泉之下。九泉：地下，指人死後埋葬的地方。表示死後也感到欣慰。［例］看到這夥人受到歷史的審判，父親若是地下有知，也會含笑九泉的。［構］補充。［同］含笑入地［反］死不瞑目

含辛茹苦 ㄏㄢˊ ㄒㄧㄣ ㄖㄨˊ ㄎㄨˇ hán xīn rú kǔ

形容忍受艱難困苦。辛：勞苦。茹：吃。也作『茹苦含辛』。［例］五〇年代，很多革命老戰士自願到北大荒

含辛茹苦，開墾荒地。［構］聯合。［源］宋、蘇軾《中和勝相院記》。［同］備嘗艱苦

含英咀華 ㄏㄢˊ ㄧㄥ ㄐㄩˇ ㄏㄨㄚˊ hán yīng jǔ huá 口中含著花細細地咀嚼。英、華：花朵。咀：細嚼。比喻細細地欣賞體會詩文的精華。［例］讀李賀的詩，要含英咀華，仔細玩味，才能有所體會。［構］連動。［辨］『咀』不能讀成ㄗㄨˇ(zǔ)或ㄗㄨㄟˇ(zuǐ)。

含冤負屈 ㄏㄢˊ ㄩㄢ ㄈㄨˋ ㄑㄩ hán yuān fù qū 蒙受冤屈。含冤：心懷冤枉。負：背，遭受。屈：委屈。也作『負屈銜冤』。［例］作家丁玲含冤負屈三十多年，卻從來沒有動搖過對黨的忠誠。［構］聯合。

寒暑易節 ㄏㄢˊ ㄕㄨˇ ㄧˋ ㄐㄧㄝˊ hán shǔ yì jié 冬天夏天改變著節令。易：改變。形容時間流逝。［例］他義務下鄉給鄉親們理髮，寒暑易節，颳風下雨，從來沒間斷過。［構］主謂。［同］寒來暑往

韓信將兵 ㄏㄢˊ ㄒㄧㄣˋ ㄐㄧㄤˋ ㄅㄧㄥ hán xìn jiàng bīng 原作『韓信將兵，多多益善』。比喻越多越好。將：統帥，指揮。［例］亞運村需要大量的義務導遊和翻譯，只要大家有這方面的才能，我們是韓信將兵，多多益善。［構］主謂。［源］《史記・淮陰侯列傳》。

汗流浹背 ㄏㄢˋ ㄌㄧㄡˊ ㄐㄧㄚˊ ㄅㄟˋ hàn liú jiā bèi 出汗很多，濕透了脊背。浹：濕透。形容天氣過熱或劇烈活動時滿身大汗。或形容極度惶恐或極度羞愧。［例］雖是數九寒天，但大家還幹得汗流浹背

。〔構〕主謂。〔源〕《後漢書．伏皇后紀》。〔同〕汗如雨下　〔辨〕『浹』不要寫成『夾』，『背』不要讀成ㄅㄟ(bèi)。

汗馬功勞 ㄏㄢˋ ㄇㄚˇ ㄍㄨㄥ ㄌㄠˊ hàn mǎ gōng láo
指戰功。現也指工作中的成績。汗馬：征戰中馬奔馳出汗。〔例〕這些無名英雄爲我國核工業的創建和發展立下了汗馬功勞。〔構〕偏正。〔源〕《韓非子．五蠹》。

汗牛充棟 ㄏㄢˋ ㄋㄧㄡˊ ㄔㄨㄥ ㄉㄨㄥˋ hàn niú chōngdòng
形容書籍極多。汗牛：用牛拉車運書，牛累得出汗。充棟：書堆滿屋子，一直放到屋梁。〔例〕中文系的資料室雖說不上汗牛充棟，但基本上也夠用了。〔構〕聯合。〔源〕唐、柳宗元《陸文通先生墓表》。〔同〕恆河沙數　〔反〕寥寥無幾

汗顏無地 ㄏㄢˋ ㄧㄢˊ ㄨˊ ㄉㄧˋ hàn yán wú dì
形容非常羞愧，無地自容。汗顏：因羞愧而出汗。顏：臉。〔例〕一場很有把握的比賽讓他們給輸了，隊員們感到汗顏無地，沒法交代。〔構〕主謂。〔源〕唐、韓愈《祭柳子厚文》。〔同〕無地自容

扞格不入 ㄏㄢˋ ㄍㄜˊ ㄅㄨˋ ㄖㄨˋ hàn gé bù rù
形容互不相容，不相適應。扞，同捍。扞格：抵觸。原指堅硬而難以深入，後用以形容不適應。〔例〕科學和封建迷信是扞格不入的兩種東西。〔構〕偏正。〔源〕《禮記．學記》。〔同〕格格不入　〔反〕水乳交融

行伍出身 ㄏㄤˊ ㄨˇ ㄔㄨ ㄕㄣ háng wǔ chū shēn
指當兵出身。行伍：泛指軍中。也作『出身行伍』。〔例〕這幾位幹部都是行伍出身，帶民兵搞訓練沒問題。

「構」偏正。「辨」『行』不要念成ㄒㄧㄥˊ(xíng)。

沆瀣一氣 ㄏㄤˋ ㄒㄧㄝˋ ㄧ ㄑㄧˋ hàng xiè yī qì 比喻彼此氣味相投。沆瀣：夜間的水氣。一氣：聲氣相通。「例」官僚買辦資本家和封建地主互相勾結，沆瀣一氣剝削人民。「構」主謂。「源」宋、錢易《南部新書·戊集》。「同」臭味相投

毫不利己，專門利人 ㄏㄠˊ ㄅㄨˋ ㄌㄧˋ ㄐㄧˇ ㄓㄨㄢ ㄇㄣˊ ㄌㄧˋ ㄖㄣˊ háo bù lì jǐ zhuān mén lì rén 絲毫不爲個人利益著想，一心一意做有利於他人的事情。形容崇高的忘我精神。「例」白求恩大夫毫不利己，專門利人，他贏得全中國人民的衷心愛戴。「構」覆。

毫髮不爽 ㄏㄠˊ ㄈㄚˇ ㄅㄨˋ ㄕㄨㄤˇ háo fǎ bù shuǎng 形容一點也不差。毫髮：毫毛和頭髮。爽：差錯。也作『毫釐不爽』。「例」個體商販們訂出公約，要求努力做到買賣公平，斤兩毫髮不爽。「構」主謂。「同」絲毫不差

毫無二致 ㄏㄠˊ ㄨˊ ㄦˋ ㄓˋ háo wú èr zhì 絲毫沒有兩樣，形容完全一樣。二致：兩樣。「例」他臨摹的《清明上河圖》跟原畫幾乎是毫無二致。「構」動賓。「同」一模一樣

毫無疑義 ㄏㄠˊ ㄨˊ ㄧˊ ㄧˋ háo wú yí yì 絲毫沒有使人懷疑的地方。疑義：可疑的道理。「例」毫無疑義，足球要打翻身仗，必須從少年兒童抓起。「構」動賓。「同」不容置疑

豪情壯志 ㄏㄠˊ ㄑㄧㄥˊ ㄓㄨㄤˋ ㄓˋ háo qíng zhuàng zhì

豪邁的情懷，遠大的志向。［例］這篇文章讚揚了地質隊員四海爲家的豪情壯志。［構］聯合。［同］雄心壯志

豪言壯語 ㄏㄠˊ ㄧㄢˊ ㄓㄨㄤˋ ㄩˇ háo yán zhuàng yǔ

豪邁雄壯的言語。形容充滿英雄氣概的話語。［例］足球健兒在臨行前發出『衝出亞洲，爲祖國爭光』的豪言壯語。［構］聯合。

好好先生 ㄏㄠˇ ㄏㄠˇ ㄒㄧㄢ ㄕㄥ hǎo hǎo xiān shēng

指不分是非、隨聲附和、只求相安無事的人。［例］人民代表要講原則，爲群衆辦實事，所以人民代表絕不能是好好先生。［構］偏正。

好景不長 ㄏㄠˇ ㄐㄧㄥˇ ㄅㄨˋ ㄔㄤˊ hǎo jǐng bù cháng

好光景不長久。用以表示對過去好光景消逝的惋惜。景：光景。也作『好景不常』。［例］他出生在一個富裕家庭，可好景不長，剛懂事家境就敗落了。［構］主謂。

好事不出門，惡事行千里 ㄏㄠˇ ㄕˋ ㄅㄨˋ ㄔㄨ ㄇㄣˊ ㄜˋ ㄕˋ ㄒㄧㄥˊ ㄑㄧㄢ ㄌㄧˇ hǎo shì bù chū mén, è shì xíng qiān lǐ

好事不容易被人知道，壞事卻傳得又快又遠。［例］好事不出門，惡事行千里，張家老二又被拘留的消息不到半天就傳遍了整條胡同。［構］覆。［源］《北夢瑣言・以歌詞自娛》。

好事多磨 ㄏㄠˇ ㄕˋ ㄉㄨㄛ ㄇㄛˊ hǎo shì duō mó

指男女相愛，阻礙重重，不能如願。也指好事在成功前常會經歷許多波折。［例］①他們的婚事，一拖再拖，

真是好事多磨。②要承包副食店是件好事，可你要有足夠的耐心和信心，好事多磨呀！［構］主謂。［反］一帆風順

好心不得好報 ㄏㄠˇ ㄒㄧㄣ ㄅㄨˋ ㄉㄜˊ ㄏㄠˇ ㄅㄠˋ hǎo xīn bù dé hǎo bào 好心待人，卻得不到人家好的回報。形容事與願違。［例］我好心讓他再去醫院看看，他卻嫌我囉嗦，真是好心不得好報。［構］主謂。［源］《景德傳燈錄》卷十七。［反］好心得好報

好意難卻 ㄏㄠˇ ㄧˋ ㄋㄢˊ ㄑㄩㄝˋ hǎo yì nán què 很難推卻別人的美好心意。意：心意：卻：推辭。也作『盛情難卻』。［例］他們一再讓我在杭州多住幾天，好意難卻，我就多玩了兩天。［構］主謂。

好大喜功 ㄏㄠˋ ㄉㄚˋ ㄒㄧˇ ㄍㄨㄥ hào dà xǐ gōng 一心想做大事，立大功。現多形容脫離實際、鋪張浮誇的作風。［例］他一向是好大喜功，不切實際，所以工作中常常出問題。［構］聯合。［源］宋、陳亮《勉强行道大有功論》。［辨］『好』不要讀成ㄏㄠˇ(hǎo)。

好高騖遠 ㄏㄠˋ ㄍㄠ ㄨˋ ㄩㄢˇ hào gāo wù yuǎn 不切實際地追求過高、過遠的目標。好：喜歡。騖：追求。［例］你在學習上要踏踏實實，不能好高騖遠。［構］聯合。［源］《宋史·程顥傳》。［同］好大喜功［反］腳踏實地［辨］『好』不要讀成ㄏㄠˇ(hǎo)。

好為人師 ㄏㄠˋ ㄨㄟˊ ㄖㄣˊ ㄕ hào wéi rén shī 喜歡做別人的老師。形容不謙虛。［例］他總覺得自己了不起，好為人師，對老同志也如此。［構］動賓。［

源」《孟子・離婁上》。［反］不恥下問［辨］『好』不要讀成ㄏㄠˇ(hǎo)。

好行小惠 ㄏㄠˋ ㄒㄧㄥˊ ㄒㄧㄠˇ ㄏㄨㄟˋ hào xíng xiǎo huì 原作『小慧』，指小聰明，後指喜歡給人小恩小惠。行：施行。惠：恩惠。［例］請客送禮，好行小惠，這都是不正之風。［構］動賓。［源］《論語・衛靈公》。［辨］『好』不要讀成ㄏㄠˇ(hǎo)。

好逸惡勞 ㄏㄠˋ ㄧˋ ㄨˋ ㄌㄠˊ hào yì wù láo 喜歡安逸，厭惡勞動。逸：安樂，安閒。惡：討厭。［例］承包土地後，他也改掉了好逸惡勞的毛病。［構］聯合。［源］《呂氏春秋・仲夏紀・適音》：『欲逸而惡勞。』［同］好吃懶做［辨］『好』不要讀成ㄏㄠˇ(hǎo)。『惡』不要讀成ㄜˋ(è)。

浩浩蕩蕩 ㄏㄠˋ ㄏㄠˋ ㄉㄤˋ ㄉㄤˋ hào hào dàngdàng 原指水勢浩大，漫無邊際。也指聲勢浩大。［例］登上燕子磯，就能看見浩浩蕩蕩的長江上那座雄偉的大橋。［構］聯合（重疊）。［源］《尚書・堯典》。［同］聲勢浩大

浩然之氣 ㄏㄠˋ ㄖㄢˊ ㄓ ㄑㄧˋ hào rán zhī qì 正大剛直的精神。浩然：盛大的樣子。氣：精神，氣概。［例］吉鴻昌面對敵人的槍口，絲毫不畏懼，那股浩然之氣令人敬佩。［構］偏正。［源］《孟子・公孫丑上》。

浩如煙海 ㄏㄠˋ ㄖㄨˊ ㄧㄢ ㄏㄞˇ hào rú yān hǎi 形容文獻、資料浩繁眾多，無法計算。浩：廣大，眾多。煙海：茫茫大海。［例］圖書館有關《詩經》的文獻浩如煙海，你必須先查目錄。［構］主謂。［源］宋、司馬光《進〈資治通鑑〉表

》。[同]多如牛毛 [反]寥如晨星

合抱之木，生於毫末
ㄏㄜˊ ㄅㄠˋ ㄓ ㄇㄨˋ ㄕㄥ ㄩˊ ㄏㄠˊ ㄇㄛˋ
hé bào zhī mù shēng yú háo mò

粗壯的大樹是從幼苗長起來的。比喻大事是由小事發展而來的。合抱：兩臂圍攏。木：樹。毫末：極其細微，指幼苗。[例]合抱之木，生於毫末，我們必須重視小學教育。[構]主謂。[源]《老子》第六十四章。[同]千里之行，始於足下。

合浦珠還
ㄏㄜˊ ㄆㄨˇ ㄓㄨ ㄏㄨㄢˊ
hé pǔ zhū huán

原指漢朝的孟嘗爲合浦太守後，恢復了珍珠的生產。用來讚美爲官有方。現比喻人去而復回或物失而復得。合浦：古郡名，在今廣西。也作『珠還合浦』。[例]經過中美兩國政府的交涉，中國的兩件稀世之寶終於合浦珠還了。[構]主謂。[源]《後漢書・孟嘗傳》。[同]完璧歸趙

何患無辭
ㄏㄜˊ ㄏㄨㄢˋ ㄨˊ ㄘˊ
hé huàn wú cí

爲什麼怕沒有言辭呢？指壞人陷害好人時總會找到藉口的。患：憂慮，擔心。辭：言辭。[例]這些人心狠手毒，要整老幹部，他們何患無辭？[構]動賓。

何樂而不爲
ㄏㄜˊ ㄌㄜˋ ㄦˊ ㄅㄨˋ ㄨㄟˊ
hé lè ér bù wéi

爲什麼不樂意去做呢？用反問語氣表示很願意做。樂：樂意。也作『何樂不爲』。[例]上夜大既能學習，又不耽誤工作，何樂而不爲呢？[構]連動。[同]樂此不倦

何去何從
ㄏㄜˊ ㄑㄩˋ ㄏㄜˊ ㄘㄨㄥˊ
hé qù hé cóng

離開哪裏，到哪裏去？多指在重大問題上的選擇。從：跟從。[例]我已經把利害關係講清了，何去何從，自己決定

吧！〔構〕聯合。〔源〕戰國、屈原《卜居》：『此孰吉孰凶，何去何從？』

何許人也 ㄏㄜˊ ㄒㄩˇ ㄖㄣˊ ㄧㄝˇ hé xǔ rén yě
原指什麼地方的人，後指什麼樣的人。何許：何處。〔例〕他是何許人也，竟跑到縣裏告我的狀。〔構〕偏正。

何足掛齒 ㄏㄜˊ ㄗㄨˊ ㄍㄨㄚˋ ㄔˇ hé zú guà chǐ
哪裏值得一提。掛齒：放在嘴邊，提起。常與『區區小事』連用，表示客氣。〔例〕損資給家鄉辦學，這是我多年的宿願，區區小事，何足掛齒。〔構〕動賓。〔源〕《史記・劉敬叔孫通傳》。

何足介意 ㄏㄜˊ ㄗㄨˊ ㄐㄧㄝˋ ㄧˋ hé zú jiè yì
哪裏值得放在心上。用反問語氣表示不必放在心上。介意：在意。〔例〕他是一時衝動，說了傷害你的話，你何足介意呢？〔構〕動賓。〔源〕《三國志・先主劉備傳》：『冢中枯骨，何足介意！』

何足爲奇 ㄏㄜˊ ㄗㄨˊ ㄨㄟˊ ㄑㄧˊ hé zú wéi qí
有什麼值得驚奇的呢？用反問語氣表示不值得驚奇。〔例〕南昌飄雪花，這何足爲奇，前兩年昆明還下雪了呢！〔構〕動賓。

和藹可親 ㄏㄜˊ ㄞˇ ㄎㄜˇ ㄑㄧㄣ hé ǎi kě qīn
態度溫和，容易接近。和藹：和氣。〔例〕齊白石是一位和藹可親的忠厚長者。〔構〕聯合。〔同〕和顏悅色〔反〕金剛怒目

和而不同 ㄏㄜˊ ㄦˊ ㄅㄨˋ ㄊㄨㄥˊ hé ér bù tóng
和睦相處，但不盲目苟同。和：和睦。同：苟同。〔例〕老張人緣好，可工作出現問題，他總是和而不同，很有原則。〔構〕覆。〔源〕《論語・子路

》。[反]一團和氣

和風細雨 ㄏㄜˊ ㄈㄥ ㄒㄧˋ ㄩˇ hé fēng xì yǔ

春天的微風細雨，比喻方式緩和，也喻耐心細緻的教育方法。[例]我們在幫助同志認識錯誤時，要採取和風細雨的方法。[構]聯合。[源]宋、張先《八寶裝》：『正不寒不暖，和風細雨』。[反]急風驟雨

和盤托出 ㄏㄜˊ ㄆㄢˊ ㄊㄨㄛ ㄔㄨ hé pán tuō chū

連盛放東西的盤子一起端來。比喻毫無保留地拿出來。和：連帶。[例]老藥工把自己多年的製藥經驗向徒弟們和盤托出。[構]偏正。[反]守口如瓶

和顏悅色 ㄏㄜˊ ㄧㄢˊ ㄩㄝˋ ㄙㄜˋ hé yán yuè sè

形容和藹可親的面容。和：溫和。顏：面容。悅：喜悅。色：臉色。[例]即使孩子們做了錯事，王老師也是和顏悅色的進行教育。[構]聯合。[同]和藹可親　[反]疾言厲色

和衷共濟 ㄏㄜˊ ㄓㄨㄥ ㄍㄨㄥˋ ㄐㄧˋ hé zhōng gòng jì

大家齊心，共同渡過江河。比喻同心協力、共同合作。和：和諧。衷：內心。濟：渡水。[例]共產黨和民主黨派在新的歷史時期要和衷共濟，同心同德。[構]偏正。[源]《尚書・臯陶謨》。[同]同舟共濟

涸轍之鮒 ㄏㄜˊ ㄓㄜˊ ㄓ ㄈㄨˋ hé zhé zhī fù

乾涸的車轍裏的小魚。比喻陷於困境急待援助的人。涸：乾。轍：車輪壓出的溝痕。鮒：鯽魚。[例]他們就像涸轍之鮒一樣在沙漠中困了五天。[構]偏正。[源]《莊子・外物》。[辨]『涸』不能念成ㄍㄨ(gù)或ㄎㄨ(kù)。

荷槍實彈 ㄏㄜˋ ㄑㄧㄤ ㄕˊ ㄉㄢˋ hè qiāng shí dàn

背著槍，裝滿子彈。形容全副武裝。荷：扛著，背著。實：裝滿。［例］當日、偽軍進村『掃蕩』時，面對著荷槍實彈的敵人，村幹部們毫無懼色。［構］聯合。［反］手無寸鐵 ［辨］『荷』不能念成ㄏㄜˊ (hé)。

赫赫有名 ㄏㄜˋ ㄏㄜˋ ㄧㄡˇ ㄇㄧㄥˊ hè hè yǒu míng

形容名聲很大。赫赫：顯著盛大的樣子。［例］他就是全師赫赫有名的神槍手。［構］偏正。［源］《詩經・小雅・節南山》。［同］大名鼎鼎 ［反］默默無聞

鶴髮童顏 ㄏㄜˋ ㄈㄚˇ ㄊㄨㄥˊ ㄧㄢˊ hè fà tóng yán

滿頭白髮，面色像孩童一樣紅潤。形容老人氣色好，有精神。鶴髮：白髮。也作『童顏鶴髮』。［例］八十多歲的老人，鶴髮童顏，健步如飛。［構］聯合。［源］唐、田穎《玉山堂詩文集・夢遊羅浮》：『鶴髮童顏古無比。』［反］未老先衰

鶴立雞群 ㄏㄜˋ ㄌㄧˋ ㄐㄧ ㄑㄩㄣˊ hè lì jī qún

比喻人的才能或儀表很出眾。［例］他們家新回來的兩位大學生在村裏好像是鶴立雞群，格外引人注目。［構］主謂。［源］晉、戴逵《竹林七賢論》：『昂昂然若野鶴之在雞群。』［同］出類拔萃

黑白不分 ㄏㄟ ㄅㄞˊ ㄅㄨˋ ㄈㄣ hēi bái bù fēn

比喻不辨是非，不分好壞。［例］你怎麼黑白不分，好歹不知，跟著他們賭博呢？［構］主謂。［源］《漢書・楚元王傳》。［同］不知好歹 ［反］黑白分明

黑白分明 ㄏㄟ ㄅㄞˊ ㄈㄣ ㄇㄧㄥˊ hēi bái fēn míng 黑色、白色分得清清楚楚。比喻是非明確，好壞清楚。[例]①『有三幅插圖，有些像麥綏萊勒的手筆，黑白分明。』（魯迅）②經過論爭，誰對誰錯，已經黑白分明了。[構]主謂。[源]漢、董仲舒《春秋繁露・保位權》：『黑白分明，然後民知所去就。』[反]黑白不分

黑燈瞎火 ㄏㄟ ㄉㄥ ㄒㄧㄚ ㄏㄨㄛˇ hēi dēng xiā huǒ 形容黑暗中沒有一點光亮。也作『黑燈下火』。[例]地窖裏黑燈瞎火，什麼也找不著。[構]聯合。[同]漆黑一團 [反]燈火通明

黑雲壓城城欲摧 ㄏㄟ ㄩㄣˊ ㄧㄚ ㄔㄥˊ ㄔㄥˊ ㄩˋ ㄘㄨㄟ hēi yún yā chéngchéng yù cuī 烏雲快把城牆壓垮了，形容戰爭的緊張氣氛。現比喻反動勢力猖獗造成的緊張局面。[例]在黑雲壓城城欲摧的危急關頭，彭大將軍泰然自若地指揮著部隊。[構]覆。[源]唐、李賀《雁門太守行》。[同]山雨欲來風滿樓

恨鐵不成鋼 ㄏㄣˋ ㄊㄧㄝˇ ㄅㄨˋ ㄔㄥˊ ㄍㄤ hèn tiě bù chéng gāng 比喻對期望殷切的人（多指學生或子女）不長進感到不滿，急切希望他們進步。[例]你們恨鐵不成鋼，是好心，可是孩子還小，不能老打他。[構]兼語。

恨之入骨 ㄏㄣˋ ㄓ ㄖㄨˋ ㄍㄨˇ hèn zhī rù gǔ 恨到骨頭裏去了。形容痛恨到了極點。也作『恨入骨髓』。[例]敵人對他恨之入骨，卻怎麼也捉不到他。[構]補充。[源]葛洪《抱朴子・外篇・自敘》。[同]切齒痛恨 [反]情深似海

恆河沙數 ㄏㄥˊ ㄏㄜˊ ㄕㄚ ㄕㄨˋ héng hé shā shù

形容數量極多，無法計算。恆河：南亞大河。數：數目。［例］敦煌石窟中的浮雕如恆河沙數，數不勝數。［構］偏正。［源］《金剛經·無爲福勝分》第十一。［同］多如牛毛 ［反］寥寥無幾 ［辨］『數』不讀ㄕㄨˇ(shǔ)。

橫衝直撞 ㄏㄥˊ ㄔㄨㄥ ㄓˊ ㄓㄨㄤˋ héngchōng zhí zhuàng

形容亂衝亂撞，毫無顧忌。［例］一輛黑色吉普車在城裏橫衝直撞。［構］聯合。

橫加干涉 ㄏㄥˊ ㄐㄧㄚ ㄍㄢ ㄕㄜˋ héng jiā gān shè

不講道理，强行插手。橫：蠻橫。干涉：不該管硬管。［例］美國對第三世界主權國家巴拿馬的內政橫加干涉。［構］動賓。［辨］『橫』雖有蠻橫之義，卻不能讀ㄏㄥˋ(hèng)。

橫加指責 ㄏㄥˊ ㄐㄧㄚ ㄓˇ ㄗㄜˊ héng jiā zhǐ zé

不講道理，粗暴地斥責。橫：蠻橫。［例］對改革中出現的問題不可橫加指責。［構］動賓。［辨］『橫』有蠻橫之義，卻不能讀成ㄏㄥˋ(hèng)。

橫眉冷對 ㄏㄥˊ ㄇㄟˊ ㄌㄥˇ ㄉㄨㄟˋ héng méi lěng duì

用憤怒蔑視的眼光相對待。形容對敵人或邪惡勢力絕不屈服。橫眉：怒目而視的樣子。冷對：冷眼相看。［例］『橫眉冷對千夫指，俯首甘爲孺子牛。』（魯迅）［構］聯合。

橫眉怒目 ㄏㄥˊ ㄇㄟˊ ㄋㄨˋ ㄇㄨˋ héng méi nù mù

聳眉瞪眼，形容强橫嚴厲的神情。也作『怒目橫眉』。［例］爲首的是一個橫眉怒目的傢伙。［構］聯合。［同］橫眉豎眼 ［反］慈眉善目

橫七豎八 ㄏㄥˊ ㄑㄧ ㄕㄨˋ ㄅㄚ héng qī shù bā
有的橫，有的豎，形容雜亂無章，沒有條理。[例]院子裏橫七豎八地放著些桌子、椅子。[構]聯合。[同]亂七八糟 [反]井井有條

橫掃千軍 ㄏㄥˊ ㄙㄠˇ ㄑㄧㄢ ㄐㄩㄣ héng sǎo qiān jūn
形容以勇猛的氣勢一舉殲滅大量敵人。[例]人民解放軍大舉南下，橫掃千軍，解放了全中國。[構]動賓。[源]唐、杜甫《醉歌行》。

橫生枝節 ㄏㄥˊ ㄕㄥ ㄓ ㄐㄧㄝˊ héngshēng zhī jié
比喻意外地又生出新問題，而影響了主要問題的順利解決。橫：旁側，引申為意外。[例]法院就要判決了，哪知他又橫生枝節，要求重新審理。[構]動賓。[同]節外生枝

橫躺豎臥 ㄏㄥˊ ㄊㄤˇ ㄕㄨˋ ㄨㄛˋ héng tǎng shù wò
形容雜亂地倒下或睡下。[例]剛到宿營地，大家就橫躺豎臥地睡著了。[構]聯合。

橫行霸道 ㄏㄥˊ ㄒㄧㄥˊ ㄅㄚˋ ㄉㄠˋ héng xíng bà dào
形容仗勢胡作非為，蠻不講理。橫行：不行正道。含有貶義。[例]他們到處橫行霸道，干涉別國的內政，引起了世界輿論的不滿。[構]聯合。[同]為非作歹 [辨]『橫』不要讀成ㄏㄥˋ(hèng)。

橫行無忌 ㄏㄥˊ ㄒㄧㄥˊ ㄨˊ ㄐㄧˋ héng xíng wú jì
形容到處為非作歹，無所顧忌。橫行：行動蠻橫。忌：忌憚，害怕。[例]那時校園裏特務橫行無忌，搞得學生惶恐不安。[構]聯合。[同]橫行霸道 [辨]『橫』不要讀成ㄏㄥˋ(hèng)。

橫征暴斂 ㄏㄥˊ ㄓㄥ ㄅㄠˋ ㄌㄧㄢˇ héngzhēng bào liǎn

强征捐稅，殘暴地搜刮民財。橫、暴：强橫。征、斂：征收。［例］對舊社會那種不管人民死活、到處橫征暴斂的做法，老百姓真是恨之入骨。［構］聯合。［同］苛捐雜稅 ［辨］『橫』不要讀成ㄏㄥˋ(hèng)。『斂』也不要讀成ㄐㄧㄢˇ(jiǎn)。

轟轟烈烈 ㄏㄨㄥ ㄏㄨㄥ ㄌㄧㄝˋ ㄌㄧㄝˋ hōnghōng liè liè

形容氣魄宏偉，聲勢浩大。轟轟：巨大的聲響。烈烈：火勢旺盛的樣子。［例］轟轟烈烈的大生產運動在延安開展起來了。［構］聯合。［源］宋、文天祥《沁園春·至元間留燕山作》。［同］聲勢浩大 ［反］死氣沉沉

烘雲托月 ㄏㄨㄥ ㄩㄣˊ ㄊㄨㄛ ㄩㄝˋ hōng yún tuō yuè

原指作畫時渲染雲彩來襯托月亮。後比喻作畫作文時從側面點染、描寫，以烘托突出主體或主題的方法。［例］他巧妙地運用烘雲托月的方法，使主題更加鮮明了。［構］聯合。

紅豆相思 ㄏㄨㄥˊ ㄉㄡˋ ㄒㄧㄤ ㄙ hóng dòu xiāng sī

比喻男女相思。紅豆：又叫相思子，古人用以象徵愛情。［例］他們天南地北，只能憑信遙寄紅豆相思之情。［構］特·主謂。［源］唐、王維《相思》詩：『紅豆生南國，春來發幾枝。願君多採擷，此物最相思。』

紅男綠女 ㄏㄨㄥˊ ㄋㄢˊ ㄌㄩˋ ㄋㄩˇ hóng nán lǜ nǚ

指穿紅著綠的男男女女。形容衣飾華麗的遊人。［例］潑水節那天，江邊紅男綠女，人來人往，熱鬧非凡。［構］聯合。

紅旗報捷 ㄏㄨㄥˊ ㄑㄧˊ ㄅㄠˋ ㄐㄧㄝˊ hóng qí bào jié

原指清代軍隊出征獲勝，派人手持紅旗急馳京城報捷。現指報喜。［例］剛進十二月，不少工廠已來部裏紅旗報捷了。［構］偏正。

紅日三竿 ㄏㄨㄥˊ ㄖˋ ㄙㄢ ㄍㄢ hóng rì sān gān

指日高三竿，天已大亮，時候不早了。也作『日上三竿』。［例］你每天睡到紅日三竿，還睡不夠？［構］主謂。［源］《南齊書・天文志上》。［反］半夜三更

紅顏薄命 ㄏㄨㄥˊ ㄧㄢˊ ㄅㄛˊ ㄇㄧㄥˋ hóng yán bó mìng

舊指美貌女子不是早死，就是遇不到好人或生活多磨難。紅顏：美貌女子。薄命：命運不好。［例］杜十娘只能嘆息自己紅顏薄命。［構］主謂。［辨］『薄』不要讀成ㄅㄠˊ(báo)。

紅裝素裹 ㄏㄨㄥˊ ㄓㄨㄤ ㄙㄨˋ ㄍㄨㄛˇ hóngzhuāng sù guǒ

原指婦女艷麗與淡雅兩種裝束。後用以形容雪過天晴，紅日和白雪交相輝映的美麗景色。紅裝：艷麗裝束。素裹：淡雅裝束。［例］『須晴日，看紅裝素裹，分外妖嬈。』（毛澤東）［構］聯合。

洪水猛獸 ㄏㄨㄥˊ ㄕㄨㄟˇ ㄇㄥˇ ㄕㄡˋ hóng shuǐ měngshòu

比喻極大的禍害。洪水：能成災的大水。猛獸：殘害人畜的野獸。［例］歷代統治者都把農民起義看作是洪水猛獸。［構］聯合。［源］《孟子・滕文公下》。

鴻鵠之志 ㄏㄨㄥˊ ㄏㄨˊ ㄓ ㄓˋ hóng hú zhì zhì

比喻遠大的志向。鴻鵠：天鵝。比喻志向遠大的人。志：志向。［例］振興中華是我們青年一代的鴻鵠之志。［構］偏正。［源］《呂氏春秋・士容》

：『夫驥驁之氣，鴻鵠之志，有諭乎人心者，誠也。』［同］雄心壯志　［辨］『鵠』不要讀成ㄍㄨˇ(gǔ)。

鴻毛泰山 ㄏㄨㄥˊ ㄇㄠˊ ㄊㄞˋ ㄕㄢ hóng máo tài shān
像鴻毛那樣輕，像泰山那樣重。比喻輕重懸殊。也作『泰山鴻毛』。［例］大哥是烈士，可二哥卻是因當漢奸被正法的，鴻毛泰山，輕重不同啊！［構］聯合。［源］漢、司馬遷《報任少卿書》：『死或重於泰山，或輕於鴻毛。』

鴻篇巨製 ㄏㄨㄥˊ ㄆㄧㄢ ㄐㄩˋ ㄓˋ hóng piān jù zhì
指內容豐富、篇幅很長的著作。鴻、巨：大。製：撰著、寫作。也作『鴻篇巨著』。［例］《李自成》是一部描寫明末農民起義的鴻篇巨製。［構］聯合。［反］片言隻語

後發制人 ㄏㄡˋ ㄈㄚ ㄓˋ ㄖㄣˊ hòu fā zhì rén
先讓對方動手，然後反擊制服對方。發：發動。制：控制。［例］咱們的實力不行，上半場先採取後發制人的辦法打。［構］偏正。［源］《荀子・議兵》。［反］先發制人

後顧之憂 ㄏㄡˋ ㄍㄨˋ ㄓ ㄧㄡ hòu gù zhī yōu
擔心後方或將來發生問題。後顧：回過頭來照看。也作『內顧之憂』。［例］孩子入托了，我下工地的後顧之憂也沒有了。［構］偏正。［源］《魏書・李沖傳》。

後患無窮 ㄏㄡˋ ㄏㄨㄢˋ ㄨˊ ㄑㄩㄥˊ hòu huàn wú qióng
給將來留下的禍患無窮無盡。後患：遺留下的隱患。窮：窮盡。［例］倉庫周圍絕不能有易燃物品，否則後患無窮。［構］主謂。［源］《三國志・魏志・武帝紀》。［同］貽害無窮　［反］

後福無量

後悔無及 ㄏㄡˋ ㄏㄨㄟˇ ㄨˊ ㄐㄧˊ hòu huǐ wú jí 後悔也來不及了。[例]她由於一時疏忽，造成了事故，現在後悔無及。[構]補充。[同]追悔莫及

後會有期 ㄏㄡˋ ㄏㄨㄟˋ ㄧㄡˇ ㄑㄧˊ hòu huì yǒu qí 以後還有見面的日子。會：相會。期：時間。[例]你要多保重身體，咱們後會有期。[構]主謂。

後繼乏人 ㄏㄡˋ ㄐㄧˋ ㄈㄚˊ ㄖㄣˊ hòu jì fá rén 缺少繼承前人事業的人。繼：繼承。乏：缺少。也作『後繼無人』。[例]很多地方戲沒有受到重視，而且後繼乏人。[構]主謂。[反]後繼有人

後來居上 ㄏㄡˋ ㄌㄞˊ ㄐㄩ ㄕㄤˋ hòu lái jū shàng 原指資格淺的新官反居於資格老的舊臣之上。後用以稱讚後起的一代超過前輩。[例]中國的核工業起步晚，但是後來居上，現在已經躋身於世界先進行列中了。[構]主謂。[源]《史記・汲黯列傳》：『陛下用群臣如積薪耳，後來者居上。』[同]青出於藍 [反]一代不如一代

後起之秀 ㄏㄡˋ ㄑㄧˇ ㄓ ㄒㄧㄡˋ hòu qǐ zhī xiù 後出現的或新成長起來的優秀人物。秀：優秀，突出。也作『後來之秀』。[例]這位是圍棋界的後起之秀。[構]偏正。[源]南朝(宋)、劉義慶《世說新語・賞譽下》。

後生可畏 ㄏㄡˋ ㄕㄥ ㄎㄜˇ ㄨㄟˋ hòu shēng kě wèi 青年人可以超過他們的前輩，是可敬畏的。後生：後輩。畏：敬畏。

〔例〕我在他這個年紀可寫不出這麼好的文章，真是後生可畏呀！〔構〕主謂。〔源〕《論語・子罕》。

厚此薄彼 ㄏㄡˋ ㄘˇ ㄅㄛˊ ㄅㄧˇ hòu cǐ bó bǐ

重視、優待一方，忽視、冷淡另一方。厚：厚待。薄：慢待。〔例〕我們要嚴格執行黨的民族政策，對待漢族和少數民族要一碗水端平，不能厚此薄彼。〔構〕聯合。〔源〕《梁書・賀琛傳》。〔反〕一視同仁 〔辨〕『薄』不要讀成ㄅㄠˊ(báo)。

厚古薄今 ㄏㄡˋ ㄍㄨˇ ㄅㄛˊ ㄐㄧㄣ hòu gǔ bó jīn

在學術上重視、推崇古代的，輕視、鄙薄現代的。〔例〕要繼承古代的文化遺產，但一味採取厚古薄今的做法，就不合適了。〔構〕聯合。〔反〕厚今薄古 〔辨〕『薄』不要念成ㄅㄠˊ(báo)。

厚積薄發 ㄏㄡˋ ㄐㄧ ㄅㄛˊ ㄈㄚ hòu jī bó fā

形容積累得深厚，才能抒發得自如暢快。厚積：充分積蓄。薄發：少量地發出。〔例〕他學識淵博，所以才能厚積薄發，寫出這麼多好文章。〔構〕聯合。〔辨〕『薄』不要讀成ㄅㄠˊ(báo)。

厚今薄古 ㄏㄡˋ ㄐㄧㄣ ㄅㄛˊ ㄍㄨˇ hòu jīn bó gǔ

在學術上，重視、推崇現代的，輕視、鄙薄古代的。〔例〕對文化遺產一概否定，採取厚今薄古的態度，也不好。〔構〕聯合。〔反〕厚古薄今 〔辨〕『薄』不要讀成ㄅㄠˊ(báo)。

厚顏無恥 ㄏㄡˋ ㄧㄢˊ ㄨˊ ㄔˇ hòu yán wú chǐ

臉皮厚，不知羞恥。顏：臉面。〔例〕你年紀輕輕，不參加勞動，還厚顏無恥地要救濟，好意思嗎？〔構〕補充。〔源〕南朝（齊）、孔稚珪《北山移文》。

呼風喚雨 ㄏㄨ ㄈㄥ ㄏㄨㄢˋ ㄩˇ hū fēng huàn yǔ
原指神仙呼喚風雨的法力。現比喻人有支配自然的巨大力量。也形容壞人的煽動。[例]①看見乾涸的土地上落下了人工雨，社員們都誇農科站有呼風喚雨的本事。②這種人一旦得勢，就會呼風喚雨，攪得全村不安寧。[構]聯合。[源]宋、孫覿《罨畫溪行》。

呼朋引類 ㄏㄨ ㄆㄥˊ ㄧㄣˇ ㄌㄟˋ hū péng yǐn lèi
指招引氣味相投的人。多形容壞人互相勾結。引：招引。類：同類。也作『呼朋引伴』。含有貶義。[例]他又呼朋引類，叫來了一幫打手。[構]聯合。[同]沆瀣一氣

呼之即來，揮之即去 ㄏㄨ ㄓ ㄐㄧˊ ㄌㄞˊ，ㄏㄨㄟ ㄓ ㄐㄧˊ ㄑㄩˋ hū zhī jí lái, huī zhī jí qù
一召喚就來，一揮手就去。形容任意驅使別人。也作『呼來揮去』。[例]①她家的小貓，呼之即來，揮之即去，機靈可愛極了。②對工作人員，不能採取呼之即來，揮之即去的態度。[構]覆。[源]宋、蘇軾《王仲儀真贊序》。

呼之欲出 ㄏㄨ ㄓ ㄩˋ ㄔㄨ hū zhī yù chū
一呼喚就似乎要出來。形容藝術作品的形象非常生動逼真。[例]齊白石筆下的小雞真有呼之欲出的藝術效果。[構]兼語。[源]宋、蘇軾《郭忠恕畫贊》。[同]躍然紙上

囫圇吞棗 ㄏㄨˊ ㄌㄨㄣˊ ㄊㄨㄣ ㄗㄠˇ hú lún tūn zǎo
比喻讀書學習不加分析、不求理解，籠統接受。囫圇：整個兒。[例]對西方哲學的新觀點，不能囫圇吞棗，盲目接受。[構]偏正。[同]生吞活剝[反]窮源竟委

狐假虎威 ㄏㄨˊ ㄐㄧㄚˇ ㄏㄨˇ ㄨㄟ hú jiǎ hǔ wēi

比喻仗勢欺人。假：憑藉。也作『狐藉虎威』。［例］這個地頭蛇靠著日本人的勢力，狐假虎威，無惡不作。［構］主謂。［源］《戰國策・楚策一》。［同］狗仗人勢　［辨］『假』不要讀成ㄐㄧㄚˋ(jià)。

狐狸尾巴 ㄏㄨˊ ˙ㄌㄧ ㄨㄟˇ ˙ㄅㄚ hú li wěi ba

傳說狐狸能變形害人，但尾巴變不了，成為識別它的證據。比喻壞人的本來面目或罪證。［例］在隱藏了幾個月後，這個狡猾的罪犯終於露出了狐狸尾巴。［構］偏正。

狐朋狗友 ㄏㄨˊ ㄆㄥˊ ㄍㄡˇ ㄧㄡˇ hú péng gǒu yǒu

比喻不幹正經事的朋友、夥伴。［例］你別跟這幫狐朋狗友來往了，現在洗手不幹還來得及。［構］聯合。

狐群狗黨 ㄏㄨˊ ㄑㄩㄣˊ ㄍㄡˇ ㄉㄤˇ hú qún gǒu dǎng

比喻勾結在一起的一幫壞人。［例］大漢奸汪精衛的狐群狗黨，搖身一變，成了國民黨的要員。［構］聯合。［同］狐朋狗友

狐疑不決 ㄏㄨˊ ㄧˊ ㄅㄨˋ ㄐㄩㄝˊ hú yí bù jué

傳說狐狸多疑，比喻遇事猶豫不定。決：決斷。［例］他做事優柔寡斷，狐疑不決，常常失掉機會。［構］補充。［源］《後漢書・劉表傳》。［同］優柔寡斷　［反］當機立斷

胡思亂想 ㄏㄨˊ ㄙ ㄌㄨㄢˋ ㄒㄧㄤˇ hú sī luàn xiǎng

不切實際、毫無根據地瞎想。［例］您要相信大夫的話，別老是胡思亂想。［構］聯合。［源］《朱子語類・一一三》。

胡言亂語 ㄏㄨˊ ㄧㄢˊ ㄌㄨㄢˋ ㄩˇ hú yán luàn yǔ 沒有根據或沒有道理地亂說一氣。［例］他一喝多了酒，就胡言亂語、瞎說八道。［構］聯合。［同］胡說八道

胡作非爲 ㄏㄨˊ ㄗㄨㄛˋ ㄈㄟ ㄨㄟˊ hú zuò fēi wéi 無所顧忌地幹壞事。胡：亂。非爲：幹壞事。［例］我們不允許幹部利用職權胡作非爲。［構］聯合。［同］爲非作歹［反］循規蹈矩

湖光山色 ㄏㄨˊ ㄍㄨㄤ ㄕㄢ ㄙㄜˋ hú guāng shān sè 山水的風光和景色。［例］頤和園的湖光山色令人流連忘返。［構］聯合。

虎口餘生 ㄏㄨˇ ㄎㄡˇ ㄩˊ ㄕㄥ hǔ kǒu yú shēng 比喻經歷了極大的危險，僥倖保住生命。餘：留下。也作『虎口逃生』。［例］他能從上饒集中營脫身，真是虎口餘生啊！［構］偏正。［同］死裏逃生

虎視眈眈 ㄏㄨˇ ㄕˋ ㄉㄢ ㄉㄢ hǔ shì dān dān 像老虎那樣貪婪兇狠地盯著。形容野心勃勃、伺機攫取。眈眈：注視的樣子。［例］幾個超級大國都虎視眈眈的盯著蘇伊士運河。［構］主謂。［源］《周易・頤》。［辨］『眈』不能念成ㄔㄣˊ (chén)。

虎頭蛇尾 ㄏㄨˇ ㄊㄡˊ ㄕㄜˊ ㄨㄟˇ hǔ tóu shé wěi 比喻做事有頭無尾或前緊後鬆。［例］這次掃黃運動絕不能虎頭蛇尾，半途而廢。［構］聯合。［同］有頭無尾［反］善始善終

戶樞不蠹 ㄏㄨˋ ㄕㄨ ㄅㄨˋ ㄉㄨˋ hù shū bù dù

經常轉動的門軸不會被蟲蛀蝕。比喻經常運動的東西不易受外物侵蝕。戶樞：木門的轉軸。蠹：蛀蝕。〔例〕古人說『戶樞不蠹』，其實人也一樣，要多活動才不會生病。〔構〕主謂。〔源〕《呂氏春秋・盡數》。〔同〕流水不腐

怙惡不悛 ㄏㄨˋ ㄜˋ ㄅㄨˋ ㄑㄩㄢ hù è bù quān

堅持作惡，不肯悔改。怙：仗勢。悛：悔改。〔例〕對那些作惡多端、怙惡不悛的慣犯要嚴厲懲處。〔構〕補充。〔源〕《左傳・隱公六年》。〔反〕痛改前非 〔辨〕『怙』不要念成ㄍㄨ(gū)。『悛』不要念成ㄙㄨㄛ(suō)或ㄐㄩㄣ(jùn)。

花好月圓 ㄏㄨㄚ ㄏㄠˇ ㄩㄝˋ ㄩㄢˊ huā hǎo yuè yuán

比喻愛情美滿。多用作新婚頌詞。〔例〕祝你們花好月圓，白頭偕老。〔構〕聯合。〔反〕花殘月缺

花花世界 ㄏㄨㄚ ㄏㄨㄚ ㄕˋ ㄐㄧㄝˋ huā huā shì jiè

舊指繁華的都市。也指紙醉金迷、花天酒地的場所。〔例〕剛到香港這個花花世界，我還真不習慣。〔構〕偏正。

花裏胡哨 ㄏㄨㄚ・ㄌㄧ ㄏㄨˊ ㄕㄠˋ huā li hú shào

形容顏色過於鮮艷複雜。也作『花狸狐哨』。〔例〕她打扮得花裏胡哨的，讓人看不慣。〔構〕聯合。〔同〕斑駁陸離

花前月下 ㄏㄨㄚ ㄑㄧㄢˊ ㄩㄝˋ ㄒㄧㄚˋ huā qián yuè xià

花蔭前，月影下，指惹人情思的幽靜地方。也作『月下花前』。〔例〕青年人不能老沉湎在花前月下的生活中。〔構〕聯合。〔源〕唐、白居易《老病》：『若非月下即花前。』

花天酒地 ㄏㄨㄚ ㄊㄧㄢ ㄐㄧㄡˇ ㄉㄧˋ huā tiān jiǔ dì

形容迷戀酒色，生活荒淫腐化。花：比喻美女。［例］他終於擺脫了那個終日過著花天酒地生活的家庭，來到了解放區。［構］聯合。［同］金迷紙醉

花團錦簇 ㄏㄨㄚ ㄊㄨㄢˊ ㄐㄧㄣˇ ㄘㄨˋ huā tuán jǐn cù

形容色彩繽紛、繁盛艷麗的景色。花團：鮮花圍成團。錦簇：彩錦聚攏在一起。［例］節日的公園花團錦簇，五彩繽紛。［構］聯合。［同］姹紫嫣紅

花言巧語 ㄏㄨㄚ ㄧㄢˊ ㄑㄧㄠˇ ㄩˇ huā yán qiǎo yǔ

指用來騙人的、虛僞而動聽的言辭。花言：華而不實的言辭。也作『巧語花言』。［例］她花言巧語地坑騙了很多人。［構］聯合。［源］《朱子語類》。［同］甜言蜜語

花樣翻新 ㄏㄨㄚ ㄧㄤˋ ㄈㄢ ㄒㄧㄣ huā yàng fān xīn

花色、式樣不斷更新。也比喻不斷變換手腕，令人莫測。含有貶義。［例］這傢伙心眼活，主意也多，花樣翻新，叫人摸不著頭腦。［構］主謂。

花枝招展 ㄏㄨㄚ ㄓ ㄓㄠ ㄓㄢˇ huā zhī zhāo zhǎn

形容婦女打扮得十分艷麗。招展：迎風擺動的樣子。［例］花枝招展的傣族姑娘跳起了歡快的舞蹈。［構］主謂。［同］濃妝艷抹

華而不實 ㄏㄨㄚˊ ㄦˊ ㄅㄨˋ ㄕˊ huá ér bù shí

只開花，不結果。比喻外表好看，內容空虛。華：同『花』。實：果實。［例］辦事情要紮紮實實，不要華而不實。［構］聯合。［源］《左傳・文公五年》：『且華而不實，怨之所聚也。』［同］秀而不實

嘩眾取寵 ㄏㄨㄚˊ ㄓㄨㄥˋ ㄑㄩˇ ㄔㄨㄥˇ huá zhòng qǔ chǒng

用浮誇的言辭迎合眾人，博取誇獎和歡心。嘩：喧嘩。寵：喜愛。含有貶義。［例］這番嘩眾取寵的話，說得幾個小伙子動了心，也想進城跑買賣。［構］連動。［源］《漢書・藝文志》。［辨］『嘩』不要念成ㄏㄨㄚ (huā)。

滑天下之大稽 ㄏㄨㄚˊ ㄊㄧㄢ ㄒㄧㄚˋ ㄓ ㄉㄚˋ ㄐㄧ huá tiān xià zhī dà jī

指言語、行動非常荒唐可笑。［例］小王說話結結巴巴，口吃得很厲害，讓他去登台表演相聲，這真是滑天下之大稽。［構］動賓。

化腐朽為神奇 ㄏㄨㄚˋ ㄈㄨˇ ㄒㄧㄡˇ ㄨㄟˊ ㄕㄣˊ ㄑㄧˊ huà fǔ xiǔ wéi shén qí

把腐朽無用的東西變成神妙奇特的東西。也作『化腐為奇』。［例］這些根雕充分顯示出作者化腐朽為神奇的技藝。［構］兼語。［源］《莊子・知北遊》。

化干戈為玉帛 ㄏㄨㄚˋ ㄍㄢ ㄍㄜ ㄨㄟˊ ㄩˋ ㄅㄛˊ huà gān gē wéi yù bó

變刀兵相見為玉帛相往。比喻把戰爭或爭吵變為和平。干、戈：古兵器。玉、帛：玉器和絲織品。［例］兩國政府只要有誠意，就可能化干戈為玉帛，和平解決邊界爭端。［構］兼語。［辨］『干』不要念成ㄍㄢˋ (gàn)。『帛』不要念成ㄅㄛˋ (bò)。

化零為整 ㄏㄨㄚˋ ㄌㄧㄥˊ ㄨㄟˊ ㄓㄥˇ huà líng wéi zhěng

把分散的變為集中統一的。［例］我們把各家各戶的土地連接起來，化零為整，以便實現農業的機械化。［構］兼語。［反］化整為零

化為泡影 ㄏㄨㄚˋ ㄨㄟˊ ㄆㄠˋ ㄧㄥˇ huà wéi pào yǐng

比喻希望落空或事物轉眼就消失了。泡：水泡。影：影子。［例］在那個時代，他想用工業救國的拳拳之心，終於化為泡影。［構］動賓。［同］化為

烏有

化爲烏有 ㄏㄨㄚˋ ㄨㄟˊ ㄨ ㄧㄡˇ huà wéi wū yǒu
變得什麼都沒有了。烏有：無有。［例］轟炸之後，整個學校完全化爲烏有了。［構］動賓。［源］《史記・司馬相如列傳》記載：司馬相如作《子虛賦》，虛構三人對話，其中一個叫『烏有先生』，意思是根本沒有此人。［同］子虛烏有

化險爲夷 ㄏㄨㄚˋ ㄒㄧㄢˇ ㄨㄟˊ ㄧˊ huà xiǎn wéi yí
使危險變爲平安。夷：平坦，平安。［例］彭大將軍善於用兵，常能化險爲夷，轉敗爲勝。［構］兼語。［同］轉危爲安

畫餅充飢 ㄏㄨㄚˋ ㄅㄧㄥˇ ㄔㄨㄥ ㄐㄧ huà bǐng chōng jī
比喻以空想來安慰自己。［例］你們手無分文，還奢談辦磚廠，簡直是畫餅充飢。［構］連動。［源］《三國志・魏書・盧毓傳》。［同］望梅止渴

畫地爲牢 ㄏㄨㄚˋ ㄉㄧˋ ㄨㄟˊ ㄌㄠˊ huà dì wéi láo
原指在地上畫圈作爲牢獄。後比喻局限在小圈子裏活動。［例］搞學術研究，畫地爲牢不是好辦法。［構］連動。［源］漢、司馬遷《報任少卿書》。［同］作繭自縛

畫鬼易，畫人難 ㄏㄨㄚˋ ㄍㄨㄟˇ ㄧˋ，ㄏㄨㄚˋ ㄖㄣˊ ㄋㄢˊ huà guǐ yì, huà rén nán
原指誰也沒見過的鬼神，倒容易畫；而誰都見過的人，卻不容易畫。比喻憑空捏造容易，實事求是卻不那麼容易。［例］古人說『畫鬼易，畫人難』，其實現實生活中也常常是如此。［構］覆。［源］《韓非子・外儲說左上》。

畫虎類狗 ㄏㄨㄚˋ ㄏㄨˇ ㄌㄟˋ ㄍㄡˇ huà hǔ lèi gǒu

畫虎畫不成，反倒像條狗。比喻好高騖遠，終無成就，反被人當作笑柄。也作『畫虎類犬』。［例］他缺乏古典文學的修養，勉強作舊體詩，結果是畫虎類狗，不倫不類。［構］主謂。［源］《後漢書・馬援傳》。［同］邯鄲學步

畫龍點睛 ㄏㄨㄚˋ ㄌㄨㄥˊ ㄉㄧㄢˇ ㄐㄧㄥ huà lóng diǎn jīng

比喻說話作文，在關鍵處用上一兩句警句點明要旨，使全篇更加精闢有力。［例］好的標題對新聞稿件有畫龍點睛的作用，容易引起人們的興趣。［構］連動。［源］唐、張彥遠《歷代名畫記》卷七。

畫蛇添足 ㄏㄨㄚˋ ㄕㄜˊ ㄊㄧㄢ ㄗㄨˊ huà shé tiān zú

蛇本無足，比喻多此一舉，造成累贅。也作『畫蛇著足』。含有貶義。［例］他想接著吳老闆的話茬說，可又覺得是畫蛇添足，於是沒張嘴。［構］連動。［源］《戰國策・齊策二》。［同］多此一舉

懷才不遇 ㄏㄨㄞˊ ㄘㄞˊ ㄅㄨˋ ㄩˋ huái cái bù yù

形容有才能而得不到賞識，沒有施展的機會。懷才：滿懷才識。不遇：不遇時機。［例］他常常爲自己懷才不遇而苦惱。［構］連動。［同］生不逢時

歡呼雀躍 ㄏㄨㄢ ㄏㄨ ㄑㄩㄝˋ ㄩㄝˋ huān hū què yuè

高興得像麻雀一樣跳躍。形容非常歡樂。［例］聽到戰鬥英雄要來學校作報告的消息，同學們歡呼雀躍，奔走相告。［構］補充。［同］歡蹦亂跳

歡聚一堂 ㄏㄨㄢ ㄐㄩˋ ㄧ ㄊㄤˊ huān jù yī táng

歡樂地聚集在一起。［例］校慶那天，新老同學歡聚一堂，給古老的校園帶來了生氣。［構］動賓。［反］不

歡而散

歡聲雷動 ㄏㄨㄢ ㄕㄥ ㄌㄟˊ ㄉㄨㄥˋ huān shēng léi dòng

歡呼聲像雷聲一樣響。形容熱烈歡樂的氣氛。［例］當銀幕上出現了周總理的形象時，全場歡聲雷動。［構］主謂。

歡天喜地 ㄏㄨㄢ ㄊㄧㄢ ㄒㄧˇ ㄉㄧˋ huān tiān xǐ dì

形容非常快樂、高興。［例］春節快到了，村裏家家戶戶都歡天喜地地準備過年。［構］聯合。［同］興高采烈

歡欣鼓舞 ㄏㄨㄢ ㄒㄧㄣ ㄍㄨˇ ㄨˇ huān xīn gǔ wǔ

形容非常欣喜、振奮。歡欣：快樂。鼓舞：振奮。［例］粉碎了『四人幫』，全國人民無不歡欣鼓舞，拍手稱快。［構］聯合。［源］後漢、馬融《廣成頌》。［同］喜氣洋洋

環堵蕭然 ㄏㄨㄢˊ ㄉㄨˇ ㄒㄧㄠ ㄖㄢˊ huán dǔ xiāo rán

形容室中一無所有，十分貧困。環：周圍。堵：土牆。蕭然：空空蕩蕩的樣子。［例］老先生勤儉一生，家中環堵蕭然，沒有一件像樣的家具。［構］主謂。［源］晉、陶潛《五柳先生傳》。［同］四壁蕭然

緩兵之計 ㄏㄨㄢˇ ㄅㄧㄥ ㄓ ㄐㄧˋ huǎn bīng zhī jì

緩和軍事情勢的策略。指拖延時間，使事態暫時緩和的辦法。［例］我們主動撤退，以爭取時間，這是緩兵之計。［構］偏正。

渙然冰釋 ㄏㄨㄢˋ ㄖㄢˊ ㄅㄧㄥ ㄕˋ huàn rán bīng shì

比喻疑慮、誤會、隔閡像冰塊消融，一下子解除了。渙然：消散的樣子。［例］她的一席話使我的疑慮渙然冰釋了。［構］偏正。［源］《老子》第十五章：『渙兮若冰之將釋。』［同］冰消

瓦解

換湯不換藥 ㄏㄨㄢˋ ㄊㄤ ㄅㄨˋ ㄏㄨㄢˋ ㄧㄠˋ huàn tāng bù huàn yào 比喻改變了名稱或形式，但實質沒有變。湯：中藥湯劑的總稱。［例］解放前，這個城市換湯不換藥地換了幾任市長，都是撈足了就走了。［構］覆。

煥發青春 ㄏㄨㄢˋ ㄈㄚ ㄑㄧㄥ ㄔㄨㄣ huàn fā qīng chūn 形容老年人有青年人的精神面貌。也比喻舊事物又發揮新作用。［例］①老畫家又煥發青春，一邊努力作畫，一邊帶研究生。②沉睡了千年的古編鐘又煥發青春，爲祖國的樂壇增添了光彩。［構］動賓。

煥然一新 ㄏㄨㄢˋ ㄖㄢˊ ㄧ ㄒㄧㄣ huàn rán yī xīn 形容非常明顯地呈現出嶄新的面貌。煥然：鮮明光亮的樣子。含有褒義。［例］經過粉刷，雄偉的天安門煥然一新。［構］偏正。［源］唐、張彥遠《歷代名畫記》。［同］面目一新 ［辨］『煥』不要寫成『換』。

患得患失 ㄏㄨㄢˋ ㄉㄜˊ ㄏㄨㄢˋ ㄕ huàn dé huàn shī 沒有時擔心得不到，得到後又怕失掉。形容過多地考慮個人的利害得失。含有貶義。［例］你老是患得患失，怕這怕那的，生活有什麼意義？［構］聯合。［源］《論語・陽貨》。［同］斤斤計較

患難與共 ㄏㄨㄢˋ ㄋㄢˋ ㄩˇ ㄍㄨㄥˋ huàn nàn yǔ gòng 災禍、困難共同承受。形容彼此關係密切，利害一致。［例］他們是幾十年來患難與共的夫妻和戰友。［構］主謂。［源］《史記・越王句踐世家》。［同］生死與共

患難之交 ㄏㄨㄢˋ ㄋㄢˋ ㄓ ㄐㄧㄠ huàn nàn zhī jiāo 經歷過患難考驗的交情。形容最親近的朋友。[例]他們在東北插隊十年，朝夕相處，算得上是患難之交了。[構]偏正。[同]莫逆之交 [反]酒肉朋友 [辨]『難』不要讀成ㄋㄢˊ(nán)。

荒誕不經 ㄏㄨㄤ ㄉㄢˋ ㄅㄨˋ ㄐㄧㄥ huāng dàn bù jīng 形容言行荒謬，不合情理。荒誕：荒唐離奇。不經：不合常理。[例]這篇小說看起來荒誕不經，可實際上是一部出色的諷刺小說。[構]聯合。[同]荒誕無稽

荒謬絕倫 ㄏㄨㄤ ㄇㄧㄡˋ ㄐㄩㄝˊ ㄌㄨㄣˊ huāng miù jué lún 形容荒唐、錯誤到了極點。荒謬：荒誕、謬誤。絕倫：無可類比。[例]靠出賣民族利益、乞求帝國主義的恩賜的辦法來拯救國家，是荒謬絕倫的。[構]補充。

荒無人煙 ㄏㄨㄤ ㄨˊ ㄖㄣˊ ㄧㄢ huāng wú rén yān 形容偏僻荒涼，沒有人家。人煙：住戶。[例]他在這荒無人煙的森林裏過了一輩子。[構]動賓。[反]人煙稠密

荒淫無恥 ㄏㄨㄤ ㄧㄣˊ ㄨˊ ㄔˇ huāng yín wú chǐ 生活糜爛，不知羞恥。荒淫：貪酒好色。[例]書裏描繪了清朝達官貴人荒淫無恥的生活。[構]聯合。[同]荒淫無度

皇天后土 ㄏㄨㄤˊ ㄊㄧㄢ ㄏㄡˋ ㄊㄨˇ huáng tiān hòu tǔ 舊時迷信天地主宰萬物，主持公道。皇天：上天。后土：大地。也作『后土皇天』。[例]封建帝王每年都要祈求皇天后土對他保佑賜福。[構]聯合。[源]《尚書・武成》：『告於皇天后

土』。[辨]『后』沒有繁體字。

黃金時代 ㄏㄨㄤˊ ㄐㄧㄣ ㄕˊ ㄉㄞˋ huáng jīn shí dài

指國家或人最繁榮、最有成就的時代。[例]將來的十年將是我們這一代年輕人的黃金時代。[構]偏正。

黃粱一夢 ㄏㄨㄤˊ ㄌㄧㄤˊ ㄧ ㄇㄥˋ huángliáng yī mèng

比喻虛幻不實的事或夢想破滅。黃粱：小米。也作『一枕黃粱』、『邯鄲一夢』。[例]西方國家妄想在經濟上卡我們的黃粱一夢實際上已經破滅了。[構]偏正。[源]唐、沈既濟《枕中記》記載：盧生在邯鄲枕著道士給的青瓷枕睡覺，夢中享盡榮華富貴。醒來，店家的小米飯尚未熟。[同]曇花一現　[辨]『粱』不能寫成『梁』。

黃鐘大呂 ㄏㄨㄤˊ ㄓㄨㄥ ㄉㄚˋ ㄌㄩˇ huángzhōng dà lǚ

舊時形容音樂或文辭正大、莊嚴、高妙。黃鐘：古代音樂分爲十二律，陰陽各六，黃鐘是陽律第一律。大呂：陰律的第四律。[例]古編鐘演奏的古曲，如黃鐘大呂，不同凡響。[構]聯合。[源]《周禮・春官・大司樂》。

黃鐘毀棄，瓦釜雷鳴 ㄏㄨㄤˊ ㄓㄨㄥ ㄏㄨㄟˇ ㄑㄧˋ ㄨㄚˇ ㄈㄨˇ ㄌㄟˊ ㄇㄧㄥˊ huángzhōng huǐ qì wǎ fǔ léi míng

比喻賢人不被任用，而庸才顯赫。黃鐘：黃銅鑄的鐘。爲陽律第一律。毀：毀壞。棄：拋棄。瓦釜：陶製炊具。雷鳴：雷一般地發出聲響。[例]在昏庸帝王統治下，黃鐘毀棄，瓦釜雷鳴，德才兼備之士無用武之地，而無德無才之輩卻飛黃騰達。[構]覆。[源]戰國（楚）、屈原《卜居》。

惶惶不可終日 ㄏㄨㄤˊ ㄏㄨㄤˊ ㄅㄨˋ ㄎㄜˇ ㄓㄨㄥ ㄖˋ huánghuáng bù kě zhōng rì
驚慌恐懼得連一天都過不下去。形容驚恐到了極點。惶惶：恐懼不安的樣子。終：完。［例］聽說農民起來造反了，鄉下的地主和城裏的紳士都嚇得惶惶不可終日。［構］偏正。

惶恐不安 ㄏㄨㄤˊ ㄎㄨㄥˇ ㄅㄨˋ ㄢ huángkǒng bù ān
驚慌、害怕得不得安寧。［例］第三世界國家日益强大，超級大國都感到惶恐不安了。［構］補充。［源］《漢書・王莽傳下》顏師古注。［反］鎮定自若

恍然大悟 ㄏㄨㄤˇ ㄖㄢˊ ㄉㄚˋ ㄨˋ huǎng rán dà wù
一下子就明白過來了。恍然：忽然清醒的樣子。悟：心裏明白。［例］吳平收到女朋友的斷交信以後才恍然大悟。［構］偏正。［同］茅塞頓開 ［反］執迷不悟

恍如隔世 ㄏㄨㄤˇ ㄖㄨˊ ㄍㄜˊ ㄕˋ huǎng rú gé shì
好像隔了一個世代。多表示人事景物變遷很大而產生的感慨。恍：彷彿。世：古稱三十年爲一世。［例］時隔兩年，讀起那時的文章已有恍如隔世之感了，社會進步得真快啊！［構］動賓。［源］宋、范成大《吳船錄》下卷。

灰心喪氣 ㄏㄨㄟ ㄒㄧㄣ ㄙㄤˋ ㄑㄧˋ huī xīn sàng qì
形容因失敗或不順利而失去信心，意志消沉。灰心：心如死灰。喪：失去。［例］考得不好，也不要灰心喪氣，而要認真找原因。［構］聯合。［同］心灰意冷 ［反］興高采烈 ［辨］『喪』不能念成ㄙㄤ (sāng)。

揮霍無度 ㄏㄨㄟ ㄏㄨㄛˋ ㄨˊ ㄉㄨˋ huī huò wú dù

浪費、消耗錢財，沒有節制。揮霍：浪費。度：量、限。［例］他這幾年跑買賣掙了不少錢，可揮霍無度，不知節省。［構］補充。［同］揮金如土［反］節衣縮食

迴腸九轉 ㄏㄨㄟˊ ㄔㄤˊ ㄐㄧㄡˇ ㄓㄨㄢˇ huí cháng jiǔ zhuǎn

形容極度焦慮、憂傷、痛苦。迴腸：迴環的腸子。九轉：（腸子）轉了許多彎。［例］母親日夜思念遠在台灣的兒子，迴腸九轉，不知何時才能相會。［構］主謂。［源］漢、司馬遷《報任少卿書》。［同］牽腸掛肚

迴光返照 ㄏㄨㄟˊ ㄍㄨㄤ ㄈㄢˇ ㄓㄠˋ huí guāng fǎn zhào

日落時由於光線反射而發生的天空中短時發亮的現象。比喻人臨死前忽然清醒或舊事物滅亡前的暫時繁榮。［例］儘管老太太今天精神特別好，又想吃東西，可兒女們清楚這只是迴光返照。［構］主謂。［源］宋、釋道原《景德傳燈錄》卷二十六。

回頭是岸 ㄏㄨㄟˊ ㄊㄡˊ ㄕˋ ㄢˋ huí tóu shì àn

比喻只要悔過自新，就有出路。回頭：回過頭來，指改邪歸正。［例］『苦海無邊，回頭是岸。』你只有向政府認罪，才能得到寬大處理。［構］主謂。

回心轉意 ㄏㄨㄟˊ ㄒㄧㄣ ㄓㄨㄢˇ ㄧˋ huí xīn zhuǎn yì

重新考慮，改變原來的想法和態度。心、意：心思。回、轉：掉轉、扭轉。也作『心回意轉』。［例］我希望他倆有一天能回心轉意，使夫妻破鏡重圓。［構］聯合。［反］死心塌地

悔不當初 ㄏㄨㄟˇ ㄅㄨˋ ㄉㄤ ㄔㄨ huǐ bù dāng chū

後悔開始不應這樣做。悔：後悔。［例］早知你這樣喜歡小鳳，悔不

當初就同意了那門親事。［構］動賓。

悔過自新 ㄏㄨㄟˇ ㄍㄨㄛˋ ㄗˋ ㄒㄧㄣ huǐ guò zì xīn　悔改錯誤，重新做人。悔：悔改。過：錯誤。自新：使自己成爲新人。也作『改過自新』。［例］對那些願意悔過自新的人，我們要誠懇地幫助他們。［構］連動。［源］《新唐書・馮元常傳》。［同］迷途知返

悔之無及 ㄏㄨㄟˇ ㄓ ㄨˊ ㄐㄧˊ huǐ zhī wú jí　後悔也來不及了。無及：來不及。［例］看到因自己賭博而拆散了家庭，他真是悔之無及呀！［構］補充。［源］《左傳・昭公二十年》。

毀家紓難 ㄏㄨㄟˇ ㄐㄧㄚ ㄕㄨ ㄋㄢˋ huǐ jiā shū nàn　傾盡全部家產，解救國難。毀家：傾盡家產。紓：緩和、解除。［例］中國古代有很多毀家紓難的愛國志士。［構］連動。［源］《左傳・莊公三十年》。［辨］『難』不能念成ㄋㄢˊ(nán)。

毀於一旦 ㄏㄨㄟˇ ㄩˊ ㄧˊ ㄉㄢˋ huǐ yú yí dàn　指得來不易的東西一下子就毀掉了。一旦：一天。［例］用了十年心血寫成的論文，竟在火災中毀於一旦，太讓人心疼了。［構］補充。［源］《後漢書・竇融傳》：『百年累之，一朝毀之。』

毀譽參半 ㄏㄨㄟˇ ㄩˋ ㄘㄢ ㄅㄢˋ huǐ yù cān bàn　非議和讚譽各占一半。形容看法不同。參半：各占其半。［例］對一部電影毀譽參半是不足爲奇的。［構］主謂。［辨］『參』不要念成ㄕㄣ(shēn)。

諱疾忌醫 ㄏㄨㄟˋ ㄐㄧˊ ㄐㄧˋ ㄧ huì jí jì yī　有病不肯說，害怕醫治。比喻掩飾缺點錯誤，怕別人批評。諱：有顧慮而不說。忌：怕。［例］對錯誤採取諱

疾忌醫的態度很不明智。［構］聯合。［源］宋、周敦頤《周子通書・過》。［辨］『諱』不要念成ㄨㄟˇ(wěi)。

諱莫如深 ㄏㄨㄟˋ ㄇㄛˋ ㄖㄨˊ ㄕㄣ huì mò rú shēn

原指事情重大，因而隱瞞不言。後比喻隱瞞得非常嚴。諱：瞞著不說。深：事件重大。［例］對漏出毒氣事件，廠方諱莫如深，不願接受採訪。［構］補充。［源］《穀梁傳・莊公三十二年》。［同］祕而不宣 ［反］直言不諱 ［辨］『諱』不要念成ㄨㄟˇ(wěi)。

誨盜誨淫 ㄏㄨㄟˋ ㄉㄠˋ ㄏㄨㄟˋ ㄧㄣˊ huì dào huì yín

原指不收藏好財物，引來盜賊；打扮得妖冶，招來人調戲。喻禍由自招。後多指引誘人去幹淫亂、盜竊等壞事。誨：誘導。淫：奸淫。也作『誨淫誨盜』。［例］對那些誨盜誨淫的黃色書刊和錄相帶要堅決銷毀。［構］聯合。［源］《周易・繫辭上》：『慢藏誨盜，冶容誨淫。』［辨］『誨』不要念成ㄏㄨㄟˇ(huǐ)。

誨人不倦 ㄏㄨㄟˋ ㄖㄣˊ ㄅㄨˋ ㄐㄩㄢˋ huì rén bù juàn

教導別人特別耐心，從不厭倦。誨：教導。倦：疲倦。［例］他一生勤勤懇懇，誨人不倦，培養了一批又一批棟梁之才。［構］主謂。［源］《論語・述而》：『默而識之，學而不厭，誨人不倦。』［辨］『誨』不能念成ㄏㄨㄟˇ(huǐ)。

繪聲繪色 ㄏㄨㄟˋ ㄕㄥ ㄏㄨㄟˋ ㄙㄜˋ huì shēng huì sè

形容敍述、描寫得非常生動、逼真。繪：描繪。也作『繪聲繪影』。［例］孩子們繪聲繪色地描述了春遊頤和園的經過。［構］聯合。［同］有聲有色

賄賂公行 ㄏㄨㄟˋ ㄌㄨˋ ㄍㄨㄥ ㄒㄧㄥˊ huì lù gōng xíng

指公開地行賄受賄。賄賂：用財物買通人。公行：公開做。［例］對

極少數政府部門賄賂公行的腐敗作風，人民群衆深惡痛絕。［構］主謂。［源］《陳書・後主沈皇后張貴妃傳》。［辨］『行』不能念成ㄏㄤˊ(háng)。

惠風和暢 ㄏㄨㄟˋ ㄈㄥ ㄏㄜˊ ㄔㄤˋ huì fēng hé chàng 柔和的風使人感到溫暖舒暢。惠：柔和。和：溫和。暢：暢快。［例］五月的北京，惠風和暢，天氣晴朗。［構］主謂。［源］晉、王羲之《蘭亭集序》。

渾渾噩噩 ㄏㄨㄣˊ ㄏㄨㄣˊ ㄜˋ ㄜˋ hún hún è è 原形容渾樸天真。現多用以形容糊里糊塗，愚昧無知。渾渾：質樸渾厚的樣子。噩噩：嚴肅的樣子。［例］自母親去世後，他一直渾渾噩噩的，打不起精神來。［構］聯合。［源］漢、揚雄《法言・問神》。

渾然一體 ㄏㄨㄣˊ ㄖㄢˊ ㄧ ㄊㄧˇ hún rán yī tǐ 融合成一個整體，不可分割。渾然：渾同的樣子。［例］走進人民大會堂，人們覺得樓頂和地面渾然一體，極有特色。［構］偏正。［源］《二程全書・遺書二上》。［同］天衣無縫 ［反］支離破碎

渾水摸魚 ㄏㄨㄣˊ ㄕㄨㄟˇ ㄇㄛ ㄩˊ hún shuǐ mō yú 比喻趁著混亂或製造混亂撈取不正當的利益。也作『混水摸魚』。［例］她也乘機渾水摸魚，拿了兩件衣服。［構］偏正。［同］趁火打劫

魂不附體 ㄏㄨㄣˊ ㄅㄨˋ ㄈㄨˋ ㄊㄧˇ hún bù fù tǐ 靈魂脫離了身軀。形容萬分驚恐。附：附著。［例］這傢伙嚇得魂不附體，趕緊跑了。［構］主謂。［同］魂飛魄散

魂飛魄散 ㄏㄨㄣˊ ㄈㄟ ㄆㄛˋ ㄙㄢˋ hún fēi pò sàn

嚇得魂魄都飛散了。形容驚恐萬狀。魂、魄：靈魂。也作『魂飛魄喪』。〔例〕困守在南京的國民黨軍隊的官兵，一聽到長江失守的消息，就魂飛魄散地丟下武器逃跑了。〔構〕聯合。〔源〕《左傳・昭公二十五年》。〔同〕魂飛天外 〔反〕鎮定自若

混爲一談 ㄏㄨㄣˋ ㄨㄟˊ ㄧˋ ㄊㄢˊ hùn wéi yì tán

把不同的事物混同起來，說成是相同的事物。〔例〕不能把愛情描寫同黃色低級的東西混爲一談。〔構〕動賓。〔源〕唐、韓愈《平淮西碑》。〔同〕相提並論

混淆黑白 ㄏㄨㄣˋ ㄒㄧㄠˊ ㄏㄟ ㄅㄞˊ hùn xiáo hēi bái

故意把黑的說成白的，把白的說成黑的。比喻故意製造混亂。混淆：混雜，混亂。〔例〕這種錯誤作法實際上是混淆黑白，顛倒是非。〔構〕動賓。〔同〕顛倒是非 〔反〕黑白分明

混淆視聽 ㄏㄨㄣˋ ㄒㄧㄠˊ ㄕˋ ㄊㄧㄥ hùn xiáo shì tīng

以假象、謊言遮人耳目，使人不辨是非。混淆：混雜，混亂。〔例〕國內外敵對勢力，總是利用新聞報導混淆視聽，欺騙人民。〔構〕動賓。

混淆是非 ㄏㄨㄣˋ ㄒㄧㄠˊ ㄕˋ ㄈㄟ hùn xiáo shì fēi

把對的說成錯的，把錯的說成對的。比喻故意製造混亂，使是非不清。〔例〕這個問題如果採取這種錯誤處理辦法，實際上是混淆是非，打擊了群衆。〔構〕動賓。〔同〕顛倒是非 〔反〕是非分明

活靈活現 ㄏㄨㄛˊ ㄌㄧㄥˊ ㄏㄨㄛˊ ㄒㄧㄢˋ huó líng huó xiàn

形容敍述、描繪得生動、逼真，使人有親眼看見的感覺。也作『活龍

活現』。〔例〕作者活靈活現地刻劃出一個卑躬屈膝、投靠日本人的漢奸形象。〔構〕聯合。〔同〕栩栩如生

火冒三丈 ㄏㄨㄛˇ ㄇㄠˋ ㄙㄢ ㄓㄤˋ huǒ mào sān zhàng 怒火上升三丈高。比喻非常憤怒。〔例〕你動不動就火冒三丈，別人怎麼受得了呀！〔構〕主謂。〔同〕怒氣沖沖 〔反〕心平氣和

火上加油 ㄏㄨㄛˇ ㄕㄤˋ ㄐㄧㄚ ㄧㄡˊ huǒ shàng jiā yóu 比喻使人更加惱怒或擴大事態發展。也作『火上澆油』。〔例〕她本來就一肚子氣，你再數落她，這不是火上加油嗎？〔構〕主謂。〔同〕推波助瀾

火燒眉毛 ㄏㄨㄛˇ ㄕㄠ ㄇㄟˊ ㄇㄠˊ huǒ shāo méi máo 比喻情勢十分急迫。〔例〕都火燒眉毛了，你還慢慢吞吞的，真急死人了。〔構〕主謂。〔源〕宋、釋普濟《五燈會元》卷十六。〔同〕燃眉之急

火樹銀花 ㄏㄨㄛˇ ㄕㄨˋ ㄧㄣˊ ㄏㄨㄚ huǒ shù yín huā 形容燈燭通明、焰火燦爛的節日夜景。火樹：形容樹上綴滿了燈彩。銀花：形容花彩照得通明透亮。〔例〕節日的夜晚，天安門廣場火樹銀花，絢麗多姿。〔構〕聯合。〔源〕唐、蘇味道《正月十五夜》詩。〔同〕燈火輝煌

火中取栗 ㄏㄨㄛˇ ㄓㄨㄥ ㄑㄩˇ ㄌㄧˋ huǒ zhōng qǔ lì 比喻被人利用，幹冒險的事，卻沒有得到好處。〔例〕這些貨來路不明，你不要幫助推銷，爲人火中取栗，否則，後悔都來不及。〔構〕偏正。〔源〕法國、拉·封登《猴子與貓》（寓言）。〔反〕坐享其成 〔辨〕『栗』不要寫成『粟』。

貨真價實 ㄏㄨㄛˋ ㄓㄣ ㄐㄧㄚˋ ㄕˊ huò zhēn jià shí
貨物質量好，價錢也公平。形容實實在在，一點不假。［例］要說同仁堂的藥，那真是貨真價實，讓人放心。［構］聯合。

禍不單行 ㄏㄨㄛˋ ㄅㄨˋ ㄉㄢ ㄒㄧㄥˊ huò bù dān xíng
不幸的事接二連三地來臨。［例］對我來說，這是個禍不單行的年頭，母親剛去世，丈夫又癱瘓在床。［構］主謂。［源］漢、劉向《說苑・權謀》。［反］福無雙至

禍從口出 ㄏㄨㄛˋ ㄘㄨㄥˊ ㄎㄡˇ ㄔㄨ huò cóng kǒu chū
說話不愼會招致災禍。［例］常言道『禍從口出』，你說起話來沒遮沒攔，早晚得惹禍。［構］主謂。［源］宋、李昉等《太平御覽》卷三六七引晉、傅玄《口銘》：『病從口入，禍從口出。』

禍從天降 ㄏㄨㄛˋ ㄘㄨㄥˊ ㄊㄧㄢ ㄐㄧㄤˋ huò cóng tiān jiàng
比喻災禍突然到來。［例］他出門還好好的，沒想到出了車禍，軋斷雙腿，真是禍從天降呀！［構］主謂。［反］喜從天降

禍福無門 ㄏㄨㄛˋ ㄈㄨˊ ㄨˊ ㄇㄣˊ huò fú wú mén
禍福來臨不由天定，全由人們自己招來。無門：沒有定數。［例］別看他沒文化，可他懂得禍福無門，一切都得靠自己。［構］主謂。［源］《左傳・襄公二十三年》：『禍福無門，唯人所召。』

禍國殃民 ㄏㄨㄛˋ ㄍㄨㄛˊ ㄧㄤ ㄇㄧㄣˊ huò guó yāng mín
危害國家，損害人民。禍、殃：禍害。［例］秦檜禍國殃民，爲後人所唾棄。［構］聯合。［反］富國安民

豁達大度 ㄏㄨㄛˋ ㄉㄚˊ ㄉㄚˋ ㄉㄨˋ huò dá dà dù

形容胸襟開闊，寬宏大量。豁達：性格開朗。大度：氣量大。［例］當領導的應該豁達大度，不要計較小事。［構］聯合。［源］晉、潘岳《西征賦》。［同］寬宏大量 ［反］鼠肚雞腸

豁然貫通 ㄏㄨㄛˋ ㄖㄢˊ ㄍㄨㄢˋ ㄊㄨㄥ huò rán guàn tōng

一下子就徹底明白了。豁然：通達的樣子。貫通：貫穿通曉。［例］聽了他對時局的分析，同志們都有豁然貫通的感覺。［構］偏正。［源］宋、朱熹《大學章句》。［同］恍然大悟 ［反］執迷不悟

豁然開朗 ㄏㄨㄛˋ ㄖㄢˊ ㄎㄞ ㄌㄤˇ huò rán kāi lǎng

形容由狹小幽暗一變而爲開闊明亮。比喻由疑惑一變而爲通曉明白。［例］①爬上天都峰，眼前豁然開朗，群山白雲盡收眼底。②我的心好像雨過天晴，豁然開朗了。［構］偏正。［源］晉、陶潛《桃花源記》：『復行數十步，豁然開朗。』［同］茅塞頓開 ［反］百思不解

J

飢不擇食 ㄐㄧ ㄅㄨˋ ㄗㄜˊ ㄕˊ jī bù zé shí

飢餓時不選擇食物。比喻急需時顧不得選擇。［例］『可是，他不願意馬上張口，露出飢不擇食的樣子。』（老舍）［構］補充。［源］《孟子・公孫丑上》。

飢寒交迫 ㄐㄧ ㄏㄢˊ ㄐㄧㄠ ㄆㄛˋ jī hán jiāo pò

飢餓寒冷一齊逼來。形容生活極端貧困。交：一齊。［例］舊中國的農民終年辛勤勞動，卻仍然飢寒交迫。［構］主謂。［源］宋、王讜《唐語林・政

事上》。［同］啼飢號寒　［反］豐衣足食

機關用盡 ㄐㄧ ㄍㄨㄢ ㄩㄥˋ ㄐㄧㄣˋ jī guān yòng jìn　形容用盡心機。機關：周密而巧妙的計謀。也作『機關算盡』。多用於貶義。［例］『機關用盡太聰明，反誤了卿卿性命。』（《紅樓夢》）［構］主謂。［源］宋、黃庭堅《牧童》詩：『多少長安名利客，機關用盡不如君。』［反］無計可施

雞飛蛋打 ㄐㄧ ㄈㄟ ㄉㄢˋ ㄉㄚˇ jī fēi dàn dǎ　雞飛走了，蛋打破了。比喻兩頭落空，一無所得。［例］照他現在的幹法，一定要鬧得雞飛蛋打，才算完事。［構］覆。［同］人財兩空

雞毛蒜皮 ㄐㄧ ㄇㄠˊ ㄙㄨㄢˋ ㄆㄧˊ jī máo suàn pí　比喻無關緊要的小事或毫無價值的東西。［例］『因為他關心國家，也就看見了國家的光明。因此，對於家中那些小小的雞毛蒜皮的事，他都不大注意。』（老舍）［構］聯合。［同］雞零狗碎　［反］犖犖大端

雞鳴狗盜 ㄐㄧ ㄇㄧㄥˊ ㄍㄡˇ ㄉㄠˋ jī míng gǒu dào　比喻微不足道的技能。［例］雞鳴狗盜，雖然只是微不足道的技能，但是在特定的情況下它卻起了巨大的作用。［構］聯合。［源］《史記‧孟嘗君列傳》和《漢書‧遊俠傳》。

雞犬不寧 ㄐㄧ ㄑㄩㄢˇ ㄅㄨˋ ㄋㄧㄥˊ jī quǎn bù níng　連雞狗都不得安寧。形容騷擾得厲害。［例］日本侵略軍一進村，就鬧得村裏雞犬不寧。［構］主謂。［源］唐、柳宗元《捕蛇者說》。［同］雞飛狗

跳 〔反〕雞犬不驚

積非成是 ㄐㄧ ㄈㄟ ㄔㄥˊ ㄕˋ jī fēi chéng shì
長期形成的謬誤，反會被誤認爲正確。〔例〕『群言淆亂，異說爭鳴，衆口鑠金，積非成是。』（魯迅）〔構〕連動。

積勞成疾 ㄐㄧ ㄌㄠˊ ㄔㄥˊ ㄐㄧˊ jī láo chéng jí
長期操勞過度而得病。〔例〕中山先生奔走革命，積勞成疾，一九二五年三月十二日逝世於北京協和醫院。〔構〕連動。

積年累月 ㄐㄧ ㄋㄧㄢˊ ㄌㄟˇ ㄩㄝˋ jī nián lěi yuè
形容經歷時間很久。〔例〕他的口語所以如此熟練，憑的就是積年累月的勤學苦練。〔構〕聯合。〔源〕北齊、顏之推《顏氏家訓・後娶》。〔同〕年深日久 〔反〕一朝一夕

積習難改 ㄐㄧ ㄒㄧˊ ㄋㄢˊ ㄍㄞˇ jī xí nán gǎi
長時間形成的習慣很難更改。〔例〕『真是積習難改，拿起筆，就像扭開了龍頭，水荷荷地流個不停。』（巴金）〔構〕主謂。

積重難返 ㄐㄧ ㄓㄨㄥˋ ㄋㄢˊ ㄈㄢˇ jī zhòng nán fǎn
長期形成的不良風俗、習慣、弊端不易改變。積重：積習深重。難返：很難返回。〔例〕『但時勢如此，雖有聖人，也絕不能一下挽回這積重難返的結習。』（鄭振鐸）〔構〕主謂。〔同〕根深蒂固 〔反〕痛改前非

吉光片羽 ㄐㄧˊ ㄍㄨㄤ ㄆㄧㄢˋ ㄩˇ jí guāng piàn yǔ
比喻殘存的珍貴文物。吉光：古代傳說中的神獸，毛皮爲裘，入水數日不沉，入火不焦。片羽：一片羽毛，指神獸的一小塊毛皮。〔例〕《漢簡》是在我國河西走廊發掘的珍貴文物，吉光片羽

，乃無價之寶。〔構〕偏正。〔源〕晉．葛洪《西京雜記》卷一。

吉日良辰 jí rì liángchén

吉利的日子，良好的時辰。〔例〕過去，婚葬嫁娶這些事，都要選擇吉日良辰；現在大家可不這麼迷信了。〔構〕聯合。〔源〕戰國（楚）、屈原《九歌．東皇太一》：『吉日兮良辰。』

吉星高照 jí xīng gāo zhào

好運當頭。吉星：主管好運的星宿。〔例〕老吳這幾年『吉星高照』，當了經理，開展了對外貿易，又被評爲先進工作者。〔構〕主謂。

吉凶未卜 jí xiōng wèi bǔ

是好運氣還是壞運氣尚不能預料。卜：預料。〔例〕小張的丈夫被傳去問話，吉凶未卜；小張的心裏七上八下，忐忑不寧。〔構〕主謂。

岌岌可危 jí jí kě wēi

形容極其危險。岌岌：高峰陡峭，即將傾倒的樣子。〔例〕這棟樓房年久失修，經這場暴風雨襲擊，已是岌岌可危。〔構〕偏正。〔源〕《孟子．萬章上》。〔同〕搖搖欲墜 〔反〕安如磐石

即景生情 jí jǐng shēng qíng

對眼前的景物有所感觸而產生的感情。〔例〕沈園景物觸動了陸游的詩懷，他即景生情，寫出了《沈園》、《釵頭鳳》等不朽的詩篇。〔構〕偏正。

佶屈聱牙 jí qū áo yá

形容讀起來不順口。佶屈：曲折。也作『詰屈』。聱牙：拗口。〔例〕『佶屈聱牙的古書在青年實在不易理解，只徒糜費時日。』（郭沫若）〔構〕聯

合。［反］琅琅上口

急公好義 ㄐㄧˊ ㄍㄨㄥ ㄏㄠˋ ㄧˋ jí gōng hào yì 急著做大家的事，喜歡做正義的事。［例］他這人急公好義，濟困扶危，大家都很敬重他。［構］聯合。［反］見利忘義

急功近利 ㄐㄧˊ ㄍㄨㄥ ㄐㄧㄣˋ ㄌㄧˋ jí gōng jìn lì 急於追求成效，貪圖眼前利益。［例］眼光短淺，急功近利，絕非能成大事的人。［構］聯合。［源］西漢、董仲舒《春秋繁露·對膠西王》。

急流勇退 ㄐㄧˊ ㄌㄧㄡˊ ㄩㄥˇ ㄊㄨㄟˋ jí liú yǒng tuì 在急流中果斷地及時退卻。舊時比喻人在官場得意時及時引退。也作『激流勇退』。［例］『據他信上的口氣，似有要勸我急流勇退之意。』（鄭振鐸）［構］偏正。［源］宋、蘇軾《贈善相程傑》詩。［同］功成身退 ［反］急流勇進

急起直追 ㄐㄧˊ ㄑㄧˇ ㄓˊ ㄓㄨㄟ jí qǐ zhí zhuī 立即振作起來，迅速追趕上去。［例］我們的思想理論工作者必須下定決心，急起直追。［構］連動。

急於求成 ㄐㄧˊ ㄩˊ ㄑㄧㄡˊ ㄔㄥˊ jí yú qiú chéng 急著要取得成功。［例］學什麼都必須循序漸進，急於求成是有害無益的。［構］補充。

急中生智 ㄐㄧˊ ㄓㄨㄥ ㄕㄥ ㄓˋ jí zhōngshēng zhì 在緊急中猛然想出了應付的好辦法。［例］潘冬子急中生智，把鹽化在水裏，再把鹽水滲進棉衣裏，混過了敵人的哨卡。［構］偏正。［同］情急智生 ［反］束手無策

急轉直下 ㄐㄧˊ ㄓㄨㄢˇ ㄓˊ ㄒㄧㄚˋ jí zhuǎn zhí xià 形勢、劇情、文筆等突然轉變，並且很快地順勢發展下去。［例］故事的發展有節奏，先緩後急，最後急轉直下。［構］連動。

疾惡如仇 ㄐㄧˊ ㄜˋ ㄖㄨˊ ㄔㄡˊ jí è rú chóu 痛恨壞人壞事像痛恨仇敵一樣。疾：同嫉，憎恨。惡：壞人壞事。也作『疾惡若仇』。［例］這個人愛憎分明，疾惡如仇，有言直講，有感直發，爲人正直。［構］主謂。［源］漢、孔融《薦禰衡表》。［反］同流合污

疾風知勁草 ㄐㄧˊ ㄈㄥ ㄓ ㄐㄧㄥˋ ㄘㄠˇ jí fēng zhī jìng cǎo 在猛烈的大風中，才能知道什麼草是堅韌的。比喻在嚴峻的考驗中，才能顯示出堅强的人。［例］疾風知勁草，他在這場鬥爭中立場堅定，表現很好。［構］特・動賓。［源］《後漢書・王霸傳》。

疾雷不及掩耳 ㄐㄧˊ ㄌㄟˊ ㄅㄨˋ ㄐㄧˊ ㄧㄢˇ ㄦˇ jí léi bù jí yǎn ěr 突然響起的雷聲使人來不及堵耳朵。比喻來勢迅猛，防備不及。『疾雷』也作『迅雷』。［例］日本軍國主義以疾雷不及掩耳之勢偷襲了珍珠港，太平洋戰爭爆發了。［構］主謂。［源］《六韜・龍韜・軍勢》。

疾言厲色 ㄐㄧˊ ㄧㄢˊ ㄌㄧˋ ㄙㄜˋ jí yán lì sè 言語急躁，神色嚴厲。形容發怒時的神情。也作『疾聲厲色』。［例］『倘若疾言厲色，拒人於千里之外，倒是我們的損失。』（魯迅）［構］聯合。［源］《後漢書・劉寬傳》。［反］和顏悅色

集思廣益 ㄐㄧˊ ㄙ ㄍㄨㄤˇ ㄧˋ jí sī guǎng yì　集中大家的想法和智慧，廣泛吸取有益的意見。[例]如果他能夠集思廣益，實在是大有可爲的。[構]聯合。[源]三國(蜀)、諸葛亮《與群下教》。[反]獨斷專行

集腋成裘 ㄐㄧˊ ㄧㄝˋ ㄔㄥˊ ㄑㄧㄡˊ jí yè chéng qiú　狐狸腋下的毛皮雖然很小，但是聚集起來就能縫成一件皮袍。比喻積少成多。[例]『聚沙成塔，集腋成裘，黨是永遠重視群衆的力量的。』(冰心)[構]連動。[源]《愼子・知忠》。[同]聚沙成塔

己所不欲，勿施於人 ㄐㄧˇ ㄙㄨㄛˇ ㄅㄨˋ ㄩˋ ㄨˋ ㄕ ㄩˊ ㄖㄣˊ jǐ suǒ bù yù wù shī yú rén　自己不願意的，不要加給別人。[例]『己所不欲，勿施於人』，是儒家恕道的核心。[構]主謂。[源]《論語・衛靈公》。

濟濟一堂 ㄐㄧˇ ㄐㄧˇ ㄧˋ ㄊㄤˊ jǐ jǐ yì táng　形容很多人聚集在一起。濟濟：人多的樣子。堂：廳堂。[例]代表們來自全國各地，濟濟一堂，共商國是。[構]偏正。[源]《書經・大禹謨》。[辨]『濟濟』不能讀作ㄐㄧˋ ㄐㄧˋ(jì jì)。

擠眉弄眼 ㄐㄧˇ ㄇㄟˊ ㄋㄨㄥˋ ㄧㄢˇ jǐ méi nòng yǎn　擠眉毛，弄眼色，向人示意傳情。[例]『兩個姨娘在旁邊惡意的擠眉弄眼，這一切都使他看不慣，而且受不下去了。』(巴金)[構]聯合。

計日程功 ㄐㄧˋ ㄖˋ ㄔㄥˊ ㄍㄨㄥ jì rì chéng gōng　可以數著日子來計算進度和成效。形容進度很快，完成指日可待。計、程：計算、估量。[例]有關運動會的場館建設是可以計日程功的。[構]連

動。

計日而待 jì rì ér dài 可以數著日子等待。形容爲時不遠。［例］運動會開幕的日子已經是可以計日而待了。［構］偏正。［源］三國（蜀）、諸葛亮《出師表》：『則漢室之隆，可計日而待也。』

記憶猶新 jì yì yóu xīn 保持在腦子裏的過去事物的印象還很清新。［例］五十年前的往事，至今記憶猶新。［構］主謂。［同］歷歷在目 ［反］浮光掠影

濟困扶危 jì kùn fú wēi 救濟困苦，扶助危急。也作『扶危濟困』。［例］『你是最肯濟困扶危的人，難道就眼睜睜地看著人家來擺布死了我們娘兒們不成？』（《紅樓夢》）［構］聯合。［反］趁火打劫

既來之，則安之 jì lái zhī, zé ān zhī 原意是已經使他來了，就要使他安心。現多表示既然來了，就要安下心來。［例］山區雖然艱苦，我不怕，『既來之，則安之』，我一定把這裏看成是我的家。［構］覆。［源］《論語．季氏》。

既往不咎 jì wǎng bù jiù 對過去的錯誤不再責備。咎：責備。也作『不咎既往』。［例］要對犯錯誤的人進行教育，教育過來，既往不咎；再不轉變，嚴肅處理。［構］主謂。［源］《論語．八佾》。

繼往開來 jì wǎng kāi lái 繼承前人的事業，開闢未來的道路。［例］你們是新中國培養的一代

青年，肩負著繼往開來的歷史重任。〔構〕聯合。〔源〕宋、朱熹《朱子全書・道統一・周子書》。〔同〕承先啓後

寄人籬下 ㄐㄧ ㄖㄣ ㄌㄧ ㄒㄧㄚ jì rén lí xià 本指文章著述因襲他人。後用以比喻依附別人，不能自立。〔例〕『想起邢岫煙住在賈府園中，終是寄人籬下；況且又窮，日用起居不想可知。』（《紅樓夢》）〔構〕動賓。〔源〕《戰國策・齊策四》。〔同〕仰人鼻息 〔反〕自力更生

寂然無聲 ㄐㄧ ㄖㄢ ㄨ ㄕㄥ jì rán wú shēng 寂靜沒有聲音。〔例〕深夜，街上寂然無聲，漆黑一片。〔構〕偏正。

加官進祿 ㄐㄧㄚ ㄍㄨㄢ ㄐㄧㄣ ㄌㄨ jiā guān jìn lù 升官，增加俸祿。〔例〕『門子忙上前請安，笑問：「老爺一向加官進祿，八九年來，就忘了我了?」』（《紅樓夢》）〔構〕聯合。

加磚添瓦 ㄐㄧㄚ ㄓㄨㄢ ㄊㄧㄢ ㄨㄚ jiā zhuān tiān wǎ 比喻爲大事業貢獻自己微薄的力量。也作『添磚加瓦』。〔例〕咱們爲社會主義四化建設加磚添瓦，就要加得牢靠，添得結實。〔構〕聯合。

家長里短 ㄐㄧㄚ ㄔㄤ ㄌㄧ ㄉㄨㄢ jiā cháng lǐ duǎn 指家庭生活和鄰里之間的瑣事。〔例〕她吃了飯，就愛去串門，說些家長里短。〔構〕聯合。〔辨〕『短』讀時應兒化。

家道小康 ㄐㄧㄚ ㄉㄠ ㄒㄧㄠ ㄎㄤ jiā dào xiǎo kāng 家庭經濟比較寬裕。家道：家境。小康：可以維持中等水平的生活。〔例〕在舊中國，不只窮人沒錢治病，就連家道小康的人，也負擔不起醫藥費

用。〔構〕主謂。〔源〕宋、洪邁《夷堅志》。

家破人亡 jiā pò rén wáng
家遭毀滅，親人死亡。也作『家破身亡』。〔例〕民國初年，軍閥混戰，害得老百姓妻離子散，家破人亡。〔構〕聯合。〔源〕《晉書・溫嶠傳》。〔反〕家給人足

家私萬貫 jiā sī wàn guàn
極言錢財之多。家私：家產。萬貫：一萬串（銅錢）。也作『萬貫家私』。〔例〕家私萬貫的員外爺和百萬家產的莊園主，一中一洋，都把自己的幸福建立在別人的痛苦之上。〔構〕主謂。

家徒四壁 jiā tú sì bì
家裏只有四周的牆。形容窮得一無所有。徒：只。〔例〕解放前，城市貧民窮得家徒四壁，而且就連這『四壁』也並不是他的。〔構〕主謂。〔源〕《史記・司馬相如傳》。〔同〕家貧如洗〔反〕家私萬貫

家學淵源 jiā xué yuān yuán
世代相傳的學問，根源深厚。形容人學問好，有根底。家學：家傳的學問。淵源：比喻事物的本源。〔例〕這位教授家學淵源，三代著書立說，爲世人贊頌。〔構〕主謂。〔同〕世代書香

家喻户曉 jiā yù hù xiǎo
家家戶戶都明白，都知道。喻：明白。曉：知道。〔例〕解放初期，婚姻法的宣傳做到了家喻戶曉。〔構〕聯合。〔源〕《論語・泰伯》程注。〔同〕婦孺皆知

假公濟私 jiǎ gōng jì sī 假借公家的名義，謀取私人的利益。濟：補助。［例］『張大哥冬季的幾噸煤是由小趙假公濟私運來的。』（老舍）［構］連動。［反］大公無私

假手於人 jiǎ shǒu yú rén 利用別人爲自己辦事。假：借。［例］曹操派禰衡去見劉表，是欲殺禰衡而採取的假手於人之策。［構］補充。［源］《尙書·伊訓》。

價廉物美 jià lián wù měi 指商品的價格便宜，質量又好。［例］市場上的商品琳琅滿目，價廉物美，很受顧客歡迎。［構］聯合。

價值連城 jià zhí lián chéng 形容物品很珍貴，價值很高。價：價格。連城：連成一片的好多城池。［例］日本一位收藏家最近購進了四幅價值連城的世界名畫。［構］主謂。［源］《史記·廉頗藺相如列傳》記載：戰國時，趙國有一塊寶玉叫和氏璧，秦王提出要用十五座城去交換。

駕輕就熟 jià qīng jiù shú 趕著輕便的車子，去走熟悉的道路。比喻對事情熟悉，辦起來容易。［例］他是退休的老師，給孩子輔導作業，當然駕輕就熟。［構］連動。［源］唐、韓愈《送石處士序》。［同］輕車熟路 ［反］老牛破車

嫁禍於人 jià huò yú rén 把禍患轉嫁到別人身上。［例］他這樣做，分明是嫁禍於人，真陰險！［構］補充。［源］《史記·趙世家》。［同］以鄰爲壑 ［反］引咎自責

稼穡艱難 ㄐㄧㄚˋ ㄙㄜˋ ㄐㄧㄢ ㄋㄢˊ jià sè jiān nán

謂農業勞動非常不容易。稼穡：播種和收穫，泛指農活兒。[例]學生參加農業生產勞動，從而了解稼穡艱難，是很有意義的。[構]主謂。[源]《尚書・無逸》。

尖酸刻薄 ㄐㄧㄢ ㄙㄨㄢ ㄎㄜˋ ㄅㄛˊ jiān suān kè bó

說話帶刺兒，待人冷酷無情。[例]他的群衆關係惡化，主要是由於他尖酸刻薄，不能容人。[構]聯合。

堅壁清野 ㄐㄧㄢ ㄅㄧˋ ㄑㄧㄥ ㄧㄝˇ jiān bì qīng yě

加固防禦工事，轉移四野的居民和物資，使敵人既攻不進來，又搶不到物資。這是對付强敵入侵的一種策略。[例]抗日戰爭時期，由於我軍正確採用了堅壁清野的策略，粉碎了敵人一次次的『强化治安』。[構]聯合。[源]《三國志・魏書・荀彧傳》。

堅不可摧 ㄐㄧㄢ ㄅㄨˋ ㄎㄜˇ ㄘㄨㄟ jiān bù kě cuī

特別堅固，不能摧毀。[例]古今中外公認的長江天險，號稱堅不可摧的江防工事，都阻擋不了我人民軍隊勝利渡江！[構]補充。[同]牢不可破[反]不堪一擊

堅持不懈 ㄐㄧㄢ ㄔˊ ㄅㄨˋ ㄒㄧㄝˋ jiān chí bù xiè

堅持到底，毫不鬆懈。[例]他退休以後，堅持不懈地臨摹碑帖，現在已經寫得很有韻味了。[構]補充。[同]堅持不渝[反]半途而廢

堅定不移 ㄐㄧㄢ ㄉㄧㄥˋ ㄅㄨˋ ㄧˊ jiān dìng bù yí

非常堅定，毫不動搖。[例]要繼續發展社會主義民主，健全社會主義法制。這是十一屆三中全會以來中央堅定不移的基本方針。[構]補充。[源]《資治通鑑・唐紀・文宗開成五年》：『推心委任，堅定不移。』[同]堅韌不拔

〔反〕搖擺不定

堅苦卓絕 ㄐㄧㄢ ㄎㄨˇ ㄓㄨㄛˊ ㄐㄩㄝˊ jiān kǔ zhuó jué 堅忍刻苦的精神超越尋常。卓絕：超越一切。也作『艱苦卓絕』。〔例〕『泥土和天才比，當然是不足齒數的，然而不是堅苦卓絕者，也怕不容易做。』（魯迅）〔構〕聯合。

堅强不屈 ㄐㄧㄢ ㄑㄧㄤˊ ㄅㄨˋ ㄑㄩ jiān qiáng bù qū 堅定頑强，絕不屈服。〔例〕中國人民以堅强不屈的精神，戰勝了日本帝國主義。〔構〕補充。

堅韌不拔 ㄐㄧㄢ ㄖㄣˋ ㄅㄨˋ ㄅㄚˊ jiān rèn bù bá 堅强而有韌性，絲毫不能動搖。韌：柔軟而結實。拔：動搖。也作『堅忍不拔』。〔例〕小說《紅岩》表現並歌頌了共產黨人堅韌不拔的鬥爭精神。〔構〕補充。〔源〕宋、蘇軾《晁錯論》。

〔同〕堅定不移　〔反〕動搖不定

堅如磐石 ㄐㄧㄢ ㄖㄨˊ ㄆㄢˊ ㄕˊ jiān rú pán shí 堅固得像大石頭一樣。比喻不可動搖。磐石：大石。〔例〕願我國各民族之間的友好團結堅如磐石，萬古長青！〔構〕主謂。

堅貞不屈 ㄐㄧㄢ ㄓㄣ ㄅㄨˋ ㄑㄩ jiān zhēn bù qū 堅定有氣節，絕不屈服。貞：節操。〔例〕京劇《蘇武牧羊》，歌頌了主人公堅貞不屈的民族氣節和高尚情操。〔構〕補充。〔同〕威武不屈　〔反〕奴顏婢膝

艱苦創業 ㄐㄧㄢ ㄎㄨˇ ㄔㄨㄤˋ ㄧㄝˋ jiān kǔ chuàng yè 艱難困苦地創辦事業。〔例〕我們要緬懷先烈艱苦創業的鬥爭精神。〔構〕偏正。

艱苦奮鬥 ㄐㄧㄢ ㄎㄨˇ ㄈㄣˋ ㄉㄡˋ jiān kǔ fèn dòu
不怕艱難困苦，堅持英勇頑强的鬥爭。［例］艱苦奮鬥是我國人民的光榮傳統，必須繼承和發揚。［構］偏正。

艱苦樸素 ㄐㄧㄢ ㄎㄨˇ ㄆㄨˇ ㄙㄨˋ jiān kǔ pǔ sù
吃苦耐勞、勤儉節約的作風。［例］反對鋪張浪費的陋習，提倡艱苦樸素的作風。［構］聯合。

艱難險阻 ㄐㄧㄢ ㄋㄢˊ ㄒㄧㄢˇ ㄗㄨˇ jiān nán xiǎn zǔ
前進路上的困難、危險和阻礙。也作『險阻艱難』。［例］改革，是會遇到一些艱難險阻的；但是，只要正確執行黨的方針政策，問題總是可以解決的。［構］聯合。［源］《左傳・僖公二十八年》。

兼程並進 ㄐㄧㄢ ㄔㄥˊ ㄅㄧㄥˋ ㄐㄧㄣˋ jiān chéng bìng jìn
以加倍的速度趕路，而且幾方面同時前進。兼：加倍。［例］爲了把敵人一網打盡，從各個方面調集精鋭，兼程並進。［構］偏正。［源］《三國志・賈逵傳》。

兼而有之 ㄐㄧㄢ ㄦˊ ㄧㄡˇ ㄓ jiān ér yǒu zhī
指同時具備。［例］中國的廣東菜是世界馳名的，色、香、味兼而有之。［構］偏正。［源］《墨子・法儀》。

兼容並包 ㄐㄧㄢ ㄖㄨㄥˊ ㄅㄧㄥˋ ㄅㄠ jiān róng bìng bāo
同時把幾個方面都容納、包括進來。［例］蔡元培先生辦北大，聘請了李大釗、胡適之、周樹人、劉師培、辜鴻銘等人做教授，稱得起兼容並包。［構］聯合。［源］漢、司馬相如《難蜀父老》。［同］兼收並蓄

兼收並蓄 ㄐㄧㄢ ㄕㄡ ㄅㄧㄥˋ ㄒㄩˋ jiān shōu bìng xù

把內容、性質不同的東西吸收進來，保存起來。也作『俱收並蓄』。［構］雜家之所以稱爲雜家，就是因爲它內容綜合諸子，兼收並蓄。［構］聯合。［源］唐、韓愈《進學解》。［同］兼容並包

兼聽則明，偏聽則暗 ㄐㄧㄢ ㄊㄧㄥ ㄗㄜˊ ㄇㄧㄥˊ，ㄆㄧㄢ ㄊㄧㄥ ㄗㄜˊ ㄢˋ jiān tīng zé míng, piān tīng zé àn

聽取多方面的意見，才能明辨是非；只聽一方面的意見，就會是非不分。也作『兼聽則明，偏信則暗』。［例］一個領導幹部，應將『兼聽則明，偏聽則暗』作爲座右銘，經常保持清醒的頭腦。［構］覆。［源］漢、王符《潛夫論・明暗》。

監守自盜 ㄐㄧㄢ ㄕㄡˇ ㄗˋ ㄉㄠˋ jiān shǒu zì dào

盜竊公務上、業務上自己所經營保管的財物。［例］抗戰前，報紙上登載過『易培基故宮盜寶案』，如果屬實，則是特大的監守自盜。［構］主謂。［源］《漢書・刑法志三》顏師古注。

儉可養廉 ㄐㄧㄢˇ ㄎㄜˇ ㄧㄤˇ ㄌㄧㄢˊ jiǎn kě yǎng lián

儉樸可以養成廉潔的節操。［例］儉可養廉是古代的一句格言，看來，今天仍有現實意義。［構］主謂。

簡明扼要 ㄐㄧㄢˇ ㄇㄧㄥˊ ㄜˋ ㄧㄠˋ jiǎn míng è yào

簡單明瞭，抓住要點。［例］講話、演說、寫文章和寫決議案，都應當簡明扼要。［構］聯合。

見財起意 ㄐㄧㄢˋ ㄘㄞˊ ㄑㄧˇ ㄧˋ jiàn cái qǐ yì

見了財物，頓生歹意。［例］無賴婁阿鼠見財起意，盜走十五貫錢，

殺死油葫蘆，造成了一起冤案。［構］連動。［源］《京本通俗小說・錯斬崔寧》。

見多識廣 ㄐㄧㄢˋ ㄉㄨㄛ ㄕˊ ㄍㄨㄤˇ jiàn duō shí guǎng

見過的多，知道的廣。形容知識廣博。［例］『她是每天上街去買菜的，自然見多識廣，知道這東西的時價。』（茅盾）［構］聯合。［同］博聞強志［反］孤陋寡聞

見風使舵 ㄐㄧㄢˋ ㄈㄥ ㄕˇ ㄉㄨㄛˋ jiàn fēng shǐ duò

看風向掌舵。比喻看形勢辦事。也作『見風使帆』、『見風轉舵』。［例］『這樣的人最會修正自己，對什麼主義都可信可不信，見風使舵。』（老舍）［構］連動。［源］宋、釋普濟《五燈會元》。［同］順水推舟

見縫插針 ㄐㄧㄢˋ ㄈㄥˋ ㄔㄚ ㄓㄣ jiàn fèng chā zhēn

比喻抓緊時機，盡量利用一切可能利用的時間、空間或機會。［例］她是學法語的，但她在課外見縫插針地閱讀了大量的中國文學作品。［構］連動。

見景生情 ㄐㄧㄢˋ ㄐㄧㄥˇ ㄕㄥ ㄑㄧㄥˊ jiàn jǐng shēng qíng

看到眼前景物而引起的某種感情。猶言隨機應變。也作『觸景生情』、『即景生情』。［例］①詩人陸游見景生情，寫下了『傷心橋下春波綠，曾是驚鴻照影來』的詩句。②這小子是個智多星，他見景生情，靈機一動，就想出一個鬼點子來。［構］連動。

見利思義 ㄐㄧㄢˋ ㄌㄧˋ ㄙ ㄧˋ jiàn lì sī yì

看到利益，要想到道義。［例］在見利思義的人面前，金錢並不萬能。［構］連動。［反］見利忘義

見利忘義 ㄐㄧㄢˋ ㄌㄧˋ ㄨㄤˋ ㄧˋ jiàn lì wàng yì

見到有利可圖就不顧道義。[例]這樣一來，一些喪盡天良的資本家，就見利忘義，躍躍欲試。[構]連動。[源]《漢書・樊酈滕灌靳周傳》。[反]見利思義

見勢不妙 ㄐㄧㄢˋ ㄕˋ ㄅㄨˋ ㄇㄧㄠˋ jiàn shì bù miào

看到形勢不好（指情況對自己不利）。[例]他見勢不妙，就不再堅持正確的意見，改變了口氣，說了些無關痛癢的話。[構]動賓。

見所未見 ㄐㄧㄢˋ ㄙㄨㄛˇ ㄨㄟˋ ㄐㄧㄢˋ jiàn suǒ wèi jiàn

見到從來沒有看到過的。形容事物十分稀罕。[例]清末，河南安陽出土了見所未見的甲骨。[構]動賓。

見微知著 ㄐㄧㄢˋ ㄨㄟ ㄓ ㄓㄨˋ jiàn wēi zhī zhù

看到一點苗頭，就知道它的實質和發展趨勢。微：微小。著：明顯。[例]明智的人善於見微知著，從而做出科學的論斷，於是便成了所謂的未卜先知。[構]連動。[源]《越絕書・十四》。

見賢思齊 ㄐㄧㄢˋ ㄒㄧㄢˊ ㄙ ㄑㄧˊ jiàn xián sī qí

見到德行高的人，就想學得與他一樣。[例]由於他下定了見賢思齊的決心，並且見之於行動，所以最近他的進步很大。[構]連動。[源]《論語・里仁》。

見義勇爲 ㄐㄧㄢˋ ㄧˋ ㄩㄥˇ ㄨㄟˊ jiàn yì yǒng wéi

見到正義的事情勇於去做。[例]『不過輪船公司也應當見義勇爲，捐這麼一個整數。』（茅盾）[構]連動。[源]《論語・爲政》。[同]急公好義 [反]袖手旁觀

見異思遷 ㄐㄧㄢˋ ㄧˋ ㄙ ㄑㄧㄢ jiàn yì sī qiān

看到不同的事物就改變主意。指意志不堅定，喜愛不專一。遷：改變。〔例〕『這對於一班見異思遷的人，……也是一個極好的教訓。』（毛澤東）〔構〕連動。〔源〕《管子・小匡》：『不見異物而遷焉。』〔同〕三心二意 〔反〕一心一意

建功立業 ㄐㄧㄢˋ ㄍㄨㄥ ㄌㄧˋ ㄧㄝˋ jiàn gōng lì yè

建立功勳事業。〔例〕他年紀小，志氣大，決心發憤讀書，長大後為祖國建功立業。〔構〕聯合。〔源〕宋、蘇軾《上兩制書》：『古之聖賢建功立業……皆有可觀。』〔同〕建功立事

劍拔弩張 ㄐㄧㄢˋ ㄅㄚˊ ㄋㄨˇ ㄓㄤ jiàn bá nǔ zhāng

劍拔出來了，弓拉開了。比喻形勢緊張，一觸即發。也引申形容文藝作品的氣勢遒勁。〔例〕①『晚間曾寄寸函，夜裏又做一篇，原想嬉皮笑臉，而仍劍拔弩張。』（魯迅）②『字體都是草書，寫得劍拔弩張。』（豐子愷）〔構〕聯合。〔源〕《漢書・王莽傳下》。〔同〕一觸即發

健步如飛 ㄐㄧㄢˋ ㄅㄨˋ ㄖㄨˊ ㄈㄟ jiàn bù rú fēi

步伐矯健，快得像飛。〔例〕今年，大姑八十歲了。但是，她走起路來還健步如飛。〔構〕主謂。〔同〕大步流星 〔反〕步履維艱

漸入佳境 ㄐㄧㄢˋ ㄖㄨˋ ㄐㄧㄚ ㄐㄧㄥˋ jiàn rù jiā jìng

逐漸進入美好的境界。比喻：興趣逐漸濃厚或境況逐漸好轉。〔例〕他開始臨摹甲骨，不過是消磨時間，後來慢慢發生了興趣，漸入佳境。〔構〕動賓。〔源〕《晉書・顧愷之傳》。

鑑往知來 ㄐㄧㄢˋ ㄨㄤˇ ㄓ ㄌㄞˊ jiàn wǎng zhī lái

仔細考察過去，就可以推知未來。鑑：仔細考察。［例］鑑往知來，古人是承認的，今人也必須承認，因爲歷史已經爲我們提供了足夠的論據。［構］覆。

箭不虛發 ㄐㄧㄢˋ ㄅㄨˋ ㄒㄩ ㄈㄚ jiàn bù xū fā

箭射得準，每發必中。也作『弓不虛發』。［例］養由基箭不虛發，百步穿楊。［構］主謂。［源］漢、司馬相如《子虛賦》。

箭在弦上 ㄐㄧㄢˋ ㄗㄞˋ ㄒㄧㄢˊ ㄕㄤˋ jiàn zài xián shàng

比喻爲形勢所迫，不得不採取某種言行。［例］『我覺得以文字結怨於小人，是不值得的。至於我，其實乃是箭在弦上，不得不發。』（魯迅）［構］主謂。［源］《太平御覽》卷五九七引《魏書》。［同］不得不發

江河日下 ㄐㄧㄤ ㄏㄜˊ ㄖˋ ㄒㄧㄚˋ jiāng hé rì xià

江河的水一天天流向下游。比喻事物一天天衰落。［例］『中國自通商以後，出入國貨物之比較，有江河日下之勢。』（孫中山）［構］主謂。［同］每況愈下 ［反］蒸蒸日上

江郎才盡 ㄐㄧㄤ ㄌㄤˊ ㄘㄞˊ ㄐㄧㄣˋ jiāng láng cái jìn

南朝文學家江淹，少有文名，晚年文思漸衰。後用以比喻文思減退。［例］有的人寫不出好的作品來，並不是什麼江郎才盡，而是由於沒有生活。［構］主謂。［源］南朝（梁）、鍾嶸《詩品・齊光祿江淹》。

江山易改，秉性難移 ㄐㄧㄤ ㄕㄢ ㄧˋ ㄍㄞˇ ㄅㄧㄥˇ ㄒㄧㄥˋ ㄋㄢˊ ㄧˊ jiāng shān yì gǎi bǐng xìng nán yí

江山的面貌都比較容易改換，而人的秉性是極難轉變的。極言人性難以改變。『易改』也作『好改』，

『秉性』也作『本性』。〔例〕『但江山易改，秉性難移，無論怎麼小心，總不免發一點「不妥」的議論。』（魯迅）〔構〕覆。

將錯就錯 ㄐㄧㄤ ㄘㄨㄛˋ ㄐㄧㄡˋ ㄘㄨㄛˋ jiāng cuò jiù cuò
事情既然做錯了，索性順著錯誤做下去。將：順從。就：遷就。〔例〕將錯就錯，不是正確對待錯誤的辦法，這種做法只會把事態擴大。〔構〕覆。

將功補過 ㄐㄧㄤ ㄍㄨㄥ ㄅㄨˇ ㄍㄨㄛˋ jiāng gōng bǔ guò
用功勞來補償過錯。也作『以功補過』、『將功折過』。〔例〕爲了將功補過，他必須百倍努力，將生死置之度外。〔構〕連動。〔源〕《舊五代史・錢鏐傳》。〔同〕將功贖罪

將計就計 ㄐㄧㄤ ㄐㄧˋ ㄐㄧㄡˋ ㄐㄧˋ jiāng jì jiù jì
利用對方的計策，向對方施展計策。〔例〕看來，這是敵人的陰謀詭計；我們正好藉此機會，將計就計，把尖刀插進他們的心臟。〔構〕覆。

將信將疑 ㄐㄧㄤ ㄒㄧㄣˋ ㄐㄧㄤ ㄧˊ jiāng xìn jiāng yí
又有點兒相信，又有點兒懷疑。將：且，又。〔例〕不管我怎麼對他說，他還是將信將疑的。〔構〕聯合。〔源〕唐、李華《弔古戰場文》。〔同〕半信半疑

將欲取之，必先與之 ㄐㄧㄤ ㄩˋ ㄑㄩˇ ㄓ，ㄅㄧˋ ㄒㄧㄢ ㄩˇ ㄓ jiāng yù qǔ zhī, bì xiān yǔ zhī
要想取得他一些什麼，必須先給予他一些什麼。也作『欲取姑與』。〔例〕釣魚是雅事，但必須使用魚愛吃的釣餌，這也是將欲取之，必先與之吧！〔構〕覆。〔源〕《老子》。

降格以求 jiàng gé yǐ qiú
降低標準來尋求（或要求）。格：標準。［例］『於是降格以求，不講愛國了，要外國銀行的鈔票。』（魯迅）［構］偏正。

交臂失之 jiāo bì shī zhī
指當面錯過好機會。交臂：指擦肩而過。也作『失之交臂』。［例］『但那兩屋子「關於社會主義的德文書」以及其他從「孤桐先生」府上陸續散出的壯觀，卻也因此「交臂失之」了。』（魯迅）［構］偏正。［源］《莊子・田子方》。

交頭接耳 jiāo tóu jiē ěr
緊靠著頭，湊在耳邊低聲說話。［例］『大家坐下，彼此交頭接耳，家事、國事、天下事一齊說。』（老舍）［構］聯合。［同］竊竊私語

驕傲自滿 jiāo ào zì mǎn
自高自大，滿足於自己已有的成績。［例］『你得知道我並不是一個驕傲自滿的人。』（巴金）［構］聯合。

驕兵必敗 jiāo bīng bì bài
恃強而輕敵的軍隊必定要打敗仗。驕兵：恃強而輕敵的軍隊。［例］古人說『驕兵必敗』。這正是曹操敗於赤壁的根本原因。［構］主謂。［源］《漢書・魏相傳》。［反］哀兵必勝

驕奢淫逸 jiāo shē yín yì
原指驕橫、奢侈、荒淫、放蕩四種惡習。後用來形容剝削階級腐朽糜爛的生活。也作『驕奢淫佚』。［例］『藝術遂隨著貴族生活的驕奢淫逸，而與教育脫節，變成了少數人縱欲的工具。』（聞一多）［構］聯合。［源］《左傳・隱公三年》。［同］窮奢極欲 ［反］艱苦

樸素

嬌生慣養 ㄐㄧㄠ ㄕㄥ ㄍㄨㄢˋ ㄧㄤˇ jiāo shēngguànyǎng　從小受到長輩過分的寵愛和姑息。嬌：寵愛。慣：姑息。「例」『他雖沒這樣造化，倒也是嬌生慣養的，我姨父姨娘的寶貝兒似的。』（《紅樓夢》）「構」聯合。

嬌小玲瓏 ㄐㄧㄠ ㄒㄧㄠˇ ㄌㄧㄥˊ ㄌㄨㄥˊ jiāo xiǎo líng lóng　身材小巧，伶俐可愛。「例」『「我明天也要把頭髮剪掉。」一個身材嬌小玲瓏的同學紅著臉說。』（巴金）「構」聯合。「同」小巧玲瓏

膠柱鼓瑟 ㄐㄧㄠ ㄓㄨˋ ㄍㄨˇ ㄙㄜˋ jiāo zhù gǔ sè　比喻固執拘泥而不能變通。瑟：古樂器。柱：瑟上架弦調音的短木。如果用膠把柱固定，音調就無法調整。「例」時代前進了，措施也得跟上去，膠柱鼓瑟是不行的。「構」偏正。「源」《史記・廉頗藺相如列傳》。

焦頭爛額 ㄐㄧㄠ ㄊㄡˊ ㄌㄢˋ ㄜˊ jiāo tóu làn é　原來形容頭部被火燒成重傷，後來用以比喻十分窘迫狼狽的情況。「例」①從飛機殘骸裏找到的屍體，被燒得焦頭爛額。②爲了孩子的畢業和升學，把媽媽累得焦頭爛額。「構」聯合。「源」《漢書・霍光傳》。「同」頭破血流

狡兔三窟 ㄐㄧㄠˇ ㄊㄨˋ ㄙㄢ ㄎㄨ jiǎo tù sān kū　狡猾的兔子有三個窩。比喻藏身的地方多。「例」解放前夕，特務們色厲內荏，暗暗盤算：狡兔三窟，還是多留條後路的好。「構」主謂。「源」《戰國策・齊策四》。

矯揉造作 ㄐㄧㄠˇ ㄖㄡˊ ㄗㄠˋ ㄗㄨㄛˋ jiǎo róu zào zuò
做作過分，極不自然。矯：把彎的加工成直的。揉：把直的加工成彎的。［例］『這寶姊姊也忒膠柱鼓瑟、矯揉造作了。』（《紅樓夢》）［構］偏正。［源］《周易・說卦》。［同］裝腔作勢

矯枉過正 ㄐㄧㄠˇ ㄨㄤˇ ㄍㄨㄛˋ ㄓㄥˋ jiǎo wǎng guò zhèng
矯正彎曲的東西超過了限度，又彎向另一方。比喻糾正錯誤、偏差過了頭，而成了另一種錯誤、偏差。枉：彎曲。［例］對待錯誤，應有正確的態度。既不縮小，也不誇大。改正錯誤也不應矯枉過正。總之，要實事求是。［構］主謂。［源］漢、董仲舒《春秋繁露・玉杯》。

腳踏兩隻船 ㄐㄧㄠˇ ㄊㄚˋ ㄌㄧㄤˇ ㄓ ㄔㄨㄢˊ jiǎo tà liǎng zhī chuán
比喻因爲對事物認識不清或存心投機取巧而跟兩方面都保持聯繫。［例］『他是腳踏兩隻船，別看他兒當八路，水蘿蔔，皮紅肚裏白。』（丁玲）［構］主謂。

腳踏實地 ㄐㄧㄠˇ ㄊㄚˋ ㄕˊ ㄉㄧˋ jiǎo tà shí dì
形容做事踏實認真，實事求是。［例］『黃醫生是一個腳踏實地的人，儉樸，耐勞，又正直。』（茅盾）［構］主謂。［同］兢兢業業［反］好高騖遠

教學相長 ㄐㄧㄠˋ ㄒㄩㄝˊ ㄒㄧㄤ ㄓㄤˇ jiào xué xiāng zhǎng
教和學兩方面互相促進，共同提高。［例］教師天天講課，但是絕不會把『本錢』講光，相反地越講『本錢』越雄厚，這就叫教學相長。［構］主謂。［源］《禮記・學記》。

皆大歡喜 jiē dà huān xǐ
大家都非常高興。〔例〕除夕守歲，家人團聚，吃著、喝著，欣賞著節目，談笑風生，皆大歡喜。〔構〕偏正。〔源〕《金剛經》。〔同〕大快人心〔反〕怨聲載道

揭竿而起 jiē gān ér qǐ
高舉義旗，起來反抗。原指陳勝吳廣領導農民起義，後泛指人民武裝起義。揭：高舉。竿：竹竿，代旗幟。〔例〕當人民無法生存下去時，人民英雄就揭竿而起，領導人民以鬥爭求生存。〔構〕偏正。〔源〕賈誼《過秦論》。

嗟來之食 jiē lái zhī shí
指帶有侮辱性的施捨。嗟：不禮貌的招呼聲。〔例〕貧病交加的朱自清，寧肯餓死，也絕不吃嗟來之食的骨氣，永遠值得讚揚。〔構〕偏正。〔源〕《禮記・檀弓下》。

街談巷議 jiē tán xiàng yì
大街小巷裏人們的談論。〔例〕『我初到長沙時，會到各方面的人，聽到許多的街談巷議。』（毛澤東）〔構〕聯合。〔源〕漢、張衡《西京賦》。

孑然一身 jié rán yī shēn
孤單單的一個人。孑然：孤獨的樣子。〔例〕沈秀水先生晚年，孑然一身，貧病交加，死於北京西郊。〔構〕偏正。〔源〕《三國志・陸瑁傳》。〔同〕孤苦伶仃〔反〕成群結隊

節節勝利 jié jié shèng lì
一個勝利接著一個勝利。〔例〕一九四九年，我軍渡江南下，節節勝利，勢如破竹。〔構〕偏正。〔反〕節節敗退

節外生枝 ㄐㄧㄝˊ ㄨㄞˋ ㄕㄥ ㄓ jié wài shēng zhī

在枝節之外又生出枝條。比喻在問題之外又生出問題。［例］『姑娘一旦訂了親，就怕節外生枝，也怕她會碰上個流氓什麼的。』（老舍）［構］偏正。［同］橫生枝節

節衣縮食 ㄐㄧㄝˊ ㄧ ㄙㄨㄛ ㄕˊ jié yī suō shí

省穿儉吃，盡力節約。［例］『本來，有關本業的東西，是無論怎樣節衣縮食也應該購買的。』（魯迅）［構］聯合。［源］宋、陸游《秋穫歌》：『縮衣節食勤耕桑。』［反］窮奢極欲

潔身自好 ㄐㄧㄝˊ ㄕㄣ ㄗˋ ㄏㄠˋ jié shēn zì hào

指保持自身純潔，不同流合污。也指只顧自己好，不關心公眾事情。自好：自愛。［例］①詩人把竹子比作潔身自好、高風亮節的君子。②見到壞人壞事不鬥爭，只是潔身自好，怎麼能成爲一個共產黨員呢！［構］偏正。［同］明哲保身 ［反］同流合污 ［辨］『好』不能讀作ㄏㄠˇ(hǎo)。

結草銜環 ㄐㄧㄝˊ ㄘㄠˇ ㄒㄧㄢˊ ㄏㄨㄢˊ jié cǎo xián huán

比喻感恩報德，至死不忘。結草：晉大夫魏顆之父死，他把他父親的一個愛妾改嫁了，沒有讓她殉葬。後來他同秦國的杜回打仗，『見老人結草以亢（抗）杜回』，因而把杜回捉住了。夜裏夢見那老人對他說：我是你所嫁婦人的父親，特來報恩。銜環：東漢楊寶幼時，救了一隻黃雀，夜有黃衣童子銜白玉環四枚相報，並祝願他四代都做三公。［例］結草銜環，知恩必報，是我國古代人的一種美德。［構］聯合。［源］《左傳・宣公十五年》、《後漢書・楊震傳》注。

結黨營私 ㄐㄧㄝˊ ㄉㄤˇ ㄧㄥˊ ㄙ jié dǎng yíng sī
勾結成小集團，謀求私利。［例］這一夥無恥之徒，結黨營私，無惡不做。［構］連動。

桀驁不馴 ㄐㄧㄝˊ ㄠˋ ㄅㄨˋ ㄒㄩㄣˊ jié ào bù xún
性格凶暴倔强，很不馴順。桀：凶暴。驁：馬不馴良。馴：順從。［例］『我看到左賢王實在桀驁不馴，只好警告他一下。』（郭沫若）［構］補充。［反］俯首帖耳

捷報頻傳 ㄐㄧㄝˊ ㄅㄠˋ ㄆㄧㄣˊ ㄔㄨㄢˊ jié bào pín chuán
勝利的消息連續傳來。［例］『華北大平原上捷報頻傳。以後大港油田、勝利油田，其他油田相繼建成。』（徐遲）［構］主謂。

捷足先登 ㄐㄧㄝˊ ㄗㄨˊ ㄒㄧㄢ ㄉㄥ jié zú xiān dēng
腳步快的先得到。比喻行動敏捷的人優先達到目的。登：齊方言『得來』的合音。也作『疾足先得』。［例］『有的說魯迅譯這書是不甘「落伍」，有的說畫室居然捷足先登。其實我譯這書，倒並非救「落」，也不在爭先。』（魯迅）［構］主謂。［源］《公羊傳・隱公五年・何休注》。［反］姍姍來遲

竭誠相待 ㄐㄧㄝˊ ㄔㄥˊ ㄒㄧㄤ ㄉㄞˋ jié chéng xiāng dài
竭盡忠誠地待人。［例］由於我們竭誠相待，兩國貿易談判很快達成了協議。［構］偏正。

竭澤而漁 ㄐㄧㄝˊ ㄗㄜˊ ㄦˊ ㄩˊ jié zé ér yú
排乾塘裏的水捕魚。竭：弄盡。澤：池塘。漁：捕魚。比喻做事不留餘地，只顧眼前。也比喻殘酷榨取。［例］①做事得留有餘地，竭澤而漁的幹法是

不行的。②封建統治階級殘酷榨取，竭澤而漁，其後果必然是農民起義。［構］偏正。［源］《呂氏春秋·義賞》。［同］殺雞取卵

截長補短 ㄐㄧㄝˊ ㄔㄤˊ ㄅㄨˇ ㄉㄨㄢˇ jié cháng bǔ duǎn 把長的截下來補在短的上。比喻以多餘補不足。也比喻以長處補短處。［例］①三年來買賣有盈有虧，截長補短，多少還有些利潤。②教師之間，應互相截長補短，共同提高。［構］聯合。［源］《孟子·滕文公上》。

截然不同 ㄐㄧㄝˊ ㄖㄢˊ ㄅㄨˋ ㄊㄨㄥˊ jié rán bù tóng 形容兩種事物毫無共同之處。截然：界限分明，像割斷一樣。［例］『直到近來，經過許多學者的研究，才知道孩子的世界，與成人截然不同。』（魯迅）［構］偏正。［同］迥然不同 ［反］一模一樣

解甲歸田 ㄐㄧㄝˇ ㄐㄧㄚˇ ㄍㄨㄟ ㄊㄧㄢˊ jiě jiǎ guī tián 脫掉軍裝，回家種地。甲：鎧甲。［例］老紅軍解甲歸田後，在村裏各方面都走在頭裏。［構］連動。［反］投筆從戎

解鈴還須繫鈴人 ㄐㄧㄝˇ ㄌㄧㄥˊ ㄏㄞˊ ㄒㄩ ㄒㄧˋ ㄌㄧㄥˊ ㄖㄣˊ jiě líng hái xū jì líng rén 法眼問泰欽禪師：老虎脖子上的金鈴誰能解下來？泰欽禪師說：繫上去的人能解下來。後用以比喻誰惹的麻煩還由誰解決。也作『解鈴繫鈴』。［例］『心病還須心藥治，解鈴還須繫鈴人。』（《紅樓夢》）［構］主謂。［源］明、瞿汝稷《指月錄》。

解囊相助 ㄐㄧㄝˇ ㄋㄤˊ ㄒㄧㄤ ㄓㄨˋ jiě náng xiāng zhù 解開口袋拿出財物來幫助。囊：口袋。［例］在同一輛無軌電車上，有偷錢包的小偷兒，也有對丟錢包的解囊

相助的雷鋒；人，真不一樣啊！［構］主謂。

戒備森嚴 ㄐㄧㄝˋ ㄅㄟˋ ㄙㄣ ㄧㄢˊ jiè bèi sēn yán
警戒防備異常嚴密。［例］北京解放前夕，守城的軍警憲，荷槍實彈，戒備森嚴。［構］主謂。

戒驕戒躁 ㄐㄧㄝˋ ㄐㄧㄠ ㄐㄧㄝˋ ㄗㄠˋ jiè jiāo jiè zào
防止驕傲和急躁情緒的產生。戒：防止。［例］『戒驕戒躁，永遠保持謙虛進取的精神。』（毛澤東）［構］聯合。

借刀殺人 ㄐㄧㄝˋ ㄉㄠ ㄕㄚ ㄖㄣˊ jiè dāo shā rén
比喻自己不出面，利用別人去害人。［例］『鳳姊雖恨秋桐，且喜借他先可發脫二姊，用借刀殺人之法。』（《紅樓夢》）［構］偏正。

借風使船 ㄐㄧㄝˋ ㄈㄥ ㄕˇ ㄔㄨㄢˊ jiè fēng shǐ chuán
比喻借用別人的力量以達到自己的目的。也作『借水行舟』。［例］『今見金桂所爲，先已開了端了，他便樂得借風使船，先弄薛蝌到手，不怕金桂不依。』（《紅樓夢》）［構］連動。

借古諷今 ㄐㄧㄝˋ ㄍㄨˇ ㄈㄥˇ ㄐㄧㄣ jiè gǔ fěng jīn
假借評論古代的人和事來影射、諷刺現實。［例］借古諷今，針砭時弊，是雜文的主要內容。［構］連動。［同］借古喻今

借花獻佛 ㄐㄧㄝˋ ㄏㄨㄚ ㄒㄧㄢˋ ㄈㄛˊ jiè huā xiàn fó
比喻拿別人的東西做人情。［例］家裏有酒，剛好有人送來一些羊肉片兒，借花獻佛，我來給你做生日。［構］連動。

借屍還魂 ㄐㄧㄝˋ ㄕ ㄏㄨㄢˊ ㄏㄨㄣˊ jiè shī huán hún
迷信傳說人死後靈魂可能借別人的屍體復活。現在比喻某種已消滅或沒落的思想、行爲、勢力等，假托別的名義重新出現。［例］『然而卻有一部分幽靈，借屍還魂，不僅穿上了長袍馬褂，而且還穿上了西裝。』（郭沫若）［構］偏正。

借題發揮 ㄐㄧㄝˋ ㄊㄧˊ ㄈㄚ ㄏㄨㄟ jiè tí fā huī
借談論另一個題目來表示自己真正的意思。［例］『儘管是借題發揮，而且是借錯了題，我對王芸生的手法，依然是佩服的。』（郭沫若）［構］連動。

巾幗英雄 ㄐㄧㄣ ㄍㄨㄛˊ ㄧㄥ ㄒㄩㄥˊ jīn guó yīng xióng
女性中的英雄。巾幗：古代婦女用的頭巾和髮飾，爲婦女的代稱。［例］秋瑾烈士是清末的一位巾幗英雄。［構］偏正。［同］女中丈夫

斤斤計較 ㄐㄧㄣ ㄐㄧㄣ ㄐㄧˋ ㄐㄧㄠˋ jīn jīn jì jiào
過分計較細瑣的無關緊要的事物。斤斤：什麼都看得淸楚的樣子，引申爲細瑣。［例］『我眞不解自家的弟兄何必這樣斤斤計較，豈不是橫豎都一樣？』（魯迅）［構］偏正。［源］《詩經・周頌・執競》。［同］錙銖必較

今非昔比 ㄐㄧㄣ ㄈㄟ ㄒㄧ ㄅㄧˇ jīn fēi xī bǐ
現在不是過去所能比得上的。形容變化非常大。［例］今非昔比，原來杳無人煙的荒原，已經林立著一幢幢高層建築了。［構］主謂。［反］今不如昔

今是昨非 ㄐㄧㄣ ㄕˋ ㄗㄨㄛˊ ㄈㄟ jīn shì zuó fēi
現在是對的，過去是錯了。含有悔悟的意思。［例］『但我們究竟還有一點記憶，回想起來，怎樣的今是昨非呵！』（魯迅）［構］覆。［源］晉、陶潛《歸去來辭》。

金碧輝煌 ㄐㄧㄣ ㄅㄧˋ ㄏㄨㄟ ㄏㄨㄤˊ jīn bì huī huáng

形容建築物等裝飾華麗、光彩耀眼的樣子。金碧：指國畫顏料中的泥金、石青和石綠。〔例〕北京圖書館的大門油飾一新，金碧輝煌。〔構〕聯合。〔同〕富麗堂皇

金蟬脫殼 ㄐㄧㄣ ㄔㄢˊ ㄊㄨㄛ ㄑㄧㄠˋ jīn chán tuō qiào

比喻用計脫逃而使對方不能及時發覺。〔例〕『老趙本來是多頭大戶，交割期近，又夾著個舊曆端陽節，他一定感到恐慌，因而什麼多頭公司，莫非是他的金蟬脫殼計罷？』（茅盾）〔構〕主謂。

金戈鐵馬 ㄐㄧㄣ ㄍㄜ ㄊㄧㄝˇ ㄇㄚˇ jīn gē tiě mǎ

指戰爭中戎馬生涯。金戈：金屬製成的橫刃兵器。鐵馬：穿著鐵甲的戰馬。〔例〕解甲歸田的老將軍，在舊友重逢的時刻，他不能不想起當年金戈鐵馬的軍旅生活。〔構〕聯合。〔源〕宋、辛棄疾《永遇樂・京口北固亭懷古》。

金科玉律 ㄐㄧㄣ ㄎㄜ ㄩˋ ㄌㄩˋ jīn kē yù lǜ

原形容法律條文的盡善盡美。後比喻不可變更的信條。金、玉：比喻貴重。科、律：法律條文。〔例〕我們不能把這些看成永遠適用的金科玉律，因爲社會是發展的，總會有些改變。〔構〕聯合。〔源〕漢、揚雄《劇秦美新》。〔同〕清規戒律

金蘭之契 ㄐㄧㄣ ㄌㄢˊ ㄓ ㄑㄧˋ jīn lán zhī qì

指情投意合的朋友。也指結拜弟兄。金：黃金。蘭：香草。契：投合。〔例〕人們對劉、關、張三人誓同生死的金蘭之契，是極爲讚頌的。〔構〕偏正。〔源〕《周易・繫辭上》：『二人同心，其利斷金；同心之言，其臭如蘭。』

金迷紙醉 ㄐㄧㄣ ㄇㄧˊ ㄓˇ ㄗㄨㄟˋ jīn mí zhǐ zuì 形容使人沉醉迷惘的繁華奢侈的環境。也作『紙醉金迷』。[例]解放前的上海是一個金迷紙醉的花花世界。[構]聯合。[同]燈紅酒綠

金石爲開 ㄐㄧㄣ ㄕˊ ㄨㄟˊ ㄎㄞ jīn shí wéi kāi 金屬和石頭都會被打開。常與『精誠所至』連用。比喻真誠能產生巨大的感動力量，從而戰勝一切困難。[例]新區群眾在我軍秋毫無犯的行動感召下，紛紛參加了各項支前工作，真是精誠所至，金石爲開呀！[構]主謂。[源]漢、劉向《新序・雜事四》。

金玉良言 ㄐㄧㄣ ㄩˋ ㄌㄧㄤˊ ㄧㄢˊ jīn yù liáng yán 比喻寶貴的勸告或教誨。金、玉：比喻寶貴。良言：好話。[例]老師的話，句句是金玉良言，你一定要牢記在心。[構]偏正。

金玉其外，敗絮其中 ㄐㄧㄣ ㄩˋ ㄑㄧˊ ㄨㄞˋ ㄅㄞˋ ㄒㄩˋ ㄑㄧˊ ㄓㄨㄥ jīn yù qí wài bài xù qí zhōng 比喻外表很華美，裏面一團糟。金玉：泛指珍寶。敗絮：破爛棉絮。[例]這個人的特點是金玉其外，敗絮其中，外表很精神，實際是個草包。[構]覆。[源]明、劉基《賣柑者言》。

津津樂道 ㄐㄧㄣ ㄐㄧㄣ ㄌㄜˋ ㄉㄠˋ jīn jīn lè dào 很感興趣地談論。津津：很感興趣的樣子。樂道：喜歡談論。[例]『上海的街頭巷尾的老虔婆，一知道近鄰的阿二嫂家有野男人出入，津津樂道。』(魯迅)[構]偏正。[同]津津有味

津津有味 ㄐㄧㄣ ㄐㄧㄣ ㄧㄡˇ ㄨㄟˋ jīn jīn yǒu wèi 形容特別有興趣。津津：趣味濃厚的樣子。[例]『現在許多同志津津有味於這個開中藥鋪的方法，實在是一種最低級、最幼稚、最庸俗的方法。』(

毛澤東）〔構〕偏正。〔同〕津津樂道〔反〕索然無味

筋疲力盡 ㄐㄧㄣ ㄆㄧˊ ㄌㄧˋ ㄐㄧㄣˋ jīn pí lì jìn

形容非常疲乏，力氣已經用盡。也作『力盡筋疲』。〔例〕『大家都已經做得筋疲力盡，嘆著苦，但這時總還算有閒的，所以也談閒天。』（魯迅）〔構〕聯合。〔源〕唐、韓愈《論淮西事宜狀》。〔同〕精疲力竭

襟懷坦白 ㄐㄧㄣ ㄏㄨㄞˊ ㄊㄢˇ ㄅㄞˊ jīn huái tǎn bái

形容心地純潔，光明正大。襟懷：胸懷。坦白：坦率。〔例〕『一個共產黨員，應該是襟懷坦白，忠實積極，以革命利益爲第一生命。』（毛澤東）〔構〕主謂。〔同〕胸無城府 〔反〕心懷叵測

謹小慎微 ㄐㄧㄣˇ ㄒㄧㄠˇ ㄕㄣˋ ㄨㄟ jǐn xiǎo shèn wēi

原指對微小的事物也採取謹慎小心的態度。形容非常謹慎。現指對細小的問題過分小心，流於畏縮。也作『敬小慎微』。今爲貶義。〔例〕『而且這種批評一發展……人人變成了謹小慎微的君子，就會忘記黨的政治任務，這是很大的危險。』（毛澤東）〔構〕聯合。〔源〕《淮南子・人間訓》。〔同〕謹言慎行〔反〕膽大妄爲

謹言慎行 ㄐㄧㄣˇ ㄧㄢˊ ㄕㄣˋ ㄒㄧㄥˊ jǐn yán shèn xíng

小心謹慎地說話、做事。〔例〕這不像是他說的話，他一向是一個謹言慎行的人。〔構〕聯合。〔源〕聯合。〔源〕《禮記・緇衣》。〔同〕謹小慎微

錦囊妙計 ㄐㄧㄣˇ ㄋㄤˊ ㄇㄧㄠˋ ㄐㄧˋ jǐn náng miào jì

封在錦囊中的巧妙的計策。錦囊：用錦做的袋子。現在泛指能解決疑

難問題的好主意。[例]現在有了這條錦囊妙計，看來，如期完成任務不成問題了。[構]偏正。[同]神機妙算

錦上添花 ㄐㄧㄣˇ ㄕㄤˋ ㄊㄧㄢ ㄏㄨㄚ jǐn shàng tiān huā 在錦的上面又繡上花。比喻好上加好，美上加美。[例]八姊這幅畫兒，經過九姊一題，越發錦上添花了。[構]偏正。[源]宋．黃庭堅《了了庵頌》。[同]如虎添翼 [反]雪上加霜

錦繡河山 ㄐㄧㄣˇ ㄒㄧㄡˋ ㄏㄜˊ ㄕㄢ jǐn xiù hé shān 形容美好的國土。錦繡：精美鮮艷的絲織品。河山：國土。也作『錦繡山河』、『錦繡江山』。[例]『錦繡河山收拾好，萬民盡作主人翁。』(朱德)[構]偏正。

錦繡前程 ㄐㄧㄣˇ ㄒㄧㄡˋ ㄑㄧㄢˊ ㄔㄥˊ jǐn xiù qián chéng 形容美好的前途。錦繡：精美鮮艷的絲織品。前程：前途。[例]廣大的中國青年都有著自己的錦繡前程。[構]偏正。

錦衣玉食 ㄐㄧㄣˇ ㄧ ㄩˋ ㄕˊ jǐn yī yù shí 最精美的衣食。形容奢侈豪華的生活。玉食：美食。[例]『的確，錦衣玉食的人，誰知道耕織的辛苦?!』(郭沫若)[構]聯合。[源]《魏書．常景傳》：『錦衣玉食，可頤其形。』[反]粗衣糲食

盡如人意 ㄐㄧㄣˋ ㄖㄨˊ ㄖㄣˊ ㄧˋ jìn rú rén yì 完全符合人的心意。[例]由於時間和水平的限制，本書肯定不能盡如人意，希望讀者批評指正！[構]動賓。

盡善盡美 ㄐㄧㄣˋ ㄕㄢˋ ㄐㄧㄣˋ ㄇㄟˇ jìn shàn jìn měi

形容事物達到完美無缺的境地。盡：極。〔例〕我們要想把工作做得盡善盡美，就必須付出最大的努力。〔構〕聯合。〔源〕《論語・八佾》。〔同〕十全十美 〔反〕一無是處

盡心竭力 ㄐㄧㄣˋ ㄒㄧㄣ ㄐㄧㄝˊ ㄌㄧˋ jìn xīn jié lì

費盡心思，用盡力氣。〔例〕老校長爲了學校，盡心竭力，連吃飯、睡覺都顧不上。〔構〕聯合。〔源〕《管子・重令》：『竭能盡力，而不尙得。』〔同〕不遺餘力 〔反〕敷衍了事

盡忠報國 ㄐㄧㄣˋ ㄓㄨㄥ ㄅㄠˋ ㄍㄨㄛˊ jìn zhōng bào guó

竭盡忠誠，報效國家。〔例〕民族英雄岳飛，盡忠報國，父子就戮，千古奇冤。〔構〕聯合。〔源〕《北史・顏之儀傳》。

進退兩難 ㄐㄧㄣˋ ㄊㄨㄟˋ ㄌㄧㄤˇ ㄋㄢˊ jìn tuì liǎng nán

進和退都有困難。〔例〕主人熱情地再三勸酒，她喝也不好，不喝也不好，進退兩難。〔構〕主謂。〔同〕進退維谷 〔反〕進退自如

進退維谷 ㄐㄧㄣˋ ㄊㄨㄟˋ ㄨㄟˊ ㄍㄨˇ jìn tuì wéi gǔ

進和退都處於困難的境地。谷：比喻困難處境。〔例〕『在我的思想上也正感受著一種進退維谷的苦悶。』（郭沫若）〔構〕主謂。〔源〕《詩經・大雅・桑柔》：『人亦有言，進退維谷。』〔同〕進退兩難 〔反〕進退自如

近水樓台先得月 ㄐㄧㄣˋ ㄕㄨㄟˇ ㄌㄡˊ ㄊㄞˊ ㄒㄧㄢ ㄉㄜˊ ㄩㄝˋ jìn shuǐ lóu tái xiān dé yuè

比喻由於地處近便而獲得優先的機會。也作『近水樓台』。〔例〕中小學教師的子女，可以優先到他父母所在的學校讀書，這也是『近水樓台先得月』吧！〔構〕主

謂。［源］宋、俞文豹《清夜錄》（《說郛》本）：『近水樓台先得月，向陽花木易逢春。』

近在咫尺 jìn zài zhǐ chǐ
形容距離很近。咫：周制八寸，合今市尺六寸多。又作『近在眉睫』。［例］他家離汽車站近在咫尺，上下班方便極了。［構］補充。［源］《列子・仲尼篇》。［反］海角天涯

近朱者赤，近墨者黑 jìn zhū zhě chì, jìn mò zhě hēi
靠近朱就會染紅，靠近墨就會染黑。比喻接近好人使人變好，接近壞人使人變壞。朱：朱砂。［例］環境對人的習性的改變有很大的影響。古人說近朱者赤，近墨者黑，就是這個道理。［構］覆。［源］晉、傅玄《太子少傅箴》。

噤若寒蟬 jìn ruò hán chán
不作聲像深秋的知了一樣。形容有顧慮不敢說話。噤：不作聲。寒蟬：深秋的知了。［例］『明明今日好好的出席，提出反對條件的，轉眼就掉過頭去，噤若寒蟬，或則明示其變態行動？』（魯迅）［構］主謂。［源］《後漢書・杜密傳》。［同］緘口結舌［反］口若懸河

涇清渭濁 jīng qīng wèi zhuó
涇水清澈，渭水渾濁。比喻人品的清高和污濁。［例］竹林七賢中的嵇康和山濤，涇清渭濁，無法相提並論。［構］聯合。［源］《詩經・邶風・谷風》。［辨］古人認爲涇濁渭清，後據調查，實爲涇清渭濁。

涇渭分明 ㄐㄧㄥ ㄨㄟˋ ㄈㄣ ㄇㄧㄥˊ jīng wèi fēn míng

涇水渭水合流時，一清一濁，分得清清楚楚。比喻人或事物的好壞是非有明顯區別，界限分明。［例］誰爲人民服務，誰當官做老爺，涇渭分明，老百姓心中有數。［構］主謂。［同］壁壘分明［反］涇渭不分

經風雨，見世面 ㄐㄧㄥ ㄈㄥ ㄩˇ ㄐㄧㄢˋ ㄕˋ ㄇㄧㄢˋ jīng fēng yǔ jiàn shì miàn

比喻在實際生活和鬥爭中鍛鍊。［例］青年學生應該經風雨，見世面，在實際生活和鬥爭中增長才幹。［構］覆。

經國大業 ㄐㄧㄥ ㄍㄨㄛˊ ㄉㄚˋ ㄧㄝˋ jīng guó dà yè

治理國家的大事業。也借指文章。［例］①如果你真有從事經國大業的才能，在我們的國家裏，黨和人民是不會埋沒你的。②寫作態度必須端正，因爲這是經國大業，古人就已經認識到了。［構］偏正。［源］三國（魏）、曹丕《典論・論文》。

經久不息 ㄐㄧㄥ ㄐㄧㄡˇ ㄅㄨˋ ㄒㄧ jīng jiǔ bù xī

經過長時間仍不停息。形容掌聲或歡呼聲。［例］歌聲剛落，台下響起了暴風雨般的掌聲，經久不息。［構］偏正。

經年累月 ㄐㄧㄥ ㄋㄧㄢˊ ㄌㄟˇ ㄩㄝˋ jīng nián lěi yuè

形容經歷的時間很久。也作『長年累月』。［例］他經年累月地到外地採購，一年到頭，在家待不了幾天。［構］聯合。

經天緯地 ㄐㄧㄥ ㄊㄧㄢ ㄨㄟˇ ㄉㄧˋ jīng tiān wěi dì

形容人的才能極大。經緯：經爲縱線，緯爲橫線，比喻規劃治理。［例］《三國演義》寫諸葛亮，上知天文，下知地理，中知人和，有經天緯地之才。

〔構〕聯合。〔源〕《左傳・昭公二十八年》。

旌旗蔽日 ㄐㄧㄥ ㄑㄧˊ ㄅㄧˋ ㄖˋ jīng qí bì rì
旗幟遮蔽了太陽。形容軍容極盛。〔例〕國慶檢閱，旌旗蔽日，歌聲遏雲，顯示出一派欣欣向榮的景象。〔構〕主謂。〔源〕《戰國策・楚策一》。

驚弓之鳥 ㄐㄧㄥ ㄍㄨㄥ ㄓ ㄋㄧㄠˇ jīng gōng zhī niǎo
被弓箭嚇怕了的鳥。比喻受過驚恐見到一點動靜就特別害怕的人。也作『傷弓之鳥』。〔例〕『近來謠言大熾，四近居人，大抵遷徙，景物頗已寂寥，上海人已是驚弓之鳥，固不可詆爲「庸人自擾」。』（魯迅）〔構〕偏正。〔源〕《戰國策・楚策四》。〔同〕漏網之魚〔反〕初生之犢

驚惶失措 ㄐㄧㄥ ㄏㄨㄤˊ ㄕ ㄘㄨㄛˋ jīng huáng shī cuò
驚慌惶恐，舉止失去常態。〔例〕如有意外事故發生，應鎮定對待，切勿驚惶失措。〔構〕補充。〔源〕《北齊書・元暉業傳》。〔同〕驚慌失措〔反〕泰然自若

驚濤駭浪 ㄐㄧㄥ ㄊㄠ ㄏㄞˋ ㄌㄤˋ jīng tāo hài làng
使人驚駭的浪濤。比喻險惡的環境或遭遇。〔例〕①『又覺得身體動盪，彷彿在驚濤駭浪的小船裏。』（葉聖陶）②『一天來驚濤駭浪的戰鬥生活，使高夫人的臉孔比往日瘦了許多。』（姚雪垠《李自成》）〔構〕聯合。〔源〕漢、王粲《浮淮賦》。〔反〕風平浪靜

驚天動地 ㄐㄧㄥ ㄊㄧㄢ ㄉㄨㄥˋ ㄉㄧˋ jīng tiān dòng dì
驚動天地。形容聲音極大。也形容聲勢或影響極大。〔例〕①驚天動地的一聲巨響，一場毀滅性的事故發生了

。②一九三七年七月七日，驚天動地的中國抗日戰爭開始了。［構］聯合。［源］唐、白居易《李白墓》詩。［同］震天動地

驚喜交集
jīng xǐ jiāo jí

又吃驚，又高興。交集：不同感情同時出現在一個人身上。［例］她從台中來京探親，四十年沒見面的母女，驚喜交集，涕淚縱橫，真是一個動人的場面！［構］主謂。

精兵簡政
jīng bīng jiǎn zhèng

精簡人員，緊縮機構。［例］『「精兵簡政」這一條意見，就是黨外人士李鼎銘先生提出來的；他提得好，對人民有好處，我們就採用了。』（毛澤東）［構］聯合。

精誠所至
jīng chéng suǒ zhì

人的真誠的意志所到。［例］數學對於小玲，原是一個沉重負擔。後來她刻苦地看書、演題、苦思冥想，終於鍛鍊得思路敏捷，從此數學不再是她的負擔了，這就是精誠所至，金石爲開吧！［構］主謂。［源］《莊子・漁父》。［辨］一般與『金石爲開』連用。

精誠團結
jīng chéng tuán jié

真心誠意，團結一致。［例］『在國共兩黨合作的基礎上，建立全國各黨各派各界各軍的抗日民族統一戰線，領導抗日戰爭，精誠團結，共赴國難。』（毛澤東）［構］偏正。

精打細算
jīng dǎ xì suàn

在使用人力物力上打算得非常精細，絕不浪費。［例］她從來不遲到、不早退、不請假、不吃零嘴、不花零錢

，真是個會精打細算的小姑娘。［構］聯合。

精雕細刻 ㄐㄧㄥ ㄉㄧㄠ ㄒㄧˋ ㄎㄜˋ jīng diāo xì kè 精心細緻地雕刻。也比喻對文藝創作的苦心琢磨和做事精細。［例］①原來我有一把牙雕的扇骨兒，稱得起是精雕細刻，如今不知落到何方了。②她幹什麼都精雕細刻，這一點很像她的母親。［構］聯合。［同］細針密縷［反］粗製濫造

精耕細作 ㄐㄧㄥ ㄍㄥ ㄒㄧˋ ㄗㄨㄛˋ jīng gēng xì zuò 精心細緻地耕作。［例］自留地裏的作物，一般都長得好一些，這是由於面積小，可以精耕細作的緣故。［構］聯合。

精美絕倫 ㄐㄧㄥ ㄇㄟˇ ㄐㄩㄝˊ ㄌㄨㄣˊ jīng měi jué lún 精緻美妙，無與倫比。絕倫：沒有比得上的。也作『精妙絕倫』。［例］我國的手工藝品精美絕倫，在國際上久負盛名。［構］補充。

精明強幹 ㄐㄧㄥ ㄇㄧㄥˊ ㄑㄧㄤˊ ㄍㄢˋ jīng míngqiáng gàn 精細聰明，善於辦事。也作『精明能幹』。［例］『說趙先生不是個精明強幹的做生意人麼？那也不盡然。在證券交易所內，他也算得上一條好漢。』（茅盾）［構］聯合。

精疲力竭 ㄐㄧㄥ ㄆㄧˊ ㄌㄧˋ ㄐㄧㄝˊ jīng pí lì jié 精神非常疲勞，體力消耗淨盡。竭：盡。也作『精疲力盡』。［例］他由於長期工作勞累，並且缺乏營養和睡眠，精疲力竭，終於倒下了。［構］聯合。［同］筋疲力盡［反］精神煥發

精神抖擻 ㄐㄧㄥ ㄕㄣˊ ㄉㄡˇ ㄙㄡˇ jīng shén dǒu sǒu

精神振作。抖擻：振奮的樣子。〔例〕他是個不知疲倦的人，從來都是精神抖擻地在工作著。〔構〕主謂。〔同〕精神煥發 〔反〕沒精打采

精神煥發 ㄐㄧㄥ ㄕㄣˊ ㄏㄨㄢˋ ㄈㄚ jīng shénhuàn fā

形容精神振作，情緒飽滿。煥發：光彩四射的樣子。〔例〕『她臉紅紅的，精神煥發，帶著興奮的樣子。』（巴金）〔構〕主謂。〔同〕精神抖擻 〔反〕萎靡不振

精神恍惚 ㄐㄧㄥ ㄕㄣˊ ㄏㄨㄤˇ ㄏㄨ jīng shénhuǎng hū

精神不集中的樣子。恍惚：迷糊。〔例〕她可能有什麼心事，這幾天精神恍惚，總是無精打采的。〔構〕主謂。

精衛填海 ㄐㄧㄥ ㄨㄟˋ ㄊㄧㄢˊ ㄏㄞˇ jīng wèi tián hǎi

古代神話，炎帝的女兒在東海淹死，化爲精衛鳥，每天銜西山的木石來填東海。後來用以比喻有深仇大恨，立志必報；也比喻不畏艱難，努力奮鬥。〔例〕知識青年決心以精衛填海的精神改變山區的落後面貌。〔構〕主謂。〔源〕《山海經・北山經》。

精益求精 ㄐㄧㄥ ㄧˋ ㄑㄧㄡˊ ㄐㄧㄥ jīng yì qiú jīng

好了還力求做得更加好。益：更加。〔例〕『好凡能助雙手生產之機械，我當仿造，精益求精，務使我能自造。』（孫文）〔構〕主謂。〔源〕《論語・學而》朱熹注。

兢兢業業 ㄐㄧㄥ ㄐㄧㄥ ㄧㄝˋ ㄧㄝˋ jīng jīng yè yè

形容做事小心謹慎，勤勤懇懇。兢兢：小心謹慎。業業：擔心害怕。〔例〕『過了些時，都邀了恩眷，那時兢

兢業業的治起家來，以贖前愆，奉養老太太到一百歲。』（《紅樓夢》）〔構〕聯合。〔源〕《詩經·大雅·雲漢》。〔同〕一腳踏實地 〔反〕敷衍了事 〔辨〕『兢』不能讀作ㄐㄧㄥˋ(jìng)；也不能寫作『競』。

井底之蛙 ㄐㄧㄥˇ ㄉㄧˇ ㄓ ㄨㄚ jǐng dǐ zhī wā

在井底（看天）的青蛙。比喻眼界狹隘、見識短淺的人。〔例〕『厚古薄今，個人興趣，專搞冷門，衒奇誇博，但實際是井底之蛙，所見極狹。』（茅盾）〔構〕偏正。〔源〕《莊子·秋水》。〔同〕坐井觀天

井井有條 ㄐㄧㄥˇ ㄐㄧㄥˇ ㄧㄡˇ ㄊㄧㄠˊ jǐng jǐng yǒu tiáo

形容條理分明，絲毫不亂。井井：整齊而有條理的樣子。〔例〕『那穿衣也穿得真好，井井有條，彷彿是一個大殮的專家，使旁觀者不覺嘆服。』（魯迅）〔構〕偏正。〔源〕《荀子·儒效》。〔同〕有條不紊 〔反〕雜亂無章

井水不犯河水 ㄐㄧㄥˇ ㄕㄨㄟˇ ㄅㄨˋ ㄈㄢˋ ㄏㄜˊ ㄕㄨㄟˇ jǐng shuǐ bù fàn hé shuǐ

比喻各有界限，互不相犯。〔例〕『他和錢文貴算堂房兄弟，井水不犯河水，就沒關係，他從來也沒說要鬥錢文貴，可也不反對。』（丁玲）〔構〕主謂。

敬而遠之 ㄐㄧㄥˋ ㄦˊ ㄩㄢˇ ㄓ jìng ér yuǎn zhī

尊敬他而不願接近他。〔例〕『村人對於阿Q的「敬而遠之」者，本因為怕結怨，誰料他不過是一個不敢再偷的偷兒呢。』（魯迅）〔構〕動賓。〔源〕《論語·雍也》。

敬老尊賢 ㄐㄧㄥˋ ㄌㄠˇ ㄗㄨㄣ ㄒㄧㄢˊ jìng lǎo zūn xián

尊敬老年人和有才能的人。〔例〕敬老尊賢是中華民族傳統的美德。

〔構〕聯合。

敬謝不敏 ㄐㄧㄥˋ ㄒㄧㄝˋ ㄅㄨˋ ㄇㄧㄣˇ jìng xiè bù mǐn
恭敬地表示能力不行而不能接受。謝：辭謝。不敏：沒有才能。〔例〕您讓我鑑別文物，我不在行，只有敬謝不敏了。〔構〕覆。〔源〕《左傳・襄公三十一年》。

敬業樂群 ㄐㄧㄥˋ ㄧㄝˋ ㄌㄜˋ ㄑㄩㄣˊ jìng yè lè qún
專心學業，樂於與同學探討並愉快相處。〔例〕敬業樂群是先秦儒家倡導的重要的學習態度和方法。〔構〕聯合。〔源〕《禮記・學記》。

鏡花水月 ㄐㄧㄥˋ ㄏㄨㄚ ㄕㄨㄟˇ ㄩㄝˋ jìng huā shuǐ yuè
鏡中花，水中月。比喻一切虛幻的影像。也比喻詩中的空靈意境。〔例〕『但我這些念頭，都成了鏡花水月，原因是我自己的兩耳重聽，剝奪了我成爲一個醫生的資格。』（郭沫若）〔構〕聯合。〔源〕唐、裴休《玄祕塔碑銘》。

迥然不同 ㄐㄩㄥˇ ㄖㄢˊ ㄅㄨˋ ㄊㄨㄥˊ jiǒng rán bù tóng
相差甚遠，很不相同。迥然：距離很遠的樣子。〔例〕『上月看了傑克・倫敦的《荒野的呼喚》，大吃一驚，與原著迥然不同。』（魯迅）〔構〕偏正。〔源〕宋、張戒《歲寒堂詩話》：『文章古今迥然不同。』〔同〕截然不同。〔反〕一模一樣。〔辨〕『迥』不能寫作『迴』。

炯炯有神 ㄐㄩㄥˇ ㄐㄩㄥˇ ㄧㄡˇ ㄕㄣˊ jiǒng jiǒng yǒushén
形容目光明亮而有精神。炯炯：明亮的樣子。〔例〕『炯炯有神的眼光，足夠表現出他是一個有志的少年。』（鄭振鐸）〔構〕偏正。〔同〕目光炯炯。〔辨〕『炯』不能寫作『烔』。

九牛二虎之力 ㄐㄧㄡˇ ㄋㄧㄡˊ ㄦˋ ㄏㄨˇ ㄓ ㄌㄧˋ jiǔ niú èr hǔ zhī lì
比喻很大的力氣。［例］她費了九牛二虎之力，也沒考上大學。［構］偏正。

九牛一毛 ㄐㄧㄡˇ ㄋㄧㄡˊ ㄧ ㄇㄠˊ jiǔ niú yī máo
比喻極大數量中的微小數量，表示微不足道。［例］他做的股票生意虧本了，但對他來說，不過九牛一毛罷了。［構］偏正。［源］漢、司馬遷《報任少卿書》。［同］滄海一粟

九泉之下 ㄐㄧㄡˇ ㄑㄩㄢˊ ㄓ ㄒㄧㄚˋ jiǔ quán zhī xià
指人死之後。九泉：指人死後埋葬的地方（深埋及泉）。［例］張潔見到了四十年沒見面的九十多歲的老母親。老太太說：見到你，我了卻一樁心願，九泉之下，也能閉上眼了。［構］偏正。

九死一生 ㄐㄧㄡˇ ㄙˇ ㄧ ㄕㄥ jiǔ sǐ yī shēng
形容經歷多次極大危險而倖存，或情況極其危險。［例］反動派抓的壯丁，即使沒上前線，也九死一生，很難活著回來。［構］覆。［源］戰國（楚）、屈原《離騷》劉良注。［同］死裏逃生［反］平安無事

九霄雲外 ㄐㄧㄡˇ ㄒㄧㄠ ㄩㄣˊ ㄨㄞˋ jiǔ xiāo yún wài
比喻無限高遠的地方。九霄：九重天，天的最高處。也作『九層雲外』。［例］『什麼哀愁，什麼夜色，都飛到九霄雲外去了。』（魯迅）［構］偏正。

久病成醫 ㄐㄧㄡˇ ㄅㄧㄥˋ ㄔㄥˊ ㄧ jiǔ bìng chéng yī
長期患病就成爲醫生了（指醫藥、護理的常識豐富了）。［例］久病成醫，他這個老病號，各科的醫藥護理知識都非常豐富。［構］主謂。

久旱逢甘雨 ㄐㄧㄡˇ ㄏㄢˋ ㄈㄥˊ ㄍㄢ ㄩˇ jiǔ hàn féng gān yǔ

長時間乾旱遇到了一場好雨。比喻盼望已久終於實現的興奮心情。［例］學校分房了，這對長期住辦公室的王老師來說，真是久旱逢甘雨呀！［構］主謂。［源］宋、洪邁《容齋四筆・得意失意詩》：『久旱逢甘雨，他鄉遇故知。』

久假不歸 ㄐㄧㄡˇ ㄐㄧㄚˇ ㄅㄨˋ ㄍㄨㄟ jiǔ jiǎ bù guī

長期借用而不歸還。假：假借。歸：歸還。［例］館外借閱圖書館的書籍，必須按期歸還，不應久假不歸。［構］偏正。［源］《孟子・盡心上》。

酒酣耳熱 ㄐㄧㄡˇ ㄏㄢ ㄦˇ ㄖㄜˋ jiǔ hān ěr rè

形容酒興正濃。酣：酒喝得痛快。［例］回想四十年前，與同學在此遊園野餐，酒酣耳熱，高談闊論的情景，不禁感慨萬分。［構］聯合。［源］三國（魏）、曹丕《與吳質書》。

酒囊飯袋 ㄐㄧㄡˇ ㄋㄤˊ ㄈㄢˋ ㄉㄞˋ jiǔ náng fàn dài

比喻只會吃喝不會做事的人。［例］這些人是一群酒囊飯袋，成事不足，敗事有餘。［構］聯合。［源］宋、曾慥《類說》卷二十二引陶岳《荊湖近事》。［同］行屍走肉

酒肉朋友 ㄐㄧㄡˇ ㄖㄡˋ ㄆㄥˊ ㄧㄡˇ jiǔ ròu péng yǒu

指吃喝玩樂的朋友。［例］這些人是一群酒肉朋友，沒事兒都來幫吃幫喝，有事兒全沒影兒了。［構］偏正。

酒色財氣 ㄐㄧㄡˇ ㄙㄜˋ ㄘㄞˊ ㄑㄧˋ jiǔ sè cái qì

指嗜酒、好色、貪財、逞氣。舊時以此爲人生『四戒』。［例］從元散曲到清岔曲都有關於酒色財氣的作品。［構］聯合。

舊地重遊 ㄐㄧㄡˋ ㄉㄧˋ ㄔㄨㄥˊ ㄧㄡˊ jiù dì chóng yóu
重新來到曾經居住過或遊覽過的地方。[例]偶然的機會，來到了五十年前居住的地方，舊地重遊，不勝今昔之感。[構]主謂。

舊調重彈 ㄐㄧㄡˋ ㄉㄧㄠˋ ㄔㄨㄥˊ ㄊㄢˊ jiù diào chóng tán
陳舊的曲調重新彈了起來。比喻把陳舊的說法、做法重新搬了出來。也作『老調重彈』。[例]『北平早被稱為「大學城」和「文化城」，這原是舊調重彈，不過似乎彈得更響了。』（朱自清）[構]主謂。

舊瓶裝新酒 ㄐㄧㄡˋ ㄆㄧㄥˊ ㄓㄨㄤ ㄒㄧㄣ ㄐㄧㄡˇ jiù píng zhuāng xīn jiǔ
比喻用舊的形式表現新的內容。也作『舊瓶新酒』。[例]『三、印刷格式都照現行下等小說——所謂舊瓶裝新酒，使人看了不疑。』（朱自清）[構]主謂。[源]《新約．馬太福音》第九章。

舊雨新知 ㄐㄧㄡˋ ㄩˇ ㄒㄧㄣ ㄓ jiù yǔ xīn zhī
老朋友新朋友。形容朋友眾多。舊雨：喻指老友。也作『舊雨今雨』。[例]張伯駒先生喜交遊，愛詞章，舊雨新知，詩酒流連，有古名士風。[構]聯合。[源]唐、杜甫《秋述》：『常時車馬之客，舊，雨來；今，雨不來。』[同]舊識新交

咎由自取 ㄐㄧㄡˋ ㄧㄡˊ ㄗˋ ㄑㄩˇ jiù yóu zì qǔ
罪過、災禍是自己招來的。咎：過失，禍害。[例]有的幹部無視黨和國家的政策法令，大肆貪污受賄，結果走上犯罪道路，這是咎由自取。[構]主謂。[同]自作自受

咎有應得 ㄐㄧㄡˋ ㄧㄡˇ ㄧㄥ ㄉㄜˊ jiù yǒu yīng dé

犯錯誤的、有罪過的得到應該得到的責備或懲處。［例］他違犯交通規則，騎車帶人，被罰款五元，這是咎有應得。［構］主謂。［同］罪有應得

救困扶危 ㄐㄧㄡˋ ㄎㄨㄣˋ ㄈㄨˊ ㄨㄟ jiù kùn fú wēi

救濟、扶助處於困難、危急中的人。救、扶：救濟、扶助。困、危：困難、危急。也作『濟困扶危』。［例］雷鋒以救困扶危爲己任。［構］聯合。［同］濟弱扶傾

救死扶傷 ㄐㄧㄡˋ ㄙˇ ㄈㄨˊ ㄕㄤ jiù sǐ fú shāng

搶救生命垂危的人，照顧受傷的人。扶：扶助。［例］醫務工作者，救死扶傷，發揚了革命人道主義精神。［構］聯合。［源］漢、司馬遷《報任少卿書》。

就地取材 ㄐㄧㄡˋ ㄉㄧˋ ㄑㄩˇ ㄘㄞˊ jiù dì qǔ cái

在原地取用所需要的材料。［例］改建車間所需要的材料，應該盡可能就地取材。［構］偏正。

就事論事 ㄐㄧㄡˋ ㄕˋ ㄌㄨㄣˋ ㄕˋ jiù shì lùn shì

指按照事情本身來評論是非得失。也指只評論事情的現象，不涉及事情的本質和做事的指導思想。就：按照。［例］『世間有所謂就事論事的辦法……不過我總以爲倘要論文，最好是顧及全篇，並且顧及作者的全人，以及他所處的社會狀態。』（魯迅）［構］偏正。

居安思危 ㄐㄩ ㄢ ㄙ ㄨㄟ jū ān sī wēi

處於安全的環境，要想到可能出現的危難。居：處在。［例］我們應該居安思危，提高警惕，捍衛社會主義的錦繡江山。［構］覆。［源］《左傳・襄公十一年》。［同］安不忘危 ［反］高

枕無憂

居高臨下 ㄐㄩ ㄍㄠ ㄌㄧㄣˊ ㄒㄧㄚˋ jū gāo lín xià 處於高處，俯視下方。形容處於有利的地勢、地位。居：處在。臨：面對。［例］登上北海白塔，居高臨下，鳥瞰故宮全景。［構］覆。［源］《淮南子・原道訓》。［同］高屋建瓴

居功自傲 ㄐㄩ ㄍㄨㄥ ㄗˋ ㄠˋ jū gōng zì ào 自以爲有功勞而驕傲自大。［例］居功自傲，是個人英雄主義的一種表現。［構］覆。

居心叵測 ㄐㄩ ㄒㄧㄣ ㄆㄛˇ ㄘㄜˋ jū xīn pǒ cè 存心險惡，不可推測。居心：存心。叵：不可。也作『心懷叵測』。［例］光緒帝對居心叵測的袁世凱予以輕信，委以重任，加速了戊戌變法的失敗。［構］主謂。［同］別有用心 ［反］襟懷坦白 ［辨］『叵』不能寫作『巨』，也不能讀作ㄐㄩˋ(jù)。

鞠躬盡瘁，死而後已 ㄐㄩ ㄍㄨㄥ ㄐㄧㄣˋ ㄘㄨㄟˋ ㄙˇ ㄦˊ ㄏㄡˋ ㄧˇ jū gōng jìn cuì sǐ ér hòu yǐ 恭敬謹慎地、竭盡勞苦地貢獻一切，到死爲止。鞠躬：表示恭謹。瘁：勞累。已：停止。［例］鞠躬盡瘁，死而後已，全心全意爲人民服務的人，人民是不會忘記他的。［構］覆。［源］三國（蜀）、諸葛亮《後出師表》。［同］摩頂放踵

局促不安 ㄐㄩˊ ㄘㄨˋ ㄅㄨˋ ㄢ jú cù bù ān 言行過分謹慎，很不自然。局促：拘謹。也作『侷促』。［例］『吳蓀甫獰起眼睛看了屠維岳一會兒，屠維岳很自然很大方地站在那裏，竟沒有絲毫局促不安的神氣。』（茅盾）［構］補充。［同］忐忑不安 ［反］落落大方

舉案齊眉 ㄐㄩˇ ㄢˋ ㄑㄧˊ ㄇㄟˊ jǔ àn qí méi

東漢梁鴻的妻子孟光給丈夫送飯時，總是把端飯的盤子舉得齊著眼眉。後人用以形容夫妻相敬。案：古代端飯用的短腳木盤。〔例〕現代的夫妻，當然不必舉案齊眉，可夫婦間相敬相愛還是應該效法的。〔構〕連動。〔源〕《後漢書・梁鴻傳》。〔同〕相敬如賓

舉措失當 ㄐㄩˇ ㄘㄨㄛˋ ㄕ ㄉㄤˋ jǔ cuò shī dàng

措施不得當。舉措：舉動，措置。〔例〕由於他在外事活動中舉措失當，因此被調離外事部門。〔構〕主謂。

舉國上下 ㄐㄩˇ ㄍㄨㄛˊ ㄕㄤˋ ㄒㄧㄚˋ jǔ guó shàng xià

全國上上下下的人。舉：全。〔例〕十一屆亞運會是我國首次舉辦的體育盛會，舉國上下，都爭爲亞運會作貢獻。〔構〕偏正。

舉目無親 ㄐㄩˇ ㄇㄨˋ ㄨˊ ㄑㄧㄣ jǔ mù wú qīn

抬頭觀望，沒有一個親人。舉：抬。〔例〕她隻身遠渡重洋，在舉目無親的異鄉，每逢春節和自己的生日，心情都很沉重。〔構〕覆。

舉棋不定 ㄐㄩˇ ㄑㄧˊ ㄅㄨˋ ㄉㄧㄥˋ jǔ qí bù dìng

拿起棋子不能決定怎樣下好。比喻做事猶豫不決。舉：拿。〔例〕他雖然也曾舉棋不定，但最後還是擔起了廠長的重任。〔構〕主謂。〔源〕《左傳・襄公二十五年》。〔同〕遊移不定　〔反〕當機立斷

舉世聞名 ㄐㄩˇ ㄕˋ ㄨㄣˊ ㄇㄧㄥˊ jǔ shì wén míng

全世界都聽到名聲。形容知名度很高。〔例〕北京的內畫煙壺工藝之精巧，舉世聞名。〔構〕主謂。〔同〕遐邇聞名　〔反〕默默無聞

舉世無雙 ㄐㄩˇ ㄕˋ ㄨˊ ㄕㄨㄤ jǔ shì wú shuāng 全世界沒有第二個。形容稀有罕見。[例]『他說善於玩把戲，空前絕後，舉世無雙，人們從來就沒有看見過；一見之後，便即解煩釋悶，天下太平。』(魯迅)[構]偏正。[同]絕無僅有 [反]無獨有偶

舉世矚目 ㄐㄩˇ ㄕˋ ㄓㄨˇ ㄇㄨˋ jǔ shì zhǔ mù 全世界的人都在注視著。矚目：注視。[例]中國改革開放政策取得的巨大成果，是舉世矚目的。[構]主謂。

舉手投足 ㄐㄩˇ ㄕㄡˇ ㄊㄡˊ ㄗㄨˊ jǔ shǒu tóu zú 舉一下手，放一下腳。比喻很不費力。[例]辦事情有時也容易，條件具備，舉手投足，就能解決問題。[構]聯合。[源]唐、韓愈《應科目時與人書》。[同]舉手之勞 [反]九牛二虎之力

舉手之勞 ㄐㄩˇ ㄕㄡˇ ㄓ ㄌㄠˊ jǔ shǒu zhī láo 舉一下手的勞動。比喻費力極其輕微。[例]『他們一不高興，就可以不說理由，只須一舉手之勞，致出版事業的死命。』(魯迅)[構]偏正。[同]舉手投足 [反]九牛二虎之力

舉一反三 ㄐㄩˇ ㄧ ㄈㄢˇ ㄙㄢ jǔ yī fǎn sān 從一件事情而類推知道許多事情。指善於推理，由此知彼，觸類旁通。反：類推。[例]教師應該善於啓發和培養學生的推理能力，學會舉一反三，觸類旁通。[構]覆。[源]《論語・述而》。[同]聞一知十

舉足輕重 ㄐㄩˇ ㄗㄨˊ ㄑㄧㄥ ㄓㄨㄥˋ jǔ zú qīng zhòng 一挪動腳，就會影響兩邊的分量。原指一個實力強的人處於兩方之間，只要稍微偏向一方，就會打破均勢。後泛指所處地位重要，一舉一動都關係到全

局。「例」他本來很一般，但由於雙方都爭取他，他便成舉足輕重的人物了。「構」主謂。「源」《後漢書・竇融傳》。「反」無足輕重

句斟字酌 jù zhēn zì zhuó
對每句每字都反覆推敲。也作『字斟句酌』。「例」『所有的發言、報告，都可以拿回去修改，句斟字酌，在五天之內，把那些沒有講完全的，或講得不妥的，再加以修改。』（毛澤東）「構」聯合。

拒諫飾非 jù jiàn shì fēi
拒絕別人的規勸，掩飾自己的錯誤。諫：勸告。「例」教師應虛心聽取學生的意見，絕不應拒諫飾非，更不應打擊報復。「構」聯合。「源」《荀子・成相》：『拒諫飾非，愚而上同，國必禍。』「反」聞過則喜

拒人於千里之外 jù rén yú qiān lǐ zhī wài
阻擋人在千里以外。形容態度傲慢，不願跟人接近，或毫無商量餘地。「例」他必須端正態度，像這樣拒人於千里之外，無法商量問題。「構」補充。「源」《孟子・告子下》。

具體而微 jù tǐ ér wēi
內容大體具備而形狀或規模較小。具體：大體具備。「例」『所謂五千年文物之精美，這裏多少還具體而微保存著一些。』（茅盾）「構」聯合。「源」《孟子・公孫丑上》。

據理力爭 jù lǐ lì zhēng
依據事理，盡力爭取。「例」『我們再去據理力爭，非達到目的不走！』（巴金）「構」偏正。「反」無理取鬧

聚精會神 ㄐㄩˋ ㄐㄧㄥ ㄏㄨㄟˋ ㄕㄣˊ jù jīng huì shén
原指集中衆人的智慧。現指高度集中個人的注意力。[例]『他希望他不再說話，好給自己聚精會神，趕緊想一想東晉之興亡。』（魯迅）[構]聯合。[源]漢、王褒《聖主得賢臣頌》：『聚精會神，相得益彰。』[同]全神貫注[反]心不在焉

聚沙成塔 ㄐㄩˋ ㄕㄚ ㄔㄥˊ ㄊㄚˇ jù shā chéng tǎ
聚積細沙，成爲寶塔。原指兒童遊戲。後比喻積少成多。[例]一兩糧食雖然少，但聚沙成塔，如果每人節約一兩，全國就是一億多斤。[構]主謂。[源]《妙法蓮華經·方便品》。[同]集腋成裘

聚訟紛紜 ㄐㄩˋ ㄙㄨㄥˋ ㄈㄣ ㄩㄣˊ jù sòng fēn yún
許多人聚在一起你一言我一語，看法不一致。訟：爭辯。紛紜：言論多而雜亂。[例]這個問題，已經辯論了兩天了，聚訟紛紜，莫衷一是。[構]主謂。[同]衆說紛紜

聚蚊成雷 ㄐㄩˋ ㄨㄣˊ ㄔㄥˊ ㄌㄟˊ jù wén chéng léi
許多蚊子聚集在一起飛，發出的聲音會像打雷一樣響。比喻許多人說一個人的壞話，爲害甚大。[例]梁啓超在《變法通議》裏說，全國有數以千萬計的守舊黨人，他們異口同聲地阻撓新法，真是聚蚊成雷，如果沒有辦法把它安定下來，那它作爲變法的阻力是不會停止的。[構]主謂。[源]《漢書·中山靖王傳》。[同]衆口鑠金

聚衆滋事 ㄐㄩˋ ㄓㄨㄥˋ ㄗ ㄕˋ jù zhòng zī shì
聚集了一夥人到處惹事，製造糾紛。[例]對於那些聚衆滋事的流氓團夥，必須堅決予以沉重的打擊。[構]連動。

捐軀報國 ㄐㄩㄢ ㄑㄩ ㄅㄠˋ ㄍㄨㄛˊ juān qū bào guó
捨棄身軀，報效國家。[例]『我想做了武將，固當捐軀報國；但是我兒年幼，不曾受得朝廷半點爵祿，豈不可傷？』(《說岳全傳》)[構]連動。[源]《元史・王概傳》：『臣以布衣受恩，誓捐軀報國，今既僨軍，得死為幸！』[同]捐生殉國　為國捐軀

涓滴歸公 ㄐㄩㄢ ㄉㄧ ㄍㄨㄟ ㄍㄨㄥ juān dī guī gōng
屬於公家的財物，一點一滴也要歸屬公家。涓滴：原指極少量的水，後比喻極少量的財物。[例]經管財物的人一定要做到涓滴歸公。[構]主謂。[反]大飽私囊

捲土重來 ㄐㄩㄢˇ ㄊㄨˇ ㄔㄨㄥˊ ㄌㄞˊ juǎn tǔ chóng lái
形容失敗後恢復力量再來活動。捲土：人馬奔跑時捲起塵土。[例]『雖然犯了一次錯誤，紅軍已捲土重來此地利人和之邊界，前途希望還是不惡。』(毛澤東)[構]連動。[源]唐、杜牧《題烏江亭》詩。[同]東山再起　[反]一蹶不振

狷介之士 ㄐㄩㄢˋ ㄐㄧㄝˋ ㄓ ㄕˋ juàn jiè zhī shì
性情正直，不肯同流合污的讀書人。狷介：耿直。士：知識分子。[例]屈原是偉大的詩人、政治家，也是婦孺皆知的狷介之士。[構]偏正。

絕處逢生 ㄐㄩㄝˊ ㄔㄨˋ ㄈㄥˊ ㄕㄥ jué chù féng shēng
在毫無出路的情況下得到了生路。絕處：死地。逢：遇到。[例]『祥林嫂眉目開朗了一些，似乎絕處逢生了。』(魯迅)[構]偏正。[同]死裏逃生　[反]走投無路

絕妙好辭 ㄐㄩㄝˊ ㄇㄧㄠˋ ㄏㄠˇ ㄘˊ jué miào hǎo cí
指極爲美妙的好文辭。絕：極。［例］古往今來的絕妙好辭，一般是不多加雕琢的，所謂『文章本天成，妙手偶得之』。［構］偏正。［源］南朝（宋）、劉義慶《世說新語・捷悟》所記曹操的故事。

絕無僅有 ㄐㄩㄝˊ ㄨˊ ㄐㄧㄣˇ ㄧㄡˇ jué wú jǐn yǒu
幾乎是沒有，有也是個別的。形容極爲稀有。［例］『身上剛剝下來的棉衣，或者預備秋天嫁女兒的幾丈土布，再不然——那是絕無僅有了。』（茅盾）［構］聯合。［同］獨一無二 ［反］屢見不鮮

絕代佳人 ㄐㄩㄝˊ ㄉㄞˋ ㄐㄧㄚ ㄖㄣˊ jué dài jiā rén
形容姿容最美麗、出衆的女子。也作『絕色佳人』、『絕世佳人』。［例］我國古代的西施、王昭君、趙飛燕、楊貴妃都是絕代佳人。［構］偏正。［源］《漢書・孝武李夫人傳》。

崛地而起 ㄐㄩㄝˊ ㄉㄧˋ ㄦˊ ㄑㄧˇ jué dì ér qǐ
形容（山峰等）突起、（軍隊等）興起。［例］①又走了一程，忽然一座蒼翠的山峰崛地而起。②明末，打著闖字旗的起義軍崛地而起。［構］偏正。

攫爲己有 ㄐㄩㄝˊ ㄨㄟˊ ㄐㄧˇ ㄧㄡˇ jué wéi jǐ yǒu
掠奪過來，作爲自己私有。攫：攫取，掠奪。［例］這個人貪婪成性，不管什麼，只要有可能，他就攫爲己有。［構］動賓。

軍法從事 ㄐㄩㄣ ㄈㄚˇ ㄘㄨㄥˊ ㄕˋ jūn fǎ cóng shì
按軍法懲辦。［例］他貽誤軍機，當然要以軍法從事。［構］偏正。［源］《漢書・王莽傳》。

軍令如山 ㄐㄩㄣ ㄌㄧㄥˋ ㄖㄨˊ ㄕㄢ jūn lìng rú shān 軍事命令像山一樣地不可動搖，必須執行。〔例〕中國的軍事家，治軍都極其嚴格，軍令如山，不允許有任何例外。〔構〕主謂。

君臣佐使 ㄐㄩㄣ ㄔㄣˊ ㄗㄨㄛˇ ㄕˇ jūn chén zuǒ shǐ 原指君主、臣僚（文武官員）、僚佐（輔佐別人的人）、使者（奉命辦事的人）四種人，他們在一國之內，分別起著不同的作用。後來也用以比喻中醫處方中各味藥的不同性質和作用。〔例〕中醫處方，絕不能是羅列藥味，必須安排好各味藥之間君臣佐使的關係。〔構〕聯合。

K

開誠布公 ㄎㄞ ㄔㄥˊ ㄅㄨˋ ㄍㄨㄥ kāi chéng bù gōng 揭示內心的誠意，坦白無私、公正地談出自己的看法。〔例〕海峽兩岸的作家就創作問題開誠布公地交換了看法。〔構〕聯合。〔源〕《三國志・蜀志・諸葛亮傳評》：『開誠心，布公道。』〔同〕開誠相見 〔反〕鈎心鬥角

開誠相見 ㄎㄞ ㄔㄥˊ ㄒㄧㄤ ㄐㄧㄢˋ kāi chéng xiāng jiàn 敞開胸懷，真心相交。〔例〕對於和自己意見不一致的同志，更要開誠相見。〔構〕連動。〔同〕開心見誠 〔反〕虛與委蛇

開國元勳 ㄎㄞ ㄍㄨㄛˊ ㄩㄢˊ ㄒㄩㄣ kāi guó yuán xūn 對創建新的國家立下大功的人。勳：功勳。〔例〕老一輩無產階級革命家艱苦創業幾十年，建立了新中國，他們真不愧是開國元勳啊！〔構〕偏正。

開懷暢飲 ㄎㄞ ㄏㄨㄞˊ ㄔㄤˋ ㄧㄣˇ kāi huái chàng yǐn
敞開胸懷，痛痛快快地喝酒。暢：痛快。[例]除夕之夜，家人歡聚一堂，開懷暢飲，沉浸在歡樂的氣氛裏。[構]連動。

開卷有益 ㄎㄞ ㄐㄩㄢˋ ㄧㄡˇ ㄧˋ kāi juàn yǒu yì
讀書就有好處。開卷：打開書本，指讀書。也作『開卷有得』。[例]古人提倡開卷有益，我們還要注意多讀好書，這樣才更有益處。[構]主謂。[源]宋、王闢之《澠水燕談錄・文儒》。

開門見山 ㄎㄞ ㄇㄣˊ ㄐㄧㄢˋ ㄕㄢ kāi mén jiàn shān
比喻說話、寫文章不拐彎抹角，一開頭就談本題。[例]咱們校長做報告開門見山，師生們都喜歡這種作風。[構]連動。[源]宋、嚴羽《滄浪詩話・詩評》。[同]直截了當 [反]轉彎抹角

開門揖盜 ㄎㄞ ㄇㄣˊ ㄧ ㄉㄠˋ kāi mén yī dào
開門請強盜進來。比喻引進壞人，招來禍患。揖：打拱，表示歡迎。[例]他們一味接受霸權主義者的援助，實際上是開門揖盜。[構]連動。[源]《三國志・吳志・孫權傳》。[同]引狼入室 [辨]『揖』不能讀成ㄐㄧˊ(jí)。

開台鑼鼓 ㄎㄞ ㄊㄞˊ ㄌㄨㄛˊ ㄍㄨˇ kāi tái luó gǔ
指戲曲演出前打擊樂器的合奏。比喻工作或運動的開頭。[例]少先隊員們手執蠅拍走上街頭，全市消滅蚊蠅運動的開台鑼鼓敲響了。[構]偏正。

開天闢地 ㄎㄞ ㄊㄧㄢ ㄆㄧˋ ㄉㄧˋ kāi tiān pì dì
古代傳說，天和地是盤古氏開闢的。後用來表示有史以來第一次。[例]『中國產生了共產黨，這是開天闢地的大事變。』（毛澤東）[構]聯合。[源]《尚書・中候》：『天地開闢。』[

同」亙古未有 [辨]『闢』不要讀成ㄅㄧˋ(bì)，也不要寫成『僻』。

開源節流 ㄎㄞ ㄩㄢˊ ㄐㄧㄝˊ ㄌㄧㄡˊ kāi yuán jié liú
開闢財源，增加收入，節省開支，減少消費。[例]在經濟工作中，應該經常注意開源節流。[構]聯合。[源]《荀子・富國》。[反]鋪張浪費

開宗明義 ㄎㄞ ㄗㄨㄥ ㄇㄧㄥˊ ㄧˋ kāi zōng míng yì
本爲《孝經》第一章篇名，它說明全書的主旨，後用來表示說話寫文章一開頭就說明主要意思。開：闡述。宗：主旨。明：說明。義：意思。[例]文章開始，作者就開宗明義，指出資產階級自由化的危害。[構]聯合。[源]《孝經・開宗明義》。[同]開門見山

坎坷不平 ㄎㄢˇ ㄎㄜˇ ㄅㄨˋ ㄆㄧㄥˊ kǎn kě bù píng
道路坑坑窪窪，高低不平。也比喻人生道路上有很多艱難挫折。[例]山上只有一條坎坷不平的小道。[構]偏正。[源]漢、揚雄《河東賦》。[同]崎嶇不平

侃侃而談 ㄎㄢˇ ㄎㄢˇ ㄦˊ ㄊㄢˊ kǎn kǎn ér tán
形容從容不迫，理直氣壯地談論。侃侃：從容不迫的樣子。多用於褒義。[例]老詩人在會上引古論今，侃侃而談。[構]偏正。[源]《論語・鄉黨》。[同]口若懸河 [辨]『侃』不要讀成ㄎㄨㄤ(kuǎng)。

看菜吃飯，量體裁衣 ㄎㄢˋ ㄘㄞˋ ㄔ ㄈㄢˋ ㄌㄧㄤˊ ㄊㄧˇ ㄘㄞˊ ㄧ kàn cài chī fàn liáng tǐ cái yī
比喻根據具體情況處理事情。[例]「看菜吃飯，量體裁衣」，我們無論做什麼事都要看情形辦理。

』（毛澤東）［構］覆。［同］因地制宜

看風使舵 ㄎㄢˋ ㄈㄥ ㄕˇ ㄉㄨㄛˋ kàn fēng shǐ duò 看著風向轉動舵柄。比喻看勢頭隨時改變自己的言行。也作『見風使舵』、『隨風轉舵』。多用於貶義。［例］共產黨員不能看風使舵，不講究原則。［構］連動。［同］隨風轉舵

看破紅塵 ㄎㄢˋ ㄆㄛˋ ㄏㄨㄥˊ ㄔㄣˊ kàn pò hóng chén 看穿了人世間的一切，因而厭棄現實生活。紅塵：指塵世。［例］對少數抱有看破紅塵、悲觀厭世思想的青年要加强引導。［構］動賓。

康莊大道 ㄎㄤ ㄓㄨㄤ ㄉㄚˋ ㄉㄠˋ kāng zhuāng dà dào 寬闊平坦、四通八達的道路。比喻光明的道路。康莊：指道路通達各方。［例］社會主義道路是通向美好未來的康莊大道。［構］偏正。［源］《爾雅・釋宮》。［同］陽關大道

慷慨激昂 ㄎㄤ ㄎㄞˇ ㄐㄧ ㄤˊ kāng kǎi jī áng 形容精神振奮、情緒昂揚。慷慨：意氣昂揚。激昂：情緒激動。也作『激昂慷慨』。［例］《黃河頌》這首歌，慷慨激昂，雄壯有力。［構］聯合。［源］唐、柳宗元《上權德與補闕溫卷決進退啓》。

慷慨解囊 ㄎㄤ ㄎㄞˇ ㄐㄧㄝˇ ㄋㄤˊ kāng kǎi jiě náng 非常大方地拿出錢來幫助別人。慷慨：不吝嗇。解囊：打開衣袋，指錢袋。［例］老張常常慷慨解囊，盡力幫助那些生活有困難的同志。［構］偏正。［同］解囊相助［反］一毛不拔

慷慨就義 ㄎㄤ ㄎㄞˇ ㄐㄧㄡˋ ㄧˋ kāng kǎi jiù yì 勇敢地爲正義事業而犧牲。慷慨：意氣昂揚。［例］女英雄劉胡蘭十

五歲就爲革命慷慨就義了。［構］偏正。［同］爲國捐軀 ［反］苟且偷生

慷慨淋漓 ㄎㄤ ㄎㄞˇ ㄌㄧㄣˊ ㄌㄧˊ kāng kǎi lín lí 形容說話、寫文章意氣昂揚，言辭暢快。淋漓：充盛、暢快。［例］曹操在詩中慷慨淋漓地表現出他『烈士暮年，壯心不已』的雄心。［構］聯合。［同］慷慨陳詞

苛捐雜稅 ㄎㄜ ㄐㄩㄢ ㄗㄚˊ ㄕㄨㄟˋ kē juān zá shuì 指舊社會繁重的捐稅。苛：苛刻。雜：繁雜。［例］唐代後期，戰爭頻繁，各種苛捐雜稅多如牛毛。［構］聯合。［同］橫征暴斂

苛政猛於虎 ㄎㄜ ㄓㄥˋ ㄇㄥˇ ㄩˊ ㄏㄨˇ kē zhèng měng yú hǔ 苛刻的政令，比老虎還凶猛可怕。於：介詞，比。也作『苛政猛虎』。［例］在漫長的封建年代裏，每朝每代都是苛政猛於虎。［構］主謂。［源］《禮記・檀弓下》。

可操左券 ㄎㄜˇ ㄘㄠ ㄗㄨㄛˇ ㄑㄩㄢˋ kě cāo zuǒ quàn 比喻有把握取得成功。左券：古代契約分左右兩片，立約雙方各執其一，執左券者爲債權人，可憑證索償。［例］只要不發生意外，這場比賽中國隊是可操左券的。［構］動賓。［源］《史記・田敬仲完世家》。［同］穩操左券 ［辨］『券』不要讀成ㄐㄩㄢˋ(juàn)。不要寫成『卷』。下面是『刀』，不是『力』。

可乘之機 ㄎㄜˇ ㄔㄥˊ ㄓ ㄐㄧ kě chéng zhī jī 可以利用的機會。［例］要健全規章制度，不給壞人以可乘之機。［構］偏正。［源］南朝（梁）、沈約《宋書・毛修之傳》。［反］無隙可乘

可歌可泣 ㄎㄜˇ ㄍㄜ ㄎㄜˇ ㄑㄧˋ kě gē kě qì

值得人們歌頌讚美，使人感動得流淚。也作『可歌可涕』。［例］書中記載了抗聯戰士可歌可泣、英勇悲壯的事蹟。［構］聯合。

可望不可即 ㄎㄜˇ ㄨㄤˋ ㄅㄨˋ ㄎㄜˇ ㄐㄧˊ kě wàng bù kě jí

望得見但不能接近。即：接近。比喻一時還不能實現。也作『可望而不可及』。及：達到。［例］現在看來，實現四個現代化不是可望不可即的空想。［構］覆。［源］唐、宋之問《明河篇》。

克敵制勝 ㄎㄜˋ ㄉㄧˊ ㄓˋ ㄕㄥˋ kè dí zhì shèng

戰勝敵人，取得勝利。［例］人民戰爭是我們克敵制勝的法寶。［構］連動。［源］《孫子・虛實》。

克己奉公 ㄎㄜˋ ㄐㄧˇ ㄈㄥˋ ㄍㄨㄥ kè jǐ fèng gōng

嚴格要求自己，一心爲公。克：克制。奉公：以公事爲重。［例］他一貫克己奉公，從不計較個人得失。［構］連動。［源］《後漢書・祭遵傳》。［同］廉潔奉公 ［反］假公濟私

克勤克儉 ㄎㄜˋ ㄑㄧㄣˊ ㄎㄜˋ ㄐㄧㄢˇ kè qín kè jiǎn

既能勤勞，又能節儉。［例］日子富了，她還是克勤克儉地生活。［構］聯合。［源］《尚書・大禹謨》：『克勤於邦，克儉於家。』［同］艱苦樸素 ［反］揮霍無度

克紹箕裘 ㄎㄜˋ ㄕㄠˋ ㄐㄧ ㄑㄧㄡˊ kè shào jī qiú

能繼承先輩的事業。克：能夠。紹：繼承。箕裘：比喻祖先的事業。也作『業紹箕裘』。［例］張家的幾個兒子，都能克紹箕裘，事業上有所成就，真不簡單。［構］動賓。［源］《禮記・學

記》。[反]傾家蕩產　[辨]『箕』不要讀成ㄑㄧˊ(qí)。

刻意求工 ㄎㄜˋ ㄧˋ ㄑㄧㄡˊ ㄍㄨㄥ kè yì qiú gōng
用盡心思使文章或工藝品更精巧。工：精緻、完好。[例]即使是加工簡單的工藝品，王師傅也刻意求工，一絲不苟。[構]偏正。[反]敷衍塞責

刻舟求劍 ㄎㄜˋ ㄓㄡ ㄑㄧㄡˊ ㄐㄧㄢˋ kè zhōu qiú jiàn
比喻拘泥固執，不知根據變化來處理事情。含有貶義。[例]實踐是檢驗真理的唯一標準，而有些人總喜歡刻舟求劍，照搬本本。[構]連動。[源]《呂氏春秋·察今》記載：楚人乘船過江，劍從船中掉在江裏，楚人在船上刻上記號；舟已行而劍不行，舟靠岸，從記號處找劍，當然找不到。[同]膠柱鼓瑟　[反]因時制宜

恪守不渝 ㄎㄜˋ ㄕㄡˇ ㄅㄨˋ ㄩˊ kè shǒu bù yú
對信仰或規定嚴格遵守，絕不改變。恪：謹慎，恭敬。渝：改變。[例]我們對邊境協定一向是恪守不渝的。[構]補充。[同]堅定不移　[反]背信棄義

鏗鏘有力 ㄎㄥ ㄑㄧㄤ ㄧㄡˇ ㄌㄧˋ kēngqiāng yǒu lì
指言辭慷慨激昂，有打動人心的力量。鏗鏘：形容聲音響亮和諧。[例]這首詩讀起來節奏分明、鏗鏘有力。[構]偏正。[同]鏗鏘頓挫

空洞無物 ㄎㄨㄥ ㄉㄨㄥˋ ㄨˊ ㄨˋ kōng dòng wú wù
非常空虛，沒有東西。常指文章沒有內容。[例]不觀察生活、深入生活，文章就會空洞無物。[構]偏正。[源]南朝（宋）、劉義慶《世說新語·排調》。[反]言之有物

空谷足音 ㄎㄨㄥ ㄍㄨˇ ㄗㄨˊ ㄧㄣ kōng gǔ zú yīn

在空蕩的山谷裏聽到了人的腳步聲。比喻極難得的音信或事物。［例］在貧瘠的文學園地裏，《班主任》像是空谷足音，令人振奮。［構］偏正。［源］《莊子・徐無鬼》。

空空如也 ㄎㄨㄥ ㄎㄨㄥ ㄖㄨˊ ㄧㄝˇ kōngkōng rú yě

空空的，什麼也沒有。空空：同『悾悾』，誠懇、謙虛。現在形容空無所有，空空的樣子。［例］他對文學一無所知，空空如也，卻總以文學家自居。［構］偏正。［源］《論語・子罕》。［同］一無所有 ［辨］『空』不要讀成ㄎㄨㄥˋ(kòng)。

空前絕後 ㄎㄨㄥ ㄑㄧㄢˊ ㄐㄩㄝˊ ㄏㄡˋ kōngqián jué hòu

以前沒有，以後也不會再有。形容獨一無二。［例］『辣椒可以止小兒的大哭，真是空前絕後的奇聞。』（魯迅）［構］聯合。［同］亙古未有 ［反］比比皆是

空中樓閣 ㄎㄨㄥ ㄓㄨㄥ ㄌㄡˊ ㄍㄜˊ kōng zhōng lóu gé

建築在半空中的樓閣。比喻脫離實際的空想或虛幻的事物。［例］這套理論嚴重脫離實際，完全是空中樓閣！［構］偏正。［源］《二程集》：『堯夫（邵雍）猶空中樓閣。』

口碑載道 ㄎㄡˇ ㄅㄟ ㄗㄞˋ ㄉㄠˋ kǒu bēi zài dào

稱頌的話語充滿路途。口碑：眾口稱頌就像文學刻在石碑上。載：充滿。［例］子弟兵不拿群眾一針一線，老百姓口碑載道。［構］主謂。［同］有口皆碑 ［反］怨聲載道

口不應心 ㄎㄡˇ ㄅㄨˋ ㄧㄥˋ ㄒㄧㄣ kǒu bù yìng xīn

嘴裏說的和心裏想的不一樣。應：符合。［例］你答應了不賣書，怎

麼又口不應心，賣了呢？〔構〕主謂。〔同〕口是心非 〔反〕心口如一

口出不遜 ㄎㄡˇ ㄔㄨ ㄅㄨˋ ㄒㄩㄣˋ kǒu chū bù xùn

說出的話非常不謙恭。遜：恭順、謙遜。〔例〕他口出不遜，以勢壓人，立即引起了公憤！〔構〕主謂。〔同〕出言不遜

口傳心授 ㄎㄡˇ ㄔㄨㄢˊ ㄒㄧㄣ ㄕㄡˋ kǒu chuán xīn shòu

通過口頭講述和心中悟解來傳授。心授：不立文字，以師徒心心相印、理解契合，傳法授受。〔例〕古代和尚學經，多半靠師傅口傳心授。〔構〕聯合。

口惠而實不至 ㄎㄡˇ ㄏㄨㄟˋ ㄦˊ ㄕˊ ㄅㄨˋ ㄓˋ kǒu huì ér shí bù zhì

只在口頭上許給人好處而實際上並不兌現。口惠：口頭答應有好處。〔例〕老闆曾答應過工人們許多好處，卻總是口惠而實不至。〔構〕覆。〔源〕《禮記・表記》。

口蜜腹劍 ㄎㄡˇ ㄇㄧˋ ㄈㄨˋ ㄐㄧㄢˋ kǒu mì fù jiàn

比喻嘴甜心狠、陰險狡詐。含有貶義。〔例〕你可要提防這種口蜜腹劍的『朋友』。〔構〕聯合。〔源〕《資治通鑑・唐玄宗天寶元年》：『世謂李林甫「口有蜜，腹有劍」。』〔同〕笑裏藏刀 佛口蛇心

口若懸河 ㄎㄡˇ ㄖㄨㄛˋ ㄒㄩㄢˊ ㄏㄜˊ kǒu ruò xuán hé

言談滔滔不絕，能言善辯。懸河：瀑布。〔例〕平日沉默寡言的李先生一講起詩，就口若懸河、滔滔不絕了。〔構〕主謂。〔源〕南朝（宋）、劉義慶《世說新語・賞譽》。〔同〕滔滔不絕 〔反〕噤若寒蟬

口是心非 ㄎㄡˇ ㄕˋ ㄒㄧㄣ ㄈㄟ kǒu shì xīn fēi 嘴上說的是一套，心裏想的又是一套。指心口不一致。［例］同志們對他這種口是心非的做法很不滿意。［構］聯合。［源］晉、葛洪《抱朴子・微旨》。［同］口不應心 ［反］表裏如一

口誅筆伐 ㄎㄡˇ ㄓㄨ ㄅㄧˇ ㄈㄚˊ kǒu zhū bǐ fá 用語言文字揭發和聲討。誅：責罰。伐：聲討。［例］新文化運動的先驅對孔孟禮教進行了口誅筆伐。［構］聯合。

扣人心弦 ㄎㄡˋ ㄖㄣˊ ㄒㄧㄣ ㄒㄧㄢˊ kòu rén xīn xián 形容言論或表演深深地打動人心。扣：敲打。也作『動人心弦』。［例］體育館裏，一場扣人心弦的排球比賽正在進行著。［構］動賓。

枯木逢春 ㄎㄨ ㄇㄨˋ ㄈㄥˊ ㄔㄨㄣ kū mù féng chūn 枯樹遇上春天又有了生機。比喻經歷挫折又獲得生機。［例］黨的中醫政策使已有一百多年歷史的石氏傷科又枯木逢春了。［構］主謂。［同］枯樹生花

枯木朽株 ㄎㄨ ㄇㄨˋ ㄒㄧㄡˇ ㄓㄨ kū mù xiǔ zhū 枯乾腐朽的樹木。也比喻衰老的人或衰微的力量。［例］『白雲山下呼聲急，枯木朽株齊努力。』（毛澤東）［構］聯合。［源］《史記・魯仲連鄒陽列傳》。

枯樹生花 ㄎㄨ ㄕㄨˋ ㄕㄥ ㄏㄨㄚ kū shù shēng huā 枯朽的樹又生葉開花。比喻絕境逢生。［例］黨的雙百政策使許多行將絕滅的劇種枯樹生花，重新獲得新生。［構］主謂。［源］《三國志・魏志・劉廙傳》。［同］枯木逢春

枯燥無味 kū zào wú wèi

單調呆板，沒有趣味。枯燥：單調。〔例〕這篇小說情節不緊張，語言也不美，讀起來真是枯燥無味。〔構〕聯合。〔同〕索然無味　〔反〕妙趣橫生

哭笑不得 kū xiào bù dé

哭也不好，笑也不好。形容處境尷尬。〔例〕他的言談舉止完全是滿清遺老遺少的派頭，弄得我哭笑不得。〔構〕主謂。〔同〕啼笑皆非

苦不堪言 kǔ bù kān yán

困苦到了極點，無法用語言來表達。堪：能。也作『苦不可言』。〔例〕他身體多病，又加上中年喪妻，真是苦不堪言。〔構〕補充。〔反〕樂不可支

苦大仇深 kǔ dà chóu shēn

苦難極大，仇恨極深。〔例〕苦大仇深的白毛女終於獲得了新生。〔構〕聯合。

苦海無邊 kǔ hǎi wú biān

苦難像大海一樣沒有邊際。形容深重無比的苦難。〔例〕苦海無邊，回頭是岸，你必須改邪歸正，才能受到寬大處理。〔構〕主謂。〔源〕宋、陸游《大聖樂》。

苦盡甘來 kǔ jìn gān lái

比喻艱苦的日子已經過去，美好的時光已經到來。盡：終結。甘：甜，美好。也作『苦盡甜來』。〔例〕老兩口過了半輩子苦日子，今天總算苦盡甘來了。〔構〕聯合。〔同〕否極泰來　〔反〕樂極生悲

苦口婆心 ㄎㄨˇ ㄎㄡˇ ㄆㄛˊ ㄒㄧㄣ kǔ kǒu pó xīn

不厭其煩地反覆勸說，用心像老婆婆那樣慈善。苦：不辭煩勞。含有褒義。［例］你不要把父母對你苦口婆心的勸說當成耳旁風，繼續走下坡路。［構］聯合。［同］語重心長 ［反］口蜜腹劍

苦思冥想 ㄎㄨˇ ㄙ ㄇㄧㄥˊ ㄒㄧㄤˇ kǔ sī míngxiǎng

深思苦想。苦：竭力地。冥：深沉地。也作『冥思苦想』。［例］解決扶貧問題，咱們不能只坐在屋裏苦思冥想。［構］聯合。［同］挖空心思

苦心孤詣 ㄎㄨˇ ㄒㄧㄣ ㄍㄨ ㄧˋ kǔ xīn gū yì

用盡心思鑽研學問或技藝，很有獨到之處。孤詣：別人達不到的境地。有時意義偏重『苦心』，形容辛苦經營。［例］①他苦心孤詣地在沙漠植物研究領域進行探索，成就卓著。②他苦心孤詣地經營了一生，油磨坊才有了今天的規模。［構］聯合。［同］煞費苦心 ［辨］『詣』不要讀成ㄓˇ(zhǐ)，也不要寫成『脂』。

苦心經營 ㄎㄨˇ ㄒㄧㄣ ㄐㄧㄥ ㄧㄥˊ kǔ xīn jīng yíng

用盡心思籌劃安排。［例］吳蒸甫苦心經營的幾家工廠都不太景氣。［構］偏正。

誇大其詞 ㄎㄨㄚ ㄉㄚˋ ㄑㄧˊ ㄘˊ kuā dà qí cí

指說話、寫文章時語言誇張，超過事實。［例］現在商品廣告有很多誇大其詞的介紹，影響很不好。［構］動賓。［同］言過其實 ［反］實事求是

夸父逐日 ㄎㄨㄚ ㄈㄨˋ ㄓㄨˊ ㄖˋ kuā fù zhú rì

神話傳說。夸父拚命追趕太陽。形容人們征服自然的堅强決心。也比喻不自量力。［例］①人們年復一年地治

理著黃河，真有夸父逐日的精神。②依靠一個人的力量來治碱，好比夸父逐日，太不自量力了。［構］主謂。［源］《山海經・海外北經》。

夸夸其談 ㄎㄨㄚ ㄎㄨㄚ ㄑㄧˊ ㄊㄢˊ kuā kuā qí tán

形容說話、寫文章浮誇，不切實際。也作『夸而談』。含有貶義。［例］沒有真才實學，只會夸夸其談，說幾句政治術語是不行的。［構］偏正。［同］喋喋不休

快刀斬亂麻 ㄎㄨㄞˋ ㄉㄠ ㄓㄢˇ ㄌㄨㄢˋ ㄇㄚˊ kuài dāo zhǎn luàn má

比喻果斷地解決複雜的問題。快：鋒利。［例］談戀愛、結婚是人生的大事，可不能快刀斬亂麻。［構］主謂。［源］《北齊書・文宣帝紀》。［反］拖泥帶水

快馬加鞭 ㄎㄨㄞˋ ㄇㄚˇ ㄐㄧㄚ ㄅㄧㄢ kuài mǎ jiā biān

對本來跑得很快的馬再打幾鞭。比喻快上加快。［例］白菜種完了，可我們還得快馬加鞭，把小麥播種完成。［構］主謂。［源］宋、王安石《送純甫如江南》詩。［同］馬不停蹄

快人快事 ㄎㄨㄞˋ ㄖㄣˊ ㄎㄨㄞˋ ㄕˋ kuài rén kuài shì

爽快人辦痛快事。快：爽快。［例］魯智深倒拔垂楊柳，鎮住了眾潑皮，真是快人快事！［構］聯合。［同］快人快語 ［反］慢條斯理

膾炙人口 ㄎㄨㄞˋ ㄓˋ ㄖㄣˊ ㄎㄡˇ kuài zhì rén kǒu

美味人人愛吃。膾：切得很細的肉。炙：烤肉。比喻好的詩文被人們稱讚和傳誦。［例］唐詩三百篇，篇篇都膾炙人口。［構］動賓。［源］《孟子・盡心下》。［同］喜聞樂見 ［辨］『膾』不要讀成ㄏㄨㄟˋ (huì)。『炙』不要

讀成ㄐㄧㄡˇ(jiǔ)，也不要寫成『灸』。

寬大爲懷 ㄎㄨㄢ ㄉㄚˋ ㄨㄟˊ ㄏㄨㄞˊ kuān dà wéi huái
對別人抱著寬大的胸懷。寬大：寬宏大量。[例]老廠長一向是寬大爲懷，即使是對那些說過錯話的人也如此。[構]主謂。[同]寬宏大量 [反]鼠肚雞腸

寬宏大量 ㄎㄨㄢ ㄏㄨㄥˊ ㄉㄚˋ ㄌㄧㄤˋ kuān hóng dà liàng
形容心胸開闊，度量大，能容人、容事。也作『寬洪大量』。[例]他一向寬宏大量，因此對於個別人的冷嘲熱諷並不介意，總是一笑置之。[例]聯合。[同]寬大爲懷 [反]鼠肚雞腸

寬以待人 ㄎㄨㄢ ㄧˇ ㄉㄞˋ ㄖㄣˊ kuān yǐ dài rén
以寬宏的態度來對待別人。[例]領導幹部應該寬以待人，嚴以律己。[構]補充。[同]寬大爲懷

狂風惡浪 ㄎㄨㄤˊ ㄈㄥ ㄜˋ ㄌㄤˋ kuáng fēng è làng
比喻險惡的情勢或反動逆流。狂：氣勢猛烈。[例]國際上反動勢力，打著『人權』的旗號，掀起了一股反華的狂風惡浪。[構]聯合。[反]風平浪靜

狂犬吠日 ㄎㄨㄤˊ ㄑㄩㄢˇ ㄈㄟˋ ㄖˋ kuángquǎn fèi rì
瘋狗對著太陽亂叫。吠：狗叫。比喻惡人的詆毀。[例]一小撮敵對分子叫囂要推翻共產黨，推翻社會主義，這只能是狂犬吠日。[構]主謂。

曠古奇聞 ㄎㄨㄤˋ ㄍㄨˇ ㄑㄧˊ ㄨㄣˊ kuàng gǔ qí wén
自古以來從未聽到過的奇異的事情。曠古：自古所沒有的。[例]這真是曠古奇聞，如果不是親眼所見，無論如何是不會相信的。[構]偏正。[反]司空見慣

曠日持久 ㄎㄨㄤˋ ㄖˋ ㄔˊ ㄐㄧㄡˇ kuàng rì chí jiǔ
荒廢時間，拖延很久。曠：耽誤，荒廢。［例］曠日持久的兩伊戰爭給兩國人民帶來了巨大的災難。［構］主謂。［源］《戰國策・趙策三》。

巋然不動 ㄎㄨㄟ ㄖㄢˊ ㄅㄨˋ ㄉㄨㄥˋ kuī rán bù dòng
形容高大穩固，不可動搖。巋然：高大挺立的樣子。［例］『敵軍圍困萬千重，我自巋然不動。』（毛澤東）［構］偏正。［源］漢、劉安《淮南子・詮言訓》。［同］巍然屹立 ［反］風雨飄搖

揆情度理 ㄎㄨㄟˊ ㄑㄧㄥˊ ㄉㄨㄛˊ ㄌㄧˇ kuí qíng duó lǐ
根據情理來推想揣度。揆、度：揣測、估計。［例］這種傷天害理的事情，揆情度理，似乎不該出在他身上。［構］聯合。［同］詳情度理 ［辨］『揆』不要讀成ㄍㄨㄟˇ (guǐ)；『度』不要讀成ㄉㄨˋ (dù)。

潰不成軍 ㄎㄨㄟˋ ㄅㄨˋ ㄔㄥˊ ㄐㄩㄣ kuì bù chéng jūn
被徹底打垮，不成隊伍。形容隊伍慘敗。潰：潰敗。［例］敵人大規模地進攻，被我們打得土崩瓦解，潰不成軍。［構］補充。［同］落花流水

喟然長嘆 ㄎㄨㄟˋ ㄖㄢˊ ㄔㄤˊ ㄊㄢˋ kuì rán cháng tàn
長長地嘆息。喟然：嘆氣的樣子。也作『喟然太息』。［例］聽到他十幾年的遭遇，父親不禁喟然長嘆。［構］偏正。［源］《論語・先進》。

困獸猶鬥 ㄎㄨㄣˋ ㄕㄡˋ ㄧㄡˊ ㄉㄡˋ kùn shòu yóu dòu
被圍困的野獸還要搏鬥。困獸：被圍困的野獸。猶：還、仍。比喻陷於絕境的失敗者還要頑抗。［例］雖然剩下的是殘兵敗將，但是困獸猶鬥，我們不能放鬆警惕。［構］主謂。［源］《左傳

・宣公十二年》：『困獸猶鬥，況國相乎！』

L

拉大旗，作虎皮 ㄌㄚ ㄉㄚˋ ㄑㄧˊ ㄗㄨㄛˋ ㄏㄨˇ ㄆㄧˊ lā dà qí zuò hǔ pí　指拿有影響的旗號作幌子來嚇唬人。用於貶義。［例］有理可以講理，拉大旗，作虎皮的勾當，是解決不了問題的。［構］覆。

來龍去脈 ㄌㄞˊ ㄌㄨㄥˊ ㄑㄩˋ ㄇㄞˋ lái lóng qù mài　本是迷信看風水的話，後比喻一事的前因後果。［例］掌握了來龍去脈，這件事就好解決了。［構］聯合。［同］前因後果

來日方長 ㄌㄞˊ ㄖˋ ㄈㄤ ㄔㄤˊ lái rì fāng cháng　未來的日子還很長。方：正。［例］這件事來日方長，總能想法得到解決。［構］主謂。［反］時不我待

來者不拒 ㄌㄞˊ ㄓㄜˇ ㄅㄨˋ ㄐㄩˋ lái zhě bù jù　對於來了的一切從不拒絕。［例］張廠長對職工的建議，從來是來者不拒的。［構］主謂。［源］《孟子・盡心下》：『往者不追，來者不拒。』

來者可追 ㄌㄞˊ ㄓㄜˇ ㄎㄜˇ ㄓㄨㄟ lái zhě kě zhuī　對未來的事還可以補救。追：趕上。［例］今年落榜，來者可追，明年還可以考上嘛！［構］主謂。［源］《論語・微子》：『往者不可諫，來者猶可追。』［同］亡羊補牢

來之不易 ㄌㄞˊ ㄓ ㄅㄨˋ ㄧˋ lái zhī bù yì

得來的東西是不容易的。［例］中國航天工業的成果是來之不易的。［構］補充。

攬轡澄清 ㄌㄢˇ ㄆㄟˋ ㄔㄥˊ ㄑㄧㄥ lǎn pèi chéng qīng

坐在車上，抓住轡頭，有安定天下的心志。比喻在位的人出門辦事，胸懷天下。轡：馬繮。［例］一部歷史，攬轡澄清，志在治國安邦的，也是大有人在。［構］連動。［源］《後漢書・范滂傳》：『滂登車攬轡，慨然有澄清天下之志。』

濫竽充數 ㄌㄢˋ ㄩˊ ㄔㄨㄥ ㄕㄨˋ làn yú chōng shù

齊宣王喜聽吹竽，一吹就是三百人齊吹，有南郭先生不會而混在其中，後宣王死，湣王立，也愛聽吹竽，但喜聽獨奏，南郭先生就逃走了。說明沒有本事的人夾在有本事的人中間湊數。竽：一種古吹奏樂器。貶義。有時用於謙辭。［例］要幹就拿出本領來，不要在裏面濫竽充數。［構］特・主謂。［源］《韓非子・內儲說上》。［辨］『竽』不能寫成『竿』或『芋』。

郎才女貌 ㄌㄤˊ ㄘㄞˊ ㄋㄩˇ ㄇㄠˋ láng cái nǚ mào

男的有才，女的美貌，形容男女雙方很相配。［例］小倆口郎才女貌正相當。［構］聯合。

狼狽不堪 ㄌㄤˊ ㄅㄟˋ ㄅㄨˋ ㄎㄢ láng bèi bù kān

傳說狽是一種前腿極短的野獸，走路時必須將前爪搭在狼的身上才能行動。形容處境極爲困難、窘迫。不堪：不能忍受的樣子。［例］敵人南逃時，丟盔卸甲，狼狽不堪。［構］補充。［同］狼狽萬狀

狼狽為奸 ㄌㄤˊ ㄅㄟˋ ㄨㄟˊ ㄐㄧㄢ láng bèi wéi jiān

傳說狽是一種前腿極短的野獸，走路時必須將前爪搭在狼的身上才能行動，因此狼狽經常在一起傷害其他牲畜。比喻壞人互相勾結幹壞事。貶義。［例］漢奸與特務勾結一起，狼狽為奸。［構］主謂。［同］朋比為奸

狼吞虎嚥 ㄌㄤˊ ㄊㄨㄣ ㄏㄨˇ ㄧㄢˋ láng tūn hǔ yàn

形容吃東西像狼與虎一樣又猛又急。［例］戰鬥很緊急，戰士們狼吞虎嚥的吃完飯就出發了。［構］聯合。［反］細嚼慢嚥

狼心狗肺 ㄌㄤˊ ㄒㄧㄣ ㄍㄡˇ ㄈㄟˋ láng xīn gǒu fèi

比喻人的心腸像狼與狗一樣凶狠、殘忍、貪婪。［例］漢奸、特務都是狼心狗肺的東西。［構］聯合。［同］蛇蠍心腸

浪子回頭 ㄌㄤˋ ㄗˇ ㄏㄨㄟˊ ㄊㄡˊ làng zǐ huí tóu

指遊手好閒的浪蕩子弟改邪歸正了。［例］經過組織的耐心教育與幫助，他終於浪子回頭，改邪歸正了。［構］主謂。［同］棄惡從善　迷途知返

牢不可破 ㄌㄠˊ ㄅㄨˋ ㄎㄜˇ ㄆㄛˋ láo bù kě pò

非常堅固，不可摧毀。［例］中朝兩國人民的戰鬥友誼是牢不可破的。［構］補充。［同］固若金湯　［反］不堪一擊

勞而無功 ㄌㄠˊ ㄦˊ ㄨˊ ㄍㄨㄥ láo ér wú gōng

白費力氣，沒有功效。［例］他不按操作規程辦事，生產出了廢品，不僅勞而無功，還造成了浪費。［構］偏正。［源］《墨子・號令》。［同］徒勞無益　［反］勞苦功高

勞苦功高 ㄌㄠˊ ㄎㄨˇ ㄍㄨㄥ ㄍㄠ láo kǔ gōng gāo
歷盡辛苦，立下大功。勞苦：勞累辛苦。［例］記者舉起鏡頭對準這些勞苦功高的英雄們。［構］聯合。［源］《史記．項羽本紀》：『勞苦而功高如此，未有封侯之賞，而聽細說，欲誅有功之人，此亡秦之續耳。』

勞民傷財 ㄌㄠˊ ㄇㄧㄣˊ ㄕㄤ ㄘㄞˊ láo mín shāng cái
耗費極大的人力物力，沒有成果，造成浪費。傷：耗費。貶義。［例］進口了機器，卻放著不用，爛成了廢鐵，真是勞民傷財。［構］聯合。［同］傷財害民

勞逸結合 ㄌㄠˊ ㄧˋ ㄐㄧㄝˊ ㄏㄜˊ láo yì jié hé
既要積極工作又要適當休息。逸：休息。［例］在緊張的工作中要注意勞逸結合。［構］主謂。

老成持重 ㄌㄠˇ ㄔㄥˊ ㄔˊ ㄓㄨㄥˋ lǎo chéng chí zhòng
原指年老有德，後形容人穩重有經驗，態度沉穩，不輕舉妄動。老成：老練成熟。持重：穩重，不輕浮。［例］他是一個老成持重的人，所以這次試驗取得了成功。［構］聯合。

老大無成 ㄌㄠˇ ㄉㄚˋ ㄨˊ ㄔㄥˊ lǎo dà wú chéng
年歲已經很大了，在事業上還沒有什麼成就。老大：年老。［例］少時不知努力，落得個老大無成。［構］主謂。［反］大器晚成

老當益壯 ㄌㄠˇ ㄉㄤ ㄧˋ ㄓㄨㄤˋ lǎo dāng yì zhuàng
雖然年紀很大了，但志氣和身體更壯。當：應當。益：更加。［例］郭大夫雖然離休了，但他老當益壯，仍然工作在第一線上。［構］主謂。［源］《後漢書．馬援傳》：『丈夫為志，窮當益堅，老當益壯。』［反］未老先衰

老而彌堅 ㄌㄠˇ ㄦˊ ㄇㄧˊ ㄐㄧㄢ lǎo ér mí jiān
人已經老了，但志向更加堅定。彌：更加。［例］他雖是七十歲的人了，但仍然埋頭在生物科學的研究工作上，這種老而彌堅的精神，真讓人敬佩。［構］主謂。

老驥伏櫪 ㄌㄠˇ ㄐㄧˋ ㄈㄨˊ ㄌㄧˋ lǎo jì fú lì
老的千里馬雖然趴在槽頭，但仍想奔馳千里。比喻人老了仍有雄心壯志。驥：駿馬。櫪：馬槽。［例］他晚年猶在科研工作上努力鑽研，真是『老驥伏櫪，志在千里』！［構］主謂。［源］三國（魏）、曹操《步出夏門行》詩：『老驥伏櫪，志在千里；烈士暮年，壯心不已。』

老奸巨猾 ㄌㄠˇ ㄐㄧㄢ ㄐㄩˋ ㄏㄨㄚˊ lǎo jiān jù huá
形容人極其奸詐、狡猾。奸：奸詐。猾：狡猾。［例］他是個老奸巨猾的人，人們都不愛與他來往。［構］聯合。［源］《資治通鑑・唐紀・玄宗開元二十四年》：『雖老奸巨猾，無能逃於其術者。』［反］德高望重 ［辨］『猾』不能寫成『滑』。

老街舊鄰 ㄌㄠˇ ㄐㄧㄝ ㄐㄧㄡˋ ㄌㄧㄣˊ lǎo jiē jiù lín
相處多年的老街坊，舊鄰居。［例］他的情況我都了解，因爲我們是三十多年的老街舊鄰了。［構］聯合。

老淚縱橫 ㄌㄠˇ ㄌㄟˋ ㄗㄨㄥˋ ㄏㄥˊ lǎo lèi zòng héng
形容老年人傷心時淚流滿面的樣子。縱橫：橫一條豎一條的樣子。［例］鄭師父的兒子遭了車禍，他心碎欲裂，老淚縱橫。［構］主謂。［同］淚流滿面

老馬識途 ㄌㄠˇ ㄇㄚˇ ㄕˊ ㄊㄨˊ lǎo mǎ shí tú
老馬能認識道路。比喻年紀大的人，富有經驗。［例］他雖然年高，

但老馬識途，還是可以做個顧問的。［構］主謂。［源］《韓非子·說林上》：『管仲、隰朋從齊桓公伐孤竹，春往冬返，迷惑失道。管仲曰：「老馬之智可用也」。乃放老馬而隨之，遂得道。』

老牛破車 ㄌㄠˇ ㄋㄧㄡˊ ㄆㄛˋ ㄔㄜ lǎo niú pò chē
老牛拉著破車。比喻做事慢，成績小，工作效率低。［例］他做事總是老牛破車，慢慢騰騰。［構］聯合。

老氣橫秋 ㄌㄠˇ ㄑㄧˋ ㄏㄥˊ ㄑㄧㄡ lǎo qì héng qiū
形容老練而自負的神態，現常用以形容人缺乏朝氣的樣子。老氣：老年人的氣派。橫：充滿。秋：秋霜氣。［例］小張年齡並不大，卻總顯出一副老氣橫秋的樣子。［構］主謂。［反］朝氣蓬勃

老弱殘兵 ㄌㄠˇ ㄖㄨㄛˋ ㄘㄢˊ ㄅㄧㄥ lǎo ruò cán bīng
年老體弱或有傷殘的士兵，用以比喻年老體弱或其他原因而工作效率差的人。［例］他們車間盡是些老弱殘兵，工作效率總也上不去。［構］偏正。［反］兵強馬壯

老生常談 ㄌㄠˇ ㄕㄥ ㄔㄤˊ ㄊㄢˊ lǎo shēngcháng tán
老書生經常談論的平凡的話語。指已經過時了的或聽慣了的老話。［例］他每天都在高談闊論，但總是那一套老生常談，都聽厭了。［構］偏正。［源］《三國志·魏書·管輅傳》：『此老生之常譚（談）。』

老態龍鍾 ㄌㄠˇ ㄊㄞˋ ㄌㄨㄥˊ ㄓㄨㄥ lǎo tài lóng zhōng
形容人年老體弱行動不便的樣子。龍鍾：行動緩慢不靈活。［例］他今年才五十多歲，就一副老態龍鍾的樣子。［構］主謂。［反］神采奕奕 鶴髮童

顏

樂不思蜀 ㄌㄜˋ ㄅㄨˋ ㄙ ㄕㄨˇ lè bù sī shǔ
比喻樂而忘返的意思。三國時蜀後主劉禪投降司馬昭後遷往洛陽，他說：『此間樂，不思蜀。』蜀：今四川省，三國時蜀國的地方。喻指故土。[例]初次到桂林旅遊，這兒山清水秀，風景秀麗，我真有些樂不思蜀了。[構]補充。[源]《三國志．蜀書．後主劉禪傳》。[同]樂而忘返

樂此不疲 ㄌㄜˋ ㄘˇ ㄅㄨˋ ㄆㄧˊ lè cǐ bù pí
喜歡這種事物而沉浸其中，不知道疲倦。[例]工作雖然很累，但我卻樂此不疲。[構]補充。[源]《後漢書．光武帝紀下》：『我自樂此，不為疲也。』

樂而忘返 ㄌㄜˋ ㄦˊ ㄨㄤˋ ㄈㄢˇ lè ér wàng fǎn
出外遊樂竟忘記了回家。樂：遊樂。返：回家。[例]這次出差去杭州，到西湖遊玩了一趟，真有些樂而忘返了。[構]補充。

樂極生悲 ㄌㄜˋ ㄐㄧˊ ㄕㄥ ㄅㄟ lè jí shēng bēi
高興得到了極點反而招來悲傷的事。[例]一家人正高興，誰知樂極生悲，爸爸忽然犯病了。[構]覆。[源]《史記．滑稽列傳》：『故曰「酒極則亂，樂極則悲」』。

雷打不動 ㄌㄟˊ ㄉㄚˇ ㄅㄨˋ ㄉㄨㄥˋ léi dǎ bù dòng
決心要做的事，遇到任何情況也不變動。[例]他們工廠的制度，在任何情況下都是雷打不動的。[構]連動。

雷厲風行 ㄌㄟˊ ㄌㄧˋ ㄈㄥ ㄒㄧㄥˊ léi lì fēng xíng　形容做事要像打雷與颳風一樣認真、猛烈、迅疾。厲：猛烈。[例]王廠長的工作作風一向是雷厲風行的。[構]聯合。[反]拖拖拉拉

雷聲大，雨點小 ㄌㄟˊ ㄕㄥ ㄉㄚˋ，ㄩˇ ㄉㄧㄢˇ ㄒㄧㄠˇ léi shēng dà, yǔ diǎn xiǎo　比喻幹工作造成的聲勢很大，但實際行動很少，效果也差。[例]這次全廠的競賽，既要轟轟烈烈，又要紮紮實實，切不可雷聲大，雨點小，虛張聲勢。[構]覆。[同]光說不練　[反]埋頭苦幹

雷霆萬鈞 ㄌㄟˊ ㄊㄧㄥˊ ㄨㄢˋ ㄐㄩㄣ léi tíng wàn jūn　形容威力極大，雷霆萬鈞之力，其勢不可阻擋。雷霆：霹靂，疾雷。鈞：古代的重量單位，一鈞合三十斤。[例]解放大軍以雷霆萬鈞之勢渡過了長江。[構]主謂。[源]漢、賈山《至言》。[同]排山倒海

累見不鮮 ㄌㄟˇ ㄐㄧㄢˋ ㄅㄨˋ ㄒㄧㄢ lěi jiàn bù xiān　經常見到不覺新鮮。累：屢次。[例]這裏的好人好事累見不鮮。[構]覆。[同]屢見不鮮　[反]少見多怪　[辨]『累』不能讀成ㄌㄟˋ(lèi)。『鮮』不能讀成ㄒㄧㄢˇ(xiǎn)。

累教不改 ㄌㄟˇ ㄐㄧㄠˋ ㄅㄨˋ ㄍㄞˇ lěi jiào bù gǎi　經過多次教育，仍然不知悔改。累：一次又一次。[例]這個搶劫犯累教不改，已經三次進勞改隊了。[構]覆。[同]屢教不改　[反]朝聞夕改　[辨]『累』不能讀成ㄌㄟˋ(lèi)。

淚如泉湧 ㄌㄟˋ ㄖㄨˊ ㄑㄩㄢˊ ㄩㄥˇ lèi rú quán yǒng　眼淚像泉水一樣湧了出來。形容十分悲傷的樣子。[例]他的父親去世了，消息傳來，他不禁淚如泉湧。[構

」主謂。[同]淚如雨下　淚流滿面

冷嘲熱諷 ㄌㄥˇ ㄔㄠˊ ㄖㄜˋ ㄈㄥˇ lěng cháo rè fěng 用辛辣、尖刻的語言進行嘲笑和諷刺。冷嘲：冷言冷語。熱諷：辛辣難忍的諷刺語。[例]對同志的缺點，要善意批評，不要冷嘲熱諷。[構]聯合。[反]與人爲善

冷箭傷人 ㄌㄥˇ ㄐㄧㄢˋ ㄕㄤ ㄖㄣˊ lěng jiàn shāng rén 比喻暗中加害於人。[例]有的人有意見不當面提，專好冷箭傷人，這不是對待同志應有的態度。[構]主謂。[同]暗箭傷人

冷暖自知 ㄌㄥˇ ㄋㄨㄢˇ ㄗˋ ㄓ lěng nuǎn zì zhī 原指佛家對佛教的信仰與理解，只有自己知道。現在用來比喻對事物的感受，只有親身經歷過，才體會得更深。[例]別人都祝賀我這次取得的成功，其實冷暖自知，箇中滋味只有我自己知道。[構]主謂。

冷若冰霜 ㄌㄥˇ ㄖㄨㄛˋ ㄅㄧㄥ ㄕㄨㄤ lěng ruò bīng shuāng 冷得像冰霜一樣。形容對人態度冷淡，毫無熱情。[例]他不願回去看他主人那冷若冰霜的臉。[構]主謂。[反]滿腔熱忱　和顏悅色

冷水澆頭 ㄌㄥˇ ㄕㄨㄟˇ ㄐㄧㄠ ㄊㄡˊ lěng shuǐ jiāo tóu 冷水從頭頂上澆下來。比喻意外的打擊。[例]敵軍官聽到被包圍的消息後，像冷水澆頭，個個都垂下了腦袋。[構]主謂。[同]如被冰雪

冷言冷語 ㄌㄥˇ ㄧㄢˊ ㄌㄥˇ ㄩˇ lěng yán lěng yǔ 用冷淡的態度，尖刻的語言對人。[例]他對人，不是熱情相助，而喜歡從旁冷言冷語地諷刺人。[構]聯合。[反]語重心長

冷眼旁觀 ㄌㄥˇ ㄧㄢˇ ㄆㄤˊ ㄍㄨㄢ lěng yǎn pángguān 很冷靜或很冷淡的在旁邊觀看，並不參與其事。［例］他調來一車間，對這裏發生的矛盾，總是冷眼旁觀，從不參與。［例］主謂。

離群索居 ㄌㄧˊ ㄑㄩㄣˊ ㄙㄨㄛˇ ㄐㄩ lí qún suǒ jū 離開同伴孤獨的生活。索居：獨居。［例］他的個性孤僻，喜歡離群索居。［構］連動。［源］《禮記・檀弓上》。［同］煢煢孑立

離題萬里 ㄌㄧˊ ㄊㄧˊ ㄨㄢˋ ㄌㄧˇ lí tí wàn lǐ 形容說話、作文章離開本題太遠，抓不住中心。常和『下筆千言』連用。［例］他一發言就離題萬里，誰也不愛聽。［構］特・主謂。［反］一語破的

離心離德 ㄌㄧˊ ㄒㄧㄣ ㄌㄧˊ ㄉㄜˊ lí xīn lí dé 指人心各異，思想行動不一致。［例］彼此離心離德，怎能在一起共事？［構］聯合。［源］《尚書・泰誓中》：『受（紂）有億兆夷人，離心離德。』［反］同心同德　同氣相投

禮輕情意重 ㄌㄧˇ ㄑㄧㄥ ㄑㄧㄥˊ ㄧˋ ㄓㄨㄥˋ lǐ qīng qíng yì zhòng 禮物雖輕，但情意卻很深厚。常和『千里送鵝毛』連用。［例］慰問團同志送的紀念品雖不多，但禮輕情意重，代表了全國人民的一片心意。［構］覆。［同］瓜子不大是『仁』心

禮尚往來 ㄌㄧˇ ㄕㄤˋ ㄨㄤˇ ㄌㄞˊ lǐ shàng wǎng lái 在禮節上要注重有來有往。尚：注重。［例］我過生日時，他送我一個生日蛋糕，他過生日時，我也送去一份，禮尚往來嘛！［構］主謂。［源］《禮記・曲禮上》：『往而不來，非禮也；來

而不往，亦非禮也。』［同］投桃報李

禮賢下士 ㄌㄧˇ ㄒㄧㄢˊ ㄒㄧㄚˋ ㄕˋ lǐ xián xià shì 禮遇賢者，屈己對待有才的人。禮：以禮相待。賢：賢士。下：謙恭。士：舊指有才能的人。［例］舊統治者，往往標榜自己禮賢下士，表示他們求賢若渴。［構］聯合。

禮義廉恥 ㄌㄧˇ ㄧˋ ㄌㄧㄢˊ ㄔˇ lǐ yì lián chǐ 有禮節，講道義，尚廉潔，知羞恥。封建社會的道德標準和規範。［例］舊社會有些提倡禮義廉恥的人，自己的所做所爲，往往與禮義廉恥毫不相容。［構］聯合。［源］《管子・牧民》：『何謂四維？一曰禮，二曰義，三曰廉，四曰恥。』

裏通外國 ㄌㄧˇ ㄊㄨㄥ ㄨㄞˋ ㄍㄨㄛˊ lǐ tōng wài guó 與外國暗中勾結，出賣國家利益。［例］對於裏通外國出賣國家利益的人，必須嚴懲。［構］動賓。［同］通敵叛國

裏應外合 ㄌㄧˇ ㄧㄥˋ ㄨㄞˋ ㄏㄜˊ lǐ yìng wài hé 外面攻打與裏面接應相配合。應：接應。合：配合。亦作『外合裏應』。［例］《水滸傳》上三打祝家莊，最後是靠裏應外合而取勝的。［構］聯合。［辨］『應』不能讀成ㄧㄥ(yīng)。

理屈詞窮 ㄌㄧˇ ㄑㄩ ㄘˊ ㄑㄩㄥˊ lǐ qū cí qióng 理由站不住，無話對答。［例］他被說得理屈詞窮，只好低頭認錯。［構］聯合。［源］宋、朱熹《朱文公文集》：『觀其論性數章，理屈詞窮。』［反］理直氣壯

理所當然 ㄌㄧˇ ㄙㄨㄛˇ ㄉㄤ ㄖㄢˊ lǐ suǒ dāng rán

按道理應當如此。〔例〕違犯了國家法律，就應依法懲處，這是理所當然的事。〔構〕主謂。〔源〕《文中子·魏相篇》：『非辯也，理當然爾。』〔同〕理應如此 〔反〕豈有此理

理直氣壯 ㄌㄧˇ ㄓˊ ㄑㄧˋ ㄓㄨㄤˋ lǐ zhí qì zhuàng

理由充分，說話口氣也就嚴正。〔例〕在聯合國會議上，我國代表理直氣壯的發言，博得了廣大代表的歡迎。〔構〕聯合。〔反〕理屈詞窮

力不從心 ㄌㄧˋ ㄅㄨˋ ㄘㄨㄥˊ ㄒㄧㄣ lì bù cóng xīn

力量、能力達不到心裏的願望。〔例〕比賽中我們失敗了，不是不努力，而是力不從心。〔構〕主謂。〔同〕心有餘而力不足 力不勝任 〔反〕力所能及

力不勝任 ㄌㄧˋ ㄅㄨˋ ㄕㄥˋ ㄖㄣˋ lì bù shèng rèn

能力不夠，承擔不了。〔例〕領導把這項科研工作交給了他這個副研究員，但他力不勝任，終於失敗了。〔構〕主謂。〔同〕力所不及 〔反〕勝任愉快 力所能及 〔辨〕『勝』俗讀ㄕㄥ (shēng)。

力所能及 ㄌㄧˋ ㄙㄨㄛˇ ㄋㄥˊ ㄐㄧˊ lì suǒ néng jí

自己的力量能達到。及：達到。〔例〕朱老離休後，自己主動找些力所能及的工作來幹。〔構〕主謂。〔反〕力所不及 力不從心

力透紙背 ㄌㄧˋ ㄊㄡˋ ㄓˇ ㄅㄟˋ lì tòu zhǐ bèi

筆的力量能穿透紙。形容書法的遒勁有力。〔例〕書法展覽會上的作品，其中不少是力透紙背的佳作。〔構〕主謂。〔源〕唐、顏真卿《張長史十二意筆法意記》：『當其用鋒，常欲使其透過

紙背，此功成之極矣。』

力挽狂瀾 ㄌㄧˋ ㄨㄢˇ ㄎㄨㄤˊ ㄌㄢˊ lì wǎn kuáng lán
盡力挽回危急的局勢。挽：挽回，挽救。狂瀾：洶湧澎湃的大浪。［例］在戰爭危急的時刻，彭總力挽狂瀾，使戰局有了轉機。［構］主謂。

力爭上游 ㄌㄧˋ ㄓㄥ ㄕㄤˋ ㄧㄡˊ lì zhēng shàng yóu
努力爭取達到最前面。上游：河的上流，比喻先進。［例］新中國的青少年，要有力爭上游、不甘人後的優良品質。［構］動賓。［反］甘居下游

歷歷可數 ㄌㄧˋ ㄌㄧˋ ㄎㄜˇ ㄕㄨˇ lì lì kě shǔ
清清楚楚可以數得出來。歷歷：清楚分明。［例］在顯微鏡下，極小的細菌也是歷歷可數的。［構］偏正。［辨］『數』不能讀成ㄕㄨˋ(shù)。

立此存照 ㄌㄧˋ ㄘˇ ㄘㄨㄣˊ ㄓㄠˋ lì cǐ cún zhào
立下字據，保存下來作爲證據。照：證據。［例］爲了避免日後反悔，立此存照。［構］連動。

立竿見影 ㄌㄧˋ ㄍㄢ ㄐㄧㄢˋ ㄧㄥˇ lì gān jiàn yǐng
立起竿子馬上就可以見到竿的影子。比喻立見功效。［例］送他進醫院打了一針，立竿見影，就清醒過來了。［構］連動。［源］漢、魏伯陽《參同契・如審遭逢章》：『立竿見影，呼谷傳響。』

立功贖罪 ㄌㄧˋ ㄍㄨㄥ ㄕㄨˊ ㄗㄨㄟˋ lì gōng shú zuì
建立功績來補償罪行或過失。立功：建立功績。贖：補償。［例］他主動交代了問題，並爲徹底破案提供了大量線索，確有立功贖罪的表現。［構］聯合。

立身處世 ㄌㄧˋ ㄕㄣ ㄔㄨˇ ㄕˋ lì shēn chǔ shì

在做人方面對自己的要求和處理個人與別人的關係。［例］一個人立身處世，應當謙虛謹慎，遵紀守法。［構］聯合。

立於不敗之地 ㄌㄧˋ ㄩˊ ㄅㄨˋ ㄅㄞˋ ㄓ ㄉㄧˋ lì yú bù bài zhī dì

使自己處於不會失敗的地位。［例］在軍事上，知己知彼，制人而不制於人，才能立於不敗之地。［構］補充。

厲兵秣馬 ㄌㄧˋ ㄅㄧㄥ ㄇㄛˋ ㄇㄚˇ lì bīng mò mǎ

磨好兵器，餵好戰馬，做好戰鬥的準備工作。後用以比喻做好事情的準備工作。厲兵：磨兵器。秣馬：餵馬。也作『秣馬厲兵』。［例］冬天，社員們厲兵秣馬，修渠，整地，積肥，準備開春大戰一場。［構］聯合。［反］解甲歸田 偃旗息鼓

厲行節約 ㄌㄧˋ ㄒㄧㄥˊ ㄐㄧㄝˊ ㄩㄝ lì xíng jié yuē

認真嚴格地實行節約。厲：嚴格、認真。［例］我們必須發展生產，厲行節約。［構］動賓。［反］鋪張浪費

利害攸關 ㄌㄧˋ ㄏㄞˋ ㄧㄡ ㄍㄨㄢ lì hài yōu guān

利害所關，指利害關係很密切。攸：所。［例］興修水利與發展生產是利害攸關的事，所以大家都很重視。［構］偏正。［同］利害相關

利令智昏 ㄌㄧˋ ㄌㄧㄥˋ ㄓˋ ㄏㄨㄣ lì lìng zhì hūn

因貪圖私利，就失去理智，什麼也不顧了。［例］貪污分子利令智昏，不擇手段地侵吞公款。［構］主謂。［源］《史記·平原君虞卿列傳》。

利欲熏心 ㄌㄧˋ ㄩˋ ㄒㄩㄣ ㄒㄧㄣ lì yù xūn xīn

貪圖名利的欲望，迷住了心竅。利：名利。欲：欲望。［例］這傢伙

真是利欲熏心，什麼違法的事都敢幹。〔構〕主謂。〔反〕一塵不染 兩袖清風

勵精圖治 ㄌㄧˋ ㄐㄧㄥ ㄊㄨˊ ㄓˋ lì jīng tú zhì

振奮精神，想辦法把國家治好。勵精：振奮精神。圖治：想法治理國家。〔例〕我們要發揚艱苦樸素的精神，勵精圖治，把國家建設好。〔構〕聯合。〔源〕《漢書．魏相傳》：『宣帝始親萬機，厲（勵）精爲治。』

例行公事 ㄌㄧˋ ㄒㄧㄥˊ ㄍㄨㄥ ㄕˋ lì xíng gōng shì

按照慣例應處理的公事，比喻走形式。多用於貶義。〔例〕她這個祕書，每天只不過處理些例行公事而已。〔構〕偏正。

連綿不絕 ㄌㄧㄢˊ ㄇㄧㄢˊ ㄅㄨˋ ㄐㄩㄝˊ lián mián bù jué

接連不斷。〔例〕到了天山腳下，只見那裏的山連綿不絕，不知有幾千里。〔構〕偏正。〔同〕綿亙不斷〔辨〕不用在人事上。如：人連綿不絕，事情連綿不絕都不可以。

連篇累牘 ㄌㄧㄢˊ ㄆㄧㄢ ㄌㄟˇ ㄉㄨˊ lián piān lěi dú

形容寫的文章冗長，重複。牘：古代寫字用的木片。累：重疊，積累。〔例〕他寫的文章總是連篇累牘，人們都不愛看它。〔構〕聯合。〔源〕《隋書．李諤傳》：『連篇累牘，不出月露之形。』〔反〕片言隻字 〔辨〕『累』不能讀成ㄌㄟˋ(lèi)。

廉潔奉公 ㄌㄧㄢˊ ㄐㄧㄝˊ ㄈㄥˋ ㄍㄨㄥ lián jié fèng gōng

指在工作中不貪污，不受賄，一心爲公。廉潔：清白。奉公：奉行公事。〔例〕國家公務員，應有廉潔奉公的優良品質。〔構〕偏正。〔反〕貪贓枉法

良辰美景
ㄌㄧㄤˊ ㄔㄣˊ ㄇㄟˇ ㄐㄧㄥˇ
liángchén měi jǐng

良好的時刻，美好的景色。［例］眼前這良辰美景，卻引起了我的思鄉之情。［構］聯合。［源］南朝（宋）、謝靈運《擬魏太子鄴中集詩序》：『天下良辰、美景、賞心、樂事，四者難並。』［辨］『辰』不能寫成『晨』。

良師益友
ㄌㄧㄤˊ ㄕ ㄧˋ ㄧㄡˇ
liáng shī yì yǒu

好的老師，有益的朋友。［例］字典是我的良師益友。［構］聯合。［辨］良師益友一般指同一個友人而言。

良藥苦口
ㄌㄧㄤˊ ㄧㄠˋ ㄎㄨˇ ㄎㄡˇ
liáng yào kǔ kǒu

能治病的好藥，味苦難吃。比喻好的話不中聽，但能改正人的缺點。［例］老一輩的批評、勸導，聽起來是刺耳一些，但這些都是良藥苦口的肺腑之言。［構］主謂。［源］《孔子家語・六本》：『良藥苦於口，利於病；忠言逆於耳，利於行。』［同］忠言逆耳

良莠不齊
ㄌㄧㄤˊ ㄧㄡˇ ㄅㄨˋ ㄑㄧˊ
liáng yǒu bù qí

比喻好人壞人混在一起，雜亂、不齊。莠：田中類似穀子的野草。［例］這批學員良莠不齊，要因才施教才行。［構］主謂。［辨］『莠』不能讀成ㄒㄧㄡˋ(xiù)。

梁上君子
ㄌㄧㄤˊ ㄕㄤˋ ㄐㄩㄣ ㄗˇ
liángshàng jūn zǐ

指躲在房梁上的盜賊。後漢時，賊夜入陳寔家，藏在房梁上，陳寔看到了，對子孫們說，壞人本來不一定壞，如不學好，慢慢地就會成爲梁上君子。後用來指盜賊。［例］寧肯餓死，也不能做梁上君子。［構］偏正。［源］《後漢書・陳寔傳》。

兩敗俱傷 ㄌㄧㄤˇ ㄅㄞˋ ㄐㄩˋ ㄕㄤ liǎng bài jù shāng
鬥爭的雙方都受到損傷。敗：失敗。俱：全。古時卞莊子要刺虎，館豎子說，兩隻老虎正在爭一牛，爭鬥結果，小虎會死，大虎會傷，然後刺殺傷虎而有殺二虎之名。後比喻因鬥爭，雙方都受傷害。［例］兩人為了一點小事，就大打出手，最後弄得個兩敗俱傷。［構］聯合。［源］《史記．張儀列傳》。［反］兩全其美

兩面三刀 ㄌㄧㄤˇ ㄇㄧㄢˋ ㄙㄢ ㄉㄠ liǎngmiàn sān dāo
比喻當面一套，背地一套，耍兩面手法。貶義。［例］這人平時總是陰陽怪氣、兩面三刀的，你要留個心眼，以免上當。［構］聯合。［同］陽奉陰違口是心非　居心叵測

兩全其美 ㄌㄧㄤˇ ㄑㄩㄢˊ ㄑㄧˊ ㄇㄟˇ liǎng quán qí měi
顧全雙方，使都滿意。［例］鼓勵農民養豬，既可以活躍市場，又可以發家致富，真是兩全其美的事。［構］動賓。［反］兩敗俱傷

兩相情願 ㄌㄧㄤˇ ㄒㄧㄤ ㄑㄧㄥˊ ㄩㄢˋ liǎngxiāng qíngyuàn
雙方都願意，誰也不勉強。［例］這趟買賣是兩相情願的，即使賠了也不能埋怨誰。［構］主謂。［反］一廂情願　［辨］『相』也可作『廂』。

兩小無猜 ㄌㄧㄤˇ ㄒㄧㄠˇ ㄨˊ ㄘㄞ liǎng xiǎo wú cāi
小男孩，小女孩，天真無邪，感情很好，沒有什麼猜疑和忌諱。［例］他們倆是青梅竹馬，兩小無猜，感情特別純真。［構］主謂。

兩袖清風 ㄌㄧㄤˇ ㄒㄧㄡˋ ㄑㄧㄥ ㄈㄥ liǎng xiù qīng fēng

原指人迎風瀟灑的姿態，後形容居官清廉，除去兩袖清風，別無所有。［例］他做了多年財政幹部，依然兩袖清風，一塵不染。［構］主謂。［反］貪贓枉法

量材爲用 ㄌㄧㄤˋ ㄘㄞˊ ㄨㄟˊ ㄩㄥˋ liàng cái wéi yòng

根據材料的大小來使用。比喻根據人的才能大小收錄使用。［例］這次招工應量材爲用，妥當地安排工作。［構］連動。［同］量才錄用 ［辨］『量』不能讀成ㄌㄧㄤˊ(liáng)。

量力而行 ㄌㄧㄤˋ ㄌㄧˋ ㄦˊ ㄒㄧㄥˊ liàng lì ér xíng

衡量自己的力量去行事。［例］承包工作，要量力而行，否則就難以完成任務。［構］偏正。［源］《左傳・隱公十一年》：『度德而處之，量力而行之。』［辨］『量』不能讀成ㄌㄧㄤˊ(liáng)。

量入爲出 ㄌㄧㄤˋ ㄖㄨˋ ㄨㄟˊ ㄔㄨ liàng rù wéi chū

根據收入的多少來安排支出。［例］居家過日子，應量入爲出，不可寅吃卯糧。［構］連動。［辨］『量』不能讀成ㄌㄧㄤˊ(liáng)。

量體裁衣 ㄌㄧㄤˋ ㄊㄧˇ ㄘㄞˊ ㄧ liàng tǐ cái yī

根據自己的身體長短來裁衣服。比喻按具體情況辦事。［例］蓋什麼房子，用什麼材料，這也同量體裁衣一樣。［構］連動。［辨］『量』不能讀成ㄌㄧㄤˊ(liáng)。

聊備一格 ㄌㄧㄠˊ ㄅㄟˋ ㄧ ㄍㄜˊ liáo bèi yī gé

指某一事物，雖然不算盡善盡美，但也可以姑且算作一種格式。聊：姑且。備：具備。［例］這種藝術形式雖不常見，不妨聊備一格，供作參考。［構］動賓。

聊勝於無 ㄌㄧㄠˊ ㄕㄥˋ ㄩˊ ㄨˊ liáo shèng yú wú

總比沒有還強些。聊：稍。［例］這點救濟金，雖然無濟於事，但也聊勝於無。［構］補充。［同］不無少補

聊以塞責 ㄌㄧㄠˊ ㄧˇ ㄙㄜˋ ㄗㄜˊ liáo yǐ sè zé

姑且用來應付一下，算是盡到責任了。形容對事物所採取的敷衍態度。聊：姑且。塞：搪塞。多用於自謙語。［例］你要的畫，我已畫好了，實在不成樣子，聊以塞責吧！［構］偏正。［辨］『塞』不能讀成ㄙㄞˋ(sài)。

聊以自慰 ㄌㄧㄠˊ ㄧˇ ㄗˋ ㄨㄟˋ liáo yǐ zì wèi

姑且用來自己安慰自己。聊：姑且。［例］我不喜歡唱歌，只因太寂寞了，就唱幾句聊以自慰罷了。［構］偏正。

寥寥無幾 ㄌㄧㄠˊ ㄌㄧㄠˊ ㄨˊ ㄐㄧˇ liáo liáo wú jǐ

很少，沒有幾個。寥：稀少。［例］麥子基本上割完了，所剩也寥寥無幾了。［構］偏正。［同］寥若晨星［反］車載（ㄗㄞˋ(zài)）斗量（ㄌㄧㄤˊ(liáng)）俯拾皆是

寥若晨星 ㄌㄧㄠˊ ㄖㄨㄛˋ ㄔㄣˊ ㄒㄧㄥ liáo ruò chén xīng

像早晨的星星那樣稀少。比喻很少。寥：稀少。［例］像這樣的高級工程師，在我國還是寥若晨星的。［構］補充。［同］寥寥無幾［反］車載斗量俯拾皆是［辨］『晨』不能寫成『辰』。

燎原烈火 ㄌㄧㄠˊ ㄩㄢˊ ㄌㄧㄝˋ ㄏㄨㄛˇ liáo yuán liè huǒ

在原野上燃燒的大火。比喻擴大了的事態不可抗拒。燎原：火在原野上燃燒。［例］農民起義像燎原烈火，一發不可收拾。［構］偏正。［源］《尚書・盤庚》：『若火之燎於原。』

瞭如指掌 ㄌㄧㄠˇ ㄖㄨˊ ㄓˇ ㄓㄤˇ liǎo rú zhǐ zhǎng

形容對事物很了解，好像在手上的那樣清楚。瞭：清楚。［例］我對這一帶的地形、民情是瞭如指掌的。［構］補充。［同］一清二楚　洞若觀火

料事如神 ㄌㄧㄠˋ ㄕˋ ㄖㄨˊ ㄕㄣˊ liào shì rú shén

預料事情像神仙。形容對事物的預見性很強。［例］諸葛亮料事如神，所以屢戰屢勝。［構］主謂。［同］先見之明

臨池學書 ㄌㄧㄣˊ ㄔˊ ㄒㄩㄝˊ ㄕㄨ lín chí xué shū

形容刻苦練習書法。臨：靠近。書：書法。［例］王羲之若無臨池學書的刻苦精神，也不會成爲大書法家的。［構］連動。［源］《後漢書・張芝傳》：『臨池學書，水爲之黑。』

臨渴掘井 ㄌㄧㄣˊ ㄎㄜˇ ㄐㄩㄝˊ ㄐㄧㄥˇ lín kě jué jǐng

口渴了才去挖井。比喻事先不做好準備，緊急時才現抓。臨：到。［例］小林平時不好好學習，快考試了才開夜車，這種臨渴掘井的辦法，能解決問題嗎？［構］連動。［源］《黃帝內經・素問》：『夫病已成而後藥之，亂已成而後治之，譬猶渴而穿井。』［同］臨陣磨槍［反］未雨綢繆

臨危不懼 ㄌㄧㄣˊ ㄨㄟˊ ㄅㄨˋ ㄐㄩˋ lín wēi bù jù

遇到危急時不膽怯。形容勇敢、沉著。［例］戰鬥打響了，敵人從四面攻上來，我們的戰士臨危不懼，打退了敵人的多次進攻。［構］連動。

臨淵羨魚 ㄌㄧㄣˊ ㄩㄢ ㄒㄧㄢˋ ㄩˊ lín yuān xiàn yú

在水邊見到魚就想得到牠，空想沒有用，不如回去做網來捕捉。比喻空想不如實做。淵：深水。羨：羨慕。［

例]臨淵羨魚是沒有用的，最好多做點實際工作。[構]連動。[源]《漢書・董仲舒傳》：『臨淵羨魚，不如退而結網。』

臨陣磨槍 ㄌㄧㄣˊ ㄓㄣˋ ㄇㄛˊ ㄑㄧㄤ lín zhèn mó qiāng 快要上陣打仗時才磨槍。比喻事到臨頭才做準備。含有貶義。[例]明天就考試了，他今天晚上才開夜車復習，這不是臨陣磨槍嗎？[構]連動。[同]臨渴掘井

臨陣脫逃 ㄌㄧㄣˊ ㄓㄣˋ ㄊㄨㄛ ㄊㄠˊ lín zhèn tuō táo 到上陣作戰時就逃跑了。比喻到了緊要關頭時退縮、逃避。[例]一有義務勞動，他就臨陣脫逃，不是有事，就是有病。[構]連動。

淋漓盡致 ㄌㄧㄣˊ ㄌㄧˊ ㄐㄧㄣˋ ㄓˋ lín lí jìn zhì 形容描繪一件事，能盡情發抒。淋漓：暢快。盡致：到了頂點。[例]《紅樓夢》一書，把寧榮兩府的腐朽生活淋漓盡致地寫了出來。[構]補充。[同]酣暢淋漓

琳琅滿目 ㄌㄧㄣˊ ㄌㄤˊ ㄇㄢˇ ㄇㄨˋ lín láng mǎn mù 滿眼都是美好而珍貴的東西。琳琅：美玉。[例]到了特種手工藝廳，只見琳琅滿目，美不勝收。[構]主謂。[同]美不勝收

鱗次櫛比 ㄌㄧㄣˊ ㄘˋ ㄓˋ ㄅㄧˋ lín cì zhì bǐ 形容像魚鱗或梳篦的齒那樣緊密的排列著。鱗次：像魚鱗那樣挨著。櫛比：像篦子齒那樣並排著。[例]大街上的商店鱗次櫛比，非常熱鬧。[構]聯合。[同]櫛比鱗次

伶牙俐齒 ㄌㄧㄥˊ ㄧㄚˊ ㄌㄧˋ ㄔˇ líng yá lì chǐ

形容能說會道，有口才。〔例〕這姑娘伶牙俐齒，誰也說不過她。〔構〕聯合。〔反〕笨嘴拙腮

玲瓏剔透 ㄌㄧㄥˊ ㄌㄨㄥˊ ㄊㄧ ㄊㄡˋ líng lóng tī tòu

形容器物的奇巧，精緻，鮮明透亮。玲瓏：靈巧精緻。剔透：明徹透亮。〔例〕工藝美術廳那些玲瓏剔透的玉雕，真是巧奪天工。〔構〕聯合。

凌雲之志 ㄌㄧㄥˊ ㄩㄣˊ ㄓ ㄓˋ líng yún zhī zhì

高入雲霄的志氣，形容人有遠大的志向。凌：高。〔例〕他空有凌雲之志，而無真才實學，所以一切都是空想。〔構〕偏正。

零敲碎打 ㄌㄧㄥˊ ㄑㄧㄠ ㄙㄨㄟˋ ㄉㄚˇ líng qiāo suì dǎ

指一項工作不能有計劃的一氣完成，而是斷斷續續地做。也指零星消滅。〔例〕①這座大樓應按計劃一氣完成，不能零敲碎打、斷斷續續地去蓋。②我們游擊隊的人雖不多，但消滅敵人卻有好辦法：今天消滅一點，明天消滅一點，零敲碎打，最後把他們吃光。〔構〕聯合。

另起爐灶 ㄌㄧㄥˋ ㄑㄧˇ ㄌㄨˊ ㄗㄠˋ lìng qǐ lú zào

比喻放棄舊有的，另搞新的。也指分家另立門戶。〔例〕①這次實驗，徹底失敗了，只有另起爐灶重新開始。②他們弟兄倆分家後，各自另起爐灶了。〔構〕動賓。

另眼相看 ㄌㄧㄥˋ ㄧㄢˇ ㄒㄧㄤ ㄎㄢˋ lìng yǎn xiāng kàn

用另一種眼光看待，也作『另眼看待』。〔例〕在這次競賽中，他出人意料地取得了優異的成績，人們對他都另眼相看了。〔構〕偏正。〔同〕另眼看待　刮目相待

令人齒冷 ㄌㄧㄥˋ ㄖㄣˊ ㄔˇ ㄌㄥˇ lìng rén chǐ lěng 使人恥笑。齒冷：恥笑（笑時要張口，時間長了，牙齒會有冷的感覺）。［例］自己什麼都不會，還在人前賣弄，豈不令人齒冷！［構］兼語。［源］《南史・樂預傳》：『人笑褚公（淵），至今齒冷。』

令人神往 ㄌㄧㄥˋ ㄖㄣˊ ㄕㄣˊ ㄨㄤˇ lìng rén shén wǎng 使人嚮往。指能吸引人的事。神往：心裏嚮往。［例］這本書的風景描繪得太好了，簡直令人神往。［構］兼語。

令人作嘔 ㄌㄧㄥˋ ㄖㄣˊ ㄗㄨㄛˋ ㄡˇ lìng rén zuò ǒu 讓人噁心。形容讓人很厭惡的言語、行動。作嘔：嘔吐。［例］在會上他那番裝腔作勢的表演，真令人作嘔。［構］兼語。

令行禁止 ㄌㄧㄥˋ ㄒㄧㄥˊ ㄐㄧㄣˋ ㄓˇ lìng xíng jìn zhǐ 令行即動，令禁即止。形容執行命令，雷厲風行。［例］解放軍的紀律嚴明，令行禁止，不許有半點差錯。［構］聯合。［源］《逸周書・文傳》：『令行禁止，王始也。』

流芳百世 ㄌㄧㄡˊ ㄈㄤ ㄅㄞˇ ㄕˋ liú fāng bǎi shì 好的名聲，永遠傳下去。指對國家對人民有益的事。［例］在抗日戰爭中犧牲的英雄的業績，將流芳百世。［構］補充。［同］流芳千古　永垂不朽［反］遺臭萬年

流離失所 ㄌㄧㄡˊ ㄌㄧˊ ㄕ ㄙㄨㄛˇ liú lí shī suǒ 到處流浪，無處安身。［例］在舊社會，黃河發大水時，多少老百姓流離失所，無家可歸！［構］聯合。［同］無家可歸

流連忘返 ㄌㄧㄡˊ ㄌㄧㄢˊ ㄨㄤˋ ㄈㄢˇ liú lián wàng fǎn

留戀佳境，捨不得離開，而忘了回去。［例］桂林山水甲天下，使人流連忘返。［構］聯合。［源］《孟子・梁惠王下》：『從流下而忘反（返），謂之流；從流上而忘反（返），謂之連。』

流水不腐，戶樞不蠹 ㄌㄧㄡˊ ㄕㄨㄟˇ ㄅㄨˋ ㄈㄨˇ，ㄏㄨˋ ㄕㄨ ㄅㄨˋ ㄉㄨˋ liú shuǐ bù fǔ, hù shū bù dù

流動的水不會臭，經常轉動的門軸不會被蟲蛀。比喻經常活動的東西，不會腐蝕。戶樞：門的轉軸。蠹：蛀蟲。［例］經常運動的人很少生病，這就是所說的流水不腐，戶樞不蠹。［構］覆。［源］《呂氏春秋・盡數》：『流水不腐，戶樞不螻，動也。』

流言蜚語 ㄌㄧㄡˊ ㄧㄢˊ ㄈㄟ ㄩˇ liú yán fēi yǔ

無根據、誹謗性的言語。蜚：同『飛』。［例］只要問心無愧，這些流言蜚語又有什麼可怕的。［構］聯合。［源］《漢書・楚元王傳》：『流言飛文，譁於民間。』［同］閒言碎語

流言止於智者 ㄌㄧㄡˊ ㄧㄢˊ ㄓˇ ㄩˊ ㄓˋ ㄓㄜˇ liú yán zhǐ yú zhì zhě

謠言傳到有知識的人那裏就停止了，形容智者不惑。流言：沒有根據的謠言。智者：有知識有學問的人。［例］流言止於智者，只有糊塗的人才亂傳謠言。［構］主謂。［源］《荀子・大略》：『流丸止於甌臾，流言止於知（智）者。』

柳暗花明 ㄌㄧㄡˇ ㄢˋ ㄏㄨㄚ ㄇㄧㄥˊ liǔ àn huā míng

形容繁花似錦、綠柳成蔭的美麗風光。［例］一路上柳暗花明，風景十分美麗。［構］聯合。［源］宋、陸游《遊山西村》詩：『山重水複疑無路，柳暗花明又一村。』

六親不認 ㄌㄧㄡˋ ㄑㄧㄣ ㄅㄨˋ ㄖㄣˋ liù qīn bù rèn
父、母、兄、弟、妻、子，誰都不認。形容冷酷無情。［例］這小子六親不認，你還給他講什麼禮。［構］主謂。

六神無主 ㄌㄧㄡˋ ㄕㄣˊ ㄨˊ ㄓㄨˇ liù shén wú zhǔ
形容心慌意亂，不知如何是好。六神：道教指心肺肝腎脾膽，各有神明主宰。［例］這次車間出了事故，王師傅嚇得六神無主，不知怎麼好了。［構］主謂。［反］從容自若　鎮靜自如

龍馬精神 ㄌㄨㄥˊ ㄇㄚˇ ㄐㄧㄥ ㄕㄣˊ lóng mǎ jīng shén
指鬥志旺盛的精神。龍馬：駿馬。［例］這些生產上的猛將，個個具有龍馬精神。［構］偏正。［源］唐、李郢詩：『龍馬精神海鶴姿。』

龍盤虎踞 ㄌㄨㄥˊ ㄆㄢˊ ㄏㄨˇ ㄐㄩˋ lóng pán hǔ jù
像龍盤繞，像虎蹲踞。形容地勢險要而雄偉。踞：蹲或坐。盤：曲。也作『虎踞龍盤』，『龍蟠虎踞』。［例］南京古稱金陵，龍盤虎踞，非常險要。［構］聯合。［源］漢、劉勝《文木賦》：『見其文章，或如龍盤穴虎踞』。

龍潭虎穴 ㄌㄨㄥˊ ㄊㄢˊ ㄏㄨˇ ㄒㄩㄝˊ lóng tán hǔ xué
比喻極其凶險去處。龍潭：龍所在的深水。虎穴：老虎窩。［例］抗戰時期，我們的地下工作人員，身居龍潭虎穴而無所畏懼。［構］聯合。

龍騰虎躍 ㄌㄨㄥˊ ㄊㄥˊ ㄏㄨˇ ㄩㄝˋ lóng téng hǔ yuè
形容生氣勃勃，非常活躍的樣子。騰：跳躍。［例］這些新來的運動員，個個龍騰虎躍，精神百倍。［構］聯合。［同］生龍活虎

隆情盛意 ㄌㄨㄥˊ ㄑㄧㄥˊ ㄕㄥˋ ㄧˋ lóng qíng shèng yì
深厚的情意。隆：高。[例]張師傅對我那番隆情盛意，使我終生難忘。[構]聯合。[同]深情厚誼 [反]無情無義

漏洞百出 ㄌㄡˋ ㄉㄨㄥˋ ㄅㄞˇ ㄔㄨ lòu dòng bǎi chū
指說話、做事、考慮問題不周全的地方很多。[例]他的發言漏洞百出，自相矛盾，一點說服力都沒有。[構]主謂。[反]天衣無縫 無懈可擊 滴水不漏

漏網之魚 ㄌㄡˋ ㄨㄤˇ ㄓ ㄩˊ lòu wǎng zhī yú
從網眼裏漏出去的魚。比喻僥倖逃脫的罪犯或敵人。[例]在這次大戰中我獲全勝，敵如漏網之魚，四處逃竄。[構]偏正。

鏤骨銘心 ㄌㄡˋ ㄍㄨˇ ㄇㄧㄥˊ ㄒㄧㄣ lòu gǔ míng xīn
比喻深深記在心上，永遠不忘。銘：在物體上刻字。鏤：雕刻。[例]這種鏤骨銘心的恩情，我將終生不忘。[構]聯合。[同]銘肌鏤骨 銘心刻骨 銘心鏤骨

廬山真面目 ㄌㄨˊ ㄕㄢ ㄓㄣ ㄇㄧㄢˋ ㄇㄨˋ lú shān zhēn miàn mù
用以比喻事物的真相，或人的本來面目。廬山：在今江西九江市南。[例]不經過探索了解，是很難弄清這一帶的廬山真面目的。[構]偏正。[源]宋、蘇軾《題西林壁》詩：『不識廬山真面目，只緣身在此山中。』

爐火純青 ㄌㄨˊ ㄏㄨㄛˇ ㄔㄨㄣˊ ㄑㄧㄥ lú huǒ chún qīng
道家煉丹，認爲爐中的火純青的時候，就算功行圓滿了。比喻在某方面修養、造詣，達到精湛完美的境地。純青：藍色的火焰。[例]她在舞蹈藝術方

面，已達到爐火純青的地步。［構］主謂。

魯魚亥豕 ㄌㄨˇ ㄩˊ ㄏㄞˋ ㄕˇ lǔ yú hài shǐ
把『魯』字寫成『魚』字，把『亥』字寫成『豕』字。比喻文字傳寫的錯誤。［例］這本書魯魚亥豕的例子極多。［構］聯合。［源］《呂氏春秋・察傳》。［同］淮雨別風

鹿死誰手 ㄌㄨˋ ㄙˇ ㄕㄨㄟˊ ㄕㄡˇ lù sǐ shuí shǒu
追鹿不知落入誰手。指政權不知落於誰人之手，後借指不知勝利歸屬何人。［例］這次乒乓球賽，能手很多，不知鹿死誰手。［構］主謂。［源］《史記・淮陰侯列傳》：『秦失其鹿，天下共逐之。』（後演化為『鹿死誰手』。）

碌碌無能 ㄌㄨˋ ㄌㄨˋ ㄨˊ ㄋㄥˊ lù lù wú néng
形容智力平庸，沒有特殊的能力與才幹。碌碌：平庸貌。［例］新來的科長，表面很神氣，其實是個碌碌無能之輩。［構］偏正。［同］無所作為［反］才華出眾 出類拔萃

路不拾遺 ㄌㄨˋ ㄅㄨˋ ㄕˊ ㄧˊ lù bù shí yí
路上丟失的東西，沒有人撿。形容社會秩序好。遺：丟失的東西。亦作『道不拾遺』。［例］解放後，路不拾遺早已不是什麼新鮮事了。［構］主謂。［源］《戰國策・秦策》：『道不拾遺，民不妄取。』［同］夜不閉戶

路見不平，拔刀相助 ㄌㄨˋ ㄐㄧㄢˋ ㄅㄨˋ ㄆㄧㄥˊ ㄅㄚˊ ㄉㄠ ㄒㄧㄤ ㄓㄨˋ lù jiàn bù píng bá dāo xiāng zhù
路上見到不公平的事，拔出刀來幫助受欺負的一方。形容人的正直和勇敢。［例］路見不平，拔刀相助，是描繪古俠士行俠仗義的常用辭句。［構］覆。

路遙知馬力，日久見人心 lù yáo zhī mǎ lì, rì jiǔ jiàn rén xīn

路途遙遠能看出馬的能力，日子久了才看出人心的好壞。[例]路遙知馬力，日久見人心，我們的友情是經過時間考驗的。[構]覆。

驢脣不對馬嘴 lǘ chún bù duì mǎ zuǐ

比喻說話寫文章，前言不搭後語，兩不相合。[例]他在會上的發言，驢脣不對馬嘴，不知說些什麼。[構]主謂。[同]牛頭不對馬嘴

屢次三番 lǚ cì sān fān

一次又一次，形容次數很多。番：次，回。[例]他屢次三番的來找我，不知爲什麼？[構]聯合。[同]三番五次

鸞鳳和鳴 luán fèng hé míng

比喻夫妻關係和諧，感情融洽。鸞鳳：鸞鳥和鳳凰，指夫妻。[例]琴瑟調和，同心永結；鸞鳳和鳴，比翼雙飛。[構]主謂。[同]琴瑟和諧　琴瑟調和　夫唱婦隨　[反]琴瑟不調

亂點鴛鴦 luàn diǎn yuān yāng

指錯配夫妻。鴛鴦：一種鳥，雌雄成雙生活。[例]他已經有對象，你還給人介紹，這不是亂點鴛鴦嗎？[構]動賓。[源]《醒世恆言》有《喬太守亂點鴛鴦譜》。

掠人之美 lüè rén zhī měi

奪取別人的功績爲自己所有。掠：搶奪。[例]他的論文雖在國際上得了獎，但有掠人之美的嫌疑。[構]動賓。[同]貪天之功

略見一斑 lüè jiàn yì bān

從竹管裏看豹，只能看到一個花紋。比喻雖未見到全豹，但能由一斑推想到整體。［例］這次參觀，雖不能了解該工廠的全貌，但也可略見一斑。［構］動賓。［源］《世說新語・方正》：『管中窺豹，時見一斑。』［辨］『斑』不能寫成『般』。

略遜一籌 lüè xùn yì chóu

多少差一著。遜：差。籌：計算用的籌碼。［例］我們班和二班賽足球，因技術略遜一籌，只得了個亞軍。［構］動賓。［反］稍勝一籌

羅織構陷 luó zhī gòu xiàn

千方百計的陷害別人。羅織：收羅、編造。構陷：用莫須有的罪名去陷害別人。貶義。［例］反動政府對愛國者極盡羅織構陷之能事。［構］聯合。

洛陽紙貴 luò yáng zhǐ guì

晉朝左思作《三都賦》，人人都爭著傳抄，首都洛陽的紙價上漲。後比喻文章名貴。［例］這部書出版後，也許會洛陽紙貴吧！［構］主謂。［源］《晉書・左思傳》。［反］禍棗災梨

犖犖大端 luò luò dà duān

事情中明顯的要點與主要的項目。犖犖：明顯的樣子。端：項目。［例］今天的報告，不過是犖犖大端，細節以後再講吧！［構］偏正。

絡繹不絕 luò yì bù jué

（人、馬、車、船等）來來往往，連續不斷。絡繹：連續不斷。［例］大街上的大小車輛絡繹不絕。［構］補充。［源］《後漢書・光武十王傳》：『數遣使者太醫令丞，方伎道術，絡繹不絕。』［同］川流不息　接二連三　接連不

斷

落花流水 ㄌㄨㄛˋ ㄏㄨㄚ ㄌㄧㄡˊ ㄕㄨㄟˇ luò huā liú shuǐ 原形容殘敗的暮春景色，現多比喻（被打得）殘敗零落，狼狽不堪的樣子。多作貶義用。［例］敵人被打得落花流水，東逃西竄。［構］聯合。［源］唐、高駢《訪隱者不遇》詩：『落花流水認天台，半醉閒吟獨自來。』

落花有意，流水無情 ㄌㄨㄛˋ ㄏㄨㄚ ㄧㄡˇ ㄧˋ ㄌㄧㄡˊ ㄕㄨㄟˇ ㄨˊ ㄑㄧㄥˊ luò huā yǒu yì liú shuǐ wú qíng 比喻在男女戀愛中一方有意，另一方卻無情，比喻一廂情願。［例］落花有意，流水無情，他對她再好，也談不成。［構］覆。

落井下石 ㄌㄨㄛˋ ㄐㄧㄥˇ ㄒㄧㄚˋ ㄕˊ luò jǐng xià shí 見人掉下陷阱，不但不救，反而扔下石頭。比喻趁人有難時，進行陷害。含有貶義。［例］這人專好幹落井下石的勾當，千萬不要靠近他。［構］覆。［源］唐、韓愈《柳子厚墓志銘》：『……落陷阱，不一引手救，反擠之，又下石焉者，皆是也。』［同］乘人之危

落落大方 ㄌㄨㄛˋ ㄌㄨㄛˋ ㄉㄚˋ ㄈㄤ luò luò dà fāng 形容行動、談吐自然得體。落落：坦率，開朗。大方：不拘謹，不庸俗。［例］他態度瀟灑，落落大方。［構］偏正。

落葉歸根 ㄌㄨㄛˋ ㄧㄝˋ ㄍㄨㄟ ㄍㄣ luò yè guī gēn 樹葉落在樹的根部。比喻事物有一定的歸宿。最多指流落他鄉的人，最終還是要回到本鄉本土。亦作『葉落歸根』。［例］流落台灣的老人，大都有落葉歸根的思想，總想回到大陸上來。［構］主謂。［源］宋、釋道原《景德傳燈錄》卷五：『葉落歸根，來時無口。』

落葉知秋 ㄌㄨㄛˋ ㄧㄝˋ ㄓ ㄑㄧㄡ luò yè zhī qiū

見到落地的黃葉，知道秋天來臨。比喻通過某一跡象，可以看到形勢的變化。[例]常言道，落葉知秋，從敵人的種種活動看，他們可能要大舉進攻了。[構]覆。[源]漢、劉安《淮南子・說山訓》：『見一葉落而知歲之將暮。』[同]一葉知秋

落英繽紛 ㄌㄨㄛˋ ㄧㄥ ㄅㄧㄣ ㄈㄣ luò yīng bīn fēn

形容鮮花落下的樣子。一說用來形容鮮花盛開的美好景色。英：花。繽紛：繁多的樣子。[例]風一起，果園裏落英繽紛，景色十分迷人。[構]主謂。[源]晉、陶潛《桃花源記》：『芳草鮮美，落英繽紛。』

M

麻痹大意 ㄇㄚˊ ㄅㄧˋ ㄉㄚˋ ㄧˋ má bì dà yì

粗心大意。麻痹：肢體麻木，喻失去警覺。[例]在工作上麻痹大意，會造成嚴重的損失。[構]聯合。[同]漫不經心 [反]小心謹慎 [辨]『痹』不能寫成『脾』，不能讀作ㄆㄧˊ(pí)。

麻木不仁 ㄇㄚˊ ㄇㄨˋ ㄅㄨˋ ㄖㄣˊ má mù bù rén

比喻對事物反應遲鈍，情緒淡漠。不仁：肢體麻痹，失去知覺。含有貶義。[例]他不只是反應遲鈍，簡直是麻木不仁了。[構]聯合。[同]漠不關心

麻雀雖小，五臟俱全 ㄇㄚˊ ㄑㄩㄝˋ ㄙㄨㄟ ㄒㄧㄠˇ ㄨˇ ㄗㄤˋ ㄐㄩˋ ㄑㄩㄢˊ má què suī xiǎo, wǔ zàng jù quán

比喻有些事物規模雖小，但卻一應俱全。[例]麻雀雖小，五臟俱全，別看這個醫院小，但什麼科都有。[構]覆。

馬不停蹄 ㄇㄚˇ ㄅㄨˋ ㄊㄧㄥˊ ㄊㄧˊ mǎ bù tíng tí

比喻一刻也不停地持續向前。褒義。〔例〕他不爲名，不爲利，一天到晚馬不停蹄地幹著。〔構〕主謂。〔反〕停滯不前　裹足不前

馬齒徒增 ㄇㄚˇ ㄔˇ ㄊㄨˊ ㄗㄥ mǎ chǐ tú zēng

白白增加了年齡。馬齒：馬齒隨年齡增長而增添，後用以比喻人的年齡。徒：白白地。〔例〕回憶過去的歲月，我深感馬齒徒增，毫無成就。〔構〕主謂。〔同〕虛度年華

馬到成功 ㄇㄚˇ ㄉㄠˋ ㄔㄥˊ ㄍㄨㄥ mǎ dào chénggōng

古時騎馬打仗，戰馬一到便打勝了，表示出師勝利。後用以比喻工作一開始就取得勝利。褒義。〔例〕這次的勘探工作，因有先進的儀器，必定會馬到成功。〔構〕覆。〔同〕旗開得勝　水到渠成

馬革裹屍 ㄇㄚˇ ㄍㄜˊ ㄍㄨㄛˇ ㄕ mǎ gé guǒ shī

用馬皮包裹屍體。比喻英勇戰鬥，死於沙場。〔例〕好男兒應有馬革裹屍的氣概。〔構〕主謂。〔源〕《後漢書・馬援傳》：『男兒要當死於邊野，以馬革裹屍還葬耳。』

馬首是瞻 ㄇㄚˇ ㄕㄡˇ ㄕˋ ㄓㄢ mǎ shǒu shì zhān

大家隨著一個人的馬頭進退而進退。比喻服從指揮，或樂於追隨。瞻：看。〔例〕你領導我們幹吧！我們唯你馬首是瞻。〔構〕主謂。〔源〕《左傳・襄公十四年》：『雞鳴而駕，塞井夷灶，唯余馬首是瞻。』〔同〕唯命是從

螞蟻啃骨頭 ㄇㄚˇ ㄧˇ ㄎㄣˇ ㄍㄨˇ ˙ㄊㄡ mǎ yǐ kěn gǔ tou

比喻以微小的力量，堅持不懈地完成大的任務。〔例〕我們這個小廠，以螞蟻啃骨頭的精神，拿下了這個艱巨的任務。〔構〕主謂。〔同〕堅持

不懈 持之以恆

螞蟻緣槐 ㄇㄚˇ ㄧˇ ㄩㄢˊ ㄏㄨㄞˊ mǎ yǐ yuán huái 螞蟻順著槐樹上下地爬著。緣：順著：淳于棼醉夢中到大槐安國被招了駙馬，當過官，打過仗，醒後發現大槐安國原來是大槐樹南枝下的一個螞蟻洞。後用以比喻不量力的自誇。貶義。［例］敵人總覺自己了不起，其實不過是螞蟻緣槐罷了。［構］主謂。［源］唐、李公佐《南柯太守傳》。

買櫝還珠 ㄇㄞˇ ㄉㄨˊ ㄏㄨㄢˊ ㄓㄨ mǎi dú huán zhū 楚國一個人賣一個珠子給鄭國人，裝珠的匣子（櫝）裝飾得非常華麗，鄭國人買了那個匣子，把珠子退給了賣主。後比喻取捨失當，捨本逐末。［例］向外國學習，全學些皮毛，好的一點沒學到，這和買櫝還珠沒有什麼兩樣。［構］連動。［源］《韓非子・外儲說左上》。

賣兒鬻女 ㄇㄞˋ ㄦˊ ㄩˋ ㄋㄩˇ mài ér yù nǚ 指生活無依，被迫賣掉自己的兒女。也作『鬻兒賣女』。鬻：賣。［例］舊社會的荒年，賣兒鬻女的時有所聞。［構］聯合。

賣官鬻爵 ㄇㄞˋ ㄍㄨㄢ ㄩˋ ㄐㄩㄝˊ mài guān yù jué 舊時掌權的人出賣官職、爵位。鬻：賣。爵：舊指爵位。［例］封建制度的官場裏，賣官鬻爵的事是屢見不鮮的。［構］聯合。

賣國求榮 ㄇㄞˋ ㄍㄨㄛˊ ㄑㄧㄡˊ ㄖㄨㄥˊ mài guó qiú róng 出賣祖國，求得個人的榮華富貴。［例］漢奸、走狗，賣國求榮，老百姓都恨之入骨。［構］連動。

賣身投靠 ㄇㄞˋ ㄕㄣ ㄊㄡˊ ㄎㄠˋ mài shēn tóu kào 出賣自己，投靠有財有勢的人。現常指賣國賊或叛徒，為了自己出賣國家，投靠敵人。［例］他爲了自身的榮華富貴，不惜賣身投靠，取得敵人的信任。［構］連動。

脈絡分明 ㄇㄞˋ ㄌㄨㄛˋ ㄈㄣ ㄇㄧㄥˊ mài luò fēn míng

指事物有條理或有頭緒。脈絡：中醫指的是人體經絡。［例］他的論辯，有條有理，脈絡分明。［構］主謂。［同］條理井然 ［反］雜亂無章

蠻橫無理 ㄇㄢˊ ㄏㄥˋ ㄨˊ ㄌㄧˇ mán hèng wú lǐ

野蠻、粗暴，不講道理。［例］他一向蠻橫無理，就是對他父母也是如此。［構］聯合。［同］蠻不講理 ［辨］『橫』不能讀成ㄏㄥˊ(héng)。

瞞上欺下 ㄇㄢˊ ㄕㄤˋ ㄑㄧ ㄒㄧㄚˋ mán shàng qī xià

哄騙上級，欺壓下級。［例］他一貫瞞上欺下，最後犯了大錯誤。［構］聯合。

瞞天過海 ㄇㄢˊ ㄊㄧㄢ ㄍㄨㄛˋ ㄏㄞˇ mán tiān guò hǎi

用極大的欺騙辦法矇騙對方。［例］你這種瞞天過海的手段，怎能騙得過他。［構］偏正。

滿城風雨 ㄇㄢˇ ㄔㄥˊ ㄈㄥ ㄩˇ mǎn chéng fēng yǔ

滿城是秋風秋雨。原形容秋天的景色，後來用以比喻某一件事，傳得很快，到處議論紛紛。［例］王科長受賄一事，鬧得滿城風雨，人人都在議論他。［構］主謂。［源］宋、惠洪《冷齋夜話》載，潘大臨《題壁》詩：『滿城風雨近重陽。』

滿腹疑團 ㄇㄢˇ ㄈㄨˋ ㄧˊ ㄊㄨㄢˊ mǎn fù yí tuán

心裏充滿懷疑。［例］近來人們對他都很冷漠，他滿腹疑團，不知爲什麼。［構］主謂。

滿面春風 ㄇㄢˇ ㄇㄧㄢˋ ㄔㄨㄣ ㄈㄥ mǎn miàn chūn fēng 滿臉是喜悅、得意的表情。［例］這個人待人接物總是滿面春風。［構］主謂。［同］喜形於色 喜笑顏開 笑逐顏開 ［反］愁眉苦臉

滿目瘡痍 ㄇㄢˇ ㄇㄨˋ ㄔㄨㄤ ㄧˊ mǎn mù chuāng yí 眼前看到的都是創傷。比喻所看到的都是災禍嚴重、破爛不堪的景象。［例］貝魯特這個連年內戰的城市，真是滿目瘡痍，百姓苦不堪言。［構］主謂。［同］哀鴻遍野 赤地千里 民生凋敝 ［反］繁榮昌盛

滿目淒涼 ㄇㄢˇ ㄇㄨˋ ㄑㄧ ㄌㄧㄤˊ mǎn mù qī liáng 看去一片冷落、蕭條的景象。淒涼：冷落，蕭條。［例］看到這落葉遍地、滿目淒涼的景色，不禁引起了他的思鄉之情。［構］主謂。

滿腔熱忱 ㄇㄢˇ ㄑㄧㄤ ㄖㄜˋ ㄔㄣˊ mǎn qiāng rè chén 心裏充滿了熱情。形容感情真摯，情緒熱烈。熱忱：熱情。［例］他總是滿腔熱忱地幫助徒工學技術。［構］主謂。［反］冷若冰霜

滿園春色 ㄇㄢˇ ㄩㄢˊ ㄔㄨㄣ ㄙㄜˋ mǎn yuán chūn sè 整個園子裏都是一片春天的景色。比喻到處是欣欣向榮的景象。［例］走進頤和園大門，只見滿園春色，令人心曠神怡。［構］主謂。

滿載而歸 ㄇㄢˇ ㄗㄞˋ ㄦˊ ㄍㄨㄟ mǎn zài ér guī 裝滿東西回來。比喻收穫很大。［例］這次出外參觀，真是滿載而歸，學到了不少的先進經驗。［構］偏正。［反］一無所獲 ［辨］『載』不能讀成ㄗㄞˇ(zǎi)。

滿招損，謙受益
ㄇㄢˇ ㄓㄠ ㄙㄨㄣˇ　ㄑㄧㄢ ㄕㄡˋ ㄧˋ
mǎn zhāo sǔn　qiān shòu yì

自滿會招來損害，謙虛會得到益處。[例]一個國家幹部，應以『滿招損，謙受益』這句名言作爲座右銘。[構]覆。[源]《尚書·大禹謨》。

漫不經心
ㄇㄢˋ ㄅㄨˋ ㄐㄧㄥ ㄒㄧㄣ
màn bù jīng xīn

隨隨便便，對事情不在意。漫：隨便。經心：留心，在意。[例]他對任何事，總是漫不經心的樣子。[構]偏正。[反]聚精會神　專心致志

漫山遍野
ㄇㄢˋ ㄕㄢ ㄅㄧㄢˋ ㄧㄝˇ
màn shān biàn yě

山上，田野裏，到處都是。形容很多很廣。漫：整個。[例]漫山遍野鮮花盛開，真是個五彩繽紛的世界。[構]聯合。[同]鋪天蓋地　[辨]『遍』不能讀成ㄆㄧㄢˋ(piàn)。

漫無邊際
ㄇㄢˋ ㄨˊ ㄅㄧㄢ ㄐㄧˋ
màn wú biān jì

遍及各處，無邊無際。引申爲說話不著邊。漫：廣泛。邊際：邊緣。[例]這個人愛神聊，一聊起來就漫無邊際。[構]偏正。

慢條斯理
ㄇㄢˋ ㄊㄧㄠˊ ㄙ ㄌㄧˇ
màn tiáo sī lǐ

原指有條有理，後形容說話做事不緊不慢的。[例]他做事總是慢條斯理的，一點也不著急。[構]聯合。

芒刺在背
ㄇㄤˊ ㄘˋ ㄗㄞˋ ㄅㄟˋ
máng cì zài bèi

好像有芒刺在背上。比喻害怕、不安。芒刺：植物的刺。[例]衆人的批評、指責，使他如芒刺在背，坐立不安。[構]主謂。[源]《漢書·霍光傳》：『上內嚴憚之，若有芒刺在背。』[反]泰然自若

盲人摸象 ㄇㄤˊ ㄖㄣˊ ㄇㄛ ㄒㄧㄤˋ máng rén mō xiàng

佛經寓言記載，幾個瞎子摸象，摸身子的說象像一堵牆，摸腿的說象像一根柱子，摸鼻子的說象像一根管子……大家爭論不休。比喻片面了解就下結論。[例]只了解一個側面就下結論，如同盲人摸象一樣。[構]主謂。

盲人瞎馬 ㄇㄤˊ ㄖㄣˊ ㄒㄧㄚ ㄇㄚˇ máng rén xiā mǎ

瞎人騎瞎馬。比喻處境很危險。現在比喻盲目行動，後果危險。[例]夜裏開車不打燈，如同盲人瞎馬，然而當年志願軍戰士就是這樣地把物資送上了前線。[構]特・主謂。[源]南朝（宋）、劉義慶《世說新語・排調》：『盲人騎瞎馬，夜半臨深池。』

茫然不知所措 ㄇㄤˊ ㄖㄢˊ ㄅㄨˋ ㄓ ㄙㄨㄛˇ ㄘㄨㄛˋ máng rán bù zhī suǒ cuò

完全不知道的樣子。形容不知怎麼辦才好，沒有一點主意。措：安排。[例]他平時什麼都會，可一到了考場上就茫然不知所措了。[構]偏正。

茫然若失 ㄇㄤˊ ㄖㄢˊ ㄖㄨㄛˋ ㄕ máng rán ruò shī

形容心神不寧，好像失去了什麼似的。茫然：什麼也不知道的樣子。[例]眼看著她走遠了，他還是茫然若失地站在那裏。[構]偏正。

茫無涯際 ㄇㄤˊ ㄨˊ ㄧㄚˊ ㄐㄧˋ máng wú yá jì

很廣闊，沒邊沒岸。涯：水邊。[例]看到茫無涯際的大海，頓覺胸懷遼闊。[構]動賓。[同]一望無垠

毛骨悚然 ㄇㄠˊ ㄍㄨˇ ㄙㄨㄥˇ ㄖㄢˊ máo gǔ sǒng rán

形容非常怕的樣子。毛骨：毛髮和脊骨。悚然：怕的樣子。[例]這席話使他毛骨悚然，驚出了一身冷汗。[構]主謂。[同]不寒而慄　膽戰心驚

毛遂自薦 ㄇㄠˊ ㄙㄨㄟˋ ㄗˋ ㄐㄧㄢˋ máo suì zì jiàn

戰國時趙國平原君的門客毛遂，自我推舉跟隨平原君出使楚國，並做出了貢獻。比喻自己推薦自己。［例］我毛遂自薦，自願當車間主任。［構］主謂。［源］《史記・平原君傳》。［同］自告奮勇

茅塞頓開 ㄇㄠˊ ㄙㄜˋ ㄉㄨㄣˋ ㄎㄞ máo sè dùn kāi

茅草塞路，忽然開通了。引申為閉塞的思路，立刻打開了。茅塞：茅草塞路。［例］聽他一番話，使我茅塞頓開。［構］主謂。［反］一竅不通

冒天下之大不韙 ㄇㄠˋ ㄊㄧㄢ ㄒㄧㄚˋ ㄓ ㄉㄚˋ ㄅㄨˋ ㄨㄟˇ mào tiān xià zhī dà bù wěi

犯了天下最大的錯誤，不顧天下人的反對而硬要幹下去。冒：冒犯。韙：是。［例］帝國主義者如敢冒天下之大不韙，侵犯一個弱小國家，他將遭到全世界人民的反對。［構］動賓。［辨］『韙』不能讀成ㄏㄨㄟˋ(huì)。

貌合神離 ㄇㄠˋ ㄏㄜˊ ㄕㄣˊ ㄌㄧˊ mào hé shén lí

外表投合，內心各有打算。［例］他們倆看起來很團結，實際上是貌合神離的。［構］聯合。［源］漢、黃石公《素書・遵義》：『貌合心離者孤，親讒遠忠者亡。』［同］同床異夢　離心離德　［反］情投意合　心心相印　同心同德

沒精打采 ㄇㄟˊ ㄐㄧㄥ ㄉㄚˇ ㄘㄞˇ méi jīng dǎ cǎi

精神萎靡的樣子。［例］今天他下班回來，沒精打采地坐著，不聲不響。［構］聯合。［同］垂頭喪氣

沒頭沒腦 ㄇㄟˊ ㄊㄡˊ ㄇㄟˊ ㄋㄠˇ méi tóu méi nǎo

摸不著頭腦。形容說話前言不搭後語，使人聽不明白。［例］他一進

門就沒頭沒腦地說了一大堆，使人摸不著頭腦。〔構〕聯合。

眉飛色舞 ㄇㄟˊ ㄈㄟ ㄙㄜˋ ㄨˇ méi fēi sè wǔ 形容非常高興的神情。〔例〕看到他們談得眉飛色舞的模樣，知道他們的條件談妥了。〔構〕聯合。〔同〕眉開眼笑 喜笑顏開 喜形於色 〔反〕愁眉苦臉 愁眉不展

眉開眼笑 ㄇㄟˊ ㄎㄞ ㄧㄢˇ ㄒㄧㄠˋ méi kāi yǎn xiào 形容高興愉快的樣子。〔例〕小林見爸爸答應了他的要求，立刻眉開眼笑地走了出去。〔構〕聯合。〔同〕眉飛色舞 喜笑顏開 興高采烈 〔反〕愁眉苦臉 愁眉不展

眉清目秀 ㄇㄟˊ ㄑㄧㄥ ㄇㄨˋ ㄒㄧㄡˋ méi qīng mù xiù 形容人的容貌清秀美麗。〔例〕這個姑娘長得眉清目秀的，真讓人喜歡。〔構〕聯合。

眉頭一皺，計上心來 ㄇㄟˊ ㄊㄡˊ ㄧ ㄓㄡˋ，ㄐㄧˋ ㄕㄤˋ ㄒㄧㄣ ㄌㄞˊ méi tóu yì zhòu，jì shàng xīn lái 比喻人經過思索，突然間想出了辦法。〔例〕吳用眉頭一皺，計上心來，低聲對宋江說：『如此這般……。』〔構〕覆。

每下愈況 ㄇㄟˇ ㄒㄧㄚˋ ㄩˋ ㄎㄨㄤˋ měi xià yù kuàng 古時牙人用腳踏豬來估量肥瘦，越踏在豬的下部，即腳脛上，就越能顯出是否真肥。比喻越從低微的事物上去推論，就越能看出事實的真相。即越往下越明顯。況：甚。〔例〕他家的境遇是每下愈況，一年不如一年，眼看就要破產了。〔構〕覆。〔源〕《莊子・知北遊》。〔反〕蒸蒸日上 欣欣向榮 〔辨〕『每下愈況』，後多作『每況愈下』，表示情況越來越壞。

美不勝收 ㄇㄟˇ ㄅㄨˋ ㄕㄥˋ ㄕㄡ měi bù shèngshōu
好的東西太多，一下子欣賞不過來。［例］工藝美術展銷會上各種產品，琳琅滿目，美不勝收。［構］補充。［辨］『勝』俗讀成ㄕㄥ(shēng)。

美輪美奐 ㄇㄟˇ ㄌㄨㄣˊ ㄇㄟˇ ㄏㄨㄢˋ měi lún měi huàn
輪：輪囷（ㄐㄩㄣ[jūn]），古代圓形穀倉，形容高大。奐：盛大鮮明，形容敞亮。後用以形容房屋宏偉壯麗。［例］他的日子越來越好，住在美輪美奐的房屋裏，也該知足了。［構］聯合。［源］《禮記・檀弓下》：『晉獻文子成室，晉大夫發焉。張老曰：「美哉輪焉！美哉奐焉！」』

美玉無瑕 ㄇㄟˇ ㄩˋ ㄨˊ ㄒㄧㄚˊ měi yù wú xiá
形容完美無缺。瑕：玉上的斑點，比喻缺點。［例］一個是閬苑仙葩，一個是美玉無瑕。（《紅樓夢》）［構］主謂。［同］白璧無瑕

美中不足 ㄇㄟˇ ㄓㄨㄥ ㄅㄨˋ ㄗㄨˊ měi zhōng bù zú
好中有不夠的地方。［例］這次到錢塘江觀潮，美中不足的是沒有看到大潮。［構］偏正。

門當戶對 ㄇㄣˊ ㄉㄤ ㄏㄨˋ ㄉㄨㄟˋ mén dāng hù duì
指男女雙方家庭之間的財勢相當。［例］舊時的婚姻只講門當戶對，不以雙方的感情爲重。［構］聯合。

門戶之見 ㄇㄣˊ ㄏㄨˋ ㄓ ㄐㄧㄢˋ mén hù zhī jiàn
派別間所產生的成見。一般指文藝、學術方面而言。［例］百家爭鳴是消除門戶之見的最好辦法。［構］偏正。

門禁森嚴 ㄇㄣˊ ㄐㄧㄣˋ ㄙㄣ ㄧㄢˊ mén jìn sēn yán
門口的戒備防範很嚴密。［例］那座機關門禁森嚴，不知是什麼單位

。[構]主謂。

門可羅雀 ㄇㄣˊ ㄎㄜˇ ㄌㄨㄛˊ ㄑㄩㄝˋ mén kě luó què 大門外面可以張網捉鳥。比喻門庭冷落，沒有人往來。羅：網。[例]這個大家破落了，舊日的賓客絕跡了，到了門可羅雀的地步了。[構]主謂。[反]門庭若市

門庭若市 ㄇㄣˊ ㄊㄧㄥˊ ㄖㄨㄛˋ ㄕˋ mén tíng ruò shì 院子裏像市場一樣，形容客人多。[例]他們家每天門庭若市，原來他爸爸近來提升為院長了。[構]主謂。[源]《戰國策・齊策一》：『令初下，群臣進諫，門庭若市。』[反]門可羅雀

捫蝨而談 ㄇㄣˊ ㄕ ㄦˊ ㄊㄢˊ mén shī ér tán 形容談論時從容不迫、旁若無人的樣子。捫蝨：捉蝨子。[例]捫蝨而談，當時竟傳為美事。[構]連動。[源]《晉書・王猛傳》：『桓溫入關，猛被(披)褐而詣之，一面談當世之事，捫蝨而言，旁若無人。』

捫心自問 ㄇㄣˊ ㄒㄧㄣ ㄗˋ ㄨㄣˋ mén xīn zì wèn 摸摸自己的心，問問自己。表示自我反省之意。[例]捫心自問，我沒有做過一件對不起他的事。[構]連動。

悶悶不樂 ㄇㄣˋ ㄇㄣˋ ㄅㄨˋ ㄌㄜˋ mèn mèn bù lè 心裏煩惱，不高興。[例]這些天廠裏的生產上不去，他終日悶悶不樂。[構]偏正。[同]鬱鬱寡歡

蒙頭轉向 ㄇㄥ ㄊㄡˊ ㄓㄨㄢˇ ㄒㄧㄤˋ mēng tóu zhuǎn xiàng 形容迷惑昏傻、頭腦不清醒的樣子。[例]他從未出過門，到了生地方，處處蒙頭轉向。[構]聯合。

蒙混過關 ㄇㄥˊ ㄏㄨㄣˋ ㄍㄨㄛˋ ㄍㄨㄢ méng hùn guò guān 在查對事情時，用欺騙群眾的手段滑過去。［例］在審查會上，他只避重就輕地交代一些小問題，企圖蒙混過關。［構］連動。

蒙昧無知 ㄇㄥˊ ㄇㄟˋ ㄨˊ ㄓ méng mèi wú zhī 形容沒有文化知識，愚昧落後，不明事理。［例］這個村子沒有幾個念書人，所以村民大都蒙昧無知。［構］聯合。［辨］『蒙』不能讀成ㄇㄥˇ(měng)。

蒙冤受屈 ㄇㄥˊ ㄩㄢ ㄕㄡˋ ㄑㄩ méngyuānshòu qū 受到了冤枉和委屈。［例］運動中一些蒙冤受屈的人，現在得到了平反。［構］聯合。

猛志常在 ㄇㄥˇ ㄓˋ ㄔㄤˊ ㄗㄞˋ měng zhì cháng zài 形容雄心壯志，堅定不移。［例］他這半生雖受了很多挫折，但猛志常在，遇事仍不後退。［構］主謂。［源］晉、陶淵明《讀山海經》：『刑天舞干戚，猛志固長在。』［同］雄心不死

孟母擇鄰 ㄇㄥˋ ㄇㄨˇ ㄗㄜˊ ㄌㄧㄣˊ mèng mǔ zé lín 昔日孟子的母親為選擇鄰居，以利教育孟子，曾經三次遷移他的家。說明教育子女要注意環境的影響。［例］孟母擇鄰這一典故，說明了環境對人的作用。［構］主謂。［源］漢、劉向《列女傳・母儀》。

夢寐以求 ㄇㄥˋ ㄇㄟˋ ㄧˇ ㄑㄧㄡˊ mèng mèi yǐ qiú 做夢都在追求。形容非常渴望。寐：睡夢中。［例］當一個石油工人，這是他夢寐以求的事。［構］連動。［源］《詩・周南・關雎》：『求之不得，寤寐思服。』

彌留之際 ㄇㄧˊ ㄌㄧㄡˊ ㄓ ㄐㄧˋ mí liú zhī jì 指病重快要死的時候。彌留：垂危。［例］就在彌留之際，他還惦記著工廠生產的事。［構］偏正。［同］日落西山

彌天大謊 ㄇㄧˊ ㄊㄧㄢ ㄉㄚˋ ㄏㄨㄤˇ mí tiān dà huǎng 天大的謊言。彌：充滿。［例］他對外說他們廠從國外進口了一批機器，其實這是彌天大謊，他們廠已經快破產了。［構］偏正。

迷惑不解 ㄇㄧˊ ㄏㄨㄛˋ ㄅㄨˋ ㄐㄧㄝˇ mí huò bù jiě 指對某種事物非常疑惑，不能理解。惑：疑惑。解：理解。［例］這些話說得太玄虛，使人迷惑不解。［構］聯合。

迷途知返 ㄇㄧˊ ㄊㄨˊ ㄓ ㄈㄢˇ mí tú zhī fǎn 有了錯誤，知道改正。迷途：指思想行動上的錯誤。［例］迷途知返，是罪犯重新做人的轉機。［構］偏正。［源］《楚辭・離騷》：『回朕車以覆路兮，及行迷之未遠。』［反］執迷不悟

糜爛不堪 ㄇㄧˊ ㄌㄢˋ ㄅㄨˋ ㄎㄢ mí làn bù kān 形容事物破壞到不可收拾的地步。糜爛：破敗。不堪：無法收拾。［例］這個廠已經停產一年了，到處糜爛不堪，無人收拾。［構］補充。

靡靡之音 ㄇㄧˊ ㄇㄧˊ ㄓ ㄧㄣ mí mí zhī yīn 低級趣味的音調。靡靡：不振作。［例］現在有些酒吧盡放些靡靡之音，聽了真叫人討厭。［構］偏正。［源］《韓非子・十過》。［辨］『靡』不能讀成ㄇㄧˇ(mǐ)。

靡不有初，鮮克有終
ㄇㄧˇ ㄅㄨˋ ㄧㄡˇ ㄔㄨ　ㄒㄧㄢˇ ㄎㄜˋ ㄧㄡˇ ㄓㄨㄥ
mǐ bù yǒu chū　xiǎn kè yǒu zhōng

事情都有個開始，但是有結果的卻很少。告誡人做事要有始有終，不可半途而廢。靡：無。初：開始。鮮：少。克：能。［例］語云：靡不有初，鮮克有終，我們一定要善始善終，始終如一。［構］覆。［源］《詩經‧大雅‧蕩》：『天生烝民，其命匪諶。靡不有初，鮮克有終。』［同］有始無終　［反］有始有終　全始全終

祕而不宣
ㄇㄧˋ ㄦˊ ㄅㄨˋ ㄒㄩㄢ
mì ér bù xuān

保守祕密而不宣布。［例］這是機密，一定要祕而不宣。［構］連動。［反］直言不諱

免開尊口
ㄇㄧㄢˇ ㄎㄞ ㄗㄨㄣ ㄎㄡˇ
miǎn kāi zūn kǒu

請您不要開口，謝絕的意思。免：不要。尊：敬辭。［例］這裏的工具概不外借，免開尊口。［構］動賓。

勉爲其難
ㄇㄧㄢˇ ㄨㄟˊ ㄑㄧˊ ㄋㄢˊ
miǎn wéi qí nán

勉强擔任困難的事。［例］一定要我幹，我就勉爲其難吧！［構］動賓。［辨］『爲』不能讀成ㄨㄟˋ(wèi)。

面不改色
ㄇㄧㄢˋ ㄅㄨˋ ㄍㄞˇ ㄙㄜˋ
miàn bù gǎi sè

遇到意外或危險時，臉上不改變顏色。形容鎮定、從容。［例］敵人的炸彈在房前爆炸了，他鎮定自如，面不改色。［構］主謂。

面紅耳赤
ㄇㄧㄢˋ ㄏㄨㄥˊ ㄦˇ ㄔˋ
miàn hóng ěr chì

臉、耳都紅了。形容羞愧、著急、發怒的樣子。［例］會開得很熱烈，大家你一言，我一語，有時爭得面紅耳赤。［構］聯合。

面黃肌瘦 ㄇㄧㄢˋ ㄏㄨㄤˊ ㄐㄧ ㄕㄡˋ miànhuáng jī shòu
形容營養不良、身體不好、瘦弱有病的樣子。［例］那些逃荒的孩子，大都面黃肌瘦，衣衫襤褸。［構］聯合。［反］容光煥發

面面俱到 ㄇㄧㄢˋ ㄇㄧㄢˋ ㄐㄩˋ ㄉㄠˋ miànmiàn jù dào
很全面，很周到。俱：都。［例］這篇文章，雖然面面俱到，但是重點很不突出。［構］主謂。

面面相覷 ㄇㄧㄢˋ ㄇㄧㄢˋ ㄒㄧㄤ ㄑㄩˋ miànmiànxiāng qù
你看我，我看你，不知該怎麼辦。形容驚訝、恐懼，而又無可奈何的神態。覷：偷看。［例］事故出來了，大家面面相覷，誰也說不出話來。［構］主謂。［源］宋、釋惟白《續傳燈錄》：『僧問：「如何是大疑府人？」師曰：「畢鉢岩中，面面相覷」。』［辨］『覷』不能讀成ㄒㄩˋ(xù)。

面目可憎 ㄇㄧㄢˋ ㄇㄨˋ ㄎㄜˇ ㄗㄥ miàn mù kě zēng
長的樣子讓人看來很討厭。憎：討厭。［例］這個人雖面目可憎，但不能斷定就是壞人。［構］主謂。［源］《韓昌黎文集・送窮文》。

面目全非 ㄇㄧㄢˋ ㄇㄨˋ ㄑㄩㄢˊ ㄈㄟ miàn mù quán fēi
樣子完全變了。［例］幾年不見，這個廠子就面目全非了。［構］主謂。［反］依然如故

面目一新 ㄇㄧㄢˋ ㄇㄨˋ ㄧ ㄒㄧㄣ miàn mù yì xīn
樣子變了，呈現出新的氣象來。［例］解放後的農村，已經面目一新了。［構］主謂。

面如土色 ㄇㄧㄢˋ ㄖㄨˊ ㄊㄨˇ ㄙㄜˋ miàn rú tǔ sè
臉上的顏色像土一樣，形容很害怕的臉色。［例］昨天廠裏鍋爐爆炸了，把小李嚇得面如土色，不知怎麼辦好

。[構]主謂。[同]面如死灰

面授機宜 ㄇㄧㄢˋ ㄕㄡˋ ㄐㄧ ㄧˊ miànshòu jī yí
當面教給應如何做的辦法。機宜：機密可行的辦法。[例]排球賽開始不久，教練就叫暫停，向隊員們面授機宜。[構]動賓。

面有菜色 ㄇㄧㄢˋ ㄧㄡˇ ㄘㄞˋ ㄙㄜˋ miàn yǒu cài sè
臉上帶有飢餓的顏色。菜色：飢餓的臉色。[例]大批逃難的人湧進城來，他們個個面有菜色。[構]主謂。[同]面有飢色

渺如黃鶴 ㄇㄧㄠˇ ㄖㄨˊ ㄏㄨㄤˊ ㄏㄜˋ miǎo rú huáng hè
唐、崔顥《黃鶴樓》詩中有『黃鶴一去不復返』句，這裏借用，指去得無蹤無跡。渺：渺茫。[例]他這一走就渺如黃鶴，再也沒有音信了。[構]補充。[同]杳如黃鶴　杳無消息

渺無人煙 ㄇㄧㄠˇ ㄨˊ ㄖㄣˊ ㄧㄢ miǎo wú rén yān
在渺茫遼闊的大地上，連個人影也沒有。形容地廣人稀。渺：渺茫。煙：人煙，炊煙。[例]原來這個渺無人煙的大荒原，今天成了石油城。[構]補充。

妙筆生花 ㄇㄧㄠˋ ㄅㄧˇ ㄕㄥ ㄏㄨㄚ miào bǐ shēng huā
形容寫作的文筆好。[例]這篇文章真是妙筆生花，美不可言。[構]主謂。[同]如椽妙筆

妙不可言 ㄇㄧㄠˋ ㄅㄨˋ ㄎㄜˇ ㄧㄢˊ miào bù kě yán
好得難以用語言形容。[例]他這次的作品真是妙不可言，在工藝美術界得到了高度的讚揚。[構]主謂。[源]晉、郭璞《江賦》：『妙不可盡之於言。』

妙趣橫生
ㄇㄧㄠˋ ㄑㄩˋ ㄏㄥˊ ㄕㄥ
miào qù héngshēng

美妙的情趣，充分的表現出來。妙：美妙。趣：情趣。橫生：充分的表現出來。［例］這場喜劇妙趣橫生，深受觀衆歡迎。［構］主謂。［同］趣味橫生 興趣盎然 ［反］索然無味 ［辨］『橫』不能讀成ㄏㄥˋ(hèng)。

妙手丹青
ㄇㄧㄠˋ ㄕㄡˇ ㄉㄢ ㄑㄧㄥ
miàoshǒu dān qīng

高手畫的畫。丹青：本是我國古代繪畫常用的顏色，後用以泛指繪畫藝術，也指優秀的畫家。妙手：技藝高超的人。［例］這是一幅價值連城的妙手丹青。［構］偏正。

妙手回春
ㄇㄧㄠˋ ㄕㄡˇ ㄏㄨㄟˊ ㄔㄨㄣ
miào shǒu huí chūn

用高明的醫術使病人恢復健康。用以讚揚醫術高明。妙手：指高明的醫術。回春：指病癒。［例］人們讚譽這位中醫有妙手回春的本領。［構］主謂。［同］起死回生 ［反］庸醫殺人

妙手偶得
ㄇㄧㄠˋ ㄕㄡˇ ㄡˇ ㄉㄜˊ
miào shǒu ǒu dé

形容有高超文筆的人，他的一些佳句寫得非常自然，似乎是於無意中得到的。妙手：有高超技能的人。［例］這些佳句，看來是妙手偶得，實際上是功力高超、舉重若輕之筆。［構］主謂。［源］宋、陸游《文章》：『文章本天成，妙手偶得之。』

妙語如珠
ㄇㄧㄠˋ ㄩˇ ㄖㄨˊ ㄓㄨ
miào yǔ rú zhū

美妙的語言像晶瑩圓潤的珍珠。形容語言的精妙。［例］在辯論會上，雙方那妙語如珠的辯論，使到會的人聽得入了迷。［構］主謂。

滅此朝食
ㄇㄧㄝˋ ㄘˇ ㄓㄠ ㄕˊ
miè cǐ zhāo shí

春秋時，齊晉兩國打仗，齊頃公說：『余姑翦滅此而朝食。』意思是

我先消滅了敵人再吃早飯。形容思想上輕敵，急於消滅敵人。［例］他只有滅此朝食的意願，而沒有消滅敵人的具體安排，所以只是空想。［構］連動。［源］《左傳・成公二年》。［辨］『朝』不能讀成ㄔㄠˊ(cháo)。

滅頂之災 ㄇㄧㄝˋ ㄉㄧㄥˇ ㄓ ㄗㄞ miè dǐng zhī zāi
指人有在水中淹死的危險。後泛指致死的災難。滅頂：水淹過頭頂。［例］解放軍的迅速合圍，陷敵人於滅頂之災。［構］偏正。［源］《周易・大過》：『過涉滅頂，凶。』

滅絕人性 ㄇㄧㄝˋ ㄐㄩㄝˊ ㄖㄣˊ ㄒㄧㄥˋ miè jué rén xìng
喪盡了人性。形容殘忍凶惡到了極點。［例］對於敵人這種滅絕人性的獸行，老百姓無不恨之入骨。［構］動賓。［同］慘無人道

民不聊生 ㄇㄧㄣˊ ㄅㄨˋ ㄌㄧㄠˊ ㄕㄥ mín bù liáo shēng
老百姓沒法活下去。不聊生：不能賴以生存。［例］反動派統治下，哀鴻遍野，民不聊生。［構］主謂。［源］《史記・張耳陳餘列傳》：『……財匱力盡，民不聊生。』［同］民生凋敝　民怨沸騰　［反］民康物阜　家給人足

民康物阜 ㄇㄧㄣˊ ㄎㄤ ㄨˋ ㄈㄨˋ mín kāng wù fù
人民安樂，物產豐富。也作『物阜民康』。阜：充裕。［例］建國四十年來，人民生活基本上達到民康物阜的地步。［構］聯合。［同］豐衣足食　家給人足　［反］民生凋敝

民生凋敝 ㄇㄧㄣˊ ㄕㄥ ㄉㄧㄠ ㄅㄧˋ mín shēng diāo bì
社會窮困，人民生活極端困難。凋敝：衰落。［例］解放前夕，敵占區民生凋敝，一片蕭條氣象。［構］主謂。［反］民康物阜　家給人足

民爲邦本 ㄇㄧㄣˊ ㄨㄟˊ ㄅㄤ ㄅㄣˇ mín wéi bāng běn 老百姓是國家的根本。邦：國家。［例］民爲邦本，喪失民心，將一事無成。［構］主謂。［源］《尚書·五子之歌》：『皇祖有訓，民可近不可下。民惟邦本，本固邦寧。』

民以食爲天 ㄇㄧㄣˊ ㄧˇ ㄕˊ ㄨㄟˊ ㄊㄧㄢ mín yǐ shí wéi tiān 人民以糧食爲生存的首要條件。［例］民以食爲天，沒有糧食，人民就活不下去了。［構］主謂。［源］《史記·酈食其陸賈列傳》：『王者以民爲天，而民以食爲天。』

民怨沸騰 ㄇㄧㄣˊ ㄩㄢˋ ㄈㄟˋ ㄊㄥˊ mín yuàn fèi téng 老百姓的怨氣像開水似的翻騰。形容民怨極大。［例］解放前，在黑暗的統治下，民怨沸騰，經常發生暴動事件。［構］主謂。

民脂民膏 ㄇㄧㄣˊ ㄓ ㄇㄧㄣˊ ㄍㄠ mín zhī mín gāo 指從老百姓身上搜刮來的財物。脂、膏：油。［例］縣衙門官老爺的吃穿住用，哪一樣不是民脂民膏。［構］聯合。

名標青史 ㄇㄧㄥˊ ㄅㄧㄠ ㄑㄧㄥ ㄕˇ míng biāo qīng shǐ 名聲在歷史上留傳下來。標：留傳。青史：古時在竹簡上記事，竹簡先要殺青，所以稱史書爲『青史』。［例］董存瑞烈士，將作爲無產階級的英雄而名標青史。［構］主謂。［同］青史留名

名不副實 ㄇㄧㄥˊ ㄅㄨˋ ㄈㄨˋ ㄕˊ míng bù fù shí 名聲與實際才能不相符合。副：相稱，符合。［例］他是個名不副實的勞模。［構］主謂。［同］有名無實［反］名不虛傳 名副其實［辨］「副」不能寫成「符」、「付」。

名不虛傳 ㄇㄧㄥˊ ㄅㄨˋ ㄒㄩ ㄔㄨㄢˊ míng bù xū chuán

流傳開來的名聲，不是誇大和虛假的，而確實不錯。名：名聲。虛：虛假。［例］西湖的風景太好了，果然名不虛傳。［構］主謂。［同］名副其實［反］名不副實。

名垂千古 ㄇㄧㄥˊ ㄔㄨㄟˊ ㄑㄧㄢ ㄍㄨˇ míng chuí qiān gǔ

名聲將永遠流傳下去。垂：流傳。［例］這些爲祖國而犧牲的人，將會名垂千古的。［構］主謂。［同］永垂不朽　萬世流芳　［反］遺臭萬年

名從主人 ㄇㄧㄥˊ ㄘㄨㄥˊ ㄓㄨˇ ㄖㄣˊ míng cóng zhǔ rén

事物以原來主人的名稱來定名。名：名稱。從：依從。［例］麥哲倫海峽，是名從主人而定的。［構］主謂。［源］《穀梁傳・桓公二年》：『郜鼎者，郜之所爲也。……孔子曰：「名從主人，物從中國。」故曰郜大鼎也。』

名存實亡 ㄇㄧㄥˊ ㄘㄨㄣˊ ㄕˊ ㄨㄤˊ míng cún shí wáng

名義上還存在，實際上已不存在了。［例］推翻滿清政府後，溥儀這個皇帝，已是名存實亡了。［構］聯合。［同］有名無實　［反］名下無虛

名副其實 ㄇㄧㄥˊ ㄈㄨˋ ㄑㄧˊ ㄕˊ míng fù qí shí

名稱和實際相符合。副：相稱。［例］濟南真是名副其實的泉城。［構］主謂。［反］名不副實　有名無實

名繮利鎖 ㄇㄧㄥˊ ㄐㄧㄤ ㄌㄧˋ ㄙㄨㄛˇ míng jiāng lì suǒ

比喻名和利就像繮繩和鎖鏈一樣束縛人。繮：繮繩。鎖：鎖鏈。［例］過去有些人不願爲名繮利鎖所束縛而退隱下來。［構］聯合。

名利雙收 ㄇㄧㄥˊ ㄌㄧˋ ㄕㄨㄤ ㄕㄡ míng lì shuāng shōu

既獲得了名，又獲得了利。［例］有些人，往往想靠一篇文章而名利

雙收，結果多半是失敗了。[構]主謂。

名列前茅 ㄇㄧㄥˊ ㄌㄧㄝˋ ㄑㄧㄢˊ ㄇㄠˊ míng liè qián máo 比喻名字列在前頭。前茅：春秋時代，楚國行軍時先遣隊拿茅當旗，遇敵情將茅舉起叫做前茅。[例]他的功課在班上是名列前茅的。[構]主謂。[反]名落孫山

名落孫山 ㄇㄧㄥˊ ㄌㄨㄛˋ ㄙㄨㄣ ㄕㄢ míng luò sūn shān 孫山：宋朝人。考舉時他取在榜末，有人問他：『我的兒子考取了沒有？』他說：『解名盡處是孫山，賢郎更在孫山外。』意思是說，榜上最後一名是我孫山，你兒子還在我孫山之後。後用以比喻投考未中，或選拔時未被錄取。[例]這次高考，他又名落孫山了。[構]主謂。[源]宋、范公偁《過庭錄》。

名聲在外 ㄇㄧㄥˊ ㄕㄥ ㄗㄞˋ ㄨㄞˋ míngshēng zài wài 指名聲在外很響，但在內部卻鮮爲人知。含貶義。[例]這個人名聲在外，但在內部卻默默無聞。[構]主謂。[反]默默無聞

名噪一時 ㄇㄧㄥˊ ㄗㄠˋ ㄧˋ ㄕˊ míng zào yì shí 指在一個時期很有名。噪：響。[例]張大夫在這一帶名噪一時，威信很高。[構]主謂。[同]遠近聞名[反]默默無聞

名正言順 ㄇㄧㄥˊ ㄓㄥˋ ㄧㄢˊ ㄕㄨㄣˋ míngzhèng yán shùn 指做事名義正當，理由充分。現含有理直氣壯的意思。[例]這是名正言順的事，怕什麼？[構]聯合。[源]《論語・子路》：『名不正則言不順，言不順則事不成。』

明辨是非 ㄇㄧㄥˊ ㄅㄧㄢˋ ㄕˋ ㄈㄟ míng biàn shì fēi

明確分辨事情的正確與否。[例]我們要加強學習，提高明辨是非的能力。[構]動賓。[反]是非顛倒 [辨]『辨』不能寫成『辯』。

明察暗訪 ㄇㄧㄥˊ ㄔㄚˊ ㄢˋ ㄈㄤˇ míng chá àn fǎng

公開的察看，暗地裏調查了解。[例]他的事，領導上經過明察暗訪，事情的來龍去脈基本弄清了。[構]聯合。

明察秋毫 ㄇㄧㄥˊ ㄔㄚˊ ㄑㄧㄡ ㄏㄠˊ míng chá qiū háo

眼力好，能看出秋天鳥獸身上新長出的細毛。形容目光敏銳，極細小的事物都能看得很清楚，喻能洞察事理。[例]法官斷案，要做到明察秋毫。[構]特・主謂。[源]《孟子・梁惠王上》：『明足以察秋毫之末，而不見輿薪，則王許之乎？』[反]不見輿薪。

明窗淨几 ㄇㄧㄥˊ ㄔㄨㄤ ㄐㄧㄥˋ ㄐㄧ míngchuāng jìng jī

明亮的窗戶，乾淨的几案。形容屋裏很潔淨明亮。[例]這個賓館不但明窗淨几，服務態度也是第一流的。[構]聯合。[辨]『几』不能讀成ㄐㄧˇ(jǐ)。

明鏡高懸 ㄇㄧㄥˊ ㄐㄧㄥˋ ㄍㄠ ㄒㄩㄢˊ míng jìng gāo xuán

舊時用以頌揚執法者公正、嚴明。明鏡：指官吏判案，明察案情，像一面鏡子。懸：掛。[例]大堂上一面明鏡高懸的匾，匾下坐著的卻是位貪贓枉法的知縣。[構]主謂。

明目張膽 ㄇㄧㄥˊ ㄇㄨˋ ㄓㄤ ㄉㄢˇ míng mù zhāng dǎn

原意是指有膽有識，敢作敢爲。後指公開幹壞事，沒有顧忌。[例]他竟敢在光天化日之下明目張膽地搶劫。[構]聯合。

明槍易躲，暗箭難防 ㄇㄧㄥˊㄑㄧㄤ ㄧˋ ㄉㄨㄛˇ ㄢˋ ㄐㄧㄢˋ ㄋㄢˊ ㄈㄤˊ míngqiāng yì duǒ àn jiàn nán fáng

比喻公開的攻擊容易躲避，暗地裏的攻擊難以提防，［例］要注意那些僞君子對你的迫害，因爲明槍易躲，暗箭難防。［構］覆。

明人不做暗事 ㄇㄧㄥˊ ㄖㄣˊ ㄅㄨˋ ㄗㄨㄛˋ ㄢˋ ㄕˋ míng rén bù zuò àn shì

光明正大的人不做偷偷摸摸的事。［例］明人不做暗事，咱們有意見可以當面提，不要在底下搞小動作。［構］主謂。

明日黃花 ㄇㄧㄥˊ ㄖˋ ㄏㄨㄤˊ ㄏㄨㄚ míng rì huáng huā

重陽後的黃花。後比喻過時的事物。明日：這裏指重陽後，指錯過時節的日子。黃花：菊花。［例］他過去也曾紅過一陣，不過這已是明日黃花了。［構］偏正。［源］宋、蘇軾《九日次韻王鞏》詩：『相逢不用忙歸去，明日黃花蝶也愁。』［同］事過境遷

明若觀火 ㄇㄧㄥˊ ㄖㄨㄛˋ ㄍㄨㄢ ㄏㄨㄛˇ míng ruò guān huǒ

就像看到火光一樣清楚。明：明亮。若：像。［例］他們倆這次打架，我站在一旁，誰是誰非是明若觀火的。［構］主謂。［同］洞若觀火

明哲保身 ㄇㄧㄥˊ ㄓㄜˊ ㄅㄠˇ ㄕㄣ míng zhé bǎo shēn

原意是明白事理的人能夠保全自己。現指迴避鬥爭來保全個人利益。用於貶義。［例］他爲了明哲保身，在會上什麼話也不講。［構］主謂。［源］《詩經·大雅·烝民》：『既明且哲，以保其身。』

明爭暗鬥 ㄇㄧㄥˊ ㄓㄥ ㄢˋ ㄉㄡˋ míngzhēng àn dòu

公開爭，暗中鬥。形容鬥爭很厲害。［例］車間主任與工段長，他們爲了爭權，總在明爭暗鬥。［構］聯合。

［反］肝膽相照

明知故犯 ㄇㄧㄥˊ ㄓ ㄍㄨˋ ㄈㄢˋ míng zhī gù fàn
明知不該做，卻故意違犯。［例］貪污受賄是明知故犯的行爲，怎能原諒呢？［構］連動。

明知故問 ㄇㄧㄥˊ ㄓ ㄍㄨˋ ㄨㄣˋ míng zhī gù wèn
明明知道，偏偏要故意去問。［例］這些事是你一手包辦的，爲什麼還明知故問？［構］連動。

明珠暗投 ㄇㄧㄥˊ ㄓㄨ ㄢˋ ㄊㄡˊ míng zhū àn tóu
本意是從黑暗中投來一顆明珠，行人會認爲不懷好意而不敢拾取。後比喻懷才不遇或好人誤入歧途，也泛指好的東西得不到賞識。［例］一部名著的原稿，落到不學無術的人手裏，這真是明珠暗投了。［構］主謂。［源］《史記・鄒陽傳》：『明月之珠……以暗投人於道路，人無不按劍而眄者。』

鳴鼓而攻之 ㄇㄧㄥˊ ㄍㄨˇ ㄦˊ ㄍㄨㄥ ㄓ míng gǔ ér gōng zhī
公開宣布罪狀，予以申討。鳴鼓：擊鼓。［例］他做惡多端，大家聯合起來鳴鼓而攻之。［構］連動。［源］《論語・先進》：『非吾徒也！小子鳴鼓而攻之可也。』

鳴鑼開道 ㄇㄧㄥˊ ㄌㄨㄛˊ ㄎㄞ ㄉㄠˋ míng luó kāi dào
舊時每當官員外出要敲鑼開道。比喻爲某種人或事打前陣。多用於貶義。［例］這種言論只能起到爲資產階級自由化鳴鑼開道的作用。［構］連動。

鳴冤叫屈 ㄇㄧㄥˊ ㄩㄢ ㄐㄧㄠˋ ㄑㄩ míngyuān jiào qū
爲自己或別人喊叫冤屈。［例］他自己已經是在劫難逃了，還要爲別人鳴冤叫屈。［構］聯合。

冥冥之志 ㄇㄧㄥˊㄇㄧㄥˊ ㄓ ㄓˋ míngmíng zhī zhì

形容有遠大理想和堅定的信念。冥冥：內心精誠。[例]有冥冥之志的人，是能夠創造奇蹟的。[構]偏正。[源]《荀子‧勸學》：『無冥冥之志者，無昭昭之明。』

冥思苦想 ㄇㄧㄥˊ ㄙ ㄎㄨˇ ㄒㄧㄤˇ míng sī kǔ xiǎng

費盡心力的想。冥思：沉思。[例]這件事他冥思苦想也得不到答案。[構]聯合。[同]苦思苦想

冥頑不靈 ㄇㄧㄥˊ ㄨㄢˊ ㄅㄨˋ ㄌㄧㄥˊ míng wán bù líng

愚昧無知而又頑固。冥：昏昧。頑：愚蠢。靈：聰明。[例]這些孩子不是冥頑不靈的人，他們所以聽不懂，可能是老師的口音太重了。[構]聯合。[同]冥頑不化

銘肌鏤骨 ㄇㄧㄥˊ ㄐㄧ ㄌㄡˋ ㄍㄨˇ míng jī lòu gǔ

刻在肌肉和骨頭上。比喻感受很深，永誌不忘。銘、鏤：刻。也作『銘心鏤骨』。[例]你挽救了我，我怎能不銘肌鏤骨、思恩懷報呢？[構]聯合。[同]銘記不忘　銘心刻骨　刻骨銘心

銘記不忘 ㄇㄧㄥˊ ㄐㄧˋ ㄅㄨˋ ㄨㄤˋ míng jì bù wàng

比喻牢牢的記在心上，永遠不會忘掉。銘：在金石器物上刻字。[例]你的恩情我將銘記不忘。[構]聯合。[同]銘記在心　銘肌鏤骨

酩酊大醉 ㄇㄧㄥˇ ㄉㄧㄥˇ ㄉㄚˋ ㄗㄨㄟˋ mǐng dǐng dà zuì

形容醉得很厲害。酩酊：醉得迷迷糊糊的樣子。[例]他每次喝酒，總要喝得酩酊大醉。[構]偏正。[同]爛醉如泥

命中注定 ㄇㄧㄥˋ ㄓㄨㄥ ㄓㄨˋ ㄉㄧㄥˋ mìngzhōng zhù dìng 迷信說法，認爲人的一切遭遇，都是命裏早已安排好了的，不能以人力來改變。［例］難道我命中注定就要一輩子受窮嗎？［構］主謂。

謬種流傳 ㄇㄧㄡˋ ㄓㄨㄥˇ ㄌㄧㄡˊ ㄔㄨㄢˊ miù zhǒng liú chuán 錯誤的東西流傳開來。謬種：錯誤的東西。［例］這部書很壞，若不禁止，就會謬種流傳，毒害青年。［構］主謂。［源］《宋史・選舉志二》。［辨］『謬』不能讀成ㄋㄧㄡˋ(niù)。

模棱兩可 ㄇㄛˊ ㄌㄥˊ ㄌㄧㄤˇ ㄎㄜˇ mó léng liǎng kě 對問題不表示明確的態度，怎麼都行。模棱：含糊。兩可：這樣或那樣都可以。［例］他對問題一向是採取模棱兩可的態度。［構］聯合。［源］《舊唐書・蘇味道傳》。

摩頂放踵 ㄇㄛˊ ㄉㄧㄥˇ ㄈㄤˇ ㄓㄨㄥˇ mó dǐng fǎng zhǒng 從頭頂到腳跟都磨傷了，形容不怕艱苦。放：到。踵：腳跟。［例］爲了祖國的航天工業，他是摩頂放踵、日以繼夜地工作。［構］聯合。［源］《孟子・盡心上》：『墨子兼愛，摩頂放踵利天下，爲之。』［辨］『放』俗讀ㄈㄤˋ(fàng)。

摩肩接踵 ㄇㄛˊ ㄐㄧㄢ ㄐㄧㄝ ㄓㄨㄥˇ mó jiān jiē zhǒng 肩挨肩，腳碰腳。形容來往的人多，很擁擠。踵：腳跟。［例］農貿市場裏，人來人往，摩肩接踵，一派興旺的景象。［構］聯合。

摩拳擦掌 ㄇㄛˊ ㄑㄩㄢˊ ㄘㄚ ㄓㄤˇ mó quán cā zhǎng 打仗或勞動前躍躍欲試的樣子。［例］在比武會上，人人摩拳擦掌，躍躍欲試，決心奪取勝利。［構］聯合。

磨杵成針 ㄇㄛˊ ㄔㄨˇ ㄔㄥˊ ㄓㄣ mó chǔ chéngzhēn

『只要工夫深，鐵杵磨成針。』比喻工夫到了，什麼都能取得成功。杵：短棒。[例]你只要有磨杵成針的精神，就不怕事業不成功。[構]連動。[源]宋、祝穆《方輿勝覽》。

磨刀霍霍 ㄇㄛˊ ㄉㄠ ㄏㄨㄛˋ ㄏㄨㄛˋ mó dāo huò huò

用力磨刀發出霍霍的聲音。霍霍：磨刀聲。現用以形容敵人在加緊準備戰鬥。[例]敵人又在磨刀霍霍準備打仗了。[構]補充。[源]《木蘭詩》：『磨刀霍霍向豬羊。』

沒齒不忘 ㄇㄛˋ ㄔˇ ㄅㄨˋ ㄨㄤˋ mò chǐ bù wàng

終身不能忘記。感謝用語。沒齒：終身。[例]他這次的救命之恩，我是沒齒不忘的。[構]主謂。[辨]『沒』不能讀成ㄇㄟˊ(méi)。

莫測高深 ㄇㄛˋ ㄘㄜˋ ㄍㄠ ㄕㄣ mò cè gāo shēn

無法揣測其高深的程度。多指學問而言。後用以形容使人難以捉摸，難以理解的事。[例]他有點技術，可是從不告訴別人，故意做出一副莫測高深的樣子。[構]動賓。

莫此爲甚 ㄇㄛˋ ㄘˇ ㄨㄟˊ ㄕㄣˋ mò cǐ wéi shèn

沒有什麼能比這個更厲害的了。[例]他是這一帶的土皇帝，對百姓的壓迫、剝削可以說莫此爲甚了。[構]偏正。[源]宋、蘇軾《東坡後集·卷十四》。

莫可名狀 ㄇㄛˋ ㄎㄜˇ ㄇㄧㄥˊ ㄓㄨㄤˋ mò kě míngzhuàng

沒有辦法說出他的樣子來。名狀：描繪。[例]事故發生以後，他的震驚和恐懼真是莫可名狀。[構]偏正。[同]難以形容

莫名其妙 ㄇㄛˋ ㄇㄧㄥˊ ㄑㄧˊ ㄇㄧㄠˋ mò míng qí miào

難以描述其中的奧妙，形容非常奇特。後也用來形容有的人語言、行爲使人無法理解。名：描述。也作『莫明其妙』。〔例〕魔術師的技巧，真使人莫名其妙。〔構〕動賓。

莫逆之交 ㄇㄛˋ ㄋㄧˋ ㄓ ㄐㄧㄠ mò nì zhī jiāo

指非常要好的朋友，情感一致的交情。逆：相反。莫逆：一致。〔例〕我們倆是莫逆之交。〔構〕偏正。

莫須有 ㄇㄛˋ ㄒㄩ ㄧㄡˇ mò xū yǒu

也許有，恐怕有，用以形容憑空捏造。〔例〕『四人幫』常以莫須有的罪名加害於人。〔構〕偏正。

莫衷一是 ㄇㄛˋ ㄓㄨㄥ ㄧ ㄕˋ mò zhōng yī shì

不能斷定哪一方面是對的，或不能得出一致的意見。衷：斷定。是：正確。〔例〕他的發言，莫衷一是，態度很不明朗。〔構〕動賓。〔反〕一針見血

漠不關心 ㄇㄛˋ ㄅㄨˋ ㄍㄨㄢ ㄒㄧㄣ mò bù guān xīn

冷淡得不關心。漠：冷淡。〔例〕他一家人對他的學業都漠不關心，所以他的成績很不好。〔構〕補充。

漠然置之 ㄇㄛˋ ㄖㄢˊ ㄓˋ ㄓ mò rán zhì zhī

形容對人對事態度冷淡，不關心。漠：冷淡。置之：放置它。〔例〕我對他的不友好態度，總是漠然置之的。〔構〕動賓。

墨守成規 ㄇㄛˋ ㄕㄡˇ ㄔㄥˊ ㄍㄨㄟ mò shǒuchéng guī

死守著舊的規章制度不知改變，形容思想保守。〔例〕在技術上要大膽革新，不要墨守成規。〔構〕動賓。〔同〕一成不變　故步自封　〔反〕推陳出新

默不作聲 ㄇㄛˋ ㄅㄨˋ ㄗㄨㄛˋ ㄕㄥ mò bù zuò shēng　默默不出聲。默：沉默，不說話。［例］無論你怎麼問他，他總是默不作聲。［構］動賓。［同］一言不發［反］滔滔不絕

默默無聞 ㄇㄛˋ ㄇㄛˋ ㄨˊ ㄨㄣˊ mò mò wú wén　無聲無息，不被人們所知道。形容沒有名氣。［例］這個科技界的名人，誰知幾年前他還是個默默無聞的人呢。［構］偏正。［反］名噪一時　遠近聞名

謀財害命 ㄇㄡˊ ㄘㄞˊ ㄏㄞˋ ㄇㄧㄥˋ móu cái hài mìng　為了搶奪別人的財物而殺人害命。謀：圖謀。［例］他利欲熏心，最終犯了謀財害命的罪，進了監獄。［構］聯合。

謀朝篡位 ㄇㄡˊ ㄔㄠˊ ㄘㄨㄢˋ ㄨㄟˋ móu cháo cuàn wèi　圖謀推翻王朝奪取王位。［例］王莽謀朝篡位，最終也沒得到好的下場。［構］聯合。［辨］『朝』不能讀成ㄓㄠ(zhāo)。

謀事在人，成事在天 ㄇㄡˊ ㄕˋ ㄗㄞˋ ㄖㄣˊ ㄔㄥˊ ㄕˋ ㄗㄞˋ ㄊㄧㄢ móu shì zài rén, chéng shì zài tiān　計劃做什麼事情在於人，但這事成不成就在機遇了。［例］在事業上不能有謀事在人，成事在天的想法，要想盡一切辦法取得成功。［構］覆。

謀虛逐妄 ㄇㄡˊ ㄒㄩ ㄓㄨˊ ㄨㄤˋ móu xū zhú wàng　想求得一種不存在的和不正當的事物。虛：空虛。妄：不正當。［例］不但是洗舊翻新，卻也省了些壽命筋力，不更去謀虛逐妄了。（《紅樓夢》）［構］聯合。［反］實事求是

木已成舟 ㄇㄨˋ ㄧˇ ㄔㄥˊ ㄓㄡ mù yǐ chéngzhōu

木頭已經做成了船。比喻事情已經無法挽回了。［例］這件事既然木已成舟，我也就只好答應了。［構］主謂。

目不別視 ㄇㄨˋ ㄅㄨˋ ㄅㄧㄝˊ ㄕˋ mù bù bié shì

眼睛不看別的東西。形容專心致志的樣了。［例］他讀書從來就是目不別視的。［構］主謂。［同］目不旁視［反］左顧右盼

目不交睫 ㄇㄨˋ ㄅㄨˋ ㄐㄧㄠ ㄐㄧㄝˊ mù bù jiāo jié

不合眼。形容沒有睡覺。睫：眼睫毛。［例］爲了這事他目不交睫已三天三宿了。［構］主謂。

目不窺園 ㄇㄨˋ ㄅㄨˋ ㄎㄨㄟ ㄩㄢˊ mù bù kuī yuán

眼睛不看花園。形容專心攻讀。窺：看。［例］爲了考上大學，他已好久目不窺園了。［構］主謂。［源］《漢書・董仲舒傳》：『蓋三年不窺園。』

目不忍睹 ㄇㄨˋ ㄅㄨˋ ㄖㄣˇ ㄉㄨˇ mù bù rěn dǔ

眼睛不忍心看。形容太慘。睹：看。［例］日寇的三光政策，使老百姓血流成河，真是目不忍睹。［構］主謂。［同］慘不忍睹

目不暇給 ㄇㄨˋ ㄅㄨˋ ㄒㄧㄚˊ ㄐㄧˇ mù bù xiá jǐ

眼睛看不過來。形容東西多。也作『目不暇接』。暇：空閒。給：應付。［例］展銷會上的展品，琳琅滿目，使人目不暇給。［構］主謂。［反］一目了然［辨］『給』不能讀成ㄍㄟˇ(gěi)。

目不轉睛 ㄇㄨˋ ㄅㄨˋ ㄓㄨㄢˇ ㄐㄧㄥ mù bù zhuǎn jīng

連眼珠都不轉動地看著。形容聚精會神地看。［例］魔術師在台上表演，觀衆們目不轉睛地看著，可是仍然不明白是怎麼回事。［構］主謂。［同］聚

精會神　全神貫注　專心致志

目瞪口呆 ㄇㄨˋ ㄉㄥˋ ㄎㄡˇ ㄉㄞ mù dèng kǒu dāi　瞪大眼睛說不出話來。形容驚怕發愣的樣子。[例]小王見他拔出槍，嚇得目瞪口呆，不知怎麼才好。[構]聯合。[同]張口結舌　呆若木雞

目光短淺 ㄇㄨˋ ㄍㄨㄤ ㄉㄨㄢˇ ㄑㄧㄢˇ mù guāngduǎnqiǎn　形容只看到眼前的利益，沒有遠大的理想。[例]新來的廠長目光短淺，只看到眼前的利益，沒有遠大的目標。[構]主謂。[同]鼠目寸光　目光如豆[反]眼光遠大

目光炯炯 ㄇㄨˋ ㄍㄨㄤ ㄐㄩㄥˇ ㄐㄩㄥˇ mù guāngjiǒngjiǒng　形容兩眼有神。炯炯：亮晶晶的。[例]這位青年目光炯炯，儀態大方，一見面就給人留下了深刻的印象。[構]主謂。

目光如豆 ㄇㄨˋ ㄍㄨㄤ ㄖㄨˊ ㄉㄡˋ mù guāng rú dòu　眼光像豆子那樣小。形容見識短淺，缺乏遠見。[例]這個人一向是目光如豆，只看見眼皮底下的事，所以幾年來事業上毫無成就。[構]主謂。[同]目光短淺　[反]目光如炬

目光如炬 ㄇㄨˋ ㄍㄨㄤ ㄖㄨˊ ㄐㄩˋ mù guāng rú jù　形容眼光像火把一樣明亮。原形容發怒時的眼神，後用以形容目光遠大。炬：火把。[例]在刑場上，他目光如炬，射向敵人，痛斥他們的賣國行爲。[構]主謂。[源]《南史·檀道濟傳》：『道濟見收，憤怒氣盛，目光如炬。』[反]目光如豆

目空一切 ㄇㄨˋ ㄎㄨㄥ ㄧˊ ㄑㄧㄝˋ mù kōng yí qiè　什麼都不放在眼裏。形容驕傲自滿，狂妄自大。[例]一個目空一切的人，在學術上是很難有成就的。[構]

主謂。［同］自高自大　［反］虛懷若谷

目迷五色 ㄇㄨˋ ㄇㄧˊ ㄨˇ ㄙㄜˋ mù mí wǔ sè
色彩錯雜，看花了眼。目迷：看花了眼。五色：各種顏色。［例］進入了故宮大殿，只見金碧交輝，頓有目迷五色之感。［構］主謂。［同］眼花撩亂

目無法紀 ㄇㄨˋ ㄨˊ ㄈㄚˇ ㄐㄧˋ mù wú fǎ jì
心目中沒有法律。指胡作非為，任意幹壞事。［例］這些目無法紀的歹徒，最終受到了法律的制裁。［構］主謂。［反］遵紀守法

目無全牛 ㄇㄨˋ ㄨˊ ㄑㄩㄢˊ ㄋㄧㄡˊ mù wú quán niú
眼裏看到的不是整個牛而是牛的各個部位。指技藝極其熟練的人，達到得心應手的程度。［例］他的技術熟練，已達到目無全牛的地步了。［構］主謂。［源］《莊子・養生主》：『始臣之解牛之時，所見無非牛者；三年之後，未嘗見全牛也。』［同］目牛游刃　游刃有餘

目無尊長 ㄇㄨˋ ㄨˊ ㄗㄨㄣ ㄓㄤˇ mù wú zūn zhǎng
不把尊長放在眼裏。形容態度傲慢，對尊長沒有禮貌。［例］他妄自尊大，目無尊長。［構］主謂。

目中無人 ㄇㄨˋ ㄓㄨㄥ ㄨˊ ㄖㄣˊ mù zhōng wú rén
眼裏沒有別的人。形容驕傲自滿，什麼都不看在眼裏。［例］他一向是目中無人的，今天可遇到勁敵了。［構］主謂。［同］目空一切　旁若無人　妄自尊大　［反］虛懷若谷　平易近人

沐猴而冠 ㄇㄨˋ ㄏㄡˊ ㄦˊ ㄍㄨㄢˋ mù hóu ér guàn
猴戴帽子。指人的本質不好，卻裝扮得很像樣。比喻虛有儀表。沐猴：獼猴。冠：戴帽子。［例］讓這種不學無術的人當廠長，如同沐猴而冠，怎能把

生產搞上去。［構］主謂。［源］《史記·項羽本紀》。［辨］『冠』不能讀成ㄍㄨㄢ (guān)。

暮鼓晨鐘 ㄇㄨˋ ㄍㄨˇ ㄔㄣˊ ㄓㄨㄥ mù gǔ chénzhōng 佛寺中晚擊鼓，晨撞鐘，以報時間。比喻可以使人警覺醒悟的話。也形容寺院孤寂單調的生活。［例］老師對我們的教誨，真似暮鼓晨鐘，發人深省呵。［構］聯合。［源］唐、李咸中《山中》詩：『朝鐘暮鼓不到耳，明月孤雲長掛情。』

暮氣沉沉 ㄇㄨˋ ㄑㄧˋ ㄔㄣˊ ㄔㄣˊ mù qì chénchén 形容精神頹靡不振。沉沉：深沉。［例］這個青年剛二十多歲就暮氣沉沉的。［構］主謂。

幕天席地 ㄇㄨˋ ㄊㄧㄢ ㄒㄧˊ ㄉㄧˋ mù tiān xí dì 以天爲帳篷，以地當床鋪。原形容心胸曠達，現也形容在野外生活中不畏艱苦的豪情。［例］在打游擊時，幕天席地是常有的事。［構］聯合。［源］晉、劉伶《酒德頌》：『行無轍跡，居無室廬，幕天席地，縱意所如。』

N

拿手好戲 ㄋㄚˊ ㄕㄡˇ ㄏㄠˇ ㄒㄧˋ ná shǒu hǎo xì 原指演員最擅長的劇目，比喻擅長的本領。［例］做西裝是他的拿手好戲。［構］偏正。

耐人尋味 ㄋㄞˋ ㄖㄣˊ ㄒㄩㄣˊ ㄨㄟˋ nài rén xún wèi 事情值得人們仔細體會，久久思考。形容意味深長。耐：經得起。尋味：仔細體味。［例］魯迅的雜文，道理很深，耐人尋味。〔構〕兼語。

男盜女娼 ㄋㄢˊ ㄉㄠˋ ㄋㄩˇ ㄔㄤ nán dào nǚ chāng　男的是盜賊，女的是妓女。指壞的思想行爲。〔例〕舊官場之中，表面上道貌岸然，背後又有幾個人不是男盜女娼的呢？〔構〕聯合。

男耕女織 ㄋㄢˊ ㄍㄥ ㄋㄩˇ ㄓ nán gēng nǚ zhī　男的種田，女的織布。〔例〕古代社會的鄉村裏，一般是男耕女織，各司其事。〔構〕聯合。

男婚女嫁 ㄋㄢˊ ㄏㄨㄣ ㄋㄩˇ ㄐㄧㄚˋ nán hūn nǚ jià　泛指男女婚姻之事。〔例〕這一村的人關係很好，不論誰家男婚女嫁，大家都來幫忙。〔構〕聯合。〔源〕《後漢書・向長傳》。

南橘北枳 ㄋㄢˊ ㄐㄩˊ ㄅㄟˇ ㄓˇ nán jú běi zhǐ　橘樹生在淮南就結橘子，生在淮北就結枳子。比喻環境對人的影響很大。〔例〕這個孩子以前打架，來到這個學校後就不打了，南橘北枳，是很有道理的。〔構〕聯合。〔源〕《晏子春秋・內篇雜下》：『橘生淮南則爲橘，生於淮北則爲枳。』

南柯一夢 ㄋㄢˊ ㄎㄜ ㄧˊ ㄇㄥˋ nán kē yí mèng　比喻一場夢幻。柯：樹枝。〔例〕『四人幫』的篡權野心，不過是南柯一夢而已。〔構〕偏正。〔源〕唐、李公佐《南柯太守傳》裏記載：一個叫淳于棼的人做了一夢。夢中到了大槐安國，招了駙馬，做了大官，醒來是一場夢。大槐安國是他家大槐樹下的一螞蟻窩。〔同〕螞蟻緣槐　黃粱一夢

南腔北調 ㄋㄢˊ ㄑㄧㄤ ㄅㄟˇ ㄉㄧㄠˋ nán qiāng běi diào 指說話既有南方口音，又有北方口音，很不純。［例］他到過許多地方，說起話來總是南腔北調的。［構］聯合。［辨］『調』不能讀成ㄊㄧㄠˊ(tiáo)。

南山之壽 ㄋㄢˊ ㄕㄢ ㄓ ㄕㄡˋ nán shān zhī shòu 比喻壽命很長，像南山一樣長。［例］祝您有南山之壽。［構］偏正。［源］《詩・小雅・天保》：『如南山之壽，不騫不崩。』［同］壽比南山

南轅北轍 ㄋㄢˊ ㄩㄢˊ ㄅㄟˇ ㄓㄜˊ nán yuán běi zhé 比喻行動和目的相反。轅：車上駕馬的木杆。轍：車輪壓的印。［例］要想身體好，須加强鍛鍊，天天吃飽了什麼也不幹，如同南轅北轍，身體反而會更糟的。［構］聯合。［源］《戰國策・魏策四》記載一寓言故事，說有個人要到南方楚國去，卻駕著車往北走。［同］背道而馳 ［反］殊途同歸

南征北戰 ㄋㄢˊ ㄓㄥ ㄅㄟˇ ㄓㄢˋ nán zhēng běi zhàn 泛指到處征戰。［例］這些南征北戰的老戰士，雖然離休了，但還想方設法地爲群衆做好事。［構］聯合。［源］唐、柳宗元《封建論》。

難登大雅之堂 ㄋㄢˊ ㄉㄥ ㄉㄚˋ ㄧㄚˇ ㄓ ㄊㄤˊ nán dēng dà yǎ zhī táng 難以登上高雅的廳堂。泛指各種粗俗的物品、語言等。有時用於自謙之詞。［例］我的作品不好，恐怕難登大雅之堂。［構］動賓。

難乎爲繼 ㄋㄢˊ ㄏㄨ ㄨㄟˊ ㄐㄧˋ nán hū wéi jì 難以繼續下去。乎：於。繼：接下去。也作『難以爲繼』。［例］『每人每天只有五分大洋的油鹽柴菜錢，還是難乎爲繼。』（毛澤東《井崗山的鬥爭》）［構］補充。［源］《禮記・檀弓上》

》：『孔子曰：「哀則哀矣，而難爲繼也。」』［反］源源而來

難解難分 ㄋㄢˊ ㄐㄧㄝˇ ㄋㄢˊ ㄈㄣ nán jiě nán fēn
糾纏在一起，難以分開。［例］他倆打得難解難分，在場的人都爭先恐後去勸解。［構］聯合。

難能可貴 ㄋㄢˊ ㄋㄥˊ ㄎㄜˇ ㄍㄨㄟˋ nán néng kě guì
不易做的事居然做到了，因此很可貴。［例］一個後進生在不到半年時間成爲三好生，這確是難能可貴的。［構］聯合。［反］不足爲奇

難捨難分 ㄋㄢˊ ㄕㄜˇ ㄋㄢˊ ㄈㄣ nán shě nán fēn
捨不得分離。［例］同學們在一起多年，畢業了，真有些難捨難分。［構］聯合。［反］絕裾而去

難兄難弟 ㄋㄢˊ ㄒㄩㄥ ㄋㄢˊ ㄉㄧˋ nán xiōng nán dì
原指兩人都很好，難分高低。後多指兩人同樣壞，或處類似的困境。［例］這弟兄倆一起進公安局，真是難兄難弟（貶義）。［構］聯合。［源］南朝（宋）、劉義慶《世說新語・德行》：『陳元方子長文，有英才，與季方子孝先，各論其父功德，爭之不能決，咨於太丘（陳寔）。太丘曰：「元方難爲兄，季方難爲弟」（謂兄弟才德都好，難分高下）。』

難言之隱 ㄋㄢˊ ㄧㄢˊ ㄓ ㄧㄣˇ nán yán zhī yǐn
難以說出的內心之情。［例］她有難言之隱，不要當衆問她。［構］偏正。

難以逆料 ㄋㄢˊ ㄧˇ ㄋㄧˋ ㄌㄧㄠˋ nán yǐ nì liào
難以事先料想得到。逆：預先。［例］今天這場球賽誰輸誰贏，還難以逆料。［構］偏正。［反］未卜先知

難以忘懷 ㄋㄢˊ ㄧˇ ㄨㄤˋ ㄏㄨㄞˊ nán yǐ wànghuái

心中難以忘記。［例］他對我的救命之恩，我終生難以忘懷。［構］偏正。［同］沒齒不忘　銘記在心

難以置信 ㄋㄢˊ ㄧˇ ㄓˋ ㄒㄧㄣˋ nán yǐ zhì xìn

很難使人相信。［例］這幅畫是一個六歲的小孩畫的，真令人難以置信。［構］偏正。［反］深信不疑

難於啓齒 ㄋㄢˊ ㄩˊ ㄑㄧˇ ㄔˇ nán yú qǐ chǐ

不好意思開口。啓齒：開口。［例］日子實在太困難了，向人借錢吧，又實在難於啓齒。［構］動賓。

囊空如洗 ㄋㄤˊ ㄎㄨㄥ ㄖㄨˊ ㄒㄧˇ náng kōng rú xǐ

口袋空空地像洗過一般。形容一個錢都沒有。［例］他們的日子越過越窮，幾乎到了囊空如洗的地步了。［構］主謂。［同］一文不名　阮囊羞澀

囊括四海 ㄋㄤˊ ㄎㄨㄛˋ ㄙˋ ㄏㄞˇ náng kuò sì hǎi

占領天下。囊括：裝在口袋裏。四海：天下。把天下像裝在口袋裏似的占領了。［例］當年的希特勒有囊括四海的野心。［構］動賓。［源］漢、賈誼《過秦論上》：『囊括四海之意，併吞八荒之心。』［同］席捲天下　包舉宇內

囊螢映雪 ㄋㄤˊ ㄧㄥˊ ㄧㄥˋ ㄒㄩㄝˇ náng yíng yìng xuě

晉朝車胤家貧好學，夏天捉螢火蟲裝在紗袋裏照著讀書。孫康家貧，常映著雪光讀書。形容苦學。囊：用口袋裝。［例］古人能囊螢映雪，難道我們在這樣好的條件下就不能勤攻苦讀嗎？［構］聯合。［源］囊螢，見《晉書·車胤傳》。映雪，見《文選·李善注》引《孫氏世錄》。

惱羞成怒 ㄋㄠˇ ㄒㄧㄡ ㄔㄥˊ ㄋㄨˋ nǎo xiū chéng nù

由於惱羞而變成發怒。［例］開玩笑過分了，會使他惱羞成怒的。［構］主謂。［同］老羞成怒

腦滿腸肥 ㄋㄠˇ ㄇㄢˇ ㄔㄤˊ ㄈㄟˊ nǎo mǎn cháng féi

形容身體肥大，指生活優裕，無所作爲。貶義。［例］那些腦滿腸肥的大老闆，只知發財，哪管別人的死活。［構］聯合。［源］《北齊書・琅玡王儼傳》：『琅玡王年少，腸肥腦滿，輕爲舉措。』［反］形銷骨立

訥言敏行 ㄋㄜˋ ㄧㄢˊ ㄇㄧㄣˇ ㄒㄧㄥˊ nè yán mǐn xíng

口齒遲鈍，辦事敏捷。訥：遲鈍。［例］他是一個訥言敏行的人。［構］聯合。［源］《論語・里仁》：『君子欲訥於言而敏於行。』［辨］『訥』不能讀成ㄋㄚˋ (nà)。

內外夾攻 ㄋㄟˋ ㄨㄞˋ ㄐㄧㄚˊ ㄍㄨㄥ nèi wài jiā gōng

裏外同時進攻。［例］他本來就有病，近日又著了涼，內外夾攻，就病倒了。［構］主謂。

內外交困 ㄋㄟˋ ㄨㄞˋ ㄐㄧㄠ ㄎㄨㄣˋ nèi wài jiāo kùn

內部外部同時陷於困境。［例］他家裏有病人，商店又倒閉了，頓時陷入內外交困之中。［構］主謂。［同］內憂外患

內憂外患 ㄋㄟˋ ㄧㄡ ㄨㄞˋ ㄏㄨㄢˋ nèi yōu wài huàn

國內外都有憂患。［例］一個國家能勵精圖治，就可以減少內憂外患。［構］聯合。［源］《管子・戒》：『君外捨而不鼎饋，非有內憂，必有外患。』［同］內外交困

能工巧匠 ㄋㄥˊ ㄍㄨㄥ ㄑㄧㄠˇ ㄐㄧㄤˋ néng gōng qiǎo jiàng

技藝高超精巧的工匠。［例］這些精美的特種手工藝品，多出於不知名的能工巧匠之手。［構］聯合。

能屈能伸 ㄋㄥˊ ㄑㄩ ㄋㄥˊ ㄕㄣ néng qū néng shēn

指人在不得志情況下能忍受，在得志的條件下能大顯身手。［例］大丈夫能屈能伸。［構］聯合。［辨］『屈』不能寫成『曲』。

能說會道 ㄋㄥˊ ㄕㄨㄛ ㄏㄨㄟˋ ㄉㄠˋ néngshuō huì dào

指口齒伶俐，有時用於貶義。［例］不管他怎樣能說會道，在事實面前也不得不低頭認錯。［構］聯合。［同］巧舌如簧 ［反］笨嘴拙舌

能言善辯 ㄋㄥˊ ㄧㄢˊ ㄕㄢˋ ㄅㄧㄢˋ néng yán shàn biàn

又能說又善於辯論。用於褒義。［例］搞外交的人，必須能言善辯。［構］聯合。

能者多勞 ㄋㄥˊ ㄓㄜˇ ㄉㄨㄛ ㄌㄠˊ néng zhě duō láo

有才能的人要多承擔些任務。［例］你的任務比別人重，能者多勞嘛！［構］主謂。

能者爲師 ㄋㄥˊ ㄓㄜˇ ㄨㄟˊ ㄕ néng zhě wéi shī

誰會就誰當老師。［例］咱們大家互教互學，能者爲師。［構］主謂。［辨］『爲』不能讀成ㄨㄟˋ(wèi)。

能征慣戰 ㄋㄥˊ ㄓㄥ ㄍㄨㄢˋ ㄓㄢˋ néngzhēngguànzhàn

長於作戰。慣：能。［例］這些老戰士個個都是能征慣戰的人。［構］聯合。

泥牛入海 ㄋㄧˊ ㄋㄧㄡˊ ㄖㄨˋ ㄏㄞˇ ní niú rù hǎi

比喻有去無回。［例］他這次出行，如同泥牛入海，再也沒見回來。

「構」主謂。「源」宋、釋道原《景德傳燈錄・龍山和尚》：『洞山又問和尚：「見個什麼道理，便住此山？」師云：「我見兩個泥牛鬥入海，直至如今無消息。」』「同」石沉大海

泥沙俱下 ㄋㄧˊ ㄕㄚ ㄐㄩˋ ㄒㄧㄚˋ ní shā jù xià

泥和沙子一起衝了下來。比喻好壞混在一起。俱：一起。「例」解放戰爭期間，許多俘虜參加了解放軍，難免泥沙俱下，內部不純。「構」主謂。「同」魚龍混雜

泥塑木雕 ㄋㄧˊ ㄙㄨˋ ㄇㄨˋ ㄉㄧㄠ ní sù mù diāo

用泥塑的、用木雕的偶像。比喻人的木呆或在其位而不能勝任，如同虛設的偶像。「例」這些尸位素餐的人和泥塑木雕又有什麼區別？「構」聯合。「辨」『塑』不能讀成ㄕㄨㄛˋ(shuò)。

泥足巨人 ㄋㄧˊ ㄗㄨˊ ㄐㄩˋ ㄖㄣˊ ní zú jù rén

比喻貌似強大實際虛弱的人或事物。「例」清朝末年，雖自稱是天朝上邦，實際上不過是泥足巨人而已。「構」偏正。

泥古不化 ㄋㄧˋ ㄍㄨˇ ㄅㄨˋ ㄏㄨㄚˋ nì gǔ bù huà

拘守古代的理論方法而不知靈活運用。泥：拘泥。化：變通。「例」我們要學習古代有用的東西，但卻不能泥古不化。「構」連動。「辨」『泥』不能讀成ㄋㄧˊ(ní)。

逆耳之言 ㄋㄧˋ ㄦˇ ㄓ ㄧㄢˊ nì ěr zhī yán

謂聽來刺耳但正直有益的話，指指出缺點的好話。逆：違逆。「例」這雖是逆耳之言，但卻是希望你好的話。「構」偏正。「源」漢、劉向《說苑・正諫》：『孔子曰：「良藥苦於口，利於病；忠言逆於耳，利於行。」』「同」苦口

之藥

逆來順受 ㄋㄧˋ ㄌㄞˊ ㄕㄨㄣˋ ㄕㄡˋ nì lái shùn shòu 對違背心意的事情，忍耐著順從承受。逆：違背。［例］他太軟弱無能了，對什麼事情都是逆來順受。［構］聯合。［同］犯而不校　唾面自乾　［反］以牙還牙

逆水行舟 ㄋㄧˋ ㄕㄨㄟˇ ㄒㄧㄥˊ ㄓㄡ nì shuǐ xíng zhōu 頂著水行船，比喻不進則退。逆：頂著。［例］學習如逆水行舟，不進則退。［構］連動。

拈輕怕重 ㄋㄧㄢ ㄑㄧㄥ ㄆㄚˋ ㄓㄨㄥˋ niān qīng pà zhòng 在工作中挑輕的，躲避繁重的。拈：拿。貶義。［例］要勇挑重擔，不能拈輕怕重。［構］聯合。［反］勇挑重擔　［辨］『拈』不能讀成ㄓㄢ(zhān)。

年富力强 ㄋㄧㄢˊ ㄈㄨˋ ㄌㄧˋ ㄑㄧㄤˊ nián fù lì qiáng 年輕而又精力旺盛。富：多，指未來的歲月多。［例］我們應該趁年富力强時期，努力學習，提高工作能力。［構］聯合。［源］《論語・子罕》：『後生可畏。』朱熹注：『孔子言後生年富力强，足以積學而有待，其勢可畏。』［同］年輕力壯　［反］年老體弱

年高德劭 ㄋㄧㄢˊ ㄍㄠ ㄉㄜˊ ㄕㄠˋ nián gāo dé shào 年高德重。劭：美好。［例］他是一位年高德劭的人。［構］聯合。［源］漢、揚雄《法言・孝至》：『年彌高而德彌邵(劭)者，是孔子之徒歟！』［同］年高望重　年高望尊　年高有德

年近古稀 ㄋㄧㄢˊ ㄐㄧㄣˋ ㄍㄨˇ ㄒㄧ nián jìn gǔ xī 快七十歲了。古稀，指七十歲。［例］他是個年近古稀的人了，但還是在勤勤懇懇地工作著。［構］主謂。［

源」唐、杜甫《曲江》詩：『人生七十古來稀。』

年深月久 ㄋㄧㄢˊ ㄕㄣ ㄩㄝˋ ㄐㄧㄡˇ niánshēn yuè jiǔ
時間久了。[例]這些年深月久的老房子都該翻修了。[構]聯合。[同]天長日久

年逾花甲 ㄋㄧㄢˊ ㄩˊ ㄏㄨㄚ ㄐㄧㄚˇ nián yú huā jiǎ
年過六十了。我國古代用干支紀年，六十年轉一圈，叫一個『甲子』，也叫『花甲』。逾：超過。[例]他雖然年逾花甲，但還在第一線上工作。[構]主謂。

念念不忘 ㄋㄧㄢˋ ㄋㄧㄢˋ ㄅㄨˋ ㄨㄤˋ niàn niàn bù wàng
心裏老惦記著不忘，形容重視。[例]國家大事，他總是念念不忘，時刻關心。[構]偏正。[同]牢記在心[反]置諸腦後

鳥盡弓藏 ㄋㄧㄠˇ ㄐㄧㄣˋ ㄍㄨㄥ ㄘㄤˊ niǎo jìn gōng cáng
鳥打盡了，射鳥的弓也藏起不用了。比喻任務完成後把有功的人棄置不用了。[例]凡是對人民立下功勞的人，國家都不會忘記他，絕不會鳥盡弓藏的。[構]覆。[源]《史記・越王句踐世家》：『蜚(飛)鳥盡，良弓藏；狡兔死，走狗烹。』[同]兔死狗烹　過河拆橋

鳥槍換炮 ㄋㄧㄠˇ ㄑㄧㄤ ㄏㄨㄢˋ ㄆㄠˋ niǎoqiānghuàn pào
比喻勢力越來越大或境遇、形勢越來越好。[例]過去住土房的農民現在也住上樓房了，真是鳥槍換炮，越來越富有。[構]主謂。

鳥爲食亡 ㄋㄧㄠˇ ㄨㄟˋ ㄕˊ ㄨㄤˊ niǎo wèi shí wáng
鳥爲爭食而亡，比喻人爲圖財而死。[例]『人爲財死，鳥爲食亡』的這種世俗偏見，與當前提倡『學雷鋒、講奉獻』的時代精神是格格不入的。[構

」主謂。[同]人爲財死　[辨]『爲』不能讀成ㄨㄟˊ(wéi)。

鳥語花香 ㄋㄧㄠˇ ㄩˇ ㄏㄨㄚ ㄒㄧㄤ niǎo yǔ huā xiāng　形容鳥鳴花開的美好景象。[例]春天的公園裏，鳥語花香，景色宜人。[構]聯合。

裊裊婷婷 ㄋㄧㄠˇ ㄋㄧㄠˇ ㄊㄧㄥˊ ㄊㄧㄥˊ niǎo niǎo tíng tíng　形容女子體態的輕盈柔美。[例]夏天的荷花，像裊裊婷婷的美女一樣，亭亭玉立在池塘中。[構]聯合。

躡手躡腳 ㄋㄧㄝˋ ㄕㄡˇ ㄋㄧㄝˋ ㄐㄧㄠˇ niè shǒu niè jiǎo　手腳動作很輕。形容小心謹慎的樣子。躡：放輕腳步。[例]他躡手躡腳地走到我的身後，把我嚇了一跳。[構]聯合。

寧缺毋濫 ㄋㄧㄥˋ ㄑㄩㄝ ㄨˊ ㄌㄢˋ nìng quē wú làn　寧可缺少一些，也不要隨便拿來充數。濫：用不合格的來湊數。[例]這次招考職員，一定要嚴格把關，寧缺毋濫。[構]覆。[辨]『寧』不能讀成ㄋㄧㄥˊ(níng)。『毋』不能寫作『母』。

寧死不屈 ㄋㄧㄥˋ ㄙˇ ㄅㄨˋ ㄑㄩ nìng sǐ bù qū　寧可死也絕不屈服。褒義。[例]劉胡蘭在敵人的刑場上，表現出了寧死不屈的大無畏精神。[構]覆。[同]寧折不彎　[反]委屈求全　[辨]『寧』不能讀成ㄋㄧㄥˊ(níng)。

寧爲玉碎，不爲瓦全 ㄋㄧㄥˋ ㄨㄟˊ ㄩˋ ㄙㄨㄟˋ ㄅㄨˋ ㄨㄟˊ ㄨㄚˇ ㄑㄩㄢˊ nìng wéi yù suì bù wéi wǎ quán　寧做玉器被打碎，也不做陶器被保全。比喻寧可堂堂正正地守大節而死，也不願苟且而偷生。[例]寧爲玉碎，不爲瓦全。爲了保衛這座城市，我們決心與敵人血戰到底。［構］覆。［源］《北齊書·元景安傳》：『大丈夫寧可玉碎，不能瓦全。』［辨］『寧』不能讀成ㄋㄧㄥˊ(níng)。

牛鬼蛇神 ㄋㄧㄡˊ ㄍㄨㄟˇ ㄕㄜˊ ㄕㄣˊ niú guǐ shé shén　牛頭鬼，蛇身神。原來是比喻詩句的荒誕虛幻，後指古怪的事物，今比喻各類壞人。［例］對各類牛鬼蛇神，一定要進行打擊。［構］聯合。［源］唐、杜牧《李賀集序》：『鯨呿鰲擲，牛鬼蛇神，不足爲其虛荒誕幻也。』

牛郎織女 ㄋㄧㄡˊ ㄌㄤˊ ㄓ ㄋㄩˇ niú láng zhī nǚ　本是兩個星名，根據關於牛郎織女的民間傳說，借指爲夫妻兩地分居。［例］他們倆一個在北京，一個在上海，成爲牛郎織女了。［構］聯合。

牛頭不對馬嘴 ㄋㄧㄡˊ ㄊㄡˊ ㄅㄨˋ ㄉㄨㄟˋ ㄇㄚˇ ㄗㄨㄟˇ niú tóu bù duì mǎ zuǐ　比喻所答非所問，或說話語無倫次，前後不一致。［例］他今天說話顛三倒四，牛頭不對馬嘴，心裏一定有鬼。［構］主謂。［同］前言不搭後語

扭虧爲盈 ㄋㄧㄡˇ ㄎㄨㄟ ㄨㄟˊ ㄧㄥˊ niǔ kuī wéi yíng　使經濟上的虧損變爲盈餘。盈：盈餘。［例］王經理到任後，不到一年，這個商店就扭虧爲盈了。［構］連動。

扭扭捏捏 ㄋㄧㄡˇ ㄋㄧㄡˇ ㄋㄧㄝ ㄋㄧㄝ niǔ niǔ niē niē　形容動作、說話不大方的樣子。［例］那麼大的人說起話來總是扭扭捏捏的，一點也不大方。［構］聯合（重疊）。［反］大大方方

濃妝艷抹 ㄋㄨㄥˊ ㄓㄨㄤ ㄧㄢˋ ㄇㄛˇ nóngzhuāng yàn mǒ
濃重的妝扮，艷麗的塗抹。也作『濃妝艷裹』。［例］她整天價濃妝艷抹地在外逛，什麼正事也不幹。［構］聯合。［源］元、王子一《誤入桃源》：『一個個濃妝艷裹，一對對妙舞輕歌。』

弄假成真 ㄋㄨㄥˋ ㄐㄧㄚˇ ㄔㄥˊ ㄓㄣ nòng jiǎ chéngzhēn
原是弄假的，結果卻變成了真的。［例］他們倆在舞台上經常扮演夫妻，後來弄假成真，真的結婚了。［構］兼語。

弄巧成拙 ㄋㄨㄥˋ ㄑㄧㄠˇ ㄔㄥˊ ㄓㄨㄛ nòng qiǎo chéngzhuō
本想要弄聰明，結果做了蠢笨的事。［例］我本想走條近道，不想弄巧成拙，反而繞了個大彎子。［構］兼語。［同］畫蛇添足

弄瓦之喜 ㄋㄨㄥˋ ㄨㄚˇ ㄓ ㄒㄧˇ nòng wǎ zhī xǐ
指生了女孩。瓦：紡錘，表示長大後能紡織。［例］為了祝賀老張家的弄瓦之喜，大家都去賀喜。［構］偏正。［源］《詩經・小雅・斯干》：『乃生女子，載寢之地，載衣之裼，載弄之瓦。』

弄虛作假 ㄋㄨㄥˋ ㄒㄩ ㄗㄨㄛˋ ㄐㄧㄚˇ nòng xū zuò jiǎ
耍花招以騙人。［例］一到考場上，他總是弄虛作假，自欺欺人。［構］聯合。［反］忠誠老實

弄璋之喜 ㄋㄨㄥˋ ㄓㄤ ㄓ ㄒㄧˇ nòngzhāng zhī xǐ
指生了男孩。璋：美玉。［例］老王家大擺宴席，慶賀他的弄璋之喜。［構］偏正。［源］《詩經・小雅・斯干》：『乃生男子，載寢之床，載衣之裳，載弄之璋。』

奴顏婢膝 ㄋㄨˊ ㄧㄢˊ ㄅㄧˋ ㄒㄧ nú yán bì xī
奴才的臉面，使女的膝蓋。奴顏：指討好的樣子。婢膝：指下跪。〔例〕有志者在別人面前絕不會奴顏婢膝的。〔構〕聯合。〔同〕奴顏媚骨 〔反〕威武不屈

奴顏媚骨 ㄋㄨˊ ㄧㄢˊ ㄇㄟˋ ㄍㄨˇ nú yán mèi gǔ
形容獻媚取寵的樣子。奴顏：奴才討好的臉面。媚骨：獻媚的骨頭。〔例〕新中國的人民在外國人面前絕沒有半點奴顏媚骨。〔構〕聯合。〔同〕奴顏婢膝

怒不可遏 ㄋㄨˋ ㄅㄨˋ ㄎㄜˇ ㄜˋ nù bù kě è
壓制不住怒火。遏：制止。〔例〕他再三忍讓，最後終於怒不可遏，動手打了起來。〔構〕主謂。〔同〕怒氣衝天

怒髮衝冠 ㄋㄨˋ ㄈㄚˋ ㄔㄨㄥ ㄍㄨㄢ nù fà chōng guān
形容大怒。衝冠：把帽子頂了起來。冠：帽子。〔例〕戰士們看到班長犧牲了，一個個怒髮衝冠，誓爲班長報仇。〔構〕主謂。〔源〕《史記·廉頗藺相如列傳》：『倚柱，怒髮上衝冠。』〔辨〕『冠』不讀成ㄍㄨㄢˋ (guàn)。

怒氣沖沖 ㄋㄨˋ ㄑㄧˋ ㄔㄨㄥㄔㄨㄥ nù qì chōngchōng
形容很生氣的樣子。沖沖：形容怒氣激動的樣子。〔例〕他怒氣沖沖地走了進來，原來是在外面和別人打了一架。〔構〕主謂。〔同〕怒氣沖天

怒形於色 ㄋㄨˋ ㄒㄧㄥˊ ㄩˊ ㄙㄜˋ nù xíng yú sè
怒氣表現在臉色上。形：表現在。〔例〕他性子很急，往往爲了一點小事就怒形於色。〔構〕主謂。〔同〕怒容滿面 怒氣沖天 〔反〕喜形於色

諾諾連聲 ㄋㄨㄛˋ ㄋㄨㄛˋ ㄌㄧㄢˊ ㄕㄥ nuò nuò lián shēng 連聲答應，表示順從。諾諾：應承聲。〔例〕主子一開口，奴才們就諾諾連聲。〔構〕偏正。

O

嘔心瀝血 ㄡˇ ㄒㄧㄣ ㄌㄧˋ ㄒㄩㄝˋ ǒu xīn lì xuè 費盡心思苦想。嘔：吐。瀝：滴。〔例〕他爲了教育事業，嘔心瀝血，奮鬥了一生。〔構〕聯合。

偶一爲之 ㄡˇ ㄧ ㄨㄟˊ ㄓ ǒu yì wéi zhī 偶爾做一次。偶：偶爾。〔例〕我不會寫詩，那不過是偶一爲之而已。〔構〕偏正。

藕斷絲連 ㄡˇ ㄉㄨㄢˋ ㄙ ㄌㄧㄢˊ ǒu duàn sī lián 藕斷了絲還連在一起，比喻未徹底斷絕關係。〔例〕他倆雖然鬧翻了，但還有些藕斷絲連。〔構〕覆。〔源〕唐、孟郊《去婦》詩：『妾心藕中絲，雖斷猶連牽。』〔反〕一刀兩斷

P

爬梳剔抉 ㄆㄚˊ ㄕㄨ ㄊㄧ ㄐㄩㄝˊ pá shū tī jué 搜集選擇。爬梳：搜集整理。剔抉：選擇。〔例〕要寫好文章，材料要豐富，這就必須下一番爬梳剔抉的功夫。〔構〕聯合。〔源〕唐、韓愈《進學解》：『爬羅剔抉，刮垢磨光。』

拍案而起 ㄆㄞ ㄢˋ ㄦˊ ㄑㄧˇ pāi àn ér qǐ 拍桌子站起身來。形容大怒。〔例〕聽到了汪僞漢奸的賣國行徑，他

不禁怒氣塡膺，拍案而起。［構］連動。

拍案叫絕 ㄆㄞ ㄢˋ ㄐㄧㄠˋ ㄐㄩㄝˊ pāi àn jiào jué

拍桌子叫好。絕：妙。［例］聽了這位名演員的演唱，他不禁拍案叫絕。［構］連動。

拍板成交 ㄆㄞ ㄅㄢˇ ㄔㄥˊ ㄐㄧㄠ pāi bǎn chéng jiāo

拍著板子，達成交易。原指市場上的交易活動，後借指雙方同意成交。［例］王經理辦事很乾脆，談了片刻，我們就拍板成交了。［構］連動。

拍手稱快 ㄆㄞ ㄕㄡˇ ㄔㄥ ㄎㄨㄞˋ pāi shǒuchēng kuài

拍著手說痛快。形容人心大快。［例］『四人幫』被揪了出來，人們無不拍手稱快。［構］連動。［同］人心大快　額手稱慶

排除萬難 ㄆㄞˊ ㄔㄨˊ ㄨㄢˋ ㄋㄢˊ pái chú wàn nán

排除種種困難。［例］在治黃工程中，我們要排除萬難，爭取勝利。［構］動賓。［同］勇往直前　［辨］『難』不能讀成ㄋㄢˋ(nàn)。

排除異己 ㄆㄞˊ ㄔㄨˊ ㄧˋ ㄐㄧˇ pái chú yì jǐ

清除和自己主張不同的人。多指政治上的不同主張。［例］反動派為了鞏固他們的統治，就想盡一切辦法來排除異己。［構］動賓。［同］結黨營私

排難解紛 ㄆㄞˊ ㄋㄢˋ ㄐㄧㄝˇ ㄈㄣ pái nàn jiě fēn

排除危難，解決糾紛。［例］街道委員會為群衆排難解紛，一年來做了大量工作。［構］聯合。［源］《戰國策・趙策三》：『所貴於天下之士者，為人排患釋難解紛亂而無所取也。』［辨］『難』不能讀成ㄋㄢˊ(nán)。

排山倒海 ㄆㄞˊ ㄕㄢ ㄉㄠˇ ㄏㄞˇ pái shān dǎo hǎi

推開高山，翻倒大海。形容聲勢浩大。[例]洪水排山倒海地向前湧了過來。[構]聯合。[同]移山倒海 [辨]『倒』不能讀成ㄉㄠˋ(dào)。

徘徊不前 ㄆㄞˊ ㄏㄨㄞˊ ㄅㄨˋ ㄑㄧㄢˊ pái huái bù qián

猶豫不向前。徘徊：在原地來回走動。[例]我們要迎著困難上，不能有一點困難就徘徊不前。[構]偏正。[同]猶豫不前 [反]勇往直前

攀龍附鳳 ㄆㄢ ㄌㄨㄥˊ ㄈㄨˋ ㄈㄥˋ pān lóng fù fèng

原指追隨賢德的人，後比喻巴結有權勢的人。龍、鳳：原比喻賢德的人，後比喻權貴的人。[例]舊社會做官的，哪一個不是攀龍附鳳，揀高枝往上爬！[構]聯合。[同]攀藤附葛 趨炎附勢 [反]安貧樂道

盤根錯節 ㄆㄢˊ ㄍㄣ ㄘㄨㄛˋ ㄐㄧㄝˊ pán gēn cuò jié

指樹木根部枝節交錯在一起，不易分開。亦作『槃根錯節』。比喻事情複雜，難以處理。[例]貪污分子互相勾結，盤根錯節，一下子不易查清。[構]聯合。[源]《後漢書・虞詡傳》：『不遇槃根錯節，何以別利器乎？』

磐石之固 ㄆㄢˊ ㄕˊ ㄓ ㄍㄨˋ pán shí zhī gù

像扁厚的大石頭那樣地穩固。磐石：扁而厚的大石。[例]我們的大堤，如磐石之固，萬無一失。[構]偏正。[同]堅如磐石

判若鴻溝 ㄆㄢˋ ㄖㄨㄛˋ ㄏㄨㄥˊ ㄍㄡ pàn ruò hóng gōu

形容界線很分明。鴻溝：本是運河故道名，在河南楚漢相爭時，一度以鴻溝爲界，後比喻界限。判：清楚。[例]關於文藝爲什麼人服務的問題，我們和資產階級學者的看法判若鴻溝。[構]動賓。

[源]《史記・項羽本紀》。[同]涇渭分明

判若兩人 ㄆㄢˋ ㄖㄨㄛˋ ㄌㄧㄤˇ ㄖㄣˊ pàn ruò liǎng rén

指一個人不同時期外貌或性格完全不同，如同兩個人。判：明顯。[例]幾年不見，他的性情完全變了，和以前相比，簡直是判若兩人。[構]動賓。

龐然大物 ㄆㄤˊ ㄖㄢˊ ㄉㄚˋ ㄨˋ páng rán dà wù

形容東西個頭大。龐然，大的樣子。[例]自然博物館中的恐龍有二十多米長，真是個龐然大物。[構]偏正。[源]唐、柳宗元《黔之驢》：『虎見之，龐然大物也，以爲神。』

旁觀者清 ㄆㄤˊ ㄍㄨㄢ ㄓㄜˇ ㄑㄧㄥ pángguān zhě qīng

局外人比當事人看得清楚。[例]常言說：『當局者迷，旁觀者清。』其實旁觀者未必都清。[構]主謂。[反]當局者迷

旁門左道 ㄆㄤˊ ㄇㄣˊ ㄗㄨㄛˇ ㄉㄠˋ páng mén zuǒ dào

指不是正統的學術或宗教派別。泛指不正經的東西。旁、左：不正。[例]卜卦算命，全是旁門左道，騙人的玩藝。[構]聯合。[同]歪門邪道 [反]正統正宗

旁敲側擊 ㄆㄤˊ ㄑㄧㄠ ㄘㄜˋ ㄐㄧ páng qiāo cè jī

從側面敲打。比喻不直接說出，而從另一個方面影射。[例]他一開口總要旁敲側擊，很惹人反感。[構]聯合。[同]指桑罵槐 含沙射影 [反]直言相告

旁若無人 ㄆㄤˊ ㄖㄨㄛˋ ㄨˊ ㄖㄣˊ páng ruò wú rén

本指說話很自然，似乎旁邊沒有人一樣。後指高傲自滿，不把別人放在眼裏。[例]他一開口就擺出一副旁若

無人的樣子，實在叫人看不慣。［構］動賓。［源］《史記·刺客列傳》：『已而相泣，旁若無人者。』［同］目中無人［反］平易近人

旁逸斜出 ㄆㄤˊ ㄧˋ ㄒㄧㄝˊ ㄔㄨ páng yì xié chū 向旁邊伸出來。逸：伸展。［例］一棵古松，枝杈旁逸斜出，十分好看。［構］聯合。

旁徵博引 ㄆㄤˊ ㄓㄥ ㄅㄛˊ ㄧㄣˇ pángzhēng bó yǐn 廣泛地徵集引證。多指寫文章引用大量的材料來論證。徵：驗證。［例］這篇論文，旁徵博引，材料十分豐富，論證十分有力。［構］聯合。［同］引經據典

拋頭露面 ㄆㄠ ㄊㄡˊ ㄌㄨˋ ㄇㄧㄢˋ pāo tóu lù miàn 在人群中出頭露臉。原指封建社會婦女公開露面，被視爲不正派的作風，後指在公開場合裏公開露面，貶義。拋：露。［例］不論大會小會，他總要拋頭露面，並指手劃腳地講一番話。［構］聯合。［辨］『露』不能讀成ㄌㄡˋ(lòu)。

拋磚引玉 ㄆㄠ ㄓㄨㄢ ㄧㄣˇ ㄩˋ pāo zhuān yǐn yù 比喻先發表淺見，引出別人的高論，多作謙辭。［例］以上我的發言很不成熟，不過是拋磚引玉而已。［構］連動。［源］宋、釋道原《景德傳燈錄·十》：『師云：「比來拋引玉，卻引得個墼子（磚壞）。」』

刨根問底 ㄆㄠˊ ㄍㄣ ㄨㄣˋ ㄉㄧˇ páo gēn wèn dǐ 刨出根子追問底細。［例］古代有些事如果刨根問底，恐怕誰也難以說清。［構］連動。［同］追根問底 尋根究底 追本究源

庖丁解牛，游刃有餘 ㄆㄠˊ ㄉㄧㄥ ㄐㄧㄝˇ ㄋㄧㄡˊ，ㄧㄡˊ ㄖㄣˋ ㄧㄡˇ ㄩˊ páo dīng jiě niú yóu rèn yǒu yú

古時一個廚師用刀剔牛骨，刀在骨縫裏運用自如，十分熟練。比喻技術熟練。庖丁：名叫『丁』的廚師。游刃：運用刀。有餘；指刀在骨縫裏運行有餘地。［例］你是個老教師了，講起課來定然會如同庖丁解牛，游刃有餘的。［構］覆。［源］《莊子・養生主》。［同］目牛游刃

咆哮如雷 ㄆㄠˊ ㄒㄧㄠˋ ㄖㄨˊ ㄌㄟˊ páo xiào rú léi

怒吼聲如雷鳴。咆哮：野獸吼叫，比喻人怒叫。［例］資本家對他們的下人，總是咆哮如雷，一點好臉子都不給。［構］主謂。［辨］『咆哮』不能讀成ㄅㄠˋ ㄒㄧㄠˋ (bào xiào)。

袍笏登場 ㄆㄠˊ ㄏㄨˋ ㄉㄥ ㄔㄤˇ páo hù dēngchǎng

穿上官服、拿著笏板登場了。指登台演戲。後比喻爲官上任。含有貶義。袍：蟒袍。笏：上朝時手中拿的記事板。［例］他本是個不學無術的人，現在竟然袍笏登場，當起縣太爺來了。［構］連動。［同］粉墨登場

噴薄欲出 ㄆㄣ ㄅㄛˊ ㄩˋ ㄔㄨ pēn bó yù chū

形容太陽從水面上升起光芒四射的樣子。噴薄：氣勢壯麗噴湧而出。［例］早上，登觀日亭遠眺，東方的太陽噴薄欲出，十分壯觀。［構］偏正。［辨］『薄』不讀ㄅㄠˊ (báo)。

朋比爲奸 ㄆㄥˊ ㄅㄧˇ ㄨㄟˊ ㄐㄧㄢ péng bǐ wéi jiān

勾結在一起幹壞事。朋比：勾結。奸：壞事。［例］小人之間沒有真正的朋友，不過是朋比爲奸而已。［構］連動。［源］《新唐書・李絳傳》：『趨

利之人，常爲朋比，同其私也。』［同］狼狽爲奸 ［辨］『比』舊讀ㄅㄧˋ(bì)。

蓬蓽生輝 ㄆㄥˊ ㄅㄧˋ ㄕㄥ ㄏㄨㄟ péng bì shēng huī 使自己的破屋子產生光輝。多用作謙辭。蓬蓽：用草、荊條、竹子等製作的門戶，比喻窮苦人的住房。［例］你的畫掛在我的書房裏，頓使蓬蓽生輝。［構］主謂。

蓬生麻中 ㄆㄥˊ ㄕㄥ ㄇㄚˊ ㄓㄨㄥ péngshēng má zhōng 蓬是彎曲的，麻是直的。蓬生在麻裏，不用人扶自然變直，比喻人在好的環境中自然可以變好。［例］環境對人的品德影響很大，好的環境，可以使人變好。蓬生麻中，不扶自直嘛！［構］主謂。［源］《荀子・勸學》：『蓬生麻中，不扶而直。』［反］白沙在涅

蓬頭垢面 ㄆㄥˊ ㄊㄡˊ ㄍㄡˋ ㄇㄧㄢˋ péng tóu gòu miàn 頭髮很亂，臉很髒。垢：髒污。［例］逃難的人群，一個個蓬頭垢面，十分狼狽。［構］聯合。［反］光梳頭，淨洗臉

鵬程萬里 ㄆㄥˊ ㄔㄥˊ ㄨㄢˋ ㄌㄧˇ péngchéng wàn lǐ 比喻前程遠大。鵬：傳說中的大鳥，牠飛得高，飛得遠。［例］你們剛剛踏上工作崗位，祝你們鵬程萬里。［構］主謂。［源］《莊子・逍遙遊》：『鵬之徙於南冥也，水擊三千里，摶扶搖而上者九萬里。』［同］前程遠大

捧腹大笑 ㄆㄥˇ ㄈㄨˋ ㄉㄚˋ ㄒㄧㄠˋ pěng fù dà xiào 捧著肚子笑。形容笑得極其歡快。［例］這個笑話引得大家捧腹大笑。［構］連動。［源］《史記・日者列傳》：『司馬季主捧腹大笑。』

披肝瀝膽 ㄆㄧ ㄍㄢ ㄌㄧˋ ㄉㄢˇ pī gān lì dǎn 比喻赤誠相待。披肝：露出心肝。瀝膽：滴瀝膽汁。［例］既然大家要在一起幹大事業，就必須一心一德，披肝瀝膽，絕不能兩面三刀。［構］聯合。［源］《漢書・路溫舒傳》：『披肝膽，決大計。』［同］推心置腹 ［反］兩面三刀 ［辨］『披』不能讀成ㄆㄟ (pēi)。

披荊斬棘 ㄆㄧ ㄐㄧㄥ ㄓㄢˇ ㄐㄧˊ pī jīng zhǎn jí 劈開砍斷路上的荊條棘刺。比喻清除前進路上的障礙。荊、棘：灌木類的多刺植物。［例］革命中先烈的披荊斬棘，爲我們開創了一條前進的道路。［構］聯合。［源］《後漢書・馮異傳》：『爲吾披荊棘，定關中。』［辨］『披』不能讀成ㄆㄟ (pēi)。

披沙揀金 ㄆㄧ ㄕㄚ ㄐㄧㄢˇ ㄐㄧㄣ pī shā jiǎn jīn 攤開沙子揀取黃金。比喻從中可選取好的東西。披：散開。［例］從這些廢料中可以披沙揀金，提煉出貴重的東西來。［構］連動。［源］梁、鍾嶸《詩品》：『陸（機）文如披沙簡金，往往見寶。』［同］去粗取精 去僞存真 ［辨］『披』不能讀成ㄆㄟ (pēi)。

披星戴月 ㄆㄧ ㄒㄧㄥ ㄉㄞˋ ㄩㄝˋ pī xīng dài yuè 披著星星，頂著月亮。形容連夜地幹著。［例］戰士們披星戴月、夜以繼日地奔向前方。［構］聯合。［同］夜以繼日 ［辨］『披』不能讀成ㄆㄟ (pēi)。

劈頭蓋臉 ㄆㄧ ㄊㄡˊ ㄍㄞˋ ㄌㄧㄢˇ pī tóu gài liǎn 衝著頭和臉而來。指來勢突然而猛烈。［例］走在半路上，忽然冰雹劈頭蓋臉地打了下來。［構］聯合。

皮開肉綻 ㄆㄧˊ ㄎㄞ ㄖㄡˋ ㄓㄢˋ pí kāi ròu zhàn

皮肉開裂。綻：裂開。［例］他在敵人的監獄裏被打得皮開肉綻，但仍是一言不發。［構］聯合。［同］遍體鱗傷 ［辨］『綻』不能讀成ㄉㄧㄥˋ(dìng)、ㄉㄧㄢˋ(diàn)。

皮裏春秋 ㄆㄧˊ ㄌㄧˇ ㄔㄨㄣ ㄑㄧㄡ pí lǐ chūn qiū

內心裏的評論。皮裏：指內心。春秋：魯國的史書，對人物事情做了褒貶。這裏指評論。［例］這個人從不談論別人的好壞，但什麼事他都有自己的看法，可以說是皮裏春秋。［構］主謂。

皮笑肉不笑 ㄆㄧˊ ㄒㄧㄠˋ ㄖㄡˋ ㄅㄨˋ ㄒㄧㄠˋ pí xiào ròu bù xiào

指虛假的笑。［例］沒有服務熱情的服務員，即使强顏爲笑，也是皮笑肉不笑，是不會收到好效果的。［構］覆。［同］强顏爲笑 ［反］滿面春風 笑容可掬 笑容滿面

皮之不存，毛將焉附 ㄆㄧˊ ㄓ ㄅㄨˋ ㄘㄨㄣˊ，ㄇㄠˊ ㄐㄧㄤ ㄧㄢ ㄈㄨˋ pí zhī bù cún máo jiāng yān fù

皮不存在了，毛又附著在哪裏？比喻所賴以存在的基礎不存在了，本身就無法存在。焉：哪裏。附：依附。［例］皮之不存，毛將焉附？沒有土地，又怎麼搞農業呢！［構］覆。［源］《左傳·僖公十四年》：『虢射曰：「皮之不存，毛將安傅(焉附)？」』

疲憊不堪 ㄆㄧˊ ㄅㄟˋ ㄅㄨˋ ㄎㄢ pí bèi bù kān

形容非常累。疲憊：很累。不堪：不能忍受，表示程度深。［例］他已兩天兩夜沒合眼了，雖然疲憊不堪，但終於完成了任務。［構］補充。［反］精力充沛

疲於奔命 ㄆㄧˊ ㄩˊ ㄅㄣ ㄇㄧㄥˋ pí yú bēn mìng

東奔西走，勞累不堪。疲：勞累。奔命：到處奔跑。［例］工作沒有

計劃，往往弄得大家疲於奔命，收效也不大。〔構〕動賓。〔源〕《左傳・成公七年》：『余（我）必使爾罷（疲）於奔命以死。』〔辨〕『奔』不能讀成ㄅㄣˊ(bén)。

蚍蜉撼樹 ㄆㄧˊ ㄈㄨˊ ㄏㄢˋ ㄕㄨˋ pí fú hàn shù

大螞蟻搖晃樹，比喻自不量力。蚍蜉：大螞蟻。〔例〕你們三五個人想把這條大河治好，這簡直是蚍蜉撼樹。〔構〕主謂。〔源〕唐、韓愈《調張籍》詩：『蚍蜉撼大樹，可笑不自量。』〔同〕自不量力　螳臂當車　〔辨〕『蚍』不能讀成ㄅㄧˇ(bǐ)。

匹夫有責 ㄆㄧˇ ㄈㄨ ㄧㄡˇ ㄗㄜˊ pǐ fū yǒu zé

一般人都有責任。匹夫：普通人。〔例〕天下興亡，匹夫有責。〔構〕主謂。〔源〕清、顧炎武《日知錄》：『保天下者，匹夫之賤，與有責焉耳矣。』〔同〕人人有責

匹夫之勇 ㄆㄧˇ ㄈㄨ ㄓ ㄩㄥˇ pǐ fū zhī yǒng

指蠻幹而無謀。貶義。匹夫：普通人，指不會動腦筋的人。〔例〕打仗要機智勇敢，光是蠻幹，那是匹夫之勇。〔構〕偏正。〔源〕《孟子・梁惠王下》：『此匹夫之勇，敵一人者也。』〔同〕暴虎馮河　有勇無謀　〔反〕有勇有謀　智勇雙全

否極泰來 ㄆㄧˇ ㄐㄧˊ ㄊㄞˋ ㄌㄞˊ pǐ jí tài lái

不如意的事到了極點，就會轉向如意方面。否：卦名，主不吉。泰：卦名，主吉利。〔例〕困難的日子過去了，漸漸地否極泰來了。〔構〕覆。〔源〕《周易・否》：『天地不交，而萬物不通也。』《周易・泰》：『天地交，而萬物通也。』〔辨〕『否』不能讀成ㄈㄡˇ(fǒu)。

偏聽偏信 ㄆㄧㄢ ㄊㄧㄥ ㄆㄧㄢ ㄒㄧㄣˋ piān tīng piān xìn

只聽信一方面的話，指不是全面地了解。［例］領導幹部如果偏聽偏信，就會貽誤大事。［構］聯合。［反］兼聽則明

翩翩起舞 ㄆㄧㄢ ㄆㄧㄢ ㄑㄧˇ ㄨˇ piān piān qǐ wǔ

輕盈地跳起舞來。翩翩：輕盈飛動的樣子。［例］在聯歡會上，老太太們也翩翩起舞了。［構］偏正。

駢拇枝指 ㄆㄧㄢˊ ㄇㄨˇ ㄑㄧˊ ㄓˇ pián mǔ qí zhǐ

比喻多餘的無用的東西。駢拇：腳的大指二指並連在一起。駢：並。枝指：手的大指旁多生一指。枝：歧（現名爲畸形）。［例］機關臃腫，因人設事，如同駢拇枝指，非但無用，反而有害。［源］《莊子・駢拇》：『駢拇枝指，出乎性哉，而侈於德。』［辨］『枝』，不能讀成ㄓ(zhī)。

胼手胝足 ㄆㄧㄢˊ ㄕㄡˇ ㄓ ㄗㄨˊ pián shǒu zhī zú

手和腳上都磨起了膙子。指長期從事體力活動，手腳生繭。胼胝：指手腳上的膙子。［例］農民們胼手胝足，天天在地裏勞動。［構］聯合。［辨］『胝』不能讀成ㄉㄧ(dī)。

片瓦無存 ㄆㄧㄢˋ ㄨㄚˇ ㄨˊ ㄘㄨㄣˊ piàn wǎ wú cún

連一片整瓦都沒有了。形容房屋全毀了。［例］一場大地震後，這個村子已是片瓦無存了。［構］主謂。［反］屋舍儼然

片言隻語 ㄆㄧㄢˋ ㄧㄢˊ ㄓ ㄩˇ piàn yán zhī yǔ

短短的幾句話或幾個字。［例］他來了一封信，儘管是片言隻語，但總算有了下落了。［構］聯合。［反］長篇大論　連篇累牘

飄飄欲仙 ㄆㄧㄠ ㄆㄧㄠ ㄩˋ ㄒㄧㄢ piāo piāo yù xiān

形容很輕盈或很得意的樣子。［例］他喝了點酒，走起路來，有點飄飄欲仙的樣子。［構］偏正。

拚死拚活 ㄆㄧㄣ ㄙˇ ㄆㄧㄣ ㄏㄨㄛˊ pīn sǐ pīn huó

形容費了很大的力氣。［例］他拚死拚活地置下這點產業，不曾想，一把大火燒得一乾二淨。［構］聯合。［反］輕而易舉 不費吹灰之力 易如反掌

貧病交加 ㄆㄧㄣˊ ㄅㄧㄥˋ ㄐㄧㄠ ㄐㄧㄚ pín bìng jiāo jiā

窮和病同時到來。交加：同時加在身上。［例］這位無親無故、貧病交加的老人，在街坊鄰舍的幫助下，終於度過了種種困難。［構］主謂。

貧賤不移 ㄆㄧㄣˊ ㄐㄧㄢˋ ㄅㄨˋ ㄧˊ pín jiàn bù yí

貧窮低賤但不改變心志。移：改變。褒義。［例］一個革命者，必須有富貴不淫，貧賤不移，威武不屈的精神。［構］主謂。［源］《孟子・滕文公下》：『富貴不能淫，貧賤不能移，威武不能屈，此之謂大丈夫。』［同］富貴不淫 威武不屈 ［反］人窮志短

貧賤之交 ㄆㄧㄣˊ ㄐㄧㄢˋ ㄓ ㄐㄧㄠ pín jiàn zhī jiāo

貧窮低賤時的朋友。交：交往。［例］我們過去是貧賤之交，他今天雖然地位高了，但仍然沒有忘記我。［構］偏正。［源］《後漢書・宋弘傳》：『貧賤之知不可忘，糟糠之妻不下堂。』

貧嘴薄舌 ㄆㄧㄣˊ ㄗㄨㄟˇ ㄅㄛˊ ㄕㄜˊ pín zuǐ bó shé

多嘴多舌，說話惹人討厭。［例］她是一個能說會道、貧嘴薄舌的人，大家都不愛接近她。［構］聯合。

品學兼優 ㄆㄧㄣˇ ㄒㄩㄝˊ ㄐㄧㄢ ㄧㄡ pǐn xué jiān yōu

品德學識都好。兼：幾方面都具備。［例］這是一個品學兼優的學生。［構］主謂。［同］德才兼備

平安無事 ㄆㄧㄥˊ ㄢ ㄨˊ ㄕˋ píng ān wú shì

平平安安沒有事故。［例］他們那裏雖然鬧水災，但他一家卻平安無事。［構］聯合。［反］大禍臨頭

平白無故 ㄆㄧㄥˊ ㄅㄞˊ ㄨˊ ㄍㄨˋ píng bái wú gù

無緣無故。平白：憑空。［例］這樣一個好人，就平白無故地被打爲黑幫了。［構］聯合。［反］事出有因

平步青雲 ㄆㄧㄥˊ ㄅㄨˋ ㄑㄧㄥ ㄩㄣˊ píng bù qīng yún

一步登天，比喻很快地到了高位。青雲：天上。［例］『文革』時期，有多少人被打成黑幫，又有多少人平步青雲。［構］動賓。［同］一步登天 青雲直上 扶搖直上

平淡無奇 ㄆㄧㄥˊ ㄉㄢˋ ㄨˊ ㄑㄧˊ píng dàn wú qí

平平淡淡一點奇特之處都沒有。［例］這本書平淡無奇，沒有什麼可看的。［構］聯合。

平等互利 ㄆㄧㄥˊ ㄉㄥˇ ㄏㄨˋ ㄌㄧˋ píng děng hù lì

指雙方辦事處於相等的地位，辦對雙方都有利的事。［例］要搞交易，首先要平等互利，不能讓一方吃虧。［構］聯合。

平地一聲雷 ㄆㄧㄥˊ ㄉㄧˋ ㄧ ㄕㄥ ㄌㄟˊ píng dì yī shēng léi

比喻出人意外地發生了振奮人心的大事。［例］『四人幫』垮台了，真是平地一聲雷，大快人心。［構］主謂。

平分秋色 ㄆㄧㄥˊ ㄈㄣ ㄑㄧㄡ ㄙㄜˋ píng fēn qiū sè 比喻雙方各得一半，不相上下。秋色：秋天的景色。［例］這次歌詠大賽的決賽雙方，可以說是平分秋色，難分高低。［構］動賓。［同］平分春色 勢均力敵 不分上下

平鋪直敘 ㄆㄧㄥˊ ㄆㄨ ㄓˊ ㄒㄩˋ píng pū zhí xù 指寫文章、說話不加修飾，平平淡淡。［例］平鋪直敘的文章，是不會吸引讀者的。［構］聯合。［反］波瀾起伏 騰挪迭宕

平起平坐 ㄆㄧㄥˊ ㄑㄧˇ ㄆㄧㄥˊ ㄗㄨㄛˋ píng qǐ píng zuò 指雙方處於平等的地位。［例］他在當地的名氣很大，和縣長平起平坐。［構］聯合。

平心而論 ㄆㄧㄥˊ ㄒㄧㄣ ㄦˊ ㄌㄨㄣˋ píng xīn ér lùn 平心靜氣地評論。［例］平心而論，這件事我們做得不對。［構］偏正。

平心靜氣 ㄆㄧㄥˊ ㄒㄧㄣ ㄐㄧㄥˋ ㄑㄧˋ píng xīn jìng qì 指冷靜地對待。［例］有些糾紛，只要能平心靜氣地好好想一想，是不難解決的。［構］聯合。［同］心平氣和 ［反］意氣用事

平易近人 ㄆㄧㄥˊ ㄧˋ ㄐㄧㄣˋ ㄖㄣˊ píng yì jìn rén 指態度和藹、沒有架子，容易使人接近。［例］我們的廠長平易近人，大家都願意接近他。［構］聯合。［反］不可一世 目中無人 盛氣凌人

評功擺好 ㄆㄧㄥˊ ㄍㄨㄥ ㄅㄞˇ ㄏㄠˇ píng gōng bǎi hǎo 評論功勞，列舉優點。擺：排列出來。［例］大家在評功擺好的基礎

上，推選勞動模範。[構]聯合。

評頭品足 ㄆㄧㄥˊ ㄊㄡˊ ㄆㄧㄣˇ ㄗㄨˊ píng tóu pǐn zú 本指對婦女容貌美醜和腳的大小的評論，後指對人、事的亂批評。品：評。貶義。[例]新廠長剛剛到任，就有人在底下評頭品足，這是很不負責的態度。[構]聯合。

萍水相逢 ㄆㄧㄥˊ ㄕㄨㄟˇ ㄒㄧㄤ ㄈㄥˊ píng shuǐ xiāng féng 像浮萍在水上互相聚在一起。比喻偶然相逢。萍：一種浮生在水面上的蕨類植物。[例]我們雖然是萍水相逢，但大家卻都談得很投合。[構]偏正。[源]唐、王勃《滕王閣序》。

萍蹤浪跡 ㄆㄧㄥˊ ㄗㄨㄥ ㄌㄤˋ ㄐㄧ píng zōng làng jì 比喻行蹤不定。萍蹤：像浮萍那樣的行蹤不定。浪跡：像波浪那樣沒有固定的蹤跡。[例]抗日戰爭時期，他萍蹤浪跡，四海爲家，過著漂蕩的生活。[構]聯合。

潑婦罵街 ㄆㄛ ㄈㄨˋ ㄇㄚˋ ㄐㄧㄝ pō fù mà jiē 凶悍的女人在大庭廣衆中破口大罵。[例]要善意批評，不要像潑婦罵街似的大嚷大罵！[構]主謂。

迫不得已 ㄆㄛˋ ㄅㄨˋ ㄉㄜˊ ㄧˇ pò bù dé yǐ 被逼迫得沒有辦法了才採取的行動。不得已：不得不如此。[例]林沖是在迫不得已的情況下才投奔梁山的。[構]補充。

迫不及待 ㄆㄛˋ ㄅㄨˋ ㄐㄧˊ ㄉㄞˋ pò bù jí dài 很緊迫，來不及等待。[例]任務下來後，戰士們迫不及待地立刻行動了起來。[構]補充。

迫在眉睫 ㄆㄛˋ ㄗㄞˋ ㄇㄟˊ ㄐㄧㄝˊ pò zài méi jié

都快碰到眉毛和睫毛了。形容事到眼前，非常緊迫。［例］河水暴漲，眼看就要超出大堤了。在這迫在眉睫的時候，支援大軍趕來了。［構］補充。［同］燃眉之急

破除迷信 ㄆㄛˋ ㄔㄨˊ ㄇㄧˊ ㄒㄧㄣˋ pò chú mí xìn

打破和消除封建迷信的思想和行爲。今多指解放思想，敢想敢幹。［例］近年來迷信之風有些抬頭，應大力宣傳，破除迷信，以免人們上當。［構］動賓。

破釜沉舟 ㄆㄛˋ ㄈㄨˇ ㄔㄣˊ ㄓㄡ pò fǔ chén zhōu

砸碎飯鍋，把船弄沉。表示有進無退。釜：鍋。［例］我們要以破釜沉舟的精神來完成這生死攸關的任務。［構］聯合。［源］《孫子・九地》：『焚舟破釜，若驅群羊而往，驅而來，莫知所之。』［同］背水一戰

破格錄用 ㄆㄛˋ ㄍㄜˊ ㄌㄨˋ ㄩㄥˋ pò gé lù yòng

打破原來的規格錄取任用。［例］我們這個單位是不招收殘疾人的，這次是破格錄用。［構］連動。

破鏡重圓 ㄆㄛˋ ㄐㄧㄥˋ ㄔㄨㄥˊ ㄩㄢˊ pò jìng chóngyuán

比喻夫妻離散後又重新聚合。［例］抗日戰爭勝利後，他們夫妻破鏡重圓，喜出望外。［構］主謂。［源］唐、孟棨《本事詩》記載：南朝陳代將要滅亡時，駙馬徐德言把一面銅鏡破開，跟妻子昌樂公主各藏一半，作爲重見時的憑證。後來靠這面鏡子找到了妻子。

破爛不堪 ㄆㄛˋ ㄌㄢˋ ㄅㄨˋ ㄎㄢ pò làn bù kān

形容非常破爛。［例］他的衣服已是破爛不堪了，他補了補，又穿上了。［構］補充。

破門而出 ㄆㄛˋ ㄇㄣˊ ㄦˊ ㄔㄨ pò mén ér chū 打破門衝了出去，喻指壞人急迫地跳出來幹壞事或比喻克服種種限制。［例］①屋裏著了火，他急了，只好破門而出。②他努力多年，終於破門而出，在高科技領域獲得重要突破。［構］連動。

破涕爲笑 ㄆㄛˋ ㄊㄧˋ ㄨㄟˊ ㄒㄧㄠˋ pò tì wéi xiào 化哭爲笑。涕：眼淚。［例］她哭著哭著，忽然發現丟失的錢包好好地在床頭上，這才破涕爲笑了。［構］連動。［同］轉悲爲喜 ［辨］『爲』不能讀成ㄨㄟˋ (wèi)。

破天荒 ㄆㄛˋ ㄊㄧㄢ ㄏㄨㄤ pò tiān huāng 指從未有過的。天荒：從未開的荒地。［例］他是個一毛不拔的人，這次捐款，他竟破天荒的拿出了十元錢。［構］動賓。

破綻百出 ㄆㄛˋ ㄓㄢˋ ㄅㄞˇ ㄔㄨ pò zhàn bǎi chū 形容漏洞很多。破綻：衣服上的破裂之處，比喻言行中的漏洞。［例］他的話破綻百出，肯定不是真話。［構］主謂。［同］矛盾重重 千瘡百孔 ［反］天衣無縫 ［辨］『綻』不能讀成ㄉㄧㄥˋ (dìng)。

破竹之勢 ㄆㄛˋ ㄓㄨˊ ㄓ ㄕˋ pò zhú zhī shì 比喻一往無前的形勢。破竹：順絲劈竹子，極容易劈開。［例］解放戰爭中，大軍過江後，已形成了破竹之勢。［構］偏正。

撲朔迷離 ㄆㄨ ㄕㄨㄛˋ ㄇㄧˊ ㄌㄧˊ pū shuò mí lí 比喻難以分清。撲朔：指兔子亂蹬腳。迷離：瞇著眼。要辨兔的雌雄，用手提著兔耳，撲朔的是雄兔，迷離的是雌兔。［例］京劇《真假猴王》上演時，舞台上撲朔迷離，誰也分不出哪個是真

的了。[構]聯合。[源]樂府《木蘭詩》：『雄兔腳撲朔，雌兔眼迷離，雙兔傍地走，安能辨我是雄雌。』[同]光怪陸離

鋪天蓋地 ㄆㄨ ㄊㄧㄢ ㄍㄞˋ ㄉㄧˋ pū tiān gài dì

遮滿了天地，形容來勢迅猛。[例]鬧蝗災時，只見蝗蟲鋪天蓋地，到處都是。[構]聯合。[同]滿山遍野 彌天蓋地

鋪張浪費 ㄆㄨ ㄓㄤ ㄌㄤˋ ㄈㄟˋ pū zhāng làng fèi

過於講求排場，揮霍無度。[例]要提倡勤儉節約，反對鋪張浪費。[構]聯合。[同]揮霍無度 [反]勤儉節約

鋪張揚厲 ㄆㄨ ㄓㄤ ㄧㄤˊ ㄌㄧˋ pū zhāngyáng lì

原指作文時攤開渲染借題發揮。揚厲：擴大宣揚。後指過於講求排場。[例]有些單位辦事，總要請客送禮，鋪張揚厲，影響極壞。[構]聯合。[源]梁、劉勰《文心雕龍》：『頌須鋪張揚厲，而以典雅豐縟爲貴。』

菩薩心腸 ㄆㄨˊ ㄙㄚˋ ㄒㄧㄣ ㄔㄤˊ pú sà xīn cháng

比喻心地善良。菩薩：佛經上說菩薩大慈大悲，普渡衆生。後常用以比喻善良的人。[例]這位老太太真是菩薩心腸，對什麼人她都原諒。[構]偏正。[反]居心險惡

普渡衆生 ㄆㄨˇ ㄉㄨˋ ㄓㄨㄥˋ ㄕㄥ pǔ dù zhòngshēng

普遍引渡所有的人使他們脫離苦海。本是佛家語，後指救濟大衆。衆生：指人類和各種動物。[例]舊社會有的慈善家以普渡衆生的面目出現。其實不過是騙人的把戲。[構]動賓。

普天同慶 ㄆㄨˇ ㄊㄧㄢ ㄊㄨㄥˊ ㄑㄧㄥˋ pǔ tiān tóng qìng 全天下的人共同歡慶。天：天下，有時指全中國。［例］『十一』是十一億中國人民普天同慶的日子。［構］偏正．主謂。［源］《三國志．魏書．郭淮傳》：『今普天同慶，而卿最留遲，何也？』［反］怨聲載道

普天之下 ㄆㄨˇ ㄊㄧㄢ ㄓ ㄒㄧㄚˋ pǔ tiān zhī xià 整個天底下。［例］除了少數人外，普天之下，莫不希望和平。［構］偏正。［源］《詩．小雅．北山》：『溥（普）天之下，莫非王土。』［同］四海之內

Q

七步之才 ㄑㄧ ㄅㄨˋ ㄓ ㄘㄞˊ qī bù zhī cái 形容人的才思快，七步之內能成詩。也作『七步成章』。［例］他長於寫作，堪稱七步之才。［構］偏正。［源］魏文帝（曹丕）逼弟曹植七步內作成一詩，否則軍法從事。曹植應聲而成。見《魏志》、《世說新語．文學》。［同］倚馬可待　文不加點

七零八落 ㄑㄧ ㄌㄧㄥˊ ㄅㄚ ㄌㄨㄛˋ qī líng bā luò 零散飄落的樣子。［例］一陣風把花吹得七零八落。［構］聯合。［同］東飄西散　七零八散

七拼八湊 ㄑㄧ ㄆㄧㄣ ㄅㄚ ㄘㄡˋ qī pīn bā còu 費力地拼湊在一起。［例］他賣房子、當東西，七拼八湊，才把帳還清。［構］聯合。［同］東拼西湊

七情六欲 ㄑㄧ ㄑㄧㄥˊ ㄌㄧㄡˋ ㄩˋ qī qíng liù yù 泛指人的情欲。七情：喜、怒、哀、懼、愛、惡、欲。六欲：生、死、耳、目、口、鼻所生的欲望。〔例〕人非草木，誰沒有七情六欲呢？〔構〕聯合。

七上八下 ㄑㄧ ㄕㄤˋ ㄅㄚ ㄒㄧㄚˋ qī shàng bā xià 形容心神不安的驚惶樣子。〔例〕兒子被送進急救室搶救，媽媽留在外邊心裏七上八下地等著。〔構〕聯合。〔源〕《水滸傳》第二十六回：『那胡正卿心頭十五個吊桶打水，七上八下。』〔同〕忐忑不安　惴惴不安

七手八腳 ㄑㄧ ㄕㄡˇ ㄅㄚ ㄐㄧㄠˇ qī shǒu bā jiǎo 形容好幾個人一起動手，也指人手多幹活忙亂的樣子。〔例〕大家七手八腳，不一會兒，把屋子收拾好了。〔構〕聯合。〔同〕手忙腳亂　〔反〕有條不紊

七嘴八舌 ㄑㄧ ㄗㄨㄟˇ ㄅㄚ ㄕㄜˊ qī zuǐ bā shé 人多，你一言，他一語，議論紛紛。〔例〕一點點小事，他們七嘴八舌地爭論不休。〔構〕聯合。〔同〕你一言，他一語

妻離子散 ㄑㄧ ㄌㄧˊ ㄗˇ ㄙㄢˋ qī lí zǐ sàn 一家人被迫分離，不得相見。〔例〕戰亂使他們妻離子散，天各一方。〔構〕聯合。〔源〕《孟子．梁惠王上》：『父子凍餓，兄弟妻子離散。』

淒風苦雨 ㄑㄧ ㄈㄥ ㄎㄨˇ ㄩˇ qī fēng kǔ yǔ 形容天氣惡劣。比喻處境悲慘淒涼。〔例〕她遠離家鄉，在淒風苦雨中度過了這個佳節。〔構〕聯合。〔源〕《左傳．昭公四年》：『春無淒風，秋無苦雨。』

期期艾艾 ㄑㄧ ㄑㄧ ㄞˋ ㄞˋ qī qī ài ài

形容說話口吃。[例]他說起話來，期期艾艾，半天也說不出一句。[構]聯合。[源]《史記・張丞相列傳》載：西漢人周昌口吃，說話時常重說：『期期』；《世說新語・言語》載：三國魏的鄧艾口吃，多重複說『艾艾』；後來就把『期期艾艾』連起來用。

欺軟怕硬 ㄑㄧ ㄖㄨㄢˇ ㄆㄚˋ ㄧㄥˋ qī ruǎn pà yìng

欺負軟弱的，害怕强硬的。[例]欺軟怕硬，你算個什麼英雄！[構]聯合。[反]扶弱抑强

欺世盜名 ㄑㄧ ㄕˋ ㄉㄠˋ ㄇㄧㄥˊ qī shì dào míng

用某種手段欺騙世人，竊取名譽。[例]他的所謂善行，不過是爲了欺世盜名罷了。[構]聯合。[源]宋、蘇洵《辨奸論》：『王衍之爲人，容貌語言，固有以欺世而盜名者。』

齊頭並進 ㄑㄧˊ ㄊㄡˊ ㄅㄧㄥˋ ㄐㄧㄣˋ qí tóu bìng jìn

並肩前進。各種事同時進行。[例]①馬拉松賽開始，荷蘭、日本運動員齊頭並進，跑在最前頭。②我們的工業農業，要齊頭並進。[構]聯合。[同]並肩前進 並駕齊驅

齊心協力 ㄑㄧˊ ㄒㄧㄣ ㄒㄧㄝˊ ㄌㄧˋ qí xīn xié lì

心往一處想，勁往一處使。[例]任務雖然很重，只要大家齊心協力，就一定能完成。[構]聯合。[同]戮力同心 同心合力 心往一處想，勁往一處使 [反]分道揚鑣

其樂融融 ㄑㄧˊ ㄌㄜˋ ㄖㄨㄥˊ ㄖㄨㄥˊ qí lè róng róng

形容很快樂的樣子。融：和諧而快樂的樣子。[例]聯歡會上大家載歌載舞，其樂融融。[構]主謂。[源]《左傳・隱公元年》：『大隧之中，其樂也融融。』

其樂無窮 ㄑㄧˊ ㄌㄜˋ ㄨˊ ㄑㄩㄥˊ qí lè wú qióng 其中的樂趣無窮無盡。指對某種事很感興趣。窮：盡。［例］讀書是一件樂事，能讀一本好書，其樂無窮。［構］主謂。［同］樂在其中

其貌不揚 ㄑㄧˊ ㄇㄠˋ ㄅㄨˋ ㄧㄤˊ qí mào bù yáng 指人的外貌不好看。不揚：不好看。［例］這個人，雖然其貌不揚，但才華出衆。［構］主謂。［同］貌不驚人 ［反］一表堂堂

其奈我何 ㄑㄧˊ ㄋㄞˋ ㄨㄛˇ ㄏㄜˊ qí nài wǒ hé 難道能把我怎麼樣。其：表示反問的虛詞。奈……何：把……怎麼樣。［例］小小的七品芝痲官，其奈我何。［構］主謂。

奇風異俗 ㄑㄧˊ ㄈㄥ ㄧˋ ㄙㄨˊ qí fēng yì sú 奇怪的風俗。［例］對有些地區的奇風異俗，只要不違反法律，不要橫加干涉。［構］聯合。

奇花異草 ㄑㄧˊ ㄏㄨㄚ ㄧˋ ㄘㄠˇ qí huā yì cǎo 奇異的花草。［例］在深山叢林裏，到處都有叫不上名的奇花異草，非常可愛。［構］聯合。［同］奇花異卉

奇貨可居 ㄑㄧˊ ㄏㄨㄛˋ ㄎㄜˇ ㄐㄩ qí huò kě jū 把稀有的東西存積起來（以便高價賣出）。居：囤積。［例］做買賣也不容易，有時認為奇貨可居，結果反而折了本。［構］主謂。［源］《史記・呂不韋傳》：『此奇貨可居。』（這是將秦國子楚比作貨物的話。）［同］囤積居奇

奇文共賞 ㄑㄧˊ ㄨㄣˊ ㄍㄨㄥˋ ㄕㄤˇ qí wén gòngshǎng
好的文章共同來欣賞。現多指怪誕有問題的文章共同來批判。奇：奇特的。用於貶義。[例]這種謬論，可以奇文共賞。[構]主謂。[源]晉、陶潛《移居》詩：『奇文共欣賞，疑義相與析。』

奇形怪狀 ㄑㄧˊ ㄒㄧㄥˊ ㄍㄨㄞˋ ㄓㄨㄤˋ qí xíng guàizhuàng
奇奇怪怪的形狀。[例]水族館裏的水生動物，奇形怪狀，什麼樣的都有。[構]聯合。

奇珍異寶 ㄑㄧˊ ㄓㄣ ㄧˋ ㄅㄠˇ qí zhēn yì bǎo
奇異的珍寶。[例]海底世界，有許多陸上不易看到的奇珍異寶。[構]聯合。

奇裝異服 ㄑㄧˊ ㄓㄨㄤ ㄧˋ ㄈㄨˊ qí zhuāng yì fú
奇異的服裝。有時用於貶義。[例]這次出國，到處看到一些穿奇裝異服的人。[構]聯合。

歧路亡羊 ㄑㄧˊ ㄌㄨˋ ㄨㄤˊ ㄧㄤˊ qí lù wángyáng
在岔道上跑丟了羊。歧路：岔道。亡：丟失。比喻人生道路複雜，掌握不好方向會誤入歧途。[例]對年輕的人如不循循善誘，就有歧路亡羊的危險。[構]主謂。[源]《列子・說符》：『大道以多歧亡羊，學者以多方喪生。』[辨]『歧』不能寫成『岐』。

崎嶇不平 ㄑㄧˊ ㄑㄩ ㄅㄨˋ ㄆㄧㄥˊ qí qū bù píng
形容地面很不平。崎嶇：地面高低不平。[例]這一帶都是崎嶇不平的山路，很不好走。[構]偏正。

騎虎難下 ㄑㄧˊ ㄏㄨˇ ㄋㄢˊ ㄒㄧㄚˋ qí hǔ nán xià

騎在虎背上難以下去。一下去就有被吃的危險。比喻工作中有了困難，但迫於形勢，不能中止。[例]因爲當初沒人，我勉強承擔了這個活，到現在已是騎虎難下了。[構]連動。

騎驢覓驢 ㄑㄧˊ ㄌㄩˊ ㄇㄧˋ ㄌㄩˊ qí lǘ mì lǘ

騎在驢上還到處找這驢。比喻東西在手還到處尋找。[例]他拿著鑰匙還到外找鑰匙開門，眞是騎驢覓驢。[構]連動。

棋逢對手 ㄑㄧˊ ㄈㄥˊ ㄉㄨㄟˋ ㄕㄡˇ qí féng duì shǒu

下棋遇到了對手，比喻實力相當。[例]摔跤場上，棋逢對手，雙方拚得難分難解。[構]主謂。[同]將遇良才　勢均力敵　旗鼓相當

旗鼓相當 ㄑㄧˊ ㄍㄨˇ ㄒㄧㄤ ㄉㄤ qí gǔ xiāngdāng

古時作戰以軍旗和戰鼓來指揮，因指兩軍對陣。後形容雙方實力相等。[例]爭奪圍棋賽冠軍的雙方，可說是旗鼓相當。[構]主謂。[源]《三國志》注引《管輅別傳》：『吾欲自與卿旗鼓相當。』[同]勢均力敵　棋逢對手

旗開得勝 ㄑㄧˊ ㄎㄞ ㄉㄜˊ ㄕㄥˋ qí kāi dé shèng

頭戰得勝。旗：指揮戰鬥的用具。[例]這次世界女排邀請賽，我隊旗開得勝。[構]連動。[同]馬到成功　首戰告捷

旗幟鮮明 ㄑㄧˊ ㄓˋ ㄒㄧㄢ ㄇㄧㄥˊ qí zhì xiānmíng

原指軍旗鮮艷，後指對某些問題態度明朗。[例]文章的主題要旗幟鮮明，不能模棱兩可。[構]主謂。[反]模棱兩可

豈有此理 ㄑㄧˇ ㄧㄡˇ ㄘˇ ㄌㄧˇ qǐ yǒu cǐ lǐ

哪有這種道理。豈：難道、哪裏，表反問。［例］騎車撞傷了人，還要派人的不是，真是豈有此理！［構］動賓。［源］《南齊書・虞悰傳》：『天下豈有此理耶？』

企足而待 ㄑㄧˇ ㄗㄨˊ ㄦˊ ㄉㄞˋ qǐ zú ér dài

立起腳跟等待著，表示盼望的迫切。企：豎起。［例］聽說慰問團來了，邊防戰士們莫不企足而待。［構］連動。［同］翹首以待　引領而望

杞人憂天 ㄑㄧˇ ㄖㄣˊ ㄧㄡ ㄊㄧㄢ qǐ rén yōu tiān

杞國有個人怕天塌下來，無處躲藏，整天愁得要死。後用以比喻不必要的憂慮。［例］我們這個廠如不進行徹底的調整，總有一天會破產的，這不是杞人憂天之論。［構］主謂。［源］《列子・天瑞》。［同］庸人自擾

起承轉合 ㄑㄧˇ ㄔㄥˊ ㄓㄨㄢˇ ㄏㄜˊ qǐ chéngzhuǎn hé

指文章的結構順序。起：開端。承：承接上文。轉：推開，轉向另一方面。合：總結。［例］一般寫議論文，總是離不開起承轉合。［構］聯合。

起死回生 ㄑㄧˇ ㄙˇ ㄏㄨㄟˊ ㄕㄥ qǐ sǐ huí shēng

使死人活過來，形容醫術精良。［例］據說華佗醫術高明，能起死回生。［構］聯合。［源］《太平廣記》引《女仙傳》：『起死回生，救人無數。』

氣憤填膺 ㄑㄧˋ ㄈㄣˋ ㄊㄧㄢˊ ㄧㄥ qì fèn tián yīng

怒氣充滿胸膛。形容大怒。膺：胸膛。［例］看到流氓這樣地猖狂無理，他氣憤填膺，撲了過去。［構］主謂。［同］怒不可遏

氣貫長虹 ㄑㄧˋ ㄍㄨㄢˋ ㄔㄤˊ ㄏㄨㄥˊ qì guànchánghóng
氣勢貫穿了長虹，形容氣勢之大。用於褒義。［例］我軍以氣貫長虹之勢，衝向匪徒的巢穴。［構］主謂。［源］《禮記・聘義》：『氣如白虹，天也。』［同］氣吞山河　氣壯山河

氣急敗壞 ㄑㄧˋ ㄐㄧˊ ㄅㄞˋ ㄏㄨㄞˋ qì jí bài huài
形容氣得上氣不接下氣的樣子。［例］無緣無故地挨了一頓打，他氣急敗壞地奔回山寨搬救兵去了。［構］補充。［同］氣憤填膺

氣勢磅礡 ㄑㄧˋ ㄕˋ ㄆㄤˊ ㄅㄛˊ qì shì páng bó
形容氣勢很大。磅礡：盛大。［例］萬里長城盤踞於群山之巔，雄偉壯觀，氣勢磅礡。［構］主謂。［同］氣吞山河　氣沖牛斗　［辨］『磅』不能讀成ㄅㄤˋ (bàng)。

氣勢洶洶 ㄑㄧˋ ㄕˋ ㄒㄩㄥ ㄒㄩㄥ qì shì xiōngxiōng
氣勢很威猛的樣子。洶洶：厲害的樣子。［例］他聽了底下的人一說，不問青紅皂白，就氣勢洶洶地走了出來。［構］主謂。［同］其勢洶洶　［反］心平氣和

氣吞山河 ㄑㄧˋ ㄊㄨㄣ ㄕㄢ ㄏㄜˊ qì tūn shān hé
形容氣勢浩大，能吞下山河。［例］百萬大軍以氣吞山河之勢，向江南挺進。［構］主謂。［同］氣壯山河　氣貫長虹

氣味相投 ㄑㄧˋ ㄨㄟˋ ㄒㄧㄤ ㄊㄡˊ qì wèi xiāng tóu
志趣互相投合。［例］他們幾個人因爲氣味相投，不久，就成了好朋友。［構］主謂。［同］志同道合　［反］話不投機　格格不入

氣象萬千 ㄑㄧˋ ㄒㄧㄤˋ ㄨㄢˋ ㄑㄧㄢ qì xiàng wàn qiān 景象千變萬化，多指自然界的景色。［例］沙漠中氣象萬千，一會兒一個樣。［構］主謂。

氣焰囂張 ㄑㄧˋ ㄧㄢˋ ㄒㄧㄠ ㄓㄤ qì yàn xiāo zhāng 形容人威勢逼人，猖狂放肆。貶義。囂張：猖獗的樣子。［例］這些戰犯剛入集中營時，仍是氣焰囂張，無所顧忌。［構］主謂。［同］肆無忌憚

氣宇軒昂 ㄑㄧˋ ㄩˇ ㄒㄩㄢ ㄤˊ qì yǔ xuān áng 形容人儀表不俗。氣宇：氣質。軒昂：不凡的樣子。［例］進來的這個人氣宇軒昂，太爺一看就有三分喜歡。［構］主謂。［同］一表堂堂　玉樹臨風　［反］萎靡不振

氣壯山河 ㄑㄧˋ ㄓㄨㄤˋ ㄕㄢ ㄏㄜˊ qì zhuàng shān hé 形容氣勢之大比山河還要雄壯。褒義。［例］文天祥在就義前寫下了氣壯山河的詩篇。［構］主謂。［同］氣吞山河　氣貫長虹

棄暗投明 ㄑㄧˋ ㄢˋ ㄊㄡˊ ㄇㄧㄥˊ qì àn tóu míng 拋棄反動的一面，投向光明的一面。［例］你如此大才，何不棄暗投明，爭取立功揚名呢？［構］連動。［同］改邪歸正　棄惡從善　改過自新

棄若敝屣 ㄑㄧˋ ㄖㄨㄛˋ ㄅㄧˋ ㄒㄧˇ qì ruò bì xǐ 像扔掉破鞋子一樣，比喻毫不吝惜地拋棄。敝屣：破鞋子。［例］他用你時就把你捧到天上，一旦不用你了，就棄若敝屣。［構］動賓。［反］敝帚千金

泣不成聲 ㄑㄧˋ ㄅㄨˋ ㄔㄥˊ ㄕㄥ qì bù chéngshēng
形容非常傷心。〔例〕看到親人死得這樣慘，他泣不成聲，幾乎昏死過去。〔構〕補充。〔源〕《吳越春秋》：『晝哭夜泣，氣不屬聲。』

千變萬化 ㄑㄧㄢ ㄅㄧㄢˋ ㄨㄢˋ ㄏㄨㄚˋ qiān biàn wàn huà
形容變化很多很快。〔例〕戰場上的情況千變萬化，一不小心，就會失利。〔構〕聯合。〔源〕《莊子・田子方》：『公即召而問以國事，千變萬化而不窮。』〔同〕瞬息萬變　變化多端　變化無窮　〔反〕一成不變

千錘百煉 ㄑㄧㄢ ㄔㄨㄟˊ ㄅㄞˇ ㄌㄧㄢˋ qiān chuí bǎi liàn
多次用錘打，用火燒。比喻反覆加工提煉，也比喻經過多次艱苦的鍛鍊。錘：用錘打鐵。煉：用火冶鐵。〔例〕他在戰場上經過千錘百煉，已經成了鋼筋鐵骨般的戰士。〔構〕聯合。

千恩萬謝 ㄑㄧㄢ ㄣ ㄨㄢˋ ㄒㄧㄝˋ qiān ēn wàn xiè
多次表示感謝別人對自己的恩德。〔例〕醫生把孩子搶救了過來，媽媽抱著孩子千恩萬謝地離開了醫院。〔構〕聯合。〔同〕感恩戴德　〔反〕忘恩負義

千方百計 ㄑㄧㄢ ㄈㄤ ㄅㄞˇ ㄐㄧˋ qiān fāng bǎi jì
用盡各種辦法。〔例〕困難再大，也要千方百計地完成任務。〔構〕聯合。〔同〕想方設法　挖空心思（貶義）〔反〕無計可施　一籌莫展

千呼萬喚 ㄑㄧㄢ ㄏㄨ ㄨㄢˋ ㄏㄨㄢˋ qiān hū wàn huàn
多次地呼喚。〔例〕任憑你千呼萬喚，他總是置若罔聞。〔構〕聯合。〔源〕唐、白居易《琵琶行》：『千呼萬喚始出來，猶抱琵琶半遮面。』

千家萬户 ㄑㄧㄢ ㄐㄧㄚ ㄨㄢˋ ㄏㄨˋ qiān jiā wàn hù 形容人家很多。[例]政策好了，這裏的千家萬戶都富了起來。[構]聯合。

千嬌百媚 ㄑㄧㄢ ㄐㄧㄠ ㄅㄞˇ ㄇㄟˋ qiān jiāo bǎi mèi 舊時形容女子長得美好。嬌：嫵媚的樣子。媚：美好。[例]這個姑娘雖出身於小戶人家，倒也長得千嬌百媚。[構]聯合。

千金一擲 ㄑㄧㄢ ㄐㄧㄣ ㄧˊ ㄓˋ qiān jīn yí zhì 把千金作一次賭注投擲。形容揮霍無度。也作「一擲千金」。[例]聽他那口氣就知他是一個講求奢侈豪華，不惜千金一擲的花花公子。[構]動賓。[源]唐、李白《自漢陽病酒歸寄王明府》詩：『莫惜連船沽美酒，千金一擲買芳春。』

千軍萬馬 ㄑㄧㄢ ㄐㄩㄣ ㄨㄢˋ ㄇㄚˇ qiān jūn wàn mǎ 形容軍馬很多，兵力雄厚。[例]這裏山勢很險，縱有千軍萬馬，也難攻下。[構]聯合。[反]一兵一卒

千軍易得，一將難求 ㄑㄧㄢ ㄐㄩㄣ ㄧˋ ㄉㄜˊ ㄧˋ ㄐㄧㄤˋ ㄋㄢˊ ㄑㄧㄡˊ qiān jūn yì dé, yí jiàng nán qiú 成千軍士容易得到，一員好將難找。形容人才不易多得。[例]俗話說，千軍易得，一將難求，這樣的人才怎麼放他走了？[構]覆。

千里鵝毛 ㄑㄧㄢ ㄌㄧˇ ㄜˊ ㄇㄠˊ qiān lǐ é máo 「千里送鵝毛，禮輕情義重」的簡縮。[例]東西雖不多，略表我們千里鵝毛之意。[構]特．主謂。

千里迢迢 ㄑㄧㄢ ㄌㄧˇ ㄊㄧㄠˊ ㄊㄧㄠˊ qiān lǐ tiáo tiáo 形容路途遙遠。迢迢：形容很遠。[例]代表團同志千里迢迢來到祖

國的邊陲，爲的是看望守在那裏的邊防戰士。［構］主謂。［反］近在咫尺

千里之堤，潰於蟻穴 ㄑㄧㄢ ㄌㄧˇ ㄓ ㄉㄧ ㄎㄨㄟˋ ㄩˊ ㄧˇ ㄒㄩㄝˊ qiān lǐ zhī dī, kuì yú yǐ xué

千里長的河堤，會因一個螞蟻穴漏水而決口，比喻小過失可以鑄成大禍。潰：崩潰。［例］要知道，千里之堤，潰於蟻穴，所以這次的修建任務，絕不能有任何疏忽。［構］主謂。［源］《韓非子・喻老》：『千丈之堤，以螻蟻之穴潰。』

千里之行，始於足下 ㄑㄧㄢ ㄌㄧˇ ㄓ ㄒㄧㄥˊ ㄕˇ ㄩˊ ㄗㄨˊ ㄒㄧㄚˋ qiān lǐ zhī xíng, shǐ yú zú xià

千里遠的路程，是從腳下第一步邁出的。比喻任何事業的成就都是從小到大積累起來的。［例］千里之行，始於足下，萬里長城也是從一磚一石砌起來的。［構］主謂。［源］《老子》六十四章：『千里之行，始於足下。』［同］積少成多　聚沙成塔

千慮一失 ㄑㄧㄢ ㄌㄩˋ ㄧ ㄕ qiān lǜ yī shī

聰明的人考慮的問題多了，也會有錯誤的時候。［例］按說這些問題他事先都該考慮到，這也算是千慮一失吧！［構］特・主謂。［源］《晏子春秋・內篇雜下》：『聖人千慮，必有一失。』［反］千慮一得

千篇一律 ㄑㄧㄢ ㄆㄧㄢ ㄧ ㄌㄩˋ qiān piān yī lǜ

很多篇文章都是一個樣子。比喻形式和內容總是一個樣子。［例］前些年人們的服裝千篇一律，連男女都沒有區別。［構］特・主謂。［同］千人一律［反］花樣翻新　五花八門

千奇百怪 ㄑㄧㄢ ㄑㄧˊ ㄅㄞˇ ㄍㄨㄞˋ qiān qí bǎi guài 許許多多奇特怪異的事物。［例］海底世界千奇百怪，和陸地所見，大不一樣。［構］聯合。

千秋萬代 ㄑㄧㄢ ㄑㄧㄡ ㄨㄢˋ ㄉㄞˋ qiān qiū wàn dài 指很多很多年代。秋：年。［例］現代的器具，千秋萬代之後，也會成爲骨董的。［構］聯合。

千人唱，萬人和 ㄑㄧㄢ ㄖㄣˊ ㄔㄤˋ ㄨㄢˋ ㄖㄣˊ ㄏㄜˋ qiān rén chàng wàn rén hè 一千人領唱，一萬人隨聲應和。比喻倡導的人多，響應的人也多。［例］千人唱，萬人和，募捐的任務，不一會兒就完成了。［構］覆。［源］司馬相如《上林賦》：『千人唱，萬人和。』［辨］『和』不能讀成ㄏㄜˊ(hé)。

千人所指 ㄑㄧㄢ ㄖㄣˊ ㄙㄨㄛˇ ㄓˇ qiān rén suǒ zhǐ 許多人在指責。指：指責。［例］千人所指的人，必然不是善類。［構］主謂。［源］《漢書·王嘉傳》：『千人所指，無病而死。』［同］十手所指［反］有口皆碑

千人一面 ㄑㄧㄢ ㄖㄣˊ ㄧ ㄇㄧㄢˋ qiān rén yí miàn 許多人的面孔都一樣，指寫不同的人都是一樣言語，一樣性格。［例］《水滸傳》若千人一面，就無人去看了。［構］特·主謂。［同］千篇一律

千山萬壑 ㄑㄧㄢ ㄕㄢ ㄨㄢˋ ㄏㄜˋ qiān shān wàn hè 許許多多的山和溝。［例］這一帶千山萬壑，形勢非常險要。［構］聯合。

千山萬水 ㄑㄧㄢ ㄕㄢ ㄨㄢˋ ㄕㄨㄟˇ qiān shān wàn shuǐ
形容山水非常之多。也作『萬水千山』。［例］紅軍經過了千山萬水，最後到達了延安。［構］聯合。

千頭萬緒 ㄑㄧㄢ ㄊㄡˊ ㄨㄢˋ ㄒㄩˋ qiān tóu wàn xù
形容頭緒很多。緒：頭。［例］《紅樓夢》人物太多，千頭萬緒，不看上三五遍，是弄不清的。［構］聯合。［同］經緯萬端 ［反］井井有條

千辛萬苦 ㄑㄧㄢ ㄒㄧㄣ ㄨㄢˋ ㄎㄨˇ qiān xīn wàn kǔ
形容艱難困苦非常之多。［例］勘探隊隊員歷盡千辛萬苦，才找到了這個大銅礦。［構］聯合。［同］含辛茹苦

千言萬語 ㄑㄧㄢ ㄧㄢˊ ㄨㄢˋ ㄩˇ qiān yán wàn yǔ
許許多多的話語。［例］千言萬語，也表達不盡我們對祖國的懷念之情。［構］聯合。［反］一言半語 三言兩語

千載難逢 ㄑㄧㄢ ㄗㄞˇ ㄋㄢˊ ㄈㄥˊ qiān zǎi nán féng
一千年也遇不到。形容極難得到的機會。［例］我有幸到南極去考察，這真是千載難逢的機會。［構］偏正。［同］千載一時 ［辨］『載』不能讀成ㄗㄞˋ(zài)。

千真萬確 ㄑㄧㄢ ㄓㄣ ㄨㄢˋ ㄑㄩㄝˋ qiān zhēn wàn què
非常真實。［例］這些都是千真萬確的事，都是我親眼看到的。［構］聯合。

千姿百態 ㄑㄧㄢ ㄗ ㄅㄞˇ ㄊㄞˋ qiān zī bǎi tài
各種各樣的姿態。［例］展覽廳裏，千姿百態的菊花在爭奇鬥艷地開著。［構］聯合。［同］千態萬狀

牽腸掛肚 ㄑㄧㄢ ㄔㄤˊ ㄍㄨㄚˋ ㄉㄨˋ qiān cháng guà dù

形容內心非常牽掛。[例]這樣一點點小事不用那樣地牽腸掛肚。[構]聯合。

牽强附會 ㄑㄧㄢ ㄑㄧㄤˇ ㄈㄨˋ ㄏㄨㄟˋ qiān qiǎng fù huì

把不相干的事物硬拉在一起，說成彼此相干。也作『牽强傅會』。[例]論據要求真實，推理必須正確，不能牽强附會。[構]聯合。[源]宋、鄭樵《通志・總序》。[同]穿鑿附會 [辨]『强』不能讀成ㄑㄧㄤˊ(qiáng)。

牽一髮而動全身 ㄑㄧㄢ ㄧ ㄈㄚˇ ㄦˊ ㄉㄨㄥˋ ㄑㄩㄢˊ ㄕㄣ qiān yī fà ér dòng quán shēn

比喻動一部分就會牽動全局。[例]列車表不能隨便改動，它可是牽一髮而動全身的事。[構]覆。

謙謙君子 ㄑㄧㄢ ㄑㄧㄢ ㄐㄩㄣ ㄗˇ qiān qiān jūn zǐ

謙恭而有德的人。謙謙：謙恭有禮的樣子。[例]有些人不過是表面上的謙謙君子，實際上什麼壞事都幹得出。[構]偏正。[同]正人君子

謙虛謹慎 ㄑㄧㄢ ㄒㄩ ㄐㄧㄣˇ ㄕㄣˋ qiān xū jǐn shèn

形容人虛心禮讓，小心謹慎。[例]對人要謙虛謹慎，不能粗魯莽撞。[構]聯合。

前不巴村，後不著店 ㄑㄧㄢˊ ㄅㄨˋ ㄅㄚ ㄘㄨㄣ ㄏㄡˋ ㄅㄨˋ ㄓㄠˊ ㄉㄧㄢˋ qián bù bā cūn, hòu bù zháo diàn

往前看不到村莊，往後又沒有客店。比喻進退兩難。[例]在山裏迷了路，前不巴村，後不著店，不知怎麼辦才好。[構]覆。[同]進退兩難 進退維谷

前車之鑑 ㄑㄧㄢˊ ㄔㄜ ㄓ ㄐㄧㄢˋ qián chē zhī jiàn
前面的車翻了，後面的車應引以爲戒。鑑：銅鏡，借鑑。[例]別人的失敗，我們可以作爲前車之鑑，不再那樣做。[構]偏正。[源]《說苑・善說》：『前車覆，後車戒。』[同]前事不忘，後事之師

前程似錦 ㄑㄧㄢˊ ㄔㄥˊ ㄙˋ ㄐㄧㄣˇ qián chéng sì jǐn
比喻前程非常美好。錦：錦繡。[例]他是個有志的青年，前程似錦。[構]主謂。[同]前程萬里　[反]死路一條

前程萬里 ㄑㄧㄢˊ ㄔㄥˊ ㄨㄢˋ ㄌㄧˇ qián chéng wàn lǐ
形容前程遠大。[例]四化大業，前程萬里。[構]主謂。[同]前程遠大　鵬程萬里　前程似錦　[反]走投無路

前赴後繼 ㄑㄧㄢˊ ㄈㄨˋ ㄏㄡˋ ㄐㄧˋ qián fù hòu jì
前面的上去了，後面的跟著上去，多指奔赴危險境地。赴：奔上去。[例]消防隊員前赴後繼，終於將火撲滅。[構]聯合。[同]前仆後繼

前功盡棄 ㄑㄧㄢˊ ㄍㄨㄥ ㄐㄧㄣˋ ㄑㄧˋ qián gōng jìn qì
以前的功績全都廢棄了。[例]即使是最後一道工序也要注意質量，否則會前功盡棄的。[構]主謂。[源]《史記・周本紀》：『一舉不得，前功盡棄。』

前呼後擁 ㄑㄧㄢˊ ㄏㄨ ㄏㄡˋ ㄩㄥ qián hū hòu yōng
前面的人喝道，後面的人簇擁著，形容權貴們的氣勢。[例]縣太爺一出門，前呼後擁，好不威風。[構]聯合。

前倨後恭 qián jù hòu gōng 起先傲慢，後來恭敬。倨：傲慢。［例］前倨後恭的人，都是勢利眼。［構］聯合。［源］《史記·蘇秦列傳》載：蘇秦開始遊說諸侯時，窮著回來了，他嫂子不給他做飯。第二次回來掛了六國的相印，他嫂子跪著迎接他。蘇秦說：『嫂子何前倨而後恭也？』

前怕狼，後怕虎 qián pà láng hòu pà hǔ 形容做事膽小，顧慮太多。［例］做事要認真考慮，但也不能前怕狼，後怕虎，不敢動手。［構］覆。［同］畏首畏尾［反］天不怕，地不怕 無所畏懼

前仆後繼 qián pū hòu jì 前面的人倒下去，後面的人跟上去。仆：倒下。［例］戰士們前仆後繼地向敵人衝去。［構］聯合。

前人栽樹，後人乘涼 qián rén zāi shù hòu rén chéng liáng 比喻前人爲後人創造福利。［例］俗話說，前人栽樹，後人乘涼，我們也該爲後人著想。［構］覆。

前事不忘，後事之師 qián shì bù wàng hòu shì zhī shī 前面的事不忘記，可以作爲後事的借鑑。師：老師，借鑑。［例］歷史的教訓必須記住，前事不忘，後事之師，絕不可重蹈覆轍。［構］主謂。［源］《戰國策·趙策一》：『前事之不忘，後事之師。』［同］前車之覆，後車之鑑 ［反］掉了瘡疤忘了痛

前所未聞 qián suǒ wèi wén 從前沒聽說過。［例］從書本上知道了許多前所未聞的事。［構］偏正。［同］聞所未聞

前無古人 ㄑㄧㄢˊ ㄨˊ ㄍㄨˇ ㄖㄣˊ qián wú gǔ rén

古人所沒有的。〔例〕今天我們創造了許多前無古人的奇跡。〔構〕主謂。〔同〕前所未有 〔反〕車載斗量 司空見慣

前言不搭後語 ㄑㄧㄢˊ ㄧㄢˊ ㄅㄨˋ ㄉㄚ ㄏㄡˋ ㄩˇ qián yán bù dā hòu yǔ

形容說話寫文章無層次，不搭配。〔例〕他講起話來前言不搭後語，矛盾重重。〔構〕主謂。〔同〕語無倫次 〔反〕文從字順

前因後果 ㄑㄧㄢˊ ㄧㄣ ㄏㄡˋ ㄍㄨㄛˇ qián yīn hòu guǒ

事情的起因和結果。〔例〕我不知道他們之間矛盾的前因後果。〔構〕聯合。〔同〕來龍去脈

潛心貫注 ㄑㄧㄢˊ ㄒㄧㄣ ㄍㄨㄢˋ ㄓㄨˋ qián xīn guàn zhù

聚精會神的樣子。潛心：專心。〔例〕學習要潛心貫注，不能心不在焉。〔構〕聯合。〔同〕聚精會神 全神貫注 專心致志 〔反〕心不在焉

潛移默化 ㄑㄧㄢˊ ㄧˊ ㄇㄛˋ ㄏㄨㄚˋ qián yí mò huà

思想性格在一定環境影響下暗中起的變化。潛、默：暗中。〔例〕環境對人能起潛移默化的作用。〔構〕聯合。〔源〕北齊、顏之推《顏氏家訓》。

黔驢技窮 ㄑㄧㄢˊ ㄌㄩˊ ㄐㄧˋ ㄑㄩㄥˊ qián lǘ jì qióng

比喻微不足道的本領用盡了。黔：貴州。窮：盡。〔例〕敵人已到了黔驢技窮的地步，只好投降了。〔構〕主謂。〔源〕唐、柳宗元《黔之驢》。〔同〕黔驢之技 〔反〕神通廣大

淺嘗輒止 ㄑㄧㄢˇ ㄔㄤˊ ㄓㄜˊ ㄓˇ qiǎn cháng zhé zhǐ

粗淺地嘗試一下就中止了。形容對學習、工作不肯深鑽。輒：就。〔例〕做事要堅持到底，不能淺嘗輒止。〔

構〕連動。〔反〕堅持不懈　持之以恆

淺顯易懂 qiǎn xiǎn yì dǒng　淺近明顯，容易懂得。〔例〕這些通俗讀物淺顯易懂，很受群衆的歡迎。〔構〕聯合。〔同〕通俗易懂

遣詞造句 qiǎn cí zào jù　安排詞語來造句子。〔例〕要想寫好文章，如何遣詞造句是非常重要的問題。〔構〕連動。

倩人捉刀 qiàn rén zhuō dāo　請別人代筆寫文章。倩：請。捉刀：代筆。〔例〕這篇文章是倩人捉刀的，不是他自己寫的。〔構〕兼語。〔源〕《世說新語・容止》載：曹操接見匈奴使者，因自己容貌不出衆，讓崔季珪代替，自己捉刀立於床頭，後有人問使者，曹操這人怎樣，使者說：『床頭捉刀人，此乃英雄也。』〔辨〕『倩』不能寫成『請』。

槍林彈雨 qiāng lín dàn yǔ　槍如林，彈如雨，形容槍和子彈多而密。指戰爭激烈。〔例〕他參加革命幾十年，在槍林彈雨中立下了不朽的功勳。〔構〕聯合。

强本節用 qiáng běn jié yòng　加强農業生產，節約開支。强：作動詞用。本：根本，古代治國以農爲本，因指農業。用：開支。〔例〕要想富國，必須强本節用。〔構〕聯合。〔源〕《荀子・天論》：『强本而節用，則天不能貧。』〔辨〕『强』不能讀成ㄑㄧㄤˇ(qiǎng)。

强奸民意 ㄑㄧㄤˊ ㄐㄧㄢ ㄇㄧㄣˊ ㄧˋ qiáng jiān mín yì

統治者硬把自己反人民的意見强加於人，說成是人民的意見。〔例〕解放前，國民黨官方宣傳的慣用手法是强奸民意，造謠惑衆。〔構〕動賓。〔辨〕『强』不能讀成ㄑㄧㄤˇ(qiǎng)。

强將手下無弱兵 ㄑㄧㄤˊ ㄐㄧㄤˋ ㄕㄡˇ ㄒㄧㄚˋ ㄨˊ ㄖㄨㄛˋ ㄅㄧㄥ qiángjiàngshǒu xià wú ruò bīng

有本領的將領手下沒有懦弱的兵。比喻好的領導必然能帶出好的部屬。〔例〕俗話說：『强將手下無弱兵』，在張教練的帶領下，這個球隊已經成爲一支强隊。〔構〕主謂。〔辨〕『强』不能讀成ㄑㄧㄤˇ(qiǎng)。

强弩之末 ㄑㄧㄤˊ ㄋㄨˇ ㄓ ㄇㄛˋ qiáng nǔ zhī mò

用硬弓射出的箭飛到了盡頭。比喻已經沒力了。弩：弩弓，古代一種用機械射箭的弓。末：盡頭。〔例〕敵人已是强弩之末，不堪一擊了。〔構〕偏正。〔源〕《史記・韓長孺列傳》：『且强弩之極，矢不能穿魯縞。』〔辨〕『强』不能讀成ㄑㄧㄤˇ(qiǎng)。

强中更有强中手 ㄑㄧㄤˊ ㄓㄨㄥ ㄍㄥˋ ㄧㄡˇ ㄑㄧㄤˊ ㄓㄨㄥ ㄕㄡˇ qiángzhōnggèng yǒu qiángzhōngshǒu

能人之中更有能人。〔例〕別以爲你跑得快，要知道，强中更有强中手，這次比賽千萬不可大意。〔構〕主謂。〔同〕人上有人 天外有天

牆倒衆人推 ㄑㄧㄤˊ ㄉㄠˇ ㄓㄨㄥˋ ㄖㄣˊ ㄊㄨㄟ qiáng dǎo zhòng rén tuī

比喻一個人失勢後，衆人都去攻擊他。〔例〕他並不像別人所說的那樣壞，這不過是牆倒衆人推罷了。〔構〕覆。〔同〕破鼓萬人錘

强不知以爲知 ㄑㄧㄤˇ ㄅㄨˋ ㄓ ㄧˇ ㄨㄟˊ ㄓ qiǎng bù zhī yǐ wéi zhī

硬把不知道的當作知道的。强：硬是。[例]一個實事求是的人，絕不會强不知以爲知的。[構]主謂。[源]《論語·爲政》：『知之爲知之，不知爲不知，是知也。』朱熹注：『子路好勇，蓋有强其所不知以爲知者，故夫子告之。』[同]强作解人 [反]知之爲知之，不知爲不知 [辨]『强』不能讀成ㄑㄧㄤˊ(qiáng)。

强詞奪理 ㄑㄧㄤˇ ㄘˊ ㄉㄨㄛˊ ㄌㄧˇ qiǎng cí duó lǐ

硬把無理說成有理。强詞：勉强其詞。奪：爭取。貶義。[例]自己無理就認輸好了，不要强詞奪理。[構]聯合。[辨]『强』不能讀成ㄑㄧㄤˊ(qiáng)。

强人所難 ㄑㄧㄤˇ ㄖㄣˊ ㄙㄨㄛˇ ㄋㄢˊ qiǎng rén suǒ nán

强使別人做他不願做或做不到的事。[例]我從未演過戲，你非要我演不可，這不是强人所難嗎？[構]動賓。[辨]『强』不能讀成ㄑㄧㄤˊ(qiáng)。

敲骨吸髓 ㄑㄧㄠ ㄍㄨˇ ㄒㄧ ㄙㄨㄟˊ qiāo gǔ xī suí

敲碎骨頭吸取骨髓。比喻極爲殘酷的剝削。髓：骨髓。[例]日本侵著占我國東北時，剝削、壓榨我國人民，極盡敲骨吸髓之能事。[構]連動。[反]樂善好施

敲詐勒索 ㄑㄧㄠ ㄓㄚˋ ㄌㄜˋ ㄙㄨㄛˇ qiāo zhà lè suǒ

用威脅手段或用權勢索取。敲詐：用威脅手段詐取。勒索：用權勢索取。[例]舊社會的官場，敲詐勒索的現象很普遍。[構]聯合。[同]巧取豪奪 [反]樂善好施

喬遷之喜 ㄑㄧㄠˊ ㄑㄧㄢ ㄓ ㄒㄧˇ qiáo qiān zhī xǐ

祝賀別人遷居或升官的話。喬：喬木，借指高。遷：遷移。喬遷，原

指鳥類從山谷裏飛出落在喬木（高大的樹木）上。這是轉借其義。［例］聽說你分到樓房了，喬遷之喜，應該祝賀。［構］偏正。［源］《詩經・小雅・伐木》：『出自幽谷，遷於喬木。』

喬裝打扮 ㄑㄧㄠˊ ㄓㄨㄤ ㄉㄚˇ ㄅㄢˋ qiáozhuāng dǎ bàn

指用手段改變原來的面貌。喬裝：改變服裝。打扮：化妝。［例］他做案後，妄圖喬裝打扮逃離出境，但終於被識破了。［構］聯合。［同］改頭換面［反］本來面目

翹首以待 ㄑㄧㄠˊ ㄕㄡˇ ㄧˇ ㄉㄞˋ qiáoshǒu yǐ dài

昂起頭來等待，形容等待的急切。翹：抬起。［例］聽說慰問團要來，災區人民天天在翹首以待。［構］連動。［同］翹首而望　企足以待［辨］不能說成『翹首以待地等著』，因『待』和『等』同義。

巧奪天工 ㄑㄧㄠˇ ㄉㄨㄛˊ ㄊㄧㄢ ㄍㄨㄥ qiǎo duó tiān gōng

非常精巧，超過了自然。形容製作技藝之高超。奪：超過。［例］這個公園裏的假山，結構新奇巧妙，真可以說是巧奪天工。［構］主謂。

巧婦難爲無米之炊 ㄑㄧㄠˇ ㄈㄨˋ ㄋㄢˊ ㄨㄟˊ ㄨˊ ㄇㄧˇ ㄓ ㄔㄨㄟ qiǎo fù nán wéi wú mǐ zhī chuī

巧媳婦沒有米也做不出飯來。比喻沒有必要的條件，什麼也幹不出來。炊：燒火做飯。［例］俗話說：『巧婦難爲無米之炊』。既無木料，又無工具，叫我拿什麼做出家具來？［構］主謂。［同］無米難爲炊

巧立名目 ㄑㄧㄠˇ ㄌㄧˋ ㄇㄧㄥˊ ㄇㄨˋ qiǎo lì míng mù

用欺騙的手段設立各種名目，以達到不正當目的。巧：耍花招。名目：名稱。貶義。［例］舊社會衙門裏的貪官污吏就會巧立名目，勒索百姓！［構］

動賓。

巧取豪奪 ㄑㄧㄠˇ ㄑㄩˇ ㄏㄠˊ ㄉㄨㄛˊ qiǎo qǔ háo duó 耍花招騙取，用强硬手段奪得。形容用各種辦法奪取財物。巧：耍花招。豪：强橫。［例］舊官僚對人民巧取豪奪，想盡辦法來塡滿自己的腰包。［構］聯合。［同］敲詐勒索

巧舌如簧 ㄑㄧㄠˇ ㄕㄜˊ ㄖㄨˊ ㄏㄨㄤˊ qiǎo shé rú huáng 形容嘴巧，能說會道。簧：某些樂器的發聲部件。多用於貶義。［例］這個巧舌如簧的媳婦，很得婆婆的歡心。［構］主謂。［源］《詩經・小雅・巧言》：『巧言如簧，顏之厚矣。』［同］巧言如簧　能說會道　花言巧語　［反］拙口鈍腮

切磋琢磨 ㄑㄧㄝ ㄘㄨㄛ ㄓㄨㄛˊ ㄇㄛˊ qiē cuō zhuó mó 比喻互相探討研究。切：骨加工成器。磋：象牙加工成器。琢：玉加工成器。磨：石加工成器。［例］大家在一起，切磋琢磨，可以相互提高。［構］聯合。［源］《詩・衛風・淇奧》：『如切如磋，如琢如磨。』［反］不相爲謀

切齒痛恨 ㄑㄧㄝˋ ㄔˇ ㄊㄨㄥˋ ㄏㄣˋ qiè chǐ tòng hèn 形容非常痛恨。切齒：咬牙。［例］這些爲人們切齒痛恨的壞分子，終於被逮捕了。［構］偏正。［同］切齒腐心　［辨］『切』不能讀成ㄑㄧㄝ (qiē)。

切中時弊 ㄑㄧㄝˋ ㄓㄨㄥˋ ㄕˊ ㄅㄧˋ qiè zhòng shí bì 批評完全擊中了當時社會的弊病。切：切合。中：打中了。［例］這篇評論切中時弊，引起了許多人的共鳴。［構］動賓。［辨］『切』不能讀成ㄑㄧㄝ (qiē)。『中』不能讀成ㄓㄨㄥ (zhōng)。

竊竊私語 ㄑㄧㄝˋㄑㄧㄝˋㄙㄌㄩˇ qiè qiè sī yǔ
私下低聲說話。竊竊：低聲。［例］開會時，總有人在底下竊竊私語，這種現象很不好。［構］偏正。［反］大聲喧嘩

竊爲己有 ㄑㄧㄝˋㄨㄟˊㄐㄧˇㄧㄡˇ qiè wéi jǐ yǒu
偷盜公家或他人的東西作爲個人所有。［例］他經常把公家財物竊爲己有，最後受到了處分。［構］連動。［同］據爲己有　攫爲己有

鍥而不捨 ㄑㄧㄝˋㄦˊㄅㄨˋㄕㄜˇ qiè ér bù shě
不停止地刻。比喻做事堅持到底，有毅力。鍥：雕刻。［例］做事要有鍥而不捨的精神，不能淺嘗輒止。［構］連動。［源］《荀子・勸學》：『鍥而捨之，朽木不折；鍥而不捨，金石可鏤。』［同］持之以恆　堅持不懈　［反］淺嘗輒止　虎頭蛇尾

親密無間 ㄑㄧㄣㄇㄧˋㄨˊㄐㄧㄢˋ qīn mì wú jiàn
形容很親密，一點隔閡都沒有。間：縫隙。［例］他們倆是親密無間的好友。［構］補充。［源］《漢書・蕭望之傳》：『蕭望之歷位將相，藉師傅之恩，可謂親暱亡（無）間。』［同］莫逆之交　［反］行同路人　［辨］『間』不能讀成ㄐㄧㄢ (jiān)。

親如手足 ㄑㄧㄣㄖㄨˊㄕㄡˇㄗㄨˊ qīn rú shǒu zú
像親兄弟那樣親近。手足：比喻兄弟。［例］他們倆不是一家人，但卻親如手足。［構］特・主謂。［同］親如兄弟　親如一家　情同手足　［反］不共戴天　仇深似海

親痛仇快 ㄑㄧㄣㄊㄨㄥˋㄔㄡˊㄎㄨㄞˋ qīn tòng chóu kuài
親近的人痛心，仇敵稱快，指於己有害於敵有利的行爲。［例］自相殘殺會使親痛仇快的。［構］聯合。［源

」漢、朱浮《與彭寵書》：『凡舉事無爲親厚者所痛，而爲見仇者所快。』

欽差大臣 ㄑㄧㄣ ㄔㄞ ㄉㄚˋ ㄔㄣˊ qīn chāi dà chén 皇帝派出辦事的大臣，權力極大。欽差：皇帝派遣。現多用於貶義。[例]欽差大臣滿天飛的作風是要不得的。[構]偏正。

琴瑟相調 ㄑㄧㄣˊ ㄙㄜˋ ㄒㄧㄤ ㄊㄧㄠˊ qín sè xiāng tiáo 比喻夫妻感情好。琴瑟：兩種樂器名。調：指音調（ㄉㄧㄠˋ[diào]）和諧。[例]他們結婚以後，和和樂樂，琴瑟相調，感情極好。[構]主謂。[反]琴瑟失調 [辨]『調』不能讀成ㄉㄧㄠˋ(diào)。

勤工儉學 ㄑㄧㄣˊ ㄍㄨㄥ ㄐㄧㄢˇ ㄒㄩㄝˊ qín gōng jiǎn xué 一面工作，一面讀書，用勞動所得當學費。[例]他家庭生活較爲困難，只好勤工儉學，否則就念不下去了。[構]聯合。[同]半工半讀

勤儉持家 ㄑㄧㄣˊ ㄐㄧㄢˇ ㄔˊ ㄐㄧㄚ qín jiǎn chí jiā 勤勞節儉地操持家務。[例]生活雖然提高了，但還是應該提倡勤儉持家的。[構]偏正。

勤能補拙 ㄑㄧㄣˊ ㄋㄥˊ ㄅㄨˇ ㄓㄨㄛ qín néng bǔ zhuō 勤勞能夠補償拙笨的不足。[例]他的手腳雖然慢些，但勤能補拙，因爲不停手地幹，一天出的活也不少。[構]主謂。[同]駑馬十駕 功在不捨 人一己百

勤學苦練 ㄑㄧㄣˊ ㄒㄩㄝˊ ㄎㄨˇ ㄌㄧㄢˋ qín xué kǔ liàn 認真學習，刻苦練習。[例]師傅教得認真，徒弟也勤學苦練，不久他就能獨立操作了。[構]聯合。

擒賊先擒王 ㄑㄧㄣˊ ㄗㄟˊ ㄒㄧㄢ ㄑㄧㄣˊ ㄨㄤˊ qín zéi xiān qín wáng

擒拿賊要先擒拿他們的頭頭，比喻要先抓住或處理主要人物，或事情的主要環節。［例］擒賊先擒王，把土匪頭子一抓住，樹倒猢猻散，他的爪牙也就散夥了。［構］主謂。［源］唐、杜甫《前出塞》：『射人先射馬，擒賊先擒王。』

寢不安席 ㄑㄧㄣˇ ㄅㄨˋ ㄢ ㄒㄧˊ qǐn bù ān xí

睡覺不能安心地躺在席子上。形容心事重，睡不好。［例］他一天忙到晚，任務仍不能完成，急得經常寢不安席。［構］連動。［源］《戰國策．齊策》：『秦王恐之，寢不安席，食不甘味。』［同］食不甘味　［反］高枕無憂

沁人肺腑 ㄑㄧㄣˋ ㄖㄣˊ ㄈㄟˋ ㄈㄨˇ qìn rén fèi fǔ

滲入到人的內心。形容藝術的感染力深。沁：滲透。肺腑：內臟。［例］她的歌聲，具有沁人肺腑的魅力。［構］動賓。［辨］『沁』不能讀成ㄒㄧㄣ(xīn)。

沁人心脾 ㄑㄧㄣˋ ㄖㄣˊ ㄒㄧㄣ ㄆㄧˊ qìn rén xīn pí

滲入人的內心，多指空氣清新、花草馨香、飲料清涼等對人的作用。［例］夏天喝一點冰鎮汽水，頓生沁人心脾之感。［構］動賓。［辨］『沁』不能讀成ㄒㄧㄣ(xīn)。『脾』不能寫成『痺』。

青出於藍 ㄑㄧㄥ ㄔㄨ ㄩˊ ㄌㄢˊ qīng chū yú lán

靛青是從藍草提煉出來的。比喻學生可以超過老師，後人可以超過前人。藍：蓼藍，一種可做藍色顏料的草。［例］他的專業水平已超過了他的老師，真可謂青出於藍。［構］主謂。［源］《荀子．勸學》：『青，取之於藍而青於藍。』［同］冰寒於水　［辨］『藍』不能寫成『蘭、籃』。

青紅皂白 ㄑㄧㄥ ㄏㄨㄥˊ ㄗㄠˋ ㄅㄞˊ qīng hóng zào bái

指各種不同的顏色，比喻事情的是非曲直。皂：黑色。多用於貶義。[例]衙門裏的差役把他抓去後，不問青紅皂白，先狠打了一頓。[構]聯合。[同]是非曲直

青黃不接 ㄑㄧㄥ ㄏㄨㄤˊ ㄅㄨˋ ㄐㄧㄝ qīng huáng bù jiē

新糧接不上陳糧了，指鬧糧荒。也喻指前後不能相接。青：未熟的莊稼。黃：黃熟的穀物。[例]雖然正是青黃不接的關口，地主還是來逼租要債。[構]主謂。[反]陳陳相因

青梅竹馬 ㄑㄧㄥ ㄇㄟˊ ㄓㄨˊ ㄇㄚˇ qīng méi zhú mǎ

指男女幼童天真無邪地在一起玩耍。青梅：青綠的梅子。竹馬：小孩當『馬』騎的竹竿。[例]這一對曾是青梅竹馬的夥伴，現已成了夫妻。[構]聯合。[源]唐、李白《長干行》：『郎騎竹馬來，繞床弄青梅。』

青史留名 ㄑㄧㄥ ㄕˇ ㄌㄧㄡˊ ㄇㄧㄥˊ qīng shǐ liú míng

在歷史上留下美名。古代史書寫在竹簡上，先烤青竹，使『出汗』，叫汗青，後『汗青』、『青史』都指歷史。[例]這些青史留名的英烈，人們永遠不會忘記他們。[構]主謂。[同]名垂青史 [反]遺臭萬年

青天霹靂 ㄑㄧㄥ ㄊㄧㄢ ㄆㄧ ㄌㄧˋ qīng tiān pī lì

晴空上的響雷。比喻意外的災禍。[例]聽說孩子遭了車禍，這真是個青天霹靂，她當時就暈倒了。[構]偏正。[同]晴天霹靂

青雲直上 ㄑㄧㄥ ㄩㄣˊ ㄓˊ ㄕㄤˋ qīng yún zhí shàng

比喻人的地位升得極快。[例]文化大革命期間，不少人是靠投機鑽營而青雲直上的。[構]特・主謂。[同

」平步青雲　一步登天　［反］急轉直下

輕車熟路 ㄑㄧㄥ ㄔㄜ ㄕㄨˊ ㄌㄨˋ qīng chē shú lù
駕輕車，走熟路。比喻對某種工作很熟悉，幹起來不費力。［例］他是個老工程師了，幹這個活還不是輕車熟路。［構］聯合。［同］駕輕就熟　［反］人地生疏

輕而易舉 ㄑㄧㄥ ㄦˊ ㄧˋ ㄐㄩˇ qīng ér yì jǔ
很輕的東西容易舉起來。比喻不費力氣。［例］在戰士們看來，一天行軍五十公里是輕而易舉的事。［構］補充。［同］吹灰之力　易如反掌　唾手可得

輕歌曼舞 ㄑㄧㄥ ㄍㄜ ㄇㄢˋ ㄨˇ qīng gē màn wǔ
指輕快的音樂，柔和的舞蹈。輕：輕快。曼舞：動作柔軟的舞蹈。也作『輕歌慢舞』。［例］工廠裏舉辦周末晚會，中老年職工和青年們一起輕歌曼舞，共度良宵。［構］聯合。

輕舉妄動 ㄑㄧㄥ ㄐㄩˇ ㄨㄤˋ ㄉㄨㄥˋ qīng jǔ wàngdòng
輕率的行動。［例］敵人膽敢輕舉妄動，我們就立刻消滅他們。［構］聯合。

輕描淡寫 ㄑㄧㄥ ㄇㄧㄠˊ ㄉㄢˋ ㄒㄧㄝˇ qīng miáo dàn xiě
輕輕地描繪。後指故意把嚴重的事說輕了。［例］這麼大的事故，他卻輕描淡寫地說成小事。［構］聯合。

輕於鴻毛 ㄑㄧㄥ ㄩˊ ㄏㄨㄥˊ ㄇㄠˊ qīng yú hóng máo
比大雁的毛還輕，指無價值的事。鴻：大雁。［例］爲反動派賣命而死，則是輕於鴻毛。［構］補充。［源］漢、司馬遷《報任少卿書》：『人固有一死，死或重於泰山，或輕於鴻毛。』［反］重於泰山

輕重倒置 ㄑㄧㄥ ㄓㄨㄥˋ ㄉㄠˋ ㄓˋ qīng zhòng dào zhì

把輕重的位置放顛倒了。指輕重不分。[例] 做事要分清主次，不要輕重倒置。[構] 主謂。[同] 本末倒置 主次不分 捨本逐末 [辨]『倒』不能讀成ㄉㄠˇ(dǎo)。

傾巢出動 ㄑㄧㄥ ㄔㄠˊ ㄔㄨ ㄉㄨㄥˋ qīng cháo chū dòng

一窩鳥都出來了。比喻所有的人都出動了。貶義。[例] 這次掃蕩，鬼子傾巢出動了。[構] 特．主謂。[同] 傾巢而出

傾家蕩產 ㄑㄧㄥ ㄐㄧㄚ ㄉㄤˋ ㄔㄢˇ qīng jiā dàngchǎn

所有的家產都喪盡了。[例] 一場大火，他傾家蕩產了。[構] 聯合。

傾箱倒篋 ㄑㄧㄥ ㄒㄧㄤ ㄉㄠˋ ㄑㄧㄝˋ qīng xiāng dào qiè

形容找東西亂翻的情況。或指拿出全部的東西。篋：小箱子。[例] ①他傾箱倒篋，也沒找到那件衣服。②他傾箱倒篋，再也沒有可賣的東西。[構] 聯合。[同] 翻箱倒櫃 傾囊倒篋

卿卿我我 ㄑㄧㄥ ㄑㄧㄥ ㄨㄛˇ ㄨㄛˇ qīngqīng wǒ wǒ

形容夫婦間感情的親密。卿卿：男女之間甜蜜的稱呼。[例] 小夫小妻，卿卿我我，寸步不離。[構] 聯合。

清官難斷家務事 ㄑㄧㄥ ㄍㄨㄢ ㄋㄢˊ ㄉㄨㄢˋ ㄐㄧㄚ ㄨˋ ㄕˋ qīngguān nán duàn jiā wù shì

形容家務事多是瑣碎而無原則的，不易分出是非。[例] 古話說，清官難斷家務事，他們家的糾紛，誰都沒法管。[構] 主謂。

清規戒律 ㄑㄧㄥ ㄍㄨㄟ ㄐㄧㄝˋ ㄌㄩˋ qīng guī jiè lǜ

原指佛門中的規章戒條，後指不合理的約束人的規章條例。用於貶義。［例］這些清規戒律式的條款，早就應該廢除了。［構］聯合。［同］金科玉律

清水衙門 ㄑㄧㄥ ㄕㄨㄟˇ ㄧㄚˊ ㄇㄣˊ qīng shuǐ yá mén

舊時指沒有外利可圖的政府機關。［例］王大爺在舊社會的衙門裏幹了幾十年，沒有攢錢，他說那是個清水衙門。［構］偏正。

清心寡欲 ㄑㄧㄥ ㄒㄧㄣ ㄍㄨㄚˇ ㄩˋ qīng xīn guǎ yù

指清除雜念，減少欲念，保持心地安寧。［例］長壽之道的重要一條，就是清心寡欲。［構］連動。［源］宋、朱熹《皇極辨》。［同］清靜寡欲［反］欲壑難填

蜻蜓點水 ㄑㄧㄥ ㄊㄧㄥˊ ㄉㄧㄢˇ ㄕㄨㄟˇ qīng tíng diǎn shuǐ

比喻做事不認真，敷衍了事。［例］這位廠長每天到車間走一趟，不過是蜻蜓點水而已，其實他什麼問題也沒發現。［構］主謂。［同］浮皮蹭癢［反］腳踏實地

情不可卻 ㄑㄧㄥˊ ㄅㄨˋ ㄎㄜˇ ㄑㄩㄝˋ qíng bù kě què

礙於情面難以推辭。卻：推辭。［例］他找我多次了，情不可卻，我才答應幫忙的。［構］主謂。

情不自禁 ㄑㄧㄥˊ ㄅㄨˋ ㄗˋ ㄐㄧㄣˋ qíng bù zì jìn

自己不能控制自己的情感。禁：克制。［例］孩子病重，媽媽情不自禁地哭了起來。［構］主謂。［同］不能自已

情景交融 qíng jǐng jiāo róng
情感和景物交相融匯在一起。［例］這篇文章寓情於景，情景交融，十分動人。［構］主謂。［辨］『融』不能寫成『溶』。

情趣橫生 qíng qù héngshēng
情調趣味到處出現。［例］他講起故事來，情趣橫生，人們非常愛聽。［構］主謂。［反］味同嚼蠟

情同手足 qíng tóng shǒu zú
比喻感情很好，像親兄弟一樣。手足：比喻親兄弟。［例］我們多年在一起，情同手足。［構］主謂。［同］親如手足　情同骨肉　［反］不共戴天　仇深似海

情投意合 qíng tóu yì hé
感情心意非常投合，形容感情很好。［例］他倆情投意合，終於結爲夫婦。［構］聯合。

情文並茂 qíng wén bìng mào
情節文字都很動人。形容文章動人。茂：本意繁盛。［例］這篇小說情文並茂，很受歡迎。［構］主謂。

情有可原 qíng yǒu kě yuán
從情理來說，有可原諒之處。［例］他雖然開車撞了人，但情有可原，應從輕處理。［構］主謂。［源］《後漢書·霍諝傳》：『光之所坐，情既可原，守闕連年，而終不見理。』［反］情理難容

頃刻之間 ㄑㄧㄥˇ ㄎㄜˋ ㄓ ㄐㄧㄢ qǐng kè zhī jiān 極其短暫的工夫。［例］一聲炮響，頃刻之間，濃煙衝天。［構］偏正。［同］轉瞬即逝　彈指之間　［反］積年累月

請君入甕 ㄑㄧㄥˇ ㄐㄩㄣ ㄖㄨˋ ㄨㄥˋ qǐng jūn rù wèng 比喻用某人整人的辦法反過來整他自己。甕：小口大肚壇子。［例］你過去慣會無限上綱，現在請君入甕，你也嘗到這滋味不好受罷！［構］兼語。［源］《資治通鑑・唐紀》記載：周興想謀反，武則天讓來俊臣審理。來俊臣問周興：『犯人不招怎麼辦？』周興說：『把犯人裝在甕裏用火烤。』來俊臣說：『奉命審問老兄，請兄入此甕。』［同］以其人之道還治其人之身

罄其所有 ㄑㄧㄥˋ ㄑㄧˊ ㄙㄨㄛˇ ㄧㄡˇ qìng qí suǒ yǒu 把所有的財物全部拿出來。罄：盡。［例］為了還帳，他已罄其所有了，但還是不夠。［構］動賓。［源］《宋史・寇準傳》：『博者輸錢欲盡，乃罄所有出之，謂之孤注。』

罄竹難書 ㄑㄧㄥˋ ㄓㄨˊ ㄋㄢˊ ㄕㄨ qìng zhú nán shū 用盡竹子，也寫不完（罪惡），喻指罪狀極多。罄：盡。竹：古人書寫在竹上。貶義。［例］日本侵華戰犯的罪惡，罄竹難書。［構］連動。［源］《呂氏春秋・明理》：『此皆亂國之所生也，不能勝數；盡荊越之竹，猶不能書。』［同］擢髮難數

窮兵黷武 ㄑㄩㄥˊ ㄅㄧㄥ ㄉㄨˊ ㄨˇ qióng bīng dú wǔ 指好戰。窮兵：盡其全部兵力。黷武：濫動武力。［例］帝國主義者窮兵黷武，肆意侵略弱小國家。［構］聯

合。［源］《三國志・吳志・陸抗傳》：『而聽諸將徇名，窮兵黷武，動費萬計。』［反］偃武修文

窮當益堅 ㄑㄩㄥˊ ㄉㄤ ㄧˋ ㄐㄧㄢ qióngdāng yì jiān 人當困難時意志應當更加堅定。益：更加。［例］我們目前雖然困難些，但窮當益堅，絕不向外國卑躬屈節。［構］主謂。［源］唐、王勃《滕王閣序》：『窮且益堅，不墜青雲之志。』［同］人窮志不窮 ［反］人窮志短

窮極無聊 ㄑㄩㄥˊ ㄐㄧˊ ㄨˊ ㄌㄧㄠˊ qióng jí wú liáo 形容精神上非常空虛。窮極：非常。無聊：精神無所寄託。［例］有些年輕人窮極無聊，成天價不是抽煙，就是喝酒。［構］偏正。

窮家富路 ㄑㄩㄥˊ ㄐㄧㄚ ㄈㄨˋ ㄌㄨˋ qióng jiā fù lù 在家裏應該節省些，出門應當相對地多備盤纏。［例］俗話說，窮家富路，出門在外缺錢花，就麻煩了。［構］聯合。

窮山惡水 ㄑㄩㄥˊ ㄕㄢ ㄜˋ ㄕㄨㄟˇ qióngshān è shuǐ 形容自然條件很不好。［例］過去這被稱爲窮山惡水的地方，如今也富裕了起來。［構］聯合。［反］青山綠水

窮奢極欲 ㄑㄩㄥˊ ㄕㄜ ㄐㄧˊ ㄩˋ qióng shē jí yù 過分的奢侈和欲求，形容揮霍享樂。窮：極。［例］《紅樓夢》中賈府的公子少爺們過著窮奢極欲的生活。［構］聯合。［源］《漢書・谷永傳》：『窮奢極欲，湛（沉）湎荒淫。』［反］節衣縮食

窮途末路 ㄑㄩㄥˊ ㄊㄨˊ ㄇㄛˋ ㄌㄨˋ qióng tú mò lù

形容到了無路可走的地步。窮途：路的盡頭。［例］雖然鬼子已到了窮途末路，但還是負隅頑抗，作垂死的掙扎。［構］聯合。［同］日暮途窮 ［反］前程萬里

窮鄉僻壤 ㄑㄩㄥˊ ㄒㄧㄤ ㄆㄧˋ ㄖㄤˇ qióngxiāng pì rǎng

指偏僻荒遠的地方。窮：極遠。［例］真沒想到，處在窮鄉僻壤的故鄉，如今也繁華起來了。［構］聯合。［反］通都大邑

窮凶極惡 ㄑㄩㄥˊ ㄒㄩㄥ ㄐㄧˊ ㄜˋ qióngxiōng jí è

形容非常的凶惡。窮：極。［例］這些窮凶極惡的殺人犯，被處以極刑，都得到了應有的下場。［構］聯合。［源］《漢書・王莽傳贊》：『窮凶極惡，流毒諸夏。』［反］悲天憫人

窮則思變 ㄑㄩㄥˊ ㄗㄜˊ ㄙ ㄅㄧㄢˋ qióng zé sī biàn

行不通沒辦法時就設法改變現狀。窮：行不通，到頭。［例］不要怕失敗，窮則思變，壞事會變成好事的。［構］主謂。［源］《周易・繫辭下》：『窮則變，變則通。』

煢煢孑立 ㄑㄩㄥˊㄑㄩㄥˊ ㄐㄧㄝˊ ㄌㄧˋ qióngqióng jié lì

孤獨無依的樣子。煢煢：孤獨。孑：獨自。［例］他沒有親人，煢煢孑立，十分可憐。［構］偏正。［源］晉、李密《陳情表》：『煢煢孑立，形影相弔。』［同］孑然一身

瓊樓玉宇 ㄑㄩㄥˊ ㄌㄡˊ ㄩˋ ㄩˇ qióng lóu yù yǔ

形容建築華麗堂皇。瓊樓、玉宇：都是傳說中神仙住的地方。［例］這些瓊樓玉宇般的皇家園林，現在都成了人民的公園了。［構］聯合。［同］仙山瓊閣

秋風過耳 ㄑㄧㄡ ㄈㄥ ㄍㄨㄛˋ ㄦˇ qiū fēng guò ěr

比喻對事不關心，聽不進去。[例]不管怎樣勸他，都像秋風過耳一般，他根本不聽。[構]主謂。[源]《吳越春秋・吳王壽夢傳》：『富貴之於我，如秋風之過耳。』[同]無動於衷 置若罔聞 [反]言聽計從

秋風掃落葉 ㄑㄧㄡ ㄈㄥ ㄙㄠˇ ㄌㄨㄛˋ ㄧㄝˋ qiū fēng sǎo luò yè

比喻強大的力量掃蕩腐朽弱小者，也比喻掃除淨盡。[例]解放軍過江後，像秋風掃落葉那樣追剿殘敵。[構]主謂。[同]摧枯拉朽

秋毫無犯 ㄑㄧㄡ ㄏㄠˊ ㄨˊ ㄈㄢˋ qiū háo wú fàn

形容軍隊紀律嚴明，對百姓一點也不干擾。秋毫：秋天鳥獸新長細毛，比喻極其細小之物。[例]解放軍一路上秋毫無犯，深得人心。[構]主謂。[源]《後漢書・岑彭傳》。[反]奸淫燒殺 燒殺搶掠 [辨]『毫』不能寫成『豪』。

秋毫之末 ㄑㄧㄡ ㄏㄠˊ ㄓ ㄇㄛˋ qiū háo zhī mò

鳥獸在秋天長的細毛的尖端，比喻極細小之物。末：尖端。[例]外交上的事情，即使小如秋毫之末，也要謹慎，不能出錯。[構]偏正。[源]《孟子・梁惠王上》：『明足以察秋毫之末而不見輿薪。』[辨]『毫』不能寫成『豪』。

秋扇見捐 ㄑㄧㄡ ㄕㄢˋ ㄐㄧㄢˋ ㄐㄩㄢ qiū shàn jiàn juān

比喻婦女中途被遺棄。見：被。捐：遺棄。[例]舊社會丈夫當大官後，糟糠之妻常慮一旦色衰，遂遭秋扇見捐。[構]主謂。[源]漢、班婕妤《怨歌行》：『常恐秋節至，涼飆奪炎熱。棄捐篋笥中，恩情中道絕。』[反]白頭偕老

囚首垢面 ㄑㄧㄡˊ ㄕㄡˇ ㄍㄡˋ ㄇㄧㄢˋ qiú shǒu gòu miàn
形容頭臉髒亂的樣子。囚首：囚犯似的頭髮。垢：泥污。［例］瞧他那囚首垢面的樣子，活像個要飯的。［構］聯合。［源］《漢書・王莽傳上》：『亂首垢面，不解衣帶連月。』［同］蓬頭垢面

求大同，存小異 ㄑㄧㄡˊ ㄉㄚˋ ㄊㄨㄥˊ ㄘㄨㄣˊ ㄒㄧㄠˇ ㄧˋ qiú dà tóng, cún xiǎo yì
在原則上求取一致，在枝節上，可以各不相同。［例］爲了發展與各國的友好關係，外交上可以求大同，存小異。［構］覆。［同］求同存異

求親靠友 ㄑㄧㄡˊ ㄑㄧㄣ ㄎㄠˋ ㄧㄡˇ qiú qīn kào yǒu
向親戚朋友求幫助。［例］人要自立，不能總是依賴求親靠友來維持生活。［構］聯合。［同］求親告友

求全責備 ㄑㄧㄡˊ ㄑㄩㄢˊ ㄗㄜˊ ㄅㄟˋ qiú quán zé bèi
對人對事苛求其完美無缺。求、責：同義要求。全、備：同義齊備。［例］金無足赤，人無完人，凡事不能求全責備。［構］聯合。

求人不如求己 ㄑㄧㄡˊ ㄖㄣˊ ㄅㄨˋ ㄖㄨˊ ㄑㄧㄡˊ ㄐㄧˇ qiú rén bù rú qiú jǐ
求別人不如求自己，強調做事要靠自己。［例］求人不如求己，我們可以發動自己的群衆去幹，不要找外單位幫忙。［構］主謂。［同］自力更生

求同存異 ㄑㄧㄡˊ ㄊㄨㄥˊ ㄘㄨㄣˊ ㄧˋ qiú tóng cún yì
尋求彼此的共同處，保留彼此的分歧處。［例］要以求同存異的精神搞好雙邊關係。［構］聯合。［同］求大同，存小異

求之不得 ㄑㄧㄡˊ ㄓ ㄅㄨˋ ㄉㄜˊ qiú zhī bù dé 想得到而得不到。形容機會難得。[例]要我參軍，這是求之不得的事。[構]連動。[源]《詩經·國風·周南》：『求之不得，寤寐思服。』[同]夢寐以求

求知心切 ㄑㄧㄡˊ ㄓ ㄒㄧㄣ ㄑㄧㄝˋ qiú zhī xīn qiè 求知識的欲望很迫切。切：迫切。[例]由於求知心切，他廢寢忘食地發憤學習。[構]主謂。[辨]『切』不能讀成ㄑㄧㄝ (qiē)。

曲徑通幽 ㄑㄩ ㄐㄧㄥˋ ㄊㄨㄥ ㄧㄡ qū jìng tōng yōu 彎曲的小路通向幽僻之處。幽：指幽深僻靜之處。[例]曲徑通幽，再往前必有佳境。[構]主謂。[源]唐、常建《題破山寺後禪院》：『曲徑通幽處，禪房花木深。』[辨]『曲』不能讀成ㄑㄩˇ (qǔ)。

曲突徙薪 ㄑㄩ ㄊㄨ ㄒㄧˇ ㄒㄧㄣ qū tū xǐ xīn 把煙囱改為彎的，把柴草移開。比喻防患未然。突：煙囱。徙：挪開。[例]如果懂得曲突徙薪的道理，許多災難都可以避免。[構]聯合。[源]《漢書·霍光傳》。[同]防患未然 [反]臨渴掘井 [辨]『曲』不能讀成ㄑㄩˇ (qǔ)。

曲意逢迎 ㄑㄩ ㄧˋ ㄈㄥˊ ㄧㄥˊ qū yì féng yíng 違背自己心意討好別人。貶義。[例]奴才在主子面前，總是奴顏婢膝、曲意逢迎。[構]連動。[同]阿諛奉承 獻媚取寵 [反]直言敢諫 [辨]『曲』不能讀成ㄑㄩˇ (qǔ)。

屈打成招 ㄑㄩ ㄉㄚˇ ㄔㄥˊ ㄓㄠ qū dǎ chéng zhāo 用嚴刑逼供，使人招認。貶義。[例]他受刑不過，屈打成招，受了不白之冤。[構]連動。

屈指可數 ㄑㄩ ㄓˇ ㄎㄜˇ ㄕㄨˇ qū zhǐ kě shǔ

扳著手指頭能數得出。形容很少。［例］我們這裏的大學生是屈指可數的。［構］連動。［同］寥寥無幾　寥若晨星［反］車載斗量　比比皆是

趨炎附勢 ㄑㄩ ㄧㄢˊ ㄈㄨˋ ㄕˋ qū yán fù shì

比喻依附有權勢的人。炎：氣焰，比喻有權勢者。［例］他專好趨炎附勢，誰都瞧不起他。［構］聯合。［同］攀龍附鳳［反］剛直不阿

趨之若鶩 ㄑㄩ ㄓ ㄖㄨㄛˋ ㄨˋ qū zhī ruò wù

像野鴨那樣爲爭食而跑去。比喻很多人追求某種東西。趨：奔向。鶩：野鴨。［例］個體攤販的收入較多，許多人趨之若鶩，棄工經商。［構］偏正。［同］如蟻附羶　［辨］『鶩』不能寫成『鶖』。

曲高和寡 ㄑㄩˇ ㄍㄠ ㄏㄜˋ ㄍㄨㄚˇ qǔ gāo hè guǎ

唱的曲調越高雅，和唱的人越少。比喻言行不凡，別人不易理解。現在多指言論、寫作不通俗，人們不愛看。［例］通俗讀物就應該寫通俗些，否則曲高和寡，看的人就不會多。［構］覆。［源］戰國、宋玉《對楚王問》：『是其曲彌高，其和彌寡。』［辨］『和』不能讀成ㄏㄜˊ(hé)。

取長補短 ㄑㄩˇ ㄔㄤˊ ㄅㄨˇ ㄉㄨㄢˇ qǔ cháng bǔ duǎn

吸取別人的長處來彌補自己的短處。［例］中西醫合作，彼此可以取長補短。［構］連動。［源］《呂氏春秋・用衆》：『善學者假人之長以補其短。』［同］截長續短

取而代之 ㄑㄩˇ ㄦˊ ㄉㄞˋ ㄓ qǔ ér dài zhī

奪取別人權位而占有之。也泛指某事物代替另一事物。［例］這個工

作他幹不了，你可以想法取而代之。〔構〕連動。

取精用弘 ㄑㄩˇ ㄐㄧㄥ ㄩㄥˋ ㄏㄨㄥˊ qǔ jīngyònghóng 從大量的事物中取其最好的。〔例〕他是醫學專家，又善於取精用弘，在群眾中很有威信。〔構〕聯合。〔源〕《左傳·昭公七年》：『其用物也弘矣，其取精也多矣。』

取其精華，去其糟粕 ㄑㄩˇ ㄑㄧˊ ㄐㄧㄥ ㄏㄨㄚˊ ㄑㄩˋ ㄑㄧˊ ㄗㄠ ㄆㄛˋ qǔ qí jīng huá qù qí zāo pò 擇取好的，去掉壞的。糟粕：製品剩下的渣類。〔例〕外國的東西應當學，但要取其精華，去其糟粕。〔構〕覆。〔同〕去粗取精〔反〕兼收並蓄〔辨〕『粕』不能讀成ㄆㄛˋ(pò)。

取之不盡，用之不竭 ㄑㄩˇ ㄓ ㄅㄨˋ ㄐㄧㄣˋ ㄩㄥˋ ㄓ ㄅㄨˋ ㄐㄧㄝˊ qǔ zhī bù jìn yòng zhī bù jié 形容很多，用不完。竭：盡。〔例〕海洋裏有取之不盡，用之不竭的資源，等待著我們去開發。〔構〕覆。

去粗取精 ㄑㄩˋ ㄘㄨ ㄑㄩˇ ㄐㄧㄥ qù cū qǔ jīng 去掉粗糙無用的，擇取精良有用的。〔例〕這篇文章要好好修改一下，去粗取精，反覆推敲，然後再發表。〔構〕聯合。〔同〕取其精華，去其糟粕

去惡務盡 ㄑㄩˋ ㄜˋ ㄨˋ ㄐㄧㄣˋ qù è wù jìn 去掉壞人壞事一定要淨盡。『去』又作『除』。務：務必。〔例〕懲治貪污受賄絕不能手軟，要盡量做到去惡務盡。〔構〕主謂。〔源〕《左傳·哀公元年》：『去疾莫如盡。』〔同〕斬草除根〔反〕放虎歸山〔辨〕『惡』不能

讀成ㄨˋ(wù)。

去偽存真 ㄑㄩˋ ㄨㄟˇ ㄘㄨㄣˊ ㄓㄣ qù wěi cún zhēn　去掉假的，保留真的。［例］市場上的冒牌貨太多，一定要認真檢查，去偽存真。［構］聯合。

權衡得失 ㄑㄩㄢˊ ㄏㄥˊ ㄉㄜˊ ㄕ quán héng dé shī　掂量一下是得的多還是失的多。權：秤砣。衡：秤桿。［例］這件事要認真權衡得失，不能草率從事。［構］動賓。［同］權衡輕重　權衡利弊

權衡輕重 ㄑㄩㄢˊ ㄏㄥˊ ㄑㄧㄥ ㄓㄨㄥˋ quánhéng qīng zhòng　衡量一下哪個輕哪個重。輕、重：指利害。權：秤砣。衡：秤桿。［例］這個項目是上還是不上，應該先調查，權衡輕重，然後決定。［構］動賓。［源］《韓非子·六反》：『聖人權其輕重，出其大利。』［同］權衡得失　權衡利弊

權宜之計 ㄑㄩㄢˊ ㄧˊ ㄓ ㄐㄧˋ quán yí zhī jì　臨時採用的變通辦法。權宜：根據具體情況而變通。［例］目前敵强我弱，撤退只是權宜之計。［構］偏正。［源］《後漢書·王允傳》：『不循權宜之計。』

全國一盤棋 ㄑㄩㄢˊ ㄍㄨㄛˊ ㄧˋ ㄆㄢˊ ㄑㄧˊ quán guó yì pán qí　比喻國家大事要通盤考慮。［例］編制預算、制訂計劃都要有全國一盤棋的思想。［構］主謂。

全軍覆沒 ㄑㄩㄢˊ ㄐㄩㄣ ㄈㄨˋ ㄇㄛˋ quán jūn fù mò　整個軍隊都被消滅了。比喻徹底失敗。［例］二〇二高地一戰，敵人全軍覆沒了。［構］主謂。［反］大獲全勝　［辨］『沒』不能讀成ㄇㄟˊ(méi)。

全力以赴 ㄑㄩㄢˊ ㄌㄧˋ ㄧˇ ㄈㄨˋ quán lì yǐ fù 拿出全部力量去做。赴：往。［例］爲了迎接高考，我們正全力以赴地準備。［構］偏正。［同］不遺餘力

全神貫注 ㄑㄩㄢˊ ㄕㄣˊ ㄍㄨㄢˋ ㄓㄨˋ quánshénguàn zhù 形容集中全部注意力。［例］在課堂上他全神貫注地在聽講。［構］主謂。［同］專心致志　聚精會神

全始全終 ㄑㄩㄢˊ ㄕˇ ㄑㄩㄢˊ ㄓㄨㄥ quán shǐ quánzhōng 始終一致。褒義。［例］學習、工作，都要有全始全終的精神。［構］聯合。［同］有始有終　始終如一　［反］有始無終　虎頭蛇尾

全心全意 ㄑㄩㄢˊ ㄒㄧㄣ ㄑㄩㄢˊ ㄧˋ quán xīn quán yì 一心一意，毫無雜念。指對待某事不存二心。褒義。［例］我們要全心全意爲人民服務。［構］聯合。［同］真心實意　［反］三心二意

拳不離手，曲不離口 ㄑㄩㄢˊ ㄅㄨˋ ㄌㄧˊ ㄕㄡˇ ㄑㄩˇ ㄅㄨˋ ㄌㄧˊ ㄎㄡˇ quán bù lí shǒu qǔ bù lí kǒu 拳術不停手地練，歌曲不離口地唱。比喻幹什麼要勤練什麼。［例］雜技演員要有拳不離手，曲不離口的精神，不斷練習，提高技巧。［構］覆。［同］勤學苦練

犬馬之勞 ㄑㄩㄢˇ ㄇㄚˇ ㄓ ㄌㄠˊ quǎn mǎ zhī láo 舊時下對上表示願意忠心效力。［例］王二低三下四地對其主子說：『大老爺這樣提拔小人，小人願效犬馬之勞。』［構］偏正。

犬牙相錯 ㄑㄩㄢˇ ㄧㄚˊ ㄒㄧㄤ ㄘㄨㄛˋ quǎn yá xiāng cuò 比喻像犬牙那樣互相交錯。［例］這一帶山勢犬牙相錯，非常複雜。［構］主謂。［同］犬牙交錯

勸善懲惡 ㄑㄩㄢˋ ㄕㄢˋ ㄔㄥˊ ㄜˋ quànshànchéng è

勸勉為善的，懲治為惡的。〔例〕要勸善懲惡，不能是非不分。〔構〕聯合。〔源〕《後漢書・賈逵傳》：『强幹弱枝，勸善戒惡。』

卻之不恭 ㄑㄩㄝˋ ㄓ ㄅㄨˋ ㄍㄨㄥ què zhī bù gōng

拒絕別人的盛情或送的東西是不恭的。表示謙遜。卻：拒絕。〔例〕你老遠帶來了這些東西，我要是不收下就是卻之不恭了。〔構〕特・主謂。

確鑿不移 ㄑㄩㄝˋ ㄗㄠˊ ㄅㄨˋ ㄧˊ què záo bù yí

真實不能改動。〔例〕這個方案論證充分，事實確鑿不移，受到大家讚揚。〔構〕補充。〔同〕確鑿有據〔辨〕『鑿』不能讀成ㄗㄠ (zāo)。

鵲巢鳩占 ㄑㄩㄝˋ ㄔㄠˊ ㄐㄧㄡ ㄓㄢˋ què cháo jiū zhàn

喜鵲的窩被斑鳩占了。比喻强占別人的居處。〔例〕他幾年不在家，回來一看，不想鵲巢鳩占，無家可歸了。〔構〕主謂。〔源〕《詩經・召南・鵲巢》：『維鵲有巢，維鳩居之。』

群策群力 ㄑㄩㄣˊ ㄘㄜˋ ㄑㄩㄣˊ ㄌㄧˋ qún cè qún lì

大家想主意，大家努力幹。〔例〕這個任務很艱巨，要群策群力才能完成。〔構〕聯合。〔同〕集思廣益 通力合作 〔反〕孤行己見

群居終日，言不及義 ㄑㄩㄣˊ ㄐㄩ ㄓㄨㄥ ㄖˋ ㄧㄢˊ ㄅㄨˋ ㄐㄧˊ ㄧˋ qún jū zhōng rì yán bù jí yì

大夥整天在一起，說話沒有正經事。〔例〕這些人不務正業，群居終日，言不及義，要離他們遠些。〔構〕覆。〔源〕《論語・衛靈公》：『群居終日，言不及義，好行小慧，難矣哉！』

』

群龍無首 ㄑㄩㄣˊ ㄌㄨㄥˊ ㄨˊ ㄕㄡˇ
qún lóng wú shǒu
比喻沒有領頭人。［例］群龍無首，不好辦事，一定要先推舉一個人來牽頭。［構］主謂。［源］《周易・乾》：『用九，見群龍無首，吉。』［同］鳥無頭不飛

群魔亂舞 ㄑㄩㄣˊ ㄇㄛˊ ㄌㄨㄢˋ ㄨˇ
qún mó luàn wǔ
一群妖魔在舞。比喻壞人的猖獗活動。［例］『四人幫』橫行的時候，群魔亂舞，人民吃盡了苦頭。［構］主謂。

群起而攻之 ㄑㄩㄣˊ ㄑㄧˇ ㄦˊ ㄍㄨㄥ ㄓ
qún qǐ ér gōng zhī
大家起來一齊攻擊他。［例］他出語傷衆，惹得大家群起而攻之。［構］主謂。［源］《論語・先進》：『非吾徒也，小子鳴鼓而攻之可也。』

群起效尤 ㄑㄩㄣˊ ㄑㄧˇ ㄒㄧㄠˋ ㄧㄡˊ
qún qǐ xiào yóu
大家一起向壞的學習。尤：壞事。貶義。［例］這些壞作風應該根除，以免群起效尤。［構］主謂。

群英薈萃 ㄑㄩㄣˊ ㄧㄥ ㄏㄨㄟˋ ㄘㄨㄟˋ
qún yīng huì cuì
英才人物會聚在一起。薈萃：聚集。［例］在勞模大會上，群英薈萃，互相學習，共同提高。［構］主謂。

R

燃眉之急 ㄖㄢˊ ㄇㄟˊ ㄓ ㄐㄧˊ
rán méi zhī jí
像火燒眉毛那樣急迫。形容很急迫。［例］先運些糧食去，以解災區的燃眉之急。［構］偏正。［同］火燒眉毛　迫在眉睫

冉冉不絕 ㄖㄢˇ ㄖㄢˇ ㄅㄨˋ ㄐㄩㄝˊ rǎn rǎn bù jué
緩慢而不間斷。［例］無數氣球在廣場上空冉冉不絕地升起。［構］偏正。

饒有風趣 ㄖㄠˊ ㄧㄡˇ ㄈㄥ ㄑㄩˋ ráo yǒu fēng qù
很有風趣。饒：豐富。［例］相聲演員說起話來總是那樣饒有風趣。［構］動賓。

饒有興味 ㄖㄠˊ ㄧㄡˇ ㄒㄧㄥˋ ㄨㄟˋ ráo yǒu xìng wèi
很有興味。饒：豐富。［例］旅遊活動是件饒有興味的事。［構］動賓。［辨］『興』不能讀成ㄒㄧㄥ(xīng)。

繞梁三日 ㄖㄠˋ ㄌㄧㄤˊ ㄙㄢ ㄖˋ rào liáng sān rì
形容音樂動人，很久還不絕於耳。［例］參加音樂會之後，很有繞梁三日之感。［構］補充。

惹草拈花 ㄖㄜˇ ㄘㄠˇ ㄋㄧㄢ ㄏㄨㄚ rě cǎo niān huā
指男人在外挑逗招引女子。［例］這位花花公子整天在外惹草拈花。［構］聯合。［同］招蜂引蝶（用於女的招引男的）

惹人注目 ㄖㄜˇ ㄖㄣˊ ㄓㄨˋ ㄇㄨˋ rě rén zhù mù
招別人注意看。［例］這幅廣告畫得好，特別惹人注目。［構］兼語。［同］引人注意。

惹是生非 ㄖㄜˇ ㄕˋ ㄕㄥ ㄈㄟ rě shì shēng fēi
招惹是非，側重在『非』字。［例］他教育孩子向賴寧學習，發憤讀書，遵守紀律，不要惹是生非。［構］聯合。［辨］『是』不能寫成『事』。

熱火朝天 ㄖㄜˋ ㄏㄨㄛˇ ㄔㄠˊ ㄊㄧㄢ rè huǒ cháo tiān
比喻群衆的情緒很高漲，像烈火一般。［例］工地上，亞運會場館工人們在熱火朝天地苦幹。〔構〕主謂。

熱淚盈眶 ㄖㄜˋ ㄌㄟˋ ㄧㄥˊ ㄎㄨㄤˋ rè lèi yíng kuàng 激動的眼淚充滿了眼眶。盈：滿。〔例〕孩子得救了，媽媽熱淚盈眶地在向醫生道謝。〔構〕主謂。

熱血沸騰 ㄖㄜˋ ㄒㄩㄝˋ ㄈㄟˋ ㄊㄥˊ rè xuè fèi téng 比喻情緒高漲。〔例〕『五四』運動時期，遊行的人個個熱血沸騰。〔構〕主謂。

人不可貌相 ㄖㄣˊ ㄅㄨˋ ㄎㄜˇ ㄇㄠˋ ㄒㄧㄤˋ rén bù kě mào xiàng 人不能從外貌上來斷定他的才能。相：觀察並判斷。〔例〕別看他長得不好，但人不可貌相，也許將來能幹出一番大事業。〔構〕主謂。〔反〕以貌取人 〔辨〕『相』不能讀成ㄒㄧㄤ(xiāng)。

人才輩出 ㄖㄣˊ ㄘㄞˊ ㄅㄟˋ ㄔㄨ rén cái bèi chū 人才很多，一代接一代出現。輩出：一代接一代出現。〔例〕我們的體操運動員人才輩出，不斷有高手出現。〔構〕主謂。〔反〕後繼無人 〔辨〕『輩』不能寫成『倍』。

人才濟濟 ㄖㄣˊ ㄘㄞˊ ㄐㄧˇ ㄐㄧˇ rén cái jǐ jǐ 人才很多。濟濟：很多的樣子。〔例〕我們這裏人才濟濟，不需外來專家支援。〔構〕主謂。〔辨〕『濟濟』不能讀成ㄐㄧˋ ㄐㄧˋ(jìjì)。

人財兩空 ㄖㄣˊ ㄘㄞˊ ㄌㄧㄤˇ ㄎㄨㄥ rén cái liǎng kōng 人和財都遭到了損失。〔例〕李四搶親不成，搭了彩禮，吃了官司，弄得人財兩空。〔構〕主謂。〔同〕偷雞不成折了把米

人地生疏 ㄖㄣˊ ㄉㄧˋ ㄕㄥ ㄕㄨ rén dì shēng shū

初到一地，當地情況與人都不熟。［例］你是頭一次出門，人地生疏，各方面要多多注意。［構］主謂。

人定勝天 ㄖㄣˊ ㄉㄧㄥˋ ㄕㄥˋ ㄊㄧㄢ rén dìng shèng tiān

人力能夠戰勝自然。天：指自然。［例］人定勝天，憑藉科學的力量，將來人類將更有力量戰勝天災。［構］主謂。［源］《逸周書・文傳》：『人強勝天。』［反］靠天吃飯

人多口雜 ㄖㄣˊ ㄉㄨㄛ ㄎㄡˇ ㄗㄚˊ rén duō kǒu zá

人多了，說法不一。用於貶義。［例］這件事未調查清楚，不要張揚，人多口雜，傳出去不定說成個什麼樣子。［構］聯合、

人多勢衆 ㄖㄣˊ ㄉㄨㄛ ㄕˋ ㄓㄨㄥˋ rén duō shì zhòng

人多勢力大。［例］他們仗著人多勢衆，強詞奪理，以勢壓人。［構］聯合。［同］人多力量大

人而無信，不知其可 ㄖㄣˊ ㄦˊ ㄨˊ ㄒㄧㄣˋ ㄅㄨˋ ㄓ ㄑㄧˊ ㄎㄜˇ rén ér wú xìn bù zhī qí kě

人要是不講信用，不知道他還能幹什麼。而：如果。可：可以。［例］人而無信，不知其可，你這樣說了不算，誰還敢相信你？［構］覆。［源］《論語・爲政》：『人而無信，不知其可也。』［反］恪守不渝 一言既出，駟馬難追

人非木石 ㄖㄣˊ ㄈㄟ ㄇㄨˋ ㄕˊ rén fēi mù shí

人不是木頭、石頭。意思是人是有感情的。［例］人非木石，誰能無情？大家這樣勸你，你難道就無動於衷嗎！［構］主謂。［源］漢、司馬遷《報任

安書》：『身非木石，獨與法吏為伍，深幽囹圄之中，誰可告愬（訴）者！』

人非聖賢，孰能無過 ㄖㄣˊ ㄈㄟ ㄕㄥˋ ㄒㄧㄢˊ，ㄕㄨˊ ㄋㄥˊ ㄨˊ ㄍㄨㄛˋ rén fēi shèng xián shú néng wú guò 人不是聖賢，誰能沒有過失。說明人有過錯是難免的。孰：誰。［例］人非聖賢，孰能無過，何況他又是年輕人，有點錯是難免的。［構］覆。

人浮於事 ㄖㄣˊ ㄈㄨˊ ㄩˊ ㄕˋ rén fú yú shì 人多事少。浮：超出。［例］這個機關人浮於事，非精簡不可。［構］主謂。［同］十羊九牧

人跡罕至 ㄖㄣˊ ㄐㄧ ㄏㄢˇ ㄓˋ rén jì hǎn zhì 人的足跡很少到。罕：少。［例］勘探隊隊員經常在人跡罕至的地方工作。［構］主謂。

人傑地靈 ㄖㄣˊ ㄐㄧㄝˊ ㄉㄧˋ ㄌㄧㄥˊ rén jié dì líng 指傑出的人物出生或到過的地方，就會成為名勝地區。後多指傑出人物生於靈秀之地。［例］四川是個人傑地靈的地方，自古以來出現了不少大文人。［構］聯合。［源］唐、王勃《滕王閣序》：『人傑地靈，徐孺下陳蕃之榻。』

人盡其才 ㄖㄣˊ ㄐㄧㄣˋ ㄑㄧˊ ㄘㄞˊ rén jìn qí cái 每個人都能全部地發揮出他的才能。［例］我們要做到物盡其用，人盡其才。［構］主謂。［源］《淮南子・兵略訓》：『若乃人盡其才，悉用其力。』［反］英雄無用武之地

人困馬乏 ㄖㄣˊ ㄎㄨㄣˋ ㄇㄚˇ ㄈㄚˊ rén kùn mǎ fá 人也累了，馬也困乏。也指人們非常疲倦。困：累。［例］騎兵部隊戰鬥了一天，已是人困馬乏了。［構］聯合。

人面獸心 ㄖㄣˊ ㄇㄧㄢˋ ㄕㄡˋ ㄒㄧㄣ rén miànshòu xīn

空有人的外貌，品德卻像獸類。形容品德極壞。〔例〕這些死囚都是些人面獸心、作惡成性的殺人兇手。〔構〕覆。〔源〕《漢書・匈奴傳贊》：『被髮左衽，人面獸心。』

人面桃花 ㄖㄣˊ ㄇㄧㄢˋ ㄊㄠˊ ㄏㄨㄚ rén miàn táo huā

原指女子的容貌與桃花相輝映，後用以指所愛而不能相見的女子。〔例〕《人面桃花》劇中主人公最後終成眷屬，這也未嘗不是一段佳話。〔構〕特・主謂。〔源〕唐、孟棨《本事詩》載：崔護春天郊遊，向一桃花繞宅的農家求水，送水的是一女子，兩人一見傾心。次年再去，人不見，門已鎖。他在門上題了一首詩：『去年今日此門中，人面桃花相映紅。人面不知何處去，桃花依舊笑春風。』

人命關天 ㄖㄣˊ ㄇㄧㄥˋ ㄍㄨㄢ ㄊㄧㄢ rén mìngguān tiān

人命的事，關係重大。〔例〕人命關天，不可不認真審理。〔構〕主謂。〔反〕草菅（ㄐㄧㄢ[jiān]）人命

人怕出名豬怕壯 ㄖㄣˊ ㄆㄚˋ ㄔㄨ ㄇㄧㄥˊ ㄓㄨ ㄆㄚˋ ㄓㄨㄤˋ rén pà chū míng zhū pà zhuàng

人怕出名，出名會招麻煩；豬怕肥壯，肥壯會被殺。〔例〕人怕出名豬怕壯，看來有點名氣也不全是好事。〔構〕覆。〔同〕樹大招風

人棄我取 ㄖㄣˊ ㄑㄧˋ ㄨㄛˇ ㄑㄩˇ rén qì wǒ qǔ

別人棄置的我拾取。後也用以表示見解和興趣與別人不同。〔例〕眼下商業不景氣，商店紛紛倒閉，我們不妨來個人棄我取，趁此大幹一番。〔構〕覆。〔源〕《史記・貨殖列傳》：『故人棄我取，人取我與。』〔反〕人取我與

人情世故 ㄖㄣˊ ㄑㄧㄥˊ ㄕˋ ㄍㄨˋ rén qíng shì gù 指為人處世的習慣、道理。［例］他也不算小了，一點人情世故都不懂。［構］聯合。

人去樓空 ㄖㄣˊ ㄑㄩˋ ㄌㄡˊ ㄎㄨㄥ rén qù lóu kōng 人也走了，樓也空了。形容冷落之感。［例］昔日的歌館亭台，現在已經人去樓空，一片荒涼了。［構］覆。

人人皆知 ㄖㄣˊ ㄖㄣˊ ㄐㄧㄝ ㄓ rén rén jiē zhī 每個人都知道。人人：每個人。［例］節約是人人皆知的事，可有些人偏不這樣做。［構］主謂。［同］盡人皆知　無人不知　無人不曉

人人自危 ㄖㄣˊ ㄖㄣˊ ㄗˋ ㄨㄟ rén rén zì wēi 每個人都感到自身的危險而膽戰心驚。［例］江水上漲，沿江民衆害怕鬧水災，人人自危。［構］主謂。

人山人海 ㄖㄣˊ ㄕㄢ ㄖㄣˊ ㄏㄞˇ rén shān rén hǎi 形容人很多，聚在一起像山、海那樣。［例］今年的廟會，人山人海，十分熱鬧。［構］聯合。

人生如朝露 ㄖㄣˊ ㄕㄥ ㄖㄨˊ ㄓㄠ ㄌㄨˋ rén shēng rú zhāo lù 人的一生像早晨的露水，太陽一出就乾了。比喻生命短暫。［例］人生如朝露，應該及早努力，免得一事無成。［構］主謂。［源］魏、曹操《短歌行》：『對酒當歌，人生幾何。譬如朝露，去日苦多。』［辨］『朝』不能讀成ㄔㄠˊ(cháo)。

人聲鼎沸 ㄖㄣˊ ㄕㄥ ㄉㄧㄥˇ ㄈㄟˋ rén shēng dǐng fèi 人的聲音很多很大，像開了鍋似的。鼎：古代一種炊具。［例］他們正吃著，只聽樓下人聲鼎沸，不知為什麼打了起來。［構］主謂。［同］沸反盈天　人聲嘈雜　［反］鴉雀無聲

人壽年豐 ㄖㄣˊ ㄕㄡˋ ㄋㄧㄢˊ ㄈㄥ rén shòu nián fēng

人長壽，年成豐收。形容生活美好。［例］在這人壽年豐的日子，家家都洋溢著歡樂的氣氛。［構］聯合。

人同此心，心同此理 ㄖㄣˊ ㄊㄨㄥˊ ㄘˇ ㄒㄧㄣ，ㄒㄧㄣ ㄊㄨㄥˊ ㄘˇ ㄌㄧˇ rén tóng cǐ xīn, xīn tóng cǐ lǐ

人們對一般事物的看法是一樣的，想法也是相同的。［例］人同此心，心同此理，誰不希望有一個和平安定的環境呢！［構］覆。

人亡物在 ㄖㄣˊ ㄨㄤˊ ㄨˋ ㄗㄞˋ rén wáng wù zài

人死了，但留下的東西還在。指睹物傷情。亡：死。［例］人亡物在，我每走進她住過的屋子裏，不論看到什麼，她的音容笑貌會立刻浮現在我的眼前。［構］覆。

人微言輕 ㄖㄣˊ ㄨㄟ ㄧㄢˊ ㄑㄧㄥ rén wēi yán qīng

人的地位低，說出話來也沒人重視。微：卑下。［例］人微言輕，小人物說話管不了什麼用。［構］聯合。［源］《後漢書・孟嘗傳》：『身輕言微，終不蒙察。』［反］一言九鼎

人爲刀俎，我爲魚肉 ㄖㄣˊ ㄨㄟˊ ㄉㄠ ㄗㄨˇ，ㄨㄛˇ ㄨㄟˊ ㄩˊ ㄖㄡˋ rén wéi dāo zǔ, wǒ wéi yú ròu

人家是刀和砧板，我們是任人宰割的魚肉。指生命掌握在別人之手。俎：砧板。［例］日本侵略時期，人爲刀俎，我爲魚肉，誰要說個不字，立刻就會大禍臨頭。［構］覆。［源］《史記・項羽本紀》：『如今人方爲刀俎，我爲魚肉，何辭爲？』［辨］『爲』不能讀成ㄨㄟˋ(wèi)。

人無遠慮，必有近憂
ㄖㄣˊ ㄨˊ ㄩㄢˇ ㄌㄩˋ，ㄅㄧˋ ㄧㄡˇ ㄐㄧㄣˋ ㄧㄡ
rén wú yuǎn lǜ bì yǒu jìn yōu

人如果沒有長遠打算，必定會有眼前的憂患。［例］不論幹什麼都應當考慮後果，人無遠慮，必有近憂，不可不注意。［構］覆。［源］《論語・衛靈公》：『人無遠慮，必有近憂。』［反］深謀遠慮

人心惶惶
ㄖㄣˊ ㄒㄧㄣ ㄏㄨㄤˊ ㄏㄨㄤˊ
rén xīn huánghuáng

形容衆人惶恐不安。惶惶：害怕不安的樣子。［例］近一時期連日大雨，鬧得人心惶惶，惟恐發大水。［構］主謂。［辨］『惶惶』不能寫成『慌慌』。

人心向背
ㄖㄣˊ ㄒㄧㄣ ㄒㄧㄤˋ ㄅㄟˋ
rén xīn xiàng bèi

人們的思想有的歸向，有的背離。指人們是擁護還是反對。［例］革命事業的成敗決定於人心向背。［構］主謂。

人言可畏
ㄖㄣˊ ㄧㄢˊ ㄎㄜˇ ㄨㄟˋ
rén yán kě wèi

大家議論的話是可怕的。指本不是錯誤的事，流言蜚語多了也是可怕的。［例］雖說不做虧心事，不怕鬼叫門，但人言可畏，言談舉止，都要注意些。［構］主謂。［源］《詩經・鄭風・將仲子》：『仲可懷也，人之多言，亦可畏也。』［同］衆口鑠金　積毀銷骨

人以群分
ㄖㄣˊ ㄧˇ ㄑㄩㄣˊ ㄈㄣ
rén yǐ qún fēn

人是根據品德、性格來聚集分類的。指好人和好人在一起，壞人和壞人在一起。群：類。［例］人以群分，賭徒總是愛找賭徒爲友。［構］主謂。［源］《周易・繫辭上》：『方以類聚，物以群分。』［同］方以類聚

人云亦云 ㄖㄣˊ ㄩㄣˊ ㄧˋ ㄩㄣˊ rén yún yì yún

別人怎麼說，自己也跟著怎麼說。貶義。〔例〕他什麼也不懂，不過是人云亦云就是了。〔構〕覆。〔同〕隨聲附和　拾人牙慧　〔反〕自成一家

人之常情 ㄖㄣˊ ㄓ ㄔㄤˊ ㄑㄧㄥˊ rén zhī cháng qíng

人們通常有的心情和情理。〔例〕愛美是人之常情，何必那樣地苛責她。〔構〕偏正。

仁人志士 ㄖㄣˊ ㄖㄣˊ ㄓˋ ㄕˋ rén rén zhì shì

有仁愛之心的人，品德高尚有志向有抱負的人。〔例〕自古以來，有多少仁人志士爲了正義事業而獻出了他們的生命。〔構〕聯合。〔源〕《論語・衛靈公》：『志士仁人，無求生以害仁。』

仁者見仁，智者見智 ㄖㄣˊ ㄓㄜˇ ㄐㄧㄢˋ ㄖㄣˊ ㄓˋ ㄓㄜˇ ㄐㄧㄢˋ ㄓˋ rén zhě jiàn rén zhì zhě jiàn zhì

同是一件事，仁者從仁的角度去看，智者從智的角度去看。指不同類型的人對同一事物的看法不同。仁者：有仁愛心的人。智者：有智慧的人。〔例〕因爲仁者見仁，智者見智，所以這次討論沒能取得一致的意見。〔構〕覆。〔源〕《周易・繫辭上》：『仁者見之謂之仁，智者見之謂之智。』〔同〕見仁見智

仁至義盡 ㄖㄣˊ ㄓˋ ㄧˋ ㄐㄧㄣˋ rén zhì yì jìn

對人在仁、義兩方面都已非常盡心，指對人的幫助和容忍已到最大限度。〔例〕你義父對你的幫助真是仁至義盡，你怎麼能忘恩負義呢？〔構〕聯合。〔源〕《禮記・郊特牲》：『仁之至，義之盡也。』〔反〕忘恩負義　以怨報德

忍俊不禁 ㄖㄣˇ ㄐㄩㄣˋ ㄅㄨˋ ㄐㄧㄣ rěn jùn bù jīn
忍不住要發笑。忍俊：原指忍住不露鋒芒，後指含笑。禁：控制。［例］他那些強詞奪理的爭辯，倒使我忍俊不禁。［構］補充。［辨］『禁』不能讀成ㄐㄧㄣˋ(jìn)。

忍氣吞聲 ㄖㄣˇ ㄑㄧˋ ㄊㄨㄣ ㄕㄥ rěn qì tūn shēng
忍住了氣忿，壓下了話語。形容受氣不敢反抗。［例］因爲她有求於人，人家說些難聽的話，也只好忍氣吞聲了。［構］聯合。［同］含垢忍辱　委曲求全

忍辱負重 ㄖㄣˇ ㄖㄨˇ ㄈㄨˋ ㄓㄨㄥˋ rěn rǔ fù zhòng
忍受恥辱，承當重任。指爲了重任而忍受一切屈辱。［例］打入敵人內部的地下工作人員，若無忍辱負重的精神，是難以完成任務的。［構］聯合。［源］《三國志・陸遜傳》：『國家所以屈諸君使相承望者，以僕有尺寸可稱，能忍辱負重故也。』［同］臥薪嘗膽

忍無可忍 ㄖㄣˇ ㄨˊ ㄎㄜˇ ㄖㄣˇ rěn wú kě rěn
忍受到不能忍受的地步。［例］我本不想打他，但他欺人太甚，我實在是忍無可忍，才動了手的。［構］主謂。［反］忍氣吞聲　委曲求全

認賊作父 ㄖㄣˋ ㄗㄟˊ ㄗㄨㄛˋ ㄈㄨˋ rèn zéi zuò fù
把壞人當作父親。形容自願賣身投靠壞人或敵人。賊：古指叛亂的人。［例］漢奸走狗，哪一個不是認賊作父的人。［構］兼語。［同］認敵爲友

任勞任怨 ㄖㄣˋ ㄌㄠˊ ㄖㄣˋ ㄩㄢˋ rèn láo rèn yuàn
做事既能承受勞苦，又能承受埋怨。褒義。［例］他不論幹什麼總是勤勤懇懇，任勞任怨。［構］聯合。［反］怨天尤人

任人唯親 ㄖㄣˋ ㄖㄣˊ ㄨㄟˊ ㄑㄧㄣ rèn rén wéi qīn
只任用和自己親近的人。唯：只。用於貶義。［例］我們主張任人唯賢，反對任人唯親。［構］兼語。［反］任人唯賢

任人唯賢 ㄖㄣˋ ㄖㄣˊ ㄨㄟˊ ㄒㄧㄢˊ rèn rén wéi xián
只任用賢德的人。唯：只。褒義。［例］要想把國家治理好，必須任人唯賢。［構］兼語。［反］任人唯親

任重道遠 ㄖㄣˋ ㄓㄨㄥˋ ㄉㄠˋ ㄩㄢˇ rèn zhòng dào yuǎn
任務繁重，途程遙遠。比喻責任重大而艱巨。褒義。［例］振興教育關係到『四化』的實現，任重道遠。［構］聯合。［源］《論語・泰伯》：『任重而道遠。』

日薄西山 ㄖˋ ㄅㄛˊ ㄒㄧ ㄕㄢ rì bó xī shān
太陽靠近西山了，借指人快死亡或腐朽的東西快滅亡了。［例］他已九十多歲，又體弱多病，是日薄西山的人了。［構］主謂。［源］《漢書・揚雄傳上》：『恐日薄於西山。』［反］旭日東升 ［辨］『薄』不能讀成ㄅㄠˊ(báo)。

日不暇給 ㄖˋ ㄅㄨˋ ㄒㄧㄚˊ ㄐㄧˇ rì bù xiá jǐ
形容忙，時間不夠用。日：時間。暇：空閒。給：足、夠。［例］目前學習太緊張，很有些日不暇給之感。［構］主謂。［源］《史記・封禪書》：『洽矣而日有不暇給。』［反］無所事事 ［辨］『給』不能讀成ㄍㄟˇ(gěi)。

日復一日 ㄖˋ ㄈㄨˋ ㄧ ㄖˋ rì fù yī rì
一天又一天。指時間一天天地過去了。［例］一天學五個字，日復一日，堅持下去，一年就是一千多字。［構

聯合。［源］《後漢書・光武帝紀》：『天下重器，常恐不任，日復一日，安敢遠期十歲乎？』［同］年復一年

日積月累 ㄖˋ ㄐㄧ ㄩㄝˋ ㄌㄟˇ rì jī yuè lěi 一天天、一月月地積累。［例］學習要靠日積月累，不能急於求成。［構］聯合。［辨］『累』不能讀成ㄌㄟˋ(lèi)。

日居月諸 ㄖˋ ㄐㄩ ㄩㄝˋ ㄓㄨ rì jū yuè zhū 本來指日和月，後指光陰不停地流逝。居、諸：語助詞，無義。［例］日居月諸，時不我待。［構］聯合。［源］《詩經・邶風・日月》：『日居月諸，臨照下土。』［同］日月如梭　光陰似箭［辨］『居』不能讀作ㄐㄩ(jū)。

日久見人心 ㄖˋ ㄐㄧㄡˇ ㄐㄧㄢˋ ㄖㄣˊ ㄒㄧㄣ rì jiǔ jiàn rén xīn 時間久了可以看出人的好壞。［例］過去我覺得這人不錯，後來才知道他是個騙子，真是日久見人心。［構］覆。［同］路遙知馬力

日久天長 ㄖˋ ㄐㄧㄡˇ ㄊㄧㄢ ㄔㄤˊ rì jiǔ tiān cháng 指時間久了。［例］服這種藥要日久天長才能見功效。［構］聯合。［同］久而久之

日就月將 ㄖˋ ㄐㄧㄡˋ ㄩㄝˋ ㄐㄧㄤ rì jiù yuè jiāng 日積月累。就：本義是成就。將：本義是漸進。［例］小劉學習很用功，日就月將，進步很快。［構］聯合。［源］《詩經・周頌・敬之》：『日就月將，學有緝熙於光明。』［同］日積月累［辨］『將』不能讀成ㄐㄧㄤˋ(jiàng)。

日理萬機 ㄖˋ ㄌㄧˇ ㄨㄢˋ ㄐㄧ rì lǐ wàn jī
每天處理繁多的事務。萬機：事務繁多。［例］周恩來總理日理萬機，有時很少睡眠。［構］動賓。［源］《書·皋陶謨》：『一日二日萬機。』

日暮途窮 ㄖˋ ㄇㄨˋ ㄊㄨˊ ㄑㄩㄥˊ rì mù tú qióng
太陽下山了，道路到頭了。比喻無路可走，末日來到了。原作『日暮途遠』。［例］解放大軍渡江後，反動派已面臨日暮途窮的境地。［構］覆。［源］《史記·伍子胥列傳》：『吾日莫（暮）塗（途）遠，吾故倒行而逆施之。』［同］山窮水盡

日新月異 ㄖˋ ㄒㄧㄣ ㄩㄝˋ ㄧˋ rì xīn yuè yì
天天月月變新樣。形容發展得很快。［例］新中國成立後，祖國的面貌在日新月異地變化著。［構］聯合。［反］依然如故　陳陳相因

日月如梭 ㄖˋ ㄩㄝˋ ㄖㄨˊ ㄙㄨㄛ rì yuè rú suō
日和月像穿梭似地運行。比喻光陰過得快。梭：織布機上來回穿動的梭子。［例］日月如梭，一轉眼他長成大人了。［構］主謂。［同］光陰似箭［反］度日如年

日臻完善 ㄖˋ ㄓㄣ ㄨㄢˊ ㄕㄢˋ rì zhēn wán shàn
一天天地達到完善的地步。臻：至，達到。［例］經過幾年的努力，這座工廠的設備日臻完善了。［構］動賓。

日知其所無 ㄖˋ ㄓ ㄑㄧˊ ㄙㄨㄛˇ ㄨˊ rì zhī qí suǒ wú
每天學到過去所不知的事物。無：指自己不知的。［例］一個青年人，要努力學習，做到日知其所無。［構］動賓。［源］《論語·子張》：『日知其所亡（無），月無忘其所能。』

榮華富貴 ㄖㄨㄥˊ ㄏㄨㄚˊ ㄈㄨˋ ㄍㄨㄟˋ róng huá fù guì 指地位高，錢多。多用於貶義。［例］那些整天追求榮華富貴的人，精神世界是空虛的。［構］聯合。

容光煥發 ㄖㄨㄥˊ ㄍㄨㄤ ㄏㄨㄢˋ ㄈㄚ róngguānghuàn fā 面容有神采。形容精神飽滿。［例］女排姑娘們個個容光煥發，鬥志昂揚。［構］主謂。［同］神采奕奕

融會貫通 ㄖㄨㄥˊ ㄏㄨㄟˋ ㄍㄨㄢˋ ㄊㄨㄥ róng huì guàn tōng 徹底理解，貫穿前後。徹底理解。融會：融合不同說法而徹底理解。貫通：前後連成一體。褒義。［例］不論學什麼，融會貫通了，就能運用自如。［構］聯合。［源］宋、朱熹《朱子全書・學三》：『舉一而三反，聞一而知十，乃學者用功之深，窮理之熟，然後能融會貫通，以至於此。』［同］舉一反三 ［反］一竅不通 生吞活剝

柔情密意 ㄖㄡˊ ㄑㄧㄥˊ ㄇㄧˋ ㄧˋ róu qíng mì yì 指溫柔親密的情意。［例］『雖說寶玉仍是柔情密意，究竟算不得什麼。』（《紅樓夢》）［構］聯合。

肉袒負荊 ㄖㄡˋ ㄊㄢˇ ㄈㄨˋ ㄐㄧㄥ ròu tǎn fù jīng 光著膀子，背著荊條，表示請罪。袒：裸露上體。［例］你向他賠禮道歉就可以了，不必肉袒負荊。［構］聯合。［源］《史記・廉頗藺相如列傳》：『廉頗聞之，肉袒負荊，因賓客至藺相如門謝罪。』

如出一轍 ㄖㄨˊ ㄔㄨ ㄧ ㄓㄜˊ rú chū yī zhé 如同出自同一車轍。形容言論和事情非常相似。轍：車輪輾軋的痕跡。［例］歷史上有些事情非常相像，如出一轍。［構］動賓。［辨］『轍』不能讀成ㄔㄜˋ(chè)。

如此而已 ㄖㄨˊ ㄘˇ ㄦˊ ㄧˇ rú cǐ ér yǐ

就這樣罷了。而已：罷了。[例]他的本領有限，不過如此而已。[構]補充。[源]《孟子‧盡心上》：『無爲其所不爲，無欲其所不欲，如此而已矣。』

如墮五里霧中 ㄖㄨˊ ㄉㄨㄛˋ ㄨˇ ㄌㄧˇ ㄨˋ ㄓㄨㄥ rú duò wǔ lǐ wù zhōng

如同掉在大的雲霧之中。比喻迷惑不解。墮：落。[例]文革期間，使許多人如墮五里霧中，不知怎麼幹才是正確的。[構]動賓。[同]如墮煙海

如法炮製 ㄖㄨˊ ㄈㄚˇ ㄆㄠˊ ㄓˋ rú fǎ páo zhì

按照現成方法去做。炮製：本指用炒、煮等方法將原料製成中藥，這裏指做。[例]我買了一本家庭菜譜，如法炮製，居然也做得味香可口。[構]連動。[同]依樣畫葫蘆 [反]不落窠臼 [辨]『砲』不能讀成ㄆㄠˋ(pào)。

如鯁在喉 ㄖㄨˊ ㄍㄥˇ ㄗㄞˋ ㄏㄡˊ rú gěng zài hóu

好像魚刺在喉嚨裏，非吐出不可。比喻心裏有話非說不可。鯁：魚骨。[例]我對這件事憋了一肚子意見，早已如鯁在喉，今天非講一講不可。[構]動賓。[同]一吐爲快

如虎添翼 ㄖㄨˊ ㄏㄨˇ ㄊㄧㄢ ㄧˋ rú hǔ tiān yì

如同老虎長了翅膀。比喻強大的更加強大了。[例]這支隊伍本來就英勇善戰。如今又更新了裝備，簡直是如虎添翼。[構]動賓。

如花似錦 ㄖㄨˊ ㄏㄨㄚ ㄙˋ ㄐㄧㄣˇ rú huā sì jǐn

如同花朵、錦緞。形容美好。錦：有花紋的絲織品。[例]節日的街頭，如花似錦，令人目不暇接。[構]聯合。

如花似玉 ㄖㄨˊ ㄏㄨㄚ ㄙˋ ㄩˋ rú huā sì yù 像花和玉那樣美。形容女子長得美貌。［例］這些如花似玉的姑娘，在舞台上翩翩起舞了。［構］聯合。

如火如荼 ㄖㄨˊ ㄏㄨㄛˇ ㄖㄨˊ ㄊㄨˊ rú huǒ rú tú 像火一樣紅，像茅草花一樣白。比喻氣勢浩大而熱烈。荼：茅草花，白色。［例］如火如荼的『一二九』運動爆發了，學生們紛紛走上了街頭。［構］聯合。［辨］『荼』不能寫作『茶』，不能讀成ㄔㄚˊ(chá)。

如獲至寶 ㄖㄨˊ ㄏㄨㄛˋ ㄓˋ ㄅㄠˇ rú huò zhì bǎo 好像獲得了最珍貴的寶物。［例］他從別人手裏買到一張國際球賽門票，簡直如獲至寶，高興得跳了起來。［構］動賓。［辨］『獲』不能讀成ㄏㄨˋ(hù)或ㄏㄨㄞˊ(huái)。

如飢似渴 ㄖㄨˊ ㄐㄧ ㄙˋ ㄎㄜˇ rú jī sì kě 好像飢思食渴思飲那樣。比喻要求迫切。［例］戰士們在前線，如飢似渴地盼望著子彈能及時送來。［構］聯合。

如膠似漆 ㄖㄨˊ ㄐㄧㄠ ㄙˋ ㄑㄧ rú jiāo sì qī 像膠和漆那樣黏在一起。比喻關係親密。［例］小夫妻如膠似漆，難分難捨。［構］聯合。［源］《史記・魯仲連鄒陽列傳》：『感於心，合於行，親於膠漆。』［同］如糖似蜜

如狼似虎 ㄖㄨˊ ㄌㄤˊ ㄙˋ ㄏㄨˇ rú láng sì hǔ 本指像狼虎般的勇猛，後指像狼虎般的凶殘。［例］這些匪徒如狼似虎，到處殺人放火。［構］聯合。［源］《尉繚子・武議》：『一人之兵，如狼如虎（指勇猛）。』

如雷貫耳 ㄖㄨˊ ㄌㄟˊ ㄍㄨㄢˋ ㄦˇ rú léi guàn ěr

像響雷那樣震動著耳朵。比喻名氣很大。貫：穿。［例］久仰大名，如雷貫耳。［構］動賓。

如臨大敵 ㄖㄨˊ ㄌㄧㄣˊ ㄉㄚˋ ㄉㄧˊ rú lín dà dí

如同面對著強大的敵人。形容緊張。臨：面對著。［例］她一進考場，就如臨大敵，往往把會做的題做錯。［構］動賓。

如臨深淵，如履薄冰 ㄖㄨˊ ㄌㄧㄣˊ ㄕㄣ ㄩㄢ ㄖㄨˊ ㄌㄩˇ ㄅㄛˊ ㄅㄧㄥ rú lín shēnyuān rú lǚ bó bīng

好像面對深的潭水，好像在薄冰上行走。比喻由於境地危險而小心謹慎。［例］自從接受這一重任，我如臨深淵，如履薄冰，絲毫不敢大意。［構］覆。［源］《詩經・小雅・小旻》：『戰戰兢兢，如臨深淵，如履薄冰。』［同］提心弔膽　臨深履薄　［反］履險如夷　［辨］『薄』不能讀成ㄅㄠˊ(báo)。

如夢初醒 ㄖㄨˊ ㄇㄥˋ ㄔㄨ ㄒㄧㄥˇ rú mèng chū xǐng

好像剛從夢中醒來。比喻突然覺悟過來。［例］經過法官的審判，她如夢初醒，原來迫害自己的正是表面上對自己好的人。［構］動賓。［同］恍然大悟

如夢如癡 ㄖㄨˊ ㄇㄥˋ ㄖㄨˊ ㄔ rú mèng rú chī

形容人的精神恍惚、不甚清醒的樣子。［例］她雖然經過一番搶救，醒了過來，但仍如夢如癡，神志不清。［構］聯合。

如鳥獸散 ㄖㄨˊ ㄋㄧㄠˇ ㄕㄡˋ ㄙㄢˋ rú niǎo shòu sàn

如同鳥獸受驚而四散逃跑。貶義。［例］一聲槍響，這些敗兵立刻如鳥獸散，跑得無影無蹤了。［構］動賓。［源］《漢書・李陵傳》：『今無兵復戰

，天明坐受縛矣！各鳥獸散，猶有得脫歸報天子者。』

如牛負重 ㄖㄨˊ ㄋㄧㄡˊ ㄈㄨˋ ㄓㄨㄥˋ rú niú fù zhòng 如同牛背負重東西那樣。比喻負擔很重。［例］一個人工作養活全家老小，簡直是如牛負重，實在有些承受不了。［構］動賓。［反］如釋重負

如入無人之境 ㄖㄨˊ ㄖㄨˋ ㄨˊ ㄖㄣˊ ㄓ ㄐㄧㄥˋ rú rù wú rén zhī jìng 如同進入沒有人的地方。比喻英勇善戰。［例］他一個人衝入敵群，如入無人之境，一連擊斃好幾個敵人。［構］動賓。［同］英勇無敵

如喪考妣 ㄖㄨˊ ㄙㄤˋ ㄎㄠˇ ㄅㄧˇ rú sàng kǎo bǐ 如同死去了父母。形容很傷心。考：死去的父親。妣：死去的母親。［例］財主家遭搶了，財主老婆呼天搶地，如喪考妣似地哭個不停。［構］動賓。［源］《書・舜典》：『二十有八載，帝乃殂落，百姓如喪考妣。』［辨］『妣』不能讀成ㄆㄧˊ(pí)。

如釋重負 ㄖㄨˊ ㄕˋ ㄓㄨㄥˋ ㄈㄨˋ rú shì zhòng fù 如同放下重擔那樣。比喻解除了思想上的負擔。［例］腫瘤切除後，他頓感如釋重負，身體一天天地康復起來了。［構］動賓。［源］《穀梁傳・昭公二十九年》：『昭公出奔，民如釋重負。』［反］如牛負重

如數家珍 ㄖㄨˊ ㄕㄨˇ ㄐㄧㄚ ㄓㄣ rú shǔ jiā zhēn 如同數家裏的珍寶一樣。形容對所談之事十分熟悉。［例］這一村莊的變化，他最了解，往往如數家珍似地對別人講個不停。［構］動賓。［辨］『數』不能讀成ㄕㄨˋ(shù)。

如聞其聲，如見其人 ㄖㄨˊ ㄨㄣˊ ㄑㄧˊ ㄕㄥ ㄖㄨˊ ㄐㄧㄢˋ ㄑㄧˊ ㄖㄣˊ rú wén qí shēng rú jiàn qí rén

如同聽到他的聲音，如同見到那個人。形容把人物描繪得活靈活現。［例］《紅樓夢》中的王熙鳳，簡直寫活了。她第一次出現，就使人如聞其聲，如見其人。［構］覆。

如意算盤 ㄖㄨˊ ㄧˋ ㄙㄨㄢˋ ㄆㄢˊ rú yì suàn pán

比喻主觀上美好的打算。貶義。［例］他的陰謀暴露了，他升官發財的如意算盤落空了。［構］偏正。

如影隨形 ㄖㄨˊ ㄧㄥˇ ㄙㄨㄟˊ ㄒㄧㄥˊ rú yǐng suí xíng

如同影子跟隨形體那樣。比喻相隨不離。［例］他走到哪裏，他的衛兵就如影隨形地跟到哪裏。［構］動賓。［源］《管子・任法》：『臣之事主也，如影之從形也。』［同］形影不離

如魚得水 ㄖㄨˊ ㄩˊ ㄉㄜˊ ㄕㄨㄟˇ rú yú dé shuǐ

如同魚得到了水。比喻關係融洽，有所憑藉或環境有利。［例］劉備得到了孔明，如魚得水。［構］動賓。［源］《三國志・諸葛亮傳》：『孤之有孔明，猶魚之有水也。』

如願以償 ㄖㄨˊ ㄩㄢˋ ㄧˇ ㄔㄤˊ rú yuàn yǐ cháng

按照心願得到了滿足。如：按照。償：滿足。［例］他總想加入國家足球隊，這次總算如願以償了。［構］偏正。［同］心滿意足 ［辨］『償』不能讀成ㄔㄤˇ(chǎng)。

如坐針氈 ㄖㄨˊ ㄗㄨㄛˋ ㄓㄣ ㄓㄢ rú zuò zhēn zhān

如同坐在有針的氈子上。比喻心中不安，坐臥不寧。［例］孩子住院了，媽媽如坐針氈似的，茶不思，飯不想。［構］動賓。［同］坐臥不寧 如芒在背

茹苦含辛 ㄖㄨˊ ㄎㄨˇ ㄏㄢˊ ㄒㄧㄣ rú kǔ hán xīn

吃苦的，含著辣的。比喻忍受大的艱苦。茹：吃。辛：辣。［例］媽媽一個人茹苦含辛，把我們兄妹三人拉扯成人。［構］聯合。［同］飲冰茹蘗

孺子可教 ㄖㄨˊ ㄗˇ ㄎㄜˇ ㄐㄧㄠˋ rú zǐ kě jiào

指年輕的孩子可以教導成材。孺子：小孩子。［例］這個小孩剛八歲，拉得一手好提琴，真是孺子可教。［構］主謂。［源］《史記・留侯世家》：『父去里所，復還，曰：「孺子可教矣。」』

入不敷出 ㄖㄨˋ ㄅㄨˋ ㄈㄨ ㄔㄨ rù bù fū chū

收入的不夠開支的。敷：足。［例］我近來生活很緊張，月月入不敷出。［構］主謂。［反］綽綽有餘

入木三分 ㄖㄨˋ ㄇㄨˋ ㄙㄢ ㄈㄣ rù mù sān fēn

本指書法筆力蒼勁有力，後比喻見解深刻。［例］魯迅有些雜文，對時弊的剖析，入木三分。［構］補充。［同］鞭辟入裏

阮囊羞澀 ㄖㄨㄢˇ ㄋㄤˊ ㄒㄧㄡ ㄙㄜˋ ruǎn náng xiū sè

形容錢袋裏沒錢或經濟困難。阮囊：晉人阮孚的錢袋。［例］我本想買一些高級家具，但因阮囊羞澀，只好作罷。［構］主謂。［源］《韻府群玉・陽韻》裏記載：晉人阮孚的錢袋裏只裝一文錢，別人問他，他說：『但有一錢看袋，恐其羞澀。』［同］囊空如洗　一文不名　［反］家財萬貫

軟弱無能 ㄖㄨㄢˇ ㄖㄨㄛˋ ㄨˊ ㄋㄥˊ ruǎn ruò wú néng

不堅强，沒能力。［例］在舊社會，人若軟弱無能，常遭別人欺負。［構］聯合。［反］堅强有力

軟硬兼施 ㄖㄨㄢˇ ㄧㄥˋ ㄐㄧㄢ ㄕ ruǎnyìng jiān shī

軟辦法硬辦法同時施行。貶義。[例]敵人對他軟硬兼施，但他始終沒有動搖。[構]主謂。

銳不可當 ㄖㄨㄟˋ ㄅㄨˋ ㄎㄜˇ ㄉㄤ ruì bù kě dāng

非常銳利，不能抵擋。後指威猛無法抵擋。[例]我先頭部隊的氣勢銳不可當，一路上勢如破竹，所向無敵。[構]主謂。[源]《後漢書・吳漢傳》：『其鋒不可當。』[同]英勇無敵 [辨]『當』不能讀成ㄉㄤˇ、ㄉㄤˋ(dǎng、dàng)。

瑞雪兆豐年 ㄖㄨㄟˋ ㄒㄩㄝˇ ㄓㄠˋ ㄈㄥ ㄋㄧㄢˊ ruì xuě zhào fēng nián

應時好雪預兆著豐收。[例]這場雪下得好，瑞雪兆豐年，明年的收成一定不錯。[構]主謂。

若即若離 ㄖㄨㄛˋ ㄐㄧˊ ㄖㄨㄛˋ ㄌㄧˊ ruò jí ruò lí

好像接近，又好像疏遠。形容對人不親不遠，保持一定的距離。即：接近。[例]他對我若即若離，談不上什麼親近。[構]聯合。[同]不即不離 [反]親密無間

若無其事 ㄖㄨㄛˋ ㄨˊ ㄑㄧˊ ㄕˋ ruò wú qí shì

好像沒有那麼回事一樣。形容鎮定自如或不把事放在心上。[例]①敵人的炮不斷地打著，壕溝裏的戰士若無其事地在談論著。②這樣重要的事交給他去辦，他竟若無其事地拖了好幾天還不動手。[構]動賓。[反]若有所失

若要人不知，除非己莫為 ㄖㄨㄛˋ ㄧㄠˋ ㄖㄣˊ ㄅㄨˋ ㄓ ㄔㄨˊ ㄈㄟ ㄐㄧˇ ㄇㄛˋ ㄨㄟˊ ruò yào rén bù zhī chú fēi jǐ mò wéi

如果想要別人不知道，除非自己不做。指做了錯事、壞事是隱瞞不住的。[例]若

要人不知，除非己莫爲，既然做了錯事，就應主動承認。［構］覆。

若隱若現 ㄖㄨㄛˋ ㄧㄣˇ ㄖㄨㄛˋ ㄒㄧㄢˋ ruò yǐn ruò xiàn 好像隱藏，又好像出現。形容看不清。［例］前方有幾個人影，若隱若現，不知是幹什麼的。［構］聯合。

若有若無 ㄖㄨㄛˋ ㄧㄡˇ ㄖㄨㄛˋ ㄨˊ ruò yǒu ruò wú 好像是有，又好像是沒有。指難以肯定。［例］外星上到底有人沒有？誰也不敢肯定，只是一個若有若無的謎。［構］聯合。

若有所失 ㄖㄨㄛˋ ㄧㄡˇ ㄙㄨㄛˇ ㄕ ruò yǒu suǒ shī 好像丟失了什麼似的，一種心情惆悵之感。［例］自從高考落榜之後，她若有所失，整天呆呆地坐在那裏出神。［構］動賓。［反］若無其事。

弱不禁風 ㄖㄨㄛˋ ㄅㄨˋ ㄐㄧㄣ ㄈㄥ ruò bù jīn fēng 形容身體弱，禁不起風，一吹就倒。禁：經受。［例］她從不鍛鍊身體，成了一個弱不禁風的人了。［構］補充。［同］弱不勝衣［反］身强力壯［辨］『禁』不能讀成ㄐㄧㄣˋ(jìn)。

弱肉强食 ㄖㄨㄛˋ ㄖㄡˋ ㄑㄧㄤˊ ㄕˊ ruò ròu qiáng shí 弱者的肉被强者所食。比喻弱者爲强者所吞併或欺凌。［例］資本主義社會中，無論是工業還是商業，弱肉强食的現象到處可見。［構］主謂。

S

颯爽英姿 ㄙㄚˋ ㄕㄨㄤˇ ㄧㄥ ㄗ sà shuǎng yīng zī 豪邁矯健、英俊勇武的風姿。颯爽：豪邁矯健的樣子。也作『英姿颯爽』。［例］走進軍校大門，迎面是一座展示人民子弟兵颯爽英姿的巨雕。[構]偏正。[源]唐、杜甫《丹青引贈曹將軍霸》：『褒公(段志元)鄂公(尉遲敬德)毛髮動，英姿颯爽來酣戰。』[同]英姿煥發

塞翁失馬 ㄙㄞˋ ㄨㄥ ㄕ ㄇㄚˇ sài wēng shī mǎ

傳說古代邊塞上有個老翁，跑丟了一匹馬，後來丟失的馬居然帶回來一匹好馬。常與『安(焉)知非福』連用。比喻雖然暫時受到損失，長遠也許得到好處。現常用以比喻壞事可能變成好事。[例]塞翁失馬，安知非福，你第一次沒考好，如從中吸取教訓，以後會考得好一些。[構]主謂。[源]《淮南子．人間訓》。[辨]『塞』不讀作ㄙㄞ(sāi)或ㄙㄜˋ(sè)。

三長兩短 ㄙㄢ ㄔㄤˊ ㄌㄧㄤˇ ㄉㄨㄢˇ sān chángliǎngduǎn

指意外的災禍、事故。特指死亡。[例]萬一他有個三長兩短，那要給工作造成多大損失。[構]聯合。[同]山高水低 [辨]『兩』不要寫作『二』。『長』不要讀ㄓㄤˇ(zhǎng)。

三從四德 ㄙㄢ ㄘㄨㄥˊ ㄙˋ ㄉㄜˊ sān cóng sì dé

封建禮教束縛婦女的道德規範。三從：女子未嫁從父，既嫁從夫，夫死從子。四德：婦德(品德)、婦言(辭令)、婦容(儀態)、婦功(女工)。也作『四德三從』。[例]三從四德，是中國封建社會壓迫婦女的精神枷鎖。[構]聯合。[源]《儀禮．喪服》、《周禮．九嬪》。

三寸之舌 ㄙㄢ ㄘㄨㄣˋ ㄓ ㄕㄜˊ sān cùn zhī shé

形容善於說話和辯論。也作『三寸不爛之舌』。[例]此人並沒有什

麼實際本領，光憑三寸之舌混飯吃。［構］偏正。［源］《史記·平原君虞卿列傳》：『毛先生(遂)以三寸之舌，强於百萬之師。』［同］喙長三尺

三番五次 ㄙㄢ ㄈㄢ ㄨˇ ㄘˋ sān fān wǔ cì
形容多次，屢次。番：次數，遍數。也作『三番兩次』。［例］離畢業分配還有幾個月，他就三番五次地訴說困難，請求領導照顧。［構］聯合。［辨］『番』不要寫作『翻』。

三綱五常 ㄙㄢ ㄍㄤ ㄨˇ ㄔㄤˊ sān gāng wǔ cháng
封建統治階級所提倡的一套倫理道德標準。三綱：指父爲子綱、君爲臣綱、夫爲妻綱。五常：一般指仁、義、禮、智、信。［例］三綱五常的封建教育，五四運動時就受到了批判。［構］聯合。［源］《論語·爲政·何晏注》。

三姑六婆 ㄙㄢ ㄍㄨ ㄌㄧㄡˋ ㄆㄛˊ sān gū liù pó
舊時指從事各種職業的婦女。現多用以指不務正業的婦女。三姑：指尼姑、道姑、卦姑。六婆：指牙婆、媒婆、師婆(女巫)、虔婆(鴇母)、藥婆、穩婆(接生婆)。［例］三姑六婆總來挑撥是非，你說，怎能不起風波呢？［構］聯合。［源］明、陶宗儀《南村輟耕錄》第十卷。

三顧茅廬 ㄙㄢ ㄍㄨˋ ㄇㄠˊ ㄌㄨˊ sān gù máo lú
指誠心誠意地一再拜訪或邀請。顧：拜訪。茅廬：草房。也作：『三顧草廬』。［例］新任廠長三顧茅廬，終於把他請出來當總工程師。［構］動賓。［源］三國(蜀)、諸葛亮《出師表》：『先帝不以臣卑鄙，猥自枉屈，三顧臣於草廬之中。』

三過其門而不入 ㄙㄢ ㄍㄨㄛˋ ㄑㄧˊ ㄇㄣˊ ㄦˊ ㄅㄨˋ ㄖㄨˋ sān guò qí mén ér bù rù 傳說夏禹專心致志於治水，在外十三年，曾三次路過自己的家門也不進去，最後終於治服了洪水。後形容專心工作，公而忘私。［例］搞事業也得有大禹三過其門而不入的精神，他連續三年都在實驗室裏過的春節，終於取得了成績。［例］連動。［源］《孟子・離婁下》：『禹、稷當平世，三過其門而不入，孔子賢之。』

三皇五帝 ㄙㄢ ㄏㄨㄤˊ ㄨˇ ㄉㄧˋ sān huáng wǔ dì 傳說中遠古時代的帝王。常借指遙遠的古代。三皇：一般指燧人、伏羲、神農。五帝：一般指黃帝、顓頊（ㄓㄨㄢ ㄒㄩˋ[zhuān xù]）、帝嚳（ㄎㄨˋ[kù]）、唐堯、虞舜。［例］從三皇五帝到現在，人類社會就是在不斷變革中前進的。［構］聯合。［源］《周禮・春官・外史》。

三教九流 ㄙㄢ ㄐㄧㄠˋ ㄐㄧㄡˇ ㄌㄧㄡˊ sān jiào jiǔ liú 指宗教、學術中的各種學派。也指社會上各種行業或江湖上各種各樣的人。三教：儒教、佛教、道教。九流：儒家、道家、陰陽家、法家、名家、墨家、縱橫家、雜家、農家。［例］舊時的上海灘，三教九流，無一不有。［構］聯合。［源］《北史・周本紀下》。

三令五申 ㄙㄢ ㄌㄧㄥˋ ㄨˇ ㄕㄣ sān lìng wǔ shēn 再三發出命令，反覆申明，指再三告誡。［例］學校對課堂紀律三令五申，多次強調，請大家嚴格遵守。［構］聯合。［源］《文選三・東京賦》。

三六九等 ㄙㄢ ㄌㄧㄡˋ ㄐㄧㄡˇ ㄉㄥˇ sān liù jiǔ děng 指各種等級和很多差別。［例］我不贊成你把朋友分爲三六九等，厚此薄彼的。［構］偏正。［反］一視同仁

三親六故 ㄙㄢ ㄑㄧㄣ ㄌㄧㄡˋ ㄍㄨˋ sān qīn liù gù

指親友。三親：一般指父母、兄弟、夫婦。故：朋友。也作『三親六眷』。[例]在社會上，誰沒有三親六故的？[構]聯合。

三人行，必有我師 ㄙㄢ ㄖㄣˊ ㄒㄧㄥˊ ㄅㄧˋ ㄧㄡˇ ㄨㄛˇ ㄕ sān rén xíng, bì yǒu wǒ shī

三個人同行，其中必定有可以當我老師的。現指處處都有值得自己學習的人。[例]三人行，必有我師，我們不要放過任何學習機會。[構]覆。[源]《論語・述而》：『三人行，必有我師焉。』

三生有幸 ㄙㄢ ㄕㄥ ㄧㄡˇ ㄒㄧㄥˋ sān shēng yǒu xìng

三生都很幸運。形容非常幸運或難得的好機遇。三生：佛教語，指前生、今生、來生，即過去、現在、將來三世。[例]能和您在一起學習，真是三生有幸。[構]主謂。

三十六策，走爲上計 ㄙㄢ ㄕˊ ㄌㄧㄡˋ ㄘㄜˊ ㄗㄡˇ ㄨㄟˊ ㄕㄤˋ ㄐㄧˋ sān shí liù cè, zǒu wéi shàng jì

原指無法與敵人對抗時，最好避開。後指擺脫困境，沒有好辦法，只好一走了事。也作『三十六計，走爲上計』。[例]如果遇到困難就採取三十六策，走爲上計的態度，那是一種無能的表現。[構]主謂。[源]《南齊書・王敬則傳》。

三思而行 ㄙㄢ ㄙ ㄦˊ ㄒㄧㄥˊ sān sī ér xíng

經過反覆考慮，然後才去做。三：多次。[例]你第一次單獨外出，凡事要三思而行。[構]連動。[源]《論語・公冶長》：『季文子三思而後行。』[同]行成於思

三天打魚，兩天曬網 ㄙㄢ ㄊㄧㄢ ㄉㄚˇ ㄩˊ，ㄌㄧㄤˇ ㄊㄧㄢ ㄕㄞˋ ㄨㄤˇ sān tiān dǎ yú, liǎng tiān shài wǎng

比喻學習或做事缺乏恆心，時斷時續。〔例〕學外語要細水長流，如果像你這樣三天打魚，兩天曬網，肯定是學不好的。〔構〕覆。〔同〕一暴十寒

三頭六臂 ㄙㄢ ㄊㄡˊ ㄌㄧㄡˋ ㄅㄧˋ sān tóu liù bì

原指佛的法相，有三個頭，六條臂。比喻人有高超的本領。〔例〕模範人物並沒有三頭六臂，他們有的是一顆對工作赤誠的心。〔構〕聯合。

三位一體 ㄙㄢ ㄨㄟˋ ㄧ ㄊㄧˇ sān wèi yì tǐ

原指基督教徒謂上帝有聖父、聖子、聖靈三種人格。聖父爲耶和華（上帝），聖子爲耶穌，聖靈爲父子的共同神性，三者雖不同體，但本質上合爲一體。現常泛指三種人、三個內容或三個方面合成一個密不可分的整體。〔例〕『抗戰、團結、進步，這是共產黨在去年「七七」紀念時提出的三大方針，這是三位一體的方針，三者不可缺一。』（毛澤東）〔構〕主謂。

三心二意 ㄙㄢ ㄒㄧㄣ ㄦˋ ㄧˋ sān xīn èr yì

又想這樣，又想那樣。形容不專一或不堅定。也作『三心兩意』。〔例〕①爲人民服務，要全心全意，絕不能三心二意。②當初，我剛到這兒工作，還是三心二意的，總怕幹不好。〔源〕漢、王充《論衡・調時篇》：『非有三心兩意，前後相反也。』〔同〕猶豫不決　心猿意馬〔反〕專心致志　全心全意　一心一意

三言兩語 ㄙㄢ ㄧㄢˊ ㄌㄧㄤˇ ㄩˇ sān yán liǎng yǔ

三兩句話。形容言語的簡短。也作『三言五語』。〔例〕朋友們來信

有時提到他，只是提到而已；就是有批評，也不過三言兩語。［構］聯合。［同］言簡意賅 ［反］長篇大論

三折肱，爲良醫 ㄙㄢ ㄓㄜˊ ㄍㄨㄥ ㄨㄟˊ ㄌㄧㄤˊ ㄧ sān zhé gōng wéi liáng yī 多次折斷胳膊，也就成爲一個好醫生。肱：指胳膊。比喻對某事實踐多（包括遭受挫折多），就會不斷積累經驗，而成爲這方面的行家。［例］三折肱，爲良醫，挫折怕什麼，經受多了，就會逐漸成熟起來。［構］覆。［源］《左傳·定公十三年》：『三折肱，知爲良醫。』

三足鼎立 ㄙㄢ ㄗㄨˊ ㄉㄧㄥˇ ㄌㄧˋ sān zú dǐng lì 像三條腿的鼎那樣立著。鼎：古代青銅製的炊具，一般是三條腿。比喻三方並立的局面。［例］赤壁一戰，形成了魏、蜀、吳三足鼎立的局面。［構］主謂。［源］《史記·淮陰侯列傳》。［同］鼎足之勢 鼎足三分

散兵游勇 ㄙㄢˇ ㄅㄧㄥ ㄧㄡˊ ㄩㄥˇ sǎn bīng yóu yǒng 指逃散的士兵。後指沒有組織而獨自行動的人。勇：清代指地方臨時招募的兵卒。［例］我們是有統一指揮、嚴密組織和堅强紀律的隊伍，絕不是一夥散兵游勇。［構］聯合。［辨］『散』不讀ㄙㄢˋ(sàn)。

喪盡天良 ㄙㄤˋ ㄐㄧㄣˋ ㄊㄧㄢ ㄌㄧㄤˊ sàng jìn tiān liáng 喪失盡了良心。形容狠毒凶殘到了極點。天良：良心。［例］他是一個喪盡天良的傢伙，連他的老婆也賣了。［構］動賓。［同］喪心病狂 ［辨］『喪』不讀ㄙㄤ(sāng)。

喪家之犬 ㄙㄤˋ ㄐㄧㄚ ㄓ ㄑㄩㄢˇ sàng jiā zhī quǎn 比喻失去靠山，無處投奔的人。喪：喪失。也作『喪家之狗』。［例

」農民革命勢力所到之處，地主們惶惶然，若喪家之犬。［構］偏正。［源］《史記・孔子世家》：『累累若喪家之狗。』［辨］『喪』不讀ㄙㄤ(sāng)。

喪權辱國 ㄙㄤˋ ㄑㄩㄢˊ ㄖㄨˇ ㄍㄨㄛˊ sàngquán rǔ guó

喪失主權，使國家蒙受屈辱。［例］以慈禧爲首的投降派，喪權辱國，割地求和，引起全國人民的義憤。［構］聯合。

喪心病狂 ㄙㄤˋ ㄒㄧㄣ ㄅㄧㄥˋ ㄎㄨㄤˊ sàng xīn bìng kuáng

喪失理智，像發了瘋一樣地胡作非爲。也形容殘忍可惡到了極點。［例］喪心病狂的侵略者，竟然出動飛機轟炸村莊，使無辜百姓慘遭殺害。［構］聯合。［辨］『喪』不寫作『傷』。

掃地出門 ㄙㄠˇ ㄉㄧˋ ㄔㄨ ㄇㄣˊ sǎo dì chū mén

比喻全部家產都被處理，連人也被趕出家門。［例］地主還鄉團一回來，農民都被掃地出門。［構］連動。［源］《兒女英雄傳》第十六回。

色彩繽紛 ㄙㄜˋ ㄘㄞˇ ㄅㄧㄣ ㄈㄣ sè cǎi bīn fēn

顏色繁多鮮豔。繽紛：錯雜繁複的樣子。［例］在外賓車隊經過的大街兩旁，掛滿了旗子，色彩繽紛，熱鬧非常。［構］主謂。［同］五彩繽紛

色厲內荏 ㄙㄜˋ ㄌㄧˋ ㄋㄟˋ ㄖㄣˇ sè lì nèi rěn

外表强硬而內心軟弱。色：神色。厲：厲害。內：內心。荏：軟弱。［例］他爲人色厲內荏，在大家面前强打精神，裝腔作勢，大擺架勢，暗地裏早想認輸了。［構］聯合。［源］《論語・陽貨》：『色厲而內荏，譬諸小人，其猶穿窬之盜也與？』［同］外强中乾

僧多粥少 ㄙㄥ ㄉㄨㄛ ㄓㄡ ㄕㄠˇ sēng duō zhōu shǎo 和尚多而稀飯少。比喻需要超過供給。也作『粥少僧多』。[例]我們單位超編，僧多粥少，有些人閒著。[構]聯合。

殺雞取卵 ㄕㄚ ㄐㄧ ㄑㄩˇ ㄌㄨㄢˇ shā jī qǔ luǎn 《伊索寓言·生金蛋的雞》中敘述，有人欲取盡金蛋而殺掉生金蛋的雞。比喻貪圖眼前小利而損害長遠利益，或比喻貪得無厭的人不擇手段以謀求暴利。也作『殺雞取蛋』。[例]為了蓋房子，竟毀了一片片的良田，這如殺雞取卵，後患無窮。[構]連動。[同]竭澤而漁

殺雞嚇猴 ㄕㄚ ㄐㄧ ㄒㄧㄚˋ ㄏㄡˊ shā jī xià hóu 殺掉雞來嚇唬猴子。比喻懲罰一個，警戒其餘。也作『殺雞駭猴』。[例]我並不想殺雞嚇猴，但對個別不良現象加以批評以引起重視卻是必要的。[構]主謂。[同]殺一儆百　殺一警百

殺人不見血 ㄕㄚ ㄖㄣˊ ㄅㄨˋ ㄐㄧㄢˋ ㄒㄩㄝˋ shā rén bù jiàn xuè 殺人而不留血跡。形容害人的手段非常陰險、狡詐，不露痕跡。[例]魯迅說過，自稱酷愛和平的人們，也會有殺人不見血的武器，那就是造謠言。[構]覆。[源]唐、孟郊《秋懷十五首（其十五）》：『詈言不見血，殺人何紛紛！』

殺人如麻 ㄕㄚ ㄖㄣˊ ㄖㄨˊ ㄇㄚˊ shā rén rú má 形容殺死的人像亂麻一樣多得數不清。[例]殺人如麻的劊子手，終於落入了人民的法網。[構]主謂。[源]唐、陳子昂《諫刑書二首（其一）》：『遂至殺人如麻，流血成澤。』

殺身成仁 ㄕㄚ ㄕㄣ ㄔㄥˊ ㄖㄣˊ shā shēn chéng rén

犧牲生命，成全仁德。後指爲了正義事業而犧牲。［例］被捕以後，面對敵人的屠刀，殺身成仁是我唯一的選擇。［構］連動。［源］《論語・衛靈公》：『無求生以害仁，有殺身以成仁。』［同］捨生取義

殺一儆百 ㄕㄚ ㄧ ㄐㄧㄥˇ ㄅㄞˇ shā yī jǐng bǎi

處罰或殺掉一人以警戒許多人。儆：警戒。也作『殺一警百』或『懲一儆百』。［例］敵人在雲周西村的鄉親們面前用鍘刀處死劉胡蘭，妄想起到殺一儆百的作用，但革命的烈火是撲不滅的。［構］連動。［源］漢、班固《漢書・尹翁歸傳》。［同］殺雞嚇猴

歃血爲盟 ㄕㄚˋ ㄒㄩㄝˋ ㄨㄟˊ ㄇㄥˊ shà xuè wéi méng

古代盟會的參加者，口含牲畜之血或把牲畜的血塗在嘴唇上，表示誠意。形容誠心誠意地訂立盟約。［例］長征時，劉伯承用『歃血爲盟』的辦法，和少數民族約定各不相犯，使紅軍勝利地前進。［構］特・主謂。［源］《史記・平原君虞卿列傳》。

煞費苦心 ㄕㄚˋ ㄈㄟˋ ㄎㄨˇ ㄒㄧㄣ shà fèi kǔ xīn

費盡了心思。煞：很、極。［例］多年來，他煞費苦心地把這個殘疾兒童訓練成一個自食其力的工人。［構］動賓。［源］宋、朱熹《朱子語類》：『若必用從初說起，則煞費思量矣。』［同］挖空心思　［辨］『煞』不讀ㄕㄚ(shā)。

煞有介事 ㄕㄚˋ ㄧㄡˇ ㄐㄧㄝˋ ㄕˋ shà yǒu jiè shì

真像有那麼一回事似的。介：那樣，那麼。也作『像煞有介事』。［例］你別裝模作樣，煞有介事似的，好像你真是稀里糊塗地犯了錯誤。［構］動賓。［反］若無其事

山崩地裂 ㄕㄢ ㄅㄥ ㄉㄧˋ ㄌㄧㄝˋ shānbēng dì liè 山岳崩塌，大地裂陷。形容劇烈的震動變化。［例］一九七六年七月二十八日發生唐山大地震，整個唐山像山崩地裂一樣，刹那間成爲一片廢墟。［構］聯合。［源］漢、班固《漢書・元帝紀》。

山重水覆 ㄕㄢ ㄔㄨㄥˊ ㄕㄨㄟˇ ㄈㄨˋ shānchóng shuǐ fù 山巒重疊，河水環繞。［例］過了鷹潭站，列車蜿蜒著前進，山重水覆，別有一番景致。［構］聯合。［源］宋、陸游《遊山西村》：『山重水覆疑無路，柳暗花明又一村。』

山高水長 ㄕㄢ ㄍㄠ ㄕㄨㄟˇ ㄔㄤˊ shān gāo shuǐ cháng 像山一樣高聳，像水一樣長流。指人的品德高尙，影響深遠。現也比喻情誼深厚。［例］先生的品德，山高水長，世代相傳。［構］聯合。［源］唐、劉禹錫《望賦》：『喬木何許兮，山高水長。』

山光水色 ㄕㄢ ㄍㄨㄤ ㄕㄨㄟˇ ㄙㄜˋ shānguāng shuǐ sè 山景清麗，水色明淨。形容山水秀麗。［例］此時，江南一帶山光水色，景色宜人，正是休養的好去處。［構］聯合。［源］唐、李白《魯郡堯祠送竇明府薄華還西京》：『山光水色青於藍。』［同］山清水秀

山盟海誓 ㄕㄢ ㄇㄥˊ ㄏㄞˇ ㄕˋ shānméng hǎi shì 指著山、海立誓訂約。形容所訂盟誓像山、海那樣永遠不變。多表示愛情的堅貞。也作『海誓山盟』。［例］定情的那天晚上，他倆山盟海誓，表示永不變心。［構］聯合。［源］宋、趙長卿《賀新郎》。

山明水秀 ㄕㄢ ㄇㄧㄥˊ ㄕㄨㄟˇ ㄒㄧㄡˋ shānmíng shuǐ xiù

山光明媚，水色秀麗。也作『山清水秀』。［例］在山明水秀，鳥語花香的環境之中，我度過了又一個美麗的春天。［構］聯合。［源］宋、黃庭堅《驀山溪》：『眉黛斂秋波，盡湖南，山明水秀。』（也有寫爲『水明山秀』的。）

山窮水盡 ㄕㄢ ㄑㄩㄥˊ ㄕㄨㄟˇ ㄐㄧㄣˋ shānqióng shuǐ jìn

山和水都到了盡頭，沒有路可走了。比喻陷入了絕境。［例］十年動亂，我村的生產破壞得非常嚴重，幾乎到了山窮水盡的境地。［構］聯合。

山雨欲來風滿樓 ㄕㄢ ㄩˇ ㄩˋ ㄌㄞˊ ㄈㄥ ㄇㄢˇ ㄌㄡˊ shān yǔ yù lái fēng mǎn lóu

大雨將要來臨，滿樓都是呼呼的風。後比喻重大事件發生之前到處充滿了緊張的氣氛和跡象。［例］帝國主義的插手，民族主義分子的煽動，使得這個國家的局勢日趨緊張，大有山雨欲來風滿樓之勢。［構］覆。［源］唐、許渾《咸陽城東樓》。

山珍海錯 ㄕㄢ ㄓㄣ ㄏㄞˇ ㄘㄨㄛˋ shānzhēn hǎi cuò

山間和海中出產的珍奇食品。泛指各種珍奇難得的食品。海錯：海味。也作『山珍海味』。［例］這幾天，他心情沉重，滿桌的山珍海錯也引不起他的食欲。［構］聯合。［源］唐、韋應物《長安道》：『山珍海錯棄藩籬。』

芟夷大難 ㄕㄢ ㄧˊ ㄉㄚˋ ㄋㄢˋ shān yí dà nàn

鏟除大災難。芟夷：鏟除，削除。［例］無論遇上什麼風浪，他芟夷大難的決心從不改變。［構］動賓。［源］《三國志・蜀書・諸葛亮傳》：『今操芟夷大難，略已平矣。』［同］排除萬難

刪繁就簡 ㄕㄢ ㄈㄢˊ ㄐㄧㄡˋ ㄐㄧㄢˇ shān fán jiù jiǎn

去掉繁雜的，使之趨於簡練。就：趨向。［例］這本教材過於冗長，必須刪繁就簡。［構］聯合。

姍姍來遲 ㄕㄢ ㄕㄢ ㄌㄞˊ ㄔˊ shānshān lái chí

慢慢騰騰地來晚了。姍姍：行走緩慢從容的樣子。［例］大家都準時到了，只有他姍姍來遲。［構］偏正。［源］《漢書・外戚傳》：『是邪，非邪？立而望之，偏何姍姍其來遲！』［辨］『姍』不要寫作『珊』。

煽風點火 ㄕㄢ ㄈㄥ ㄉㄧㄢˇ ㄏㄨㄛˇ shān fēng diǎn huǒ

煽起風，使點燃的火燒旺起來。比喻煽動和唆使別人幹壞事。也作『扇風點火』。［例］他的話是在煽風點火，鼓動大家鬧事，以達到不可告人的目的。［構］連動。

潸然淚下 ㄕㄢ ㄖㄢˊ ㄌㄟˋ ㄒㄧㄚˋ shān rán lèi xià

形容淚流不止。潸然：流淚的樣子。［例］站在他的遺體前，想起他辛勞的一生，怎能不潸然淚下呢？［構］偏正。［源］《詩經・小雅・大東》：『睠言顧之，潸焉出涕。』［辨］『潸』不要寫作『潛』。

閃爍其辭 ㄕㄢˇ ㄕㄨㄛˋ ㄑㄧˊ ㄘˊ shǎnshuò qí cí

形容說話躲躲閃閃，吞吞吐吐，閃爍：一閃一閃的，指稍微露出一點想法，但又不肯說明確。辭：言辭。也作『閃爍其詞』。［例］對同志，有什麼意見儘管坦率地提出來，不要瞻前顧後，閃爍其辭。［構］動賓。［同］含糊其詞［反］斬釘截鐵

善罷甘休 ㄕㄢˋ ㄅㄚˋ ㄍㄢ ㄒㄧㄡ shàn bà gān xiū

好好地了結，心甘情願地罷休。［例］該和好便和好，如果等到雙方

的矛盾激化，那時你要讓步，他也絕不肯善罷甘休了。［構］聯合。

善始善終 ㄕㄢˋ ㄕˇ ㄕㄢˋ ㄓㄨㄥ shàn shǐ shànzhōng　很好地開始，圓滿地結束。［例］我們做事要善始善終，不要虎頭蛇尾。［構］聯合。［源］《莊子．大宗師》。［反］半途而廢　虎頭蛇尾

善有善報 ㄕㄢˋ ㄧㄡˇ ㄕㄢˋ ㄅㄠˋ shàn yǒu shàn bào　做好事必有好報應。善：好的。報：報應。［例］善有善報，惡有惡報，不是不報，時候未到。［構］主謂。［辨］常與『惡有惡報』連用。

傷風敗俗 ㄕㄤ ㄈㄥ ㄅㄞˋ ㄙㄨˊ shāng fēng bài sú　敗壞社會風氣，習俗。傷：傷害。敗：敗壞。也作『傷化敗俗』。［例］若有起碼的道德觀念，就不可能幹出如此傷風敗俗的勾當來。［構］聯合。［源］《漢書．貨殖傳》：『傷化敗俗，大亂之道也。』［反］移風易俗

傷筋動骨 ㄕㄤ ㄐㄧㄣ ㄉㄨㄥˋ ㄍㄨˇ shāng jīn dòng gǔ　指筋骨受傷。後也比喻事物受重大或根本的損害。［例］因爲這次事故，我們廠損失不少，但還不至於傷筋動骨。［構］聯合。

傷天害理 ㄕㄤ ㄊㄧㄢ ㄏㄞˋ ㄌㄧˇ shāng tiān hài lǐ　指做事凶狠殘忍，毫無人性。天：天道。理：倫理。［例］他雖不敢做什麼傷天害理的事，可是又饞又懶，好貪小便宜。［構］聯合。［同］喪盡天良

賞罰分明 ㄕㄤˇ ㄈㄚˊ ㄈㄣ ㄇㄧㄥˊ shǎng fá fēn míng　該賞的賞，該罰的罰，界限清楚，毫不含糊。也作『賞罰嚴明』。［例］誰有功，誰有過，群衆知道得最清楚，虛心聽取群衆意見，才能做到賞罰分明

。［構］主謂。［源］《漢書・張敞傳》：『敞爲人敏疾，賞罰分明。』［反］賞罰不當　賞罰不明

賞心樂事 ㄕㄤˇ ㄒㄧㄣ ㄌㄜˋ ㄕˋ shǎng xīn lè shì　歡暢的心情和愉快的事情。賞心：心情歡暢。［例］業餘時間，種種花，養養魚，確實是賞心樂事。［構］聯合。［源］南朝（宋）、謝靈運《擬魏太子鄴中集詩序》。

賞心悅目 ㄕㄤˇ ㄒㄧㄣ ㄩㄝˋ ㄇㄨˋ shǎng xīn yuè mù　美好的景物看了使人心情舒暢。賞心：心情歡暢。悅目：看了舒服。［例］泛舟灕江，水光山色，令人賞心悅目。［構］聯合。［同］娛目醒心

上不著天，下不著地 ㄕㄤˋ ㄅㄨˋ ㄓㄨㄛˊ ㄊㄧㄢ ㄒㄧㄚˋ ㄅㄨˋ ㄓㄨㄛˊ ㄉㄧˋ shàng bù zhuó tiān xià bù zhuó dì　形容兩頭都沒有著落。［例］多少年來，你東奔西跑，弄得現在上不著天，下不著地，我想幫忙，又無從下手。［構］覆。［源］《韓非子・解老》：『上不屬天，下不著地。』

上竄下跳 ㄕㄤˋ ㄘㄨㄢˋ ㄒㄧㄚˋ ㄊㄧㄠˋ shàngcuàn xià tiào　上下奔走，多方串連。形容到處搞不正當的活動。［例］他自以爲聰明，利用工作之便，上竄下跳，製造事端，想把水攪混，從中漁利。［構］聯合。

上梁不正下梁歪 ㄕㄤˋ ㄌㄧㄤˊ ㄅㄨˋ ㄓㄥˋ ㄒㄧㄚˋ ㄌㄧㄤˊ ㄨㄞ shàngliáng bù zhèng xià liáng wāi　比喻居上位的人思想行爲不正，在下邊的人也會跟著學壞。也作『上梁不正』。［例］我們學校的領導發現群衆中有什麼不好的苗頭，總是先檢查自己，他們常說『上梁不正下梁歪嘛！』［構］覆。［源］晉、傅玄《物理論》。［同］上行下效

上推下卸 ㄕㄤˋ ㄊㄨㄟ ㄒㄧㄚˋ ㄒㄧㄝˋ shàng tuī xià xiè

向上或向下推卸。指不承擔責任或任務。［例］真正的領導者要勇於承擔責任，不能一遇到問題就上推下卸。［構］聯合。

上下交征 ㄕㄤˋ ㄒㄧㄚˋ ㄐㄧㄠ ㄓㄥ shàng xià jiāo zhēng

上上下下都在爭奪權利。征：求取。［例］反動政府上下交征，置人民的生活於不顧。［構］主謂。［源］《孟子・梁惠王上》：『上下交征利，而國危矣。』

上下其手 ㄕㄤˋ ㄒㄧㄚˋ ㄑㄧˊ ㄕㄡˇ shàng xià qí shǒu

指玩弄手法，串通作弊。［例］『不過在這個缺席裁判的故事裏，他或他的後學卻不免有點上下其手。』（郭沫若《孔墨的批判》）［構］動賓。［源］《左傳・襄公二十六年》。

上行下效 ㄕㄤˋ ㄒㄧㄥˊ ㄒㄧㄚˋ ㄒㄧㄠˋ shàng xíng xià xiào

上面的人怎樣做，下面的人就跟著仿效。［例］上行下效，如果領導事事出以公心，那麼群衆就會積極工作，不計較個人利益。［構］聯合。［源］漢、班固《白虎通・三教》：『教者效也，上爲之，下效之。』［同］上梁不正下梁歪

稍縱即逝 ㄕㄠ ㄗㄨㄥˋ ㄐㄧˊ ㄕˋ shāo zòng jí shì

稍一放鬆就消失了。形容時間或機會等極易消逝。縱：放鬆。逝：消失。也作『少縱即逝』。［例］達爾文說：『我既沒有突出的理解力，也沒有過人的機智，只是在覺察那些稍縱即逝的事物並對其進行精細觀察的能力上，我可能在中人之上。』［構］連動。［源］宋、蘇軾《文與可畫篔簹谷偃竹記》：『振筆直遂，以追其所見，如兔起鶻落，少縱則逝矣。』

少安勿躁 ㄕㄠˇ ㄢ ㄨˋ ㄗㄠˋ shǎo ān wù zào
稍微耐心一點，不要急躁。少：稍微。安：安穩，安心。勿：不要。躁：急躁。［例］對此，請你少安勿躁，不用多久，真相就會大白。［構］聯合。［源］唐、韓愈《答呂毉山人書》。［辨］『少』不讀ㄕㄠˋ(shào)。『躁』不要寫作『燥』。

少見多怪 ㄕㄠˇ ㄐㄧㄢˋ ㄉㄨㄛ ㄍㄨㄞˋ shǎo jiàn duō guài
見識少，遇事便多以爲奇怪。多用以嘲諷別人見聞淺陋。［例］這種東西在我們村裏幾乎家家有，處處可見，你真是少見多怪。［構］覆。［源］漢、牟融《理惑論》：『少所見，多所怪。』

少慢差費 ㄕㄠˇ ㄇㄢˋ ㄔㄚˋ ㄈㄟˋ shǎo màn chà fèi
數量少，速度慢，質量差，耗費的材料多。［例］我們搞四化建設，要力求多快好省，不要少慢差費。［構］聯合。［反］多快好省 ［辨］『少』不讀ㄕㄠˋ(shào)。

少不更事 ㄕㄠˋ ㄅㄨˋ ㄍㄥ ㄕˋ shào bù gēng shì
指人年輕，經歷的事不多。更：經歷。［例］這事情弄得下不了台，都是兩個孩子少不更事的結果。［構］主謂。［源］《晉書·周凱傳》：『君少年未更事。』

少年老成 ㄕㄠˋ ㄋㄧㄢˊ ㄌㄠˇ ㄔㄥˊ shào nián lǎo chéng
指雖然年輕，卻很穩重老練，現多用以形容年紀雖輕，卻沒有朝氣。老成：老練成熟。［例］①他少年老成，父親故去後，店裏的事由他獨立支撐。②他年紀輕輕，爲什麼就這樣一副死氣沉沉、少年老成的模樣呢？［構］主謂。［源］唐、常袞《授郭晞左散騎常侍制》：『以少年之才雄，有老成之持重。』［辨］『少』不讀ㄕㄠˇ(shǎo)。

少壯不努力，老大徒傷悲 ㄕㄠˋ ㄓㄨㄤˋ ㄅㄨˋ ㄋㄨˇ ㄌㄧˋ ㄌㄠˇ ㄉㄚˋ ㄊㄨˊ ㄕㄤ ㄅㄟ shàozhuàng bù nǔ lì lǎo dà tú shāng bēi

年輕力壯時不發憤努力，到了老年悲傷後悔也沒有用了。常用以激勵青年人珍惜時間，刻苦努力。徒：白白地。［例］『少壯不努力，老大徒傷悲』，這是被許多歷史事實所證明的道理。［構］覆。［源］漢樂府《長歌行》。

捨本逐末 ㄕㄜˇ ㄅㄣˇ ㄓㄨˊ ㄇㄛˋ shě běn zhú mò

捨棄根本的、主要的，而追求枝節的、次要的。比喻做事輕重主次顛倒。本：根本。末：枝節。［例］學習中只熱中於獵奇，不想打下紮實的知識基礎，這不是捨本逐末是什麼呢？［構］聯合。［源］《呂氏春秋・上農》：『民捨本而事末，則不令。』［同］本末倒置　輕重倒置　［反］追本求源

捨己救人 ㄕㄜˇ ㄐㄧˇ ㄐㄧㄡˋ ㄖㄣˊ shě jǐ jiù rén

不惜犧牲自己去拯救別人。捨：捨棄。［例］羅盛教烈士犧牲自己的生命，救出了朝鮮孩子，這種捨己救人的國際主義精神永遠激勵著我們。［構］聯合。

捨近求遠 ㄕㄜˇ ㄐㄧㄣˋ ㄑㄧㄡˊ ㄩㄢˇ shě jìn qiú yuǎn

捨棄近的而尋求遠的。多指做事不會尋求捷徑而走彎路。捨：捨棄。［例］這種產品，市內的工廠正在生產，你何必捨近求遠，偏偏要到外地去訂購呢？［構］聯合。［源］《孫子・九地》杜牧注：『易其居，去安從危，迂其途，捨近即遠。』

捨車保帥 ㄕㄜˇ ㄐㄩ ㄅㄠˇ ㄕㄨㄞˋ shě jū bǎo shuài

比喻爲了保護主要的而捨棄次要的。捨：捨棄。車、帥：中國象棋的兩種棋子。『車』表示戰車，『帥』表示

軍中主將。也作『捨車馬，保將帥』。〔例〕不法分子雖然千方百計玩弄捨車保帥的陰謀，但他們的『帥』還是逃不過恢恢法網。〔構〕連動。

捨命陪君子 ㄕㄜˇ ㄇㄧㄥˋ ㄆㄟˊ ㄐㄩㄣ ㄗˇ shě mìng péi jūn zǐ 豁出生命來陪您盡興到底。君子：對對方的尊稱。〔例〕我忙了一天，已筋疲力盡，你非要找我下棋，我只好捨命陪君子了。〔構〕連動。

捨生取義 ㄕㄜˇ ㄕㄥ ㄑㄩˇ ㄧˋ shě shēng qǔ yì 爲了正義而犧牲生命。捨生：捨棄生命。取：選取、選擇。義：正義。〔例〕多少革命烈士，前仆後繼，捨生取義，用鮮血換來了新中國。〔構〕連動。〔源〕《孟子・告子上》：『生，亦我所欲也，義，亦我所欲也。二者不可得兼，捨生而取義者也。』

設身處地 ㄕㄜˋ ㄕㄣ ㄔㄨˇ ㄉㄧˋ shè shēn chǔ dì 設想自己處在他人的那種境地。指替別人的處境著想。〔例〕你要替別人設身處地地想一想：如果我碰到那樣的事該怎麼辦呢？〔構〕動賓。〔源〕《禮記・中庸》朱熹注。〔辨〕『處』不讀ㄔㄨˋ(chù)。

身敗名裂 ㄕㄣ ㄅㄞˋ ㄇㄧㄥˊ ㄌㄧㄝˋ shēn bài míng liè 地位喪失，名聲敗壞。指遭到徹底的失敗。身：身分，地位。敗：毀壞。裂：破壞。〔例〕別看他趾高氣揚，這不過是暫時的，到時會有他身敗名裂的一天。〔構〕聯合。〔同〕名譽掃地　聲名狼藉〔反〕名滿天下

身不由己 ㄕㄣ ㄅㄨˋ ㄧㄡˊ ㄐㄧˇ shēn bù yóu jǐ 自身的行爲不能由自己支配。有時也指身體支撐不住或不自覺做的事。身：自身。由：聽從。也作『身不由主

』。〔例〕①舊社會，有的人身不由己，不願做的事也得做。②他的血壓突然升高，眼前發黑，身不由己，昏倒在地上。③他身不由己，由人拖著擁著走。〔構〕主謂。

身價百倍
ㄕㄣ ㄐㄧㄚˋ ㄅㄞˇ ㄅㄟˋ shēn jià bǎi bèi

身價提高了一百倍。形容人的名聲和社會地位大大提高。身價：指一個人的社會地位。也作『聲價百倍』。常含有諷刺意味。〔例〕她剛剛唱了幾支歌，贏得了一些掌聲，但一見報，馬上就身價百倍，似乎成了歌星了。〔構〕主謂。

身教重於言教
ㄕㄣ ㄐㄧㄠˋ ㄓㄨㄥˋ ㄩˊ ㄧㄢˊ ㄐㄧㄠˋ shēn jiào zhòng yú yán jiào

用親身示範去教導別人比用言語去教導人更爲重要，更加有效。〔例〕教師的所作所爲至關重要，身教重於言教，它會直接影響到學生的成長。〔例〕主謂。

身經百戰
ㄕㄣ ㄐㄧㄥ ㄅㄞˇ ㄓㄢˋ shēn jīng bǎi zhàn

親身經歷過許多次戰鬥。形容富於實踐經驗。身：親身。百：極言其多。〔例〕在綠茵場上，他可是一位身經百戰的『戰將』。〔構〕主謂。〔源〕唐、郎士元《塞下曲》。

身臨其境
ㄕㄣ ㄌㄧㄣˊ ㄑㄧˊ ㄐㄧㄥˋ shēn lín qí jìng

親身到了那個地方。身：親身。臨：到。境：境地，處境。也作『身歷其境』，『親臨其境』。〔例〕從唐山來的朋友，對我講起地震的可怕，雖然沒有身臨其境，但那恐怖的感覺我好像能感受到。〔構〕主謂。〔源〕明、袁宏道《八識略說序》：『向非身歷其境，惡能窮其邊崖，指其歸宿者哉！』

身體力行
ㄕㄣ ㄊㄧˇ ㄌㄧˋ ㄒㄧㄥˊ shēn tǐ lì xíng

親身體驗，盡力實行。體：體驗。力：盡力。〔例〕爲了貫徹中央『

廢除幹部領導職務終身制』的精神，他身體力行，提出了退休的申請。[構]聯合。[源]漢、劉安《淮南子・氾論訓》：『故聖人以身體之。』《禮記・中庸》：『好學近乎知，力行近乎仁，知恥近乎勇。』[同]以身作則

身外之物 ㄕㄣ ㄨㄞˋ ㄓ ㄨˋ shēn wài zhī wù

身體以外的東西。指財物、地位、名譽等，含有無足輕重的意思。[例]名利終究是身外之物，一個人的品行才是要緊的。[構]偏正。[源]唐、吳兢《貞觀政要・貪鄙》：『明珠是身外之物。』

身先士卒 ㄕㄣ ㄒㄧㄢ ㄕˋ ㄗㄨˊ shēn xiān shì zú

指作戰時將帥親自衝在士兵的前面，奮勇殺敵。現多用以比喻領導帶頭走在群衆的前面。先：走在前面。[例]每當接受重大的任務，我們工廠的領導總是身先士卒，經常堅持在生產第一線。[構]主謂。[源]西晉、陳壽《三國志・吳書・孫輔傳》：『身先士卒，有功。』

身在曹營心在漢 ㄕㄣ ㄗㄞˋ ㄘㄠˊ ㄧㄥˊ ㄒㄧㄣ ㄗㄞˋ ㄏㄢˋ shēn zài cáo yíng xīn zài hàn

原指三國時劉備的部將關羽身陷曹魏營中而心懷蜀漢。後比喻人在此處而心向彼方。[例]他考上理工大學後，一直是身在曹營心在漢，連上課都在構思小說。[構]複。

深閉固距 ㄕㄣ ㄅㄧˋ ㄍㄨˋ ㄐㄩˋ shēn bì gù jù

緊密地閉門自守，堅決地拒絕外來事物。多指不接受別人的意見。固：堅決。距：拒絕。也作『深辭固拒』。[例]多方面地聽取不同意見，對於決策的民主化和科學化是至關緊要的，切不可深閉固距，自以爲是。[構]聯合。[源

」《漢書・楚元王傳》：『深閉固距，而不肯試。』［同］拒諫飾非

深不可測 ㄕㄣ ㄅㄨˋ ㄎㄜˇ ㄘㄜˋ shēn bù kě cè

水深得難以測量。比喻道理、涵義非常深奧。也比喻人心隱晦，難以揣測。［例］①即使看了《周易譯注》，我仍舊感到易理深不可測。②你的發言把別人搞得莫名其妙，大有深不可測的味道。［構］主謂。［源］景差《大招》：『代水不可涉，深不可測知。』［同］高深莫測

深仇大恨 ㄕㄣ ㄔㄡˊ ㄉㄚˋ ㄏㄣˋ shēnchóu dà hèn

極深極大的仇恨。［例］我們永遠忘不了和帝國主義結下的深仇大恨，血債必須用血來償還。［構］聯合。［同］血海深仇

深居簡出 ㄕㄣ ㄐㄩ ㄐㄧㄢˇ ㄔㄨ shēn jū jiǎn chū

原指動物潛藏在深山密林，很少出來活動。後用以指人平日深居家中，很少出門。簡：少。［例］他平時沒有重要的公務不輕易見人，何況大病了一場，更是深居簡出。［構］聯合。［源］唐、韓愈《送浮屠文暢師序》：『夫獸深居而簡出，懼物之爲己害也。』［同］足不出戶　［反］拋頭露面

深明大義 ㄕㄣ ㄇㄧㄥˊ ㄉㄚˋ ㄧˋ shēnmíng dà yì

深切地明白做人處事的大道理。多指人能識大體，顧大局。大義：大道理。［例］丈夫長期因公在外，她一人擔起了孝敬婆婆、照顧孩子的重擔而無怨言，大家都說她深明大義。［構］動賓。

深謀遠慮 ㄕㄣ ㄇㄡˊ ㄩㄢˇ ㄌㄩˋ shēn móu yuǎn lǜ

周密謀劃，長遠考慮。謀：計議，策劃，謀劃。［例］我們做任何事

情，都要做到深謀遠慮，才能在工作中少出差錯。［構］聯合。［源］漢、賈誼《過秦論》：『深謀遠慮，行軍用兵之道』。［同］深思熟慮

深情厚誼 ㄕㄣ ㄑㄧㄥˊ ㄏㄡˋ ㄧˋ shēn qíng hòu yì 深厚的情誼。誼：交情。也作『深情厚意』。［例］他懷著對大洋彼岸姊妹學校的深情厚誼，贈送了一大批多年珍藏的書。［構］聯合。

深入淺出 ㄕㄣ ㄖㄨˋ ㄑㄧㄢˇ ㄔㄨ shēn rù qiǎn chū 內容深刻，語言表達淺顯易懂。［例］他講的課深入淺出，受到全體工人學員的讚揚。［構］聯合。

深入人心 ㄕㄣ ㄖㄨˋ ㄖㄣˊ ㄒㄧㄣ shēn rù rén xīn 深深地進入人們的心裏。指思想、理論、學說、主張、措施深爲人們理解和接受。［例］四化依靠人才，人才依靠教育，這一思想越來越深入人心。［構］動賓。

深思熟慮 ㄕㄣ ㄙ ㄕㄨˊ ㄌㄩˋ shēn sī shú lǜ 深入地思索，反覆地考慮。熟：反覆，仔細。［例］老王同志總是首先讓大家把話都說出來，在吸取大家的意見之後，經過深思熟慮，才講出自己的想法。［構］聯合。［源］《魏書·程駿傳》：『不可不深思，不可不熟慮。』［同］深謀遠慮 ［反］輕舉妄動

深文周納 ㄕㄣ ㄨㄣˊ ㄓㄡ ㄋㄚˋ shēn wén zhōu nà 苛刻地援引法律條文，周密地羅織罪狀，構陷於人。泛指不根據事實，亂加罪名。納：使人陷入。含貶義。［例］即使是這樣，他的非難，終不免有類深文周納。［構］聯合。［源］《史記·酷吏列傳》：『（張湯）與趙禹共定諸律令，務在深文，拘守職之吏。』《漢書·

路溫舒傳》：『上奏畏卻，則鍛鍊而周內（納）之。』

深惡痛絕 ㄕㄣ ㄨˋ ㄊㄨㄥˋ ㄐㄩㄝˊ shēn wù tòng jué 極其厭惡、痛恨。絕：極，頂點。[例]他對那種裝腔作勢、無病呻吟的作品，幾乎近於深惡痛絕。[構]聯合。[辨]『惡』不讀ㄜˋ(è)。

深信不疑 ㄕㄣ ㄒㄧㄣˋ ㄅㄨˋ ㄧˊ shēn xìn bù yí 非常相信，毫不懷疑。[例]當他看到紅軍紀律嚴明，並不像國民黨官兵那樣搶掠燒殺的時候，便對我們的話深信不疑了。[構]補充。

神不知，鬼不覺 ㄕㄣˊ ㄅㄨˋ ㄓ ㄍㄨㄟˇ ㄅㄨˋ ㄐㄩㄝˊ shén bù zhī guǐ bù jué 比喻行動極其隱祕，絲毫不讓人知道。也作『人不知，鬼不覺』。[例]月亮剛剛上山，他們就神不知，鬼不覺地把周圍的山頭都占領了。[構]覆。

神采奕奕 ㄕㄣˊ ㄘㄞˇ ㄧˋ ㄧˋ shén cǎi yì yì 形容精神旺盛，容光煥發。神采：人表露於面部的神氣和光采。奕奕：精神煥發的樣子。[例]他無論是出現在會場上，還是出現在客人面前，總是那樣神采奕奕，談笑風生。[構]主謂。[辨]『奕』不要寫作『弈』。

神出鬼沒 ㄕㄣˊ ㄔㄨ ㄍㄨㄟˇ ㄇㄛˋ shén chū guǐ mò 原指用兵神奇機敏，行蹤莫測。後比喻變化多端，不可捉摸。出：出現。沒：隱沒，消失。[例]平原遊擊隊神出鬼沒的活動在敵後，使敵偽終日惶恐不安。[構]聯合。[源]漢、劉安《淮南子．兵略訓》：『善者之動也，神出而鬼行。』[同]出沒無常

神乎其神 ㄕㄣˊ ㄏㄨ ㄑㄧˊ ㄕㄣˊ shén hū qí shén

神奇奧妙到了極點。神：神奇。乎：文言語氣詞。其：那樣。［例］不要把資本主義國家的富有說得神乎其神。他們富有，這是事實，但貧富懸殊，也是事實。［構］主謂。［源］《莊子·天地》：『深之又深而能物焉，神之又神而能精焉。』

神魂顛倒 ㄕㄣˊ ㄏㄨㄣˊ ㄉㄧㄢ ㄉㄠˇ shén hún diān dǎo

形容對某人某事過分迷戀，心神不定，失去常態。［例］他自從學會了跳舞，跳呀跳的，不能自制，弄得神魂顛倒。［構］主謂。

神機妙算 ㄕㄣˊ ㄐㄧ ㄇㄧㄠˋ ㄙㄨㄢˋ shén jī miàosuàn

非凡的機智，巧妙的計謀。［例］諸葛亮的神機妙算，使他常打勝仗。［構］聯合。［同］神機妙術　神機妙用

神氣十足 ㄕㄣˊ ㄑㄧˋ ㄕˊ ㄗㄨˊ shén qì shí zú

形容十分得意而傲慢的樣子。［例］他臉上泛著紅光，身穿筆挺的西裝，邊說邊打著手勢，顯得神氣十足。［構］主謂。

神色自若 ㄕㄣˊ ㄙㄜˋ ㄗˋ ㄖㄨㄛˋ shén sè zì ruò

形容臨事鎮定，神情不變。神色：內心活動在臉上的反應。自若：不變常態。［例］楊子榮走進威虎廳，在刀光劍影中神色自若，旁若無人。［構］主謂。［源］南朝（宋）、劉義慶《世說新語·雅量》：『初見謝（安）失儀，而神色自若。』

神通廣大 ㄕㄣˊ ㄊㄨㄥ ㄍㄨㄤˇ ㄉㄚˋ shén tōng guǎng dà

原爲佛家用語，指所具備的法力無所不能，後多指超凡的本領。也用以形容善於鑽營投機，活動能力很强。［例］能符合社會發展規律的主張才有力量

，否則無論你如何自信神通廣大，也都是徒然的。［構］主謂。［源］《大唐三藏取經詩話·入王母地之處》：『你神通廣大，去必無妨。』［反］無計可施　束手無策

審時度勢 ㄕㄣˇ ㄕˊ ㄉㄨㄛˊ ㄕˋ shěn shí duó shì

全面地審察現狀，正確地估量形勢。審、度：分析、考察、推究。時：時機。［例］一個出色的指揮員，必須從客觀情況出發，審時度勢，適時修訂作戰方案。［辨］『度』不讀ㄉㄨˋ(dù)。

甚囂塵上 ㄕㄣˋ ㄒㄧㄠ ㄔㄣˊ ㄕㄤˋ shèn xiāo chénshàng

人聲喧鬧，塵土飛揚。原形容軍中準備戰鬥時的忙亂情景。後形容消息廣爲流傳，衆人議論紛紛。現常指謠傳或謬論十分囂張。囂：喧囂。［例］『近來的妥協空氣，反共聲浪，忽又甚囂塵上。』（毛澤東）［構］聯合。［源］《左傳·成公十六年》：『將發命也，甚囂，且塵上矣。』［同］喧囂一時

升堂入室 ㄕㄥ ㄊㄤˊ ㄖㄨˋ ㄕˋ shēng táng rù shì

登上廳堂，又進入內室。比喻學識、技能由淺入深，達到了高深的程度。升：登上。堂：廳堂。室：內室。［例］學一門手藝，入門並不難，要想升堂入室，就非反覆實踐不可。［構］連動。［源］《論語·先進》：『由（子路）也升堂矣，未入於室也。』

生搬硬套 ㄕㄥ ㄅㄢ ㄧㄥˋ ㄊㄠˋ shēng bān yìng tào

形容不顧實際情況，生硬地運用別人的理論、經驗和方法。生：生硬。［例］在教育研討會上，她以自己多年實踐經驗，批評了生搬硬套外國教育理論的片面做法。［構］聯合。［同］食古不化　［反］古爲今用　洋爲中用

生不逢辰 ㄕㄥ ㄅㄨˋ ㄈㄥˊ ㄔㄣˊ shēng bù féng chén

生下來就沒遇上好時機。用來感慨命運不好。逢：遇到。辰：辰光，日子。也作『生不逢時』。[例]你年紀輕輕的，怎能整天愁眉苦臉，怨天尤人，說什麼生不逢辰呢？[構]主謂。[源]詩經・大雅・桑柔》：『我生不辰，逢天僤怒。』

生財有道 ㄕㄥ ㄘㄞˊ ㄧㄡˇ ㄉㄠˋ shēng cái yǒu dào

原指開發財源有辦法，後也指人有發財的辦法。道：途徑、方法。[例]說他生財有道，一點也不假，不到兩年時間，他竟然自己開起店來。[構]主謂。[源]《禮記・大學》：『生財有大道。』

生老病死 ㄕㄥ ㄌㄠˇ ㄅㄧㄥˋ ㄙˇ shēng lǎo bìng sǐ

佛教認爲出生、衰老、疾病、死亡是人生必經的『四苦』。後也指社會生活中生育、養老、醫療、殯葬等重大的生活現象。[例]我廠職工的生老病死都得到了無微不至的照顧。[構]聯合。[源]南朝(宋)、劉義慶《世說新語・雅量》：『生老病死，時至則行。』

生離死別 ㄕㄥ ㄌㄧˊ ㄙˇ ㄅㄧㄝˊ shēng lí sǐ bié

活著分離有如死了永別一樣。指極難再見面的離別。[例]『九一八』事變後，我逃進關內，飽嘗了生離死別的滋味。[構]特・主謂。[源]《古詩爲焦仲卿妻作》：『生人作死別。』

生靈塗炭 ㄕㄥ ㄌㄧㄥˊ ㄊㄨˊ ㄊㄢˋ shēng líng tú tàn

形容人民陷於極端困苦的境地。生靈：生民，百姓。塗炭：爛泥和炭火，比喻極其困苦的境地。[例]舊社會，軍閥混戰，生靈塗炭，民不聊生。[構]主謂。[源]《尚書・仲虺之誥》：『有夏昏德，民墜塗炭。』

生龍活虎 ㄕㄥ ㄌㄨㄥˊ ㄏㄨㄛˊ ㄏㄨˇ shēng lóng huó hǔ

富有生氣的蛟龍和充滿活動力的猛虎。［例］三十多個戰士，生龍活虎，一擁而上，背的背，扛的扛，挑的挑，抬的抬，很快就把院子清理乾淨了。［構］聯合。［源］宋、朱熹《朱子全書・理性四》。

生命攸關 ㄕㄥ ㄇㄧㄥˋ ㄧㄡ ㄍㄨㄢ shēngmìng yōu guān

關係到人的生命。形容事關重大。攸：相當於『所』。也作『生死攸關』、『性命攸關』。［例］保護生態環境，是全民生命攸關的大事，越來越受到各界人士的重視。［構］主謂。

生死存亡 ㄕㄥ ㄙˇ ㄘㄨㄣˊ ㄨㄤˊ shēng sǐ cún wáng

或是生存，或是死亡。比喻事情極其重大，情勢十分危急。［例］一九三五年一月，在我黨生死存亡的緊要關頭召開了遵義會議。［構］聯合。［源］《左傳・定公十五年》：『夫禮，死生存亡之體也。』［同］生死關頭　生死攸關

生死關頭 ㄕㄥ ㄙˇ ㄍㄨㄢ ㄊㄡˊ shēng sǐ guān tóu

決定生存或死亡的關鍵時刻。［例］大火將要吞噬樓內居民的生命，在這生死關頭，他一次又一次衝進大樓，搶救居民。［構］偏正。［同］生死存亡　生死攸關

生吞活剝 ㄕㄥ ㄊㄨㄣ ㄏㄨㄛˊ ㄅㄛ shēng tūn huó bō

原是指把活生生的動物吞嚥下去，比喻生硬地照搬或機械地模仿人家的言辭、理論、經驗、方法等。［例］生吞活剝地讀了一些馬列主義的書，就以爲懂得革命的道理，實際上差得遠呢。［構］聯合。［源］唐、劉肅《大唐新語・諧謔》。［反］融會貫通

生於憂患，死於安樂 ㄕㄥ ㄩˊ ㄧㄡ ㄏㄨㄢˋ，ㄙˇ ㄩˊ ㄢ ㄌㄜˋ shēng yú yōu huàn sǐ yú ān lè

憂患的處境可以使人奮鬥而得以生存，安樂的生活可以使人懈怠反而易致死亡。［例］『生於憂患，死於安樂』，這是對人生經驗的很好總結。［構］覆。［源］《孟子・告子下》。

聲東擊西 ㄕㄥ ㄉㄨㄥ ㄐㄧ ㄒㄧ shēngdōng jī xī

口頭上說要攻打東邊，實際上卻攻打西邊。指一種迷惑對方出奇制勝的策略。［例］雖然敵軍兵力多，但紅軍用聲東擊西的戰術消滅了這股敵人。［構］連動。［源］漢、劉安《淮南子・兵略訓》：『故用兵之道……將欲西而示之以東。』

聲價十倍 ㄕㄥ ㄐㄧㄚˋ ㄕˊ ㄅㄟˋ shēng jià shí bèi

名聲、地位大大提高。聲價：指名譽地位。也作『身價百倍』。［例］為了使自己聲價十倍，他專門託人請一位專家為自己的書寫序。［構］主謂。［源］唐、李白《與韓荊州書》：『一登龍門，則聲價十倍。』［同］聲譽鵲起［反］聲名狼藉

聲淚俱下 ㄕㄥ ㄌㄟˋ ㄐㄩˋ ㄒㄧㄚˋ shēng lèi jù xià

邊訴說，邊哭泣。形容極其悲痛。俱：都。［例］他每當憶起舊社會所經歷的苦難，就不禁聲淚俱下。［構］主謂。［源］唐、房玄齡《晉書・王彬傳》：『音辭慷慨，聲淚俱下。』

聲名狼藉 ㄕㄥ ㄇㄧㄥˊ ㄌㄤˊ ㄐㄧˊ shēngmíng láng jí

形容人的名譽極壞。狼藉：雜亂不堪。［例］他由於私吞公款，受到群眾一致指責，弄得聲名狼藉。［構］主

謂。［源］《史記・蒙恬列傳》。司馬貞索隱：『言其惡聲狼藉，布於諸國。』

聲色俱厲 ㄕㄥ ㄙㄜˋ ㄐㄩˋ ㄌㄧˋ shēng sè jù lì
說話時聲音和臉色都很嚴厲。［例］兩個特工隊員用槍指著那個漢奸，聲色俱厲地要他舉起手來，然後繳下了他的槍。［構］主謂。［源］晉、裴啓《語林》（見《太平御覽》）。

聲勢浩大 ㄕㄥ ㄕˋ ㄏㄠˋ ㄉㄚˋ shēng shì hào dà
形容聲威和氣勢非常盛大。［例］爲了抗議美帝國主義發動侵朝戰爭，我國各地群衆紛紛舉行了聲勢浩大的示威遊行。［構］主謂。

聲嘶力竭 ㄕㄥ ㄙ ㄌㄧˋ ㄐㄧㄝˊ shēng sī lì jié
嗓子都喊啞了，力氣也用盡了。形容拚命地叫喊、呼號。嘶：啞。也作『力竭聲嘶』。［例］有些聲嘶力竭地叫喊『貨真價實』的人，恰恰是騙子。［構］聯合。

聲威大震 ㄕㄥ ㄨㄟ ㄉㄚˋ ㄓㄣˋ shēng wēi dà zhèn
聲勢和威望廣泛傳揚，使人大爲震驚。也作『聲威大振』。［例］我人民解放軍在這一戰役中旗開得勝，聲威大震。［構］主謂。

聲音笑貌 ㄕㄥ ㄧㄣ ㄒㄧㄠˋ ㄇㄠˋ shēng yīn xiào mào
泛指一個人的外部情態。多指人的言談、表情等。也作『音容笑貌』。［例］直到現在，先生的聲音笑貌還歷歷在目。［構］聯合。［源］《孟子・離婁上》：『恭儉豈可以聲音笑貌爲哉。』

繩鋸木斷 ㄕㄥˊ ㄐㄩˋ ㄇㄨˋ ㄉㄨㄢˋ shéng jù mù duàn
拉繩作鋸，也能鋸斷木頭。比喻力量雖小，條件雖差，只要堅持不懈地去做，就能把難辦的事做成。［例］我們要發揚繩鋸木斷的精神，去解決一個又一個的難題。［構］特・主謂。［源］宋、羅大經《鶴林玉露》卷一〇。［辨］常與『水滴石穿』連用。［同］磨杵成針

繩之以法 ㄕㄥˊ ㄓ ㄧˇ ㄈㄚˇ shéng zhī yǐ fǎ 用法律來約束，用刑法來制裁。繩：木工用的墨線，是校正曲直的工具，引申為約束、制裁。［例］對那些貪贓枉法，行賄、受賄的人必須繩之以法。［構］補充。［源］漢、劉安《淮南子・泰族訓》。

省吃儉用 ㄕㄥˇ ㄔ ㄐㄧㄢˇ ㄩㄥˋ shěng chī jiǎn yòng 原指減少糧食消耗，節省費用開支。後指吃的用的都很節儉。形容過日子非常節省。［例］我的同學李玉把省吃儉用攢下來的錢，都用來買了書。［構］聯合。［源］《左傳・僖公二十一年》：『貶食省用，務穡勸分，此其務也。』

勝敗乃兵家之常 ㄕㄥˋ ㄅㄞˋ ㄋㄞˇ ㄅㄧㄥ ㄐㄧㄚ ㄓ ㄔㄤˊ shèng bài nǎi bīng jiā zhī cháng 勝利或失敗是指揮戰爭的人常有的事。指不要把偶一勝負看得過重。兵家：指用兵的人。也作『勝敗乃兵家常事』。［例］雖說勝敗乃兵家之常，但我們必須從奧運會乒乓球比賽失利中總結些教訓。［構］主謂。

勝不驕，敗不餒 ㄕㄥˋ ㄅㄨˋ ㄐㄧㄠ，ㄅㄞˋ ㄅㄨˋ ㄋㄟˇ shèng bù jiāo, bài bù něi 勝利不驕傲，失敗不氣餒。驕：驕傲。餒：氣餒，失去勇氣。［例］我們應當勝不驕，敗不餒，只要再接再厲，沒有不成功的。［構］覆。［源］《商君書・戰法》：『勝而不驕，敗而不怨。』

勝讀十年書 ㄕㄥˋ ㄉㄨˊ ㄕˊ ㄋㄧㄢˊ ㄕㄨ shèng dú shí nián shū 超過了苦念十年書的收穫。形容收益很大。［例］經你一說，

我茅塞頓開，真是『共君一夜話，勝讀十年書。』［構］動賓。［源］《二程全書・遺書二十二上・伊川語錄》。

勝利在望 ㄕㄥˋ ㄌㄧˋ ㄗㄞˋ ㄨㄤˋ shèng lì zài wàng
指勝利即將到來。在望：盼望的結果就在眼前。［例］經過大家的努力，實驗已接近尾聲，勝利在望了。［構］主謂。

勝任愉快 ㄕㄥˋ ㄖㄣˋ ㄩˊ ㄎㄨㄞˋ shèng rèn yú kuài
足以承擔某項工作，而且做起來輕鬆愉快。勝任：能力足以擔任。［例］他有豐富的教學經驗，又學習了管理知識，出任校長是能夠勝任愉快的。［構］聯合。［源］《史記・酷吏列傳》：『惡能勝其任而愉快乎。』［反］力不勝任

勝友如雲 ㄕㄥˋ ㄧㄡˇ ㄖㄨˊ ㄩㄣˊ shèng yǒu rú yún
才智出衆的朋友們雲集一處。勝：指才智出衆。［例］暑假裏，各地的同學在母校聚會，一時間勝友如雲。［構］主謂。［源］唐、王勃《秋日登洪府滕王閣餞別序》：『十旬休暇，勝友如雲；千里逢迎，高朋滿座。』

盛極一時 ㄕㄥˋ ㄐㄧˊ ㄧ ㄕˊ shèng jí yī shí
形容在某個時期內特別盛行。［例］近幾年，三毛的小說紛紛在內地結集出版，青年人爭相傳閱，盛極一時。［構］補充。

盛氣凌人 ㄕㄥˋ ㄑㄧˋ ㄌㄧㄥˊ ㄖㄣˊ shèng qì líng rén
驕橫傲慢，氣勢壓人。盛氣：驕橫的氣勢。凌：欺凌，侵犯。［例］他有了一點成績，就傲視一切，盛氣凌人，不能謙遜平等地與人相處。［構］主謂。［反］虛懷若谷

盛情難卻 ㄕㄥˋ ㄑㄧㄥˊ ㄋㄢˊ ㄑㄩㄝˋ shèng qíng nán què 深厚的情意難以推辭。盛情：深厚的情意。卻：推辭。［例］貴校派人專程來邀請我，盛情難卻，我將準時出席研討會。［構］主謂。

尸位素餐 ㄕ ㄨㄟˋ ㄙㄨˋ ㄘㄢ shī wèi sù cān 空占著職位不做事而白吃飯。尸位：占職位而不盡職責。素餐：不勞而食。［例］我們不能搞尸位素餐那一套，能幹就幹，不能幹就讓比你能幹的人頂上來。［構］聯合。［源］《尚書·五子之歌》：『太康尸位以逸豫，滅厥德。』《詩經·伐檀》：『彼君子兮，不素餐兮。』

失敗爲成功之母 ㄕ ㄅㄞˋ ㄨㄟˊ ㄔㄥˊ ㄍㄨㄥ ㄓ ㄇㄨˇ shī bài wéi chénggōng zhī mǔ 失敗是成功的先導，指從失敗中汲取教訓，就能獲得成功。母：能引發產生其他事物的事物。也作『失敗是成功之母』。［例］何必因暫時的挫折而灰心喪氣呢？要知道，失敗爲成功之母。［構］主謂。

失道寡助 ㄕ ㄉㄠˋ ㄍㄨㄚˇ ㄓㄨˋ shī dào guǎ zhù 違背道義的人，很少得到幫助。指不得人心，孤立無援。［例］抗日戰爭時期我們是正義的，得到了廣大的國際援助，而日本侵略者卻是失道寡助。［構］主謂。［源］《孟子·公孫丑下》。［反］得道多助［辨］常與『得道多助』連用。

失之交臂 ㄕ ㄓ ㄐㄧㄠ ㄅㄧˋ shī zhī jiāo bì 原指往來之間，如同胳臂挨胳臂一擦而過一樣的短暫。形容遇到機會而又當面錯過。也作『交臂失之』。［例］上次我去杭州，正巧你去了蘇州，失之交臂，又未能謀面。［構］補充。［源］《莊子·田子方》：『吾終身與汝交一臂而失之。』

師出無名
ㄕ ㄔㄨ ㄨˊ ㄇㄧㄥˊ
shī chū wú míng

出動軍隊沒有正當理由。也泛指採取某一行動沒有理由。師：軍隊。名：名義。［例］我不是理事，一定讓我去參加理事會，這不是師出無名嗎？［構］主謂。［源］《禮記・檀弓下》：『君王討敝邑之罪，又矜而赦之，師與，有無名乎？』［反］師出有名

師道尊嚴
ㄕ ㄉㄠˋ ㄗㄨㄣ ㄧㄢˊ
shī dào zūn yán

老師的學問和地位尊貴而莊嚴。也作『師嚴道尊』。［例］不搞『師道尊嚴』，並不是不要尊師重教。［構］主謂。［源］《禮記・學記》：『凡學之道，嚴師爲難。師嚴然後道尊；道尊然後民知敬學。』

詩情畫意
ㄕ ㄑㄧㄥˊ ㄏㄨㄚˋ ㄧˋ
shī qíng huà yì

原指詩歌繪畫所蘊含的情感、意境。也用來形容美好的自然景物。［例］桂林山水甲天下，泛舟灕江，充滿了詩情畫意。［構］聯合。

詩中有畫
ㄕ ㄓㄨㄥ ㄧㄡˇ ㄏㄨㄚˋ
shī zhōng yǒu huà

形容詩歌具體而逼真地描繪景物，讀著如同處於圖畫之中。［例］我揣摩王維的詩，古人所說的詩中有畫，果然如此。［構］主謂。［源］宋、蘇軾《東坡題跋・〈書摩詰藍關煙雨圖〉》。［辨］常與『畫中有詩』連用。

十步九回頭
ㄕˊ ㄅㄨˋ ㄐㄧㄡˇ ㄏㄨㄟˊ ㄊㄡˊ
shí bù jiǔ huí tóu

形容依依惜別，不忍分離的樣子。［例］那對新婚夫婦在村口分手後，依依不捨，真是十步九回頭。［構］覆。［源］明、高則誠《琵琶記・伯喈夫妻分別》。

十惡不赦 shí è bù shè 指罪大惡極，不容赦免。十惡：舊指謀反、謀大逆、謀叛、惡逆、不道、大不敬、不孝、不睦、不義、內亂。[例]對那些十惡不赦的人，我們不能有絲毫的憐憫。[構]主謂。[源]《隋書・刑法志》。[同]罪不容誅 [反]罰不當罪

十目所視，十手所指 shí mù suǒ shì, shí shǒu suǒ zhǐ 很多眼睛看著，很多隻手指著。指一個人的舉動，受到很多人監督，無法隱藏。十：數目衆多。[例]這個野心家，要盡了陰謀，自以爲得計，其實早已成爲十目所視，十手所指的目標。[構]覆。[源]《禮記・大學》。

十拿九穩 shí ná jiǔ wěn 形容很有把握。也作『十拿十穩』。[例]雖然荷蘭隊表現出色，但強手如林，要想奪取世界盃也並非十拿九穩。[構]主謂。[同]穩操勝券

十年寒窗 shí nián hán chuāng 科舉時代的讀書人，爲了考取功名而長期閉門讀書。後指長期閉門刻苦攻讀。也作『十載寒窗』。[例]十年寒窗，夜以繼日，他終於成爲整理古籍的專家。[構]偏正。

十年樹木，百年樹人 shí nián shù mù, bǎi nián shù rén 指培養人才是長久之計。多就人才成長之不易和重視人才的培養而言。樹：種植，培育。人：人才。[例]十年樹木，百年樹人，說明培養人才不是件容易事。[構]覆。[源]《管子

・權修》：『十年之計，莫如樹木，終身之計，莫如樹人。』

十萬火急 shí wàn huǒ jí

形容萬分緊急，刻不容緩。十萬：表示强調。［例］數十名民工食物中毒，生命垂危，在這十萬火急的情況下，我們還能坐等急救藥品嗎？［構］偏正。

十指連心 shí zhǐ lián xīn

十個指頭，指指連心。後比喻某人和有關的人或事具有極密切的關係。［例］老大病逝後，她又聽到老二犧牲的消息，痛不欲生，十指連心，哪個孩子不是娘身上的肉呢？［構］主謂。

石沉大海 shí chén dà hǎi

石頭沉到海底。比喻杳無消息或不見蹤影。也作『石沉海底』。［例］我們小組提的一些意見都如石沉大海，得不到任何答覆。［構］主謂。［同］泥牛入海

石破天驚 shí pò tiān jīng

山崩石裂，有驚天動地之勢。原形容箜篌的樂聲忽然高亢，震動了整個天界。現多指突發的大事或文章、議論的驚人。［例］①演出廳突然起火，台下台上喊聲四起，鬧得石破天驚。②他的那篇文章，由於提出了獨特見解，石破天驚，大家推崇備至。［構］聯合。［源］唐、李賀《李憑箜篌引》：『石破天驚逗秋雨。』

識時務者爲俊傑 shí shí wù zhě wéi jùn jié

指認清當前形勢和時代潮流的人，才是傑出的人物。時務：時事、形勢。俊傑：英俊傑出的人物。［例］現在是改革的時代，識時務者爲俊傑，要順乎時代的潮流。

［構］主謂

識文斷字 ㄕˊ ㄨㄣˊ ㄉㄨㄢˋ ㄗˋ shí wén duàn zì 能識字。指有些文化。［例］掃盲工作要廣泛開展，要使衆多文盲都能識文斷字。［構］聯合。

時不我待 ㄕˊ ㄅㄨˋ ㄨㄛˇ ㄉㄞˋ shí bù wǒ dài 時間不會等待我。指必須抓緊時間。也作『歲不我與』。［例］時不我待，我們要珍惜在學校學習的分分秒秒，掌握科學文化知識。［構］主謂。［源］《論語・陽貨》：『日月逝矣，歲不我與。』

時不再來 ㄕˊ ㄅㄨˋ ㄗㄞˋ ㄌㄞˊ shí bù zài lái 時機一錯過，就不會再度重來。指行事要抓緊時機。［例］我們要珍惜青年時代的大好光陰，努力學習，積累更多的知識。要知道，時不再來呵！［構］主謂。［源］《國語・越語下》：『得時無怠，時不再來。』

時過境遷 ㄕˊ ㄍㄨㄛˋ ㄐㄧㄥˋ ㄑㄧㄢ shí guò jìng qiān 時間已經過去，環境或情況也隨之改變了。遷：改變，變遷。也作『事過境遷』。［例］時過境遷，這部應時之作也就沒有更多的人去研究它了。［構］聯合。

時來運轉 ㄕˊ ㄌㄞˊ ㄩㄣˋ ㄓㄨㄢˇ shí lái yùn zhuǎn 時機一來，運氣就有了轉機。時：時機。運：命運、運氣。［例］時來運轉，他準確地掌握了市場信息，使廠裏的產品對路，工廠扭虧爲盈。［構］覆。

實踐出真知 ㄕˊ ㄐㄧㄢˋ ㄔㄨ ㄓㄣ ㄓ shí jiàn chū zhēn zhī 只有通過實踐，才能形成正確的認識。［例］他深入課堂聽課，經常參加學生活動，實踐出真知，終於初步掌握了教育管理的一般規律。［構］覆。

實事求是 ㄕˊ ㄕˋ ㄑㄧㄡˊ ㄕˋ shí shì qiú shì　根據實證，求索真知。後用以指對待和處理問題切合實際情況。是：正確，這裏指事物的內部真實情況。［例］我們的作品自會有讀者們實事求是的評價。［構］主謂。［源］《漢書・河間獻王傳》：『修學好古，實事求是。』

實心實意 ㄕˊ ㄒㄧㄣ ㄕˊ ㄧˋ shí xīn shí yì　真誠老實的心意。指待人誠懇、實在。也作『誠心誠意』。［例］我們對人要實心實意，不要虛情假意。［構］聯合。［反］虛情假意

拾金不昧 ㄕˊ ㄐㄧㄣ ㄅㄨˋ ㄇㄟˋ shí jīn bù mèi　拾到錢或物不隱藏起來據爲己有，而歸還失主。［例］中心小學的學生拾金不昧的事蹟，已在縣裏傳爲美談。［構］主謂。

拾人牙慧 ㄕˊ ㄖㄣˊ ㄧㄚˊ ㄏㄨㄟˋ shí rén yá huì　拾取別人說過的話，當作自己的來說。牙慧：即牙後慧，指用過的漂亮言辭。［例］寫論文要有創見，不可拾人牙慧。［構］動賓。［源］南朝（宋）劉義慶《世說新語・文學》：『殷中軍（浩）云：「康伯未得我牙後慧。」』［反］獨到之見

食不甘味 ㄕˊ ㄅㄨˋ ㄍㄢ ㄨㄟˋ shí bù gān wèi　吃飯也吃不出滋味來。形容心事重重，思慮過度，連吃東西都吃不出滋味。甘：味美。［例］這個矛盾怎麼也解決不了，搞得我真是寢不安席，食不甘味。［構］主謂。［源］《戰國策・齊策五》：『秦王恐之，寢不安席，食不甘味。』［辨］常與『寢(臥)不安席』連用。

食而不知其味 shí ér bù zhī qí wèi

吃東西而不知那東西的滋味。比喻學習或工作不能真切體會其中的涵義。[例]你讀書只圖快，一目十行，我看你大都是食而不知其味的。[構]覆。[源]《禮記・大學》。

食古不化 shí gǔ bù huà

學習古代的知識如同吃了東西不能消化一樣。食：吃，引申為吸收。[例]我們要學習古人語言中有生命力的東西，絕不能生吞活剝，食古不化。[構]主謂。[反]推陳出新　古爲今用

食少事煩 shí shǎo shì fán

吃的飯很少，可是處理的事務非常繁多。形容承擔了過重的任務，也作『食少事繁』。[例]他身兼數職，食少事煩，大家都爲他的健康憂慮。[構]覆。[反]尸位素餐

食無求飽，居無求安 shí wú qiú bǎo jū wú qiú ān

吃飯不要求飽，居住不要求舒適。指生活要有節制。居：居住。安：安適。[例]他對工作一絲不苟，但在生活上，卻是食無求飽，居無求安。[構]覆。[源]《論語・學而》：『君子食無求飽，居無求安，敏於事而愼於言。』

食言而肥 shí yán ér féi

形容只圖自己占便宜而說話不守信用。食言：說話不算數。[例]向亞運會捐款是爲國爭光的事，不能爲了我廠多賺錢就食言而肥。[構]主謂。[源]《左傳・哀公二十五年》：『是食言多矣，能無肥乎？』

食之無味，棄之可惜 shí zhī wú wèi qì zhī kě xī

吃著沒滋味，丟掉又可惜。比喻事或物無大用處但又不捨得拋棄。［例］這部長篇小說，他越讀越沒意思，但總想讀完，大概是食之無味，棄之可惜吧！［構］覆。［源］《三國志・魏書・武帝紀》裴松之注引司馬彪《九州春秋》：『夫雞肋，棄之如可惜，食之無所得。』［同］味如雞肋

史無前例 shǐ wú qián lì

歷史上沒有過這類先例。前例：先前出現過的事例。［例］四十年來，我國社會變革的深刻是史無前例的。［構］主謂。［源］《南齊書・陸慧曉傳》：『兩賢同時，便是未有前例。』［同］亙古未有　［反］史不絕書

矢口抵賴 shǐ kǒu dǐ lài

發誓不承認。矢口：發誓。抵賴：用謊言和狡辯否認所犯過失或罪行。也作『矢口狡賴』。［例］他對他的所作所為，非但不坦白交代，竟然在衆人面前矢口抵賴。［構］偏正。

矢口否認 shǐ kǒu fǒu rèn

發誓拒不承認。矢口：發誓，一口咬定。［例］在人證物證俱備的情況下，他還矢口否認從保險櫃中竊走了巨額現金。［構］偏正。

使功不如使過 shǐ gōng bù rú shǐ guò

使用有功的人不如使用有過的人。指有功者多驕傲自滿，而有過者多能自勉，以求將功補過。［例］古人云：使功不如使過。對於那些認真改正錯誤，並決心將功補過的幹部，我們應敢於信任，善於使用。［構］

主謂。[源]《東觀漢記・一六・索盧放傳》：『使有功，不如使有過。』

始終不懈 ㄕˇ ㄓㄨㄥ ㄅㄨˋ ㄒㄧㄝˋ shǐ zhōng bù xiè 由始至終不鬆懈。懈：鬆懈。[例]他的一生是爲共產主義事業始終不懈地奮鬥的一生。[構]偏正。

始終不渝 ㄕˇ ㄓㄨㄥ ㄅㄨˋ ㄩˊ shǐ zhōng bù yú 由始至終，一直不變。渝：改變。[例]不管遇到什麼困難、挫折，她對人民教育事業的忠誠始終不渝。[構]偏正。[源]《晉書・陸曄傳》：『恪勤貞固，始終不渝。』[同]始終如一 [反]有始無終 虎頭蛇尾

世代相傳 ㄕˋ ㄉㄞˋ ㄒㄧㄤ ㄔㄨㄢˊ shì dài xiāngchuán 世世代代流傳著。[例]革命先烈的獻身精神將世代相傳，成爲中華民族巨大的精神財富。[構]主謂。

世風日下 ㄕˋ ㄈㄥ ㄖˋ ㄒㄧㄚˋ shì fēng rì xià 社會風氣一天天地壞下去。世風：社會風氣。下：沉落下去。[例]報載：台灣兒童犯罪增多，有識之士慨嘆世風日下，呼籲當局盡快採取措施。[構]主謂。[反]風清弊絕

世界大同 ㄕˋ ㄐㄧㄝˋ ㄉㄚˋ ㄊㄨㄥˊ shì jiè dà tóng 沒有壓迫、剝削的平等、自由的社會景象。現用以指全世界進入共產主義。[例]多少仁人志士，爲實現世界大同而前仆後繼地奮鬥著。[構]主謂。[源]《禮記・禮運》。

世上無難事，只怕有心人 ㄕˋ ㄕㄤˋ ㄨˊ ㄋㄢˊ ㄕˋ ㄓˇ ㄆㄚˋ ㄧㄡˇ ㄒㄧㄣ ㄖㄣˊ shì shàng wú nán shì zhǐ pà yǒu xīn rén 世界上沒有難辦的事，只要有決心，有毅力，就沒有辦不成的事。也作『天下無難事，只怕有心人』。[例]世上無難事，

只怕有心人。只要我們團結起來，共同奮鬥，還怕什麼困難呢？〔構〕覆。

世態炎涼 ㄕˋ ㄊㄞˋ ㄧㄢˊ ㄌㄧㄤˊ shì tài yán liáng　形容社會上一些人對得勢者親近巴結，對失勢者疏遠冷淡。世態：社會上人們之間交往的情態。炎：指親熱。涼：指冷淡。〔例〕自從家道中落，他飽嘗了世態炎涼的滋味。〔構〕主謂。〔源〕宋、文天祥《指南錄・杜架閣》：『世態炎涼甚，交情貴賤分。』〔同〕人情冷暖

視而不見 ㄕˋ ㄦˊ ㄅㄨˋ ㄐㄧㄢˋ shì ér bù jiàn　儘管在看，但沒看見或裝著沒看見。後多用來表示不關心，不注意。視：指看的動作。見：指看的結果。〔例〕食堂裏的自來水嘩嘩地流了半天，他就是視而不見。〔構〕覆。〔源〕《老子》第十四章：『視之不見，名曰夷。』〔辨〕常與『聽而不聞』連用。

視如敝屣 ㄕˋ ㄖㄨˊ ㄅㄧˋ ㄒㄧˇ shì rú bì xǐ　比喻極端輕視。敝屣：破舊的鞋。〔例〕他把當官視如敝屣，毅然回鄉當了農民。〔構〕動賓。〔源〕《孟子・盡心上》：『舜視棄天下猶棄敝蹝（屣）也。』〔同〕棄如敝屣

視死如歸 ㄕˋ ㄙˇ ㄖㄨˊ ㄍㄨㄟ shì sǐ rú guī　把死看作回家一樣。形容爲正義而不怕犧牲。視：看待。歸：回。〔例〕秋瑾那種視死如歸的大無畏精神，激勵著多少中華兒女！〔構〕主謂。〔源〕《管子・小匡》：『鼓之而三軍之士，視死如歸。』

視同兒戲 ㄕˋ ㄊㄨㄥˊ ㄦˊ ㄒㄧˋ shì tóng ér xì　看成孩子們玩耍一樣。形容對重要事情極不重視或極不認真。視：看

待。兒戲：孩子們玩耍。也作『視爲兒戲』。［例］對如此緊迫的救災工作，他卻視同兒戲，以致造成了不可彌補的損失。［構］動賓。［源］《史記・絳侯周勃世家》。

視同路人 ㄕˋ ㄊㄨㄥˊ ㄌㄨˋ ㄖㄣˊ shì tóng lù rén 看作跟過路行人一樣。形容把親人或熟人看作陌生人。視：看待。路人：過路的人。也作『視若路人』。［例］人們都很奇怪：李明失意時，對張雲情同手足，得意時，卻對張視同路人。［構］動賓

視爲畏途 ㄕˋ ㄨㄟˊ ㄨㄟˋ ㄊㄨˊ shì wéi wèi tú 看成是艱險可怕的道路。比喻可怕而不敢做的事。視：看待。畏途：危險可怕的道路。也作『視如畏途』。［例］失掉勇氣的人，把一切都視爲畏途。［構］動賓。

視爲知己 ㄕˋ ㄨㄟˊ ㄓ ㄐㄧˇ shì wéi zhī jǐ 看作是彼此相互了解而交情很深的人。視：看待。［例］你把我視爲知己，但我總覺得你並不了解我。［構］動賓。

事半功倍 ㄕˋ ㄅㄢˋ ㄍㄨㄥ ㄅㄟˋ shì bàn gōng bèi 出一半的力，收到加倍的效果。形容費力小，收效大。事：做。功：功效。［例］小王愛動腦筋，所以無論做什麼事往往都能收到事半功倍的效果。［構］聯合。［源］《孟子・公孫丑上》。［反］事倍功半

事倍功半 ㄕˋ ㄅㄟˋ ㄍㄨㄥ ㄅㄢˋ shì bèi gōng bàn 出一倍的力，只收到一半效果。指費力大，收效小。事：做。功：功效。［例］做工作，要講究方法，否則就會事倍功半。［構］聯合。［反］事半功倍

事必躬親 shì bì gōng qīn 指事情一定要親自去做。形容做事認真，毫不懈怠。躬親：親自去做。〔例〕局裏該抓的各項工作，局長都是事必躬親，所以每項工作都很落實。〔構〕主謂。〔源〕《禮記・月令》：『以教導民，必躬親之。』

事不關己，高高掛起 shì bù guān jǐ, gāo gāo guà qǐ 與自己的利益無關的事，就不聞不問。形容人非常自私，不關心別人和集體利益。〔例〕集體的事，大家都要管，不能事不關己，高高掛起。〔構〕覆。

事不宜遲 shì bù yí chí 事情必須趕快去做，不應拖延。宜：應當。〔例〕爲了趕在敵人前面，部隊必須立即出發，事不宜遲！〔構〕主謂。

事出有因 shì chū yǒu yīn 事情不是憑空發生而是有原因的。因：原因。〔例〕今天，他一言不發，我想這總是事出有因的。〔構〕主謂。〔反〕事出無因

事實勝於雄辯 shì shí shèng yú xióng biàn 事實勝於强有力的辯論。指事實是最有說服力而不能駁倒的。雄辯：强有力的辯論。〔例〕事實勝於雄辯，我們建國以來的成就是誰也抹殺不了的。〔構〕主謂。

事無不可對人言 shì wú bù kě duì rén yán 所做的事沒有什麼不能對人講的。指行爲光明正大，無可隱瞞。〔例〕事無不可對人言，老馬的所做所爲經得起群衆的檢查

。［構］主謂。

事無巨細 ㄕˋ ㄨˊ ㄐㄩˋ ㄒㄧˋ shì wú jù xì 指事情不管大小，都同樣對待。巨細：大小。［例］只要是上級交給的任務，事無巨細，小王都認真完成。［構］主謂。

事與願違 ㄕˋ ㄩˇ ㄩㄢˋ ㄨㄟˊ shì yǔ yuàn wéi 客觀事實跟主觀願望正相反。願：願望。違：相反。［例］本想做了手術以後，他的身體會好起來的，但事與願違，他的身體還是一天天的衰弱下去。［構］主謂。［源］三國(魏)、嵇康《幽憤》詩。［同］適得其反 ［反］如願以償

事在人爲 ㄕˋ ㄗㄞˋ ㄖㄣˊ ㄨㄟˊ shì zài rén wéi 指事情的成敗全在於人是否努力去做。［例］在邊遠地區工作困難很多，但事在人爲，只要努力，是會幹出成績來的。［構］主謂。［同］成事在人 ［反］聽天由命 ［辨］『爲』不讀作ㄨㄟˋ(wèi)。

勢不兩立 ㄕˋ ㄅㄨˋ ㄌㄧㄤˇ ㄌㄧˋ shì bù liǎng lì 雙方形成尖銳對立的情勢，彼此不能同時存在。勢：情勢。兩立：指雙方並存。又作『誓不兩立』。［例］舊社會，爲了餬口，有的同行成了冤家，勢不兩立。［構］主謂。［源］《韓非子·人主》。［同］不共戴天

勢均力敵 ㄕˋ ㄐㄩㄣ ㄌㄧˋ ㄉㄧˊ shì jūn lì dí 雙方力量差不多，分不出强弱。勢：勢力。均：均衡。敵：匹敵，相當。原作『力均勢敵』。［例］黑隊和白隊勢均力敵，輸贏一時難說。［構］聯合。［源］《尹文子·佚文》：『兩辯不能相屈，力均勢敵故也。』［同］旗鼓相當

勢如累卵 ㄕˋ ㄖㄨˊ ㄌㄟˇ ㄌㄨㄢˇ shì rú lěi luǎn

情勢很急，就像堆摞著的蛋要滾下來一樣。［例］二十世紀初，清朝的統治已搖搖欲墜，勢如累卵。［構］主謂。［反］安如泰山

勢如破竹 ㄕˋ ㄖㄨˊ ㄆㄛˋ ㄓㄨˊ shì rú pò zhú

氣勢就像劈竹子一樣。比喻推進順利、毫無阻礙。勢：情勢。［例］解放戰爭時期，人民解放軍勢如破竹，在短時間內就取得了三大戰役的勝利。［構］主謂。［源］《晉書・杜預傳》：『今兵威已振，譬如破竹，數節之後，皆迎刃而解。』［同］勢不可當　銳不可當

恃強凌弱 ㄕˋ ㄑㄧㄤˊ ㄌㄧㄥˊ ㄖㄨㄛˋ shì qiáng líng ruò

依仗力量強大，欺侮弱小。恃：依仗。凌：欺凌。也作『恃強欺弱』。［例］美帝國主義在世界各地恃強凌弱，遭到各國人民的反對。［構］偏正。

拭目以待 ㄕˋ ㄇㄨˋ ㄧˇ ㄉㄞˋ shì mù yǐ dài

擦亮眼睛等著瞧。形容急切地想看到所期望的事物或期待某件事物的出現。［例］①這部小說即將出版，人們早就拭目以待了。②他是否有改正錯誤的決心，人們將拭目以待。［構］連動。

是非曲直 ㄕˋ ㄈㄟ ㄑㄩ ㄓˊ shì fēi qū zhí

指對事物的評斷。是：對，正確。非：不對，錯誤。曲：無理。直：有理。［例］學校要培養學生判斷是非曲直的能力，以免學生隨波逐流。［構］聯合。［源］漢、王充《論衡・說日篇》：『二論各有所見，故是非曲直未有所定。』

是可忍，孰不可忍 ㄕˋ ㄎㄜˇ ㄖㄣˇ ㄕㄨˊ ㄅㄨˋ ㄎㄜˇ ㄖㄣˇ shì kě rěn shú bù kě rěn

如果這樣的事可以容忍，那還有什麼事不可以容忍呢？表示對某事絕不可容忍的意思。是：這。孰：什麼。［

例〕敵人一再騷擾我邊界，殺害我邊民，是可忍，孰不可忍！〔構〕覆。〔源〕《論語・八佾》。

適得其反 shì dé qí fǎn ㄕˋ ㄉㄜˊ ㄑㄧˊ ㄈㄢˇ 正好跟期望的相反。適：正，恰好。〔例〕練習是必要的，有益的，但是過多的作業，只會加重學生負擔，結果往往適得其反。〔構〕動賓。〔源〕三國（魏）、無名氏《釋難宅無吉凶攝生論》：『時名雖同，其用適反。』（見《續古文苑》九）〔同〕事與願違〔反〕如願如償〔辨〕『適』不寫作『事』。

適可而止 shì kě ér zhǐ ㄕˋ ㄎㄜˇ ㄦˊ ㄓˇ 到了適當的程度就停下來。意思是不要做過頭。適可：適宜。〔例〕你不要得理不讓人，把是非講清楚就適可而止，這樣效果會好些。〔構〕偏正。〔反〕貪得無厭

舐犢情深 shì dú qíng shēn ㄕˋ ㄉㄨˊ ㄑㄧㄥˊ ㄕㄣ 母牛舔著小牛犢表現出深切的愛護之情。比喻人愛子女之情很深。舐：用舌頭舔。犢：小牛犢。也作『老牛舐犢』或『舐犢之愛』。〔例〕兒子一直在我們身邊，今天要到外地工作，舐犢情深，總有點依依難捨。〔構〕主謂。〔源〕《後漢書・揚彪傳》：『愧無日磾先見之明，猶懷老牛舐犢之愛。』

嗜殺成性 shì shā chéng xìng ㄕˋ ㄕㄚ ㄔㄥˊ ㄒㄧㄥˋ 特別愛好殺人，成了習性。形容壞人的凶狠殘暴。嗜：特別愛好。〔例〕抓到的這個匪首是一個嗜殺成性的亡命之徒。〔構〕主謂。〔反〕佛眼相看　慈悲爲懷

收回成命 shōu huí chéngmìng ㄕㄡ ㄏㄨㄟˊ ㄔㄥˊ ㄇㄧㄥˋ 收回已經發出的命令或決定。〔例〕這個處分決定，與上級政策不符

，只好收回成命。［構］動賓。

手不釋卷 shǒu bù shì juàn 手裏的書本捨不得放下。形容讀書勤奮。釋：放下。卷：指書本。［例］現在，許多改革家，爲了解決層出不窮的新課題，都在手不釋卷地學習管理科學。［構］主謂。［源］魏、曹丕《典論・自敘》：『雖在軍旅，手不釋卷。』

手到病除 shǒu dào bìng chú 手一按脈，開方服藥，病就消除。形容醫術高明。也比喻能力强，解決問題快。［例］①我病了多日，請位專家看了，手到病除，效果極好。②車床上的故障總排除不了，你一來，手到病除，又轉動起來了。［構］覆。［同］藥到病除

手到擒來 shǒu dào qín lái 一出手，就捉拿過來。比喻很容易辦成事。擒：捉拿。［例］這個問題十分複雜，哪有手到擒來，一下子解決的事！［構］覆

手急眼快 shǒu jí yǎn kuài 手和眼的動作都很快。形容動作敏捷。急：快。也作『手疾眼快』。［例］只見他手急眼快，拾起敵人扔來的手榴彈，又向敵人擲去。［構］聯合。

手忙腳亂 shǒumáng jiǎo luàn 形容慌張忙亂，應付不過來。［例］小明今天起晚了，手忙腳亂地翻找文具盒，可就是找不到。［構］聯合。

手無寸鐵 shǒu wú cùn tiě 手中沒有任何武器。鐵：指武器。原作『手無尺鐵』。［例］敵人竟

然出動飛機，對手無寸鐵的居民狂轟濫炸。〔構〕主謂。〔源〕漢、李陵《答蘇武書》：『兵盡矢窮，人無尺鐵，猶復徒手奮呼，爭爲先登。』

手無縛鷄之力 ㄕㄡˇ ㄨˊ ㄈㄨˋ ㄐㄧ ㄓ ㄌㄧˋ shǒu wú fù jī zhī lì

兩手沒有捆雞的力氣。形容文弱無力。縛：捆綁。〔例〕新一代的知識分子已不是手無縛雞之力的文弱書生，而是能文能武的腦力勞動者。〔構〕主謂。

手舞足蹈 ㄕㄡˇ ㄨˇ ㄗㄨˊ ㄉㄠˇ shǒu wǔ zú dǎo

兩隻手舞動，兩隻腳也跳起來。形容人極其高興的樣子。蹈：跳動。〔例〕每當他找到一道難題的破口時，就禁不住地手舞足蹈起來。〔構〕聯合。〔源〕《毛詩序》：『永歌之不足，不知手之舞之，足之蹈之也。』〔反〕垂頭喪氣

手下留情 ㄕㄡˇ ㄒㄧㄚˋ ㄌㄧㄡˊ ㄑㄧㄥˊ shǒu xià liú qíng

下手處理事情時，留些情面，不把事做絕。〔例〕老師閱卷時絕不能手下留情，要一一找出卷面中的問題。〔構〕主謂。〔同〕筆下超生

手眼通天 ㄕㄡˇ ㄧㄢˇ ㄊㄨㄥ ㄊㄧㄢ shǒu yǎn tōng tiān

比喻很有手腕，善於鑽營。手眼：指不正當手段。通天：上通天界，指手段之高。〔例〕他在掌握技術上是無能的，但在拉關係方面，卻是手眼通天，很有一套。〔構〕主謂。

手足無措 ㄕㄡˇ ㄗㄨˊ ㄨˊ ㄘㄨㄛˋ shǒu zú wú cuò

手腳沒有地方安放。形容慌亂之間，不知怎樣才好。措：安放。〔例〕他的突然來訪，一時弄得我手足無措。〔構〕主謂。〔源〕《論語・子路》：『刑罰不中則民無所措手足。』

守常不變 ㄕㄡˇ ㄔㄤˊ ㄅㄨˋ ㄅㄧㄢˋ shǒucháng bù biàn 保持常規而不改變。也形容按老一套辦事。常：常規。［例］隨著改革的不斷深化，我們必須不斷調整政策，絕不能守常不變，故步自封。［構］聯合。［同］墨守陳規 ［反］隨機應變

守口如瓶 ㄕㄡˇ ㄎㄡˇ ㄖㄨˊ ㄆㄧㄥˊ shǒu kǒu rú píng 原爲佛家語，意思是閉嘴不說，像塞緊的瓶子一樣。形容說話謹愼或嚴守祕密。［例］你守口如瓶，滴水不漏，讓我們怎麼了解你呢？［構］主謂。

守如處女，出如脫兔 ㄕㄡˇ ㄖㄨˊ ㄔㄨˇ ㄋㄩˇ ㄔㄨ ㄖㄨˊ ㄊㄨㄛ ㄊㄨˋ shǒu rú chǔ nǚ chū rú tuō tù 指採取守勢時，像處女那樣沉穩；進行攻擊時，像逃跑的兔子那樣敏捷。也作『靜如處女，動如脫兔』。［例］一支訓練有素的部隊，就是要達到守如處女，出如脫兔。［構］覆。［源］《孫子・九地》：『是故始如處女，敵人開戶；後如脫兔，敵不及拒。』［辨］『處』不讀ㄔㄨˋ(chù)。

守身如玉 ㄕㄡˇ ㄕㄣ ㄖㄨˊ ㄩˋ shǒushēn rú yù 保持自身的節操，像潔白無瑕的玉石一樣。［例］在舊社會的上海灘，她守身如玉，始終不向惡勢力屈服。［構］主謂。［源］《孟子・離婁上》：『守，孰爲大？守身爲大。』

守株待兔 ㄕㄡˇ ㄓㄨ ㄉㄞˋ ㄊㄨˋ shǒu zhū dài tù 《韓非子・五蠹ㄉㄨˋ[dù]》中故事：古代宋國有個農夫看見一隻兔子撞樹而死，他就守在樹下，希望能再一次得到撞死的兔子。後比喻死守成規，不知變通。也比喻坐待其成，不求進取。［例］我們辦事要從實際出發，看到事物的發展，不可守株待兔。［構］連動。［同］墨守成規 膠柱鼓瑟 ［反］機動靈活 ［辨

」『株』不要寫成『珠』。

首當其衝 ㄕㄡˇ ㄉㄤ ㄑㄧˊ ㄔㄨㄥ shǒudāng qí chōng 指最先受到衝擊或蒙受災難。首：最先。當：對著。衝：要衝，交通要道。[例]洪水直瀉而下，我村首當其衝，損失的嚴重是可想而知的。[構]動賓。[源]《漢書・五行志下》：『鄭以小國攝乎晉、楚之間，重以強吳，鄭當其衝。』[辨]『當』不讀ㄉㄤˋ(dàng)。

首屈一指 ㄕㄡˇ ㄑㄩ ㄧ ㄓˇ shǒu qū yì zhǐ 指扳指頭計數時，首先彎下大姆指，表示居於第一位。首：最先。屈：彎。一指：大拇指。[例]全聚德是北京首屈一指的烤鴨店，顧客盈門。[構]動賓。

首善之區 ㄕㄡˇ ㄕㄢˋ ㄓ ㄑㄩ shǒushàn zhī qū 最好的地區，特指首都。首：第一。善：好。[例]北京應當成爲精神文明的首善之區。[構]偏正。[源]《漢書・儒林傳序》：『故教化之行也，建首善自京師始，繇(由)內及外。』

首鼠兩端 ㄕㄡˇ ㄕㄨˇ ㄌㄧㄤˇ ㄉㄨㄢ shǒu shǔ liǎngduān 指遲疑不決或動搖不定，即猶豫不決。首鼠：也作『首施』。端：頭。[例]困難當頭，應該挺身而出，切不要首鼠兩端。[構]偏正。[源]《史記・魏其武安侯列傳》。

壽終正寢 ㄕㄡˋ ㄓㄨㄥ ㄓㄥˋ ㄑㄧㄣˇ shòuzhōngzhèng qǐn 年老死在家中。也喻指事物的消亡(含諷刺意味)。壽終：年老而自然死去。正寢：指家宅的正房，人死後一般停放於此。[例]①不久前壽終正寢的姑父，原來出生於貴州遵義。②發行的渠道被堵死了，刊物也就不免壽終正寢了。［構］補充。

受寵若驚 ㄕㄡˋ ㄔㄨㄥˇ ㄖㄨㄛˋ ㄐㄧㄥ shòuchǒng ruò jīng

受到寵愛或賞識而意外的驚喜。寵：寵愛。驚：震動。［例］殘酷剝削工人的資本家，偶爾略施小惠，老實巴交的工人便感到受寵若驚。［構］主謂。［源］《老子》第十三章：『得之若驚，失之若驚，是謂寵辱若驚。』

書生氣十足 ㄕㄨ ㄕㄥ ㄑㄧˋ ㄕˊ ㄗㄨˊ shū shēng qì shí zú

指不了解實際，思想簡單，書呆子氣很足。書生：讀書人。氣：習氣。［例］他剛走上工作崗位，書生氣十足，滿以爲光憑熱情就能使一切問題迎刃而解。［構］主謂。

書香門第 ㄕㄨ ㄒㄧㄤ ㄇㄣˊ ㄉㄧˋ shū xiāng mén dì

世代都是讀書人的家庭。［例］她雖然出身於書香門第，但從不輕視勞動。［構］偏正

殊途同歸 ㄕㄨ ㄊㄨˊ ㄊㄨㄥˊ ㄍㄨㄟ shū tú tóng guī

走不同的道路而到達同一的地方。比喻採取不同的方法而達到同樣的目的。［例］我們工作崗位不同，但殊途同歸，目標是一致的。［構］覆。［源］《周易．繫辭下》：『天下同歸而殊塗（途），一致而百慮。』

疏密有致 ㄕㄨ ㄇㄧˋ ㄧㄡˇ ㄓˋ shū mì yǒu zhì

該稀疏，該茂密，都安排得很有情趣。多指繪畫和園林的布局。致：情趣。［例］這幅花鳥畫，疏密有致，栩栩如生。［構］主謂。

熟能生巧 ㄕㄨˊ ㄋㄥˊ ㄕㄥ ㄑㄧㄠˇ shú néngshēng qiǎo

熟練就能產生巧辦法。[例]說到我查找資料的經驗，不外是多留心，勤翻閱，熟能生巧嘛！[構]主謂。

熟視無睹 ㄕㄨˊ ㄕˋ ㄨˊ ㄉㄨˇ shú shì wú dǔ

雖然經常看到卻跟沒看見一樣。指對事物漫不經心或不重視。熟：習見。睹：看見。[例]對於『菜籃子』問題，不能熟視無睹。[構]主謂。[源]晉、劉伶《酒德頌》：『靜聽不聞雷霆之聲，熟視不睹泰山之形。』[同]視而不見聽而不聞

數不勝數 ㄕㄨˇ ㄅㄨˋ ㄕㄥˋ ㄕㄨˇ shǔ bù shèng shǔ

數都數不過來。形容數量極多，很難計算。數：計算。勝：（舊讀ㄕㄥ[shēng]）盡。[例]天上的星星數不勝數。[構]主謂。[同]不計其數。

數典忘祖 ㄕㄨˇ ㄉㄧㄢˇ ㄨㄤˋ ㄗㄨˇ shǔ diǎn wàng zǔ

數說著典籍，卻忘記了自己祖宗的事。後用以比喻忘了事物的原本、根由。現也比喻對於本國歷史的無知。數：數說。典：史冊。祖：祖宗。[例]我們應當批判地繼承中國的古代文化，可不能數典忘祖呵！[構]覆。[源]《左傳・昭公十五年》：『籍父其無後乎？數典而忘其祖。』[辨]『數』不讀ㄕㄨˋ(shù)。

數九寒天 ㄕㄨˇ ㄐㄧㄡˇ ㄏㄢˊ ㄊㄧㄢ shǔ jiǔ hán tiān

指極冷的日子。數九：我國農曆由冬至起，每九天爲一『九』，共九個『九』。一般指『三九』、『四九』。[例]在舊社會，數九寒天，她還光著腳，穿著破爛的單衣。[構]偏正。

蜀犬吠日 ㄕㄨˇ ㄑㄩㄢˇ ㄈㄟˋ ㄖˋ shǔ quǎn fèi rì

四川多霧少晴，狗看見日出，就對著太陽叫。比喻少見多怪。蜀：古

蜀國，今四川地區。犬：狗。吠：狗叫。［例］農會一成立，那些地主老財紛紛咒罵起來，這真是蜀犬吠日。［構］主謂。［源］唐、岑參《招壯客文》（見《文苑英華》）。［同］越犬吠雪

鼠目寸光 ㄕㄨˇ ㄇㄨˋ ㄘㄨㄣˋ ㄍㄨㄤ shǔ mù cùn guāng
老鼠的眼睛只能看到一寸遠的地方。比喻人的眼光狹小，見識淺陋。［例］他們的設想具有遠見卓識，絕非鼠目寸光之輩可比。［構］主謂。［同］目光如豆

束手待斃 ㄕㄨˋ ㄕㄡˇ ㄉㄞˋ ㄅㄧˋ shù shǒu dài bì
捆起手來等死。比喻在危難關頭不力圖解脫，只坐等失敗或滅亡。［例］現已兵臨城下，我們絕不能束手待斃，要千方百計衝出去。［構］偏正。［源］宋、蔡絛《鐵圍山叢談》。

束手無策 ㄕㄨˋ ㄕㄡˇ ㄨˊ ㄘㄜˋ shù shǒu wú cè
像捆住了手似的，拿不出辦法對付。束：捆，綁。策：計策。［例］只強調知識的記憶，不重視理解和運用，一碰到實際問題，往往就會束手無策。［構］偏正。

束之高閣 ㄕㄨˋ ㄓ ㄍㄠ ㄍㄜˊ shù zhī gāo gé
捆起來放在高架子上。比喻棄置一旁。束：捆，綁。閣：放東西的閣板架子。也作『置諸高閣』。［例］如果只是把正確的理論空談一陣後，就束之高閣，並不實行，那麼再好的理論也是無用的。［構］補充。

述而不作 ㄕㄨˋ ㄦˊ ㄅㄨˋ ㄗㄨㄛˋ shù ér bù zuò
闡述而不創作。現多泛指只闡述前人的學說，而沒有自己的見解。［例］一年來，我利用業餘時間收集有關資料，輯成長篇，述而不作而已。［構］連

動。［源］《論語・述而》。

樹碑立傳 ㄕㄨˋ ㄅㄟ ㄌㄧˋ ㄓㄨㄢˋ shù bēi lì zhuàn

原指把某人的生平事蹟刻在石碑上或寫成傳記。現用來比喻樹立或抬高個人威望的行爲。碑：鐫刻銘文的石碑。傳：敍述生平事蹟的傳記。［例］①那麼多的改革家，難道不應該爲他們樹碑立傳嗎？②歷代的反動統治者都爲自己樹碑立傳，以抬高個人，掩蓋罪行。［構］聯合。

樹大根深 ㄕㄨˋ ㄉㄚˋ ㄍㄣ ㄕㄣ shù dà gēn shēn

比喻勢力強大，根基牢固。［例］解放前，俺村的家族之間，鬥爭錯綜複雜，各族姓都有一定的勢力，特別是趙姓樹大根深，不可一世。［構］聯合。

樹倒猢猻散 ㄕㄨˋ ㄉㄠˇ ㄏㄨˊ ㄙㄨㄣ ㄙㄢˋ shù dǎo hú sūn sàn

樹一倒下，樹上的群猴也就散了夥。比喻爲首的人一倒，隨從的無所依附也就隨之離散。猢猻：猴子。［例］擒賊先擒王，抓住匪首，匪幫也就樹倒猢猻散了。［構］覆。［源］宋、龐元英《談藪・曹詠之事》。

樹欲靜而風不止 ㄕㄨˋ ㄩˋ ㄐㄧㄥˋ ㄦˊ ㄈㄥ ㄅㄨˋ ㄓˇ shù yù jìng ér fēng bù zhǐ

樹想靜下來，可是風卻不停地颳。常用來比喻客觀情勢不以人的意志爲轉移。［例］人民渴望在和平、安定的環境中參加四化建設，但是，樹欲靜而風不止，國內外的敵對勢力總是企圖挑起事端，製造混亂。［構］覆。［源］西漢、韓嬰《韓詩外傳》第九卷第三章：『樹欲靜而風不止，子欲養而親不待。』

率由舊章 ㄕㄨㄞˋ ㄧㄡˊ ㄐㄧㄡˋ ㄓㄤ shuài yóu jiù zhāng

遵循舊有的章程辦。率由：遵循。［例］要改革，要開放，率由舊章，閉關自守，是不符合時代潮流的。［構］動賓。［源］《詩經·大雅·假樂》：『不愆不忘，率由舊章。』

雙管齊下 ㄕㄨㄤ ㄍㄨㄢˇ ㄑㄧˊ ㄒㄧㄚˋ shuāngguǎn qí xià

原指左右手各握一管筆同時下手作畫。比喻同時採用兩種辦法或兩件事同時進行。雙管：兩枝筆。［例］張校長一手抓思想，一手抓教學，雙管齊下，把學校的工作搞得有聲有色。［構］主謂。

爽然若失 ㄕㄨㄤˇ ㄖㄢˊ ㄖㄨㄛˋ ㄕ shuǎng rán ruò shī

神情茫然，若有所失。形容心裏沒有主見。爽然：茫然，無主見的樣子。若：如，像。失：失去依託。［例］生活是美好的，但有時受到挫折，卻不免有些爽然若失。［構］偏正。［源］《史記·屈原賈生列傳》：『讀《鵩鳥賦》，同死生，輕去就，又爽然自失矣。』［同］悵然若失

水到渠成 ㄕㄨㄟˇ ㄉㄠˋ ㄑㄩˊ ㄔㄥˊ shuǐ dào qú chéng

水流到的地方，自然地形成了溝渠。比喻條件成熟了，事情就會辦成。渠：水道，溝渠。［例］問題一個個解決之後，水到渠成，最終形成了總體方案。［構］覆。

水旱頻仍 ㄕㄨㄟˇ ㄏㄢˋ ㄆㄧㄣˊ ㄖㄥˊ shuǐ hàn pín réng

水災旱災頻繁接連不斷。頻：屢次。仍：頻繁。［例］解放前河南省水旱頻仍，民不聊生。［構］主謂。［源］《水滸傳》：『又值水旱頻仍，民窮財盡，人心思亂。』［同］水深火熱 ［反］風調雨順

水火不相容 ㄕㄨㄟˇ ㄏㄨㄛˇ ㄅㄨˋ ㄒㄧㄤ ㄖㄨㄥˊ shuǐ huǒ bù xiāng róng　水和火互不相容。比喻雙方根本對立。也作『水火不容』。「例」同學之間爲什麼鬧得這樣水火不相容，雙方都應該好好檢查自己。「構」主謂。「源」《周易·說卦》：『故水火不相逮，雷風不相悖。』「同」冰炭不同器。

水火無情 ㄕㄨㄟˇ ㄏㄨㄛˇ ㄨˊ ㄑㄧㄥˊ shuǐ huǒ wú qíng　指水火毫無情面，常造成可怕的災害。「例」洪水洶湧而來，把村中的一切都沖走了，真是水火無情啊！「構」主謂。

水落石出 ㄕㄨㄟˇ ㄌㄨㄛˋ ㄕˊ ㄔㄨ shuǐ luò shí chū　水落下去，石頭從水中露出來。原指自然景象。後常用以比喻到了一定時候，事情的真相就會清楚。「例」若要人不知，除非己莫爲，因爲事情終會水落石出。「構」覆。「源」宋、蘇軾《後赤壁賦》：『山高月小，水落石出。』

水清無魚 ㄕㄨㄟˇ ㄑㄧㄥ ㄨˊ ㄩˊ shuǐ qīng wú yú　水過清，魚就難生存。比喻人太精明，就難以容人。「例」交朋友，要看主流，水清無魚，過於挑剔，就很難發展友誼。「構」覆。「源」《漢書·東方朔傳》：『水至清則無魚，人至察則無徒。』

水乳交融 ㄕㄨㄟˇ ㄖㄨˇ ㄐㄧㄠ ㄖㄨㄥˊ shuǐ rǔ jiāo róng　水和奶融合在一起，比喻結合十分緊密或關係非常融洽。「例」我們的軍民關係是水乳交融，血肉相連的。「構」主謂。

水深火熱 ㄕㄨㄟˇ ㄕㄣ ㄏㄨㄛˇ ㄖㄜˋ shuǐ shēn huǒ rè　像水越來越深，像火越來越熱。比喻極其痛苦的人民生活處境。「例」當西林的百姓在水深火熱中掙扎的時候，黨派他來這裏領導地下鬥爭。［構］聯合。［源］《孟子・梁惠王下》：『如水益深，如火益熱，亦運而已矣。』

水土不服 ㄕㄨㄟˇ ㄊㄨˇ ㄅㄨˋ ㄈㄨˊ shuǐ tǔ bù fú 指對當地的氣候和自然環境不適應。水土：指一個地區的氣候和自然環境。服：適應。也作『不服水土』。［例］我剛到廣東工作，水土不服，經常鬧病。［構］主謂。

水洩不通 ㄕㄨㄟˇ ㄒㄧㄝˋ ㄅㄨˋ ㄊㄨㄥ shuǐ xiè bù tōng 水流不出去。形容十分擁擠或控制嚴密。洩：流出。［例］①全國美展在美術館開幕，一大早館前就擠得水洩不通。②圍兵之多，空前未有，四面八方，水洩不通。［構］主謂。

水漲船高 ㄕㄨㄟˇ ㄓㄤˇ ㄔㄨㄢˊ ㄍㄠ shuǐzhǎngchuán gāo 水位增高，船的位置也跟著升高。比喻事物隨著它憑藉的基礎的提高而提高。高：升高。［例］水漲船高，隨著經濟改革的不斷深化，人民的生活水平也日益提高。［構］覆。［辨］『漲』也作『長』。

水中撈月 ㄕㄨㄟˇ ㄓㄨㄥ ㄌㄠ ㄩㄝˋ shuǐzhōng lāo yuè 到水中去撈月亮。比喻空費力氣，目的不能達到。［例］衆所周知，在現有條件下，花力氣做這種事，簡直是水中撈月，徒勞無益的。［構］偏正。［同］竹籃打水

吮癰舐痔 ㄕㄨㄣˇ ㄩㄥ ㄕˋ ㄓˋ shǔn yōng shì zhì 用嘴吮吸毒瘡，用舌頭舔痔瘡。形容向權貴巴結、獻媚。吮：吮吸。癰：一種毒瘡。舐：舔。［例］這個裏通外國的民族敗類，對洋人奴顏婢膝，吮癰

詆痔，真是可恥之極！［構］聯合。［源］《論語・陽貨》朱熹注。

順風轉舵 ㄕㄨㄣˋ ㄈㄥ ㄓㄨㄢˇ ㄉㄨㄛˋ shùn fēng zhuǎn duò 隨著風向轉動船舵。比喻順著情勢的變化而變化。順：順從。也作『順風使舵』、『隨風轉舵』。［例］看人說話，順風轉舵，毫無原則。這種處世的態度是要不得的。［構］連動。

順理成章 ㄕㄨㄣˋ ㄌㄧˇ ㄔㄥˊ ㄓㄤ shùn lǐ chéngzhāng 指順著事理，就能寫成文章。也指做事。理：事理，道理。章：文章。［例］①有了總體設計，就有了清晰的思路，然後下筆，才能順理成章。②小王是副主任，接替他當主任，順理成章。［構］連動。［源］宋、朱熹《朱子全書・論語》。

順手牽羊 ㄕㄨㄣˋ ㄕㄡˇ ㄑㄧㄢ ㄧㄤˊ shùnshǒu qiān yáng 隨手牽走了別人的羊。比喻乘機獲得，不費力氣。現多指乘機順便拿走別人的東西。［例］那天，他和我一起複習功課，臨走時，他順手牽羊把我的筆記本拿走了。［構］連動。

順水人情 ㄕㄨㄣˋ ㄕㄨㄟˇ ㄖㄣˊ ㄑㄧㄥˊ shùn shuǐ rén qíng 順便做的人情。不費力地給人好處。［例］明明東西已經送給他，爲什麼不做個順水人情，還說什麼原本還是捨不得的。［構］偏正。

順水推舟 ㄕㄨㄣˋ ㄕㄨㄟˇ ㄊㄨㄟ ㄓㄡ shùn shuǐ tuī zhōu 順著流水的方向推船。比喻就著情勢行事。也作『順水推船』。［例］應該實事求是，不要看人家都說好，就來個順水推舟。［構］連動。

順藤摸瓜 ㄕㄨㄣˋ ㄊㄥˊ ㄇㄛ ㄍㄨㄚ shùn téng mō guā

順著瓜藤去摸瓜。比喻循著線索去尋根究底。［例］我局根據群眾舉報的線索，順藤摸瓜，終於捕獲了那個通緝犯。［構］連動。［同］按圖索驥

順之者昌，逆之者亡 ㄕㄨㄣˋ ㄓ ㄓㄜˇ ㄔㄤ ㄋㄧˋ ㄓ ㄓㄜˇ ㄨㄤˊ shùn zhī zhě chāng nì zhī zhě wáng

順從他的就興盛，違抗他的就滅亡。昌：昌盛。逆：違反。也作『順德者昌，逆德者亡』。［例］歷史的潮流不可抗拒，從這個角度說，就是順之者昌，逆之者亡。［構］覆。［源］《史記・太史公自序》。［辨］『者』也作『則』。

瞬息即逝 ㄕㄨㄣˋ ㄒㄧ ㄐㄧˊ ㄕˋ shùn xī jí shì

很快就消逝了。瞬息：一眨眼、一呼吸的極短時間。［例］瞬息即逝的機會是極難把握的，這就要求我們要聚精會神地加以觀察。［構］偏正。

瞬息萬變 ㄕㄨㄣˋ ㄒㄧ ㄨㄢˋ ㄅㄧㄢˋ shùn xī wàn biàn

一眨眼一呼吸之間就千變萬化。形容變化又多又快。［例］我們的祖國，正處於一個蒸蒸日上、瞬息萬變的時代。［構］偏正。

說長道短 ㄕㄨㄛ ㄔㄤˊ ㄉㄠˋ ㄉㄨㄢˇ shuōcháng dào duǎn

說長處，講短處。指議論別人的好壞是非。［例］新的條例一公布，群眾可能說長道短的，你們要多做工作。［構］聯合。［源］漢、崔瑗《座右銘》：『無道人之短，無說己之長。』

說三道四 ㄕㄨㄛ ㄙㄢ ㄉㄠˋ ㄙˋ shuō sān dào sì

說這說那，亂發議論。［例］我們尊重別國的主權，絕不在別國人民的選擇上說三道四。［構］聯合。［源］唐、宋若華《女論語・學禮》：『走遍鄉

村，說三道四。』

說一不二 ㄕㄨㄛ ㄧ ㄅㄨˋ ㄦˋ shuō yī bù èr
指說到做到，絕不變動。也作『說一是一，說二是二』。［例］他從來就是說一不二，敢於負責的，你儘管放心。［構］聯合。［同］言而有信

碩果僅存 ㄕㄨㄛˋ ㄍㄨㄛˇ ㄐㄧㄣˇ ㄘㄨㄣˊ shuò guǒ jǐn cún
僅僅存留下來的大果子。比喻經過世事變遷而存留下來的稀少可貴的人和成果。碩果：大果實。［例］敵機轟炸過後，他從廢墟裏扒出兩本修改了多年的手稿，這真是碩果僅存呵！［構］主謂。［源］《周易・剝》：『碩果不食。』

碩果纍纍 ㄕㄨㄛˋ ㄍㄨㄛˇ ㄌㄟˊ ㄌㄟˊ shuò guǒ léi léi
指結的大果子非常多。也比喻成績巨大。碩果：大果實。比喻巨大的成績。纍纍：形容積累極多。［例］研究所經過數年的深入研究，反覆實驗，如今已碩果纍纍。［構］主謂。

司空見慣 ㄙ ㄎㄨㄥ ㄐㄧㄢˋ ㄍㄨㄢˋ sī kōngjiàn guàn
原指司空看慣了已成為平淡的事。後指看慣了就不覺得新奇。司空：古代中央政府裏掌管工程的長官。［例］這種行為，在我們初來的東方人看來，覺得十分新鮮，但在他們卻已經司空見慣了。［構］主謂。［源］唐、孟棨《本事詩・情感》：『司空見慣渾閒事，斷盡江南刺史腸。』［同］習以為常

司馬昭之心，路人皆知 ㄙ ㄇㄚˇ ㄓㄠ ㄓ ㄒㄧㄣ ㄌㄨˋ ㄖㄣˊ ㄐㄧㄝ ㄓ sī mǎ zhāo zhī xīn lù rén jiē zhī
司馬昭為魏將軍，有篡帝位之心。後泛指人所共知的陰謀、野心。［例］司馬昭之心，路人皆知，你不要為他掩飾。［構］主謂。［源］晉、習鑿齒《漢晉春秋》。

絲絲入扣 ㄙ ㄙ ㄖㄨˋ ㄎㄡˋ sī sī rù kòu
織布時，每條經線都從扣齒間穿過。比喻周密細緻，一一合拍。多指文章或藝術表演。扣：同『筘』，織機附件之一，一般用鋼片排成梳齒狀，用來固定經線的密度和位置。［例］這個小品的情節安排得絲絲入扣，收到了極好的藝術效果。［構］主謂。

私設公堂 ㄙ ㄕㄜˋ ㄍㄨㄥ ㄊㄤˊ sī shè gōng táng
私下設置審訊場所。私：私下。公堂：舊指官吏審案的地方。［例］林彪、『四人幫』反革命集團對許多老幹部私設公堂，刑訊逼供，完全置黨紀國法於不顧。［構］動賓。

私淑弟子 ㄙ ㄕㄨ ㄉㄧˋ ㄗˇ sī shū dì zǐ
舊時對自己所敬仰的但又不能從學的前輩，自稱『私淑弟子』。後來指未親自授業的學生。私：私下。淑：善。［例］我沒有機會上大學，但向來自以爲是陳教授的私淑弟子。［構］偏正。［源］《孟子・離婁下》：『予未得爲孔子徒也，予私淑諸人也。』

私心雜念 ㄙ ㄒㄧㄣ ㄗㄚˊ ㄋㄧㄢˋ sī xīn zá niàn
不純正的個人想法或打算。［例］我們的集體，人人爲公，個個爭先，我的私心雜念也就少多了。［構］聯合。［反］公而忘私

思緒萬千 ㄙ ㄒㄩˋ ㄨㄢˋ ㄑㄧㄢ sī xù wàn qiān
指思想的頭緒極多。思緒：思想的頭緒。［例］我回到了闊別三十載的故鄉，物是人非，經不住思緒萬千。［構］主謂。［同］思潮起伏

斯文掃地 ㄙ ㄨㄣˊ ㄙㄠˇ ㄉㄧˋ sī wén sǎo dì
指文人備受摧殘或文化慘遭破壞。也指文人自甘墮落。斯文：指文化

或文人。掃地：比喻破壞無餘。也作『斯文委地』。［例］①在『四人幫』橫行的年頭，知識分子受盡迫害，文化遺產慘遭破壞，真是斯文掃地。②你作爲一位演員，竟做作出如此下流的事，真是斯文掃地。［構］主謂。［源］《論語・子罕》：『天之將喪斯文也，後死者不得與於斯文也。』

死不瞑目 ㄙˇ ㄅㄨˋ ㄇㄧㄥˊ ㄇㄨˋ sǐ bù míng mù

死了也合不上眼。指心中有放不下的事。多指目的未達到，死不甘心。瞑目：閉眼。［例］如果不能把這個實驗搞完，我是死不瞑目的。［構］連動。［源］《三國志・吳書・孫堅傳》。［反］心甘情願

死得其所 ㄙˇ ㄉㄜˊ ㄑㄧˊ ㄙㄨㄛˇ sǐ dé qí suǒ

死於合適的場所，得到應有的歸宿。指死得有價值，有意義。所：處所。［例］他已爲牧區建設鞠躬盡瘁，最後含笑長眠在大草原上，可謂死得其所了。［構］主謂。

死而後已 ㄙˇ ㄦˊ ㄏㄡˋ ㄧˇ sǐ ér hòu yǐ

死以後才停止。指奮鬥到死爲止。［例］從我入黨的時候起，就下定決心爲共產主義事業鞠躬盡瘁，死而後已。［構］偏正。［源］《論語・泰伯》：『死而後已，不亦遠乎。』

死而無悔 ㄙˇ ㄦˊ ㄨˊ ㄏㄨㄟˇ sǐ ér wú huǐ

就是死了也沒有怨悔。形容態度堅決坦然。也作『死而無怨』。［例］只要家鄉的父老兄弟能過上好日子，我就死而無悔。［構］覆。［源］《論語・述而》：『暴虎馮ㄆㄧㄥˊ[píng]河，死而無悔者，吾不與也。』

死灰復燃 ㄙˇ ㄏㄨㄟ ㄈㄨˋ ㄖㄢˊ sǐ huī fù rán

熄滅的火燼又重新燃燒起來。比喻已經消滅的勢力又重新活動或已經消失的壞現象又重新活躍。〔例〕殘餘的封建勢力，企圖死灰復燃，捲土重來。〔構〕主謂。〔源〕《史記・韓長孺列傳》：『死灰獨不復燃乎？』

死乞白賴 ㄙˇ ㄑㄧˇ ㄅㄞˊ ㄌㄞˋ sǐ qǐ bái lài

糾纏不休。指不達目的絕不罷手。〔例〕虧了他們仨人死乞白賴地拉住手，不然我非教訓這小子一頓不可。〔構〕補充（後綴）。

死氣沉沉 ㄙˇ ㄑㄧˋ ㄔㄣˊ ㄔㄣˊ sǐ qì chénchén

形容沒有一點生氣。有時也形容意志消沉，缺少活力。〔例〕①討論會上，死氣沉沉，發言的寥寥無幾。②自從小王走後，他整天愁眉苦臉，死氣沉沉。〔構〕主謂。〔反〕生龍活虎

死心塌地 ㄙˇ ㄒㄧㄣ ㄊㄚ ㄉㄧˋ sǐ xīn tā dì

打定主意，絕不猶豫。多含貶義。〔例〕這個死心塌地跟敵人幹壞事的傢伙，終於罪有應得，受到應有的懲罰。〔構〕聯合。

死有餘辜 ㄙˇ ㄧㄡˇ ㄩˊ ㄍㄨ sǐ yǒu yú gū

處以死刑也不能抵償他的罪過。形容罪大惡極。餘：剩餘。辜：罪。〔例〕這個嗜殺成性、十惡不赦的罪犯，真是死有餘辜。〔構〕覆。〔源〕《漢書・路溫舒傳》。

四大皆空 ㄙˋ ㄉㄚˋ ㄐㄧㄝ ㄎㄨㄥ sì dà jiē kōng

佛教用語，指宇宙間一切（包括人本身）都是空虛的（這是一種消極思想）。古代印度認爲地、水、火、風是構成宇宙的四種元素，稱爲『四大』。佛教則稱堅、濕、暖、動的性能爲『四大』，並認爲人身亦由此『四大』構成。因此

，『四大』有時也代稱人身。後一般用來表示塵念俱消，無牽無掛。［例］你可不能因爲受到了挫折就一蹶不振，產生四大皆空的思想。［構］主謂。［源］《四十二章經》二〇。

四分五裂 ㄙˋ ㄈㄣ ㄨˇ ㄌㄧㄝˋ sì fēn wǔ liè 分裂成許多塊。形容支離破碎，也指不完整或不統一。［例］在帝國主義的侵略和掠奪下，舊中國的河山四分五裂，人民生活在水深火熱之中。［構］聯合。［源］《戰國策・魏策一》。

四海昇平 ㄙˋ ㄏㄞˇ ㄕㄥ ㄆㄧㄥˊ sì hǎi shēng píng 天下太平。四海：指全國各地。昇平：太平［例］如今，四海昇平，萬民歡樂，一派欣欣向榮的景象。［構］主謂。［同］河清海晏

四海爲家 ㄙˋ ㄏㄞˇ ㄨㄟˊ ㄐㄧㄚ sì hǎi wéi jiā 原指天下都爲帝王所私有。現指以各處爲家，不戀故土、家庭。四海：指天下。爲：當作。［例］建築工人，四海爲家，哪裏需要，就在哪裏安營紮寨。［構］主謂。［源］《荀子・儒效》：『四海之內若一家。』

四海之內皆兄弟 ㄙˋ ㄏㄞˇ ㄓ ㄋㄟˋ ㄐㄧㄝ ㄒㄩㄥ ㄉㄧˋ sì hǎi zhī nèi jiē xiōng dì 天下人都親如兄弟。四海：指天下。皆：都。［例］四海之內皆兄弟，我們要加强和世界各國人民的往來。［構］主謂。［源］《論語・顏淵》。

四面楚歌 ㄙˋ ㄇㄧㄢˋ ㄔㄨˇ ㄍㄜ sì miàn chǔ gē 四面都是楚人的歌聲。比喻四面受敵，孤立無援，陷於絕境。楚：指古代楚國。［例］我們利用有利的地形，又調來幾支隊伍，使敵人陷於四面楚歌的

絕境，不得不繳械投降。［構］主謂。［源］《史記・項羽本紀》。

四平八穩 ㄙˋ ㄆㄧㄥˊ ㄅㄚ ㄨㄣˇ sì píng bā wěn

形容儀表端莊，舉止穩重。也形容說話、動作、行文很穩當而不偏激。有時也指處事平庸，不求進取。［例］①駱駝在戈壁灘上四平八穩地走著。②辯論會上，他的發言四平八穩，不夠犀利。［構］聯合。

四體不勤，五穀不分 ㄙˋ ㄊㄧˇ ㄅㄨˋ ㄑㄧㄣˊ ㄨˇ ㄍㄨˇ ㄅㄨˋ ㄈㄣ sì tǐ bù qín wǔ gǔ bù fēn

不參加勞動，連五穀都分辨不清。形容脫離生產勞動，缺乏生產知識。四體：四肢。五穀：稻、黍、稷、麥、菽；泛指糧食作物。［例］新時代，不需要四體不勤，五穀不分的知識分子，需要能文能武的勞動者。［構］覆。［源］《論語・微子》：『四體不勤，五穀不分，孰爲夫子？』

四通八達 ㄙˋ ㄊㄨㄥ ㄅㄚ ㄉㄚˊ sì tōng bā dá

指交通便利，暢通無阻。也形容溝通各個方面或各種關係。也作『四通五達』。［例］①鄭州站是個四通八達的鐵路樞紐。②四通八達的信息渠道，使工廠的生產和市場的需要緊密地聯繫起來。［構］聯合。［源］《史記・酈食其陸賈列傳》。

似曾相識 ㄙˋ ㄘㄥˊ ㄒㄧㄤ ㄕˊ sì céng xiāng shí

好像曾經見過。形容對人或事物不很陌生。識：認識。［例］古代漢語中的一些語匯，對學生來說，不少是『似曾相識』而未必了了，有些則是『素不相識』。［構］偏正。［源］宋、晏殊《珠玉詞・浣溪沙》：『似曾相識燕歸來』。［反］素昧平生 ［辨］『曾』不讀ㄗㄥ (zēng)。

似是而非 ㄙˋ ㄕˋ ㄦˊ ㄈㄟ sì shì ér fēi

好像是，卻並不是；好像對，卻並不對。是：對。非：不對。也作『類是而非』。[例]他所作的結論，使人感到似是而非。[構]覆。[源]《莊子・山木》：『似之而非也。』

駟馬難追 ㄙˋ ㄇㄚˇ ㄋㄢˊ ㄓㄨㄟ sì mǎ nán zhuī

一句話說出來，四匹馬拉的車也追不回來。駟：四匹馬駕的車。[例]說話是很重要的事，要考慮周到，因為『一言既出，駟馬難追呀！』[構]主謂。[源]《論語・顏淵》：『駟不及舌。』[同]言而有信 [反]言而無信 出爾反爾

肆無忌憚 ㄙˋ ㄨˊ ㄐㄧˋ ㄉㄢˋ sì wú jì dàn

指非常放肆，毫無顧忌和懼怕。肆：放肆。忌：顧慮。憚：怕。[例]對社會主義的敵對分子，我們越是寬容大量，他們越是肆無忌憚。[構]動賓。[源]《禮記・中庸》：『小人而無忌憚也。』[辨]『肆』不能寫成『肄』。

聳人聽聞 ㄙㄨㄥˇ ㄖㄣˊ ㄊㄧㄥ ㄨㄣˊ sǒng rén tīng wén

指故意說新奇、誇大的話，使人震驚。聳：聳動。[例]他興奮地說了些聳人聽聞的故事，同學們聽後目瞪口呆，既對他欽佩，又感到迷惑不解。[構]動賓。

送君千里，終有一別 ㄙㄨㄥˋ ㄐㄩㄣ ㄑㄧㄢ ㄌㄧˇ ㄓㄨㄥ ㄧㄡˇ ㄧˊ ㄅㄧㄝˊ sòng jūn qiān lǐ, zhōng yǒu yì bié

送別之辭，指無論送多遠，終歸是要離別的。君：尊稱，指對方，相當於『您』。[例]送君千里，終有一別，來年再會吧！[構]覆。

送往迎來 sòng wǎng yíng lái

送走離去的人，迎接到來的人。多指人事交往中的應酬接待。［例］在這旅遊高峰期，我們負責接待工作的人員，總是起早貪黑，送往迎來，忙得不亦樂乎！［構］聯合。［源］《禮記·中庸》。

搜索枯腸 sōu suǒ kū cháng

從枯竭的思路中反覆思索。形容竭力思索。多指創作。［例］他正在搜索枯腸，竭力想一句妥帖的話作爲文章的結尾。［構］動賓。［源］唐、盧仝《走筆謝孟諫議寄新茶》詩：『三椀（碗）搜枯腸。』

俗不可耐 sú bù kě nài

庸俗得使人難以忍受。耐：忍耐，忍受。［例］這種俗不可耐的廣告，竟然出現在熱鬧非凡的十字街頭。［構］主謂。

夙興夜寐 sù xīng yè mèi

早起晚睡。形容非常勤勞。夙：早。興：起。寐：睡眠。［例］他們兄弟倆，數月來夙興夜寐，終於完成了這一國內罕見的牙雕。［構］聯合。［源］《詩經·衛風·氓》：『夙興夜寐，靡有朝矣。』［同］起早貪黑

夙夜匪懈 sù yè fěi xiè

日夜勤勞不懈。夙：早。匪：同『非』，不。懈：鬆懈，懈怠。［例］爲了幫助地震災區人民重建家園，縣領導幹部深入千家萬戶，夙夜匪懈，達數月之久。［構］偏正。［源］《詩經·大雅·烝民》：「夙夜匪解(懈)，以事一人。」

肅然起敬 ㄙㄨˋ ㄖㄢˊ ㄑㄧˇ ㄐㄧㄥˋ sù rán qǐ jìng　嚴肅、恭敬地產生敬重的感情。肅然：恭敬的樣子。［例］當了解了她戰勝病魔的不平凡的經歷時，我不禁肅然起敬。［構］偏正。

素不相識 ㄙㄨˋ ㄅㄨˋ ㄒㄧㄤ ㄕˊ sù bù xiāng shí　向來不認識。素：向來。［例］雖然我倆素不相識，可談起話來卻很投機。［構］偏正。［源］《三國志・吳書・陸瑁傳》。［反］一見如故

素昧平生 ㄙㄨˋ ㄇㄟˋ ㄆㄧㄥˊ ㄕㄥ sù mèi píng shēng　向來互不了解。素：向來。昧：指不了解。平生：有生以來。也作『素昧生平』。［例］我和李老師素昧平生，卻得到她熱情的指點，使我久久不能忘懷。［構］動賓。［辨］『昧』不要讀作ㄨㄟˋ (wèi)，不要寫作『味』。

溯本求源 ㄙㄨˋ ㄅㄣˇ ㄑㄧㄡˊ ㄩㄢˊ sù běn qiú yuán　追尋根本，探求源頭。比喻尋根究底。溯：追尋。求：探索。［例］在學術問題上，他總是一絲不苟，溯本求源。［構］聯合。［辨］『溯』不讀作ㄙㄨㄛˋ (suò)。

酸甜苦辣 ㄙㄨㄢ ㄊㄧㄢˊ ㄎㄨˇ ㄌㄚˋ suān tián kǔ là　指各種味道。比喻人生的憂愁、美滿、痛苦、刺激等各種經歷和遭遇。［例］因爲嘗遍了酸甜苦辣，所以老李對一些問題的認識就比較全面、深刻。［構］聯合。［源］《鶡冠子・環流五》：『酸鹹甘苦之味相反，然其爲善均也。』

雖死猶生 ㄙㄨㄟ ㄙˇ ㄧㄡˊ ㄕㄥ suī sǐ yóu shēng　即使死了，也如同活著一樣。比喻精神不死。［例］劉胡蘭烈士爲人民解放事業英勇獻身，雖死猶生，她永遠活在我們心中。［構］覆。［源］《魏書

·咸陽王禧傳》。

隨波逐流 ㄙㄨㄟˊ ㄅㄛ ㄓㄨˊ ㄌㄧㄡˊ suí bō zhú liú

隨著波浪起伏，跟著流水漂蕩。比喻毫無主見，只是隨大流。隨：跟隨。逐：追趕。［例］當各種社會思潮紛至沓來時，我們要善於識別，不能隨波逐流，人云亦云。［構］連動。［源］《史記·屈原賈生列傳》：『舉世混濁，何不隨其流而揚其波？』［反］中流砥柱 ［辨］『波』不要讀作ㄆㄛ(pō)。

隨機應變 ㄙㄨㄟˊ ㄐㄧ ㄧㄥˋ ㄅㄧㄢˋ suí jī yìng biàn

隨著情況的變化，而採取相應的措施。機：時機。也作『隨時應變』。［例］小虎子很機智，善於隨機應變，他常爲游擊隊送信。［構］連動。［源］漢、東方朔《隱真論》：『隨時應變，與物俱化。』［辨］『應』不要讀作ㄧㄥ(yīng)。

隨聲附和 ㄙㄨㄟˊ ㄕㄥ ㄈㄨˋ ㄏㄜˋ suí shēng fù hè

跟著人家的聲音，依從附和。指自己沒有主見，跟著別人說。［例］他所談的並非事實，居然還有人隨聲附和，混淆了視聽。［構］連動。［源］宋、魏了翁《鶴山文集·直前奏六未喻及邪正二論》。［辨］『和』不要讀作ㄏㄜˊ(hé)。

隨心所欲 ㄙㄨㄟˊ ㄒㄧㄣ ㄙㄨㄛˇ ㄩˋ suí xīn suǒ yù

隨著自己的意思，想幹什麼就幹什麼。欲：想要。也作『從心所欲』。多用作貶義。［例］在集體宿舍裏，要遵守宿舍管理條例，若隨心所欲，就會影響別人。［構］動賓。［源］《論語·爲政》：『七十而從心所欲，不踰矩。』

隨遇而安 ㄙㄨㄟˊ ㄩˋ ㄦˊ ㄢ suí yù ér ān

在任何環境中都能安然自得，遇到任何事情都能泰然處之。形容滿足現狀。遇：境遇。安：安寧，心安。［例

」有的人年老後，便一改過去不苟且、不遷就的作風，對事情大都委曲求全，隨遇而安。［構］覆。

歲寒知松柏 ㄙㄨㄟˋ ㄏㄢˊ ㄓ ㄙㄨㄥ ㄅㄞˇ suì hán zhī sōng bǎi
嚴冬才能知道松柏不畏寒。比喻在艱苦的條件下，才能知道誰具有高尚的精神品質。也作『歲寒松柏』。［例］歲寒知松柏，危難困苦的環境考驗人啊！［構］覆。［源］《論語・子罕》：『歲寒，然後知松柏之後凋也。』

歲月如流 ㄙㄨㄟˋ ㄩㄝˋ ㄖㄨˊ ㄌㄧㄡˊ suì yuè rú liú
時間像流水一樣飛快地消逝了。歲月：時光。流：流水。［例］我們應該趁年輕的時候珍惜分分秒秒，不要到老了，再慨嘆『歲月如流』。［構］主謂。［源］南朝（陳）、徐陵《與齊尚書僕射楊遵彥書》：『歲月如流，平生何幾？』

損人利己 ㄙㄨㄣˇ ㄖㄣˊ ㄌㄧˋ ㄐㄧˇ sǔn rén lì jǐ
損害別人，使自己得到好處。也作『利己損人』。［例］我們反對損人利己的哲學，提倡『人人爲我，我爲人人』的處世原則。［構］聯合。［源］漢、劉向《新序・雜事》：『諺曰：「厚者不損人以自益，仁者不危軀以要名。」』

縮手縮腳 ㄙㄨㄛ ㄕㄡˇ ㄙㄨㄛ ㄐㄧㄠˇ suō shǒu suō jiǎo
指舒展不開手腳，也形容不敢放手做事。也作『束手束腳』。［例］我們在一項新的工作面前，既不要盲目從事，也不要縮手縮腳。［構］聯合。

所答非所問 ㄙㄨㄛˇ ㄉㄚˊ ㄈㄟ ㄙㄨㄛˇ ㄨㄣˋ suǒ dá fēi suǒ wèn
回答的內容對不上所問的問題。也作『答非所問』。［例］在答辯會上，他竟然所答非所問，使在場的人都覺得十分奇怪。［構］主謂。

所剩無幾 ㄙㄨㄛˇ ㄕㄥˋ ㄨˊ ㄐㄧˇ suǒ shèng wú jǐ

剩下的沒有幾個（多少）。也作『所餘無幾』。［例］前天你送來的蘋果，到現在已所剩無幾了。［構］主謂。［源］宋、趙普《雍熙三年請班師》（見《宋文鑑》）：『蓋以暮景殘光，所餘無幾。』

所向披靡 ㄙㄨㄛˇ ㄒㄧㄤˋ ㄆㄧ ㄇㄧˇ suǒ xiàng pī mǐ

風吹到的地方，草木隨之倒伏。比喻力量所到之處，敵人望風潰敗或障礙都被清除。披靡：草木隨風倒伏的樣子。［例］人民革命的聲勢之浩大，威力之猛烈，簡直是所向披靡。［構］主謂。［源］《後漢書・賈復傳》：『（賈復）於是先登，所向皆靡，賊乃敗走。』［辨］『靡』不要寫成『糜』。

所向無敵 ㄙㄨㄛˇ ㄒㄧㄤˋ ㄨˊ ㄉㄧˊ suǒ xiàng wú dí

指向的地方，沒有敵手。形容勢不可當。［例］只要緊緊地依靠人民群衆，我們就能所向無敵。［構］主謂。［源］三國（蜀）、諸葛亮《心書》：『善將者因天之時，就地之勢，依人之利，則所向無敵。』

索然無味 ㄙㄨㄛˇ ㄖㄢˊ ㄨˊ ㄨㄟˋ suǒ rán wú wèi

形容枯燥呆板，毫無趣味或意味。索然：沒有興致的樣子。也作『索然寡味』。［例］他一作報告，總是那麼幾點，久而久之，聽起來便覺得索然無味。［構］偏正。

T

他山之石，可以攻玉 tā shān zhī shí, kě yǐ gōng yù

別的山上的石頭，可用來琢磨加工玉器。原比喻別國的賢才可用來治理本國，後比喻借助外力來開闊眼界、糾正過失。攻：琢磨、加工。［例］他山之石，可以攻玉，別人的學習經驗，可以作爲自己學習時的借鑑。［構］主謂。［源］《詩經・小雅・鶴鳴》。

太公釣魚，願者上鉤 tài gōng diào yú, yuàn zhě shàng gōu

比喻心甘情願上圈套。太公：姜太公，名尚，字子牙，幫助武王伐紂的功臣。［例］太公釣魚，願者上鉤，如果你不願意幹，我也不會勉强你。［構］覆。［源］晉、苻朗《苻子・方外》（見《太平御覽》）。

太平盛世 tài píng shèng shì

指安定、興盛的治世。太平：指社會平安，安寧。盛世：指社會興盛。［例］『講到今日之下，大爺，你生在這太平盛世，又正當有爲之年，……』（《兒女英雄傳》）［構］偏正。［源］明、沈德符《萬曆野獲編・章楓山封事》。

泰然自若 tài rán zì ruò

遇到非常情況時，能保持沉著、鎮定。泰然：鎮定的樣子。自若：不改常態。［例］困難壓不倒他，越困難，他的態度就越顯得泰然自若。［構］偏正。［同］悠然自得 ［反］魂飛魄散 驚慌失措

泰山北斗 tài shān běi dǒu

比喻深孚衆望、爲人景仰的人。泰山：五岳之首。北斗：大熊星座，最亮。［例］達爾文是科學發展史上的泰

山北斗。〔構〕聯合。〔源〕《新唐書・韓愈傳贊》：『學者仰之如泰山、北斗云。』

貪大求全 ㄊㄢ ㄉㄚˋ ㄑㄧㄡˊ ㄑㄩㄢˊ tān dà qiú quán

指不依據實際情況，盲目追求大而全的作法。含貶義。〔例〕我國是一個發展中的國家，貪大求全地辦企業的方針是不可取的。〔構〕聯合。

貪得無厭 ㄊㄢ ㄉㄜˊ ㄨˊ ㄧㄢˋ tān dé wú yàn

貪心沒有滿足的時候。厭：滿足。也作『貪婪無厭』。〔例〕資本家貪得無厭，即使成了百萬富翁，也仍要殘酷地壓榨工人。〔構〕補充。〔源〕《左傳・昭公二十八年》：『貪婪無厭，忿類無期。』〔同〕得隴望蜀。

貪多務得 ㄊㄢ ㄉㄨㄛ ㄨˋ ㄉㄜˊ tān duō wù dé

原指學習、鑽研面廣，務求更多地獲取知識。後泛指貪心不足。務：務必，必定。〔例〕『敵人是好大喜功，貪多務得的。』（郭沫若《洪波曲》）〔構〕聯合。〔源〕唐、韓愈《進學解》：『貪多務得，細大不捐。』

貪官污吏 ㄊㄢ ㄍㄨㄢ ㄨ ㄌㄧˋ tān guān wū lì

貪贓枉法、欺壓百姓的官吏。也作『贓官污吏』。〔例〕揭露貪官污吏的罪行，是歷代文學作品的重要內容之一。〔構〕聯合。

貪生怕死 ㄊㄢ ㄕㄥ ㄆㄚˋ ㄙˇ tān shēng pà sǐ

貪戀生存，懼怕死亡。形容爲了活命而失去做人的準則。貪：貪戀。也作『貪生畏死』。〔例〕在爲正義事業的鬥爭中，絕不能貪生怕死，而要一往無前。〔構〕聯合。〔源〕《漢書・文三王傳》：『貪生畏死。』

貪天之功 ㄊㄢ ㄊㄧㄢ ㄓ ㄍㄨㄥ tān tiān zhī gōng

把天的功勞說成是自己的力量。後比喻把別人的功勞或成就竊爲己有。貪：貪圖。天：指造物主。［例］這項科研成果不要署我的名，因我沒付出什麼勞動，不能貪天之功。［構］動賓。［源］《左傳・僖公二十四年》：『竊人之財，猶謂之盜，況貪天之功，以爲己力乎！』

貪污腐化 ㄊㄢ ㄨ ㄈㄨˇ ㄏㄨㄚˋ tān wū fǔ huà

利用職權，非法得到錢財，過著奢侈、糜爛的生活。［例］必須經常不斷地清除機關工作人員中的貪污腐化分子。［構］聯合。

貪贓納賄 ㄊㄢ ㄗㄤ ㄋㄚˋ ㄏㄨㄟˋ tān zāng nà huì

利用職權，貪污受賄。貪贓：利用職權非法占有財物。納：接受。［例］共產黨的幹部是全心全意爲人民服務的，不允許貪贓納賄。［辨］『贓』不要寫成『髒』。［構］聯合。

貪贓枉法 ㄊㄢ ㄗㄤ ㄨㄤˇ ㄈㄚˇ tān zāng wǎng fǎ

利用職權貪污受賄，違法亂紀。枉法：歪曲和破壞法律。［例］舊社會的官吏貪贓枉法，老百姓有冤無處伸。［構］聯合。

曇花一現 ㄊㄢˊ ㄏㄨㄚ ㄧ ㄒㄧㄢˋ tán huā yī xiàn

比喻人或事物一出現，就很快地消逝了。曇花：梵語『優曇鉢花』的簡稱，此花開放時間極短，多在夜間，花美而香。［例］一位長輩告誡他，不要做『曇花一現』式的人物。［構］主謂。［源］《妙法蓮華經・方便品第二》。［同］好景不長

談虎色變 ㄊㄢˊ ㄏㄨˇ ㄙㄜˋ ㄅㄧㄢˋ tán hǔ sè biàn
被老虎咬過的人，一聽人談起老虎來，嚇得臉色立刻就變了。比喻一提到可怕的事就情緒緊張起來。［例］一提到游擊隊長李向陽的名字，日本鬼子就很驚恐，真是談虎色變。［構］覆。［源］《二程全書·遺書二上》。

談笑風生 ㄊㄢˊ ㄒㄧㄠˋ ㄈㄥ ㄕㄥ tán xiào fēng shēng
形容談話興致高，氣氛活躍，又有風趣。風：風趣。［例］多年未見的老同學聚會，大家在一起談笑風生。［構］主謂。［源］宋、辛棄疾《念奴嬌·贈夏成玉》：『談笑風生頰。』［辨］『生』不能寫成『聲』。

彈冠相慶 ㄊㄢˊ ㄍㄨㄢ ㄒㄧㄤ ㄑㄧㄥˋ tán guān xiāng qìng
撣去帽子上的灰塵互相慶賀。比喻準備做官而互相慶賀。多用於貶義。［例］他以陰謀手段奪取了大權，他的同夥彈冠相慶。但好景不長，他終於被押上了歷史的審判台。［構］偏正。［辨］『彈』不能讀成ㄉㄢˋ(dàn)。

彈指之間 ㄊㄢˊ ㄓˇ ㄓ ㄐㄧㄢ tán zhǐ zhī jiān
形容時間短暫。彈指：『一彈指』的省略語，按佛經說法，二十念為一瞬，二十瞬為一彈指。［例］丁老師退休了，彈指之間他已為教育事業工作了四十年。［構］偏正。［源］晉、謝敷《安般守意經序》。［辨］『彈』不能讀作ㄉㄢˋ(dàn)。

忐忑不安 ㄊㄢˇ ㄊㄜˋ ㄅㄨˋ ㄢ tǎn tè bù ān
心裏安定不下來。忐忑：心神不定。［例］他考試成績不好，怕挨家長的批評，回家的路上心裏一直忐忑不安。［構］偏正。［同］七上八下　惴惴不安　［反］心安理得

嘆為觀止 ㄊㄢˋ ㄨㄟˊ ㄍㄨㄢ ㄓˇ tàn wéi guān zhǐ 稱讚所見的事物已達到盡善盡美的程度。觀止：所見的事物好到了極點。〔例〕看了齊白石先生的畫展，令人不禁嘆為觀止。〔構〕動賓。〔源〕《左傳·襄公二十九年》。〔辨〕『為』不能讀成ㄨㄟˋ(wèi)。

探囊取物 ㄊㄢˋ ㄋㄤˊ ㄑㄩˇ ㄨˋ tàn náng qǔ wù 手伸到口袋中取東西。比喻辦某件事情輕而易舉。探：手伸進去拿。囊：袋子。〔例〕下河摸魚，對我來說有如探囊取物。〔構〕連動。〔源〕《新五代史·南唐世家》：『取江南如探囊中物爾。』〔同〕易如反掌

探頭探腦 ㄊㄢˋ ㄊㄡˊ ㄊㄢˋ ㄋㄠˇ tàn tóu tàn nǎo 伸著頭張望、窺視。探：伸。〔例〕村裏新來了位女教師，孩子們懷著好奇心探頭探腦地向屋裏張望。〔構〕聯合。

探賾索隱 ㄊㄢˋ ㄗㄜˊ ㄙㄨㄛˇ ㄧㄣˇ tàn zé suǒ yǐn 古人迷信，認為占卜能助人探索幽深、隱祕的道理。後泛指探究深奧的道理或隱祕的事跡。賾：深奧。〔例〕這部書稿是老教授對《易經》探賾索隱一輩子的成果。〔構〕聯合。〔源〕《周易·繫辭上》：『探賾索隱，鉤深致遠。』

堂堂正正 ㄊㄤˊ ㄊㄤˊ ㄓㄥˋ ㄓㄥˋ táng táng zhèng zhèng 原指陣容盛大。後形容光明正大。也形容人的身材威武，儀表出眾。堂堂：強大威武。正正：嚴肅整齊。〔例〕①我們要認認真真地做事，堂堂正正地做人。②這個青年思想品質好，長得也堂堂正正。〔構〕聯合。〔源〕《孫子·軍爭》：『無邀正正之旗，勿擊堂堂之陳（陣）。』

糖衣炮彈 ㄊㄤˊ ㄧ ㄆㄠˋ ㄉㄢˋ táng yī pào dàn

裹著糖衣的炮彈。比喻腐蝕人時所採取的利誘拉攏等使人容易上鈎的手段。［例］有的同志不曾被拿槍的敵人征服，卻在糖衣炮彈面前打了敗仗。［構］偏正。

螳臂當車 ㄊㄤˊ ㄅㄧˋ ㄉㄤ ㄔㄜ táng bì dāng chē

螳螂舉起臂膀，想把車擋住。比喻做事自不量力，必然招致失敗。當：阻擋。［例］任何人想使歷史的車輪倒轉，都無異於螳臂當車。［構］主謂。［源］《莊子・人間世》：『汝不知夫螳螂乎？怒其臂以當車轍，不知其不勝任也。』［同］以卵擊石 ［反］泰山壓卵

螳螂捕蟬，黃雀在後 ㄊㄤˊ ㄌㄤˊ ㄅㄨˇ ㄔㄢˊ ㄏㄨㄤˊ ㄑㄩㄝˋ ㄗㄞˋ ㄏㄡˋ táng láng bǔ chán huáng què zài hòu

螳螂捕蟬，卻不料黃雀在後面正要啄它。比喻目光短淺的人只看到眼前利益，卻不知禍患就在後面。［例］一條小魚吞下了小蝦，卻不知螳螂捕蟬，黃雀在後，一條大魚正要把它當作食物呢！［構］覆。［源］《莊子・山木》。

滔滔不絕 ㄊㄠ ㄊㄠ ㄅㄨˋ ㄐㄩㄝˊ tāo tāo bù jué

形容話很多，連續不斷。滔滔：波浪滾滾。絕：完結。也作『滔滔不竭』。［例］老王一講起他那九死一生的經歷來，就滔滔不絕。［構］偏正。

逃之夭夭 ㄊㄠˊ ㄓ ㄧㄠ ㄧㄠ táo zhī yāo yāo

原爲『桃之夭夭』。形容桃樹枝葉繁茂，桃花盛開。因『桃』與『逃』諧音，後人改『桃』爲『逃』，意爲逃得遠遠的（含有詼諧意味）。［例］那個罪犯雖逃之夭夭了，但法網恢恢，終會將他捉拿歸案的。［構］特・主謂。［源］《詩經・周南・桃夭》：『桃之夭夭，灼灼其華。』

桃紅柳綠 ㄊㄠˊ ㄏㄨㄥˊ ㄌㄧㄡˇ ㄌㄩˋ táo hóng liǔ lǜ

桃花嫣紅，柳葉碧綠。形容春天景色絢麗多彩。[例]陽春三月，北國仍是冰天雪地，而南國早已桃紅柳綠了。[構]聯合。[源]唐、王維《田園樂》：『桃紅覆含宿雨，柳綠更帶春煙。』

桃李不言，下自成蹊 ㄊㄠˊ ㄌㄧˇ ㄅㄨˋ ㄧㄢˊ ㄒㄧㄚˋ ㄗˋ ㄔㄥˊ ㄒㄧ táo lǐ bù yán, xià zì chéng xī

桃李樹本不會講話，但其花、果吸引眾人，樹下自會走出路來。比喻品德高尚的人自然會受到尊重。[例]戎冠秀雖然住在山區，但記者總是絡繹不絕，真是桃李不言，下自成蹊呵！[構]覆。[源]《史記・李將軍列傳贊》。

桃李滿天下 ㄊㄠˊ ㄌㄧˇ ㄇㄢˇ ㄊㄧㄢ ㄒㄧㄚˋ táo lǐ mǎn tiān xià

比喻培養出來的學生多，遍布各地。也作『桃李遍天下』。[例]桃李滿天下，這是丁老師的心願。[構]主謂。[源]唐、白居易《春和令公綠野堂種花》：『令公桃李滿天下，何用堂前更種花。』

騰雲駕霧 ㄊㄥˊ ㄩㄣˊ ㄐㄧㄚˋ ㄨˋ téng yún jià wù

神話裏描寫神仙、妖魔或得道的人可以乘著雲霧在空中飛行。後也用以形容人在身體、精神不濟時的恍惚狀態。[例]昨晚看書至深夜，今天聽課時老打瞌睡，有騰雲駕霧之感。[構]聯合。

提綱挈領 ㄊㄧˊ ㄍㄤ ㄑㄧㄝˋ ㄌㄧㄥˇ tí gāng qiè lǐng

抓起魚網的總繩，提起衣服的領子。比喻簡明扼要，能抓住要害。綱：魚網的總繩。挈：提。[例]老丁講話提綱挈領，會場裏鴉雀無聲。[構]聯合。[源]《韓非子・外儲說右下》：『善張網者引其綱，不一一攝萬目而後得。』《荀子・勸學》：『若挈裘領，詘五指而頓之，順者不可勝數也。』

啼飢號寒 ㄊㄧˊ ㄐㄧ ㄏㄠˊ ㄏㄢˊ tí jī háo hán

因受飢餓寒冷的折磨而哭喊。形容生活極端困苦。啼：哭。號：叫。[例]舊社會，人民啼飢號寒，生活非常困苦。[構]聯合。[源]唐、韓愈《進學解》：『冬暖而兒號寒，年豐而妻啼飢。』[同]飢寒交迫 [辨]『號』不能讀成ㄏㄠˋ(hào)。

啼笑皆非 ㄊㄧˊ ㄒㄧㄠˋ ㄐㄧㄝ ㄈㄟ tí xiào jiē fēi

哭也不是，笑也不是。形容人處境尷尬，哭笑不得。[例]他的文章思想混亂，文字不通，竟還在大庭廣衆中大談他的創作經驗，真令人啼笑皆非。[構]主謂。[同]哭笑不得

體貼入微 ㄊㄧˇ ㄊㄧㄝ ㄖㄨˋ ㄨㄟ tǐ tiē rù wēi

形容對人的關心照顧非常細緻周到。[例]李老師在學習上對學生嚴格要求，在生活上對學生體貼入微。[構]補充。[反]漠不關心

體無完膚 ㄊㄧˇ ㄨˊ ㄨㄢˊ ㄈㄨ tǐ wú wán fū

全身沒有一塊好的皮膚。形容渾身是傷。現也比喻論點被駁得一無是處或文章被改得很多。[例]①戰士王剛雖被敵人打得體無完膚，但仍堅貞不屈。②他的發言，大家不以爲然，因這種論調早已被駁得體無完膚。[構]主謂。[源]唐、段成式《酉陽雜俎》：『遍身圖刺，體無完膚。』[同]遍體鱗傷 皮開肉綻

天打雷轟 ㄊㄧㄢ ㄉㄚˇ ㄌㄟˊ ㄏㄨㄥ tiān dǎ léi hōng

舊時迷信認爲犯有大罪的人，爲天地不容，會受上天懲罰，被雷擊死。人們發誓、賭咒時，常用此語。也作『天打雷劈』。[例]他發誓：『我要撒謊，就讓天打雷轟。』[構]聯合。

偏正。［源］《戰國策・秦策一》。

天翻地覆 ㄊㄧㄢ ㄈㄢ ㄉㄧˋ ㄈㄨˋ tiān fān dì fù　天地顛倒了個兒。形容變化極大。有時也形容鬧得很凶。［例］①解放以來，我國發生了天翻地覆的變化。②出現了問題，要平心靜氣地解決，不要吵得天翻地覆的。［構］聯合。

天方夜譚 ㄊㄧㄢ ㄈㄤ ㄧㄝˋ ㄊㄢˊ tiān fāng yè tán　阿拉伯民間故事集《一千零一夜》的舊譯名。該故事集是用一個聰明的女郎每夜給殘暴的波斯國王講一個故事的方式串起來的。後形容荒誕離奇不可相信的說法。天方：指阿拉伯地區。譚：同『談』。［例］啞巴也能說話，這已不是天方夜譚。［構］偏正。

天府之國 ㄊㄧㄢ ㄈㄨˇ ㄓ ㄍㄨㄛˊ tiān fǔ zhī guó　指自然條件優越、物產豐富的地方。現多指我國四川省。［例］四川省被稱爲天府之國是名副其實的。［構］偏正。［源］《戰國策・秦策一》。

天高地厚 ㄊㄧㄢ ㄍㄠ ㄉㄧˋ ㄏㄡˋ tiān gāo dì hòu　形容非常深厚。也比喻事物複雜、艱巨。［例］①勞苦大衆一輩子也忘不了共產黨天高地厚的恩情。②小王不知天高地厚，處理問題很自以爲是。［構］聯合。［源］《詩經・小雅・正月》。

天寒地凍 ㄊㄧㄢ ㄏㄢˊ ㄉㄧˋ ㄉㄨㄥˋ tiān hán dì dòng　形容天氣非常寒冷。［例］北大荒人不畏天寒地凍，硬是憑著自己的雙手開墾出一片片良田。［構］聯合。

天花亂墜 ㄊㄧㄢ ㄏㄨㄚ ㄌㄨㄢˋ ㄓㄨㄟˋ tiān huā luàn zhuì　佛教傳說雲光法師講經感動上天，天花紛紛散落下來。現比喻言語動聽而不切實際。含貶義。［例］有些廣告說得天花亂墜，使人難以相信。［構］主謂。［源］宋、釋道原《景德傳燈錄・卷十五》：『講得天華（花）亂墜。』

天經地義 ㄊㄧㄢ ㄐㄧㄥ ㄉㄧˋ ㄧˋ tiān jīng dì yì
指天地間長久不變的道理。形容絕對正確，理所當然。［例］在資本主義社會中，資本家剝削工人的剩餘價值，被認爲是天經地義的。［構］聯合。［源］《左傳・昭公二十五年》：『夫禮，天之經也，地之義也。』［同］毋庸置疑

天朗氣清 ㄊㄧㄢ ㄌㄤˇ ㄑㄧˋ ㄑㄧㄥ tiān lǎng qì qīng
天空晴朗，空氣清新。朗：明亮。［例］今日天朗氣清，很多老人都出來散步。［構］聯合。［源］晉、王羲之《蘭亭集序》。［反］天昏地暗

天理昭彰 ㄊㄧㄢ ㄌㄧˇ ㄓㄠ ㄓㄤ tiān lǐ zhāozhāng
迷信說法，認爲天能分辨善惡，主持公道，會給善惡以相應的報應。天理：天道。昭彰：明顯、顯著。［例］『一路上看的百姓，男男女女，人千人萬，哪一個不說是天理昭彰，報應不爽。』（《說岳全傳》）［構］主謂。

天倫之樂 ㄊㄧㄢ ㄌㄨㄣˊ ㄓ ㄌㄜˋ tiān lún zhī lè
指家族骨肉在一起團聚的歡樂。天倫：原指兄先弟後，天然倫次，故稱兄弟爲天倫，後泛指父母、兄弟等天然的親屬關係。［例］一些僑胞回國定居，安度晚年，充分享受著天倫之樂。［構］偏正。［源］唐、李白《春夜宴從弟桃花園序》：『會桃李之芳園，序天倫之樂事。』

天羅地網 ㄊㄧㄢ ㄌㄨㄛˊ ㄉㄧˋ ㄨㄤˇ tiān luó dì wǎng
把天作羅，把地作網。比喻對違法亂紀的人到處都在嚴密防範。羅：捉鳥的網。網：捕魚的網。［例］犯罪分子逃不出人民的天羅地網，坦白自首是他們的唯一出路。［構］聯合。

天馬行空 ㄊㄧㄢ ㄇㄚˇ ㄒㄧㄥˊ ㄎㄨㄥ tiān mǎ xíng kōng

神馬騰空飛奔。比喻才思縱橫，豪放不羈。天馬：漢朝時對西域大宛馬的稱呼，意爲神馬。行空：騰空奔馳。［例］這位少年書法家在衆目睽睽之下表演，揮灑自如，猶如天馬行空。［構］主謂。［源］晉、郭璞《北山經圖贊·天馬》。

天南地北 ㄊㄧㄢ ㄋㄢˊ ㄉㄧˋ ㄅㄟˇ tiān nán dì běi

一個天南，一個地北。形容分離兩地，相隔很遠。也形容地區各不相同或範圍很廣。也作『天南海北』。［例］遇見了多年未見的老朋友，便天南地北地聊了起來。［構］聯合。［同］天涯海角［反］近在咫尺

天壤之別 ㄊㄧㄢ ㄖㄤˇ ㄓ ㄅㄧㄝˊ tiān rǎng zhī bié

形容差別極大。天壤：天上和地下。也作『天淵之別』。［例］寂靜的山村與喧囂的城市相比，真有天壤之別。［構］偏正。［源］晉、葛洪《抱朴子·論仙》。

天生麗質 ㄊㄧㄢ ㄕㄥ ㄌㄧˋ ㄓˋ tiān shēng lì zhì

天生秀麗的姿質（對聰明美麗女子的讚美之詞）。［例］王燕是天生麗質，學習又好，深受大家喜愛。［構］偏正。［源］唐、白居易《長恨歌》：『天生麗質難自棄，一朝選在君王側。』

天時地利人和 ㄊㄧㄢ ㄕˊ ㄉㄧˋ ㄌㄧˋ ㄖㄣˊ ㄏㄜˊ tiān shí dì lì rén hé

自然氣候條件好，地形、地物條件有利，人們也能和睦相處。指作戰時所占有的各種有利條件。後泛指條件、環境都非常有利。［例］紅隊在主場與黃隊進行足球賽，占了天時地利人和之便，結果戰勝了與其實力相當的黃隊。［構］聯合。［源］《孟子·公孫丑下》：『天時不如地利，地利不如人和。』

天隨人願 ㄊㄧㄢ ㄙㄨㄟˊ ㄖㄣˊ ㄩㄢˋ tiān suí rén yuàn

上天也順從人的願望。指辦事順利，合乎心意。隨：順從。也作『天從人願』。[例]沒想到只用了半小時就成交了這筆生意，真是天隨人願。[構]主謂。

天網恢恢，疏而不漏 ㄊㄧㄢ ㄨㄤˇ ㄏㄨㄟ ㄏㄨㄟ ㄕㄨ ㄦˊ ㄅㄨˋ ㄌㄡˋ tiān wǎng huī huī shū ér bù lòu

天道如寬闊的大網，看起來稀疏，卻不會有遺漏。後形容做壞事的人不能逃脫法律的制裁。[例]天網恢恢，疏而不漏，公安人員只用了兩天就抓住了這個持槍在逃犯。[構]覆。[源]《老子》：『天網恢恢，疏而不失。』

天無絕人之路 ㄊㄧㄢ ㄨˊ ㄐㄩㄝˊ ㄖㄣˊ ㄓ ㄌㄨˋ tiān wú jué rén zhī lù

上天不會使人走投無路。比喻人能出乎意料地擺脫困境。絕：斷。[例]真是天無絕人之路，正當我渴得難忍時，忽然發現岩石縫中流出一小股清泉。[構]主謂。

天下第一 ㄊㄧㄢ ㄒㄧㄚˋ ㄉㄧˋ ㄧ tiān xià dì yī

普天下最突出的一個。形容再也沒有能比得上的了。[例]桂林山水，堪稱天下第一。[構]偏正。[源]《史記·賈誼傳》：『聞河南守吳公治平爲天下第一。』

天下爲公 ㄊㄧㄢ ㄒㄧㄚˋ ㄨㄟˊ ㄍㄨㄥ tiān xià wéi gōng

天下是大家公有的。原指不把君位當成一家的私有物。後指國家的一切都屬於人民。[例]魯迅的小說《藥》中的夏瑜，把天下爲公當作自己的政治理想，他認爲『這大清的天下是我們大家的』。[構]主謂。[源]《禮記·禮運》：『大道之行也，天下爲公。』

天涯海角 ㄊㄧㄢ ㄧㄚˊ ㄏㄞˇ ㄐㄧㄠˇ tiān yá hǎi jiǎo 形容遙遠偏僻的地方。涯：邊際。也作『天涯地角』、『海角天涯』。［例］工作在天涯海角，雖很艱苦，但苦中有樂。［構］聯合。［源］南朝（陳）、徐陵《武皇帝作相時與嶺南酋豪書》：『天涯藐藐，地角悠悠。言面無由，但以情企。』［同］天南地北 ［反］近在咫尺

天涯若比鄰 ㄊㄧㄢ ㄧㄚˊ ㄖㄨㄛˋ ㄅㄧˇ ㄌㄧㄣˊ tiān yá ruò bǐ lín 指與知心朋友雖相距很遠，但彼此的情感仍連在一起。比鄰：近鄰。［例］天涯若比鄰，小紅雖遠渡重洋，但與小蘭的友誼仍是那樣熱烈、真摯。［構］主謂。［源］唐、王勃《杜少府之任蜀州》：『海內存知己，天涯若比鄰。』

天衣無縫 ㄊㄧㄢ ㄧ ㄨˊ ㄈㄥˋ tiān yī wú fèng 天仙的衣服沒有縫兒。比喻事物完美，無可挑剔。［例］李工程師的這份設計，專家們認爲很好，簡直是天衣無縫。［構］主謂。［同］渾然一體

天有不測風雲 ㄊㄧㄢ ㄧㄡˇ ㄅㄨˋ ㄘㄜˋ ㄈㄥ ㄩㄣˊ tiān yǒu bù cè fēng yún 本指天氣變化使人無法預測。後比喻人常會遇到預想不到的災禍或事情。常與『人有旦夕禍福』連用。［例］新產品的試製工作已到最後階段，誰知天有不測風雲，組內三位同志相繼病了，任務未能如期完成。［構］主謂。

天災人禍 ㄊㄧㄢ ㄗㄞ ㄖㄣˊ ㄏㄨㄛˋ tiān zāi rén huò 指自然災害和人爲的災禍。［例］雖遇到了天災人禍，但全村的農民還是硬闖過來了。［構］聯合。

天真爛漫 ㄊㄧㄢ ㄓㄣ ㄌㄢˋ ㄇㄢˋ tiān zhēn làn màn
形容純真自然，不虛偽做作（多指少年兒童）。爛漫：坦率自然的樣子。〔例〕無論是白髮蒼蒼的老人還是天真爛漫的兒童，都喜歡看魔術表演。〔構〕聯合。

天誅地滅 ㄊㄧㄢ ㄓㄨ ㄉㄧˋ ㄇㄧㄝˋ tiān zhū dì miè
形容為天地所不容。誅：殺死。〔例〕小王握住小張的手說：『一言為定，誰要違約，天誅地滅。』〔構〕聯合。

添油加醋 ㄊㄧㄢ ㄧㄡˊ ㄐㄧㄚ ㄘㄨˋ tiān yóu jiā cù
添加油、醋等作料調和味道。比喻敘述事情或傳話時，隨意誇張渲染，添加內容。〔例〕哥哥犯了錯誤，媽媽很生氣，經弟弟添油加醋一形容，媽媽火氣更大了。〔構〕聯合。〔同〕添枝加葉

添枝加葉 ㄊㄧㄢ ㄓ ㄐㄧㄚ ㄧㄝˋ tiān zhī jiā yè
在畫好的樹幹上添些枝葉。比喻誇大事實，任意增加情節。也作『有枝添葉』。〔例〕指出別人的問題要實事求是，切不可添枝加葉。〔構〕聯合。〔同〕添油加醋

添磚加瓦 ㄊㄧㄢ ㄓㄨㄢ ㄐㄧㄚ ㄨㄚˇ tiān zhuān jiā wǎ
比喻竭盡微薄的力量，為社會多做一點工作。〔例〕我學成回國後，一定努力工作，為祖國社會主義建設添磚加瓦，做出自己應有的貢獻。〔構〕聯合。

恬不知恥 ㄊㄧㄢˊ ㄅㄨˋ ㄓ ㄔˇ tián bù zhī chǐ
幹了壞事，心安理得地一點也不以為羞恥。恬：安然。〔例〕這個資本家常常得意地談起過去花天酒地的生活，真是恬不知恥。〔構〕偏正。〔源〕唐、馮贄《雲仙雜記》：『恬然不恥。』

田連阡陌 ㄊㄧㄢˊ ㄌㄧㄢˊ ㄑㄧㄢ ㄇㄛˋ tián lián qiān mò

指田地廣袤，接連不斷。阡陌：田地中間縱橫交錯的小路。也作『田連仟佰』。〔例〕『公子田連阡陌，地占半州，足跡不到所在，不知多少。』（《二刻拍案驚奇》）〔構〕主謂。〔源〕《漢書・食貨志》：『富者田連仟（阡）佰（陌），貧者亡（無）立錐之地。』〔反〕無立錐之地

甜言蜜語 ㄊㄧㄢˊ ㄧㄢˊ ㄇㄧˋ ㄩˇ tián yán mì yǔ

指說的話像蜜一樣甜。比喻為了討好或哄騙別人而說的悅耳、動聽的話。〔例〕領導幹部要堅持原則，不要被某些人的甜言蜜語軟化。〔構〕聯合。〔同〕花言巧語

挑肥揀瘦 ㄊㄧㄠ ㄈㄟˊ ㄐㄧㄢˇ ㄕㄡˋ tiāo féi jiǎn shòu

比喻挑挑揀揀，專門選對個人有利的。貶義。〔例〕只要是革命工作的需要，他都服從分配，從來不挑肥揀瘦。〔構〕聯合。〔辨〕『挑』不能讀成ㄊㄧㄠˇ(tiǎo)。

條分縷析 ㄊㄧㄠˊ ㄈㄣ ㄌㄩˇ ㄒㄧ tiáo fēn lǚ xī

一條條、一絲絲地去分析。比喻剖析得深入細緻，有條有理。縷：線。〔例〕這份報告條分縷析，令人信服。〔構〕聯合。

挑撥離間 ㄊㄧㄠˇ ㄅㄛ ㄌㄧˊ ㄐㄧㄢˋ tiǎo bō lí jiàn

搬弄是非，造成隔閡，破壞團結。離間：拆散，隔開。〔例〕挑撥離間是反動派破壞革命運動所用的手法之一。〔構〕聯合。〔同〕搬弄是非〔辨〕『間』不能讀成ㄐㄧㄢ(jiān)。

跳梁小丑 ㄊㄧㄠˋ ㄌㄧㄤˊ ㄒㄧㄠˇ ㄔㄡˇ tiào liáng xiǎo chǒu

指上竄下跳而沒有什麼本領的人。跳梁：也作『跳踉』，跳來跳去。

小丑：卑鄙小人。［例］跳梁小丑是沒有什麼好下場的。［構］偏正。［源］《莊子・逍遙遊》：『東西跳梁，不避高下。』

鐵案如山 ㄊㄧㄝˇ ㄢˋ ㄖㄨˊ ㄕㄢ tiě àn rú shān

證據確鑿的案件，像山那樣無法推翻。鐵案：證據確鑿的案件。［例］鐵案如山，罪犯想抵賴也抵賴不了。［構］主謂。

鐵面無私 ㄊㄧㄝˇ ㄇㄧㄢˋ ㄨˊ ㄙ tiě miàn wú sī

形容剛直公正，不畏權勢，不講情面。［例］鐵面無私的包公受到歷代人民的讚頌。［構］主謂。［同］大公無私［反］徇私舞弊

鐵石心腸 ㄊㄧㄝˇ ㄕˊ ㄒㄧㄣ ㄔㄤˊ tiě shí xīn cháng

心腸硬得像鐵和石一樣。形容人不易爲感情所打動。［例］即使是鐵石心腸，聽了老王敍述他在舊社會的悲慘遭遇也會落淚。［構］偏正。

聽其言而觀其行 ㄊㄧㄥ ㄑㄧˊ ㄧㄢˊ ㄦˊ ㄍㄨㄢ ㄑㄧˊ ㄒㄧㄥˊ tīng qí yán ér guān qí xíng

聽了他的話，還要看他的行動和說的是否一致。［例］他的就職演說不錯，但我們還應聽其言而觀其行。［構］覆。［源］《論語・公冶長》：『今吾於人也，聽其言而觀其行。』

聽任自流 ㄊㄧㄥ ㄖㄣˋ ㄗˋ ㄌㄧㄡˊ tīng rèn zì liú

任憑它自由發展，不過問。聽：任憑。也作『聽其自然』、『任其自然』。［例］要抓緊對青少年的教育，不能聽任自流。［構］動賓。

聽天由命 ㄊㄧㄥ ㄊㄧㄢ ㄧㄡˊ ㄇㄧㄥˋ tīng tiān yóu mìng

聽任天意和命運的安排，不作抗爭。由：順從。也作『聽天任命』。［例］要相信人定勝天，不能聽天由命。

[構]連動。[同]聽其自然　[反]謀事在人

聽之任之 ㄊㄧㄥ ㄓ ㄖㄣˋ ㄓ tīng zhī rèn zhī

由著事物自然發展，不過問，不干涉。[例]對錯誤言行，不能聽之任之，一定要進行批評。[構]聯合。

亭亭玉立 ㄊㄧㄥˊ ㄊㄧㄥˊ ㄩˋ ㄌㄧˋ tíng tíng yù lì

形容女子身材修長秀美。也形容花木挺拔美麗。亭亭：高聳的樣子。玉立：修長而美麗。[例]①舞台上這位亭亭玉立的姑娘是少數民族的歌手。②小船在亭亭玉立的荷花中間緩緩行進。[構]偏正。[源]唐、于邵《楊侍郎寫真贊》：『丹青寫似，亭亭玉立。』

停滯不前 ㄊㄧㄥˊ ㄓˋ ㄅㄨˋ ㄑㄧㄢˊ tíng zhì bù qián

停止不動，不向前進。[例]在工作中即使取得了很大成績，也絕不能驕傲自滿，否則，就會停滯不前。[構]補充。

挺身而出 ㄊㄧㄥˇ ㄕㄣ ㄦˊ ㄔㄨ tǐng shēn ér chū

形容遇到困難、危險時能勇敢地站出來。[例]地震的餘波還沒完全停止，村幹部老王就挺身而出，領導村民救災。[構]連動。[同]自告奮勇　[反]畏縮不前

鋌而走險 ㄊㄧㄥˇ ㄦˊ ㄗㄡˇ ㄒㄧㄢˇ tǐng ér zǒu xiǎn

指因無路可走而採取冒險行動。鋌：快走的樣子。[例]在舊社會，有的人被生活所迫鋌而走險。[構]連動。[源]《左傳・文公十七年》：『鋌而走險，急何能擇。』[辨]『鋌』不能讀作ㄊㄧㄥˊ(tíng)，不能寫成『挺』。

通風報信 ㄊㄨㄥ ㄈㄥ ㄅㄠˋ ㄒㄧㄣˋ tōng fēng bào xìn
暗中透露消息。風：風聲，消息。［例］給敵人通風報信的傢伙，得到了應有的懲罰。［構］聯合。

通力合作 ㄊㄨㄥ ㄌㄧˋ ㄏㄜˊ ㄗㄨㄛˋ tōng lì hé zuò
共同努力協作。［例］由於課題組的同志通力合作，這項科研任務順利地完成了。［構］偏正。

通情達理 ㄊㄨㄥ ㄑㄧㄥˊ ㄉㄚˊ ㄌㄧˇ tōng qíng dá lǐ
形容說話行事很懂道理。通、達：透徹地理解。［例］弟弟是通情達理的，跟他一說，他就痛痛快快地把心愛的書借給了我的同學。［構］聯合。

通俗易懂 ㄊㄨㄥ ㄙㄨˊ ㄧˋ ㄉㄨㄥˇ tōng sú yì dǒng
適合群衆水平，能爲大家接受。［例］王老師講課深入淺出，通俗易懂，深受學生歡迎。［構］聯合。

通宵達旦 ㄊㄨㄥ ㄒㄧㄠ ㄉㄚˊ ㄉㄢˋ tōng xiāo dá dàn
整整一夜到天亮。通宵：整夜。達旦：到天明。［例］爲了在年底前完成這項任務，同志們通宵達旦地工作著。［構］連動。［辨］『宵』不能寫成『霄』。

同病相憐 ㄊㄨㄥˊ ㄅㄧㄥˋ ㄒㄧㄤ ㄌㄧㄢˊ tóng bìng xiāng lián
比喻遭遇相同的人互相同情。憐：憐憫，同情。［例］在地震時，李家和丁家的老人都受了重傷，兩家人同病相憐，互相關照。［構］主謂。［源］漢、趙曄《吳越春秋・闔閭內傳・元年》：『同病相憐，同憂相救。』

同仇敵愾 ㄊㄨㄥˊ ㄔㄡˊ ㄉㄧˊ ㄎㄞˋ tóngchóu dí kài
抱著共同的憤恨，一致對付敵人。同仇：一致對付仇敵。敵愾：對敵人的憤恨。［例］全國人民同仇敵愾，聲討敵人侵犯我國邊境、槍殺我邊民的罪惡行徑。[構]聯合。[源]《詩經・秦風・無衣》：『與子同仇。』《左傳・文公四年》：『諸侯敵王所愾，而獻其功。』[辨]『愾』不能讀成ㄑㄧˋ(qì)。

同床異夢 ㄊㄨㄥˊ ㄔㄨㄤˊ ㄧˋ ㄇㄥˋ tóngchuáng yì mèng　比喻共同生活或同做一件事，卻各有各的打算。[例]雖然李文和馬立合作經商，但兩人同床異夢，心中各有自己的小算盤。[構]覆。[反]志同道合　同心同德

同甘共苦 ㄊㄨㄥˊ ㄍㄢ ㄍㄨㄥˋ ㄎㄨˇ tóng gān gòng kǔ　比喻有歡樂共同享受，有困苦共同承擔。[例]幹部必須與群眾同甘共苦，才能得到群眾的信任。[構]聯合。[源]《戰國策・燕策一》：『與百姓同其甘苦。』

同歸於盡 ㄊㄨㄥˊ ㄍㄨㄟ ㄩˊ ㄐㄧㄣˋ tóng guī yú jìn　一同走向死亡。歸：走向。盡：盡頭，指滅亡。[例]當敵人撲上來時，他拉響了手榴彈，與敵人同歸於盡了。[構]補充。

同呼吸，共命運 ㄊㄨㄥˊ ㄏㄨ ㄒㄧ ㄍㄨㄥˋ ㄇㄧㄥˋ ㄩㄣˋ tóng hū xī gòngmìng yùn　利害關係一致，命運相同。[例]在我國社會主義大家庭裏，人民同呼吸，共命運。[構]覆。

同流合污 ㄊㄨㄥˊ ㄌㄧㄡˊ ㄏㄜˊ ㄨ tóng liú hé wū　指與不好的習俗、世道合拍。也泛指跟著壞人做壞事。[例]他廉潔奉公，不會與腐敗分子同流合污。[構]聯合。[源]《孟子・盡心下》：『同乎流俗，合乎汙(污)世。』

同聲相應，同氣相求 ㄊㄨㄥˊ ㄕㄥ ㄒㄧㄤ ㄧㄥˋ，ㄊㄨㄥˊ ㄑㄧˋ ㄒㄧㄤ ㄑㄧㄡˊ tóng shēng xiāng yìng, tóng qì xiāng qiú

相同的聲音可以互相呼應，相同的氣味可以互相融合。比喻志趣相同的人便會結合在一起。［例］小明和小力常在一起討論文藝理論的各種問題，他們倆真可以算是同聲相應，同氣相求了。［構］覆。［源］《周易・乾》。

同心協力 ㄊㄨㄥˊ ㄒㄧㄣ ㄒㄧㄝˊ ㄌㄧˋ tóng xīn xié lì

志同道合，共同努力。協：合。也作『同心合力』。［例］只要大家同心協力，就會把事情辦好。［構］聯合。［源］《魏書・朱天光傳》：『脣齒相依，同心協力。』［同］同心同德　同舟共濟

同舟共濟 ㄊㄨㄥˊ ㄓㄡ ㄍㄨㄥˋ ㄐㄧˋ tóng zhōu gòng jì

坐同一條船一起過河。比喻遇到困難時，大家團結互助，一同戰勝困難。濟：渡河。［例］廠裏不少老工人都曾是與廠長同舟共濟的朋友。［構］聯合。［源］《孫子・九地》：『當其同舟而濟。』［同］風雨同舟　［反］同床異夢

彤雲密布 ㄊㄨㄥˊ ㄩㄣˊ ㄇㄧˋ ㄅㄨˋ tóng yún mì bù

陰雲密集，布滿天空。彤雲：陰雲。也作『同雲』。［例］早晨，彤雲密布，不一會兒，就下起了紛紛揚揚的大雪。［構］主謂。

銅牆鐵壁 ㄊㄨㄥˊ ㄑㄧㄤˊ ㄊㄧㄝˇ ㄅㄧˋ tóng qiáng tiě bì

比喻十分堅固不可摧毀的防禦工事。［例］真正的銅牆鐵壁是人民，這是任何敵人也摧不垮的。［構］聯合。［同］金城湯池

童叟無欺 ㄊㄨㄥˊ ㄙㄡˇ ㄨˊ ㄑㄧ tóng sǒu wú qī

對兒童和老人都不欺騙。形容做生意講信譽。叟：老翁。［例］小馬

做生意真正做到了童叟無欺，深受群衆信任。［構］主謂。

統籌兼顧 ㄊㄨㄥˇ ㄔㄡˊ ㄐㄧㄢ ㄍㄨˋ tǒng chóu jiān gù

統一規劃，全面照顧。籌：籌劃。［例］制定發展計劃時，既要保證重點，又要統籌兼顧。［構］聯合。

痛定思痛 ㄊㄨㄥˋ ㄉㄧㄥˋ ㄙ ㄊㄨㄥˋ tòng dìng sī tòng

痛苦的心情平靜之後，回想當時的痛苦。有令人深思的意思。定：平定。［例］工人們看著在大火燒毀的廢墟上重建的廠房，痛定思痛，深深地認識到必須加强防火措施。［構］偏正。［源］唐、韓愈《與李翺書》：『如痛定之人，思當痛之時。』

痛改前非 ㄊㄨㄥˋ ㄍㄞˇ ㄑㄧㄢˊ ㄈㄟ tòng gǎi qián fēi

下決心徹底改正錯誤。痛：徹底。非：錯誤。［例］犯了嚴重錯誤的幹部，只要能痛改前非，人民是會諒解的。［構］動賓。［同］改邪歸正。

痛哭流涕 ㄊㄨㄥˋ ㄎㄨ ㄌㄧㄡˊ ㄊㄧˋ tòng kū liú tì

形容非常傷心的樣子。痛：盡情地。涕：淚。［例］由於一時的疏忽，給生產帶來了巨大損失，他怎能不痛哭流涕呢？［構］聯合。［源］《漢書・賈誼傳》：『臣竊惟事勢，可爲痛哭者一，可爲流涕者二，可爲長太息者六。』

痛心疾首 ㄊㄨㄥˋ ㄒㄧㄣ ㄐㄧˊ ㄕㄡˇ tòng xīn jí shǒu

形容痛恨或悔恨到了極點。亦作『疾首痛心』。［例］他想到自己荒廢了許多大好時光，不禁痛心疾首。［構］聯合。［源］《左傳・成公十三年》：『痛心疾首，暱就寡人。』［同］深惡痛絕

偷工減料 ㄊㄡ ㄍㄨㄥ ㄐㄧㄢˇ ㄌㄧㄠˋ tōu gōng jiǎn liào

不按產品或工程的質量要求，暗中削減工序和用料。也泛指貪圖省事，馬虎敷衍。〔例〕爲了維護產品的信譽，他們在生產中絕不偷工減料。〔構〕聯合。

偷梁換柱 ㄊㄡ ㄌㄧㄤˊ ㄏㄨㄢˋ ㄓㄨˋ tōu liánghuàn zhù

比喻暗中玩弄手段，用假的代替真的。〔例〕『甚至把作者的姓名任意改換，李代桃僵，偷梁換柱。』（郭沫若《從典型說起》）〔構〕連動。〔同〕偷天換日

頭面人物 ㄊㄡˊ ㄇㄧㄢˋ ㄖㄣˊ ㄨˋ tóu miàn rén wù

指社會上代表性強或聲望較高的人。頭面：經常出頭露面。〔例〕對舊上海灘上的某些頭面人物，我們做了不少團結教育工作。〔構〕偏正。

頭頭是道 ㄊㄡˊ ㄊㄡˊ ㄕˋ ㄉㄠˋ tóu tóu shì dào

形容說話和做事有條有理。〔例〕別看他年齡小，但講起話來頭頭是道。〔構〕主謂。〔源〕宋、嚴羽《滄浪詩話》：『信手拈來，頭頭是道矣。』〔同〕有條有理

頭重腳輕 ㄊㄡˊ ㄓㄨㄥˋ ㄐㄧㄠˇ ㄑㄧㄥ tóu zhòng jiǎo qīng

原形容頭昏。現比喻基礎不穩或各部分間不協調。〔例〕①籃球打在他的頭上，他頓時感到頭重腳輕，倒在地上。②這篇文章虎頭蛇尾，給人以頭重腳輕之感。〔構〕聯合。

投筆從戎 ㄊㄡˊ ㄅㄧˇ ㄘㄨㄥˊ ㄖㄨㄥˊ tóu bǐ cóng róng

指放棄文字工作參加軍隊。投：扔掉。從戎：從軍。〔例〕抗日戰爭時期，許多進步青年投筆從戎，奔赴革命聖地延安。〔構〕連動。〔源〕南朝（宋）、范曄《後漢書・班超傳》。〔辨〕『

戎』不能寫成『戍』或『戒』。

投機倒把
ㄊㄡˊ ㄐㄧ ㄉㄠˇ ㄅㄚˇ
tóu jī dǎo bǎ

指利用時機以囤積居奇、套購轉賣等手段，牟取暴利。投機：找時機，鑽空子。倒把：轉手買賣。［例］投機倒把分子擾亂了市場穩定，必須堅決打擊。［構］聯合。［辨］『投』不能寫成『偷』。

投機取巧
ㄊㄡˊ ㄐㄧ ㄑㄩˇ ㄑㄧㄠˇ
tóu jī qǔ qiǎo

指用狡猾的手段謀取個人利益。取巧：用狡猾的手段占便宜。［例］做任何工作都不能投機取巧。只有腳踏實地才能取得成績。［構］聯合。

投袂而起
ㄊㄡˊ ㄇㄟˋ ㄦˊ ㄑㄧˇ
tóu mèi ér qǐ

拂袖站起來。形容決心奮發。投袂：拂動衣袖。［例］面對國民黨反動派對愛國民主運動的鎮壓，聞一多先生投袂而起，在追悼李公樸先生的大會上，憤怒地揭露了國民黨反動派的無恥行徑。［構］連動。［源］《左傳·宣公十四年》：『楚子聞之，投袂而起。』

投其所好
ㄊㄡˊ ㄑㄧˊ ㄙㄨㄛˇ ㄏㄠˋ
tóu qí suǒ hào

迎合別人的愛好。投：迎合。好：愛好。［例］這位領導剛正無私，不喜歡那些阿諛奉承、投其所好的人。［構］動賓。［源］《孟子·公孫丑上》：『宰我、子貢、有若，智足以知聖人，汚不至阿其所好。』［辨］『好』不能讀成ㄏㄠˇ(hǎo)。

投鼠忌器
ㄊㄡˊ ㄕㄨˇ ㄐㄧˋ ㄑㄧˋ
tóu shǔ jì qì

要打老鼠，又怕打壞了它旁邊的用具。比喻想打擊壞人又心懷顧慮，放不開手。忌：顧忌。器：用具。［例］一位老幹部的兒子犯了錯誤，他表示：兒子的問題該怎樣處理就怎樣處理，不要投鼠忌器。〔構〕覆。〔源〕《漢書・賈誼傳》：『里諺曰：「欲投鼠而忌器。」』

投桃報李 ㄊㄡˊ ㄊㄠˊ ㄅㄠˋ ㄌㄧˇ tóu táo bào lǐ 比喻互相贈答或友好往來。投：投送。報：回報。〔例〕蘇聯朋友送他一本畫冊，他送蘇聯朋友一件工藝品，以示投桃報李之意。〔構〕聯合。〔源〕《詩經・大雅・抑》：『投我以桃，報之以李。』〔同〕禮尚往來

突飛猛進 ㄊㄨ ㄈㄟ ㄇㄥˇ ㄐㄧㄣˋ tū fēi měng jìn 形容進步、發展得極快。突：急速。〔例〕與解放初相比，我國的鋼鐵工業有了突飛猛進的發展。〔構〕聯合。

突然襲擊 ㄊㄨ ㄖㄢˊ ㄒㄧˊ ㄐㄧ tū rán xí jī 出其不意的攻擊。突然：出乎意料。〔例〕我軍對敵人進行突然襲擊，把敵人打得大敗。〔構〕偏正。

突如其來 ㄊㄨ ㄖㄨˊ ㄑㄧˊ ㄌㄞˊ tū rú qí lái 突然發生或到來。突如：突然，出乎意料。〔例〕他被『奶奶去世了』這突如其來的消息驚呆了。〔構〕偏正。〔源〕《周易・離卦・九四》：『突如其來如，無所容也。』

圖謀不軌 ㄊㄨˊ ㄇㄡˊ ㄅㄨˋ ㄍㄨㄟˇ tú móu bù guǐ 暗地裏策劃違法的行動。圖謀：暗中策劃。不軌：超出常規，不守法度。也作『謀爲不軌』。〔例〕公安部門把那個圖謀不軌的團夥一網打盡。〔構〕動賓。〔同〕居心叵測 〔反〕安分守己 循規蹈矩

圖窮匕首見 ㄊㄨˊ ㄑㄩㄥˊ ㄅㄧˇ ㄕㄡˇ ㄒㄧㄢˋ tú qióng bǐ shǒu xiàn 比喻事情發展到最後露出了真相或本意。〔例〕圖窮匕首見，敵人的花言巧語沒有生效，便露出了猙獰面目進行威脅。〔構〕覆。〔源〕《戰國

策·燕策三》記載：戰國時，燕太子丹派荊軻刺秦王，荊軻帶著督亢（燕南部的肥沃地區）地圖求見，地圖中藏著匕首。當獻圖時，地圖展到最後，露出匕首，荊軻舉起匕首擲向秦王，未中，荊軻被殺。［辨］『見』不能讀成ㄐㄧㄢˋ（jiàn）。

塗脂抹粉 ㄊㄨˊ ㄓ ㄇㄛˇ ㄈㄣˇ tú zhī mǒ fěn 形容婦女裝飾打扮。也比喻為掩飾醜惡面目而進行偽裝或玩弄欺騙手段。脂：胭脂。［例］為了達到不可告人的目的，他們為自己塗脂抹粉，大唱讚歌。［構］聯合。

徒喚奈何 ㄊㄨˊ ㄏㄨㄢˋ ㄋㄞˋ ㄏㄜˊ tú huàn nài hé 白白地呼叫怎麼辦，指空著急而沒有辦法。徒，空，白白地。奈何：怎麼辦。［例］明天就考試了，他毫無準備，只能徒喚奈何！［構］動賓。

徒亂人意 ㄊㄨˊ ㄌㄨㄢˋ ㄖㄣˊ ㄧˋ tú luàn rén yì 白白地擾亂人的情緒。徒：白白地。意：心意，情緒。［例］這個問題，他並不了解，如果讓他講，只能是徒亂人意。［構］動賓。［源］《晉書·苻堅載記》：『群議紛紜，徒亂人意。』

徒有虛名 ㄊㄨˊ ㄧㄡˇ ㄒㄩ ㄇㄧㄥˊ tú yǒu xū míng 形容只有虛名而沒有實際用處或沒有真才實學。徒：徒然。也作『徒有其名』。［例］①有的名牌產品，質量並不好，不過是徒有虛名。②我們應紮紮實實地做學問，不能徒有虛名。［構］動賓。［源］《北齊書·李元忠傳》：『徒有虛名，不救其弊。』

屠龍之技 ㄊㄨˊ ㄌㄨㄥˊ ㄓ ㄐㄧˋ tú lóng zhī jì 宰殺龍的技能。比喻技能雖高超，卻無實際用處。也作『屠龍之伎』。［例］無實用價值的技術，不過是屠龍之技罷了，學它何用？［構］偏正。［源］《莊子・列禦寇》：『朱泙漫學屠龍於支離益，單（殫）千金之家，三年技成，而無所用其巧。』

土崩瓦解 ㄊㄨˇ ㄅㄥ ㄨㄚˇ ㄐㄧㄝˇ tǔ bēng wǎ jiě

像土崩塌，瓦破碎。形容完全崩潰，徹底垮台。崩：倒塌。解：分解。貶義。［例］在我軍炮火的猛攻下，敵人苦心經營的陣地終於土崩瓦解。［構］聯合。［源］漢、司馬遷《史記・秦始皇本紀》：『秦之積衰，天下土崩瓦解。』［同］分崩離析　四分五裂

土洋結合 ㄊㄨˇ ㄧㄤˊ ㄐㄧㄝˊ ㄏㄜˊ tǔ yáng jié hé

把簡單的設備或技術同現代化的設備或技術結合起來。［例］『土洋結合』是促進我國經濟發展的一條途徑。［構］主謂。

吐故納新 ㄊㄨˇ ㄍㄨˋ ㄋㄚˋ ㄒㄧㄣ tǔ gù nà xīn

這是道家養生的方法。指吐出濁氣，吸入清氣。後比喻排除舊的，吸收新的。故：舊的。納：接收，吸收。［例］要保持黨的隊伍的純潔，就必須不斷地吐故納新，清除腐敗分子，吸收先進分子。［構］聯合。［源］《莊子・刻意》：『吹呴呼吸，吐故納新。』（呴：音ㄒㄩˇ[xǔ]，張口吐氣。）

兔死狐悲 ㄊㄨˋ ㄙˇ ㄏㄨˊ ㄅㄟ tù sǐ hú bēi

比喻因同類的失敗或死亡而悲傷。［例］兔死狐悲，儘管他與李二有矛盾，但李二的下場也使他感到淒然。［構］覆。

推波助瀾 ㄊㄨㄟ ㄅㄛ ㄓㄨˋ ㄌㄢˊ tuī bō zhù lán

比喻從中煽動以擴大事態。瀾：大浪。多用於貶義。［例］由於有人推波助瀾，使本可以解決的問題成了難題

。［構］連動。［源］隋、王通《文中子・問易》：『適足推波助瀾，縱風止燎爾。』［同］火上澆油

推陳出新 ㄊㄨㄟ ㄔㄣˊ ㄔㄨ ㄒㄧㄣ tuī chén chū xīn 對舊事物剔除其糟粕，吸取其精華，並使之向新的方向發展。推：排除。陳：舊的。［例］創作歷史題材的作品，應做到古爲今用，推陳出新。［構］連動。

推己及人 ㄊㄨㄟ ㄐㄧˇ ㄐㄧˊ ㄖㄣˊ tuī jǐ jí rén 用自己的心意推想別人的心意。形容體諒別人，爲別人著想。推：推測。［例］能推己及人，同志間的關係就容易處理好。［構］連動。［源］《論語・衛靈公》：『己所不欲，勿施於人。』朱熹集注：『推己及物。』(物：指他人)

推心置腹 ㄊㄨㄟ ㄒㄧㄣ ㄓˋ ㄈㄨˋ tuī xīn zhì fù 將自己的心交給別人。比喻真誠待人。褒義。［例］推心置腹的交談，可以增進同志間的了解，加强同志間的友誼。［構］連動。［源］《後漢書・光武帝紀上》。［同］推誠相見 ［反］爾虞我詐 鈎心鬥角

退避三舍 ㄊㄨㄟˋ ㄅㄧˋ ㄙㄢ ㄕㄜˋ tuì bì sān shè 原指與敵方作戰時軍隊後撤一定的距離，表示退讓。後比喻對人讓步，避免衝突。退：退卻。避：迴避。舍：古代行軍以三十里爲一舍。［例］在工作中，要迎著困難上，不能遇見困難就退避三舍。［構］動賓。［源］《左傳・僖公二十三年》。

蛻化變質 ㄊㄨㄟˋ ㄏㄨㄚˋ ㄅㄧㄢˋ ㄓˋ tuì huà biàn zhì 比喻人腐化變質。蛻化：原指有的昆蟲脫殼後改變原形。［例］有的

幹部經不起物質引誘而蛻化變質了。[構]聯合。[辨]『蛻』不能讀成ㄕㄨㄟˋ (shuì)。

囤積居奇 ㄊㄨㄣˊ ㄐㄧ ㄐㄩ ㄑㄧˊ tún jī jū qí　把短缺的貨物大量儲藏起來。指投機倒把分子把短缺商品儲存起來以等待高價。囤積：積存。居：儲藏。奇：稀有或緊俏貨物。[例]這個靠囤積居奇暴發起來的奸商，終於受到了法律的制裁。[構]聯合。

托物喻志 ㄊㄨㄛ ㄨˋ ㄩˋ ㄓˋ tuō wù yù zhì　假借某種事物來表達自己的思想。托：假借。喻：說明。[例]這篇寫松樹的散文，用托物喻志的手法頌揚了革命者在惡劣條件下不屈不撓的精神。[構]偏正。

拖泥帶水 ㄊㄨㄛ ㄋㄧˊ ㄉㄞˋ ㄕㄨㄟˇ tuō ní dài shuǐ　比喻辦事拖沓，不利索。也比喻說話、寫文章不簡潔。[例]①這小姑娘辦事乾脆，不拖泥帶水。②寫文章要簡潔，不可囉囉嗦嗦，拖泥帶水。[構]聯合。

脫韁之馬 ㄊㄨㄛ ㄐㄧㄤ ㄓ ㄇㄚˇ tuō jiāng zhī mǎ　掙脫了韁繩的馬。比喻不受拘束的人或事物。脫：脫落。韁：馬韁繩。[例]被學習壓得過重的學生們，一到郊遊時，就如脫韁之馬，玩得可歡了。[構]偏正。

脫口而出 ㄊㄨㄛ ㄎㄡˇ ㄦˊ ㄔㄨ tuō kǒu ér chū　形容說話隨便，不假思索就說出。脫：隨。[例]由於他說話不在意，常常脫口而出，所以得罪了不少人。[構]連動。

脫胎換骨 ㄊㄨㄛ ㄊㄞ ㄏㄨㄢˋ ㄍㄨˇ tuō tāi huàn gǔ 原是道教語。指修道的人能脫掉凡胎而成聖胎，換掉凡骨而成仙骨。現比喻從根本上改變人的立場和世界觀。［例］他雖犯過錯誤，但能在勞動中脫胎換骨地進行思想改造，所以他成了一個有用的人。［構］聯合。

脫穎而出 ㄊㄨㄛ ㄧㄥˇ ㄦˊ ㄔㄨ tuō yǐng ér chū 原指錐子放在布袋裏，自己就穿出來了。後比喻人的才華本領全部顯露出來。脫：顯露。穎：細長東西的尖端。原作『穎脫而出』。［例］這位有才能的人，雖受了多年的壓抑，但現在終於脫穎而出了。［構］連動。［源］《史記・平原君虞卿列傳》（毛遂的故事）。

唾手可得 ㄊㄨㄛˋ ㄕㄡˇ ㄎㄜˇ ㄉㄜˊ tuò shǒu kě dé 比喻非常容易得到。唾手：往手上吐唾液。［例］任何成績都不是唾手可得的，必須付出艱苦的勞動。［構］連動。

W

挖空心思 ㄨㄚ ㄎㄨㄥ ㄒㄧㄣ ㄙ wā kōng xīn sī 想盡一切辦法。多含貶義。［例］他大膽地假設一些怪論，再挖空心思去找證據，以求加以證實。［構］動賓。［同］煞費苦心。

歪風邪氣 ㄨㄞ ㄈㄥ ㄒㄧㄝˊ ㄑㄧˋ wāi fēng xié qì 不良的作風和風氣。歪、邪：不正當的，不正派的。［例］我們班上許多同學頂住歪風邪氣，努力學習，積極進取，受到學校表揚。［構］聯合。

外强中乾 ㄨㄞˋ ㄑㄧㄤˊ ㄓㄨㄥ ㄍㄢ wài qiángzhōng gān

外表好像很强大，內部實際十分虛弱。含貶義。〔例〕他寧可讓別人說自己膽小，也不去充當外强中乾的好漢。〔構〕聯合。〔源〕《左傳・僖公十五年》：『外强中乾，進退不可。』〔同〕色厲內荏

剜肉補瘡 ㄨㄢ ㄖㄡˋ ㄅㄨˇ ㄔㄨㄤ wān ròu bǔ chuāng

比喻只顧眼前，用有害的方法進行救急。〔例〕不能挪用公款去還私人的欠債，這樣剜肉補瘡，是要犯錯誤的。〔構〕連動。〔源〕唐、聶夷中《詠田家》詩：『二月賣新絲，五月糶新穀；醫得眼前瘡，剜卻心頭肉。』

紈袴子弟 ㄨㄢˊ ㄎㄨˋ ㄗˇ ㄉㄧˋ wán kù zǐ dì

指富貴人家的子弟。紈袴：細絹做成的褲子。〔例〕他只是一個紈袴子弟，既沒本事，又好吃喝，什麼也幹不成。〔構〕偏正。〔源〕《漢書・敍傳上》：『在於綺襦紈袴之間。』

完璧歸趙 ㄨㄢˊ ㄅㄧˋ ㄍㄨㄟ ㄓㄠˋ wán bì guī zhào

戰國時，秦昭王聲稱要以十五座城換趙國的一塊『和氏璧』。正當趙王進退兩難時，藺相如自願出使秦國。他說：『城入趙而璧留秦，城不入，臣請完璧歸趙。』到秦，見秦王並無誠意，就設法把璧完好地送回趙國。後泛指把原物完好地歸還原主。璧：圓形扁平而中心有孔的玉。〔例〕這本書我看過後，一定完璧歸趙，你不用擔心。〔構〕主謂。〔源〕《史記・廉頗藺相如列傳》。〔辨〕『璧』不要寫成『壁』。

完美無缺 ㄨㄢˊ ㄇㄟˇ ㄨˊ ㄑㄩㄝ wán měi wú quē

完備、美好，毫無缺點。〔例〕要求一個人的所作所爲都是完美無缺的，這簡直不可能。〔構〕補充。〔同〕

十全十美

玩忽職守 ㄨㄢˊ ㄏㄨ ㄓˊ ㄕㄡˇ wán hū zhí shǒu
對本分工作不認真、不負責任。玩忽：不嚴肅認真地對待。[例]發生火災的那天晚上，他玩忽職守，擅自離開值班室。[構]動賓。

玩火自焚 ㄨㄢˊ ㄏㄨㄛˇ ㄗˋ ㄈㄣˊ wán huǒ zì fén
玩火的人反把自己燒了。比喻幹壞事的人反倒害了自己。焚：燒。[例]戰爭狂人倒行逆施，到頭來總是玩火自焚，自食其果。[構]主謂。[源]《左傳・隱公四年》：『夫兵，猶火也，弗戢，將自焚也。』

玩世不恭 ㄨㄢˊ ㄕˋ ㄅㄨˋ ㄍㄨㄥ wán shì bù gōng
用消極、不嚴肅的態度對待現實社會的一切。含貶義。玩：玩弄。世：社會。恭：嚴肅。[例]在大家的幫助下，玩世不恭的小王，終於認識到生活的意義。[構]覆。[源]明、李開先《閒居集・雪蓑道人傳》。

玩物喪志 ㄨㄢˊ ㄨˋ ㄙㄤˋ ㄓˋ wán wù sàng zhì
迷戀於玩賞喜愛的東西，喪失了進取的志氣。含貶義。[例]他終日沉醉於種花養魚，不專心學習，真是玩物喪志。[構]連動。[源]《尚書・旅獒》：『玩人喪德，玩物喪志。』

頑廉懦立 ㄨㄢˊ ㄌㄧㄢˊ ㄋㄨㄛˋ ㄌㄧˋ wán lián nuò lì
使貪婪的人變得廉潔，使懦弱的人能夠自立。形容感化的力量很大。頑：貪婪的人。[例]他的高風亮節，給後代以深遠的影響，收到了頑廉懦立的效果。[構]聯合。[源]《孟子・萬章下》：『故聞伯夷之風者，頑夫廉，懦夫有立志。』

婉言謝絕 ㄨㄢˇ ㄧㄢˊ ㄒㄧㄝˋ ㄐㄩㄝˊ wǎn yán xiè jué
用委婉的話加以推辭。謝絕：推辭。[例]一年來，不少單位請他赴宴，都被他婉言謝絕了。[構]偏正。

萬般無奈 ㄨㄢˋ ㄅㄢ ㄨˊ ㄋㄞˋ wàn bān wú nài
指最不得已的情況。萬般：極其，非常。無奈：無可奈何。[例]對孩子本該說服教育，這次在萬般無奈的情況下打了他，事後很後悔。[構]偏正。[同]萬不得已

萬變不離其宗 ㄨㄢˋ ㄅㄧㄢˋ ㄅㄨˋ ㄌㄧˊ ㄑㄧˊ ㄗㄨㄥ wàn biàn bù lí qí zōng
不管怎樣變化，其主旨一直不變。宗：主旨。[例]文章的格式千變萬化，但萬變不離其宗，都是爲了表情達意。[構]主謂。[源]清、譚獻《復堂類稿・明詩》：『求夫辭有體要，萬變而不離其宗。』

萬不得已 ㄨㄢˋ ㄅㄨˋ ㄉㄜˊ ㄧˇ wàn bù dé yǐ
實在沒有辦法，不得不如此。已：停止，結束。[例]不到萬不得已，我是不會這樣做的。[構]偏正。[同]萬般無奈 [辨]『已』不要寫成『己』。

萬古長青 ㄨㄢˋ ㄍㄨˇ ㄔㄤˊ ㄑㄧㄥ wàn gǔ cháng qīng
像松柏一樣永遠蒼翠。形容或祝願好人好事長存。萬古：千年萬代，永遠。也作『萬古長春』。[例]我們兩國人民的戰鬥友誼萬古長青。[構]偏正。

萬古流芳 ㄨㄢˋ ㄍㄨˇ ㄌㄧㄡˊ ㄈㄤ wàn gǔ liú fāng
好的品行、好的名聲永遠流傳。芳：芳香，比喻好品行、好名聲。也作『萬古留芳』。[例]白求恩的名字，在我國人民中將萬古流芳。[構]偏正。

萬里長城 ㄨㄢˋ ㄌㄧˇ ㄔㄤˊ ㄔㄥˊ wàn lǐ chángchéng

原指我國的長城。後用以比喻足以依靠的中堅力量。現也比喻人民軍隊或難以逾越的障礙、界限。［例］①任何侵略者在我們的『萬里長城』面前，只能碰得頭破血流。②我們之間雖有距離，但不是萬里長城，通過工作的交往，這個距離是可以逐步縮小的。［構］偏正。［源］唐、李延壽《南史・檀道濟傳》：『乃壞汝萬里長城。』

萬馬奔騰 ㄨㄢˋ ㄇㄚˇ ㄅㄣ ㄊㄥˊ wàn mǎ bēn téng

形容浩大的聲勢或迅速的進展。奔騰：奔跑、跳躍。［例］①初下洩灘，看著那萬馬奔騰的江水，到這裏突然變成千萬個漩渦，你會感到江水簡直是在旋轉不前。②那哪裏是競賽，那是萬馬奔騰，在共同完成一項戰鬥任務。［構］主謂。

萬馬齊喑 ㄨㄢˋ ㄇㄚˇ ㄑㄧˊ ㄧㄣ wàn mǎ qí yīn

萬馬都寂然無聲。比喻大衆都不吭聲的死氣沉沉的局面。喑：也作『瘖』，啞。［例］萬馬齊喑的時代已經過去，我們要努力去創造百花齊放的文藝春天。［構］主謂。［源］宋、蘇軾《三馬圖贊引》：『振鬣長鳴，萬馬皆喑。』［反］百家爭鳴［辨］『喑』不要寫成『暗』，也不要讀成ㄢ(àn)。

萬念俱灰 ㄨㄢˋ ㄋㄧㄢˋ ㄐㄩˋ ㄏㄨㄟ wàn niàn jù huī

一切的念頭都消失了，灰：消沉，失望。也作『萬念俱消』。［例］他在接連遭受沉重打擊後，萬念俱灰。［構］主謂。［辨］『俱』不要寫成『具』。

萬全之策 ㄨㄢˋ ㄑㄩㄢˊ ㄓ ㄘㄜˋ wàn quán zhī cè

極其周到而穩妥的計策。也作『萬全之道』。［例］這事本來沒有萬全之策，加上疏忽，結果自然就難以預料。［構］偏正。［源］《韓非子・飾邪》：『夫懸衡而知平，設規而知圓，萬全之道也。』

萬人空巷 ㄨㄢˋ ㄖㄣˊ ㄎㄨㄥ ㄒㄧㄤˋ wàn rén kōng xiàng
出來許多人，胡同都空了。形容盛大集會或新奇事物把許許多多人都吸引出來了。萬人：形容多。空巷：指胡同的居民都走出來了。［例］這雄壯的隊伍在大街上走過，路兩旁擠滿了歡迎的人們，幾乎萬人空巷。［構］覆。［源］宋、蘇軾《八月十七復登望海樓》詩：『賴有明朝看潮在，萬人空巷鬥新妝。』

萬事大吉 ㄨㄢˋ ㄕˋ ㄉㄚˋ ㄐㄧˊ wàn shì dà jí
一切事情都很順利如意。也引申為從此就一切事都不用做了。［例］那種認為把課本知識背熟就萬事大吉，至於聯繫實際是工作以後的事的想法，是幼稚的。［構］主謂。

萬事亨通 ㄨㄢˋ ㄕˋ ㄏㄥ ㄊㄨㄥ wàn shì hēng tōng
一切事情都很順利。亨通：順利。［例］不敢說萬事亨通，反正比您這萬事不通強得多。［構］主謂。

萬壽無疆 ㄨㄢˋ ㄕㄡˋ ㄨˊ ㄐㄧㄤ wàn shòu wú jiāng
祝壽用語，壽命沒有止境。疆：界限。［例］革命成功了，他再也不用呼喊皇上萬壽無疆了。［構］主謂。［源］《詩經・豳風・七月》。［同］長命百歲　［辨］『疆』不要寫成『僵』。

萬死不辭 ㄨㄢˋ ㄙˇ ㄅㄨˋ ㄘˊ wàn sǐ bù cí
死一萬次也不推辭。指願冒任何犧牲絕不推辭。［例］不管在改革的征途中有多大風浪，我也萬死不辭。［構］覆。

萬無一失 ㄨㄢˋ ㄨˊ ㄧ ㄕ wàn wú yī shī

絕對不出任何差錯。失：失誤，差錯。也作『萬不失一』。［例］他總想，經過幾年甚至十幾年的努力，設計出一種萬無一失的操作程序來。［構］動賓。［源］漢、枚乘《七發》：『孔老覽觀，孟子持籌而算之，萬不失一。』［同］十拿十穩

萬物復蘇 ㄨㄢˋ ㄨˋ ㄈㄨˋ ㄙㄨ wàn wù fù sū

一切生物又都蘇醒了。指春天草木開始生長。［例］春天，萬物復蘇，正是遠足的好季節。［構］主謂。

萬象更新 ㄨㄢˋ ㄒㄧㄤˋ ㄍㄥ ㄒㄧㄣ wàn xiànggēng xīn

一切景象都改換一新。更：改變，改換。也作『萬物更新』。［例］一元復始，萬象更新。新氣象帶來了好心氣兒哩！［構］主謂。［辨］『更』不讀ㄍㄥˋ(gèng)。

萬丈高樓平地起 ㄨㄢˋ ㄓㄤˋ ㄍㄠ ㄌㄡˊ ㄆㄧㄥˊ ㄉㄧˋ ㄑㄧˇ wàn zhàng gāo lóu píng dì qǐ

比喻做成任何事情都是從基礎開始。［例］在學習上，我們絕不能一步登天，要知道，萬丈高樓平地起，打好基礎是至關緊要的。［構］主謂。

萬眾一心 ㄨㄢˋ ㄓㄨㄥˋ ㄧ ㄒㄧㄣ wàn zhòng yī xīn

千萬人團結一致。一心：同一條心。［例］我們萬眾一心，冒著敵人的炮火前進。［構］主謂。［源］《後漢書・朱儁傳》：『萬人一心，猶不可當，況十萬乎！』

萬紫千紅 ㄨㄢˋ ㄗˇ ㄑㄧㄢ ㄏㄨㄥˊ wàn zǐ qiān hóng

形容百花爭艷的春日景象，也比喻事物非常豐富多樣或景象十分繁榮。也作『千紅萬紫』。［例］①春來了，公園裏百花盛開，萬紫千紅，吸引了無數的遊人。②國慶夜晚，禮花競放，萬紫千

紅，令人眼花撩亂。〔構〕聯合。〔源〕宋、朱熹《春日》詩：『等閒識得東風面，萬紫千紅總是春。』

汪洋大海 ㄨㄤ ㄧㄤˊ ㄉㄚˋ ㄏㄞˇ wāngyáng dà hǎi

廣闊無邊、水勢浩蕩的大海，比喻範圍廣闊，聲勢浩大。有時也比喻難以擺脫的境地。汪洋：形容水勢浩大寬廣的樣子。〔例〕①接連幾天的大暴雨，千畝良田變成了一片汪洋大海。②『動員了全國的老百姓，就造成了陷敵於滅頂之災的汪洋大海。』（毛澤東）〔構〕偏正。〔辨〕『汪洋』是形容『大海』的，不應是聯合結構。

亡命之徒 ㄨㄤˊ ㄇㄧㄥˋ ㄓ ㄊㄨˊ wángmìng zhī tú

原指改名換姓逃亡在外的人，後指不顧死活、爲非作歹的人。亡命：逃命。〔例〕販毒分子都是些亡命之徒，他們又刁又狠。〔構〕偏正。〔源〕《周書・郭彥傳》：『亡命之徒，咸從賦役。』

亡羊補牢 ㄨㄤˊ ㄧㄤˊ ㄅㄨˇ ㄌㄠˊ wángyáng bǔ láo

羊丟了，趕快修補羊圈。亡：丟失。牢：牲口圈。比喻出了差錯後要及時補救。〔例〕亡羊補牢，爲時不晚，咱們應該吸取教訓，重新做起。〔構〕連動。〔源〕《戰國策・楚策四》：『亡羊而補牢，未爲遲也。』

枉費心機 ㄨㄤˇ ㄈㄟˋ ㄒㄧㄣ ㄐㄧ wǎng fèi xīn jī

白白地費了一番心思。枉：白白地，徒然。心機：也作『心計』，內心的打算。〔例〕你不要枉費心機了，要踏踏實實地讀書。要取得高考勝利，不下苦功是不行的。〔構〕動賓。〔源〕宋、劉克莊《諸公載酒賀余休致水村農卿有詩次韻》：『高屋從來有鬼窺，鐵門關枉費心機。』

網開一面 ㄨㄤˇ ㄎㄞ ㄧ ㄇㄧㄢˋ wǎng kāi yí miàn

比喻給罪犯一條重新作人的出路。也作『網開三面』。[例]派出所網開一面，放他回家後還幫他在街道工廠找了一份工作。[構]主謂。[源]《史記・殷本紀》。

往返徒勞 ㄨㄤˇ ㄈㄢˇ ㄊㄨˊ ㄌㄠˊ wǎng fǎn tú láo

來回白費力氣。也作『徒勞往返』。[例]公司派我到外地採購，什麼也沒買著，真是往返徒勞。[構]主謂。[辨]『返』不要寫成『反』。

往者不諫，來者可追 ㄨㄤˇ ㄓㄜˇ ㄅㄨˋ ㄐㄧㄢˋ ㄌㄞˊ ㄓㄜˇ ㄎㄜˇ ㄓㄨㄟ wǎng zhě bù jiàn lái zhě kě zhuī

以往的不能挽回，未來的還可以補救。諫：規勸，使改正錯誤。[例]往者不諫，來者可追，從現在做起，猶未爲晚。[構]覆。[源]《論語・微子》：『往者不可諫，來者猶可追。』

惘然若失 ㄨㄤˇ ㄖㄢˊ ㄖㄨㄛˋ ㄕ wǎng rán ruò shī

心裏總不大自在，好像失掉什麼東西似的。惘然：失意的樣子。[例]兒子走後，他總有種惘然若失之感。[構]偏正。[源]《後漢書・黃憲傳》：『惘然若有失也。』

妄言妄聽 ㄨㄤˋ ㄧㄢˊ ㄨㄤˋ ㄊㄧㄥ wàng yán wàng tīng

隨便說說，隨便聽聽。指說話的人隨便說，聽話的人隨便聽。形容雙方都不認真。[例]妄言妄聽，我看他倆對討論的問題都沒有充分準備。[構]聯合。[源]《莊子・齊物論》：『予嘗爲女（汝）妄言之，女（汝）以妄聽之。』

妄自菲薄 ㄨㄤˋ ㄗˋ ㄈㄟˇ ㄅㄛˊ wàng zì fěi bó

過分地瞧不起自己。妄：胡亂，不合乎實際。菲薄：輕視。含貶義。[例]我們不應該妄自菲薄，也不應該妄自尊大。[構]偏正。[源]三國（蜀）

、諸葛亮《出師表》：『不宜妄自菲薄，引喻失義，以塞忠諫之路也。』［同］自暴自棄　［反］妄自尊大　［辨］『菲』不讀ㄈㄟ (fēi)。

妄自尊大 ㄨㄤˋ ㄗˋ ㄗㄨㄣ ㄉㄚˋ wàng zì zūn dà

過分地抬高自己。妄：狂妄。含貶義。［例］取得成績的時候，要謙虛謹慎，不要妄自尊大。［構］偏正。［源］《後漢書・馬援傳》：『子陽井底蛙耳，而妄自尊大。』［反］妄自菲薄　［辨］『妄』不要寫成『忘』。

忘恩負義 ㄨㄤˋ ㄣ ㄈㄨˋ ㄧˋ wàng ēn fù yì

忘記了他人對自己的恩德，反而做出對不起他人的事。恩：恩惠。負：背棄，辜負。也作『忘恩背義』。含貶義。［例］你對他的幫助他沒記在心上，如今反倒同別人一起整你，真是個忘恩負義的傢伙。［構］聯合。

忘乎所以 ㄨㄤˋ ㄏㄨ ㄙㄨㄛˇ ㄧˇ wàng hū suǒ yǐ

忘記了到底是怎麼回事。現指得意忘形到了極點。所以：所應當做的事。也作『忘其所以』。［例］他才來了兩天，就忘乎所以，漸漸地端起臭架子來。［構］補充。

望塵莫及 ㄨㄤˋ ㄔㄣˊ ㄇㄛˋ ㄐㄧˊ wàngchén mò jí

原指遠看前面人馬揚起的塵土，怎麼也追趕不上。現用來比喻別人進展快，自己遠遠落在後面。莫及：趕不上。也作『望塵不及』。［例］她的本事，不但我望塵莫及，就是有多年經驗的你也恐怕一時趕不上。［構］連動。

望穿秋水 ㄨㄤˋ ㄔㄨㄢ ㄑㄧㄡ ㄕㄨㄟˇ wàngchuān qiū shuǐ

把眼睛都望穿了，形容殷切的盼望。秋水：眼睛。［例］自從丈夫離家以後，十多年來，她望穿秋水，盼著能早日夫妻團圓。［構］動賓。［同］望眼

欲穿 [辨]一般用於女性。

望而卻步 ㄨㄤˋ ㄦˊ ㄑㄩㄝˋ ㄅㄨˋ wàng ér què bù 看到某種情況或事物就往後退縮。卻步：向後退。[例]你的要求太高了，難怪他望而卻步，不敢參加了。[構]連動。

望而生畏 ㄨㄤˋ ㄦˊ ㄕㄥ ㄨㄟˋ wàng ér shēng wèi 一看就害怕。畏：害怕。[例]群衆對你望而生畏，你怎麼能接近他們呢？[構]連動。[源]《論語・堯曰》：『君子正其衣冠，尊其瞻視，儼然人望而畏之，斯不亦威而不猛乎？』

望風捕影 ㄨㄤˋ ㄈㄥ ㄅㄨˇ ㄧㄥˇ wàng fēng bǔ yǐng 看著風勢，捕捉影子。比喻不肯紮實下功夫，只做做樣子。後比喻憑空捉虛，一無所得。[例]你剛才的發言，毫無根據，純屬望風捕影。[構]聯合。[源]晉、陸機《演連珠・二五》：『是以重光發藻，尋虛捕景(影)。』[同]捕風捉影

望風披靡 ㄨㄤˋ ㄈㄥ ㄆㄧ ㄇㄧˇ wàng fēng pī mǐ (軍隊)像草木受風倒伏一樣的不戰就潰敗了。披靡：草木隨風倒伏。[例]我軍所到之處，敵人望風披靡，人民歡聲雷動。[構]連動。[源]漢、司馬相如《上林賦》：『應風披靡，吐芳揚烈。』[辨]『靡』不讀ㄇㄧˊ(mí)。

望梅止渴 ㄨㄤˋ ㄇㄟˊ ㄓˇ ㄎㄜˇ wàng méi zhǐ kě 曹操行軍到一條無水的路上，士兵都渴了，操下令說，前有梅林，梅子可解渴。士兵聽後，流出了口水，暫時忘了口渴。比喻借想像安慰自己，實際上願望並無從實現。多含貶義。[例]你那方案是一種望梅止渴的做法，騙騙自己罷了。[構]連動。[源]南朝(宋)、劉

義慶《世說新語・假譎》。〔同〕畫餅充饑〔辨〕『渴』不要寫成『喝』。

望文生義 ㄨㄤˋ ㄨㄣˊ ㄕㄥ ㄧˋ wàng wén shēng yì

只看字面就作出牽强附會的解釋。指不深入探求確切的涵義。文：文字，詞句。〔例〕有的人讀書，只從表面看，不弄清背景，因此不免望文生義，深入不下去。〔構〕連動。

望聞問切 ㄨㄤˋ ㄨㄣˊ ㄨㄣˋ ㄑㄧㄝˋ wàng wén wèn qiè

中醫診斷疾病的四種方法：看氣色；聽聲音；詢症狀；摸脈象。〔例〕等我望聞問切之後，再仔細下藥。〔構〕聯合。〔源〕《難經・六十一難》。

望洋興嘆 ㄨㄤˋ ㄧㄤˊ ㄒㄧㄥ ㄊㄢˋ wàngyáng xīng tàn

原指看到別人的偉大，才感到自己渺小。現比喻做事條件不夠，無從著手，而感到無可奈何。望洋：抬起頭來看的樣子。〔例〕他不懂古文，面對圖書館裏滿架的中國歷史資料，只能望洋興嘆。〔構〕偏正。〔源〕《莊子・秋水》：『於是焉，河伯始旋其面目，望洋向若（若：海神名）而嘆。』〔同〕力所不及　無能爲力　無可奈何

望子成龍 ㄨㄤˋ ㄗˇ ㄔㄥˊ ㄌㄨㄥˊ wàng zǐ chéng lóng

希望兒子能成爲出人頭地的人。子：兒子，現泛指子女。龍：我國傳說中能興風作雨的神異動物，封建帝王用它來象徵自己，亦引申爲傑出人物。〔例〕我並不是望子成龍，只希望孩子能學到一兩門手藝。〔構〕動賓。

危如累卵 ㄨㄟ ㄖㄨˊ ㄌㄟˇ ㄌㄨㄢˇ wēi rú lěi luǎn

像堆積起來的蛋一樣危險。比喻情況極其危險。累：堆摞。〔例〕危如累卵的情況讓我想到各種可能的悲慘結局。〔構〕主謂。〔源〕《韓非子・十過

》：『故曹小國也，而迫於晉、楚之間。其君之危，猶累卵也。』[辨]『累』不讀ㄌㄟˋ (lèi)。

危言聳聽 ㄨㄟ ㄧㄢˊ ㄙㄨㄥˇ ㄊㄧㄥ wēi yán sǒng tīng 故意說嚇人的話使人害怕。危言：嚇人的話。聳聽：使聽者驚怕。[例]戰國時談士蜂起，不是以危言聳聽，就是美詞動聽，於是誇大、裝腔、撒謊，層出不窮。[構]主謂。

威風凜凜 ㄨㄟ ㄈㄥ ㄌㄧㄣˇ ㄌㄧㄣˇ wēi fēng lǐn lǐn 威嚴的氣概，使人敬畏。凜凜：嚴肅，可敬畏的樣子。[例]我們怎能相信，平常威風凜凜的老王，一碰到棘手的問題，也會像洩了氣的皮球。[構]主謂。[源]宋、吳自牧《夢粱錄·州府節制諸軍》。

威武不屈 ㄨㄟ ㄨˇ ㄅㄨˋ ㄑㄩ wēi wǔ bù qū 威勢、武力不能使之屈服。形容堅貞不屈。[例]面對著敵人的鍘刀，劉胡蘭威武不屈，正義凜然。[構]補充。[源]《孟子·滕文公下》：『富貴不能淫，貧賤不能移，威武不能屈，此之謂大丈夫。』

威信掃地 ㄨㄟ ㄒㄧㄣˋ ㄙㄠˇ ㄉㄧˋ wēi xìn sǎo dì 威望和信譽完全喪失。掃地：比喻破壞無餘。[例]他這麼一來，使領導威信掃地，群衆紀律鬆弛。[構]主謂。

微不足道 ㄨㄟ ㄅㄨˋ ㄗㄨˊ ㄉㄠˋ wēi bù zú dào 微小得不值得一談。道：說。[例]我懇求大家，絕不要因爲我過去的一點點微不足道的成績而原諒我。[構]補充。[源]《穀梁傳·隱公七年》：『其不言逆，何也？逆之道微，無足道焉

爾。』〔同〕微乎其微　〔反〕碩大無朋

微乎其微 ㄨㄟ ㄏㄨ ㄑㄧˊ ㄨㄟ wēi hū qí wēi
微中有微，形容非常小或非常少。〔例〕五十年，從地球年齡來計算，真是微乎其微，然而從人類歷史上來說，卻已經是半個世紀了。〔構〕補充。〔源〕《爾雅·釋訓》：『式微式微者，微乎微者也。』〔同〕微不足道

微言大義 ㄨㄟ ㄧㄢˊ ㄉㄚˋ ㄧˋ wēi yán dà yì
精微的言辭中含著深刻的道理。〔例〕這段文字有多處值得深入體味的微言大義。〔構〕特·主謂。〔源〕漢、劉歆《移書讓太常博士》：『及夫子歿而微言絕，七十子卒而大義乖。』

巍然屹立 ㄨㄟ ㄖㄢˊ ㄧˋ ㄌㄧˋ wēi rán yì lì
像山峰高聳而穩固地立著，比喻不可動搖。巍然：高大的樣子。〔例〕偉大的社會主義祖國巍然屹立在世界的東方。〔構〕偏正。〔辨〕『屹』不讀ㄑㄧˋ(qì)。

爲非作歹 ㄨㄟˊ ㄈㄟ ㄗㄨㄛˋ ㄉㄞˇ wéi fēi zuò dǎi
做各種壞事。非、歹：指壞事。含貶義。〔例〕他們都很老實，即使餓著肚子也不會去爲非作歹。〔構〕聯合。〔同〕胡作非爲　〔辨〕『歹』不要寫作『夕』。

爲富不仁 ㄨㄟˊ ㄈㄨˋ ㄅㄨˋ ㄖㄣˊ wéi fù bù rén
指剝削者爲了自己致富，往往不講仁慈，心狠手毒。〔例〕農民們深恨地主爲富不仁，都紛紛趕來參加批鬥會。〔構〕主謂。〔源〕《孟子·滕文公上》：『陽貨曰：「爲富不仁矣，爲仁不富矣。」』

爲所欲爲 ㄨㄟˊ ㄙㄨㄛˇ ㄩˋ ㄨㄟˊ wéi suǒ yù wéi

原指做自己想做的事。後指想幹什麼就幹什麼。多含貶義。［例］你不要以爲我外出，就可以爲所欲爲了。［構］動賓。［源］《資治通鑑．周紀．威烈王二十三年》。［反］安分守己

違法亂紀 ㄨㄟˊ ㄈㄚˇ ㄌㄨㄢˋ ㄐㄧˋ wéi fǎ luàn jì

違犯法令，破壞紀律。［例］對於貪污受賄、投機倒把等違法亂紀的現象，我們必須堅決進行鬥爭。［構］聯合。［源］《禮記．禮運》：『故天子適諸侯，必捨其祖廟，而不以禮籍入，是謂天子壞法亂紀。』

唯恐天下不亂 ㄨㄟˊ ㄎㄨㄥˇ ㄊㄧㄢ ㄒㄧㄚˋ ㄅㄨˋ ㄌㄨㄢˋ wéi kǒng tiān xià bù luàn

只怕天下不亂。指巴不得局面混亂，以便從中獲利。［例］班集體本來就不太和睦，他還搬弄是非，唯恐天下不亂。［構］動賓。

唯利是圖 ㄨㄟˊ ㄌㄧˋ ㄕˋ ㄊㄨˊ wéi lì shì tú

即唯圖是利。貪圖的只是利益，別的什麼都不考慮。是：代詞，指利益。含貶義。［例］資本家嘛，唯利是圖，他們不是爲了賺錢，又爲什麼？［構］特．主謂。［源］《左傳．成公十三年》：『余雖與晉出入，余唯利是視。』［辨］原作『唯利是視』，也作『唯利是求』。

唯命是從 ㄨㄟˊ ㄇㄧㄥˋ ㄕˋ ㄘㄨㄥˊ wéi mìng shì cóng

完全服從命令，讓做什麼就做什麼。也作『唯命是聽』。［例］他喜歡那些能堅持原則、敢於提意見的人，而不喜歡那些畢恭畢敬、唯命是從的人。［構］特．主謂。［源］《左傳．宣公十二年》。［辨］『唯』也作『惟』。

唯唯諾諾 ㄨㄟˇ ㄨㄟˇ ㄋㄨㄛˋ ㄋㄨㄛˋ wěi wěi nuò nuò

形容一味順從，沒有主見。唯唯：謙和卑躬的應答。諾諾：連聲附和

的應答。［例］他周圍盡是些唯唯諾諾、不學無術的傢伙，能成什麼事業呢！［構］聯合。［辨］『唯』不要寫成『維』或『惟』。

唯我獨尊 ㄨㄟˊ ㄨㄛˇ ㄉㄨˊ ㄗㄨㄣ wéi wǒ dú zūn

原是佛教推崇釋迦牟尼的話。後來指人極其自高自大。含貶義。［例］他唯我獨尊，爲所欲爲，根本不把群衆看在眼裏。［構］特・主謂。［源］《大唐西域記・臘伐尼林》：『天上天下，唯吾獨尊。』

維妙維肖 ㄨㄟˊ ㄇㄧㄠˋ ㄨㄟˊ ㄒㄧㄠˋ wéi miào wéi xiào

描寫或模仿得非常巧妙、逼真。維：語氣助詞。肖：相像。［例］他扮演了一個不大熟悉的角色，竟做到維妙維肖，博得同行的好評。［構］聯合。［辨］『維』也作『唯』或『惟』。

尾大不掉 ㄨㄟˇ ㄉㄚˋ ㄅㄨˋ ㄉㄧㄠˋ wěi dà bù diào

尾巴大，不易擺動。比喻部下勢力太大，指揮不動。也比喻事物輕重倒置，難以駕馭。［例］①軍閥各據一方，中央權力削弱，形成了尾大不掉的局面。②我原想寫一篇短小的東西，但越寫越長，變成那樣尾大不掉。［構］主謂。［源］《左傳・昭公十一年》：『末大必折，尾大不掉。』

委曲求全 ㄨㄟˇ ㄑㄩ ㄑㄧㄡˊ ㄑㄩㄢˊ wěi qū qiú quán

勉強遷就，以求成全。委曲：彎曲。［例］『我獨不解中國人何以……於已成之局那麼委曲求全，於初興之事就這麼求全責備？』（魯迅《華蓋集・這個與那個》）［構］偏正。［源］《老子》二十二章：『曲則全，枉則直……古之所謂「曲則全」者，豈虛言哉？』

娓娓而談 ㄨㄟˇ ㄨㄟˇ ㄦˊ ㄊㄢˊ wěi wěi ér tán 連續不斷地談話。娓娓：說話不知疲倦的樣子。［例］多少年過去了，他那娓娓而談的神態還歷歷在目。［構］偏正。

萎靡不振 ㄨㄟˇ ㄇㄧˇ ㄅㄨˋ ㄓㄣˋ wěi mǐ bù zhèn 頹喪消沉，不振作。萎靡：亦作『委靡』，頹唐的樣子。［例］不論遇到什麼困難和挫折，他總是勇往直前，一點也沒有萎靡不振的樣子。［構］補充。

爲國捐軀 ㄨㄟˋ ㄍㄨㄛˊ ㄐㄩㄢ ㄑㄩ wèi guó juān qū 爲國家獻出生命。捐：獻。軀：身體，指生命。［例］我國歷史上許許多多的志士仁人爲國捐軀，在所不惜。［構］偏正。

爲虎作倀 ㄨㄟˋ ㄏㄨˇ ㄗㄨㄛˋ ㄔㄤ wèi hǔ zuò chāng 舊時迷信傳說，人被老虎吃掉後變成倀鬼，又去引誘別人來給虎吃。比喻給壞人當幫凶。［例］爲虎作倀的保安隊橫行無忌，白色恐怖布滿城鄉。［構］偏正。［源］唐．裴鉶《傳奇．馬拯》：『倀鬼，被虎所食之人也，爲虎前呵道耳。』［同］助紂爲虐［辨］『爲』不讀ㄨㄟˊ(wéi)。『倀』不讀ㄓㄤ(zhāng)。

爲民除害 ㄨㄟˋ ㄇㄧㄣˊ ㄔㄨˊ ㄏㄞˋ wèi mín chú hài 替老百姓鏟除禍害。［例］《河伯娶婦》寫的是戰國時西門豹爲民除害的故事。［構］偏正。［源］三國（魏）、陳琳《檄吳將校部曲文》：『爲民除害，元惡大憝。』［辨］『爲』不讀ㄨㄟˊ(wéi)。

爲人作嫁 ㄨㄟˋ ㄖㄣˊ ㄗㄨㄛˋ ㄐㄧㄚˋ wèi rén zuò jià
原爲慨嘆窮人家的女子只能替別人縫製嫁衣。比喻白白地爲別人辛苦忙碌。［例］我辛辛苦苦，爲人作嫁幹什麼？［構］偏正。［源］唐、秦韜玉《貧女》詩：『苦恨年年壓金線，爲他人作嫁衣裳。』［辨］『爲』不讀ㄨㄟˊ(wéi)。

爲淵驅魚，爲叢驅雀 ㄨㄟˋ ㄩㄢ ㄑㄩ ㄩˊ，ㄨㄟˋ ㄘㄨㄥˊ ㄑㄩ ㄑㄩㄝˋ wèi yuān qū yú, wèi cóng qū què
把魚趕到深潭裏去，把雀趕進樹林。比喻不會團結人，把一些可以團結的力量趕到了敵方去。淵：深水潭。驅：趕。叢：樹林。［例］我黨白區工作批判了那種爲淵驅魚，爲叢驅雀的錯誤後，加强了統一戰線，爭取了一些國民黨將領的起義。［構］覆。［源］《孟子·離婁上》。［辨］『爲』不讀ㄨㄟˊ(wéi)。

未卜先知 ㄨㄟˋ ㄅㄨˇ ㄒㄧㄢ ㄓ wèi bǔ xiān zhī
未經占卜就先知道吉凶。卜：占卜，占卜吉凶禍福的迷信行爲。指有預見。［例］你又不是未卜先知，怎麼事先知道得這樣清楚？［構］覆。［同］料事如神

未可厚非 ㄨㄟˋ ㄎㄜˇ ㄏㄡˋ ㄈㄟ wèi kě hòu fēi
不可過分指責或否定。厚：重。非：非難，指責。［例］他進行了反覆試驗，效果還不理想，對此是未可厚非的。［構］偏正。［源］《漢書·王莽傳》。

未雨綢繆 ㄨㄟˋ ㄩˇ ㄔㄡˊ ㄇㄡˊ wèi yǔ chóu móu
趁著天沒下雨，就修繕房屋門窗。比喻事先做好準備。綢繆：纏縛，引申爲修補。［例］如果不未雨綢繆，就難以確保來年豐收，擺脫被動的地位。［構］覆。［源］《詩經·豳風·鴟鴞》：

『迨天之未陰雨，徹彼桑土，綢繆牖戶。』[同]有備無患 [辨]『繆』不讀ㄇㄧㄠˋ(miào)或ㄇㄧㄡˋ(miù)。

味如雞肋 ㄨㄟˋ ㄖㄨˊ ㄐㄧ ㄌㄟˋ wèi rú jī lèi

味道像雞的肋骨一樣。比喻事物並沒有什麼意味，但又捨不得放棄。也比喻對事物沒有多大興趣或少有實惠。[例]①一次次的試驗都失敗了，現在又重新進行，真有點味如雞肋了。②我喜歡創作，但偏讓我去啃古書，真是味如雞肋。[構]主謂。[源]《三國志・魏書・武帝》：『夫雞肋，棄之如可惜，食之無所得，以比漢中，知王欲還也。』

畏首畏尾 ㄨㄟˋ ㄕㄡˇ ㄨㄟˋ ㄨㄟˇ wèi shǒu wèi wěi

怕前怕後，形容顧慮過重。畏：害怕。[例]我們年輕人，應當認清方向，勇往直前，絕不能左顧右盼，畏首畏尾。[構]聯合。[源]《左傳・文公十七年》：『畏首畏尾，身其餘幾？』

畏縮不前 ㄨㄟˋ ㄙㄨㄛ ㄅㄨˋ ㄑㄧㄢˊ wèi suō bù qián

害怕、退縮，不敢向前。也作『畏葸不前』。[例]在改革的道路上，難免有這樣那樣的問題，我們絕不能畏縮不前，而應該知難而進。[構]補充。[源]宋、魏泰《東軒筆錄》。

蔚然成風 ㄨㄟˋ ㄖㄢˊ ㄔㄥˊ ㄈㄥ wèi rán chéng fēng

形容某種事情已廣為流行，形成良好的風氣。蔚然：草木茂盛的樣子，引申為興盛。[例]尊師愛生，已在我班蔚然成風。[構]偏正。

溫故知新 ㄨㄣ ㄍㄨˋ ㄓ ㄒㄧㄣ wēn gù zhī xīn

溫習舊的知識，可以得到新的認識和體會。也指重溫歷史，更好地認識現實。[例]①我每復習一遍功課，總有一些新的體會，這就是溫故知新吧！②

制訂政策要了解歷史，溫故知新。［構］連動。［源］《論語・爲政》：『溫故而知新，可以爲師矣。』

溫良恭儉讓 ㄨㄣ ㄌㄧㄤˊ ㄍㄨㄥ ㄐㄧㄢˇ ㄖㄤˋ wēn liáng gōng jiǎn ràng
溫和、善良、恭敬、節制、忍讓。本是子貢頌揚孔子的話。後用以形容態度溫和，舉止文雅。有時也指缺乏鬥爭性。［例］①他待人接物，總是那樣溫良恭儉讓。②在對敵鬥爭上，溫良恭儉讓是要不得的。［構］聯合。［源］《論語・學而》。［同］溫文爾雅

溫情脈脈 ㄨㄣ ㄑㄧㄥˊ ㄇㄛˋ ㄇㄛˋ wēn qíng mò mò
懷著深厚、溫柔的感情，很想表露出來的神態。脈脈：含情凝視的樣子。［例］他的舉止談吐，扣動了她的心弦；她禁不住溫情脈脈地看著他。［構］主謂。［源］宋、辛棄疾《摸魚兒》：『千金縱買相如賦，脈脈此情誰訴！』［辨］「脈」不讀ㄇㄞˋ(mài)。

溫文爾雅 ㄨㄣ ㄨㄣˊ ㄦˇ ㄧㄚˇ wēn wén ěr yǎ
形容態度溫和有禮，舉止文雅、端莊。有時也指做事缺乏魄力。［例］他舉止溫文爾雅，說話低聲細語，給我留下了很深的印象。［構］聯合。［同］文質彬彬

文不對題 ㄨㄣˊ ㄅㄨˋ ㄉㄨㄟˋ ㄊㄧˊ wén bù duì tí
文章的內容和題目對不上。也指發言、談話離開了主旨。［例］①你想，文不對題，能做出好文章嗎？②在答辯會上，他過於緊張，文不對題，答非所問。［構］主謂。

文不加點 ㄨㄣˊ ㄅㄨˋ ㄐㄧㄚ ㄉㄧㄢˇ wén bù jiā diǎn
指文章無須修改，一氣寫成。形容文思敏捷，下筆成章。加點：塗上墨點，表示修改。［例］學生作文，提倡

反覆修改，反覆揣摩，所謂文不加點是以後的事。［構］主謂。［源］漢、禰衡《鸚鵡賦》：『筆不停綴，文不加點。』

文從字順 ㄨㄣˊ ㄘㄨㄥˊ ㄗˋ ㄕㄨㄣˋ wén cóng zì shùn 行文遣詞造句自然妥帖。從、順：妥帖，通順。［例］作文首先要求文從字順，然後才有提高的基礎。［構］聯合。［源］唐、韓愈《南陽樊紹述墓志銘》：『文從字順各識職。』

文房四寶 ㄨㄣˊ ㄈㄤˊ ㄙˋ ㄅㄠˇ wén fáng sì bǎo 指書房中必備的筆、墨、紙、硯。［例］剛進門，一眼看到端放在書桌上的文房四寶。［構］偏正。［源］宋、梅堯臣《九月六日登舟再和潘歙州紙硯》：『文房四寶出二郡。』

文過飾非 ㄨㄣˊ ㄍㄨㄛˋ ㄕˋ ㄈㄟ wén guò shì fēi 掩飾自己的過錯。文、飾：掩飾。過、非：過失、錯誤。［例］她不是那種文過飾非、拒不接受別人批評的人。［構］聯合。［源］《論語・子張》：『小人之過也必文。』《莊子・盜跖》：『辯足以飾非。』［辨］『文』舊讀ㄨㄣˋ（wèn）。

文理不通 ㄨㄣˊ ㄌㄧˇ ㄅㄨˋ ㄊㄨㄥ wén lǐ bù tōng 文辭表達和思想內容都不通暢。［例］像這樣文理不通的文章，實在難以進行修改。［構］主謂。［源］《舊五代史・選舉志》。

文人無行 ㄨㄣˊ ㄖㄣˊ ㄨˊ ㄒㄧㄥˊ wén rén wú xíng 喜歡玩弄文字的人，品行常常不端正。行：品行。［例］我們的作家，要用社會主義思想去教育人民，文人無行的現象絕不能繼續存在。［構］主謂。

〔辨〕『行』舊讀ㄒㄧㄥˋ(xìng)。

文人相輕 ㄨㄣˊ ㄖㄣˊ ㄒㄧㄤ ㄑㄧㄥ wén rén xiāng qīng

文人往往彼此看不起。輕：輕視。〔例〕我們的知識分子應善於以人之長補己之短，文人相輕是要不得的。〔構〕主謂。〔源〕三國(魏)、曹丕《典論・論文》：『文人相輕，自古而然。』

文如其人 ㄨㄣˊ ㄖㄨˊ ㄑㄧˊ ㄖㄣˊ wén rú qí rén

文章像作者本人一樣。指一個人的文章風格和他的性格相似。〔例〕他文如其人，幽默從忠厚中來。〔構〕主謂。〔源〕宋、蘇軾《答張文潛書》：『其爲人深不願人知之，其文如其爲人。』

文武之道，一張一弛 ㄨㄣˊ ㄨˇ ㄓ ㄉㄠˋ ㄧ ㄓㄤ ㄧ ㄔˊ wén wǔ zhī dào, yī zhāng yī chí

原指周文王和周武王治理國家像用弓一樣，有拉緊的時候，有放鬆的時候。現泛指工作或生活，要有緊有鬆，合理調節。張：拉開弓弦。弛：放鬆弓弦。〔例〕文武之道，一張一弛，我們要善於調節，做到勞逸結合。〔構〕主謂。〔源〕《禮記・雜記下》：『一張一弛，文武之道也。』〔辨〕『弛』不要寫成『馳』。

文以載道 ㄨㄣˊ ㄧˇ ㄗㄞˋ ㄉㄠˋ wén yǐ zài dào

文章是用來記載、闡發道理或思想的。〔例〕『文以載道』無疑是對的，只是時代不同，『道』的內容有所變化罷了。〔構〕主謂。〔源〕宋、周敦頤《通書・文辭》：『文所以載道也。』

文質彬彬 ㄨㄣˊ ㄓˋ ㄅㄧㄣ ㄅㄧㄣ wén zhì bīn bīn

原是孔子提出的作人標準，文指禮樂，質指仁義，兩者兼備，叫做君子。後用以形容舉止文雅、態度從容的樣子。彬彬：形容配合諧調。〔例〕他衣著整潔，文質彬彬，給人一種很有修養的印象。［構］主謂。［源］《論語·雍也》。

聞風而動 ㄨㄣˊ ㄈㄥ ㄦˊ ㄉㄨㄥˋ wén fēng ér dòng 一聽到消息就立即行動。形容行動迅速、敏捷。風：風聲，消息。［例］任務一下達，大家聞風而動，雷厲風行地忙起來。［構］連動。［同］雷厲風行

聞風喪膽 ㄨㄣˊ ㄈㄥ ㄙㄤˋ ㄉㄢˇ wén fēng sàng dǎn 聽到風聲就嚇破了膽。風：風聲，消息。形容對某種力量的極端恐懼。［例］我們的隊伍一出動，敵軍就聞風喪膽，落荒而逃。［構］連動。［源］唐、李德裕《授張仲武東面招撫回鶻使制》：『已探致虜之術，豈止聞風破膽。』

聞過則喜 ㄨㄣˊ ㄍㄨㄛˋ ㄗㄜˊ ㄒㄧˇ wén guò zé xǐ 聽到別人指出自己的過錯就高興。過：過失，錯誤。［例］對待批評有兩種截然不同的態度，一是聞過則喜，一是聞過則怒。［構］覆。［源］《孟子·公孫丑上》：『子路，人告之以有過則喜。』

聞雞起舞 ㄨㄣˊ ㄐㄧ ㄑㄧˇ ㄨˇ wén jī qǐ wǔ 聽到雞叫，就起床舞劍練武。形容有志者及時奮發自勵，以圖報效國家。［例］他以古人『聞雞起舞』的精神鞭策自己，清晨練武，常年不懈。［構］連動。［源］《晉書·祖逖傳》。

聞名不如見面 ㄨㄣˊ ㄇㄧㄥˊ ㄅㄨˋ ㄖㄨˊ ㄐㄧㄢˋ ㄇㄧㄢˋ wén míng bù rú jiàn miàn 聽到名字不如見到本人的面。現常用來作爲見面時表示仰慕的話。［例］聞名不如見面，他竟如此有見地。［構］主謂。［源］《

北史・烈女房愛親妻崔氏傳》。

聞所未聞 ㄨㄣˊ ㄙㄨㄛˇ ㄨㄟˋ ㄨㄣˊ wén suǒ wèi wén

聽到以前從未聽到過的事。形容所聽到的事物十分新奇。[例]您的見解，我聞所未聞，太新鮮，太有創造性了。[構]動賓。[源]《史記・酈食其陸賈列傳》：『越中無足與語，至生（陸賈）來，令我日聞所不聞。』[反]司空見慣

聞一知十 ㄨㄣˊ ㄧ ㄓ ㄕˊ wén yī zhī shí

聽到一點就能推知許多。形容十分聰明。[例]我們班上學習優秀的同學，多是能夠舉一反三、聞一知十的。[構]連動。[源]《論語・公冶長》：『賜也何敢望回。回也聞一以知十，賜也聞一以知二。』

穩操勝算 ㄨㄣˇ ㄘㄠ ㄕㄥˋ ㄙㄨㄢˋ wěn cāo shèngsuàn

穩穩地把握住取勝的謀略。操：拿，把握。勝算：取勝的計謀。[例]①我軍依靠群眾，以逸待勞，穩操勝算。②爲了使此次考試穩操勝算，他提前一個月進行系統的復習。[構]動賓。

穩如泰山 ㄨㄣˇ ㄖㄨˊ ㄊㄞˋ ㄕㄢ wěn rú tài shān

穩定得像泰山一樣。形容十分牢靠。[例]任憑風吹浪打，攔河大壩依然頂風擋浪，穩如泰山。[構]主謂。[同]固若金湯　堅如磐石　[反]風雨飄搖　搖搖欲墜　[辨]也作『安如泰山』。

穩紮穩打 ㄨㄣˇ ㄓㄚ ㄨㄣˇ ㄉㄚˇ wěn zhā wěn dǎ

原指步步設營，採取穩妥的辦法打擊敵人。也比喻穩穩當當地做事。[例]①這一仗，我團採取了步步爲營、穩紮穩打的策略。②搞經濟工作，絕不能

頭腦發熱，盲目冒進，而應穩紮穩打，一步一個腳印。[構]聯合。[反]操之過急 [辨]『穩』不要寫成『隱』。

問道於盲 ㄨㄣˋ ㄉㄠˋ ㄩˊ ㄇㄤˊ wèn dào yú máng
向盲人問路。比喻向毫無所知的人請教。盲：盲人。[例]『詩也是向不留意，侯先生賜示大作，實在是問道於盲而已。』(魯迅《致羅清楨》)。[構]補充。[源]唐、韓愈《答陳生書》：『足下求速化之術，不於其人，乃以訪愈，是所謂借聽於聾，求道於盲。』

問心無愧 ㄨㄣˋ ㄒㄧㄣ ㄨˊ ㄎㄨㄟˋ wèn xīn wú kuì
問問自己，感到沒有什麼可以慚愧的。[例]咱們憑真才實學工作，每月領點報酬，自覺問心無愧。[構]兼語。[同]心安理得 [反]問心有愧

甕中之鱉 ㄨㄥˋ ㄓㄨㄥ ㄓ ㄅㄧㄝ wèngzhōng zhī biē
困在壇中的甲魚。甕：陶製大壇。鱉：甲魚。比喻已在掌握之中，無法脫逃的人或動物。多指被圍困的敵人。[例]敵人已成了甕中之鱉，不好攻，暫時圍著算了。[例]偏正。

我行我素 ㄨㄛˇ ㄒㄧㄥˊ ㄨㄛˇ ㄙㄨˋ wǒ xíng wǒ sù
不管別人怎樣，我還按平素的做法去做。行：做。素：平素，向來。[例]不管他人怎麼議論，依然我行我素，一心把學生教好。[構]主謂。

沃野千里 ㄨㄛˋ ㄧㄝˇ ㄑㄧㄢ ㄌㄧˇ wò yě qiān lǐ
形容肥沃的土地極為寬廣。野：田野。[例]天府之國，沃野千里，人民富足。[構]主謂。[源]《漢書・張良傳》：『夫關中左殽函，右隴蜀，沃野千里。』

臥薪嘗膽 ㄨㄛˋ ㄒㄧㄣ ㄔㄤˊ ㄉㄢˇ wò xīn cháng dǎn

睡在柴草上，嘗著膽的苦味。比喻刻苦自勵，發憤圖强。［例］革命總要吃苦，春秋時期越王句踐尚且臥薪嘗膽，何況我們是革命者呢？［構］聯合。［源］《史記·越王句踐世家》。［同］發憤圖强。

握手言歡 ㄨㄛˋ ㄕㄡˇ ㄧㄢˊ ㄏㄨㄢ wò shǒu yán huān

握手談笑。形容親熱友好，多指重歸於好。［例］①老朋友多年不見，今日相會，握手言歡，有說不完的話。②多日的疙瘩一解開，他倆又握手言歡，和好如初了。［構］連動。［源］《後漢書·馬援傳》：『援素與（公孫）述同里閈，相善，以爲既至，當握手歡如平生。』

烏合之衆 ㄨ ㄏㄜˊ ㄓ ㄓㄨㄥˋ wū hé zhī zhòng

像烏鴉那樣暫時聚合的一群。比喻臨時湊合起來的沒有組織紀律的一夥人。含貶義。［例］來參加集會的人像趕集一樣，簡直是一群烏合之衆，吵吵鬧鬧，不聽指揮。［構］偏正。［源］《管子》（《意林》引）。［同］一盤散沙

烏煙瘴氣 ㄨ ㄧㄢ ㄓㄤˋ ㄑㄧˋ wū yān zhàng qì

比喻環境嘈雜、秩序混亂、風氣敗壞或社會黑暗。瘴氣：熱帶森林中的一種濕熱空氣。［例］①有些人在拚命抽煙，滿屋子烏煙瘴氣。②隨意篡改歷史，顛倒黑白，弄得史學領域烏烟瘴氣。［構］聯合。［同］烏七八糟

污泥濁水 ㄨ ㄋㄧˊ ㄓㄨㄛˊ ㄕㄨㄟˇ wū ní zhuó shuǐ

污穢的泥，渾濁的水。比喻落後、腐朽或反動的東西。［例］①他洗刷了自己身上的污泥濁水，開始了新的生活。②解放初，我們迅速滌盪反動政府留下的污泥濁水，著手建設一個嶄新而强盛的人民共和國。［構］聯合。［源］三國

（魏）、曹植《七哀詩》：『妾若濁水泥。』

嗚呼哀哉 ㄨ ㄏㄨ ㄞ ㄗㄞ wū hū āi zāi
文言中常用的對死者哀悼之辭，後借以指人或事物的死亡或完結。［例］①我好幾回體檢，沒發現絕症，看樣子不至於嗚呼哀哉。②敵人的破壞陰謀，還沒幹起來，就嗚呼哀哉了。［構］偏正。［源］《左傳・哀公十六年》。

無邊無際 ㄨˊ ㄅㄧㄢ ㄨˊ ㄐㄧˋ wú biān wú jì
範圍廣闊，沒有邊際。際：邊緣。也作『無邊無垠』。［例］這沼澤地好像是無邊無際似的，即使是走到天亮，也不一定能走出去。［構］聯合。

無病呻吟 ㄨˊ ㄅㄧㄥˋ ㄕㄣ ㄧㄣˊ wú bìng shēn yín
沒有病卻裝病哼哼不停。比喻沒有真情而故意發出感慨。呻吟：因病痛發出的哼哼聲。含貶義。［例］我們要盡量發表具有真情實感的健康的作品，至於那些風花雪月、無病呻吟的，就讓它走開吧！［構］覆。［源］宋、辛棄疾《臨江仙》：『百年光景百年心，更歡須嘆息，無病也呻吟。』

無補於事 ㄨˊ ㄅㄨˇ ㄩˊ ㄕˋ wú bǔ yú shì
對事情沒有什麼補益。［例］他的病情相當嚴重，要趕快搶救，著急是無補於事的。［構］補充。［同］無濟於事

無恥之尤 ㄨˊ ㄔˇ ㄓ ㄧㄡˊ wú chǐ zhī yóu
無恥中最突出的。形容無恥到了極點。尤：突出的。［例］他竟然吐出這樣無恥之尤的話，一點人的氣味都沒有。［構］偏正。［源］漢、賈誼《新書・諭誠》：『人謂豫讓曰：「子不死中行而反事其仇，何無恥之甚也？」』

無敵於天下 ㄨˊ ㄉㄧˊ ㄩˊ ㄊㄧㄢ ㄒㄧㄚˋ wú dí yú tiān xià 世界上沒有敵手。形容力量無比強大。於：在。［例］只要緊密地團結在黨中央周圍，我們就能無敵於天下。［構］補充。［源］《孟子·公孫丑上》：『如此，則無敵於天下。』［同］天下無敵

無的放矢 ㄨˊ ㄉㄧˋ ㄈㄤˋ ㄕˇ wú dì fàng shǐ 沒有目標亂放箭。比喻說話或做事沒有明確目的或不看對象。的：靶子。［例］他不進行調查研究，卻在會上夸夸其談，無的放矢。［構］主謂。［源］蘇綽《奏行六條詔書》：『君行不能自修，而欲百姓修行者，是猶無的而責射中也。』［同］對牛彈琴　［反］有的放矢　［辨］『的』不讀·ㄉㄜ(de)。

無動於衷 ㄨˊ ㄉㄨㄥˋ ㄩˊ ㄓㄨㄥ wú dòng yú zhōng 內心毫無觸動。多指對應關心的事毫不關心。［例］對人民疾苦無動於衷的人，不應選進領導班子。［構］補充。［源］宋、歐陽修《送祕書丞宋君歸太學序》：『其見焉而不動於中者，由性之明，學之而後至也。』［辨］『衷』也作『中』。

無獨有偶 ㄨˊ ㄉㄨˊ ㄧㄡˇ ㄡˇ wú dú yǒu ǒu 不只一個，還有一個配對的。獨：單獨，一個。偶：一雙，成對。［例］先生和這位老夫子，可叫做無獨有偶。［構］聯合。［源］宋、程顥《河南程氏遺書》：『天地萬物之理，無獨必有對，皆自然而然，非有安排也。』

無惡不作 ㄨˊ ㄜˋ ㄅㄨˋ ㄗㄨㄛˋ wú è bù zuò 沒有什麼壞事不做。形容幹盡了壞事。惡：壞事。［例］這惡霸無惡

不作，百姓對他恨之入骨。［構］主謂。［源］宋、法雲編《翻譯名義集》。

無風不起浪 ㄨˊ ㄈㄥ ㄅㄨˋ ㄑㄧˇ ㄌㄤˋ wú fēng bù qǐ làng 比喻事情發生總有原因。［例］有些人往往把謠言看成是無風不起浪，這是很錯誤的。［構］覆。［源］漢、東方朔《海內十洲記》。

無功受祿 ㄨˊ ㄍㄨㄥ ㄕㄡˋ ㄌㄨˋ wú gōng shòu lù 沒有功勞而享受優厚的待遇。祿：俸祿，舊時官吏的薪水。［例］這個成果，我沒有參加實驗，不能無功受祿。［構］覆。［源］《詩經・魏風・伐檀》小序：『伐檀，刺貪也。在位貪鄙，無功而受祿，君子不得進仕爾。』［反］按勞取酬［辨］『功』不要寫成『工』。『祿』不要寫成『錄』。

無關緊要 ㄨˊ ㄍㄨㄢ ㄐㄧㄣˇ ㄧㄠˋ wú guān jǐn yào 與急切的、重要的事情沒有什麼關係。［例］不能認爲這是小事，無關緊要，就馬馬虎虎。［構］動賓。［同］無足輕重

無官一身輕 ㄨˊ ㄍㄨㄢ ㄧ ㄕㄣ ㄑㄧㄥ wú guān yī shēn qīng 指沒有或去掉官職後一身輕鬆。［例］從此以後，我無官一身輕，有時間和你敍談敍談。［構］覆。［源］宋、蘇軾《賀子由生第四孫》：『無官一身輕，有子萬事足。』

無稽之談 ㄨˊ ㄐㄧ ㄓ ㄊㄢˊ wú jī zhī tán 沒有根據的話。稽：考查，引申爲根據。［例］這並不是無稽之談，確實是從大量史料中總結出來的。［構］偏正。［源］《尚書・大禹謨》：『無稽之言勿聽，弗詢之謀勿庸。』

無計可施 ㄨˊ ㄐㄧˋ ㄎㄜˇ ㄕ wú jì kě shī

沒有辦法可以施行。想不出什麼辦法。施：施展。[例]他無計可施，只好任人擺布。[構]主謂。[源]唐、薛用弱《集異記》：『曹進痛楚，計無所施。』

無濟於事 ㄨˊ ㄐㄧˋ ㄩˊ ㄕˋ wú jì yú shì

對事情沒有幫助。濟：幫助，補益。於：對。[例]我可以肯定告訴你，辦事要講原則，求情、行賄都是無濟於事的。[構]補充。[源]宋、劉摯《論分析助役》：『豈其言皆無補於事歟！』[同]杯水車薪　無補於事

無價之寶 ㄨˊ ㄐㄧㄚˋ ㄓ ㄅㄠˇ wú jià zhī bǎo

無法估量價格的寶物。指極其稀有珍貴的東西。[例]①這是無價之寶，我們要妥爲保存。②優良的校風，是學校的無價之寶。[構]偏正。[源]《尹文子・大道上》：『此玉無價以當之，五城之都，僅可一觀。』

無堅不摧 ㄨˊ ㄐㄧㄢ ㄅㄨˋ ㄘㄨㄟ wú jiān bù cuī

沒有什麼堅固的東西不能摧毀。形容力量非常強大。也比喻任何困難都能戰勝。[例]人民支持的軍隊，是銳不可當，無堅不摧的！[構]主謂。[源]《舊唐書・孔巢父傳》：『若蒙見用，無堅不摧。』

無拘無束 ㄨˊ ㄐㄩ ㄨˊ ㄕㄨˋ wú jū wú shù

不受任何拘束，自由自在。[例]王老師爽朗、熱情，和她交談無拘無束。[構]聯合。

無可辯駁 ㄨˊ ㄎㄜˇ ㄅㄧㄢˋ ㄅㄛˊ wú kě biàn bó

沒有根據來否定對方的意見。[例]他的發言擺事實，講道理，幾乎無可辯駁。[構]動賓。[辨]『辯』不

要寫成『辨』。

無可非議 ㄨˊ ㄎㄜˇ ㄈㄟ ㄧˋ wú kě fēi yì 沒有什麼可以指責、批評的。非議：指責，批評。[例]各有各的生活習慣，在業餘的時間養花下棋，是無可非議的。[構]動賓。

無可爭辯 ㄨˊ ㄎㄜˇ ㄓㄥ ㄅㄧㄢˋ wú kě zhēng biàn 沒有什麼可以爭論的。爭辯：爭論，辯論。也作『無可置辯』。[例]問題已經暴露得十分明顯，後果十分嚴重，這是無可爭辯的。[構]動賓。[源]清、陳澧《東塾讀書記》第十六卷：『太社不立於京都，當安所立，尤無可置辯矣。』

無孔不入 ㄨˊ ㄎㄨㄥˇ ㄅㄨˋ ㄖㄨˋ wú kǒng bù rù 沒有空子不鑽。比喻利用一切機會進行活動。孔：小洞。[例]舊時的商界，投機活動幾乎是無孔不入的。[構]覆。

無理取鬧 ㄨˊ ㄌㄧˇ ㄑㄩˇ ㄋㄠˋ wú lǐ qǔ nào 毫無道理地吵鬧搗亂。[例]他近來比較聽話，不再無理取鬧了。[構]偏正。[源]唐、韓愈《答柳柳州食蝦蟆》：『鳴聲相呼和，無理只取鬧。』

無立錐之地 ㄨˊ ㄌㄧˋ ㄓㄨㄟ ㄓ ㄉㄧˋ wú lì zhuī zhī dì 沒有插錐子的地方。形容沒有一點兒地方立足。錐：鑽孔的工具。也作『無立足之地』。常作『上無片瓦，下無立錐之地』。[例]我剛來，還無立錐之地，怎能安置你呢？[構]動賓。[源]《荀子．非十二子》：『無置椎之地而王公不能與之爭名。』

無米之炊 ㄨˊ ㄇㄧˇ ㄓ ㄔㄨㄟ wú mǐ zhī chuī
幹無米做飯的事。比喻缺少必要的條件，不可能做成的事情。［例］沒有原料，我廠的生產已陷入無米之炊的境地。［構］偏正。［源］宋、陸游《老學庵筆記》卷三：『巧婦安能做無麵湯餅乎？』

無能爲力 ㄨˊ ㄋㄥˊ ㄨㄟˊ ㄌㄧˋ wú néng wéi lì
使不上勁。指沒有能力或力不能及。［例］由於長期不能獲得眼球，醫學界對因角膜類疾病致盲者幾乎無能爲力。［構］連動。［源］《左傳・成公二年》：『……克於先大夫，無能爲役。請八百乘。』

無奇不有 ㄨˊ ㄑㄧˊ ㄅㄨˋ ㄧㄡˇ wú qí bù yǒu
什麼奇怪的事物都有。［例］西方娛樂場所的表演，無奇不有，花樣百出。［構］主謂。［源］晉、木華《海賦》：『何奇不有，何怪不儲。』

無窮無盡 ㄨˊ ㄑㄩㄥˊ ㄨˊ ㄐㄧㄣˋ wú qióng wú jìn
沒有止境，沒有盡頭。［例］宇宙是無窮無盡的，它的運動也是無窮無盡的。［構］聯合。［源］宋、晏殊《踏莎行》：『無窮無盡是離愁，天涯地角尋思遍。』

無人問津 ㄨˊ ㄖㄣˊ ㄨㄣˋ ㄐㄧㄣ wú rén wèn jīn
沒有人來詢問渡口。比喻沒有人過問或嘗試某事。津：渡口。［例］這座山太險峻，據說從來無人問津。［構］兼語。［源］晉、陶潛《桃花源記》：『南陽劉子驥，高尚士也；聞之，欣然規往。未果，尋病終。後遂無問津者。』

無聲無臭 ㄨˊ ㄕㄥ ㄨˊ ㄒㄧㄡˋ wú shēng wú xiù
沒有聲音，沒有氣味。比喻默默無聞。［例］一粒種子，可以躺在泥土裏無聲無臭地腐爛掉，也可以成長爲參天的大樹。［構］聯合。［源］《詩經·大雅·文王》：『上天之載，無聲無臭。』［同］無聲無息　默默無聞　［辨］『臭』不讀ㄔㄡˋ(chòu)。

無師自通 ㄨˊ ㄕ ㄗˋ ㄊㄨㄥ wú shī zì tōng　沒有老師，靠自己搞通。［例］計算機，在學校裏沒學過，我現在能夠使用，完全是無師自通。［構］覆。［源］唐、賈島《送賀蘭上人》：『無師禪自解，有格句堪誇。』

無事不登三寶殿 ㄨˊ ㄕˋ ㄅㄨˋ ㄉㄥ ㄙㄢ ㄅㄠˇ ㄉㄧㄢˋ wú shì bù dēng sān bǎo diàn　指沒有事情不登門。三寶殿：泛指佛殿。［例］我是無事不登三寶殿，可是連找你幾次，都沒碰上。［構］覆。

無事生非 ㄨˊ ㄕˋ ㄕㄥ ㄈㄟ wú shì shēng fēi　本來沒有事，卻故意製造事端。非：是非，引申爲糾紛、事端。含貶義。［例］鄰居間和睦相處，只有她無事生非，總疑心別人說她。［構］覆。［反］安分守己

無所不用其極 ㄨˊ ㄙㄨㄛˇ ㄅㄨˋ ㄩㄥˋ ㄑㄧˊ ㄐㄧˊ wú suǒ bù yòng qí jí　原指無處不用盡心力。現指幹壞事，使盡任何極端手段。極：盡頭，頂點。［例］匪軍所至，殺戮人民，姦淫婦女，焚毀村莊，掠奪財物，無所不用其極。［構］動賓。［源］《禮記·大學》：『是故君子無所不用其極。』

無所顧忌 ㄨˊ ㄙㄨㄛˇ ㄍㄨˋ ㄐㄧˋ wú suǒ gù jì　沒有什麼顧慮。顧忌：因有顧慮而不敢說或做。［例］他在衆人面前，談笑自若，無所顧忌。［構］動賓。［源］《

魏書・廣陽王建傳》：『言笑自得，無所顧忌。』

無所事事 ㄨˊ ㄙㄨㄛˇ ㄕˋ ㄕˋ wú suǒ shì shì

沒有什麼事情可做。形容什麼事情也不幹。事：做事。［例］她對陶陶說不上喜歡，覺得他太無所用心，太無所事事，太輕率，太任性了。［構］動賓。［源］明、歸有光《送同年丁聘之之任平湖序》。

無所適從 ㄨˊ ㄙㄨㄛˇ ㄕˋ ㄘㄨㄥˊ wú suǒ shì cóng

不知跟隨或聽從誰。形容不知怎麼辦才好。適：往，到。從：跟從，聽從。［例］你說一套，他說一套，弄得我無所適從，莫衷一是。［構］動賓。［源］《北齊書・魏蘭根傳》：『無所適從，故成背叛。』［同］莫衷一是

無所作爲 ㄨˊ ㄙㄨㄛˇ ㄗㄨㄛˋ ㄨㄟˊ wú suǒ zuò wéi

沒有作出什麼成績。作爲：作出成績。指沒有理想，不努力作出成績。［例］依我看，他這個人，膽小怕事，無所作爲，根本不能擔此重任。［構］動賓。［源］宋、黃庭堅《山谷題跋》：『所以垂衣拱手，無所作爲，天下晏然者乎！』

無往而不勝 ㄨˊ ㄨㄤˇ ㄦˊ ㄅㄨˋ ㄕㄥˋ wú wǎng ér bù shèng

不論到哪裏，都能取得勝利。往：到。［例］按照規律辦事，就會克服任何困難，無往而不勝。［構］覆。［源］《三國志・鄧艾傳》：『以此乘吳，無往而不克矣。』

無妄之災 ㄨˊ ㄨㄤˋ ㄓ ㄗㄞ wú wàng zhī zāi

意想不到的災禍。無妄：出其不意，不能預料。也作『無妄之禍』。［例］工棚起火，燒了許多平房，使鄰近

居民遭到了無妄之災。［構］偏正。［源］《周易・無妄》：『六三，無妄之災。』

無微不至 ㄨˊ ㄨㄟ ㄅㄨˋ ㄓˋ wú wēi bù zhì 沒有什麼細微的地方不照顧到。形容關心、照顧得極其細心周到。［例］想起同學們對她無微不至的照料，她內心激動不已。［構］主謂。［同］關懷備至 ［反］漠不關心

無隙可乘 ㄨˊ ㄒㄧˋ ㄎㄜˇ ㄔㄥˊ wú xì kě chéng 沒有空子可鑽。比喻沒有機會可以被利用。隙：裂縫，空子。［例］大家提高了警惕，壞分子便無隙可乘。［構］主謂。［源］《宋書・律曆志下》。［反］有機可乘

無暇顧及 ㄨˊ ㄒㄧㄚˊ ㄍㄨˋ ㄐㄧˊ wú xiá gù jí 沒有時間顧及。暇：空閒。顧及：照顧到，注意到。［例］他整天鑽在實驗室裏，無暇顧及其他。［構］偏正。［辨］『暇』不要寫成『假』，舊讀ㄒㄧㄚˋ (xià)。

無懈可擊 ㄨˊ ㄒㄧㄝˋ ㄎㄜˇ ㄐㄧ wú xiè kě jī 沒有一點漏洞和毛病可以被人挑剔、攻擊。懈：鬆懈，引申為破綻、漏洞。［例］他為自己的新論點找到一系列具有說服力的論據，敘述得頭頭是道，幾乎無懈可擊。［構］主謂。［源］《孫子・計篇》：『攻其無備，出其不意。』曹操注：『擊其懈怠，出其空虛。』［同］無隙可乘 ［反］破綻百出

無以復加 ㄨˊ ㄧˇ ㄈㄨˋ ㄐㄧㄚ wú yǐ fù jiā 無法再增加。形容到了極點。復：再。［例］當年，反動派把共產黨看得比什麼都可怕，防範、封鎖之嚴，無以復加。［構］偏正。［源］《左傳・文公十七年》：『今大國曰，爾未逞吾志。』

敝邑有亡，無以加焉。』

無庸諱言 wú yōng huì yán
不用隱諱地說。無庸：也作『毋庸』，不用，無須。諱：隱瞞，避忌。也作『無可諱言』。[例]直到現在，我們還沒有搞出合格的產品，這是無庸諱言的事實。[構]動賓。

無庸置疑 wú yōng zhì yí
不用懷疑。無庸：也作『毋庸』，不用，無須。[例]發揚民族優良傳統並不是開倒車，這是無庸置疑的。[構]動賓。

無憂無慮 wú yōu wú lǜ
沒有任何憂慮。形容心情舒暢自然。[例]工作以後，常常憶起無憂無慮的兒時生活。[構]聯合。

無與倫比 wú yǔ lún bǐ
沒有能跟它相類相比的。形容沒有什麼能比得上。倫比：同類相比。[例]我國的民間刺繡，構想新奇，工藝精美，可謂無與倫比。[構]動賓。[源]《舊唐書・郭子儀傳論》：『勳力之盛，無與倫比。』[同]無可比擬 [反]等量齊觀

無緣無故 wú yuán wú gù
沒有任何理由或根據。緣：因由。[例]他常常無緣無故地生氣，真是莫名其妙。[構]聯合。

無中生有 wú zhōngshēng yǒu
原是道家對事物的樸素的辯證看法。後用以指本來沒有的事，憑空說成有。[例]有那麼一些人，總喜歡無中生有，挑撥是非。[構]主謂。[源]《老子》第四十章：『天下萬物生於有，有

生於無。』

吳牛喘月 wú niú chuǎn yuè

原指江南炎熱，水牛見到月亮以後，誤認爲是太陽，就喘起氣來。比喻因見表面相似的事物便疑心而害怕。［例］他見到男同志和女同志在一起，就懷疑有什麼曖昧事，真是吳牛喘月。［構］主謂。［源］南朝（宋）、劉義慶《世說新語・言語》：『臣猶吳牛，見月而喘。』

五彩繽紛 wǔ cǎi bīn fēn

色彩艷麗繁多。五彩：原指青、黃、赤、白、黑，後來泛指各種顏色。繽紛：錯雜紛繁的樣子。［例］阿力瑪斯山的冰峰雪嶺直插在五彩繽紛的霞光裏。［構］主謂。

五光十色 wǔ guāng shí sè

形容色澤艷麗，品種繁多。［例］新開張的百貨公司，貨架上擺滿五光十色的商品，令人應接不暇。［構］聯合。［源］南朝（梁）、江淹《麗色賦》：『其少進也，如彩雲出崖，五光徘徊，十色陸離。』

五湖四海 wǔ hú sì hǎi

泛指四面八方，全國各地。［例］我們都來自五湖四海，爲了建成這一重點工程。［構］聯合。［源］唐、呂巖《絕句》：『五湖四海任遨遊。』［同］五洲四海

五花八門 wǔ huā bā mén

原指古代戰術富於變化的兩種陣式（五花陣、八門陣）。後比喻花樣繁多或變化多端。［例］①猴山的主人們有形形色色的狀貌，因此人們也就給它們

起了五花八門的名字。②他耍弄的把戲，真是五花八門，層出不窮！［構］聯合。［同］五光十色

五勞七傷 ㄨˇ ㄌㄠˊ ㄑㄧ ㄕㄤ wǔ láo qī shāng

原爲中醫學名詞。泛指人的各種疾病或身體多病。［例］舊社會的井下礦工，到了老年，許多人五勞七傷，滿身是病。［構］聯合。［源］宋、蘇軾《東坡志林・第三卷・論醫和語》：『五勞七傷，皆熱中而蒸，晦淫者不爲蠱則中風，皆熱之所生也。』［辨］『勞』也作『癆』。

五十步笑百步 ㄨˇ ㄕˊ ㄅㄨˋ ㄒㄧㄠˋ ㄅㄞˇ ㄅㄨˋ wǔ shí bù xiào bǎi bù

原指作戰時，打了敗仗的士兵，向後逃跑了五十步的嘲笑一百步的。比喻程度雖有差別但本質一樣。［例］你還一個勁地批評別人，我看是五十步笑百步。［構］主謂。［源］《孟子・梁惠王上》。

五體投地 ㄨˇ ㄊㄧˇ ㄊㄡˊ ㄉㄧˋ wǔ tǐ tóu dì

佛教徒最虔誠的禮節，兩膝、雙肘和頭一起著地。比喻崇拜、虔誠到了極點。［例］①寺裏吸引了成千上萬的遊客，他們在大佛面前五體投地地頂禮膜拜。②讀了他的書，真使我佩服得五體投地。［構］主謂。［同］心悅誠服

五顏六色 ㄨˇ ㄧㄢˊ ㄌㄧㄡˋ ㄙㄜˋ wǔ yán liù sè

多種顏色。引申爲各色各樣。［例］①佛子嶺開著五顏六色的花，真是一個大花園。②夏日裏，姑娘們穿起五顏六色的衣裙。［構］聯合。

五臟六腑 ㄨˇ ㄗㄤˋ ㄌㄧㄡˋ ㄈㄨˇ wǔ zàng liù fǔ

人體內臟器官的總稱。比喻事物的內部情況。五臟：脾、肺、腎、肝、心。六腑：胃、膽、三焦、膀胱、大腸

、小腸。[例]①在X光線照射下，五臟六腑都看得清清楚楚。②住久了，他五臟六腑裏的毛病就都顯露了出來。[構]聯合。[源]《呂氏春秋·恃君覽·達郁》。

五洲四海 ㄨˇ ㄓㄡ ㄙˋ ㄏㄞˇ wǔ zhōu sì hǎi 泛指世界各地。[例]來自五洲四海的朋友來到人民大會堂，參加我們的國慶盛典。[構]聯合。[同]五湖四海[辨]『洲』不要寫成『州』。

武斷專橫 ㄨˇ ㄉㄨㄢˋ ㄓㄨㄢ ㄏㄥˊ wǔ duànzhuānhéng 獨斷專行，蠻橫跋扈。武斷：主觀臆斷。專橫：專制蠻橫。[例]他武斷專橫，目空一切，什麼人的意見都聽不進去。[構]聯合。[同]專橫跋扈[辨]『橫』不讀ㄏㄥˋ(hèng)。

舞文弄墨 ㄨˇ ㄨㄣˊ ㄋㄨㄥˋ ㄇㄛˋ wǔ wén nòng mò 形容玩弄文字技巧。舞、弄：玩弄。[例]論起舞文弄墨，弟兄們比不過你；要講舉刀耍槍，可比你內行。[構]聯合。[源]《隋書·王世充傳》：『而舞弄文墨，高下其心。』

勿念舊惡 ㄨˋ ㄋㄧㄢˋ ㄐㄧㄡˋ ㄜˋ wù niàn jiù è 不要總是念念不忘人家過去的壞處。[例]勿念舊惡，要多想想現在對你的關心和照顧。[構]動賓。[源]《論語·公冶長》：『伯夷、叔齊不念舊惡，怨是用希。』

勿謂言之不預 ㄨˋ ㄨㄟˋ ㄧㄢˊ ㄓ ㄅㄨˋ ㄩˋ wù wèi yán zhī bù yù 不要說事先沒有講明。謂：說。預：預先。[例]如有不法之徒故意搗亂，一定嚴加查處，勿謂言之不預。[構]動賓。[源]太平天國、李秀成《再致上海各領事書》。

勿以惡小而爲之 ㄨˋ ㄧˇ ㄜˋ ㄒㄧㄠˇ ㄦˊ ㄨㄟˊ ㄓ wù yǐ è xiǎo ér wéi zhī

不要認爲是微小的壞事就去做。爲：做。［例］小的毛病會變成大的錯誤，所以切勿以惡小而爲之。［構］連動。［源］晉、陳壽《三國志・蜀書・先主傳・裴注》。［辨］常與『勿以善小而不爲』連用。

物歸原主 ㄨˋ ㄍㄨㄟ ㄩㄢˊ ㄓㄨˇ wù guī yuán zhǔ

把東西歸還原來的主人。［例］請丟失自行車的同志帶上牌照前來認領，以便物歸原主。［構］主謂。

物換星移 ㄨˋ ㄏㄨㄢˋ ㄒㄧㄥ ㄧˊ wù huàn xīng yí

景物改變，星辰移動。形容時序、世事的變遷。［例］四十年來，物換星移，祖國的變化可大啊！［構］聯合。［源］唐、王勃《滕王閣》：『物換星移幾度秋。』

物極必反 ㄨˋ ㄐㄧˊ ㄅㄧˋ ㄈㄢˇ wù jí bì fǎn

事物發展到極點，必將向反面轉化。［例］『文革』時只准演八個樣板戲，弄得文化生活萬馬齊喑。物極必反，現在一開放就出現了百花齊放的形勢。［構］覆。［源］漢、劉向《新序・善謀》：『物至則反，冬夏是也；到高則危，累棋是也。』

物競天擇 ㄨˋ ㄐㄧㄥˋ ㄊㄧㄢ ㄗㄜˊ wù jìng tiān zé

英國生物學家達爾文進化論學說的基本觀點：自然界萬物都爲生存而互相競爭，能適應自然的被選留下來。天擇：自然選擇。［例］在這個問題上，不要忽略物競天擇、適者生存的法則。［構］聯合。

物美價廉 ㄨˋ ㄇㄟˇ ㄐㄧㄚˋ ㄌㄧㄢˊ wù měi jià lián

物品的質量好，價格低廉。［例］春節市場，商品種類繁多，物美價廉。［構］聯合。

物是人非 ㄨˋ ㄕˋ ㄖㄣˊ ㄈㄟ wù shì rén fēi

景物依舊，人事已變。多指對故人的懷念。［例］回到兒時就讀的學校，物是人非，不禁潸然淚下。［構］聯合。［源］三國（魏）、曹丕《與吳質書·裴注》。

物以類聚 ㄨˋ ㄧˇ ㄌㄟˋ ㄐㄩˋ wù yǐ lèi jù

同類的事物常聚在一起。現多指壞人常勾結在一起。［例］我現在才悟到你和他爲什麼總混在一起，原來是物以類聚。［構］主謂。［源］《周易·繫辭上》：『方以類聚，物以群分。』［辨］常與『人以群分』連用。

物以稀爲貴 ㄨˋ ㄧˇ ㄒㄧ ㄨㄟˊ ㄍㄨㄟˋ wù yǐ xī wéi guì

東西稀少便顯得珍貴。［例］從紹興帶來的梅乾菜，在北京飯桌上很受歡迎，這大概是物以稀爲貴吧！［構］主謂。［源］《抱朴子·明本》：『然物以少者爲貴，多者爲賤。』［辨］『稀』也作『希』。

誤人子弟 ㄨˋ ㄖㄣˊ ㄗˇ ㄉㄧˋ wù rén zǐ dì

耽誤了人家的子弟。多指教師因不稱職或失職而貽誤學生。［例］我們要求每個師範生努力學習，積極磨練，以免將來誤人子弟。［構］動賓。

誤入歧途 ㄨˋ ㄖㄨˋ ㄑㄧˊ ㄊㄨˊ wù rù qí tú

因受迷惑而錯誤地走上邪路。［例］有的學者不負責任地鼓吹一些稀奇古怪的觀點，常使涉世不深的年輕人誤入歧途。［構］動賓。

霧裏看花 ㄨˋ ㄌㄧˇ ㄎㄢˋ ㄏㄨㄚ wù lǐ kàn huā

像在霧中看花。原比喻老眼昏花。後泛指對事物難於看得真切。［例」好長的一篇文章，讀著如霧裏看花，弄不清寫的是什麼。［構］偏正。［源］唐、杜甫《小寒食舟中作》：『春水船如天上坐，老年花似霧中看。』

X

息事寧人 ㄒㄧ ㄕˋ ㄋㄧㄥˊ ㄖㄣˊ xī shì níng rén

平息事端，使人安寧。［例］可是要是我真像他那樣發達了，我一定留一點後路。凡事只求個息事寧人。［構］連動。［源］《後漢書・章帝紀》：『不得聽受，冀以息事寧人。』［同］相安無事 ［反］惹是生非 ［辨］『寧』不要讀作ㄋㄧㄥˋ(nìng)。

息息相關 ㄒㄧ ㄒㄧ ㄒㄧㄤ ㄍㄨㄢ xī xī xiāngguān

呼和吸相關聯。多形容關係極爲密切。［例］老一輩無產階級革命家，爲中國人民解放事業，捨身奮鬥，同人民息息相關，與群衆生死與共。［構］偏正。［同］息息相通 休戚與共 ［反］漠不關心 風馬牛不相及 ［辨］息息相關與息息相通都形容關係密切，但使用時也有區別，當表示關係密切互相溝通時就只能用息息相通而不能用息息相關。

惜墨如金 ㄒㄧ ㄇㄛˋ ㄖㄨˊ ㄐㄧㄣ xī mò rú jīn

珍惜墨像珍惜黃金一樣。多形容寫字、作畫、寫文章不輕易下筆。［例］你讀老舍的劇作，就會發現他惜墨如金，其台詞之精練，幾乎是增加一字也覺得是多餘的。［構］主謂。［源］宋、費樞《釣磯立談》：『李營丘（成）惜墨如金。』

稀奇古怪 ㄒㄧ ㄑㄧˊ ㄍㄨˇ ㄍㄨㄞˋ xī qí gǔ guài

形容罕見而又奇特，使人感到吃驚。［例］我想當新聞記者，這樣可

以多看些稀奇古怪的人，多知些稀奇古怪的事。［構］聯合。［同］離奇古怪

熙來攘往 ㄒㄧ ㄌㄞˊ ㄖㄤˇ ㄨㄤˇ xī lái rǎng wǎng　指人員衆多而擁擠，來來往往非常熱鬧。［例］他坐在那裏，看廟會的盛況，望著熙來攘往的人群。［構］聯合。［源］《史記・貨殖列傳》：『天下熙熙，皆爲利來；天下壤壤（攘），皆爲利往。』［同］熙熙攘攘［反］冷冷清清［辨］熙來攘往後面不能再接用『來來往往』，而『熙熙攘攘』後面可以接用『來來往往』。

嬉笑怒罵 ㄒㄧ ㄒㄧㄠˋ ㄋㄨˋ ㄇㄚˋ xī xiào nù mà　玩笑、憤怒和斥罵等各種感情。［例］魯迅先生的雜文，揮灑自如，不拘一格，嬉笑怒罵，皆成文章。［構］聯合。［源］宋、黃庭堅《東坡先生真贊》：『東坡之酒，赤壁之笛，嬉笑怒罵，皆成文章。』［辨］嬉笑怒罵常和『皆成文章』連用，指寫文章手法靈活多樣。

習慣成自然 ㄒㄧˊ ㄍㄨㄢˋ ㄔㄥˊ ㄗˋ ㄖㄢˊ xí guàn chéng zì rán　長期做下去就會形成一種自然的習性。［例］注意整潔，講究衛生不是很難的事，只要能夠堅持，也就習慣成自然了。［構］主謂。［同］習以成性　習以爲常

習焉不察 ㄒㄧˊ ㄧㄢ ㄅㄨˋ ㄔㄚˊ xí yān bù chá　按習慣長期這樣做，有問題也不易察覺。焉：於此。［例］在學校過集體生活，也要頭腦清醒，是非分明，不可習焉不察，與不良風氣同流合污。［構］補充。［同］習以爲常

習以爲常 ㄒㄧˊ ㄧˇ ㄨㄟˊ ㄔㄤˊ xí yǐ wéi cháng　經常如此也就形成常規了。［例］生活艱苦自不必說，好在天長日久

，大家過慣了，也就習以爲常了。〔構〕主謂。〔源〕《逸周書・常訓解》：『以習爲常。』〔同〕家常便飯　司空見慣〔反〕少見多怪　〔辨〕習以爲常和『家常便飯』都有很平常、不以爲奇的意思，在修飾『事情』時可換用。

席不暇暖 ㄒㄧˊ ㄅㄨˋ ㄒㄧㄚˊ ㄋㄨㄢˇ xí bù xiá nuǎn

連坐席也來不及坐熱就走了。形容奔波繁忙沒有坐下來的時間。席：坐席。暇：空閒。〔例〕爲了籌備全區各中學學生演說比賽，這幾天忙得我真是席不暇暖。〔構〕主謂。〔源〕《淮南子・修務訓》：『墨子無暖席。』〔同〕馬不停蹄　〔反〕悠閒自得

席地而坐 ㄒㄧˊ ㄉㄧˋ ㄦˊ ㄗㄨㄛˋ xí dì ér zuò

古人在地上鋪席以爲座。泛指就地而坐。〔例〕在營火晚會上，大家席地而坐，又說又笑，欣賞著精采的文藝節目。〔構〕連動。

洗耳恭聽 ㄒㄧˇ ㄦˇ ㄍㄨㄥ ㄊㄧㄥ xǐ ěr gōng tīng

專心恭敬地聆聽別人講話。〔例〕對於你的批評，我將洗耳恭聽。〔構〕連動。〔源〕元、周權《此山集・秋霽》詩：『酒醒誰鼓《松風操》，炷罷爐熏洗耳聽。』〔反〕充耳不聞

洗劫一空 ㄒㄧˇ ㄐㄧㄝˊ ㄧˋ ㄎㄨㄥ xǐ jié yì kōng

像用水洗一樣搶光、殺光。〔例〕日本帝國主義的軍隊在侵華戰爭中，所到之處，奸淫殺戮，洗劫一空。〔構〕補充。〔同〕劫掠一空

洗心革面 ㄒㄧˇ ㄒㄧㄣ ㄍㄜˊ ㄇㄧㄢˋ xǐ xīn gé miàn

除掉思想上的污垢，改變原來的面貌。〔例〕張富英等三人的刑期已滿，獄長要求他們回去後，一定要洗心革面，好好務農。〔構〕聯合。〔源〕《周

易・革》：『君子豹變，小人革面。』［同］脫胎換骨［反］死不悔改 依然如故［辨］脫胎換骨與洗心革面雖都可以形容徹底悔改，重新做人，但脫胎換骨既可以指罪人的徹底悔改，又可指一般人的思想轉變。洗心革面只指罪人，不指一般人。

喜不自勝 ㄒㄧˇ ㄅㄨˋ ㄗˋ ㄕㄥˋ xǐ bù zì shèng 高興得自己都承受不了，形容高興到了極點。［例］聽到我知識競賽獲獎的消息，真有點喜不自勝了。［構］主謂。［同］樂不可支 ［反］怒不可遏

喜出望外 ㄒㄧˇ ㄔㄨ ㄨㄤˋ ㄨㄞˋ xǐ chū wàng wài 發生意想不到的喜事，心裏非常高興。望：希望。［例］我得了作文比賽一等獎，不禁喜出望外。［構］主謂。［源］宋、蘇軾《與李之儀書》：『契闊八年，豈謂復有見日，漸近中原，辱書尤數，喜出望外。』［同］喜從天降

喜怒哀樂 ㄒㄧˇ ㄋㄨˋ ㄞ ㄌㄜˋ xǐ nù āi lè 喜歡、憤怒、悲哀、快樂。形容人感情上幾種不同的表現。［例］喜怒哀樂，人之常情。［構］聯合。［源］《禮記・中庸》：『喜怒哀樂之未發謂之中，發而皆中節謂之和。』

喜怒不形於色 ㄒㄧˇ ㄋㄨˋ ㄅㄨˋ ㄒㄧㄥˊ ㄩˊ ㄙㄜˋ xǐ nù bù xíng yú sè 歡喜、憤怒都不在臉上表現出來。形容人深沉而有心計，內心活動不輕易流露出來。形：顯露。［例］那個人喜歡讀書，性情寬和，平時話不多，喜怒不形於色。［構］主謂。［源］《資治通鑑・唐紀・文宗開成五年》：『喜慍不形於色。』

喜氣洋洋 xǐ qì yángyáng

非常高興。洋洋：愉快得意的樣子。〔例〕豐收了，整個打曬場上，彌漫著一種喜慶氣氛，人人都喜氣洋洋。〔構〕主謂。〔同〕喜笑顏開　喜形於色　眉飛色舞　〔反〕愁眉苦臉　愁容滿面　愁眉鎖眼

喜聞樂見 xǐ wén lè jiàn

喜歡聽，樂意看。形容非常受歡迎。〔例〕『洋八股必須廢止，空洞抽象的調頭必須少唱，教條主義必須休息，而代之以新鮮活潑的、爲中國老百姓所喜聞樂見的中國作風和中國氣派。』（毛澤東）〔構〕聯合。

喜新厭舊 xǐ xīn yàn jiù

喜愛新的，厭棄舊的。一般指感情不專一。〔例〕那時候，男人們也許官更大了，如果他們喜新厭舊，受犧牲的還是我們可憐的姊妹。〔構〕聯合。〔反〕忠貞不二　忠貞不渝

細水長流 xì shuǐ cháng liú

細微的水流常年不斷。比喻力量雖不大，但能堅持不懈。〔例〕學習上不能貪多求快，要細水長流，循序漸進。〔構〕主謂。〔源〕清、翟灝《通俗篇・地理》引《遺教經》：『汝等常勤精進，譬如小水長流，則能穿石。』

細枝末節 xì zhī mò jié

細小的枝，末端的節。常指無關大局的小事。〔例〕做工作要善於抓主要矛盾，分清主次，不要只顧細枝末節。〔構〕聯合。〔源〕《禮記・樂記》。

瞎子摸魚 xiā zi mō yú

指脫離實際的盲目行動。〔例〕『「閉塞眼睛捉麻雀」，「瞎子摸魚」

」，粗枝大葉，夸夸其談，滿足於一知半解，這種極壞的作風，這種完全違反馬克思列寧主義基本精神的作風，還在我黨許多同志中繼續存在著。」（毛澤東）［構］主謂。［同］盲人摸象　瞎馬臨池

瑕不掩瑜 xiá bù yǎn yú　玉上的小斑點掩蓋不住美玉的光彩。瑕：玉上的小斑點。瑜：美玉。
［例］他雖然有一些缺點，但瑕不掩瑜，全面看他的確是個人才。［構］主謂。［源］《禮記・聘義》：『瑕不揜（掩）瑜，瑜不揜（掩）瑕，忠也。』

下筆成章 xià bǐ chéngzhāng　一動筆就能寫成文章。形容寫作能力强，有才華。亦作『下筆成篇』。
［例］王德强同志很有寫作才能，既寫得快，又寫得好，幾乎是『下筆成章』。［構］連動。［源］三國（魏）、曹植《王仲宣誄》：『文若春華，思若湧泉；發言可詠，下筆成篇。』［反］下筆千言，離題萬里

下不爲例 xià bù wéi lì　只此一次，下次不能再以此爲例。例：先例。
［例］你這樣做是錯誤的，應當受到處分，不能採取下不爲例的辦法。［構］主謂。

下里巴人 xià lǐ bā rén　泛指通俗普及的文藝作品。《下里》、《巴人》：戰國時楚國流行的民間歌曲。［例］『現在是「陽春白雪」和「下里巴人」統一的問題，是提高和普及統一的問題。』（毛澤東）［構］聯合。［源］《文選・宋玉〈對楚王問〉》：『客有歌於郢中者，其始曰《下里》、《巴人》，國中屬而和者數千人……其爲《陽春》、《白雪》，國中屬而和者不過數

十人。』［反］陽春白雪

下馬看花 ㄒㄧㄚˋ ㄇㄚˇ ㄎㄢˋ ㄏㄨㄚ xià mǎ kàn huā

比喻停下來，深入進行調查研究。［例］到基層調查研究的幹部，不能滿足於走馬觀花，要下馬看花，深入下去，蹲點調查。［構］連動。［反］走馬觀花

先睹爲快 ㄒㄧㄢ ㄉㄨˇ ㄨㄟˊ ㄎㄨㄞˋ xiān dǔ wéi kuài

把最先看到作爲最大的愉快。睹：看。［例］這本當今世界暢銷書，在我國還是第一次翻譯出版，先睹爲快，你能不能代我盡快買一本？［構］主謂。［源］唐、韓愈《與少室李拾遺書》：『爭先睹之爲快。』

先發制人 ㄒㄧㄢ ㄈㄚ ㄓˋ ㄖㄣˊ xiān fā zhì rén

①先發動攻擊以控制對方。②先下手以制服對方。制：制約，制服。［例］①他們互相對峙著，如果抓住戰機先發制人，就容易取得勝利。②劍波沒等這位警長開口，便理直氣壯地來個先發制人。［構］連動。［源］《漢書・項籍傳》：『先發制人，後發制於人。』［同］先聲奪人　先下手爲强　［反］後發制人

先公後私 ㄒㄧㄢ ㄍㄨㄥ ㄏㄡˋ ㄙ xiān gōng hòu sī

先做公家事，後辦私事，指把公事放在第一位。［例］他是個優秀的共產黨員，在工作中總是先公後私。［構］聯合。［源］《孔叢子・記義》：『見周公之先公而後私也。』［同］公而忘私

先入爲主 ㄒㄧㄢ ㄖㄨˋ ㄨㄟˊ ㄓㄨˇ xiān rù wéi zhǔ

先接受的一種思想或印象，形成了一種成見以後就不容易再接受別的觀點了。［例］到基層調查情況時，切不可先入爲主，要多方面聽取意見。［構］主謂。［源］《漢書・息夫躬傳》：『唯

陛下觀覽古戒，反覆參考，無以先入之語爲主。』

先聲奪人 ㄒㄧㄢ ㄕㄥ ㄉㄨㄛˊ ㄖㄣˊ xiān shēng duó rén　先製造自己的聲勢以壓倒對方。比喻做事搶先一步。［例］這次球賽失利，主要是因爲新手多，缺乏臨場經驗，在對手先聲奪人首場獲勝之後，隊員士氣不振，技術未能充分發揮。［構］連動。［源］《左傳·昭公二十一年》：「《軍志》有之：『先人（先於人）有奪人之心』。」［同］先發制人

先天下之憂而憂，後天下之樂而樂 ㄒㄧㄢ ㄊㄧㄢ ㄒㄧㄚˋ ㄓ ㄧㄡ ㄦˊ ㄧㄡ ㄏㄡˋ ㄊㄧㄢ ㄒㄧㄚˋ ㄓ ㄌㄜˋ ㄦˊ ㄌㄜˋ xiān tiān xià zhī yōu ér yōu hòu tiān xià zhī lè ér lè　在天下人憂之前先憂，在天下人安樂之後才安樂。現指吃苦在前，享受在後。［例］國家幹部應該做先天下之憂而憂，後天下之樂而樂的人。［構］覆。［源］宋、范仲淹《岳陽樓記》：『然則何時而樂耶？其必曰：「先天下之憂而憂，後天下之樂而樂」』。

先斬後奏 ㄒㄧㄢ ㄓㄢˇ ㄏㄡˋ ㄗㄡˋ xiān zhǎn hòu zòu　原指封建社會大臣殺了人，然後再上報帝王。今指未向上級請示就先做了。［例］對重大的原則問題，一定要向上級請示，絕不允許先斬後奏。［構］連動。［源］《漢書·申屠嘉傳》。［反］事先請示，事後匯報

閒情逸致 ㄒㄧㄢˊ ㄑㄧㄥˊ ㄧˋ ㄓˋ xián qíng yì zhì　悠閒的心情和安逸的興致。［例］哦！我的上帝，你還有這閒情逸致！莫非你想當歌唱家嗎？［構］聯合。

弦外之音 ㄒㄧㄢˊ ㄨㄞˋ ㄓ ㄧㄣ xián wài zhī yīn

比喻言外之意。在文章或說話裏沒有直接表明的而是間接透露的意思。弦：樂器上能發聲的線。亦作『弦外之意』。［例］她說身體不舒服，實際上她彈的是不去參加晚會的弦外之音。［構］偏正。［源］南朝（宋）、范曄《獄中與諸甥侄書》：『弦外之意，虛響之音，不知所從而來。』［同］言外之意　弦外有音　音在弦外　［辨］『弦』不要讀作ㄒㄩㄢˊ (xuán)。

賢妻良母 ㄒㄧㄢˊ ㄑㄧ ㄌㄧㄤˊ ㄇㄨˇ xián qī liáng mǔ

對丈夫是賢慧的妻子，對子女是慈愛教導有方的母親。舊時形容品德良好的婦女。［例］他的妻子是一位賢妻良母式的善良女子。［構］聯合。

嫌貧愛富 ㄒㄧㄢˊ ㄆㄧㄣˊ ㄞˋ ㄈㄨˋ xián pín ài fù

嫌棄貧窮，喜愛富有。指對人的愛憎不以品德取捨，而以貧富爲準。［例］她的父母嫌貧愛富，要把她嫁給比她歲數大得多的富商。［構］聯合。［源］元、關漢卿《裴度還帶》二折：『有那等嫌貧愛富的兒曹輩，將俺這貧傲慢、把他那富追陪，那個肯恤孤念寡存仁義。』

顯而易見 ㄒㄧㄢˇ ㄦˊ ㄧˋ ㄐㄧㄢˋ xiǎn ér yì jiàn

事情和道理非常明顯，極容易看清楚。［例］這道理顯而易見，誰都能看明白。［構］補充。［源］宋、王安石《洪範傳》：『在我者，其得失微而難知，莫若質諸天物之顯而易見。』［同］不言而喻　彰明較著

現身說法 ㄒㄧㄢˋ ㄕㄣ ㄕㄨㄛ ㄈㄚˇ xiàn shēn shuō fǎ

原爲佛教用語，指佛法廣大。今指以個人的經歷爲例說明道理，勸戒

別人。［例］他現身說法把道理講得深透極了，我們心服口服。［構］連動。［源］《楞嚴經》卷六：『我與彼前，皆現其身，而為說法，令其成就。』

相安無事 ㄒㄧㄤ ㄢ ㄨˊ ㄕˋ xiāng ān wú shì
彼此和睦相處，沒有發生矛盾衝突。［例］可惜這相安無事的局面保持不久，婆媳間又發生了爭吵。［構］補充。［源］宋、鄧牧《伯牙琴・吏道》：『古者君民間相安無事者，固不得無吏，而為員不多。』

相持不下 ㄒㄧㄤ ㄔˊ ㄅㄨˋ ㄒㄧㄚˋ xiāng chí bù xià
指力量相當的雙方，堅持對抗，互不相讓，誰也壓不倒誰。［例］辯論競賽雙方出口成章，針鋒相對，真是有點相持不下了。［構］補充。［源］《史記・項羽本紀》：『楚漢久相持未決。』［反］迎刃而解

相得益彰 ㄒㄧㄤ ㄉㄜˊ ㄧˋ ㄓㄤ xiāng dé yì zhāng
雙方互相配合，彼此的優點和作用更加明顯突出。彰：顯著。［例］高深的思想與精闢的語言應當是互為表裏，相得益彰的。［構］連動。［源］漢、王褒《聖主得賢臣頌》：『聚精會神，相得益章（彰）。』［同］相輔相成 ［反］相形見絀

相輔相成 ㄒㄧㄤ ㄈㄨˇ ㄒㄧㄤ ㄔㄥˊ xiāng fǔ xiāngchéng
互相輔助，互相促成。指雙方互相補充，互相促進，缺一不可。［例］目的明確，學習的勁頭就會更大；再加上好的師資、設備與學習環境，就會學得更加出色，這叫做互相促進，相輔相成。［構］聯合。［同］相映成趣

相敬如賓 ㄒㄧㄤ ㄐㄧㄥˋ ㄖㄨˊ ㄅㄧㄣ xiāng jìng rú bīn
夫妻互相敬重就像與賓客相處一樣。指夫妻關係恩愛互敬。［例］這

對老夫妻幾十年互敬互愛，真是相敬如賓。[構]主謂。[源]《左傳·僖公三十三年》：『臼季使，過冀，見冀缺耨，其妻饁之。敬，相待如賓。』

相濡以沫 ㄒㄧㄤ ㄖㄨˊ ㄧˇ ㄇㄛˋ xiāng rú yǐ mò
互相用唾沫浸潤。比喻在患難中用微薄的力量互相救助。濡：浸潤。[例]在那些困難的日子裏，這對夫妻相濡以沫，互相鼓勵，終於戰勝了困難，度過了難關。現在生活非常美滿幸福。[構]補充。[源]《莊子·大宗師》：『泉涸，魚相與處於陸，相呴（ㄒㄩˇ[xǔ]）以濕，相濡以沫。』

相提並論 ㄒㄧㄤ ㄊㄧˊ ㄅㄧㄥˋ ㄌㄨㄣˋ xiāng tí bìng lùn
把不相同的人物或事情合併在一塊談論或看待。[例]你對我的真誠幫助，同他對我的虛情假意，不能相提並論。[構]聯合。[源]《史記·魏其武安侯列傳》：『相提而論，是自明揚主上之過。』[同]同日而語

相形見絀 ㄒㄧㄤ ㄒㄧㄥˊ ㄐㄧㄢˋ ㄔㄨˋ xiāng xíng jiàn chù
互相一比，就顯出某一方的不足之處了。形：對比。見：顯出。絀：不足。[例]老張的作品文字優美，格調高雅，而老李的作品則相形見絀了。[構]連動。[同]相形失色 [反]相得益彰 相輔相成

相依爲命 ㄒㄧㄤ ㄧ ㄨㄟˊ ㄇㄧㄥˋ xiāng yī wéi mìng
相互依靠過日子，誰也少不了誰。[例]楊白勞和女兒喜兒相依爲命，過著貧苦的生活。[構]偏正。[源]晉、李密《陳情表》：『臣無祖母，無以至今日；祖母無臣，無以終餘年。母孫二人，更相爲命。』

相映成趣 ㄒㄧㄤ ㄧㄥˋ ㄔㄥˊ ㄑㄩˋ xiāng yìng chéng qù

互相映襯，更加顯得有情趣。映：映襯。[例]他的詩和他夫人的畫結合在一起，真是相映成趣，更加顯得詩中有畫，畫中有詩了。[構]偏正。[同]相得益彰 [反]相形失色

香氣四溢 ㄒㄧㄤ ㄑㄧˋ ㄙˋ ㄧˋ xiāng qì sì yì

香味充滿四周。溢：水多流出，這裏是指充滿的意思。[例]中山公園裏的花房，開滿了各色的鮮花，真是一個香氣四溢的好地方。[構]主謂。[反]臭氣衝天

想方設法 ㄒㄧㄤˇ ㄈㄤ ㄕㄜˋ ㄈㄚˇ xiǎng fāng shè fǎ

多方面思考解決問題的辦法。[例]他做工會主席的時候，想方設法爲職工謀福利，幫助解決了許多職工生活上的困難。[構]聯合。[同]千方百計

想入非非 ㄒㄧㄤˇ ㄖㄨˋ ㄈㄟ ㄈㄟ xiǎng rù fēi fēi

思想進入虛幻的境界。比喻想法脫離實際或指胡思亂想。非非：原爲佛教用語，指虛幻的境界。[例]她在想入非非，她在難挨地度過自認爲時間很久實際上並沒多久的時刻。[構]動賓。[源]《楞嚴經》：『如存不存，若盡不盡，如是一類，名非想非非想處。』[同]異想天開 胡思亂想

向壁虛造 ㄒㄧㄤˋ ㄅㄧˋ ㄒㄩ ㄗㄠˋ xiàng bì xū zào

憑空杜撰。向壁：面對牆壁。虛造：弄虛作假。[例]作家必須深入生活，向壁虛造是寫不出好作品的。[構]連動。[源]漢、許慎《說文解字・序》：『世人大共非訾，以爲好奇者也，故詭更正文，鄉（向）壁虛造不可知之書，變亂常行，以耀於世。』[同]閉門造車

向隅而泣 ㄒㄧㄤˋ ㄩˊ ㄦˊ ㄑㄧˋ xiàng yú ér qì

面對牆角哭泣。隅：角落。多用以形容孤獨、絕望的悲泣。［例］誰不順應歷史的潮流，誰就將成爲向隅而泣的失敗者。［構］連動。［源］漢、劉向《說苑・貴德》：『今有滿堂飲酒者，有一人獨索然向隅而泣，則一堂之人皆不樂矣。』

相機行事 ㄒㄧㄤˋ ㄐㄧ ㄒㄧㄥˊ ㄕˋ xiàng jī xíng shì

根據當時情況的發展變化，靈活恰當地解決問題。［例］他在工作中應變能力很強，善於相機行事，順利地處理事情。［構］連動。［同］隨機應變［反］膠柱鼓瑟　［辨］『相』不要讀作ㄒㄧㄤ(xiāng)。

項莊舞劍，意在沛公 ㄒㄧㄤˋ ㄓㄨㄤ ㄨˇ ㄐㄧㄢˋ ㄧˋ ㄗㄞˋ ㄆㄟˋ ㄍㄨㄥ xiàngzhuāng wǔ jiàn yì zài pèi gōng

表面上的言語行爲所表示的意思，並不是行爲者的真正意圖。［例］他的這番話是項莊舞劍，意在沛公，表面上是說你的，而實際上是針對我的。［源］《史記・項羽本紀》：『於是張良至軍門，見樊噲。樊噲曰：「今日之事何如？」良曰：「甚急。今者項莊拔劍舞，其意常在沛公也。」』［構］覆。［同］醉翁之意不在酒

逍遙法外 ㄒㄧㄠ ㄧㄠˊ ㄈㄚˇ ㄨㄞˋ xiāo yáo fǎ wài

指犯法的人，沒有受到法律的制裁而仍然自由自在。［例］爲了提高黨的威信，對於那些敗壞黨風的貪污受賄者絕不能讓他們逍遙法外。［構］補充。

蕭規曹隨 ㄒㄧㄠ ㄍㄨㄟ ㄘㄠˊ ㄙㄨㄟˊ xiāo guī cáo suí

指後人按前人留下的舊法辦事。［例］社會的發展就是要依靠改革，那種蕭規曹隨的態度是不可能推動社會前進的。［構］覆。［源］漢、揚雄《解嘲

》：『夫蕭規曹隨，留侯畫策，陳平出奇，功若泰山，響若坻隤。』［同］因循守舊 ［反］標新立異

銷聲匿跡 ㄒㄧㄠ ㄕㄥ ㄋㄧˋ ㄐㄧ xiāo shēng nì jì ①躲藏起來不露面。②消失。［例］①最近他真有點銷聲匿跡了，找都找不到。②足球賽場加强了保衛工作，愛鬧事的球迷們銷聲匿跡了。［構］聯合。［源］宋、孫光憲《北夢瑣言》卷十一：『銷聲斂跡，惟恐人知。』［同］匿影藏形

小不忍則亂大謀 ㄒㄧㄠˇ ㄅㄨˋ ㄖㄣˇ ㄗㄜˊ ㄌㄨㄢˋ ㄉㄚˋ ㄇㄡˊ xiǎo bù rěn zé luàn dà móu 小事情不忍耐會影響大計劃的實現。［例］遇事要從大局著想，小不忍則亂大謀。［構］覆。［源］《論語・衛靈公》：『子曰：「巧言亂德，小不忍則亂大謀。」』

小恩小惠 ㄒㄧㄠˇ ㄣ ㄒㄧㄠˇ ㄏㄨㄟˋ xiǎo ēn xiǎo huì 爲籠絡人心給人以小的好處。［例］他就會利用小恩小惠來收買人心。［構］聯合。

小康之家 ㄒㄧㄠˇ ㄎㄤ ㄓ ㄐㄧㄚ xiǎo kāng zhī jiā 指經濟情況較爲寬裕的家庭。［例］他家經濟條件比較寬裕，可算是個小康之家了。［構］偏正。

小巧玲瓏 ㄒㄧㄠˇ ㄑㄧㄠˇ ㄌㄧㄥˊ ㄌㄨㄥˊ xiǎo qiǎo líng lóng 形容靈巧精細。［例］他喜歡那些小巧玲瓏的手工藝品。［構］聯合。［源］宋、辛棄疾《臨江仙》詞：『莫笑吾家巷壁小，棱層勢欲摩空。相知唯有主人翁；有心雄泰華，無意巧玲瓏。』

小題大作 ㄒㄧㄠˇ ㄊㄧˊ ㄉㄚˋ ㄗㄨㄛˋ xiǎo tí dà zuò 借細小的事，大作文章，故意製造聲勢，達到某種目的。［例］這本

是個不值一提的小事，可是他爲打擊別人，故意小題大作，製造矛盾。〔構〕主謂。

小心謹慎 ㄒㄧㄠˇ ㄒㄧㄣ ㄐㄧㄣˇ ㄕㄣˋ xiǎo xīn jǐn shèn
說話、辦事非常細心慎重，不敢馬虎大意。〔例〕他爲人小心謹慎，辦事認真負責。〔構〕聯合。〔源〕《漢書・霍光傳》：『出入禁闥二十餘年，小心謹慎，未嘗有過。』〔同〕謹小慎微　小心翼翼　〔反〕粗心大意　馬虎從事　草率行事

曉以利害 ㄒㄧㄠˇ ㄧˇ ㄌㄧˋ ㄏㄞˋ xiǎo yǐ lì hài
把利害關係明確地告訴對方。曉：告訴。〔例〕對失足青年做思想工作要動之以情，曉以利害，不能採取生硬粗暴的方式。〔構〕補充。

笑容可掬 ㄒㄧㄠˋ ㄖㄨㄥˊ ㄎㄜˇ ㄐㄩ xiào róng kě jū
形容滿面笑容，自然親切。掬：兩手捧起。〔例〕他笑容可掬地迎出來。〔構〕主謂。

笑逐顏開 ㄒㄧㄠˋ ㄓㄨˊ ㄧㄢˊ ㄎㄞ xiào zhú yán kāi
形容內心歡喜，臉上也洋溢著極其興奮的表情。顏：面容。〔例〕聽到這樣的好消息，大家都高興得笑逐顏開。〔構〕聯合。〔同〕眉開眼笑　喜笑顏開　〔反〕愁眉苦臉

邪門歪道 ㄒㄧㄝˊ ㄇㄣˊ ㄨㄞ ㄉㄠˋ xié mén wāi dào
指不正當的途徑。〔例〕我們黨的政策是鼓勵一部分人先富起來，但是不能搞邪門歪道。〔構〕聯合。〔反〕陽關大道

脅肩諂笑 ㄒㄧㄝˊ ㄐㄧㄢ ㄔㄢˇ ㄒㄧㄠˋ xié jiān chǎn xiào

形容巴結奉承別人時的醜態。脅肩：聳起雙肩裝出恭敬的樣子。諂：媚。[例]一看到他在領導面前那種脅肩諂笑的樣子，就讓人感到厭惡。[構]連動。[源]《孟子．滕文公下》：『脅肩諂笑，病於夏畦。』[同]獻媚取寵

卸磨殺驢 ㄒㄧㄝˋ ㄇㄛˊ ㄕㄚ ㄌㄩˊ xiè mó shā lǘ

把拉完磨的驢殺掉。比喻把為自己出過力的人一腳踢開。[例]一個人要講信義，切不可做卸磨殺驢的事。[構]連動。[同]過河拆橋

邂逅相遇 ㄒㄧㄝˋ ㄏㄡˋ ㄒㄧㄤ ㄩˋ xiè hòu xiāng yù

事先未約定，偶然相遇。邂逅：偶然，意外。[例]沒有想到這次出差到上海，和分離二十多年的老同學王京邂逅相遇了。[構]偏正。[源]《詩經．鄭風．野有蔓草》：『邂逅相遇，適我願兮。』[同]不期而遇　萍水相逢[辨]『邂』不要讀作ㄐㄧㄝˇ(jiě)。『相』不要讀作『相貌』的ㄒㄧㄤˋ(xiàng)。

心安理得 ㄒㄧㄣ ㄢ ㄌㄧˇ ㄉㄜˊ xīn ān lǐ dé

自認為辦事合乎情理，心裏很平靜坦然。[例]他這樣做很不合情理，居然還心安理得。[構]聯合。[同]問心無愧　心胸坦然　[反]忐忑不安

心不在焉 ㄒㄧㄣ ㄅㄨˋ ㄗㄞˋ ㄧㄢ xīn bù zài yān

心神不在這裏。形容思想不集中。焉：相當文言中的『於此』。[例]講話時一副心不在焉的樣子，讓人看了很不舒服。[構]主謂。[源]《禮記．大學》：『心不在焉，視而不見，聽而不聞，食而不知其味。』[同]漫不經心[反]聚精會神　全神貫注

心煩意亂 ㄒㄧㄣ ㄈㄢˊ ㄧˋ ㄌㄨㄢˋ xīn fán yì luàn
心情煩躁而雜亂。「例」這件事弄得他心煩意亂，坐立不安。「構」聯合。「源」戰國（楚）、屈原《卜居》：『心煩意亂，不知所從。』「反」心曠神怡

心服口服 ㄒㄧㄣ ㄈㄨˊ ㄎㄡˇ ㄈㄨˊ xīn fú kǒu fú
心裏、嘴上都很佩服。形容真心實意地信服。「例」你這樣擺事實講道理地真誠幫助我，我算是心服口服了。「構」聯合。「同」心悅誠服

心狠手辣 ㄒㄧㄣ ㄏㄣˇ ㄕㄡˇ ㄌㄚˋ xīn hěn shǒu là
心腸凶狠，手段毒辣。「例」坐山雕是一個心狠手辣的匪首，是占山爲王的土皇帝。「構」聯合。「反」心慈手軟

心花怒放 ㄒㄧㄣ ㄏㄨㄚ ㄋㄨˋ ㄈㄤˋ xīn huā nù fàng
心裏高興得像花兒盛開一樣。形容高興喜悅到了極點。「例」解放了，青年人一個個心花怒放，投身到新中國的建設中去了。「構」主謂。「同」興高采烈

心懷叵測 ㄒㄧㄣ ㄏㄨㄞˊ ㄆㄛˇ ㄘㄜˋ xīn huái pǒ cè
心地險惡，不可測度。叵：不可。也作『居心叵測』。「例」近來有幾個心懷叵測的人間接『忠告』我，叫我不要再寫諷刺文章。這是因爲怕觸及他們。「構」主謂。「同」心懷鬼胎　居心不良　存心不良「反」心懷坦白　光明磊落　襟懷坦白「辨」『叵』不要寫成『巨』。

心灰意懶 ㄒㄧㄣ ㄏㄨㄟ ㄧˋ ㄌㄢˇ xīn huī yì lǎn
灰心失望，意志消沉。也作『心灰意冷』。「例」吳長福進屋換衣裳

，看見李春一個人心灰意懶的樣兒，很覺奇怪。［構］聯合。［同］灰心喪氣　［反］雄心勃勃

心驚肉跳 ㄒㄧㄣ ㄐㄧㄥ ㄖㄡˋ ㄊㄧㄠˋ xīn jīng ròu tiào　心中吃驚，肌肉抖動。形容災禍臨頭，恐懼不安的樣子。［例］聽他這麼一說，不由得使人心驚肉跳，慌恐不安。［構］聯合。［同］心驚膽戰　心驚膽喪　心驚膽懾　［反］臨危不懼　處變不驚

心口如一 ㄒㄧㄣ ㄎㄡˇ ㄖㄨˊ ㄧ xīn kǒu rú yī　心裏怎麼想，嘴裏就怎麼說。形容爲人誠實、直爽。［例］他爲人處事光明磊落，對待朋友心口如一。［構］主謂。［反］心口不一

心曠神怡 ㄒㄧㄣ ㄎㄨㄤˋ ㄕㄣˊ ㄧˊ xīn kuàng shén yí　心境開闊，精神舒暢愉快。怡：愉快。［例］正是清風送爽之時，那樂聲穿林渡水而來，自然使人心曠神怡。［構］聯合。［源］宋、范仲淹《岳陽樓記》：『登斯樓也，則有心曠神怡，寵辱皆忘，把酒臨風，其喜洋洋者矣。』［反］心煩意亂

心勞日拙 ㄒㄧㄣ ㄌㄠˊ ㄖˋ ㄓㄨㄛˊ xīn láo rì zhuō　費盡心機，反而越弄越糟。拙：笨拙。［例］『私拆函件……我也早料到的。但是這類伎倆，也不過心勞日拙而已。』（魯迅）［構］補充。［源］《尚書・周官》：『作德，心逸日休；作僞，心勞日拙。』

心力交瘁 ㄒㄧㄣ ㄌㄧˋ ㄐㄧㄠ ㄘㄨㄟˋ xīn lì jiāo cuì　精神和體力都極度勞累。瘁：疲勞，勞累。也作『心身交瘁』。［例

」廠長爲了把工廠辦好，真是疲於奔命，心力交瘁。［構］主謂。［反］心廣體胖

心靈手巧 ㄒㄧㄣ ㄌㄧㄥˊ ㄕㄡˇ ㄑㄧㄠˇ xīn líng shǒu qiǎo
頭腦靈敏，手工精巧。［例］她是個心靈手巧的小姑娘。［構］聯合。［同］心閒手敏

心領神會 ㄒㄧㄣ ㄌㄧㄥˇ ㄕㄣˊ ㄏㄨㄟˋ xīn lǐng shén huì
指領會很深。也指不必明言而已領悟。領：領會，理解。［例］『門子一使眼色，賈雨村就已經心領神會了。』（《紅樓夢》）［構］聯合。［同］心照不宣

心亂如麻 ㄒㄧㄣ ㄌㄨㄢˋ ㄖㄨˊ ㄇㄚˊ xīn luàn rú má
心裏亂得像一團亂麻。形容心情非常煩躁雜亂。［例］一下子布置了這麼多任務，真叫我有點心亂如麻了。［構］主謂。

心滿意足 ㄒㄧㄣ ㄇㄢˇ ㄧˋ ㄗㄨˊ xīn mǎn yì zú
心裏感到十分滿足。［例］把這些書都送給你，你可心滿意足了吧！［構］聯合。［反］大失所望

心明眼亮 ㄒㄧㄣ ㄇㄧㄥˊ ㄧㄢˇ ㄌㄧㄤˋ xīn míng yǎn liàng
心中清楚，眼睛明亮。形容看問題深刻敏銳。［例］他是個頭腦機敏，心明眼亮的好同志。［構］聯合。

心平氣和 ㄒㄧㄣ ㄆㄧㄥˊ ㄑㄧˋ ㄏㄜˊ xīn píng qì hé
心情平靜，態度溫和。［例］老師心平氣和地批評了他的錯誤。［構］聯合。［源］宋、蘇軾《菜羹賦》：『先生心平而氣和，故雖老而體胖。』［同］平心靜氣　［反］氣急敗壞　暴跳如雷

心神不定 ㄒㄧㄣ ㄕㄣˊ ㄅㄨˋ ㄉㄧㄥˋ xīn shén bù dìng
心裏不安定，精神不寧靜。［例］『然而最使他心神不定的，是店裏

的壽生出去收帳到現在還沒有回來。』（茅盾《林家鋪子》）［構］主謂。［同］心緒恍惚

心嚮往之 ㄒㄧㄣ ㄒㄧㄤˋ ㄨㄤˇ ㄓ xīn xiàngwǎng zhī　從心裏對某人、某地或某種事物深深地思慕。嚮往：思慕。［例］洛陽的牡丹頗具盛名，心嚮往之，可總沒有機會到那裏一飽眼福。［構］主謂。［源］《史記．孔子世家》：『雖不能至，然心鄉（嚮）往之。』［同］心馳神往

心心相印 ㄒㄧㄣ ㄒㄧㄣ ㄒㄧㄤ ㄧㄣˋ xīn xīn xiāng yìn　雙方心意完全相同。印：相同，符合。［例］人們的愛情，從一見鍾情到心心相印，最後結爲夫妻是常見的。［構］主謂。［源］《黃蘗傳心法要》：『自如來付法迦葉以來，以心印心，心心不異。』［同］息息相通　情投意合［反］同床異夢　貌合神離　［辨］『相』不要讀成ㄒㄧㄤˋ(xiàng)。

心血來潮 ㄒㄧㄣ ㄒㄩㄝˋ ㄌㄞˊ ㄔㄠˊ xīn xuè lái cháo　心中突然產生的想法。來潮：潮水上漲。［例］他竟然心血來潮，棄學經商。［構］主謂。［同］靈機一動

心有靈犀一點通 ㄒㄧㄣ ㄧㄡˇ ㄌㄧㄥˊ ㄒㄧ ㄧ ㄉㄧㄢˇ ㄊㄨㄥ xīn yǒu líng xī yì diǎn tōng　原比喻男女戀愛中的心意相通。現泛指人與人之間心意相通。靈犀：有靈性的犀牛。舊說犀牛是神靈動物，它的角上有白花紋直通腦際，感應甚敏。［例］心有靈犀一點通，大陸和台灣的人民，都渴望祖國早日和平統一。［構］主謂。［源］唐、李商隱《無題》詩：『身無彩鳳雙飛翼，心有靈犀一點通。』

心有餘而力不足 ㄒㄧㄣ ㄧㄡˇ ㄩˊ ㄦˊ ㄌㄧˋ ㄅㄨˋ ㄗㄨˊ xīn yǒu yú ér lì bù zú

心裏很想做，但力量達不到。［例］我只能給你幫這點忙，心有餘而力不足。［構］覆。［同］力不從心　心餘力絀

心有餘悸 ㄒㄧㄣ ㄧㄡˇ ㄩˊ ㄐㄧˋ xīn yǒu yú jì

危難雖然過去，但回想起來，還讓人害怕。悸：因害怕而心跳。［例］『文化大革命』雖然已經過去二十多年了，但至今仍有人心有餘悸。［構］主謂。

心悅誠服 ㄒㄧㄣ ㄩㄝˋ ㄔㄥˊ ㄈㄨˊ xīn yuè chéng fú

發自內心地佩服。悅：高興。誠：真心。［例］這位學者的發言，非常精闢，令人心悅誠服。［構］聯合。［源］《孟子・公孫丑上》：『以德服人者，中心悅而誠服也。』［同］五體投地

心照不宣 ㄒㄧㄣ ㄓㄠˋ ㄅㄨˋ ㄒㄩㄢ xīn zhào bù xuān

彼此的心思相互清楚，不公開講出來。形容互相默契。宣：公開說出。［例］他們兩人心照不宣，不必再多說什麼了。［構］連動。［源］晉、潘岳《夏侯常侍誄》：『心照神交，惟我與子。』［同］心中有數

心直口快 ㄒㄧㄣ ㄓˊ ㄎㄡˇ ㄎㄨㄞˋ xīn zhí kǒu kuài

性格爽直，有什麼說什麼。直：爽直。［例］他是個心直口快的爽快人。［構］聯合。［同］快人快語　［反］守口如瓶

心中有數 ㄒㄧㄣ ㄓㄨㄥ ㄧㄡˇ ㄕㄨˋ xīn zhōng yǒu shù

對情況基本了解，處理問題較有把握。也作『胸中有數』。［例］他對這個問題處理得很好，因爲他經過調查，心中有數。［構］主謂。［同］胸有成竹　［反］心中無數

欣喜若狂 xīn xǐ ruò kuáng

高興達到極點。狂：失去常態。［例］他在書市上買到了找了多年的這本書，真是欣喜若狂。［構］補充。［同］興高采烈 ［反］悲痛欲絕

欣欣向榮 xīn xīn xiàng róng

①形容草木旺盛。②比喻事業興旺發達。欣欣：草木生機勃勃的樣子。［例］①春天來了，大地一片欣欣向榮的景象。②改革開放的富民政策，給農村帶來了欣欣向榮的新局面。［構］偏正。［源］晉、陶潛《歸去來辭》：『木欣欣以向榮，泉涓涓而始流。』［同］蒸蒸日上 生機勃勃 ［反］奄奄一息 死氣沉沉

新陳代謝 xīn chén dài xiè

①指生物體不斷以新物質代替舊物質的過程。陳：舊的。代：取代，替換。謝：滅亡，凋謝。②指新事物不斷出現，以取代失去生命力的舊事物。［例］①生物體失去新陳代謝的能力，就要死亡。②世界上總是以新的代替舊的，總是這樣不停地新陳代謝，推陳出新。［構］主謂。［同］除舊布新 ［反］停滯不前

信以爲真 xìn yǐ wéi zhēn

把虛假的事情和騙人的謊言，當成真事真話。［例］剛才他說的可都是假的，大家千萬不可信以爲真。［構］補充。

興利除弊 xīng lì chú bì

興辦有利於民的事業，掃除於民有害的弊端。［例］我們之所以進行整頓，就是爲了興利除弊，使改革開放更健康地發展。［構］聯合。［源］《管子・君臣下》：『爲民興利除害，正民之德。』［同］激濁揚清

興師問罪 ㄒㄧㄥ ㄕ ㄨㄣˋ ㄗㄨㄟˋ xīng shī wèn zuì

指在進攻對方之前，先宣布對方的罪狀，作爲出兵的理由。也泛指對錯誤事情的責難。〔例〕既然你堅持錯誤，就不要怪我要興師問罪了。〔構〕連動。〔反〕負荊請罪

興旺發達 ㄒㄧㄥ ㄨㄤˋ ㄈㄚ ㄉㄚˊ xīng wàng fā dá

興盛繁榮，蓬勃發展。〔例〕經過整頓，我國國民經濟就會更加興旺發達。〔構〕聯合。〔同〕繁榮昌盛〔反〕生產萎縮

星火燎原 ㄒㄧㄥ ㄏㄨㄛˇ ㄌㄧㄠˊ ㄩㄢˊ xīng huǒ liáo yuán

一個火星可以燒遍原野。比喻新生的力量雖然微小，但很快就會發展成不可戰勝的力量。〔例〕革命力量雖然最初很微小，但星火燎原，很快就成了迅猛的革命運動。〔構〕主謂。〔源〕《尚書・盤庚上》：『若火之燎於原，不可向邇。』

星羅棋布 ㄒㄧㄥ ㄌㄨㄛˊ ㄑㄧˊ ㄅㄨˋ xīng luó qí bù

像群星羅列在天空，像棋子分布在棋盤上。形容數量很多，分布很廣。〔例〕在綠色的大草原上，星羅棋布地坐落著許多蒙古包。〔構〕聯合。〔源〕漢、班固《西都賦》：『列卒周匝，星羅雲布。』〔辨〕星羅棋布中的『羅』與『天羅地網』中的『羅』不同，後者是捕鳥的網。

腥風血雨 ㄒㄧㄥ ㄈㄥ ㄒㄩㄝˋ ㄩˇ xīng fēng xuè yǔ

風裏帶有腥味，血灑似雨。形容戰爭和屠殺的殘酷景象。常用來形容反動派白色恐怖的殘暴統治。〔例〕在那腥風血雨的反圍剿的鬥爭中，紅色根據地的軍民團結戰鬥，英勇殺敵。〔構〕聯合。〔同〕凄風苦雨

行百里者半九十 ㄒㄧㄥˊ ㄅㄞˇ ㄌㄧˇ ㄓㄜˇ ㄅㄢˋ ㄐㄧㄡˇ ㄕˊ xíng bǎi lǐ zhě bàn jiǔ shí

行程一百里，已經走了九十里，才算一半。比喻做事越到快要完成的時候，越不能鬆勁，要堅持到底，善始善終。［構］主謂。［源］《戰國策・秦策五》：『詩云：「行百里者半九十」，此言末路之難也。』［反］功虧一簣　功敗垂成

行不由徑 ㄒㄧㄥˊ ㄅㄨˋ ㄧㄡˊ ㄐㄧㄥˋ xíng bù yóu jìng

指走路只走大道，不走小路。徑：小路。①比喻為人規矩、正派。②有時也指辦事守舊，不靈活。［例］①他真是一個行不由徑的老實人。②這件事碰到他手就不好辦了，他可是一個行不由徑的老夫子。［構］主謂。［源］《論語・雍也》：『子游為武城宰。子曰：「女得人焉爾乎？」曰：「有澹台滅明者，行不由徑。非公事，未嘗至於偃之室也。」』

行成於思 ㄒㄧㄥˊ ㄔㄥˊ ㄩˊ ㄙ xíng chéng yú sī

辦事與處理事物所以取得成功，都是因為事先進行了認真思考。［例］行成於思，要做好工作，必須好好動動腦子。［構］主謂。［源］唐、韓愈《進學解》：『業精於勤，荒於嬉；行成於思，毀於隨。』

行屍走肉 ㄒㄧㄥˊ ㄕ ㄗㄡˇ ㄖㄡˋ xíng shī zǒu ròu

能行動的屍體，能走的沒有靈魂的肉體。比喻無所作為、糊裏糊塗混日子的人。［例］那些危害社會的「六害」傳播者，不過是一些行屍走肉罷了。［構］聯合。［同］衣架飯囊

行雲流水 ㄒㄧㄥˊ ㄩㄣˊ ㄌㄧㄡˊ ㄕㄨㄟˇ xíng yún liú shuǐ

比喻聽任自然，無拘無束。常指辦事寫文章揮灑自如，自然流暢。行動：浮雲。［例］這篇文章寫得如行雲流水，揮灑自如，不愧是一篇情文並茂的好

文章。〔構〕聯合。〔源〕宋、蘇軾《答謝民師書》：『所示書教及詩賦雜文，觀之熟矣；大略如行雲流水，初無定質，但常行於所當行。』〔反〕矯揉造作

行之有效 ㄒㄧㄥˊ ㄓ ㄧㄡˇ ㄒㄧㄠˋ xíng zhī yǒu xiào

實行後很見成效。〔例〕這是一種行之有效的好辦法。〔構〕連動。〔同〕卓有成效

形單影隻 ㄒㄧㄥˊ ㄉㄢ ㄧㄥˇ ㄓ xíng dān yǐng zhī

孤單的一個身子、一個影子。形容孤獨。也作『影單形隻』。〔例〕一些形單影隻的孤寡老人住進了敬老院，過著幸福的晚年生活。〔構〕聯合。〔源〕唐、韓愈《祭十二郎文》：『兩世一身，形單影隻。』〔同〕孤苦伶仃

形跡可疑 ㄒㄧㄥˊ ㄐㄧ ㄎㄜˇ ㄧˊ xíng jī kě yí

舉止動作和神情令人生疑。〔例〕這個人鬼鬼祟祟，有點形跡可疑。〔構〕主謂。

形形色色 ㄒㄧㄥˊ ㄒㄧㄥˊ ㄙㄜˋ ㄙㄜˋ xíng xíng sè sè

形容各類事物繁多，形式多樣。〔例〕馬列主義、毛澤東思想是在同形形色色的機會主義鬥爭中發展起來的。〔構〕聯合。〔源〕《列子・天瑞》：『有形者，有形形者……有色者，有色色者。』〔同〕五花八門

形影不離 ㄒㄧㄥˊ ㄧㄥˇ ㄅㄨˋ ㄌㄧˊ xíng yǐng bù lí

像身子和影子一樣不可分離。形容兩人非常親密。〔例〕他們像親兄弟，好得形影不離。〔構〕主謂。〔同〕形影相隨 〔反〕形影相弔 形單影隻

興高采烈 ㄒㄧㄥˋ ㄍㄠ ㄘㄞˇ ㄌㄧㄝˋ xìng gāo cǎi liè

原指文章立意高超，語言犀利豪放。現指興致很高，情緒飽滿，精神旺盛。[例]團員們興高采烈地去參加亞運會工地義務勞動。[構]聯合。[源]南朝（梁）、劉勰《文心雕龍·體性》：『叔夜（嵇康）俊俠，故興高而采烈。』[同]興致勃勃　歡欣鼓舞　[反]沒精打采　悶悶不樂　[辨]『興』不要讀作ㄒㄧㄥ(xīng)。

性命攸關 ㄒㄧㄥˋ ㄇㄧㄥˋ ㄧㄡ ㄍㄨㄢ xìng mìng yōu guān

關係到性命，常形容有關生死存亡的大事。[例]這是性命攸關的大事，不可大意。[構]主謂。[同]生死存亡

幸災樂禍 ㄒㄧㄥˋ ㄗㄞ ㄌㄜˋ ㄏㄨㄛˋ xìng zāi lè huò

對於別人遭受災禍感到慶幸、快樂。[例]對犯錯誤的同志要熱情幫助，切不可幸災樂禍。[構]聯合。[源]《左傳·僖公十四年》：『秦飢，使乞糴於晉，晉人弗與。慶鄭曰：「背施無親，幸災不仁。」』又《左傳·莊公二十年》：『哀樂失時，殃咎必至。今王子頹歌舞不倦，樂禍也。』

凶多吉少 ㄒㄩㄥ ㄉㄨㄛ ㄐㄧˊ ㄕㄠˇ xiōng duō jí shǎo

壞的或不吉利的可能性大，好的或吉利的可能性少。[例]我看他的病凶多吉少，還是準備好後事吧！[構]聯合

凶相畢露 ㄒㄩㄥ ㄒㄧㄤˋ ㄅㄧˋ ㄌㄨˋ xiōng xiàng bì lù

凶惡狠毒的面目完全暴露出來。[例]他在凶相畢露的敵人面前無所畏懼，大義凜然。[構]主謂。[辨]『畢』不要寫作『必』。

洶湧澎湃 ㄒㄩㄥ ㄩㄥˇ ㄆㄥˊ ㄆㄞˋ xiōngyǒngpéng pài 波濤翻騰的樣子，風浪搏擊的音響。形容聲勢浩大。［例］一個聲勢浩大、洶湧澎湃的改革浪潮已經到來。［構］聯合。［源］漢、司馬相如《上林賦》：『沸乎暴怒，洶湧澎湃。』［同］波瀾壯闊 ［辨］『湃』不讀ㄅㄞˋ(bài)。

胸懷祖國，放眼世界 ㄒㄩㄥ ㄏㄨㄞˊ ㄗㄨˇ ㄍㄨㄛˊ，ㄈㄤˋ ㄧㄢˇ ㄕˋ ㄐㄧㄝˋ xiōnghuái zǔ guó, fàng yǎn shì jiè 胸中懷有祖國，眼光放開關注到全世界。［例］青少年不要鼠目寸光，要胸懷祖國，放眼世界。［構］覆。

胸無城府 ㄒㄩㄥ ㄨˊ ㄔㄥˊ ㄈㄨˇ xiōng wú chéng fǔ 比喻人的襟懷坦白，沒有隱諱。城府：原指城市和官府，後喻難於推測的心機。［例］他這個人胸無城府，性格爽直。［構］主謂。［同］襟懷坦白 ［反］城府甚深

胸無點墨 ㄒㄩㄥ ㄨˊ ㄉㄧㄢˇ ㄇㄛˋ xiōng wú diǎn mò 胸中沒有一點文墨。比喻文化水平很低或沒有學問。［例］青年要刻苦讀書，切不可做胸無點墨的文盲。［構］主謂。［同］目不識丁 ［反］滿腹經綸

胸有成竹 ㄒㄩㄥ ㄧㄡˇ ㄔㄥˊ ㄓㄨˊ xiōng yǒu chéng zhú 原指畫竹時心中已有竹的形象。比喻事先已有全面考慮。後又引申為因心中早有主意，遇事從容、鎮定的神情和態度。［例］因為他平時深入基層，對下面情況瞭如指掌，所以處理問題總是那樣胸有成竹。［構］主謂。［源］宋、蘇軾《文與可畫篔簹谷偃竹記》：『故畫竹，必先得成竹於胸中。』［同］心中有數 ［反］心中無數

雄才大略 ㄒㄩㄥˊ ㄘㄞˊ ㄉㄚˋ ㄌㄩㄝˋ xióng cái dà lüè

卓越的才能和深遠的謀略。［例］他有雄才大略，定能幹出一番事業來。［構］聯合。［源］《漢書・武帝紀贊》：『如武帝之雄材（才）大略，不改文、景之恭儉以濟斯民。』

雄心壯志 ㄒㄩㄥˊ ㄒㄧㄣ ㄓㄨㄤˋ ㄓˋ xióng xīn zhuàng zhì

懷有遠大的理想和宏偉的志向。［例］曹操是個有雄心壯志的政治家、軍事家，又是個文采風流的詩人。［構］聯合。［同］豪情壯志

休戚相關 ㄒㄧㄡ ㄑㄧ ㄒㄧㄤ ㄍㄨㄢ xiū qī xiāngguān

禍福、利害相關聯。形容關係非常密切。休：歡樂。戚：憂慮。［例］我們是休戚相關的朋友，他的困難，就是我的困難。［構］主謂。［源］《國語・周語下》：『爲晉休戚，不背本也。』［同］息息相關　脣齒相依　相依爲命　［反］漠不關心

朽木不雕 ㄒㄧㄡˇ ㄇㄨˋ ㄅㄨˋ ㄉㄧㄠ xiǔ mù bù diāo

腐朽的木頭不能雕刻。比喻人或事情已經到了不可救藥的程度。又作『朽木難雕』。［例］你如果再這樣下去，可真算是朽木不雕了。［構］主謂。［源］《論語・公冶長》：『朽木不可雕也，糞土之牆不可圬也。』

秀色可餐 ㄒㄧㄡˋ ㄙㄜˋ ㄎㄜˇ ㄘㄢ xiù sè kě cān

形容女子容貌秀麗。［例］這位姑娘非常漂亮，真可說是秀色可餐。［構］主謂。［源］晉、陸機《日出東南隅行》：『鮮膚一何潤，秀色若可餐。』

秀外慧中 ㄒㄧㄡˋ ㄨㄞˋ ㄏㄨㄟˋ ㄓㄨㄥ xiù wài huì zhōng

外表秀美，內心聰明。［例］她真是個秀外慧中的好姑娘。［構］聯合。［源］唐、韓愈《送李愿歸盤谷序》

：『曲眉豐頰，清聲而便體，秀外而慧中。』［反］秀而不實　虛有其表

袖手旁觀 ㄒㄧㄡˋ ㄕㄡˇ ㄆㄤˊ ㄍㄨㄢ xiù shǒupángguān
把手縮在袖子裏在旁觀看。比喻置身事外，不過問其事。［例］現在正是關鍵時刻，你再也不能袖手旁觀了。［構］連動。［源］唐、韓愈《祭柳子厚文》：『不善爲斫，血指汗顏；巧匠旁觀，縮手袖間。』［同］冷眼旁觀　漠不關心

虛懷若谷 ㄒㄩ ㄏㄨㄞˊ ㄖㄨㄛˋ ㄍㄨˇ xū huái ruò gǔ
謙虛的胸懷像深廣的山谷。形容謙虛而胸懷寬闊。［例］他是個謙虛謹慎、虛懷若谷的人。［構］主謂。

虛情假意 ㄒㄩ ㄑㄧㄥˊ ㄐㄧㄚˇ ㄧˋ xū qíng jiǎ yì
虛僞做作，假裝親近。［例］一看她那虛情假意的樣子，就能看出她不是一個實在的人。［構］聯合。［同］假情假意　裝模作樣　［反］真心誠意

虛無縹緲 ㄒㄩ ㄨˊ ㄆㄧㄠ ㄇㄧㄠˇ xū wú piāomiǎo
形容虛幻渺茫、不可捉摸或不可靠的事物。虛無：虛幻。縹緲：時隱時現，若有若無的樣子。［例］把這座荒山建成花果山不是虛無縹緲的幻夢，而是可以實現的遠大理想。［構］聯合。［源］唐、白居易《長恨歌》：『忽聞海上有仙山，山在虛無縹緲間。』

虛與委蛇 ㄒㄩ ㄩˇ ㄨㄟ ㄧˊ xū yǔ wēi yí
指假意待人，敷衍應酬。虛：假意。委蛇：敷衍。［例］台灣某廠的請願工人代表，滿以爲廠長可以接見他們，殊不知只出來個祕書虛與委蛇。［構］覆。［源］《莊子・應帝王》：『鄉吾示之以未始出吾宗，吾與之虛而委蛇。』［同］虛應故事　虛與周旋　［辨］『委』

不讀ㄨㄟˇ(wěi)；『蛇』不讀ㄕㄜˊ(shé)。

虛張聲勢 ㄒㄩ ㄓㄤ ㄕㄥ ㄕˋ xū zhāngshēng shì 假造出大的聲勢，借以嚇人。張：張揚。[例]誰都明白她在虛張聲勢，威風只在嘴皮子上。[構]動賓。[源]唐、韓愈《論淮西事宜狀》：『然皆暗弱，自保無暇，虛張聲勢，則必有之。』[同]裝腔作勢

栩栩如生 ㄒㄩˇ ㄒㄩˇ ㄖㄨˊ ㄕㄥ xǔ xǔ rú shēng 形容生動逼真，好像活的一樣。栩栩：生動的樣子。[例]盧溝橋上雕刻的石獅子個個惟妙惟肖，栩栩如生。[構]偏正。[源]《莊子．齊物論》：『昔者莊周夢爲胡(蝴)蝶，栩栩然胡蝶也。』[同]惟妙惟肖 活龍活現

旭日東升 ㄒㄩˋ ㄖˋ ㄉㄨㄥ ㄕㄥ xù rì dōngshēng 清晨的太陽剛剛從東方升起。形容充滿青春活力、朝氣蓬勃的景象。旭：初出的陽光。[例]正當旭日東升的時候，天安門廣場的五星紅旗冉冉升起。[構]主謂。[反]夕陽西下

軒然大波 ㄒㄩㄢ ㄖㄢˊ ㄉㄚˋ ㄅㄛ xuān rán dà bō 高高湧起的大波濤。比喻大的糾紛或事件。軒然：高昂的樣子。[例]如果不事先做好思想工作，就必然會引起軒然大波。[構]偏正。[反]風平浪靜

喧賓奪主 ㄒㄩㄢ ㄅㄧㄣ ㄉㄨㄛˊ ㄓㄨˇ xuān bīn duó zhǔ 客人的聲音超過了主人的。比喻客人占據了主人的位置。或者說是次要的壓倒了主要的。喧：喧嘩。奪：取代。[例]這段景物描寫太多了，與主人公的思想又無關聯，真是喧賓奪主了。[構]主謂。

喧囂一時 ㄒㄩㄢ ㄒㄧㄠ ㄧ ㄕˊ xuān xiāo yī shí

短時間的喧鬧叫喊。形容反動勢力猖狂一時。［例］喧囂一時的反動勢力，貌似强大，但最終將被人民的力量所打倒。［構］補充。［同］猖狂一時　甚囂塵上

懸崖勒馬 ㄒㄩㄢˊ ㄧㄚˊ ㄌㄜˋ ㄇㄚˇ xuán yá lè mǎ

在陡峭的山崖邊上勒住馬的繮繩。比喻到了極危險的邊緣及時醒悟回頭。［例］我們警告那些搞不正之風的人，應該馬上懸崖勒馬，改邪歸正。［構］偏正。［同］回頭是岸

絢麗多彩 ㄒㄩㄢˋ ㄌㄧˋ ㄉㄨㄛ ㄘㄞˇ xuàn lì duō cǎi

絢爛艷麗，豐富多彩。絢：色彩華麗。［例］節日的天安門廣場被無數盆鮮花裝飾得絢麗多彩。［構］聯合。［同］五彩繽紛　燦爛奪目

削足適履 ㄒㄩㄝ ㄗㄨˊ ㄕˋ ㄌㄩˇ xuē zú shì lǚ

把腳削小以適應鞋的大小。比喻以不恰當的方法遷就對方或辦事生硬。履：鞋。［例］一個人要按客觀規律辦事，切不可削足適履，生搬硬套。［構］連動。［源］《淮南子·說林訓》：『夫所以養而害所養，譬猶削足而適履，殺頭而便冠。』［同］生搬硬套　［反］量體裁衣　因地制宜　因時制宜　［辨］『削』不要讀成ㄒㄧㄠ (xiāo)，『履』不要讀成ㄈㄨˋ (fù)。

學而不厭 ㄒㄩㄝˊ ㄦˊ ㄅㄨˋ ㄧㄢˋ xué ér bù yàn

學習不感滿足。常形容學習不知疲倦。厭：滿足、厭倦。［例］要想在學習上取得好的成績，沒有學而不厭的精神是不行的。［構］連動。［源］《論語·述而》：『默而識之，學而不厭，誨人不倦。』

學非所用 ㄒㄩㄝˊ ㄈㄟ ㄙㄨㄛˇ ㄩㄥˋ xué fēi suǒ yòng
所學的知識技能不是自己工作用得著的。也作『用非所學』。[例]他是學教育的，可現在當了工廠的管理員，真是學非所用啊！[構]主謂。[源]《後漢書·張衡傳》：『必也學非所用，術有所仰，故臨川將濟，而舟楫不存焉。』[反]學以致用

學然後知不足 ㄒㄩㄝˊ ㄖㄢˊ ㄏㄡˋ ㄓ ㄅㄨˋ ㄗㄨˊ xué rán hòu zhī bù zú
在經過不斷地學習之後，才能發現不足。[例]學習是無止境的，學然後知不足，是學習上的規律。[構]連動。[源]《禮記·學記》：『……故學然後知不足，教然後知困。』

學無止境 ㄒㄩㄝˊ ㄨˊ ㄓˇ ㄐㄧㄥˋ xué wú zhǐ jìng
學習知識沒有盡頭。[例]學無止境，人要活到老，學到老。[構]主謂。[同]學海無涯

學以致用 ㄒㄩㄝˊ ㄧˇ ㄓˋ ㄩㄥˋ xué yǐ zhì yòng
學習的知識能應用到實際中去。[例]要結合實際工作的需要學，學以致用，勤學苦練。[構]連動。

雪泥鴻爪 ㄒㄩㄝˇ ㄋㄧˊ ㄏㄨㄥˊ ㄓㄠˇ xuě ní hóng zhǎo
鴻雁在雪地上留下的足跡。比喻往事留下的痕跡。[例]回到久別的故鄉，雖然發生巨大的變化，然而雪泥鴻爪，兒時的景象又浮現在我的腦海裏。[構]偏正。[源]宋、蘇軾《和子由澠池懷舊》詩：『人生到處知何似，應似飛鴻踏雪泥；泥上偶然留指爪，鴻飛那復計東西。』

雪中送炭 ㄒㄩㄝˇ ㄓㄨㄥ ㄙㄨㄥˋ ㄊㄢˋ xuě zhōng sòng tàn
在雪天給人送炭取暖。比喻在別人急需的時候給以幫助。[例]他這

樣幫助我等於雪中送炭，我真不知怎樣感謝才好。［構］偏正。［源］《四字經》：『雪中送炭。』

血氣方剛 ㄒㄩㄝˋ ㄑㄧˋ ㄈㄤ ㄍㄤ xuè qì fāng gāng　形容年輕人精力正旺盛。方：正。［例］年輕人血氣方剛，是『四化』建設的主力軍。［構］主謂。［源］《論語・季氏》：『及其壯也，血氣方剛，戒之在鬥。』［同］精神振奮　精力充沛［反］萎靡不振

血債累累 ㄒㄩㄝˋ ㄓㄞˋ ㄌㄟˇ ㄌㄟˇ xuè zhài lěi lěi　欠下的殺人血債無法計算。累累：數目多得數不過來。［例］北京解放後，人民政府把那些血債累累的『四霸天』鎮壓了，人民拍手稱快。［構］主謂。

尋根究底 ㄒㄩㄣˊ ㄍㄣ ㄐㄧㄡˋ ㄉㄧˇ xún gēn jiū dǐ　尋求根源，追究底細。形容幹什麼事都要弄個清楚。［例］對於好尋根究底的孩子，應該鼓勵，切不可挫傷他們求知的積極性。［構］聯合。［同］追本溯源

尋章摘句 ㄒㄩㄣˊ ㄓㄤ ㄓㄞ ㄐㄩˋ xún zhāng zhāi jù　從書本上搜尋章節或摘抄詞句。形容只知套用前人章法、詞句，而毫無創造性。［例］讀書要刻苦努力，不要不求甚解，做只知尋章摘句的人。［構］聯合。

循規蹈矩 ㄒㄩㄣˊ ㄍㄨㄟ ㄉㄠˇ ㄐㄩˇ xún guī dǎo jǔ　一切行動都按規矩辦事，不敢有任何越軌行爲。循：遵照。蹈：踩。規：圓規。矩：角尺。［例］在學習上既要循規蹈矩，又要機動靈活。［構］聯合。［源］宋、朱熹《朱文公集・答方賓王

書》：『循塗守轍，猶言循規蹈矩云爾。』［同］墨守成規　安分守己　［反］無法無天　肆無忌憚

循名責實 ㄒㄩㄣˊ ㄇㄧㄥˊ ㄗㄜˊ ㄕˊ xún míng zé shí

按照名義來考查內容。指要求名副其實。［例］我們一定要循名責實，深入研究。［構］連動。［源］《韓非子・定法》：『術者，因任而授官，循名而責實。』

循序漸進 ㄒㄩㄣˊ ㄒㄩˋ ㄐㄧㄢˋ ㄐㄧㄣˋ xún xù jiàn jìn

依照一定的順序或步驟逐漸提高、前進。循：順著，依照。序：次序。［例］學習知識不能急於求成，要持之以恆，循序漸進。［構］連動。

循循善誘 ㄒㄩㄣˊ ㄒㄩㄣˊ ㄕㄢˋ ㄧㄡˋ xún xún shàn yòu

善於有計劃、有步驟地進行指導。循循：有步驟的樣子。［例］他教學循循善誘，很受學生歡迎。［構］偏正。［源］《論語・子罕》：『夫子循循然善誘人。』

徇情枉法 ㄒㄩㄣˋ ㄑㄧㄥˊ ㄨㄤˇ ㄈㄚˇ xùn qíng wǎng fǎ

屈從私情而不顧國法。徇：曲從。枉：使歪曲。［例］賈雨村就是一個徇情枉法、營私舞弊的贓官。［構］連動。［反］執法如山　鐵面無私

徇私舞弊 ㄒㄩㄣˋ ㄙ ㄨˇ ㄅㄧˋ xùn sī wǔ bì

從私情出發弄虛作假，違法亂紀。徇：曲從。舞：弄。［例］國家幹部是爲人民服務的公僕，而不能做徇私舞弊、違法亂紀的人。［構］連動。［辨］『徇』不能讀作ㄒㄩㄣˊ(xún)。

Y

鴉雀無聲 ㄧㄚ ㄑㄩㄝˋ ㄨˊ ㄕㄥ yā què wú shēng

連烏鴉和麻雀的聲音也沒有。形容非常寂靜。［例］晚上，同學們在燈光下自習，教室裏鴉雀無聲，顯得異常的安靜。［構］主謂。［源］宋、釋道原《景德傳燈錄・卷四・益州保唐寺無住禪師》：『於時庭樹鴉鳴，公問師：「聞否？」曰：「聞。」鴉已去，又問師：「聞否？」曰：「聞。」公曰：「鴉去無聲，云何言聞？」』［同］鴉默雀靜　萬籟俱寂［反］人聲鼎沸　雞鳴狗吠

雅俗共賞 ㄧㄚˇ ㄙㄨˊ ㄍㄨㄥˋ ㄕㄤˇ yǎ sú gòngshǎng

不論文化水平高低，都能夠欣賞。雅俗：舊時把文化水平高的人稱作『雅人』，把沒有文化的人稱作『俗人』。［例］這台節目，有聲樂也有歌舞，還有曲藝，真正做到了雅俗共賞。［構］主謂。［源］明、孫仁儒《東郭記・緜駒》：『聞得有緜駒善歌，雅俗共賞。』［反］曲高和寡

啞然失笑 ㄧㄚˇ ㄖㄢˊ ㄕ ㄒㄧㄠˋ yǎ rán shī xiào

情不自禁地笑出聲來。啞然：笑聲。失笑：不由自主地發笑。［例］一想起卓別林穿著大鞋搖晃走路的樣子，我不禁啞然失笑。［構］偏正。

揠苗助長 ㄧㄚˋ ㄇㄧㄠˊ ㄓㄨˋ ㄓㄤˇ yà miáo zhù zhǎng

將苗拔起，助其生長。喻指不顧事物發展規律，強求速成，結果反將事情弄糟。揠：拔。［例］學習文化知識，要循序漸進，切不可急於求成，揠苗助長。［構］連動。［源］《孟子・公孫丑上》：『宋人有憫其苗之不長而揠之者，芒芒然歸，謂其人曰：「今日病矣，予助苗長矣！」其子趨而往視之，苗則槁矣：：助之長者，揠苗者也，非徒無益，而又害之。』［同］欲速不達　［反］循序漸進［辨］『揠』不能念成ㄧㄢˇ(yǎn)。

煙消雲散 ㄧㄢ ㄒㄧㄠ ㄩㄣˊ ㄙㄢˋ yān xiāo yún sàn 像煙和雲消散的那樣。喻指事物消失得乾乾淨淨。[例]在流了這麼多的眼淚以後，這許多日子來的陰鬱的思想都煙消雲散。[構]聯合。[源]元、張養浩《天淨沙》曲：『更著十年試看，煙消雲散，一杯誰共歌歡。』[同]雲消霧散 風流雲散

延年益壽 ㄧㄢˊ ㄋㄧㄢˊ ㄧˋ ㄕㄡˋ yán nián yì shòu 延長壽命，增加歲數。益：增加。[例]打太極拳，可以使老年人延年益壽。[構]聯合。[源]戰國（楚）、宋玉《高唐賦》：『九竅通郁，精神察滯，延年益壽千萬歲。』[同]長生不老 [反]中途夭折

言必信，行必果 ㄧㄢˊ ㄅㄧˋ ㄒㄧㄣˋ ㄒㄧㄥˊ ㄅㄧˋ ㄍㄨㄛˇ yán bì xìn xíng bì guǒ 說出話來一定算數，行動起來一定堅決。信：守信用。果：堅決。[例]一個領導幹部要取得群衆的信任，必須做到言必信，行必果。[構]複。[源]《論語・子路》。[同]言而有信 君子一言，快馬一鞭 [反]背信棄義

言不盡意 ㄧㄢˊ ㄅㄨˋ ㄐㄧㄣˋ ㄧˋ yán bù jìn yì 說的話不能表達全部思想內容，後來常用於寫信結尾，表示所說的話都沒能把心意表達完全。[例]這篇文章說理透徹，重點突出，可是作者還認爲言不盡意，要進行修改補充。[構]主謂。[源]《周易・繫辭上》：『書不盡言，言不盡意。』

言不由衷 ㄧㄢˊ ㄅㄨˋ ㄧㄡˊ ㄓㄨㄥ yán bù yóu zhōng 話不是內心發出的。形容虛僞敷衍，說的不是真心話。含貶義。由：從。衷：內心。[例]這樣的文章，文過飾非，言不由衷，有誰願意看呢！[構]

主謂。［源］《左傳・隱公三年》：『信不由中。』［同］心口不一　口是心非［反］肺腑之言　由衷之言　心口如一［辨］『衷』不可寫成『哀』。

言傳身教 ㄧㄢˊ ㄔㄨㄢˊ ㄕㄣ ㄐㄧㄠˋ yán chuánshēn jiào

口頭傳授，行動示範。指用言行去教育和影響別人。［例］這個連長帶兵有方，能夠做到言傳身教，所以受到戰士的尊重和敬愛。［構］聯合。［同］以身作則　言行一致　［反］言行不一

言而無信 ㄧㄢˊ ㄦˊ ㄨˊ ㄒㄧㄣˋ yán ér wú xìn

說出話來不算數。也作『言而不信』。［例］說話辦事要講信譽，不能言而無信。［構］主謂。［源］《穀梁傳・僖公二十二年》：『言之所以爲言者，信也。言而不信，何以爲言？』［反］一言爲定　一諾千金

言歸於好 ㄧㄢˊ ㄍㄨㄟ ㄩˊ ㄏㄠˇ yán guī yú hǎo

彼此重又和好。言：句首虛詞，無實際意義。［例］我們幾位老朋友，儘管鬧過彆扭，結果還是言歸於好了。［構］動賓。［源］《左傳・僖公九年》：『凡我同盟之人，既盟之後，言歸於好。』［辨］『好』不要念成ㄏㄠˋ(hào)。

言過其實 ㄧㄢˊ ㄍㄨㄛˋ ㄑㄧˊ ㄕˊ yán guò qí shí

原指言語浮誇，超過他的實際能力。現也指說話誇張，同實際不符。含貶義。［例］他對老張的讚揚有些言過其實。［構］主謂。［源］《三國志・蜀志・馬良傳》：『馬謖言過其實，不可大用。』［同］誇大其詞　夸夸其談　［反］恰如其分　言必有中

言簡意賅 ㄧㄢˊ ㄐㄧㄢˇ ㄧˋ ㄍㄞ yán jiǎn yì gāi

語言簡練，意思完備而深刻。形容說話、寫文章簡明扼要。賅：完備

。［例］說話寫文章都要字斟句酌，這樣才能做到言簡意賅，令人信服。［構］聯合。［同］簡明扼要 要言不煩 一針見血 ［辨］『賅』不可寫成『該』。

言近旨遠 ㄧㄢˊ ㄐㄧㄣˋ ㄓˇ ㄩㄢˇ yán jìn zhǐ yuǎn 話很淺顯，涵義卻深遠。旨：涵義。［例］他常給青年講一些戰爭年代的故事，語言不但生動、風趣，而且言近旨遠，使青年得到很大的教益。［構］聯合。［源］《孟子·盡心下》：『言近而指（旨）遠者，善言也。』［同］深入淺出

言談舉止 ㄧㄢˊ ㄊㄢˊ ㄐㄩˇ ㄓˇ yán tán jǔ zhǐ 人的言語、舉動、行爲。［例］從他的言談舉止中可以看出他是有教養的人。［構］聯合。［源］明、黃宗羲《陳母沈孺人墓志銘》：『其言談舉止，不問可知爲胡先生弟子也。』

言外之意 ㄧㄢˊ ㄨㄞˋ ㄓ ㄧˋ yán wài zhī yì 話裏沒有明說的本意。也作『意在言外』。［例］他說了一通旁敲側擊的話，言外之意是說我好心辦了壞事。［構］偏正。［源］宋、葉夢得《石林詩話》：『七言難於氣象雄渾，句中有力而紆餘，不失言外之意。』［同］弦外之音

言爲心聲 ㄧㄢˊ ㄨㄟˊ ㄒㄧㄣ ㄕㄥ yán wéi xīn shēng 言語是人的內心思想的反映。［例］言爲心聲，文如其人，語言是思想的直接反映，又是心靈的一面鏡子。［構］主謂。［源］漢、揚雄《法言·問神》：『故言，心聲也。』

言行一致 ㄧㄢˊ ㄒㄧㄥˊ ㄧ ㄓˋ yán xíng yī zhì 說的和做的一個樣兒。也作『言行若一』。［例］他說話向來是算數的，怎麼說就怎麼做，言行一致，是群衆信得過的領導。［構］主謂。［反］言行

不一

言猶在耳 ㄧㄢˊ ㄧㄡˊ ㄗㄞˋ ㄦˇ yán yóu zài ěr

說過的話還在耳邊迴響。［例］他的音容笑貌歷歷在目，言猶在耳。［構］補充。［源］《左傳・文公七年》：『今君雖終，言猶在耳。』

言者無罪，聞者足戒 ㄧㄢˊ ㄓㄜˇ ㄨˊ ㄗㄨㄟˋ ㄨㄣˊ ㄓㄜˇ ㄗㄨˊ ㄐㄧㄝˋ yán zhě wú zuì wén zhě zú jiè

提意見的人只要是善意的，即使提得不正確也是無罪的；聽取意見的人即使沒有對方所說的缺點錯誤，也應該引為警戒。足：足以。戒：警戒。［例］人家說的對不對，你就別計較了吧！言者無罪，聞者足戒嘛！［構］覆。［源］《詩經・大序》：『上以風化下，下以風刺上，主文而譎諫，言之者無罪，聞之者足以戒。』

言之成理 ㄧㄢˊ ㄓ ㄔㄥˊ ㄌㄧˇ yán zhī chéng lǐ

講得合乎道理。之：指說的內容。成：成立，成為。也作『言之有理』。［例］對事情了解得越深刻透徹，就越能言之成理。［構］主謂。［源］《荀子・非十二子》：『然而其持之有故，其言之成理，足以欺惑愚衆。』［反］胡言亂語　强詞奪理

言之無文，行而不遠 ㄧㄢˊ ㄓ ㄨˊ ㄨㄣˊ ㄒㄧㄥˊ ㄦˊ ㄅㄨˋ ㄩㄢˇ yán zhī wú wén xíng ér bù yuǎn

言辭沒有文采，就流傳不遠。言：言辭。文：文采。行：流傳。［例］我們寫文章要在思想內容正確的基礎上，講究修辭，注意文采，否則，言之無文，行而不遠。［構］覆。［源］《左傳・襄公二十五年》：『仲尼曰：「…：言之無文，行而不遠。」』

言之有物 ㄧㄢˊ ㄓ ㄧㄡˇ ㄨˋ yán zhī yǒu wù 說話或寫文章有實在的內容。[例]我愛讀魯迅的雜文，因爲它言之有物，涵義深刻，給人以啓迪。[構]主謂。[源]《周易・家人》：『君子以言有物而行有恆。』[反]言之無物 廢話連篇

言之有序 ㄧㄢˊ ㄓ ㄧㄡˇ ㄒㄩˋ yán zhī yǒu xù 說話或寫文章很有條理。[例]這篇論文不但言之成理，而且言之有序，令人信服。[構]主謂。[源]《周易・艮》：『言有序，悔亡。』[同]條分縷析 [反]顛三倒四

嚴懲不貸 ㄧㄢˊ ㄔㄥˊ ㄅㄨˋ ㄉㄞˋ yán chéng bù dài 嚴厲懲辦，絕不寬恕。懲：處分，懲罰。貸：寬容，饒恕。[例]對各種犯罪分子都要嚴懲不貸，否則就國無寧日。[構]連動。[反]包庇縱容 姑息養奸 [辨]『懲』不要念成ㄓㄥˇ(zhěng)；『貸』不要寫成『貨』。

嚴於律己 ㄧㄢˊ ㄩˊ ㄌㄩˋ ㄐㄧˇ yán yú lǜ jǐ 嚴格地約束自己。形容對自己要求嚴格。律：約束。[例]嚴於律己的人，在工作和生活中都表現出艱苦奮鬥的精神。[構]補充。

研精覃思 ㄧㄢˊ ㄐㄧㄥ ㄊㄢˊ ㄙ yán jīng tán sī 精密研究，深於思索。覃思：深思。也作『研精苦思』。[例]科學家之所以取得成就，這是與他們研精覃思、嚴謹治學的精神分不開的。[構]聯合。[源]《尚書序》：『承詔爲五十九篇作傳，於是遂研精覃思，博考經籍，採摭群言，以立訓傳。』[同]深思熟慮 [辨]『覃』不要念成ㄑㄧㄣˊ(qín)。

掩耳盜鈴 ㄧㄢˇ ㄦˇ ㄉㄠˋ ㄌㄧㄥˊ yǎn ěr dào líng

喻指蠢人自己欺騙自己。掩：捂，蓋。［例］個人主義嚴重的人，常常會幹出掩耳盜鈴的蠢事，這又有什麼奇怪呢！［構］連動。［源］《呂氏春秋・自知》：『百姓有得鐘者，欲負而走，則鐘大不可負。以椎毀之，鐘況然有音。恐人聞之而奪己也，遽揜（掩）其耳。』［同］自欺欺人

眼高手低 ㄧㄢˇ ㄍㄠ ㄕㄡˇ ㄉㄧ yǎn gāo shǒu dī

眼界很高而實際能力低。［例］這種人最大的毛病就是眼高手低，看人家幹似乎輕而易舉，一旦自己動手，卻幹得很糟。［構］聯合。［同］志大才疏［辨］『低』不要寫成『底』。

眼花撩亂 ㄧㄢˇ ㄏㄨㄚ ㄌㄧㄠˊ ㄌㄨㄢˋ yǎn huā liáo luàn

形容事物複雜紛繁，使人眼睛昏花，神志迷亂，無法辨清。撩亂：紛亂，糾纏混雜。［例］展覽大廳的工藝品琳琅滿目，使人眼花撩亂，應接不暇。［構］主謂。［同］撲朔迷離　目迷五色［辨］『撩』不要寫成『繚』或『瞭』。

眼明手快 ㄧㄢˇ ㄇㄧㄥˊ ㄕㄡˇ ㄎㄨㄞˋ yǎn míng shǒu kuài

眼光銳利，動作敏捷。也作『眼疾手快』。［例］雖然他個子並不高，但眼明手快，反應敏捷，是個出色的籃球運動員。［構］聯合。

偃旗息鼓 ㄧㄢˇ ㄑㄧˊ ㄒㄧ ㄍㄨˇ yǎn qí xī gǔ

放倒戰旗，停敲戰鼓。指軍隊隱蔽行蹤。偃：放倒。也作『掩旗息鼓』。［例］為了迷惑敵人，部隊行軍打仗有時是浩浩蕩蕩，鑼鼓喧天；有時卻是偃旗息鼓，不露蹤跡。［構］聯合。［源］《三國志・蜀書・趙雲傳》裴松之注引《趙雲別傳》：『……而雲入營，更大開門，偃旗息鼓，公軍疑有伏兵，引去。』［

同]銷聲匿跡　[反]大張旗鼓

羊腸鳥道 ㄧㄤˊ ㄔㄤˊ ㄋㄧㄠˇ ㄉㄠˋ yángcháng niǎo dào　只有飛鳥能過的曲折狹險山路。也作『鳥道羊腸』。[例]登山運動員常常要從羊腸鳥道和懸崖絕壁上向峰頂攀登，如果沒有勇氣、膽量和超人的毅力是不能成功的。[構]偏正。[同]羊腸小道　[反]陽關大道

羊質虎皮 ㄧㄤˊ ㄓˋ ㄏㄨˇ ㄆㄧˊ yáng zhì hǔ pí　本來是羊，只是披上老虎的皮，本性仍怯弱。比喻虛有其表。質：本性。[例]這些罪犯表面上氣勢洶洶，實際上是羊質虎皮，內心虛弱。[構]特・主謂。[源]漢、揚雄《法言・吾子》：『羊質而虎皮，見草而悅，見豺而戰，忘其皮之虎矣。』[同]色厲內荏　外强中乾

揚長避短 ㄧㄤˊ ㄔㄤˊ ㄅㄧˋ ㄉㄨㄢˇ yángcháng bì duǎn　發揚長處和優點，迴避短處和缺點。[例]選擇職業，首先要考慮國家的需要，其次也要揚長避短，適合本人的條件。[構]聯合。[同]取長補短　[辨]『揚』不要寫成『楊』，『長』不要念成ㄓㄤˇ(zhǎng)。

揚眉吐氣 ㄧㄤˊ ㄇㄟˊ ㄊㄨˇ ㄑㄧˋ yáng méi tǔ qì　揚起眉毛，吐出怨氣。形容擺脫壓抑心情後的高興神態。[例]三元里一戰勝利後，人民群衆無不歡欣鼓舞，揚眉吐氣。[構]聯合。[源]唐、李白《與韓荊州書》：『何惜階前盈尺之地，不使白揚眉吐氣，激昂青雲耶？』[同]眉飛色舞　[反]忍氣吞聲　垂頭喪氣

揚湯止沸 ㄧㄤˊ ㄊㄤ ㄓˇ ㄈㄟˋ yángtāng zhǐ fèi　把開水從鍋裏舀起來再倒回去，用揚湯的辦法使開水不沸騰。喻指辦

法不徹底，沒有從根本上解決問題。湯：開水。［例］清除社會上的精神垃圾，不能採取揚湯止沸的辦法，而要從根本上解決問題。［構］連動。［源］《漢書・枚乘傳》：『欲湯之滄，一人炊之，百人揚之，無益也；不如絕薪止火而已。』［同］杯水車薪 ［反］釜底抽薪

陽春白雪 ㄧㄤˊ ㄔㄨㄣ ㄅㄞˊ ㄒㄩㄝˇ yángchūn bái xuě

戰國時楚國的高級歌曲，後來泛指高深的不通俗的文學藝術。［例］文藝既要普及，又要提高。群衆熟悉的是『下里巴人』，但他們也需要『陽春白雪』。［構］聯合。［源］《文選・宋玉〈對楚王問〉》：『客有歌於郢中者……其爲《陽春》、《白雪》，國中屬而和者不過數十人。』［反］下里巴人

陽奉陰違 ㄧㄤˊ ㄈㄥˋ ㄧㄣ ㄨㄟˊ yángfèng yīn wéi

表面遵從，暗地違背。陽：指表面上。陰：指暗地裏。［例］爲人處事不要當面一套，背後一套；不要口是心非，陽奉陰違。［構］聯合。［同］口是心非 ［反］表裏如一

洋爲中用 ㄧㄤˊ ㄨㄟˊ ㄓㄨㄥ ㄩㄥˋ yáng wéi zhōngyòng

有分析、有批判地吸收外國的有用的東西，爲我國的社會主義革命和建設服務。［例］對於外國的科技和文學藝術，全盤接受和一概排斥都是錯誤的，要洋爲中用，這才是正確的態度。［構］主謂。［反］全盤西化

仰人鼻息 ㄧㄤˇ ㄖㄣˊ ㄅㄧˊ ㄒㄧ yǎng rén bí xī

喻指依賴別人，看人臉色行事。鼻息：指呼吸。［例］『仰人鼻息，奴才思想奈天何！』（陳毅《水調歌頭・四遊良口》詞）［構］動賓。［源］《後

漢書・袁紹傳》：『袁紹孤客窮軍，仰我鼻息，譬如嬰兒在股掌之上，絕其哺乳，立可餓殺。』[同]寄人籬下 [反]獨立自主 [辨]『仰』不要寫成『抑』。

養兵千日，用兵一時 ㄧㄤˇ ㄅㄧㄥ ㄑㄧㄢ ㄖˋ，ㄩㄥˋ ㄅㄧㄥ ㄧ ㄕˊ yǎng bīng qiān rì yòng bīng yī shí 指平時供養、訓練軍隊，以便到關鍵時刻用兵打仗。養兵：指供養、訓練士兵。用兵：指用軍隊打仗。[例]『兵可千日而不用，不可一日而不備』，說的就是養兵千日，用兵一時的道理。[構]覆。

養精蓄銳 ㄧㄤˇ ㄐㄧㄥ ㄒㄩˋ ㄖㄨㄟˋ yǎng jīng xù ruì 養足精神，積蓄力量。蓄：積蓄。銳：銳氣。[例]這支部隊人數雖較去年那次戰役時少了二千五百人，但是經過半年的養精蓄銳，戰鬥力卻增強了。[構]聯合。[同]休養生息 [反]勞民傷財

養癰遺患 ㄧㄤˇ ㄩㄥ ㄧˊ ㄏㄨㄢˋ yǎngyōng yí huàn 生了毒瘡不去醫治，給自己留下禍害。喻指姑息壞人、壞事，結果給自己留下禍害。也作『養癰貽害』。[例]對壞人壞事，我們絕不能聽之任之，養癰遺患，而應該堅決與之鬥爭。[構]連動。[同]養虎遺患 [反]除惡務盡 斬草除根

妖言惑眾 ㄧㄠ ㄧㄢˊ ㄏㄨㄛˋ ㄓㄨㄥˋ yāo yán huò zhòng 指有些人用荒誕不經的話欺騙、迷惑群眾。[例]社會上有些人搞封建迷信，妖言惑眾，大家要提高警惕。[構]主謂。[源]《漢書・眭弘傳》：『妄設妖言惑眾，大逆不道。』[同]蠱惑人心

腰纏萬貫 ㄧㄠ ㄔㄢˊ ㄨㄢˋ ㄍㄨㄢˋ yāo chán wàn guàn

腰上纏繞著萬貫錢。形容十分富有。纏：纏繞。貫：穿銅錢用的繩索（一千文錢爲一貫）。[例]農民飢寒交迫，財主腰纏萬貫，這是封建社會中必然的現象。[構]動賓。[源]南朝（梁）、殷芸《小說・六・吳蜀人》：『腰纏十萬貫，騎鶴上揚州。』[反]一貧如洗　家徒四壁

堯天舜日 ㄧㄠˊ ㄊㄧㄢ ㄕㄨㄣˋ ㄖˋ yáo tiān shùn rì

舊時喻指太平盛世。堯、舜：傳說中上古的賢明君主，後來泛指聖人。亦作『堯年舜日』。[例]『堯天舜日慶三多，鼓腹含哺遍地歌。』（《說岳全傳》）[構]聯合。[源]南朝（梁）、沈約《四時白紵歌》：『舜年堯日歡無極。』[同]太平盛世　[反]烽火連天

搖身一變 ㄧㄠˊ ㄕㄣ ㄧˊ ㄅㄧㄢˋ yáo shēn yí biàn

搖一搖身，就改變身分。形容變化快。[例]『官僚發財，投機家得利，接收人員作威作福，欺壓良民……還有漢奸搖身一變，升了官。』（巴金《靜夜的悲劇・月夜鬼哭》）[構]偏正。[同]瞬息萬變　[反]一成不變

搖尾乞憐 ㄧㄠˊ ㄨㄟˇ ㄑㄧˇ ㄌㄧㄢˊ yáo wěi qǐ lián

原爲狗搖著尾巴討主人的歡喜，亦用以比喻卑躬屈膝，不顧人格地向別人諂媚討好。乞：乞求。[例]這個賣國賊，竟冒天下之大不韙，向帝國主義搖尾乞憐，訂立了喪權辱國的不平等條約。[構]連動。[源]唐、韓愈《昌黎先生集・應科目時與人書》：『若俯首帖耳、搖尾而乞憐者，非我之志也。』[同]逢迎拍馬　乞哀告憐　奴顏婢膝

遙相呼應 ㄧㄠˊ ㄒㄧㄤ ㄏㄨ ㄧㄥˋ yáo xiāng hū yìng 遠遠地互相照應、配合。〔例〕南方工人罷工遊行與北伐軍遙相呼應，使第一次國內革命戰爭進入了高潮。〔構〕偏正。〔同〕遙相應和

杳無音信 ㄧㄠˇ ㄨˊ ㄧㄣ ㄒㄧㄣˋ yǎo wú yīn xìn 形容一直得不到對方的信息。杳：見不到蹤影。〔例〕這些年，我也試著寫些小詩投稿，結果杳無音信。〔構〕動賓。〔同〕杳無消息 泥牛入海 〔反〕鴻雁頻傳 〔辨〕『杳』不要寫成『沓』或『查』。

咬文嚼字 ㄧㄠˇ ㄨㄣˊ ㄐㄧㄠˊ ㄗˋ yǎo wén jiáo zì 形容過分地斟酌字句，後多指死摳字眼。〔例〕他講話，咬文嚼字，太拘束了。〔構〕聯合。〔源〕《元曲選・無名氏〈殺狗勸夫〉四》：『哎，使不的你咬文嚼字。』〔反〕字斟句酌 〔辨〕『嚼』不要念作 ㄐㄩㄝˊ (jué)。

要言不煩 ㄧㄠˋ ㄧㄢˊ ㄅㄨˋ ㄈㄢˊ yào yán bù fán 說話簡明扼要，一點也不囉嗦。要：簡要。煩：煩瑣。〔例〕他的發言雖然只有簡單的幾句，但每一句都扣住問題的中心，真是要言不煩。〔構〕主謂。〔源〕《三國志・魏書・管輅傳》裴松之注引《管輅別傳》：『晏含笑而贊之：「可謂要言不煩也。」』〔同〕簡明扼要 言簡意賅 提綱挈領 〔反〕廢話連篇 〔辨〕『煩』不要寫成『繁』。

野火燒不盡，春風吹又生 ㄧㄝˇ ㄏㄨㄛˇ ㄕㄠ ㄅㄨˋ ㄐㄧㄣˋ ㄔㄨㄣ ㄈㄥ ㄔㄨㄟ ㄧㄡˋ ㄕㄥ yě huǒ shāo bù jìn chūn fēng chuī yòu shēng 原形容野草具有很强的生命力。現常喻指人民革命力量是撲不滅的，儘管暫時受挫折，終究會振興起來，取得最後勝利。〔例〕南非人民反對種族隔離的鬥爭風起雲

湧，真是野火燒不盡，春風吹又生。［構］覆。［源］唐、白居易《賦得古原草送別》：『野火燒不盡，春風吹又生。』

葉公好龍 ㄧㄝˋ ㄍㄨㄥ ㄏㄠˋ ㄌㄨㄥˊ yè gōng hào lóng

喻指表面上愛好某種事物，但並非真心地愛好它，甚至畏懼它。葉公：春秋時陳國人。好：愛好。［例］請你別學葉公好龍嘛！你講起來似乎比誰都喜歡游泳，真要你下水，卻躲在一邊。［構］主謂。［源］漢、劉向《新序・雜事五》：『葉公子高好龍，鉤以寫龍，鑿以寫龍，屋室雕文以寫龍。於是天龍聞而下之，窺頭於牖，施尾於堂。葉公見之，棄而還走，失其魂魄，五色無主。』［辨］葉，舊讀ㄕㄜˋ(shè)。

葉落歸根 ㄧㄝˋ ㄌㄨㄛˋ ㄍㄨㄟ ㄍㄣ yè luò guī gēn

樹葉總凋落在樹根邊上。喻指不忘本源。［例］樹高千丈，葉落歸根。我雖洋裝在身，在國外做事，但始終沒有忘記養育我的祖國。［構］主謂。［同］飲水思源 ［反］數典忘祖

業精於勤 ㄧㄝˋ ㄐㄧㄥ ㄩˊ ㄑㄧㄣˊ yè jīng yú qín

學業方面的精深造詣是由於勤奮。［例］古人云：業精於勤。我們青少年要珍惜大好時光，勤奮學習。［構］主謂。［源］唐、韓愈《昌黎先生集・進學解》：『業精於勤，荒於嬉；行成於思，毀於隨。』［同］勤能補拙

夜長夢多 ㄧㄝˋ ㄔㄤˊ ㄇㄥˋ ㄉㄨㄛ yè chángmèng duō

喻指時間一拖延下來，事情可能發生不利的變化。［例］要辦馬上辦，把它了結，免得遷延時日，夜長夢多，再生出別的問題來。［構］聯合。

夜闌人靜
ㄧㄝˋ ㄌㄢˊ ㄖㄣˊ ㄐㄧㄥˋ yè lán rén jìng

夜深沒有人聲，非常寂靜。夜闌：夜將盡。［例］每當夜闌人靜之時，我總在思念遠在他鄉的親人，心頭縈繞著淡淡的鄉愁。［構］聯合。［源］元、王實甫《西廂記》一本三折：『有一日柳遮花映，霧障雲屏，夜闌人靜，海誓山盟。』［同］夜深人靜

夜郎自大
ㄧㄝˋ ㄌㄤˊ ㄗˋ ㄉㄚˋ yè láng zì dà

喻指妄自尊大。夜郎：我國漢代西南地區的一個小國。自大：自認爲很大。［例］在當前改革開放時期，我們既不要妄自菲薄，也不要夜郎自大，這樣才能正確地引進和吸收外國先進的科學技術。［構］主謂。［源］《史記・西南夷列傳》：『滇王與漢使者言曰：「漢孰與我大？」及夜郎侯亦然。以道不通故，各自以爲一州主，不知漢廣大。』［同］自高自大　妄自尊大　［反］虛懷若谷　妄自菲薄

夜以繼日
ㄧㄝˋ ㄧˇ ㄐㄧˋ ㄖˋ yè yǐ jì rì

用晚上的時間接上白天。形容日夜不停，幹勁十足。［例］周總理爲革命夜以繼日地操勞，他是我國各族人民敬愛的好總理。［構］偏正。［源］《莊子・至樂》：『夜以繼日，思慮善否。』又《孟子・離婁下》：『仰而思之，夜以繼日。』［同］焚膏繼晷　通宵達旦　廢寢忘食　［辨］不要寫成『日以繼夜』。

一敗塗地
ㄧ ㄅㄞˋ ㄊㄨˊ ㄉㄧˋ yī bài tú dì

形容失敗到不可收拾的地步。一：一旦。塗地：肝腦塗地的省略。［例］一敗塗地的拿破崙，重過滑鐵盧，不必說他有無限的忿激、太息與激昂！［構］覆。［源］《史記・高祖本紀》：『今置將不善，一敗塗地。』［同］一敗如水　丟盔卸甲　［反］旗開得勝　一帆風順

一不做，二不休 ㄧ ㄅㄨˋ ㄗㄨㄛˋ ㄦˋ ㄅㄨˋ ㄒㄧㄡ yī bù zuò èr bù xiū

要麼不做，既然做了，就索性幹到底。表示下了最後的決心。［例］隊長把牙一咬：『一不做，二不休，你帶一個班的戰士埋伏在後面，見機行事。』［構］覆。［源］唐、趙元一《奉天錄》卷四：『傳語後人：第一莫作，第二莫休。』［同］破釜沉舟 ［反］猶豫不決

一差二錯 ㄧ ㄔㄚˋ ㄦˋ ㄘㄨㄛˋ yī chà èr cuò

可能發生的差錯或失誤。也作『一差二誤』。［例］你仔細核對核對，萬一有個一差二錯，那就誤了大事了。［構］聯合。［同］陰差陽錯 ［反］萬無一失 ［辨］『差』不要念成ㄔㄚ (chā)。

一唱百和 ㄧ ㄔㄤˋ ㄅㄞˇ ㄏㄜˋ yī chàng bǎi hè

一個人首倡，一百個人附和。形容附和的人極多。也作『一倡百和』。［例］由於秦朝的殘暴統治，當時陳勝吳廣揭竿而起，於是一唱百和，農民起義之火很快形成燎原之勢。［構］連動。［源］漢、桓寬《鹽鐵論・結和》：『人罷極而主不恤，國內潰而上不知，是以一夫倡而天下和。』［同］一呼百應 ［辨］『和』不能念成ㄏㄜˊ (hé)。

一塵不染 ㄧ ㄔㄣˊ ㄅㄨˋ ㄖㄢˇ yī chén bù rǎn

佛家稱色、聲、香、味、觸、法爲六塵，修道的人排除各種嗜欲，不被六塵所染污。現常用來形容不受壞思想、壞習氣、壞作風的沾染和腐蝕。也形容環境非常清潔。［例］①他從舊營壘衝出來，但一塵不染；他能艱苦奮鬥，是個革命樂觀主義者。②實驗室寬敞明亮，實驗用具擦洗得一塵不染，閃閃發光。［構］主謂。［源］宋、張耒《柯山集・臘初小雪後圃梅開》：『一塵不染香到骨，姑射仙人風露身。』［同］一乾二淨 六根清

淨

一籌莫展 yī chóu mò zhǎn 喻指一點計策也施展不出，一點辦法也想不出來。含貶義。籌：竹籌，古代用以計數和計算的算籌，引申爲謀劃。展：施展。[例]平時學習馬虎，不求甚解，到用時就會感到知識貧乏，一籌莫展。[構]主謂。[同]束手無策 [反]急中生智 情急智生 [辨]『籌』不要寫成『愁』。

一蹴而就 yī cù ér jiù 踏一步就可以成功。形容事情輕而易舉。蹴：踏。就：成功。也作『一蹴而成』。[例]創新絕非一蹴而就，而是要經過艱苦的實驗才能成功。[構]偏正。[源]宋、蘇洵《上田樞密書》：『天下之學者，孰不欲一蹴而造聖人之域。』[同]一氣呵成 一揮而就 一舉成功 [反]欲速不達

一寸光陰一寸金 yī cùn guāng yīn yī cùn jīn 喻指時間極其寶貴，必須珍惜。一寸光陰：指日影移動一寸，形容時間很短。[例]古人云：一寸光陰一寸金，這是告誡我們青少年要珍惜時間，努力刻苦學習，將來才能成就一番事業。[構]主謂。[同]一刻千金

一代楷模 yī dài kǎi mó 一個時代的模範人物。含褒義。楷模：榜樣。[例]共產主義戰士雷鋒是一代楷模，他永遠激勵著我們青年奮勇前進。[構]偏正。[同]英雄豪傑 風流人物 [反]千古罪人

一刀兩斷 ㄧ ㄉㄠ ㄌㄧㄤˇㄉㄨㄢˋ yī dāo liǎngduàn

喻指堅決地斷絕關係。也作『一刀兩段』。［例］經過領導的教育，從此以後，他就和這夥不三不四的人一刀兩斷了。［構］偏正。［同］快刀斬亂麻［反］藕斷絲連　拖泥帶水　［辨］『兩』不要寫成『二』。

一定之規 ㄧ ㄉㄧㄥˋ ㄓ ㄍㄨㄟ yī dìng zhī guī

一定的規則。喻指已經打定的主意。［例］我們做事要有一定之規，切不可優柔寡斷。［構］偏正。［反］胸無定見

一髮千鈞 ㄧ ㄈㄚˇ ㄑㄧㄢ ㄐㄩㄣ yī fà qiān jūn

一根頭髮上吊了千鈞重物。喻指極其危險。髮：頭髮。鈞：古代重量單位，一鈞爲三十斤。也作『千鈞一髮』。［例］正在這一髮千鈞的危急時刻，飛機衝出了冷氣團，終於脫險了。［構］特・主謂。［源］《漢書・枚乘傳》：『夫以一縷之任繫千鈞之重，上懸無極之高，下垂不測之淵，雖甚愚之人猶如哀其將絕也。』［辨］『鈞』不要寫成『斤』。

一帆風順 ㄧ ㄈㄢ ㄈㄥ ㄕㄨㄣˋ yī fān fēng shùn

船掛滿帆，順風行駛。喻指做事非常順利，沒有阻礙。［例］生活的道路不都是一帆風順的，每個人都要做好迎接困難、挫折的準備。［構］主謂。［同］風平浪靜　萬事如意　［反］屢屢受挫　一波三折

一傅衆咻 ㄧ ㄈㄨˋ ㄓㄨㄥˋ ㄒㄧㄡ yī fù zhòng xiū

一個人教，許多人擾亂。表示環境對人有很大的影響。傅：教導。咻：喧嚷。［例］古人有言，一傅衆咻，終歸無效。［構］聯合。［源］《孟子・滕文公下》：『一齊人傅之，衆楚人咻之，雖日撻而求其齊也，不可得矣。』

一概而論 yī gài ér lùn ㄧ ㄍㄞˋ ㄦˊ ㄌㄨㄣˋ 不加區別，用同一個標準來評論或看待。指對問題不做具體分析，籠統地看成一樣。概：過去量米麥時刮平斗斛的器具。一概：同一個標準，一律。［例］當今世界上有上千種激光器，它們各有各的特點，各有各的用處，怎麼能一概而論呢？［構］偏正。［源］《楚辭〈九章・懷沙〉》：『同糅玉石兮，一概而相量。』［同］等量齊觀　相提並論　混爲一談　［辨］多用於否定句或反詰句中。

一乾二淨 yī gān èr jìng ㄧ ㄍㄢ ㄦˋ ㄐㄧㄥˋ 形容十分乾淨，一點兒也不剩。［例］教室被同學們打掃得一乾二淨。［構］聯合。［同］一塵不染

一鼓作氣 yī gǔ zuò qì ㄧ ㄍㄨˇ ㄗㄨㄛˋ ㄑㄧˋ 原指戰鬥開始時鼓足勇氣，現在形容做事時鼓起勁頭，勇往直前。［例］『很好，一鼓作氣，務求全殲入侵之敵！』軍長堅決地說。［構］動賓。［源］《左傳・莊公十年》：『夫戰，勇氣也。一鼓作氣，再而衰，三而竭。』［同］一氣呵成　趁熱打鐵　［反］垂頭喪氣

一鬨而散 yī hòng ér sàn ㄧ ㄏㄨㄥˋ ㄦˊ ㄙㄢˋ 形容人們吵吵嚷嚷一下子散去。鬨：喧嚷。［例］看見老師走來，幾個正在追逐打鬧的學生一鬨而散。［構］偏正。［反］接踵而至　［辨］『鬨』不要念成ㄏㄨㄥ(hōng)。

一揮而就 yī huī ér jiù ㄧ ㄏㄨㄟ ㄦˊ ㄐㄧㄡˋ 一動筆就寫成。揮：揮動。就：成功，完成。也作『一揮而成』。［例］我請齊白石先生畫蝦，老人一揮而就，一對大蝦便躍然紙上。［構］偏正。［同］一蹴而就

一技之長 ㄧ ㄐㄧˋ ㄓ ㄔㄤˊ yī jì zhī cháng

指某一方面的特長。技：技能，本領。長：專長。〔例〕既然他們都有一技之長，就應該按照本人志願和工作需要，做妥善安排。〔構〕偏正。〔同〕學有專長 〔反〕一無所長

一見如故 ㄧ ㄐㄧㄢˋ ㄖㄨˊ ㄍㄨˋ yī jiàn rú gù

初次相見就像老朋友一樣。故：故人，老朋友。〔例〕你倆初次見面，就給人以一見如故的感覺。〔構〕動賓。

一見鍾情 ㄧ ㄐㄧㄢˋ ㄓㄨㄥ ㄑㄧㄥˊ yī jiàn zhōng qíng

指男女之間一見面就產生了愛情。鍾：集中。鍾情：情愛專注。〔例〕有些青年因爲一味追求對方的外表美，往往一見鍾情，草率結合，以致婚後不和，造成了苦果。〔構〕動賓。〔同〕一見傾心

一箭雙雕 ㄧ ㄐㄧㄢˋ ㄕㄨㄤ ㄉㄧㄠ yī jiàn shuāng diāo

發一箭就射中兩隻雕。原指射箭技術高超，後喻指做一件事同時達到兩個目的。〔例〕利用廢氣不僅可以減少空氣污染，還能變廢爲寶，是一箭雙雕的大好事。〔構〕動賓。〔同〕一舉兩得 一石二鳥

一舉兩得 ㄧ ㄐㄩˇ ㄌㄧㄤˇ ㄉㄜˊ yī jǔ liǎng dé

做一件事而得到兩方面的好處。〔例〕發動群衆搞技術革新是一舉兩得的事，既提高了工程質量，又可以培養技術人材。〔構〕連動。〔源〕《東觀漢記・耿弇傳》：『吾得臨淄，即西安孤，必覆亡矣。所謂一舉而兩得者也。』〔同〕一箭雙雕 事半功倍 〔反〕徒勞無功 事倍功半 〔辨〕『兩』不要寫成『二』。

一蹶不振 yī jué bù zhèn 一受挫折就再也振作不起來。蹶：跌跤，引申爲失敗，挫折。振：振作，奮起。［例］乾隆即位，曹家第二次被抄家，從此一蹶不振。［構］連動。［源］《說苑・談叢》：『一蹶之故，卻足不行。』［同］一敗塗地［反］東山再起 方興未艾 ［辨］『振』不要寫成『震』。

一刻千金 yī kè qiān jīn 喻指時光寶貴。［例］時間是十分寶貴的，古人認爲一刻千金，魯迅認爲時間就是性命。［構］主謂。［源］宋、蘇軾《春夜》：『春宵一刻値千金，花有淸香月有陰。』［同］一寸光陰一寸金

一孔之見 yī kǒng zhī jiàn 喻指狹隘的主觀見解。孔：小洞。［例］以上所說的意見，僅是我個人的一孔之見，供大家參考。［構］偏正。［源］《禮記・中庸》。『反古之道』鄭玄注：『反古之道，謂曉一孔之人，不知今王之新政可從。』［同］管見所及 一得之見 ［辨］有時作謙詞用

一勞永逸 yī láo yǒng yì 費一次勞力而得到永久的安逸。亦作『一勞久逸』。［例］世界上一勞永逸的事是極少的，要做成功幾件事，非得花大力氣不可。［構］聯合。［源］《文選・班固〈封燕然山銘〉》：『茲所謂一勞而久逸，暫費而永寧者也。』

一脈相承 yī mài xiāngchéng 一個血統或派別世代承接流傳下來。喻指人與人或事物之間的傳承關

係。也作『一脈相傳』。[例]『至於文天祥所歌詠的「正氣」，更顯然跟「浩然之氣」一脈相承。』（朱自清《論氣節》）[構]主謂。

一毛不拔 yī máo bù bá

一根毫毛也不願拔，形容極其吝嗇自私。含貶義。[例]『你這財主們，閒常一毛不拔；今日天開眼，報應得快！』（《水滸全傳》）[構]主謂。[源]《孟子・盡心上》：『楊子取爲我，拔一毛而利天下，不爲也。』[反]慷慨解囊

一年之計在於春 yī nián zhī jì zài yú chūn

指一年的計劃要在春天的時候做好，爲全年的工作打下基礎。[例]『一年之計在於春，一日之計在於晨』，這是說要在開頭就抓緊工作，這樣才有收穫。[構]主謂。[源]南朝（梁）、蕭繹《纂要》：『一年之計在於春，一日之計在於晨。』

一念之差 yī niàn zhī chā

一個念頭的差錯。常指因此引起嚴重的後果。差：錯。[例]一個人犯錯誤，絕不是『一念之差』，而是與他平時的學習與思想改造有關。[構]偏正。[源]宋、陸游《丈人觀》：『我亦誦經五千文，一念之差墮世紛。』

一盤散沙 yī pán sǎn shā

一盤黏合不到一起的沙子。喻指力量分散，沒有組織起來或組織渙散、不團結。也作『一片散沙』。含貶義。[例]這裏的群衆還沒組織起來，就像一盤散沙。[構]偏正。[反]衆志成城

一暴十寒 ㄧ ㄆㄨˋ ㄕˊ ㄏㄢˊ yī pù shí hán 曬一天，凍十天。喻指做事無恆心，努力少，懈怠多。含貶義。[例]學習要有恆心，一暴十寒是學不好的。[構]聯合。[源]《孟子・告子上》：『雖有天下易生之物也，一日暴之，十日寒之，未有能生者也。』[同]三天打魚，兩天曬網 [反]持之以恆 [辨]『暴』不要念成ㄅㄠˋ(bào)。

一錢不值 ㄧ ㄑㄧㄢˊ ㄅㄨˋ ㄓˊ yī qián bù zhí 形容地位輕賤，受人鄙視，或形容毫無價值。也作『不值一錢』。[例]『中國人看得他一錢不值，法國文壇上卻很露驚奇的眼光，料不到中國也有這樣的人物。』(《孽海花》)[構]主謂。[源]《史記・魏其武安侯列傳》。[反]價值連城

一竅不通 ㄧ ㄑㄧㄠˋ ㄅㄨˋ ㄊㄨㄥ yī qiào bù tōng 喻指什麼都不懂。竅：孔竅，這裏指心竅。[例]他對這個專業可以說是一竅不通，卻在那裏夸夸其談。[構]主謂。[同]一無所知

一窮二白 ㄧ ㄑㄩㄥˊ ㄦˋ ㄅㄞˊ yī qióng èr bái 形容基礎差，底子薄。窮：貧窮，指物質基礎差。白：空白，指文化和科學落後。[例]我國屬於第三世界，過去是一個一窮二白的國家，搞社會主義建設，不應忘記這個基本的國情。[構]聯合。

一丘之貉 ㄧ ㄑㄧㄡ ㄓ ㄏㄜˊ yī qiū zhī hé 指同一山丘的貉。喻指同是丑類，沒有什麼差別，現多指都是一樣的壞人。貉：形狀像狐狸的獸。含貶義。[例]流氓和盜竊犯是一丘之貉。[構]偏正。[源]《漢書・楊惲傳》：『古與今

，如一丘之貉。』［同］一路貨色　［辨］『貉』不要念成ㄌㄨㄛˋ(luò)。

一日三秋 ㄧ ㄖˋ ㄙㄢ ㄑㄧㄡ yī rì sān qiū

一天沒見面，就像隔了三年一樣。形容思念的心情非常殷切。［例］我非常思念我的好友，真是一日三秋，恨不得馬上見到他。［構］特・主謂。［源］《詩經・王風・采葛》：『彼采蕭兮，一日不見，如三秋兮。』

一身是膽 ㄧ ㄕㄣ ㄕˋ ㄉㄢˇ yī shēn shì dǎn

全身是膽。形容非常勇敢，無所畏懼。也作『渾身是膽』。［例］他果然名不虛傳，是一位一身是膽的英雄。［構］主謂。［源］《三國志・蜀志・趙雲傳》注引《趙雲別傳》：『子龍一身都是膽也！』［同］膽大勇爲　［反］膽小如鼠

一失足成千古恨 ㄧ ㄕ ㄗㄨˊ ㄔㄥˊ ㄑㄧㄢ ㄍㄨˇ ㄏㄣˋ yī shī zú chéngqiān gǔ hèn

喻指一旦犯了嚴重的錯誤，就成爲終身的恨事。失足：失腳，喻指犯錯誤或行爲墮落。千古：長遠的年代，指終身。［例］他希望青年人以他爲戒，不要走邪路，不要因爲貪圖一時的享樂，做出一失足成千古恨的事情來。［構］主謂。［源］《隋唐演義》六五回：『諺云：「一失足成千古恨，再回頭是百年身。」』

一視同仁 ㄧ ㄕˋ ㄊㄨㄥˊ ㄖㄣˊ yī shì tóng rén

原指『聖人』對人民一律看待，同樣仁愛。後多指對人（也可對物）同樣看待，不分厚薄。一：同一。視：看待。仁：仁愛。［例］對來我國訪問旅遊的外國友人，我們要一視同仁，以禮相待。［構］聯合。［源］唐、韓愈《昌黎先生集・原人》：『一視而同仁。』［同］等量齊觀　視同一律　［反］別眼相看

厚此薄彼

一事無成 yī shì wú chéng 什麼事情都沒有做成，形容毫無成績。［例］『少壯不努力，老大徒傷悲』，蹉跎歲月，則將一事無成，抱恨終生。［構］主謂。［源］唐、白居易《白氏長慶集・除夜寄微之》詩：『鬢毛不覺白毿毿，一事無成百不堪。』［反］卓有成效

一絲不苟 yī sī bù gǒu 形容工作認真、仔細，一點也不馬虎。苟：苟且，馬虎。［例］她以一絲不苟的準確的戲劇程式，表達了角色的豐富的心靈。［構］主謂。［同］精益求精 ［反］敷衍了事 粗枝大葉

一塌糊塗 yī tā hú tú 形容糟糕透頂或亂得不可收拾。［例］『原稿現已校畢，日內當與世界語三頁，一共掛號寄上。但原稿已被印局弄得一塌糊塗了。』（《魯迅書信集・致孫用》）［構］聯合。

一團和氣 yī tuán hé qì 原指態度和藹。現多指不分是非的無原則的和氣。含貶義。［例］輕描淡寫地說一頓，不做徹底解決，保持一團和氣，結果是有害於團體，也有害於個人。［構］偏正。［源］宋、朱熹《伊洛淵源錄》卷三引《上蔡語錄》：『明道終日坐，如泥塑人，然接人渾是一團和氣。』［同］和藹可親 平易近人

一網打盡 yī wǎng dǎ jìn 喻指全部捉住或徹底肅清。［例］他率領著戰士們緊緊地包圍殘敵，

並將他們一網打盡。［構］偏正。［同］一掃而光 ［反］網開三面

一往情深 ㄧ ㄨㄤˇ ㄑㄧㄥˊ ㄕㄣ yī wǎng qíng shēn

指對人或事物具有深厚的感情，嚮往得不能自我克制。［例］王宏對自己所從事的事業，可以說是一往情深，他幾乎奉獻了全部的時間和精力。［構］偏正。［源］南朝（宋）、劉義慶《世說新語・任誕》：『桓子野每聞清歌，輒喚「奈何」！謝公聞之曰：「子野可謂一往有深情。」』［反］寡情薄義

一望無際 ㄧ ㄨㄤˋ ㄨˊ ㄐㄧˋ yī wàng wú jì

一眼望不到邊。形容非常遼闊。際：邊際。［例］下面是一片肥沃的土地，都種著一望無際的碧綠的西瓜。［構］動賓。

一無是處 ㄧ ㄨˊ ㄕˋ ㄔㄨˋ yī wú shì chù

一點對的地方也沒有。一：都，全。［例］要麼把人看得從頭壞到腳，一無是處；要麼把人看得盡善盡美，是真理的化身，這顯然是形而上學的、片面的。［構］動賓。［同］一無可取

一笑置之 ㄧ ㄒㄧㄠˋ ㄓˋ ㄓ yī xiào zhì zhī

笑一笑，把它放在一邊。形容不值得理會。［例］對這樣的事，爸爸一向不感興趣，往往一笑置之，聽過了事。［構］偏正。［源］宋、楊萬里《誠齋集・觀水嘆》詩：『出處未可必，一笑姑置之。』［同］付之一笑

一心一意 ㄧ ㄒㄧㄣ ㄧ ㄧˋ yī xīn yī yì

一個心眼兒，意念專一。形容沒有其他念頭。［例］這位青年一心一意地做好本職工作，贏得了大家的讚揚。［構］聯合。［源］唐、駱賓王《代女道

士王靈妃贈道士李榮》詩：『一心一意無窮已，投漆投膠非足擬。』［同］全心全意［反］三心二意 二三其德

一言難盡 ㄧ ㄧㄢˊ ㄋㄢˊ ㄐㄧㄣˋ yī yán nán jìn

一句話不能把情況都說完。形容事情曲折複雜。［例］說起這件事來，真是一言難盡，等有空再詳談吧！［構］主謂。

一言以蔽之 ㄧ ㄧㄢˊ ㄧˇ ㄅㄧˋ ㄓ yī yán yǐ bì zhī

用一句話來概括它。蔽：概括。［例］他所說的這些話，一言以蔽之，是要大家艱苦奮鬥，勤儉辦事。［構］主謂。［源］《論語．爲政》：『詩三百，一言以蔽之，曰「思無邪」。』［同］總而言之

一葉障（蔽）目，不見泰山 ㄧ ㄧㄝˋ ㄓㄤˋ ㄅㄧˋ ㄇㄨˋ ㄅㄨˋ ㄐㄧㄢˋ ㄊㄞˋ ㄕㄢ yī yè zhàng bì mù bù jiàn tài shān

喻指被眼下細小事物所蒙蔽，因而看不到事物的全貌、主流及本質。障：遮。［例］對世界形勢的分析，不要拿一時一地的强弱現象代替全部的强弱現象，否則，就會不見泰山。［構］覆。［源］《鶡冠子．天則》：『夫耳之主聽，目之主明，一葉蔽目，不見泰山；兩耳塞豆，不聞雷霆。』

一衣帶水 ㄧ ㄧ ㄉㄞˋ ㄕㄨㄟˇ yī yī dài shuǐ

像一條衣帶那樣窄的水流。喻指僅隔一水，極其鄰近。［例］我國和日本是一衣帶水的鄰邦，兩國人民的友好交往源遠流長。［構］偏正。［源］《南史．陳後主紀》：『隋文帝謂僕射高熲曰：「……豈可限一衣帶水不拯之乎？」』

一意孤行 ㄧ ㄧˋ ㄍㄨ ㄒㄧㄥˊ yī yì gū xíng

原意是謝絕請託，按照自己的意見去處理案件。後來常用以形容不聽別人的意見，獨斷獨行。含貶義。［例］要多聽聽群衆意見，切不可一意孤行。［構］偏正。［源］《史記・酷吏列傳》：『公卿相造請（趙）禹，（趙）禹終不報謝，務在絕知友賓客之請，孤立行一意而已。』［同］獨斷專行 ［反］從善如流 兼聽則明

一語破的 ㄧ ㄩˇ ㄆㄛˋ ㄉㄧˋ yī yǔ pò dì

一句話就說中要害。的：箭靶的中心。［例］有人說宋詩的好處就在『作詩如說話』，真是一語破的。［構］主謂。［同］一語道破 ［辨］『的』不要念成・ㄉㄜ(de)。

一張一弛 ㄧ ㄓㄤ ㄧ ㄔˊ yī zhāng yī chí

原指治理國家要寬嚴互相補充，交替使用。現多喻指工作和生活要勞逸結合。張：拉開弓弦。弛：放鬆弓弦。［例］工作和學習，要一張一弛，勞逸結合，這樣才能收到好的效果。［構］聯合。［源］《禮記・雜記》：『一張一弛，文武之道也。』

一針見血 ㄧ ㄓㄣ ㄐㄧㄢˋ ㄒㄧㄝˇ yī zhēn jiàn xiě

喻指論斷簡明扼要而切中要害。［例］這篇文章寫得平庸敷泛，不痛不癢，不能一針見血。［構］偏正。［同］一語道破 一語中的

一知半解 ㄧ ㄓ ㄅㄢˋ ㄐㄧㄝˇ yī zhī bàn jiě

形容知道得少，理解得不深不透。［例］學習不認真，貪多求快，囫圇吞棗，一知半解，這是一種要不得的學習態度。［構］聯合。［源］宋、嚴羽《

滄浪詩話・詩辨》：『有透徹之悟，有但得一知半解之悟。』

一字之師 一 ㄗˋ ㄓ ㄕ yī zì zhī shī

指能糾正一個錯別字或指出某一字在文句中不妥當的老師。〔例〕張穎拿著自己的文章徵求黎惠的意見，黎惠給他指出了一個錯別字，張穎立即改正，稱黎惠為一字之師。〔構〕偏正。〔源〕宋、陶岳《五代史補》卷三載：齊己作《早梅》詩，有『前村深雪裏，昨夜數枝開』之句，鄭谷改『數枝』為『一枝』，齊己下拜。時人稱谷為『一字師』。

衣冠楚楚 一 ㄍㄨㄢ ㄔㄨˇ ㄔㄨˇ yī guān chǔ chǔ

形容穿戴整齊漂亮。楚楚：鮮明整潔的樣子。〔例〕『一星期內有這麼兩三次，他衣冠楚楚地出門去了。』（茅盾《房東先生》）〔構〕主謂。〔源〕《詩經・曹風・蜉蝣》：『蜉蝣之羽，衣裳楚楚。』〔反〕衣衫藍縷 〔辨〕『冠』不要念成ㄍㄨㄢˋ(guàn)。現多含有詼諧、諷刺的意味。

衣衫藍縷 一 ㄕㄢ ㄌㄢˊ ㄌㄩˇ yī shān lán lǚ

衣服破爛。也作『衣衫襤褸』。〔例〕『一個衣衫藍縷的小孩用一個編織成牛頭狀的竹籃罩在頭上，扮成牛的樣子。』（秦牧）〔構〕主謂。〔同〕衣不蔽體　鶉衣百結 〔反〕衣冠楚楚

依然故我 一 ㄖㄢˊ ㄍㄨˋ ㄨㄛˇ yī rán gù wǒ

仍舊是我從前的老樣子。形容自己的情況沒有變化。故我：舊日的我。〔例〕你說他『依然故我』，我認為不能這麼說，要看到他有改正的地方，要肯定他點滴的進步。〔構〕偏正。〔同〕依然如故 〔反〕判若兩人

依然如故 ㄧ ㄖㄢˊ ㄖㄨˊ ㄍㄨˋ yī rán rú gù
仍舊像從前一樣。依然：仍舊。[例]這幾年故鄉的情況變化很大，然而那座小學校卻依然如故。[構]偏正。[同]依然故我 [反]日新月異 面目全非 面目一新

依依不捨 ㄧ ㄧ ㄅㄨˋ ㄕㄜˇ yī yī bù shě
形容感情深，非常留戀，不忍離別。依依：戀慕的樣子。捨：放開。[例]李老師要調回老家去教書了，同學們都依依不捨地聚在教室裏同他話別。[構]偏正。[同]難捨難分 戀戀不捨

怡然自得 ㄧˊ ㄖㄢˊ ㄗˋ ㄉㄜˊ yí rán zì dé
形容安適、愉快而滿足的樣子。怡然：安適、愉快的樣子。也作『怡然自樂』。[例]居室雖小，他生活在裏面卻怡然自得。[構]偏正。[源]《列子・黃帝》：『黃帝既寤，怡然自得。』
[辨]『怡』不要寫成『貽』。

貽害無窮 ㄧˊ ㄏㄞˋ ㄨˊ ㄑㄩㄥˊ yí hài wú qióng
留下無窮的禍患。貽：遺留。[例]除惡務盡，否則國無寧日，貽害無窮。[構]主謂。[反]斬草除根

貽人口實 ㄧˊ ㄖㄣˊ ㄎㄡˇ ㄕˊ yí rén kǒu shí
指做事說話不謹慎，給人留下話柄。也作『予人口實』。口實：話柄。[例]我們說話辦事要小心謹慎，不要貽人口實。[構]動賓。[源]《尚書・仲虺之誥》：『予恐來世以台爲口實。』

貽笑大方 ㄧˊ ㄒㄧㄠˋ ㄉㄚˋ ㄈㄤ yí xiào dà fāng
讓內行的人笑話。大方：即大方之家，識見廣博的人，後泛指有專長的人。[例]我對於這門學科，實在知道得太少，亂發議論，恐貽笑大方。[構]動賓。[源]《莊子・秋水》：『吾長見

笑於大方之家。』〔辨〕常用作自謙之詞。

移風易俗 ㄧˊ ㄈㄥ ㄧˋ ㄙㄨˋ yí fēng yì sú

改變舊的風俗習慣。移：改動。易：變換。〔例〕提倡晚婚，計劃生育，是移風易俗的重要內容，要大力宣傳，做到家喻戶曉。〔構〕聯合。〔源〕《荀子·樂論》：『樂者，聖人之所樂也，而可以善民心，其感人深，其移風易俗，故先王導之以禮樂而民和睦。』

移花接木 ㄧˊ ㄏㄨㄚ ㄐㄧㄝ ㄇㄨˋ yí huā jiē mù

原指嫁接花草樹木。也喻指暗用手段，另換一種事物來欺騙人。用於比喻時多含貶義。〔例〕《紅樓夢》裏，王熙鳳用移花接木之計，把林黛玉換成薛寶釵，跟寶玉成親。〔構〕聯合。〔同〕偷天換日　偷梁換柱

移山倒海 ㄧˊ ㄕㄢ ㄉㄠˇ ㄏㄞˇ yí shān dǎo hǎi

搬動大山，傾翻大海。喻指人類征服自然、改造自然的巨大力量和雄偉氣勢。〔例〕人民群衆在黨的領導下，移山倒海，用很短的時間就在長江上游修建起舉世聞名的葛洲壩水電站。〔構〕聯合。

頤指氣使 ㄧˊ ㄓˇ ㄑㄧˋ ㄕˇ yí zhǐ qì shǐ

形容傲慢地指揮別人。含貶義。頤：面頰。頤指：用嘴部的表情示意。氣使：用神情支使人。也作『目指氣使』。〔例〕舊社會，國民黨政府的官員，每到一個地方，總是吆五喝六，頤指氣使，人民群衆敢怒而不敢言。〔構〕聯合。〔源〕《漢書·貢禹傳》：『家富勢足，目指氣使。』〔同〕發號施令

疑神疑鬼 yí shén yí guǐ

形容疑心特別重。含貶義。［例］鄰里之間要相互信任，切不可無端猜忌，疑神疑鬼。［構］聯合。［同］滿腹疑團 ［反］深信不疑

疑人勿使，使人勿疑 yí rén wù shǐ, shǐ rén wù yí

懷疑的人就不要使用他，使用的人就不要懷疑他。意指用人應予充分信任。［例］古人云：『疑人勿使，使人勿疑。』我們做領導的不僅要知人善任，而且要對任用的人予以充分的信任。［構］覆。［源］《金史・熙宗本紀》：『疑人勿使，使人勿疑。自今本國及諸色人，量才通用之。』

以毒攻毒 yǐ dú gōng dú

用毒藥治病毒。喻指用對方使用的厲害手段制服對方。攻：治。［例］我們也仿照八股文章的筆法來一個『八股』，以毒攻毒，就叫作八大罪狀吧！［構］偏正。［源］唐、劉禹錫《因明七篇》：『良醫之家以毒止毒也。』［同］以其人之道，還治其人之身。

以德報怨 yǐ dé bào yuàn

拿恩惠報答仇恨。形容對人寬容，不僅不記仇，反而給以好處。含褒義。［例］民國二十五年（一九三六年）西安事變時期，中國共產黨以德報怨，協同張學良、楊虎城兩將軍，釋放蔣介石，希望他悔過自新，共同抗日。［構］偏正。［源］《論語・憲問》：『或曰：「以德報怨，何如？」』［同］以直報怨 ［反］以怨報德

以訛傳訛 yǐ é chuán é

把本來錯誤的東西傳開去，越傳越錯誤。訛：謬誤。［例］對社會上

一些傳聞，要動腦筋分析，不要人云亦云，更不要以訛傳訛。［構］偏正。［源］宋、王柏《魯齋集・默成定武蘭亭記》：『以訛傳訛，僅同兒戲，每竊哂之。』［同］耳食之言

以觀後效 ㄧˇ ㄍㄨㄢ ㄏㄡˋ ㄒㄧㄠˋ yǐ guān hòu xiào 對予以寬大處理的人，觀察其是否有改正的表現。［例］對於犯罪的人，我們黨的政策歷來是懲辦與寬大相結合，並給以出路，以觀後效。［構］偏正。［源］《後漢書・安帝紀》：『設張法禁，懇惻分明，……且復重申，以觀後效。』

以儆效尤 ㄧˇ ㄐㄧㄥˇ ㄒㄧㄠˋ ㄧㄡˊ yǐ jǐng xiào yóu 用對一個壞人或一件壞事的處理來警告那些學著做壞事的人。儆：告誡。尤：過錯。效尤：學壞樣子。［例］對嚴重犯罪分子應依法嚴懲，以儆效尤，絕不能心慈手軟。［構］偏正。［同］殺雞給猴看　殺一儆百［辨］『儆』不要念成ㄐㄧㄥˋ(jìng)。

以理服人 ㄧˇ ㄌㄧˇ ㄈㄨˊ ㄖㄣˊ yǐ lǐ fú rén 用道理來說服別人。［例］魯迅說過，辱罵不是戰鬥。以理服人，才能使人心悅誠服。［構］偏正。［反］以力服人

以鄰爲壑 ㄧˇ ㄌㄧㄣˊ ㄨㄟˊ ㄏㄜˋ yǐ lín wéi hè 把鄰國當深溝，把本國的洪水排洩到那裏去。喻指只顧自己，把困難或災禍轉嫁給別人。［例］這家化工廠以鄰爲壑，把含有毒質的廢水排放到附近的河道，造成了嚴重的污染。［構］偏正。［源］《孟子・告子下》：『子過矣。禹之治水，水之道也，是故禹以四海爲壑。今吾子以鄰國爲壑。』

以卵投石 ㄧˇ ㄌㄨㄢˇ ㄊㄡˊ ㄕˊ yǐ luǎn tóu shí
拿蛋去撞石頭。喻指自不量力，自取毀滅。也作『以卵擊石』。［例］侵略者多次尋釁，挑起事端，其下場只能是以卵投石，自取滅亡。［構］偏正。［源］《墨子・貴義》：『以其言非吾言者，是猶以卵投石也，盡天下之卵，其石猶是也，不可毀也。』［同］蚍蜉撼樹

以求一逞 ㄧˇ ㄑㄧㄡˊ ㄧ ㄔㄥˇ yǐ qiú yī chěng
妄圖一下達到罪惡的目的。逞：如願。［例］國內外仇視社會主義的敵對分子是不甘心他們的失敗的，他們窺測方向，以求一逞。我們要百倍提高警惕。［構］偏正。

以身殉職 ㄧˇ ㄕㄣ ㄒㄩㄣˋ ㄓˊ yǐ shēn xùn zhí
為忠於本職工作而貢獻出生命。［例］『去年春上到延安，後來到五台山工作，不幸以身殉職。』（毛澤東《紀念白求恩》）［構］偏正。［同］以身殉國

以身作則 ㄧˇ ㄕㄣ ㄗㄨㄛˋ ㄗㄜˊ yǐ shēn zuò zé
用自己的行動做出榜樣。［例］領導幹部應該以身作則，帶頭遵紀守法，才能得到群眾的信任。［構］偏正。［同］身先士卒

以文會友 ㄧˇ ㄨㄣˊ ㄏㄨㄟˋ ㄧㄡˇ yǐ wén huì yǒu
通過文字來結交朋友。［例］寫作協會成立以後，協會成員經常在一起切磋寫作技巧，交流心得體會，達到以文會友的目的。［構］偏正。［源］《論語・顏淵》：『曾子曰：「君子以文會友，以友輔仁。」』

以眼還眼，以牙還牙 ㄧˇ ㄧㄢˇ ㄏㄨㄢˊ ㄧㄢˇ，ㄧˇ ㄧㄚˊ ㄏㄨㄢˊ ㄧㄚˊ yǐ yǎn huán yǎn, yǐ yá huán yá
用瞪眼回答瞪眼，用

牙咬回擊牙咬。喻指用對方使用的手段反擊對方。［例］對敵人，要以眼還眼，以牙還牙，寸步不讓，鬥爭到底。［構］覆。［源］《舊約全書・申命記》［同］針鋒相對　以其人之道還治其人之身

以一當十 yǐ yī dāng shí　一人可抵擋十人。形容軍隊以寡敵衆，英勇善戰。［例］『我們的戰略是「以一當十」，我們的戰術是「以十當一」，這是我們克敵制勝的法則之一。』（毛澤東）［構］偏正。［源］《戰國策・齊策一》：『必一而當十，十而當百，百而當千。』

以子之矛，攻子之盾 yǐ zǐ zhī máo, gōng zǐ zhī dùn　喻指用對方的論據來駁倒對方。［例］他們是在嘲笑那些反對《文選》的人們，自己卻曾作古文，看古書。這真厲害，大約就是所謂『以子之矛，攻子之盾』罷！［構］覆。［源］《韓非子・難一》：『楚人有鬻楯與矛者，譽之曰：「吾楯之堅，物莫能陷也。」又譽其矛曰：「吾矛之利，於物無不陷也。」或曰：「以子之矛陷子之楯何如？」其人弗能應也。』

倚馬可待 yǐ mǎ kě dài　站在即將出發的戰馬前起草文件，可以等著完稿。喻指文思敏捷。含褒義。［例］他的才思敏捷，文章倚馬可待。［構］連動。

義不容辭 yì bù róng cí　道義上不允許推辭。義：道義。容：允許。辭：推託。［例］嚴禁一切有害讀物的出版，這是文化工作部門和出版部門義不容辭的責任。［構］主謂。［同］當仁不讓　責無旁貸

義憤填膺 一ˋ ㄈㄣˋ ㄊㄧㄢˊ 一ㄥ yì fèn tián yīng 正義的憤怒充滿胸中。形容滿腔憤怒。膺：胸。[例] 戰士們義憤填膺，決心為死難的戰友報仇。[構] 主謂。[源]《舊唐書·文宗本紀》：『我每思貞觀、開元之時，觀今日之事，往往憤氣填膺耳。』[同] 悲憤填膺 [辨]『膺』不要寫成『鷹』。

義無反顧 一ˋ ㄨˊ ㄈㄢˇ ㄍㄨˋ yì wú fǎn gù 做正當合理的事，只有上前，絕不回頭。義：宜，應該做的事。反顧：回頭看。[例] 愛國青年毅然放下書本，義無反顧地奔赴抗日救亡前線。[構] 主謂。[源]《史記·司馬相如列傳》：『義不反顧，計不旋踵。』[同] 當仁不讓

義正辭嚴 一ˋ ㄓㄥˋ ㄘˊ 一ㄢˊ yì zhèng cí yán 道理正確，語言嚴肅。[例] 我國外交部的這一項聲明，義正辭嚴，充分表達了中國人民維護國家主權的强烈願望。[構] 聯合。[同] 理直氣壯 [反] 理屈詞窮

憶苦思甜 一ˋ ㄎㄨˇ ㄙ ㄊㄧㄢˊ yì kǔ sī tián 回憶在舊社會被壓迫、被剝削的痛苦，想新社會幸福生活的來之不易，從而提高思想覺悟。[例] 這個工廠的領導注意對青年工人進行革命傳統教育，經常請老工人作報告，憶苦思甜，收到了良好的效果。[構] 聯合。

議論紛紛 一ˋ ㄌㄨㄣˋ ㄈㄣ ㄈㄣ yì lùn fēn fēn 意見不一，說法很多。[例] 你們大家且不必議論紛紛，我早有一個解決這個問題的好主意。[構] 主謂。[同] 衆說紛紜

亦步亦趨 一ˋ ㄅㄨˋ 一ˋ ㄑㄩ yì bù yì qū

別人慢走也跟著慢走，別人快走也跟著快走。喻指事事處處模仿別人，追隨別人。亦：也，同樣。步：緩行。趨：快走。[例]必須堅持走自己的道路，建設有中國特色的社會主義，不能跟在別人後面亦步亦趨。總之，『中國的事情要按照中國情況來辦』。[構]聯合。[源]《莊子・田子方》：『夫子步亦步，夫子趨亦趨。』[同]人云亦云 [反]別出心裁

異乎尋常 一ˋ ㄏㄨ ㄒㄩㄣˊ ㄔㄤˊ yì hū xún cháng

不同於平常。形容和一般情況不同。異：不同。尋常：平常。[例]今天小王遲到了，臉色異乎尋常，莫不是他生病了？[構]補充。[同]與衆不同

異口同聲 一ˋ ㄎㄡˇ ㄊㄨㄥˊ ㄕㄥ yì kǒu tóng shēng

不同的人的嘴裏說出同樣的話，指所有的人說法完全一致。[例]陳明提議郝師傅擔任學習組長，大家異口同聲表示贊成。[構]聯合。[源]《宋書・庾炳之傳》：『今之事蹟，異口同音。』[同]不約而同 [反]衆說紛紜 [辨]不要寫成『一口同聲』。

異曲同工 一ˋ ㄑㄩˇ ㄊㄨㄥˊ ㄍㄨㄥ yì qǔ tóng gōng

不同的曲調卻同樣的美妙。曲：樂曲。工：細緻，巧妙。也作『同工異曲』。[例]這兩首詩表現手法不同，但都能打動人心，引起讀者的共鳴，真是異曲同工。[構]主謂。[源]唐、韓愈《昌黎先生集・進學解》：『子雲、相如，同工異曲。』[同]殊途同歸

異想天開 ㄧˋ ㄒㄧㄤˇ ㄊㄧㄢ ㄎㄞ yì xiǎng tiān kāi

喻指想法離奇，難以實現。異：奇特。天開：天裂。喻指幻想根本不可能實現的事情。［例］你們不種糧食，還想豐收，豈不是異想天開？［構］動賓。［同］想入非非　胡思亂想

抑揚頓挫 ㄧˋ ㄧㄤˊ ㄉㄨㄣˋ ㄘㄨㄛˋ yì yáng dùn cuò

形容聲音高低曲折，節奏分明，和諧優美。抑揚：降低和升高。頓挫：停頓和轉折。［例］那琴聲抑揚頓挫，十分動聽。［構］聯合。［源］晉、陸機《遂志賦・序》：『（馮）衍抑揚頓挫，怨之徒也。』

易如反掌 ㄧˋ ㄖㄨˊ ㄈㄢˇ ㄓㄤˇ yì rú fǎn zhǎng

容易得像翻轉手掌一樣。喻指事情很容易做成功。［例］你精通英語，要把這段文字譯成漢語，那當然是易如反掌的事囉！［構］主謂。［同］輕而易舉　不費吹灰之力

意氣風發 ㄧˋ ㄑㄧˋ ㄈㄥ ㄈㄚ yì qì fēng fā

形容精神振奮，氣概昂揚。意氣：意志和氣概。風發：像風一樣發出來，喻指豪邁奮發。［例］那時，紅軍每天每頓只能吃南瓜充飢，但是同志們仍然意氣風發地唱著：『天天吃南瓜，革命打天下。』［構］主謂。［同］精神抖擻　鬥志昂揚　［反］萎靡不振

意氣用事 ㄧˋ ㄑㄧˋ ㄩㄥˋ ㄕˋ yì qì yòng shì

憑感情衝動辦事。意氣：由於主觀、偏激而產生的任性的情緒。［例］我們做任何事情都要用腦子好好想一想，絕不可意氣用事。［構］主謂。［源］清、黃宗羲《陳乾初墓志銘初稿》：『潛心力行，以求實得，始知曩日意氣用事，刻意破除，久歸平貼。』

意味深長 ㄧˋ ㄨㄟˋ ㄕㄣ ㄔㄤˊ yì wèi shēn cháng 含意深刻，耐人尋味。［例］這些簡單而意味深長的話，我一直銘刻在心。［構］主謂。［源］宋、朱熹《論語序說》：『程子曰：「頤自十七、八讀《論語》，當時已曉文義。讀之愈久，但覺意味深長。」』［同］耐人尋味［反］味同嚼蠟

意在筆先 ㄧˋ ㄗㄞˋ ㄅㄧˇ ㄒㄧㄢ yì zài bǐ xiān 指構思成熟，然後下筆。也作『意在筆前』。［例］『煙雲變滅，林泉點綴，草草而成，不失天真。意在筆先，正是古人作畫妙處。』（夏文彥《圖繪寶鑑》）［構］補充。［源］晉、王羲之《題衛夫人筆陣圖後》：『意在筆前，然後作字。』

意在言外 ㄧˋ ㄗㄞˋ ㄧㄢˊ ㄨㄞˋ yì zài yán wài 其意在言語、文辭之外。指語意含蓄，讓人自己體會其真正用意。［例］『但縣黨部既然認爲你僅僅是「不孚衆望」，那麼，並非劣紳，亦就意在言外，你倒很可以出來活動了。』（茅盾《動搖》）［構］補充。［源］宋、司馬光《溫公續詩話》：『古人爲詩，貴於意在言外，使人思而得之。』

毅然決然 ㄧˋ ㄖㄢˊ ㄐㄩㄝˊ ㄖㄢˊ yì rán jué rán 形容意志堅強果斷。毅然：頑強地。決然：堅決地。［例］他毅然決然拋棄了優裕的生活，奔赴延安，投身革命。［構］聯合。［同］堅決果斷［反］優柔寡斷

陰錯陽差 ㄧㄣ ㄘㄨㄛˋ ㄧㄤˊ ㄔㄚ yīn cuò yáng chā 把陰與陽搞亂了。喻指由於偶然因素而造成了差錯。也作『陰差陽錯

』。〔例〕『這回革命的事，幾乎成功。真是談督的官運亨通，陰錯陽差裏倒被他糊裏糊塗的撲滅了。』（《孽海花》三十四回）〔構〕聯合。

陰謀詭計 ㄧㄣ ㄇㄡˊ ㄍㄨㄟˇ ㄐㄧˋ yīn móu guǐ jì

指暗中策劃的壞事。陰謀：暗中幹壞事的計謀。詭計：陰險狡詐的計策。〔例〕魯迅洞察了當時形勢的發展變化，和國民黨的陰謀詭計進行了針鋒相對的鬥爭。〔構〕聯合。〔同〕鬼蜮伎倆〔辨〕『詭』不要寫成『鬼』。

因材施教 ㄧㄣ ㄘㄞˊ ㄕ ㄐㄧㄠˋ yīn cái shī jiào

根據受教育者的不同情況，給予不同的教育。含褒義。因：依照，根據。材：材料。施：實行。〔例〕她善於因材施教，循循善誘，所以她教的學生進步都很快。〔構〕偏正。〔同〕因人而異

因地制宜 ㄧㄣ ㄉㄧˋ ㄓˋ ㄧˊ yīn dì zhì yí

按照各地的具體情況，採取適當的措施。制：規定。宜：適當。〔例〕這家供銷社所以能幫助牧區社隊發展副業生產，其中重要一條就是因地制宜地訂出收購和銷售辦法。〔構〕偏正。〔源〕漢、趙曄《吳越春秋·闔閭內傳》：『夫築城郭，立倉庫，因地制宜。』〔反〕刻舟求劍

因陋就簡 ㄧㄣ ㄌㄡˋ ㄐㄧㄡˋ ㄐㄧㄢˇ yīn lòu jiù jiǎn

就著簡單粗陋的條件辦事。原指馬虎湊合，不求改進。現常指利用原來的簡陋設備和條件，充分發揮它的作用，盡量節約辦事。因：憑藉，依著。陋：簡陋，不完備。就：將就，湊合。〔例〕這些節目大都是自編的，製作道具和樂器更是因陋就簡。〔構〕聯合。〔源〕漢、劉歆《移書讓太常博士》：『苟因陋就寡，分文析字，煩言碎辭，學者罷老且不能

究其一藝。』［反］鋪張浪費

因時制宜 ㄧㄣ ㄕˊ ㄓˋ ㄧˊ yīn shí zhì yí
按照不同時間，採取與之相適應的措施。［例］『一言以蔽之：前幾年謂之「中學爲體，西學爲用」，這幾年謂之「因時制宜，折衷至當」。』（魯迅《熱風》）［構］偏正。［源］《漢書・韋賢傳》：『漢承亡秦絕學之後，祖宗之制因時施宜。』

因勢利導 ㄧㄣ ㄕˋ ㄌㄧˋ ㄉㄠˇ yīn shì lì dǎo
順著事物發展的趨勢導向正常的道路。因：順著。利導：向有效的方面引導。［例］這種語言須合乎兒童生活上的要求，從而因勢利導使兒童受到教育。［構］偏正。［源］《史記・孫子吳起列傳》：『善戰者，因其勢而利導之。』［同］順水推舟

因小失大 ㄧㄣ ㄒㄧㄠˇ ㄕ ㄉㄚˋ yīn xiǎo shī dà
爲了小利，造成巨大損失。［例］古人說：『小不忍則亂大謀。』這不過是些小事，也犯不著因小失大。［構］偏正。［源］漢、劉晝《新論・貪愛》：『滅國亡身爲天下笑，以貪小利失其大利也。』［同］得不償失　剖腹藏珠　［反］捨卒保車

因循守舊 ㄧㄣ ㄒㄩㄣˊ ㄕㄡˇ ㄐㄧㄡˋ yīn xún shǒu jiù
死守老一套，不求革新。［例］科學之門，對於勤奮學習、勇於探索的勇士是敞開的；對不愛學習、因循守舊的懶漢卻是緊閉的。［構］聯合。［源］《漢書・循吏傳序》：『光因循守職，無所改作。』［同］循規蹈矩　故步自封　［反］銳意進取

因噎廢食 ㄧㄣ ㄧㄝ ㄈㄟˋ ㄕˊ yīn yē fèi shí

因怕食物噎住食道，就不再吃飯，喻指偶然受一次挫折，就索性不幹。廢：停止。［例］因爲跑步摔倒一次，就停止一切體育運動，是因噎廢食的做法。［構］偏正。［源］《呂氏春秋・蕩兵》：『有以饐（噎）死者，欲禁天下之食，悖。』［同］知難而退 ［反］百折不撓

音容宛在 ㄧㄣ ㄖㄨㄥˊ ㄨㄢˇ ㄗㄞˋ yīn róng wǎn zài

指人的聲音容貌如在眼前，多用作對死者的弔唁之詞。［例］他是個堅定的革命者，又是一個慈祥的老人，他雖然已經離開了我們，但他音容宛在，精神長存。［構］主謂。

音容笑貌 ㄧㄣ ㄖㄨㄥˊ ㄒㄧㄠˋ ㄇㄠˋ yīn róng xiào mào

人的聲音容貌和神態。常用作懷念之詞。［例］『前去聽講也在這時候，但又並非因爲他是學者，卻爲了他是有學問的革命家，所以直到現在，先生的音容笑貌，還在目前，而所講的《說文解字》卻一句也不記得了。』（魯迅）［構］聯合。

寅支卯糧 ㄧㄣˊ ㄓ ㄇㄠˇ ㄌㄧㄤˊ yín zhī mǎo liáng

我國農曆以天干、地支紀年，地支順序寅在卯前。寅年就支用卯年的糧，意謂本年支用下一年的糧。喻指經濟困難，入不敷出。也作『寅吃卯糧』。［例］『天天忙著躲債，天天忙著東拼西湊，寅支卯糧；二姨媽的嫁衣也當了，房子也賣了。』（茅盾《清明前後》）［構］主謂。

引而不發 ㄧㄣˇ ㄦˊ ㄅㄨˋ ㄈㄚ yǐn ér bù fā

拉開弓而不放箭。喻指做好準備，待機行事。也指善於引導或控制。引：開弓。發：發射。［例］①我們部隊

埋伏在山崗上，引而不發，等著敵人進入包圍圈。②張老師上課，常常提出問題後，並不馬上揭示答案，而是引而不發地讓大家思考，經過討論最後才由他做歸納。［構］連動。［源］《孟子・盡心上》：『引而不發，躍如也。』

引吭高歌 ㄧㄣˇ ㄏㄤˊ ㄍㄠ ㄍㄜ yǐn háng gāo gē 拉開嗓門，高聲歌唱。吭：喉嚨。［例］清晨，他常常一個人在公園裏引吭高歌。［構］連動。［辨］『吭』不要念成ㄎㄤˋ(kàng)。

引火燒身 ㄧㄣˇ ㄏㄨㄛˇ ㄕㄠ ㄕㄣ yǐn huǒ shāo shēn 引火燒自己。喻指主動向群衆揭露自己的缺點錯誤。含褒義。［例］作爲一個廠長，他敢於揭短，並常常引火燒身，聽取群衆的批評意見。［構］連動。［同］惹火燒身

引經據典 ㄧㄣˇ ㄐㄧㄥ ㄐㄩˋ ㄉㄧㄢˇ yǐn jīng jù diǎn 引用經典著作的話，作爲論證的依據。引：援引。據：依據。［例］各個領域的理論家們引經據典，都試圖來考證柏拉圖筆下的亞特蘭梯斯島的地理位置。［構］聯合。［源］《後漢書・荀爽傳》：『引據大義，正之經典。』［同］旁徵博引　［反］信口開合

引人入勝 ㄧㄣˇ ㄖㄣˊ ㄖㄨˋ ㄕㄥˋ yǐn rén rù shèng 吸引人進入美妙的境界。往往指風景或文藝作品非常美好，對人吸引力很强。［例］黃山最引人入勝的，要數文殊院一帶的奇觀異景了。［構］連動。［源］晉、郭澄之《郭子》：『酒自引人入勝地耳。』［反］索然寡味

引以爲戒 ㄧㄣˇ ㄧˇ ㄨㄟˊ ㄐㄧㄝˋ yǐn yǐ wéi jiè 以過去的教訓作爲警戒。［例］青年人在成長的過程中難免犯錯誤，

關鍵是犯了錯誤要引以爲戒，這才是正確的態度。〔構〕連動。〔同〕引爲鑑戒

飲水思源 ㄧㄣˇ ㄕㄨㄟˇ ㄙ ㄩㄢˊ yǐn shuǐ sī yuán

喝水時回想水的來源。喻指不忘本。〔例〕今天的幸福生活來之不易，我們要飲水思源，不忘自己肩負的責任。〔構〕連動。〔源〕北周、庾信《庾子山集・征調曲》：『飲其流者懷其源。』〔同〕感恩圖報　〔反〕數典忘祖　忘恩負義

隱晦曲折 ㄧㄣˇ ㄏㄨㄟˋ ㄑㄩ ㄓㄜˊ yǐn huì qū zhé

指用含糊晦澀、轉彎抹角的方式說話或辦事。隱晦：不明顯。〔例〕『我們可以大聲疾呼，而不要隱晦曲折，使人民大衆不易看懂。』（毛澤東）〔構〕聯合。〔辨〕『晦』不要念成ㄏㄨㄟˇ (huǐ)。

隱約其辭 ㄧㄣˇ ㄩㄝ ㄑㄧˊ ㄘˊ yǐn yuē qí cí

形容說話躲躲閃閃。隱約：不明顯。〔例〕教練也有難言的苦衷，所以當記者問到這次爲什麼敗得這樣慘的原因時，他總是隱約其辭，使記者們很不滿意。〔構〕偏正。〔反〕直言不諱

應有盡有 ㄧㄥ ㄧㄡˇ ㄐㄧㄣˋ ㄧㄡˇ yīng yǒu jìn yǒu

應該有的都有了。形容很齊備。〔例〕百貨店裏五光十色，琳琅滿目，各種貨物應有盡有。〔構〕主謂。〔源〕《宋書・江智淵傳》：『懷文每稱之曰：「人所應有盡有，人所應無盡無者，其江智淵乎！」』〔同〕一應俱全

英雄無用武之地 ㄧㄥ ㄒㄩㄥˊ ㄨˊ ㄩㄥˋ ㄨˇ ㄓ ㄉㄧˋ yīng xióng wú yòng wǔ zhī dì

形容有本領的人得不到施展的機會。〔例〕實際上恐怕一時未必和外國打仗，那時戰士技癢了，而又苦於英雄無用武之地，

不知道會不會炸彈倒落到手無寸鐵的人民頭上來的?』(魯迅)〔構〕主謂。〔源〕《資治通鑑・漢獻帝建安十三年》:『英雄無用武之地，故豫州(指劉備)遁逃至此。』〔同〕懷才不遇 〔反〕人盡其才 才盡其用

鸚鵡學舌 ㄧㄥ ㄨˇ ㄒㄩㄝˊ ㄕㄜˊ yīng wǔ xué shé 鸚鵡學人講話。喻指別人怎麼說，他也跟著怎麼說。〔例〕我為什麼要附和他這種平庸的見解，幹這種鸚鵡學舌的蠢事?〔構〕主謂。〔同〕人云亦云 拾人牙慧 〔反〕真知灼見

迎刃而解 ㄧㄥˊ ㄖㄣˋ ㄦˊ ㄐㄧㄝˇ yíng rèn ér jiě 碰著刀口就分割開來。喻指事情容易解決。迎：當著，碰上。解：分開。〔例〕抓住了這個主要矛盾，一切問題就迎刃而解了。〔構〕連動。〔源〕《晉書・杜預傳》:『今兵威已振，譬如破竹，數節之後，皆迎刃而解，無復著手處也。』

迎頭痛擊 ㄧㄥˊ ㄊㄡˊ ㄊㄨㄥˋ ㄐㄧ yíng tóu tòng jī 當頭給以沉重打擊。迎頭：當頭。痛：狠狠地，沉重地。〔例〕集中優勢兵力，迎頭痛擊來犯之敵。〔構〕連動。

營私舞弊 ㄧㄥˊ ㄙ ㄨˇ ㄅㄧˋ yíng sī wǔ bì 謀求私利，玩弄欺騙手段做犯法的事。營：謀求。舞：玩弄。弊：指壞事。〔例〕《沒法說》這篇文章，對營私舞弊、損人利己、溜須拍馬的田貴進行了深刻的揭露。〔構〕聯合。〔同〕貪贓枉法 假公濟私 〔反〕廉潔奉公 兩袖清風

郢書燕說 ㄧㄥˇ ㄕㄨ ㄧㄢ ㄩㄝˋ yǐng shū yān yuè

用以比喻穿鑿附會或曲解原意。［例］我們寫文章引用別人的話，切不可斷章取義，更不可郢書燕說，這才是嚴謹的治學之風。［構］特・主謂。［源］《韓非子・外儲說左上》：『郢人有遺（致）燕相國書者，夜書，火不明，因謂持燭者曰：「舉燭。」云而過（誤）書「舉燭」。「舉燭」非書意也。燕相受書而說之，曰：「舉燭者，尚明也。尚明也者，舉賢而任之。」燕相白王，大說（悅），國以治。治則治矣，非書意也。今世學者，多似此類。』［辨］『燕』不要念成ㄧㄢˋ (yàn)。『說』不要念成ㄕㄨㄛ (shuō)。

應付裕如 ㄧㄥˋ ㄈㄨˋ ㄩˋ ㄖㄨˊ yìng fù yù rú

從容應付，不費氣力。裕如：充裕地。也作『應付自如』。［例］企業家有高瞻遠矚的見地和鐵一樣的手腕，還有忠實而能幹的部下，這樣才能應付裕如，幹出一番事業。［構］補充。［反］應接不暇　［辨］『應』不要念成ㄧㄥ (yīng)。

應接不暇 ㄧㄥˋ ㄐㄧㄝ ㄅㄨˋ ㄒㄧㄚˊ yìng jiē bù xiá

原指風景幽美，景物繁多，來不及觀賞。後形容事情很多，來不及應付。［例］課堂上，老師提出一連串的問題，我們簡直有點應接不暇。［構］補充。［源］晉、王獻之《鏡湖帖》：『山川之美，使人應接不暇。』［同］目不暇接［反］應付裕如　［辨］『暇』不要寫成『瑕』。

應運而生 ㄧㄥˋ ㄩㄣˋ ㄦˊ ㄕㄥ yìng yùn ér shēng

順應天命而降生，現多指適應時代的需要而出現或發生。［例］『在這景況中，應運而生的是給人們一點爽利和安慰，好像「辣椒和橄欖」的文學。』（魯迅）［構］偏正。［源］唐、王勃《

益州夫子廟碑》：『大哉神聖，與時回簿，應運而生，繼天而作。』

庸人自擾 ㄩㄥ ㄖㄣˊ ㄗˋ ㄖㄠˇ yōng rén zì rǎo

平庸的人無事生事，自找麻煩。庸人：平庸的人。自擾：自己擾亂自己。也作『天下本無事，庸人自擾之』。[例]這本書校對不精，錯字百出，之後只好印勘誤表，這真是庸人自擾。[構]主謂。[源]《新唐書・陸象先傳》：『天下本無事，庸人擾之爲煩耳。』[同]杞人憂天

庸醫殺人 ㄩㄥ ㄧ ㄕㄚ ㄖㄣˊ yōng yī shā rén

醫術低劣的醫生誤投藥物而致人死命。庸醫：醫術低劣的醫生。[例]一位腦溢血病人，醫生誤診爲腦栓塞，以致病人故去，真是庸醫殺人。[構]主謂。

雍容閒雅 ㄩㄥ ㄖㄨㄥˊ ㄒㄧㄢˊ ㄧㄚˇ yōng róng xián yǎ

形容態度從容大方，舉止文雅。雍容：溫和大方，從容不迫的樣子。也作『雍容典雅』。[例]畫家畫的是一個雍容閒雅的貴婦人，形象逼真，色調柔和，令人讚賞。[構]聯合。[源]《史記・司馬相如列傳》：『相如之臨邛，從車騎，雍容閒雅甚都（美好）。』[同]落落大方

永垂不朽 ㄩㄥˇ ㄔㄨㄟˊ ㄅㄨˋ ㄒㄧㄡˇ yǒng chuí bù xiǔ

指光輝的事蹟或偉大的精神永遠流傳，不可磨滅。垂：傳於後世。[例]老山前線爲抗擊越南侵略者而犧牲的烈士們永垂不朽。[構]聯合。[源]漢、蘇武《報李陵書》：『向使君服節死難，書功竹帛，傳名千代，茅士之封，永在不朽，不亦休哉！』[同]流芳百世[反]遺臭萬年

永世無窮 ㄩㄥˇ ㄕˋ ㄨˊ ㄑㄩㄥˊ yǒng shì wú qióng

形容時間極長，永無盡期。［例］《紅樓夢》這一文學瑰寶，它的藝術價值是不朽的，它對我國後代文學的影響永世無窮。［構］聯合。［源］《尚書・微子之命》：『作賓於王家，與國咸休，永世無窮。』

勇往直前 ㄩㄥˇ ㄨㄤˇ ㄓˊ ㄑㄧㄢˊ yǒngwǎng zhí qián

勇敢地一直向前。［例］這首詞歌頌了紅軍戰士在萬里征途中不怕艱險、勇往直前的英雄氣概。［構］聯合。［同］一往無前 ［反］畏縮不前

用兵如神 ㄩㄥˋ ㄅㄧㄥ ㄖㄨˊ ㄕㄣˊ yòngbīng rú shén

指揮軍隊神奇莫測。形容極善於指揮軍隊作戰。［例］諸葛亮的用兵如神，在《三國演義》中是由許多生動的故事來表現的。［構］主謂。［源］《三國志・吳書・虞翻傳》裴松之注：『討逆將軍（孫策）智略超世，用兵如神。』

用其所長 ㄩㄥˋ ㄑㄧˊ ㄙㄨㄛˇ ㄔㄤˊ yòng qí suǒ cháng

使用人的長處。［例］一個企業的領導者要知人善任，在安排下屬工作時要用其所長，避其所短。［構］動賓。［同］揚長避短

優柔寡斷 ㄧㄡ ㄖㄡˊ ㄍㄨㄚˇ ㄉㄨㄢˋ yōu róu guǎ duàn

形容做事猶豫不決，缺乏決斷。優柔：遲疑不決。寡：少。［例］你這樣優柔寡斷，纏纏綿綿，什麼事也辦不成！［構］聯合。［源］《韓非子・亡征》：『緩心而無成，柔茹而寡斷。』［同］遲疑不決 舉棋不定 ［反］當機立斷 斬釘截鐵

優哉遊哉 ㄧㄡ ㄗㄞ ㄧㄡˊ ㄗㄞ yōu zāi yóu zāi

從容不迫，悠閒自得的樣子。優、遊：形容悠閒無事。哉：文言感嘆

詞。[例]凡是有名的隱士，他總是已經有了『優哉遊哉』的幸福的。[構]聯合。[源]《詩經・小雅・采菽》：『優哉遊哉，亦是戾矣。』

憂心忡忡 ㄧㄡ ㄒㄧㄣ ㄔㄨㄥ ㄔㄨㄥ yōu xīn chōng chōng 形容心事重重，十分不安的樣子。忡忡：憂愁貌。[例]『江南情形亦如此可怕麼？難道一班士大夫都不為國事憂心忡忡麼？』（姚雪垠《李自成》）[構]主謂。[源]《詩經・召南・草蟲》：『未見君子，憂心忡忡。』[同]憂心如焚 惴惴不安 [反]喜躍抃舞 [辨]『忡』不要念成ㄓㄨㄥ(zhōng)。

憂心如焚 ㄧㄡ ㄒㄧㄣ ㄖㄨˊ ㄈㄣˊ yōu xīn rú fén 憂愁得心裏像火燒一樣。形容十分憂慮焦急。焚：燒。[例]那時，日本侵略軍入侵我國，愛國志士目睹山河破碎，莫不憂心如焚，紛紛奔赴抗日救亡前線。[構]主謂。[源]《詩經・小雅・節南山》：『憂心如惔(火燒)。』[同]憂心忡忡 惴惴不安 [反]安之若素

悠然自得 ㄧㄡ ㄖㄢˊ ㄗˋ ㄉㄜˊ yōu rán zì dé 形容態度從容，心情舒適。悠然：閒暇舒適的樣子。自得：內心得意而舒暢。[例]一隻大老鼠悠然自得地在他們的面前跑來跑去，他們也不想把它趕開。[構]偏正。[同]泰然自若 行若無事 [反]如坐針氈 如芒在背

由表及裏 ㄧㄡˊ ㄅㄧㄠˇ ㄐㄧˊ ㄌㄧˇ yóu biǎo jí lǐ 由表面現象到內部本質。[例]觀察任何事物都應有一個由表及裏的過程，這樣才能由感性認識提高到理性認識，產生思想上的飛躍。[構]偏正。

由博返約 ㄧㄡˊ ㄅㄛˊ ㄈㄢˇ ㄩㄝ yóu bó fǎn yuē

指做學問從廣博出發，繼而務精深，最終達到簡約。博：廣博。約：簡要。〔例〕這位老年詩人的作品以簡練的風格著稱，這恰恰體現了詩人由博返約的創作軌跡。〔構〕偏正。〔源〕《孟子・離婁下》：『博學而詳說之，將以反說約也。』

由衷之言 ㄧㄡˊ ㄓㄨㄥ ㄓ ㄧㄢˊ yóu zhōng zhī yán

出自內心的話。衷：內心。〔例〕他剛才那番由衷之言，確實打動了在座的所有聽眾。〔構〕偏正。〔同〕肺腑之言〔反〕言不由衷　花言巧語〔辨〕『衷』不要寫或念作『哀』。

猶豫不決 ㄧㄡˊ ㄩˋ ㄅㄨˋ ㄐㄩㄝˊ yóu yù bù jué

拿不定主意。猶豫：遲疑。〔例〕看他那猶豫不決的神情，可能有難言之隱，那麼我們就先走吧！〔構〕聯合。〔源〕《戰國策・趙策三》：『平原君猶豫未有所決。』〔同〕舉棋不定〔反〕斬釘截鐵　當機立斷

油嘴滑舌 ㄧㄡˊ ㄗㄨㄟˇ ㄏㄨㄚˊ ㄕㄜˊ yóu zuǐ huá shé

形容說話油滑，態度輕浮。〔例〕舊北京的報紙上，充滿了油嘴滑舌、吞吞吐吐、顧影自憐的文章。〔構〕聯合。〔同〕油腔滑調〔反〕一本正經

遊刃有餘 ㄧㄡˊ ㄖㄣˋ ㄧㄡˇ ㄩˊ yóu rèn yǒu yú

喻指工作熟練，有實際經驗，解決問題毫不費事。遊刃：運轉刀刃，把刀在骨縫間活動。有餘：有餘地。〔例〕這件事別人都說難辦，到了他的手裏卻遊刃有餘，竟解決得這麼輕鬆俐落。〔構〕主謂。〔源〕《莊子・養生主》：『彼節者有間，而刀刃者無厚。以無厚入有間，恢恢乎，其於遊刃必有餘地矣。』〔同〕手到擒來　熟能生巧〔反〕一籌莫展

有備無患 ㄧㄡˇ ㄅㄟˋ ㄨˊ ㄏㄨㄢˋ yǒu bèi wú huàn 事先有了準備，就可以避免禍患。含褒義。［例］他不知道今天是否由他喊口令，可是有備無患，他須喊一喊試試。［構］主謂。［源］《尚書・說命中》：『惟事事，乃其有備，有備無患。』［同］未雨綢繆 防患未然 ［反］臨渴掘井 臨陣磨槍

有過之而無不及 ㄧㄡˇ ㄍㄨㄛˋ ㄓ ㄦˊ ㄨˊ ㄅㄨˋ ㄐㄧˊ yǒu guò zhī ér wú bù jí 對比起來，只有超過而沒有不如的地方。過：超過。及：趕上。［例］有這麼一段古話，叫作『十年樹木，百年樹人』。可見『樹人』之難，比『樹木』有過之而無不及。［構］連動。［源］《論語・先進》：『子曰：「師也過，商也不及。」』

有機可乘 ㄧㄡˇ ㄐㄧ ㄎㄜˇ ㄔㄥˊ yǒu jī kě chéng 有機會可以利用。乘：利用。［例］他們看到有機可乘，就一把將別人的成果據為己有。［構］連動。［同］可乘之機 ［反］無隙可乘 無懈可擊

有教無類 ㄧㄡˇ ㄐㄧㄠˋ ㄨˊ ㄌㄟˋ yǒu jiào wú lèi 不論對哪一類人都給以教育。［例］孔子『有教無類』的教育思想，在今天仍有一定的借鑑意義。［構］連動。［源］《論語・衛靈公》：『子曰：「有教無類」。』

有口皆碑 ㄧㄡˇ ㄎㄡˇ ㄐㄧㄝ ㄅㄟ yǒu kǒu jiē bēi 每一個人的嘴都是記功碑。形容受到眾人的一致頌揚。碑：鐫刻著功勳業蹟的石碑。［例］他的廉潔和簡樸，在我家鄉一帶是有口皆碑的。［構］主謂。［同］口碑載道 ［反］怨聲載道

有口難言 ㄧㄡˇ ㄎㄡˇ ㄋㄢˊ ㄧㄢˊ yǒu kǒu nán yán

有話不便說或不敢說。〔例〕蘇軾曾有兩句詩：『有道難行不如醉，有口難言不如睡。』這說明行動、言論不自由是多麼痛苦。〔構〕主謂。〔同〕難言之隱

有利可圖 ㄧㄡˇ ㄌㄧˋ ㄎㄜˇ ㄊㄨˊ yǒu lì kě tú

可以從中得利。〔例〕在舊中國，只要政局上起點風潮，公債市場就受影響，搞公債投機者就有利可圖了。〔構〕主謂。

有名無實 ㄧㄡˇ ㄇㄧㄥˊ ㄨˊ ㄕˊ yǒu míng wú shí

徒有虛名，並無實際。含貶義。〔例〕梨園村沒有俱樂部，政治夜校也是有名無實的。〔構〕連動。〔源〕《國語・晉語八》：『宣子曰：「吾有卿之名而無其實。」』〔同〕名存實亡　名不副實　盛名之下，其實難副　〔反〕名不虛傳　名副其實

有目共睹 ㄧㄡˇ ㄇㄨˋ ㄍㄨㄥˋ ㄉㄨˇ yǒu mù gòng dǔ

所有人都看見了。形容極其明顯。睹：看見。也作『有目共見』。〔例〕他品學兼優，這是有目共睹的，你怎麼能任意詆毀人家呢？〔構〕主謂。〔同〕有目共賞　一目瞭然　〔反〕有目無睹

有求必應 ㄧㄡˇ ㄑㄧㄡˊ ㄅㄧˋ ㄧㄥˋ yǒu qiú bì yìng

只要有請求，就一定答應。〔例〕我向他請教，他總是有求必應。〔構〕主謂。〔辨〕『應』不要念成ㄧㄥ(yīng)。

有始無終 ㄧㄡˇ ㄕˇ ㄨˊ ㄓㄨㄥ yǒu shǐ wú zhōng

有開頭沒有結尾。指做事半途而廢，不能堅持到底。〔例〕這是我知道的，凡我所編輯的期刊，大概是因爲往往有始無終之故罷，銷行一向就甚爲寥落

。［構］連動。［源］《詩・秦風・權輿序》：『忘先君之舊臣與賢者，有始而無終也。』［同］半途而廢　有頭無尾　虎頭蛇尾　［反］有始有終　有頭有尾　善始善終

有恃無恐 ㄧㄡˇ ㄕˋ ㄨˊ ㄎㄨㄥˇ yǒu shì wú kǒng　因有倚仗就無所顧忌。恃：倚仗，依靠。［例］那些有槍在手的保甲們卻表現出有恃無恐、滿不在乎的樣子，繼續催租逼債。［構］連動。［源］《左傳・僖公二十六年》：『室如懸磬，野無青草，何恃而不恐？』［同］有備無患［辨］『恃』不要念成ㄔˊ(chí)。

有條不紊 ㄧㄡˇ ㄊㄧㄠˊ ㄅㄨˋ ㄨㄣˇ yǒu tiáo bù wěn　有條有理，一點不亂。條：秩序。紊：亂。［例］他無論遇到怎樣頭緒紛繁的事，總是能有條不紊、從容不迫地處理好。［構］聯合。［源］《尚書・盤庚上》：『若網在綱，有條而不紊。』［同］井井有條　井然有序　有條有理［反］雜亂無章　亂七八糟

有聞必錄 ㄧㄡˇ ㄨㄣˊ ㄅㄧˋ ㄌㄨˋ yǒu wén bì lù　有聽到的，一定記下來。［例］小吳做會議記錄員非常認真負責，可以說做到了有聞必錄的地步。［構］主謂。

有勇無謀 ㄧㄡˇ ㄩㄥˇ ㄨˊ ㄇㄡˊ yǒu yǒng wú móu　只有膽量，沒有計謀。喻指作事或打仗只是猛衝硬幹，缺乏謀略。［例］凡事要多動腦筋想一想，可不能學猛張飛有勇無謀啊！［構］連動。［同］暴虎馮河　［反］智勇雙全

有則改之，無則加勉 ㄧㄡˇ ㄗㄜˊ ㄍㄞˇ ㄓ，ㄨˊ ㄗㄜˊ ㄐㄧㄚ ㄇㄧㄢˇ yǒu zé gǎi zhī, wú zé jiā miǎn　有錯誤就改正，沒有就努力自勉。現多指虛心聽取、正確對待

別人的批評意見。［例］對待別人的批評，『有則改之，無則加勉』，這樣自己進步就會更快了。［構］覆。［源］宋、朱熹《論語集注》：『曾子以此三者日省其身，有則改之，無則加勉，其自治誠且如此，可謂得爲學之本矣。』

有志者事竟成 ㄧㄡˇ ㄓˋ ㄓㄜˇ ㄕˋ ㄐㄧㄥˋ ㄔㄥˊ yǒu zhì zhě shì jìng chéng

有志氣的人，事情終能成功。竟：終於，最後。［例］『龜兔賽跑』、『笨鳥先飛』等等，不都是表現後來居上，有志者事竟成的例子嗎？［構］主謂。［源］《後漢書・耿弇傳》：『帝謂弇曰：「將軍前在南陽，建此大策，常以爲落落難合，有志者事竟成也。」』

迂迴曲折 ㄩ ㄏㄨㄟˊ ㄑㄩ ㄓㄜˊ yū huí qū zhé

彎彎曲曲繞來繞去。迂迴：迴旋、環繞。［例］打破『圍剿』的過程往往是迂迴曲折的，不是徑情直遂的。［構］聯合。

餘音繞梁 ㄩˊ ㄧㄣ ㄖㄠˋ ㄌㄧㄤˊ yú yīn rào liáng

歌聲（樂曲）的餘音環繞屋梁旋轉不去。形容音樂美妙動聽，永遠留在人們耳中。含褒義。［例］他美妙的歌聲深深地打動了聽衆，真是餘音繞梁，三日不絕。［構］主謂。［源］《列子・湯問》：『昔韓娥東之齊，匱糧，過雍門，鬻歌假食，既去而餘音繞梁欐，三日不絕。』

魚貫而入 ㄩˊ ㄍㄨㄢˋ ㄦˊ ㄖㄨˋ yú guàn ér rù

如魚頭尾相接般連續進入。［例］晚會即將開始，劇場的門已經打開，人們魚貫而入，準備在這裏度過一個愉快的周末之夜。［構］偏正。

魚龍混雜 ㄩˊ ㄌㄨㄥˊ ㄏㄨㄣˋ ㄗㄚˊ yú lóng hùn zá

喻指壞人好人混雜在一起，成分複雜。［例］這支魚龍混雜的隊伍，終於搞得四分五裂，被官軍打散了。［構］主謂。［同］泥沙俱下

魚目混珠 ㄩˊ ㄇㄨˋ ㄏㄨㄣˋ ㄓㄨ yú mù hùn zhū

拿魚眼冒充珍珠。喻指以假亂真，或以次充好。［例］他在鑑別古代的圖書版本方面，有豐富的經驗，在他面前，別想以假亂真，魚目混珠。［構］主謂。［源］漢、魏伯陽《參同契》卷上：『魚目豈爲珠，蓬蒿不成檟。』［同］魚龍混雜　濫竽充數

漁人之利 ㄩˊ ㄖㄣˊ ㄓ ㄌㄧˋ yú rén zhī lì

喻指雙方爭持不下，使第三者坐享其利。也作『漁人得利』。［例］他力勸杜竹齋和他們『打公司』；但結果杜竹齋反收了漁人之利而去。［構］偏正。［源］《戰國策・燕策二》：『蚌方出曝，而鷸啄其肉，蚌合而拑其喙。……兩者不肯相捨，漁者得而並擒之。』

愚公移山 ㄩˊ ㄍㄨㄥ ㄧˊ ㄕㄢ yú gōng yí shān

喻指做事不怕困難，有頑強的毅力。［例］愚公移山，改造中國，陳家寨是一個好例。［構］主謂。［源］《列子・湯問》載：古代有個愚公，下決心要移去家門前的兩座大山，率領他的子孫們挖山不止，並準備世世代代挖下去，終於感動了天神幫他把山移走。

愚昧無知 ㄩˊ ㄇㄟˋ ㄨˊ ㄓ yú mèi wú zhī

非常愚蠢，沒有知識，不明事理。昧：糊塗。［例］一個愚昧無知的人也不可能有高尚的道德情操。［構］聯合。［同］冥頑不靈

與虎謀皮 ㄩˇ ㄏㄨˇ ㄇㄡˊ ㄆㄧˊ yǔ hǔ móu pí

同老虎商量要牠的皮。喻指必不可得。也作『與狐謀皮』。〔例〕『要請在亞洲的歐洲人，都是和平地退回我們的權利，那就像與虎謀皮，一定是做不到的。』（孫中山）〔構〕偏正。〔源〕《太平御覽》卷二〇八引晉、《符子》：『欲爲千金之裘而與狐謀其皮』。

與人爲善 ㄩˇ ㄖㄣˊ ㄨㄟˊ ㄕㄢˋ yǔ rén wéi shàn

跟人一同做好事。現泛指善意地對待人，幫助人。〔例〕對自己的同志，要與人爲善，不能惡語傷人。〔構〕偏正。〔源〕《孟子・公孫丑上》：『取諸人以爲善，是與人爲善者也。』〔反〕惡語中傷

與世長辭 ㄩˇ ㄕˋ ㄔㄤˊ ㄘˊ yǔ shì cháng cí

與人世永遠告別，婉指死去。辭：告別。〔例〕我們的良師益友、偉大的國際主義戰士白求恩大夫與世長辭了。〔構〕偏正。

羽毛豐滿 ㄩˇ ㄇㄠˊ ㄈㄥ ㄇㄢˇ yǔ máo fēng mǎn

小鳥的羽毛已經長齊。喻指力量已經積蓄充足。〔例〕經過三年『夜大』的刻苦學習，他已經羽毛豐滿，可以在工作中一展宏圖了。〔構〕主謂。〔反〕羽毛未豐

雨過天晴 ㄩˇ ㄍㄨㄛˋ ㄊㄧㄢ ㄑㄧㄥˊ yǔ guò tiān qíng

陣雨過去，天又放晴。也喻指情況由壞變好。〔例〕上午他倆爲一點生活瑣事怒目相向，氣氛緊張。過一會兒又雨過天晴，言歸於好了。〔構〕覆。

雨後春筍 ㄩˇ ㄏㄡˋ ㄔㄨㄣ ㄙㄨㄣˇ yǔ hòu chūn sǔn

大雨過後，春筍旺盛地長出來。喻指新事物蓬勃湧現。〔例〕放眼四野，一幢幢新蓋的居民住宅，宛如雨後春

筍，破土而出。［構］偏正。

語不驚人 ㄩˇ ㄅㄨˋ ㄐㄧㄥ ㄖㄣˊ yǔ bù jīng rén

語句平淡，沒有特別引人注目的地方。［例］他語不驚人，貌不出衆，可幹事踏實認真，還富有創新精神。［構］主謂。［源］唐、杜甫《江上值水如海勢聊短述》：『爲人性僻耽佳句，語不驚人死不休。』［反］一鳴驚人

語無倫次 ㄩˇ ㄨˊ ㄌㄨㄣˊ ㄘˋ yǔ wú lún cì

話講得顛三倒四，沒有條理。［例］被廠長一連問了幾個問題，她臉紅耳赤，說話變得語無倫次了。［構］主謂。［源］宋、蘇軾《僧惠誠遊吳中代書十二》：『信筆書紙，語無倫次。』［同］顛三倒四　條理不清　［反］有條有理　井井有條

語言無味 ㄩˇ ㄧㄢˊ ㄨˊ ㄨㄟˋ yǔ yán wú wèi

言辭、文句枯燥，沒有文采。［例］黨八股式的文章，常常是語言無味，讓人讀不下去。［構］主謂。［源］唐、韓愈《送窮文》：『凡所以使吾面目可憎，語言無味者，皆子之志也，其名曰智窮。』［反］口若懸河　文采飛揚

語重心長 ㄩˇ ㄓㄨㄥˋ ㄒㄧㄣ ㄔㄤˊ yǔ zhòng xīn cháng

言辭懇切而有分量，情意深長。［列］郝老師語重心長地教導犯錯誤的學生，既嚴格又愛護關心，使這些學生心悅誠服。［構］聯合。［同］苦口婆心

玉石俱焚 ㄩˋ ㄕˊ ㄐㄩˋ ㄈㄣˊ yù shí jù fén

玉和石頭一同燒毀。喻指好的壞的同歸於盡。［例］一場大火，玉石俱焚。［構］主謂。［源］《尚書・胤征》：『火炎昆岡，玉石俱焚。』［同］同歸於盡

鬱鬱葱葱 ㄩˋ ㄩˋ ㄘㄨㄥ ㄘㄨㄥ yù yù cōng cōng
形容草木蒼翠茂盛。也喻指繁盛美好的景象。［例］經過兩三年的植樹造林，這一帶荒山已是鬱鬱葱葱，山青水秀了。［構］聯合。［源］漢、王充《論衡・吉驗》：『城郭鬱鬱葱葱。』

鬱鬱寡歡 ㄩˋ ㄩˋ ㄍㄨㄚˇ ㄏㄨㄢ yù yù guǎ huān
鬱悶而很少高興的樣子。形容悶悶不樂。鬱鬱：發愁的樣子。寡：少。［例］在她的信中，充滿了悲天憫人和鬱鬱寡歡的情緒。［構］偏正。［同］悶悶不樂［反］心花怒放　洋洋自得　自鳴得意

欲罷不能 ㄩˋ ㄅㄚˋ ㄅㄨˋ ㄋㄥˊ yù bà bù néng
想停止卻又收不住。後泛指迫於形勢，無法中止。罷：停，歇。［例］我喜歡彈鋼琴，雖然功課重想不彈了，但欲罷不能。［構］連動。［源］《論語・子罕》：『夫子循循然善誘人，博我以文，約我以禮，欲罷不能。』

欲蓋彌彰 ㄩˋ ㄍㄞˋ ㄇㄧˊ ㄓㄤ yù gài mí zhāng
想要掩蓋真相，結果暴露得更加明顯。蓋：遮掩。彌：更加。彰：明顯。［例］從趙敏那欲蓋彌彰的表情上，姑娘敏感地認爲這個消息被基本證實。［構］聯合。［源］《左傳・昭公三十一年》：『或求名而不得，或欲蓋而名章。』

欲壑難填 ㄩˋ ㄏㄜˋ ㄋㄢˊ ㄊㄧㄢˊ yù hè nán tián
欲望像深溝一樣很難填平。形容貪心太重，總不能滿足。［例］衙門裏的人欲壑難填，我們絕不能有求必應，過分懦弱。［構］主謂。

欲速不達 ㄩˋ ㄙㄨˋ ㄅㄨˋ ㄉㄚˊ yù sù bù dá
過於性急求快，超過了實際可能，反而不能達到目的。欲：想要。達：達

：達到。[例]學習必須循序漸進，誰想『抄近路』，反而會欲速不達。[構]連動。[源]《論語・子路》：『欲速，則不達，見小利，則大事不成。』[同]揠苗助長

原形畢露 ㄩㄢˊ ㄒㄧㄥˊ ㄅㄧˋ ㄌㄨˋ yuánxíng bì lù 本相完全暴露。形容僞裝被徹底剝掉。原形：本來面目。畢：皆，都。[例]『如果我們連黨八股也打倒了，那就算對於主觀主義和宗派主義最後地「將一軍」，弄得這兩個怪物原形畢露。』（毛澤東）[同]暴露無遺 [反]藏頭露尾

緣木求魚 ㄩㄢˊ ㄇㄨˋ ㄑㄧㄡˊ ㄩˊ yuán mù qiú yú 爬到樹上去找魚。喻指方向、方法錯誤，不可能達到目的。緣：攀援。[例]當前一些不發達的國家總想完全依賴先進發達國家的援助來發展本國的工業，這就好比緣木求魚，是行不通的。[構]連動。[源]《孟子・梁惠王上》：『以若所爲，求若所欲，猶緣木而求魚也。』[同]刻舟求劍 [反]探囊取物

源源不絕 ㄩㄢˊ ㄩㄢˊ ㄅㄨˋ ㄐㄩㄝˊ yuányuán bù jué 形容連續不斷。源源：水流不斷的樣子。[例]源源不絕的水流推動著水輪發電機，就產生了強大的電流。[構]偏正。[同]連綿不斷 [反]無源之水，無本之木

源遠流長 ㄩㄢˊ ㄩㄢˇ ㄌㄧㄡˊ ㄔㄤˊ yuányuǎn liú cháng 河流的源頭很遠，水流很長。喻指歷史悠長，根柢深厚。也作『淵遠流長』。[例]我國是個文明古國，我國的文化源遠流長，已有五千多年的歷史。[構]聯合。[源]唐、白居易《海州刺史裴君夫人李氏墓志銘》：『夫源遠流長，根深者枝茂。』

遠親不如近鄰 ㄩㄢˇ ㄑㄧㄣ ㄅㄨˋ ㄖㄨˊ ㄐㄧㄣˋ ㄌㄧㄣˊ yuǎn qīn bù rú jìn lín

離得遠的親戚還不如住得近的鄰居，遇有急事，可以相互幫助。［例］我們樓裏鄰里關係和睦，互敬互助，這是因爲大家都懂得遠親不如近鄰的道理。［構］主謂。

約定俗成 ㄩㄝ ㄉㄧㄥˋ ㄙㄨˊ ㄔㄥˊ yuē dìng sú chéng

指某種名稱爲社會上所承認，因而固定下來，一直沿用。約定：共同承認。俗成：衆所習用而形成。［例］『至於順序變爲《學庸論孟》，那是書賈因爲《學庸》篇頁不多，合爲一本的緣故，通行既久，居然約定俗成了。』（朱自清）［構］聯合。［源］《荀子・正名》：『名無固宜，約之以命。約定俗成謂之宜，異於約則謂之不宜。』

約法三章 ㄩㄝ ㄈㄚˇ ㄙㄢ ㄓㄤ yuē fǎ sān zhāng

約定法律三條。現泛指訂立簡單的條款，大家遵守。［例］根據大家共同討論和提出的問題，職代會擬定一份約法三章的決議書，獲得全廠大多數職工的擁護。［構］動賓。［源］《史記・高祖本紀》：『與父老約，法三章耳：殺人者死，傷人及盜抵罪。』

月白風清 ㄩㄝˋ ㄅㄞˊ ㄈㄥ ㄑㄧㄥ yuè bái fēng qīng

月色皎潔，微風清涼。形容夜景優美宜人。［例］入夜，這一帶月白風清，水波不興。遊人被這幽雅的環境迷人的景色陶醉了。［構］聯合。［源］宋、蘇軾《後赤壁賦》：『有客無酒，有酒無餚；月白風清，如此良夜何？』

月明星稀 ㄩㄝˋ ㄇㄧㄥˊ ㄒㄧㄥ ㄒㄧ yuè míng xīng xī

月色皎潔，星星稀疏。［例］在一個月明星稀的夏夜，我們全班同學在郊野舉辦了一個令人難忘的篝火晚會。[構]聯合。[源]三國(魏)、曹操《短歌行》:『月明星稀，烏鵲南飛。』

躍然紙上 ㄩㄝˋ ㄖㄢˊ ㄓˇ ㄕㄤˋ yuè rán zhǐ shàng　生動地顯現在紙上。形容描寫、刻畫得非常逼真、生動。[例]經過作者的這一番描述，白妞的那種超群絕倫的技藝躍然紙上。[構]補充。[同]活龍活現　栩栩如生

躍躍欲試 ㄩㄝˋ ㄩㄝˋ ㄩˋ ㄕˋ yuè yuè yù shì　心情急迫地想要試一試。躍躍：急於要動的樣子。[例]化學實驗引起了同學們的極大興趣，大家都躍躍欲試。[構]偏正。[同]摩拳擦掌

越俎代庖 ㄩㄝˋ ㄗㄨˇ ㄉㄞˋ ㄆㄠˊ yuè zǔ dài páo　掌管祭祀的人跨過祭器去做廚師的工作。喻指超越職務範圍去幹別人的事務。越：跨過。俎：古代祭祀時盛放牛羊等祭品的器具。庖：廚師。[例]這一段時間，顧巍不在學校，不了解具體情況，總不能越俎代庖來干預團的工作吧？[構]連動。[源]《莊子·逍遙遊》。[同]包辦代替　包打天下

運籌帷幄 ㄩㄣˋ ㄔㄡˊ ㄨㄟˊ ㄨㄛˋ yùn chóu wéi wò　在帳幕內謀劃軍機。指擬訂作戰策略。運：運用。籌：策劃。帷幄：軍隊的帳幕。[例]女排的教練臨危不懼，善於運籌帷幄，終於以韌取勝。[構]補充。[源]《史記·高祖本紀》:『夫運籌策帷帳之中，決勝於千里之外，吾不如子房。』

運斤成風 ㄩㄣˋ ㄐㄧㄣ ㄔㄥˊ ㄈㄥ yùn jīn chéng fēng　揮動斧頭，風聲呼呼。喻指手法熟練，技術神妙。運：揮動。斤：斧頭。[例]這位雕塑家可謂運斤成風，不

到一個月，一尊栩栩如生的雕像就雕塑成功了。［構］連動。［源］《莊子・徐无鬼》：『郢人堊漫其鼻端，若蠅翼，使匠石斫之。匠石運斤成風，聽而斫之，盡堊而鼻不傷，郢人立不失容。』

運用自如 ㄩㄣˋ ㄩㄥˋ ㄗˋ ㄖㄨˊ yùn yòng zì rú

運用得非常熟練自然。自如：活動不受阻礙。［例］學習外語，要經常練習口語和聽力。只有熟練了，才能運用自如。［構］補充。

Z

雜亂無章 ㄗㄚˊ ㄌㄨㄢˋ ㄨˊ ㄓㄤ zá luàn wú zhāng

繁雜而沒有條理。章：條理。［例］一篇文章，最怕思路雜亂無章。［構］聯合。［源］唐、韓愈《送孟東野序》：『其爲言也，亂雜而無章。』［同］亂七八糟　七零八落　［反］井井有條　井然有序　有條有理

再接再厲 ㄗㄞˋ ㄐㄧㄝ ㄗㄞˋ ㄌㄧˋ zài jiē zài lì

一次又一次地努力，從不鬆懈。厲：通『礪』，磨。［例］這次考核你取得了很好的成績，希望你再接再厲，繼續努力。［構］連動。［源］唐、韓愈《鬥雞聯句》：『一噴一醒然，再接再礪乃。』［辨］『厲』不要寫成『歷』。

在所不辭 ㄗㄞˋ ㄙㄨㄛˇ ㄅㄨˋ ㄘˊ zài suǒ bù cí

所有的事，絕不推辭。辭：推辭。［例］當黨和人民需要的時候，即使是千難萬險，我也在所不辭。［構］特・主謂。［反］婉言謝絕

載歌載舞 ㄗㄞˋ ㄍㄜ ㄗㄞˋ ㄨˇ zài gē zài wǔ

又唱歌，又跳舞。形容場面熱烈歡樂。載：文言助詞。［例］全國人

民熱烈歡呼，載歌載舞，歡慶建國四十周年。［構］聯合。［同］手舞足蹈　歡欣鼓舞　興高采烈　［辨］『載』不要讀成ㄗㄞˇ(zǎi)。

讚不絕口 ㄗㄢˋ ㄅㄨˋ ㄐㄩㄝˊ ㄎㄡˇ zàn bù jué kǒu　不住口地讚美。形容連聲稱讚。［例］這座玉雕玲瓏剔透，人們讚不絕口。［構］補充。

鑿壁偷光 ㄗㄠˊ ㄅㄧˋ ㄊㄡ ㄍㄨㄤ záo bì tōu guāng　鑿開牆壁，偷借鄰家的燈光讀書。後指在艱苦的條件下，堅持刻苦學習。［例］學習是很艱苦的事，沒有鑿壁偷光、鍥而不捨的精神是不行的。［構］連動。［源］晉、葛洪《西京雜記》：『匡衡字稚圭，勤學而無燭，鄰舍有燭而不逮，衡乃穿壁引其光，以書映光而讀之。』

造謠惑眾 ㄗㄠˋ ㄧㄠˊ ㄏㄨㄛˋ ㄓㄨㄥˋ zào yáo huò zhòng　製造謠言，迷惑群眾。惑：迷惑。含貶義。［例］我們要提高警惕，嚴防壞人造謠惑眾。［構］連動。［同］蠱惑人心

造謠中傷 ㄗㄠˋ ㄧㄠˊ ㄓㄨㄥˋ ㄕㄤ zào yáo zhòngshāng　製造謠言來誣蔑陷害別人。中傷：使人受陷害。［例］造謠中傷是壞人搗亂破壞的一貫手段。［構］主謂。［同］含沙射影　［辨］『中』不要讀作ㄓㄨㄥ(zhōng)。

責無旁貸 ㄗㄜˊ ㄨˊ ㄆㄤˊ ㄉㄞˋ zé wú páng dài　自身的責任不能推給旁人。形容自己應盡職盡責。貸：推卸。［例］反映人們的社會生活，是作家責無旁貸的任務。［構］主謂。［同］義不容辭　當仁不讓　［反］敷衍塞責　［辨］『貸』不要寫或念成『貨』。

擇善而從 ㄗㄜˊ ㄕㄢˋ ㄦˊ ㄘㄨㄥˊ zé shàn ér cóng

善於發現別人優點並認真學習。擇：選擇。從：追隨，學習。［例］一個人能虛心求教，並能擇善而從，一定會進步很快的。［構］連動。［源］《論語・述而》：『三人行必有我師焉，擇其善者而從之。』

擇優錄取 ㄗㄜˊ ㄧㄡ ㄌㄨˋ ㄑㄩˇ zé yōu lù qǔ

挑選成績優秀者錄取。擇：挑選。［例］選拔人才，切不可任人唯親，而要擇優錄取。［構］連動。

賊喊捉賊 ㄗㄟˊ ㄏㄢˇ ㄓㄨㄛ ㄗㄟˊ zéi hǎn zhuō zéi

做賊的人叫喊捉賊。比喻壞人幹壞事後轉移衆人視聽，反誣蔑別人，以乘機逃脫罪責。［例］賊喊捉賊，混淆視聽，是壞人常用的手段。［構］主謂。

曾參殺人 ㄗㄥ ㄕㄣ ㄕㄚ ㄖㄣˊ zēng shēn shā rén

比喻流言可畏。曾參：字子輿，孔子弟子。［例］至於謊言與流言的可怕，猶如曾參殺人了。［構］主謂。［源］《戰國策・秦策二》：『費人有與曾子同名族者而殺人，人告曾子母曰：「曾參殺人」。』［辨］『參』不能讀ㄙㄢ(sān)或ㄘㄢ(cān)。

瞻前顧後 ㄓㄢ ㄑㄧㄢˊ ㄍㄨˋ ㄏㄡˋ zhān qián gù hòu

向前看也向後看。形容做事謹慎小心，思考周到。也用來形容顧慮多而猶豫不決。瞻前：往前看。顧後：往後看。［例］①這個人瞻前顧後，辨事細心全面，可以任用。②遇大事要能當機立斷。不可瞻前顧後，喪失良機。［構］聯合。［源］戰國（楚）、屈原《離騷》：『瞻前而顧後兮，相觀人之計極。』［同］左顧右盼 ［反］一往直前

斬草除根 ㄓㄢˇ ㄘㄠˇ ㄔㄨˊ ㄍㄣ zhǎn cǎo chú gēn

除草要連根拔掉。比喻消除禍根以絕後患。斬草：割草。［例］對待社會公害，一定要斬草除根，除惡務盡。［構］特・主謂。［源］《左傳・隱公六年》：『爲國家者，見惡，如農夫之務去草焉，芟夷蘊崇之，絕其本根，勿使能殖，則善者信矣。』［同］斬盡殺絕

斬釘截鐵 ㄓㄢˇ ㄉㄧㄥ ㄐㄧㄝˊ ㄊㄧㄝˇ zhǎn dīng jié tiě

比喻說話、辦事，堅決、果斷、乾脆。［例］他斬釘截鐵地說：『這事交給我辦，保證圓滿完成任務。』［構］聯合。［反］拖泥帶水

輾轉反側 ㄓㄢˇ ㄓㄨㄢˇ ㄈㄢˇ ㄘㄜˋ zhǎnzhuǎn fǎn cè

翻來覆去不能入睡。輾：側轉。輾轉：身子翻來覆去。［例］爲技術革新，李技術員近來夜夜輾轉反側，思考設計方案。［構］聯合。［源］《詩經・周南・關雎》：『悠哉悠哉，輾轉反側。』

戰火紛飛 ㄓㄢˋ ㄏㄨㄛˇ ㄈㄣ ㄈㄟ zhàn huǒ fēn fēi

戰爭炮火遍地。［例］他不僅在戰火紛飛中是英雄，在和平時期也是模範。［構］主謂。［同］槍林彈雨

戰無不勝 ㄓㄢˋ ㄨˊ ㄅㄨˋ ㄕㄥˋ zhàn wú bù shèng

逢戰必勝。形容力量強大。［例］戰無不勝的馬列主義毛澤東思想萬歲！［構］主謂。［源］《戰國策・齊策二》：『戰無不勝，而不知止者，身且死。』［同］攻無不克　百戰不殆

張敞畫眉 ㄓㄤ ㄔㄤˇ ㄏㄨㄚˋ ㄇㄟˊ zhāngchǎng huà méi

舊時比喻夫妻恩愛，感情美好。張敞：漢代河東平陽人，宣帝時爲京兆尹。［例］他們夫妻關係之好可稱得上是張敞畫眉，相敬如賓。［構］主謂。［源］《漢書・張敞傳》：『敞爲京兆……

又爲婦畫眉，長安中傳張京兆眉嫵。』

張燈結彩 ㄓㄤ ㄉㄥ ㄐㄧㄝˊ ㄘㄞˇ zhāngdēng jié cǎi
形容節日或喜慶日子的熱鬧景象。張：設置。結：繫。［例］春節來臨，街道兩旁張燈結彩，一片節日景象。［構］聯合。

張冠李戴 ㄓㄤ ㄍㄨㄢ ㄌㄧˇ ㄉㄞˋ zhāngguān lǐ dài
把姓張的帽子給姓李的戴上。比喻弄錯了對象。［例］有人張冠李戴，把崔顥的《黃鶴樓》說成是李白的詩。［構］主謂。［辨］『冠』不能讀作ㄍㄨㄢˋ (guàn)。

張皇失措 ㄓㄤ ㄏㄨㄤˊ ㄕ ㄘㄨㄛˋ zhānghuáng shī cuò
形容慌慌張張，不知所措。［例］一個人遇事要沉著冷靜，不可張皇失措。［構］補充。［同］驚惶失措　［反］從容不迫　泰然自若

張口結舌 ㄓㄤ ㄎㄡˇ ㄐㄧㄝˊ ㄕㄜˊ zhāng kǒu jié shé
張著嘴而說不出話。形容因理屈詞窮或因恐懼、驚慌而說不出話來。結：塞，不能動。［例］他被問得張口結舌，無言以對。［構］聯合。［源］漢、王符：《潛夫論・賢難》：『此智士所以鉗口結舌，括囊共默而已者也。』［同］啞口無言　［反］口若懸河　侃侃而談

張牙舞爪 ㄓㄤ ㄧㄚˊ ㄨˇ ㄓㄠˇ zhāng yá wǔ zhǎo
原指野獸的凶相。後常指壞人猖狂凶惡的樣子。［例］老虎張牙舞爪向武松撲來。［構］聯合。

彰明較著 ㄓㄤ ㄇㄧㄥˊ ㄐㄧㄠˋ ㄓㄨˋ zhāngmíng jiào zhù
形容極其明顯。彰、明、較、著：都是明顯的意思。［例］十年浩劫給社會造成的損失，彰明較著，世人皆知。［構］聯合。［源］《史記・伯夷列傳》：『此其尤大彰明較著也。』［同］顯

而易見

獐頭鼠目
ㄓㄤ ㄊㄡˊ ㄕㄨˇ ㄇㄨˋ
zhāng tóu shǔ mù

舊社會時用來形容人窮酸的樣子。現多形容人相貌醜惡猥瑣的樣子。［例］這個人長得獐頭鼠目，一看就是個心術不正的人。［構］聯合。［源］《舊唐書・李揆傳》：『龍章鳳姿之士不見用，獐頭鼠目之子乃求官。』［同］賊眉鼠眼

掌上明珠
ㄓㄤˇ ㄕㄤˋ ㄇㄧㄥˊ ㄓㄨ
zhǎngshàngmíng zhū

原指非常珍貴。現喻指極其珍愛的人。含褒義，有時也用於諷刺。［例］他把小女兒視爲掌上明珠，愛護備至。［構］偏正。［源］晉、傅玄《短歌行》：『昔君視我，如掌中珠；何意一朝，棄我溝渠。』［反］視如敝屣

仗勢欺人
ㄓㄤˋ ㄕˋ ㄑㄧ ㄖㄣˊ
zhàng shì qī rén

依靠某種勢力欺壓人。［例］舊社會地主惡霸依靠國民黨反動派仗勢欺人，壓迫老百姓。［構］連動。［同］狗仗人勢［反］鋤强扶弱

仗義執言
ㄓㄤˋ ㄧˋ ㄓˊ ㄧㄢˊ
zhàng yì zhí yán

支持正義，敢於說公道話。［例］一個流氓，正在戲弄、辱罵一個孩子。他仗義執言，大聲說道：『不許欺負兒童。』［構］連動。［同］見義勇爲［反］背信棄義

招降納叛
ㄓㄠ ㄒㄧㄤˊ ㄋㄚˋ ㄆㄢˋ
zhāoxiáng nà pàn

原指爲了擴大勢力收羅招納投降或叛變過來的人。現比喻反動派搜羅壞人爲自己當爪牙。［例］國民黨反動派爲了篡奪抗戰勝利果實，招降納叛，擴充自己勢力。［構］聯合。［同］招兵買馬結黨營私

招搖過市 ㄓㄠ ㄧㄠˊ ㄍㄨㄛˋ ㄕˋ zhāo yáo guò shì

形容故意在衆人面前虛張聲勢，顯示自己，以引起人們的注意。市：鬧市。［例］一些化裝了的模特兒，在車上邊唱邊演地招搖過市，做商業宣傳。［構］連動。［源］《史記・孔子世家》：『靈公與夫人同車，宦者雍渠參乘，出，使孔子爲次乘，招搖市過之。』

招搖撞騙 ㄓㄠ ㄧㄠˊ ㄓㄨㄤˋ ㄆㄧㄢˋ zhāo yáo zhuàng piàn

以各種名義到處行騙。招搖：張揚。撞騙：尋找機會騙人。［例］有的不法分子，冒充幹部子弟，到處招搖撞騙，坑害群衆。［構］連動。

昭然若揭 ㄓㄠ ㄖㄢˊ ㄖㄨㄛˋ ㄐㄧㄝ zhāo rán ruò jiē

形容本相完全暴露，一切真相大白。昭然：明顯的樣子。揭：舉起。［例］只要努力學習馬列主義，立場堅定，擦亮眼睛，反動派的一切陰謀詭計，都會昭然若揭的。［構］偏正。［源］《莊子・達生》：『昭昭乎若揭日月而行也。』［同］原形畢露　暴露無遺　［辨］『揭』不能解爲揭開或揭露。

朝不保夕 ㄓㄠ ㄅㄨˋ ㄅㄠˇ ㄒㄧ zhāo bù bǎo xī

早晨不能保證晚上會出現什麼特殊的情況。形容形勢危急，難以預料。或形容生活困難，連一天的生活都難以維持。［例］①越南侵略者在柬埔寨人民的沉重打擊下，狼狽不堪，朝不保夕了。②舊社會，黃氾區人民到處流浪，生活朝不保夕。［構］主謂。［源］《左傳・襄公十六年》：『敝邑之急，朝不及夕。』

朝過夕改 ㄓㄠ ㄍㄨㄛˋ ㄒㄧ ㄍㄞˇ zhāo guò xī gǎi

早晨的過錯，到了晚上就認識並改正了。形容改正錯誤很快。［例］他爲人謙虛謹慎，能接受別人的批評，是個朝過夕改的人。［構］主謂。［源］《

大戴禮記・曾子立事》:『朝有過夕改則與之。』[同]朝聞夕改 [反]執迷不悟

朝令夕改 ㄓㄠ ㄌㄧㄥˋ ㄒㄧ ㄍㄞˇ zhāo lìng xī gǎi

早晨發出命令，到晚上就改變了。形容政策多變，讓人無所適從。[例]國家的大政方針，要有一定的穩定性，切不可朝令夕改，有同兒戲。[構]主謂。[源]漢、晁錯《論貴粟疏》:『賦斂不時，朝令而夕改。』[辨]『朝』不要讀做ㄔㄠˊ(cháo)。

朝秦暮楚 ㄓㄠ ㄑㄧㄣˊ ㄇㄨˋ ㄔㄨˇ zhāo qín mù chǔ

早上倒向秦國，晚上又倒向楚國。比喻人無原則，反覆無常。[例]張村那個保長，白天給敵人『做事』（探聽消息），晚上爲游擊隊送信，看起來『朝秦暮楚』，實際上是個堅强的地下黨員。[構]聯合。[辨]『朝』不讀ㄔㄠˊ(cháo)。

朝氣蓬勃 ㄓㄠ ㄑㄧˋ ㄆㄥˊ ㄅㄛˊ zhāo qì péng bó

形容有生氣，有幹勁，積極向上，充滿活力。朝氣：清晨新鮮的空氣，比喻爲積極向上的精神。蓬勃：旺盛的樣子。[例]他們是一群充滿理想、朝氣蓬勃的年輕人。[構]主謂。[同]生氣勃勃 意氣風發 生龍活虎 [反]死氣沉沉

朝三暮四 ㄓㄠ ㄙㄢ ㄇㄨˋ ㄙˋ zhāo sān mù sì

原比喻變換手法詐騙。今喻指常常改變主意，反覆無常。[例]這個同志原則性很强，從不朝三暮四。[構]聯合。[源]《莊子・齊物論》:『狙公賦芧，曰:「朝三而暮四。」衆狙皆怒。曰:「然則朝四而暮三。」衆狙皆悅。』[同]朝秦暮楚

朝思暮想 ㄓㄠ ㄙ ㄇㄨˋ ㄒㄧㄤˇ zhāo sī mù xiǎng

從早到晚無時不在思念。暮：晚上。［例］他們倆非常要好，幾天不見就朝思暮想的。［構］聯合。［同］念念不忘

朝朝暮暮 ㄓㄠ ㄓㄠ ㄇㄨˋ ㄇㄨˋ zhāozhāo mù mù

原指每天的清晨與黃昏。現指從早到晚，一天又一天。暮：晚上。［例］『兩情若是久長時，又豈在朝朝暮暮。』（秦觀《鵲橋仙》）［構］聯合。［源］楚、宋玉《高唐賦序》：『妾在巫山之陽，高丘之阻，旦爲朝雲，暮爲行雨，朝朝暮暮，陽台之下。』

照本宣科 ㄓㄠˋ ㄅㄣˇ ㄒㄩㄢ ㄎㄜ zhào běn xuān kē

原指和尚、道士照本念經。現指不聯繫實際，只知生硬地照事先寫好的稿子宣讀。［例］此人辦事生硬死板，會上發言只照本宣科，內容又不結合實際。［構］偏正。

照葫蘆畫瓢 ㄓㄠˋ ㄏㄨˊ ·ㄌㄨ ㄏㄨㄚˋ ㄆㄧㄠˊ zhào hú lu huà piáo

按照葫蘆的形狀去畫瓢。喻指按一定的樣式進行模仿。瓢：用葫蘆製作的舀水工具。［例］我們要注意培養學生的創造能力，切不可把他們教育成只知照葫蘆畫瓢的書獃子。［構］偏正。［同］照貓畫虎

照貓畫虎 ㄓㄠˋ ㄇㄠ ㄏㄨㄚˋ ㄏㄨˇ zhào māo huà hǔ

按照貓的樣子去畫老虎。喻指只求外表上的模仿。［構］學習寫散文，不能生搬硬套，照貓畫虎地去模仿人家，應該博採衆長，研習人家的特點，逐漸形成自己的風格。［構］偏正。［同］照葫蘆畫瓢

折戟沉沙 ㄓㄜˊ ㄐㄧˇ ㄔㄣˊ ㄕㄚ zhé jǐ chén shā 戟被折斷並被埋在沙土中。形容戰爭失敗慘重。戟：古代的一種兵器。[例]曹操赤壁一戰，折戟沉沙，全軍大敗。[構]連動。[源]唐、杜牧《赤壁》詩：『折戟沉沙鐵未銷，自將磨洗認前朝；東風不與周郎便，銅雀春深鎖二喬。』

針鋒相對 ㄓㄣ ㄈㄥ ㄒㄧㄤ ㄉㄨㄟˋ zhēn fēng xiāng duì 針尖對著針尖。喻指雙方的觀點、語言尖銳對立。[例]面對不良風氣，就要針鋒相對，堅決鬥爭。[構]主謂。[同]唇槍舌劍

珍禽異獸 ㄓㄣ ㄑㄧㄣˊ ㄧˋ ㄕㄡˋ zhēn qín yì shòu 珍貴、奇異的飛禽走獸。[例]由於生態環境遭受破壞，許多珍禽異獸都快要滅絕了。[構]聯合。[源]《尚書・旅獒》：『犬馬非其土性不畜，珍禽異獸不育於國。』

真才實學 ㄓㄣ ㄘㄞˊ ㄕˊ ㄒㄩㄝˊ zhēn cái shí xué 真正的能力，實在的學問。指有真正有用的知識本領。[例]他是個有真才實學的人，可以擔此重任。[構]聯合。[反]才疏學淺 不學無術

真金不怕火煉 ㄓㄣ ㄐㄧㄣ ㄅㄨˋ ㄆㄚˋ ㄏㄨㄛˇ ㄌㄧㄢˋ zhēn jīn bù pà huǒ liàn 喻指真正無私的人或純正實在的東西經得住任何考驗。[例]面對敵人的絞架，李大釗面無懼色，真是真金不怕火煉。[構]主謂。

真憑實據 ㄓㄣ ㄆㄧㄥˊ ㄕˊ ㄐㄩˋ zhēn píng shí jù 真實可靠的憑據。[例]審理案件，要重真憑實據，不可妄斷。[構]主謂。

真心誠意 ㄓㄣ ㄒㄧㄣ ㄔㄥˊ ㄧˋ zhēn xīn chéng yì
指心意誠懇、實在。也作『真心實意』。[例]他對人總是真心誠意的，是一個信得過的好同志。[構]聯合。[同]誠心誠意 [反]虛情假意

真知灼見 ㄓㄣ ㄓ ㄓㄨㄛˊ ㄐㄧㄢˋ zhēn zhī zhuó jiàn
正確而深刻的見解。灼：明白，深刻。[例]李四光關於中國石油發展的真知灼見，奠定了我國石油工業發展的基礎。[構]聯合。

斟酌損益 ㄓㄣ ㄓㄨㄛˊ ㄙㄨㄣˇ ㄧˋ zhēnzhuó sǔn yì
認真思考，仔細研究以後，決定增減、興革。損益：興革。[例]一個人遇事要頭腦清楚，斟酌損益。[構]動賓。[源]三國(蜀)、諸葛亮《前出師表》：『至於斟酌損益、進盡忠言，則(郭)攸之、(費)禕、董允之任也。』[同]權衡利弊

振奮人心 ㄓㄣˋ ㄈㄣˋ ㄖㄣˊ ㄒㄧㄣ zhèn fèn rén xīn
使人情緒振作，精神奮發。[例]振奮人心的消息傳來，人們一片歡呼。[構]動賓。[同]激動人心

振振有詞 ㄓㄣˋ ㄓㄣˋ ㄧㄡˇ ㄘˊ zhènzhèn yǒu cí
形容自認為有理而大發議論。振振：理直氣壯的樣子。[例]爭論雙方都振振有詞，認為自己有理，不肯有一點讓步。[構]偏正。[同]義正詞嚴 [反]詞不達意　理屈詞窮

震耳欲聾 ㄓㄣˋ ㄦˇ ㄩˋ ㄌㄨㄥˊ zhèn ěr yù lóng
聲音很大，把耳朵都快震聾了。[例]抗戰勝利的消息傳來，人們發出了震耳欲聾的歡呼聲。[構]補充。[反]萬籟俱寂

震撼人心 ㄓㄣˋ ㄏㄢˋ ㄖㄣˊ ㄒㄧㄣ zhèn hàn rén xīn 使人心震動很大。撼：搖動。［例］義正辭嚴的政論，有一股震撼人心的力量。［構］動賓。

爭分奪秒 ㄓㄥ ㄈㄣ ㄉㄨㄛˊ ㄇㄧㄠˇ zhēng fēn duó miǎo 形容非常珍惜時間，不放過一分一秒。分、秒：指極短的時間。［例］在科技方面，我們已經落後了，一定要爭分奪秒，急起直追，才能趕超世界先進水平。［構］聯合。［源］《晉書·陶侃傳》：『常語人曰：大禹聖者，乃惜寸陰，至於衆人，當惜分陰。』［同］分秒必爭

爭權奪利 ㄓㄥ ㄑㄩㄢˊ ㄉㄨㄛˊ ㄌㄧˋ zhēngquán duó lì 爭奪權勢，搶奪名利。［例］共產黨員是大公無私、不計名利的戰士，而不是爭權奪利、蠅營狗苟的庸人。［構］聯合。

爭先恐後 ㄓㄥ ㄒㄧㄢ ㄎㄨㄥˇ ㄏㄡˋ zhēng xiān kǒng hòu 力爭向前，唯恐落後。［例］大家爭先恐後地報名參加亞運會工地義務勞動。［構］聯合。［同］不甘後人

崢嶸歲月 ㄓㄥ ㄖㄨㄥˊ ㄙㄨㄟˋ ㄩㄝˋ zhēngróng suì yuè 形容不尋常的年月。崢嶸：山勢高而奇的樣子，引申爲不尋常。［例］老同志們聚在一起，回憶抗日戰爭時期的崢嶸歲月，真是感慨萬千啊！［構］偏正。

蒸蒸日上 ㄓㄥ ㄓㄥ ㄖˋ ㄕㄤˋ zhēngzhēng rì shàng 形容一天天地向前發展，一天一個樣子。蒸蒸：熱氣上升的樣子。［例］改革十年，我國四化建設真是欣欣向榮，蒸蒸日上。［構］偏正。

正大光明 ㄓㄥˋ ㄉㄚˋ ㄍㄨㄤ ㄇㄧㄥˊ zhèng dà guāngmíng
正派無私，襟懷坦白。也作『光明正大』。［例］領導幹要行得正，走得直，正大光明，才能得到群衆的信任。［構］聯合。［同］光明磊落　［反］心懷叵測

正氣凜然 ㄓㄥˋ ㄑㄧˋ ㄌㄧㄣˇ ㄖㄢˊ zhèng qì lǐn rán
形容公正無私，主持正義，威鎮邪惡的氣概。凜然：威嚴而使人敬畏的樣子。［例］方志敏在刑場上正氣凜然，更顯得反動派卑劣猥瑣，醜惡不堪。［構］主謂。［同］大義凜然

正中下懷 ㄓㄥˋ ㄓㄨㄥˋ ㄒㄧㄚˋ ㄏㄨㄞˊ zhèngzhòng xià huái
完全符合自己的心意。正：恰好。下懷：自己的心意。［例］他剛才的話正中下懷，我也沒有什麼可說的了。［構］偏正。

鄭人買履 ㄓㄥˋ ㄖㄣˊ ㄇㄞˇ ㄌㄩˇ zhèng rén mǎi lǚ
形容有的人脫離實際，只按教條辦事。履：鞋。［例］你辦事怎麼這樣教條，連自己也不相信，真是鄭人買履。［構］主謂。［源］《韓非子・外儲說左上》：『鄭人有且置履者，……已得履，乃曰：「吾忘持度。」反歸取之。……人曰：「何不試之以足？」曰：「寧信度，無自信也。」』

鄭重其事 ㄓㄥˋ ㄓㄨㄥˋ ㄑㄧˊ ㄕˋ zhèngzhòng qí shì
說話辦事非常嚴肅認真。［例］他鄭重其事地告訴我說：『你的入黨申請批准了。』［構］偏正。［反］敷衍了事　草率收兵

政通人和 ㄓㄥˋ ㄊㄨㄥ ㄖㄣˊ ㄏㄜˊ zhèng tōng rén hé
政事通達，人心和順。形容國家穩定，人民安樂。［例］三中全會給全國帶來了政通人和、欣欣向榮的新局面

。［構］聯合。［源］宋、范仲淹《岳陽樓記》：『越明年，政通人和，百廢俱興。』

之乎者也 ㄓ ㄏㄨ ㄓㄜˇ ㄧㄝˇ zhī hū zhě yě

這四個字屬古漢語中的虛詞。人們常用這四個字諷刺轉(ㄓㄨㄞˇ[zhuǎi])文或過分咬文嚼字。［例］孔乙己滿口之乎者也，常常引人發笑。［構］聯合。

支離破碎 ㄓ ㄌㄧˊ ㄆㄛˋ ㄙㄨㄟˋ zhī lí pò suì

形容事物零散破碎，雜亂而不完整。［例］這篇作文寫得支離破碎，連修改都不容易。［構］聯合。［同］殘缺不全 四分五裂 ［反］完整無缺 金甌無缺

支吾其詞 ㄓ ㄨˊ ㄑㄧˊ ㄘˊ zhī wú qí cí

用含糊不清的話來掩飾真正的意圖。支吾：說話吞吞吐吐，應付搪塞。［例］他說話怎麼這樣支吾其詞，這其中必有奧妙。［構］偏正。［同］閃爍其詞 ［反］直言不諱

知彼知己 ㄓ ㄅㄧˇ ㄓ ㄐㄧˇ zhī bǐ zhī jǐ

對敵我雙方的情況，掌握非常全面。［例］在戰爭中，要知彼知己，才能立於不敗之地。［構］聯合。［源］孫子・謀攻》：『知彼知己，百戰不殆。』

知法犯法 ㄓ ㄈㄚˇ ㄈㄢˋ ㄈㄚˇ zhī fǎ fàn fǎ

了解法律卻故意違反法律。［例］執法的人卻故意犯法，這不是知法犯法嗎？［構］聯合。［同］以身試法 明知故犯 ［反］遵紀守法

知過必改 ㄓ ㄍㄨㄛˋ ㄅㄧˋ ㄍㄞˇ zhī guò bì gǎi

認識到錯誤就一定改正。［例］犯錯誤並不可怕，只要知過必改，還是好同志。［構］連動。［源］南朝（梁

）、周興嗣《千字文》：『知過必改，得能莫忘。』

知命之年 ㄓ ㄇㄧㄥˋ ㄓ ㄋㄧㄢˊ zhī mìng zhī nián
傳統認爲五十歲爲知命之年。［例］時間過得真快，一轉眼已到知命之年了。［構］偏正。［源］《論語・爲政》：『五十而知天命。』

知難而進 ㄓ ㄋㄢˊ ㄦˊ ㄐㄧㄣˋ zhī nán ér jìn
頂著困難前進。［例］學習是艱苦的過程，沒有知難而進的精神，是不會取得好成績的。［構］連動。［反］知難而退

知其一，不知其二 ㄓ ㄑㄧˊ ㄧ，ㄅㄨˋ ㄓ ㄑㄧˊ ㄦˋ zhī qí yī, bù zhī qí èr
只了解事物的一方面，而不知道其他方面。［例］對於這件事，你知其一，不知其二，要處理好就要掌握全面情況。［構］覆。［源］《戰國策・趙策三》：『樓緩曰：「虞卿得其一，未知其二也」。』［反］瞭如指掌

知人善任 ㄓ ㄖㄣˊ ㄕㄢˋ ㄖㄣˋ zhī rén shàn rèn
能了解別人的才能並善於任用人才。［例］他是一個知人善任的好幹部。［構］連動。［源］漢、班彪《王命論》：『蓋在高祖，其興也有五：……五曰知人善任使。』

知無不言 ㄓ ㄨˊ ㄅㄨˋ ㄧㄢˊ zhī wú bù yán
凡是知道的沒有不說出的。形容毫無保留地發表意見。［例］他是一個性格爽直的人，遇事知無不言，言無不盡，從不隱諱自己的觀點。［構］主謂。［源］宋、蘇洵《衡論上・遠慮》：『聖人之任……知無不言，言無不盡。』

知子莫若父 ㄓ ㄗˇ ㄇㄛˋ ㄖㄨㄛˋ ㄈㄨˋ zhī zǐ mò ruò fù 沒有比父親更了解兒子的了。若：如。〔例〕他的事，最好問他父親，知子莫若父嘛！〔構〕主謂。〔源〕《管子・大匡》：『知子莫若父，知臣莫若君。』

執法不阿 ㄓˊ ㄈㄚˇ ㄅㄨˋ ㄜ zhí fǎ bù ē 執行法律公正不偏袒。阿：偏袒。〔例〕人民法庭要執法不阿，堅持在法律面前人人平等。〔構〕主謂。〔同〕執法如山〔辨〕『阿』不要讀成ㄚ(ā)。

執法如山 ㄓˊ ㄈㄚˇ ㄖㄨˊ ㄕㄢ zhí fǎ rú shān 喻指執行法律堅定不移。〔例〕人民法官應執法如山，維護人民法律的尊嚴。〔構〕主謂。〔同〕執法不阿〔反〕執法不嚴

執迷不悟 ㄓˊ ㄇㄧˊ ㄅㄨˋ ㄨˋ zhí mí bù wù 是非分辨不清，堅持錯誤而不覺悟。執：堅持。迷：迷惑，分辨不清。〔例〕如果你還執迷不悟，蠻幹到底，一切後果你要負責。〔構〕聯合。〔源〕《梁書・武帝紀》：『若執迷不悟，拒逆王師，大衆一臨，刑茲罔赦。』〔同〕至死不悟

直言不諱 ㄓˊ ㄧㄢˊ ㄅㄨˋ ㄏㄨㄟˋ zhí yán bù huì 有話直說，沒有忌諱。諱：隱諱。〔例〕政協委員們直言不諱，在座談會上暢談自己的意見。〔構〕聯合。〔源〕《晏子春秋》：『行己而無私，直言而無諱。』〔同〕直抒己見〔反〕旁敲側擊。

只見樹木，不見森林 ㄓˇ ㄐㄧㄢˋ ㄕㄨˋ ㄇㄨˋ，ㄅㄨˋ ㄐㄧㄢˋ ㄙㄣ ㄌㄧㄣˊ zhǐ jiàn shù mù, bù jiàn sēn lín 喻指只見局部，不見

全局。［例］看問題要客觀全面，可不能只見樹木，不見森林。［構］覆。

只可意會，不可言傳 ㄓˇ ㄎㄜˇ ㄧˋ ㄏㄨㄟˋ，ㄅㄨˋ ㄎㄜˇ ㄧㄢˊ ㄔㄨㄢˊ zhǐ kě yì huì bù kě yán chuán

只能在內心體會，不可以用語言表達。［例］今天這個音樂會真不錯，有些節目的妙處，只可意會，不可言傳。［構］覆。

只爭朝夕 ㄓˇ ㄓㄥ ㄓㄠ ㄒㄧ zhǐ zhēngzhāo xī

抓緊時間奮力拚博，不浪費一點時間。朝夕：早晨和晚上。［例］在實現四化的工作中，要有只爭朝夕的精神和幹勁。［構］動賓。［同］分秒必爭［反］蹉跎歲月

紙上談兵 ㄓˇ ㄕㄤˋ ㄊㄢˊ ㄅㄧㄥ zhǐ shàng tán bīng

在紙面上談論用兵。喻指只知說空話而不能解決實際問題。［例］他這個人只能紙上談兵，而沒有解決實際問題的能力。［構］偏正。［源］《史記・廉頗藺相如列傳》。

指揮若定 ㄓˇ ㄏㄨㄟ ㄖㄨㄛˋ ㄉㄧㄥˋ zhǐ huī ruò dìng

處理事情胸有成竹，從容鎮定。後多形容軍事指揮員的堅定、沉著。［例］在百團大戰中，彭老總指揮若定，取得巨大勝利。［構］主謂。［源］唐、杜甫《詠懷古蹟》詩之五：『伯仲之間見伊呂，指揮若定失蕭曹。』［同］運籌帷幄

指鹿爲馬 ㄓˇ ㄌㄨˋ ㄨㄟˊ ㄇㄚˇ zhǐ lù wéi mǎ

喻指故意顛倒是非，顯示威風。［例］這個人非常主觀武斷，有時甚至到指鹿爲馬的程度。［構］兼語。［源］《史記・秦始皇本紀》記趙高指鹿爲馬的事情。［同］顚倒是非　混淆黑白

指日可待 ㄓˇ ㄖˋ ㄎㄜˇ ㄉㄞˋ zhǐ rì kě dài

表示不會等太久了。指日：可以指數的日子。［例］運動會在北京召開的日期，真是指日可待了。［構］兼語。［同］計日可待 ［反］遙遙無期

指桑罵槐 ㄓˇ ㄙㄤ ㄇㄚˋ ㄏㄨㄞˊ zhǐ sāng mà huái

指著桑樹罵槐樹。比喻表面指這個人，而實際上在罵另一個人。［例］他這個人有話不直說，總愛指桑罵槐，旁敲側擊。［構］聯合。［同］指狗罵雞

指手劃腳 ㄓˇ ㄕㄡˇ ㄏㄨㄚˋ ㄐㄧㄠˇ zhǐ shǒu huà jiǎo

說話時手腳並用做出各種姿勢。形容說話時放肆、傲慢的樣子。［例］這個人，一下車，就指手劃腳，大發議論。［構］聯合。

咫尺天涯 ㄓˇ ㄔˇ ㄊㄧㄢ ㄧㄚˊ zhǐ chǐ tiān yá

喻指雖然相距很近，但像極遠。咫：古代長度單位，合今市尺六寸二分二釐。咫尺：比喻相距極近。天涯：天邊，比喻相距極遠。［例］他倆同住一個城市，但因工作忙，卻咫尺天涯，難得一見。［構］特・主謂。［反］天涯若比鄰

趾高氣揚 ㄓˇ ㄍㄠ ㄑㄧˋ ㄧㄤˊ zhǐ gāo qì yáng

高抬腳，神氣十足。形容得意忘形，傲慢不可一世的樣子。［例］人在順利時不可趾高氣揚，遇挫折也不要灰心喪氣。［構］聯合。［源］《左傳・桓公十三年》：『舉趾高，心不固矣。』［同］神氣十足 ［反］垂頭喪氣

至理名言 ㄓˋ ㄌㄧˇ ㄇㄧㄥˊ ㄧㄢˊ zhì lǐ míng yán

正確而有價值的話。至理：極正確的道理。名言：著名的精闢言論。［例］你這篇文章裏，引用的都是至理名

言，很有說服力。［構］聯合。［辨］『名』不要寫作『明』。

志大才疏 ㄓˋ ㄉㄚˋ ㄘㄞˊ ㄕㄨ zhì dà cái shū 志向高遠但能力跟不上。志：志向。疏：陋薄。［例］此人言過其實，志大才疏，不可大用。［構］聯合。［源］《後漢書・孔融傳》：『融負其高氣，志在靖難，而才疏意廣，迄無成功。』

志同道合 ㄓˋ ㄊㄨㄥˊ ㄉㄠˋ ㄏㄜˊ zhì tóng dào hé 志向相同，目標一致。［例］這些人，不管先來後到，都是志同道合，想做一番事業的。［構］聯合。［源］《三國志・魏志・陳思王植傳》：『及其見舉於湯武周文，誠道合志同。』［同］情投意合　［反］不相爲謀　分道揚鑣

志在四方 ㄓˋ ㄗㄞˋ ㄙˋ ㄈㄤ zhì zài sì fāng 形容有遠大的志向和理想。四方：天下。［例］好男兒志在四方，整天守在家裏是沒有什麼出息的。［構］主謂。［反］胸無大志　鼠目寸光

治病救人 ㄓˋ ㄅㄧㄥˋ ㄐㄧㄡˋ ㄖㄣˊ zhì bìng jiù rén 喻指真心實意地幫助別人改正錯誤。［例］對待犯錯誤的同志，一定要以治病救人的態度，耐心幫助。［構］連動。

治絲益棼 ㄓˋ ㄙ ㄧˋ ㄈㄣˊ zhì sī yì fén 整理蠶絲，不先理出頭緒，只能越理越亂。喻指辦事抓不住要領，沒有頭緒，反而更亂。棼：紛亂。［例］無論做什麼工作，都要善於抓住要領，不然治絲益棼，就麻煩了。［構］主謂。［源］《左傳・隱公四年》：『猶治絲而棼之也。』

炙手可熱 ㄓˋ ㄕㄡˇ ㄎㄜˇ ㄖㄜˋ zhì shǒu kě rè

手一靠近就感覺熱得燙人。比喻權勢大，氣焰盛。［例］『宣統小兒皇帝一即位，就把一時炙手可熱的袁世凱貶了。』（郭沫若）［構］補充。［源］唐、杜甫《麗人行》：『炙手可熱勢絕倫。』［辨］『炙』不能寫成『灸』。

質樸無華 ㄓˋ ㄆㄨˇ ㄨˊ ㄏㄨㄚˊ zhì pǔ wú huá

樸實而不求表面上的華麗。華：華麗。［例］他是個心地善良、質樸無華的人。［構］聯合。［反］華而不實　秀而不實

櫛風沐雨 ㄓˋ ㄈㄥ ㄇㄨˋ ㄩˇ zhì fēng mù yǔ

用風來梳頭，用雨來洗頭。形容不怕風吹雨打，野外工作的艱苦。櫛：梳頭。沐：洗頭。［例］勘探工人冒嚴寒，頂酷暑，櫛風沐雨，爲祖國探尋出一個又一個寶藏。［構］聯合。［源］《莊子．天下》：『（禹）沐甚雨，櫛疾風。』［辨］『櫛』不能讀ㄐㄧㄝˊ(jié)。

智勇雙全 ㄓˋ ㄩㄥˇ ㄕㄨㄤ ㄑㄩㄢˊ zhì yǒngshuāngquán

既機智又勇敢。［例］周瑜可算是三國時期智勇雙全的軍事將領。［構］主謂。［同］大智大勇［反］有勇無謀

置身事外 ㄓˋ ㄕㄣ ㄕˋ ㄨㄞˋ zhì shēn shì wài

把自己放在事情之外。指對事情毫不過問。極不關心。置：放，擺。［例］對於破壞公物的行爲，絕不能採取置身事外的態度。［構］補充。

置之不理 ㄓˋ ㄓ ㄅㄨˋ ㄌㄧˇ zhì zhī bù lǐ

把它放在一邊，不加理睬。理：理睬。［例］不過，儘管花草自己有適應能力，但我若置之不理，它們也會死掉的。［構］連動。［同］置若罔聞

置之度外 ㄓˋ ㄓ ㄉㄨˋ ㄨㄞˋ zhì zhī dù wài

放在思考的範圍之外。常指不把生死、得失放在心上。度：考慮，思考。［例］面對殘暴的敵人，他早把生死置之度外了。［構］補充。

中流砥柱 ㄓㄨㄥ ㄌㄧㄡˊ ㄉㄧˇ ㄓㄨˋ zhōng liú dǐ zhù

喻指在艱難危急的情況下，能起核心和支柱作用的人或力量。中流：河中間。砥柱：山名，在河南省三門峽市，立於黃河中流。［例］無論世界掀起什麼狂風惡浪，中國共產黨都不愧是中國人民的中流砥柱。［構］偏正。［源］《晏子春秋·諫下》：『以入砥柱之中流。』

中外馳名 ㄓㄨㄥ ㄨㄞˋ ㄔˊ ㄇㄧㄥˊ zhōng wài chí míng

國內外都聞名。馳名：名聲傳得很遠。［例］他是個中外馳名的科學家。［構］偏正。［同］遐邇聞名　譽滿全球

中庸之道 ㄓㄨㄥ ㄩㄥ ㄓ ㄉㄠˋ zhōngyōng zhī dào

儒家的一種主張：爲人處事調和折衷，處處採取不偏不倚的態度。中：不偏不倚。庸：不變。道：主張，學說。［例］中庸之道是儒家的一種處世態度。［構］偏正。［源］《論語·雍也》：『中庸之爲德也，其至矣乎！』

中原逐鹿 ㄓㄨㄥ ㄩㄢˊ ㄓㄨˊ ㄌㄨˋ zhōngyuán zhú lù

古時比喻群雄並起，爭奪天下。中原：古指黃河流域。［例］東漢末年，群雄四起，中原逐鹿，展開了一場爭奪天下的鬥爭。［構］偏正。［源］《史記·淮陰侯列傳》：『秦失其鹿，天下共逐之，高材疾足者先登焉。』

忠肝義膽 ㄓㄨㄥ ㄍㄢ ㄧˋ ㄉㄢˇ zhōng gān yì dǎn

忠貞的血性，正義的膽略。［例］革命中血與火的考驗，證明解放軍戰士，個個是忠肝義膽、勇於犧牲的好戰

士。[構]聯合。[同]赤膽忠心

忠心耿耿 ㄓㄨㄥ ㄒㄧㄣ ㄍㄥˇ ㄍㄥˇ zhōng xīn gěnggěng 形容非常忠心正直的樣子。耿耿：忠誠的樣子。[例]共產黨員對人民要忠心耿耿，全心全意地爲人民服務。[構]主謂。[同]耿耿忠心

忠言逆耳 ㄓㄨㄥ ㄧㄢˊ ㄋㄧˋ ㄦˇ zhōng yán nì ěr 誠懇的勸告，聽起來不順耳。逆耳：不順耳。[例]老師的話，忠言逆耳，但有利於改正錯誤。[構]主謂。[源]《韓非子‧外儲說左上》：『夫良藥苦於口，而智者勸而飲之，知其入而已己疾也；忠言拂於耳，而明主聽之，知其可以致功也。』[同]良藥苦口

忠貞不渝 ㄓㄨㄥ ㄓㄣ ㄅㄨˋ ㄩˊ zhōngzhēn bù yú 堅定忠誠，永不改變。貞：堅定。渝：改變。[例]他對自己的信仰，是忠貞不渝、永不動搖的。[構]主謂。[同]堅貞不渝 [反]朝秦暮楚

鐘鳴鼎食 ㄓㄨㄥ ㄇㄧㄥˊ ㄉㄧㄥˇ ㄕˊ zhōngmíng dǐng shí 古代貴族權貴用餐時，打擊樂器，用鼎器盛食物。形容貴族生活的奢侈。鐘：古代的一種樂器。鼎：古代炊具。[例]賈寶玉在賈府過著金屋繡榻、鐘鳴鼎食的貴族生活。[構]聯合。[源]漢、張衡《西京賦》：『擊鐘鼎食，連騎相過。』[反]饔飧不繼 蓬戶甕牖

眾口紛紜 ㄓㄨㄥˋ ㄎㄡˇ ㄈㄣ ㄩㄣˊ zhòng kǒu fēn yún 人們的議論又多又雜。喻意見觀點很不一致。紛紜：多而亂。[例]對於這篇論文的內容，大家看法不一，眾口紛紜。[構]主謂。[同]議論紛紛 眾說不一 [反]異口同聲

眾口鑠金 ㄓㄨㄥˋ ㄎㄡˇ ㄕㄨㄛˋ ㄐㄧㄣ zhòng kǒu shuò jīn

眾人一詞可以熔化金屬。原指輿論力量的強大。現喻指謠言很多，可以混淆是非。鑠金：熔化金屬。［例］眾口鑠金，謠言有時也可以把水攪渾。［構］主謂。［源］《國語·周語下》：『故諺曰：眾心成城，眾口鑠金。』［同］一人傳虛，萬人傳實

眾目睽睽 ㄓㄨㄥˋ ㄇㄨˋ ㄎㄨㄟˊ ㄎㄨㄟˊ zhòng mù kuí kuí

大家都睜大了眼睛看著。睽睽：睜大眼睛注視。［例］在廣大群眾眾目睽睽的監督下，壞人壞事是無法隱藏的。［構］主謂。［源］唐、韓愈《鄆州溪堂詩並序》：『新舊不相保持，萬目睽睽。』

眾叛親離 ㄓㄨㄥˋ ㄆㄢˋ ㄑㄧㄣ ㄌㄧˊ zhòng pàn qīn lí

群眾和親屬都背離他。形容處境極爲孤立，不得人心。［例］蔣介石投靠帝國主義，最後落得眾叛親離、一敗塗地的可恥下場。［構］聯合。［源］《左傳·隱公四年》：『阻兵無眾，安忍無親，眾叛親離，難以濟矣。』

眾人拾柴火焰高 ㄓㄨㄥˋ ㄖㄣˊ ㄕˊ ㄔㄞˊ ㄏㄨㄛˇ ㄧㄢˋ ㄍㄠ zhòng rén shí chái huǒ yàn gāo

喻指人多力量大。［例］俗話說得好，眾人拾柴火焰高，只要大家人心齊、幹勁大，沒有什麼困難不能克服。［構］覆。［同］眾志成城　［反］孤掌難鳴　勢單力孤

眾所周知 ㄓㄨㄥˋ ㄙㄨㄛˇ ㄓㄡ ㄓ zhòng suǒ zhōu zhī

眾人全知道。眾：眾人。周：全。［例］這是眾所周知的實際情況，是任何人也隱瞞不了的。［構］主謂。

衆望所歸 ㄓㄨㄥˋ ㄨㄤˋ ㄙㄨㄛˇ ㄍㄨㄟ zhòng wàng suǒ guī

爲大家所敬仰，所欽佩。歸：歸向。［例］魯迅、郭沫若、茅盾都是當代衆望所歸的文學巨匠。［構］主謂。［源］《晉書・列傳三十傳論》：『於時武皇之亂，惟有建興，衆望攸歸，曾無與二。』［同］人心所向 ［反］衆叛親離

衆志成城 ㄓㄨㄥˋ ㄓˋ ㄔㄥˊ ㄔㄥˊ zhòng zhì chéng chéng

大家一條心，力量堅固如城。［例］『有一種志氣，是大家公共的志，衆人都向此做去，便容易成功，所謂衆志成城。』（孫中山）［構］主謂。［源］《國語・周語下》：『故諺曰：「衆心成城，衆口鑠金。」』［同］衆心如城

重於泰山 ㄓㄨㄥˋ ㄩˊ ㄊㄞˋ ㄕㄢ zhòng yú tài shān

喻指意義重大而不同於尋常。泰山：我國五岳之一，在山東省。［例］「爲人民利益而犧牲就重於泰山，人民永遠懷念他。［構］補充。［源］漢、司馬遷《報任少卿書》：『人固有一死，死或重於泰山，或輕於鴻毛。』

種瓜得瓜，種豆得豆 ㄓㄨㄥˋ ㄍㄨㄚ ㄉㄜˊ ㄍㄨㄚ ㄓㄨㄥˋ ㄉㄡˋ ㄉㄜˊ ㄉㄡˋ zhòng guā dé guā zhòng dòu dé dòu

喻指收穫的好壞決定於下種。常形容善行有善報，惡行有惡報。［例］種瓜得瓜，種豆得豆，栽什麼樹苗，結什麼果；撒什麼種子，開什麼花。［構］覆。［源］《呂語集粹・孝養》：『種豆，其苗必豆；種瓜，其苗必瓜。』

周而復始 ㄓㄡ ㄦˊ ㄈㄨˋ ㄕˇ zhōu ér fù shǐ

形容循環往復，轉了一周又一周。周：轉一圈。復始：重新開始。［例］春夏秋冬周而復始，一年一度的春節又到了。［構］連動。［源］《周易・蠱》：『終則有始，天行也。』［同］循環往復

晝思夜想 ㄓㄡˋ ㄙ ㄧㄝˋ ㄒㄧㄤˇ zhòu sī yè xiǎng

白天想，夜間也想。形容思念之深。［例］自從他接受這個任務之後，晝思夜想，極力想找出完成任務的最佳方案。［構］聯合。［同］寤寐思服

諸如此類 ㄓㄨ ㄖㄨˊ ㄘˇ ㄌㄟˋ zhū rú cǐ lèi

許許多多都像這一類。其他以此類推。諸：衆多。［例］諸如此類的黃色報刊，我們一定要徹底清除乾淨。［構］主謂。

珠光寶氣 ㄓㄨ ㄍㄨㄤ ㄅㄠˇ ㄑㄧˋ zhū guāng bǎo qì

珍珠、寶石閃耀光輝。形容穿戴打扮華貴富麗。［例］唐經理的夫人一身珠光寶氣，走進舞廳。［構］聯合。［同］珠圍翠繞

珠聯璧合 ㄓㄨ ㄌㄧㄢˊ ㄅㄧˋ ㄏㄜˊ zhū lián bì hé

珍珠穿成鏈，美玉結成對。舊時比喻優秀的人才或美好的事物結合在一起，完滿無缺。璧：古代的一種扁圓形、中間有孔的玉器。［例］這兩支隊伍聯合作戰，真是珠聯璧合，一定能給敵人很大威脅。［構］聯合。［源］《漢書・律曆志上》：『日月如合璧，五星如連珠。』

蛛絲馬跡 ㄓㄨ ㄙ ㄇㄚˇ ㄐㄧ zhū sī mǎ jī

蜘蛛絲，馬蹄跡。喻指隱約可尋的（多指壞事）線索和跡象。［例］兇犯在殺人現場留下的蛛絲馬跡，公安人員都做了認真研究。［構］聯合。

竹籃打水 ㄓㄨˊ ㄌㄢˊ ㄉㄚˇ ㄕㄨㄟˇ zhú lán dǎ shuǐ

喻指事情完全落空，毫無所得。［例］他雖然經過處心積慮的策劃，結果還是落得個竹籃打水一場空。［構］主謂。

主觀臆斷 zhǔ guān yì duàn 不根據客觀實際，只靠主觀認識對事物做出判斷。［例］處理事務一定要深入下層，進行廣泛的調查研究，才能做出結論，而不能靠主觀臆斷。［構］偏正。

煮豆燃萁 zhǔ dòu rán qí 煮豆以豆秸爲燃料。喻指兄弟之間自相殘害。［例］抗日戰爭中，國民黨真反共，假抗日，盡做些煮豆燃萁的事。［構］連動。［源］《魏志》：『文帝嘗欲害植，以其無罪，令植七步爲詩，若不成，行軍法。植即應聲曰：「煮豆燃豆萁，豆在釜中泣，本是同根生，相煎何太急。」』［反］李代桃僵

助人爲樂 zhù rén wéi lè 把幫助別人當做自己的快樂。［例］學習雷鋒，發揚助人爲樂的共產主義精神。［構］主謂。［反］乘人之危

助紂爲虐 zhù zhòu wéi nüè 指幫助惡人幹壞事。紂：商朝末年的暴君。虐：暴行。［例］一任薛蟠橫行霸道，他不但不去管束，反助紂爲虐討好兒。（《紅樓夢》第九回）［構］連動。［源］《史記・留侯世家》。［同］助桀爲虐

築室道謀 zhù shì dào móu 造房子求教過往的行人。喻指辦事情時去求教一些不相干的人，而自己卻毫無主見。［例］讓外行參謀，豈不是築室道謀，怎能得到好的建議。［構］連動。［源］《詩經・小雅・小旻》：『如彼築室於道謀，是用不潰於成。』

鑄成大錯 ㄓㄨˋ ㄔㄥˊ ㄉㄚˋ ㄘㄨㄛˋ zhù chéng dà cuò

鑄造成一種大銼刀。借指造成大錯誤。鑄：鑄造。錯：本義是銼刀，這裏是雙關用法當『錯誤』解。〔例〕一個人要善於接受別人的批評幫助，切不可諱疾忌醫，一意孤行，最終鑄成大錯。〔構〕動賓。

專橫跋扈 ㄓㄨㄢ ㄏㄥˋ ㄅㄚˊ ㄏㄨˋ zhuānhèng bá hù

獨斷專行，蠻橫霸道。專橫：專斷蠻橫。跋扈：霸道。〔例〕領導幹部只有爲人民服務的義務，沒有專橫跋扈欺壓人民的權利。〔構〕聯合。〔源〕《後漢書・梁冀傳》：『帝少而聰慧，知冀驕橫，嘗朝群臣，目冀曰：「此跋扈將軍也」。』〔同〕飛揚跋扈

專心致志 ㄓㄨㄢ ㄒㄧㄣ ㄓˋ ㄓˋ zhuān xīn zhì zhì

心思專一，精力集中地做事。致：盡。志：志向。〔例〕學習上不能心不在焉，而要專心致志，刻苦認真。〔構〕聯合。〔源〕《孟子・告子上》：『今夫弈之爲數，小數也，不專心致志，則不得也。』〔同〕集中精力 〔反〕漫不經心

轉瞬之間 ㄓㄨㄢˇ ㄕㄨㄣˋ ㄓ ㄐㄧㄢ zhuǎnshùn zhī jiān

一轉眼的時間。形容短暫。也作『轉眼之間』。〔例〕回憶往事，轉瞬之間，建國已經四十多年。這四十多年，我們的國家發生了翻天覆地的變化。〔構〕偏正。

轉危爲安 ㄓㄨㄢˇ ㄨㄟ ㄨㄟˊ ㄢ zhuǎn wēi wéi ān

由危險轉化爲平安。〔例〕他父親的病來勢很猛，但經過搶救，已轉危爲安了。〔構〕連動。〔源〕漢、劉向《戰國策・書錄》：『出奇策異智，轉危爲安。』〔同〕絕處逢生 轉禍爲福

裝潢門面 ㄓㄨㄤ ㄏㄨㄤˊ ㄇㄣˊ ㄇㄧㄢˋ zhuānghuáng mén miàn 喻指把外表裝飾得非常華麗漂亮。潢：把白紙染成色紙。裝潢：指物品的外包裝。門面：指外觀，外表。［例］這是一個花花公子，他上大學不過是裝潢門面而已。［構］動賓。

裝聾作啞 ㄓㄨㄤ ㄌㄨㄥˊ ㄗㄨㄛˋ ㄧㄚˇ zhuāng lóng zuò yǎ 裝成聾子和啞吧。形容故意不介入，假裝聽不到，不發言也不做任何表態。［例］面對不可辯駁的事實，他只有裝聾作啞了。［構］聯合。［反］振聾發聵

裝腔作勢 ㄓㄨㄤ ㄑㄧㄤ ㄗㄨㄛˋ ㄕˋ zhuāngqiāng zuò shì 故意裝出一種腔調，做出一種姿態，藉以引人注意或以此嚇人、騙人。也作『拿腔作勢』。［例］有些演員素質很差，修養不高，所以演起戲來，只能裝腔作勢。［構］聯合。

壯志凌雲 ㄓㄨㄤˋ ㄓˋ ㄌㄧㄥˊ ㄩㄣˊ zhuàng zhì líng yún 志向高遠宏大。凌雲：高入雲霄。［例］毛澤東年輕時就是一個指點江山、壯志凌雲的有爲青年。［構］主謂。［源］《漢書・揚雄傳下》：『往時武帝好神仙，相如上《大人賦》，欲以風（諷），帝反縹縹有陵（凌）雲之志。』

壯志未酬 ㄓㄨㄤˋ ㄓˋ ㄨㄟˋ ㄔㄡˊ zhuàng zhì wèi chóu 遠大的志向還沒有實現。酬：實現。［例］無數熱血青年，壯志未酬，就爲革命事業獻出了寶貴的生命，後人是不應當忘記他們的。［構］主謂。

追名逐利 ㄓㄨㄟ ㄇㄧㄥˊ ㄓㄨˊ ㄌㄧˋ zhuī míng zhú lì 追求名譽利益。［例］一心追名逐利的人，在事業上是不會有很大成就的。［構］聯合。［同］沽名釣譽

惴惴不安 ㄓㄨㄟˋ ㄓㄨㄟˋ ㄅㄨˋ ㄢ zhuì zhuì bù ān

形容恐懼、憂慮而心神不安的神情。惴惴：憂慮害怕的樣子。［例］全家都是惴惴不安地又很興奮地等候高考發榜。［構］偏正。［源］《詩經・小雅・小宛》：『惴惴小心，如臨於谷。』［同］忐忑不安 ［反］安之若素 ［辨］『惴』不要讀作ㄔㄨㄢˇ (chuǎn)。

諄諄告誡 ㄓㄨㄣ ㄓㄨㄣ ㄍㄠˋ ㄐㄧㄝˋ zhūn zhūn gào jiè

誠懇耐心地勸告。諄諄：誠懇耐心的樣子。誡：規勸。［例］老師諄諄告誡我們，虛心使人進步，驕傲使人落後。［構］偏正。［源］《詩經・大雅・抑》：『誨爾諄諄。』［同］諄諄教導 ［辨］『諄』不要讀作ㄔㄨㄣˊ (chún)。

卓有成效 ㄓㄨㄛ ㄧㄡˇ ㄔㄥˊ ㄒㄧㄠˋ zhuō yǒu chéng xiào

有非常明顯而突出的成就和效果。卓：傑出而不平常的。［例］由於他奮發而卓有成效地工作，使這項工程進展很快。［構］偏正。［同］立竿見影 ［反］一事無成

著手成春 ㄓㄨㄛˊ ㄕㄡˇ ㄔㄥˊ ㄔㄨㄣ zhuóshǒuchéngchūn

比喻醫術高明。著手：動手。成春：轉成春天，比喻病情好轉。［例］多虧楊醫生著手成春，使他母親活到了今天。［構］連動。

捉襟見肘 ㄓㄨㄛ ㄐㄧㄣ ㄐㄧㄢˋ ㄓㄡˇ zhuō jīn jiàn zhǒu

稍微整一下衣襟，胳膊肘就露出來了。形容窮困潦倒，衣服破爛。也形容顧此失彼，窮於應付。［例］①窮困潦倒、捉襟見肘的范進，被他的岳父胡屠戶罵了個狗血噴頭。②我們公司資金本來很緊，如果再借給立康公司，我們可要捉襟見肘了。［構］連動。［源］《莊子・讓王》：『三日不舉火，十年不製衣，正冠而纓絕，捉襟而肘見，納履而踵決。』

［同］衣衫襤褸 ［反］綽綽有餘。

孜孜不倦 ㄗ ㄗ ㄅㄨˋ ㄐㄩㄢˋ zī zī bù juàn 勤懇踏實不知疲倦。孜孜：勤懇的樣子。［例］我們的老師，對於自己他做到了孜孜不倦，對於學生他做到了誨人不倦。［構］偏正。［同］孜孜以求

姿態萬千 ㄗ ㄊㄞˋ ㄨㄢˋ ㄑㄧㄢ zī tài wàn qiān 姿勢與神態千變萬化。［例］姿態萬千的牡丹花展吸引了成千上萬的旅遊者。［構］主謂。［同］千姿百態

趑趄不前 ㄗ ㄐㄩ ㄅㄨˋ ㄑㄧㄢˊ zī jū bù qián 想往前走又猶豫不定。［例］在機遇面前，可不能趑趄不前，否則是非常可惜的。［構］偏正。［源］唐、韓愈《送李願歸盤谷序》：『足將進而趑趄，口將言而囁嚅。』［同］躊躇不前（踟躕不前）［反］一往無前

字裏行間 ㄗˋ ㄌㄧˇ ㄏㄤˊ ㄐㄧㄢ zì lǐ háng jiān 字句之間，常指文章中的涵義或感情隱約透露出來。［例］陸游的詩詞，字裏行間都流露出他的愛國熱情。［構］聯合。［源］梁、簡文帝《答新渝侯和詩書》：『垂示三首，風雲吐於行間，珠玉生於字裏。』

字正腔圓 ㄗˋ ㄓㄥˋ ㄑㄧㄤ ㄩㄢˊ zì zhèngqiāngyuán 演唱時吐字清晰，腔調圓潤。［例］她唱平劇真是字正腔圓，如行雲流水，不愧是平劇表演藝術家。［構］聯合。

自暴自棄 ㄗˋ ㄅㄠˋ ㄗˋ ㄑㄧˋ zì bào zì qì 指自甘落後，不求上進。暴：糟蹋。［例］對於後進生要更加耐心地教育，切不可讓他們喪失信心，自暴自棄。［構］聯合。［源］《孟子・離婁上》：『自暴者，不可與有言也；自棄者，不

可與有爲也。言非禮義，謂之自暴也；吾身不能居仁由義，謂之自棄也。』［同］自輕自賤 ［反］自强不息 發憤圖强

自慚形穢 ㄗˋ ㄘㄢˊ ㄒㄧㄥˊ ㄏㄨㄟˋ zì cán xíng huì 和別人比，因不如人家而感慚愧。慚：慚愧。形穢：容貌醜陋。也作『自覺形穢』。［例］不要因爲自己知識不足、水平不高就自慚形穢，而要有自信心，刻苦學習，想方設法地趕上去。［構］主謂。［源］宋、劉義慶《世說新語・容止》：『珠玉在側，覺我形穢。』［同］自愧不如

自吹自擂 ㄗˋ ㄔㄨㄟ ㄗˋ ㄌㄟˊ zì chuī zì léi 自吹喇叭，自打鼓。喻指自我吹噓。擂：打鼓。［例］一個人在生活中既要正確對待別人，更要正確對待自己，切不可自吹自擂，目中無人。［構］聯合。

自甘墮落 ㄗˋ ㄍㄢ ㄉㄨㄛˋ ㄌㄨㄛˋ zì gān duò luò 自己心甘情願學壞，走邪路。墮落：向壞的方面學。［例］對後進生一定要滿腔熱情地批評幫助，不要讓他們喪失信心，自甘墮落。［構］主謂。［反］翻（幡）然悔悟

自高自大 ㄗˋ ㄍㄠ ㄗˋ ㄉㄚˋ zì gāo zì dà 自認爲自己了不起。［例］自高自大，是很難接受新知識的。［構］聯合。［源］《顏氏家訓・勉學》：『見人讀數十卷書，便自高大，凌忽長者，輕慢同列。』［反］謙虛謹愼

自給自足 ㄗˋ ㄐㄧˇ ㄗˋ ㄗㄨˊ zì jǐ zì zú 依靠自己生產，滿足自己需要。［例］我國過去的農村經濟是自給自足的小農經濟。［構］聯合。

自力更生 ㄗˋ ㄌㄧˋ ㄍㄥ ㄕㄥ zì lì gēngshēng 依靠自己的力量把事情辦起來。［例］社會主義建設事業，主要靠自力更生，把事情辦好。［構］主謂。

自命不凡 ㄗˋ ㄇㄧㄥˋ ㄅㄨˋ ㄈㄢˊ zì mìng bù fán 自己認爲自己不一般，處處比別人高。［例］年輕時常常自命不凡，進入中年以後就會有自知之明了。［構］主謂。［反］自慚形穢

自欺欺人 ㄗˋ ㄑㄧ ㄑㄧ ㄖㄣˊ zì qī qī rén 欺騙自己，也同時欺騙別人。［例］辦事情要實事求是，不要自欺欺人。［構］聯合。［源］《朱子語類》十八。［同］掩耳盜鈴

自强不息 ㄗˋ ㄑㄧㄤˊ ㄅㄨˋ ㄒㄧ zì qiáng bù xī 依靠自己力量發憤圖强而不停止。常指積極進取的人生態度。［例］中華民族是有志氣的，有自立更生、自强不息的傳統，一定能永遠自立於世界民族之林。［構］主謂。［源］《周易・乾》：『天行健，君子以自强不息。』

自食其果 ㄗˋ ㄕˊ ㄑㄧˊ ㄍㄨㄛˇ zì shí qí guǒ 自己做壞事，自己承擔後果或責任。［例］『文革』中一些人以整別人開始，以自己受害告終，真是自食其果。［構］主謂。［同］自作自受

自食其力 ㄗˋ ㄕˊ ㄑㄧˊ ㄌㄧˋ zì shí qí lì 依靠自己的勞動所得生活。［例］解放後剝削階級中有勞動能力的人，都已成了自食其力的勞動者。［構］主謂。

自私自利 ㄗˋ ㄙ ㄗˋ ㄌㄧˋ zì sī zì lì 一心只爲個人打算，一點也不顧及他人的利益。［例］此人太自私自

利，不可深交。［構］聯合。

自相矛盾
ㄗˋ ㄒㄧㄤ ㄇㄠˊ ㄉㄨㄣˋ
zì xiāng máo dùn

喻指說話、辦事前後不一致或相互牴觸。矛：古代的一種兵器。盾：古代盾牌。［例］這篇文章觀點有點自相矛盾，你要認真分析一下。［構］主謂。［源］《韓非子・難一》：『楚人有鬻楯與矛者，譽之曰：「吾楯之堅，物莫能陷也。」又譽其矛曰：「吾矛之利，於物無不陷也。」或曰：「以子之矛陷子之楯，何如？」其人弗能應也。』

自行其是
ㄗˋ ㄒㄧㄥˊ ㄑㄧˊ ㄕˋ
zì xíng qí shì

完全按自己認定的方式行事。是：正確。［例］他一向自行其是，對別人的意見很少考慮。［構］主謂。

自以爲是
ㄗˋ ㄧˇ ㄨㄟˊ ㄕˋ
zì yǐ wéi shì

自己認爲自己是完全正確的。常指看問題主觀、武斷。是：正確。［例］你總是這樣自以爲是，爲什麼不能虛心接受別人的意見，看到自己的不足，更快地進步呢！［構］主謂。［源］《荀子・榮辱》：『凡鬥者必自以爲是，而以人爲非也。』

自由氾濫
ㄗˋ ㄧㄡˊ ㄈㄢˋ ㄌㄢˋ
zì yóu fàn làn

指某種錯誤思想或歪風邪氣，不受限制任意發展和風行。氾濫：河水溢出兩岸成災。［例］對於危害社會的『六害』就要嚴厲打擊，堅決禁止，絕不能任其自由氾濫。［構］偏正。

自怨自艾
ㄗˋ ㄩㄢˋ ㄗˋ ㄧˋ
zì yuàn zì yì

自己悔恨，自己改正。現單指悔恨。艾：割草，比喻改正。［例］犯了錯誤，懂得自怨自艾也是好事，但不可就此消沉下去。［構］聯合。［源］《孟子・萬章上》：『太甲悔過，自怨自艾。』［辨］『艾』不要讀作ㄞˋ(ài)。

自知之明 ㄗˋ ㄓ ㄓ ㄇㄧㄥˊ zì zhī zhī míng 自己非常了解自己，並對自己有正確的估計。明：認識自己的能力。［例］一個人要有自知之明。［構］偏正。［源］《老子・三十三章》：『知人者智，自知者明。』

自作自受 ㄗˋ ㄗㄨㄛˋ ㄗˋ ㄕㄡˋ zì zuò zì shòu 自己做了蠢事、壞事，自己承擔。受：承受。［例］這囚徒自作自受，而且還牽累了家人。［構］連動。［同］自食其果　咎由自取　［辨］『作』不讀ㄗㄨㄛˊ(zuó)。

自作聰明 ㄗˋ ㄗㄨㄛˋ ㄘㄨㄥ ㄇㄧㄥˊ zì zuò cōng míng 自以爲很聰明。形容人主觀、逞能。［例］工作中要多聽各方面的意見，不可自作聰明，主觀主義地處理問題。［構］主謂。［源］《尚書・蔡仲之命》：『率自中，無作聰明亂舊章。』

總角之交 ㄗㄨㄥˇ ㄐㄧㄠˇ ㄓ ㄐㄧㄠ zǒng jiǎo zhī jiāo 幼年時要好的朋友。總角：小髻，古代未成年的幼兒頭上紮成小髻，指幼年時期。［例］他們倆是總角之交了，彼此都知根知底的。［構］偏正。［源］《詩經・衛風・氓》：『總角之宴，言笑晏晏。』

縱橫交錯 ㄗㄨㄥˋ ㄏㄥˊ ㄐㄧㄠ ㄘㄨㄛˋ zòng héng jiāo cuò 橫豎雜亂交叉，形容事物錯綜複雜。縱：指南北方向。橫：指東西方向。［例］天津的街道都是斜的，縱橫交錯，不像北京街道那樣橫平豎直。［構］

主謂。

走馬觀花 ㄗㄡˇ ㄇㄚˇ ㄍㄨㄢ ㄏㄨㄚ zǒu mǎ guān huā
騎著馬跑著看花。形容不深入細緻地觀察事物。喻指工作不深入，浮在表面。［例］①走馬觀花，霧裏看花，都看不清楚。②工作中的主要問題是幹部深入基層不夠，平時就是下去，也是走馬觀花，只有個表面印象，看不到問題的本質。［構］連動。［源］唐、孟郊《登科後》詩：『春風得意馬蹄疾，一日看盡長安花。』［反］下馬看花

走投無路 ㄗㄡˇ ㄊㄡˊ ㄨˊ ㄌㄨˋ zǒu tóu wú lù
沒有路可走，無處投奔。形容身臨絕境。投：投奔。［例］林沖被高俅逼得走投無路，才上了梁山。［構］主謂。［反］柳暗花明　［辨］『投』不要寫成『頭』。

罪大惡極 ㄗㄨㄟˋ ㄉㄚˋ ㄜˋ ㄐㄧˊ zuì dà è jí
罪惡很大，達到極點。［例］有些人販子，手段狠毒，天良喪盡，真是罪大惡極。［構］聯合。

罪惡滔天 ㄗㄨㄟˋ ㄜˋ ㄊㄠ ㄊㄧㄢ zuì è tāo tiān
形容罪惡達到極點。滔天：充滿天下。［例］在第二次世界大戰中，希特勒、莫索里尼和東條英機是三個罪惡滔天的戰爭罪犯。［構］主謂。［源］唐、劉知幾《史通・人物》：『若斯人者，或爲惡縱暴，其罪滔天；或累仁積德，其名蓋世。』［反］功名蓋世

罪惡昭彰 ㄗㄨㄟˋ ㄜˋ ㄓㄠ ㄓㄤ zuì è zhāo zhāng
罪惡很大而且非常明顯突出。彰：本指花紋，引申爲明顯。也作『罪惡昭著』。［例］天橋南霸天是個罪惡昭彰的大惡霸。［構］主謂。［反］功勳卓著

罪該萬死 ㄗㄨㄟˋ ㄍㄞ ㄨㄢˋ ㄙˇ zuì gāi wàn sǐ

就是處以一萬次死刑，也難平民憤。形容罪惡極大。［例］在『文化大革命』這場浩劫中，四人幫可真算是臭名昭著、罪該萬死的反革命陰謀集團。［構］主謂。［同］死有餘辜　罪不容誅

罪有應得 ㄗㄨㄟˋ ㄧㄡˇ ㄧㄥ ㄉㄜˊ zuì yǒu yīng dé

犯罪後受到應有的懲罰。［例］這些貪污犯受到人民法庭的審判，真是罪有應得。［構］主謂。［同］咎由自取［反］罰不當罪

醉翁之意不在酒 ㄗㄨㄟˋ ㄨㄥ ㄓ ㄧˋ ㄅㄨˋ ㄗㄞˋ ㄐㄧㄡˇ zuì wēng zhī yì bù zài jiǔ

本意不在此，別有目的或企圖。［例］別看華子良跑跑顛顛，像個瘋老頭，其實醉翁之意不在酒，他是在鍛鍊身體，準備為革命做更多的工作。［構］主謂。［源］宋、歐陽修《醉翁亭記》：『醉翁之意不在酒，在乎山水之間也。』

尊師重道 ㄗㄨㄣ ㄕ ㄓㄨㄥˋ ㄉㄠˋ zūn shī zhòng dào

尊敬老師，重視應該遵循的道理。［例］尊師重道，是我國古代良好的文化傳統，今天也應該提倡。［構］聯合。［源］《禮記．學記．法》：『尊師重道焉，不使處臣位也。』［反］離經叛道

左顧右盼 ㄗㄨㄛˇ ㄍㄨˋ ㄧㄡˋ ㄆㄢˋ zuǒ gù yòu pàn

左邊瞧瞧，右邊看看。形容洋洋得意的樣子。也形容猶豫觀望，一時拿不定主意。［例］①他在知識競賽上獲了獎，表現出一副洋洋自得、左顧右盼的得意神情。②面對這樣嚴重的問題，他左顧右盼，一時不知怎樣表態了。［構］聯合。［源］晉、左思《詠史》：『左顧澄江海，右盼無虜胡。』

左右逢源
ㄗㄨㄛˇ ㄧㄡˋ ㄈㄥˊ ㄩㄢˊ
zuǒ yòu féng yuán

無論哪方面都能遇到源泉。常比喻造詣深，學識廣，就能得心應手，運用自如。也用以諷刺爲人圓滑，善於投機取巧。［例］他生活經驗豐富，無論多棘手的事，他都能左右逢源，處理得人人滿意。［構］偏正。［源］《孟子・離婁下》：『資之深，則取之左右逢其原（源）。』［同］左宜右有

坐井觀天
ㄗㄨㄛˋ ㄐㄧㄥˇ ㄍㄨㄢ ㄊㄧㄢ
zuò jǐng guān tiān

坐在井中望天。比喻人眼光短，見識淺。［例］青年人要胸懷祖國，放眼世界，可不能坐井觀天，夜郎自大。［構］偏正。［源］唐、韓愈《原道》：『坐井而觀天，曰天小者，非天小也。』［反］見多識廣

坐立不安
ㄗㄨㄛˋ ㄌㄧˋ ㄅㄨˋ ㄢ
zuò lì bù ān

坐也不是，站也不是，不知怎麼辦才好。常形容心情焦躁不安。［例］兒子第一次出遠門，今天回來，媽媽在家等得坐立不安。［構］主謂。［同］心神不定　坐臥不安

坐失良機
ㄗㄨㄛˋ ㄕ ㄌㄧㄤˊ ㄐㄧ
zuò shī liáng jī

坐著眼看著失去好機會。［例］現在敵人內部不和，正是我們進攻的好機會，我們切不可坐失良機。［構］動賓。［反］機不可失

坐享其成
ㄗㄨㄛˋ ㄒㄧㄤˇ ㄑㄧˊ ㄔㄥˊ
zuò xiǎng qí chéng

形容不參加勞動而享受別人的勞動果實。［例］自己不勞動而坐享其成，是非常可恥的。［構］動賓。［同］不勞而獲　［反］自食其力　自力更生
［辨］『享』不要寫成『亨』。

坐享清福 ㄗㄨㄛˋ ㄒㄧㄤˇ ㄑㄧㄥ ㄈㄨˊ zuò xiǎng qīng fú
坐著享受清閒安逸的幸福日子。[例] 他退休後，諸事不用他操心，可在家坐享清福了。[構] 動賓。

作惡多端 ㄗㄨㄛˋ ㄜˋ ㄉㄨㄛ ㄉㄨㄢ zuò è duō duān
什麼壞事都做。惡：罪惡。端：項目。[例] 在『文化大革命』中，那些作惡多端的野心家、陰謀家都沒有什麼好下場。[構] 主謂。[同] 無惡不作 [反] 疾(嫉)惡如仇

作奸犯科 ㄗㄨㄛˋ ㄐㄧㄢ ㄈㄢˋ ㄎㄜ zuò jiān fàn kē
做營私舞弊等亂紀的事情，違犯科條法令。[例] 這些作奸犯科的違法分子，都應該繩之以法，嚴加懲辦。[構] 聯合。[源] 蜀漢、諸葛亮《前出師表》：『若有作奸犯科及爲忠善者，宜付有司，論其刑賞。』[同] 違法亂紀

作繭自縛 ㄗㄨㄛˋ ㄐㄧㄢˇ ㄗˋ ㄈㄨˊ zuò jiǎn zì fù
原指蠶吐絲作繭，把自己包在其中。指出了力反而使自己陷入困境。也比喻自己束縛自己，使能力不能發揮。[例] ①我幫了忙，出了力，反而不討好，豈不是作繭自縛嗎？②你把問題看得太複雜，想得太多，反而不敢動手，真是作繭自縛。[構] 連動

作威作福 ㄗㄨㄛˋ ㄨㄟ ㄗㄨㄛˋ ㄈㄨˊ zuò wēi zuò fú
原指統治階級獨斷專行，擅用賞罰。今指以勢壓人，濫用職權，胡作非爲，肆無忌憚。[例] 舊社會官僚、軍閥哪一個不是作威作福、胡作非爲的惡人。[構] 聯合。[源]《尙書・洪範》：『惟辟作福，惟辟作威。』[同] 橫行霸道

做賊心虛 ㄗㄨㄛˋ ㄗㄟˊ ㄒㄧㄣ ㄒㄩ zuò zéi xīn xū 喻指做了壞事怕人發現，疑神疑鬼，心神不安。〔例〕做了壞事的人，心裏總是不踏實，做賊心虛嘛！〔構〕兼語。

座無虛席 ㄗㄨㄛˋ ㄨˊ ㄒㄩ ㄒㄧˊ zuò wú xū xí 座位沒有空著的。常形容賓客或觀衆很多。〔例〕人藝演出話劇《茶館》，總是場場暴滿，座無虛席。〔構〕主謂。〔源〕《晉書・王渾傳》：『座無空席，門不停賓。』

備忘錄

備忘錄

精編活用成語辭典 / 張壽康主編 . -- 2 版 .
-- 臺北市 : 笛藤 , 2019.03
面； 公分
ISBN 978-957-710-751-0(平裝)
1. 漢語詞典 2. 成語
802.35 108003183

精編活用
成語辭典

定價 320 元 2021 年 10 月 15 日 2 版第 2 刷

主編	張壽康
封面設計	王舒玗
總編輯	賴巧凌
編輯企劃	笛藤出版
發行所	八方出版股份有限公司
發行人	林建仲
地址	台北市中山區長安東路二段 171 號 3 樓 3 室
電話	(02) 2777-3682
傳真	(02) 2777-3672
總經銷	聯合發行股份有限公司
地址	新北市新店區寶橋路 235 巷 6 弄 6 號 2 樓
電話	(02)2917-8022 · (02)2917-8042
製版廠	造極彩色印刷製版股份有限公司
地址	新北市中和區中山路 2 段 380 巷 7 號 1 樓
電話	(02)2240-0333 · (02)2248-3904
郵撥帳戶	八方出版股份有限公司
郵撥帳號	19809050